A Terra das Cavernas Pintadas

Jean M. Auel

A Terra das Cavernas Pintadas

Tradução de
PAULO CEZAR CASTANHEIRA

1ª edição

EDITORA RECORD
RIO DE JANEIRO • SÃO PAULO
2014

CIP-BRASIL. CATALOGAÇÃO NA FONTE
SINDICATO NACIONAL DOS EDITORES DE LIVROS, RJ

A927a
Auel, Jean M., 1936-
A terra das cavernas pintadas / Jean M. Auel; tradução de Paulo Cezar Castanheira. – 1. ed. – Rio de Janeiro: Record, 2014.
il.

Tradução de: The Land of Painted Caves
ISBN 978-85-01-09537-4

1. Ficção americana. I. Castanheira, Paulo Cezar. II. Título.

12-9360

CDD: 813
CDU: 821.111(73)-3

Título original:
THE LAND OF PAINTED CAVES

Copyright © 2011 by Jean M. Auel

Texto revisado segundo o novo Acordo Ortográfico da Língua Portuguesa.

Todos os direitos reservados. Proibida a reprodução, no todo ou em parte, através de quaisquer meios. Os direitos morais da autora foram assegurados.

Direitos exclusivos de publicação em língua portuguesa somente para o Brasil adquiridos pela
EDITORA RECORD LTDA.
Rua Argentina, 171 – Rio de Janeiro, RJ – 20921-380 – Tel.: 2585-2000, que se reserva a propriedade literária desta tradução.

Impresso no Brasil

ISBN 978-85-01-09537-4

Seja um leitor preferencial Record.
Cadastre-se e receba informações sobre nossos lançamentos e nossas promoções.

EDITORA AFILIADA

Atendimento e venda direta ao leitor:
mdireto@record.com.br ou (21) 2585-2002.

Para RAEANN
*primeira a nascer, última a ser
citada, sempre amada,*

e para FRANK,
sempre ao seu lado,

e para AMELIA e BRET, ALECIA e EMORY,
*excelentes jovens adultos,
com Amor*

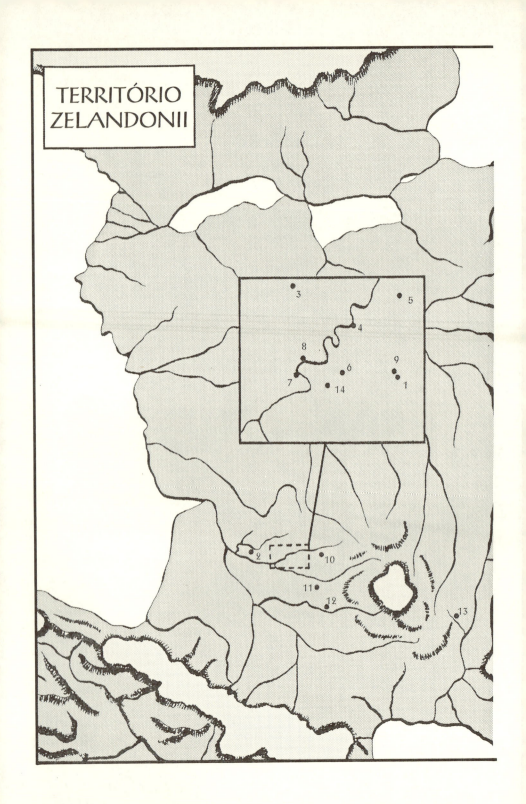

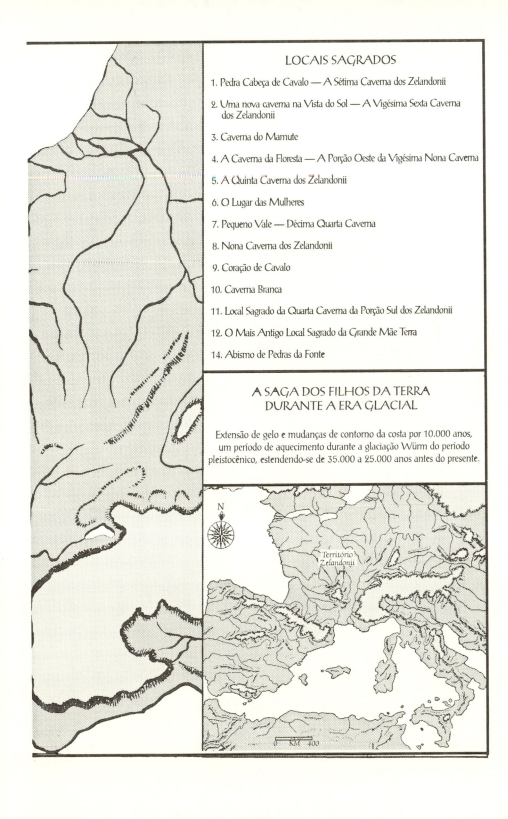

Parte Um

1

O grupo de viajantes seguia pelo caminho entre a água límpida do Rio Capim e o rochedo de calcário branco riscado de preto, seguindo a trilha paralela à margem direita. Em fila única, contornavam a curva onde a parede de pedra se aproximava da margem da água. À frente, uma via menor seguia oblíqua em direção ao ponto de travessia, onde a água se distribuía e ficava mais rasa, borbulhando em torno das pedras expostas.

Ainda não haviam chegado à encruzilhada quando uma mulher jovem que ia à frente do grupo parou de súbito, os olhos arregalados, o corpo completamente imóvel. Apontou com o queixo para a frente, sem se mover.

— Vejam! Ali! — disse ela num sussurro sibilado de medo. — Leões!

Joharran, o líder, ergueu o braço num sinal para o grupo parar. Um pouco além da encruzilhada, viram leões-das-cavernas castanho-avermelhados se movendo no capim; uma camuflagem tão eficaz que o grupo só os teria notado bem mais perto, não fosse a visão aguçada de Thefona. A garota da Terceira Caverna possuía uma vista excepcional e, apesar de ainda muito jovem, era conhecida pela extraordinária capacidade de enxergar longe e bem. Seu talento inato havia sido reconhecido muito cedo, e começaram a treiná-la quando ainda era uma criança. Ela era a melhor sentinela.

Na parte de trás do bando, caminhando à frente de três cavalos, Ayla e Jondalar olharam para entender o motivo da demora.

— O que está acontecendo? — indagou Jondalar, a velha ruga de preocupação a lhe vincar a testa.

Ayla observou com atenção o líder e as pessoas em torno dele, e moveu instintivamente a mão para proteger a carga que levava junto ao peito num cobertor de couro macio. Jonayla acabara de mamar e dormia, mas se moveu levemente ao sentir o toque da mãe. Ayla tinha uma capacidade incrível de interpretar o significado da linguagem corporal, aprendida ainda criança quando vivia no Clã. Percebeu que Joharran estava alarmado, e Thefona tinha medo.

Ayla também tinha a visão muito aguçada. Além disso, captava sons acima do limiar normal de audição e sentia as vibrações dos que estavam abaixo. Seu olfato e seu paladar também eram apurados, mas ela nunca havia se comparado com outros e não sabia quão extraordinárias eram suas percepções. Nascera com alta acuidade em todos os sentidos, o que sem dúvida contribuíra para sua sobrevivência depois da perda dos pais e de tudo o que lhe era familiar aos 5 anos. Seu único treinamento viera dela mesma. Havia desenvolvido suas capacidades naturais durante os anos em que estudara os animais, principalmente os carnívoros, aprendendo a caçar sozinha.

No ar parado, ela discerniu os ruídos leves, mas característicos, dos leões, detectou o cheiro distinto na brisa amena e percebeu que várias pessoas diante dela olhavam para a frente. Quando se virou, notou algo se mover. De repente, os grandes felinos ocultos pelo capim pareceram saltar e puderam ser vistos com clareza. Distinguiu dois filhotes e três ou quatro leões adultos. Quando começou a avançar, buscou com uma das mãos seu arremessador de lanças, preso a um laço no cinto, e com a outra uma lança na aljava presa às suas costas.

— Aonde você vai? — perguntou Jondalar.

Ela parou.

— Há leões à frente, logo depois da encruzilhada — sussurrou.

Jondalar se voltou para olhar e notou o movimento que interpretou como pertencente a leões, agora que sabia o que procurar. Tomou também suas armas.

— Você devia ficar aqui com Jonayla. Eu vou.

Ayla olhou para a filha adormecida, e depois para ele.

— Você é bom com o arremessador de lanças, Jondalar, mas ali há pelo menos dois filhotes e três adultos, talvez mais. Se os leões pensarem que os filhotes estão em perigo e decidirem atacar, você vai precisar de ajuda, de alguém para dar cobertura, e você sabe que eu sou melhor que qualquer outro, exceto você.

Ele franziu novamente o cenho para pensar, encarando-a. Então concordou.

— Está bem... mas fique atrás de mim. — Percebeu um movimento com o canto do olho e espiou para trás. — E os cavalos?

— Eles sabem que os leões estão próximos. Veja como estão — disse Ayla.

Jondalar observou os três cavalos, inclusive a eguinha nova, olhando para a frente — obviamente haviam percebido os enormes felinos. Jondalar tornou a franzir o cenho.

— Eles vão ficar bem? E a pequena Cinza?

— Eles sabem que têm de evitar os leões, mas eu não estou vendo Lobo — disse Ayla. — É melhor eu chamá-lo com um assovio.

— Não vai ser necessário — disse Jondalar, apontando para outra direção. — Ele também deve ter sentido alguma coisa. Olha lá, ele vem vindo.

Ayla se virou e viu um lobo correndo para eles. O canídeo era um animal magnífico, maior que a maioria, mas um ferimento numa luta com outros lobos resultara em uma orelha caída, que lhe dava uma aparência jovial. Ela fez o sinal especial que usavam quando caçavam juntos e ele soube que deveria ficar por perto prestando atenção nela. Passaram à frente das pessoas, tentando não causar comoção excessiva, e permanecer tão discretos quanto possível.

— Que bom que vocês chegaram — disse Joharran baixinho ao ver o irmão e Ayla aparecerem discretamente com o lobo, os arremessadores de lança já nas mãos.

— Você sabe quantos são? — perguntou Ayla.

— Mais do que eu pensava — respondeu Thefona, tentando aparentar calma e esconder o medo. — Quando os vi, pensei que fossem três ou quatro, mas eles estão se movendo no capim, e agora acho que talvez haja dez ou mais. É um bando grande.

— E estão confiantes — disse Joharran.

— Como você sabe? — perguntou Thefona.

— Eles estão nos ignorando.

Jondalar sabia que os grandes felinos eram familiares à companheira.

— Ayla conhece os leões-das-cavernas. Vamos perguntar o que ela pensa.

Joharran moveu a cabeça na direção dela, numa pergunta silenciosa.

— Joharran tem razão, eles sabem que estamos aqui. E sabem quantos são e quantos somos — disse Ayla, e acrescentou: — Eles talvez nos vejam como um bando de cavalos ou auroques e pensam talvez em conseguir separar um elemento mais fraco. Acho que são novos na região.

— Por que você acha isso? — perguntou Joharran.

Ele sempre se surpreendia com a riqueza de conhecimentos de Ayla sobre os caçadores de quatro patas, mas, por alguma razão, era sempre em ocasiões como aquela que ele notava mais seu sotaque diferente.

— Eles não nos conhecem, é por isso que estão tão confiantes — continuou Ayla. — Se fosse um bando residente que já vivesse perto de pessoas e tivesse sido caçado algumas vezes, não creio que estariam tão tranquilos.

— Bem, talvez devêssemos dar a eles alguma razão para ficar preocupados — disse Jondalar.

A testa de Joharran se vincou de uma forma tão parecida com a de seu irmão mais jovem e mais alto que Ayla quase sorriu. Mas naquele momento um sorriso seria inadequado.

— Talvez fosse melhor evitá-los — disse o líder de cabelos negros.

— Acho que não — disse Ayla, curvando a cabeça e olhando para baixo.

Ainda era difícil para ela discordar de um homem em público, especialmente um líder. Embora soubesse que era perfeitamente aceitável para os Zelandonii, dentre cujos líderes houvera muitas mulheres, inclusive a mãe de Joharran e Jondalar, aquele comportamento não teria sido tolerado no Clã, onde tinha sido criada.

— E por que não? — perguntou Joharran, seu franzir de cenho se transformando em uma carranca.

— Esses leões estão próximos demais da Terceira Caverna — explicou Ayla calmamente. — Sempre haverá leões nas proximidades, mas, se eles se sentirem bem aqui, poderão voltar para descansar, e tenderiam a ver como presa pessoas que se aproximassem, especialmente crianças e velhos. Poderiam se tornar um perigo para os habitantes da Pedra dos Dois Rios e das outras cavernas próximas, inclusive a Nona.

Joharran deu um suspiro fundo e olhou o irmão de cabelos claros.

— Sua companheira tem razão, e você também, Jondalar. Talvez agora seja a melhor hora de dizer aos leões que não são bem-vindos aqui, tão perto dos nossos lares.

— É uma boa hora para usar os arremessadores de lanças. Assim ficaríamos a uma distância mais segura. Vários caçadores andaram praticando — disse Jondalar. Devido a esse tipo de situação que ele havia decidido voltar e mostrar para toda a família a arma que tinha desenvolvido. — Talvez nem sequer tenhamos de matar nenhum, basta ferir alguns para ensinar a ficar longe.

— Jondalar — chamou Ayla mansamente. Estava se preparando para discordar dele, ou pelo menos para fazer uma afirmação que ele deveria levar em conta. Olhou para baixo, depois ergueu os olhos e o encarou. Não temia dizer o que pensava, mas não queria parecer desrespeitosa. — É verdade que um arremessador de lança é uma ótima arma. Com ele, uma lança pode ser arremessada de uma distância muito maior do que uma lançada à mão, o que o torna bem mais seguro. Contudo, mais seguro não quer dizer seguro. Um animal ferido é imprevisível. E um animal com a força e a velocidade de um leão, ferido e enfurecido de dor, é capaz de tudo. Se você decidir usar essas armas contra aqueles leões, deve usá-las para matar, não para ferir.

— Ela tem razão, Jondalar — disse Joharran.

Jondalar se irritou com o irmão, depois sorriu obediente.

— É verdade, mas, por mais perigoso que um leão seja, eu não gosto de matar se puder evitar. São tão lindos, seus movimentos tão flexíveis e graciosos. Não há muita coisa capaz de dar medo a um leão. Sua força lhe dá confiança. — Olhou para Ayla com uma mistura de orgulho e amor. — Sempre achei o totem de Leão-das-Cavernas perfeito para Ayla. — Embaraçado por mostrar seus sentimentos mais profundos, suas faces se enrubesceram. — Mas acho que esta é a hora em que os arremessadores de lanças vão mostrar toda a sua utilidade.

Joharran notou que a maioria dos viajantes havia se acercado.

— Quantos sabem usá-los? — perguntou ao irmão.

— Bem, você e eu, e Ayla, é claro — disse Jondalar analisando o grupo. — Rushemar tem praticado intensamente e já é muito bom. Solaban tem se ocupado em fazer cabos de marfim e não tem tido tempo de praticar, mas sabe o básico.

— Já tentei usar o arremessador algumas vezes, Joharran. Não tenho o meu, e não sou muito boa nisso — disse Thefona —, mas sei atirar a lança com a mão.

— Obrigado por me lembrar, Thefona — disse Joharran. — Não podemos nos esquecer de que quase todos sabem usar uma lança sem precisar do arremessador, inclusive as mulheres. Não podemos nos esquecer disso. — Em seguida, ele dirigiu seus comentários para todos. — Precisamos ensinar àqueles leões que aqui não é um lugar bom para eles. Quem quiser participar da caçada, usando a lança com a mão ou com um arremessador, passe para este lado.

Ayla começou a soltar o cobertor em que levava a filha.

— Folara, você poderia segurar Jonayla para mim? — disse ela para a irmã mais nova de Jondalar. — A menos que prefira caçar leões.

— Já saí em caçadas, mas nunca fui muito boa com uma lança e não sou melhor com um arremessador. Eu fico com Jonayla.

A criança agora estava completamente desperta, e foi alegre para os braços estendidos da tia.

— Vou ajudá-la — disse Proleva para Ayla. A companheira de Joharran também tinha um bebê no cobertor de carregar, poucos dias mais velho que Jonayla. Um menino ativo que ainda exigiria seis anos de cuidados. — Acho que vou levar todas as crianças para longe daqui, talvez para trás daquela rocha ou para a Terceira Caverna.

— Excelente ideia — disse Joharran. — Quem for caçar fica aqui; o restante volta, mas siga lentamente. Nenhum movimento brusco. Queremos que aqueles leões pensem que estamos apenas pastando, como um bando de bois selvagens. E, quando nos dividirmos em dois, cada um dos grupos deve ficar unido. Eles vão querer atacar alguém que esteja isolado.

Ayla se voltou para os caçadores de quatro patas e viu alguns leões os observando muito atentos. Viu os animais se moverem e começou a notar algumas características distintivas que ajudavam na contagem. Avistou uma grande fêmea se virar calmamente. Não, um macho. Percebeu ao ver suas partes masculinas aparecendo por trás. Havia esquecido que os machos daquela região não tinham jubas. Os leões machos que viviam próximos ao seu vale, a leste, inclusive um que ela conhecia bem, tinham um pouco de pelo em torno da cabeça e do pescoço, mas era esparso. Aquele era um bando grande, pensou, mais que dois punhados de palavras de contar, possivelmente até três, incluindo os filhotes.

Enquanto observava, o grande leão deu mais alguns passos no campo, depois desapareceu no meio do capim. Era surpreendente como as hastes finas e altas escondiam tão bem animais daquele porte.

Embora os ossos e os dentes dos leões-das-cavernas — felinos que se abrigavam em cavernas que preservavam os ossos que deixavam para trás — tivessem as mesmas formas de seus descendentes que no futuro correriam pelas terras distantes do continente ao sul, eles eram uma vez e meia, às vezes duas, maiores. No inverno, crescia uma pelagem grossa clara, quase branca, um meio prático de se esconder na neve, muito útil para predadores que caçavam o ano inteiro. A pelagem de verão, ainda que bem clara, era mais vermelho-acinzentada, e alguns ainda estavam perdendo pelo, o que lhes dava um aspecto malhado.

Ayla observou o grupo, composto principalmente por mulheres e crianças, se separar dos caçadores e voltar ao rochedo que haviam acabado de passar. Com elas, seguiam jovens armados com lanças que Joharran tinha indicado para protegê-las. Notou também que os cavalos estavam muito nervosos e achou melhor tentar acalmá-los. Fez um sinal para Lobo segui-la e foi até onde estavam os outros animais.

Huiin pareceu feliz ao ver a aproximação dela e de Lobo. A égua já não tinha medo do grande predador canino. Havia visto Lobo crescer desde uma pequena bola de pelo, tinha ajudado a criá-lo. Mas Ayla estava preocupada. Queria que os cavalos voltassem para trás da grande rocha com as mulheres e as crianças. Sabia dar a Huiin muitos comandos com palavras e sinais, mas não sabia como dizer à égua para ir com os outros em vez de segui-la.

Racer relinchou quando ela se aproximou; parecia especialmente agitado. Ayla acariciou afetuosamente o garanhão castanho, depois abraçou o pescoço forte da égua baia que havia sido sua única amiga durante os primeiros anos solitários desde que saíra do Clã.

Huiin pôs a cabeça sobre o ombro de Ayla, numa posição familiar de apoio mútuo. Ela falou à égua em uma combinação de palavras e sinais de mão do Clã, além de sons animais que sabia imitar — a linguagem especial que desenvolvera com Huiin quando ainda era potra, antes de Jondalar lhe ensinar sua língua. Disse à égua para seguir com Folara e Proleva. Talvez a égua tivesse entendido ou talvez simplesmente soubesse que seria mais seguro para ela e para sua cria, mas Ayla ficou feliz ao vê-la se afastar para a rocha com as outras mães quando a direção lhe foi indicada.

Mas Racer estava nervoso e agitado, ainda mais depois que a égua começou a se afastar. Mesmo crescido, o jovem garanhão estava acostumado a seguir a mãe, especialmente quando Ayla e Jondalar viajavam juntos, mas, dessa vez, ele não foi atrás dela imediatamente. Empinou-se, balançou a cabeça e relinchou. Jondalar o ouviu, olhou a mulher e o garanhão e foi na direção deles. O cavalo relinchou mansamente quando o homem se aproximou. Com duas fêmeas no seu pequeno "rebanho", Jondalar se perguntou se o instinto protetor já se fazia sentir no jovem garanhão. O homem falou com ele, então o acariciou para acalmá-lo, depois disse para seguir com Huiin e lhe deu um tapa na anca — foi o bastante para mandá-lo na direção certa.

Ayla e Jondalar voltaram para os caçadores. Joharran e seus dois amigos e conselheiros mais próximos, Solaban e Rushemar, estavam parados no meio do grupo, que agora parecia bem menor.

— Estávamos discutindo a melhor forma de caçá-los — disse Joharran quando o casal voltou. — Não sei bem que estratégia usar. Deveríamos tentar cercá-los? Ou mandá-los numa direção específica? Eu digo a vocês, sei caçar carne: veado ou bisão ou auroque, até mamute. Com a ajuda de outros caçadores, já matei um leão ou dois que estavam próximos demais de um acampamento, mas eles não são animais que eu tenha o costume de caçar, principalmente um bando inteiro.

— Como Ayla conhece os leões — sugeriu Thefona —, vamos perguntar a ela.

Todos se voltaram para olhá-la. A maioria já havia ouvido falar do filhote ferido que ela tinha recolhido e criado até a idade adulta. Quando Jondalar contou que o leão fazia o que ela mandava, tal como o lobo, eles acreditaram.

— O que você acha, Ayla? — perguntou Joharran.

— Vocês estão vendo como os leões nos observam? Da mesma forma como nós os observamos. Eles se veem como caçadores. Talvez se surpreendam ao se verem na condição de presa, para variar. — Ayla fez uma pausa. — Acho que devemos ficar juntos num grupo e caminhar na direção deles, gritando e falando alto, para ver se recuam. Mas vamos manter as lanças prontas, caso um deles ou mais ataquem antes de decidirmos atacá-los.

— Vamos atacar de frente? — Rushemar franziu o cenho.

— Pode funcionar — disse Solaban. — E, se ficarmos juntos, podemos nos proteger melhor.

— Parece um bom plano, Joharran — comentou Jondalar.

— Tão bom quanto qualquer outro, e eu gosto da ideia de ficarmos juntos e nos protegermos — respondeu o líder.

— Vou à frente — afirmou Jondalar, depois ergueu o arremessador de lanças, pronto para atirar. — Sou capaz de atirar muito rápido com isto.

— Disso eu não tenho dúvida, mas vamos esperar até nos aproximarmos para nos sentirmos tranquilos quanto à nossa pontaria.

— Claro, e Ayla vai me dar cobertura para o caso de algo inesperado acontecer.

— Boa ideia. Cada um vai precisar de um parceiro, alguém protegendo aquele que atirar primeiro, para o caso de errar e os leões vierem nos atacar em vez de fugir. Os parceiros decidem quem atira primeiro, mas haverá menos confusão se todos esperarem um sinal antes de atirar.

— Que tipo de sinal? — perguntou Rushemar.

Joharran fez uma pausa.

— Observem Jondalar. Esperem até ele atirar. Esse vai ser o sinal.

— Vou ser seu parceiro, Joharran — ofereceu Rushemar.

O líder concordou.

— Preciso de um parceiro — avisou Morizan. Era filho da companheira de Manvelar, lembrou-se Ayla. — Não sei o quanto sou bom, mas tenho praticado.

— Posso ser sua parceira. Já venho praticando com o arremessador de lanças.

Ayla se voltou ao ouvir uma voz feminina e viu que era Galeya, a amiga ruiva de Folara.

Jondalar também se virou para olhar. É uma boa maneira de se aproximar da companheira do líder, pensou ele, e olhou para Ayla, perguntando-se se ela havia percebido a implicação.

— Posso ser o parceiro de Thefona, se ela quiser — disse Solaban —, pois vou usar uma lança como ela, não um arremessador.

A moça sorriu para ele, feliz por ter alguém mais maduro e experiente ao seu lado.

— Eu tenho praticado com um arremessador de lança — afirmou Palidar, amigo de Tivonan, o aprendiz de Willamar, o Mestre Comerciante.

— Podemos ser parceiros, Palidar — concordou Tivonan —, mas só sei usar a lança.

— Na verdade, eu também não pratiquei muito com o arremessador.

Ayla sorriu para os dois rapazes. Como aprendiz de comerciante de Willamar, Tivonan seria sem dúvida o próximo Mestre Comerciante da Nona Caverna. Seu amigo, Palidar, havia voltado com Tivonan quando este tinha visitado sua caverna numa curta missão comercial, e Palidar descobrira o lugar onde Lobo tivera aquela luta terrível e levara Ayla até lá. Ela o considerava um bom amigo.

— Não sou muito boa com o arremessador, mas sei usar uma lança.

É Mejera, acólita de Zelandoni da Terceira, pensou Ayla, lembrando-se de que a jovem estava com eles na primeira vez em que Ayla entrou na Caverna Funda de Pedras da Fonte à procura da força vital do irmão mais moço de Jondalar, quando tentaram ajudar seu élan a encontrar o caminho para o mundo dos espíritos.

— Todos já escolheram seus parceiros, sobramos nós dois. Não somente eu não pratiquei com o arremessador como quase nunca o vi sendo usado — disse Jalodan, primo de Morizan, filho da irmã de Manvelar, que estava em visita à Terceira Caverna. Planejava viajar com eles à Reunião de Verão e lá se encontrar com sua Caverna.

Pronto. Ali estavam os 12 homens e mulheres que iam caçar um número parecido de leões; animais com maior velocidade, força e ferocidade, que viviam da caça de presas mais fracas. Ayla começou a ter dúvidas e sentiu um calafrio de medo. Esfregou os braços e percebeu que tremiam um pouco. Como poderiam aqueles poucos e frágeis seres humanos pensar em atacar um bando de leões? Viu o outro carnívoro, o que ela conhecia bem, e fez um sinal para o animal acompanhá-la, pensando 12 pessoas e Lobo.

— Muito bem, vamos lá — ordenou Joharran —, mas fiquem juntos.

Os 12 caçadores da Terceira e da Nona Cavernas dos Zelandonii partiram juntos, na direção do bando de enormes felinos. Estavam armados de lanças com pontas afiadas de pedra, osso ou marfim. Alguns tinham arremessadores capazes de atirar uma lança muito mais longe e com muito mais força e velocidade do que outra lançada com a mão, mas leões já haviam sido mortos com simples lanças. Seria um bom teste para a arma de Jondalar, mas seria acima de tudo um teste de coragem.

— Vão embora! — gritou Ayla quando começaram a andar. — Não queremos vocês aqui!

Os outros gritaram o refrão com variações, berrando para os animais, dizendo-lhes para ir embora.

De início, os felinos, jovens e velhos, limitaram-se a olhar. Então alguns começaram a se mover, entrando no capim que os escondia tão bem, e saindo novamente, como se não soubessem bem o que fazer. Os que se retiraram com os filhotes retornaram sem eles.

— Parece que não conseguem se decidir sobre a gente — disse Thefona do meio do grupo de caçadores, sentindo-se um pouco mais segura do que na hora em que partiram. Mas, quando um dos grandes machos rosnou, todos pularam de susto e estacaram.

— Agora não é o momento de parar — disse Joharran, seguindo para a frente.

Retomaram o avanço, a formação agora mais irregular, mas se alinhando novamente com rapidez. Todos os leões começaram a se mover, alguns dando as costas e desaparecendo no capim alto, porém o grande macho rosnou novamente, e depois transformou o rosnado no início de um rugido para defender seu terreno. Vários dos outros grandes felinos se postaram atrás dele. Ayla sentiu o cheiro de medo dos caçadores humanos, certa de que os leões também o sentiam. Ela própria sentia medo, mas esse era um sentimento que as pessoas seriam capazes de superar.

— Vamos nos preparar — disse Jondalar. — Esse macho não está feliz e já tem reforços.

— Você não consegue acertá-lo daqui? — perguntou Ayla. Ouviu a série de rugidos que geralmente precediam o urro do leão.

— Provavelmente. Mas prefiro estar mais próximo para ter certeza da pontaria.

— Eu também não confio na minha pontaria a esta distância. Precisamos chegar mais perto — disse Joharran, continuando a marchar.

As pessoas se juntaram mais e seguiram em frente, gritando, apesar de Ayla sentir que os gritos estavam mais hesitantes à medida que se aproximavam. Os leões-das-cavernas pararam e pareceram tensos enquanto observavam a aproximação do estranho bando que não se comportava como presa.

Então, de repente, tudo começou de uma vez.

O grande macho rugiu, um som assustador, ensurdecedor, especialmente de tão perto. Lançou-se correndo contra os caçadores. Quando se aproximou, pronto para saltar, Jondalar atirou sua lança contra ele.

Ayla observava a fêmea ao lado. Quando Jondalar atirou, a leoa começou a correr e saltou.

Ela parou e mirou. Sentiu o arremessador de lanças subir quase sem ela perceber, e atirou a lança. Era tão natural, não pareceu um movimento deliberado. Ela e Jondalar usaram a arma durante toda a viagem de um ano de volta aos Zelandonii, e ela estava tão treinada que aquilo parecia inato.

A leoa voou, mas a lança de Ayla a atingiu no meio do caminho. A arma encontrou o alvo por debaixo do grande felino e se alojou firmemente na sua garganta, num corte profundo. O sangue esguichou enquanto a leoa caía ao chão.

A mulher pegou rapidamente outra lança do carcás, e a prendeu no arremessador, olhando para ver o que estava acontecendo em volta. Viu a lança de Joharran voar, e outra segui-la imediatamente. Notou que Rushemar estava na posição de quem havia acabado de atirar. Viu outra grande leoa desabar. Uma segunda lança a atingiu antes que acabasse de cair. Mais uma leoa se aproximava. Ayla atirou a lança e viu que alguém mais também tinha atirado um instante antes dela.

Pegou outra arma, certificando-se de que estava colocada corretamente: a ponta, fixada numa haste curta e cônica feita para se destacar da haste principal, estava firmemente presa, e o buraco no início da longa haste, encaixado no gancho do atirador.

Então ela olhou em torno outra vez. O macho enorme estava caído, mas se movia. Sangrava, porém não estava morto. A fêmea em que acertara também sangrava, mas não se movia.

Os leões desapareciam apressadamente no mato, e pelo menos um deles deixava um rastro de sangue. Os caçadores humanos se juntavam, olhando em volta e começando a sorrir uns para os outros.

— Acho que conseguimos. — Um sorriso enorme surgia no rosto de Palidar.

Mal tinha acabado de falar, quando o rosnado ameaçador de Lobo chamou a atenção de Ayla. Ele saltou para longe dos caçadores, com Ayla logo atrás. O leão macho, sangrando profusamente, havia se levantado e avançava novamente. Com um rugido, saltou na direção deles. Ela quase sentia a raiva dele, e não o culpava.

No momento em que Lobo chegou onde o leão estava e saltou para atacar, mantendo-se entre Ayla e o grande felino, ela atirou uma lança com toda a força. Seus olhos perceberam outra lança atirada ao mesmo tempo. Atingiram o leão quase simultaneamente com audíveis *tunc* e *tunc*. Mas o leão e o lobo se confundiam numa única massa. Ayla engasgou quando os viu cair, encharcados de sangue, temendo que Lobo estivesse ferido.

2

Ayla viu a pesada pata do leão se mover e recuperou o fôlego, perguntando-se se o grande macho ainda estaria vivo com tantas lanças fincadas no corpo. Então reconheceu a cabeça ensanguentada de Lobo, que se arrastava sob o membro enorme do leão, e correu até ele, sem saber se seu animal estava ferido. Lobo se livrou do braço do leão, agarrou a pata nos dentes e sacudiu com tanto vigor que Ayla soube no mesmo instante que o sangue sobre ele era do outro animal. Jondalar se aproximou e os dois caminharam juntos até o animal morto, sorrindo aliviados das brincadeiras do lobo.

— Vou ter de levar Lobo até o rio para limpá-lo — comentou Ayla. — Tudo isso é sangue do leão.

— Foi uma pena nós termos de matá-lo — disse Jondalar, baixinho. — Era um animal magnífico, só estava defendendo os seus.

— Eu também tenho pena. Ele lembra Neném, mas também temos de defender os nossos. Imagine como teria sido pior se um desses leões tivesse matado uma criança? — Ayla observava o enorme predador.

Depois de uma pausa, Jondalar comentou:

— Nós dois podemos reivindicá-lo, só as nossas lanças o atingiram, e só as suas mataram a fêmea ao lado dele.

— Acho que talvez tenha acertado outra leoa também, mas não vou reivindicá-la — respondeu Ayla. — Você devia recolher o que quer do macho. Eu fico com o couro e o rabo desta fêmea, além das garras e dos dentes, como lembranças da caçada.

Ficaram em silêncio durante um momento, então Jondalar falou:

— Estou feliz por a caçada ter sido um sucesso e ninguém ter se ferido.

— Gostaria de lhes prestar homenagem, Jondalar, para manifestar meu respeito pelo Espírito do Leão-das-Cavernas, e gratidão ao meu totem.

— É, acho que é o certo. Devemos agradecer ao espírito quando matamos um animal e lhe pedirmos para agradecer à Grande Mãe Terra pelo alimento que nos permitiu tomar. Podemos agradecer ao Espírito do Leão-das-Cavernas e lhe pedir para agradecer à Mãe por nos permitir vencer esses leões e assim proteger nossas famílias e nossas Cavernas. — Jondalar fez uma pausa. — Vamos dar um gole de água a este leão para que seu espírito não chegue ao outro mundo com sede. Há quem enterre o coração para devolvê-lo à Mãe. Acho que devemos fazer as duas coisas por este grande animal, que deu a vida pela defesa do bando.

— Vou fazer o mesmo pela fêmea que lutou ao lado dele — afirmou Ayla.

— Acho que o meu Totem do Leão-das-Cavernas me protegeu, e também a todos nós. A Mãe poderia ter decidido deixar o Espírito do Leão-das-Cavernas tomar alguém para compensar pela grande perda do bando. Estou grata por ela não ter feito isso.

— Ayla! Você estava certa! — Ela girou ao ouvir aquela voz e sorriu para o líder da Nona Caverna que se aproximava. — Você disse: "Um animal ferido é imprevisível. E um animal com a força e a velocidade de um leão, ferido e enfurecido pela dor, é capaz de tudo." Não devíamos ter presumido que, por estar ferido e sangrando, o leão não atacaria novamente. — Joharran se dirigiu aos outros caçadores que tinham ido verificar os leões que haviam matado. — Devíamos ter nos certificado de que estava morto.

— O que me surpreendeu foi aquele lobo. — Palidar olhava o animal, ainda coberto de sangue, sentado tranquilo aos pés de Ayla, com a língua pendendo da boca. — Foi ele quem nos avisou, mas eu nunca imaginei que um lobo pudesse atacar um leão-das-cavernas, ferido ou não.

Jondalar sorriu.

— Lobo protege Ayla. Não importa quem ou o quê... Se for uma ameaça, ele ataca.

— Até mesmo você, Jondalar?

— Até mesmo eu.

Houve um silêncio desagradável, então Joharran perguntou:

— Quantos leões nós caçamos?

Muitos dos grandes felinos estavam caídos, alguns com várias lanças no corpo.

— Eu contei cinco — respondeu Ayla.

— Os leões fincados com lanças de mais de um caçador devem ser divididos, e os donos das lanças decidirão o que fazer.

— As únicas lanças neste macho e nesta fêmea pertencem a Ayla e a mim, portanto, nós os reivindicamos — disse Jondalar. — Fizemos o que era necessário, mas eles estavam defendendo a família; queremos prestar homenagem aos seus espíritos. Não temos aqui um Zelandoni, mas podemos dar a cada animal um gole de água antes de os enviarmos para o mundo dos espíritos e podemos enterrar seus corações, devolvendo-os à Mãe.

Os outros caçadores assentiram.

Ayla foi até a leoa. Pegou seu saco de água, feito do estômago de um veado cuidadosamente lavado, com o fundo fechado por um nó. A abertura superior era puxada em torno de uma vértebra de veado com as sobras cortadas fora, firmemente amarrada com tendões. O buraco no centro da vértebra formava uma bica. Uma fina correia de couro amarrada diversas vezes no mesmo lugar que encaixava no buraco servindo de rolha. Ela puxou a rolha de couro e colocou água em sua boca sem engolir. Depois, ajoelhou-se sobre a cabeça da leoa, abriu as mandíbulas dela e jogou a água de sua boca na do animal.

— Agradecemos Doni, Grande Mãe de Tudo, e agradecemos ao Espírito do Leão-das-Cavernas — disse ela em voz alta. Depois, começou a se comunicar através das mãos a linguagem formal do Clã, que usavam quando se dirigiam ao mundo dos espíritos, mas traduziu o significado deles em voz baixa: — Esta mulher agradece ao espírito do Grande Leão-das-Cavernas e ao totem desta mulher, por terem permitido que alguns dos seres vivos do Espírito caíssem sob as lanças dos caçadores. Esta mulher quer expressar tristeza ao Grande Espírito do Leão-das-Cavernas pela perda dos vivos. A Grande Mãe e o Espírito do Leão-das-Cavernas sabem que foi necessário para a segurança das pessoas, mas esta mulher deseja expressar sua gratidão.

Voltou-se para o grupo de caçadores que a observava. Não foi o ritual a que estavam acostumados, mas havia sido fascinante, e pareceu correto àqueles caçadores que haviam enfrentado seus medos para tornar mais seguro, para si mesmos e para outros, o território. Também entenderam por que a Zelandoni Que Era A Primeira, havia feito dessa mulher estrangeira sua acólita.

— Não vou reivindicar nenhum outro leão que tiver sido ferido por uma de minhas lanças, mas quero as lanças de volta — avisou Ayla. — Este leão tem somente minha lança, portanto, eu o reivindico. Vou querer a pele e a cauda, as garras e os dentes.

— E a carne? — perguntou Palidar. — Você vai comer a carne?

— Não. Por mim, as hienas podem comê-la. Não me agrada o gosto da carne de carnívoros, especialmente a dos leões-das-cavernas.

— Nunca provei a carne de leão.

— Nem eu — disse Morizan da Terceira Caverna, que tinha se juntado a Galeya.

— Nenhuma de suas lanças feriu um leão? — perguntou Ayla. Eles balançaram a cabeça em negativa. — Se quiserem, podem ficar com a carne deste, depois que eu enterrar o coração; mas, se eu fosse vocês, não comeria o fígado.

— Por que não? — perguntou Tivonan.

— O povo com quem eu cresci acreditava que o fígado de carnívoros pode matar, como veneno. Contavam histórias, especialmente a de uma mulher egoísta que comeu o fígado de um felino, acredito que um lince, e morreu. Talvez seja melhor enterrar o fígado junto com o coração.

— O fígado de animais que comem tipo de qualquer carne pode fazer mal? — perguntou Galeya.

— Acho que os de urso não fazem mal. Eles comem carne, mas também comem de tudo. Os ursos-das-cavernas quase não comem carne; eles são gostosos. Conheci umas pessoas que comiam fígado de urso e não passavam mal.

— Há anos que eu não vejo um urso — disse Solaban, que estava ali parado, ouvindo. — Já não existem muitos por aqui. Você realmente comeu carne de urso-das-cavernas?

— Comi — respondeu Ayla. Pensou em dizer que o urso-das-cavernas é considerado sagrado para o Clã, e só é comido em banquetes rituais, mas isso só incentivaria mais perguntas que lhe tomariam muito tempo para responder.

Olhou a leoa e inspirou profundamente. Era grande e daria muito trabalho esfolá-la. Alguma ajuda seria bem-vinda. Observou os quatro jovens que lhe haviam feito perguntas. Nenhum tinha usado arremessadores, mas imaginou que isso poderia mudar a partir daquele momento. Apesar de não terem acertado nenhuma lança, participaram com grande disposição da caçada e se expuseram ao perigo. Sorriu para eles.

— Eu dou uma garra a cada um, se me ajudarem a esfolar esta leoa. — Ela viu quatro sorrisos.

— Eu gostaria de ajudar — responderam Palidar e Tivonan quase ao mesmo tempo.

— Eu também — acrescentou Morizan.

— Ótimo. Vou precisar de ajuda. — Ela então falou a Morizan: — Acho que ainda não fomos formalmente apresentados.

Olhou o jovem e estendeu as mãos com as palmas para cima, o gesto formal de franqueza e amizade.

— Sou Ayla da Nona Caverna dos Zelandonii, acólita da Zelandoni, Primeira Entre Aqueles Que Serviam À Grande Mãe Terra; sou casada com Jondalar, Mestre Lascador de Pedra e irmão de Joharran, Líder da Nona Caverna dos Zelandonii. Antes, fui Filha do Lar do Mamute do Acampamento do Leão dos Mamutói. Escolhida pelo Espírito do Leão-das-Cavernas, Protegida pelo Urso-das-Cavernas, amiga dos cavalos, Huiin, Racer e Cinza, e do caçador de quatro patas, Lobo.

Já era o suficiente para uma apresentação formal, pensou, observando a expressão do jovem. Sabia que a primeira parte da recitação de seus nomes e associações era impressionante, elas estavam entre as mais altas de todos os Zelandonii, e o jovem desconheceria a última parte completamente.

Ele pegou as mãos dela e começou seus nomes e alianças:

— Sou Morizan da Terceira Caverna dos Zelandonii — iniciou nervoso, depois pareceu procurar o que dizer. — Sou filho de Manvelar, líder da Terceira Caverna, primo de...

Ayla percebeu que ele ainda era jovem e pouco acostumado a conhecer gente nova e fazer longas recitações formais. Decidiu facilitar as coisas para ele e interrompeu o ritual.

— Em nome de Doni, a Grande Mãe Terra, eu o saúdo, Morizan da Terceira Caverna dos Zelandonii. — E acrescentou: — Agradeço sua ajuda.

— Eu também quero ajudar — disse Galeya. — Quero guardar uma garra como lembrança desta caçada. Mesmo sem ter acertado uma lança, foi emocionante. Um pouco assustador, mas emocionante.

Ayla moveu a cabeça concordando.

— Vamos começar, mas devo avisá-los que devem tomar cuidado ao cortar as garras ou os dentes, não se deixem arranhar por eles. É preciso cozinhá-los antes de poderem ser manipulados com segurança. Um arranhão pode se transformar numa ferida grave, que incha e supura com uma excreção malcheirosa.

Ergueu os olhos e notou na distância que algumas pessoas saíam de trás da parede saliente. Reconheceu vários da Terceira Caverna que não estavam com o primeiro grupo. Manvelar, o homem idoso forte e vigoroso que era seu líder, vinha com eles.

— Ali vem Manvelar e alguns outros — apontou Thefona.

Quando chegaram onde estavam os caçadores, Manvelar foi até Joharran.

— Eu o saúdo, Joharran, Líder da Nona Caverna dos Zelandonii, em nome de Doni, a Grande Mãe Terra — disse ele, expondo as mãos.

Tomando as mãos nas suas, Joharran respondeu à curta saudação formal, reconhecendo o outro líder:

— Em nome de Doni, a Grande Mãe Terra, eu o saúdo Manvelar, líder da Terceira Caverna dos Zelandonii. — Era a cortesia costumeira entre líderes.

— As pessoas que você mandou recuar nos disseram o que estava acontecendo. Vimos os leões aqui há alguns dias, por isso viemos ajudar. Eles vinham para cá regularmente, e nos perguntávamos o que deveríamos fazer. Parece que vocês resolveram o problema. Estou vendo quatro; não, cinco leões caídos, inclusive o macho. Agora, as fêmeas terão de encontrar outro macho, talvez se separem para encontrar mais de um. Isso alterou toda a estrutura do bando. Acho que não voltarão a nos incomodar. Temos de agradecer a vocês.

— Achamos que não poderíamos passar em segurança por eles, e não queríamos tê-los ameaçando as Cavernas próximas. Decidimos expulsá-los, especialmente por termos várias pessoas capazes de usar arremessadores de lanças. Foi muito bom porque, apesar de gravemente ferido, aquele grande macho tornou a atacar, quando pensávamos que já estava morto — contou Joharran.

— Caçar leões-das-cavernas é perigoso. O que vocês vão fazer com eles?

— Acho que as peles, os dentes e as garras já foram reivindicados, e alguns querem provar a carne.

— É uma carne forte. — Manvelar torceu o nariz. — Vamos ajudar a esfolá-los, mas será algo demorado. Acho que vocês deviam passar a noite conosco. Podemos mandar um corredor ir à Sétima avisar o que aconteceu.

— Ótimo. Vamos ficar. Obrigado, Manvelar — agradeceu Joharran.

A Terceira Caverna serviu uma refeição aos visitantes da Nona antes da partida na manhã seguinte. Joharran, Proleva, o filho de Proleva, Jaradal, e a filha mais nova, Sethona, se sentaram com Jondalar, Ayla e sua filha, Jonayla, na ensolarada varanda de pedra da frente, desfrutando da vista e da comida.

— Tenho a impressão de que Morizan está bastante interessado em Galeya, amiga de Folara — disse Proleva.

Estavam observando o grupo de jovens solteiros com o olhar indulgente de irmãos mais velhos.

— É verdade. — Jondalar sorriu. — Ela foi parceira dele ontem na caçada dos leões. Caçar juntos e depender assim um do outro cria uma ligação especial, mesmo que não tenham acertado nenhuma lança para ter o direito de reivindicar um leão. Mas ajudaram Ayla a esfolar sua leoa, e ela deu uma garra a cada um. Terminaram tão depressa que ainda vieram me ajudar, e eu também dei uma garra pequena a cada um, para terem uma lembrança da caçada.

— Foi o que eles estavam exibindo ontem à noite em volta da cesta de cozinhar — comentou Proleva.

— Posso ganhar uma garra como lembrança, Ayla? — pediu Jaradal, que ouvia tudo com muita atenção.

— Jaradal, são lembranças de caçada — disse sua mãe. — Quando você ficar mais velho e sair nas caçadas, vai ganhar suas próprias lembranças.

— Não tem problema, Proleva. Eu dou uma garra. — Joharran sorriu amavelmente para o filho da sua mulher. — Eu também matei um leão.

— Matou mesmo! — O menino de 6 anos estava animado. — Você vai me dar uma garra? Espera até eu mostrar a Robenan!

— Não se esqueça de cozinhá-la antes — avisou Ayla.

— Era o que Galeya e os outros estavam cozinhando ontem à noite — disse Jondalar. — Ayla insistiu que cozinhassem as garras e as presas antes. Ela diz que um arranhão de uma garra de leão pode ser perigoso.

— Que diferença faz cozinhar? — perguntou Proleva.

— Quando eu era pequena, antes de ser achada pelo Clã, fui arranhada por um leão-das-cavernas. Foi assim que surgiram as cicatrizes na minha perna. Não me lembro bem de ter sido arranhada, mas me lembro claramente da dor até sarar. O Clã também guardava garras e presas de animais. Quando Iza estava me ensinando a ser curadora, uma das primeiras coisas que me mostrou foi o cozimento delas antes de serem manuseadas. Dizia que estavam cheias de espíritos maus, e o calor expulsava toda a maldade.

— Quando você pensa no que os animais fazem com as garras, elas devem ficar cheias de maus espíritos mesmo — concordou Proleva. — Vou me certificar de que a garra de Jaradal seja bem cozida.

— A caçada aos leões provou sua arma, Jondalar — disse Joharran, mudando de assunto. — Os que tinham apenas as lanças seriam uma boa proteção, se os leões tivessem se aproximado mais; no entanto, as únicas mortes foram causadas com arremessadores. Acho que isso será um incentivo para as pessoas praticarem.

Viram Manvelar se aproximando e o saudaram cordialmente.

— Vocês podem deixar suas peles aqui e buscar na volta — disse ele. — Podemos guardá-las no fundo do abrigo inferior. Lá é bastante frio, ideal para elas serem preservadas durante alguns dias, e depois vocês podem processá-las quando chegarem em casa.

Dois Rios era o alto despenhadeiro de calcário pelo qual haviam passado pouco antes da caçada; era ali que o Rio Capim se juntava ao Rio e formava três saliências profundamente cortadas na rocha, cada uma acima da anterior. Elas criavam projeções protetoras para os espaços abaixo delas. A Terceira Caverna usava todos os abrigos de pedra, mas o grupo vivia principalmente no grande abrigo central, que oferecia um amplo panorama dos dois rios e da área em torno do rochedo. Os outros eram usados principalmente como depósito.

— Vai ser uma grande ajuda — disse Joharran. — Estamos levando muita carga, ainda mais com bebês e crianças, e já estamos atrasados. Se esta viagem à Pedra Cabeça de Cavalo não estivesse planejada há tempos, provavelmente não a faríamos. Afinal, vamos reunir todos na Reunião de Verão, e ainda temos muito a fazer antes de partirmos. Mas a Sétima Caverna queria receber a visita de Ayla, e a Zelandoni quer mostrar a ela a Cabeça de Cavalo. E, como estamos tão perto, eles querem ir ao Lar Mais Antigo e visitar a Segunda Caverna, para vermos os ancestrais entalhados na parede da caverna inferior.

— Onde está A Primeira Entre Aqueles Que Serviam À Grande Mãe Terra? — perguntou Manvelar.

— Já está lá, há alguns dias — respondeu Joharran. — Em conferência com vários membros da zelandonia. Algo relacionado com a Reunião de Verão.

— Por falar nisso, quando vocês estão pensando em partir? — perguntou Manvelar. — Talvez possamos viajar juntos.

— Gosto de partir cedo. Com uma Caverna tão grande, precisamos de mais tempo para encontrar um bom lugar. E agora temos de considerar também os animais. Já estive na Vigésima Sexta Caverna, mas não conheço bem a área.

— É um campo plano bem ao lado do Rio Oeste — contou Manvelar. — Tem espaço para muitos abrigos de verão, mas não creio que seja um bom lugar para cavalos.

— Gostei do lugar que encontramos no ano passado, ainda que muito longe das atividades, mas não sei o que nos espera este ano. Pensei em inspecionar antes, mas então vieram as pesadas chuvas de primavera e eu não quis chapinhar na lama — explicou Joharran.

— Se você não se importar em ficar um pouco distante, talvez haja um lugar mais protegido bem perto de Vista do Sol, o abrigo da Vigésima Sexta Caverna. Está numa rocha próxima à margem do antigo leito do rio, um tanto recuada dele atualmente.

— Podemos tentar. Vou enviar um batedor depois que tivermos decidido quando partir. Se a Terceira Caverna estiver disposta, poderemos viajar juntos. Você tem família lá, certo? Tem uma rota a seguir? Sei que o Rio Oeste corre na mesma direção que O Rio, por isso creio que não seja difícil encontrá-lo. Tudo que temos de fazer é seguir para o sul até o Grande Rio, depois para oeste até o Rio Oeste, então acompanhá-lo para o norte, mas, se você conhecer um caminho mais direto, talvez possa ser um pouco mais rápido.

— Na verdade, eu tenho — respondeu Manvelar. — Você sabe que a minha companheira veio da Vigésima Sexta Caverna e nós visitávamos a família dela com frequência quando nossos filhos eram mais novos. Não voltei lá desde que ela morreu, e espero ansioso por essa Reunião de Verão para ver pessoas que não vejo há muito tempo. Morizan, seu irmão e sua irmã têm primos lá.

— Podemos conversar mais quando voltarmos para buscar as peles dos leões. Obrigado pela hospitalidade da Terceira Caverna, Manvelar. — Joharran se virou para ir embora. — Já é hora de partirmos. A Segunda Caverna nos espera, e a Zelandoni Que É A Primeira tem uma gruta com uma surpresa para mostrar à Ayla.

*

Os primeiros brotos da primavera haviam deixado uma mancha de aquarela verde-esmeralda sobre o frio marrom da terra que descongelava. À medida que a estação curta avançava e talos e brotos de folhas atingiam todo o seu desenvolvimento, os campos luxuriantes substituíam as cores frias ao longo das margens dos rios. Balançando sob os ventos quentes do início do verão, o verde do crescimento rápido desaparecendo diante do dourado da maturidade, os campos de capim à frente davam seu nome ao rio que os margeava.

O grupo de viajantes, alguns da Nona Caverna e outros da Terceira, caminhavam na margem do Rio Capim refazendo os passos do dia anterior. Andavam em fila em torno da rocha saliente ao longo da trilha entre a água clara do rio e o rochedo. Enquanto caminhavam, alguns avançavam para poder seguir em fila de dois ou três.

Tomaram o caminho na direção do cruzamento, já conhecido como "Lugar da Caçada aos Leões". As pedras não formavam um caminho fácil. Uma coisa era um jovem ágil saltar de pedra em pedra escorregadia; para uma mulher grávida ou levando um bebê no colo, além de pacotes de alimentos, roupas e equipamentos, ou para homens e mulheres mais velhos, era muito diferente. Portanto, mais pedras foram cuidadosamente colocadas entre as que ficavam acima do nível da água, para tornar mais curtos os espaços entre as pedras que cruzavam o rio. Após todos terem cruzado o tributário, onde a trilha era suficientemente larga, caminharam novamente em filas de dois ou três.

Morizan esperou Jondalar e Ayla, que fechavam a retaguarda na frente dos cavalos, e passou a caminhar ao lado deles. Depois de uma breve troca de saudações, Morizan comentou:

— Não tinha ideia de como sua arma de atirar lanças é boa, Jondalar. Já praticava com ela, mas observar você e Ayla me fez rever minha avaliação.

— Acho inteligente de sua parte se familiarizar com o arremessador de lanças, Morizan. É uma arma muito eficaz. Foi ideia sua ou Manvelar sugeriu? — perguntou Jondalar.

— A decisão foi minha, mas, depois que comecei, ele me incentivou. Disse que eu estava dando um bom exemplo. Para dizer a verdade, eu não me preocupava com isso. Era apenas uma arma que eu queria estudar.

Jondalar sorriu para o jovem. Sempre havia pensado que os mais novos seriam os interessados em experimentar primeiro a nova arma, e a resposta de Morizan era exatamente a que tinha esperado.

— Ótimo. Quanto mais você praticar, melhor vai ficar. Ayla e eu já usamos o arremessador há um bom tempo, durante a viagem de um ano de volta para casa, e por mais de um ano antes da viagem. Como você pode ver, as mulheres o manuseiam com muita eficácia.

Subiram pela margem do Rio Capim durante algum tempo e então chegaram a um tributário menor chamado Rio Capinzinho. Enquanto continuavam a subir ao longo da margem do rio menor, Ayla começou a notar uma mudança no ar, mais ameno, um frescor úmido cheio de perfumes ricos. Até mesmo o capim tinha uma cor mais escura, e em alguns pontos a terra era mais macia. O caminho contornava as áreas pantanosas de tabuas e juncos altos à medida que avançavam pelo vale luxuriante e se aproximavam do rochedo de calcário.

Várias pessoas esperavam do lado de fora, entre elas duas moças. Ayla sorriu ao vê-las. Todas haviam se acasalado no mesmo Matrimonial na Reunião de Verão anterior, e ela se sentia particularmente próxima a elas.

— Levela! Janida! Estava ansiosa para revê-las. — Ela correu até as duas amigas. — Ouvi dizer que vocês resolveram se mudar para a Segunda Caverna.

— Ayla! — disse Levela. — Bem-vinda à Pedra Cabeça de Cavalo. Decidimos vir com Kimeran para vê-la, para não termos de esperar até sua visita à Segunda. É tão bom rever você!

— É mesmo — concordou Janida. Ela era consideravelmente mais jovem que as outras duas e muito tímida, mas o sorriso dava sinceras boas-vindas. — Também estou feliz em ver você, Ayla.

As três mulheres se abraçaram, mas com cautela. Ayla e Janida carregavam bebês, Levela estava grávida.

— Ouvi dizer que você teve um menino, Janida — disse Ayla.

— É. O nome dele é Jeridan. — Janida mostrou o bebê.

— Eu tenho uma filha. O nome dela é Jonayla. — A menina já estava acordada por causa da comoção, e Ayla a tirou do cobertor. Depois olhou o menino. — Ah, ele é perfeito. Posso segurá-lo?

— Claro, e eu quero segurar sua filha — disse Janida.

— Por que eu não seguro sua filha, Ayla? — sugeriu Levela. — Então você pode pegar Jerida e eu entrego... Jonayla? — Ayla concordou — a Janida.

As mulheres trocaram as crianças e brincaram amorosas com elas. Analisavam e comparavam cada uma com a sua.

— Você sabe que Levela está grávida, ou não li?

— Estou vendo. E quando vai nascer, Levela? Gostaria de vir e estar com você, e tenho certeza de que Proleva também gostaria.

— Não sei bem ao certo, algumas luas, imagino. Eu adoraria ter você comigo, e certamente minha irmã também. Mas você não precisa vir. Provavelmente estaremos todas na Reunião de Verão.

— Você tem razão — concordou Ayla. — Vai ser bom ter todos ao seu lado. Até mesmo a Zelandoni, a Primeira, estará lá, e ela é maravilhosa para auxiliar num parto.

— Talvez seja até demais — disse Janida. — Todos gostam de Levela, e não vão deixar todo mundo ficar com você. Ficaria muito cheio. Talvez você não me queira, não sou muito experiente, mas gostaria de estar com você tal como você esteve comigo, Levela. Mas entendo se preferir ter alguém que conheça há mais tempo.

— É claro que quero ter você comigo, Janida, e também Ayla. Afinal, nós compartilhamos o mesmo Matrimonial, e essa ligação é muito especial.

Ayla entendia bem os sentimentos que Janida havia expressado. Ela também se perguntava se Levela ia preferir as amigas que conhecia havia mais tempo. Ayla sentiu uma onda de carinho pela jovem mulher e ficou surpresa com as lágrimas que lutava para conter diante da pronta aceitação de Levela à sua presença. Em sua juventude, Ayla não teve muitos amigos. As meninas do Clã se acasalavam jovens, e Oga, que poderia ter sido sua amiga íntima, havia se acasalado com Broud, e ele não permitia que ela fosse amiga da menina dos Outros que ele odiava. Ela amava a filha de Iza, Uba, sua irmã no Clã, mas ela era muito mais jovem, mais uma filha que uma amiga. E, apesar de terem por fim aceitado Ayla, e até começado a gostar dela, as outras mulheres nunca de fato a entenderam. Só quando foi viver com os Mamutói e conheceu Deegie que ela pôde entender a alegria de ter uma amiga da mesma idade.

— Por falar em Matrimoniais e parceiros, onde estão Jondecam e Peridal? Acho que Jondalar também tem uma ligação especial com eles. Sei que estava ansioso para encontrá-los.

— Eles também estão esperando — disse Levela. — Jondecam e Peridal só falavam de Jondalar e do arremessador de lanças desde que soubemos que vocês vinham.

— Vocês sabiam que Tishona e Marsheval estão vivendo na Nona Caverna? — Ayla se referia a outro casal que havia se unido na mesma data. — Tentaram viver na Décima Quarta, mas Marsheval estava sempre na Nona, ou melhor, no Rio Baixo aprendendo a trabalhar marfim de mamute, e sempre pernoitava na Nona. Então, decidiram se mudar.

As três integrantes da zelandonia observavam de longe as jovens conversando. A Primeira notou a facilidade com que Ayla falava, comparando bebês e comentando animada sobre coisas do interesse de jovens mulheres com filhos ou grávidas. Há algum tempo, vinha lhe ensinando algum conhecimento rudimentar de que precisaria para se tornar uma Zelandoni completa. A jovem estava interessada e aprendia rapidamente, mas a Primeira percebia a facilidade com que Ayla se distraía. Vinha se contendo, permitindo que a jovem desfrutasse sua nova vida de mãe e mulher casada. Talvez já fosse hora de forçar um pouco mais, envolvê-la até que decidisse dedicar mais tempo ao aprendizado do que precisava saber.

— Precisamos ir, Ayla — disse a Primeira. — Gostaria que você visse a caverna antes de nos ocuparmos com refeições e com visitas e apresentações.

— Sim, precisamos — concordou Ayla. — Deixei os três cavalos e Lobo com Jondalar e precisamos cuidar deles. Tenho certeza de que há pessoas que ele gostaria de encontrar.

Caminharam em direção à íngreme parede de calcário. O sol poente brilhava diretamente sobre ela, e a pequena fogueira montada nas proximidades era quase invisível sob a luz brilhante. Uma cavidade escura era visível, mas não óbvia. Havia várias tochas apoiadas na parede, e cada um dos membros da zelandonia acendia uma. Ayla entrou no buraco, estremecendo ao ser envolvida pela escuridão. Dentro da caverna no despenhadeiro rochoso, o ar de repente ficou frio e úmido, mas não devido apenas à queda repentina de temperatura. Nunca estivera ali antes. Ayla sentia um toque de apreensão e trepidação ao entrar em grutas desconhecidas.

A passagem não era grande, mas suficientemente alta para que ninguém tivesse de se curvar para entrar. Ayla havia acendido uma tocha ainda do lado de fora e a segurava com a mão esquerda no alto e à frente, estendendo a direita até a parede, para se firmar. O embrulho quente que carregava junto ao peito, envolto no cobertor macio, ainda estava acordado, e ela recolhia a mão da parede para tocar a filha e acalmá-la. Jonayla também devia ter sentido a mudança de temperatura, pensou Ayla, olhando em volta enquanto caminhava. Não era uma caverna grande, mas se dividia em espaços menores naturais.

— É aqui, no próximo salão — disse a Zelandoni da Segunda Caverna. Também era loura e alta, apesar de um pouco mais velha que Ayla. A Zelandoni Que Era A Primeira Entre Aqueles Que Serviam À Grande Mãe Terra se afastou para deixar Ayla passar atrás da mulher que os guiava. — Pode entrar. Já vi antes. — E afastou o corpo grande do caminho.

Um homem mais velho também se afastou com ela.

— Eu também já vi antes, muitas vezes.

Ayla havia notado o quanto o velho Zelandoni da Sétima Caverna se parecia com a mulher que os guiava. Também era alto, ainda que um pouco curvo, e seus cabelos mais brancos que louros.

A Zelandoni da Segunda Caverna ergueu a tocha para lançar luz à frente; Ayla fez o mesmo. Ao passar, pensou ter visto algumas imagens indistintas nas paredes da gruta, mas, como ninguém parou para mostrá-las, não pôde ter certeza. Ouviu alguém começar a cantarolar, um som rico e agradável, e reconheceu a voz de sua mentora, a Zelandoni Que Era A Primeira. A voz ecoava na pequena câmara de pedra, mas ressoou de forma especial no momento em que entraram na sala seguinte e viraram uma esquina. Quando os membros da zelandonia ergueram as tochas para iluminar uma parede, Ayla perdeu o fôlego.

Não estava preparada para a visão à sua frente. O perfil da cabeça de um cavalo estava entalhado tão profundamente na parede de calcário que dava a impressão de nascer dela, tão real que parecia vivo. Era maior que os cavalos reais, ou então era a representação de um animal muito maior do que todos os que já tinha visto, mas Ayla entendia de cavalos, e as proporções daquele eram perfeitas. A forma do focinho, o olho, a orelha, o nariz com a narina dilatada, a curva da boca e da queixada, tudo exatamente como na vida real. E à luz tremeluzente das tochas, parecia se mover, respirar.

Ela soltou o ar com um soluço; estivera prendendo a respiração e não havia notado.

— É um cavalo perfeito, exceto por ser apenas uma cabeça!

— Por causa dele, a Sétima Caverna é chamada de Pedra Cabeça de Cavalo — falou o homem idoso bem atrás dela.

Ayla olhou a imagem, impressionada e maravilhada, e estendeu a mão para tocar a pedra, sem perguntar se era permitido. Estava atraída por ela. Manteve a mão ao lado do queixo, exatamente onde teria tocado um cavalo vivo. Depois de algum tempo, a rocha fria pareceu quente, como se quisesse viver e sair da parede de pedra. Retirou a mão, e depois voltou a tocá-la. A superfície de pedra ainda retinha um pouco de calor, mas então se resfriou novamente, e Ayla percebeu que a Primeira continuava a cantarolar enquanto ela tocava a pedra, mas parou quando retirou a mão.

— Quem o esculpiu?

— Ninguém sabe — disse a Primeira. Havia entrado depois do Zelandoni da Sétima Caverna. — Foi esculpida há tanto tempo, ninguém se lembra. Um dos Antigos, é claro, mas não existe história nem lenda que explique.

— Talvez o mesmo que esculpiu A Mãe do Lar Mais Antigo — sugeriu a Zelandoni da Segunda Caverna.

— O que a faz pensar assim? — perguntou o velho. — As duas imagens são completamente diferentes. Uma representa uma mulher segurando o chifre de um bisão, a outra é a cabeça de um cavalo.

— Já estudei as duas esculturas. Parece haver alguma semelhança de técnica. Observe o cuidado com que foram esculpidos o nariz, a boca e a mandíbula do cavalo. Quando estiver lá, observe os quadris na escultura da Mãe, o formato da barriga. Já vi mulheres exatamente como ela, especialmente as que já tiveram filhos. Tal como este cavalo, a escultura da mulher que representa Doni na caverna do Lar Mais Antigo é tão real quanto o ser vivo.

— Muito bem-observado — disse A Que Era A Primeira. — Quando formos ao Lar Mais Antigo, faremos como você sugere e examinaremos com cuidado.

— Continuaram a olhar o cavalo durante algum tempo, e então a Primeira disse: — Vamos sair. Há outras coisas aqui, mas podemos examiná-las mais tarde. Queria que Ayla visse a Cabeça de Cavalo antes de nos envolvermos com outros assuntos.

— Estou feliz por isso. Não sabia que esculturas de pedra pudessem ser tão reais.

3

— Que bom revê-los! — exclamou Kimeran, levantando-se do assento de pedra diante da Sétima Caverna para saudar Ayla e Jondalar, que haviam acabado de subir pelo caminho. Lobo vinha atrás. Jonayla estava acordada e escanchada no quadril de Ayla. — Sabíamos que tinham chegado, mas não onde estavam.

Kimeran, velho amigo de Jondalar, líder do Lar Mais Antigo, a Segunda Caverna dos Zelandonii, esperava por eles. Muito alto, cabelo claro, possuía uma leve semelhança com Jondalar, de quase 2m e cabelo louro-claro. Apesar de muitos homens serem altos, acima de 1,80m, nos ritos da puberdade, Jondalar e Kimeran já superavam em altura os outros rapazes. Desde então se aproximaram e logo se tornaram amigos. Kimeran era também irmão da Zelandoni da Segunda Caverna e tio de Jondecam, apesar de ser como um irmão para este. Sua irmã era bem mais velha, e o havia criado depois da morte da mãe, junto a seu próprio casal de filhos. O companheiro também tinha passado para o outro mundo, e pouco depois ela começou a se preparar para a zelandonia.

— A Primeira queria mostrar a Cabeça de Cavalo à Ayla, depois tivemos de acomodar os nossos cavalos — explicou Jondalar.

— Eles vão adorar seus campos. O capim é muito verde e rico — acrescentou Ayla.

— Nós o chamamos de Vale Doce. O Rio Capinzinho corre no meio dele, e a área inundável se tornou um grande campo. Às vezes, fica pantanoso na primavera, quando a neve derrete, e também durante as chuvas do outono, mas no verão, quando tudo mais já secou, o campo fica novo e verde — disse Kimeran enquanto andavam em direção à moradia na ponte alta. — Atrai uma bela procissão de herbívoros para cá durante todo o verão, e torna fácil a caçada. A Segunda e a Sétima Caverna sempre mantêm alguém vigiando.

Encontraram mais pessoas.

— Vocês se lembram de Sergenor, o líder da Sétima Caverna? — Kimeran indicou um homem de meia-idade e cabelos negros que observava o lobo com apreensão, permitindo que o jovem líder apresentasse seus amigos.

— Claro — disse Jondalar, notando a apreensão do outro e pensando que aquela visita poderia ser propícia para ajudar o grupo a ficar mais à vontade perto de Lobo. — Lembro-me de quando Sergenor veio conversar com Marthona ao ser escolhido para ser o líder da Sétima. Creio que você já conheça Ayla.

— Fui um dos muitos a quem ela foi apresentada no ano passado, quando vocês vieram pela primeira vez, mas ainda não tive a oportunidade de saudá-la pessoalmente. — Sergenor estendeu as mãos com as palmas para cima. — Em nome de Doni, seja bem-vinda à Sétima Caverna dos Zelandonii, Ayla da Nona Caverna. Sei que você tem muitos outros nomes e alianças, alguns bem incomuns, mas devo admitir que não me lembro deles.

Ayla tomou nas suas as mãos oferecidas.

— Sou Ayla da Nona Caverna dos Zelandonii, acólita da Zelandoni da Nona Caverna, A Primeira Entre Aqueles Que Serviam. — Então hesitou, sem saber quantas alianças de Jondalar devia mencionar. Na Cerimônia Matrimonial do verão anterior, todos os seus nomes e alianças foram acrescentados aos dela, e isso produzia uma longa recitação, mas a lista inteira só era exigida nas cerimônias mais solenes. Como aquela era a apresentação oficial ao líder da Sétima Caverna, queria fazer uma introdução formal, porém não uma interminável.

Decidiu citar as ligações mais próximas e continuar com as suas, inclusive as anteriores. Terminou com os títulos acrescentados num espírito mais leve, mas que ela gostava de usar:

— Amiga dos cavalos Huiin, Racer e Cinza, e do caçador de quatro patas, Lobo. Em nome da Grande Mãe de Todos eu o saúdo, Sergenor, líder da Sétima Caverna dos Zelandonii, e gostaria de agradecer o convite para conhecer a Pedra Cabeça de Cavalo.

Definitivamente, ela não é uma Zelandonii, pensou Sergenor, ao ouvi-la falar. Pode ter os nomes e as alianças de Jondalar, mas é uma estrangeira, com costumes estrangeiros, especialmente em relação aos animais. Ao soltar as mãos dela, olhou de soslaio para o lobo que havia se aproximado.

Ayla percebeu seu desconforto perto do grande animal. Já tinha observado que Kimeran também não ficava à vontade perto do lobo, embora tivesse sido apresentado a Lobo no ano anterior, pouco depois de terem chegado, e de já tê-lo visto várias vezes. Nenhum dos líderes estava acostumado a ver um caçador carnívoro passear tão à vontade entre pessoas. Pensou o mesmo que Jondalar: aquela seria uma boa oportunidade para fazê-los se acostumarem com Lobo.

As pessoas da Sétima Caverna notavam a chegada do casal vindo da Nona, de quem todos falavam, e mais gente se aproximava para ver a mulher com o lobo. No verão anterior, a grande sensação de todas as cavernas foi a chegada de Jondalar de sua viagem de cinco anos, montado num cavalo e trazendo uma mulher estrangeira. Na chegada à Nona Caverna ou durante a última Reunião de Verão, os dois haviam conhecido habitantes da maioria das Cavernas próximas, mas aquela era a primeira vez que visitavam a Sétima e a Segunda Cavernas.

Ayla e Jondalar planejaram a visita para o outono anterior, mas não conseguiram cumprir. Não que as Cavernas fossem muito afastadas, mas algo sempre parecia interferir. Então chegou o inverno, e Ayla engravidou. Todas as expectativas adiadas fizeram da visita uma ocasião, especialmente porque a Primeira decidira ter ali ao mesmo tempo uma reunião com a zelandonia local.

— Quem esculpiu a Cabeça de Cavalo na caverna inferior conhecia cavalos. É uma escultura perfeita — comentou Ayla.

— Foi o que sempre pensei, mas é bom ouvi-lo de alguém que conhece cavalos tão bem como você — disse Sergenor.

Lobo estava sentado sobre as ancas com a língua pendendo para fora da boca, olhando o homem; a orelha torta lhe dava uma aparência meio arrogante e satisfeita. Ayla sabia que ele esperava ser apresentado. Ele havia observado quando ela saudara o líder da Sétima Caverna, e sempre esperava ser apresentado a todo estrangeiro que ela saudasse daquela forma.

— Gostaria também de agradecer por ter me permitido trazer Lobo. Ele se sente infeliz quando não está ao meu lado, e agora também se sente infeliz longe de Jonayla, pois gosta muito de crianças.

— Esse lobo gosta de crianças? — perguntou Sergenor.

— Lobo não foi criado entre lobos, mas com as crianças de Mamutói do Acampamento do Leão e vê as pessoas como sua alcateia. E todos os lobos amam os filhotes da alcateia. Ele me viu saudar você e agora espera ser apresentado. Ele aprendeu a aceitar toda pessoa que o apresento.

Sergenor franziu o cenho.

— Como você apresenta um lobo? — perguntou. Olhou para Kimeran e viu seu sorriso sarcástico.

O homem mais jovem se lembrava de sua apresentação a Lobo, e, apesar de ainda se sentir um tanto nervoso perto do carnívoro, divertia-se com o desconforto do homem mais velho.

Ayla fez um sinal para Lobo se aproximar e se ajoelhou para passar o braço em torno do animal, então estendeu a mão para pegar a de Sergenor, que a recolheu violentamente.

— Ele só precisa sentir seu cheiro — explicou Ayla —, para poder se familiarizar. É assim que os lobos se apresentam uns aos outros.

— Você fez isso, Kimeran? — perguntou Sergenor, notando que a maioria das pessoas de sua Caverna e seus visitantes o observavam.

— Sim, na verdade fiz. No verão passado, quando eles estiveram na Terceira Caverna para caçar antes da Reunião de Verão. Nas outras vezes em que encontrei o lobo durante a Reunião, tinha a sensação de que ele me reconhecia, apesar de me ignorar.

Sergenor não queria, mas, com tanta gente o observando, se sentiu pressionado a aquiescer. Não gostaria que ninguém pensasse que tinha medo de fazer o que o líder mais novo fizera. Lenta e hesitantemente, estendeu a mão na direção do carnívoro. Ayla tomou-a e a aproximou do focinho do animal. Lobo franziu o focinho e, com a boca fechada, expôs os grandes dentes de corte, no que Jondalar sempre considerou ser um sorriso esnobe. Mas não era o que Sergenor via. Ayla sentia o tremor em suas mãos e o cheiro azedo de medo. E sabia que Lobo também sentia.

— Lobo não vai feri-lo, eu prometo — disse Ayla baixinho.

Sergenor rilhou os dentes, forçando-se a aguentar firme enquanto o lobo aproximava a boca cheia de dentes de sua mão. Lobo farejou e depois lambeu.

— O que ele está fazendo? — perguntou Sergenor. — Tentando descobrir o meu gosto?

— Não, está tentando acalmá-lo, como faria com um filhote. Venha, toque a cabeça dele. — Ela afastou a mão de Sergenor dos dentes afiados, falando numa voz tranquilizadora: — Você já sentiu o pelo de um lobo vivo? Percebe que em torno das orelhas e em volta do pescoço ele é um pouco mais grosso e áspero? Lobo gosta de ser acariciado atrás das orelhas.

Quando finalmente soltou a mão do homem, ele a puxou, apertando-a com a outra.

— Agora ele será capaz de reconhecê-lo. — Ayla nunca havia visto alguém com tanto medo de Lobo, nem mais corajoso na superação do medo. — Você já teve alguma experiência com lobos?

— Uma vez, quando eu era muito novo, fui mordido por um. Na verdade, não me lembro, minha mãe me contou, mas ainda tenho as cicatrizes.

— Isso quer dizer que o espírito do Lobo o escolheu. O Lobo é o seu totem. É o que dizem as pessoas que me criaram. — Ela sabia que os totens não eram vistos da mesma maneira pelos Zelandonii e pelo Clã. Nem todos tinham um espírito protetor, mas eram considerados símbolos de sorte pelos que o possuíam. — Fui ferida por um leão-das-cavernas quando era muito nova, talvez com 5 anos. Ainda tenho as cicatrizes e às vezes sonho com o ataque. Não é fácil viver com um totem poderoso como um Leão ou um Lobo, mas o meu me ajudou, me ensinou muitas coisas.

Sergenor estava intrigado.

— O que você aprendeu com um leão-das-cavernas?

— Como vencer o medo, por exemplo. Acho que você aprendeu a fazer o mesmo. Seu totem Lobo deve tê-lo ajudado sem que você se desse conta.

— Talvez, mas como se sabe que foi ajudado por um totem? O espírito de um Leão-das-Cavernas realmente ajudou você?

— Mais de uma vez. As quatro cicatrizes que as garras do leão deixaram na minha perna são a marca de um Leão-das-Cavernas. Geralmente só um homem recebe um totem tão forte, mas as marcas do Clã eram tão evidentes que o líder me aceitou, apesar de eu ter nascido dos Outros. Esse é o nome que os membros do Clã dão a gente como nós. Eu era muito nova quando perdi minha gente. Se o Clã não tivesse me acolhido e me criado, eu não estaria viva hoje.

— Interessante, mas você disse "mais de uma vez" — recordou Sergenor.

— Outra vez foi quando me tornei mulher, e o novo líder me forçou a partir. Eu caminhei por um longo tempo à procura dos Outros, como minha mãe no Clã havia me ensinado antes de morrer. Mas, quando não consegui encontrá-los e tive de encontrar um lugar para ficar antes do inverno, o meu totem enviou uma alcateia de leões que me fez mudar de direção, e eu cheguei a um vale onde consegui sobreviver. E também foi meu leão-das-cavernas quem me levou até Jondalar.

As pessoas em volta ouviam a história fascinadas. Nem mesmo Jondalar sabia aquela versão da história.

— E essas pessoas que a acolheram — perguntou um deles —, que você chama de Clã, elas são realmente Cabeças Chatas?

— Esse é o nome que vocês dão a eles. Eles se chamam de Clã, o Clã do Urso-das-Cavernas, porque veneram o espírito do Urso-das-Cavernas. É o totem de todos eles, é o totem do Clã.

— Acho que é o momento de mostrarmos a esses viajantes onde podem estender as esteiras e descansar para podemos compartilhar uma refeição — disse uma mulher que havia acabado de chegar. Era atraente, agradavelmente roliça, com o brilho da inteligência e do espírito nos olhos.

Sergenor sorriu com afeto caloroso.

— Esta é a minha companheira, Jayvena, da Sétima Caverna dos Zelandonii. Tem muito mais nomes e alianças, mas vou deixar que ela se apresente.

— Mas não agora. Em nome da Mãe, seja bem-vinda, Ayla da Nona Caverna. Tenho certeza de que você prefere se acomodar em vez de recitar nomes e alianças.

Quando saíam, Sergenor tocou o braço de Ayla e a olhou, então disse em voz baixa:

— Às vezes, eu sonho com lobos. — Ela sorriu.

Uma jovem voluptuosa de cabelos negros se aproximou com dois bebês nos braços: um menino de cabelos negros e uma menina loura. Sorriu para Kimeran, que tocou levemente a face na dele, e em seguida se dirigiu aos visitantes:

— Vocês conheceram Beladora, minha parceira, no verão passado, não é? — disse ele, acrescentando numa voz carregada de orgulho: — E o filho e a filha dela, os filhos da minha casa?

Ayla se lembrava vagamente de ter encontrado a mulher no verão anterior, apesar de não ter tido oportunidade de conhecê-la bem. Sabia que Beladora tinha dado à luz os dois filhos durante a Reunião de Verão na época do primeiro Matrimonial, quando ela e Jondalar acasalaram. Todos estavam comentando o nascimento. Isso quer dizer que os dois logo estarão contando um ano, pensou.

— Sim, é claro. — Jondalar deu um sorriso para a mulher e seus gêmeos, e depois, sem ter consciência do que fazia, examinou com mais atenção a atraente jovem mãe, os olhos azuis carregados de elogios. Ela sorriu para ele. Kimeran se aproximou e passou o braço pela cintura dela.

Ayla sabia ler linguagem corporal, mas imaginava que qualquer um teria entendido o que acabara de ocorrer. Jondalar achava Beladora atraente e não conseguiu deixar de demonstrá-lo, assim como ela não pôde deixar de corresponder. Jondalar não tinha consciência do próprio carisma nem percebia que o projetava, mas o companheiro de Beladora o intuiu claramente. Sem dizer uma palavra, Kimeran se aproximou e fez conhecer seu território.

Ayla assistia ao pequeno incidente com tanto interesse que, apesar de Jondalar ser seu companheiro, não sentiu ciúme. Começava a apreciar os comentários que ouvia sobre ele desde a chegada dos dois. Num nível mais profundo, sabia que Jondalar apenas apreciava; não tinha outro desejo que não o de olhar. Ele possuía outro lado, que raramente mostrava até mesmo para ela e apenas quando estavam sozinhos.

As emoções de Jondalar sempre foram muito fortes, suas paixões, muito grandes. Toda a sua vida havia lutado para controlá-las e só conseguira depois de aprender não expor seus sentimentos. Para ele, não era fácil demonstrar toda a intensidade de seus sentimentos. Por isso, nunca evidenciava publicamente a força de seu amor por Ayla, mas, às vezes, quando estavam a sós, não era capaz de controlá-lo. Era tão poderoso que algumas vezes se sentia esmagado.

Quando virou a cabeça, Ayla notou a Zelandoni Que Era A Primeira observando-a, e compreendeu que ela também tinha percebido as interações mudas e tentava julgar sua resposta. Ayla lhe deu um sorriso consciente e depois voltou a atenção para o bebê, que se agitava no cobertor, tentando encontrar um meio de mamar. Aproximou-se da jovem mãe que estava parada ao lado de Jayvena.

— Saudações, Beladora. Fico feliz em vê-la, especialmente com seus filhos. Jonayla molhou a roupa, mas eu trouxe algumas extras. Você poderia me mostrar onde eu poderia trocá-la?

A mulher com um filho em cada quadril sorriu.

— Venha comigo — disse ela. E as três mulheres se dirigiram ao abrigo.

Beladora ouvira comentários sobre o sotaque diferente de Ayla, mas ainda não a escutara sua voz. Estava em trabalho de parto durante o Matrimonial em que Jondalar se casara com a mulher estrangeira e não teve a oportunidade de conversar com ela depois. Esteve ocupada com outros afazeres. Mas agora entendia a razão de tantos comentários. Apesar de falar Zelandonii muito bem, Ayla não pronunciava os sons exatos. No entanto, era bom ouvi-la. A própria Beladora vinha de uma região distante, ao sul, e, apesar de sua entonação não ser tão diferente quanto a de Ayla, ela falava o idioma com seu próprio sotaque.

Ayla sorriu ao ouvi-la falar.

— Acho que você não nasceu Zelandonii. Como eu.

— Meu povo é conhecido como Giornadonii. Somos vizinhos de uma Caverna dos Zelandonii muito ao sul daqui, onde é mais quente. — Beladora sorriu. — Conheci Kimeran quando ele foi com sua irmã na sua Jornada Donier.

Ayla se perguntou o que seria uma "Jornada Donier". Era claro que tinha algo a ver com ser uma Zelandoni, pois "donier" era outra maneira de se referir Àquele Que Serve À Grande Mãe, mas decidiu perguntar mais tarde à Primeira.

As chamas tremulantes do fogo lançavam um brilho reconfortante, além dos limites da lareira oblonga que as continha, e pintavam uma luz quente e dançante sobre as paredes calcárias do abrigo. O teto de pedra da projeção acima do fogo refletia aquele brilho sobre a cena, dando às pessoas um ar de radiante bem-estar. Uma deliciosa refeição comunal, que exigira muito tempo e trabalho de várias pessoas, havia sido consumida, inclusive um enorme pedaço de megácero assado num espeto estendido sobre grandes ramos acima do fosso retangular de fogo. Ofereceram-se bebidas: muitas variedades de chá, um vinho frutado fermentado e uma bebida alcoólica chamada barma, feita da seiva de bétula com o acréscimo de vários grãos, mel e diferentes frutas. Cada um tomou um caneco de sua bebida favorita.

Naquele momento, a Sétima Caverna dos Zelandonii, bem como os muitos parentes da Segunda Caverna e os visitantes da Nona e da Terceira Cavernas estavam prontos para descansar. Andavam por ali à procura de um lugar para sentar perto do conforto da lareira. Uma sensação aguçada de antecipação e prazer permeava o grupo. Os visitantes sempre traziam alguma animação, mas a mulher estrangeira, com seus animais e suas histórias exóticas, prometia ser mais estimulante que o normal.

Ayla e Jondalar estavam no meio de um grupo que incluía Joharran e Proleva, Sergenor e Jayvena, Kimeran e Beladora, os líderes da Nona, Sétima e Segunda Cavernas, além de vários outros, inclusive as jovens Levela e Janida e seus companheiros, Jondecam e Peridal. Os líderes discutiam com moradores da Sétima Caverna quando os visitantes deviam partir da Pedra Cabeça de Cavalo em direção ao Lar Mais Antigo, com apartes bem-humorados, numa disputa amistosa com a Segunda Caverna sobre onde os visitantes deveriam permanecer mais tempo.

— O Lar Mais Antigo existe há bastante tempo e deve ser considerado mais importante e ter mais prestígio — disse Kimeran com um sorriso provocador. — Por isso deveríamos hospedá-los por um tempo maior.

— Isso quer dizer que, por ser mais velho que você, eu deveria ter mais prestígio? — retrucou Sergenor com um sorriso revelador. — Vou me lembrar disso.

Ayla ouvia e sorria com os outros, mas queria fazer uma pergunta.

— Agora que vocês trouxeram à baila a questão da idade das Cavernas — disse ela aproveitando uma interrupção da conversa —, há uma coisa que eu gostaria de saber.

Todos se voltaram para ela.

— É só perguntar — disse Kimeran com exagerada cortesia e amizade que trazia à tona algo mais. Ele havia bebido alguns copos de barma e notava como a companheira de seu amigo alto era atraente.

— No verão passado, Manvelar me contou um pouco sobre os nomes numéricos das Cavernas, mas ainda estou confusa. Quando fomos à Reunião de Verão no ano passado, paramos na Vigésima Nona Caverna para pernoitar. Eles vivem em três abrigos separados em torno de um grande vale, cada um com um líder e um Zelandoni, e mesmo assim são chamados pela mesma palavra numérica: Vigésima Nona. A Segunda Caverna é intimamente relacionada com a Sétima, e vivem nos lados opostos de um vale, então, por que vocês têm uma Caverna com palavra numérica diferente? Por que não fazem parte da Segunda Caverna?

— Essa eu não sou capaz de responder. Não sei — disse Kimeran, que então fez um gesto na direção do homem mais velho. — Você terá de perguntar ao líder mais antigo. Sergenor?

Sergenor sorriu, mas avaliou a pergunta por um momento.

— Para ser franco, eu também não sei. Isso nunca me ocorreu antes. E não conheço as Histórias nem as Lendas dos Antigos que tratam disso. Há quem conte histórias dos habitantes originais desta região, a Primeira Caverna dos Zelandonii, mas eles já desapareceram há muito tempo. Ninguém sabe com certeza onde era o seu abrigo.

— Mas você sabe que a Segunda Caverna é o povoado dos Zelandonii mais antigo que ainda existe? — perguntou Kimeran, a voz levemente arrastada. — É por isso que ela é chamada de Lar Mais Antigo.

— Isso eu sei — disse ela, enquanto se perguntava se ele ia necessitar da "bebida da manhã seguinte" que havia preparado para Talut, o líder Mamutói do Acampamento do Leão.

— Vou lhe dizer o que eu acho — disse Sergenor. — Quando as famílias da Primeira e da Segunda Cavernas ficaram grandes demais para os abrigos existentes, algumas delas, descendentes das duas cavernas, bem como as pessoas que haviam chegado à região, se mudaram para mais longe, tomando a próxima palavra de contar quando se estabeleceram numa nova Caverna. Quando o grupo de pessoas da Segunda Caverna que fundou nossa Caverna decidiu se mudar, a palavra de contar ainda sem uso era a sétima. Eram principalmente famílias jovens, alguns casais recentemente unidos, os filhos da Segunda Caverna, e queriam continuar próximos de suas famílias, então se mudaram para cá, do outro lado do Vale Doce, para fundar o novo lar. Apesar de as duas Cavernas serem intimamente relacionadas, quase formando uma única Caverna, acho que escolheram um novo número porque era o costume. Portanto, nós nos tornamos duas Cavernas separadas: o Lar Mais Antigo, a Segunda Caverna dos Zelandonii, e a Sétima Caverna, a Pedra Cabeça de Cavalo. Somos apenas ramos diferentes da mesma família.

"A Vigésima Nona é uma Caverna mais nova. Quando se mudaram para os novos abrigos, acredito que pretendessem adotar a mesma palavra numérica para seu nome, porque quanto menor a palavra numérica, mais antiga é a povoação. Existe certo prestígio em ter uma palavra numérica mais baixa, e Vinte e Nove já é bastante grande. Suspeito que nenhuma das pessoas que fundou as novas Cavernas queria uma palavra maior. Decidiram se chamar Três Pedras, a Vigésima Nona Caverna dos Zelandonii, e então usar os nomes que já tinham dado aos locais para explicar a diferença.

"A povoação original se chama Pedra do Reflexo, porque de certos lugares é possível se ver refletido na água abaixo. É um dos poucos abrigos que dão para o norte, e nele é mais difícil se aquecer, mas é um lugar notável e tem muitas outras vantagens. É chamado de Porção Sul da Vigésima Nona Caverna ou, às vezes, Porção Sul das Três Pedras. A Face Sul passou a ser a Porção Norte, e o Acampamento de Verão se tornou a Porção Oeste da Vigésima Nona Caverna. Acho que o sistema deles é mais complicado e confuso, mas foi o que escolheram."

— Se a Segunda Caverna é a mais antiga, então o segundo grupo mais antigo ainda existente deve ser a Pedra dos Dois Rios, a Terceira Caverna dos Zelandonii. Ficamos lá ontem à noite. — Ayla balançava a cabeça à medida que compreendia.

— Isso mesmo. — Proleva entrou na conversa.

— Mas não existe uma Quarta Caverna, existe?

— Existiu uma Quarta Caverna — respondeu Proleva —, mas ninguém sabe o que aconteceu com ela. Há lendas que indicam alguma catástrofe que atingiu mais de uma caverna, e a Quarta pode ter desaparecido nessa época, mas ninguém sabe. Foi um período negro das Histórias. Há quem sugira lutas com os Cabeças Chatas.

— A Quinta Caverna, chamada Vale Antigo, subindo O Rio vem depois da Terceira — disse Jondalar. — Íamos visitá-la a caminho da Reunião de Verão do ano passado, mas eles já haviam partido, você se lembra? — Ayla assentiu. — Tinham vários abrigos nas duas margens do vale do Rio Curto, alguns para moradia, outros para depósito, mas não usam palavras de contar separadas. Todo o Vale Antigo é a Quinta Caverna.

— A Sexta Caverna também desapareceu — continuou Sergenor. — Há histórias diferentes contando o que teria acontecido. A maioria acredita que uma doença reduziu o número de habitantes. Outros creem que teria sido uma diferença de opinião entre facções. De qualquer forma, as Histórias indicam que as pessoas que viveram na Sexta Caverna se juntaram às de outras, e assim nós, a Sétima Caverna, somos a Caverna seguinte. Não existe uma Oitava Caverna, por isso sua Caverna, a Nona, é a que vem depois da nossa.

Houve um momento de silêncio enquanto a informação era absorvida. Depois, mudando de assunto, Jondecam perguntou a Jondalar se ele poderia examinar o arremessador de lanças que tinha construído, e Levela disse à irmã mais velha, Proleva, que estava pensando em ir à Nona Caverna para ter seu bebê, o que provocou um sorriso. As pessoas se engajaram em conversas particulares e logo se dividiram em grupos.

Jondecam não era o único que queria fazer perguntas sobre o arremessador de lanças, especialmente depois da caçada a leões no dia anterior. Jondalar havia desenvolvido a arma de caça enquanto vivia com Ayla no vale oriental. Ele realizou demonstrações quando voltou para sua casa no verão anterior. Fez outras apresentações na Reunião de Verão.

Um pouco mais cedo, durante a tarde, quando Jondalar esperava Ayla da visita à Pedra Cabeça de Cavalo, muitos praticaram o arremesso de lanças com os arremessadores que haviam construído seguindo o modelo que o viram usando, enquanto Jondalar lhes dava instruções e conselhos. Naquele momento, um grupo de pessoas formado principalmente por homens, mas incluindo também algumas mulheres, tinha se reunido em torno dele para fazer perguntas sobre as técnicas de construção de arremessadores e de lanças leves que se mostraram tão eficazes.

Do outro lado da lareira, perto da parede que ajudava a conter o calor, várias mulheres com filhos, Ayla entre elas, estavam reunidas, alimentando, embalando ou vigiando os bebês adormecidos, enquanto conversavam.

Numa área separada, mais isolada do abrigo, a Zelandoni Que Era A Primeira conversava com os outros membros da zelandonia e seus acólitos, sentindo-se um tanto irritada porque Ayla, sua acólita, não se juntara a eles. Sabia que a tinha forçado a ser acólita, mas ela já era uma curadora consumada ao chegar, além de ter outras habilidades notáveis, inclusive o poder de controlar os animais. Ela era por natureza uma Zelandoni.

O Zelandoni da Sétima havia feito uma pergunta à Primeira e esperava uma resposta com paciência. Ele havia notado que a da Nona Caverna parecia distraída e um tanto irritada. Já a vinha observando desde a chegada dos visitantes e vira a irritação se intensificar, assim, adivinhou a causa. As visitas da zelandonia com seus acólitos eram boas ocasiões para ensinar aos noviços um pouco do conhecimento e das lendas que tinham de aprender e guardar na memória, e a acólita dela não participava. Mas, pensou ele, se havia escolhido uma acólita casada e com filho pequeno, a Primeira tinha de saber que a atenção integral dela não seria dedicada à zelandonia.

— Com licença, um momento — disse a Primeira, levantando-se de um tapete sobre uma pedra baixa e se dirigindo ao grupo de jovens mães conversando. — Ayla. — Ela sorria. Gostava de ocultar seus verdadeiros sentimentos. — Lamento interromper, mas o Zelandoni da Sétima acabou de me fazer uma pergunta sobre como consertar ossos quebrados, e eu pensei que você poderia ter algumas ideias a oferecer.

— Claro, Zelandoni. Deixe-me pegar Jonayla. Ela está logo ali.

Ayla se levantou, mas hesitou quando viu a filha adormecida. Lobo a vigiava e ganiu, batendo a cauda contra o chão. Estava deitado ao lado do bebê que considerava ser sua principal responsabilidade. Lobo havia sido o último filhote da ninhada de uma loba solitária que Ayla tinha matado por ter roubado as caças das armadilhas dela, antes de perceber que ela ainda estava amamentando. Seguiu os rastros até a cova, encontrou um filhote vivo e o trouxe consigo. O animal cresceu na apertada moradia de inverno dos Mamutói. Era tão novo quando ela o encontrara, não mais que quatro semanas, que ele se apegara aos humanos e adorava os jovens, especialmente o bebê de Ayla.

— Odeio perturbá-la. Ela acabou pegar no sono. Não está acostumada a visitas, e esta noite foi muito agitada.

— Nós tomamos conta dela — ofereceu Levela, sorrindo. — Ou pelo menos podemos ajudar Lobo. Ele não vai perdê-la de vista. Se ela acordar, nós a levamos até você. Mas agora que Jonayla finalmente dormiu, acho que não vai acordar tão cedo.

— Obrigada, Levela. — Ayla sorriu para as duas mulheres à sua frente. — Você é mesmo irmã de Proleva. Já percebeu o quanto se parece com ela?

— Sei que senti falta dela desde que se uniu a Joharran. — Levela olhou a irmã. — Éramos muito ligadas. Proleva foi como uma segunda mãe para mim.

Ayla seguiu A Que Era A Primeira até o grupo Daquelas Que Serviam À Mãe. Notou que a maioria dos membros locais da zelandonia estavam ali. Além da Primeira, a Zelandoni da Nona Caverna e, é claro, os integrantes da zelandonia da Segunda e da Sétima Cavernas. Estavam também ali o Zelandoni da Terceira e o da Décima Primeira Cavernas. A Zelandoni da Décima Quarta não viera, mas havia enviado sua primeira acólita. Estavam ali vários acólitos. Ayla reconheceu as duas mulheres mais jovens e um rapaz da Segunda e da Sétima Cavernas. Sorriu para Mejera, da Terceira Caverna, e cumprimentou o ancião que era Zelandoni da Sétima, e em seguida a mulher que era filha da família dele, a Zelandoni da Segunda, mãe de Jondecam. Ayla desejava, havia algum tempo, conhecer melhor a Segunda. Eram poucas as Zelandoni que tinham filhos, mas ela se casara e criara dois filhos, além do irmão Kimeran depois da morte da mãe deles.

— Ayla tem mais experiência na fixação de ossos quebrados, Zelandoni da Sétima. Você devia lhe dirigir sua pergunta — disse a Primeira, sentando-se e indicando um tapete para Ayla.

— Sei que, se uma fratura recente é fixada corretamente, vai se curar corretamente. Já fiz isso muitas vezes, mas alguém me perguntou se era possível fazer alguma coisa quando uma fratura não foi fixada corretamente e ela se consolidasse torta — perguntou imediatamente o homem mais velho. Ele não estava interessado apenas na resposta; tinha ouvido da Que Era A Primeira tanto sobre a habilidade de Ayla que queria ver se ela ficaria nervosa com uma pergunta direta de alguém com a idade e a experiência dele.

Ayla se deixou cair sobre o tapete e voltou o rosto para ele, que notou nela um modo de se abaixar particularmente fluido e gracioso, e um modo de encará-lo que era direto, mas não sem transmitir um sentimento de respeito. Apesar de esperar uma apresentação formal aos outros acólitos e de ser surpreendida por uma pergunta tão direta, respondeu sem hesitação:

— Vai depender da fratura e do tempo de cura. Se for uma fratura antiga, é difícil fazer alguma coisa. Um osso consolidado, ainda que torto, é mais forte que um osso não fraturado. Se você tentar quebrá-lo outra vez para fixá-lo corretamente, ele provavelmente se quebrará na parte sã. Mas, se a fratura apenas começou a se consolidar, às vezes é possível quebrá-lo outra vez e fixá-lo corretamente.

— Você já fez isso? — perguntou o Sétimo, um tanto desconcertado pela forma como ela falou. Um sotaque estranho, diferente daquele da bela companheira de Kimeran, com um desvio agradável de certos sons. Quando a mulher estrangeira de Jondalar falava, era como se engolisse certos sons.

— Já. — Ayla teve a sensação de que estava sendo testada, um pouco como Iza às vezes fazia ao perguntar sobre práticas curativas e uso de plantas medicinais. — Na viagem até aqui, paramos para visitar conhecidos de Jondalar, os Sharamudói. Quase uma lua antes da nossa chegada, uma mulher sofreu uma queda feia e quebrou o braço. A fratura estava se consolidando errado, curva, de forma que não lhe permitia usar o membro, muito dolorosa. O curador havia morrido no inverno anterior, e eles ainda não tinham um novo, e ninguém ali sabia como fixar um braço. Consegui quebrar o osso novamente e tornei a fixá-lo. Não ficou perfeito, mas ficou melhor. Ela não teria o uso total do braço, mas poderia usá-lo, e, quando partimos, ele estava se recuperando bem e não lhe causava mais dores.

— Quebrar o braço não causou dores a ela? — perguntou um jovem.

— Acho que ela não sentiu dor. Dei a ela uma poção que a fez dormir e relaxar os músculos. Eu chamo de datura...

— Datura? — interrompeu o velho. O sotaque de Ayla soou particularmente forte quando ela pronunciou a palavra.

— Em Mamutói, o nome é uma palavra que poderia significar "maçã-de-espinho" em Zelandonii, porque dá uma fruta que poderia ser descrita assim. É uma planta grande, de cheiro forte, com grandes flores brancas que saem do tronco.

— Sim, acho que conheço — disse o velho Zelandoni da Sétima Caverna.

— Como você sabia o que fazer? — perguntou a jovem sentada ao lado do velho, num tom que pareceu cheio de admiração por alguém que não passava de uma acólita, mas já tão sabia.

— É uma boa pergunta — concordou o Sétimo. — Como você soube o que fazer? Onde adquiriu experiência? Você parece saber muito, apesar de tão jovem.

Ayla olhou a Primeira, que parecia muito satisfeita. Ela não soube motivo, mas teve a impressão de que a mulher estava satisfeita com o que sua acólita falava.

— A mulher que me acolheu e me criou quando eu ainda era menina era a curadora do seu povo. Ela me treinou para também me tornar uma. Os homens do Clã usam nas caçadas uma lança diferente da lança Zelandonii, mais longa e grossa, e eles não a atiram, golpeiam o animal com ela, por isso têm de se aproximar muito. É bastante perigoso, eles comumente se ferem. Às vezes, os caçadores percorrem grandes distâncias para encontrar algo. Se alguém quebra um osso durante a caçada, ele começa a se consolidar antes de ser fixado. Algumas vezes, ajudei Iza quando ela teve de quebrar novamente um osso para tornar a fixá-lo, e também ajudei as curadoras do Clã a fazer a mesma coisa.

— Essas pessoas a quem você chama de Clã são os Cabeças Chatas? — perguntou o jovem.

Essa pergunta já lhe fora feita, e ela acreditava que pelo mesmo jovem.

— Essa é a palavra que vocês usam para designá-los.

— É difícil acreditar que eles sabem fazer tantas coisas — comentou ele.

— Não para mim. Eu vivi com eles.

Houve um silêncio desagradável por alguns momentos, e então a Primeira mudou de assunto:

— Acho que é uma boa hora para os acólitos aprenderem ou, para alguns de vocês, revisarem as palavras de contar, alguns de seus usos e significados. Todos vocês conhecem as palavras de contar, mas o que fazer quando há muitas coisas a serem contadas? Zelandoni da Segunda Caverna, você poderia explicar?

O interesse de Ayla foi aguçado. Fascinada, inclinou-se para a frente. Sabia que os números eram mais complexos e poderosos que as simples palavras de contar, caso soubesse manuseá-los. A Primeira notou sua atenção satisfeita. Tinha certeza de que Ayla possuía uma curiosidade particular com relação ao conceito de contagem.

— Vocês podem usar as mãos — começou a Segunda e apresentou as mãos. — Com a mão direita, você conta com os dedos à medida que cada palavra é pronunciada, até cinco. — Fechou o punho e levantou um dedo por vez à medida que contava, a começar do polegar. — Você pode contar outros cinco com a mão esquerda até chegar a dez, mas esse é o máximo a que se pode chegar com a contagem. No entanto, em vez de usar a mão esquerda para contar os cinco seguintes, você pode dobrar um dedo, o polegar, para indicar os cinco primeiros — ela ergueu a mão esquerda com as costas para fora —, depois torna a contar com a direita e dobrar o segundo dedo da mão esquerda para indicá-lo. — Dobrou o indicador sobre o polegar, de forma a apresentar as mãos abertas, com exceção do polegar e indicador da mão esquerda. — Isso quer dizer dez — continuou. — Se dobrar o próximo dedo, teremos 15. O dedo seguinte significa vinte, e o último, 25.

Ayla ficou pasma. Entendeu imediatamente a ideia, apesar de ser mais complexa do que as simples palavras de contar que Jondalar havia lhe ensinado. Lembrou-se de quando havia aprendido o conceito de cálculo do número de coisas. Foi Creb, o Mog-ur do Clã, quem lhe ensinara, mas ele só contava até dez. Na primeira vez em que ele mostrou como contava, quando ela ainda era menina, colocou cada dedo da mão sobre cinco pedras diferentes, e então, como tinha um braço amputado abaixo do cotovelo, repetiu o gesto, imaginando os dedos da outra mão. Com grande dificuldade, ele conseguia forçar a imaginação e contar até vinte, razão pela qual ficou chocado quando ela conseguiu contar até 25 sem dificuldade.

Ela não usava palavras, como Jondalar. Contava usando pedrinhas, mostrando a Creb 25 ao colocar os cinco dedos sobre pedras diferentes cinco vezes. Creb teve dificuldade para aprender a contar, mas ela entendeu o conceito com facilidade. Ele lhe disse para não contar a ninguém o que havia feito. Sabia que ela era diferente do Clã, mas só então percebeu o quanto; também tinha consciência de que aquilo ia desagradar aos outros, especialmente Brun e os homens, talvez o suficiente para expulsá-la.

A maioria do Clã só contava um, dois, três e muitos, apesar de terem graduações para muitos e possuírem outras formas de entender quantidades. Por exemplo, não tinham palavras de contar para os anos de vida de uma criança, mas sabiam que uma criança no ano do seu nascimento era mais nova que outra no ano em que começava a andar ou era desmamada. Também era verdade que Brun não precisava contar os habitantes do Clã. Sabia o nome de cada um, e com um rápido olhar era capaz de perceber se alguém, e exatamente quem, estava faltando. Muitas pessoas tinham em algum grau essa mesma capacidade. Como sempre havia um número limitado de membros, notavam intuitivamente a falta de alguém.

Ayla sabia que, se sua capacidade de contar perturbava Creb, que a adorava, certamente incomodaria ainda mais o restante do Clã, por isso ela nunca mencionou, mas também nunca esqueceu. Usava seu conhecimento limitado apenas para si, especialmente enquanto viveu sozinha no vale. Marcava a cada dia a passagem do tempo com talhos num pedaço de pau. Sabia quantas estações e anos vivera no vale, mesmo sem usar palavras de contar. Quando Jondalar chegou, ele soube contar as marcas nos pedaços de pau e lhe dizer há quanto tempo estava ali. Para ela, foi como mágica. Como já possuía uma ideia de como ele o havia feito, queria saber mais.

— Há meios de contar números ainda maiores, mas é mais complicado, como geralmente acontece com tudo ligado à zelandonia — continuou a Segunda, sorrindo. Os presentes também sorriram. — A maioria dos sinais tem mais de um significado. As duas mãos podem representar dez ou 25, e não é difícil entender o que se quer dizer, porque, quando alguém quer dizer dez, mostra as palmas para fora, e quando quer dizer 25, as palmas são voltadas para dentro. Quando voltadas para dentro, você pode contar de novo, mas dessa vez usando a mão esquerda, totalizando na mão direita. — Fez uma demonstração; os acólitos a imitaram. — Nessa posição, dobrar o polegar significa trinta, mas, quando você contar até 35, não baixa o polegar, mas o dedo seguinte. Para quarenta, você dobra o dedo médio, para 45, o anular, e para cinquenta, o dedo mínimo da mão direita, e todos os outros dedos das mãos ficam abertos. Às vezes, a mão direita com os dedos dobrados é usada sozinha para indicar essas palavras de contar maiores. Palavras ainda maiores podem ser representadas dobrando mais de um dedo.

Ayla teve problemas para dobrar apenas o dedo mínimo e mantê-lo nessa posição. Era evidente que os outros tinham mais prática, mas ela não teve dificuldade em entender. A Primeira a viu sorrindo com espanto e prazer, e sorriu para si mesma. Esta é a forma de mantê-la interessada, pensou.

— Você pode deixar a marca da mão sobre uma superfície, como um pedaço de madeira ou a parede da caverna, até mesmo na margem de um riacho — acrescentou a Primeira. — Esse sinal de mão pode significar várias coisas. Pode significar palavras de contar, mas pode dizer algo completamente diferente. Se você quer deixar um sinal de mão, basta mergulhar a palma na tinta e deixar a marca, ou você pode colocar a mão sobre a superfície e aplicar a cor sobre a mão e em volta dela, o que deixa um marca de mão diferente. Se você quiser deixar um sinal que signifique uma palavra numérica, mergulhe a palma na tinta para as menores e aplique a cor nas costas da mão para as maiores. Uma Caverna a sul e leste daqui faz o sinal de um grande ponto usando a tinta apenas na palma, sem os dedos.

A mente de Ayla estava disparada, assombrada com a ideia de contar. Creb, o maior Mog-ur do Clã, conseguia, com grande dificuldade, contar até vinte. Ela já conseguia contar até 25 e representá-lo com apenas duas mãos, de uma maneira que os outros entendiam, e depois aumentar o número. Era possível dizer a alguém quantos veados haviam se reunido nos campos de reprodução da primavera, quantos filhotes tinham nascido; um número pequeno como cinco, um pequeno grupo, 25, ou muito mais que isso. Seria difícil contar um grande rebanho, mas era sempre possível comunicar. Quanta carne seria necessário guardar para manter quantas pessoas durante o inverno? Quantas cordas de raízes secas? Quantos cestos de nozes? Quantos dias serão necessários para chegar ao local da Reunião de Verão? Quantas pessoas estarão lá? As possibilidades eram incríveis. As palavras de contar tinham grande importância, tanto simbólica como real.

A Que Era A Primeira falava novamente, e Ayla teve de fazer um esforço para afastar a mente das contemplações. Ela mostrava uma das mãos.

— O número de dedos de uma das mãos, cinco, é por si só uma importante palavra numérica. Ele representa o número de dedos em cada mão, e em cada pé, claro, mas isso é apenas o significado superficial. Cinco é também a palavra numérica sagrada da Mãe. Nossas mãos e pés são apenas um lembrete. Outra coisa que também é um lembrete do número sagrado é a maçã. — Ela mostrou uma pequena maçã ainda verde. — Se você segurar uma maçã de lado e cortar no meio, como se cortasse o talo no interior da fruta — e ela demonstrou enquanto falava —, você verá que o padrão das sementes divide a maçã em cinco seções. É por isso que a maçã é a fruta sagrada da Mãe.

Ela passou as duas partes para serem examinadas pelos acólitos, dando a de cima para Ayla.

— Existem outros aspectos importantes da palavra numérica cinco. Vocês aprenderão em breve, mas é possível ver cinco estrelas no céu que se movem a cada ano segundo um padrão aleatório, e há cinco estações no ano: primavera, verão, outono, o início do inverno e o final do inverno. Muita gente pensa que o ano começa na primavera, quando surge o primeiro verde, mas a zelandonia sabe que o começo do ano é marcado pelo Dia Mais Curto do Inverno, o dia que separa o início do inverno de seu final, e depois vêm a primavera, o verão, outono e o início do inverno.

— Os Mamutói também contam cinco estações — interveio Ayla. — Na verdade, são três estações principais: primavera, verão e inverno; e duas menos importantes: outono e meio do inverno. Talvez possa ser chamada de final do inverno. — Alguns dos presentes ficaram surpresos por ela ter feito um comentário enquanto a Primeira explicava um conceito básico, mas ela sorriu internamente, feliz por ver o interesse da acólita. — Eles consideram o três a principal palavra numérica porque ela representa a mulher, assim como o triângulo com a ponta para baixo representa a mulher e a Grande Mãe. Quando acrescentam as duas outras, o outono e o meio do inverno, estações que indicam a chegada das mudanças, chegam ao cinco. Mamut dizia que o cinco era a palavra numérica de autoridade oculta d'Ela.

— É muito interessante, Ayla. Nós dizemos que o cinco é a palavra numérica sagrada d'Ela. Também consideramos o três um conceito importante por razões semelhantes. Gostaria de ouvir mais sobre o povo que você chama de Mamutói e seus costumes. Talvez na próxima reunião da zelandonia — disse a Primeira.

Ayla ouvia fascinada. A Primeira tinha uma voz cativante, que exigia atenção, quando focava nela, mas não era apenas a voz. O conhecimento e a informação que apresentava eram estimulantes e absorventes. Ayla queria saber mais.

— Há também cinco cores sagradas e cinco elementos sagrados, mas já está ficando tarde. Vamos tratar disso na próxima vez — disse A Que Era A Primeira Entre Aqueles Que Serviam À Grande Mãe Terra.

Ayla ficou desapontada. Seria capaz de continuar ouvindo a noite inteira, mas então levantou os olhos e viu Folara chegando com Jonayla. Sua filha estava acordada.

4

A expectativa da Reunião de Verão se intensificou depois que a Nona Caverna voltou da visita à Sétima e Segunda Cavernas. Todos dedicavam seu tempo e atenção aos agitados preparativos para a partida. A animação era palpável. Cada família se ocupava com seus próprios preparativos, mas os vários líderes tinham a obrigação adicional de planejar e organizar toda a Caverna. Estarem todos dispostos a assumir a responsabilidade e serem capazes de cumpri-la era a razão pela qual eram os líderes.

Os líderes de todas as Cavernas dos Zelandonii sempre ficavam ansiosos antes de uma Reunião de Verão, mas Joharran ainda mais. Enquanto a maioria das Cavernas tinha geralmente entre 25 e trinta habitantes e outras chegavam a setenta ou oitenta, geralmente ligados por laços de família, sua Caverna era uma exceção. Quase duzentos indivíduos pertenciam à Nona Caverna dos Zelandonii.

Era um desafio liderar tantas pessoas, mas Joharran estava à altura da tarefa. Não somente sua mãe, Marthona, havia sido líder da Nona Caverna, mas Joconan, o primeiro homem a quem ela se unira e em cuja casa Joharran havia nascido, fora líder antes dela. Seu irmão Jondalar, nascido na casa de Dalanar, o homem com quem Marthona se casara depois da morte de Joconan, havia se especializado numa arte em que demonstrava habilidade e inclinação. Tal como Dalanar, era reconhecido como um lascador de pedras, pois isso era o que melhor sabia fazer. Mas Joharran desenvolveu enormemente a capacidade de liderança e tinha uma propensão natural a assumir responsabilidades. Era o que ele fazia melhor.

Os Zelandonii não tinham nenhum processo formal de escolha de líderes, mas, com a convivência, aprenderam a identificar a melhor pessoa para ajudá-los a solucionar conflitos ou resolver problemas. Então tendiam a seguir os que assumiam a organização de uma atividade e o faziam bem.

Se várias pessoas saíam para caçar, por exemplo, não seguiam necessariamente o melhor caçador, mas aquele capaz de guiar o grupo de uma forma que tornasse a caçada mais proveitosa para todos. Geralmente, mas nem sempre, o melhor solucionador de problemas era também o melhor organizador. Às vezes, duas ou três pessoas, conhecidas por suas áreas específicas de competência, trabalhavam juntas. Depois de algum tempo, aquele que tratava melhor os conflitos e administrava as atividades era reconhecido como líder, não de uma maneira hierárquica, mas pelo consentimento não declarado.

Quem obtinha a posição de liderança ganhava status, mas esses líderes governavam pela persuasão e influência, sem poder coercitivo. Não havia regras específicas nem leis exigindo obediência, nem meios de impô-las, o que tornava o trabalho mais difícil, mas a pressão dos pares para reconhecer e aceitar sugestões do chefe da Caverna era forte. Os líderes espirituais tinham ainda menos autoridade, mas talvez mais poder de persuasão; eram grandemente respeitados e impunham algum medo. O conhecimento sobre o desconhecido e a familiaridade com o terrível mundo dos espíritos, um elemento importante na vida da comunidade, exigiam respeito.

A emoção de Ayla pela Reunião de Verão aumentava com a aproximação da data de partida. Não havia sentido tanto no ano anterior, mas tinham chegado à casa de Jondalar pouco antes do encontro anual dos Zelandonii, depois de viajar por um ano, e a animação e tensão apenas por conhecer os parentes dele e seus costumes sobrepujaram. Neste ano, ela tinha consciência do entusiasmo crescente desde o início da primavera, e com o passar dos dias, tornava-se tão agitada e inquieta como todos. A preparação para o verão era muito trabalhosa, especialmente quando sabiam que viajariam sem parar em lugar algum durante toda a estação.

A Reunião de Verão era onde as pessoas se encontravam depois da longa estação fria para reafirmar laços, conhecer companheiros e trocar mercadorias e notícias. O local era uma espécie de campo-base de onde indivíduos e pequenos grupos saíam em expedições de caçada e excursões de coleta, explorando a terra para ver o que havia mudado, e visitando outras Cavernas para rever amigos, parentes e alguns vizinhos mais distantes. O verão era a estação itinerante, os Zelandonii eram essencialmente sedentários apenas no inverno.

Ayla tinha acabado de vestir e amamentar Jonayla, que já dormia. Lobo havia saído mais cedo, provavelmente para caçar ou explorar. Ela abrira a esteira de viagem para ver se precisava de reparos, quando ouviu batidas no poste ao lado da cortina que fechava a entrada de seu aposento. Seu abrigo era localizado próximo ao fundo do espaço protegido, porém mais próximo do extremo sudoeste, rio abaixo da área de moradia, pois era uma das construções mais novas. Levantou-se e puxou a cortina e ficou feliz ao ver ali A Que Era A Primeira.

— Que bom revê-la, Zelandoni — disse ela, sorrindo. — Entre.

Depois que a mulher entrou, Ayla percebeu uma movimentação do lado de fora e olhou uma construção que ela e Jondalar tinham erigido a certa distância no espaço vazio, para abrigar os cavalos quando o tempo estivesse particularmente inclemente. Notou que Huiin e Cinza tinham acabado de voltar do pasto da margem do Rio.

— Ia agora mesmo fazer um chá, você quer?

— Aceito, muito obrigada — disse a mulher corpulenta, entrando até um grande bloco de calcário com uma almofada que tinha sido trazida especialmente para ela se sentar. Era resistente e confortável.

Ayla se ocupou em colocar pedras de cozinhar no carvão quente na lareira, acrescentando mais lenha. Então derramou água do odre, o estômago limpo de um auroque, numa cesta de nós apertados, e acrescentou alguns pedaços de osso quebrado para proteger o recipiente do calor das pedras.

— Prefere algum chá especial? — ofereceu.

— Não. Você mesma escolhe, alguma coisa calmante seria bom.

A pedra com almofada havia aparecido na casa pouco depois de eles terem voltado da Reunião de Verão do ano anterior. A Primeira não tinha pedido nem tinha certeza de que tivesse sido ideia de Ayla ou Jondalar, mas sabia que fora colocado para ela e era grata. A Zelandoni tinha dois assentos de pedra, um na sua residência, outro perto do fundo da área comum de trabalho. Joharran e Proleva lhe ofereciam também na sua casa um lugar confortável para ela se sentar. Apesar de ainda conseguir se sentar no chão caso fosse necessário, com a passagem do tempo e à medida que ficava mais gorda, tinha mais dificuldade para se levantar. Acreditava que, como a havia escolhido para ser a Primeira, a Grande Mãe Terra tinha boas razões para fazê-la a cada ano mais parecida com Ela própria. Nem todo Zelandoni que se tornara Primeiro era gordo, mas ela sabia que as pessoas gostavam de vê-la assim. Seu tamanho parecia lhe emprestar presença e autoridade. Um pouco menos de mobilidade era um preço pequeno a ser pago.

Ayla pegou uma pedra quente com pinças feitas de pedaços finos de madeira retirados do interior da casca de uma árvore viva, uma longa fita cortada nas duas extremidades, depois moldadas com vapor. A madeira nova mantinha a flexibilidade por mais tempo, mas, para que a árvore não morresse, era melhor retirá-la apenas de um lado. Bateu a pedra de cozinhar contra uma das pedras que contornavam a lareira para fazer soltar as cinzas, e então a deixou cair na água em meio a uma nuvem de vapor. Uma segunda pedra quente trouxe a água à fervura, que cessou rapidamente. Os pedaços de osso não permitiam que as pedras queimassem o fundo da cesta de cozinhar, dando-lhe vida mais longa.

Ayla examinou o estoque de ervas secas e em secagem. Camomila era sempre calmante, mas era comum demais, queria algo diferente. Notou uma planta que havia colhido recentemente e sorriu. A erva-cidreira ainda não estava completamente seca, mas decidiu que não tinha importância. Estava pronta para ser usada num chá. Um pouquinho acrescentado à camomila e um pouco de tília para adoçar: uma boa infusão calmante. Pôs as folhas de camomila, a erva-cidreira e a tília na água e deixou ferver durante algum tempo. Serviu duas xícaras e levou uma para a donier. A mulher soprou, sorveu um pouquinho com cuidado e inclinou a cabeça, tentando identificar o gosto.

— Camomila, é claro, mas... deixe-me pensar. Seria erva-cidreira, talvez com algumas flores de tília?

Ayla sorriu. Era exatamente o que ela própria fazia quando lhe davam alguma coisa desconhecida: tentava identificá-la. E, evidentemente, a Zelandoni já conhecia os ingredientes.

— Isso mesmo. Eu já tinha camomila seca e flores de tília, mas só achei a erva-cidreira há alguns dias. Fiquei feliz por tê-la encontrado aqui perto.

— Você poderia colher um pouco para mim em outra ocasião. Pode ser útil na próxima Reunião de Verão.

— Será um prazer. Posso colhê-la ainda hoje. Sei exatamente onde cresce: no platô acima, perto da Pedra Cadente. — Ayla se referia à formação singular de uma antiga seção colunar de basalto que em algum momento no passado alcançava o fundo do mar primordial e atualmente sofria a erosão do calcário de forma a dar a impressão de estar caindo, apesar de permanecer firme na face superior do despenhadeiro.

— O que você sabe sobre os usos disso? — A Zelandoni ergueu a xícara de chá.

— Camomila é relaxante, e, se tomada à noite, ajuda a dormir. A erva-cidreira é calmante, especialmente para quem está nervoso ou tenso. Também alivia o mal do estômago que às vezes acompanha a tensão, e isso ajuda a dormir. Tem um gosto agradável e combina com camomila. A tília alivia as dores de cabeça, especialmente quando se está tensa, e é adoçante.

Ayla se lembrou de Iza e de como ela também a testava com perguntas para ver o quanto se lembrava do que lhe tinha ensinado. Perguntou a si mesma se a Zelandoni também a estava testando para descobrir o quanto ela sabia.

— Isso mesmo, este chá pode ser usado como um sedativo suave, se for preparado forte o suficiente.

— Se alguém é realmente agitado, ansioso e não consegue dormir, e precisa de algo um pouco mais forte, o líquido da raiz de valeriana fervida é um bom calmante.

— Particularmente à noite, para trazer o sono, mas, se o estômago também está mal, a verbena, um chá de sua flor e folhas, às vezes é melhor — disse a Primeira.

— Já dei verbena para uma pessoa que se recuperava de uma longa doença, mas não deve ser dada a uma mulher grávida. Estimula o trabalho de parto e o fluxo de leite. — As duas mulheres se calaram, olharam-se e riram. Então Ayla continuou: — Não tenho palavras para lhe contar como fico feliz por ter alguém com quem discutir medicamentos e curas. Alguém que sabe tanto.

— Acredito que você saiba tanto quanto eu, em certos casos até mais, Ayla, e é um prazer discutir e comparar ideias. Espero ainda ter muitos anos de discussões tão gratificantes. — A Zelandoni olhou em volta e fez um sinal na direção da esteira estendida no chão. — Parece que você já está se preparando para a viagem.

— Eu só estava examinando para ver se precisava de conserto. Já faz algum tempo desde a última vez em que usamos. Ela é boa para viagens em todo tipo de clima.

A esteira era composta de várias peles costuradas, formando um longo colchão e cobertor costurados, suficientemente comprida para acomodar a altura de Jondalar. Era costurada no pé, e pinças removíveis eram presas em buracos nos lados, sendo soltas ou até retiradas se estivesse bastante quente. A parte inferior era feita de peles grossas, para criar um colchão isolante contra o chão duro e às vezes frio. Várias peles podiam ser usadas, mas era geralmente feita da pele de um animal morto no frio. Naquela esteira, Ayla havia usado a pele extremamente densa e naturalmente isolante da rena. A parte de cima era mais leve; havia usado as peles de verão de antílopes, que eram grandes e não exigiam tantos furos para serem presas. Caso esfriasse, uma pele extra podia ser jogada por cima, ou, se ficasse realmente muito frio, mais peles poderiam ser colocadas por dentro, amarradas.

— Acho que você vai fazer bom uso disso — disse a Zelandoni, reconhecendo a versatilidade daquela esteira. — Vim falar com você sobre a Reunião de Verão, ou melhor, sobre o que vem depois da parte cerimonial inicial. Queria sugerir que levasse equipamentos de viagem e suprimentos adequados. Existem alguns Locais Sagrados nessa área que você devia conhecer. Mais tarde, dentro de alguns anos, quero mostrar a você alguns desses lugares e apresentá-la à zelandonia que vive mais longe.

Ayla sorriu. Gostava da ideia de conhecer lugares novos, desde que não fossem muito distantes. Ela havia feito sua cota de longas viagens. Lembrou-se de ter visto Huiin e Cinza, e lhe ocorreu uma ideia que talvez tornasse a viagem com a Primeira mais fácil.

— Se usarmos cavalos, poderíamos viajar muito mais depressa.

A mulher balançou a cabeça e sorveu um gole de chá.

— Não tenho a menor condição de subir no lombo de um cavalo, Ayla.

— Mas você não teria de subir. Pode viajar no *travois* puxado por Huiin. Faremos um assento confortável para você.

Ela vinha pensando em como converter o *travois* de forma a poder transportar passageiros, especialmente a Zelandoni.

— Você acha que aquele cavalo seria capaz de arrastar alguém do meu tamanho naquela coisa?

— Huiin já puxou cargas muito mais pesadas que você. Ela é um animal muito forte. Seria capaz de carregar você, suas coisas de viagem e seu remédios.

Na verdade, eu queria mesmo lhe perguntar se você gostaria de levar seus remédios junto com os meus à Reunião de Verão. Não vamos levar passageiros. Não vamos montar. Prometemos a várias pessoas que Huiin e Racer transportariam certas coisas à Reunião. Joharran nos pediu para carregarmos alguns postes e peças de construção para moradias de verão da Nona Caverna. E Proleva perguntou se podíamos levar algumas cestas grandes de cozinhar, tigelas e equipamentos para banquetes e refeições comunitárias. E Jondalar quer aliviar a carga de Marthona.

— Parece que seus cavalos serão bem utilizados.

A Primeira sorveu outro gole de chá, a mente formulando planos. Tinha várias viagens planejadas para Ayla. Queria levá-la para conhecer algumas Cavernas dos Zelandonii mais distantes e visitar seus Locais Sagrados, talvez conhecer os vizinhos dos Zelandonii que viviam nos limites do seu território. Mas Zelandoni tinha a sensação de que a jovem, depois de vir de tão longe, talvez não tivesse grande interesse em fazer a longa viagem que planejava. Ainda não havia feito nenhuma menção à Jornada Donier que os acólitos deviam fazer.

Começou a pensar que, talvez, se concordasse em permitir que os cavalos a arrastassem naquela coisa, Ayla se sentisse incentivada a fazer as excursões. Aquela mulher grandalhona não estava nem um pouco interessada em ser arrastada por cavalos e, falando francamente, teria de admitir que a ideia a assustava, mas havia enfrentado medos piores na vida. Sabia o efeito que o controle de Ayla sobre os animais tinha sobre as pessoas; com toda certeza ficariam assustadas e muito impressionadas. Talvez ela devesse um dia experimentar como seria sentar e ser arrastada naquela coisa.

— Talvez um dia a gente experimente para ver se sua Huiin consegue me puxar — disse, e viu um largo sorriso se abrir no rosto da jovem.

— E por que não agora mesmo? — perguntou Ayla, pensando em se valer do bom humor da mulher antes que ela mudasse de opinião. Notou o olhar assustado no rosto da Que Era A Primeira.

Exatamente naquele momento, a cortina que fechava a entrada foi afastada e Jondalar entrou. Viu a expressão espantada da Zelandoni e se perguntou o que poderia tê-la causado. Ayla se levantou, e eles se cumprimentaram com um abraço e toque das faces, mas o forte sentimento que os unia era evidente e não escapou à atenção da visitante. Jondalar olhou o lugar da criança e notou que a pequena dormia, então foi até a mulher mais velha e a saudou de modo semelhante, ainda sem saber o que a havia desconcertado.

— E Jondalar pode nos ajudar — acrescentou Ayla.

— Ajudar com quê? — perguntou ele.

— A Zelandoni falava sobre algumas viagens durante este verão, para visitar outras Cavernas, e eu pensei que seria mais fácil e rápido se usássemos os cavalos.

— Provavelmente seria, mas você acredita que a Zelandoni aprenderia a montar?

— Não seria necessário. Poderíamos fazer um assento confortável no *travois*, e Huiin iria puxá-la — explicou Ayla.

Jondalar franziu a testa, pensando, então fez que sim com a cabeça.

— Não vejo por que não.

— A Zelandoni comentou que um dia estaria disposta a experimentar para ver se Huiin seria capaz de puxá-la e eu disse: "Por que não agora mesmo?"

A Zelandoni olhou Jondalar e percebeu um brilho de prazer nos olhos deles, depois observou Ayla e tentou imaginar um meio de adiar a experiência.

— Você disse que teria de fazer um assento. Ainda não tem um pronto.

— É verdade, mas você não acreditava que Huiin seria capaz de puxar você. Não há necessidade de assento para vermos se ela consegue. Eu não tenho a menor dúvida, mas você ficaria mais tranquila, e nós teríamos uma oportunidade de pensar em como faria um assento para você.

A Zelandoni sentiu que fora trapaceada. Não queria se submeter ao teste, especialmente naquele momento, mas não viu como se livrar. Então, reconhecendo que, na sua ansiedade em levar Ayla a começar a Jornada Donier, ela própria tinha se enredado, deu um grande suspiro e se levantou.

— Bem, então vamos acabar logo com isso.

Quando vivia no seu vale, Ayla pensou numa maneira de usar o cavalo para transportar coisas de grande volume e peso, como um animal abatido. E, certa vez, Jondalar, ferido e inconsciente. Consistia em duas varas amarradas nos ombros do cavalo com uma tira feita com as correias que cruzavam o peito de Huiin. As pontas das varas encostavam no chão atrás do animal. Como apenas a pequena superfície das pontas das varas se arrastava no chão, era relativamente fácil puxá-las, mesmo sobre um terreno tortuoso, especialmente com um cavalo forte. Uma plataforma feita de tábuas de madeira ou de couro, ou mesmo de fibras de cestaria era estendida entre as varas para acomodar as cargas, mas Ayla não sabia se a plataforma flexível seria capaz de aguentar a pesada mulher sem se dobrar até o solo.

— Termine seu chá — disse ela quando a mulher começou a se levantar. — Tenho de encontrar Folara ou alguém para vigiar Jonayla. Não quero acordá-la.

Voltou logo depois, não com Folara, mas com Lanoga, filha de Tremeda. Ela entrou seguindo Ayla, trazendo sua irmã mais nova, Lorala. Ayla tentara ajudar Lanoga e as outras crianças quase desde o dia de sua chegada. Não se lembrava de ter tido tanta raiva de alguém como tivera de Tremeda e Laramar por causa do descaso com os filhos, mas não havia nada que pudesse fazer, nada que ninguém pudesse fazer, a não ser ajudar as crianças.

— Não vamos nos demorar, Lanoga. Devo estar de volta antes de Jonayla acordar. Só vamos ao abrigo dos cavalos. — E acrescentou: — Se você ou Lorala ficarem com fome, há um pouco de sopa atrás da lareira, com alguns bons pedaços de carne e legumes.

— Lorala não comeu nada desde que eu a levei a Stelona para ser amamentada — disse Lanoga.

— Você também, coma alguma coisa, Lanoga — recomendou Ayla quando estavam saindo. Calculou que Stelona tivesse lhe dado alguma coisa para comer, mas tinha certeza de que a menina não havia comido nada desde a refeição daquela manhã.

Quando já estavam a alguma distância da casa e Ayla teve certeza de que não seria ouvida, deu vazão à sua raiva:

— Vou ter de ir lá para verificar se há comida para as crianças.

— Você levou comida para eles há dois dias — disse Jondalar. — Ainda não deve ter acabado.

— Tremeda e Laramar também comem — disse a Zelandoni. — Eles são incontroláveis. E, se você levar grãos ou frutas, ou qualquer coisa que seja fermentável, Laramar vai misturar à seiva de bétula para fazer barma. Mais tarde eu passo lá e levo as crianças comigo. Vou achar alguém que lhes dê uma refeição à noite. Você não deve ser a única a alimentá-las. Há gente suficiente na Nona Caverna para garantir que aquelas crianças tenham o que comer.

Quando chegaram ao abrigo dos cavalos, Ayla e Jondalar deram atenção a Huiin e Cinza. Então, do alto de um poste, Ayla retirou o arreio que usava para fixar o *travois* e trouxe a égua para fora. Jondalar não viu Race. Olhou sobre a amurada para O Rio tentando encontrá-lo, mas ele não estava por ali. Pensou em assoviar para chamá-lo, mas mudou de ideia. Não ia precisar do garanhão naquele momento. Poderia procurá-lo mais tarde, depois de terem colocado a Zelandoni no *travois*.

Ela olhou em volta do abrigo dos cavalos e achou algumas tábuas que tinham sido cortadas de um tronco com cunhas e um malho. Havia pensado em usá-las para fazer mais caixas de alimentação para os cavalos, mas então Jonayla nasceu, e ela continuou a usar as que já tinha e se esqueceu de fazer as novas. Como eram guardadas sob o teto, protegidas do tempo inclemente, pareciam estar em boas condições.

— Jondalar, acho que vamos ter de fazer uma plataforma que não se curve com tanta facilidade para a Zelandoni. Você acha que podemos prender essas tábuas entre as varas para usá-las como base para um assento?

Ele olhou para as varas e tábuas, depois para a mulher grandalhona. Franziu a testa numa expressão conhecida.

— É uma boa ideia, Ayla, mas as varas também são flexíveis. Podemos tentar, mas vamos ter de usar outras mais rígidas.

Havia muitas tiras e cordas no abrigo dos cavalos. Jondalar e Ayla usaram algumas para fixar as tábuas entre as varas. Quando terminaram, os três se afastaram para examinar a obra.

— O que você acha, Zelandoni? As tábuas estão inclinadas, mas nós podemos consertar isso mais tarde. Acha que consegue se sentar nelas?

— Vou tentar, mas talvez estejam um pouco altas para mim.

Enquanto trabalhavam, a donier havia se interessado pelo dispositivo que construíam, e estava curiosa para saber como funcionaria. Jondalar criara um cabresto para Huiin parecido com o que usava em Racer, apesar de Ayla raramente usar. Ela geralmente montava em pelo, com apenas um cobertor de couro, direcionando o animal com sua posição e com a pressão das pernas, mas, em circunstâncias especiais, principalmente quando havia outras pessoas envolvidas, o cabresto lhe dava mais controle.

Enquanto Ayla colocava o cabresto na égua, acalmando Huiin, Jondalar e a Zelandoni foram até o *travois* reforçado atrás do animal. As tábuas estavam um pouco altas, mas Jondalar emprestou seu braço forte e ajudou a Primeira a subir. As varas realmente se curvaram sob o peso, o bastante para que seus pés tocassem o chão, mas isso lhe deu a sensação de poder sair dali com facilidade. O assento inclinado parecia um tanto precário, mas não era tão ruim quanto tinha imaginado.

— Pronta? — perguntou Ayla.

— Pronta como sempre — respondeu a Zelandoni.

Ayla conduziu Huiin num passo lento na direção do Rio Baixo. Jondalar caminhava atrás, sorrindo encorajador para a Zelandoni. Então Ayla levou a égua sob a cobertura e deu uma volta completa até colocá-la de frente para o sentido oposto, para a parte leste, em direção às moradias.

— Acho que agora você devia parar, Ayla — disse a mulher

Ayla parou imediatamente.

— Está desconfortável?

— Não, mas você não disse que ia criar um assento de verdade para mim?

— Disse.

— Então, na primeira vez que você me levar para todos me verem sobre isto, acho que seria melhor ter o assento fixado como você imaginou, porque você sabe, as pessoas vão ver e julgar — sugeriu a corpulenta mulher.

Ayla e Jondalar ficaram surpresos por um momento.

— É verdade. Você tem toda razão — disse Jondalar.

— Isso quer dizer que você está disposta a usar o *travois*! — exclamou Ayla.
— Claro. Acho que vou me acostumar. Não parece ser difícil sair daqui quando quiser — disse a grande donier.

Ayla não era a única que trabalhava nos equipamentos de viagem. Toda a Caverna tinha vários itens espalhados pelas moradias ou diante das oficinas. Todos precisavam construir ou consertar esteiras, tendas de viagem e alguns elementos estruturais dos abrigos de verão, apesar de a maioria dos materiais necessários ser recolhida no local. Quem havia feito objetos para comércio ou para serem oferecidos como presentes, especialmente os que eram artesãos consumados, tinham de decidir o que e quanto deviam levar. Uma pessoa andando podia carregar muito pouca coisa, especialmente por também ter de levar alimentos, tanto para uso imediato como para presentes e festas especiais, roupas, esteiras e outros objetos necessários.

Ayla e Jondalar já haviam decidido fazer novos *travois* para Huiin e Racer. As pontas que eram arrastadas no chão se desgastavam rapidamente, especialmente quando levavam cargas pesadas. Depois de várias pessoas terem pedido, ofereceram a capacidade de carga dos cavalos a parentes e amigos próximos, mas mesmo a força dos cavalos tinha limite.

Desde o início da primavera, a Caverna havia caçado carne e coletado plantas, frutas, nozes, cogumelos e ramos comestíveis, folhas e raízes, grãos selvagens, e até liquens e a parte interna da casca de certas árvores. Embora levassem uma quantidade limitada de alimentos frescos, a maior parte da comida era seca. A comida seca se conservava por mais tempo e pesava menos, permitindo que levassem mais alimentos para serem consumidos durante a viagem e na chegada, até que se estabelecessem os padrões de caça e coleta de alimentos no local da Reunião de Verão daquele ano.

O local da reunião anual mudava todo ano, num ciclo regular de locais adequados. Havia poucas áreas capazes de acomodar uma Reunião de Verão, e uma área usada num ano tinha de repousar durante vários anos antes de poder ser reutilizada. Com tantas pessoas reunidas no mesmo lugar, algo em torno de mil ou 2 mil pessoas, ao final do verão teriam consumido todos os recursos num grande raio, e a terra teria de se recuperar. No ano anterior, tinham seguido O Rio para o norte por cerca de 40 quilômetros. Naquele ano, iam para o oeste até encontrar outro rio, o Rio Oeste, que corria paralelamente ao Rio.

Joharran e Proleva estavam em casa terminando a refeição do meio do dia com Solaban e Rushemar. Ramara, a companheira de Solaban, e seu filho Robenan, tinham acabado de sair com Jaradal, filho de Proleva, os dois contando mais ou menos 6 anos. Sethona, a filha ainda bebê, havia dormido nos braços de Proleva, que tinha se levantado para acomodá-la deitada. Quando ouviram batidas no painel de couro da entrada, Proleva pensou que Ramara havia esquecido alguma coisa e voltado, mas ficou surpresa quando uma mulher muito mais jovem entrou depois de ser convidada.

— Galeya! — Proleva estava realmente surpresa. Apesar de Galeya quase desde o nascimento ser amiga de Folara, a irmã de Joharran, e geralmente vir à sua casa com a amiga, raramente aparecia sozinha.

Joharran ergueu os olhos.

— Já de volta? — perguntou, depois se voltou para os outros: — Como ela é uma corredora veloz, eu mandei Galeya até a Terceira Caverna hoje cedo para saber quando Manvelar planeja partir.

— Quando cheguei lá, ele estava prestes a mandar um corredor para cá. — Galeya estava quase sem fôlego, os cabelos molhados de suor pelo esforço. — Manvelar disse que a Terceira Caverna está pronta para a viagem. Ele quer partir amanhã de manhã. Se a Nona Caverna estiver pronta, ele gostaria de viajar conosco.

— É um pouco mais cedo do que eu planejava. Estava pensando em partir depois de amanhã — disse Joharran, linhas marcando sua testa. Ele olhou para os outros. — Vocês acham que estarão prontos amanhã de manhã?

— Eu estarei — afirmou Proleva sem hesitação.

— Nós provavelmente estaremos — respondeu Rushemar. — Salova terminou os últimos cestos que queria levar. Ainda não embalamos, mas tenho tudo pronto.

— Ainda estou separando os cabos — disse Solaban. — Marsheval apareceu ontem para perguntar o que devia levar. Ele parece ter talento para trabalhar o marfim, e tem melhorado a habilidade — comentou com um sorriso.

A arte de Solaban era fazer cabos, principalmente de facas, cinzéis e outras ferramentas. Apesar de produzir cabos de chifre e de madeira, gostava particularmente de trabalhar com marfim de mamute. Desde que Marsheval se tornara seu aprendiz, tinha começado a fazer outros objetos com esse material, como contas e entalhes.

— Você está pronto para partir amanhã de manhã? — perguntou Joharran. Sabia que Solaban sofria na última hora para decidir que cabos devia levar à Reunião de Verão para presentear e também comerciar.

— Acho que estou. — Depois decidiu-se: — Estou. Estou pronto e tenho certeza de que Ramara também está.

— Ótimo, mas precisamos saber do resto da Caverna, para eu poder enviar um corredor a Manvelar. Rushemar, Solaban, temos de avisar a todos que eu gostaria de fazer uma reunião breve assim que possível. Se alguém perguntar, podem dizer do que se trata, e digam também que o representante de cada casa deve ter autoridade para decidir em nome de todos.

Joharran jogou no fogo o resto da comida de sua tigela. Limpou o pote e a faca com um pedaço úmido de camurça antes de guardá-las na bolsa presa ao cinto. Ia lavá-las quando tivesse uma oportunidade. Levantou-se e disse a Galeya:

— Acho que você não vai ter de correr até lá outra vez. Vou mandar outro corredor.

Ela pareceu aliviada e sorriu.

— Palidar corre rápido. Estávamos apostando ontem e ele quase me venceu.

Joharran teve de parar e pensar por um momento, o nome não lhe soou imediatamente familiar. Então, lembrou-se da caçada aos leões. Galeya havia caçado com um rapaz da Terceira Caverna, mas Palidar também estivera na caçada.

— Ele não é o amigo de Tivonan, o rapaz que Willamar tem levado em missões de comércio?

— É. Ele voltou com Willamar e Tivonan na última viagem e decidiu que iria conosco à Reunião de Verão e lá encontrar a sua Caverna — explicou a moça.

Aquilo foi o suficiente para Joharran entender. Não sabia se devia enviar um visitante, ou um membro da Nona Caverna, mas percebeu que Galeya, a amiga de Folara, estava interessada no rapaz. E obviamente o jovem havia descoberto uma razão para ficar. Se havia uma possibilidade de ele algum dia se tornar membro da Nona Caverna, Joharran precisava conhecê-lo melhor. Guardou o assunto num canto da memória. Naquele momento, tinha questões mais urgentes a resolver.

Joharran sabia que pelo menos um habitante de cada moradia estaria presente na sua reunião, mas, quando as pessoas começaram a chegar, viu que quase todos queriam saber a razão daquela reunião tão repentina. Quando estavam reunidos na área de trabalho, Joharran subiu numa grande pedra plana que havia sido colocada ali para que ele, ou qualquer outra pessoa que tivesse algo a dizer, pudesse ser facilmente visto.

— Conversei há pouco tempo com Manvelar — começou Joharran sem preâmbulo. — Como todos sabem, o local da Reunião de Verão este ano é o grande campo junto ao Rio Oeste e de um tributário próximo à Vigésima Sexta Caverna. A companheira de Manvelar veio da Vigésima Sexta Caverna, e, quando seus filhos eram novos, ela visitava com frequência para rever a mãe e a família. Sei como chegar lá seguindo para sul até o Rio Grande, então para oeste até outro rio que cai no Rio Oeste, e depois para o norte até o local da Reunião de Verão. Mas Manvelar conhece um caminho mais direto, partindo do Rio Madeira e seguindo para oeste. Chegaríamos mais depressa, e eu tinha esperança de poder viajar com a Terceira Caverna, porém eles estão partindo amanhã de manhã.

Houve um murmúrio na assembleia reunida, mas, antes que alguém pudesse falar, Joharran continuou:

— Sei que vocês gostariam de ter mais alguns dias antes de partirmos, e eu geralmente tento atender a esse desejo, mas estou certo de que a maioria está quase pronta para partir. Se conseguirem terminar de embalar tudo e estiverem prontos amanhã de manhã, vamos poder viajar com a Terceira Caverna e chegar lá muito mais depressa. Quanto antes chegarmos, melhores serão nossas chances de encontrarmos um bom lugar para instalarmos acampamento.

Várias conversas irromperam no meio da multidão e Joharran ouviu comentários dispersos e perguntas: "não sei se vamos conseguir terminar tudo", "preciso falar com minha companheira", "ainda não terminamos de empacotar", "ele não poderia esperar mais um dia?". O líder esperou um pouco, depois voltou a falar:

— Não acho que seja justo pedir à Terceira Caverna para nos esperar. Eles também querem encontrar um bom lugar. Preciso de uma resposta agora, para poder enviar um corredor até eles. Uma pessoa de cada moradia tem de apresentar uma decisão. Se a maioria de vocês achar que podemos estar prontos, vamos partir amanhã de manhã. Quem estiver de acordo, passe para a minha direita.

Houve uma hesitação inicial, então Solaban e Rushemar avançaram e se colocaram à direita de Joharran. Jondalar olhou para Ayla, que sorriu e concordou, então ele também se colocou ao lado deles, à direita do irmão. Marthona fez o mesmo. Em seguida, mais alguns se juntaram. Ninguém foi para o lado esquerdo, mas vários ainda relutavam.

Ayla usava as palavras de contar para cada um que se juntava ao grupo, pronunciando-a baixinho e batendo um dedo na coxa ao mesmo tempo.

— Dezenove, vinte, 21, quantas famílias são? — perguntou-se. Quando chegou a trinta, era óbvio que a maioria havia decidido que estava pronta para partir na manhã seguinte. A ideia de chegar mais rápido e encontrar um lugar mais agradável era um incentivo poderoso. Depois de mais cinco pessoas se juntarem ao grupo, ela tentou contar as outras famílias. Havia alguns indecisos andando de um lado para outro, mas Ayla supôs que não representavam mais de sete ou oito famílias.

— E aqueles que não estiverem preparados amanhã? — perguntou uma voz indecisa.

— Podem seguir mais tarde, sozinhos — respondeu Joharran.

— Mas nós sempre vamos como uma única caverna. Não quero ir sozinho — comentou alguém.

Joharran sorriu.

— Então esteja pronto amanhã de manhã. Como você pode ver, a maioria decidiu partir cedo. Vou enviar um corredor a Manvelar para avisar que estaremos prontos para nos juntarmos à Terceira Caverna amanhã.

Em uma caverna do tamanho da Nona, havia sempre alguns que não podiam viajar, pelo menos não daquela vez — os doentes ou feridos, por exemplo. Joharran indicou algumas pessoas para ficar com eles para caçar e ajudar na segurança. Aquelas pessoas seriam substituídas depois de meia lua, para não perderem toda a Reunião de Verão.

Os habitantes da Nona Caverna tinham ido dormir muito mais tarde que a hora costumeira, e na manhã seguinte alguns estavam obviamente cansados e resmungavam. Manvelar e a Terceira Caverna haviam chegado e esperavam numa área aberta além das moradias, perto do Rio Baixo, não muito longe de onde Jondalar e Ayla moravam. Marthona, Willamar e Folara estavam prontos desde cedo e vieram para colocar suas coisas sobre os cavalos e *travois*. Também trouxeram comida para uma refeição matinal para Manvelar e alguns outros. Na noite anterior, Marthona havia sugerido aos dois filhos que seria apropriado que ela e Jondalar recebessem Manvelar e sua família na moradia de Ayla. O abrigo era assim chamado porque Jondalar o construíra para ela, desse modo, permitiriam a Joharran e Proleva organizar o restante para a viagem pelo campo até o Vale do Sol, a terra da Vigésima Sexta Caverna dos Zelandonii, o lugar da Reunião de Verão.

5

Um grupo grande, quase 250 pessoas, partiu mais tarde naquela manhã, a maioria da Nona e da Terceira Cavernas. Manvelar e a Terceira Caverna assumiram a vanguarda, tomando a descida na extremidade leste do abrigo de pedra. Ao contrário da vegetação do vale do Rio Capim, próximo à Terceira Caverna, onde haviam encontrado os leões, o caminho que saía da extremidade nordeste do pórtico de pedra da Nona Caverna se dirigia a um pequeno afluente do Rio, chamado Rio Madeira, assim chamado, pois seu vale protegido era cheio de árvores, algo incomum.

Terras florestadas eram raras durante a Era Glacial. O limite das geleiras que cobriam um quarto da superfície da Terra não estava muito distante ao norte, e criava condições de pergelissolo nas regiões periglaciais próximas. No verão, a camada superior descongelava até profundidades variáveis, dependendo das condições. Nas áreas frias de sombra com musgo e outras vegetações que isolavam do calor, o terreno só descongelava alguns centímetros, mas onde a terra era exposta ao calor direto do sol, ficava mais macia, o suficiente para uma abundante cobertura de capim.

Em geral, as condições não eram propícias ao crescimento de árvores com raízes profundas, exceto em alguns pontos muito específicos: nos lugares protegidos dos ventos mais gélidos e da geada, alguns metros de solo descongelava, o bastante para enraizar árvores. Assim, matas ciliares surgiam nas margens saturadas de água dos rios.

O vale do Rio Madeira era uma dessas exceções. Tinha relativa abundância de coníferas e decíduas, além de arbustos, inclusive variedades frutíferas e nogueiras. Era um recurso enormemente rico, que oferecia muitos materiais, especialmente lenha, para quem vivia nas proximidades e podia se beneficiar, mas não era uma floresta densa. Era mais um vale estreito com clareiras de lindos campos abertas entre as manchas de bosque.

O grupo numeroso viajou para nordeste pelo vale do Rio Madeira por cerca de 10 quilômetros de um aclive suave, um início muito agradável de viagem. Próximo a um afluente que descia por uma encosta à esquerda, Manvelar parou. Já era tempo de descansar e permitir a chegada de retardatários. Muitos acenderam fogueiras para fazer chá; os pais alimentavam os filhos e comiam provisões de viagem: tiras de carne-seca ou pedaços de frutas e nozes guardados da colheita do ano anterior. Alguns comiam bolos especiais que quase todos levavam consigo — uma mistura de carne-seca moída bem fina, bagas secas ou pequenas porções de outras frutas e gordura, embrulhados em folhas comestíveis. Eles comiam alimentos calóricos, mas era preciso algum esforço para prepará-los, por isso muitos preferiam guardá-los para quando tivessem de percorrer grandes distâncias rapidamente, ou para quando fossem caçar e não quisessem fazer fogueira.

— Ali nós viraremos — disse Manvelar. — Daqui para a frente, se continuarmos rumo oeste, quando chegarmos ao Rio Oeste, devemos estar perto da Vigésima Sexta Caverna e da planície onde vai acontecer a Reunião de Verão.

Manvelar estava sentado com Joharran e vários outros. Observaram as colinas que subiam na margem oeste e o tributário agitado que descia em corredeiras pela encosta.

— Não seria bom acampar aqui esta noite? — perguntou Joharran, e olhou para o sol a fim de verificar sua posição no céu. — Ainda está cedo, mas saímos tarde hoje de manhã, e parece haver uma subida íngreme à nossa frente. Talvez fosse mais fácil enfrentá-la depois de uma boa noite de sono. — Ele temia que a subida fosse demais para alguns.

— Só por poucos quilômetros, depois o caminho nivela no terreno mais alto — explicou Manvelar. — Eu geralmente termino a subida e depois monto acampamento para passar a noite.

— Você deve ter razão — concordou Joharran. — É melhor já ter deixado a subida para trás e começar descansado no dia seguinte, mas algumas pessoas podem achar esta subida mais íngreme que outras.

Encarou o irmão, depois observou a mãe, que acabava de chegar e parecia grata por poder se sentar e descansar. Ele havia notado que a subida parecia mais difícil para ela do que das outras vezes.

Jondalar entendeu o sinal silencioso do irmão e se voltou para Ayla:

— Por que nós não ficamos para trás e fechamos a retaguarda? Podemos orientar os retardatários. — Fez um sinal para mostrar alguns que ainda vinham longe.

— É uma boa ideia. Os cavalos preferem vir atrás de todos mesmo.

Ela levantou Jonayla e lhe deu uns tapinhas nas costas. A menina tinha acabado de mamar, mas parecia preferir continuar brincando com o peito da mãe. Estava acordada e agitada, e ria para Lobo, que estava logo atrás delas e lambeu o leite que ainda escorria pelo queixo da criança, o que a fez rir ainda mais. Ayla também havia notado o sinal entre Joharran e Jondalar e, tal como Joharran, tinha notado que Marthona parecia ficar mais cansada à medida que o dia avançava. Também tinha notado que a Zelandoni, que acabara de chegar, estava ficando para trás, por cansaço ou por querer acompanhar Marthona.

— Temos água quente para fazer chá? — perguntou a Zelandoni ao chegar até eles, puxando o saco onde guardava seus remédios, preparando-se para fazer um chá. — Você já tomou chá hoje, Marthona? — Antes mesmo de a mulher balançar a cabeça negando, a donier continuou: — Vou preparar um chá para nós duas.

Ayla as observou e percebeu que a Zelandoni também tinha notado que Marthona parecia ter dificuldade na caminhada e preparava um chá medicinal para ela. Marthona também notou. Muitos pareciam se preocupar com a mulher, mas se mantiveram discretos. Entretanto, Ayla sabia que, por mais que tentassem disfarçar, todos estavam genuinamente preocupados. Decidiu ver o que a Zelandoni estava fazendo.

— Jondalar, você pode pegar a Jonayla? Ela já mamou e está acordada, doida para brincar.

Ayla lhe passou a menina, e Jonayla balançou os braços e sorriu para ele. Jondalar sorriu de volta ao recebê-la no colo. Era evidente que ele adorava a criança, a filha de seu lar. Jamais se negava a cuidar dela. Para Ayla, ele aparentava ter mais paciência com a filha do que ela mesma. O próprio Jondalar parecia surpreso com a força de seu sentimento e se perguntava se não seria por ele, durante algum tempo, ter duvidado de que sua casa teria um filho. Temia ter ofendido a Grande Mãe Terra quando era jovem, por querer se casar com sua donii, e não tinha certeza se Ela escolheria uma parte de seu espírito para se unir com o espírito de uma mulher e criar vida nova.

Isso lhe fora ensinado: a criação da vida era gerada pelo espírito da mulher que se misturava ao espírito do homem com a ajuda da Mãe, e a maioria das pessoas que conhecia, inclusive as que ele havia encontrado na sua Jornada, acreditava essencialmente no mesmo... com exceção de Ayla. Ela tinha uma visão diferente de como uma nova vida se formava. Estava convencida de que ali havia mais que apenas a junção de espíritos. Dissera a ele que não era apenas seu espírito que se combinava com o dela para criar uma nova pessoa, mas também sua essência quando trocavam Prazeres. Disse que Jonayla era tão filha dele quanto dela, mas Jondalar não tinha certeza.

Sabia que Ayla havia chegado a essa conclusão quando vivia com o Clã, apesar de essa não ser a crença deles. Ela lhe dissera que eles pensavam serem os espíritos do totem que causavam o início do crescimento de uma nova vida no ventre de uma mulher — alguma coisa sobre o totem masculino vencer o feminino. Ayla era a única pessoa que ele conhecia que acreditava que uma nova vida começava por algo além de espíritos. Mas Ayla era uma acólita, treinando para ser uma Zelandoni, e era a zelandonia quem explicava Doni, a Grande Mãe Terra, para os filhos d'Ela. Ele se perguntava como seria no dia em que Ayla tivesse de explicar às pessoas como se iniciava uma nova vida. Diria que a Mãe escolhia o espírito de um homem em particular para combinar com o espírito dela, como explicavam os outros membros da zelandonia, ou insistiria que era a essência do homem? E o que diriam disso?

Quando se aproximou das duas mulheres, Ayla notou que a Zelandoni vasculhava a bolsa de ervas medicinais e Marthona estava sentada num tronco à sombra de uma árvore ao lado do Rio Madeira. A mãe de Jondalar parecia cansada, embora Ayla tivesse a impressão de que ela não quisesse dar muita importância a isso. Sorria e conversava com as pessoas próximas, mas parecia preferir fechar os olhos e descansar.

Depois de cumprimentar Marthona e os outros, Ayla se aproximou da Primeira.

— Você tem tudo que é necessário? — perguntou em voz baixa.

— Tenho, embora preferisse poder fazer uma infusão de dedaleira fresca, mas vou ter de usar as ervas secas que tenho comigo.

Ayla notou que as pernas de Marthona pareciam um tanto inchadas.

— Ela precisa descansar e não ficar conversando com essas pessoas que só querem ser sociáveis. Eu não sou tão boa quanto você para informá-los que deviam deixá-la descansar um pouco sem provocar embaraço. Acho que ela não quer que os outros saibam o quanto está cansada. Por que você não me ensina a fazer um chá para ela?

Zelandoni sorriu e disse num tom quase inaudível:

— É muito perceptível da sua parte, Ayla. São amigos da Terceira Caverna que ela não vê há algum tempo. — Em seguida, explicou rapidamente como fazer a infusão que queria e se aproximou das pessoas que conversavam com Marthona.

Ayla se concentrou nas instruções que havia recebido. Quando ergueu os olhos, viu que a Zelandoni se afastava com os amigos de Marthona, e que esta tinha fechado os olhos. Ayla pensou que assim outros não insistiriam em conversar. Esperou um pouco até o chá esfriar. Enquanto o levava para Marthona, a Zelandoni voltou. As duas pararam perto da antiga líder da Nona Caverna, dando-lhe as costas enquanto ela bebia o chá, escondendo-a dos passantes. O que havia na mistura da Zelandoni logo fez efeito, e Ayla pensou em perguntar mais tarde o que era.

Quando Manvelar partiu novamente, liderando a marcha encosta acima, a Zelandoni foi com ele, mas Ayla ficou sentada ao lado de Marthona. Willamar se juntou a elas e sentou ao lado da companheira.

— Por que você não fica conosco e deixa Folara seguir? Jondalar se ofereceu para esperar os últimos e assim ter certeza de que todos seguem na direção certa. Proleva prometeu guardar alguma coisa para nós comermos quando chegarmos ao acampamento.

— Vou ficar. — A voz de Willamar não demonstrou hesitação. — Manvelar disse que daqui o caminho segue reto para oeste pelos próximos dias. O número de dias vai depender da velocidade com que avançamos. Ninguém está com pressa. Mas é bom que alguém siga na retaguarda para ter certeza de que ninguém vai se atrasar por ter sido ferido ou por qualquer outro problema.

— Ou por ter de esperar uma velha — disse Marthona. — Logo vai chegar o dia em que não irei às Reuniões de Verão.

— Isso é verdade para todos nós — acrescentou Willamar —, mas ainda vai demorar, Marthona.

— Ele tem razão — concordou Jondalar, segurando o bebê adormecido no braço. Tinha acabado de voltar depois de ajudar uma família com muitas crianças, colocando-as na direção certa. O lobo o seguia mantendo os olhos em Jonayla. — Não importa se demorarmos um pouco mais até chegarmos. Não vamos ser os únicos. — Indicou a família que começava a subida. — E, quando chegarmos lá, as pessoas vão querer seus conselhos, mãe.

— Você quer que eu leve Jonayla no meu cobertor, Jondalar? Parece que somos os últimos.

— Estou bem com ela, e ela parece estar confortável. Dorme profundamente, mas temos de descobrir um meio fácil para os cavalos chegarem ao alto daquela cachoeira.

— Busco a mesma coisa: um caminho fácil. Talvez eu devesse seguir os cavalos. — Marthona não falou inteiramente de brincadeira.

— Não se trata apenas dos cavalos, eles sobem bem. O problema é chegar até lá em cima com os *travois* e as cargas em seus lombos — explicou Ayla. — Acho que vamos precisar subir fazendo voltas largas para controlar as varas que os animais estão puxando.

— Então o que você procura é um caminho fácil e pouco íngreme — concluiu Willamar. — Como disse Marthona, é o que todos nós queremos. Se não estou errado, nós passamos por uma subida mais suave para chegar aqui. Ayla, por que não voltamos e tentamos achá-la?

— Como Jondalar está feliz carregando a criança, ele pode ficar e me fazer companhia — completou Marthona.

E cuidar de Marthona, pensou Ayla quando ela e Willamar saíram. Não gostava da ideia de ela esperar sozinha. Havia muitos animais que poderiam vê-la como uma presa fácil: leões, ursos, hienas, sabe-se lá o que mais. Lobo, deitado com a cabeça entre as patas, levantou-se e pareceu indeciso ao ver que Jonayla ficava e Ayla se preparava para sair.

— Lobo, fique! — disse ela, fazendo o sinal com o mesmo significado da fala. — Fique com Jondalar, Jonayla e Marthona.

Enquanto Ayla se afastava com Willamar, o lobo tornou a se deitar, mas dessa vez com a cabeça erguida e as orelhas em riste, alerta para outras palavras e sinais.

— Se não tivéssemos carregado tanto os cavalos, Marthona poderia subir a colina num *travois* — comentou Ayla depois de algum tempo.

— Só se ela estivesse disposta — respondeu Willamar. — Notei uma coisa interessante desde que vocês chegaram com seus animais. Ela não tem medo daquele lobo, que é um poderoso caçador, capaz de matá-la facilmente, se quisesse, mas os cavalos são outro assunto. Ela não se sente à vontade perto deles. Já caçou cavalos quando era mais jovem, mas hoje tem muito mais medo deles que do lobo, e eles só comem capim.

— Talvez seja porque ela não os conhece tão bem. São maiores e inconstantes quando estão nervosos, ou quando alguma coisa lhes provoca sustos. Cavalos não entram nas moradias. Talvez, se passasse mais tempo com eles, não ficasse tão nervosa.

— É possível, mas primeiro é preciso convencê-la. Quando ela diz que não quer, consegue evitar o que você intenciona e faz o que deseja sem parecer que isso está acontecendo. É uma mulher de vontade forte.

— Disso eu não tenho a menor dúvida — concordou Ayla.

Apesar de não terem se demorado, quando Ayla e Willamar voltaram, Jonayla tinha acordado e estava no colo da avó. Jondalar estava com os cavalos, verificando as cargas, certificando-se de que tudo estava bem-amarrado.

— Achamos uma subida mais fácil. Em alguns lugares, é um tanto íngreme, mas não é difícil — disse Willamar.

— É melhor eu pegar Jonayla — disse a jovem. — Ela provavelmente se sujou e não deve estar cheirando bem. É o que faz ao acordar à tarde.

Marthona segurava a menina que, sentada no seu colo, olhava para ela.

— Foi o que ela fez. Ainda não me esqueci de como cuidar de um bebê, não é, Jonayla? — Marthona balançou de leve a criança, sorriu para ela, recebendo um sorriso de volta, junto com alguns sons suaves. — Ela é uma coisinha muito doce — completou, devolvendo a filha à mãe.

Ayla sorriu para a filha quando a pegou e viu que a pequena também sorria enquanto a acomodava no cobertor bem-amarrado. Ficou feliz ao notar que Marthona parecia descansada e mais alegre quando se levantou. Seguiram pela margem do Rio Madeira, contornaram a curva e depois começaram a subir a encosta menos íngreme. Quando chegaram ao alto, retomaram a direção norte até chegarem a um regato que corria até o rio mais abaixo, e então seguiram para oeste. O sol batia diretamente nos seus olhos quando se aproximaram da linha do horizonte, antes de chegar ao acampamento que havia sido instalado pela Terceira e pela Nona Cavernas. Proleva já os esperava e ficou aliviada ao vê-los.

— Guardei um pouco de comida quente junto ao fogo. Por que vocês demoraram tanto? — perguntou enquanto os conduzia até a tenda que compartilhavam. Parecia especialmente solícita com a mãe de Joharran.

— Tivemos de voltar um pouco ao longo do Rio Madeira e encontramos uma encosta menos íngreme para os cavalos, e também mais fácil para mim — respondeu Marthona.

— Não imaginei que os cavalos fossem ter dificuldades. Ayla disse que eles eram fortes e capazes de puxar cargas pesadas — falou Proleva.

— O problema não era o tamanho das cargas, mas as varas arrastadas atrás — explicou Marthona.

— Isso mesmo — completou Jondalar. — Os cavalos precisam de um caminho mais largo e mais fácil para subir uma colina íngreme. Não são capazes de fazer curvas fechadas quando puxam *travois*. Encontramos um caminho que lhes permitiu atravessar a trilha, mas tivemos de voltar uma boa distância ao longo do Rio Madeira.

— O restante do caminho é plano e aberto — disse Manvelar. Ele e Joharran tinham acabado de se juntar ao grupo e ouviram os comentários de Jondalar.

— Vai ser mais fácil para todo mundo. Guarde comida quente para nós, Proleva. Temos de descarregar os cavalos e encontrar um bom lugar para pastarem — pediu Jondalar.

— E, se você tiver um belo osso com um resto de carne para Lobo, tenho certeza de que ele vai ficar muito feliz — completou Ayla.

Já estava escuro quando voltaram depois de acomodar os cavalos, e finalmente puderam comer. Todos que dividiam o abrigo de viagem da família estavam reunidos em volta do fogo: Marthona, Willamar e Folara; Joharran, Proleva e os dois filhos; Jaradal e Sethona; Jondalar, Ayla e Jonayla, além de Lobo; e a Zelandoni. Apesar de não ser tecnicamente parte da família, ela não tinha nenhum parente na Nona Caverna, e geralmente ficava com a família do líder quando viajavam.

— Quanto tempo até chegarmos ao lugar da Reunião de Verão, Joharran? — perguntou Ayla.

— Depende de nossa velocidade, mas Manvelar disse que provavelmente não mais que três ou quatro dias.

Durante a maior parte do percurso houve momentos de chuva e de sol, e todos ficaram alegres quando, na tarde do terceiro dia, avistaram algumas tendas adiante. Joharran e Manvelar, além dos dois auxiliares de Joharran, Rushemar e Solaban, correram à frente para encontrar um local adequado para instalar seus acampamentos. Manvelar escolheu um lugar na margem de um afluente, perto da confluência com o Rio Oeste, e o marcou com sua sacola. Depois encontraram o líder da Vista do Sol e executaram a forma simplificada de saudação formal.

— Em nome de Doni, eu o saúdo, Stevadal, líder da Vista do Sol, a Vigésima Sexta Caverna dos Zelandonii — concluiu Joharran.

— Você é bem-vindo ao campo de reunião da Vigésima Sexta Caverna, Joharran, líder da Nona Caverna dos Zelandonii — respondeu Stevadal, soltando as mãos do outro.

— Estamos felizes por estarmos aqui, mas gostaria de pedir seu conselho sobre onde instalar acampamento. Você sabe como somos numerosos, e agora que meu irmão voltou da sua Jornada com alguns... companheiros incomuns, precisamos encontrar um lugar onde não perturbem os vizinhos e não se sintam ameaçados por pessoas que não conhecem.

— Conheci o lobo e os dois cavalos no ano passado. São "companheiros" bastante incomuns. — Stevadal sorriu. — Eles até têm nomes, não é?

— A égua se chama Huiin, e é a montaria de Ayla. Jondalar chama o garanhão que monta de Racer, e a égua é a fêmea dele. Mas agora eles têm três cavalos. A Grande Mãe abençoou a égua com um filhote, uma fêmea também. Eles a chamam de Cinza, devido à cor do pelo.

— Vocês vão acabar com uma manada de cavalos na sua Caverna — disse Stevadal.

Espero que não, pensou Joharran, mas não disse nada, apenas sorriu.

— Que tipo de lugar você procura, Joharran?

— Você deve se lembrar de que no ano passado encontramos um lugar um tanto afastado. No início, tive medo de que fosse longe demais das atividades, mas, no fim, deu tudo certo. Havia um lugar para os cavalos pastarem e para o lobo ficar longe das pessoas de outras Cavernas. Ayla o controla perfeitamente, ele às vezes até entende o que eu digo, mas eu não ia querer que assustasse outras pessoas. E gostamos da possibilidade de nos espalharmos um pouco.

— Pelo que me lembro, vocês tinham muita lenha até o final da estação — disse Stevadal. — Nós mesmos usamos um pouco nos últimos dias.

— É verdade, foi sorte. Nem sequer estávamos procurando aquela lenha. Manvelar me disse que talvez houvesse um lugar para nós um pouco mais próximo da Vista do Sol. Um pequeno vale com um pouco de grama?

— Há. Por vezes, fazemos reuniões ali com as Cavernas próximas. Há avelãs e mirtilos. Na verdade, fica próximo de uma Caverna Sagrada, a certa distância daqui, mas talvez seja de seu agrado. Por que vocês não vêm e dão uma olhada?

Joharran fez um sinal para Solaban e Rushemar, e os três seguiram Stevadal.

— Dalanar e seus Lanzadonii ficaram com vocês no ano passado, não foi? Eles vêm este ano? — perguntou Stevadal enquanto andavam.

— Não sabemos. Ele não nos enviou nenhum corredor, por isso, tenho dúvidas.

Alguns membros da Nona Caverna, que haviam planejado ficar com outros parentes e amigos, deixaram o grupo para encontrá-los. Zelandoni foi procurar a grande moradia especial instalada para a zelandonia, bem no meio de tudo. Os outros esperavam logo além do campo onde as Cavernas tinham se encontrado para a Reunião de Verão, cumprimentando muitos amigos que vinham visitá-los. Enquanto esperavam, a chuva arrefeceu. Quando voltou, Joharran foi até o grupo que o esperava.

— Com a ajuda de Stevadal, acho que encontrei o lugar ideal para nós. Tal como no ano passado, fica a alguma distância do principal local de reunião, mas deve funcionar.

— A que distância? — perguntou Willamar, preocupado com Marthona. A viagem até ali não fora fácil para ela.

— Dá para ver daqui, caso se volte para a direção certa.

— Bem, vamos dar uma olhada — sugeriu Marthona.

Um grupo de mais de 150 pessoas seguiu atrás de Joharran. Quando chegaram ao lugar, a chuva havia parado e o sol brilhava, iluminando um vale agradável, com espaço suficiente para todos que ficariam com a Nona Caverna, pelo menos no início da Reunião. Depois das primeiras cerimônias, que marcavam as primeiras reuniões, teria início a vida de verão, feita de coleta, exploração e visitas.

O território Zelandonii era muito mais amplo que a região imediata. O número de pessoas que se identificaram como Zelandoni se tornara muito grande, e seu território teve de se expandir para acomodar a todos. Havia outras Reuniões de Verão Zelandonii e alguns indivíduos e famílias, ou Cavernas, não compareciam com as mesmas pessoas às Reuniões todos os anos. Às vezes, iam às Reuniões mais distantes, especialmente se tivessem bens para comerciar ou parentes distantes. Era um meio de manter contato. E algumas Reuniões de Verão eram realizadas entre os Zelandonii e os povos vizinhos que viviam na fronteira maldefinida de seu território.

Por ser um povo tão grande e próspero em comparação aos outros, o nome Zelandonii carregava certo prestígio, uma marca a que outros gostavam de se associar. Mesmo quem não se considerava Zelandonii, gostava de afirmar relação com eles nos nomes e nas ligações. Mas, apesar de sua população ser grande em relação a outros povos, na verdade, era insignificante em termos de números reais e do território que ocupavam.

Pessoas eram minoria entre os habitantes daquela antiga terra fria. Os animais eram muito mais numerosos e diversificados; a lista de diferentes espécies de seres vivos era longa. Enquanto alguns deles, como cervos e alces, viviam isolados ou em pequenos grupos familiares nas poucas terras de floresta, a maioria vivia em campinas abertas, estepes, planícies, campos, parques, e eram enormemente numerosos. Em certas épocas do ano, em regiões não tão distantes umas das outras, rebanhos de mamutes, megáceros e cavalos se reuniam às centenas, e bisões, auroques e renas aos milhares. Pássaros migratórios cobriam o céu durante dias.

Havia poucas contendas entre os Zelandonii e seus vizinhos, em parte porque existia muita terra e poucas pessoas, mas também porque sua sobrevivência dependia disso. Se um lugar habitável se tornava muito cheio, um pequeno grupo se desligava, mas só se deslocava até o local disponível e desejável mais próximo. Poucos se dispunham a ir para muito longe dos amigos ou da família, não somente por causa dos laços afetivos, mas também porque em tempos adversos queriam e precisavam ficar próximos de quem podia oferecer ajuda. Onde a terra era rica e capaz de suportá-las, as pessoas tendiam a se juntar em grandes números, porém havia grandes extensões de terra totalmente desocupadas, exceto em expedições de caça ou coleta.

O mundo durante a Era Glacial, com geleiras brilhantes, rios transparentes, cachoeiras tonitruantes, hordas de animas em vastas pastagens, era dramaticamente belo, mas brutalmente áspero, e poucas pessoas que viveram então reconheciam a necessidade de manter ligações fortes. Você ajuda alguém hoje porque pode precisar de ajuda amanhã. Por isso, desenvolveram costumes, convenções, hábitos e tradições para diminuir a hostilidade interpessoal, aliviar ressentimentos e manter as emoções sob controle. O ciúme era desencorajado, e a vingança, controlada pela sociedade, com o castigo fornecido pela comunidade para dar satisfação à parte ofendida e para aliviar a dor e a raiva, porém ao mesmo tempo justo para todos os envolvidos. O egoísmo, a trapaça e a omissão de ajuda a alguém necessitado eram considerados crimes, e a sociedade descobriu meios de punir tais infratores, no entanto as penalidades eram geralmente sutis e inventivas.

Os habitantes da Nona Caverna decidiram rapidamente os lugares individuais para os abrigos de verão e começaram a construir moradias semipermanentes. Haviam se exposto a muita chuva e desejavam um lugar onde pudessem ficar secos. A maior parte dos postes e estacas, os principais elementos estruturais, fora trazida por eles, cuidadosamente selecionada no vale florestado próximo, cortada e aparelhada antes da partida. Muitos foram usados nas tendas de viagem. Tinham também abrigos portáteis menores, mais leves, mais fáceis de transportar em caçadas noturnas e em outras excursões.

As moradias de verão geralmente eram construídas da mesma forma. Tinham o formato arredondado com espaço em torno de um poste central suficiente para abrigar várias pessoas de pé, e um telhado de folha de palmeira se inclinava na direção das paredes verticais externas, onde as esteiras foram estendidas. O alto do poste central da tenda de viagem tinha a forma de um longo cone na diagonal; a coluna era tornada ainda mais longa pela colocação de outro poste com uma terminação cônica semelhante na base voltada para outra direção. Eram amarradas com várias voltas de uma corda forte bem apertada.

Outro comprimento de corda era usado para marcar a distância do poste central até a parede externa circular. Usando a corda como guia, erigiam uma estrutura de suportes verticais usando os mesmos postes da tenda, mais alguns adicionais.

Painéis feitos de tabua tecida, couro ou outros materiais, alguns trazidos de casa, outros feitos no próprio local, presos às partes interna e externa dos postes, criando uma parede dupla com ar no seu interior para prover isolamento. O tecido do chão só chegava a uma pequena altura da parede interna, mas o suficiente para manter fora o vento. Toda umidade que se condensava no frio da noite ficava na parte interna da parede externa, deixando seca a parte interna da parede interna.

O teto do abrigo era feito de postes finos feitos de abetos novos ou de árvores decíduas de folhas pequenas, como o salgueiro ou a bétula, colocados entre o poste central e a parede externa. Ramos e varas eram presos entre eles, e uma cobertura de capim ou junco era acrescentada por cima formando um teto à prova d'água. Como só precisava durar uma estação, muitos não faziam o teto particularmente espesso. Era feito com a grossura mínima suficiente para conter a chuva e o vento. Mas, antes do final do verão, os tetos tinham de ser reparados mais de uma vez.

Já era o final da tarde quando as estruturas estavam prontas e tudo estava organizado; logo estaria escuro, mas isso não impedia as pessoas de se dirigirem ao acampamento principal para ver quem estava lá e cumprimentar amigos e parentes. Ayla e Jondalar ainda tinham de acomodar os cavalos. Lembrando-se do ano anterior, cercaram uma área afastada do campo com postes de apoio, alguns que trouxeram, outros encontrados. Usavam tudo que pudesse funcionar, às vezes árvores novas que arrancavam e replantavam. As peças cruzadas eram de madeira ou de ramos, às vezes corda, a maior parte recolhida no local. Não que os cavalos não pudessem saltar e fugir daquele espaço, era mais para definir seu espaço, tanto para eles como para visitantes curiosos.

Ayla e Jondalar estavam entre os últimos a deixar o acampamento da Nona Caverna. Quando finalmente saíram para o Acampamento Principal de Verão, passaram por Lanoga, de 11 anos e seu irmão de 13, Bologan, se esforçando para construir um pequeno abrigo de verão no limite do acampamento. Como ninguém estava disposto a compartilhar a moradia com Laramar, Tremeda e seus filhos, a moradia só precisava abrigar aquela família, mas Ayla notou que nenhum dos dois pais ajudava as crianças.

— Lanoga, onde está sua mãe? Ou Laramar? — perguntou ela.

— Não sei. Acho que na Reunião de Verão.

— Você está dizendo que eles deixaram vocês dois construindo o abrigo de verão?

6

Ayla estava horrorizada. As quatro crianças paradas, com olhos arregalados, pareciam assustadas.

— Há quanto tempo vocês fazem isso? — perguntou Jondalar. — Quem construiu sua casa no ano passado?

— Principalmente Laramar e eu — respondeu Bologan —, com alguns amigos dele a quem prometeu barma.

— Por que ele não está construindo agora?

Bologan deu de ombros. Ayla encarou Lanoga.

— Laramar brigou com a mamãe e disse que ia ficar num dos abrigos dos homens. Pegou as coisas dele e foi embora. Mamãe foi atrás, mas ainda não voltou — explicou Lanoga.

Ayla e Jondalar se olharam e, sem dizer uma palavra, fizeram um sinal de cabeça. Ayla pôs Jonayla no chão sobre o cobertor, e os dois começaram a trabalhar com as crianças. Jondalar logo percebeu que estavam usando os postes da tenda de viagem, que não seriam suficientes para construir um abrigo. Mas, de qualquer modo, não era possível erigi-lo porque o couro molhado se desintegrava e os tapetes úmidos se desmanchavam. Tiveram de fazer tudo — painéis de parede, tapetes, e a cobertura para o teto — a partir de materiais locais.

Jondalar começou procurando postes. Encontrou alguns perto do abrigo e cortou algumas árvores. Lanoga nunca tinha visto alguém tecer tapetes como Ayla, nem com tanta rapidez, mas a menina aprendeu rápido. Trelara, de 9 anos, e o menino de 7, Lavogan, tentaram ajudar, depois de receberem instruções, mas estavam mais ocupados em ajudar Lanoga a cuidar de Lorala, de 1 ano e meio, e do irmão de 3 anos, Ganamar. Apesar de não dizer nada, Bologan notou enquanto trabalhavam que as técnicas de Jondalar criavam uma moradia muito mais forte do que as que fazia antes.

Ayla parou para amamentar Jonayla e ofereceu o peito também a Lorala, depois foi à sua casa pegar um pouco de comida para as crianças, pois os pais não haviam deixado nada. Tiveram de acender algumas fogueiras para enxergar o que faziam e terminar o trabalho. Quando já estavam quase no final, algumas pessoas voltavam do acampamento principal. Ayla voltara à sua casa para buscar um agasalho para Jonayla, pois estava ficando frio. Tinha acabado de deitar a filha no abrigo de verão quando viu algumas pessoas chegando. Proleva, com Sethona escanchada no quadril, vinha com Marthona e Willamar, que trazia uma tocha numa das mãos e guiava Jaradal com a outra.

— Onde você esteve, Ayla? Não a vi no acampamento principal — perguntou Proleva.

— Não fomos para lá. Ajudamos Bologan e Lanoga a construir sua casa.

— Bologan e Lanoga? — disse Marthona. — Onde estão Laramar e Tremeda?

— Lanoga contou que eles brigaram, e Laramar decidiu ficar com os outros homens, pegou suas coisas e foi embora, então Tremeda foi atrás dele e não voltou. — Era evidente que Ayla tinha dificuldade para controlar a raiva. — As crianças estavam tentando construir uma casa sozinhas, usando apenas postes de tendas de viagem e tapetes molhados. E não têm comida. Amamentei Lorala, mas, se você tiver leite, Proleva, acho que ela tomaria mais.

— Onde está a casa deles? — perguntou Willamar.

— No limite do acampamento, perto dos cavalos — respondeu Ayla.

— Eu vigio as crianças, Proleva — propôs Marthona. — Por que você e Willamar não vão ver se podem ajudar? — Voltou-se para Ayla: — Eu cuido de Jonayla também, se você quiser.

— Ela já está quase dormindo. — Ayla indicou a Marthona o lugar onde a bebê estava. — Os filhos de Tremeda precisam de mais alguns tapetes, especialmente porque não têm esteiras suficientes. Quando saí de lá, Jondalar e Bologan estavam terminando o teto.

Os três correram até a casinha quase terminada. Ao chegarem, ouviram o choro de Lorala. Para Proleva, parecia a manha de uma criança cansada, talvez com fome. Lanoga estava com ela no colo, tentando acalmá-la.

— Por que você não me deixa ver se ela quer mamar um pouco? — perguntou Proleva à menina.

— Acabei de trocar a fralda e enchi com lã de carneiro para ela passar a noite.

A menina entregou a criança a Proleva. Quando ela ofereceu o seio, a criança o agarrou avidamente. Como o leite da sua própria mãe tinha secado mais de um ano antes, muitas outras mulheres se revezavam para alimentá-la, ela estava acostumada a mamar de qualquer seio que oferecesse alimento. Ela também comia vários alimentos sólidos que Ayla havia ensinado Lanoga a fazer. Considerando a dificuldade de seu início de vida, Lorala era uma criança saudável, feliz e gregária, ainda que um tanto pequena. As mulheres que a alimentavam se orgulhavam da boa saúde e do bom humor da menina, tendo a noção de que deram sua contribuição. Ayla sabia que todas haviam mantido a criança viva, mas Proleva conhecia a verdade: fora Ayla quem tinha lançado a ideia, depois de ter descoberto que o leite de Tremeda havia secado.

Ayla, Proleva e Marthona encontraram mais algumas peles e couros que deram às crianças para usar como cobertores, além de mais comida. Willamar, Jondalar e Bologan juntaram mais madeira.

A estrutura estava quase terminada quando Jondalar viu Laramar chegando, que parou a certa distância e olhou o abrigo de verão, o cenho franzido.

— De onde veio isso? — perguntou a Bologan.

— Nós construímos.

— Vocês não construíram sozinhos — retrucou Laramar.

— Não. Nós ajudamos — interrompeu Jondalar. — Você não estava aqui para ajudar, Laramar.

— Ninguém pediu para você se intrometer.

— As crianças não tinham onde dormir! — interveio Ayla.

— Onde está Tremeda? São os filhos dela, ela devia cuidar das crianças — disse Laramar.

— Ela saiu depois de você, atrás de você — respondeu Jondalar.

— Então foi ela que os abandonou, não eu.

— São as crianças da sua casa, são responsabilidade sua — falou Jondalar com repugnância, lutando para conter a raiva —, e você os deixou sem abrigo.

— Eles tinham a tenda de viagem — redarguiu Laramar.

— O couro da tenda de viagem estava podre. Ficou encharcado e se desmanchou — contou Ayla. — Eles também não tinham comida. E alguns deles ainda são bebês!

— Eu imaginei que Tremeda tivesse deixado comida para eles.

— E você não sabe por que é tão malclassificado — declarou Jondalar com desprezo e aversão.

Lobo sabia que alguma coisa séria estava acontecendo entre as pessoas de sua alcateia e o homem de quem ele não gostava. Franziu o nariz e rosnou para Laramar, que deu um salto para trás para se manter longe do animal.

— Quem são vocês para me dizer o que tenho de fazer? — Laramar tomava a defensiva. — Eu não devia ser malclassificado. É culpa sua, Jondalar. Foi você que chegou de repente da Jornada com uma mulher estrangeira. E você e sua mãe conspiraram para colocá-la na minha frente. Eu nasci aqui, ela não. Ela devia ter a pior classificação. Algumas pessoas podem pensar que ela é especial, mas qualquer um que tenha vivido com Cabeças Chatas não é especial. Ela é abominável, e eu não sou o único que pensa assim. Não tenho de suportar você, Jondalar, nem seus insultos. — Laramar terminou de falar e saiu pisando firme.

Ayla e Jondalar olharam um para o outro depois que Laramar saiu.

— Existe verdade no que ele disse? — quis saber Ayla. — Eu devia ter a classificação mais baixa por ser estrangeira?

— Não — respondeu Willamar. — Você trouxe seu próprio dote. Seu enxoval matrimonial já a colocaria entre os de maior status em qualquer Caverna que escolhesse, e, além disso, você mostrou ser valorosa. Mesmo que tivesse começado como uma estrangeira de baixa classificação, em pouco tempo teria avançado. Não se preocupe com Laramar nem com seu lugar entre nós, todos sabem qual é a classificação dele. Abandonar os filhos sem comida e abrigo é prova disso.

Quando os construtores da pequena moradia de verão se preparavam para voltar à própria casa, Bologan tocou o braço de Jondalar. Quando se voltou, o menino baixou o rosto, a face rubra, mesmo sob o crepúsculo.

— Eu... ah... queria dizer que este lugar é tão bom, o melhor abrigo de verão que nós já tivemos. — E entrou correndo.

Durante a volta para casa, Willamar comentou baixinho:

— Acho que Bologan quis agradecer, Jondalar. Não sei se ele já agradeceu a alguém antes, não sei se sabe agradecer.

— Você tem razão, Willamar. E ele agradeceu muito bem.

O dia nasceu claro e brilhante. Depois da refeição da manhã, depois de verificar que os cavalos estavam bem, Ayla e Jondalar pareciam ansiosos para chegar ao acampamento principal e ver quem estava lá. Ayla enrolou Jonayla no cobertor e a apoiou no quadril, fez um sinal para Lobo vir junto e partiu. Era um longo percurso, mas uma boa caminhada, decidiu ela. Gostava de ficar num lugar mais afastado, longe da agitação.

As pessoas começaram a cumprimentá-la tão logo chegaram; ela ficou feliz por reconhecer tantas, ao contrário do verão anterior, quando quase não conhecia ninguém. Apesar de as Cavernas e outros grupos dos Zelandonii gostarem de rever certos amigos e parentes anualmente, como a localização da Reunião de Verão mudava com regularidade, geralmente havia alguma diferença na composição dos grupos que se encontravam em um lugar.

Ayla viu alguns rostos que ela estava certa de nunca ter visto antes; tendiam a ser as pessoas que encaravam Lobo, mas o animal era bem-recebido com um sorriso por muitos, principalmente pelas crianças. Ele ficava sempre ao lado de Ayla e Jonayla. Grupos grandes, com estrangeiros, eram complicados. O instinto de proteção do lobo havia se tornado mais forte à medida que amadurecia. Em certo sentido, a Nona Caverna se tornou sua alcateia, e o território que habitavam passou a ser a área que vigiava, mas não era capaz de proteger todo o grupo, muito menos todas as pessoas que Ayla o "apresentava". Aprendera a não as tratar com hostilidade, entretanto eram numerosos demais para se ajustar à sua concepção instintiva de alcateia. Assim, decidiu que as pessoas que sabia serem próximas de Ayla constituíam seu grupo, os que ele devia proteger, especialmente a pequena, que adorava.

Apesar de tê-las visitado pouco antes da viagem, Ayla ficou especialmente feliz por ver Janida com o bebê e também Levela. Conversavam com Tishona. Marthona lhe dissera que as pessoas se ligavam de forma especial com os casais com quem tinham participado do Matrimonial. Era verdade. Ficou feliz ao ver as três mulheres, que cumprimentaram Ayla e Jondalar, abraçando-os e tocando as faces. Tishona estava tão acostumada a ver Lobo que mal o notara, mas as outras duas, que ainda tinham medo dele, deram-se ao trabalho de cumprimentá-lo, apesar de não tentarem tocá-lo.

Janida e Ayla se agitavam por causa dos bebês, falando de como haviam crescido e de como estavam lindos. Ayla notou que Levela também tinha crescido.

— Levela, parece que o seu bebê vai chegar a qualquer momento — comentou Ayla.

— É o que eu espero. Já estou pronta.

— Como estamos todas aqui, posso ficar com você quando o bebê nascer, se quiser. Assim como sua irmã, Proleva.

— Nossa mãe também está aqui. Fiquei tão feliz quando a vi. Você já conhece Velima, não conhece?

— Conheço, mas não muito bem.

— Onde estão Jondecam, Peridal e Marsheval? — perguntou Jondalar.

— Marsheval foi com Solaban procurar uma velha que conhece muito sobre entalhe em marfim — respondeu Tishona.

— Jondecam e Peridal estavam procurando você — acrescentou Levela. — Não conseguiram encontrá-la ontem à noite.

— O que não é de espantar, pois não estávamos aqui ontem à noite.

— Não estavam? Mas eu vi tanta gente da Nona Caverna — respondeu Levela.

— Ficamos no nosso acampamento — explicou Jondalar.

— É. Ajudamos Bologan e Lanoga a construir um abrigo de verão.

Jondalar se sentiu incomodado quando Ayla revelou tão abertamente o que ele considerava ser um problema confidencial da Caverna. Não que houvesse algo expressamente errado em falar desses assuntos, mas tinha sido educado por um líder e sabia como os líderes tratavam as coisas ainda não resolvidas na Caverna, problemas que não tinham conseguido resolver. Laramar e Tremeda tinham sido um embaraço para a Nona Caverna por muitos anos. Nem Marthona nem Joharran conseguiram resolver o problema. Viviam lá fazia muitos anos, tinham o direito de ficar. Como ele suspeitava, a declaração de Ayla levantou muitas perguntas curiosas.

— Bologan e Lanoga? Não são os filhos de Tremeda? — perguntou Levela. — Por que construíram o abrigo de verão deles?

— Onde estavam Laramar e Tremeda? — perguntou Tishona.

— Eles brigaram. Laramar decidiu ir embora. Tremeda foi atrás dele e não voltou — explicou Ayla.

— Acho que eu a vi — disse Janida.

— Onde?

— Acho que ela estava com alguns homens bebendo barma e jogando, do outro lado acampamento — disse Janida. Falava baixinho e parecia ter vergonha. Acomodou o bebê e o olhou antes de continuar: — Havia também algumas outras mulheres. Fiquei surpresa ao ver Tremeda, pois sei que ela tem filhos pequenos. Acho que as outras mulheres com ela não têm filhos pequenos.

— Tremeda tem seis filhos, o mais novo com pouco mais de 1 ano. A irmã, Lanoga, toma conta deles, e mal tem 11 anos — disse Ayla, tentando se conter, mas a irritação era evidente. — Acho que o irmão, Bologan, tenta ajudar, mas só tem 13 anos. Estavam tentando erguer uma tenda ontem à noite, quando passamos em frente, a caminho de nossa casa. Mas tudo estava molhado e se desmanchando, não tinham material adequado para um abrigo de verão. Por isso, paramos e construímos um para eles.

— Vocês construíram um abrigo de verão sozinhos? Com nada além de materiais locais? — Tishona os olhou espantada.

— Era um abrigo pequeno. — Jondalar sorriu. — Apenas o suficiente para a família. Ninguém divide com eles.

— Não me surpreende, mas é uma pena. Os meninos precisam da ajuda de alguém.

— A Caverna ajuda. — Tishona saiu em defesa da Nona Caverna, da qual fazia parte. — As outras mães se revezam para amamentar a mais nova.

— Pensei nisso quando você disse que Tremeda não voltou e que a mais nova tinha pouco mais de 1 ano — comentou Levela.

— Tremeda secou há um ano — disse Ayla.

É o que acontece quando a mulher não amamenta o suficiente, pensou Ayla, mas não disse em voz alta. Havia razões, algumas boas, para o leite de uma mãe secar. Lembrava-se da dor sofrida depois da morte de sua mãe no Clã, Iza, fazendo-a se esquecer das necessidades de seu próprio filho. As outras mães do Clã de Brun se dispuseram a amamentar Durc, mas, no fundo do coração, ela sabia que nunca ia superar aquilo.

As outras mulheres do Clã entenderam que a culpa era de Creb mais que de qualquer outra pessoa. Quando Durc chorava para ser amamentado, em vez de levá-lo aos braços da mãe enlutada, e deixar que ele pedisse, o entregava para uma das outras mães. Sabiam que a intenção era boa, que ele não queria perturbar Ayla no seu sofrimento, então não podiam recusar. Mas a falta do aleitamento provocou a febre do leite em Ayla, e, quando se recuperou, ela estava seca. Ayla apertou Jonayla um pouco mais contra seu peito.

— Aí está você, Ayla! — Proleva se aproximava com quatro mulheres. Ayla reconheceu Beladora e Jayvena, companheiras dos líderes da Segunda e da Sétima Cavernas, e lhes fez um sinal de cabeça. Elas também a reconheceram. Perguntou-se se as duas outras mulheres também eram companheiras de líderes. Achou que reconhecia uma delas. A outra afastava-se de Lobo.

— Zelandoni está procurando você — continuou Proleva. — E vários rapazes perguntaram por você, Jondalar. Eu prometi que, se o visse, lhe diria para encontrá-los na casa de Manvelar, no acampamento da Terceira Caverna.

— Proleva, onde é a casa Zelandonia? — perguntou Ayla.

— Não muito longe do acampamento da Terceira Caverna, bem ao lado do acampamento da Vigésima Sexta. — Proleva apontou na direção indicada.

— Eu não sabia que a Vigésima Sexta havia montado acampamento — disse Jondalar.

— Stevadal gosta de estar no meio de tudo — respondeu Proleva. — Nem toda sua Caverna está no acampamento da Reunião, mas há algumas casas para quem quiser ficar até mais tarde e precisar de um lugar para dormir. Tenho certeza de que haverá muito movimento, pelo menos até depois do Primeiro Matrimonial.

— E quando vai ser? — quis saber Jondalar.

— Não sei. Acho que ainda não decidiram. Talvez Ayla possa perguntar a Zelandoni — respondeu Proleva, e continuou seguindo com as mulheres depois da parada para mensagens.

Ayla e Jondalar se despediram e se dirigiram aos lugares onde eram esperados. Quando se aproximaram do acampamento da Terceira Caverna, Ayla reconheceu a enorme residência zelandonia, com as residências auxiliares bem próximas. Naquele momento mesmo, pensou, lembrando-se da Reunião de Verão do ano anterior, nas jovens que se preparavam para os Ritos dos Primeiros Prazeres, que estavam enclausuradas numa casa especial, enquanto os homens apropriados eram selecionados. Em outra residência, estariam as mulheres que haviam decidido vestir a franja vermelha para serem as donii-mulheres da estação. Haviam decidido se colocar à disposição dos jovens adolescentes que usavam cintos da puberdade, para lhes ensinar as necessidades das mulheres.

Os Prazeres eram um Presente da Mãe, e a zelandonia considerava um dever sagrado garantir que a primeira experiência dos jovens adultos fosse adequada e educativa. Sentiam que jovens, de ambos os sexos, precisavam aprender como apreciar os Grandes Presentes da Mãe, e que os mais velhos, mais experientes, precisavam demonstrar e explicar, para compartilhar com eles o Presente, na primeira vez sob o olhar discreto, mas vigilante, da zelandonia. Era um Rito de Passagem importante demais para ser deixado ao acaso.

As duas casas auxiliares eram muito bem-guardadas, pois muitos homens as consideravam irresistíveis. Alguns nem sequer conseguiam olhar na sua direção sem se sentir excitados. Os homens, especialmente os jovens que haviam passados pelos ritos da idade adulta, mas ainda não tinham companheira, tentavam olhar e às vezes se esgueirar nas casas das jovens, e alguns homens mais velhos gostavam de ficar por ali na esperança de ver alguma coisa. Quase todo homem disponível gostaria de ser escolhido para os Primeiros Ritos de uma jovem, apesar da ansiedade. Sabiam que seriam observados e temiam não ter um bom desempenho, mas também havia satisfação no ato. A maioria tinha lembranças excitantes da sua donii-mulher, de quando se tornaram homens.

No entanto, havia restrições impostas a quem tinha a importante tarefa de ensinar o Presente do Prazer. Nem os homens escolhidos nem as donii-mulheres podiam ter laços íntimos com os jovens durante um ano após a cerimônia. Os jovens eram considerados impressionáveis demais, vulneráveis demais, e não sem razão. Não era incomum uma jovem que tivera uma primeira experiência prazerosa com um homem mais velho querer repeti-la, apesar da proibição. Após os Primeiros Ritos, ela poderia ter o homem que quisesse, se fosse correspondida, mas isso tornava seu primeiro parceiro ainda mais atraente. Jondalar havia sido escolhido muitas vezes antes da Jornada, e tinha aprendido a evitar educadamente as jovens persistentes com quem havia compartilhado uma experiência cerimonial amorosa e terna, e que queriam ficar sozinhas com ele outras vezes. Mas, de certa forma, era mais fácil para os homens. Para eles, era um evento único; uma noite de Prazer especial.

As donii-mulheres deveriam estar disponíveis durante todo o verão, ou mais, especialmente se fossem acólitas. Os jovens tinham necessidades frequentes, demoravam a entender que as necessidades das mulheres eram diferentes, sua satisfação mais variada. Mas das donii-mulheres se exigia que não formassem uma ligação duradoura, o que às vezes era difícil.

A donii-mulher de Jondalar foi a Primeira, quando ainda era conhecida por Zolena, e foi uma professora competente. Mais tarde, depois de ter voltado à Nona Caverna, tendo passado vários anos com Dalanar, ele era escolhido com frequência. Mas na época da puberdade, ele se apaixonou tanto por Zolena que não escolhia nenhuma das outras donii-mulheres. Não só isso, ele também queria ser seu parceiro, apesar da diferença de idade. O problema foi ela também ter desenvolvido fortes sentimentos pelo jovem, alto, belo e extremamente carismático de cabelos louros e olhos incrivelmente azuis, o que criou problemas para os dois.

Quando chegaram à casa de Manvelar, bateram num painel de madeira ao lado da entrada e se anunciaram em voz alta. Ele os mandou entrar.

— Lobo está conosco — avisou Ayla.

— Ele também pode entrar — disse Morizan ao abrir a porta de cortina.

Ayla não havia visto o filho de Manvelar desde a caçada dos leões e sorriu cordialmente para ele. Depois de todos se cumprimentarem, Ayla avisou:

— Preciso ir à casa da zelandonia, você poderia cuidar de Lobo, Jondalar? Ele às vezes cria uma confusão tamanha que atrapalha tudo. Gostaria de pedir permissão a Zelandoni antes de levá-lo.

— Se ninguém se importar. — Jondalar lançou um olhar interrogativo a Morizan e Manvelar, e também aos outros presentes.

— Não tem problema, ele pode ficar — concordou Manvelar.

Ayla se abaixou e olhou o animal.

— Fique com Jondalar. — Fez ao mesmo tempo um sinal com a mão. Ele farejou o bebê, que deu uma risadinha, e sentou-se. Gemendo de preocupação, observou as duas saindo, mas não seguiu.

Quando chegou à imponente casa da zelandonia, bateu no painel e se anunciou:
— É Ayla.
— Entre.

Escutou a voz familiar da Primeira Entre Aqueles Que Serviam À Grande Mãe Terra. A cortina que fechava a entrada foi afastada por um acólito, e Ayla entrou. Apesar das lâmpadas a óleo, o interior estava escuro. Ela parou imóvel durante algum tempo esperando que seus olhos se acostumassem. Quando finalmente conseguiu enxergar, viu um grupo de pessoas sentadas perto da figura imponente da Primeira.

— Junte-se a nós, Ayla — chamou a Primeira. Tinha esperado antes de falar, pois sabia como a escuridão no interior deixava as pessoas momentaneamente cegas.

Quando se encaminhou até as pessoas, Jonayla começou a se agitar. A mudança de iluminação perturbou a criança. Alguns acólitos abriram espaço, e ela se sentou entre eles, mas antes de poder focalizar a atenção nas atividades, teve de acalmar a filha. Pensou que a menina estivesse com fome e expôs o seio, oferecendo-o ao bebê. Todos esperaram. Ela era a única que tinha uma criança; perguntou-se se havia interrompido algo importante, mas fora a Zelandoni quem a tinha convocado.

Quando Jonayla se acalmou, a Primeira disse:
— Estou feliz por vê-la aqui, Ayla. Não encontramos você ontem à noite.
— Não. Não chegamos ao acampamento da Reunião.

Algumas pessoas que ainda não a conheciam se surpreenderam com sua pronúncia, incitando curiosidade. Não se parecia com nada que já tivessem ouvido. Não tinham dificuldade em entender, pois ela conhecia a língua muito bem e possuía uma voz agradável, mas ainda assim incomum.

— Alguém não estava passando bem?
— Não, estávamos muito bem. Jondalar e eu fomos cuidar dos cavalos e, ao voltarmos, vimos Lanoga e Bologan tentando construir um abrigo. Eles não tinham materiais e estavam tentando erguer os postes da tenda. Ficamos para ajudar.

A Primeira franziu o cenho.
— Onde estavam Tremeda e Laramar?
— Lanoga contou que eles discutiram, e Laramar foi para um abrigo de homens. Então Tremeda foi atrás dele, e nenhum dos dois voltou. Janida me disse agora pouco que viu Tremeda ontem à noite com alguns homens que bebiam barma e jogavam. Acho que ela se esqueceu de voltar.

— É o que parece. — Além de ser a Primeira, era também responsável pelo bem-estar da Caverna. — As crianças já estão acomodadas?

— Vocês construíram um abrigo inteiro? — perguntou um homem desconhecido.

— Nada tão grande quanto este. — Ayla sorriu, movendo a mão para mostrar o enorme abrigo da zelandonia. Jonayla ficou satisfeita, então soltou o seio. A mãe a ergueu e começou a lhe dar tapinhas nas costas. — Ninguém quer dividir com eles, por isso teve apenas o tamanho suficiente para a família, os filhos, Tremeda e Laramar, caso ele decida voltar para casa.

— Muita bondade da sua parte — disse alguém. O tom demonstrava zombaria. Fora Zelandoni da Décima Quarta quem havia falado, uma mulher mais velha e muito magra, cujos cabelos ralos pareciam sempre cair do coque.

Ayla notou que Madroman, que se sentava perto da Décima Quarta, ao lado do Zelandoni da Quinta Caverna, voltou-se para olhá-la com uma expressão condescendente. Ele era o homem cujos dentes da frente Jondalar havia quebrado numa luta na juventude. Ela sabia que Jondalar não gostava dele, e suspeitava que o sentimento era mútuo. Ayla também não gostava do homem. Com sua capacidade de interpretar nuances de atitude e expressão, sempre sentiu certo desprezo na atitude dele, falsidade nos cumprimentos sorridentes, falta de sinceridade nas suas ofertas de boas-vindas e amizade, mas mesmo assim sempre o tratara com polidez.

— Ayla tem um interesse especial pelas crianças daquela família. — A Primeira tentou controlar a exasperação na voz. Desde que se tornara a Primeira, a Zelandoni da Décima Quarta era uma irritação constante, sempre tentando provocar alguém, particularmente ela. A mulher tinha certeza de que seria nomeada a Primeira. Nunca conseguiu superar a frustração de a Zelandoni mais nova da Nona ter sido escolhida no seu lugar.

— E parece que elas precisam — disse o homem que havia comentado antes.

Jonayla dormira no seu ombro. Ayla tomou o cobertor e o abriu no chão, o jovem acólito à sua direita se afastou para abrir espaço, então ela deitou a filha sobre o tecido.

— É verdade, precisam. — A Primeira balançou a cabeça, e então percebeu que Ayla não sabia quem era o homem. Embora ele já tivesse sem dúvidas ouvido falar dela, ainda não a conhecia. — Acredito que nem todos aqui conheçam minha nova acólita. Talvez seja hora de fazer as apresentações.

— O que aconteceu com Jonokol? — perguntou o Zelandoni da Quinta Caverna.

— Ele se mudou para a Décima Nona — respondeu a Primeira. — Foi seduzido pela Gruta Branca descoberta no ano passado. Sempre foi mais artista que acólito, mas agora leva muito a sério a zelandonia. Quer ter certeza de que tudo que se faça na nova caverna seja adequado... Não, mais que isso. Quer que tudo seja certo. Aquela caverna branca o atraiu mais que todo treinamento que lhe pudesse ser oferecido.

— Onde estão as pessoas da Décima Nona Caverna? Eles vêm este ano?

— Acredito que vêm, mas ainda não chegaram — respondeu A Que Era A Primeira. — Vou gostar de ver Jonokol, sinto falta de sua habilidade, mas felizmente Ayla chegou com muitas habilidades particulares. Ela já é uma ótima curadora e traz conhecimentos e técnicas muito interessantes. Fico feliz por ela ter começado o treinamento. Ayla, queira se levantar para que eu possa fazer sua apresentação formal.

Ayla se levantou e deu alguns passos, parando ao lado da Primeira, que esperou até todos olharem para as duas e então disse:

— Gostaria de apresentar a vocês Ayla de Zelandonii, mãe de Jonayla, Abençoada por Doni, acólita da Zelandoni da Nona Caverna, A Que É Primeira Entre Aqueles Que Serviam À Grande Mãe Terra. É companheira de Jondalar, filho de Marthona, ex-líder da Nona Caverna, e irmão de Joharran, o líder atual. Antes foi uma Mamutói do Acampamento do Leão, os Caçadores de Mamutes que vivem muito a leste, e acólita de Mamut que a adotou como Filha do Lar do Mamute, que é sua zelandonia. Também foi escolhida e fisicamente marcada pelo Espírito do Leão-das-Cavernas, seu totem, e é Protegida pelo Espírito do Urso-das-Cavernas. É amiga dos cavalos, Huiin e Racer, e da potra Cinza, e do caçador de quatro patas que chama de Lobo.

Ayla considerou que foi uma recitação muito completa de seus nomes e ligações, e suas respectivas explicações. Não sabia se era realmente uma acólita de Mamut, mas ele a havia adotado para o Lar do Mamute e a estava treinando. A donier não tinha mencionado que também fora adotada pelo Clã, que chamavam de Cabeças Chatas. A única referência foi ao fato de ser protegida pelo Espírito do Urso da Caverna. Ayla não acreditava que a Zelandoni compreendia que isso significava que era um deles, era do Clã, pelo menos até Broud tê-la deserdado, amaldiçoado e expulsado.

O homem que falara antes se aproximou de Ayla e da Primeira.

— Sou o Zelandoni da Vigésima Sexta Caverna, e em nome de Doni eu lhe dou as boas-vindas a esta Reunião de Verão de que somos anfitriões. — Estendeu as mãos, que Ayla tomou nas suas.

— Em nome da Grande Mãe de Tudo, eu o saúdo, Zelandoni da Vigésima Sexta Caverna.

— Descobrimos uma nova gruta profunda. Tem uma ressonância maravilhosa quando cantamos, mas é muito pequena — contou o homem, obviamente muito animado pela descoberta. — É preciso entrar rastejando, como uma cobra, e acomoda melhor apenas uma, ou talvez duas pessoas, embora três ou quatro devam conseguir entrar. Acho que é muito pequena para a Primeira, lamento ter de dizer, apesar de certamente deixar essa decisão a ela. Prometi a Jonokol que lhe mostraria quando ele chegasse. Como você é agora a acólita da Primeira, Ayla, talvez gostasse de vê-la também.

O convite a pegou de surpresa, mas sorriu e disse:

— Claro, eu gostaria de vê-la.

7

A Zelandoni Que Era A Primeira estava um pouco ressentida com a história da nova gruta. A descoberta de lugares que poderiam ser entradas para o Submundo Sagrado da Mãe era sempre emocionante, mas ficou desapontada com a ideia de não participar dessa devido ao seu porte físico, embora arrastar a barriga num espaço pequeno não fosse exatamente atraente. Mas ficou feliz por Ayla ter sido tão bem-aceita a ponto de ser convidada em seu lugar. Esperava que isso significasse que sua escolha de uma estrangeira como acólita já estivesse aprovada. Evidentemente, ter uma mulher com poderes tão incomuns sob a autoridade da zelandonia seria com toda certeza um alívio para muitos. Ela ser uma jovem mãe inerentemente normal e atraente também tornou mais fácil essa aceitação.

— Uma excelente ideia, Zelandoni da Vigésima Sexta Caverna. Meu plano era iniciar a Jornada Donier dela mais adiante neste verão, depois do primeiro Matrimonial e das cerimônias dos Ritos do Primeiro Prazer. Uma visita a uma nova Caverna Sagrada poderia ser uma apresentação inicial, e daria a ela uma chance de entender como os Locais Sagrados são apresentados à zelandonia — disse a Primeira donier. — E, como estamos falando de apresentações e treinamentos, notei aqui a presença de vários novos acólitos. Talvez esta seja uma boa oportunidade para revelar novos conhecimentos que terão de adquirir. Quem poderia me dizer quantas são as estações?

— Eu sei — disse um rapaz. — São três.

— Não — corrigiu uma jovem. — São cinco.

A Primeira sorriu.

— Um de vocês diz três, outro fala cinco. Alguém pode me dizer quem está certo?

Ninguém falou, então o acólito do lado esquerdo de Ayla disse:
— Acho que os dois estão certos.
A Primeira tornou a sorrir.
— Você tem razão. Há três e cinco estações, dependendo da forma como você as conta. Alguém pode me dizer por quê?
Ninguém falou. Ayla se lembrou de alguns dos ensinamentos do Mamut, mas se sentiu tímida e hesitante. Finalmente, quando o silêncio começou a ficar desconfortável, ela respondeu:
— Os Mamutói também têm três e cinco estações. Não sei sobre os Zelandonii, mas posso dizer o que o Mamut me disse.
— Acho que deve ser muito interessante. — A Primeira olhou em volta, vendo sinais de concordância dos outros.
— O triângulo com a ponta voltada para baixo é um símbolo muito importante para os Mamutói — começou Ayla. — É o símbolo da mulher, e é feito com três linhas, por isso três é o número do poder de... não sei bem a palavra, maternidade, parir, criar vida nova, e é muito sagrado para Mut, para a Mãe. Mamut também dizia que os três lados do triângulo representam as três estações principais: primavera, verão e inverno. Mas os Mamutói reconhecem duas estações adicionais, as que indicam mudança, outono e o meio do inverno, totalizando cinco estações. Mamut dizia que cinco é o número oculto do poder da Mãe.
Não somente os jovens acólitos estavam surpresos e interessados, mas os velhos Zelandoni ficaram fascinados pelo que Ayla dizia. Mesmo os que a conheceram no ano anterior e já a tinham ouvido falar repararam em seu sotaque. Para quem a via pela primeira vez, especialmente se eram jovens e não tinham viajado muito, sua voz soava completamente exótica. Para a maioria da zelandonia, ela falava de coisas que desconhecia, mas essencialmente de acordo com sua forma de pensar, que tendia a confirmar suas próprias crenças. Isso deu a ela mais credibilidade, além de um elemento de prestígio. Ela era viajada, informada, mas não ameaçadora.
— Não sabia que os caminhos da Mãe eram tão semelhantes até mesmo em distâncias tão grandes — disse o Zelandoni da Terceira. — Nós também falamos de três estações principais: primavera, verão e inverno, mas muitas pessoas reconhecem cinco: primavera, verão, outono, início do inverno e final do inverno. Também vemos o triângulo invertido como a representação da mulher, e três é o número do poder gerativo, mas cinco é um símbolo mais poderoso.
— É verdade. Os caminhos da Grande Mãe Terra são notáveis — comentou a Primeira, e então continuou a ensinar: — Já falamos da palavra numérica cinco, as cinco partes de uma maçã, cinco dedos em cada mão, cinco dedos em cada pé, e de como usar as mãos e as palavras de contar de forma mais poderosa. Existem também cinco cores Primárias, ou Sagradas. Todas as outras são

aspectos das cores principais. A primeira cor é o Vermelho. É a cor do sangue, da vida, mas assim como a vida não dura, a cor vermelha raramente permanece por muito tempo. Quando seca, o sangue escurece, transforma-se em marrom, às vezes muito escuro.

"O marrom é um aspecto do Vermelho, às vezes chamado de vermelho velho. É a cor dos troncos e dos ramos de muitas árvores. Os ocres vermelhos da terra são o sangue seco da Mãe, e, embora alguns sejam muito brilhantes, quase novos, são considerados vermelhos velhos. Algumas flores e frutos mostram a verdadeira cor do Vermelho, mas as flores são efêmeras, assim como os frutos. Quando frutos vermelhos, como os morangos, são secos, passam a ser vermelho velho. Vocês conseguem pensar em algo mais que seja Vermelho?"

— Algumas pessoas têm o cabelo marrom — disse um acólito sentado atrás de Ayla.

— E algumas pessoas têm olhos marrons — acrescentou Ayla.

— Os olhos de todo mundo que eu conheço são azuis ou cinzentos, às vezes com um pouquinho de verde — disse o jovem acólito.

— As pessoas do Clã que me criaram tinham todas olhos amarronzados — disse Ayla. — Diziam que meus olhos eram estranhos, talvez até fracos, por serem tão claros.

— Você está falando dos Cabeças Chatas, não está? Não são realmente pessoas. Outros animais têm olhos na cor marrom, e muitos têm o pelo dessa cor — disse ele.

Ayla sentiu a raiva se acender.

— Como você pode dizer isso? Os do Clã não são animais. São pessoas! — disse entre os dentes apertados. — Você pelo menos já viu um?

A Primeira saltou para conter a interrupção incipiente.

— Acólito do Zelandoni da Vigésima Nona Caverna, é verdade que algumas pessoas têm olhos na cor marrom. Você ainda é jovem e inexperiente. Essa é uma das razões por que antes de se tornarem Zelandoni completos vocês têm de fazer a Jornada Donier. Quando viajarem para o sul, vão conhecer pessoas com os olhos amarronzados. Mas talvez devam responder à pergunta dela. Vocês já viram o animal a que dão o nome de Cabeça Chata?

— Bem... não, mas todo mundo diz que parecem ursos — disse o rapaz.

— Quando era criança, Ayla viveu entre aqueles que os Zelandonii conhecem como Cabeças Chatas, e ela os chama de Clã. Salvaram sua vida depois que ela perdeu os pais, cuidaram dela, educaram-na. Acho que ela tem mais experiência com eles do que vocês. Vocês também podem perguntar a Willamar, o Mestre Comerciante, que já teve mais contato com eles do que a maioria. Ele conta que talvez pareçam diferentes, mas se comportam como pessoas e ele acredita que sejam pessoas. Até que vocês tenham contato direto, acho que deveriam respeitar quem já teve experiência pessoal com eles — disse a Primeira num tom severo e professoral.

O rapaz sentiu um acesso de raiva. Não gostava de sermão, nem de ver as ideias de uma estrangeira serem mais bem-aceitas do que as que ouvira durante toda a vida. Mas após seu Zelandoni ter feito um sinal de cabeça, decidiu não discutir com A Que Era A Primeira Entre Aqueles Que Serviam À Grande Mãe Terra.

— Bem, estávamos falando das cinco cores sagradas. Zelandoni da Décima Quarta Caverna, por que não nos conta sobre a próxima? — pediu a Primeira.

— A segunda cor primária é o Verde. Verde é a cor das folhas e do capim. É também a cor da vida, é claro, da vida das plantas. No inverno, você vê que muitas árvores e plantas são amarronzadas, mostrando sua verdadeira cor, o vermelho velho, a cor da vida. No inverno, as plantas descansam, reunindo forças para o novo crescimento do Verde na primavera. Com suas flores e frutos, as plantas também mostram muitas outras cores.

Ayla considerou a apresentação tediosa, e, se a própria informação não fosse tão interessante, poderia ter sido completamente enfadonha. Não foi surpresa os outros membros da zelandonia não a terem escolhido para ser a Primeira. Então Ayla se perguntou se pensava assim apenas porque sabia o quanto a mulher irritava sua Zelandoni.

— Talvez o Zelandoni cuja Caverna nos recebe para esta Reunião de Verão possa nos falar sobre a próxima Cor Sagrada? — interveio a Primeira no momento em que a Décima Quarta tomava fôlego para continuar. Ela não reclamou.

— Sim, claro. A terceira cor primária é o Amarelo, a cor do sol, Bali, e a cor do fogo. Há muito vermelho nos dois, o que demonstra que têm vida própria. Você pode ver o vermelho no sol, principalmente pela manhã e no ocaso. O sol nos dá luz e calor, mas pode ser perigoso: pode queimar a pele, secar plantas e poços. Não temos controle do sol. Nem Doni, a Mãe, pôde controlar seu filho Bali. Só podemos nos proteger dele, sair de seu caminho. O fogo às vezes é mais perigoso que o sol. Temos algum controle sobre ele, e é muito útil, mas nunca podemos nos descuidar.

"Nem todas as coisas amarelas são quentes. A terra às vezes é amarela, existe o ocre amarelo, assim como existe o ocre vermelho. Algumas pessoas têm os cabelos amarelos — disse ele, olhando Ayla diretamente — e, evidentemente, muitas flores mostram sua cor verdadeira: sempre ficam marrons ao morrerem, que é um aspecto do Vermelho. Por isso alguns dizem que o Amarelo deveria ser considerado um aspecto do Vermelho e não uma cor sagrada propriamente dita, mas a maioria concorda que é uma cor primária que atrai o Vermelho, a cor da vida."

Ayla estava fascinada com o Zelandoni da Vigésima Sexta Caverna. Observava-o com atenção. Era alto, musculoso, com cabelos louro-escuros, quase castanhos, com mechas de cor mais clara; sobrancelhas escuras que se misturavam com a tatuagem Zelandoni no lado esquerdo da testa. A tatuagem não era tão enfeitada quanto outras, mas era muito precisa. A barba era marrom com um tom avermelhado, porém curta e desenhada. Pensou que ele devia usar uma pedra bem afiada para cortá-la, para mantê-la daquele jeito. Provavelmente já se aproximava da meia-idade, seu rosto tinha caráter, no entanto ele parecia jovem, vibrante e controlado.

Considerou que a maioria poderia pensar que ele era um belo homem. Ela própria pensava assim, apesar de não confiar plenamente no seu senso de quem era atraente para seu povo, conhecido como os "Outros" pelo Clã. Sua percepção de quem era belo foi fortemente influenciada pelos padrões do povo que a havia educado. Pensava que as pessoas do Clã eram bonitas, mas a maioria dos Outros discordava, apesar de muitos nem sequer as terem visto, ou apenas à distância. Observou várias acólitas e decidiu que estavam atraídas pelo homem que falava. Algumas das mulheres mais velhas também. De qualquer forma, ele era muito bom para comunicar o que sabia. A Primeira parecia concordar. Pediu a ele para continuar.

— A Quarta Cor Primária é o Claro. A cor do vento, da água. O Claro mostra todas as cores, como quando você olha água parada e vê um reflexo, ou quando as gotas de chuva brilham com todas as cores quando o sol se levanta. O azul e o branco são manifestações do Claro. Quando você olha para o vento, ele é claro, mas, quando você olha para o céu, vê azul. A água num lago, ou nas Grandes Águas do oeste, geralmente é azul, e a água vista nas geleiras é de um azul vivo e profundo.

Tal como os olhos de Jondalar, pensou Ayla. Lembrou-se de quando cruzavam uma geleira, e aquele era o único azul igual ao de seus olhos. Imaginou se o Zelandoni da Vigésima Sexta Caverna já estivera numa geleira.

— Algumas frutas são azuis, especialmente as pequenas — continuou ele. — E algumas flores também, embora as flores azuis sejam mais raras. Muitas pessoas têm os olhos azuis, ou um azul misturado com cinza, que é também um aspecto do Claro. As nuvens no céu são brancas, tal como a neve, ou cinzentas, como quando se misturam com o escuro para fazer chuva, mas sua verdadeira cor é o Claro. O gelo é claro, apesar de às vezes parecer ser branco. Você conhece a verdadeira cor do gelo ou da neve quando derretem, e das nuvens, quando chove. Há muitas flores brancas, e se pode encontrar terra branca em alguns lugares. Existe um lugar não muito distante da Nona Caverna onde se pode encontrar a terra branca, o caulim — olhou Ayla nos olhos —, mas ainda assim é um aspecto do Claro.

A Zelandoni Que Era A Primeira retomou a aula.

— A quinta Cor Sagrada é o Escuro, às vezes chamado preto. É a cor da noite, do carvão depois que o fogo queimou a vida que havia na madeira. É a cor que domina a cor da vida, o Vermelho, especialmente quando envelhece. Alguns já disseram que o preto é o lado mais escuro do vermelho velho, mas não é. Escuro é ausência de luz, ausência de vida. É a cor da morte. Não tem nem mesmo vida efêmera; não existem flores pretas. Cavernas profundas mostram a cor escura na sua forma mais verdadeira.

Quando terminou, parou e encarou os acólitos reunidos.

— Alguma pergunta?

Houve um silêncio tímido, alguns se mexeram, mas ninguém falou. Ela sabia que havia perguntas, mas ninguém queria ser o primeiro, ou dar a impressão de não ter entendido. Não havia problema, as perguntas surgiriam mais tarde. Como muitos dos acólitos estavam ali, e ela tinha a atenção deles, a Primeira se questionou se devia continuar com a aula. Muita coisa de uma só vez era difícil de guardar, e a mente das pessoas divagava.

— Vocês gostariam de ouvir mais?

Ayla olhou a filha e viu que ela ainda dormia.

— Eu gostaria — respondeu baixinho.

Houve outros murmúrios e sons do grupo, a maioria positivos.

— Alguém gostaria de falar sobre outra forma de sabermos que cinco é um símbolo poderoso? — perguntou A Que Era A Primeira.

— São cinco as estrelas viajantes no céu — disse o Zelandoni da Sétima Caverna.

— É verdade. — A Primeira sorriu para o homem idoso, e então anunciou para os outros: — E o Zelandoni da Sétima Caverna foi quem as descobriu e mostrou para nós. É difícil vê-las, e a maioria de vocês não as verão até seu Ano de Noites.

— O que é o Ano de Noites?

Muitos ficaram felizes por Ayla ter perguntado.

— É o ano em que você fica acordado à noite e dorme durante o dia — respondeu a Primeira. — É uma das provas que terão de enfrentar durante o treinamento, mas ela não se resume a isso. Há certas coisas que têm de ser vistas, e só podem ser vistas à noite. Por exemplo, onde o sol nasce e se põe, especialmente no meio do verão e no meio do inverno, quando o sol para e muda de direção, além dos levantes e ocasos da lua. O Zelandoni da Quinta Caverna é quem mais sabe sobre essas coisas. Fez anotações durante a metade de um ano para não esquecer.

Ayla queria saber a que outras provas seria submetida durante o treinamento, mas não falou. Supôs que logo descobriria.

— O que mais nos mostra o poder do cinco?

— Os Cinco Elementos Sagrados — explicou o Zelandoni da Vigésima Sexta.

— Ótimo! — exclamou a volumosa mulher Que Era A Primeira, depois se acomodou numa posição mais confortável. — Por que você não começa?

— É sempre melhor falar primeiro das Cores Sagradas e depois dos Elementos Sagrados porque a cor é uma das suas propriedades. O Primeiro Elemento, às vezes chamado de Princípio ou Essencial, é a Terra. A Terra é sólida, tem substância, é terra e pedra. Você pode tomar um pedaço de terra na mão. A cor mais associada à Terra é o vermelho velho. Além de ser um elemento, a Terra é o aspecto material de todos os outros Essenciais, pode contê-los e ser afetada por eles de alguma forma. — Olhou para a Primeira para saber se devia continuar, mas ela já olhava para outra pessoa.

— Zelandoni da Segunda Caverna, por que você não continua?

A mulher requisitada se levantou.

— O Segundo Elemento é a Água. A Água às vezes cai do céu, às vezes repousa na superfície da terra ou corre sobre ela, ou através dela, nas cavernas. Às vezes, é absorvida e se torna parte da terra. A Água é móvel; a cor dela geralmente é o Claro ou Azul, mesmo quando é lamacenta. Quando a Água é marrom, é porque você está vendo a cor da Terra misturada com a Água. A Água pode ser vista, sentida e engolida, mas não pode ser tomada entre os dedos, embora sua mão possa fazer uma concha para ela. — E mostrou as mãos juntas formando uma concha.

Ayla gostou de assistir à Segunda, pois ela usava muito as mãos quando descrevia as coisas, embora não de modo intencional, como no caso das pessoas do Clã.

— A Água deve ser contida em alguma coisa. Uma concha, um odre, seu corpo. O corpo precisa reter Água, como você pode descobrir ao passar pela prova de ser privado dela. Todas as coisas vivas precisam de Água, sejam plantas ou animais.

A Segunda terminou e se sentou.

— Alguém mais gostaria de dizer alguma coisa sobre a água? — perguntou a líder da zelandonia.

— A Água pode ser perigosa. As pessoas se afogam nela — acrescentou a jovem acólita sentada do outro lado de Jonayla. Falava mansamente e parecia triste. Ayla imaginou se ela tinha conhecimento pessoal do que falava.

— É verdade — concordou Ayla. — Na nossa Jornada, Jondalar e eu tivemos de cruzar muitos rios. A água às vezes é muito perigosa.

— Sim, conheci uma pessoa que quebrou a cobertura de gelo num rio e se afogou — disse o Zelandoni da Face Sul da Vigésima Nona Caverna. Ele começou a enriquecer a história do afogamento, mas a Zelandoni principal da Vigésima Nona o interrompeu secamente:

— Sabemos que a água pode ser muito perigosa, porém o Vento também, e ele é o Terceiro Elemento — falou de maneira agradável, com um sorriso simpático, mas com uma força sutil; sabia que aquele não era momento para divagações e histórias. A Primeira estava discutindo um assunto sério com informações importantes que tinham de ser entendidas.

A Primeira sorriu para ela, reconhecendo o que havia feito.

— Por que você não continua a nos falar sobre o Terceiro Elemento?

— Assim como a Água, o Vento não pode ser tomado entre os dedos, não pode ser tocado nem visto, embora seus efeitos sejam visíveis. Quando o Vento está parado, não pode nem mesmo ser sentido, mas pode ser tão poderoso a ponto de arrancar árvores. Às vezes, sopra tão forte que não se pode caminhar contra ele. O Vento está em toda parte. Não existe lugar onde não seja encontrado, nem mesmo na caverna mais profunda, embora ali esteja imóvel. Você pode perceber sua presença ao abanar alguma coisa. O Vento também se move dentro de um corpo vivo. Pode ser sentido quando você o aspira e expira. O Vento é essencial para a vida. As pessoas e os animais precisam do Vento para viver. Quando o Vento de uma pessoa para, sabem que ela morreu.

A Zelandoni da Vigésima Nona terminou.

Ayla notou que Jonayla começava a se agitar, logo acordaria. A Primeira também percebeu um ar de agitação generalizado na assembleia. Era necessário terminar logo a sessão.

— O quarto elemento é o Frio — continuou a Primeira. — Tal como o Vento, o Frio não pode ser tomado nem tocado, mas pode ser sentido. O Frio provoca mudanças, torna as coisas mais duras e lentas. É capaz de endurecer a terra e a água, transformá-la em gelo e não a deixar se mover, transformar a chuva em neve ou gelo. A cor do Frio é Claro ou Branco. Alguns dizem que o Escuro causa o Frio, pois fica mais fresco quando chega o escuro da noite. O Frio pode ser perigoso, pois pode ajudar o Escuro a drenar a vida, mas o Escuro não é afetado pelo Frio, por isso as coisas que são em parte escuras são menos afetadas por ele. O Frio também nos ajuda. Se um alimento é colocado num lugar fresco na terra, ou na água coberta de gelo, o Frio não deixa que ele se estrague. Quando cessa o Frio, as coisas que são Claras voltam ao que eram, como o gelo à água. Coisas ou elementos vermelho velho geralmente se recuperam do Frio: a terra, a casca das árvores, por exemplo, mas o Verde, o Amarelo ou o Vermelho verdadeiro raramente voltam.

A Primeira pensou em convidar perguntas, mas decidiu apressar a aula.

— O quinto elemento é o Calor. O Calor não pode ser pego nem tocado, mas também pode ser sentido. Todos percebem quando tocam algo que está quente. O Calor também altera as coisas, mas, enquanto o Frio muda lentamente, o Calor é rápido. Assim como o Frio drena a vida, o Calor é capaz de restaurá-la, trazê-la de volta. O fogo e o sol trazem o Calor. O Calor do sol amolece a terra fria e dura, e transforma a neve em chuva, o que ajuda a brotar o Verde da vida, transforma o gelo em água, e ajuda a fazê-la correr novamente. O Calor do fogo cozinha a comida, tanto carne quanto vegetais, e aquece o interior das casas, mas também é perigoso. Também ajuda o Escuro. A Cor Primária do Calor é o Amarelo, geralmente misturado com o Vermelho, mas, às vezes, ele se mistura com o Escuro. O Calor ajuda o Vermelho verdadeiro da vida, mas em excesso incentiva o Escuro, que a destrói.

A noção de tempo da Primeira foi perfeita. No momento em que terminou, Jonayla acordou com um longo gemido. Ayla a recolheu rapidamente, embalou-a para acalmá-la, mas sabia que o bebê precisava de cuidados.

— Quero que todos vocês pensem sobre o que aprenderam hoje e se lembrem de perguntas que possamos discutir na próxima reunião. Quem quiser ir, pode sair agora — concluiu A Que Era A Primeira.

Ayla se levantou.

— Espero que possamos nos encontrar em breve. Foi muito interessante. Quero muito aprender mais.

— Fico feliz, acólita da Zelandoni da Nona Caverna.

Apesar de chamá-la de Ayla quando estavam numa situação menos formal, na casa da zelandonia durante as Reuniões de Verão, a Zelandoni sempre se referia a todos pelos títulos formais.

— Proleva, quero lhe pedir uma coisa — disse Ayla, pouco à vontade.

— Pois não, Ayla.

Todas as pessoas que viviam na casa estavam tomando a refeição da manhã. Elas se voltaram para Ayla, suas expressões cheias de curiosidade.

— Existe uma Caverna Sagrada não muito longe da moradia da Vigésima Sexta Caverna, e o Zelandoni me convidou a conhecê-la, pois sou a acólita da Primeira. Ela é muito pequena e a Primeira pediu que eu fosse para representá-la.

Jondalar não foi o único cuja atenção foi atraída. Olhou em volta e notou que todos encaravam Ayla. Willamar tremeu — o Mestre Comerciante adorava viajar para longe, mas não gostava de espaços pequenos e acanhados. Se necessário, entraria numa gruta, especialmente se não fosse muito pequena, mas preferia espaços abertos.

— Preciso de alguém para cuidar de Jonayla, e também alimentá-la, se for preciso — explicou Ayla. — Vou lhe dar de mamar antes de sair, mas não tenho certeza de quanto tempo a visita vai durar. Gostaria de poder levá-la comigo, mas me disseram que é preciso rastejar como uma cobra, e não sei se isso seria possível com Jonayla. Acho que a Zelandoni ficou feliz por eu ter sido convidada.

Proleva pensou por um momento. Nas Reuniões de Verão, estava sempre ocupada, a Nona era uma Caverna grande e importante, e ela tinha muitas coisas planejadas para aquele dia. Não sabia se teria tempo para cuidar de outra criança, além de sua própria, mas detestaria ter de recusar.

— Eu teria muito prazer em alimentá-la, Ayla, mas prometi encontrar algumas pessoas, não sei se poderei cuidar dela.

— Tenho uma ideia. — Todos se voltaram para Marthona, a antiga líder. — Talvez possamos encontrar alguém para ir com Proleva e cuidar de Jonayla e de Sethona enquanto ela estiver ocupada, e levar os bebês até ela quando precisarem mamar.

Marthona olhou intensamente para Folara, e então a cutucou discretamente, sugerindo que ela se oferecesse. A menina entendeu a mensagem, até havia pensado em se oferecer, mas não tinha certeza se gostaria de passar um dia inteiro cuidando das crianças. Em compensação, amava muito as duas, e poderia ser interessante ouvir o que Proleva falava em seus encontros.

— Eu cuido delas — ofereceu-se, e num momento de inspiração, acrescentou: — Se Lobo me ajudar. — Isso atrairia muita atenção para ela.

Ayla parou para pensar. Não tinha certeza de que Lobo obedeceria a uma jovem no meio da área da Reunião, entre tantos estranhos, embora ele provavelmente fosse adorar ficar perto das meninas.

Lobos adultos eram dedicados aos filhotes, e se revezavam felizes no cuidado deles enquanto o restante da alcateia saía para caçar, mas uma alcateia não era capaz de cuidar de mais de uma ninhada. Tinham de caçar não somente para os adultos, mas também para vários lobinhos vorazes. Para suplementar as mamadas e ajudar a desmamar a ninhada, os caçadores traziam carne que tinham mastigado e engolido e regurgitavam o alimento parcialmente digerido, de forma que os filhotes eram capazes de comer. Era o trabalho da fêmea alfa garantir que as outras não ficassem prenhes quando entrassem no cio, geralmente interrompendo o próprio acasalamento para afastar os machos delas, assim, sua ninhada seria a única a nascer e ser criada.

Lobo derramava sua adoração lupina sobre os bebês humanos de sua alcateia. Ayla havia observado e estudado os lobos quando era jovem, e por isso entendia tão bem o animal. Desde que ninguém ameaçasse as pequeninas, era pouco provável que ele causasse algum problema. E quem ia ameaçá-las durante uma Reunião de Verão?

— Está bem, Folara — concordou Ayla. — Lobo pode ajudá-la a cuidar das crianças, mas, Jondalar, você pode dar uma olhada em Lobo e em Folara uma vez ou outra? Acho que ele vai cuidar dela, mas talvez se torne excessivamente protetor das pequenas e não queira deixar ninguém se aproximar. Ele sempre faz o que você manda quando eu não estou por perto.

— Eu pretendia ficar perto do nosso acampamento e lascar alguns instrumentos hoje de manhã. Eu ainda devo alguns instrumentos especiais a algumas pessoas por me ajudarem a construir nossa moradia na Nona Caverna. Há uma área de lascar na extremidade do acampamento da Reunião, é pavimentada e não estará muito enlameada. Posso trabalhar lá e vez por outra ir ter com Folara e Lobo. Prometi me encontrar com algumas pessoas esta tarde. Depois da caçada aos leões, muitos ficaram interessados nos arremessadores de lanças... — Sua testa se vincou no franzido costumeiro quando se lembrou. — ... mas acho que posso me encontrar com eles em algum lugar de onde possa manter os olhos nos dois.

— Espero estar de volta à tarde, mas não sei quanto tempo a visita vai durar — disse Ayla.

Pouco depois, todos se dirigiram para o acampamento principal, de lá se separando para tomar cada um seu caminho. Ayla e Proleva com as filhas, Folara e Jondalar, além de Lobo, seguiram primeiro na direção da residência da zelandonia. O donier da Vigésima Sexta Caverna já estava esperando diante da casa, com um acólito que Ayla não via havia algum tempo.

— Jonokol! — gritou ela, correndo na direção do homem que havia sido acólito da Primeira antes dela, e era considerado um dos melhores artistas entre os Zelandonii. — Quando você chegou? Já viu a Zelandoni? — perguntou, depois de terem se abraçado e tocado as faces.

— Chegamos ontem, pouco antes do anoitecer. A Décima Nona partiu tarde e então a chuva nos retardou. E, sim, já vi A Primeira Entre Aqueles Que Serviam À Mãe. Ela está maravilhosa.

Os outros membros da Nona Caverna cumprimentaram calorosamente o homem que havia sido, até recentemente, um membro respeitado de sua Caverna e um bom amigo. Até Lobo o farejou em reconhecimento, e suas orelhas foram coçadas de volta.

— Você já é Zelandoni? — perguntou Proleva.

— Se passar nas provas, talvez me torne nesta Reunião de Verão. A Zelandoni da Décima Nona não está bem. Não veio este ano, não foi capaz de enfrentar uma caminhada tão longa.

— Que pena — comentou Ayla. — Estava ansiosa para vê-la.

— Foi uma boa professora e tenho cumprido muitas de suas tarefas. Tormaden e a Caverna gostariam que eu assumisse as outras funções tão logo seja possível, acho que nossa Zelandoni também não se importaria. — Jonokol olhou os volumes que Ayla e Proleva traziam enrolados nos cobertores. — Vejo que vocês já têm seus pequenos. Ouvi dizer que vocês duas tiveram meninas, as abençoadas de Doni. Estou feliz por vocês. Posso vê-las?

— Claro. — Proleva tirou a filha do cobertor, levantando-a. — O nome dela é Sethona.

— E esta é Jonayla. — Ayla também ergueu sua filha.

— Nasceram com uma diferença de poucos dias e vão ser grandes amigas — explicou Folara. — Hoje eu vou cuidar delas, e Lobo vai me ajudar.

— Que bom! — Jonokol olhou Ayla. — Pelo que sei, vamos visitar uma Caverna Sagrada hoje de manhã.

— Você também vem? Que boa notícia! — E Ayla se voltou para o Zelandoni da Vigésima Sexta Caverna. — Você tem ideia da duração desta visita? Gostaria de estar de volta à tarde.

— Devemos estar de volta à tarde.

O Vigésimo Sexto estava observando o reencontro do acólito-artista com sua antiga Caverna. Tinha se perguntado como Ayla enfrentaria a visita a uma gruta difícil com uma criança pequena e percebeu que ela já havia tomado providências, o que indicava bom senso. Ele era um dos que não sabiam como uma jovem mãe poderia assumir os deveres de um Zelandoni. Aparentemente, com a ajuda da família e dos amigos da Nona Caverna. Aquela era uma razão por que tão poucos membros da zelandonia se casavam ou tinham família. Depois de alguns anos, quando a criança fosse desmamada, seria mais fácil... a menos que ela fosse abençoada outra vez. Seria interessante observar o desenvolvimento dessa acólita jovem e atraente, pensou.

Dizendo que logo estaria de volta, Ayla saiu com os outros da Nona Caverna para acompanhar Proleva ao seu encontro. O Zelandoni da Vigésima Sexta Caverna foi atrás. Ela tentou amamentar Jonayla, mas a criança estava saciada e sorriu para a mãe enquanto o leite lhe escorria do canto da boca, então tentou se sentar. Ayla entregou a filha para Folara e parou diante do lobo e bateu nos próprios ombros. O animal pulou colocando as patas enormes onde ela batera.

A demonstração que se seguiu fez com que algumas pessoas a encarassem com descrença e choque. Ayla ergueu o queixo e se expôs para o enorme lobo. Com grande suavidade, ele lambeu seu pescoço, e então tomou sua garganta macia entre os dentes em reconhecimento ao membro alfa da alcateia. Ela devolveu o gesto tomando na boca uma porção de pelo, e depois, segurando-o pelo pescoço, encarou-o. Ele se deixou cair quando ela o soltou, e Ayla se abaixou para chegar ao nível dele.

— Vou ficar longe durante algum tempo — disse suavemente ao animal, repetindo o que dizia na linguagem de sinais do Clã, apesar de isso não ser evidente para quem assistia. Às vezes, Lobo parecia entender sinais de mão ainda melhor que palavras, mas ela geralmente usava as duas linguagens quando tentava comunicar alguma coisa importante. — Folara vai cuidar de Jonayla e Sethona. Você pode ficar aqui com as crianças e vigiá-las também, mas tem de fazer o que Folara mandar. Jondalar vai estar por perto.

Ayla se levantou, abraçou a filha e disse adeus aos outros. Jondalar a abraçou rapidamente, os dois se tocaram na face e então ela se foi.

Nunca afirmava, nem a si mesma, que Lobo realmente entendia o que dizia, mas quando falava com ele daquela forma, o animal prestava muita atenção e parecia realmente seguir as instruções. Notou que o Zelandoni da Vigésima Sexta Caverna os seguira e sabia que ele a tinha visto com Lobo, pois o rosto dele ainda demonstrava surpresa, embora não fosse evidente para todos. Ayla já estava acostumada a ler o significado de nuances sutis, o que era necessário na linguagem do Clã, e havia aprendido a aplicar a mesma habilidade na interpretação dos significados de sua própria espécie.

O homem não disse nada enquanto os dois voltavam juntos para a residência da zelandonia, mas ficou pasmo quando ela ofereceu a garganta às presas do lobo. A Vigésima Sexta Caverna tinha comparecido a outra Reunião de Verão no ano anterior, mas ele não a havia visto com o animal. Primeiro, ficou surpreso ao ver um caçador carnívoro se aproximar calmamente das pessoas da Nona Caverna, depois ainda mais assustado com o tamanho do animal. Quando viu Lobo subir nas patas traseiras, soube que aquele era o maior daquela espécie que já vira. Evidentemente, nunca tinha estado tão perto de um lobo vivo antes, mas o animal era quase tão alto quanto a mulher!

Havia ouvido falar que a acólita da Primeira se dava bem com os animais e que um lobo a seguia, mas sabia como as pessoas exageram, e, apesar de não negar o que diziam, não tinha certeza de que acreditava. Talvez um lobo fosse visto perto da Reunião e as pessoas tivessem sido levadas a crer que cuidava dela. Mas o que testemunhara não foi um animal vagando nas margens do grupo, observando-a à distância, como imaginara. Houve comunicação direta, compreensão e confiança. O Zelandoni da Vigésima Sexta Caverna nunca tinha visto nada igual, e seu interesse por Ayla se aguçou ainda mais. Jovem mãe ou não, talvez realmente deva pertencer à zelandonia.

*

A manhã já ia alta quando o pequeno grupo se aproximou da discreta caverna na parede baixa de calcário. Eram quatro: o Zelandoni da Vigésima Sexta Caverna; seu acólito, um jovem calmo chamado Falithan, que geralmente se referia a si mesmo como o Primeiro Acólito da Vigésima Sexta; Jonokol, o artista talentoso que havia sido acólito da Primeira no ano anterior; e Ayla.

Ela apreciara a conversa com Jonokol durante o caminho, mas percebeu o quanto ele tinha mudado naquele último ano. Quando o conheceu, ele era mais artista que acólito, e havia se juntado à zelandonia porque isso lhe permitia exercer livremente seu talento. Não tinha grande desejo de se tornar um Zelandoni, contentava-se em continuar acólito, mas isso se modificara. Agora está mais sério, pensou ela. Queria pintar a caverna branca que ela, ou melhor, Lobo, havia descoberto no ano anterior, mas não apenas pela alegria da arte. Sabia que aquele era um lugar notavelmente sagrado, um refúgio secreto criado pela Mãe, cujas paredes de calcita branca ofereciam um convite a ser transformado num lugar diferente para comungar com o mundo dos espíritos. Queria conhecer aquele mundo como Zelandoni, para fazer justiça à sua santidade quando criava as imagens do próximo mundo que, tinha certeza, ia falar com ele. Em breve, Jonokol seria Zelandoni da Décima Nona Caverna e perderia seu nome pessoal, percebeu Ayla.

A entrada para a pequena gruta parecia suficiente para apenas uma pessoa passar; ao olhar para dentro do buraco, teve a sensação de ser ainda menor Perguntou-se por que alguém ia querer entrar ali. Então ouviu um som que fez os cabelos em sua nuca e em seus braços se arrepiarem. Era como um yodel, mas mais rápido e mais agudo, um gemido ululante que parecia encher a gruta diante deles. Ayla se virou e viu que Falithan emitia aquele som, que reverberou debilmente até eles como eco abafado, não completamente sincronizado com o som original, mas como se originado no fundo da gruta. Quando ele terminou, ela viu que o Zelandoni da Vigésima Sexta sorria.

— Ele faz um som notável, não é?

— É verdade — concordou Ayla. — Mas por que ele o emitiu?

— É uma maneira de testar a caverna. Quando uma pessoa canta, toca flauta ou faz um som como Falithan numa gruta, e a gruta responde cantando com um som diferente e verdadeiro, significa que a Mãe está nos dizendo que Ela ouviu, e que é possível entrar no mundo dos espíritos por aqui. Assim, sabemos que estamos num Local Sagrado.

— Todas as cavernas sagradas cantam? — perguntou Ayla.

— Nem todas, mas a maioria canta, e outras somente em pontos específicos, mas sempre existe algo especial com relação aos Locais Sagrados.

— Tenho certeza de que a Primeira seria capaz de testar uma gruta como esta, ela tem uma voz tão pura e linda — disse Ayla, e então franziu a testa. — E se você quiser testar uma gruta e não souber cantar, nem tocar flauta ou fazer um som igual ao de Falithan? Não sou capaz de fazer nada disso.

— Com certeza é capaz de cantar um pouco.

— Não, não é — interveio Jonokol. — Ela pronuncia a Canção da Mãe, e a murmura sem palavras.

— É preciso ser capaz de testar um Local Sagrado com som — avisou o Zelandoni da Vigésima Sexta Caverna. — É essencial para ser tornar um Zelandoni. E tem de ser um som verdadeiro. Não pode apenas gritar ou berrar. — Ele parecia preocupado, e Ayla, abatida.

— E se eu não conseguir produzir esse tipo de som? Um som verdadeiro? — Ayla percebeu naquele momento que queria muito ser uma Zelandoni. Mas talvez nunca se tornasse, pois não conseguiria produzir um som adequado.

Jonokol parecia tão infeliz quanto Ayla. Gostava da estrangeira que Jondalar tinha trazido da Jornada e se sentia devedor para com ela. Não somente havia descoberto a linda gruta nova, mas ele fora um dos primeiros a quem ela mostrara. Além de ter concordado em se tornar acólita da Primeira, liberando-o assim para se mudar para a Décima Nona Caverna, que ficava próxima da gruta.

— Mas você produz sons verdadeiros, Ayla. Você assovia. Já ouvi você assoviar como um passarinho. Também é capaz de produzir outros sons de animais: relinchar como um cavalo, ou urrar como um leão.

— Isso eu gostaria de ouvir — disse o donier.

— Vamos, Ayla. Mostre para ele.

Ayla fechou os olhos e se concentrou. Sua mente voltou ao tempo em que vivia no vale e criava um leãozinho e um cavalo, como se fossem seus filhos. Lembrou-se de quando Neném conseguiu urrar pela primeira vez. Ela decidiu praticar e produzir o mesmo som. Alguns dias depois, respondeu a ele com seu próprio urro. Não era tão tonitruante quanto o dele, mas o pequeno animal reconheceu um urro respeitável. Tal como Neném, ela se preparava com uma série de grunhidos claros e começava com uma série de *unc, unc, unc* que se tornavam mais altos a cada repetição. Finalmente ela abriu a boca e soltou o urro mais alto que lhe foi possível, que encheu a pequena gruta.

Então, depois de um período de silêncio, o rugido voltou num eco, um som distante e abafado que provocou arrepios em todos, como se um leão houvesse respondido de algum lugar distante, do fundo da gruta e além.

— Se eu não tivesse testemunhado seu urro, poderia jurar que havia um leão aqui — disse o jovem acólito com um sorriso. — Você também é capaz de relinchar como um cavalo?

Isso era fácil. Ela produziu o som tal como o fazia quando revia a Huiin depois de algum tempo, um relincho muito alegre de boas-vindas.

Dessa vez, o donier da Vigésima Sexta Caverna deu uma gargalhada.

— Imagino que também consiga assoviar como um passarinho.

Ayla sorriu, um sorriso largo e feliz, e então assoviou uma série de piados de passarinhos que tinha aprendido quando ainda vivia sozinha no vale, e os passarinhos vinham comer na sua mão. Os piados, chilreios e trinados reverberaram em ecos abafados dentro da gruta.

— Bem, se ainda restasse alguma dúvida quanto a esta gruta ser sagrada, já não há mais. E você não vai ter o menor problema para testar com sons, Ayla, mesmo que não consiga cantar nem tocar flauta. Como Falithan, você tem seu próprio método.

O Zelandoni então fez um sinal para o acólito, que soltou a mochila e tirou dela quatro tigelas pequenas entalhadas em calcário com cabo. Depois retirou um objeto que parecia uma pequena linguiça branca: um pedaço de intestino de animal cheio de banha. Destorceu uma das pontas e espremeu um pouco de banha no interior de cada uma das lamparinas, então colocou um pavio de cogumelo seco em cada uma, ao mesmo tempo que preparava uma pequena fogueira. Ayla o observava, quase se oferecendo para fazer uma fogueira com uma de suas pedras de fogo, mas a Primeira havia insistido no ano anterior em fazer uma cerimônia para mostrar a pedra de fogo e, apesar de muitos Zelandonii saberem usá-la, Ayla não tinha certeza de como a Primeira gostaria de apresentá-la.

Usando os materiais que havia trazido, Falithan logo conseguiu fazer uma pequena fogueira, e dela, usando outra tira de cogumelo seco para transferir o fogo, derreteu um pouco de gordura para ser mais facilmente absorvida e acendeu os pavios de cogumelo.

Quando o fogo estava firme nas lamparinas de banha, o Zelandoni da Vigésima Sexta falou:

— Bem, vamos explorar esta pequena gruta? Mas você terá de imaginar que é outro tipo de animal, Ayla. Uma cobra. Você acha que é capaz de rastejar aqui?

Ayla assentiu com a cabeça, apesar de estar receosa.

Agarrando o cabo da pequena lâmpada, o Zelandoni da Vigésima Sexta Caverna enfiou a cabeça na pequena abertura, apoiando-se sobre os joelhos e uma das mãos, e então finalmente deitando-se sobre a barriga. Empurrou a pequena lâmpada à sua frente e entrou se contorcendo naquele espaço mínimo. Ayla o seguiu, depois foi a vez de Jonokol e por fim Falithan, cada um segurando uma lamparina. Ela entendeu por que o Zelandoni tinha desencorajado a vontade da Primeira de entrar naquele lugar. Apesar de já ter se surpreendido com o que aquela mulher grande conseguia fazer quando decidida, de fato a caverna era pequena demais para ela.

As paredes baixas eram mais ou menos perpendiculares ao chão, mas se juntavam numa curva no teto, e pareciam ser rocha coberta por terra úmida. O chão era de argila molhada que grudava ao corpo, mas, na verdade, os ajudava a deslizar através dos pontos mais estreitos. Logo, porém, a argila fria penetrou nas roupas. O frio fez Ayla perceber que seus seios estavam cheios de leite, e ela tentou se apoiar nos cotovelos para não pôr todo seu peso sobre eles, embora fosse difícil segurando a lâmpada ao mesmo tempo.

Espaços apertados não perturbavam Ayla, mas, quando ficou presa numa curva, ela começou a sentir um toque de pânico.

— Fique calma, Ayla. Você vai conseguir. — Ouviu Jonokol dizer, e então sentiu que alguém empurrava seus pés. Com a ajuda dele, conseguiu passar.

A gruta não era uniformemente pequena. Além da constrição, abria-se um pouco. Conseguiram sentar e erguendo as lamparinas puderam enxergar. Pararam e descansaram um pouco, então Jonokol não resistiu: tirou de uma bolsa um pequeno cinzel de pedra lascada e com uma série de toques rápidos gravou o desenho de um cavalo na parede de um lado, e depois outro na parede em frente.

Ayla sempre se admirara com a habilidade dele. Quando ainda estava na Nona Caverna, frequentemente o observava quando praticava na parede externa de um despenhadeiro de calcário, ou numa placa de pedra que tinha se soltado, num pedaço de pele, com um pedaço de carvão, ou ainda sobre um pedaço de terra lisa no chão. Ele o fazia tantas vezes e com tanta facilidade que quase parecia desperdiçar o talento. Mas, assim como ela teve de praticar para obter a habilidade com o estilingue e com o arremessador de lanças de Jondalar, sabia que Jonokol precisou praticar para chegar ao seu nível de proficiência. Só que, para ela, a capacidade de pensar num animal vivo e reproduzir sua figura numa superfície era uma coisa tão extraordinária que não podia ser senão um dom grande e maravilhoso da Mãe. Ayla não estava sozinha nesses pensamentos.

Depois de terem descansado, o Zelandoni da Vigésima Sexta Caverna continuou a liderar o grupo para o interior da gruta. Encontraram mais alguns lugares apertados antes de chegarem a um ponto onde placas de rocha bloqueavam a passagem. Não era mais possível prosseguir.

— Notei que você se sentiu obrigado a fazer desenhos na parede desta gruta — disse sorrindo o Zelandoni da Vigésima Sexta. Jonokol não sabia se descreveria a situação do mesmo modo, mas havia desenhado dois cavalos, portanto concordou. — Tenho pensado que a Vista do Sol devia criar uma cerimônia para este espaço. Agora tenho mais certeza que nunca de que é sagrado e adoraria que isso fosse reconhecido. Poderia ser um lugar para os jovens que queiram se testar, mesmo os muito jovens.

— Creio que você tem razão — concordou o artista acólito. — É uma gruta difícil, mas simples. É quase impossível se perder aqui.

— Você se juntaria a nós numa cerimônia, Jonokol?

Ayla adivinhava que Zelandoni queria que Jonokol fizesse mais desenhos naquela Caverna Sagrada tão próxima deles, e imaginou que os desenhos dariam mais status ao lugar.

— Creio que uma marca de fechamento é necessária aqui, para mostrar que é o ponto mais distante onde se pode chegar, neste mundo — afirmou Jonokol, depois sorriu. — Acho que o leão de Ayla falou do mundo além. Avise-me quando a cerimônia estiver planejada.

O Zelandoni e seu acólito, Falithan, sorriram de prazer.

— Você também está convidada, Ayla — disse o Vigésimo Sexto.

— Vou ver antes o que a Primeira planeja para mim.

— É claro.

Começaram o caminho de volta. Ayla estava feliz. Suas roupas estavam encharcadas e grudadas de barro, e sentia muito frio. A volta não pareceu tão demorada, e ela ficou aliviada por não ter ficado presa outra vez. Quando chegaram à entrada, soltou um suspiro. Sua lâmpada de óleo tinha se apagado pouco antes de eles alcançarem a luz vinda de fora. Talvez seja uma gruta verdadeiramente sagrada, pensou, mas não me parece particularmente agradável, especialmente por ter de rastejar sobre a barriga durante a maior parte do caminho.

— Você gostaria de visitar a Vista do Sol, Ayla? Não é muito longe — convidou Falithan.

— Sinto muito. Em outra ocasião, adoraria, mas eu disse a Proleva que voltaria à tarde. Ela está cuidando de Jonayla, e eu tenho mesmo de voltar ao acampamento. — Ayla não disse que seus seios doíam; sentia necessidade de amamentar e estava desconfortável.

8

Quando Ayla voltou, Lobo a esperava no extremo do acampamento da Reunião de Verão para saudá-la. De alguma maneira, ele sabia que ela estava chegando.

— Onde está Jonayla, Lobo? Encontre-a para mim.

O animal saiu correndo à frente dela, depois parou e esperou, para ter certeza de que estava sendo seguido. Levou-a diretamente a Proleva amamentando Jonayla, no acampamento da Terceira Caverna.

— Ayla, você voltou! Se soubesse que vinha agora, teria esperado. Acho que ela já está cheia.

Ayla tomou a filha e tentou amamentá-la, mas a criança não tinha fome, o que parecia fazer os seios de Ayla doerem ainda mais.

— Sethona já mamou? Eu também estou cheia... cheia de leite.

— Stelona me ajudou hoje, e ela sempre tem muito leite, apesar de seu bebê já estar comendo um pouco de comida comum. Ela se ofereceu para alimentar Sethona há pouco, quando eu estava conversando com a Zelandoni a respeito do Matrimonial. Como eu sabia que depois ia amamentar Jonayla, pensei que seria perfeito. Eu simplesmente não sabia quando você ia voltar, Ayla.

— Eu também não sabia. Vou ver se encontro alguém que precise de leite. Obrigada por cuidar de Jonayla hoje.

Enquanto caminhava em direção à grande casa da zelandonia, Ayla viu Lanoga carregando Lorala no quadril. Ganamar, de 3 anos, o segundo mais novo da família, agarrado à túnica dela com uma das mãos, o polegar da outra firmemente enfiado na boca. Ayla esperou que Lorala quisesse mamar, ela geralmente tinha fome. Quando perguntou, Lanoga lhe disse, para seu alívio, que estava justamente procurando alguém que pudesse alimentar a criança.

Sentaram-se em um de vários troncos com almofadas que estavam distribuídos em volta de uma lareira escurecida ao lado da entrada da grande casa, e Ayla tomou a criança mais velha em lugar da sua. Lobo se sentou perto de Jonayla, e Ganamar despencou ao lado dele. Todos os filhos da casa de Laramar gostavam do animal, embora o próprio Laramar tivesse medo. Ele ainda ficava tenso e recuava quando o grande lobo se aproximava.

Ayla teve de secar os seios antes de amamentar a criança, a lama molhada havia penetrado pela roupa. Enquanto alimentava Lorala, Jondalar voltou de uma tarde atirando lanças, e Lanidar veio com ele. Sorriu timidamente para ela e mais calorosamente para Lanoga. Ayla avaliou o garoto. Ele estava com 12 anos, perto dos 13, e havia crescido muito desde o ano anterior. E sua autoconfiança ainda mais, notou ela. Estava mais alto e trazia um modelo único de arremessador de lanças, uma espécie de arreio que acomodava seu braço direito defeituoso. Tinha também uma aljava com várias lanças especializadas, usadas com o arremessador, mais curtas e leves que as lanças normais atiradas à mão, como dardos longos de ponta afiada. O braço esquerdo bem-desenvolvido parecia quase tão forte quanto o de um homem adulto. Ela suspeitou de que ele vinha praticando com a arma.

Lanidar também usava um cinto da puberdade com uma franja vermelha, uma tira fina tecida de várias cores e fibras. Algumas eram cores naturais de fibras vegetais, como linho marfim, mata-calado bege e urtiga cinza. Outras eram as fibras naturais de pelo animal, geralmente o pelo longo e denso de muflão, cabra selvagem, o mamute vermelho e a cauda negra de cavalo. A maioria das fibras também podia ser tingida para alterar ou intensificar as cores naturais. O cinto não apenas anunciava que havia atingido a maturidade física e estava pronto para os ritos das donii e da masculinidade, mas os desenhos sobre ele indicavam suas afiliações. Ayla identificou o simbolismo da Décima Nona Caverna dos Zelandonii, embora não fosse capaz de identificar os nomes primários nem as ligações.

Na primeira vez em que vira um cinto da puberdade, ela considerou bonito. Mas não tinha como saber o que significava quando Marona, a mulher que seria a companheira de Jondalar, tentou envergonhá-la convencendo-a a usar um deles, além das roupas íntimas para um jovem usar durante o inverno. Ela ainda achava os cintos lindos, embora a lembrassem do incidente desagradável. No entanto, havia guardado as roupas macias de camurça que a mulher lhe dera. Ayla não nascera Zelandoni, e, apesar do uso indicado, não tinha o senso cultural arraigado de que não eram adequadas. Eram feitas de um couro macio, aveludado ao toque, e ela decidiu que ia vesti-las, depois de ter feito ajustes nas pernas e na túnica para se adaptarem melhor à sua figura feminina.

As pessoas da Nona Caverna a olharam com estranheza na primeira vez em que vestiu as roupas íntimas de um jovem como roupas normais de caçada, quando a temperatura estava quente, mas logo se acostumaram. Após um tempo, ela notou que algumas das moças começaram a usar roupas semelhantes. Mas Marona ficava embaraçada e irritada quando Ayla as usava, porque então se lembrava de que o truque não fora apreciado pela Nona Caverna. Pelo contrário, o povo da Caverna sentiu que ela os havia envergonhado ao tratar uma estrangeira, que estava destinada a se tornar um deles, de forma tão maliciosa. Envergonhar Marona não tinha sido a intenção de Ayla quando usou as roupas de rapaz em público pela primeira vez, mas ela não deixou de apreciar a reação da mulher.

Enquanto Ayla e Lanoga trocavam de bebês mais uma vez, alguns jovens se aproximaram rindo, a maioria usando cintos da puberdade, e vários segurando arremessadores de lanças. Jondalar atraía as pessoas por todo lugar onde passava, mas os jovens em particular o admiravam e gostavam de se reunir em volta dele. Ela notou com prazer que saudavam Lanidar amistosamente. Desde que tinha desenvolvido sua enorme habilidade com a nova arma, o braço deformado já não repudiava os outros rapazes. Ayla também gostou de notar que Bologan estava entre eles, apesar de ainda sem o cinto da puberdade e seu próprio arremessador de lanças. Sabia que Jondalar tinha feito muitas armas de caça para todos praticarem.

Homens e mulheres frequentavam os treinamentos que Jondalar oferecia, mas, embora os dois gêneros prestassem muita atenção um no outro, os rapazes gostavam de socializar com outros da mesma idade, que passavam pelo mesmo estágio de desenvolvimento e ansiavam pelos rituais; as moças tendiam a evitar os "rapazes de cinto". A maioria dos rapazes olhou para Lanoga, mas fingiram ignorá-la, com exceção de Bologan. Os irmãos se entreolharam, e apesar de não sorrirem nem se saudarem, era um reconhecimento.

Todos os rapazes sorriram para Ayla, apesar da roupa suja de barro. A maioria timidamente, mas alguns mais ousados na apreciação da linda mulher mais velha que Jondalar trouxera para casa e a quem fizera sua companheira. As donii-mulheres eram invariavelmente mais velhas e sabiam tratar rapazes que queriam ser homens, controlá-los sem desencorajar demais. O sorriso despudorado de alguns que ainda não conhecia foi substituído por uma expressão de apreensão quando Lobo se levantou a um sinal dela.

— Você já avisou Proleva sobre os planos para hoje à noite? — perguntou Jondalar a Ayla quando ela tomou o caminho do acampamento da Nona Caverna. Ele sorriu para o bebê, fez cócegas e recebeu uma risada deliciosa em troca.

— Não. Acabei de voltar da nova Caverna Sagrada que a Primeira me pediu para visitar, e fui diretamente procurar Jonayla. Vou perguntar depois de trocar de roupa — respondeu ela, quando se tocaram as faces.

Alguns rapazes, que estavam ansiosos por causa de Lobo, pareceram surpresos quando Ayla falou; sua fala proclamava suas origens distantes.

— Suas roupas estão cobertas de barro. — Jondalar limpou a mão na calça depois de tocá-la.

— Por isso tenho de me trocar. A gruta tinha um piso de argila muito molhado; tivemos de nos arrastar como cobras a maior parte do tempo. A lama é fria e pesada.

— Vou acompanhar você — disse Jondalar, que não tinha visto Ayla durante todo o dia. Tomou Jonayla nos braços para que ela não se sujasse de lama.

Quando Ayla se encontrou novamente com Proleva, soube que a Nona e a Terceira Cavernas, no acampamento da última, realizavam uma reunião dos líderes das outras cavernas e seus assistentes presentes naquela Reunião de Verão. Todas as famílias iam se juntar a eles para a refeição da noite. Proleva havia organizado a reunião, que incluía algumas pessoas encarregadas de cuidar das crianças para que suas mães pudessem ajudar.

Ayla fez um sinal para Lobo segui-la. Notou que uma ou duas mulheres estavam com medo do animal, mas ficou feliz ao ver várias pessoas o reconhecerem e brincarem com ele, sabendo de seu valor para protegê-los. Lanoga ficou para cuidar das crianças; Ayla voltou para conferir o que Proleva queria que ela fizesse.

Durante a noite, Ayla parou para amamentar Jonayla, mas havia tanto trabalho a fazer preparando e cozinhando um grande banquete que ela mal teve chance de segurar a filha até que todos tivessem terminado de comer. Então foi chamada à casa da zelandonia. Levou Jonayla com ela e fez um sinal para que Lobo a seguisse.

Já era tarde e estava escuro quando Ayla caminhou até a grande casa de verão ao longo de um trecho pavimentado por pedras chatas. Levava uma tocha, embora a luz de várias lareiras iluminasse razoavelmente bem o caminho. Deixou a tocha do lado de fora, apoiada numa pilha de pedras construída exatamente para isso. Dentro, uma pequena fogueira perto de uma lareira maior. Algumas lâmpadas tremeluzentes se espalhavam por ali brilhando suavemente e oferecendo pouca luminosidade. Não se via quase nada além das chamas bruxuleantes da lareira. Pensou ter ouvido alguém roncar baixinho do outro lado da casa, mas só viu Jonokol e a Primeira. Estavam dentro do círculo de luz e tomavam xícaras de chá quente.

Sem interromper a conversa, a Primeira fez um aceno para Ayla e a convidou para se sentar. Feliz por finalmente poder relaxar confortavelmente, acomodou-se sobre uma almofada grossa, uma das muitas espalhadas em volta da lareira, e começou a amamentar a filha enquanto ouvia. Lobo sentou bem ao lado deles. Era geralmente bem-recebido na casa da zelandonia. Ayla havia ficado fora durante uma boa parte do dia, e o lobo não queria mais se separar dela e de Jonayla.

— Qual foi a sua impressão da gruta? — A imponente mulher dirigiu a pergunta para o jovem.

— É muito pequena, em certos lugares mal dá para passar, mas é bastante comprida. Uma gruta interessante — respondeu Jonokol.

— Você acredita que seja sagrada?

— Acredito.

A Primeira assentiu com a cabeça. Não duvidara do Zelandoni da Vigésima Sexta, mas era bom ter uma opinião corroborativa.

— E Ayla encontrou sua voz — acrescentou Jonokol, sorrindo para Ayla, que ouvia a conversa, balançando-se inconscientemente enquanto amamentava a filha.

— É mesmo? — pediu confirmação da mulher mais velha.

— Sim. O Vigésimo Sexto lhe pediu para testar a caverna e ficou surpreso quando ela disse que não sabia cantar nem tocar flauta, nem fazer qualquer outra coisa capaz de testar a gruta. O acólito Falithan canta com um gemido forte, agudo e ululante que é único. Eu então me lembrei dos trinados de passarinhos que Ayla faz, e informei que ela era capaz de trinar como um passarinho, relinchar como um cavalo e até rugir como um leão. E ela o fez. Todos esses sons. O Vigésimo Sexto ficou impressionado, especialmente pelo rugido. O teste dela preencheu a gruta. Quando o urro voltou, estava reduzido, mas era claro, mais que audível, e parecia vir de um lugar muito distante. Do outro lugar.

— O que você achou, Ayla? — perguntou a Primeira enquanto servia uma xícara de chá que passou a Jonokol para que ele entregasse à acólita. Havia notado que a criança já dormia nos braços de Ayla, com um pouco de leite a lhe escorrer da boca.

— É difícil entrar na gruta; é comprida, nas não complicada. Às vezes, é assustadora, especialmente quando se estreita em passagens muito apertadas, mas ninguém há de se perder ali.

— Da forma como você descreve, penso que poderia ser especialmente adequada para jovens acólitos que queiram se testar, para descobrir se a vida de Zelandoni é realmente adequada para eles. Se tiverem medo de um lugar pequeno e escuro que não oferece perigo real, duvido que possam suportar as outras tarefas realmente perigosas — falou A Mulher Que Era A Primeira.

Ayla se perguntou como seriam algumas daquelas tarefas. Já havia enfrentado muitas situações perigosas na vida, não tinha certeza se queria enfrentar outras, mas talvez devesse esperar para ver o que lhe seria pedido.

O sol ainda estava baixo no céu do oriente, mas uma faixa brilhante de vermelho, que se esmaecia para o roxo nas extremidades, anunciava a chegada do dia. Uma tintura cor-de-rosa acentuava a massa fina de nuvens muito baixas no horizonte a oeste, refletindo o lado escuro de um brilhante amanhecer. Apesar de ainda ser bem cedo, todos estavam no acampamento principal. Havia chovido irregularmente por vários dias, mas aquele dia parecia mais promissor. Acampar sob chuva era suportável, nunca agradável.

— Tão logo terminem os Primeiros Ritos e as Cerimônias Matrimoniais, a Zelandoni deseja viajar — disse Ayla, olhando Jondalar. — Ela quer começar minha Jornada Donier para alguns dos Locais Sagrados mais próximos. Vamos ter de fazer aquele assento no *travois*.

Depois de cuidar dos cavalos, eles voltavam para o acampamento da Reunião, na hora da refeição matinal. Lobo saíra com eles, mas estava distraído e corria entre o arvoredo. Jondalar franziu o cenho.

— Uma viagem como essa talvez seja interessante, mas há quem fale sobre uma grande caçada depois das cerimônias. Talvez perseguir um rebanho de verão para começarmos a secar a carne para o próximo inverno. Joharran anda falando da utilidade dos cavalos para acuar os animais. Acho que está contando com nossa ajuda. Como vamos decidir a quem atender?

— Se ela não quiser ir muito longe, talvez possamos fazer os dois. — Ayla queria viajar com a Primeira e visitar Locais Sagrados, mas também adoraria caçar.

— Talvez — disse Jondalar. — Talvez devêssemos conversar com Joharran e Zelandoni e deixar que decidam. Mas, de qualquer forma, podemos fazer o assento para ela. Quando estávamos construindo o abrigo de verão para a família de Bologan, vi algumas árvores que talvez servissem.

— Quando você acha que seria bom começar?

— Talvez hoje à tarde. Vou ver se consigo algumas pessoas para ajudar.

— Saudações Ayla e Jondalar — disse uma voz jovem e conhecida. Era Trelara, a irmã mais nova de Lanoga, uma menina de 9 anos.

Observaram as seis crianças da família saindo do abrigo de verão. Bologan fechou a cortina de entrada e os alcançou. Nem Tremeda nem Laramar estavam com eles. Ayla sabia que os adultos às vezes usavam o abrigo, mas ou tinham saído mais cedo ou, o mais provável, não tinham voltado na noite anterior. Ayla supôs que as crianças estavam indo ao acampamento da Reunião na esperança de achar alguma coisa para comer. As pessoas geralmente faziam muita comida e sempre havia alguém disposto a lhes dar as sobras. Nem sempre ganhavam a melhor parte, mas raramente passavam fome.

— Saudações, crianças — cumprimentou Ayla.

Todos sorriram, menos Bologan, que tentava parecer mais sério. Quando conheceu a família, Ayla soube que Bologan, o mais velho, ficava longe de casa sempre que possível, preferindo se associar a outros meninos, especialmente os mais desordeiros. Mas ultimamente estava se responsabilizando pelos irmãos mais novos, especialmente Lavogan, de 7 anos. E ultimamente ela o havia visto várias vezes com Lanidar, o que lhe pareceu ser um bom sinal.

Bologan foi até Jondalar, muito tímido.

— Saudações, Jondalar — cumprimentou, olhando os pés do homem antes de conseguir olhá-lo nos olhos.

— Saudações, Bologan — disse Jondalar, sem saber por que tinha sido abordado.

— Posso fazer uma pergunta?

— Claro.

O menino enfiou a mão numa dobra da túnica e puxou um cinto da puberdade.

— Zelandoni falou ontem comigo e me deu isto. Ela me ensinou como amarrar, mas não consigo fazer direito.

Bem, ele já tem 13 anos, pensou Ayla, tentando conter um sorriso. Ele não tinha especificamente pedido ajuda a Jondalar, mas o homem alto entendeu o que o menino queria. Geralmente era o homem da casa quem dava o cinto da puberdade, geralmente feito por sua mãe. Bologan estava pedindo a Jondalar para assumir o lugar do homem que deveria estar ao seu lado.

Jondalar mostrou ao rapaz como prender o cinto, e então Bologan chamou o irmão e saíram em direção ao acampamento principal, seguidos pelos outros. Ayla os viu partir: Bologan, de 13 anos, ao lado de Lavogan, de 7; Lanoga, de 11, com Lorala, de 1 ano e meio, no quadril; e Trelara, de 9, levando pela mão Ganamar, de 3 anos. Lembrou-se de ter ouvido que outra criança, que teria 5 anos, morreu ainda bebê. Apesar de ela e Jondalar ajudarem-nos, além de vários outros na Nona Caverna fazerem o mesmo, as crianças estavam se criando praticamente sozinhas. Nem a mãe nem o homem da casa davam muita atenção a elas, e pouco faziam para sustentá-las. Ayla acreditava que Lanoga os mantinha unidos, apesar de ter notado, feliz, que Trelara ajudava e Bologan participava mais.

Sentiu Jonayla se mexer no cobertor, acordando. Trouxe a filha para a frente, retirando-a do cobertor. Ela estava nua, sem proteção absorvente. Ayla a segurou à sua frente enquanto a menina molhava a terra. Jondalar sorriu. Nenhuma das outras mulheres fazia isso, e, quando ele lhe perguntava, respondia que era assim que as mães do Clã cuidavam da sujeira dos filhos. Apesar de não fazer sempre assim, aquela forma de cuidado economizava tempo de limpeza e de reunir materiais absorventes. E Jonayla já estava tão acostumada que geralmente esperava ser retirada de dentro do cobertor antes de se aliviar.

— Você acha que Lanidar ainda está interessado em Lanoga? — Jondalar também estava preocupado com os filhos de Tremeda.

— Ele sorriu calorosamente quando a viu. — disse Ayla. — Como ele está indo com o arremessador de lanças? Parece estar praticando com o braço esquerdo.

— Ele é bom! — afirmou Jondalar. — Na verdade, é impressionante observá-lo. Usa o braço direito para colocar a lança no arremessador, mas atira com grande força e precisão com o esquerdo. Já é um grande caçador e ganhou o respeito de sua Caverna, além de mais status. Agora todos nesta Reunião de Verão os olham com outros olhos. Até mesmo o homem de sua casa, que abandonou sua mãe quando ele nasceu, tem se interessado. E sua mãe e sua avó já não insistem para que ele vá colher morangos com elas, por medo de que não seja capaz de se sustentar de outra maneira. Fizeram o suporte de couro, mas foi ele quem lhes informou como queria. Sabia que elas dizem que foi você quem lhe ensinou?

— Você também lhe ensinou. — Depois de uma pausa, Ayla continuou: — Ele pode ter se tornado um bom caçador, mas eu duvido que as mães o aceitem como companheiro de suas filhas. Devem ter medo de que o espírito que deformou o braço dele ainda esteja por perto e dê filhos com o mesmo problema. Quando ele disse, no ano passado, que queria ser companheiro de Lanoga quando crescessem, ajudá-la a criar os irmãos, Proleva falou que seria uma união perfeita. Como Laramar e Tremeda têm o status mais baixo, nenhuma mãe ia querer que seu filho se juntasse a ela, mas acho que ninguém ia objetar contra a união de Lanidar com Lanoga, especialmente por ele ser um bom caçador.

— Não. Mas acho que Tremeda e Laramar vão descobrir um meio de tirar vantagem dele — disse Jondalar. — Tenho a impressão de que Lanoga ainda não está pronta para os Primeiros Ritos.

— Mas logo vai estar. Está começando a mostrar os sinais. Talvez antes do final do verão, na última cerimônia dos Primeiros Ritos da estação. Alguém lhe pediu para ajudar nos Primeiros Ritos? — perguntou ela, tentando parecer despreocupada.

— Já, mas eu disse que ainda não estava preparado para tanta responsabilidade — respondeu ele, sorrindo. — Por quê? Você acha que eu devia?

— Só se quiser. Há algumas moças que ficariam muito felizes se você participasse. Talvez até Lanoga. — Ayla se virou para cuidar de Jonayla e para que ele não visse seu rosto.

— Lanoga não! Seria como participar dos Primeiros Ritos de uma filha da minha própria casa!

Ela se voltou e sorriu para ele.

— Você está mais próximo de ser o homem daquela casa do que quem de fato é. Você já se dedicou mais àquela família do que Laramar.

Estavam chegando ao acampamento principal e muitas pessoas os cumprimentavam.

— Você acha que vai ser demorado construir um *travois* com assento? — perguntou Ayla.

— Se eu conseguir ajuda, e se começarmos logo, talvez no final da manhã, é possível que tenhamos terminado à tarde. Por quê?

— Então eu poderia perguntar a ela se ia testar hoje à tarde? Ela disse que queria fazer isso antes de usar em público.

— Pode perguntar. Vou pedir a Joharran e a outros para me ajudar. Tenho certeza de que vai ficar pronto. — Jondalar sorriu. — Vai ser interessante ver como as pessoas reagirão ao vê-la sendo puxada pelos cavalos.

Jondalar estava trabalhando no corte de uma árvore bem mais grossa do que as geralmente escolhidas para fazer um *travois*. O machado de pedra que usava havia sido lascado de forma que a parte mais grossa se afinava até uma espécie de ponta, e a parte de corte se afinava até uma seção muito estreita muito afiada. O cabo de madeira tinha um buraco ao longo do comprimento onde a ponta mais grossa se encaixava. As duas partes estavam fixadas de forma que a cada golpe a cabeça do machado se encaixava com mais firmeza no cabo. As duas estavam bem-amarradas com couro molhado, que encolhia e apertava mais à medida que secava.

O machado de pedra não era suficientemente forte para cortar o tronco de uma árvore de uma vez; a pedra se quebraria. Para derrubar uma árvore, os cortes tinham de ser feitos em ângulo, talhando a árvore até que caísse. O toco ficava parecendo ter sido roído por um castor. Mesmo com essa técnica, a lâmina do machado perdia lascas e precisava ser constantemente afiada, o que era feito com o uso de um martelo de pedra cuidadosamente manuseado ou uma ponteira de osso bem afiada e um martelo de pedra para remover lascas estreitas de pedra para afinar novamente a aresta de corte. Como era um lascador habilidoso, sempre chamavam Jondalar para derrubar árvores. Ele sabia usar corretamente o machado e afiá-lo com eficiência.

Tinha acabado de derrubar uma segunda árvore de tamanho igual, quando chegou um grupo de homens: Joharran, com Solaban e Rushemar; Manvelar, o líder da Terceira Caverna, e o filho de sua companheira, Morizan; Kimeran, líder da Segunda Caverna, e Jondecam, seu sobrinho da mesma idade; Willamar, o Mestre Comerciante, e seu aprendiz Tivonan, acompanhados do amigo Palidar; e Stevadal, o líder da Vigésima Sexta Caverna, em cujo território se realizava a Reunião de Verão daquele ano. Onze pessoas para fazer um *travois*, 12, contando Jondalar. Se contasse ela própria, 13. Ayla tinha feito seu primeiro *travois* sozinha.

A curiosidade os tinha levado até ali. A maioria dos recém-chegados já conhecia o *travois* que Ayla usava para arrastar produtos. Começava com dois troncos de pontas afiladas e todos os ramos cortados. Dependendo da variedade, a casca também era retirada, especialmente se pudesse ser solta com facilidade. As pontas afiladas eram amarradas à cernelha de um cavalo com arreios de cordas fortes ou tiras de couro. Os dois troncos se abriam ligeiramente em ângulo na frente e bem mais atrás, com as pontas da base mais pesada se arrastando no chão, o que criava relativamente pouco atrito, tornando bem fácil puxar cargas pesadas. Peças de madeira, couro ou cordas, qualquer material capaz de suportar, eram ligados aos dois troncos.

Jondalar explicou aos recém-chegados que queria fazer um *travois* com peças cruzadas especiais montadas de determinada maneira. Logo, a madeira estava cortada, e algumas sugestões foram oferecidas e experimentadas antes de inventarem algo que parecesse adequado. Ayla concluiu que não precisavam dela e decidiu chamar a Zelandoni.

Levando Jonayla consigo, foi até o acampamento principal da Reunião pensando nas adaptações de um *travois* e no que fizeram na longa Jornada de volta à casa de Jondalar. Quando chegaram a um rio largo que tinham de atravessar, construíram um barco-bacia semelhante aos que os Mamutói usavam para cruzar fluxos de água: uma estrutura de madeira curvada na forma de uma tigela e coberta por uma pele bem-engraxada de auroque. Era simples de fazer, mas difícil de controlar na água.

Jondalar contou dos barcos que os Sharamudói faziam, escavados em um tronco, cuja madeira era aumentada com vapor, e possuía uma proa afilada em cada extremidade. Eram muito mais difíceis de fazer, mas muito mais fáceis de conduzir.

Na primeira vez em que cruzaram um rio, usaram o barco-bacia para carregar suas coisas e eles próprios, e o impulsionaram com pequenos remos através do rio, enquanto os cavalos nadavam atrás. Depois da travessia, tornaram a embalar suas coisas em paneiros e cestos de sela, e então decidiram construir um *travois* para Huiin carregar o bote e eles próprios. Mais tarde, descobriram que podiam prender o barco-bacia entre os troncos do *travois* e deixar os cavalos atravessarem o rio a nado, puxando a carga, enquanto Ayla e Jondalar seguiam montados, ou nadavam ao lado deles. O barco-bacia era leve, e como flutuava, mantinha tudo seco. Quando chegaram ao outro lado do rio seguinte, em vez de esvaziar o barco, decidiram deixar as coisas nele. Apesar de o *travois* com o barco tornar a travessia de rios mais fácil e geralmente não apresentar problemas ao cruzar campos abertos, quando tinham de passar por florestas ou terrenos difíceis, que exigiam curvas fechadas, os longos troncos e o barco atrapalhavam muito. Eles quase os deixaram para trás algumas vezes, mas não os abandonaram até estarem próximos e terem uma boa razão.

Ayla havia dito à Zelandoni o que planejavam, portanto a mulher estava pronta quando Ayla foi buscá-la. Ao voltarem para o acampamento da Nona Caverna, os homens tinham se movido até mais próximo da cerca feita para os cavalos e não as viram. A Primeira se esgueirou para dentro da casa usada pela família de Jondalar com a criança adormecida enquanto Ayla ia ver como evoluía a construção do assento do *travois*. Jondalar tinha razão. Com toda aquela ajuda, a construção demorara pouco. Havia um assento semelhante a um banco com o encosto preso entre os dois troncos grossos e um degrau. Jondalar tirara Huiin do estábulo e prendia o *travois* na égua com arreios de tiras de couro passando pelo seu peito e presos no alto dos ombros.

— O que você vai fazer com isso? — perguntou Morizan.

O rapaz era jovem o suficiente para fazer uma pergunta direta. Para um adulto, não seria considerado educado, mas a pergunta questionou exatamente o que todos estavam pensando. A pouca sutileza talvez não fosse *adequada* para um Zelandoni maduro, mas não era errada, apenas ingênua e pouco sofisticada. Pessoas experientes sabiam como ser mais sutis e implícitas. Mas Ayla estava acostumada à franqueza. Para um Mamutói, ser franco e direto era comum e totalmente adequado. Era uma diferença cultural, apesar de eles terem suas próprias sutilezas. E o Clã era capaz de ler a linguagem corporal tão bem quanto a de sinais e por isso, apesar de não serem capazes de mentir, entendiam nuances e eram absolutamente discretos.

— Tenho uma ideia particular de como usá-lo, mas ainda não tenho certeza de que vai funcionar. Gostaria de testar primeiro, e, se não funcionar, é um *travois* resistente e bem-feito. Provavelmente vou descobrir outro uso para ele.

Apesar de a resposta de Ayla não atender à pergunta, todos ficaram satisfeitos. Presumiram que ela não queria anunciar uma experiência que talvez não funcionasse. Ninguém gostava de anunciar os próprios fracassos. Ayla, na verdade, estava quase certa de que ia funcionar, só não sabia se a Primeira se disporia a usá-la.

Jondalar começou a voltar lentamente para o acampamento, sabendo que deveria ser discreto, senão os outros o seguiriam. Ayla entrou na cobertura dos cavalos para acalmá-los depois da excitação de tanta gente à sua volta, despedindo-se dos homens com um aceno de cabeça. Acariciou Cinza, pensando em como ela era uma bela potra. Depois falou com Racer e coçou suas partes favoritas. Cavalos eram animais muito sociais, gostavam de estar junto a outros da própria espécie e de outros por quem tinham afeição. Ele havia chegado a uma idade em que, se vivesse com cavalos selvagens, estaria pronto para abandonar a mãe para correr com uma manada solteira. Mas, como Cinza e Huiin eram suas únicas companheiras equinas, ele se tornara protetor da irmã mais nova.

Ayla saiu da cobertura e se aproximou de Huiin, que esperava pacientemente com o *travois* atrás de si. Quando a mulher abraçou seu pescoço, a égua apoiou a cabeça sobre o ombro de Ayla, uma posição familiar de intimidade. Jondalar pôs um cabresto no animal, pois com o arreio seria mais fácil conduzi-la. Ela pensou que seria melhor usá-lo quando a Primeira experimentasse seu novo meio de transporte. Tomou a corda presa ao cabresto e se dirigiu à casa. Quando lá chegou, os homens voltavam para o acampamento principal; Jondalar estava no interior conversando com Zelandoni e segurando Jonayla bem alegre no seu braço.

— Vamos experimentar? — sugeriu Jondalar.

— Todos já se foram?

— Já. Os homens foram embora e não há mais ninguém à vista.

— Então esta é a melhor hora — respondeu a Primeira.

Saíram da casa, olhando em volta para ter certeza de que não havia ninguém, e então se aproximaram de Huiin. Passaram por trás da égua.

De repente, Ayla falou:

— Um momento.

E entrou na residência de verão. Voltou trazendo uma almofada e a colocou no assento, feito de vários troncos pequenos firmemente amarrados com cordas fortes. Um encosto estreito, perpendicular ao assento e feito da mesma forma, manteve a almofada no lugar. Jondalar entregou a filha a Ayla, então se voltou para ajudar Zelandoni.

Mas, quando a donier pisou no degrau feito de uma peça de madeira, os longos troncos flexíveis cederam, e Huiin deu um passo por causa da mudança de peso. A Primeira recuou imediatamente.

— O cavalo se moveu!

— Vou segurá-la — disse Ayla.

Deu a volta até ficar em frente à égua para acalmá-la, segurando a corda com uma das mãos e Jonayla com a outra. A égua farejou a barriga da menina, o que a fez rir, e sua mãe sorrir. Huiin e Jonayla se davam bem e se sentiam à vontade quando próximas. A criança havia viajado na égua muitas vezes nos braços da mãe ou enrolada no cobertor às costas da mulher, Também tinha viajado em Racer com Jondalar e sido colocada diretamente no lombo de Cinza, enquanto o homem a segurava com firmeza para que as duas se acostumassem uma com a outra.

— Tente novamente — pediu Ayla.

Jondalar estendeu a mão para lhe dar apoio, oferecendo um sorriso encorajador para a imponente mulher. Zelandoni não estava acostumada a ser encorajada ou comandada a fazer qualquer coisa. Era ela quem geralmente assumia essa posição. Olhou para Jondalar com severidade para ver se percebia condescendência. Na verdade, seu coração palpitava, apesar de ela se recusar a admitir o medo. Não sabia bem por que concordara em fazer aquilo.

Mais uma vez a madeira nova cedeu quando a Primeira pôs o peso nos troncos mais finos amarrados para formar o degrau, mas Ayla segurou a égua, e Jondalar ofereceu apoio. Conseguiu, por fim, sentar-se na almofada com um suspiro de alívio.

— Pronta? — perguntou Ayla.

— Está? — perguntou Jondalar baixinho à donier.

— Acho que nunca estarei mais pronta.

— Podemos ir — disse Jondalar elevando a voz.

— Vamos devagar, Huiin — chamou Ayla, avançando e segurando a corda.

A égua começou a andar, puxando o pesado *travois* com a Primeira Entre Aqueles Que Serviam À Grande Mãe Terra. A mulher agarrou a frente do assento ao sentir que se movia, porém, quando Huiin partiu, não achou ruim, mas mesmo assim não soltou o assento. Ayla olhou para trás para ver como as coisas estavam indo e notou Lobo sentado sobre os quadris os observando. Onde você estava? Você desapareceu o dia inteiro, pensou ela.

A viagem não foi suave, houve alguns solavancos ao longo do caminho, e um lugar onde uma perna caiu numa vala cortada pela inundação de um riacho, fazendo a viajante se inclinar para a esquerda, mas tudo foi corrigido quando Ayla virou Huiin e tomaram a direção do abrigo dos cavalos.

É uma sensação estranha se mover sem usar os próprios pés, pensou Zelandoni. Claro, crianças levadas pelos pais estavam acostumadas, mas há muitos anos ela não era suficientemente pequena para ser carregada por ninguém, e se deslocar sobre o *travois* não era a mesma coisa. Inclusive porque ela olhava para trás, não para onde estava indo.

Antes de chegarem ao abrigo dos cavalos, Ayla começou uma curva larga que as levava de volta ao acampamento da Nona Caverna. Tinha visto uma trilha que seguia numa direção diferente da que tomavam para ir ao acampamento principal. Havia descoberto esse caminho antes e se perguntara aonde levaria, mas nunca parecia ter tempo para explorá-lo. Aquela era a hora certa. Partiu naquela direção, então olhou para trás e atraiu o olhar de Jondalar. Indicou a trilha desconhecida com um gesto discreto; ele concordou imperceptivelmente, esperando que a passageira não notasse nem objetasse. Ou ela não notou, ou não objetou, e Ayla continuou. Lobo trotava ao lado de Jondalar, fechando a retaguarda, mas correu para a frente quando Ayla mudou de direção.

Ela passara a corda pelo pescoço de Huiin, pois assim a égua seguiria seus sinais mais facilmente do que com uma corda presa ao cabresto. Então colocou Jonayla no cobertor às suas costas, onde a menina poderia olhar em volta sem ser um peso constante no braço da mãe. A trilha levava a um rio conhecido da Nona Caverna como Rio Oeste e seguia ao lado dele por uma pequena distância. No momento em que se perguntava se devia fazer a volta, Ayla viu várias pessoas conhecidas à frente. Fez a égua parar e voltou até Jondalar e Zelandoni.

— Acho que chegamos à Vista do Sol, Zelandoni. Você quer continuar e visitar, e, caso queira, gostaria de continuar no *travois*?

— Como já chegamos aqui, é melhor fazer a visita. É possível que eu não volte por algum tempo. E já estou pronta para me levantar. Não é ruim viajar no assento móvel, mas às vezes os solavancos incomodam.

A mulher se levantou e, usando o braço de Jondalar como apoio, desceu.

— Você achou o *travois* conveniente para quando formos visitar os Locais Sagrados? — perguntou Jondalar.

— Acredito que será útil, pelo menos durante uma parte da viagem.

Ayla sorriu.

— Jondalar, Ayla, Zelandoni! — chamou uma voz conhecida.

Ao se voltar, Ayla notou um sorriso no rosto de Jondalar. Willamar vinha na direção deles, acompanhado de Stevadal, líder da Vigésima Sexta Caverna.

— Que bom vocês terem decidido vir — disse Stevadal. — Não sabíamos se a Primeira teria tempo de nos visitar na Vista do Sol.

— As Reuniões de Verão são sempre um período cheio para a zelandonia, mas eu tento fazer pelo menos uma visita de cortesia à Caverna que oferece a Reunião, Stevadal. Agradecemos o esforço.

— É uma honra — disse o líder da Vigésima Sexta.

— E para nós, um prazer — disse uma mulher que tinha acabado de chegar e parado ao lado de Stevadal.

Ayla tinha certeza de que a mulher era a companheira de Stevadal, apesar de não a conhecer, nem de tê-la visto no acampamento, o que a fazia parecer mais reservada. Era mais jovem que Stevadal, mas havia algo mais. Sua túnica caía sobre o corpo magro, ela parecia pálida e frágil. Ayla imaginou se ela estivera doente ou se tinha sofrido uma perda dolorosa.

— Que bom você ter vindo — disse Stevadal. — Danella esperava ver a Primeira e conhecer a companheira de Jondalar. Ainda não teve oportunidade de comparecer ao acampamento.

— Você não me disse que ela estava doente, pois eu teria vindo antes, Stevadal — disse a Primeira.

— O nosso Zelandoni lhe deu assistência. Não quisemos incomodá-la. Eu sei como você fica ocupada durante as Reuniões de Verão.

— Nunca ocupada demais para uma visita à sua companheira.

— Talvez mais tarde, depois de todos a terem visto — disse Danella à Primeira, e então se voltou para o homem louro e alto: — Mas eu gostaria de ser apresentada à sua companheira, Jondalar. Ouvi muita coisa a respeito dela.

— Pois então será — disse ele, fazendo um sinal para Ayla, que se aproximou da mulher com as mãos estendidas, as palmas para cima, na saudação tradicional de abertura, mostrando que não tinha nada a esconder. Então Jondalar falou: — Danella, da Vigésima Sexta Caverna dos Zelandonii, companheira do líder, Stevadal, gostaria de lhe apresentar Ayla, da Nona Caverna dos Zelandonii... — Continuou a apresentação tradicional até chegar a: — ... protegida pelo Espírito do Urso-das-Caverna.

— Você se esqueceu de "amiga dos cavalos e do caçador de quatro patas a quem chama de Lobo" — acrescentou Willamar, rindo.

Ele e o resto dos homens que tinham vindo ajudar a construir o novo *travois* se juntaram ao grupo. Como estavam na área, Willamar sugeriu que parassem para uma visita à Vista do Sol, a casa da Vigésima Sexta Caverna dos Zelandonii, que ofereciam aquela Reunião de Verão, e foram convidados para uma xícara de chá.

A maioria das pessoas que ali morava estava no acampamento da Reunião de Verão, mas algumas ainda estavam em casa, entre elas a companheira do líder, que aparentemente estava, ou tinha estado, doente, supôs Ayla, e tentou adivinhar por quanto tempo ela estivera doente e qual havia sido seu problema. Olhou a Zelandoni, que olhava para ela de volta. Seus olhos se encontraram e, apesar de nada ser dito, ela sentiu que a Primeira pensava a mesma coisa.

— Meus nomes e ligações não são tão interessantes, mas, em nome de Doni, a Grande Mãe Terra, você é bem-vinda entre nós, Ayla da Nona Caverna dos Zelandonii — disse Danella.

— E eu a saúdo, Danella da Vigésima Sexta Caverna dos Zelandonii — disse Ayla no momento em que as duas se tomaram as mãos.

— O som da sua fala é tão interessante quanto seus nomes e ligações. Faz pensar em lugares distantes. Você deve ter histórias emocionantes para contar. Gostaria de ouvir algumas, Ayla.

Ayla apenas sorriu. Sabia muito bem que sua fala era diferente da dos outros Zelandonii. Muitas pessoas tentavam não demonstrar quando notavam seu sotaque, mas Danella tinha modos tão francos e simpáticos que Ayla foi imediatamente atraída por ela. Sua presença lhe trazia lembranças dos Mamutói.

Então se questionou novamente que doença ou dificuldade teria provocado a fragilidade física de Danella, que contrastava tão nitidamente com sua personalidade atraente e calorosa. Olhou de lado para a Zelandoni e entendeu que a Primeira também queria saber, e o descobriria antes de deixarem o acampamento. Jonayla estava agitada, e Ayla pensou que ela talvez quisesse ver o que se passava, com quem sua mãe falava. Deslocou o cobertor de forma que a menina se apoiasse no seu quadril.

— Esta deve ser Jonayla, sua filha "Abençoada por Doni" — comentou Danella.

— É.

— É um lindo nome. Inspirado por Jondalar e você?

Ayla concordou.

— Ela é tão linda quanto o nome.

Ayla sabia ler as nuances de linguagem corporal e, embora não fosse evidente, detectou um traço de tristeza no leve franzir de testa da mulher. E, de repente, entendeu claramente a razão para a fraqueza e a tristeza de Danella: ela havia abortado em gravidez avançada, tivera um filho natimorto, pensou Ayla, e provavelmente também tivera uma gravidez difícil, um parto muito problemático, e agora nada tinha a mostrar de todo aquele sofrimento. Está se recuperando da tensão no seu corpo e chorando pelo filho perdido. Olhou para a Primeira, que sub-repticiamente estudava a jovem mulher. Ayla calculou que ela tinha adivinhado a mesma coisa.

Sentiu que Lobo lhe empurrava a perna e olhou para baixo. Ele encarava Ayla e uivava baixinho, queria algo. Olhou para Danella, e então novamente para ela e gemeu. Teria ele sentido alguma coisa na companheira do líder?

Lobos são muito sensíveis para a fraqueza nos outros. Quando vivem numa alcateia de caçadores, normalmente os mais fracos são atacados. Mas Lobo havia formado uma ligação particularmente íntima com a frágil criança que Nezzie tinha adotado quando o animal ainda era muito novo e começava a se incorporar à alcateia Mamutói. Os lobos de uma alcateia adoram os filhotes, mas os seres humanos eram a alcateia de Lobo. Ayla sabia que ele era atraído por bebês e crianças, e que seu senso lupino lhe dizia serem fracos, que não podia caçá-los, mas para se ligar a eles como os lobos selvagens faziam com seus filhotes.

Ayla notou que Danella pareceu um pouco apreensiva.

— Acho que Lobo quer ser apresentado a você, Danella. Você já tocou um lobo vivo?

— Não, claro que não. Nunca estive tão perto de um. Por que você acha que ele quer me conhecer?

— Ele às vezes é atraído por certas pessoas. Adora bebês. Jonayla brinca com ele e até mesmo puxa seu pelo ou cutuca seus olhos ou orelhas e ele nunca parece se importar. Quando chegamos à Nona Caverna, ele agiu assim quando viu a mãe de Jondalar. Fez questão de conhecer Marthona.

De repente, Ayla se perguntou se Lobo havia sentido que a mulher, que já fora a líder da maior Caverna dos Zelandonii, tinha um coração fraco.

— Você gostaria de conhecê-lo?

— O que eu vou ter de fazer?

Os homens que vieram em visita à Vista do Sol se juntaram em volta, observando. Os que já conheciam Lobo e seus hábitos sorriam, os outros estavam interessados, mas Stevadal, o companheiro de Danella, ficou preocupado.

— Não estou muito contente com isso — disse ele.

— Ele não vai feri-la — assegurou Jondalar.

Ayla entregou Jonayla a Jondalar, e então levou Lobo até Danella. Tomou a mão da mulher e executou todo o processo de apresentação de Lobo.

— Lobo reconhece alguém pelo faro e sabe que, quando o apresento a alguém dessa forma, serão amigos. — Lobo cheirou os dedos de Danella e os lambeu.

Ela sorriu.

— A língua dele é muito macia.

— O pelo também — disse Ayla.

— Ele é tão quente! Nunca toquei o pelo de um corpo quente. E bem aqui eu sinto alguma coisa palpitando.

— Sim, assim é um animal vivo. — Ayla se voltou para o líder da Vigésima Sexta Caverna dos Zelandonii. — Você gostaria de conhecê-lo, Stevadal?

— Você devia — disse Danella.

Ayla executou todo o processo com ele, mas Lobo pareceu ansioso para voltar a Danella e caminhou ao lado dela quando continuaram o caminho até Vista do

Sol. Encontraram pelo chão lugares para sentar: troncos, pedras tornadas lisas. Os visitantes tiraram as xícaras das bolsas presas à cintura. O chá foi servido pelas poucas pessoas que não foram ao acampamento da Reunião, entre elas, as mães de Danella e Stevadal, que ficaram para ajudar a companheira do líder. Quando Danella se sentou, Lobo fez o mesmo, bem ao lado dela, mas olhou para Ayla, como se pedisse permissão. Ela concordou com um sinal, e ele deitou a cabeça sobre as patas que se estendiam à sua frente. Danella se viu acariciando-o vez por outra.

Zelandoni se sentou ao lado de Ayla. Depois de tomar seu chá, Ayla amamentou Jonayla. Várias pessoas vieram conversar com a Primeira e sua acólita, mas, quando finalmente ficaram sós, começaram a discutir Danella.

— Lobo parece estar lhe oferecendo algum conforto — apontou a Zelandoni.

— Acho que ela precisa muito — acrescentou Ayla. — Ela ainda está muito fraca. Acho que teve um aborto ou um filho natimorto, e provavelmente uma gravidez difícil.

A Primeira lhe deu um olhar interessado.

— O que a faz dizer isto?

— Ela está muito magra e frágil. Tenho certeza de que esteve doente ou teve algum problema durante um bom tempo, e notei certa tristeza quando olhou Jonayla. Aquilo me fez pensar que ela passou uma gravidez longa e penosa, e então perdeu o bebê.

— Um julgamento muito astuto. Acho que você tem razão. Eu estava pensando mais ou menos a mesma coisa. Talvez devêssemos perguntar à mãe. Gostaria de examiná-la, só para ter certeza de que ela está se recuperando bem — disse a donier. — Existem alguns remédios que poderiam ajudá-la. O que você sugere, Ayla?

— Alfafa é boa para a fadiga e para dor a intensa quando urina — disse Ayla, e então fez uma pausa para pensar. — Não sei o nome, mas há uma planta com uma frutinha vermelha que é muito boa para mulheres. Cresce no chão, como uma pequena videira, e as folhas são verdes o ano inteiro. Pode ser usada no tratamento das cãibras que vêm com o sangramento noturno, e ajuda a aliviar perdas fortes de sangue. Facilita o parto e o torna mais fácil.

— Essa eu conheço bem. Cresce tão abundante que às vezes forma um tapete no chão, e os passarinhos gostam das frutinhas. Alguns a chamam de frutinha dos passarinhos — disse a Primeira. — O chá de alfafa ajudaria a restaurar as forças, além da infusão das raízes e da casca do nardo. — Calou-se ao ver a expressão perplexa no rosto de Ayla. — É um arbusto alto com folhas grandes e frutinhas roxas... As flores são pequenas, de um branco esverdeado. Eu mostro qualquer dia desses. Ajuda quando a bolsa que segura o bebê dentro da mulher é deslocada, sai do lugar. É por isso que eu quero examiná-la, para saber o que oferecer. O Zelandoni da Vigésima Sexta sabe curar, mas talvez não saiba tanto sobre os males das mulheres. Vou ter de falar com ele hoje antes de irmos embora.

Após um tempo, considerado educado, os homens que vieram ajudar a construir o *travois* e depois foram visitar a casa da Vigésima Sexta Caverna terminaram seu chá e se levantaram para partir. A Primeira deteve Joharran. Jondalar estava com ele.

— Você poderia ir ao acampamento ver se encontra o Zelandoni da Vigésima Sexta? — perguntou ela em voz baixa. — A companheira de Stevadal não tem estado bem e eu gostaria de ver se podemos fazer alguma coisa. Ele é um bom curador e talvez já tenha feito tudo que podia ser feito, mas preciso falar com ele. Acho que é um problema feminino e nós somos mulheres... — Não completou a frase. — Peça-lhe para vir, nós vamos esperá-lo.

— Querem que eu espere aqui com vocês? — ofereceu Jondalar às duas mulheres.

— Você não estava planejando ir ao campo de treinamento? — perguntou Joharran.

— Estava, mas não sou obrigado a ir.

— Pode ir, Jondalar. Nós vamos daqui a pouco — respondeu Ayla, tocando a face dele com a dela.

As duas mulheres se sentaram ao lado de Danella, das duas mães, e de mais algumas mulheres.

Quando viu que a Primeira e sua acólita não iam embora, Stevadal também ficou. A principal Zelandoni precisava descobrir o que havia de errado com Danella, e logo confirmou que ela estivera grávida e que o bebê nascera morto, como já suspeitavam, mas sentiu que as duas mulheres mais velhas escondiam alguma coisa, principalmente perto de Danella e Stevadal. Havia mais naquela história do que estavam contando. A donier teria de esperar pelo Vigésimo Sexto. Nesse meio-tempo, as mulheres conversavam. Jonayla passou pelo colo de todas as mulheres, apesar de inicialmente Danella parecer relutante em tomá-la nos braços, mas depois a segurou durante um longo tempo. Lobo pareceu feliz em ficar com as duas.

Ayla soltou o *travois* de Huiin e a deixou pastar. Quando retornou, elas fizeram algumas perguntas hesitantes sobre a égua e como Ayla conseguiu pegá-la. A Primeira a incentivou a contar. Ela estava desenvolvendo o talento de boa contadora de histórias e enfeitiçava os ouvintes, especialmente quando acrescentava efeitos sonoros, o relincho de um cavalo ou o urro do leão. Quando estava terminando, o Zelandoni da Vigésima Sexta chegou.

— Pensei ter ouvido um rugido conhecido — disse ele, saudando-as com um grande sorriso.

— Ayla estava nos contando como adotou Huiin — disse Danella. — Como eu pensava, ela tem histórias cativantes. E agora que já ouvi uma, quero ouvir mais.

A Primeira estava ficando ansiosa para ir embora, mas não queria demonstrá-lo. A Primeira Entre Aqueles Que Serviam À Grande Mãe Terra costuma visitar o líder da Caverna anfitriã da Reunião de Verão e sua companheira, mas ela tinha muitas coisas a fazer. A cerimônia dos Ritos dos Primeiros Prazeres ocorreria dentro de dois dias, e então haveria o primeiro Matrimonial da estação. Apesar de haver outra Cerimônia de Acasalamento próxima ao final do verão, para os que queriam formalizar suas decisões antes de voltar para os abrigos de inverno, a primeira era invariavelmente maior e mais concorrida. Muitos planos ainda tinham de ser feitos.

Enquanto as pessoas faziam mais chá, pois tinham bebido tudo, a Primeira e sua acólita conseguiram atrair o Vigésimo Sexto para um canto e conversar em particular.

— Soubemos que Danella teve um filho natimorto — disse a Primeira —, mas não foi só isso, tenho certeza. Gostaria de examiná-la e ver se há algo que eu possa fazer para ajudar.

Ele deu um longo suspiro e franziu o cenho.

9

— Sim, vocês têm razão, é claro. Não foi apenas um bebê natimorto. Dois bebês nasceram juntos, ou teriam nascido, mas não somente saíram juntos, estavam unidos.

Ayla se lembrou de ter visto a mesma coisa com uma mulher do Clã, dois bebês unidos com um resultado monstruoso. Sentiu uma grande tristeza por Danella.

— Um deles tinha o tamanho normal, o outro era muito menor e não estava completamente formado. Partes do menor estavam ligadas ao maior. Fiquei feliz por nenhum deles estar respirando, pois seria obrigado a matá-los. Teria sido muito penoso para Danella. Tal como aconteceu, ela sangrou tanto que fiquei surpreso por ter sobrevivido. Nós, a mãe dela, a de Stevadal e eu, decidimos não contar aos dois, com medo de tornar uma futura gravidez ainda mais penosa que a de outro natimorto. Você pode examiná-la, se quiser, mas isso aconteceu já há algum tempo, no final do inverno. Ela se recuperou bem, agora só precisa reunir forças para vencer a dor. A sua visita deve ter ajudado. Eu a vi segurando o bebê de Ayla, isso é um bom sinal. Ela parece ver em você uma amiga, Ayla, e também no seu lobo. Talvez ela agora se sinta mais inclinada a ir à Reunião de Verão.

— Jondalar! — exclamou Ayla quando ela e a Primeira chegaram ao acampamento da Nona Caverna. — O que você está fazendo aqui? Pensei que estivesse no acampamento da Reunião de Verão.

— Eu vou para lá. Só parei para cuidar do Racer e da Cinza enquanto ainda estava por aqui. Não passei muito tempo com Racer, e os dois pareceram apreciar a companhia. Por que você está aqui?

— Eu queria deixar Huiin amamentar Cinza enquanto eu amamento Jonayla. Estava pensando em deixar Huiin aqui, mas pensamos que agora seria uma boa hora para a Zelandoni entrar no acampamento sentada no *travois*.

Jondalar sorriu.

— Então vou esperar. Na verdade, acho que vou montado em Racer.

— Vamos ter de levar Cinza também conosco. — Ayla franziu levemente o cenho, então sorriu. — Podemos usar o cabresto que você fez, ela já está se adaptando. Seria bom ela se acostumar com a presença de pessoas desconhecidas.

— Vai ser um espetáculo — disse Zelandoni. — Mas acho que prefiro participar de uma grande produção a ser a única vista pelo povo.

— Devíamos trazer Lobo também. Muita gente já viu os animais, mas não juntos. Ainda há quem não acredite que Huiin não se importa com a presença de Lobo perto da filha. Se virem que ele não representa perigo para Cinza, talvez entendam que também não representa perigo para elas.

— A menos que alguém tente fazer mal a você ou a Jonayla — disse Jondalar

Jaradal e Robenan vieram correndo à casa de verão do líder da Sétima Caverna

— Wimar! Thona! Venham ver! — gritou Jaradal

— É, venham ver! — ecoou Robenan.

Os dois meninos estavam brincando do lado de fora.

— Eles trouxeram todos os cavalos e Lobo, e Zelandoni está sendo carregada Venham ver!

— Calma, meninos — disse Marthona, sem saber o que Jaradal queria dizer Não parecia possível que Zelandoni estivesse sentada na garupa de um cavalo.

— Venham ver! Venham ver! — gritavam os dois meninos, enquanto Jaradal tentava puxar a avó da almofada em que estava sentada. Depois se voltou para Willamar: — Venha ver, Wimar.

Marthona e Willamar visitavam Sergenar e Jayvena para discutir sua participação numa cerimônia próxima de que participariam todos os líderes e ex-líderes. Tinham trazido Jaradal consigo para tirá-lo de perto da mãe. Proleva, como sempre, estava envolvida no planejamento das refeições para o evento. A companheira grávida de Solaban, Ramara, e seu filho Robenan, amigo de Jaradal, vieram com eles para brincar.

— Estamos indo — disse Willamar, ajudando a companheira a se levantar.

Sergenar afastou a cortina que cobria a entrada. Ao saírem, se depararam com uma visão surpreendente. Desfilando na direção da casa da zelandonia, vinham Jondalar montado em Racer, puxando Cinza, e Ayla montada na égua com Jonayla sentada à sua frente enrolada no cobertor. Huiin puxava o *travois* sobre o qual a Primeira vinha sentada, voltada para trás. Lobo seguia ao lado do grupo. Ainda era pouco comum ver pessoas montadas em cavalos, sem mencionar um lobo andando tranquilo ao lado delas. Mas ver a Primeira Entre Aqueles Que Serviam À Grande Mãe Terra sentada, sendo puxada por um cavalo, era simplesmente assombroso.

A procissão passou bem perto do acampamento da Sétima Caverna e, embora Marthona, Willamar e as pessoas da Nona Caverna estivessem acostumadas com os animais, também se espantaram, como todos os outros. A Primeira atraiu a vista de Marthona e, apesar de sorrir decorosamente, esta percebeu uma faísca de prazer malicioso no olhar da mulher. Era mais que uma parada, era um espetáculo, e se havia uma coisa de que os membros da zelandonia gostavam de participar era de um espetáculo. Quando chegaram à entrada da grande casa, Jondalar parou e deixou passar Ayla e Huiin, então desmontou e ofereceu o braço à Primeira. Apesar de todo seu tamanho, ela desceu graciosamente do assento no *travois* e, perfeitamente consciente de que todos a observavam, entrou na casa com grande dignidade.

— Então era isso que ele nos pediu para ajudar a construir — comentou Willamar. — Ele disse que precisava construir um *travois* muito forte, com prateleiras. Não eram prateleiras que ele queria, mas foi inteligente ao dizer isso. Nenhum de nós imaginou que seriam um assento para Zelandoni. Vou ter de perguntar a ela qual é a sensação de andar num assento puxado por um cavalo.

— É muita coragem fazer isso — disse Jayvena. — Acho que eu não ia querer tentar.

— Eu ia! — Os olhos de Jaradal estavam cheios de excitação. — Thona, você acha que Ayla me deixa sentar no *travois* com a Huiin puxando?

— Eu também quero — disse Robenan.

— Os meninos sempre querem experimentar coisas novas — comentou Ramara.

— Imagine quantos comentários iguais estão sendo feitos hoje neste acampamento — disse Sergenar. — Mas, se deixar um menino experimentar, todos os outros vão querer.

— E muitas meninas — acrescentou Marthona.

— Se eu fosse ela, esperaria voltar à Nona Caverna — comentou Ramara.

— Então não seria muito diferente de deixar uma criança ou outra montar na égua com Ayla puxando.

— Mas é uma bela demonstração. Lembro-me de como eu me senti quando vi aqueles animais pela primeira vez. Era assustador. Jondalar não nos contou que as pessoas fugiam correndo durante a Jornada de volta? Agora que já estamos acostumados, é apenas curioso — disse Willamar.

Nem todos tiveram a mesma impressão agradável da demonstração. Marona, que adorava ser o centro das atenções, sentiu um surto de inveja. Voltou-se para a prima, Wylopa, e observou:

— Não entendo como essas pessoas conseguem ficar perto desses animais sujos o tempo todo. Quando você chega perto, ela cheira a cavalo. E ouvi dizer que ela dorme com aquele lobo. É nojento.

— E ela também dorme com Jondalar — disse Wylopa —, e me disseram que ele não tem Prazeres com mais ninguém.

— Isso não vai durar muito. — Marona lançou sobre Ayla um olhar venenoso. — Eu o conheço. Logo vai voltar para a minha cama. Eu prometo.

Brukeval viu as duas primas conversando, reconheceu o olhar de inveja que Marona lançou sobre Ayla e sentiu duas emoções opostas. Sabia que não tinha esperança, mas ele amava Ayla, e queria protegê-la do despeito da mulher que também era sua prima. Ele havia sido objeto de sua maldade e sabia do sofrimento que era capaz de infligir. Mas também temia que Ayla sugerisse outra vez que ele era um Cabeça Chata — não seria capaz de suportar, apesar de saber no fundo do coração que ela não o dizia com a crueldade das outras pessoas. Ele nunca olhava um espelho de madeira polida, mas, às vezes, se via na água parada e odiava. Sabia por que as pessoas o chamavam por aquele nome indigno, mas não suportava a ideia de que pudesse haver alguma verdade.

Madroman também resmungava contra Ayla e Jondalar. Detestava a forma como ela atraía tanta atenção da Primeira. É verdade que era sua acólita, mas ele não achava certo que a pessoa encarregada de supervisionar todos os acólitos a favorecesse tanto quando eles estavam reunidos na Reunião de Verão. E, é claro, Jondalar tinha de estar envolvido em tudo. Por que ele teve de voltar para casa? As coisas estavam melhores enquanto o bobalhão permanecia longe, especialmente depois que o Zelandoni da Quinta Caverna decidiu tomá-lo como acólito, apesar de achar que já devia ter se tornado Zelandoni. Mas o que se poderia esperar quando era a Gorda quem mandava? Vou descobrir um jeito, pensou.

Laramar deu as costas para tudo aquilo e foi embora, imerso em seus próprios pensamentos. Tinha visto demais aqueles cavalos e o lobo, especialmente o lobo. Para ele, viviam perto demais de sua casa na Nona Caverna, e tinham se espalhado, os cavalos estavam do outro lado. Antes de terem chegado, atravessava pelo local em que os animais foram colocados. Agora, toda vez que ia para casa, tinha de fazer um grande círculo em torno do abrigo dos animais para evitar o lobo. As poucas vezes em que se aproximou, o animal eriçou o pelo, franziu o nariz e expôs os dentes como se fosse o dono daquele espaço.

Além de tudo, Ayla interferia em sua casa, vinha trazer alimento e cobertores como se estivesse ajudando, mas, na verdade, vigiava. De fato, ele nem sequer tinha mais uma casa para onde ir. Nenhuma que ele pudesse considerar sua. As crianças agiam como se aquela fosse delas. Mas ainda era a casa *dele*, e *ela* não tinha nada a ver com o que ele fazia na própria casa.

Bem, pelo menos havia as dis'casas. Era onde realmente gostava de ficar. Não havia crianças chorando à noite, nem a companheira bêbada para começar uma briga. Na dis'casa onde ele estava, os outros homens eram mais velhos e não incomodavam uns aos outros. Não era barulhenta como as dis'casas de homens mais novos, embora, se ele oferecesse um barma a um dos seus companheiros, ficariam muito felizes em beber com ele. Era uma pena não haver dis'casas na Nona Caverna.

Ayla conduziu Huiin lentamente em torno da grande casa da zelandonia e saiu do acampamento da Reunião de Verão, retomando o caminho por onde tinha vindo. Jondalar a seguiu, com Racer e Cinza sob seu comando. A área onde a Reunião havia sido instalada, chamada de Vista do Sol por causa do nome da Caverna próxima, era geralmente usada como acampamento de grandes reuniões. Quando chovia, traziam pedras do rio e das colinas próximas para pavimentar o terreno, especialmente quando estava muito lamacento. A cada ano mais pedras eram colocadas, até que o local passou a ser definido pela grande área pavimentada de pedras.

Quando tinham saído dos limites do acampamento, além do pavimento de pedras e no meio de um campo de capim na margem do rio, Ayla parou.

— Vamos soltar o *travois* e deixar os cavalos aqui, onde podem pastar. Acho que não vão para longe, e, se for preciso, podemos assoviar para chamá-los.

— Ótima ideia. As pessoas sabem que não é bom mexer com eles quando não estamos por perto. Vou tirar os cabrestos também.

Enquanto cuidavam dos cavalos, viram Lanidar se aproximando, ainda usando o suporte do arremessador de lanças. Acenou e assoviou uma saudação; recebeu um relincho de boas-vindas de Huiin e Racer.

— Eu queria ver os cavalos. Gostei de conhecê-los e de cuidar deles no ano passado, mas neste verão ainda não os tinha visto, e nem conheço a potra de Huiin. Vocês acham que eles vão se lembrar de mim?

— Claro! Eles responderam ao seu assovio, não? — disse Ayla.

Ele trazia fatias secas de maçã numa dobra da túnica e as ofereceu da própria mão ao garanhão e à sua fêmea, então se ajoelhou e estendeu um pedaço para a potrinha. De início, ela ficou ao lado das pernas traseiras de Huiin. Embora ainda estivesse mamando, Cinza começara a mastigar capim imitando a mãe e era evidente que estava curiosa. Lanidar era paciente e, depois de algum tempo, a potrinha começou a se aproximar.

A égua olhava, mas nem impediu nem incentivou a potra. Finalmente, a curiosidade de Cinza venceu, e ela farejou a mão aberta de Lanidar para ver o que continha. Pegou um pedaço de maçã na boca e o deixou cair. O jovem o recolheu e tentou de novo. Apesar de não ter tanta experiência quanto a mãe, ela conseguiu usar os incisivos, os lábios flexíveis e a língua para colocá-lo na boca e mordê-lo. Era uma experiência nova para ela, um novo gosto, mas estava mais interessada em Lanidar. Quando ele começou a acariciá-la e afagá-la, foi conquistada. Quando levantou, ele tinha um grande sorriso.

— Nós íamos deixar os cavalos aqui neste campo durante algum tempo e vir cuidar deles vez ou outra — disse Jondalar.

— Eu gostaria muito de cuidar deles, como no ano passado. Se houver algum problema, eu procuro vocês ou assovio.

Ayla e Jondalar olharam um para o outro e sorriram.

— Eu ficaria muito grata. Queria deixá-los aqui para as pessoas se acostumarem, e eles não terem medo das pessoas, especialmente a Cinza. Se você se cansar, assovie ou venha nos procurar e nos avise.

— Está certo.

Saíram do pasto muito mais tranquilos com relação aos cavalos. Quando voltaram à noite para convidar Lanidar para jantar na Caverna, encontraram vários rapazes e algumas moças, inclusive Lanoga com a irmã mais nova, Lorala. Quando Lanidar cuidara dos animais no ano anterior, eles ficavam no curral e no campo ao lado do acampamento da Nona Caverna, que estava instalado a alguma distância do acampamento principal. Poucas pessoas iam até lá, e na época ele tinha poucos amigos. Desde que havia desenvolvido a habilidade no uso do arremessador de lanças e caçava regularmente, tinha conquistado um novo status e muitos novos amigos e, ao que parecia, algumas admiradoras.

Os jovens estavam entretidos e não notaram a chegada de Ayla e Jondalar, que ficou satisfeito ao perceber que Lanidar agia com responsabilidade, não permitindo que os amigos assediassem os cavalos, especialmente a Cinza. Tinha deixado que eles os acariciassem, mas somente um ou dois de cada vez. Sentia quando os cavalos estavam cansados de tanta atenção e preferiam pastar, e falava com firmeza para que os amigos os deixassem em paz. O casal não sabia que um pouco antes ele havia expulsado alguns rapazes muito agitados, ameaçando contar a Ayla, a acólita da Primeira Entre Aqueles Que Serviam À Grande Mãe Terra, como bem lembrou a eles.

A zelandonia era procurada pelas pessoas que precisavam de ajuda e assistência, e, apesar de ser respeitada, até mesmo reverenciada, muitos membros até amados, o sentimento em relação a ela era sempre temperado com um pouco de medo. Tinham relações íntimas com o outro mundo, o mundo dos espíritos, o lugar assustador para onde todos iam quando o élan, a força vital, deixava o corpo. Tinham também outros poderes que iam além do comum. Os jovens espalhavam boatos, os rapazes em particular gostavam de assustar uns aos outros contando histórias sobre o que os Zelandonii faziam, especialmente às suas partes viris, se alguém os irritava.

Todos sabiam que Ayla parecia ser uma mulher normal com um parceiro e uma filha, mas, ainda assim, era uma acólita, membro da zelandonia e estrangeira. Ouvir sua fala já enfatizava a estranheza e lhes dava consciência de que ela vinha de outro lugar, um lugar muito distante, mais longe do que qualquer outro aonde alguém, com exceção de Jondalar, tivesse viajado. Mas Ayla também exibia poderes extraordinários, como controlar cavalos e um lobo. Quem poderia saber do que era capaz? Alguns chegavam a olhar para Jondalar de soslaio, apesar de ele ter nascido entre os Zelandonii, por causa das coisas estranhas que aprendera enquanto esteve longe.

— Saudações, Ayla e Jondalar, e Lobo.

As palavras de Lanidar fizeram alguns de seus amigos se voltarem rapidamente. Os dois apareceram muito de repente. Mas Lanidar sabia que eles estavam chegando. Tinha notado a mudança no comportamento dos cavalos. Mesmo à luz mortiça do ocaso, os animais sabiam que o casal se aproximava e se moveram na direção correta.

— Saudações, Lanidar — cumprimentou Ayla. — Sua mãe e sua avó estão no acampamento da Sétima Caverna, com grande parte da Nona Caverna. Você foi convidado para compartilhar de uma refeição com eles.

— E quem vai cuidar dos cavalos? — perguntou ele, abaixando-se para fazer um carinho em Lobo, que havia se aproximado.

— Nós já comemos. Vamos levá-los para o nosso acampamento — disse Jondalar.

— Obrigada por ter cuidado deles, Lanidar. Agradeço a ajuda.

— Eu gosto de cuidar deles. Cuido sempre que for preciso.

Lanidar falou com sinceridade. Não somente gostava dos animais, mas também gostava da atenção que atraíam para ele. Ser responsável por eles lhe tinha trazido a visita de vários rapazes e moças.

*

Com a chegada da Primeira Entre Aqueles Que Serviam, a Reunião de Verão foi tomada pela atividade frenética da estação. Os Ritos dos Primeiros Prazeres tiveram as complicações costumeiras, mas nenhuma tão difícil quanto a imposta por Janida no ano anterior, quando apareceu grávida antes de seus Primeiros Ritos. Principalmente porque a mãe de Peridal havia sido contra a união de seu filho com a jovem. A oposição da mãe não era inteiramente desarrazoada, pois seu filho tinha apenas 13 anos e meio e Janida, 13.

E não se tratava apenas do fato de serem tão jovens. Apesar de não querer admiti-lo, a Primeira tinha certeza de que a mãe não concordava, pois uma moça que tivesse os Prazeres antes dos Primeiros Ritos perdia status. Mas, como estava grávida, Janida também o ganhava. Vários homens mais velhos estavam mais que dispostos a lhe oferecer seus lares e aceitar seu filho, mas Peridal era o único com quem ela tivera Prazeres, e era quem ela queria. Ela o tinha feito não somente porque ele havia pressionado com tanta insistência, mas também porque o amava.

Depois da cerimônia dos Primeiros Ritos, era hora de organizar o primeiro Matrimonial do verão. Então descobriram uma enorme manada de bisões nas proximidades, e os líderes decidiram que deveria haver uma grande caçada antes dos Ritos Matrimoniais. Joharran conversou com a Primeira e ela concordou em adiar a cerimônia.

Ele estava ansioso para que Jondalar e Ayla usassem os cavalos para ajudar a levar os bisões até o curral recém-construído, onde os animais seriam presos. O valor dos arremessadores de lanças poderia ser demonstrado na caçada aos animais que conseguissem fugir do curral. O líder da Nona Caverna continuou a mostrar às pessoas como uma lança poderia ser atirada de uma distância muito maior e mais segura com o arremessador. Os implementos estavam se tornando a arma preferida de muitas pessoas que tiveram a oportunidade de vê-los em ação. Todos na Reunião sabiam da caçada aos leões; os caçadores contavam entusiasmados a história do perigoso confronto.

Caçadores mais novos estavam especialmente animados com a nova arma, bem como vários dos mais velhos. Os menos entusiasmados eram aqueles que tinham habilidade no uso da lança atirada à mão. Preferiam caçar da forma usual, e não se empolgaram em aprender um novo método num estágio tão avançado da vida. Ao final da caçada, quando a carne e as peles estavam preservadas ou preparadas para serem processadas, o primeiro Matrimonial já tinha sido adiado demais para atender a muitos.

O dia da União Comunal nasceu claro e brilhante, e um ar de expectativa enchia todo o campo, não apenas os participantes. Era uma cerimônia que todos esperavam, de que todos participavam. Representava a aceitação de cada casal recém-unido na Reunião de Verão. As uniões criavam mudanças de nomes e ligações não apenas entre novos casais e suas famílias; o status de todos era de alguma forma alterado, uns mais que outros, dependendo da proximidade de seus relacionamentos.

O Matrimonial do ano anterior havia sido tenso para Ayla. Não somente porque era sua Cerimônia de Acasalamento a um homem, mas porque ela chegara havia tão pouco tempo e ainda era o centro das atenções. Queria que o povo de Jondalar gostasse dela e a aceitasse, então tentava se ajustar. A maioria aceitou, mas nem todos.

Naquele ano, os lideres e ex-líderes, bem como a zelandonia estavam estrategicamente sentados de forma a responder quando a Primeira pedisse a declaração de presença, o que para ela significavam aprovações. Ela não gostara da hesitação de alguns no ano anterior, quando pediu as respostas de endosso para Ayla e Jondalar, e não queria que aquilo se tornasse uma prática comum. Desejava que suas cerimônias sempre corressem sem sobressaltos.

As festividades associadas eram esperadas com grande alegria; todos preparavam seus melhores pratos e vestiam suas melhores roupas. Um festival de união não era uma ocasião festiva apenas para os que se uniam; era também o momento mais propício para um Festival da Mãe, todos incentivados a homenagear a Grande Mãe Terra compartilhando o Presente do Prazer dado por Ela, com uniões e conjunções tão frequentes quanto fossem capazes e com as pessoas desejadas, desde que o desejo fosse recíproco.

As pessoas deviam, mas não eram obrigadas, a honrar a Mãe. Algumas áreas eram separadas para aqueles que não quisessem participar. As crianças não participavam, embora, se algumas tentassem imitar os adultos, recebiam sorrisos indulgentes. Alguns adultos não desejavam tomar parte, especialmente os doentes ou feridos, os que se recuperavam de acidentes, os que estavam cansados, as mulheres que haviam acabado de dar à luz ou que estivessem na sua lua, sangrando. Alguns membros da zelandonia submetidos a certos testes que exigissem a abstinência dos Prazeres durante algum tempo se ofereciam para cuidar das crianças e ajudar aos outros.

A Que Era A Primeira estava dentro da casa da zelandonia, sentada num banco. Acabou de tomar o chá de folha de espinheiro e gatária e disse:

— Chegou a hora. — Deu o copo vazio a Ayla, levantou-se e foi ao fundo da casa, a um acesso pequeno, secundário e oculto, camuflado do lado de fora por uma construção usada para guardar lenha.

Ayla cheirou o copo, um gesto automático e habitual, quase subconsciente, notou os ingredientes e refletiu que talvez fosse a lua da mulher. Gatária, o arbusto perene com flores brancas, róseas e roxas, era um sedativo suave, capaz de aliviar tensão e cãibras. Mas ela não entendia o espinheiro. Tinha um gosto característico, talvez a Primeira gostasse do sabor, mas era também um dos ingredientes que ela usava para preparar o remédio de Marthona. Ayla aprendeu que os remédios que a Zelandoni dava à mãe de Jondalar eram para o coração, o músculo no peito que bombeava sangue. Ayla havia visto músculos iguais nos animais que caçava e descarnava. O espinheiro o ajudava a bombear com mais vigor e ritmo. Pôs o copo na mesa e saiu pela entrada principal.

Lobo a esperava lá fora, e olhou para Ayla cheio de expectativas. Ela sorriu, moveu Jonayla, que dormia no cobertor e se abaixou diante do animal. Segurou sua cabeça entre as mãos e mirou-o nos olhos, falando:

— Lobo, estou tão feliz por tê-lo encontrado. Todo dia você me espera, e me dá tanto. — Ela eriçou o pelo desarrumado do animal e tocou a testa na dele. — Você vem comigo ao Matrimonial? — Lobo continuou a olhá-la. — Pode vir, se quiser, mas acho que não vai gostar. Por que não vai caçar? — Levantou-se. — Pode ir, Lobo. Vá caçar para você — disse ela mostrando com a mão o limite do acampamento. Ele a olhou mais um momento, depois saiu trotando.

Ayla usava a roupa que vestira quando se uniu a Jondalar, aquela do Matrimonial que trouxera consigo durante toda a Jornada de um ano, da distante terra dos Mamutói, no extremo leste, até a terra do povo de Jondalar, os Zelandonii, cujo território se estendia até as Grandes Águas do Oeste. O Matrimonial lembrou a muitos o evento do ano anterior. Várias pessoas comentaram a roupa incomum de Ayla quando ela surgiu vestindo-a outra vez. Mas a vestimenta também fez muitos se lembrarem das objeções a ela por alguns. Apesar de não se manifestarem diretamente, a Primeira sabia que se deviam principalmente ao fato de ela ser estrangeira com capacidades incomuns.

Daquela vez, Ayla ia como espectadora, não como participante, e estava ansiosa para assistir ao ritual. Lembrou-se de sua própria Cerimônia de Acasalamento e de como os prometidos se reuniam na casa menor, vestidos nas melhores roupas, sentindo-se nervosos e animados. Suas testemunhas e seus convidados também se congregavam na seção em frente à área dos espectadores, com o restante do acampamento de pé atrás deles.

Andou até a grande área em que as pessoas se reuniam para as várias funções que envolviam todo o acampamento. Quando chegou, parou para examinar a multidão, então foi até os rostos conhecidos da Nona Caverna. Várias pessoas sorriram ao se aproximar, inclusive Jondalar e Joharran.

— Você está particularmente bela esta noite — elogiou Jondalar. — Não via esta roupa desde esta mesma época no ano passado.

Ele vestia a túnica branca simples, decorada apenas com caudas de arminho, que Ayla havia feito para ele, para a união dos dois. Jondalar ficava maravilhoso com ela

— Esta roupa Mamutói lhe cai muito bem — elogiou o irmão. Ele também concordava, mas o líder da Nona Caverna também se referia à riqueza exibida pela veste.

Nezzie, a companheira do líder do Acampamento do Leão, e a mulher que convenceu os Mamutói a adotá-la, dera aquelas roupas a Ayla, criadas a pedido de Mamut, o homem santo que a adotara como filha. Foram feitas originalmente para a união dela com Ranec, filho da companheira do irmão de Nezzie, Wymez. Quando jovem, Wymez tinha viajado para o sul e lá se casou com uma exótica mulher de pele escura. Voltou depois de dez anos, perdendo a mulher durante a viagem de volta.

Trouxe histórias fantásticas, novas técnicas de lascar pedra e um filho notável de pele marrom e cabelos crespos e negros, que Nezzie criou como seu. Entre seus parentes de pele branca e cabelos louros, Ranec era um menino único, que sempre causava sensação. Tornou-se um homem de humor delicioso, com olhos negros sorridentes que as mulheres consideravam irresistíveis e um enorme talento para a escultura.

Como todas, Ayla ficou fascinada pela cor e pelo encanto incomuns de Ranec, mas ele também se enlevara pela linda estrangeira e não o escondia, o que provocou em Jondalar um ciúme que até então não sabia possuir. O homem alto e louro com impressionantes olhos azuis sempre fora aquele a quem as mulheres não resistiam, e não sabia como lidar com aquela emoção inédita. Ayla não entendeu seu comportamento errático e acabou prometendo se unir a Ranec porque pensava que Jondalar não a amava mais, e também por gostar do escultor de cor escura e olhos risonhos. O Acampamento do Leão aprendeu a gostar de Ayla e Jondalar durante o inverno em que viveram com os Mamutói, e todos sabiam das grandes dificuldades emocionais dos três jovens.

Nezzie em particular desenvolveu uma forte ligação com Ayla por causa do cuidado e da compreensão que a jovem dedicava a outro menino que a mulher havia adotado — Rydag, um garoto fraco, incapaz de falar, e só metade de sua família pertencia ao Clã. Ayla tratou seu coração debilitado e tornou sua vida mais confortável. Também lhe ensinou a linguagem de sinais do Clã, e a facilidade e rapidez com que a aprendeu fez com que ela entendesse que ele retinha as lembranças do Clã. Ela ensinou a todo o Acampamento do Leão uma forma mais simples de língua não falada para que ele pudesse se comunicar, o que o tornou extremamente feliz, e alegrou Nezzie enormemente. Ayla aprendeu a amá-lo. Em parte porque Rydag lhe lembrava de seu próprio filho que tivera de deixar para trás. No entanto, ao fim ela não conseguiu salvá-lo.

Quando Ayla decidiu voltar para casa com Jondalar em vez de ficar e se unir a Ranec, apesar de saber o quanto sua partida ia magoar seu sobrinho, Nezzie deu à jovem as lindas roupas que haviam sido feitas para ela e lhe recomendou usá-las quando se unisse a Jondalar. Ayla não percebeu quanta riqueza e status estavam contidos na roupa Matrimonial, mas Nezzie sabia, tal como Mamut, o perceptivo líder espiritual ancião. Eles tinham notado por sua postura e modos que Jondalar vinha de um povo de alto status, e que Ayla ia precisar de algo que lhe garantisse uma boa posição.

Apesar de não entender bem o status demonstrado por sua roupa Matrimonial, ela valorizava a qualidade do artesanato. As peles para a túnica e a calça eram de corças e saigas, douradas, quase a cor de seu cabelo. Parte daquela cor era o resultado dos tipos de madeira usados para defumar as peles a fim de mantê-las macias, e parte, resultado das misturas de ocres vermelhos e amarelos que foram acrescentadas. Foi necessário um grande esforço para raspar as peles e torná-las macias e flexíveis, mas, em vez de deixá-las com o acabamento aveludado da camurça, o couro foi polido, esfregado com ocres misturados com gordura usando um instrumento amaciador de marfim, capaz de compactar o couro num acabamento lustroso que o tornava macio e quase impermeável à água.

A longa túnica costurada com finos pontos terminava nas costas num triângulo voltado para baixo. Abria-se na frente com seções abaixo dos quadris afinando de forma que, quando se uniam, criavam um novo triângulo voltado para baixo. As pernas da calça eram justas, exceto em volta do tornozelo, onde se acumulavam suavemente ou eram levadas até abaixo do calcanhar, dependendo do tipo de calçado. Mas a qualidade da construção básica era apenas a base da roupa extraordinária. O esforço dedicado à decoração a tornava uma preciosa criação de rara beleza e valor.

A túnica e a parte inferior das pernas da calça eram cobertas por elaborados desenhos geométricos feitos principalmente de contas de marfim, algumas seções solidamente cheias. Bordados coloridos acrescentavam definição ao padrão geométrico das contas. Começavam com triângulos voltados para baixo, que se transformavam horizontalmente em zigue-zagues e verticalmente assumiam as formas de losangos e divisas, e depois evoluíam para figuras complexas como espirais retangulares e romboides concêntricos. As contas de marfim eram acentuadas por contas de âmbar, algumas mais claras, outras mais escuras que a cor do couro, porém do mesmo tom. Mais de 5 mil contas de marfim feitas de presas de mamute estavam costuradas nas roupas, cada conta entalhada, perfurada e polida a mão.

Uma faixa tecida a dedo segundo padrões geométricos semelhantes era usada para fechar a túnica na cintura. O bordado e o cinto eram feitos de fios cuja cor natural não exigia nenhum tingimento adicional; o pelo lanoso vermelho profundo de mamute, a lã cor de marfim de cabrito selvagem, o pelo interno marrom de boi almiscarado e o preto-avermelhado profundo do longo pelo de rinoceronte. As fibras eram mais estimadas que apenas por sua cor; todas vinham de animais perigosos e difíceis de caçar.

O trabalho de toda a roupa era soberbo em cada detalhe. Ficou evidente para a sábia Zelandoni que alguém havia adquirido os materiais mais finos e reunido as pessoas mais habilidosas e competentes para tecer aquelas roupas.

Quando a viu pela primeira vez no ano anterior, a mãe de Jondalar soube que quem havia encomendado aquela roupa era muito respeitado e tinha alta posição na sua comunidade. Era evidente que o tempo e o esforço despendidos foram consideráveis, ainda assim a roupa fora dada a Ayla ao partir. Nenhum dos benefícios de recursos e trabalho incorporados na sua feitura ficou na comunidade que a fizera. Ayla disse que tinha sido adotada por um ancião espiritual a quem chamava de Mamut, um homem que obviamente possuía tremendo poder e prestígio — na verdade, riqueza —, e que tinha condições de oferecer a roupa de acasalamento e o valor que ela representava. Ninguém entendeu isso melhor que Marthona.

De fato, Ayla havia trazido o próprio dote, o que lhe deu o status necessário para contribuir com a relação. Assim, unir-se a ela não representaria a degradação da posição de Jondalar ou de sua família. Marthona fez questão de dizer isso a Proleva, que, sabia, ia passar a informação ao seu filho mais velho. Joharran ficou feliz por ter a oportunidade de ver mais uma vez a posse valiosa, depois que aprendeu sobre seu valor. Percebeu que, se bem-cuidada, e ele tinha certeza de que seria, a roupa duraria muito tempo. Os ocres usados para polir o couro fizeram mais que acrescentar cor e torná-lo impermeável, mas também ajudavam a preservar o material e torná-lo resistente a insetos e seus ovos. Aquela roupa seria usada pelos filhos de Ayla, e talvez pelos filhos de seus filhos, e, quando o couro finalmente se desintegrasse, as contas de âmbar e marfim poderiam ser usadas novamente por muitas outras gerações.

Joharran sabia bem o valor das contas de marfim. Recentemente ele tivera a oportunidade de comprar algumas para sua companheira, e, lembrando-se da transação, viu a roupa luxuosa de Ayla com outros olhos. Em sua volta, notou que várias outras pessoas observavam-na dissimuladamente.

No ano anterior, quando Ayla usou a roupa no seu Matrimonial, tudo que se relacionava a ela era estranho e incomum, inclusive a própria mulher. As pessoas haviam se acostumado com ela, com seu jeito de falar e com os animais que controlava. Era vista como um membro da zelandonia e, portanto, sua singularidade parecia mais normal, isso se algum Zelandoni pudesse ser considerado normal. Mas a roupa a fez se destacar outra uma vez, levou as pessoas a se lembrarem de suas origens estrangeiras, mas também da riqueza e do status que trazia consigo.

Entre aqueles que a observavam estavam Marona e Wylopa.

— Veja como ela exibe aquela roupa — disse Marona para a prima, os olhos cheios de inveja. Teria ficado mais que feliz de poder exibi-la ela própria. — Sabe, Wylopa, aquela roupa de casamento deveria ter sido minha. Jondalar me fez a Promessa. Deveria ter voltado, casado comigo e dado para mim aquela roupa. — Fez uma pausa. — De qualquer forma, os quadris dela são largos demais para a roupa. — A voz de Marona estava carregada de desprezo.

Enquanto Ayla e os outros se dirigiam ao lugar reservado para a Nona Caverna assistir às festividades, Jondalar e seu irmão viram Marona, que olhava Ayla tão malevolamente que Joharran ficou apreensivo pela cunhada. Virou-se para Jondalar, que também tinha visto a contemplação de ódio da mulher, e um olhar de compreensão compartilhada foi trocado entre os dois irmãos.

Joharran se aproximou de Jondalar.

— Você sabe que, se puder, ela é capaz de algum dia causar problemas para Ayla — disse o líder, baixinho.

— Acho que você tem razão e acredito que a culpa é minha — disse Jondalar. — Marona achou que eu prometi me unir a ela. Não prometi, mas entendo por que ela pensou.

— Não é culpa sua, Jondalar. As pessoas têm o direito de fazer suas próprias escolhas. Você esteve fora por muito tempo. Ela não tinha direitos sobre você, e não devia ter tido esperanças. Afinal, ela se uniu e se separou durante o tempo em que você esteve fora. Você fez uma escolha melhor, e ela tem consciência disso. Ela simplesmente não suporta você ter trazido alguém com mais a oferecer. E é por isso que algum dia vai criar problemas.

— Talvez você tenha razão — disse Jondalar, apesar de não querer acreditar, pois queria dar a Marona o benefício da dúvida.

Quando a cerimônia começou, os dois irmãos se envolveram nela, e os pensamentos sobre a mulher ciumenta foram esquecidos. Não tinham notado um outro par de olhos também fixos em Ayla: o primo deles, Brukeval. Ele havia admirado a forma como Ayla enfrentara o riso de zombaria da Caverna quando Marona a enganou e a fez vestir uma roupa inadequada no primeiro dia. Quando se conheceram, naquela mesma noite, Ayla reconheceu nele a aparência do Clã e se sentiu à vontade em sua presença. Tratou-o com uma familiaridade simpática a que ele não estava acostumado, especialmente da parte de mulheres bonitas.

Então, quando Charezal, um estranho de uma Caverna dos Zelandonii distante começou a zombar dele, referindo-se a ele como Cabeça Chata, Brukeval se enfureceu. Já havia sido provocado com aquele nome pelas outras crianças da caverna desde a meninice, e Charezal obviamente ficou sabendo. Também tinha ouvido dizer que uma forma de tirar uma reação daquele estranho primo do líder era fazer insinuações sobre sua mãe. Brukeval não conhecera a mãe, que falecera pouco depois de ele nascer, mas isso só lhe dava razões para idealizá-la. Ela não era um daqueles animais! Não poderia ser, assim como ele não era!

Apesar de saber que Ayla era a mulher de Jondalar, e que não poderia jamais conquistá-la de seu primo alto e belo, vê-la se levantar diante do riso de todos e não ceder ante o ridículo fez com que a admirasse. Foi amor à primeira vista. Embora Jondalar sempre o tivesse tratado bem e nunca participasse quando os outros o provocavam, naquele momento Brukeval o odiou, e também odiou Ayla, porque não podia tê-la.

Toda a dor que Brukeval tinha sentido durante toda a vida, junto com as horríveis observações do jovem que tentava tirar a atenção de Ayla dele, explodiram numa raiva incontrolável. Mais tarde, notou que Ayla parecia mais distante e já não falava com ele com aquela naturalidade familiar.

Jondalar não disse nada a Brukeval a respeito dessa mudança de sentimentos após a explosão, mas Ayla explicara que a raiva sentida por ele a fez se lembrar de Broud, o filho do líder do Clã. Broud a odiara desde o início e causara mais dor e sofrimento do que ela jamais tinha imaginado. Aprendeu a odiar Broud tanto quanto ele a odiava, e, com boa razão, a temê-lo. Fora por causa dele que Ayla havia sido forçada a deixar o Clã e a abandonar o filho.

Brukeval se lembrou do calor que sentiu quando se conheceram. Observava Ayla à distância sempre que podia. Quanto mais a via, mais apaixonado ficava. Quando viu a forma como ela e Jondalar interagiam, Brukeval se imaginava no lugar do primo. Chegou mesmo a segui-los quando iam a algum lugar discreto para se dar Prazeres. Quando Jondalar provou o gosto do leite dela, Brukeval ansiou por fazer o mesmo.

Mas ele a temia, tinha medo de que ela o chamasse outra vez de Cabeça Chata, ou a palavra com que se referia a eles, o Clã. O nome deles, Cabeças Chatas, havia lhe causado tanta dor durante sua juventude que não suportava mais o som daquela palavra. Sabia que ela não os via da mesma forma que a maioria, mas isso era ainda pior. Ayla às vezes falava deles com afeto, até amor, e ele os odiava. Os sentimentos de Brukeval por Ayla eram contraditórios. Amava-a e a odiava.

A parte cerimonial do Matrimonial era longa e demorada. Era uma das poucas vezes em que se recitavam os nomes e as ligações completos dos prometidos. As uniões eram aceitas em voz alta pelos membros das Cavernas e depois por todos os Zelandonii presentes. Finalmente eram unidos fisicamente por um couro ou por uma corda, geralmente prendendo o pulso esquerdo da mulher ao direito do homem, podendo às vezes ser o inverso, ou os dois pulsos direitos. Depois de atada, a corda continuaria assim até o final das festividades da noite.

Todos sorriam diante dos tropeços inevitáveis dos recém-casados, e, apesar de ser engraçado, muitos observavam cuidadosamente para ver como reagiam, a rapidez com que aprendiam a se ajustar ao outro. Era o primeiro teste da união, e os anciões comentavam sussurrando entre si a qualidade e a longevidade das várias uniões levando em conta a facilidade com que se acostumavam à restrição de estarem fisicamente amarrados um ao outro. Em geral, sorriam e riam, fazendo esforço para se ajustar até que ficassem a sós, momento em que poderiam desatar, nunca cortar, o nó.

Por mais difícil que pudesse parecer para os casais, era ainda mais complicado no caso de uniões a três ou, mais raramente, a quatro, no entanto eram consideradas apropriadas, pois uma relação como aquelas exigiria um esforço muito maior de adaptação para ser bem-sucedida. Todos eram obrigados a ter pelo menos uma das mãos livre, e por isso geralmente a mão esquerda era amarrada. Andar de um lugar a outro, obter comida e comer, até mesmo o ato de urinar ou defecar tinham de ser sincronizados quando dois ou mais estavam presos. Por vezes, uma pessoa não suportava a restrição e se frustrava e se irritava, o que não era um bom augúrio para a união. Em raras ocasiões, o nó era cortado para romper a relação antes mesmo que começasse. O nó cortado era sempre o sinal do fim de uma união, assim como atar o nó simbolizava seu início.

10

O Matrimonial geralmente começava à tarde ou ao cair da noite para deixar muito tempo para as festividades à medida que escurecia. Os cantos e as recitações da Canção da Mãe sempre encerravam a formalidade da Cerimônia de Acasalamento e assinalavam o início das festividades e de outras atividades celebratórias.

Ayla e Jondalar ficaram durante toda a cerimônia formal e, apesar de ela já estar entediada antes do final, jamais o admitiria. Vira pessoas indo e vindo e percebeu que não era a única a se cansar da longa recitação de nomes e ligações, da longa repetição de palavras rituais, mas sabia o quanto a cerimônia era importante para cada um dos casais ou dos múltiplos e seus parentes imediatos. Parte de tudo aquilo era a aceitação por todos os Zelandonii presentes. Além do mais, toda a zelandonia devia permanecer até o final, e ela era um deles.

Ayla contara 18 cerimônias individuais, quando viu a Primeira reuni-los todos. Alguém lhe dissera que talvez houvesse vinte ou mais, porém algumas não eram certas. Havia um sem-número de razões por que a participação na formalidade da Cerimônia de Acasalamento poderia ser adiada, especialmente a primeira da estação — desde a incerteza sobre se já estavam prontos para assumir o compromisso, até o atraso de um parente importante. Sempre havia o Matrimonial do final da estação para últimas decisões, parentes que se atrasavam, acordos ainda por completar ou novas ligações durante o verão.

Ayla sorriu ao ouvir a voz rica da Primeira entoando os versos de abertura da Canção da Mãe:

> — *O caos do tempo, em meio à escuridão,*
> *O redemoinho deu a Mãe sublime à imensidão.*
> *Sabendo que a vida é valiosa, para Si Mesma Ela acordou*
> *E o vazio vácuo escuro a Grande Mãe Terra atormentou*
> *— Sozinha a Mãe estava. Somente Ela se encontrava.*

Ayla adorou a lenda da Mãe desde a primeira vez em que a ouvira, mas gostava particularmente da forma como era cantada pela Primeira Entre Aqueles Que Serviam À Grande Mãe Terra. Todos os outros Zelandonii se juntaram, alguns cantando, outros recitando. Os que tocavam flautas acrescentavam harmonias, e a zelandonia cantava uma fuga em contraponto.

Ela ouvia a voz de Jondalar cantando. Ele tinha uma voz forte e sincera, apesar de raramente cantar, e quando o fazia geralmente era em coro. Ayla, por sua vez, não sabia cantar, nunca aprendera e não parecia ter inclinação natural. O máximo que conseguia era cantarolar em monofonia, mas havia decorado as palavras e as recitava com profundo sentimento. Identificava-se particularmente com o trecho em que a Grande Mãe Terra tinha um filho — "A Mãe estava contente. Era o Seu menino reluzente" —, e o perdia. Lágrimas lhe vinham aos olhos sempre que ouvia.

> — *A Grande Mãe passou com uma dor em Seu coração a conviver,*
> *De que Ela e o Seu filho separados para sempre iam viver.*
> *Pela criança que Lhe fora negada padecia*
> *Então, mais uma vez, a força vital interna a reanimaria.*
> *— Ela não se conformava. Com a perda de quem amava.*

Veio em seguida o trecho em que a Mãe paria todos os animais, também filhos dela, e especialmente quando deu à luz a Primeira Mulher e depois o Primeiro Homem.

> — À Mulher e ao Homem a Mãe concebeu,
> E depois, para seu lar, Ela o mundo lhes deu,
> A água, a terra, e toda a Sua criação.
> Usá-los com cuidado era deles a obrigação.
> — Era a casa deles para usar. Mas não para abusar.
>
> — Para os Filhos da Terra a Mãe proveu
> O Dom para sobreviver, e então Ela resolveu
> Dar a eles o Dom do Prazer e do partilhar
> Que honram a Mãe com a alegria da união e do se entregar.
> — Os Dons são bem merecidos. Quando os sentimentos são retribuídos
>
> A Mãe ficou contente com o casal criado,
> E o ensinou a amar e a zelar no acasalado
> Ela incutiu neles o desejo de se manter,
> E foi ofertado pela Mãe o Dom do Prazer.
> — E assim foi encerrando. Os seus filhos também estavam amando
> — Depois de os Filhos da Terra abençoar, a Mãe pôde descansar.

Essa era a parte pela qual todos esperavam. Era o sinal de que as formalidades haviam terminado, hora do banquete e de outras festividades. As pessoas começaram a perambular enquanto esperavam o início da festa.

Jonayla, que antes dormia contente enquanto Ayla esteve calmamente sentada, começou a se agitar no momento em que todos cantaram a Canção da Mãe. Acordou quando a mãe se levantou e começou a andar. Ayla tirou-a do cobertor, segurou-a acima do chão e a menina urinou, pois havia aprendido que quanto mais rapidamente ela se aliviasse, mais rapidamente sairia do frio e se acomodaria junto ao calor do corpo da mãe.

— Deixe-me carregá-la — pediu Jondalar, estendendo os braços para a filha. Jonayla sorriu para o homem e tirou dele um sorriso.

— Enrole-a neste cobertor — disse Ayla, passando a ele o couro macio de um cervo que usava para carregá-la. — Está esfriando e ela ainda está quente do sono.

Ayla e Jondalar se dirigiram ao acampamento da Terceira Caverna, que havia sido ampliado para deixar espaço para a Caverna vizinha na área principal da Reunião de Verão. A Nona instalou alguns abrigos para seu próprio uso, especialmente durante o dia, mas ainda se referiam ao espaço como o acampamento da Terceira Caverna. Eles tendiam a fazer as refeições em conjunto e a se reunir para as festividades, mas os Banquetes Matrimoniais eram sempre preparados pelo grupo inteiro.

Juntaram-se ao restante da família de Jondalar que trazia comida para uma ampla área de reunião do Acampamento de Verão perto da casa da zelandonia. Proleva, como sempre, organizava tudo, distribuindo as tarefas e indicando os indivíduos responsáveis. Pessoas chegavam de todas as direções, trazendo componentes para o grande banquete. Cada acampamento havia desenvolvido suas próprias maneiras de cozinhar a substancial quantidade e diversidade de alimentos disponíveis na região.

As abundantes campinas e florestas ao longo dos rios ofereciam alimentação rica para os grandes animais que vinham pastar: auroques, bisões, cavalos, mamutes, rinocerontes peludos, alces, renas, cervos e vários outros tipos de veados. Alguns animais que também habitavam as montanhas passavam algumas estações nas planícies frias, como o bode selvagem, conhecido por íbex, o carneiro selvagem, chamado muflão, e o bode-antílope chamado camurça. Um carneiro-antílope vivia nas estepes pelo ano inteiro. Durante o período mais frio, também apareciam bois-almiscarados. Além disso, havia pequenos animais, geralmente caçados com arapucas, e aves, normalmente derrubadas com pedras, inclusive a favorita de Ayla: a ptármiga.

Havia também uma ampla seleção de vegetais, inclusive raízes, como as cenouras silvestres, rizomas de tabua, cebolas saborosas, nozes picantes e vários tipos diferentes de raízes ricas em amido, além de nozes-da-terra recolhidas com paus de escavação e comidas cruas, cozidas ou secas. Caules de cardo, seguros pela flor de forma que os espinhos afiados pudessem ser raspados antes de serem cortados, eram deliciosos quando levemente cozidos; caules de bardana não exigiam manuseio especial, mas tinham de ser colhidos novos. As folhas verdes de erva-de-são-joão produziam um espinafre silvestre maravilhoso; urtigas que provocavam irritações eram ainda melhores, mas deviam ser colhidas com uma folha grande de outra planta para proteger a mão da ardência, que desaparecia no cozimento.

Nozes e frutas, especialmente bagas, eram também abundantes, possibilitando uma grande variedade de chás. A maceração de folhas, caules e flores em água quente, ou simplesmente deixá-los na água sob a luz do sol durante algum tempo, era o suficiente para fazer uma infusão com os sabores e as características desejados. Mas a infusão não era um processo suficientemente rigoroso de extração do gosto e dos constituintes naturais de substâncias orgânicas; cascas, sementes e raízes geralmente exigiam uma fervura para fazer os decoctos adequados.

Havia outras bebidas, como os sucos de frutas, inclusive as variedades fermentadas. Seiva de árvores, em particular a da bétula, eram fervidas para extrair o açúcar e então fermentadas. Grãos e, evidentemente, mel também eram usados para produzir bebidas alcoólicas. Marthona fornecia uma quantidade limitada de seu vinho de frutas, Laramar, de seu barma, e vários outros traziam suas próprias variedades de bebidas com teores variados de álcool. A maioria trazia seus próprios utensílios de comer e tigelas, embora houvesse vários pratos de madeira ou de osso, copos entalhados ou tecidos num nó apertado à disposição de quem os quisesse utilizar.

Ayla e Jondalar perambulavam cumprimentando amigos e provando comidas e bebidas oferecidas por diversas Cavernas. Jonayla era sempre o centro das atenções. Muitos queriam ver se a estrangeira criada pelos Cabeças Chatas, que alguns consideravam animais, tinha dado à luz uma criança normal. Amigos e parentes ficavam felizes ao ver que era uma menina feliz, saudável e muito bonita, de cabelos finos, quase brancos, macios e ondulados. Todos também sabiam sem dúvida que o espírito de Jondalar havia sido escolhido pela Grande Mãe para se misturar ao de Ayla e criar a filha dela, pois Jonayla tinha os mesmos olhos azuis.

Passaram por um grupo que havia instalado acampamento no limite de uma ampla área comunitária, e Ayla pensou ter reconhecido alguns deles.

— Jondalar, aqueles não são os Contadores de História Viajantes? Eu não sabia que viriam à nossa Reunião de Verão.

— Eu também não. Vamos cumprimentá-los. — Correram até o acampamento. — Galliadal, que bom rever você — gritou Jondalar ao se aproximar.

Um homem se virou e sorriu.

— Jondalar! Ayla! — disse, aproximando-se dos dois com as mãos estendidas. Agarrou a mão de Jondalar. — Em nome da Grande Mãe Terra, eu os saúdo.

O homem era quase tão alto quanto Jondalar, um pouco mais velho e quase tão moreno quanto era louro o Zelandoni. O cabelo de Jondalar era louro, o de Galliadal era castanho-escuro com mechas mais claras, ralo no alto. Seus olhos azuis não eram tão bonitos quanto os de Jondalar, mas o contraste com a pele mais escura os tornava notáveis. Sua pele não é escura como a de Ranec, pensou Ayla. É mais como se tivesse passado muito tempo ao sol, mas acho que não descolore muito no inverno.

— Em nome de Doni, vocês são bem-vindos à nossa Reunião de Verão, Galliadal, e boas-vindas a todos o restante de sua Caverna Viajante — respondeu Jondalar. — Não sabia que vocês viriam. Quando chegaram?

— Chegamos antes do meio-dia, mas compartilhamos uma refeição com a Segunda Caverna antes de instalarmos o acampamento. A companheira do líder é minha prima distante. Eu nem sabia que ela teve dois filhos juntos.

— Você é parente de Beladora? Kimeran e eu temos a mesma idade, fizemos juntos os rituais da puberdade — explicou Jondalar. — Eu era o mais alto e me sentia deslocado até a chegada de Kimeran. Foi uma felicidade.

— Entendo bem como você se sentiu, e você é ainda mais alto que eu. — Galliadal voltou a atenção para Ayla. — Saudações — disse ele, tomando as mãos estendidas dela.

— Em nome da Grande Mãe de todos, sejam bem-vindos — disse Ayla.

— E quem é essa coisa linda? — perguntou o visitante, sorrindo para a menina.

— Esta é Jonayla — disse Ayla.

— Jon-Ayla! Sua filha com os olhos dele. Um lindo nome. Espero que vocês estejam lá hoje à noite. Tenho uma história especial para você.

— Para mim? — perguntou Ayla, surpresa.

— Sim. É sobre uma mulher que tem um dom especial com animais. Todos gostaram de ouvir nos lugares onde estivemos. — Galliadal deu um grande sorriso.

— Você conhece uma pessoa que entende os animais? Eu gostaria de conhecê-la.

— Você já a conhece.

— Mas a única pessoa assim que eu conheço sou eu — disse Ayla e corou ao entender.

— Claro! Eu não podia deixar passar uma história tão boa, mas não dei seu nome a ela e alterei mais algumas coisas. Muitos me perguntam se a história é sobre você, mas nunca respondo. Assim tudo fica mais interessante. Vou contá-la quando tivermos reunido uma boa plateia. Venham e ouçam.

— Claro que vamos — assegurou Jondalar.

Jondalar observava Ayla e, pela sua expressão, ele teve a impressão de que não estava muito feliz com a ideia de um contador de histórias falar dela para todas as Cavernas. Sabia que muitas pessoas adorariam a atenção, mas não acreditava que esse fosse o caso. Ayla já recebia mais atenção do que desejava, porém a culpa não era de Galliadal, que era um contador de histórias e aquela era muito boa.

— A história também é sobre você, Jondalar. Eu não poderia deixá-lo de fora — disse o contador de histórias com uma piscadela. — Foi você quem saiu em Jornada durante cinco anos e a trouxe junto.

Jondalar se assustou. Não era a primeira vez que contavam histórias sobre ele; nem sempre eram as que ele gostaria de ver espalhadas. Mas era melhor não reclamar, pois isso só aumentaria a narrativa. Contadores de Histórias adoravam fábulas sobre pessoas conhecidas, e o público adorava ouvi-las. Às vezes, usavam nomes reais; às vezes, especialmente quando queriam embelezar a história, inventavam um nome para a plateia tentar adivinhar de quem se tratava. Jondalar havia crescido ouvindo aquelas histórias e as adorava, mas gostava mais das Histórias e Lendas dos Antigos dos Zelandonii. Ouvira muitas histórias sobre sua mãe quando ela foi líder da Nona Caverna, e a história do grande amor de Marthona e Dalanar fora contada tantas vezes que havia se tornado quase uma lenda.

Ayla e Jondalar conversaram com ele por algum tempo e depois saíram para o acampamento da Terceira Caverna, parando pelo caminho para falar com várias pessoas conhecidas. Com o avanço da noite, escureceu. Ayla parou por um momento para olhar para cima. A lua era nova e sem sua luz para abrandar o brilho das estrelas, elas enchiam o céu noturno com uma profusão admirável.

— O céu está tão... cheio... Não sei a palavra certa — disse Ayla, sentindo um toque de impaciência consigo mesma. — É lindo, mas não é só isso. Eu me sinto pequena, mas de uma forma que me faz sentir bem. É maior que nós, maior que tudo.

— Quando as estrelas brilham assim, é uma visão maravilhosa.

Apesar de as estrelas não terem tanta radiância quanto a lua, iluminavam quase o suficiente para que vissem o caminho. Mas a multidão de estrelas não era a única luz. Todos os acampamentos tinham grandes fogueiras, tochas e lamparinas colocadas ao longo dos caminhos entre eles.

Quando chegaram ao acampamento da Terceira Caverna, Proleva estava lá com sua irmã Levela e com a mãe das duas, Velima. Todas se cumprimentaram.

— Não acredito em quanto Jonayla cresceu em tão poucos meses — disse Levela. — E ela está tão linda! Tem os olhos de Jondalar, mas parece com você.

Ayla sorriu pelo cumprimento à filha, mas recusou o que era dirigido a si.

— Acho que ela se parece com Marthona, não comigo. Eu não sou bonita.

— Você não sabe como é, Ayla — disse Jondalar. — Você nunca olhou um refletor polido nem a superfície da água parada. Você é linda.

Ayla mudou de assunto.

— A barriga agora começa a aparecer, Levela. Como está se sentindo?

— Agora que os enjoos matinais acabaram, estou me sentindo bem. Vigorosa e forte, embora ultimamente me canse facilmente. Quero dormir até tarde e cochilar durante o dia, e às vezes, se fico de pé durante muito tempo, as minhas costas doem.

— É assim mesmo. — Velima sorria para a filha. — É como você deve se sentir.

— Estamos montando uma área para cuidar das crianças para que as mães e seus companheiros possam ir ao Festival da Mãe e descansar — disse Proleva. — Vocês podem deixar Jonayla, se quiserem. Vai haver canto e dança, e algumas pessoas já haviam bebido além da conta quando eu saí.

— Você sabia que os Contadores de Histórias Viajantes estão aqui? — perguntou Jondalar.

— Ouvi dizer que viriam, mas não sabia que tinham chegado — respondeu Proleva.

— Conversamos com Galliadal. Ele nos convidou a ir assistir. Disse que tem uma história para Ayla — contou Jondalar. — Acredito que seja a história dela disfarçada. Acho que devíamos ir para saber o que as pessoas vão comentar amanhã.

— Você vai, Proleva? — perguntou Ayla enquanto a mulher acomodava o filho adormecido.

— Foi um grande banquete e tenho trabalhado há muitos dias. Acho que prefiro ficar e cuidar dos pequenos na companhia de poucas mulheres. Assim eu descanso mais. Já esgotei minha cota de Festivais da Mãe.

— Acho que também vou ficar e cuidar das crianças — disse Ayla.

— Não. Você deve ir. Os Festivais da Mãe ainda são uma novidade, e você precisa se familiarizar com eles, especialmente se vai ser Zelandoni. Passe-me sua pequena. Já não a pego no colo há dias — disse Proleva.

— Vou amamentá-la primeiro. Estou me sentindo muito cheia.

— Levela, você também deve ir, especialmente porque os Contadores de Histórias vão estar lá. Você também, mamãe — disse Proleva.

— Os Contadores de Histórias vão ficar aqui durante muitos dias. Posso assistir a eles em outra situação. Também já participei da minha cota de Festivais da Mãe. Você esteve tão ocupada que não tivemos tempo de conversar. Prefiro ficar com você — afirmou Velima. — Mas você deve ir, Levela.

— Não sei. Jondecam já está lá, e eu prometi me encontrar com ele, mas estou cansada. Talvez fique por pouco tempo, só para ouvir as histórias.

— Joharran também está lá. Ele é quase obrigado a ficar para vigiar alguns dos rapazes. Espero que ele consiga uma folga para se divertir. Diga a ele sobre os Contadores de Histórias, Jondalar. Ele gosta do grupo.

— Eu aviso, se o encontrar — disse Jondalar.

Ele imaginou se Proleva não ia para dar ao parceiro a liberdade de aproveitar o Festival da Mãe. Apesar de todos poderem ter outros parceiros que não os seus, Jondalar sabia que algumas pessoas não gostavam de os ver tendo Prazer com outra pessoa. Ele certamente não gostaria. Para ele, seria muito difícil ver Ayla sair com outro homem. Vários homens já demonstraram interesse — o Zelandoni da Vigésima Sexta, por exemplo, e mesmo o Contador de Histórias, Galliadal. Ele sabia que aquele ciúme não era bem-visto, mas não conseguia controlar seus sentimentos. Só esperava ser capaz de ocultá-lo.

Quando voltaram à vasta área de reunião, Levela logo viu Jondecam e correu na frente, mas Ayla parou na entrada para observar um pouco. Quase todas as pessoas presentes à Reunião de Verão já haviam chegado, e ela ainda não estava plenamente à vontade com tantas pessoas no mesmo lugar, especialmente no início. Jondalar entendeu e esperou com ela.

À primeira vista, o amplo espaço parecia cheio de uma multidão amorfa que se agitava numa vasta massa circulante, como um grande rio turvo. Mas olhando atentamente, Ayla percebeu que a multidão havia se distribuído em vários grupos, em torno de grandes fogueiras. Numa área próxima ao limite, perto do acampamento dos Contadores de Histórias, muitos se reuniam em torno de três ou quatro pessoas que falavam com gestos exagerados sobre uma plataforma feita de madeira e couro duro que os erguia acima da multidão, para que pudessem ser vistos mais facilmente. Os mais próximos à plataforma estavam sentados no chão ou sobre troncos e pedras arrastados até ali. Na posição diametralmente oposta, do outro lado da área de reunião, outras pessoas dançavam e cantavam ao som de flautas, tambores e outros instrumentos de percussão. Ayla se sentiu atraída para os dois grupos e tentava decidir aonde ir primeiro.

Numa outra área, algumas pessoas jogavam usando fichas e peças variadas, e num outro ponto próximo, obtinham suas bebidas favoritas. Notou que Laramar distribuía porções de seu barma com um sorriso falso.

— Conquistando favores — explicou Jondalar, quase como se soubesse o que ela estava pensando. Ayla não tinha consciência da expressão de desprazer que tomou seu rosto quando olhou o homem.

Ayla viu Tremeda entre os que esperavam mais um pouco de barma, mas Laramar não lhe oferecia nada. Voltou-se para o grupo próximo que beliscava o que havia sobrado da comida, deixada ali para quem quisesse mais.

As pessoas conversavam e riam, ou andavam de lá para cá sem razão aparente. Ayla não notou de imediato a atividade que se desenvolvia nos cantos mais escuros da multidão. Então viu uma moça de cabelo vermelho brilhante, Galeya, amiga de Folara, afastando-se da área de alimentação na companhia do rapaz da Terceira Caverna que havia se juntado à caça aos leões. Eles foram parceiros e cuidaram um do outro durante a caçada.

Ayla viu o casal caminhar para a periferia escura da área de reunião e percebeu quando pararam e se abraçaram. Sentiu um momento de embaraço; não tivera a intenção de observá-los enquanto trocavam intimidades. Viu então outros pares em algumas áreas distantes das atividades principais que também pareciam intimamente envolvidos. Ayla sentiu que corava.

Jondalar sorriu. Havia visto para onde ela olhava. Os Zelandonii também não costumavam observar essas atividades. Não era tanto uma questão de vergonha; a intimidade era tão corriqueira que todos a ignoravam. Ele viajara por terras distantes e sabia que os costumes de outros povos eram às vezes diferentes, mas Ayla também o fizera; sabia que também tinha visto outras pessoas juntas naqueles espaços tão confinados que seria impossível evitá-lo. E com certeza ela teria testemunhado intimidades na Reunião de Verão do ano anterior. Não sabia bem o que causava aquele desconforto. Ia perguntar, mas viu que Levela e Jondecam estavam voltando e decidiu deixar para mais tarde.

O desconforto de Ayla vinha de sua juventude, quando vivia com o Clã. Tinham-lhe dito insistentemente que algumas coisas, ainda que estivessem sendo feitas em público, não eram para ser vistas. As pedras que contornavam cada casa na caverna do clã de Brun eram como paredes invisíveis. Não se devia observar além do limite das pedras, nem invadir com o olhar as áreas privadas da casa de um homem. As pessoas desviavam os olhos, ou assumiam a expressão de quem olhava o vazio, qualquer coisa para não dar a impressão de estar olhando na direção da área cercada pelas pedras. E em geral tomavam muito cuidado para não encarar inadvertidamente. O olhar era parte da linguagem corporal do Clã e tinha significados específicos. Um olhar intenso de um líder, por exemplo, podia ser visto como uma censura.

Quando entendeu o que estava acontecendo, Ayla olhou rapidamente para outra direção e viu Levela e Jondecam se aproximando. Sentiu um estranho alívio. Cumprimentou-os afetuosamente tocando as faces, como se não os visse há muito tempo.

— Vamos assistir aos Contadores de Histórias — sugeriu Levela.

— Eu estava tentando decidir entre as histórias ou as músicas — respondeu Ayla. — Como vocês vão assistir aos Contadores de Histórias, acho que vou com vocês.

— Eu também — disse Jondalar.

Quando chegaram ao local, o espetáculo estava no intervalo. Aparentemente uma narrativa havia terminado e a seguinte ainda não tinha começado. As pessoas andavam por ali, algumas chegando, outras saindo ou mudando de lugar. Ayla examinou a área para conhecer o local. A plataforma baixa, apesar de vazia naquele momento, era suficientemente grande para receber três ou quatro pessoas. Havia dois sulcos retangulares para fogueiras não diretamente diante da plataforma, mas dos dois lados dela, para luz, não para calor. Entre as fogueiras e ao lado, havia vários troncos arranjados meio ao acaso em filas e algumas pedras grandes, tudo coberto com almofadas para os espectadores se sentarem mais confortavelmente. Havia um espaço aberto diante dos troncos onde alguns se sentavam no chão ou sobre algum tipo de cobertura, como tapetes de capim tecido ou de couro.

Várias pessoas, que se sentavam num tronco na frente, levantaram-se e saíram. Levela se dirigiu para lá e sentou sobre a almofada que cobria o tronco. Jondecam se ajeitou ao lado dela, e os dois reservaram lugares para os amigos, atrasados pelos cumprimentos recebidos pelo caminho. Enquanto trocavam amabilidades, Galliadal se aproximou.

— Vocês vieram — disse ele, curvando-se para cumprimentar Ayla, tocando-lhe a face com a sua por um longo tempo, pelo menos para Jondalar. Ayla sentiu no pescoço o hálito quente de Galliadal e notou o perfume agradavelmente diferente. Também percebeu a tensão no queixo de Jondalar, apesar do sorriso.

Várias pessoas se juntaram em volta deles. Ayla pensou que provavelmente queriam a atenção do Contador de Histórias. Havia notado que muitos se reuniam em volta de Galliadal, especialmente mulheres jovens, e algumas olhavam para Ayla com uma espécie de expectativa. Não tinha certeza se gostava daquela sensação.

— Levela e Jondecam estão guardando lugares para nós na frente — indicou Jondalar. — Precisamos ir antes que sejam tomados.

Ayla sorriu para Jondalar, e juntos foram na direção dos amigos. Quando chegaram, outras pessoas também se sentavam no mesmo tronco, reduzindo o espaço reservado por Levela e Jondecam. Apertaram-se e esperaram.

— Por que está demorando tanto? — perguntou Jondecam, impaciente

Jondalar notou que mais pessoas chegavam.

— Acho que estão esperando para ver quantas pessoas ainda vão chegar. Sabe como é, quando começam, os Contadores de Histórias não gostam de gente andando pela plateia, pois isso interfere com a apresentação. Eles não se importam se alguns entram silenciosamente, mas muita gente não gosta de entrar depois do início de qualquer maneira. Acho que muita gente ficou esperando o final da apresentação que já acabou. Quando viram as pessoas saindo, decidiram que já era hora de entrar.

Galliadal e várias outras pessoas subiram na plataforma baixa. Esperaram até que a plateia notasse sua presença. Quando todos pararam de falar e se fez silêncio, o homem alto de cabelos escuros começou:

"Muito distante na terra do sol nascente..."

— É assim que começam todas as histórias — sussurrou Jondalar para Ayla, como se estivesse satisfeito por aquela ter começado certo.

"... vivia uma mulher e seu companheiro e os três filhos dela. O mais velho era um menino chamado Kimacal." Quando o Contador de Histórias fez menção ao filho, um homem na plataforma avançou e se curvou levemente, indicando ser ele o filho mencionado. "A próxima era uma filha chamada Karella." Uma moça fez uma pirueta que terminou numa reverência. "O caçula era um menino chamado Alobe." Outro rapaz apontou para si mesmo e sorriu orgulhoso.

Houve um murmúrio abafado e algumas risadinhas na plateia quando o nome do caçula foi mencionado; várias pessoas notaram uma ligação com o nome do caçador de quatro patas de Ayla.

Apesar de não gritar, Ayla notou que a voz do Contador de Histórias era ouvida por toda a plateia. Ele tinha uma forma especial de falar que era forte e expressiva. Lembrou-se da visita à gruta com o Zelandoni da Vigésima Sexta e seu acólito, dos sons que os três produziram diante da gruta antes de entrar. Ocorreu a ela que, se quisesse, Galliadal poderia ser um membro da zelandonia.

"Apesar de já terem idade, nenhum dos filhos era casado. A Caverna era pequena, e eles eram aparentados às pessoas de sua idade. A mãe começou a pensar que teriam de ir muito longe para encontrar parceiros, e ela talvez não os visse mais. Ouvira falar de uma Zelandoni que vivia sozinha numa gruta a alguma distância ao longo do rio, na direção norte. Comentavam à boca pequena que ela era capaz de fazer as coisas acontecerem, mas poderia cobrar um preço muito alto. A mãe decidiu procurá-la", contou Galliadal. "Um dia, depois de ter voltado, a mulher mandou os filhos recolher raízes de tabua. Quando voltaram, encontraram três outros jovens, uma moça da idade de Kimacal, um rapaz da idade de Karella e outra moça da idade de Alobe."

Dessa vez, o primeiro rapaz na plataforma sorriu com um ar coquete quando a moça mais velha foi mencionada, a moça adotou uma atitude masculina e o outro rapaz assumiu a pose de uma jovem tímida. A plateia riu. Ayla e Jondalar se entreolharam e sorriram.

"Os três recém-chegados eram estrangeiros vindos há pouco da terra ao sul. Como eram educados, fizeram saudações e se apresentaram, recitando seus nomes e ligações importantes."

Galliadal mudou o timbre de voz ao imitar a moça:

"'Viemos à procura de alimento', explicou a mais velha dos visitantes."

A jovem sobre a plataforma moveu os lábios, e Galliadal falou mais uma vez, alterando o tom de sua voz:

"'Há muitas tabuas aqui; vamos compartilhar', disse Karella. Então todos começaram a colher raízes de tabua da lama mole na margem do riacho. Kimacal ajudava a estrangeira mais velha, Karella mostrava ao rapaz do meio onde cavar e Alobe arrancava raízes para a garota mais nova, mas a moça não as aceitava. Ele notou que seu irmão e sua irmã se deleitavam com a companhia dos novos amigos, tornavam-se muito amistosos."

O riso se expandiu na plateia. Não somente as insinuações eram óbvias, mas o rapaz que representava o irmão mais velho e a moça na plataforma se abraçavam exageradamente, enquanto o irmão mais novo olhava com inveja. Quando narrava, Galliadal mudava de voz para cada um dos personagens que interpretava, enquanto os outros na plataforma demonstravam, com grande dramaticidade.

"'As tabuas são boas. Por que você não quer comer?', perguntou Alobe à atraente estrangeira. Então ela respondeu: 'Não como tabuas. Só como carne.'"

Quando falava como a moça, sua voz ficava muito aguda. "Alobe não sabia o que fazer. 'Vou caçar um pouco de carne para você', disse ele, embora soubesse que não era um bom caçador. Tinha boa vontade, mas era um tanto preguiçoso e nunca caçava sozinho. Voltou para a casa da mãe. 'Kimacal e Karella estão comendo tabuas com a mulher e o homem do sul', contou à mãe. 'Já encontraram parceiros, mas a mulher que eu quero não come tabuas, só come carne, e eu não sou um bom caçador. Como vou encontrar comida para ela?'", contou Galliadal.

Ayla se perguntou se "comer tabuas" tinha algum segundo significado que não lhe era familiar, como uma piada que não entendesse, pois o Contador de Histórias inclui na mesma frase "comer tabuas" e "estar casado".

"'Há uma velha Zelandoni numa caverna ao norte daqui, perto do rio', disse a mãe. 'Talvez ela possa ajudar você. Mas tenha cuidado com o que vai pedir. Talvez ela lhe dê exatamente o que você quer.'" Mais uma vez, Galliadal mudou o timbre de voz ao falar como a mãe. "Alobe partiu para encontrar a velha Zelandoni. Viajou rio acima durante muitos dias, entrando em todas as cavernas que via ao longo do caminho. Estava quase a ponto de desistir, quando viu uma pequena gruta no alto de um despenhadeiro e decidiu que aquela seria a última gruta que investigaria. Encontrou uma mulher velha na entrada, parecendo adormecida. Aproximou-se em silêncio, sem querer perturbá-la, mas estava curioso e a olhou com cuidado."

E Galliadal continuou:

"Suas roupas eram comuns, o mesmo tipo que as pessoas geralmente vestiam, ainda que disformes e maltrapilhas. Mas usava muitos colares feitos de vários materiais: contas e conchas, vários dentes e garras furados, animais entalhados em marfim, ossos, galhadas de veado e madeira, outros de pedra e âmbar, e medalhões em forma de discos com animais entalhados. Havia muitos objetos nos colares, Alobe nem conseguiu distinguir todos, porém o que mais o impressionou foram as tatuagens no rosto. Eram tão complexas e ornadas que mal conseguia ver a pele sob aqueles quadrados, curvas, arabescos e floreios. Era sem dúvida uma Zelandoni de grande importância. Alobe teve um pouco de medo. Não sabia se devia perturbá-la com um pedido sem importância."

A mulher na plataforma se sentou e, apesar de não ter mudado de roupa, a forma como se enrolava nelas dava a impressão de ser muito velha, na roupa disforme que Galliadal descrevera.

"Alobe decidiu sair, mas, ao se virar, ouviu uma voz. 'O que você quer de mim, menino?', perguntou ela." A voz de Galliadal teve o som de uma velha, não fraca e trêmula, mas forte e madura. "Alobe engoliu em seco e se voltou. Apresentou-se polidamente e respondeu: 'Minha mãe me disse que a senhora talvez me ajude.' A velha perguntou: 'Qual é o seu problema?'; e Alobe falou: 'Conheci uma mulher que veio do sul. Queria comer tabuas com ela, mas ela falou que não as come, come apenas carne. Eu a amo e queria caçar para ela, mas não sou bom caçador. A senhora pode ajudar a me tornar um bom caçador?'"

Com a voz da velha Zelandoni, Galliadal respondeu:

"'Você tem certeza de que ela quer que você cace para ela? Se ela não quer suas tabuas, pode também não querer sua carne. Você perguntou?'"

O Contador de Histórias usou uma voz cheia de esperança, e a expressão do rapaz na plataforma correspondeu ao tom:

"'Quando eu lhe ofereci, ela disse que não podia comer tabuas, não disse que não queria, e, quando eu lhe disse que caçaria para ela, ela não disse não', respondeu Alobe."

Galliadal declarou como a velha:

"'Você sabe que, para se tornar um bom caçador, é necessário apenas prática, muita prática.'"

O rapaz na plataforma olhou para baixo, contrito.

"'Eu sei que devia ter praticado mais.'

"'Mas você não praticou, não é? Agora, porque uma moça lhe interessa, você quer de repente se tornar um caçador, não é?'"

A voz de Galliadal assumiu um tom de censura. O rapaz pareceu ainda mais envergonhado.

"'É verdade. Mas eu a adoro.'

"'Você tem de merecer o que ganha. Se você não quer fazer o esforço da prática, vai ter de pagar de outra forma pela habilidade de caçador. Ou você dá o esforço necessário à prática, ou dá outra coisa. O que você está disposto a dar?', perguntou a velha.

"'Eu dou qualquer coisa!'"

A plateia se assustou, sabia que aquela resposta era errada.

"'Você ainda pode praticar e aprender a caçar', insistiu a velha Zelandoni.

"'Mas ela não vai esperar até eu aprender a caçar. Eu a adoro. Só quero lhe levar carne para que ela me ame. Queria ter nascido sabendo caçar.'"

De repente, a plateia e as pessoas na plataforma elevada perceberam uma comoção.

11

Lobo se esgueirou entre a multidão, vez por outra tocando a perna de alguém, mas desaparecendo antes que pudessem ter mais que um vislumbre do que os havia tocado. Apesar de a maioria já o conhecer, ainda era uma surpresa capaz de assustar quando notado. Chegou mesmo a surpreender Ayla quando surgiu inesperadamente e se sentou diante dela, olhando seu rosto. Danella se assustou, pois ele apareceu de repente, mas não teve medo.

— Lobo! Você desapareceu o dia inteiro. Queria saber onde se meteu. Acho que estava explorando a área — disse Ayla enquanto alisava o pelo do pescoço dele e lhe coçava as orelhas. Ele ergueu a cabeça para lamber seu pescoço e seu queixo, então deitou-a no colo dela, parecendo gostar da recepção carinhosa. Quando ela parou, Lobo se enrolou diante dela e se deitou com a cabeça sobre as patas, relaxado, mas vigilante.

Galliadal e os outros na plataforma observaram-no, então o homem sorriu.

— Nosso visitante incomum chegou no momento propício da história.

Então reassumiu a personagem e continuou:

"'É isso que você quer? Ser um caçador nato?', perguntou a velha Zelandoni.

"'Sim! É isso. Quero ser um caçador nato', respondeu Alobe.

"'Então entre na minha gruta', ordenou a velha."

O tom da história já não era engraçado, era agourento.

"Tão logo entrou na gruta, Alobe ficou com muito sono. Sentou-se numa pilha de peles de lobo e dormiu imediatamente. Quando finalmente acordou, sentiu que havia dormido por muito tempo, mas não sabia quanto. A gruta estava vazia, sem nenhum sinal de já ter sido habitada. Correu depressa para fora." O jovem na plataforma saiu correndo da gruta imaginária usando pés e mãos. "O sol brilhava e ele estava com sede. Quando correu para o rio, começou a notar que algo estava estranho. Via as coisas de um ângulo diferente, como se estivesse mais perto do chão. Quando chegou à margem do rio, sentiu a água fria nos pés como se não tivesse nada a cobri-los. Quando olhou para baixo, não viu pés; viu patas, as patas de um lobo.

"De início, ficou confuso. Depois entendeu o que acontecera. A velha Zelandoni lhe tinha dado exatamente o que pedira. Queria ser um caçador nato, e agora o era. Havia se transformado em lobo. Não era o que queria quando pediu para ser um bom caçador, mas já era tarde demais.

"Alobe ficou tão triste que quis chorar, mas não tinha lágrimas. Esperou à beira da água e, no silêncio, começou a perceber a floresta de uma nova forma. Ouvia sons e cheiros inéditos. Percebeu o cheiro de muitas coisas, especialmente animais, e, quando viu um grande coelho, uma lebre branca, notou que estava com fome. Mas agora ele sabia exatamente o que fazer. Lentamente, em silêncio, aproximou-se. Apesar de a lebre ser muito rápida e fazer curvas instantâneas, o lobo antecipava todos os seus movimentos e conseguiu agarrá-la."

Ayla sorriu para si mesma nesse ponto da história. Muita gente acreditava que os lobos e outros carnívoros nasciam sabendo caçar e matar a presa, mas não era assim. Depois de ter dominado o uso da funda, praticando em segredo, decidiu dar o passo seguinte: caçar. Mas as mulheres do Clã eram proibidas de caçar. Muitos carnívoros frequentemente roubavam carne do clã de Brun, particularmente os menores, como martinetes, arminhos e outras doninhas, pequenos gatos selvagens, raposas e caçadores médios, como carcajus, linces, lobos e hienas. Ayla justificou sua decisão de desafiar o tabu do Clã resolvendo que só caçaria comedores de carne, animais destrutivos para o Clã, deixando a caça de animais para alimentação para os homens. Por isso, não somente se tornou uma caçadora muito competente, mas aprendeu muito sobre o tipo de presa escolhida. Passou os primeiros anos os observando antes de conseguir matar o primeiro. Sabia que, embora a tendência a matar fosse forte entre os carnívoros, todos precisavam aprender com os mais velhos. Os lobos não nasciam sabendo caçar, os mais novos aprendiam com a alcateia.

Foi novamente atraída para a história de Galliadal.

"O gosto de sangue quente descendo pela garganta era delicioso. Alobe devorou rapidamente a lebre. Voltou ao rio para mais um gole de água e para limpar o sangue do pelo. Depois farejou em busca de um lugar seguro. Quando encontrou um, enrolou-se, usando a cauda para cobrir o focinho, e dormiu. Quando acordou outra vez, já era noite, mas ele enxergava muito bem no escuro. Esticou-se langorosamente, ergueu a perna e esguichou sobre um arbusto, depois saiu novamente para caçar."

O rapaz na plataforma representou bem as ações do lobo. Quando levantou a perna, a plateia riu.

"Alobe viveu na gruta abandonada pela velha, caçando para si mesmo e se deliciando, mas depois de algum tempo ele começou a se sentir só. O menino se transformara em lobo, mas continuava sendo um menino, e começou a pensar em voltar para rever sua mãe e a linda moça do sul. Voltou para a Caverna de sua mãe, correndo com a facilidade de um lobo. Quando viu um veado novo que se perdera da mãe, lembrou-se da moça do sul que gostava de comer carne e decidiu caçá-lo e levá-lo para ela.

"Quando Alobe se aproximou, algumas pessoas o viram e tiveram medo. Não entenderam um lobo arrastando um veado para a casa deles. Ele viu a moça atraente, mas não notou o rapaz alto, belo e louro parado ao lado, segurando um novo tipo de arma que lhe permitia arremessar lanças à grande distância e à grande velocidade, mas, enquanto o homem se preparava para atirar uma lança, Alobe arrastou a carne até a mulher e a deixou aos seus pés. Depois se sentou diante dela e olhou para cima. Queria lhe dizer que a amava, mas não era mais capaz de falar. Só podia mostrar seu amor por ações e pelo olhar, e era claro que ele era um lobo apaixonado por uma mulher."

Todos na plateia se voltaram para olhar Ayla e o lobo aos seus pés, a maioria sorrindo. Alguns começaram a rir, e outros ainda começaram a bater nos joelhos aplaudindo. Embora não fosse o ponto em que Galliadal queria terminar a história, a resposta dos ouvintes lhe indicou que era um bom momento para encerrar.

Ayla se sentiu embaraçada por ser o centro de atenções e olhou para Jondalar. Ele também sorria e batia nos joelhos.

— Foi uma bela história — disse ele.

— Mas nada é verdade — contrapôs ela.

— Uma parte é — discordou Jondalar, olhando o lobo que agora havia se levantado e adotava uma postura protetora diante de Ayla. — Existe um lobo que ama uma mulher.

Ela se abaixou e acariciou o animal.

— É verdade. Acho que você tem razão.

— A maioria das histórias dos Contadores de Histórias não são verdadeiras, mas geralmente têm um quê de verdade, ou satisfazem o desejo de uma resposta. Você tem de admitir: foi uma boa história. E para as pessoas que não sabem que quando você encontrou Lobo ele era um filhote sozinho na toca, sem parentes nem alcateia nem mãe vivos, a história de Galliadal pode satisfazer o desejo de saber, mesmo que provavelmente entendam que não é verdadeira.

Ayla olhou Jondalar e concordou, e então os dois sorriram para Galliadal e os outros na plataforma. O Contador de Histórias respondeu com uma mesura elaborada.

A plateia se levantava e saía, e os Contadores de Histórias desceram da plataforma para dar espaço a uma nova trupe. Juntaram-se ao grupo que se reuniu em volta de Ayla e de Lobo.

— A entrada do lobo foi incrível, chegou na hora exata — comentou o rapaz que havia representado o menino-lobo. — Não teria sido melhor se fosse combinado. Por que você não vem e traz o lobo todas as noites?

— Acho que não é uma boa ideia, Zanacan — ponderou Galliadal. — Todos vão comentar a história desta noite. Se acontecer todas as noites, vamos tirar a qualidade especial desta. E tenho certeza de que Ayla tem outras coisas a fazer. Ela é mãe e acólita da Primeira.

O rapaz ficou rubro e pareceu embaraçado.

— Você tem razão, é claro. Desculpe.

— Não precisa se desculpar — disse Ayla. — Galliadal tem razão, tenho muitas coisas a fazer, e Lobo nem sempre está por perto quando preciso dele, mas acho que seria interessante aprender um pouco sobre contar histórias da forma que vocês contam. Se ninguém se importar, gostaria de assistir a um de seus ensaios.

Zanacan e os outros se interessaram vivamente pelo sotaque incomum de Ayla, especialmente porque todos sabiam o efeito de diferentes vozes e qualidades tonais, e tinham viajado pela região muito mais que a maioria.

— Adoro sua voz! — elogiou Zanacan.

— Nunca ouvi um sotaque igual ao seu — disse a moça.

— Você deve vir de muito longe — acrescentou o outro rapaz.

Ayla geralmente se sentia um tanto embaraçada quando comentavam sobre seu sotaque, mas os três moços pareciam tão entusiasmados que ela não pôde deixar de sorrir.

— É verdade. Ela vem de muito longe. Muito mais longe do que você imagina — disse Jondalar.

— Gostaríamos muito de receber sua visita sempre que quiser. Você não se importaria se tentássemos aprender seu jeito de falar? — perguntou a moça, olhando para Galliadal pedindo aprovação.

O Contador de Histórias se voltou para Ayla.

— Gallara sabe que nosso acampamento nem sempre está aberto a visitantes ocasionais, mas você será sempre bem-vinda.

— Acho que podemos criar uma nova história maravilhosa sobre alguém que vem de muito longe, talvez até mais longe do que a terra do sol nascente. — Zanacan ainda estava muito animado.

— Acho que poderíamos, mas não creio que seriam tão boas quanto a história verdadeira, Zanacan — disse Galliadal. Depois acrescentou para Ayla e Jondalar: — Os filhos da minha casa às vezes ficam animados com ideias novas, e vocês lhes deram muitas.

— Não sabia que Zanacan e Gallara eram filhos de sua casa, Galliadal — disse Jondalar.

— Além de Kaleshal — completou o homem. — Ele é o mais velho. Talvez seja bom fazermos as apresentações apropriadas.

Os jovens ficaram muito felizes por conhecer as pessoas que inspiraram os personagens que representaram, especialmente quando chegaram aos nomes e às ligações de Ayla, como Jondalar recitou.

— Permitam-me lhes apresentar Ayla dos Zelandonii — começou Jondalar. Quando chegou à parte que dizia de onde ela vinha, ele alterou um pouco a apresentação: — Antes ela foi Ayla do Acampamento do Leão dos Mamutói, Caçadores de Mamute que vivem muito longe a leste, na "terra do sol nascente", e foi adotada como Filha da Casa do Mamute, que é a zelandonia de lá. Escolhida pelo Espírito do Leão-das-Cavernas, seu totem, que a marcou fisicamente, e protegida pelo Espírito do Urso-das-Cavernas, Ayla é amiga dos cavalos Huiin e Racer, e da potra, Cinza, e é amada pelo caçador de quatro patas, Lobo.

Entenderam os nomes e as ligações que Jondalar acrescentou à lista quando se uniram, mas, ao falar da Casa do Mamute, do Leão-das-Cavernas e do

Urso-das-Cavernas, sem esquecer os animais que a acompanhavam, Zanacan arregalou os olhos. Era seu maneirismo quando se surpreendia.

— Podemos usar isso na nova história! — exclamou. — Os animais. Não exatamente os mesmos, é claro, mas a ideia dos lares que receberam nomes de animais, e também, quem sabe, as cavernas, e os animais que a acompanham.

— Eu lhe disse que a verdadeira história dela é provavelmente melhor que qualquer uma que pudéssemos inventar — disse Galliadal.

Ayla sorriu para Zanacan.

— Vocês gostariam de ser apresentados a Lobo? — perguntou ela.

Os três pareceram surpresos. Os olhos de Zanacan se arregalaram outra vez.

— Como alguém é apresentado a um lobo? Eles não têm nome nem ligações, têm?

— Não exatamente — respondeu Ayla. — Mas a razão por que damos nossos nomes e ligações é saber um pouco mais sobre nós mesmos, não é? Os lobos aprendem mais sobre pessoas e muitas coisas de seu mundo pelo cheiro. Se você deixar que ele o cheire, ele vai se lembrar de você.

— Não sei... Isso seria bom ou mau? — perguntou Kaleshal.

— Se eu o apresentar, ele considerará você como um amigo.

— Então acho que seria bom — disse Gallara. — De um lobo, quero ser apenas amiga.

Ao pegar a mão de Zanacan e a trouxe ao nariz de Lobo, Ayla sentiu uma leve resistência, a tendência inicial de puxá-la. Mas, quando ele percebeu que nada de mau ia ocorrer, sua curiosidade e seu interesse foram incitados.

— O nariz é frio e úmido.

— Isso quer dizer que ele é saudável. Como você achou que o nariz de um lobo seria? — disse Ayla. — Ou seu pelo. Como você imagina que ele seja?

Ela fez a mão dele passar pela cabeça do lobo e alisar seu pelo no pescoço e no lombo. Executou o mesmo processo com os outros dois jovens, enquanto muitos observavam de longe.

— O pelo é macio e áspero, e quente — disse Zanacan.

— Ele está vivo. Quase todo animal vivo é quente. Os pássaros são muito quentes, os peixes são frios, as cobras podem ser quentes ou frias.

— Como você sabe tanto sobre os animais? — perguntou Gallara.

— Ela é caçadora, já caçou quase todo tipo de animal que existe — respondeu Jondalar. — É capaz de matar uma hiena com uma pedra, pescar um peixe com as mãos, e os pássaros vêm a ela chamados por um assovio, mas ela geralmente os solta. Na última primavera, liderou uma caçada a leões e matou pelo menos dois com o arremessador de lanças.

— Eu não liderei a caçada. Joharran foi o líder.

— Pergunte a ele — disse Jondalar. — Ele fala que você liderou a caçada. Você sabia tudo sobre os leões e como caçá-los.

— Pensei que ela fosse Zelandoni, não caçadora — comentou Kaleshal.

— Ela não é Zelandoni, ainda — disse Galliadal. — É uma acólita, em treinamento, mas pelo que sei, já é uma excelente curadora.

— Como ela sabe tantas coisas? — perguntou Kaleshal num tom cheio de dúvidas.

— Ela não teve escolha — explicou Jondalar. — Perdeu a família quando tinha 5 anos, foi adotada por estranhos e teve de aprender seus costumes. Depois viveu sozinha durante alguns anos, antes de eu a encontrar, ou melhor, ela me encontrar. Fui atacado por um leão, ela me salvou e tratou meus ferimentos. Quando alguém perde tudo numa idade tão tenra, tem de se adaptar e aprender rapidamente ou não conseguirá sobreviver. Ela está viva porque foi capaz de aprender tantas coisas.

Ayla prestava atenção a Lobo, acariciando-o, esfregando atrás de suas orelhas, baixando a cabeça para não ouvir. Ficava sempre com vergonha quando as pessoas falavam dela como se suas realizações fossem grandes feitos. Fazia com que se sentisse importante, mas não gostava dessa sensação. Não se considerava importante e não gostava de ser vista como diferente. Era apenas uma mulher, uma mãe, que havia encontrado um homem para amar, e pessoas como ela própria, que passaram a aceitá-la como mais um deles. No passado, tinha desejado ser uma boa mulher do Clã, agora desejava apenas ser uma boa mulher Zelandonii.

Levela se aproximou de Ayla e Lobo.

— Acho que estão se preparando para contar a próxima história. Você vai ficar para ouvi-la?

— Acho que não. Talvez Jondalar queira. Vou perguntar, mas acho que vou voltar outro dia para ouvir mais histórias. Você vai ficar?

— Pensei em ver se ainda sobrou alguma coisa boa para comer. Estou ficando com fome, mas também estou cansada. Acho que vou voltar logo para nosso acampamento — respondeu Levela.

— Vou com você para comer algo. Então vou pegar Jonayla com sua irmã.

Ayla deu alguns passos até onde Jondalar e os outros conversavam e esperou uma interrupção.

— Você vai ficar para ouvir a próxima história?

— O que você quer fazer?

— Eu e Levela estamos ficando cansadas. Vamos ver se sobrou alguma coisa para comer — respondeu Ayla.

— Para mim está ótimo. Podemos voltar depois para ouvir mais histórias. Jondecam vem conosco?

— Vou, sim. — Ouviram a voz dele vindo na direção dos dois. — Aonde vocês forem.

Os quatro saíram do acampamento dos Contadores de Histórias e se dirigiram para a área onde a comida fora servida. Tudo estava frio, mas fatias frias de bisão e de veado são gostosas mesmo assim. Algumas variedades de raiz estavam imersas num rico molho com uma fina camada de gordura endurecida por cima, o que enriquecia o sabor. A gordura era uma qualidade desejável, necessária à sobrevivência e relativamente rara em animais soltos na natureza. Ocultas sob pratos feitos de osso já vazios, encontraram uma tigela tecida cheia de frutinhas redondas azuis, algumas variedades misturadas, mirtilos, uvas ursinas e groselhas que dividiram entre si alegremente. Ayla chegou mesmo a encontrar alguns ossos para Lobo.

Ela ofereceu um osso ao canídeo, que o levou à boca até encontrar um lugar confortável onde se deitar e roê-lo. Ayla embrulhou outro, com um pouco mais de carne grudada, em algumas folhas grandes que forravam um prato, para levar até o acampamento para mais tarde. Enfiou o embrulho numa sacola pequena em que levava coisas, especialmente para Jonayla, como uma peça de couro que a menina gostava de mascar, um chapéu e um pequeno cobertor extra, um pouco de material absorvente, como lã de carneiro selvagem, em que ela envolvia a filha. Levava também numa sacola presa à cintura o jogo de pedras para acender fogo, além de seus pratos pessoais e a faca de comer. Encontraram alguns troncos com almofadas, levados até ali para as pessoas sentarem.

— Será que sobrou um pouco de vinho da mãe? — perguntou Jondalar.

— Vamos ver — respondeu Jondecam.

Não havia nem uma gota, mas Laramar os vira por ali e correu com um odre de barma recém-aberto. Encheu os copos pessoais dos dois homens, mas Ayla e Levela disseram que não queriam muito e tomariam apenas um gole dos copos deles. Ayla não queria conversar muito tempo com o homem. Depois de poucos minutos, voltaram aos seus troncos com almofadas perto da comida. Quando terminaram, voltaram ao abrigo de Proleva no acampamento da Terceira Caverna.

— Ei-los. Vocês voltaram cedo — disse Proleva, depois de terem se tocado nas faces. — Vocês viram Joharran?

— Não — respondeu Levela. — Só ouvimos uma história, depois fomos comer. Foi uma história sobre Ayla.

— Na verdade, foi uma história sobre Lobo, a história de um menino que se transforma em um lobo que amava uma mulher — corrigiu Jondalar. — Lobo chegou e encontrou Ayla durante a apresentação, o que deixou Galliadal e os três filhos de sua casa, que o ajudavam a contar a história, muito felizes.

— Jonayla ainda está dormindo. Você quer uma bela xícara de chá quente? — ofereceu Proleva.

— Acho que não. Vamos voltar para o nosso acampamento — respondeu Ayla.

— Você também vai voltar? — perguntou Velima a Levela. — Nós mal tivemos tempo de nos falar. Quero saber sobre sua gravidez, como você está se sentindo.

— Por que você não fica aqui esta noite? — ofereceu Proleva. — Temos espaço para vocês quatro. E Jaradal adoraria ver Lobo quando acordar.

Levela e Jondecam aceitaram imediatamente. O acampamento da Segunda Caverna era próximo, e a ideia de passar algum tempo com a mãe e a irmã atraiu Levela, e Jondecam não se importava.

Ayla e Jondalar se olharam.

— Eu preciso cuidar dos cavalos — disse Ayla. — Nós saímos cedo e acho que não ficou ninguém no acampamento hoje. Só quero saber se estão bem, especialmente a Cinza, que pode ser uma tentação para algum predador de quatro patas, apesar de eu saber que Huiin e Racer vão protegê-la. Mas eu me sentiria melhor indo lá ver.

— Eu entendo. É como se ela fosse sua filha também — disse Proleva.

Ayla assentiu com a cabeça.

— E onde está minha filha?

— Está ali, dormindo com Sethona. Seria uma pena acordá-la, você tem certeza de que não quer ficar?

— Nós gostaríamos, mas um dos problemas de ter cavalos por amigos é se sentir responsável por eles, especialmente se são mantidos num cercado aberto a predadores de quatro patas — respondeu Jondalar. — Ayla tem razão, precisamos ver como estão.

Ayla havia enrolado a filha no cobertor e apoiava a menina no quadril. Ela acordou, mas logo se aninhou junto ao corpo quente da mãe e voltou a dormir.

— Agradeço muito por você ter cuidado dela, Proleva. A história foi interessante, e ficou muito mais fácil de assistir e ouvir sem interrupções.

— Foi um prazer. Essas meninas estão se conhecendo e se entretendo. Acho que vão ser grandes amigas — disse Proleva.

— Foi ótimo ver as duas juntas — disse Velima. — É bom as primas passarem algum tempo na companhia uma da outra.

Ayla fez um sinal para Lobo, que agarrou seu osso nos dentes, e deixaram juntos a casa de verão. Jondalar escolheu uma tocha presa no chão, uma de muitas que iluminavam o caminho fora do abrigo, e verificou a quantidade de material combustível, certificando-se de que ia durar até chegarem ao seu acampamento.

Saíram do brilho quente das fogueiras do acampamento principal e passaram à obscuridade profunda e macia da noite. A escuridão envolvente se enrolou neles com uma intensidade que absorveu a luz e pareceu sufocar a chama da tocha.

— Está tão escuro, não há lua hoje — comentou Ayla.

— Mas há nuvens — disse Jondalar. — Elas bloqueiam as estrelas. Poucas estão visíveis.

— Quando as nuvens se acumularam? Eu não notei enquanto estava no acampamento.

— É porque as fogueiras distraem; a luz delas enche os olhos. — Andaram algum tempo em silêncio e então Jondalar completou: — Às vezes você me enche os olhos e eu gostaria que não houvesse tanta gente perto.

Ela sorriu e se voltou para olhá-lo.

— Durante a viagem de volta, quando éramos só nós dois, Huiin, Racer e Lobo, muitas vezes eu me sentia só, sentia falta de pessoas. Agora temos pessoas e estou feliz, mas às vezes eu me lembro de quando éramos só nós dois e podíamos fazer o que quiséssemos, quando quiséssemos. Talvez não o tempo todo, mas quase sempre.

— Eu também penso nisso — disse Jondalar. — Lembro-me de quando, se eu olhasse você e a sentisse encher minha masculinidade, podíamos parar e dividir Prazeres. Eu não era obrigado a ir com Joharran procurar pessoas para tomar providências nem a fazer coisa alguma para a mãe, ou simplesmente me encontrar com tanta gente, que tornam impossível achar um lugar para parar e descansar e fazer o que eu gostaria de fazer com você.

— Sinto o mesmo. Lembro-me de quando eu olhava você e sentia por dentro como só você era capaz de me fazer sentir. Sabia que, se eu lhe desse o sinal certo, você me faria sentir da mesma forma novamente, porque me conhece melhor do que eu mesma. E eu não tinha de me preocupar em cuidar de um bebê, ou vários ao mesmo tempo, nem em planejar um banquete com Proleva, nem ajudar Zelandoni a cuidar de alguém doente ou ferido, nem aprender sobre novos tratamentos, nem lembrar as cinco cores sagradas, nem como usar as palavras de contar. Apesar de amar tudo isso, às vezes sinto falta de você, Jondalar, de estar sozinha com você.

— Eu gosto da presença de Jonayla. Gosto de ver você com ela, às vezes isso me satisfaz ainda mais, no entanto sou capaz de esperar até ela estar satisfeita. O problema é que geralmente alguém aparece e interrompe, e eu tenho de ir a algum lugar ou é você quem tem de ir.

Parou para beijá-la com ternura, e então continuaram a caminhar em silêncio.

O caminho não era longo, mas, ao se aproximar do acampamento da Nona Caverna, quase tropeçaram sobre uma fogueira apagada. Já não havia fogueiras, nem uma brasa, nenhuma tenda brilhando com uma luz interna, nem uma faixa de luz vindo de uma fenda entre tábuas. Sentiam o cheiro do que havia sobrado das fogueiras, mas parecia não haver ninguém há um bom tempo. Todas as pessoas da Caverna mais populosa da região deixaram o acampamento.

— Não há ninguém aqui — comentou Ayla, muito surpresa. — Todo mundo saiu. Exceto os que saíram para caçar ou para fazer visitas; devem estar todos no acampamento principal.

— Eis a nossa casa. Pelo menos eu acho que é — apontou Jondalar. — Vamos acender um fogo lá dentro para aquecê-la. Depois vamos ver os cavalos.

Buscaram um pouco de lenha e excrementos de auroque que foram acumulados do lado de fora e acenderam uma fogueira na pequena lareira que haviam feito perto do lugar onde dormiam. Lobo entrou com eles e guardou o osso no pequeno buraco na área perto da parede que só era usada por ele. Ayla examinou o grande odre perto da lareira principal.

— Precisamos trazer mais água. Não tem muita aqui. Vamos procurar os cavalos. Depois vou ter de amamentar Jonayla, que está ficando agitada.

— É melhor eu fazer uma nova tocha. Esta vai apagar logo — disse Jondalar. — Amanhã vou gastar algum tempo fazendo outras.

Acendeu outra tocha com a chama da antiga, então colocou o que sobrou dela na lareira. Quando saíram da casa, foram seguidos por Lobo. Ayla o ouviu rosnar baixo quando se aproximaram do curral dos cavalos.

— Há alguma coisa errada — disse ela, correndo.

Jondalar ergueu a tocha para espalhar a luz. Havia um estranho volume de alguma coisa perto do centro do curral. Quando se aproximaram, Lobo rosnou mais forte. Viram a pele cinza claro com uma longa cauda, e muito sangue.

— É um leopardo, um leopardo-das-neves ainda jovem. Acho que foi pisoteado até a morte. O que um leopardo-das-neves está fazendo aqui? Eles gostam das terras altas — disse Ayla, depois correu até o abrigo coberto que haviam construído para os cavalos se protegerem da chuva, mas estava vazio. — Huiiiin— gritou. — Huiiiin! — Soltou um relincho que pareceu a Jondalar exatamente igual ao de um cavalo.

Ela relinchou novamente, depois soprou o apito especial com toda força. Finalmente ouviram ao longe um relincho de resposta.

— Lobo, vá procurar Huiin — ordenou ao canídeo, que logo correu na direção de onde vinha o relincho, seguido de perto por Ayla e Jondalar.

Atravessaram a cerca no ponto em que os cavalos tinham derrubado para fugir, então entendeu como escaparam. Encontraram os três cavalos perto de um riacho no fundo da área usada pela Nona Caverna como acampamento. Lobo estava sentado sobre as ancas, guardando-os, mas Ayla notou que não estava muito perto. Passaram por um grande susto e de alguma forma o lobo sentiu que até mesmo o carnívoro amigo parecia ameaçador naquele momento. Ayla correu até Huiin, mas parou quando notou que a égua a olhava intensamente, com a boca apertada, os olhos, as orelhas e o nariz apontados para ela, focalizados, balançando levemente a cabeça.

Ayla começou a falar com a égua mansamente na linguagem especial das duas:

— Você ainda está com medo, não está? Você está certa, Huiin. — Soltou um relincho suave. — Sinto muito por ter deixado vocês sozinhos para lutar contra o leopardo, sinto muito por não haver ninguém quando vocês gritaram pedindo socorro.

Enquanto falava, ia caminhando lentamente na direção da égua, até finalmente chegar e colocar os braços em volta do pescoço forte. O animal relaxou, pôs a cabeça sobre seu ombro e se apoiou nela enquanto Ayla se inclinava para trás na posição confortadora que sempre foi o costume das duas desde os primeiros dias no vale.

Jondalar fez o mesmo e assoviou para Racer, que também continuava com medo. Fincou a tocha no chão e se aproximou do jovem garanhão e o alisou e afagou. O contato com os amigos conhecidos confortou os animais, e logo Cinza se juntou ao grupo, mamando na mãe e depois indo até Ayla, pedindo toques e carícias afetuosas. Jondalar também se aproximou e acariciou a potrinha. Mas só depois de os cinco estarem juntos — seis, incluindo Jonayla, que havia acordado e se agitava no cobertor — Lobo se aproximou.

Embora Huiin e Racer já o conhecessem desde quando era um filhote de quatro semanas e tivessem ajudado a criá-lo, seu cheiro ainda era o de um carnívoro, de um comedor de carne cujos primos eram predadores de cavalos. Lobo notara o desconforto dos equinos quando o viram, provavelmente pelo cheiro que exalava, e soube que devia esperar até voltarem a se sentir à vontade antes de se aproximar. Tinha sido bem-recebido na alcateia de gente e cavalos, a única alcateia que conhecera.

Nesse momento, Jonayla decidiu que era sua vez: soltou um gemido de fome. Ayla tirou-a do cobertor e a segurou à sua frente para deixar que urinasse no chão. Quando terminou, Ayla a colocou no lombo de Cinza por um momento, segurando-a com uma das mãos enquanto soltava o cobertor e um seio com a outra. Logo a criança estava agasalhada outra vez, junto à mãe, mamando feliz.

No caminho de volta, fizeram um desvio em torno do curral, sabendo que os cavalos nunca mais entrariam lá. Ayla pensou em se livrar da carcaça do leopardo mais tarde, mas não tinha certeza quanto ao que fazer com o cercado. No momento, nem sequer pensava em deixar os cavalos num curral. Estava disposta a dar os postes e as tábuas de madeira para quem quisesse usá-los, até como lenha. Quando chegaram à casa, levaram os animais para uma área no fundo da moradia de verão que raramente era usada, onde havia capim.

— Você acha que devíamos colocar um cabresto neles e amarrá-los a um poste? — perguntou Jondalar. — Assim eles ficariam perto de nós.

— Acho que, depois do susto, Huiin e Racer não gostariam de não poder correr livremente. Por ora, acredito que prefiram ficar perto de nós, a menos que alguma coisa os assuste novamente, e nós vamos ouvir. Acho que vou deixar Lobo aqui para vigiá-los, pelo menos esta noite. — Foi até o animal e se agachou. — Fique aqui, Lobo. Fique aqui e vigie Huiin, Racer e Cinza. Fique e guarde os cavalos.

Não estava completamente certa de que Lobo havia entendido, mas, quando ele se abaixou e olhou para os cavalos, percebeu que sim. Puxou o osso que tinha guardado e deu a ele.

A pequena fogueira que haviam acendido dentro da casa se apagara havia muito, então fizeram outra, reunindo mais combustível para mantê-la acesa. Então, Ayla notou que a mamada estava incentivando Jonayla a gerar mais que urina. Rapidamente, espalhou uma pequena pilha de fibras de tábua macia e absorvente e deitou a bundinha pelada da menina.

— Jondalar, você poderia pegar o odre grande e trazer o que ainda tiver dentro dele para eu limpá-la, e depois sair e enchê-lo de água fresca. E encha o menor.

— Ela está uma coisinha fedida — disse ele com um sorriso amoroso para a menina, que considerava absolutamente linda.

Ele encontrou a bacia feita de varas de salgueiro tecidas num nó bem apertado com uma corda vermelha inserida na boca, geralmente usada para limpar todo tipo de sujeira. A cor vermelha era um sinal para ninguém usá-la inadvertidamente para beber ou cozinhar. Trouxe a bacia e o odre quase vazio à sua casa, encheu a bacia e então levou o odre, feito do estômago de um íbex, o mesmo que ofereceu a pele da qual se fez o cobertor de carregar Jonayla, além do couro que guarnecia a entrada. Pegou uma das tochas apagadas, levou-a à lareira para acendê-la e saiu, levando os odres.

Estômagos de animais, depois de completamente limpos e com os buracos no fundo costurados ou amarrados, eram quase completamente impermeáveis e faziam excelentes odres. Quando Jondalar voltou com a água, a bacia suja estava ao lado da cesta noturna perto da porta, e Ayla estava novamente amamentando Jonayla na esperança de que ela dormisse.

— Como já estou com a mão na massa, acho que vou limpar a bacia e a cesta noturna — disse Jondalar e fincou a ponta da tocha no chão.

— Se quiser, limpe, mas é melhor correr — disse Ayla, olhando-o com um sorriso langoroso, mas malicioso. — Parece que Jonayla está quase dormindo.

Ele sentiu uma pressão imediata nas entranhas e sorriu. Trouxe o odre grande e pesado para a sala principal e o pendurou no lugar de sempre, um gancho em um dos postes que sustentavam a estrutura, e trouxe o segundo para o local onde dormiam.

— Está com sede? — perguntou ele, olhando-a enquanto amamentava o bebê.

— Até que eu gostaria de um pouco de água. Pensei em fazer chá, mas acho que vou esperar até mais tarde.

Ele encheu um copo de água e entregou a ela, então voltou à porta. Despejou o conteúdo da bacia na cesta noturna, pegou a tocha e foi para fora levando a cesta e a bacia suja. Fincou a tocha no chão e esvaziou a cesta noturna malcheirosa no buraco feito para as pessoas descarregarem seus dejetos. Descarregar dejetos era uma tarefa de que ninguém gostava. Ele pegou a tocha e foi até a parte inferior do regato, longe da região rio acima onde se recolhia água. Enxaguou os dois utensílios, deixando a água correr por eles, e então, com uma pá feita da escápula de algum animal com uma das arestas afiadas, deixada ali para esse fim, ele encheu a cesta noturna de terra até pouco abaixo da metade. Depois, usando areia limpa da margem do regato, lavou e esfregou as mãos. Finalmente, usando a tocha para guiá-lo pelo caminho, pegou a cesta e a bacia e voltou para casa.

Colocou a cesta no lugar de sempre, a bacia ao lado e a tocha acesa num suporte feito para ela perto da entrada.

— Pronto — disse ele sorrindo para Ayla enquanto ia em sua direção.

Ayla ainda segurava o bebê nos braços. Ele chutou as sandálias feitas de capim tecido, a proteção para os pés que se usava no verão, e se deitou ao lado dela, apoiando-se sobre um cotovelo.

— Alguém vai fazer isso da próxima vez — disse ela.

— A água está fria.

— Suas mãos também. — Ela estendeu as suas para pegá-las. — Vou esquentá-las. — Havia um traço sugestivo na voz.

Ele olhou para a mulher com olhos brilhantes, as pupilas ampliadas pelo desejo e pela pouca luz no interior da casa

12

Jondalar gostava de observar Jonayla, não importava o que a menina estivesse fazendo: mamando, brincando com os pés, pondo coisas na boca. Gostava de olhá-la mesmo enquanto ela dormia. Naquele momento, o bebê lutava contra o sono. Largava o bico do seio da mãe, depois mamava mais um pouco e então parava e ameaçava soltar, e repetia todo o processo. Finalmente se acomodou nos braços de Ayla. O homem ficou fascinado quando uma gota de leite se formou no bico do seio e caiu.

— Acho que ela dormiu — disse ele mansamente.

— É, eu também acho.

Ayla enrolou a filha em lã limpa, lavada alguns dias antes, e a vestiu nas suas roupas de dormir. A mulher se levantou e levou ternamente a filha até uma pequena esteira de dormir ali perto. Ayla nem sempre tirava Jonayla de sua cama quando ia dormir, mas naquela noite queria o espaço apenas para Jondalar e ela.

Quando voltou, o homem que a esperava olhou-a se deitar ao seu lado. Encarou diretamente os olhos dele, o que ainda exigia dela o exercício do pensamento consciente. Jondalar lhe ensinara que entre seu povo e a maioria dos de sua espécie, e também da dela, era considerado indelicado, ou mesmo desonesto, não olhar diretamente a pessoa com quem se falava.

Enquanto o olhava, Ayla pensava sobre como outras pessoas viam esse homem que amava; sua aparência, seu aspecto físico. O que nele atraía as pessoas antes mesmo de pronunciar uma palavra? Era alto, tinha cabelos louros, mais claros que os dela, era forte, com boas proporções para a altura. Apesar de não ver a cor no escuro do abrigo, sabia que ele tinha olhos azuis, iguais ao azul extraordinário das águas e do gelo profundo das geleiras, que sempre atraíam a atenção das pessoas. Já havia visto os dois. Ele era inteligente e habilidoso na construção de coisas, como os instrumentos de pedra que fazia, mas, mais que isso, ela conhecia sua qualidade, seu encanto e seu carisma que atraíam muitos, especialmente as mulheres. Zelandoni dizia que nem mesmo a Mãe se recusaria se ele pedisse.

Ele não sabia bem o que possuía de especial — era um apelo inconsciente —, mas tendia a aceitar tranquilamente que seria sempre bem-vindo. Apesar de não ser algo que usasse deliberadamente, tinha noção de que gerava um efeito sobre as pessoas e se beneficiava disso. Nem mesmo a longa Jornada o havia desiludido daquela ideia, nem mudou sua percepção de que, onde quer que fosse, as pessoas o aceitariam e aprovariam, gostariam dele. Nunca tivera de se explicar, nem de descobrir como se adaptar; nunca aprendera a pedir desculpas por ter feito alguma coisa inadequada ou inaceitável.

Se parecia contrito ou arrependido, sentimentos que eram geralmente genuínos, as pessoas tendiam a aceitar. Mesmo naquela vez, quando ainda era jovem, em que bateu com tanta força em Ladroman que lhe quebrou os dentes da frente, Jondalar não teve de encontrar palavras para dizer que sentia muito, ao se reencontrar com ele. Sua mãe pagou uma pesada compensação em seu lugar, e ele foi viver com Dalanar, o homem de sua casa, durante alguns anos. Mas ele próprio nunca teve de fazer nada como reparação. Não teve de pedir perdão nem dizer que sentia muito por ter feito algo errado e machucado o outro rapaz.

Embora fosse considerado por muitos um homem incrivelmente belo e masculino, Ayla o via de uma forma diferente. Os homens do povo que a educaram, os homens do Clã, tinham feições mais grosseiras, os olhos inseridos em órbitas grandes e redondas, narizes generosos e cenhos pronunciados. Desde o primeiro momento que o vira, inconsciente, quase morto, depois de ser atacado pelo seu leão, o homem havia lhe despertado a memória inconsciente do povo que não via desde muitos anos, a lembrança de um povo igual a ela. Para Ayla, as feições de Jondalar não eram tão fortes quanto as dos homens com quem crescera, mas eram tão perfeitamente conformadas e distribuídas que ela o considerou tão bonito quanto um belo animal, um jovem cavalo ou um leão saudável. Jondalar tinha lhe explicado que aquela não era uma palavra normalmente usada para descrever um homem, mas, apesar de não usá-la com frequência, ela pensava que ele era lindo.

Ele a olhou deitada ao seu lado, então curvou a cabeça para beijá-la. Sentiu a maciez dos lábios dela e passou lentamente a língua entre eles, que ela abriu prazerosamente. Jondalar sentiu as entranhas se apertarem.

— Ayla, você é tão linda, e eu tenho muita sorte — elogiou ele.

— *Eu* tenho muita sorte — disse ela. — E *você* é lindo.

Jondalar sorriu. Ela sabia que aquela não era a palavra a ser usada, embora usasse "lindo" corretamente em outras situações. Quando dizia na privacidade dos dois, ele sorria. Ayla não havia amarrado os laços no alto da túnica, mas seu seio tinha voltado para dentro. Ele estendeu a mão e o puxou, o mesmo que ela usara para amamentar, e passou a língua pelo mamilo, e depois chupou, sentindo o gosto do leite.

— Eu me sinto diferente por dentro quando você faz isso — disse ela de mansinho. — Eu gosto quando Jonayla mama, mas não é a mesma coisa. Você me faz ter vontade de ser tocada em outros lugares.

— E você me faz ter vontade de tocá-la em outros lugares.

Ele desfez todos os nós e abriu a túnica, expondo os seios. Quando ele a beijou outra vez, o outro seio verteu leite e ele também o lambeu.

— Estou começando a gostar do seu leite, mas não quero tomar o que é de Jonayla.

— Quando ela tiver fome outra vez, vai haver mais leite.

Ele soltou o seio e passou a língua pelo seu pescoço e tornou a beijá-la, dessa vez com mais força. Sentiu uma necessidade tão grande que não soube se teria forças para controlá-la. Parou e afundou a cabeça no pescoço de Ayla, tentando recuperar a compostura. Ela começou a puxar a túnica dele tentando arrancá-la por sobre a cabeça.

— Já se passou um bom tempo — disse ele, sentando-se sobre os joelhos. — Não acredito no quanto estou pronto.

— Está mesmo? — perguntou ela com um sorriso provocante.

— Vou lhe mostrar.

Despiu a túnica, puxando-a com as mãos sobre a cabeça, e então, de pé, desamarrou a linha em volta da cintura e soltou a calça curta. Sob ela, usava uma bolsa protetora que cobria suas partes masculinas, amarrada em torno dos quadris com faixas de couro. Geralmente feitos de camurça, coelho ou outra pele macia, as bolsas de couro eram usadas apenas no verão. Se ficava muito quente, ou estivesse trabalhando muito, o homem podia se despir e ainda se sentir protegido. A bolsa de Jondalar estava inchada com o membro que continha. Ele soltou as fitas de couro, libertando a masculinidade tensa.

Ayla olhou para ele, um leve sorriso em resposta. Houve uma época em que o tamanho do seu membro assustava as mulheres, antes de saberem do cuidado e da ternura com que o usava. Na primeira vez com Ayla, teve medo de que ela ficasse nervosa, antes que os dois percebessem o quanto combinavam. Por vezes, Jondalar não conseguia acreditar na própria sorte — sempre que a queria, ela estava pronta. Nunca reservada nem desinteressada. Era como se ela sempre o quisesse tanto quanto ele a queria. O homem reagiu com um sorriso de felicidade e prazer. O sorriso dela, em resposta, se tornou a gloriosa manifestação que a transformava, aos olhos dele e de outros homens, numa mulher de beleza insuperável.

O fogo na casa pequena morria, ainda não completamente apagado, mas já sem muita luz e calor. Não importava. Ele caiu ao lado dela e começou a despi-la: primeiro a longa túnica, parando para beijar novamente seus seios, antes de desatar as fitas de couro em torno da cintura que prendiam a calça. Soltou os laços e abaixou um pouco sua calça, passando a língua pela sua barriga, mergulhando-a no umbigo e tornando a puxá-la para baixo, descobrindo os pelos pubianos. Quando surgiu o alto da fenda, ele mergulhou ali a língua, saboreando o gosto conhecido e procurando o ponto sensível. Ela deu um grito de prazer quando ele o encontrou.

Jondalar terminou de tirar a calça dela e se curvou para beijá-la novamente, então provou seu leite, desceu e provou outra vez sua essência. Afastou suas pernas, abriu as lindas pétalas e encontrou o nódulo inchado. Sabia exatamente como estimulá-la; beijou-o e trabalhou-o com a língua, enquanto punha os dedos dentro dela e descobria outros lugares que lhe agitavam os sentidos.

Ela gritou, sentindo ondas de fogo por todo o corpo. Quase imediatamente, Jondalar sentiu um jato de fluido, sentiu o gosto dela, e a necessidade de terminar foi tão forte que quase não conseguiu contê-la. Ergueu-se, encontrando a abertura com sua masculinidade inchada, e penetrou, feliz por não ter de se preocupar em machucá-la, por ela recebê-lo inteiro, por ele se ajustar tão bem.

Ela tornou a gritar, e outra vez, a cada vez que ele saía e entrava. E então Jondalar gozou. Com um grito rouco, que raramente exprimia quando outros estavam próximos, ele chegou ao auge intensamente poderoso e jorrou dentro dela. Ao ouvir os gritos dele, Ayla sentiu que acompanhava seus movimentos, sem ouvir os próprios sons enquanto era inundada por ondas de sensações iguais às dele. Ela curvou as costas, apertando-se contra ele, enquanto ele se apertava contra ela. Pararam por um momento, tremendo em convulsões, apertando-se como se tentassem entrar um no outro, tornando-se um só, e então relaxaram, ofegantes tentando recuperar o fôlego. Ele continuou deitado sobre ela, como ela gostava, até achar que estava pesado demais e rolou de lado.

— Desculpe por ter sido tão rápido — disse ele.

— Não precisa. Eu estava tão pronta quanto você, talvez até mais.

Ficaram deitados juntos durante um tempo, então ela disse:

— Gostaria de dar um mergulho rápido no rio.

— Você e seus banhos frios. Você tem ideia do quanto a água está fria? Lembra-se de quando estivemos com os Losadunai na nossa Jornada para cá? A água quente que saía da terra e os maravilhosos banhos quentes que construíram? — disse Jondalar.

— Eram ótimos, mas a água fria faz com que me sinta fresca e palpitante. Gosto de banhos frios — retrucou ela.

— E eu me acostumei. Está bem. Vamos avivar o fogo para estar quente quando voltarmos e vamos tomar um banho frio. Um rápido banho frio.

Quando as geleiras cobriam a terra não muito ao norte, mesmo no pico do verão as noites eram frias em latitudes intermediárias entre o polo e o equador. Pegaram toalhas macias de camurça, presente dos amigos Sharamudói durante a Jornada, e, enrolados nelas, correram até o rio, mais abaixo da fonte de água, mas antes do lugar onde se lavava roupa.

— A água está fria! — protestou Jondalar quando entraram.

— Está mesmo — concordou Ayla, agachando-se para a água chegar ao pescoço e acima dos ombros.

Ela jogou água fria no rosto, depois usou as mãos para esfregar todo o corpo sob a água. Saiu, pegou a toalha de camurça, enrolou-se nela e correu para o abrigo. Jondalar seguiu logo atrás. Pararam diante do fogo e se secaram rapidamente, depois penduraram as toalhas molhadas num pino na parede. Entraram no rolo de dormir e se abraçaram para se esquentar.

Quando se sentiram novamente à vontade, ele sussurrou no ouvido dela:

— Se começarmos bem devagar, você acha que podemos fazer de novo?

— Acho que sim, se você conseguir.

Jondalar a beijou, tentando abrir sua boca com a língua, alcançando uma reação. Dessa vez, ele não queria pressa. Queria trabalhá-la devagar, explorar seu corpo, descobrir todos os lugares especiais que lhe davam prazer e deixá-la descobrir os seus. Passou a mão pelo braço dela e sentiu a pele fria que começava a esquentar, e então acariciou seu seio, sentindo o mamilo contraído e endurecido na palma da mão. Manipulou-o entre o polegar e o indicador e mergulhou a cabeça sob a coberta para tomá-lo na boca.

Ouviram um ruído do lado de fora. Os dois levantaram a cabeça acima das cobertas para prestar atenção. Eram vozes que se aproximavam. Então a cortina da entrada foi afastada e várias pessoas entraram. Os dois ficaram imóveis, ouvindo. Se todos fossem diretamente para a cama, poderiam continuar suas explorações.

Nenhum dos dois se sentia à vontade usufruindo dos Prazeres tendo por perto outras pessoas acordadas, conversando, embora houvesse quem não se importasse. Não é tão incomum, pensou Jondalar, e tentou se lembrar de como fazia quando era mais jovem.

Ele sabia que haviam se acostumado ao isolamento devido ao ano viajando sozinhos para casa, mas se lembrou de que sempre fora um homem que apreciava a privacidade, mesmo na época em que recebia ensinamentos de Zolena. Especialmente quando os ensinamentos se tornaram mais do que se esperava de uma donii-mulher e seu aluno, quando se tornaram amantes e ele quis fazer dela sua companheira. Então reconheceu a voz dela entre as de sua mãe e de Willamar. A Primeira tinha vindo com eles ao acampamento da Nona Caverna.

— Vou esquentar água para um chá — disse Marthona. — Podemos pegar fogo da lareira de Jondalar.

— Ela sabe que estamos acordados — sussurrou Jondalar para Ayla. — Acho que vamos ter de levantar.

— Acho que você tem razão — concordou Ayla.

— Eu levo fogo, mãe — avisou Jondalar, afastando as cobertas, procurando a bolsa de couro.

— Oh, nós acordamos vocês? — perguntou Marthona.

— Não, mãe. Vocês não nos acordaram.

Levantou-se e pegou um pedaço longo e fino de lenha e o levou ao fogo até ele se acender, e então levou a chama para a lareira principal do abrigo.

— Por que vocês não tomam um chá conosco? — ofereceu sua mãe.

— Acho que aceitamos — disse ele.

Sabia que todos tinham plena consciência de que interromperam o jovem casal.

— De qualquer modo, eu quero conversar com vocês dois — avisou a Zelandoni.

— Deixe-me vestir alguma coisa mais quente.

Ayla já estava pronta quando Jondalar voltou à sua área de dormir. Ele se vestiu rapidamente, e os dois foram para a sala principal, levando suas xícaras.

— Alguém encheu o odre — comentou Willamar. — Acho que você me livrou desse trabalho, Jondalar.

— Ayla notou que ele estava vazio.

— Vi Lobo e seus cavalos atrás da casa, Ayla — disse Willamar.

— Não ficou ninguém no acampamento o dia inteiro, e um leopardo-das-neves tentou caçar Cinza. Huiin e Racer lutaram com ele e o mataram, mas fugiram do cercado — explicou Jondalar.

— Lobo os encontrou longe, na campina, perto do despenhadeiro e de um riacho. Deve ter sido terrível para eles. Estavam com medo até de Lobo e de nós — descreveu Ayla.

— Não queriam nem chegar perto do cercado, por isso nós os trouxemos para cá — acrescentou Jondalar.

— Lobo está vigiando agora, mas vamos ter de encontrar outro lugar para os cavalos — disse Ayla. — Amanhã vou encontrar um lugar para dispor da carcaça do leopardo e distribuir a madeira do cercado. Deve ser boa para lenha.

— Existem tábuas muito boas naquele cercado. Valem mais que lenha — disse Willamar.

— Pode ficar com tudo, Willamar. Não quero nem ver aquilo outra vez — disse Ayla com um calafrio.

— Isso mesmo, Willamar, por que você não decide o que fazer com aquela madeira? Há peças muito boas — disse Jondalar, imaginando que o leopardo tenha assustado Ayla muito mais que aos cavalos. E também a deixou com raiva. Ela era capaz de queimar o cercado apenas para se ver livre de tudo.

— Como você sabe que foi um leopardo-das-neves? Eles não são comuns por aqui — questionou Willamar. — Muito menos no verão, pelo que me lembro.

— Quando chegamos ao cercado, encontramos os restos do animal, mas nenhum sinal dos cavalos — narrou Jondalar. — Ayla encontrou uma longa cauda peluda branco-acinzentada com manchas pretas e a reconheceu como pertencente a um leopardo da neve.

— Para mim não parece haver dúvida — disse Willamar —, mas os leopardos-das-neves gostam de terras altas e montanhas e geralmente caçam cabritos e carneiros monteses, não cavalos.

— Ayla disse que talvez fosse um leopardo novo, possivelmente macho — replicou Jondalar.

— Talvez os caçadores estejam descendo mais cedo este ano — arriscou Marthona. — Sé for verdade, isso quer dizer um verão curto.

— É melhor avisarmos Joharran. Talvez seja bom planejar algumas grandes caçadas e guardar mais cedo um grande estoque de carne. Um verão curto pode significar um longo inverno — sugeriu Willamar.

— E é melhor colhermos tudo que ficar maduro antes que chegue o tempo frio — adicionou Marthona. — Antes mesmo que amadureça, se for necessário. Eu me lembro de um ano, há muito tempo, quando colhemos poucas frutas e tivemos de cavar raízes do chão quase congelado.

— Eu me lembro daquele ano — disse Willamar. — Acho que foi antes de Joconan ser líder.

— Isso mesmo. Nós nem sequer tínhamos nos casado, mas já estávamos interessados — disse Marthona. — Se lembro bem, houve vários anos ruins naquela época.

A Primeira não tinha lembranças do acontecimento. Era muito nova naquela época.

— O que as pessoas fizeram?

— De início, ninguém imaginou que o verão ia terminar tão depressa — respondeu Willamar. — E então todo mundo correu para estocar comida para o inverno. E foi muito bom terem feito o estoque. Foi uma estação fria muito longa.

— Devíamos prevenir as pessoas — sugeriu a Primeira Entre Aqueles Que Serviam À Grande Mãe Terra.

— Como vamos ter certeza de que o verão vai ser curto? — perguntou Jondalar. — Afinal foi apenas um leopardo-das-neves.

Ayla pensava a mesma coisa, mas não disse nada.

— Não é preciso ter certeza — retrucou Marthona. — Se as pessoas secarem mais carnes ou frutas, ou se guardarem mais raízes ou nozes, e o frio não vier, não haverá mal algum. Tudo poderá ser usado mais tarde. Mas, se não tivermos o suficiente, as pessoas vão passar fome, ou pior.

— Eu lhe disse que queria falar com você, Ayla. Estive pensando sobre quando devemos começar a Jornada Donier. Não tinha certeza se devíamos sair mais cedo ou se seria melhor esperar o final do verão, quem sabe até depois do Segundo Matrimonial. Agora acho que devemos partir o mais cedo possível. Ao mesmo tempo, podemos avisar às pessoas da possibilidade de um verão curto — disse a Primeira. — Tenho certeza de que a Décima Quarta ficará feliz de realizar o Matrimonial Final. Calculo que nem haverá tantos casais assim. Apenas os que se conhecerem e decidirem durante este verão. Conheço dois casais que não têm certeza se querem se casar neste verão, e outro cujas Cavernas não chegam a um acordo. Você acha que poderá estar pronta dentro de alguns dias?

— Estou certa de que sim — respondeu Ayla. — E, se partirmos, não vou ter de encontrar outro lugar para os cavalos.

— Vejam a multidão — apontou Danella, olhando as pessoas que haviam se congregado em grupos em volta da grande casa da zelandonia.

Ia com seu parceiro, Stevadal, o líder da Vista do Sol, e com Joharran e Proleva.

Observavam a multidão que se reunira diante da casa grande para ver quem sairia, não que já não houvesse coisas a serem vistas. O *travois* especial com assento que saíra, construído para a Primeira, estava atrelado à égua baia da mulher estrangeira de Jondalar, e Lanidar, o jovem caçador da Décima Nona Caverna com o braço deformado, segurava uma corda presa ao cabresto, um instrumento feito de cordas preso à cabeça da égua. Ele também segurava uma corda presa ao garanhão marrom, que também tinha um *travois* atrelado, carregado de pacotes. A potra cinzenta estava parada ao lado dele, como se procurando nele proteção contra a multidão. O lobo estava ao lado, sentado nas ancas, observando também a entrada.

— Você ainda estava fraca e não viu quando eles chegaram — disse Stevadal à companheira. — Eles sempre atraem tanta atenção, Joharran?

— É sempre assim quando eles carregam os cavalos — respondeu ele.

— Uma coisa é ver os cavalos nos limites do acampamento principal e o lobo ao lado de Ayla; a gente se acostuma a ver os animais demonstrando amizade por algumas pessoas. Mas, quando prendem aquelas coisas que devem ser puxadas e enchem de carga, quando pedem aos cavalos para trabalhar e os cavalos obedecem, acho que essa é a grande surpresa — disse Proleva.

Houve um surto de animação quando as pessoas começaram a sair do abrigo de verão. Os quatro correram para se despedirem. Quando Jondalar e Ayla saíram, Lobo se levantou, mas ficou onde estava. Foram seguidos por Marthona, Willamar e Folara, por vários membros da zelandonia e em seguida a Primeira. Joharran já planejava uma grande caçada, e, apesar de relutante em aceitar o aviso de um verão curto, Stevadal estava mais que disposto a participar.

— Você vai voltar aqui, Ayla? — perguntou Danella, depois de terem tocado as faces. — Mal tive tempo de conhecê-la.

— Não sei. Acho que tudo vai depender da Primeira.

Danella também tocou com sua face a de Jonayla. A menina estava acordada, presa ao quadril da mãe pelo cobertor e parecia sentir o entusiasmo no ar.

— Gostaria de ter conhecido melhor esta pequena. É um encanto, tão bonita!

Foram andando até onde os cavalos esperavam, e ela tomou as cordas.

— Obrigada, Lanidar — agradeceu Ayla. — Estou grata pela sua ajuda com os cavalos, especialmente nesses últimos dias. Eles confiam em você e se sentem bem em sua companhia.

— Eu gostei muito. Gosto de cavalos e vocês dois fizeram muito por mim. Se não tivessem me pedido para cuidar deles no ano passado nem me ensinado a usar o arremessador de lanças e me dado um, eu nunca teria aprendido a caçar. Ainda estaria colhendo frutas silvestres com minha mãe. Agora tenho amigos e importância a oferecer a Lanoga, quando ela for mais velha.

— Então você ainda planeja se casar com ela? — perguntou Ayla.

— Claro, estamos fazendo planos. — Lanidar parou um momento como se quisesse dizer mais. Enfim falou: — Quero agradecer a você e a Jondalar pela casa de verão que construíram para eles. Fez uma enorme diferença. Passei alguns dias lá, bem, principalmente noites, ajudando-a com os pequenos. A mãe dela veio duas... não, três vezes. Tremeda sempre pede alguma coisa, mas só no dia seguinte. À noite, ela mal consegue andar. Laramar chegou a passar uma noite. Acho que ele não notou que eu estava lá. Saiu de manhã assim que levantou.

— E Bologan? Ele fica lá à noite e ajuda com os irmãos menores?

— Às vezes. Está aprendendo a fazer barma e fica com Laramar sempre que ele está produzindo. Também está treinando com o arremessador de lanças. Eu lhe ensinei um pouco. No verão passado, ele não parecia interessado em caçadas, mas este ano, depois de ver o quanto aprendi, acho que quer mostrar que também é capaz.

— Ótimo. Fico feliz em saber. Obrigada por me contar a respeito deles e de você — disse Ayla. — Se não voltarmos aqui depois das nossas viagens, vou querer vê-lo no ano que vem.

Roçou o rosto no dele e lhe deu um abraço.

Ayla notou que a atenção da multidão estava focada no *travois*. A volumosa mulher que era a Zelandoni da Nona Caverna, a Primeira Entre Aqueles Que Serviam, ia na direção dele. Ayla fazia uma ideia do quanto ela estava nervosa, mas não demonstrava. Caminhava com um ar de confiança, como se aquilo não tivesse a menor importância. Jondalar estava parado ali com um sorriso e estendeu a mão para ajudá-la. Ayla parou ao lado da cabeça de Huiin, para acalmá-la quando percebesse o aumento da carga. A mulher pisou no degrau e o sentiu ceder quando os varões se curvaram sob seu peso, mas nada além da mola maleabilidade da madeira. Ainda segurando a mão de Jondalar, para manter o equilíbrio e a tranquilidade, ela continuou, depois se virou e sentou. Alguém havia feito uma almofada muito confortável para o assento e para o encosto. Depois de sentar, ela se sentiu melhor. Notou os apoios para os braços que poderia usar quando se movessem, o que também aplacou sua preocupação.

Quando a Zelandoni se acomodou, Jondalar foi até Ayla e juntou as mãos para lhe oferecer um apoio para o pé. Parou ao lado de Huiin e ajudou a mulher, com a filha no colo, a montar na égua. Quando carregava a filha, era difícil saltar sobre o animal como fazia normalmente. O homem atou a longa corda presa ao cabresto de Cinza à estrutura do *travois*, então foi até Racer, parado ao lado, e montou sem dificuldades.

Ayla começou a partida, abrindo caminho para sair do acampamento principal da Reunião de Verão. Apesar de toda a dificuldade, de carregar uma cavaleira e arrastar uma carga pesada no *travois*, Huiin não ia admitir que sua filha passasse à sua frente. Era a égua líder e numa manada a líder sempre seguia à frente. Ayla sorriu para Lobo quando ele tomou seu lugar ao lado dela.

Racer e Jondalar vinham atrás. Ele gostava de fechar a retaguarda, o que lhe dava a oportunidade de manter os olhos em Ayla e na filha, para não falar na Zelandoni, e se certificar de que nada ia dar errado. Como a Primeira olhava para trás, ele podia sorrir para ela, e, se chegasse suficientemente perto, até conversar, ou pelo menos trocar algumas palavras.

A donier acenava calmamente para as pessoas no acampamento que se afastava e continuou a olhar na direção delas até que estivessem longe demais para serem vistas com clareza. Também estava feliz por Jondalar seguir atrás. Ainda estava um tanto nervosa por viajar puxada por um cavalo, e ver o lugar onde estivera e a paisagem que corria ao seu lado não era muito interessante depois dos primeiros quilômetros. A viagem foi cheia de solavancos, especialmente quando a estrada ficava mais irregular, mas, no geral, não era um meio muito ruim de viajar, decidiu.

Ayla seguiu a estrada por onde tinham vindo até chegar a um regato que descia do norte, perto de um marco que discutiram na noite anterior; então parou. Jondalar, com suas pernas longas, nem precisou saltar de cima do garanhão e foi ajudar Ayla, mas ela já havia passado a perna sobre a égua e escorregado para o chão.

As montarias eram animais compactos — não eram pôneis —, mas cavalos selvagens normais, não muito altos, no entanto vigorosos, robustos e incrivelmente fortes, com um pescoço grosso e coberto por uma crina curta e eriçada. Tinham cascos duros capazes de correr sobre qualquer terreno, pedras cortantes, piso duro ou areia macia, sem necessidade de proteção. Os dois foram até a Zelandoni e estenderam as mãos, que ela tomou para se equilibrar ao descer.

— Não é difícil viajar assim — disse a Primeira. — Um tanto irregular, às vezes, mas as almofadas ajudam a aliviar, e os apoios de braço também dão segurança. Mas é bom levantar e andar um pouco. — Olhou em volta e indicou com um movimento de cabeça. — Daqui seguimos para o norte durante algum tempo. Não é longe, mas é um aclive e a subida é íngreme.

Lobo havia corrido na frente, seguindo o faro para explorar a área, mas retornou quando pararam. Voltou a trotar no momento em que ajudavam a Zelandoni a subir no *travois* e tornaram a montar. Cruzaram o regato e o seguiram em direção ao norte pela margem esquerda. Ayla notou as marcas de corte nas árvores e soube que a trilha já fora sinalizada por alguém que tinha passado por ali antes. Quando olhou com mais atenção uma das marcas que indicavam o caminho, viu que era apenas a renovação de uma marca anterior escurecida que não se via com facilidade, feita sobre outra mais antiga e uma terceira ainda mais velha, concluiu.

Ela mantinha os cavalos num passo lento para não os cansar. Zelandoni conversava com Jondalar, que preferiu andar; tinha desmontado e puxava o cavalo ao longo da trilha. Era uma subida íngreme e, ao seguirem, a paisagem mudou. As árvores decíduas foram substituídas por moitas baixas entremeadas por coníferas mais altas. Lobo desaparecia entre as árvores e se materializava de outra direção.

Depois de cerca de 8 quilômetros, a trilha os levou à entrada de uma grande gruta no alto das colinas do divisor de águas entre O Rio e o Rio Oeste. A tarde já ia alta quando chegaram ao lugar.

— Foi muito mais fácil que subir a pé — comentou a Zelandoni quando desceu do assento no *travois*, sem esperar pelo auxílio de Jondalar.

— Quando você está pensando em entrar? — perguntou Jondalar, que foi até a entrada e olhou para dentro.

— Só amanhã — respondeu ela. — É um caminho muito longo. Vamos levar um dia inteiro para ir e voltar.

— Você planeja ir até o fundo?

— Claro. Até o final.

— Então é melhor montarmos um acampamento aqui, pois vamos ficar no mínimo dois dias — sugeriu Jondalar.

— Ainda está cedo. Depois de montarmos o acampamento, acho que vou ver o que cresce por aqui — disse Ayla. — Talvez eu encontre alguma coisa boa para a refeição da noite.

— Tenho certeza de que você vai achar — disse Jondalar.

— Você quer vir? Podemos ir todos.

— Não. Já vi afloramentos de pedra para lascar nas paredes de rocha e sei que também há mais no interior da gruta — disse Jondalar. — Vou pegar uma tocha, entrar e examinar.

— E você Zelandoni?

— Acho que não. Quero meditar um pouco sobre esta gruta, verificar as tochas e lamparinas e calcular quantas nós vamos precisar. E também planejar outras coisas que teremos de levar para dentro — disse A Que Era A Primeira.

— Parece ser uma gruta enorme — comentou Ayla, chegando à entrada e olhando o interior escuro e depois o teto.

Jondalar a seguiu na entrada.

— Veja, aqui está mais um afloramento de pedra na parede, bem na entrada. Tenho certeza de que no fundo haverá mais. — A sua animação era evidente no som da voz. — Mas vai ser pesado carregar um volume muito grande.

— Ela é tão alta até o fundo? — perguntou Ayla à mulher.

— É, mais ou menos, a não ser bem no final. Isto é mais que uma gruta. É uma enorme caverna. Há muitos salões imensos e túneis. Há mesmo níveis inferiores, mas não vamos explorá-los desta vez. Ursos-das-cavernas entram aqui no inverno, podem-se ver os locais onde chafurdam e as paredes arranhadas com as garras — indicou a Primeira.

— É suficientemente grande para os cavalos entrarem? Eles podem arrastar um *travois* para trazermos um pouco da pedra de Jondalar para fora.

— Acho que é — respondeu a Zelandoni.

— Vamos ter de deixar marcas na ida para encontrarmos o caminho de volta — disse Jondalar.

— Tenho certeza de que Lobo nos ajuda a sair se nos perdermos — tranquilizou Ayla.

— Ele vai entrar conosco? — perguntou a Zelandoni.

— Se eu o chamar — respondeu Ayla.

A área obviamente havia sido usada antes: na entrada, o terreno fora nivelado e várias fogueiras tinham sido acesas, o que era evidente pelas cinzas e pelo carvão e pelas pedras queimadas de fogo em volta. Escolheram uma para ser reutilizada, mas acrescentaram em volta mais algumas pedras de outra fogueira e fizeram um assador usando galhos presos entre elas e ramos da floresta que seriam usados para empalar os alimentos. Jondalar e Ayla soltaram os cavalos, retiraram os cabrestos e os levaram até um pasto próximo. Ficariam sozinhos e voltariam ao som de um assovio.

Em seguida, ergueram uma tenda de viagem maior que a normal. Montaram duas juntas e testaram antes de sair para ter certeza de que acomodaria todos confortavelmente. Traziam comida seca, mais algumas sobras cozidas da primeira refeição matinal, porém também carne fresca de um veado-vermelho caçado por Solaban e Rushemar. Usando as varas dos *travois*, Jondalar e Ayla fizeram um alto tripé preso no topo, onde penduraram pacotes de alimentos embalados em couro para evitar que os animais os alcançassem. Deixá-los na tenda teria sido um convite para que algum carnívoro os procurasse.

Juntaram combustível para o fogo, principalmente madeira seca das árvores derrubadas e dos arbustos, mas também gravetos e ramos baixos ressecados de coníferas. Perto dos troncos das últimas árvores vivas, recolheram capim seco e fezes secas de animais que se alimentavam de capim. Ayla acendeu uma fogueira e juntou a madeira para fazer carvão que seria queimado mais tarde. Almoçaram as sobras, até Jonayla mordeu uma ponta de osso depois de ter mamado. Então cada um se dedicou à sua tarefa. A Zelandoni começou a verificar os pacotes que vieram no *travois* puxado por Racer à procura de tochas e lamparinas, pacotes de gordura para queimar, e liquens, cogumelos secos e vários outros materiais para pavios. Jondalar pegou sua sacola de instrumentos de lascar pedra, acendeu uma tocha na fogueira e entrou na grande caverna.

Ayla pôs no ombro o embornal, bolsa Mamutói usada sobre um ombro, mais macia que os sacos dos Zelandonii que eram usados nas costas, apesar de ainda ser bastante espaçosa. Usava-o no ombro direito junto com a aljava, o arremessador e as lanças. Prendeu a filha no alto das costas do outro lado com o cobertor, de forma a poder ser transferida para o quadril esquerdo. No lado esquerdo, à frente, prendeu o instrumento de escavar sob a faixa de couro que usava na cintura, e do lado direito ficou a bainha com a faca. Vários saquinhos estavam presos na faixa. A funda estava enrolada na cabeça, mas as pedras para a arma se encontravam em outra bolsa presa à cintura. Havia mais uma bolsa de coisas em geral, como pratos para comer, um equipamento de acender fogo, um pequeno martelo de pedra, acessórios para costura com vários tamanhos de linha, desde finos nervos torcidos até cordas fortes que passavam pelo olho das agulhas de marfim mais grossas. Tinha também rolos de corda mais grossa, e mais itens variados. O último objeto era sua bolsa de componentes medicinais.

Essa bolsa ia presa à faixa de couro na cintura. A bolsa de pele de lontra era algo que ela raramente deixava de levar aonde quer que fosse. Era muito incomum; nem a Zelandoni tinha visto coisa semelhante, apesar de logo ter entendido que era um objeto de poder espiritual. Era igual à primeira que Iza, sua mãe no Clã, fizera para ela de uma pele inteira de lontra. Em vez de cortar a barriga, a maneira usual de eviscerar um animal no campo, a garganta foi aberta em quase toda a volta, de forma que a cabeça, com o cérebro retirado, continuou presa ao lombo por uma dobra de pele. As vísceras, inclusive a espinha dorsal, foram cuidadosamente retiradas pela abertura no pescoço, mas a cauda e os pés foram deixados. Duas cordas tingidas de vermelho amarravam o pescoço em direções opostas, garantindo o bom fechamento, e a cabeça, seca e comprimida, era usada como uma aba de cobertura.

Ayla verificou a aljava, que tinha quatro lanças, e o arremessador, então pegou a cesta de coleta, fez um sinal para Lobo segui-la e partiu pela trilha por onde haviam vindo. Enquanto chegavam à gruta, analisara e avaliara a maior parte da vegetação que crescia ao lado do caminho e considerado os usos possíveis. Era algo que ela tinha aprendido ainda criança, tornara-se automático, uma prática essencial para pessoas que viviam da terra, cuja sobrevivência dependia do que pudesse ser caçado, coletado ou encontrado a cada dia. Ayla sempre classificava as propriedades medicinais e nutricionais do que via. Iza fora uma curadora determinada a ensinar tudo que sabia à filha natural e também à adotada. Mas Uba havia nascido com lembranças herdadas da mãe e só precisava ouvir o ensinamento uma ou duas vezes para saber e entender o que sua mãe mostrava e explicava.

Como Ayla não tinha as lembranças do Clã, Iza descobriu que era muito mais difícil treiná-la. Precisava aprender pela rotina; somente pela repetição constante a menina dos Outros conseguia lembrar. Mas então Ayla surpreendeu Iza porque, depois que aprendia, ela era capaz de pensar naquele componente de uma forma nova. Por exemplo, se uma planta medicinal não estava à mão, rapidamente pensava em uma alternativa, ou numa combinação que tivesse propriedades ou ações semelhantes. Era também muito boa em diagnóstico, capaz de determinar o que estava errado quando alguém aparecia com uma queixa vaga. Embora não pudesse explicá-lo, isso deu a Iza um sentido das diferenças entre as formas de pensar dos Outros e do Clã.

Muitas pessoas no clã de Brun acreditavam que a menina dos Outros que vivia entre eles não era muito inteligente por não ser capaz de lembrar com tanta rapidez ou tão bem quanto qualquer um deles. Iza percebeu que ela não era menos inteligente, mas que pensava de um modo diferente. Ayla também percebeu. Quando as pessoas dos Outros faziam comentários sobre as pessoas do Clã serem menos inteligentes, ela tentava explicar que não eram menos inteligentes, mas inteligentes de uma forma diferente.

Ayla voltou pela trilha até um lugar de que se lembrava claramente, onde a trilha que vinham seguindo entre as árvores passou por uma elevação e se abriu para um campo de capim baixo e moitas. Ela havia notado quando passaram antes, e, ao se aproximar outra vez, sentiu o delicioso aroma de morangos maduros. Desamarrou o cobertor, estendeu-o no chão e colocou Jonayla no meio. Pegou um morango pequeno, amassou um pouco para liberar o suco doce e colocou na boca da filha. A expressão de Jonayla, de surpresa e curiosidade, fez Ayla sorrir. Colocou alguns na boca, deu outro à filha, e olhou em volta para ver o que poderia usar para levar alguns para o acampamento.

Viu um grupo de bétulas ali perto e fez um sinal para Lobo vigiar Jonayla enquanto ia examinar as árvores. Quando se aproximou, ficou feliz ao ver que a casca tinha começado a se soltar. Puxou várias faixas largas e levou de volta consigo. Tirou da bainha presa à faixa na cintura uma faca nova que Jondalar lhe dera. Era feita de uma lâmina fina de pedra que ele havia lascado e preso a um lindo cabo de marfim envelhecido cortado por Solaban, com alguns cavalos entalhados por Marsheval. Ela cortou a casca de bétula em pedaços simétricos, e os riscou para tornar mais fácil dobrá-los em dois recipientes com tampa. Os morangos eram tão pequenos que foi preciso um longo tempo para colher uma quantidade suficiente para que os três sentissem um pouco do gosto, mas o aroma dos morangos silvestres era delicioso a ponto de valer o esforço. Na bolsa em que trazia o prato e a tigela, ela sempre tinha outros itens, inclusive rolos de linha. Linhas de diversos tamanhos eram sempre úteis. Ela usou um pedaço para amarrar os recipientes de bétula e os colocou na cesta.

Jonayla havia dormido; Ayla a cobriu com uma ponta do cobertor macio de camurça, que estava ficando esgarçado. Lobo estava deitado ao lado dela, os olhos meio fechados. Quando Ayla o olhou, ele bateu a cauda no chão, mas continuou próximo ao membro mais novo da alcateia, que adorava. Ayla se levantou, pegou a cesta de coleta e atravessou a campina até a margem da floresta.

A primeira coisa que viu numa sebe foram os verticilos das folhas estreitas de gálio, crescendo abundantemente entre outras plantas, com a ajuda dos minúsculos pelos que as cobriam. Arrancou várias hastes pela raiz, enfeixando-as facilmente, pois os pelos as mantinham juntas. Naquele estado, poderiam ser usadas para coar, e somente por essa qualidade já seriam úteis, mas ainda tinham muitas outras propriedades nutricionais e medicinais. As folhas novas davam uma gostosa salada, as sementes assadas uma interessante bebida escura. A erva socada misturada com gordura era um unguento muito útil para mulheres com os seios inchados de leite endurecido.

Foi atraída para um lugar seco e ensolarado. Sentindo uma fragrância aromática, procurou a planta que gostava de crescer ali. Logo achou o hissopo. Foi uma das primeiras plantas de que Iza lhe falara, e ela ainda se lembrava bem da ocasião. Era um arbusto lenhoso que crescia até pouco mais de 30 centímetros de altura, com folhas estreitas e perenes, pequenas e verde-escuras, formando cachos ao longo das hastes que se dividiam. As flores de um azul intenso, circulando a haste entre as folhas superiores em longos talos, tinham começado a aparecer; várias abelhas zumbiam em volta. Perguntou-se onde estaria a colmeia, pois mel aromatizado com hissopo era muito gostoso.

Colheu vários talos, pensando em usar as flores para fazer chá, que não somente era delicioso, mas também bom para tosse, garganta irritada e peito congestionado. As folhas trituradas eram boas para aliviar cortes, queimaduras e reduzir hematomas. O chá era um bom tratamento para reumatismo, bebido ou em banhos dos membros. Ao se lembrar disso, ela pensou em Creb, o que a fez sorrir ao mesmo tempo em que entristecia. Uma das curadoras do Clã havia lhe explicado que também usava o hissopo para o inchaço das pernas causado pela retenção de líquidos. Ayla ergueu os olhos e viu Lobo ainda deitado ao lado da menina adormecida. Virou-se e entrou mais profundamente na floresta.

Num declive sombreado perto de algumas árvores, Ayla viu uma moita de aspérulas, uma pequena planta com pouco menos de 30 centímetros de altura cujas folhas cresciam em círculos, como as do gálio, mas com uma haste fraca. Ajoelhou-se para colher cuidadosamente a planta com as folhas e as flores brancas de quatro pétalas, pequeninas e delicadas. Tinha um perfume próprio e delicioso, fazia um chá saboroso, e Ayla sabia que a fragrância ficava mais forte quando a planta era seca. As folhas podiam ser usadas para tratar feridas e, quando fervidas, eram boas para dores de estômago e outros males internos. Era útil para disfarçar o cheiro desagradável de outros componentes medicinais, mas gostava também de espalhá-las pela casa e encher travesseiros, perfumando-os.

Não muito longe, viu outra planta conhecida que gostava de lugares sombreados nas florestas — esta com quase 60 centímetros de altura, a erva-benta. As folhas denteadas, com a forma semelhante à de penas largas e cobertas de pelos curtos, se espalhavam esparsamente ao longo dos talos pouco ramificados. Essas folhas não tinham forma nem tamanho uniformes, dependendo da posição no talo. Nos ramos inferiores, as folhas cresciam em longos talos, em espaços irregulares entre as folhas pequenas, sendo a última maior e mais redonda. Os pares intermediários eram menores e diferentes na forma e no tamanho. As folhas superiores tinham três dedos e eram estreitas, as inferiores eram mais redondas. As flores, que se pareciam muito com o ranúnculo, tinham cinco pétalas amarelo-brilhante entremeadas de sépalas verdes, parecendo pequenas demais para uma planta tão alta. Os frutos, que surgiam junto com as flores, eram mais conspícuos e amadureciam em pequenas cabeças espinhentas de frutas vermelho-escuras.

Mas Ayla cavou em busca do rizoma do qual crescia a planta. Queria as pequenas radículas fibrosas que tinham o sabor e o perfume dos cravos. Sabia que eram boas para muitas coisas: dor de barriga, inclusive diarreia, dor de garganta, febre, congestão e catarro da gripe, e até para mau hálito; mas ela gostava especialmente de usá-las como tempero para comida, de sabor levemente picante e agradável.

A certa distância viu algumas plantas que de início pensou serem violetas, mas um exame mais próximo revelou ser hera-terrestre. As flores eram diferentes na forma e cresciam de uma base de folhas em cachos de três ou quatro em torno da haste. As folhas em forma de rim, com dentes arredondados e uma rede de veias, cresciam em lados opostos umas às outras em longos talos de hastes quadradas. Eram verdes o ano inteiro, mas a cor variava de um tom verde brilhante a um escuro. Sabia que a hera-terrestre era fortemente aromática e a cheirou para confirmar a identidade. Já havia feito uma infusão grossa com alcaçuz para tosse, e Iza a tinha usado para aliviar olhos inflamados. Um Mamut durante uma Reunião de Verão Mamutói recomendara o uso da hera-terrestre para ruídos nos ouvidos e para ferimentos.

O terreno úmido chegou a uma área brejosa e um pequeno regato, e Ayla se deliciou ao ver uma grande moita de tabuas, uma planta semelhante ao junco, alta, com quase 2 metros de altura. Uma das plantas mais úteis. Na primavera, os rebentos de novas raízes eram arrancados da raiz principal, expondo um núcleo macio; os novos rebentos e o núcleo podiam ser comidos crus ou levemente cozidos. O verão era a estação em que as flores verdes cresciam no alto das hastes. Quando fervidas e arrancadas com os dentes da haste, elas eram comestíveis e deliciosas. Mais tarde se transformavam em tabuas marrons e o longo cacho de pólen no alto amadurecia, oferecendo à colheita o pólen amarelo rico em proteína. Então a tabua explodia em tufos de penugem branca que se usava como enchimento para travesseiros, almofadas ou fraldas, ou como graveto para começar uma fogueira. O verão era também a estação em que os brotos brancos e macios, que representavam o crescimento da planta no ano seguinte, saíam do grosso rizoma. Com uma concentração tão grande, colher alguns não ia prejudicar a colheita do ano seguinte.

O rizoma fibroso podia ser colhido o ano inteiro, até mesmo no inverno, se o chão não estivesse congelado ou coberto de neve. Uma farinha branca rica em amido era extraída ao esmagá-lo num recipiente raso e largo de casca de árvore cheio de água, de forma que a farinha mais pesada decantasse enquanto as fibras flutuavam. O rizoma também podia ser seco e depois batido para remover as fibras, deixando a farinha seca. As folhas longas e estreitas podiam ser tecidas em tapetes para sentar ou transformadas em bolsas semelhantes a envelopes. Além disso, era possível fazer painéis impermeáveis a partir delas, vários dos quais eram moldados em abrigos temporários. Ou ainda se faziam cestas ou sacos de cozinhar, que podiam ser preenchidos com raízes, hastes, folhas e frutos, e imersos na água fervendo, que ainda assim seriam facilmente retirados. Se fossem cozidas por um período suficientemente longo, as folhas também se tornavam comestíveis. A haste seca do ano anterior podia ser usada para iniciar fogo quando era rolada entre as palmas das mãos sobre uma plataforma adequada.

Ayla colocou no chão seco a cesta de coleta, puxou da cintura o instrumento de cavar, feito da galhada de um veado, e entrou no pântano. Com o escavador e com as mãos, ela procurou em 10 centímetros de profundidade e arrancou os longos rizomas de várias plantas. O restante da planta veio com ele, inclusive os grandes brotos presos ao rizoma, e as sementeiras verdes iguais à flor da tabua. Pretendia cozinhar os dois para o jantar. Enrolou uma corda em torno das longas hastes formando um feixe mais fácil de carregar e voltou a campo aberto.

Passou por um freixo, lembrando-se de como eram comuns na região próxima à terra dos Sharamudói, embora houvesse alguns no Vale da Floresta. Ela pensou em preparar os frutos como aquele povo fazia, mas a fruta alada tinha de ser colhida muito nova, crocante, não fibrosa, e aquelas já passaram da época. Mas a árvore tinha muitos usos medicinais.

Quando voltou ao campo, ficou imediatamente alarmada: Lobo estava de pé ao lado do bebê, olhando fixamente um monte alto de capim, rosnando ameaçador. O que estava errado?

13

Ayla correu para descobrir o que era. Quando chegou até eles, viu que Jonayla estava acordada, sem noção do perigo que o canídeo pressentia, mas de alguma forma havia se virado de bruços e levantava o corpo apoiada nos braços, olhando em volta.

A mãe não viu o que Lobo estava vendo, mas ouviu movimento e sons abafados. Pôs no chão a cesta e o maço de tabuas, colocou a menina nas costas com o cobertor. Então desatou os nós e procurou na bolsa especial algumas pedras enquanto soltava a funda enrolada na cabeça. Não conseguia ver o que espreitava, não tinha sentido usar uma lança se não sabia para o que mirar, mas uma pedra atirada com força em qualquer direção poderia assustar um animal.

Jogou uma pedra, e logo depois a segunda, que bateu em alguma coisa com um som oco e um grito. Ouviu algo se mover na grama. Lobo se esticava para a frente, ganindo baixinho, ansioso para atacar.

— Ataque, Lobo — ordenou ela, ao mesmo tempo que fazia o sinal.

Lobo disparou enquanto Ayla tornava a enrolar a funda na cabeça, pegando o arremessador do suporte, além de uma lança, seguindo logo atrás de seu companheiro animal.

Quando o alcançou, ele estava parado diante de um animal do tamanho de um filhote de urso, mas muito mais feroz. O pelo marrom-escuro com uma mecha mais clara que corria ao longo dos flancos até o lado superior da cauda grossa era a marca característica de um carcaju. Ayla já enfrentara o maior membro da família dos mustelídeos, e já os vira afugentar da própria presa caçadores maiores de quatro patas. Eram predadores repelentes, cruéis e intrépidos, capazes de caçar animais muito maiores. Comiam mais do que seu tamanho parecia sugerir, mas ainda assim, às vezes pareciam matar por prazer, não pela fome, deixando suas vítimas para trás. Lobo estava pronto para defender Jonayla e ela, mas uma luta contra um carcaju poderia resultar em ferimentos graves ou até pior. Mesmo que não fosse capaz de causar dano a uma alcateia, certamente o faria a um lobo solitário. Mas Lobo não estava só; Ayla era parte de sua alcateia.

Com fria deliberação, ela ajustou uma lança no arremessador e, sem hesitar, lançou-a no animal, mas Jonayla deu um grito que alertou o carcaju. Ele percebeu o movimento rápido da mulher e começou a correr. Poderia ter saído do alcance, se não tivesse se distraído com Lobo, mas se afastou o bastante para que a lança acertasse um pouco fora do alvo. Apesar de ferido e sangrando, a ponta afiada havia penetrado na anca, o que não foi fatal. A ponta de pedra da lança era presa a um pedaço afilado de madeira ligado à extremidade da lança, e tinha se separado desta, como esperado.

O carcaju correu em busca da proteção do mato com a ponta da lança ainda fincada. Ayla não poderia abandonar o animal ferido. Apesar de achar que ele estava mortalmente machucado, tinha de acabar de matá-lo. Ele sofria, e ela não queria impor sofrimento desnecessário. Além do mais, carcajus já eram maus em circunstâncias normais; quem saberia prever que danos ele, louco de dor, poderia infligir ao acampamento do grupo, que não estava tão longe. E ela queria recuperar a ponta de pedra para ver se ainda poderia ser usada. E queria a pele. Tirou da aljava outra lança, anotando mentalmente onde o suporte da primeira tinha caído para poder buscá-lo mais tarde.

"Encontre-o, Lobo!", sinalizou ela sem dizer as palavras, e o seguiu.

Lobo correu na frente e logo farejou o animal. Pouco adiante, Ayla encontrou o canídeo rosnando ameaçador para uma massa escura de pelo marrom que rosnava de dentro de uma moita. Estudou rapidamente sua posição e atirou com força a segunda lança, que penetrou fundo no pescoço. Um jato de sangue avisou que uma artéria tinha sido rompida. O carcaju parou de rosnar e desabou no chão.

Ayla soltou a haste da segunda lança e pensou em arrastar o carcaju pela cauda, mas o pelo corria na direção contrária; seria mais fácil puxá-lo sobre o capim no sentido do pelo. Então notou algumas ervas-bentas com suas hastes fortes ali perto e as arrancou pela raiz. Enrolou as hastes em volta da cabeça e das mandíbulas e arrastou o carcaju de volta à clareira, parando para pegar a primeira lança.

Quando Ayla chegou ao local onde estava a cesta de coleta, tremia. Largou o animal ali perto, soltou o cobertor e trouxe Jonayla para a frente. Abraçou a filha com lágrimas rolando pelo rosto, liberando finalmente a raiva e o medo. Tinha certeza de que o carcaju queria a menina.

Mesmo com Lobo de guarda, e ela sabia que ele teria lutado até a morte para protegê-la, o grande mustelídeo poderia ferir gravemente o lobo jovem e atacar sua filha. Poucos animais teriam atacado um lobo, especialmente um tão grande quanto Lobo. Os grandes felinos teriam recuado, e esses eram os predadores sempre presentes na sua mente. Foi essa a razão de ela ter deixado Jonayla, por não querer acordar a filha adormecida enquanto ia colher algumas folhas. Afinal, Lobo estava vigiando. Jonayla não esteve fora de sua vista por mais que alguns momentos, somente o tempo em que esteve no brejo colhendo tabuas. Mas não havia considerado o carcaju. Balançou a cabeça. Havia sempre mais de uma espécie de predador.

Amamentou a filha por um tempo, para tranquilizar tanto a si mesma como à criança, e cumprimentou Lobo. Acariciando-o, falou com ele:

— Agora tenho de esfolar o carcaju. Preferia ter matado alguma coisa que pudéssemos comer. Mas acho que você come isso, Lobo. E eu quero essa pele. É a única coisa boa dos carcajus. São maus e cruéis e roubam comida das armadilhas ou a carne que está secando, mesmo quando há gente por perto. Quando entram num abrigo, destroem tudo e deixam um cheiro horrível, mas a pele fica linda em volta de um capuz de inverno. Ela não agarra gelo quando respiramos. Acho que vou fazer um capuz para Jonayla e um para mim, e talvez também para Jondalar. Mas você não precisa, Lobo. O gelo não agarra no seu pelo. Além do mais, você ia ficar engraçado com um capuz de carcaju em cima da cabeça.

Ayla se lembrou do carcaju que perturbava as mulheres do clã de Brun quando cortavam a carne de um animal depois da caçada. Ele entrava no meio delas e roubava os pedaços que tinham acabado de cortar e estender para secar em cordas esticadas perto do chão. Mesmo quando jogavam pedras nele, não se afastava por muito tempo. por fim, alguns homens tiveram de caçá-lo. Aquele incidente lhe deu uma das razões para racionalizar a decisão de aprender a caçar com a funda, que havia aprendido a usar em segredo.

Ayla deitou a filha na pele macia do cobertor, desta vez de bruços, pois ela parecia querer levantar a cabeça e olhar em volta. Então arrastou a carcaça do carcaju para mais longe e a virou sobre o lombo. Primeiro retirou as duas pontas de pedra ainda fincadas no animal. A que estava presa na anca permanecia boa, só teria de lavar o sangue, mas a que atravessara o pescoço tinha a ponta quebrada. Poderia tornar a afiá-la e usá-la como faca, mas Jondalar o faria melhor, pensou.

Com a faca nova que ele lhe dera, Ayla se voltou para o carcaju. Partindo do ânus, ela cortou os órgãos genitais e fez um corte limpo em direção à barriga, mas parou antes da glândula central de cheiro. Uma das maneiras de o carcaju demarcar seu território era montar em troncos ou arbustos baixos e esfregar a secreção de cheiro forte liberada pela glândula. Também costumavam marcar território com urina ou fezes, mas era a glândula que estragava a pele. Era quase impossível livrá-la do cheiro, e era insuportável usar a pele perto do rosto quando contaminada pelo odor, que era quase tão forte quanto o de um gambá.

Puxando cuidadosamente a pele para evitar cortar a membrana da barriga e abrir os intestinos, ela rasgou em volta da glândula e depois, sentindo com a mão, passou a faca sob ela e a soltou. Ia jogá-la na floresta, mas pensou que Lobo ia farejá-la e persegui-la, e Ayla não queria que ele ficasse com aquele cheiro horrível. Pegou-a cuidadosamente por uma ponta de pele e voltou à floresta onde matara o animal. Havia uma forquilha numa árvore acima de sua cabeça, e ela depositou a glândula no alto do galho. Quando voltou, terminou de cortar a pele com uma abertura da barriga ao pescoço.

Em seguida, voltou ao ponto de partida — o ânus — e começou a cortar pele e músculo. Quando chegou ao osso pélvico, procurou tateando o osso entre os lados esquerdo e direito. Então, forçando as pernas e procurando com o tato o lugar correto, fez pressão e quebrou o osso, cortando um pouco a membrana da barriga para aliviar a tensão. Dessa forma, os intestinos podiam ser removidos com o restante das vísceras depois que terminasse de cortar a abertura. Uma vez terminada essa tarefa delicada, ela cortaria a carne até o esterno, com cuidado para não perfurar os intestinos.

Cortar o esterno seria mais difícil e exigiria mais do que uma simples faca de pedra: precisaria de um martelo. Tinha um percutor pequeno na mesma bolsa em que guardava o prato e o copo, mas primeiro olhou em volta para ver se achava outra coisa. Devia tê-lo separado antes de começar a eviscerar o carcaju, mas estava um tanto desconcertada e esqueceu. As mãos estavam sujas, e ela não queria deixar sangue de carcaju dentro da bolsa. Viu uma pedra fincada no chão e usou o instrumento de cavar para tentar soltá-la, mas era maior do que parecia. Então limpou a mão no capim e tirou o percutor da bolsa.

Porém precisaria de mais que apenas uma pedra. Bater com ela no cabo de sua faca nova faria com que esta lascasse. Precisava de algo para suavizar o golpe. Lembrou-se então de que uma ponta do cobertor da menina estava esgarçada. Levantou-se e voltou para onde sua filha chutava e tentava tocar Lobo. Ayla sorriu para ela e cortou um pedaço do couro macio da ponta esgarçada. Quando voltou à tarefa, colocou a lâmina da faca ao longo do esterno, o pedaço dobrado de couro sobre as costas da lâmina e bateu na faca com o percutor. A faca fez um corte, mas não dividiu o osso. Bateu outra vez, e uma terceira, antes de sentir que o osso cedia. Com o esterno aberto, ela continuou a cortar até a garganta para liberar a traqueia.

Abriu as costelas e, com a faca, cortou o diafragma, que separava o peito da barriga, soltando-o das paredes. Agarrou a traqueia escorregadia e começou a puxar as vísceras, usando a faca para liberá-las da espinha. Todo o conjunto de órgãos internos caiu no chão. Então Ayla virou a carcaça eviscerada do carcaju para drená-la.

O processo era essencialmente o mesmo para qualquer animal, pequeno ou grande. Se fosse um animal destinado a ser alimento, o passo seguinte seria resfriá-lo o mais rápido possível, esfolando-o e lavando a carcaça em água fria e, se fosse inverno, deitá-la na neve. Muitos dos órgãos internos dos herbívoros, como o bisão ou auroque ou qualquer uma entre as várias espécies de veados, ou o mamute ou rinoceronte, eram comestíveis e muito saborosos, inclusive fígado, coração e rins. Outras partes eram úteis. Por exemplo, o cérebro era usado para curtir couro. Os intestinos podiam ser lavados e cheios de gordura ou pedaços de carne, às vezes misturados com sangue. O estômago e a bexiga bem-lavados davam excelentes odres e ótimos recipientes para outros líquidos. Eram também utensílios eficazes de cozinha. Podia-se cozinhar usando uma pele nova estendida e enfiada num buraco no chão, enchendo de água que era fervida usando pedras quentes. Quando usados para cozinhar, estômago, pele e todos os materiais orgânicos encolhiam porque também eram cozidos, por isso não era uma boa ideia enchê-los demais de líquido.

Apesar de saber que algumas pessoas comiam, ela nunca se alimentava de carne de carnívoros. O clã que a criou não gostava de comer animais que comiam carne, e Ayla não gostou nas poucas vezes em que provou. Pensou que, se estivesse realmente com muita fome, talvez conseguisse aguentar, mas tinha certeza absoluta de que tinha de estar faminta. Não gostava nem mesmo da carne de cavalo, a favorita de muitos. Sabia que se sentia assim por ser tão amiga de seus cavalos.

Já era hora de juntar tudo e voltar para o acampamento. Guardou as hastes das lanças numa aljava especial, junto com o arremessador, e colocou as pontas que havia recuperado na carcaça do carcaju. Colocou Jonayla nas costas com o cobertor, pegou a cesta e prendeu o volume de longas hastes de tabua sob o braço. Depois, agarrou as hastes de ervas-bentas ainda amarradas na cabeça do carcaju e partiu arrastando-o. Deixou as vísceras onde tinham caído; uma ou mais criaturas da Mãe viria e as comeria.

Quando chegou ao acampamento, Jondalar e Zelandoni se espantaram.

— Parece que você esteve ocupada — comentou a Zelandoni.

— Não imaginei que você quisesse caçar — disse Jondalar indo até ela para lhe tomar um pouco da carga —, muito menos um carcaju.

— Não era o que eu planejava — disse Ayla, e então passou a contar o que tinha acontecido.

— Não havia entendido por que você levou suas armas se ia apenas colher algumas coisas que crescem — disse a Zelandoni. — Agora entendi.

— Em geral, as mulheres saem em grupo. Conversam, riem e cantam, e fazem muito barulho — explicou Ayla. — É divertido, mas também afasta os animais.

— Nunca pensei nisso — disse Jondalar —, mas você tem razão. Várias mulheres juntas provavelmente assustam os animais.

— Sempre dizemos às jovens quando saem de casa para uma visita ou para colher morangos, ou recolher lenha, ou o que quer que seja, para saírem acompanhadas — disse a Zelandoni. — Não precisamos dizer a elas para conversar e rir ou fazer barulho. É o que acontece sempre que se encontram, e é uma medida de segurança.

— No Clã, as pessoas não falam tanto, e não riem, mas marcam ritmos batendo paus de cavar e pedras — contou Ayla. — E às vezes gritam e fazem muito barulho com o ritmo. Não é um canto, mas soa um pouco como música.

Jondalar e Zelandoni se entreolharam, sem palavras. De vez em quando, Ayla fazia algum comentário que lhes dava uma ideia de sua vida de menina com o Clã, e do quanto sua infância havia sido diferente da deles, ou de qualquer pessoa que conhecessem. Também lhes mostrava o quanto as pessoas do Clã eram iguais a eles próprios — e o quanto eram diferentes.

— Preciso da pele do carcaju, Jondalar. Posso fazer um ornamento para seu capuz, para mim e para Jonayla, mas tenho de esfolar imediatamente. Você cuida da menina?

— Faço mais que isso. Vou com você e nós dois podemos cuidar dela — propôs Jondalar.

— Por que vocês dois não trabalham no animal e eu cuido da criança? Eu já cuidei de crianças antes. E Lobo vai me ajudar. — Zelandoni olhou o animal grande e geralmente perigoso. — Não vai, Lobo?

Ayla arrastou o carcaju até uma clareira longe dos limites do acampamento; não queria atrair comedores de carniça. Tirou então de dentro da carcaça as duas pontas de lança que tinha recuperado.

— Só uma tem de ser trabalhada — disse ela, entregando-as a Jondalar. — A primeira lança entrou na anca. Ele me viu preparar o tiro e se moveu depressa. Então Lobo o perseguiu e o acuou entre alguns arbustos. Atirei a segunda lança com força, com mais força que o necessário. Por isso a ponta se quebrou, mas eu sabia que ele ia atacar Jonayla e estava com raiva.

— Claro que estava. Eu também estaria. Acho que o meu dia foi muito menos emocionante que o seu — disse Jondalar quando começaram a esfolar o carcaju. Fez um corte na pele ao longo da perna traseira esquerda até o corte da barriga que Ayla fizera.

— Você encontrou pedras na gruta hoje? — perguntou ela, fazendo um corte igual na perna esquerda dianteira.

— Achei muitas. Não são de primeira qualidade, mas são utilizáveis, especialmente para treinamento. Você se lembra de Matagan? O menino que foi ferido na perna pelo rinoceronte no ano passado? Aquele cuja perna você curou?

— Lembro. Não tive chance de conversar com ele, mas já o vi. Ele manca um pouco, porém parece ótimo — respondeu ela, fazendo um corte na perna dianteira direita, enquanto Jondalar trabalhava na traseira direita.

— Conversei com ele, com a mãe e com o companheiro dela, e algumas pessoas da caverna. Se Joharran e a Caverna concordarem, e não consigo pensar em nenhuma razão por que não, ele irá morar na Nona Caverna no fim do verão. Vou lhe ensinar a lascar pedra e ver se tem algum talento — disse Jondalar. Depois ergueu os olhos. — Você vai querer guardar os pés?

— As garras são afiadas, mas não sei como usá-las — respondeu Ayla.

— Sempre se pode trocá-las. Tenho certeza de que dariam belas decorações para um colar, ou costuradas numa túnica. Os dentes também. E o que você pensa em fazer com essa cauda maravilhosa?

— Acho que vou guardar a cauda junto com a pele, mas talvez troque as garras e os dentes... ou quem sabe eu uso uma garra para abrir furos?

Removeram os pés, quebrando as juntas e cortando os tendões, e então puxaram a pele felpuda do lado direito da espinha, usando mais as mãos que as facas. Fecharam os punhos para separar a membrana entre a pele e o corpo quando chegaram à parte carnuda das pernas. Então viraram a carcaça e começaram do lado esquerdo.

Conversando enquanto trabalhavam, continuaram a separar a pele da carcaça puxando e rasgando, não querendo fazer mais cortes que o mínimo necessário.

— Onde ele vai morar? Ele tem família na Nona Caverna? — perguntou Ayla.

— Não, não tem. Ainda não decidimos onde ele deve morar.

— Ele vai sentir saudades de casa, especialmente no início. Nós temos muito espaço, Jondalar, ele poderia morar conosco.

— Já pensei nisso. Queria perguntar se você se importava. Teríamos de reorganizar algumas coisas, dar a ele seu próprio espaço para dormir, mas lá seria o melhor lugar. Eu poderia trabalhar com ele, observar o que faz, o interesse que demonstra. Não teria sentido forçá-lo a trabalhar contra a vontade, mas eu gostaria de ter um aprendiz — disse Jondalar. — E com a perna ruim, seria um bom trabalho para ele aprender.

Tiveram de usar as facas para soltar a pele da espinha e em volta dos ombros, onde estava colada. A membrana entre a carne e a pele não estava bem-definida. Então removeram a cabeça. Jondalar segurou o corpo do animal com força, Ayla descobriu onde se encontravam a cabeça e o pescoço, onde ela girava com facilidade, e então cortou a carne até o osso. Com uma torção, um quebrar seco, e o corte de membranas e tendões, a cabeça saiu e a pele ficou solta.

Jondalar ergueu a pele luxuriante. Os dois admiraram a pelagem grossa e linda Com a ajuda dele, esfolar o carcaju foi um trabalho rápido. Ayla se lembrou da primeira vez que ele havia ajudado a retalhar uma caça, quando viviam no vale onde ela tinha encontrado sua égua e ele ainda se recuperava do ataque do leão. Fora uma surpresa ele estar disposto e ser capaz. Os homens do Clã não faziam aquele tipo de trabalho, não tinham as lembranças necessárias. Ayla às vezes ainda se esquecia de que Jondalar era capaz de ajudá-la em tarefas que no Clã eram consideradas trabalho de mulher. Estava acostumada a fazê-las sozinha e raramente pedia ajuda, mas sempre ficava grata quando ele a oferecia.

— Vou dar a carne para Lobo — disse Ayla, olhando o que havia sobrado do carcaju.

— Eu estava me perguntando o que você ia fazer com ela.

— Agora vou enrolar a pele com a cabeça dentro e preparar um bom jantar para nós. Talvez hoje à noite eu comece a raspar a pele.

— Você tem de começar hoje?

— Vou precisar do cérebro para amolecê-la, e ele vai estragar se eu não começar logo. É uma pele tão linda, não quero arruiná-la, especialmente se o inverno for tão frio como o que Marthona está esperando.

Quando se preparavam para voltar, Ayla viu uma moita de plantas com folhas em forma de coração de bordas serrilhadas, com pouco menos de 1 metro de altura, que se desenvolviam no solo rico e úmido da beira do riacho de onde tiravam água.

— Antes de voltarmos para o acampamento, quero colher algumas dessas urtigas — disse Ayla. — Serão um bom prato para hoje à noite.

— Elas causam irritação.

— Depois de cozidas, não irritam mais e são gostosas.

— Eu sei, mas me pergunto como as pessoas pensaram em cozinhar as urtigas para comer? Por que alguém teria essa ideia?

— Não sei se um dia vamos saber, mas tenho de encontrar alguma coisa com que colhê-las. Algumas folhas grandes para cobrir minhas mãos, e as urtigas não irritarem. — Ela olhou em torno e notou uma planta alta e rígida com vistosas flores roxas e folhas grandes e macias com forma de coração que cresciam a partir do chão em volta do caule. — Ali estão algumas bardanas. Aquelas folhas são macias como camurça; vão funcionar.

— Os morangos estão deliciosos — disse Zelandoni. — Um final perfeito para uma refeição maravilhosa. Obrigada, Ayla.

— Não fiz muito. O assado veio de um quarto traseiro de um cervo que Solaban e Rushemar me deram antes de partirmos. Eu só fiz um forno de pedra e o assei, e cozinhei algumas tabuas e verduras.

Zelandoni havia observado Ayla cavar um buraco no chão com um osso de ombro afiado numa ponta e usado como picareta. A terra solta foi removida com uma pá para um pedaço de couro, que foi arrastado para longe, com as pontas fechadas. O buraco foi revestido de pedras, deixando um espaço pouco maior que a carne. Em seguida, ela acendeu fogo no interior até as pedras ficarem quentes. Depois abriu a sacola de componentes medicinais, tirou uma bolsa e polvilhou o conteúdo sobre a carne; algumas plantas eram ao mesmo tempo medicinais e saborosas. Então acrescentou algumas radículas que crescem nos rizomas da erva-benta, com gosto de cravo, além de hissopo e aspérula.

Enrolou a carne do cervo em folhas de bardana e cobriu de terra as brasas no fundo do buraco para não queimar a carne, então a colocou envolta em folhas no forninho. Jogou sobre a carne ervas úmidas e mais folhas e cobriu tudo de terra para fechá-lo hermeticamente. Colocou por cima uma grande pedra chata que aquecera antes, e deixou a carne assar lentamente no calor residual e no próprio vapor.

— Não foi uma carne assada qualquer — insistiu Zelandoni. — Estava muito macia e tinha um sabor que eu não conhecia, mas era muito bom. Onde você aprendeu a cozinhar assim?

— Aprendi com Iza. Era a curadora do clã de Brun, mas sabia mais que apenas as propriedades curativas das plantas; ela conhecia o sabor — respondeu Ayla.

— Foi exatamente o que eu senti quando provei a comida de Ayla — disse Jondalar. — Os sabores eram diferentes, mas a comida era deliciosa. Agora já estou acostumado.

— Foi também uma ótima ideia fazer os saquinhos de folhas de tabua para pôr as folhas de urtiga e as tabuas antes de cozinhar. Ficou muito fácil retirá-los depois de cozidos. Não foi preciso procurar no fundo da panela — elogiou a Primeira. — Vou usar essa ideia para fazer infusões e tisanas. — Notou uma expressão intrigada em Jondalar e acrescentou um esclarecimento: — Preparar remédios e chás.

— Isso eu aprendi durante uma Reunião de Verão dos Mamutói. Uma mulher cozinhava assim, e muitas outras começaram a imitá-la — explicou Ayla.

— Também gostei da forma como você pôs um pouco de gordura na pedra chata quente e cozinhou os bolos de farinha de tabua. E também notei que pôs alguma coisa neles. O que há naquela bolsa que você carrega? — perguntou a Mulher Que Era A Primeira.

— As cinzas de folhas de unha-de-cavalo — disse Ayla. — Têm um sabor salgado, especialmente se são secas antes de queimadas. Gosto de usar sal do mar, quando tenho. Os Mamutói compravam. Os Losadunai vivem perto de uma montanha de sal e o extraem. Deram-me um pouco antes de sairmos, e eu ainda tinha um pouco quando chegamos, mas já acabou, por isso eu uso as cinzas dessa planta, da maneira preparada por Nezzie. Eu já usava a unha-de-cavalo, mas não a cinza.

— Você aprendeu muita coisa nas suas viagens e tem muitos talentos, Ayla. Não sabia que um deles era a cozinha, mas você é uma excelente cozinheira.

Ayla não soube o que responder. Não considerava cozinhar um talento. Era uma coisa que simplesmente se fazia. Ainda não se sentia bem com elogios diretos e não sabia se um dia se sentiria, por isso não respondeu.

— Pedras grandes e chatas são difíceis de encontrar. Acho que vou guardar esta. Como Racer está puxando um *travois*, não vou precisar carregá-la — disse Ayla. — Alguém quer chá?

— Que chá você vai fazer? — perguntou Jondalar.

— Pensei em começar com a água de cozimento das urtigas e tabuas, e acrescentar hissopo e talvez aspérula.

— Parece interessante — disse Zelandoni.

— A água ainda está morna. Não vai demorar a esquentar.

Ela colocou as pedras de cozinhar novamente no fogo e começou então a guardar as coisas. Estocava gordura de auroque num pedaço de intestino e tinha usado um pouco para preparar o jantar. Para fechá-la, torceu a ponta do intestino e o colocou dentro do recipiente de couro duro onde guardava carnes e gordura. Na água quente, a gordura havia sido transformada num sebo branco usado para cozinhar e nas lamparinas quando escurecia, e, naquela viagem, também para entrar na gruta. A comida que sobrou do jantar foi embrulhada em folhas grandes, amarrada com cordas e pendurada no tripé alto junto com o recipiente de carnes.

O sebo era o combustível das lamparinas de pedra oca. Os pavios eram feitos de qualquer material absorvente. Quando acesas na escuridão absoluta da gruta, a luz parecia muito mais brilhante do que achavam possível. Seriam usadas de manhã quando entrassem na gruta.

— Vou até o rio lavar as tigelas. Você quer que eu lave a sua, Zelandoni? — perguntou Ayla, enquanto colocava as pedras quentes no líquido e o via ferver em meio a uma nuvem de vapor, e então acrescentou plantas inteiras de hissopo.

— Quero, obrigada.

Quando voltou, encontrou o copo cheio de chá quente, e Jondalar com Jonayla no colo fazendo-a rir com caretas e sons engraçados.

— Acho que ela está com fome.

— Ela sempre está. — Ayla sorriu ao tomar a filha e se acomodou ao lado da fogueira com o copo de chá quente.

Jondalar e Zelandoni estavam conversando sobre a mãe dele quando Jonayla começou a se agitar, e retomaram a conversa depois que ela se acalmou.

— Eu não conhecia bem Marthona quando me tornei Zelandoni, embora tivesse ouvido histórias sobre ela, sobre seu grande amor por Dalanar. Quando me tornei acólita da Zelandoni que me precedeu, ela me falou das relações da mulher que era conhecida pela liderança competente da Nona Caverna para que eu pudesse entender a situação. O primeiro homem dela, Joconan, fora um líder poderoso, e ela aprendeu muito com ele, mas, no início, tinha por ele mais respeito e admiração do que amor. Tive a sensação de que ela quase o adorava, mas não foi assim que a Zelandoni me contou. Ela disse que Marthona trabalhava muito para agradá-lo. Ele era mais velho, e ela era sua jovem e linda mulher, embora Joconan estivesse disposto à época a tomar duas mulheres, talvez mais. Não tinha se acasalado antes, e não queria esperar muito para constituir uma família. Mais de uma mulher seria uma garantia de que sua casa teria filhos. Porém Marthona logo ficou grávida de Joharran, e, quando ela deu um filho à luz, Joconan já não teve tanta pressa. Além do mais, pouco depois do nascimento do filho, Joconan adoeceu. De início, não era evidente, e ele guardou segredo. No entanto logo descobriu que sua mãe não era apenas linda, Jondalar, mas também inteligente, e ao ajudá-lo descobriu a própria força. À medida que ele enfraquecia, ela assumia suas responsabilidades de líder. Ela o fez tão bem que, com a morte de seu homem, o povo da Caverna quis que ela continuasse.

— Que tipo de homem era Joconan? Você disse que ele era poderoso. Acho que Joharran é um líder poderoso. Ele geralmente consegue fazer com que as pessoas concordem e façam o que quer — disse Jondalar.

Ayla estava fascinada. Sempre quis saber mais sobre Marthona, que não era mulher de falar muito sobre si mesma.

— Joharran é um bom líder, mas não é poderoso da mesma forma que Joconan. Lembra mais Marthona do que seu homem. Joconan era intimidante. Tinha uma presença poderosa. As pessoas achavam muito fácil o seguir e muito difícil se opor a ele. Acho que muita gente tinha medo de discordar, embora, que eu saiba, ele nunca tenha ameaçado ninguém. Algumas pessoas diziam que era o escolhido da Mãe. As pessoas, principalmente os rapazes, gostavam de segui-lo, e as moças se atiravam sobre ele. Diziam que quase todas as moças usavam franjas, tentando atraí-lo. Não é de surpreender que ele tenha esperado até ficar velho antes de se juntar — contou Zelandoni.

— Você acha que uma franja ajuda uma mulher a atrair um homem? — perguntou Ayla.

— Acho que depende do homem — respondeu a donier. — Algumas pessoas acham que, quando uma mulher usa franja, existe a sugestão do pelo pubiano, e que ela deseja exibi-lo. Se um homem se excita facilmente, ou se interessa por uma mulher em particular, a franja é capaz de excitá-lo, e ele a segue até que ela decida capturá-lo. Mas um homem como Joconan sabia o que queria, e acho que ele não se interessaria por uma mulher que usasse franja para atrair um homem. Seria óbvio demais. Marthona nunca usou franja e sempre chamou atenção. Quando Joconan decidiu que a queria e estava disposto a tirar a mulher da caverna distante para ser treinada como Zelandoni, pois as duas eram como irmãs, todos concordaram. Foi a Zelandoni quem não concordou com o casamento duplo. Ele havia prometido devolver a visitante para o seu povo depois de ela absorver os conhecimentos necessários.

Ayla sabia que a donier era uma ótima contadora de histórias, e ela se viu totalmente envolvida, em parte pela narração, mas principalmente pelo conteúdo da história contada.

— Joconan era um líder forte. Foi sob sua liderança que a Nona Caverna ficou tão grande. A caverna sempre teve tamanho suficiente para acomodar mais pessoas que o normal, mas não havia muitos líderes dispostos a aceitar a responsabilidade por tanta gente — continuou a Zelandoni. — Quando ele morreu, Marthona ficou arrasada de dor. Acho que durante algum tempo ela quis segui-lo ao outro mundo, mas tinha um filho, e Joconan deixou na comunidade um vazio enorme que precisava ser preenchido. As pessoas começaram a vir a ela quando precisavam da ajuda de um líder. Coisas como resolver desavenças, organizar visitas a outras cavernas, viagens para as Reuniões de Verão, planejar caçadas e decidir quanto cada caçador devia dar à caverna, imediatamente e no inverno seguinte. Depois que Joconan adoeceu, as pessoas se acostumaram a ir a Marthona, e ela, a resolver os problemas. A necessidade da Caverna e o filho foram seu sustentáculo. Depois de algum tempo, tornou-se a líder reconhecida, e a dor passou, mas ela disse à Zelandoni anterior a mim que achava que nunca mais ia se casar. Então Dalanar chegou à Nona Caverna.

— Todos dizem que ele foi o grande amor da vida dela — disse Jondalar.

— Dalanar foi o grande amor da vida dela. Por ele, Marthona poderia ter pensado em desistir do posto de líder, mas não chegou a tanto. Sentia que seu povo precisava dela. E, apesar de amá-la tanto quanto ela o amava, depois de algum tempo, ele sentiu que precisava de algo seu. Não se satisfazia em se esconder sob sua sombra. Diferentemente de você, Jondalar, sua habilidade no trabalho da pedra não era suficiente.

— Mas ele é um dos mais habilidosos que eu já conheci. Seu trabalho é conhecido por todos, e todos o reconhecem como o melhor. O único cortador de pedras capaz de se comparar a ele é Wymez, da Caverna do Leão dos Mamutói. Sempre desejei que os dois se conhecessem — disse Jondalar.

— Talvez, de certa forma, eles tenham se conhecido através de você — disse a enorme mulher. — Jondalar, você tem de saber que, se já não o é, você logo será o mais famoso cortador de pedras dos Zelandonii. Dalanar é um fabricante de instrumentos muito habilidoso, não há dúvida, mas agora ele é Lanzadonii. De qualquer maneira, a grande habilidade dele sempre foi lidar com pessoas. Ele agora está feliz. Fundou sua própria Caverna, seu próprio povo, e embora, de certa forma, ele continue sendo Zelandonii, os seus Lanzadonii algum dia serão importantes.

"Você é o filho não só da casa dele, como do coração. Ele tem orgulho de você. Também adora a filha de Jerika, Joplaya. Tem orgulho dos dois. Embora em algum lugar recôndito do seu coração talvez ainda ame Marthona, ele adora Jerika. Acho que ele ama o fato de ela ser tão exótica; tão pequena, mas tão forte. É parte do que o atrai nela. Ele é tão grande; perto dele, ela parece ter a metade de seu tamanho, é tão delicada, mas é mais que sua igual. Não deseja ser líder, está feliz em deixá-lo ser, embora eu não duvide de que ela fosse capaz. Sua força de vontade e caráter são formidáveis."

— Você tem toda razão, Zelandoni! — disse ele com uma risada, uma daquelas risadas fortes e calorosas, o entusiasmo espontâneo ainda mais espantoso por ter sido tão repentino. Jondalar era um homem sério e, apesar do sorriso fácil, raramente ria. Quando o fazia, a exuberância sem reservas era uma surpresa.

Zelandoni continuou:

— Dalanar encontrou alguém depois que ele e Marthona cortaram os laços, mas muitos duvidavam que ela encontrasse um homem para substituí-lo, que seria capaz de amar outro homem como o amara, mas encontrou Willamar. Seu amor por ele não é menor que seu amor por Dalanar, mas é diferente, assim como seu amor por Dalanar foi diferente do amor por Joconan. Willamar também sabe lidar com pessoas, o que vale para todos os homens da vida dela, mas ele usa essa capacidade como comerciante, viajando, fazendo contatos, descobrindo lugares novos e incomuns. Já viu mais, aprendeu mais e conheceu mais gente que qualquer outro, inclusive você, Jondalar. Adora viajar, mas, mais do que isso, adora voltar para casa e contar suas aventuras e seus conhecimentos sobre os povos. Estabeleceu redes de comércio por toda a terra dos Zelandonii e mais além. Trouxe novidades úteis, histórias emocionantes e objetos incomuns. Foi uma grande ajuda para Marthona como líder, e agora o é para Joharran. Não existe homem que eu respeite mais. E, é claro, a única filha de Marthona nasceu na casa dele. Ela sempre quis ter uma filha, e sua irmã, Folara, é uma linda moça.

Ayla entendia o sentimento — também sempre quisera ter uma filha. Olhou para a criança adormecida com um forte sentimento de amor.

— É verdade, Folara é linda, além de inteligente e corajosa — disse Jondalar. — Quando chegamos, e todos estavam com medo dos cavalos e tudo mais, ela não hesitou e correu para me abraçar. Nunca vou esquecer.

— Folara é o orgulho de sua mãe, mas, além disso, com uma filha sempre sabemos que os filhos dela são nossos netos. Eu sei que ela ama os filhos nascidos nos lares de seus filhos, mas com uma filha não existe dúvida. E, é claro, o seu irmão Thonolan também nasceu na casa de Willamar, e, embora ela não tivesse favoritos, era ele quem a fazia sorrir. Mas ele fazia todo mundo sorrir, sabia tratar pessoas de uma forma mais cativante que Willamar, sendo caloroso, aberto e amistoso, qualidades a que ninguém resiste, e tinha o mesmo gosto por viagens. Duvido que você tivesse viajado tanto se não fosse por ele, Jondalar.

— Você tem razão. Nunca havia pensado em viajar antes de ele partir. Visitar os Lazandonii era mais que suficiente para mim.

— Por que você decidiu ir com ele? — perguntou a Zelandoni.

— Não sei se consigo explicar. Era muito bom estar com ele, e eu sabia que a viagem ia ser agradável, pois Thonolan soube descrevê-la de uma forma emocionante, mas não pensei que fôssemos chegar tão longe. Acho que em parte foi por ele ser meio imprudente; eu senti necessidade de tomar conta dele. Era o meu irmão e acho que o amava mais que qualquer outra pessoa. Sabia que voltaria para casa um dia e senti que, se estivesse com ele, ele voltaria para casa comigo. Não sei, alguma coisa me arrastava — disse Jondalar. Olhou para Ayla, que ouvia com mais atenção que Zelandoni.

Ele não sabia, mas o meu totem e talvez a Mãe o puxavam, pensou Ayla. Ele teve de vir me encontrar.

— E Marona? É óbvio que você não gostava dela o bastante para querer ficar. Ela teve alguma coisa a ver com sua decisão de partir? — perguntou a Primeira. Era a primeira vez desde sua volta que a donier tinha uma oportunidade de realmente falar sobre a razão da longa viagem, e ela ia aproveitá-la. — O que você teria feito se Thonolan não tivesse decidido viajar?

— Imagino que teria ido à Reunião de Verão e provavelmente acasalado com Marona. Era o que todos esperavam, e à época não havia ninguém de quem eu gostasse tanto quanto dela. — Jondalar ergueu os olhos e sorriu para Ayla. — Mas, para ser honesto, eu não pensei nela quando decidi viajar; estava preocupado com mamãe. Acho que ela adivinhou que Thonolan não voltaria, e eu pensei que ela talvez tivesse medo de que eu também não voltasse. Planejei voltar, mas nunca se sabe. Tudo pode acontecer numa viagem, e muitas coisas aconteceram, mas eu sabia que Willamar não iria embora, e ela tinha Folara e Joharran.

— O que fez você pensar que Marthona não esperava que Thonolan voltasse? — perguntou a Primeira.

— Foi uma coisa que ela disse quando saímos para visitar Dalanar. Foi Thonolan quem notou. Mamãe disse "Boa Jornada" para ele, e não "Até a volta", como disse para mim. E você se lembra de quando contamos de Thonolan para mamãe e Willamar? Willamar disse que mamãe nunca esperou que ele voltasse e, como eu temia, que tinha medo de acontecer o mesmo comigo, quando descobriu que eu havia partido com ele. Ela disse que tinha medo de ter perdido dois filhos — disse Jondalar.

Foi por isso que ele não pôde ficar com os Sharamudói quando Tholie e Markeno nos convidaram, pensou Ayla. Eles nos receberam tão bem e eu passei a gostar tanto deles durante a nossa visita que queria ficar, mas Jondalar não. Agora sei a razão e estou feliz por termos voltado de tão longe. Marthona me trata como a uma filha e amiga, tal como Zelandoni. Eu gosto muito de Folara, Proleva, Joharran e muitos outros. Não todos, mas a maioria tem sido muito amistosa.

— Marthona tinha razão — disse Zelandoni. — Thonolan foi favorecido com muitos dons e era muito amado. Muitos diziam que ele era um favorito da Mãe. Não gosto quando as pessoas dizem isso, mas, no caso dele, foi profético. O outro lado de ser um dos seus favoritos é Ela não suportar ficar separada da pessoa por muito tempo e tender a levar de volta muito cedo, quando ainda são jovens. Você esteve fora por muito tempo, eu me perguntei se você também não seria um favorito.

— Não pensei que ficaria fora por cinco anos — disse Jondalar.

— Depois de dois anos, muita gente duvidava que você ou Thonolan fosse voltar. Vez ou outra alguém dizia que vocês haviam viajado, mas começaram a esquecê-los. Não sei se você sabe o quanto as pessoas se espantaram quando voltou. Não foi apenas o fato de você ter aparecido com uma mulher estrangeira, com aqueles cavalos e um lobo — disse Zelandoni e deu um sorriso estranho. — Foi simplesmente você ter voltado.

14

— Vocês acham que devíamos tentar entrar com os cavalos na gruta? — perguntou Ayla na manhã seguinte.

— A gruta tem tetos altos, mas é uma gruta, o que significa que depois de passarmos a entrada vai ser escura, a não ser pela luz que levarmos conosco, e o piso é irregular. É preciso ter cuidado, pois o piso cai para um nível inferior em diversos lugares. Deve estar vazia agora, mas ursos a usam no inverno. Pode-se ver os espojadouros e as marcas de garras — disse a Zelandoni.

— Ursos-das-cavernas? — perguntou Ayla.

— Pelo tamanho das marcas de garras, é muito provável que ursos-das-cavernas já tenham entrado. Existem marcas menores, mas não sei se são de ursos-pardos, menores, ou de filhotes de ursos-das-cavernas — explicou a donier. — É uma caminhada muito longa até a área primária, e outra tão longa de volta. Vai nos tomar, ou pelo menos vai me tomar, um dia inteiro. Para ser honesta, há alguns anos não faço esse percurso e acho que esta vai ser minha última vez.

— Vou entrar com Huiin e ver como ela se comporta — disse Ayla. — Vou levar Cinza também. Acho que vou colocar cabrestos nas duas.

— E eu vou entrar com Racer — disse Jondalar. — Vamos entrar com eles sem carga e ver como se comportam. Depois atrelamos os *travois*.

Zelandoni observou os dois colocarem cabrestos nos cavalos e levá-los até a entrada da gruta. Lobo os seguiu. A donier não tinha planejado levá-los até o fundo da gruta. Nem ela sabia exatamente a extensão daquele Local Sagrado.

Era uma gruta enorme, com mais de 15 quilômetros de comprimento, formada por um labirinto de galerias, algumas interligadas e outras saindo em todas as direções, com três níveis subterrâneos, e cerca de 10 quilômetros até a parte que ela queria mostrar aos dois. Seria uma longa caminhada, mas ela estava em dúvida quanto ao uso do *travois*. Mesmo mais lenta, sentia que era capaz de completar o percurso e, ainda que fosse mais fácil, não queria entrar no Local Sagrado olhando para trás.

Jondalar e Ayla voltaram balançando a cabeça e tranquilizando os cavalos.

— Sinto muito — disse Ayla. — Acho que talvez seja o cheiro dos ursos, mas Huiin e Racer ficaram muito nervosos dentro da caverna. Fugiram dos espojadouros dos ursos, e, quanto mais escurecia, mais nervosos e agitados ficavam. Lobo vai conosco, mas os cavalos não gostaram lá de dentro.

— Sou capaz de ir andando, mas vamos levar mais tempo — disse Zelandoni com um sentimento de alívio. — Vamos ter de levar comida, água e roupas quentes. Lá dentro é muito frio. E muitas lamparinas e tochas. Além de tapetes grossos tecidos de folhas de tabua, se quisermos sentar. Haverá pedras e elevações do chão da gruta, mas provavelmente estarão úmidas e enlameadas.

Jondalar amarrou os suprimentos numa estrutura forte que prendeu às costas, mas Zelandoni também tinha uma, parecida com a de Jondalar, porém não tão grande, feita de couro duro preso a uma estrutura. As peças estruturais finas e redondas vinham de troncos novos de árvores de crescimento rápido, como a variedade de salgueiro conhecida como álamo, que crescia de uma vez e em linha reta vertical durante uma única estação. Jondalar e Zelandoni também tinham bolsas e implementos pendurados no cinto de couro. Ayla tinha sua mochila, o restante de seu equipamento e, é claro, Jonayla. Fizeram uma última verificação do acampamento antes de partir. Ayla e Jondalar também se certificaram de que os cavalos ficariam bem naquele dia, enquanto estivessem no fundo da caverna. Acenderam uma tocha na fogueira antes de a apagarem. Ayla então fez um sinal para Lobo ficar junto deles, e entraram na Gruta Mamute.

Embora a entrada fosse muito grande, não era nada em relação ao tamanho real da caverna. A abertura proporcionava luz natural para a primeira parte do percurso; uma única tocha foi suficiente. À medida que avançavam no enorme espaço, a única coisa visível era o interior de uma caverna enorme que claramente havia sido usada por ursos. Ayla não estava certa, mas pensou que independentemente do tamanho de uma gruta, era usada por apenas um animal de cada vez a cada estação. Muitas grandes depressões ovais marcavam o terreno, indicando que os ursos haviam usado a gruta durante muito tempo, e as marcas das garras nas paredes não deixavam dúvida sobre o que havia feito as cavidades. Lobo seguia de perto, caminhando ao lado dela, vez por outra encostando-se à sua perna, o que a tranquilizava.

Depois de entrarem profundamente na gruta e nenhuma luz externa ser visível, com a única maneira de verem o caminho ser pela luz que traziam consigo, Ayla começou a sentir frio. Tinha trazido para si uma túnica quente com mangas longas e uma cobertura separada para a cabeça, e uma parca longa com capuz para a filha. Parou e desamarrou o cobertor de Jonayla, mas tão logo ficou separada da mãe, ela também sentiu frio e se agitou. Ayla vestiu sua filha e si mesma rapidamente. Quando voltou para junto do corpo quente da mãe, acalmou-se. Os outros também vestiram roupas mais quentes.

Quando retomaram a caminhada, a Primeira começou a cantar. Ayla e Jondalar a olharam surpresos. Ela começou cantando suavemente, mas, depois de algum tempo, apesar de não usar palavras, seu canto ficou mais alto, com alterações maiores de escala e tom, como exercícios tonais. Sua voz, tão cheia e rica, ocupou a enorme caverna, e seus companheiros apreciaram o canto.

Haviam entrado quase 1 quilômetro na gruta, e andavam os três lado a lado no amplo espaço, com Zelandoni entre Ayla e Jondalar, quando o som da voz da mulher pareceu mudar, ganhar ressonância com o eco. De repente, Lobo surpreendeu a todos e fez coro com um uivo lúgubre. Jondalar sentiu um calafrio lhe correr a espinha, e Ayla sentiu a agitação de Jonayla tentando lhe subir pelas costas. Então, de repente, sem dizer uma palavra, mas ainda cantando, a donier estendeu as mãos e fez parar os companheiros. Viram que ela olhava a parede esquerda e também se voltaram para ver o que havia ali. Foi quando perceberam o primeiro sinal de que a caverna não era apenas uma enorme e assustadora gruta vazia aparentemente sem fim.

De início, Ayla não viu nada além de afloramentos de pedras avermelhadas, uma visão comum sobre todas as paredes. Então, no alto daquela parede, ela notou máscaras negras que não pareciam naturais. De repente, sua mente deu sentido ao que seus olhos viam: pintados em preto, enxergou formas de mamutes. Ao observar com mais atenção, viu três mamutes olhando para a esquerda, como se marchassem para fora da gruta. Então, atrás do último, o contorno de um bisão negro, e levemente fundida nele, a forma característica da cabeça e do lombo de outro mamute voltado para a direita. Um pouco além e um pouco mais alto, havia um rosto em que se via claramente a barba, um olho, dois chifres e o contorno do lombo de mais um bisão. Seis animais ao todo, ou uma impressão suficientemente forte para identificar esse número, haviam sido pintados na parede. Ayla sentiu um calafrio repentino e tremeu.

— Já acampei muitas vezes diante desta caverna e nunca soube da existência disso. Quem pintou? — perguntou Jondalar.

— Não sei — respondeu Zelandoni. — Ninguém sabe ao certo, os Antigos, os Ancestrais. Não são mencionados nas Lendas dos Antigos. Dizem que há muitos anos havia inúmeros mamutes aqui, além de rinocerontes peludos. Encontramos muitos ossos e presas de marfim amarelados pelo tempo, mas hoje raramente vemos esses animais. Achar alguns deles é um evento, como o rinoceronte que os rapazes tentaram matar no ano passado.

— Parece que havia muitos onde viviam os Mamutói — disse Ayla.

— É verdade, nós participamos de uma grande caçada com eles — acrescentou Jondalar pensativo —, mas lá é diferente. É muito mais seco e frio. Não há tanta neve. Quando caçamos mamutes com os Mamutói, o vento soprava a neve em torno do capim seco no terreno aberto. Aqui, quando se vê mamutes correndo para o norte, sabe que vem uma grande tempestade de neve. Quanto mais ao norte, mais frio, e, quando se avança mais, o tempo fica mais seco também. Os mamutes afundam na neve alta, e os leões sabem disso e os seguem. Vocês conhecem o ditado: "É a morte, quando os mamutes vão para o norte" — disse Jondalar. — Se a neve não alcançar você, os leões alcançam.

Como haviam parado, Zelandoni tirou uma tocha da estrutura às suas costas e para acendê-la usou a que Jondalar estava segurando, que, embora ainda não estivesse apagada, estava morrendo e gerava muita fumaça. Quando a dela se acendeu, ele bateu sua tocha contra a pedra para arrancar o carvão da ponta, fazendo com que brilhasse mais intensamente. Ayla sentiu que sua filha se agitava no cobertor às suas costas. Jonayla dormira na escuridão, embalada pelo movimento dos passos da mãe, mas parecia estar acordando. Quando retomaram a caminhada, a menina se acalmou outra vez.

— Os homens do Clã caçavam mamutes — disse Ayla. — Uma vez eu fui com eles, não para caçar, as mulheres do Clã não caçam, mas para ajudar a secar a carne e levá-la de volta. — Depois pensou um pouco e acrescentou: — Acredito que o povo do Clã não entraria numa gruta igual a esta.

— Por que não? — perguntou Zelandoni enquanto os três se aprofundavam na caverna.

— Não conseguiriam conversar, quer dizer, não se entenderiam muito bem. É escuro demais, mesmo com as tochas. Além do mais, é difícil falar com as mãos quando se está segurando uma tocha.

O comentário fez Zelandoni notar mais uma vez a maneira estranha como Ayla produzia certos sons, o que geralmente acontecia quando falava do Clã, especialmente sobre as diferenças entre eles e os Zelandonii.

— Mas eles ouvem e têm palavras. Você me falou de algumas das palavras deles.

— É verdade, eles têm algumas palavras — concordou Ayla, e depois continuou a explicar que para o Clã os sons da fala eram secundários. Tinham nomes para as coisas, mas os movimentos e os gestos eram primários. Não eram somente sinais de mão; a linguagem corporal era ainda mais importante. Onde ficavam as mãos quando faziam sinais; a postura, o comportamento e a atitude da pessoa que se comunica; as idades e os gêneros dos que fazem os sinais e daqueles que os recebem; além de indicações e expressões quase imperceptíveis, como um leve movimento do pé, da mão ou de uma sobrancelha; todos eram parte de sua língua de sinais. Não se podia perceber tudo isso quando se via apenas o rosto ou só se ouviam as palavras.

Desde a mais tenra idade, as crianças do Clã tinham de aprender como perceber a língua, apenas ouvi-la não era suficiente. Assim, ideias muito complexas e abrangentes eram expressas com poucos movimentos óbvios e ainda menos sons, mas não à grande distância ou no escuro. Era essa a grande desvantagem. Os membros do Clã eram obrigados a ver. Ayla contou a eles sobre um velho que estava ficando cego, que finalmente desistiu e morreu por não poder mais se comunicar, pois não via mais o que as pessoas diziam. Evidentemente, às vezes o Clã precisava falar no escuro ou gritar de longe. Por isso, inventaram algumas palavras, usavam alguns sons, mas o emprego que faziam das palavras pronunciadas era muito mais limitado.

— Tal como é limitado o nosso uso de gestos — disse ela. — Pessoas como nós, os que eles chamam de "os Outros", também usam postura, expressão e gestos para falar, para se comunicar, mas não tanto.

— O que você quer dizer? — perguntou Zelandoni.

— Não usamos a linguagem de sinais de forma tão consciente ou expressiva como o Clã. Quando faço um aceno — e ela mostrou o movimento —, a maioria das pessoas sabe que eu quero dizer "venha". Um aceno feito com pressa ou agitadamente, indica urgência, mas de longe não há como saber se a urgência se deve ao ferimento de alguém ou ao fato de o jantar estar esfriando. Ao olharmos uns para os outros, a forma das palavras ou as expressões no rosto nos dizem mais, porém, mesmo no escuro, na neblina, ou de longe, ainda nos comunicamos com quase a mesma compreensão. Ainda que se grite à distância, é possível tornar claras ideias muito completas e difíceis. Essa capacidade de falar e entender em quase todas as circunstâncias é uma vantagem real.

— Nunca pensei nisso dessa maneira — disse Jondalar. — Quando você ensinou o Acampamento do Leão dos Mamutói a "falar" a língua de sinais do Clã, para que Rydag pudesse se comunicar com todos, os mais novos transformaram aquilo em brinquedo, divertiram-se fazendo sinais uns aos outros. Porém, quando chegamos à Reunião de Verão, tudo se tornou sério ao estarmos reunidos com todos, mas queríamos dizer algo em particular ao Acampamento do Leão. Lembro-me de uma ocasião em particular, quando Talut disse ao Acampamento do Leão para só falar mais tarde, pois havia pessoas perto que ele não queria que soubessem. Agora não me lembro do que se tratava.

— Então, se entendo bem, você pode dizer alguma coisa com palavras e, ao mesmo tempo, dizer outra, ou esclarecer algo diferente privadamente, com os sinais de mão — concluiu A Que Era A Primeira. As rugas de concentração indicavam que pensava em alguma coisa que sentia ser importante.

— Isso mesmo, pode — respondeu Ayla.

— É muito difícil aprender essa língua de sinais?

— Seria, se você tentasse aprendê-la completamente, com todas as nuances de significado. Mas eu ensinei ao Acampamento do Leão uma versão simplificada, a que se ensina de início às crianças.

— Mas era suficiente para comunicar — disse Jondalar. — Dá para manter uma conversa... Bem, talvez não os aspectos mais sutis de um ponto de vista.

— Talvez fosse bom você ensinar à zelandonia essa linguagem simplificada de sinais — disse a Primeira. — Vejo como poderia ser útil, para passar alguma informação ou esclarecer um ponto.

— Ou quando você conhecer alguém do Clã e quiser dizer alguma coisa — disse Jondalar. — Ajudou-me muito quando conheci Guban e Yorga pouco antes de cruzarmos a pequena geleira.

— Sim, também — disse a Zelandoni. — Talvez possamos preparar algumas aulas no próximo ano, durante a Reunião de Verão. Claro que você poderia ensinar à Nona Caverna durante a estação fria. — Fez uma pausa. — Mas você tem razão; ela não funciona bem no escuro. Então eles nunca entram em cavernas?

— Entram, só não vão muito longe. E quando entram, iluminam muito bem todo o caminho. Acho que nunca chegariam tão longe assim numa gruta — disse Ayla —, a menos que estivessem sozinhos, ou por razões muito especiais. Os mog-urs às vezes entravam em grutas bem profundas.

Ayla se lembrava claramente de uma gruta durante uma Reunião do Clã, quando ela seguiu algumas luzes e viu os mog-urs, os homens sagrados.

Retomaram a caminhada, cada um perdido nos próprios pensamentos. Depois de algum tempo, Zelandoni começou a cantar novamente. Após percorrerem uma distância não tão grande quanto a percorrida até as primeiras pinturas nas paredes, o som da voz da Zelandoni desenvolveu uma ressonância maior, pareceu ecoar das paredes da gruta e Lobo começou a uivar outra vez. A Primeira parou e daquela vez olhou a parede direita da gruta. Ayla e Jondalar viram mais mamutes, dois, não pintados, mas entalhados, mais um bisão e o que pareciam ser marcas estranhas feitas com os dedos em barro macio ou coisa semelhante.

— Eu sempre soube que ele era Zelandoni — disse a Primeira.

— Quem? — perguntou Jondalar, apesar de achar que já sabia.

— Lobo, é claro. Por que vocês acham que ele "canta" quando nos aproximamos dos lugares de onde o mundo dos espíritos está próximo?

— O mundo dos espíritos está próximo, aqui, neste lugar? — perguntou Jondalar, olhando em volta, sentindo um toque de apreensão.

— Sim, aqui estamos muito próximos do Sagrado Mundo Subterrâneo da Mãe — respondeu a líder espiritual dos Zelandonii.

— É por isso que você às vezes é chamada de a Voz de Doni? Porque quando canta encontra esses lugares? — perguntou novamente Jondalar.

— É uma das razões. Significa também que eu falo pela Mãe, como quando sou a delegada da Ancestral Original, a Mãe Original, ou quando sou o Instrumento Daquela que Abençoa. Uma Zelandoni, especialmente Aquela Que É A Primeira, tem muitos nomes. Por isso ela geralmente abandona o nome pessoal quando serve à Mãe.

Ayla ouvia atentamente. Não queria abandonar o próprio nome. Era tudo que lhe havia sobrado de seu povo, o nome que sua mãe lhe dera, ainda que suspeitasse que "Ayla" não fosse seu nome original. Era apenas o nome mais fácil que o Clã conseguia pronunciar, mas era tudo que tinha de seu.

— Toda a zelandonia é capaz de cantar para encontrar esses lugares especiais? — perguntou Jondalar.

— Nem todos cantam, mas todos têm uma "voz", um meio de encontrá-los.

— Foi por isso que me pediram para produzir um som especial quando estávamos examinando aquela caverna? — perguntou Ayla. — Eu não sabia que isso era esperado.

— Que som você produziu? — perguntou Jondalar, em seguida sorriu. — Tenho certeza de que você não cantou. — Depois, voltando-se para Zelandoni, ele explicou: — Ela não sabe cantar.

— Eu urrei como Neném. Veio um belo eco. Jonokol pensou que soava como se houvesse um leão no fundo daquela pequena gruta.

— Como você imagina que soaria aqui? — perguntou Jondalar.

— Não sei. Alto, suponho. Mas não me parece o som correto a ser produzido aqui.

— Qual seria o som correto, Ayla? — perguntou a Zelandoni. — Você terá de ser capaz de produzir algum som quando for Zelandoni.

Ela parou para pensar.

— Sou capaz de produzir os sons de muitos pássaros diferentes, talvez eu assoviasse.

— É verdade, ela canta como um passarinho, como muitos passarinhos — acrescentou Jondalar. — Ela pia tão bem que eles vêm comer na sua mão.

— Por que você não tenta agora? — propôs a donier.

Ayla pensou um momento e decidiu por uma cotovia do prado. Fez uma imitação perfeita de uma ave em voo. Pensou ter ouvido uma ressonância, mas teria de assoviar novamente em outra parte da gruta, ou lá fora, para ter certeza. Pouco depois, o som do canto da Zelandoni se alterou outra vez, mas de uma forma ligeiramente diferente da mudança anterior. A mulher se moveu para a direita e viram uma nova passagem aberta.

— Há um único mamute naquele túnel, mas está muito longe e acho que não vale a pena ir vê-lo agora — disse a donier, e acrescentou, despreocupada: — Lá não há nada. — Indicou outra abertura quase diretamente em frente à esquerda, depois voltou a cantar passando diante de outra passagem à direita. — Há um teto aí dentro que nos leva até perto d'Ela, mas é uma longa caminhada e acho que devemos esperar até a hora de sair para decidirmos se vamos visitá-lo. — Um pouco mais adiante, ela avisou: — Tenham cuidado, a passagem muda de direção. Faz uma curva acentuada para a direita e aí há um buraco fundo que leva a uma seção inferior da gruta e é muito úmido. Talvez agora seja melhor vocês me seguirem.

— Acho melhor acender outra tocha — disse Jondalar.

Parou, tirou outra tocha da estrutura nas costas e a acendeu no fogo da que tinha na mão. O chão já estava molhado com pequenas poças e argila úmida. Soprou a tocha que estava quase apagada e colocou o toco num bolso do maço que carregava. Ele havia aprendido desde cedo que não se suja desnecessariamente o chão de um Local Sagrado.

Para livrá-la das cinzas acumuladas, Zelandoni bateu a tocha que levava sobre uma estalagmite que parecia subir do chão. O fogo imediatamente aumentou o brilho. Ayla sorriu quando viu Lobo. Ele se esfregou contra a sua perna, e ela coçou atrás das orelhas dele, um gesto que tranquilizou os dois. Jonayla se mexeu novamente. Sempre que Ayla parava de andar, a menina notava. Logo teria de ser amamentada, mas pareciam estar entrando numa parte mais perigosa da gruta e ela preferia ultrapassá-la primeiro. Zelandoni começou novamente a andar. Ayla a seguiu e Jondalar fechava a retaguarda.

— Cuidado onde pisam — disse a Primeira, segurando a tocha no alto para espalhar mais a luz.

Iluminou uma parede de pedra à direita, então, de repente desapareceu, mas uma luz brilhante traçava o contorno. O piso era muito irregular, pedregoso e coberto de argila escorregadia. A umidade havia penetrado pelo calçado de Ayla, mas a sola macia se prendia bem ao chão. Quando chegou ao contorno iluminado da parede de pedra e olhou em volta, viu a enorme mulher parada atrás dela, e uma passagem que continuava para a direita.

— Norte, acho que agora estamos andando para o norte — disse para si. Vinha tentando prestar atenção à direção que percorriam desde a entrada na gruta. Houve poucos desvios leves pelo caminho, mas tinham viajado essencialmente para oeste. Aquela era a primeira mudança significativa de direção. Ayla olhou para a frente e não viu nada além da luz da tocha levada por Zelandoni, a não ser a intensidade escura que só se vê nas profundidades subterrâneas. Perguntou-se o que poderia haver nesse vazio cavernoso.

A luz da tocha de Jondalar o precedeu contornando a extremidade da parede que alterou a direção. Zelandoni esperou até que todos estivessem reunidos, inclusive Lobo, antes de falar.

— Um pouco à frente, onde o chão se nivela, há algumas boas pedras para nos sentarmos. Acho que deveríamos parar lá e comer alguma coisa e encher nossos pequenos odres.

— Sim — concordou Ayla. — Jonayla está agitada, querendo acordar, e eu preciso amamentá-la. Acho que estaria acordada há mais tempo, mas a escuridão e o meu movimento ao andar a acalmaram.

Zelandoni começou a cantarolar baixinho outra vez até chegarem a um lugar onde a gruta ressoou com um som diferente. Ela cantou com maior claridade tonal ao se aproximarem de um pequeno túnel lateral à esquerda. Parou onde ele se abria.

— É aqui — afirmou.

Ayla ficou feliz por poder se livrar da mochila e do arremessador. Cada um encontrou uma pedra confortável; Ayla tirou três tapetes de folhas de tabua tecidas para se sentarem. Quando levou a filha ao seio, Jonayla estava mais que pronta para mamar. Zelandoni tirou do seu pacote três lamparinas de pedra: uma decorada feita de arenito, que Ayla já a vira usar, e duas de calcário. A pedra tinha sido cortada e lixada na forma de pequenas bacias com cabos retos alinhados com a borda. A Primeira tirou também o pacote cuidadosamente embrulhado com os materiais de pavio e dele retirou seis fitas de cogumelo seco.

— Ayla, onde está o tubo de sebo que você trouxe?

— Está na bolsa de carne nas costas de Jondalar.

Jondalar retirou os pacotes de alimentos e o odre grande que trazia na sacola presa às suas costas e entregou a Ayla. Ela abriu o recipiente de couro onde estava a carne e mostrou o intestino cheio de gordura limpa e branca feita da banha dura dos rins. Ele o levou para a donier.

Enquanto Jondalar enchia os odres pequenos com água vinda do saco maior, a Zelandoni pôs um pouco de sebo nas três lamparinas de pedra e usou sua tocha para derretê-lo. Então colocou dois pavios de cogumelo seco nas poças de gordura derretida em cada uma das lamparinas de forma que mais da metade do comprimento das faixas absorventes ficasse mergulhada na gordura, deixando duas pontas pequenas do pavio acima da borda. Quando acendeu, as lamparinas crepitaram, mas o calor fez a gordura líquida encharcar os pavios e logo eles tinham mais três fontes de luz, o que tornava muito clara a escuridão absoluta da gruta.

Jondalar distribuiu a comida que havia sido preparada durante a refeição matinal especialmente para a viagem ao interior da gruta. Puseram pedaços de carne assada vermelha de veado nas suas tigelas e usaram os copos para a sopa fria de vegetais cozidos tirada de outro odre. Os longos pedaços de cenoura silvestre, as pequenas raízes cheias de amido, os caules de cardo cortados, os brotos de lúpulo e as cebolas selvagens estavam muito macios e não exigiam grande esforço de mastigação.

Ayla cortou um pedaço de carne para Lobo. Depois de lhe dar o pedaço, acomodou-se para comer enquanto terminava de amamentar a filha. Havia notado que, embora tivesse explorado um pouco durante a caminhada, Lobo não se afastara muito. Os lobos viam muito bem na escuridão e às vezes ela via os olhos dele nos cantos mais escuros da gruta, refletindo a pouca luz que traziam. Tinha certeza de que, se alguma coisa imprevista os fizesse perder a luz, ele seria capaz de tirá-los da gruta usando apenas o faro. Sabia que o olfato de Lobo era tão sensível que ele seria capaz, sem dificuldade, de refazer o caminho percorrido.

Enquanto comiam em silêncio, Ayla examinou o entorno, usando todos os sentidos. A luz das lamparinas iluminava uma área pequena à volta deles. O restante da gruta era negro, uma escuridão rica e abrangente que nunca se viu lá fora, nem mesmo na escuridão mais profunda da noite. Apesar de não conseguir ver além do brilho das chamas das lamparinas, se tentasse, ela seria capaz de ouvir os murmúrios suaves da gruta.

Ela havia reparado que em alguns lugares o chão e as pedras pareciam secos. Outros brilhavam de umidade da água da chuva, da neve e do degelo que filtravam lentamente, com incalculável paciência, através da terra e do calcário, acumulando resíduos pelo caminho e os depositando gota a gota para criar os pingentes de pedra acima deles e os blocos de pedra no chão. Ouvia o ruído leve e suave dos pingos, perto deles e também mais distantes. Após um tempo incalculável, eles se encontravam nos pilares, nas paredes e nas cortinas que se formavam no interior da gruta.

Ouviam-se o ruído de coisas raspando e os pios de criaturas minúsculas, e um movimento de ar quase imperceptível, o sussurro abafado do vento que ela teve de se esforçar para perceber, pois era praticamente afogado pelo barulho da respiração dos cinco seres vivos que haviam entrado no espaço silencioso. Tentou sentir o cheiro do ar e abriu a boca para aspirar uma amostra. Era úmido, com o leve gosto da decomposição da terra e das conchas ancestrais comprimidas em calcário.

Terminada a refeição, Zelandoni falou:

— Existe uma coisa que eu gostaria de mostrar a vocês neste túnel. Podemos deixar as coisas aqui e pegá-las na volta, mas cada um de nós deve levar uma lamparina.

Encontraram um canto discreto onde puderam urinar e se aliviar. Ayla segurou a criança no alto para ela fazer suas necessidades e a limpou com um pouco de musgo que trouxera. Em seguida, usou o cobertor para prender Jonayla ao seu quadril, pegou uma das lamparinas de calcário e seguiu Zelandoni através da passagem que se dividia para a esquerda. A mulher recomeçou seu canto. Ayla e Jondalar estavam se familiarizando com o timbre do eco que lhes informava a proximidade de um Local Sagrado, um lugar mais próximo do Outro Mundo. Quando Zelandoni parou, olhava para a parede da direita. Seguiram seu olhar e viram dois mamutes se encarando. Ayla os considerou particularmente notáveis, e se perguntou o que significavam as várias localizações dos mamutes na gruta. Como haviam sido criados há tanto tempo que ninguém sabia quem os tinha feito, nem mesmo a que Caverna ou Povo eles pertenciam, era pouco provável que alguém soubesse, mas ela não conseguiu evitar a pergunta.

— Você sabe por que os mamutes olham um para o outro, Zelandoni?

— Há quem diga que estão lutando — respondeu a mulher. — O que você acha?

— Acho que não — respondeu Ayla.

— Por que não? — perguntou a Primeira.

— Eles não parecem ferozes nem raivosos. Parecem estar conversando.

— O que você acha, Jondalar? — perguntou Zelandoni.

— Acho que não estão lutando, nem planejam lutar. Talvez simplesmente tenham se encontrado por acaso.

— Você acredita que quem os pôs aí teria se dado ao trabalho se eles tivessem se encontrado por acaso?

— Não, provavelmente não — concordou ele.

— Talvez cada mamute represente o líder de um povo, e os dois se reuniram para decidir sobre algo importante — disse Ayla. — Ou talvez já tenham decidido e isso seja a comemoração.

— É uma das hipóteses mais interessantes que já ouvi — comentou Zelandoni.

— Mas nunca vamos saber ao certo, não é? — disse Jondalar.

— Não, é pouco provável — respondeu A Que Era A Primeira. — Mas as interpretações das pessoas geralmente nos dizem algo a respeito de quem interpreta.

Esperaram em silêncio, então Ayla sentiu necessidade de tocar a parede entre os mamutes. Esticou a mão direita e aplicou a palma na pedra, então fechou os olhos e a manteve lá. Sentiu a dureza da pedra, a forte sensação de frio e umidade do calcário. Então percebeu mais alguma coisa, como uma intensidade, uma concentração, calor, talvez fosse seu próprio calor corporal que aquecia a pedra. Largou a pedra e olhou a mão, em seguida moveu a filha para uma posição ligeiramente diferente.

Voltaram ao corredor principal e tomaram o rumo norte, levando as lamparinas em vez das tochas. Zelandoni continuou a usar a voz, às vezes cantando baixinho de boca fechada, às vezes expressando maiores qualidades tonais, parando quando pensava haver alguma coisa para mostrar a eles. Ayla estava particularmente fascinada pelo mamute com linhas que indicavam o pelo estendido para baixo, além de marcas, talvez de garras de urso, em todo o corpo. Estava intrigada pelos rinocerontes. Quando chegaram a um lugar onde o canto ficou mais ressonante na grande caverna, Zelandoni parou mais uma vez.

— Aqui podemos escolher qual caminho seguir. Acho que devemos seguir em frente, então voltar até aqui e tomar a passagem à esquerda por algum tempo. Depois retornar e voltar pelo caminho por onde viemos e sair da caverna. Ou podemos tomar a esquerda e depois voltar.

— Acho que você devia decidir — disse Ayla.

— Concordo com Ayla. Você tem uma noção melhor da distância e só você sabe o quanto está cansada.

— Já estou um pouco cansada, mas talvez eu nunca mais volte aqui — respondeu a Zelandoni —, e amanhã vou poder descansar no acampamento, ou no assento que vocês fizeram, puxada pelo cavalo. Vamos em frente até encontrarmos o lugar que nos leve até mais perto do Sagrado Mundo Subterrâneo da Mãe.

— Acho que esta caverna é toda próxima do Mundo Subterrâneo d'Ela — comentou Ayla, sentindo um formigamento na mão que havia tocado a pedra.

— Você tem razão, é claro, e por isso é mais difícil encontrar os lugares especiais — disse a Primeira.

— Acho que esta gruta pode nos levar até o Outro Mundo, ainda que esteja no meio da terra.

— A verdade é que esta gruta é muito maior e há muito mais a ver do que veremos neste único dia. Não vamos chegar a nenhuma das grutas inferiores.

— Alguém já se perdeu aqui? — perguntou Jondalar. — Eu diria que é muito fácil.

— Não sei. Sempre que viemos aqui, nos certificamos de que temos alguém que conhece a gruta e o caminho — respondeu ela. — Por falar em conhecer, acho que aqui nós geralmente tornamos a encher de combustível as lamparinas.

Jondalar tirou novamente a gordura e, depois de ter completado o nível das lamparinas, a mulher verificou os pavios e os puxou para fora, tornando mais brilhante a sua luz. Antes de continuarem, ela disse:

— Quando se é capaz de produzir sons que ressoam, que geram algum tipo de eco, fica mais fácil encontrar o caminho. Há quem use flautas, por isso acredito que seus piados de passarinho devam ajudar, Ayla. Por que você não tenta?

Ayla ficou tímida e não sabia que passarinho escolher. Por fim, decidiu-se pela cotovia e pensou no pássaro com suas asas negras, a longa cauda emoldurada em branco, as estrias no peito e o penacho na cabeça. Costumavam andar em vez de saltar e faziam seu ninho no chão, bem-escondido no capim. Quando voavam, emitiam um trinado líquido, mas sustentavam durante muito tempo seu canto do amanhecer. Foi esse o som escolhido por ela.

Na escuridão absoluta da gruta profunda, sua emissão perfeita do canto da cotovia tinha uma misteriosa incongruência, uma qualidade estranhamente inadequada, fantasmagórica, que fez Jonayla se agitar. Zelandoni tentou ocultar, mas ela também teve um calafrio inesperado. Lobo sentiu da mesma forma, mas nem tentou esconder. Seu uivo assustador reverberou através do enorme espaço fechado, e com isso Jonayla começou a chorar, mas Ayla entendeu que não era tanto um choro de medo ou tristeza, mas um gemido longo que soou como acompanhamento para o Lobo.

— Eu sabia que ele era um Zelandoni — disse a Primeira, que então decidiu participar do coro com sua rica voz de dama da ópera.

Jondalar ficou ali, espantado. Quando cessaram os sons, ele soltou um riso incerto, mas então Zelandoni também riu, e o homem soltou seu riso vigoroso e animado fazendo Ayla rir também, acompanhando aquela risada que amava tanto.

— Não creio que esta gruta já tenha ouvido tanto barulho — disse A Que Era A Primeira. — Deve agradar à Mãe.

Quando retomaram a caminhada, Ayla demonstrou seu virtuosismo de cantos de passarinhos, e em pouco tempo sentiu uma mudança na ressonância. Parou para olhar as paredes, primeiro à direita, depois à esquerda, e viu uma frisa com três rinocerontes. Os animais estavam delineados em negro, mas as figuras passavam uma sensação de volume e precisão de contorno que as tornava notavelmente realistas. O mesmo se dava com os animais entalhados. Alguns dos animais que havia visto, especialmente os mamutes, eram desenhados com apenas a linha de contorno da cabeça e a forma característica do lombo, alguns tinham também duas linhas curvas representando as presas, outros eram muito completos, mostrando os olhos e a sugestão da pelagem, mas mesmo sem as presas e outros acréscimos, os contornos já eram suficientes para dar a sensação do animal completo.

Os desenhos a levaram a se perguntar se a qualidade dos seus trinados e dos cantos de Zelandoni haviam se alterado em certas regiões da gruta, e se algum ancestral tinha ouvido ou sentido ali as mesmas qualidades e marcado aqueles pontos com mamutes e rinocerontes e outras coisas. Era fascinante imaginar que a própria gruta dizia às pessoas onde devia ser marcada. Ou seria a Mãe quem dizia aos Seus filhos, por meio da gruta, onde procurar e onde marcar? E ela se questionava se os sons que produziam era o que realmente os levava a lugares mais próximos do Subterrâneo da Mãe. Parecia que sim, mas num canto de sua mente ela tinha reservas e só imaginava.

Quando retomaram a caminhada, Ayla continuou seus trinados. Um pouco além, não tinha bem certeza, sentiu-se compelida a parar. De início, não viu nada, mas, depois de mais alguns passos, ela olhou para a esquerda da grande gruta e viu um notável mamute entalhado. Tinha a pelagem completa de inverno. Era possível ver os pelos na sua testa, em volta dos olhos, na cara, e ao longo da tromba.

— Ele lembra um velho sábio — disse Ayla.

— Ele é conhecido como "O Ancião" — comentou a Zelandoni. — Ou às vezes como "O Ancião Sábio".

— Ele realmente me faz pensar num velho com muitos filhos na sua casa, e os filhos dos filhos, e talvez ainda os filhos dos netos — disse Jondalar.

Zelandoni recomeçou seu canto, voltando à parede em frente, e parou diante de mais mamutes, muitos deles pintados em preto.

— Vocês seriam capazes de usar as palavras de contar e me dizer quantos mamutes você está vendo? — perguntou a Jondalar e Ayla.

Os dois andaram diante da parede da gruta, com as lamparinas erguidas para ver melhor, e fizeram o jogo de cantar a palavra de contar para cada um que viam.

— Alguns olham para a esquerda e outros para a direita — disse Jondalar.

– E dois no meio estão de frente um para o outro.

— É como se os dois líderes que vimos antes tivessem se encontrado novamente, e tivessem trazido com eles parte de sua manada — disse Ayla. — Estou contando 11.

— É também a minha conta — disse Jondalar.

— Esse é o número geralmente encontrado — disse a Zelandoni. — Há mais alguns animais se continuarmos nesta direção, mas estão muito longe e acho que não precisamos visitá-los agora. Vamos voltar e tomar a outra passagem. Acho que vocês vão se surpreender.

Chegaram a uma bifurcação, e Zelandoni os conduziu pelo outro túnel. Enquanto andava, ela murmurava ou cantava suavemente. Passaram por mais animais, a maioria mamutes, mas também um bisão, talvez um leão, pensou Ayla, e notou mais marcas de dedos, algumas em formas características, outras pareciam mais aleatórias.

De repente, a Primeira elevou o tom e o timbre da voz, e seus passos ficaram mais lentos. Então começou a cantar as palavras familiares da Canção da Mãe.

> — *O caos do tempo, em meio à escuridão,*
> *O redemoinho deu a Mãe sublime à imensidão.*
> *Sabendo que a vida é valiosa, para Si Mesma Ela acordou*
> *E o vazio vácuo escuro a Grande Mãe Terra atormentou.*
> — *Sozinha a Mãe estava. Somente Ela se encontrava.*
>
> — *No pó do Seu nascimento, Ela viu uma solução,*
> *E criou um amigo claro e brilhante, um colega, um irmão.*
> *Eles cresceram juntos, aprenderam a amar e a cuidar,*
> *E quando Ela estava pronta, eles decidiram se casar.*
> — *E diante d'Ela ele se curvou. O Seu claro e brilhante amor.*

Sua voz rica pareceu encher todo o espaço e toda a profundidade da grande gruta. Ayla ficou tão emocionada que não sentia apenas calafrios, sentia a garganta se fechar e lágrimas se formarem.

> — *A vasta Terra estéril e o vazio vácuo escuro,*
> *Com expectativa, aguardavam o futuro.*
> *A vida bebeu do sangue d'Ela e dos Seus ossos respirou.*
> *Fendeu e abriu a Sua pele e as Suas pedras rachou*
> — *A Mãe estava concebendo. Outro estava vivendo.*
>
> — *Suas jorrantes águas parturientes encheram rios e mares,*
> *E inundaram a terra, elevando altas árvores nos ares.*
> *De cada gota preciosa, mais grama e folhas brotaram,*
> *E viçosas plantas verdejantes toda a Terra renovaram.*
> — *Sua água fluía. O novo verde crescia.*
>
> — *Num violento trabalho de parto, vomitando fogo e desprazer,*
> *Ela pelejou na dor para uma nova vida ver nascer.*
> *Seu sangue coagulado e seco tornou ocre vermelho o solo,*
> *Mas a criança radiante que nasceu foi o seu consolo.*
> — *A Mãe estava contente. Era o Seu menino reluzente.*
>
> — *Montanhas jorraram chamas de seus cumes ondulosos,*
> *E Ela amamentou o filho com os Seus seios montanhosos*

> *Ele sugou com tanta força, que faíscas voaram adiante,*
> *O quente leite da Mãe estendeu uma trilha no céu distante.*
> *— A vida d'Ele começou. O Seu filho Ela amamentou.*

> *— Ele sorria e brincava, e se tornou grande e luminoso.*
> *Acendia a escuridão, era da Mãe o amoroso.*
> *Ela era generosa com o Seu amor, e ele crescia com abastança,*
> *Mas logo amadureceu, não era mais uma criança.*
> *— Seu filho logo cresceu. Sua mente só a ele pertenceu.*

A caverna profunda parecia cantar respondendo Àquela Que Era A Primeira, as formas arredondadas e os ângulos agudos da pedra provocando ligeiros atrasos e alterando os tons de forma que o som que voltava aos ouvidos dos visitantes era uma fuga de harmonia estranha e linda.

Apesar de a sua voz encorpada encher o espaço de som, Ayla sentia algo de confortador. Não conseguia ouvir todas as palavras, todos os sons, alguns versos a faziam pensar mais profundamente sobre o significado, mas tinha a sensação de que, se algum dia se perdesse, poderia ouvir aquela voz onde quer que estivesse. Olhou Jonayla, que parecia ouvir com a mesma atenção. Jondalar e Lobo pareciam tão enfeitiçados pelo som quanto ela própria. O canto continuou e a embalou no sentimento da história, sem ouvir realmente todas as palavras, até que Zelandoni chegou ao verso que mais amava.

> *— A Grande Mãe passou com uma dor em Seu coração a conviver,*
> *De que Ela e o Seu filho separados para sempre iam viver.*
> *Pela criança que Lhe fora negada padecia*
> *Então, mais uma vez, a força vital interna a reanimaria.*
> *— Ela não se conformava. Com a perda de quem amava.*

Ayla sempre chorava quando chegava essa parte. Sabia como era perder um filho e se sentia unida à Grande Mãe. Tal como Doni, ela também tinha um filho ainda vivo, do qual estaria eternamente separada. Abraçou Jonayla junto ao seu corpo. Era grata pela nova filha, mas seria sempre saudosa do primeiro.

> *— Com um estrondoso bramido, Suas pedras em pedaços se partiram,*
> *E das grandes cavernas que bem abaixo se abriram,*
> *Ela novamente em seu espaço cavernoso fez parir,*
> *Para do Seu ventre mais Filhos da Terra sair.*
> *— Da Mãe em desespero, mais crianças nasceram*

— *Cada filho era diferente, havia grandes e pequenos também,*
Uns caminhavam, outros voavam, uns rastejavam e outros nadavam bem.
Mas cada forma era perfeita, cada espírito acabado,
Cada qual era um exemplar cujo modelo podia ser imitado.
— *A Mãe produzia. A terra verde se enchia.*

— *Todas as aves, peixes e animais gerados,*
Não deixariam, desta vez, os olhos da Mãe inundados.
Cada espécie viveria perto do lugar de coração.
E da Grande Mãe Terra partilharia a imensidão.
— *Perto d'Ela ficariam. Fugir não poderiam.*

Ayla e Jondalar correram o olhar pela grande caverna; seus olhos se encontraram. Estavam sem dúvida num Local Sagrado. Nunca haviam entrado numa gruta como aquela e de repente os dois entenderam melhor o significado da história da origem sagrada. Talvez houvesse outras, mas aquele tinha de ser um dos lugares por onde Doni paria. Sentiram-se no ventre da Terra.

— *Todos eram Seus Filhos, e lhe davam prazer,*
Mas esgotaram a força vital do Seu fazer.
Mas Ela ainda tinha um resto, para uma última inovação,
Uma criança que lembraria Quem fez a criação.
— *Uma criança que respeitaria. E a proteger aprenderia.*

— *A Primeira Mulher nasceu adulta e querendo viver,*
E recebeu os Dons de que precisava para sobreviver.
A Vida foi o Primeiro Dom, e, como a Grande Mãe Terra dadivosa,
Ela acordou para si mesma sabendo que a vida era valiosa.
— *A Primeira Mulher a haver. A primeira a nascer.*

— *A seguir, foi o Dom da Percepção, do aprender,*
O desejo do discernimento, o Dom do Saber.
À Primeira Mulher foram dados conhecimentos contundentes
Que a ajudariam a viver, e passá-los aos descendentes.
— *A Primeira Mulher ia saber. Como aprender, como crescer.*

— *Com a força vital quase esgotada, a Mãe estava consumida,*
E passou para a Vida Espiritual, que fora a sua lida.
Ela fez com que todos os Seus filhos mais uma vez fizessem a criação,
E a Mulher também foi abençoada com a procriação.
— *Mas sozinha a Mulher estava. Somente Ela se encontrava.*

— *A Mãe lembrou a própria solidão que sentiu,*
O amor do Seu amigo e as demoradas carícias que produziu.
Com a última centelha que restava, a Sua tarefa iniciou,
Para compartilhar a vida com a Mulher, o Primeiro Homem Ela criou.
— *Mais uma vez Ela dava. Mais uma vez criava.*

Zelandoni e Ayla olharam Jondalar e sorriram, pensando a mesma coisa. As duas sentiam que ele era o exemplo perfeito, poderia ter sido o Primeiro Homem, e as duas agradeciam por Doni ter criado o homem para compartilhar a vida com a mulher. Da expressão das duas, Jondalar quase adivinhava o que pensavam e se sentiu embaraçado, apesar de não saber por quê.

— *À Mulher e ao Homem a Mãe concebeu,*
E depois, para seu lar, Ela o mundo lhes deu,
A água, a terra, e toda a Sua criação.
Usá-los com cuidado era deles a obrigação.
— *Era a casa deles para usar. Mas não para abusar.*

— *Para os Filhos da Terra a Mãe proveu*
O Dom para sobreviver, e então Ela resolveu
Dar a eles o Dom do Prazer e do partilhar
Que honram a Mãe com a alegria da união e do se entregar.
— *Os Dons são bem-merecidos. Quando os sentimentos são retribuídos.*

— *A Mãe ficou contente com o casal criado,*
E o ensinou a amar e a zelar no acasalado.
Ela incutiu neles o desejo de se manter,
E foi ofertado pela Mãe o Dom do Prazer.
— *E assim foi encerrando. Os seus filhos também estavam amando.*
— *Depois de os Filhos da Terra abençoar, a Mãe pôde descansar.*

Como fazia sempre que ouvia a Canção da Mãe, Ayla se perguntou por que havia duas linhas no final. Parecia que faltava alguma coisa, mas talvez Zelandoni estivesse certa, servia apenas para lhe dar um final. Pouco antes de a mulher ter terminado o canto, Lobo sentiu necessidade de responder da forma como os lobos sempre se comunicavam. Enquanto a Primeira continuava, ele cantava a seu modo de lobo, latindo algumas vezes e então soltando um uivo, forte, alto, estranho, com toda a força da garganta. As ressonâncias da gruta deram a impressão de que muitos lobos respondiam uivando de longe, talvez de outro mundo.

E então Jonayla começou seu gemido que Ayla entendeu como sua maneira de responder ao canto do lobo.

Zelandoni pensou: Querendo Ayla ou não, parece que sua filha está destinada a ser parte da zelandonia.

15

Ao avançar para o fundo da gruta, a Primeira mantinha sua lamparina alta. Pela primeira vez, viram um teto. Ao se aproximarem do final da passagem, entraram numa área onde o teto era tão baixo que por pouco Jondalar não o tocava com a cabeça. A superfície era quase, mas não completamente, plana e de cor clara, no entanto, mais que isso, era coberta de pinturas de animais em contorno preto. Havia mamutes, é claro, alguns desenhados em detalhe, inclusive a pelagem grossa e as presas, outros mostrando apenas a forma característica do lombo. Havia também vários cavalos, um muito grande dominando seu espaço; muitos bisões, cabras selvagens e antílopes, além de alguns rinocerontes. Não havia ordem na sua distribuição ou tamanho. Olhavam para todas as direções, muitos estavam pintados sobre outros, como se caíssem aleatoriamente do teto.

Ayla e Jondalar passeavam por ali, tentando ver tudo e perceber algum sentido. Ayla se esticou e passou as pontas dos dedos pelo teto pintado. A aspereza uniforme da pedra lhe fez cócegas nas pontas dos dedos. Olhou para cima e tentou ver todo o teto como uma mulher do Clã aprendeu a ver toda uma cena num relance. Então fechou os olhos. Ao mover a mão pela cobertura áspera, a pedra parecia desaparecer, e ela nada sentia além do espaço vazio. Na sua mente, formava-se um quadro de animais reais chegando àquele local vindo de muito longe, vindo do mundo dos espíritos por trás do teto de pedra, e caindo na terra. Os maiores e mais bem-acabados quase haviam chegado ao mundo em que ela andava, os menores ou apenas sugeridos ainda estavam a caminho.

Depois abriu os olhos, mas ficar olhando para cima a deixava tonta. Baixou a lamparina e os olhos, para o chão úmido da gruta.

— É estonteante — comentou Jondalar.

— É verdade — respondeu Zelandoni.

— Não sabia que isso estava aqui — continuou ele. — Ninguém comenta.

— A zelandonia é a única que vem aqui, creio eu. Existe a preocupação de que os jovens tentem procurar isto e se percam — disse a Primeira. — Você sabe que as crianças adoram explorar cavernas. Você notou que é muito fácil se perder nesta gruta, mas algumas crianças já estiveram aqui. Nas passagens pelas quais passamos à direita da entrada, há marcas de dedos feitas por crianças, e alguém levantou pelo menos um menino para que ele deixasse no teto as marcas de seus dedos.

— Vamos avançar mais? — perguntou Jondalar.

— Não, daqui nós vamos voltar — respondeu Zelandoni. — Mas podemos descansar um pouco aqui. E enquanto estamos parados, vamos encher as lamparinas. Temos ainda um longo caminho a percorrer.

Ayla amamentou um pouco a filha, enquanto Jondalar e Zelandoni enchiam as lamparinas com mais combustível. Então, depois de uma última observada, viraram-se e começaram a refazer seus passos. Ayla tentou procurar os animais pintados e entalhados que tinham visto nas paredes pelo caminho, mas Zelandoni não cantava constantemente, e ela não trinava os cantos dos passarinhos, por isso teve certeza de que deixou alguns passar. Chegaram à encruzilhada onde o túnel em que estavam se juntava ao túnel principal e continuaram para o sul. Foi uma caminhada muito longa até chegarem ao lugar onde haviam parado para comer e viraram para o local dos dois mamutes que se encaravam.

— Vocês querem parar aqui para descansar e comer, ou preferem antes contornar a curva fechada? — perguntou a Primeira.

— Prefiro fazer primeiro a curva — respondeu Jondalar. — Mas, se você estiver cansada, podemos parar aqui. Como você está se sentindo, Ayla?

— Posso parar ou continuar, o que você preferir, Zelandoni.

— Estou começando me sentir cansada, mas acho que prefiro passar por aquele poço na curva antes de pararmos. Para mim, vai ser mais difícil recomeçar depois de pararmos, até as minhas pernas se acostumarem novamente a andar. Prefiro já ter passado aquele trecho difícil.

Ayla notara que Lobo os acompanhava mais de perto no caminho de volta, e que ofegava um pouco. Até ele estava ficando cansado, e Jonayla se agitava mais. Tinha dormido sua cota de sono, mas ainda estava escuro, e ela ficou confusa. Ayla a passou das costas para o quadril, e depois para a frente a fim de deixá-la mamar um pouco, e de volta para o quadril. Sentia a mochila mais pesada no ombro, e queria mudá-la para o outro, mas isso implicaria mudar tudo de lugar, o que seria difícil de fazer enquanto andavam.

Realizaram cuidadosamente a curva, especialmente depois de Ayla ter escorregado na argila úmida, e depois a Zelandoni também escorregou. Após terminada a curva difícil, com pouco esforço chegaram ao arqueamento que antes estivera à direita e agora estava à esquerda e Zelandoni parou.

— Se vocês lembram — disse ela —, eu lhes disse que há um interessante espaço sagrado seguindo aquele túnel. Vocês podem ir vê-lo, se quiserem. Eu vou esperar aqui e descansar; certamente Ayla consegue achá-lo com o trinado.

— Acho que não quero. Já vimos muita coisa, duvido que possa apreciar qualquer coisa nova. Você disse que talvez não volte aqui, mas já esteve aqui várias vezes. Acho que vou voltar aqui muitas vezes, principalmente por ser tão perto da Nona Caverna. Prefiro ver com outros olhos, quando estiver descansada.

— Acredito ser uma sábia decisão, Ayla. Posso lhe dizer que é mais um teto, mas nesse os mamutes são pintados em vermelho. Será melhor vê-lo com olhos descansados. Entretanto acho que devemos comer e eu preciso urinar.

Jondalar deu um suspiro de alívio, tirou das costas a estrutura e encontrou um canto escuro. Vinha bebendo de seu odre pequeno durante toda a caminhada e começou a sentir uma necessidade urgente de se aliviar. Teria seguido pela nova passagem se as mulheres quisessem, pensou, enquanto ouvia o som da corrente líquida contra a pedra, mas já estava cansado das visões maravilhosas da gruta, cansado de andar, tudo que queria era sair. Nem fazia questão de comer naquele momento.

Havia um pequeno copo de sopa fria o esperando, além de um osso com um pouco de carne. Lobo se alimentava de uma pequena pilha de carne cortada para ele.

— Acho que podemos ir comendo a carne enquanto andamos — disse Ayla —, mas vamos guardar os ossos para Lobo. Ele vai gostar de roê-los descansando perto do calor de uma fogueira.

— Acredito que todos nós gostaríamos de uma boa lareira — disse Zelandoni. — Acho que devemos apagar as lamparinas quando acabar a gordura e usar estas tochas no restante do caminho.

Ela segurava uma nova tocha para cada um deles. Jondalar foi o primeiro a acender a sua ao passarem pela passagem que se abria à esquerda, em frente ao primeiro mamute que tinham visto.

— Neste ponto, vocês podem virar para ver as marcas de dedos das crianças, e há mais coisas interessantes nas paredes e nos tetos, no fundo daquele túnel e depois de vários desvios — comentou Zelandoni. — Ninguém sabe o que significam, embora muitos tenham tentado adivinhar. Muitas são pintadas em vermelho, mas esse lugar está a alguma distância daqui.

Pouco depois, Ayla e Zelandoni acenderam suas tochas. Mais à frente, onde o túnel se dividia, tomaram o caminho da direita, e Ayla pensou ter notado um vestígio de luz à frente. Quando fizeram mais uma curva à direita, teve certeza, mas não era uma luz forte, e, quando finalmente saíram da gruta, o sol se punha. Tinham passado o dia inteiro andando na grande caverna.

Jondalar fez uma pilha de lenha, que acendeu com a tocha. Ayla deixou a mochila cair no chão ao lado da fogueira e assoviou para os cavalos. Ouviu um relincho distante e se dirigiu na direção dele.

— Deixe a menina comigo — sugeriu Zelandoni. — Você a carregou o dia inteiro. Vocês duas precisam de um descanso.

Ayla estendeu o cobertor no capim e colocou Jonayla sobre ele. A menina pareceu feliz em poder esticar os pés em liberdade, enquanto sua mãe tornava a assoviar e correu na direção da resposta dos cavalos. Ela sempre se preocupava quando ficava muito tempo longe deles.

Dormiram até tarde na manhã seguinte e não tiveram pressa de continuar a viagem, mas por volta do meio da manhã já estavam agitados, ansiosos para partir. Jondalar e Zelandoni discutiram qual o melhor caminho para chegar à Quinta Caverna.

— Ela fica a leste daqui, talvez dois dias de viagem, ou três, se não tivermos pressa. Acho que, se formos naquela direção, vamos chegar lá — indicou Jondalar.

— É verdade, mas acho que estamos um pouco ao norte, e, se formos para leste, vamos ter de cruzar o Rio Norte e O Rio — disse Zelandoni. Pegou uma vareta e começou a desenhar linhas num pedaço de terra limpa. — Se partirmos para leste e um pouco para o sul, vamos chegar ao Acampamento de Verão da Vigésima Nona Caverna antes do ocaso e podemos dormir lá esta noite. Vamos cruzar O Rio no vau entre o Acampamento de Verão e a Face Sul, e só vamos ter de cruzar um rio. O Rio é maior lá, mas é raso, e então vamos em direção à Pedra do Reflexo e da Quinta Caverna pelo caminho que seguimos no ano passado.

Jondalar estudou os riscos no chão. Enquanto os examinava, Zelandoni acrescentou mais um comentário:

— A trilha está bem-indicada nas árvores entre aqui e o Acampamento de Verão, e existe uma trilha marcada no chão pelo restante do caminho.

Jondalar estava pensando no caminho percorrido com Ayla na Jornada dos dois. A cavalo, com o bote-bacia preso no *travois* flutuando suas coisas quando tinham de cruzar um rio, não precisavam se preocupar tanto ao cruzar rios largos. Mas com a Primeira sentada no *travois* puxado por Huiin, ele provavelmente não flutuaria, assim como não flutuaria o de Racer com todos os suprimentos. Além do mais, seria mais fácil encontrar o caminho com as trilhas sinalizadas.

— Você tem razão, Zelandoni — disse ele. — Pode não ser tão direto, mas seu caminho é mais fácil, e provavelmente chegaremos tão ou até mais rápido.

As indicações ao longo do caminho não foram tão fáceis de seguir como a Primeira havia esperado. Aparentemente, poucas pessoas seguiram por ali em tempos recentes, mas elas as renovaram ao passar para que a trilha ficasse mais fácil para quem viesse depois. Já era quase noite quando chegaram ao Acampamento de Verão, também conhecido como Posse Oeste da Vigésima Nona Caverna, conhecida também como Três Pedras, indicando três locais diferentes.

A Vigésima Nona Caverna tinha um arranjo social particularmente interessante e complexo. Ela já foi composta por três Cavernas separadas vivendo em três abrigos diferentes com vista para a mesma rica extensão de terra coberta de capim. A Pedra do Reflexo estava voltada para o norte, o que teria sido uma grande desvantagem, não fora o fato de as compensações oferecidas superarem em muito a orientação para a direção. Era um enorme despenhadeiro, com quase 1 quilômetro de extensão, 80 metros de altura, com cinco níveis de abrigos e vastas possibilidades para observar a paisagem em volta e os animais que migravam por ela. E era uma vista espetacular que muita gente observava com espanto.

A Caverna chamada de Face Sul era exatamente isso: um abrigo com dois níveis voltado para o sul, situado de forma a receber o máximo de luz no verão e no inverno, suficientemente alto para ter uma boa vista da planície aberta.

A última Caverna era o Acampamento de Verão, que ficava na extremidade oeste da planície e oferecia, entre outras coisas, grande abundancia de avelãs, que muitas pessoas das outras Cavernas vinham colher no fim do verão. Era também a única que tinha nas proximidades uma Caverna Sagrada, chamada pela população que vivia por ali de Gruta da Floresta.

Como as três Cavernas usavam essencialmente as mesmas áreas de caça e coleta, desenvolveram-se desavenças que se tornaram contendas. Não que a área não pudesse sustentar os três grupos — não somente era rica, mas estava também numa rota de migração —, mas era comum grupos de Cavernas diferentes saírem em busca das mesmas coisas ao mesmo tempo. Dois grupos descoordenados de caçadores atrás dos mesmos bandos migratórios interferiam com os planos um do outro, expulsando os animais, e nenhum dos dois conseguia presa alguma Se os três grupos saíssem independentemente, a coisa piorava. De uma forma ou de outra, todas as Cavernas dos Zelandonii da região estavam se envolvendo em contendas, e finalmente, por insistência dos vizinhos, e depois de duras negociações, as três Cavernas separadas decidiram se reunir numa única Caverna em três locais, e trabalharem em comum para colher a riqueza de sua planície. Apesar de ainda haver diferenças ocasionais, o acordo incomum parecia funcionar bem.

Como a Reunião de Verão ainda estava em andamento, não havia muita gente na Porção Oeste da Vigésima Nona Caverna. A maioria dos que ficaram eram velhos e doentes, incapazes de fazer a viagem, além dos que permaneceram no local para cuidar deles. Em casos raros, ficavam também os que estavam trabalhando em alguma coisa que não podia ser interrompida ou só podia ser feita no verão. Raramente apareciam visitantes no começo do verão, e, como vinham da Reunião de Verão, traziam notícias. Além disso, os visitantes eram notícia onde quer que fossem: Jondalar, o viajante que voltou, sua mulher estrangeira com a filha, e o lobo e os cavalos, além da Primeira Entre Aqueles Que Serviam À Grande Mãe Terra. Mas, especialmente para os doentes ou fracos, por serem quem eram: curadores e pelo menos uma que era reconhecida como uma das melhores de seu povo.

A Nona Caverna sempre tivera uma relação particularmente boa com o povo das Três Pedras que viviam no lugar chamado Acampamento de Verão. Jondalar se lembrava de ir lá quando ainda era menino para ajudar a colher as avelãs que cresciam abundantemente na vizinhança. Quem era convidado a participar da colheita recebia uma cota das avelãs; nem todos eram convidados, mas eles sempre chamavam as duas outras Cavernas das Três Pedras e a Nona Caverna.

Uma jovem de cabelos louros e pele pálida saiu de uma moradia sob o abrigo e olhou surpresa para eles.

— O que vocês estão fazendo aqui? — perguntou, e se conteve. — Perdoem-me, não queria ser tão grosseira. Mas é uma surpresa tão grande. Eu não esperava ninguém.

Ayla pensou que ela parecia triste e cansada; olhos cercados por um anel escuro. Zelandoni sabia que era a acólita da Zelandoni da Porção Oeste da Vigésima Nona Caverna.

— Não se desculpe. Chegamos de surpresa. Estou levando Ayla na sua primeira Jornada Donier. Deixe-me apresentá-la. — A Primeira declamou uma versão reduzida da apresentação formal. — Gostaria de saber por que uma acólita ficou para trás. Há alguém gravemente doente aqui?

— Talvez não mais grave que outros que estão próximos do Outro Mundo, mas é a minha mãe — respondeu a acólita.

Zelandoni fez um movimento de cabeça indicando que entendia

— Se quiser, podemos examiná-la — ofereceu A Que Era A Primeira

— Eu ficaria muito grata, mas não queria pedir. Minha Zelandoni ajudou enquanto esteve aqui, e me deu instruções, porém mamãe parece ter piorado. Está passando muito mal, mas eu não consigo ajudá-la.

Ayla se lembrou de ter conhecido a Zelandoni do Acampamento de Verão no ano anterior. Como cada uma das Cavernas das Três Pedras tinha seu próprio Zelandoni, decidiu-se que, se todos tivessem voz nas decisões das assembleias da zelandonia, a Vigésima Nona Caverna teria excessiva influência. Portanto, escolheu-se uma quarta donier para representar todo o grupo, mas ela operava mais como mediadora, não somente entre os três Zelandonii, mas também entre os três líderes, e isso lhe tomava muito tempo e exigia grande habilidade com pessoas. Os outros três doniers eram chamados de colegas. Ayla se recordava da

Zelandoni do Acampamento de Verão como uma mulher de meia-idade, quase tão gorda quanto A Que Era A Primeira, mas não alta; pelo contrário, baixinha. Dava a impressão de ser calorosa e maternal. Tinha o título de Zelandoni Complementar da Porção Oeste da Vigésima Nona Caverna, apesar de ser Zelandoni completa, e receber todo o respeito e o status de sua posição.

A jovem acólita pareceu aliviada por ter alguém disposto a olhar pela sua mãe, especialmente alguém com tanta proeminência e conhecimento, mas, ao ver que Jondalar começava a descarregar as coisas do *travois*, e que a filha de Ayla, às suas costas, começava a se agitar, disse:

— Mas primeiro vocês precisam se acomodar.

Cumprimentaram todos os presentes, deitaram as esteiras no chão, levaram os cavalos para um bom espaço com muito capim fresco e apresentaram Lobo às pessoas, ou melhor, as pessoas a Lobo. Então Ayla e Zelandoni procuraram a jovem acólita.

— O que sua mãe está sentindo? — perguntou a Zelandoni.

— Não sei bem ao certo. Ela se queixa de dores de barriga ou cãibras. Ultimamente perdeu o apetite. Noto que ela está emagrecendo, e não quer sair da cama. Estou muito preocupada.

— É compreensível. Você gostaria de vir comigo para vê-la, Ayla?

— Quero, mas primeiro me deixe pedir a Jondalar para cuidar de Jonayla. Acabei de amamentá-la, ela vai ficar bem.

Levou a filha para o homem, que conversava com um ancião que não parecia fraco nem doente. Ayla supôs que ele estivesse lá por causa de outra pessoa, como a jovem acólita. Jondalar ficou feliz por ter de cuidar de Jonayla, e sorriu ao recebê-la. Jonayla também sorriu; gostava de estar com ele.

Ayla voltou para onde as duas mulheres a esperavam e as seguiu até uma moradia, semelhante às feitas pela Nona Caverna, mas muito menor do que a maioria das que já havia visto. Parecia feita para acomodar apenas a mulher que ocupava o dormitório. Era pouco maior que a cama e tinha apenas mais uma área de cozinha. Zelandoni parecia ocupar todo o espaço, deixando muito pouco para as outras duas mulheres.

— Mamãe. Mamãe! — chamou a acólita. — Algumas pessoas vieram vê-la.

A mulher gemeu e abriu os olhos. Arregalou-os quando viu a enorme figura da Primeira.

— Shevola? — chamou numa voz rascante.

— Estou aqui, mamãe — respondeu a acólita.

— Por que a Primeira está aqui? Você mandou chamá-la?

— Não, mamãe. Aconteceu de ela passar por aqui e se oferecer para ver você. Ayla também está aqui.

— Ayla? Não é a mulher estrangeira de Jondalar, a que tem os animais?

— É, mamãe. Ela os trouxe também. Se lhe der vontade mais tarde, poderá se levantar e ir vê-los.

— Qual é o nome de sua mãe, Acólita da Porção Oeste da Vigésima Nona Caverna? — perguntou Zelandoni.

— Vashona do Acampamento de Verão, a Porção Oeste da Vigésima Nona Caverna. Ela nasceu na Pedra do Reflexo antes da união das Três Pedras.

Shevola se sentiu embaraçada, pois sabia que não precisava dar tantos detalhes. Aquela não era uma apresentação formal.

— Você se importaria de permitir que Ayla a examine, Vashona? — perguntou a Primeira.

— Não — respondeu a mulher mansamente, aparentemente com alguma hesitação. — Não me importaria.

Ayla ficou surpresa por a Primeira querer que ela examinasse a mulher, mas então lhe ocorreu que o espaço no quarto era tão apertado que teria dificuldade em chegar à cabeceira. Ajoelhou-se e encarou a mulher.

— Você está sentindo dores agora?

Vashona e sua filha de repente notaram a forma estranha de falar de Ayla, o sotaque exótico.

— Sim.

— Você pode me mostrar onde dói?

— É difícil dizer. Dentro.

— Mais em cima ou mais embaixo?

— Tudo por dentro.

— Posso tocá-la?

A mulher olhou a filha, que virou-se para Zelandoni.

— Ela precisa examiná-la.

Vashona assentiu com um movimento de cabeça, e Ayla puxou as cobertas e abriu as roupas da mulher, expondo a barriga. Notou imediatamente que estava inchada. Apertou o abdome, começando de cima e descendo sobre o volume redondo. Vashona fez uma careta, mas não reclamou. Ayla tocou sua testa e atrás das orelhas, depois se curvou e cheirou seu hálito. Agachou sobre os calcanhares e pareceu pensativa.

— Você sente uma queimação no peito, especialmente depois de comer?

— Sinto — respondeu a mulher num tom interrogativo.

— E o ar sai da sua boca com um ruído forte na garganta, como quando você faz um bebê arrotar?

— Sim, mas muita gente arrota — respondeu Vashona.

— É verdade, mas você também já cuspiu sangue?

Vashona franziu a testa.

— Às vezes.

— Você já observou sangue, ou uma massa escura e pegajosa no seu excremento?

— Já — respondeu a mulher, quase sussurrando. — Recentemente com mais frequência. Como você sabe?

— Ela sabe por causa do exame — interpôs Zelandoni.

— O que você já fez para aliviar a dor? — perguntou Ayla.

— Já fiz o que todo mundo faz: tomei chá da casca do salgueiro — respondeu Vashona.

— E você toma muito chá de hortelã?

Vashona e Shevola, sua filha acólita, olharam surpresas para a estrangeira.

— É o chá favorito dela — respondeu Shevola.

— Chás de alcaçuz e de anis seriam melhores — disse Ayla — e também vamos cortar a casca de salgueiro. Algumas pessoas pensam que, como todo mundo usa, ela não faz mal. No entanto, tomada em excesso, faz. É um remédio, mas não é para tudo, e não deve ser usado com frequência.

— Você pode curá-la? — perguntou a acólita.

— Acho que posso. Acho que sei qual é o seu mal. É sério, mas existem coisas que ajudam. Porém eu preciso avisar que ela pode ter alguma coisa muito mais grave e muito mais difícil de tratar, mas acho que podemos pelo menos aliviar um pouco da dor.

Ayla olhou Zelandoni, que balançava a cabeça com ar sábio.

— Que tratamento você sugere, Ayla?

Ela pareceu pensar por um momento.

— Anis ou alcaçuz para acalmar o estômago. Tenho os dois secos na minha sacola de componentes medicinais. E acho que tenho também cálamo seco, embora ele seja tão doce que chega a ser amargo, capaz de reduzir as cãibras. E por aqui há muito dente-de-leão para limpar o sangue e ajudar as vísceras a trabalhar melhor. Acabei de colher folhas de gálio, capazes de limpar o corpo dos resíduos de dejetos, e um chá de aspérula é bom para o estômago, melhora seu estado geral e é gostoso. Talvez eu encontre rizoma da erva-benta, que usei como tempero na outra noite. É especialmente indicado para o estômago. Mas o que eu realmente gostaria de ter é celidônia. É um bom tratamento para qualquer um dos possíveis problemas dela, especialmente o mais grave.

A jovem olhou impressionada para Ayla. A Primeira sabia que ela não era a Primeira Acólita da Zelandoni do Acampamento de Verão. Ainda era nova entre a zelandonia e tinha muito a aprender. E Ayla ainda poderia surpreender até mesmo a própria Primeira com a profundidade de seu conhecimento. Voltou-se para a jovem acólita:

— Talvez você pudesse assistir Ayla na preparação dos remédios de sua mãe. Seria uma forma de aprender como fazê-los depois que tivermos partido.

— Ah, eu gostaria muito de ajudar — respondeu a jovem, então olhou com ternura para a mãe. — Acho que esses remédios vão fazer você se sentir muito melhor, mamãe.

Ayla observou o fogo enviando fagulhas para o ar da noite, como se tentasse chegar às suas irmãs tremeluzentes no alto do céu. Era uma noite escura; a lua era nova e já se havia posto. Nenhuma nuvem apagava o esplendoroso espetáculo das estrelas tão próximas que pareciam entrelaçadas em madeixas de luz.

Jonayla dormia nos seus braços. Tinha acabado de mamar um pouco, e Ayla relaxava confortavelmente diante do fogo com ela no colo. Jondalar estava sentado ao seu lado, um pouco atrás, e ela se recostava em seu peito e no braço que a enlaçava. Fora um dia agitado e ela estava cansada. Somente nove pessoas não tinham ido à Reunião de Verão: seis que estavam doentes ou fracos demais para a longa viagem — ela e Zelandoni os haviam examinado — e três que ficaram para cuidar deles. Alguns dos que não tinham condições de fazer a viagem estavam suficientemente bem para ajudar em algumas tarefas, como cozinhar, ou colher alimentos. O velho com quem Jondalar conversara horas antes, que tinha ficado para ajudar, havia saído para caçar e trouxera um veado, e os moradores fizeram um banquete para os convidados.

Pela manhã, Zelandoni chamou Ayla de lado e lhe disse que tinha combinado com a jovem acólita de levá-la à Caverna Sagrada do Acampamento de Verão.

— Não é muito grande, mas é bem difícil. Talvez você tenha de rastejar em algumas partes, por isso é melhor vestir uma roupa adequada para atravessar cavernas, que cubra os joelhos. Quando jovem, entrei uma vez na gruta, mas não acredito que hoje seja capaz. Acho que vocês duas não terão problemas, mas será uma visita demorada. As duas são fortes e por isso não deverão demorar, mas, por ser difícil, você deve considerar a hipótese de deixar sua filha aqui. — Fez uma pausa e acrescentou: — Posso cuidar dela, se quiser.

Ayla pensou ter percebido certa relutância na voz da Zelandoni. Cuidar de bebês era cansativo, e a Primeira talvez tivesse outros planos.

— Vou pedir a Jondalar. Ele gosta de passar o tempo com Jonayla.

As duas jovens partiram. A jovem acólita indicava o caminho. Depois de percorrerem uma curta distância, Ayla perguntou:

— Devo chamá-la pelo seu título completo, uma versão abreviada dele ou pelo seu nome? Acólitos diferentes têm preferências diferentes.

— Você é chamada por que nome?

— Sou Ayla. Sei que sou a acólita da Primeira, mas ainda tenho dificuldade em me ver assim, e Ayla é o nome que todos usam. É o que eu prefiro. Meu nome é a única coisa que sobrou da minha mãe verdadeira, de meu povo original. Não sei quem eram. Não sei o que vou fazer quando me tornar Zelandoni. Sei que devemos abandonar nossos nomes pessoais e espero estar pronta quando chegar a hora, mas ainda não estou.

— Algumas acólitas ficam felizes em trocar de nomes, outras gostariam de não ter de trocar, mas tudo parece funcionar bem. Acho que prefiro que você me chame pelo meu nome: Shevola. Parece mais amistoso que acólita.

— Então, por favor, chame-me Ayla.

Caminharam por uma trilha ao longo de um desfiladeiro estreito, repleto de árvores e arbustos, entre dois penhascos imponentes, um dos quais continha o abrigo de pedra daquele povo. Lobo apareceu de repente e assustou Shevola, que não estava acostumada a lobos que apareciam de repente. Ayla agarrou sua cabeça entre as mãos, alisou-lhe o pelo e riu.

— Então você não quis ficar para trás — disse ela, feliz por vê-lo. Voltou-se para a acólita. — Ele sempre me seguiu por toda parte, a menos que eu lhe dissesse para não vir, até o dia em que Jonayla nasceu. Agora ele fica dividido entre nós duas, quando eu estou num lugar e ela em outro. Quer nos proteger, e às vezes não consegue se decidir. Resolvi que desta vez ele devia decidir sozinho. Deve ter achado que Jondalar seria capaz de proteger Jonayla e veio me procurar

— O seu controle sobre os animais é notável; a forma como vão aonde você quer e fazem o que você manda. Depois de algum tempo, a gente se acostuma, mas ainda é difícil de acreditar — disse Shevola. — Você sempre os teve?

— Não. Huiin foi a primeira, a menos que se considere o coelho que encontrei quando era pequena. Deve ter fugido de algum predador, mas ficou ferido e não conseguiu escapar quando eu o peguei. Iza era a curadora, e eu o levei para a gruta para que ela o tratasse. Ela ficou muito surpresa e me disse que os curadores deviam tratar pessoas, não animais, mas mesmo assim o ajudou. Talvez para ver se seria capaz. Suponho que a ideia de que pessoas podiam ajudar os animais devia estar comigo quando vi a pequena égua. Não percebi de início que o animal preso na minha armadilha era uma égua com filhote e não sei por que matei as hienas que a atacavam, mas, de qualquer forma, sempre detestei hienas. Porém acho que depois senti que ela passou a ser responsabilidade minha, que eu tinha de tentar criá-la. Fico feliz por tê-lo feito. Ela se tornou minha amiga.

Shevola ficou fascinada pela história que Ayla contou com tanta naturalidade, como se fosse coisa comum.

— De qualquer modo, você controla seus animais.

— Não sei se é exatamente controle. Com Huiin, eu fui quase a mãe. Cuidei dela e a alimentei, e nós acabamos por nos entender. Se você encontra um animal ainda muito novo e o cria como um filho, você pode lhe ensinar como se comportar, tal como uma mãe. Racer e Cinza são filhos dela, então eu estava presente quando nasceram.

— E o lobo?

— Coloquei armadilhas para caçar arminhos, e quando Deegie, uma amiga minha, e eu fomos examiná-las descobri que alguma coisa estava roubando as presas. Quando descobri um lobo comendo uma delas, fiquei com muita raiva. Matei-o com uma pedra da minha funda e depois descobri que era uma fêmea amamentando. Foi inesperado. Não era a estação para uma loba ter filhotes ainda em amamentação, por isso segui seus rastros até a toca. Era uma loba solitária, não tinha alcateia para ajudá-la, e alguma coisa tinha acontecido com seu macho. Por isso ela estava roubando das minhas armadilhas. Só havia um filhote ainda vivo; eu o trouxe comigo. Na época, vivíamos com os Mamutói, e Lobo foi criado com as crianças do Acampamento do Leão. Ele nunca soube o que era viver com lobos, e por isso pensa que as pessoas são sua alcateia.

— Todas as pessoas?

— Não todas, embora ele já tenha se acostumado a multidões. Jondalar e eu, e agora Jonayla, é claro, pois os lobos amam seus filhotes, somos sua alcateia primária, mas ele também inclui Marthona, Willamar e Folara na família, além de Joharran, Proleva e seus filhos. Ele aceita como amigas as pessoas que eu trago para ele cheirar, que eu apresento, mais ou menos como membros temporários da alcateia. Ignora todos os outros, desde que não representem perigo para os que lhe são próximos, os que ele considera sua alcateia — explicou Ayla para a jovem vivamente interessada.

— O que aconteceria se tentassem fazer mal a alguém próximo dele?

— Durante a Jornada que Jondalar e eu fizemos até aqui, encontramos uma mulher má, que gostava de ferir as pessoas. Ela tentou me matar, mas Lobo a matou primeiro.

Shevola sentiu um calafrio, uma emoção deliciosa, como a que sentia quando alguém lhe contava uma história de terror. Apesar de não duvidar de Ayla — não considerava a acólita da Primeira capaz de inventar uma coisa daquela —, nada semelhante tinha lhe acontecido e não lhe parecia real. Mas, ali estava o lobo, e ela sabia do que os lobos eram capazes.

Continuando na trilha entre os despenhadeiros, chegaram a um desvio para a direita que conduzia a uma fenda na superfície de pedra, uma entrada no despenhadeiro. Era uma subida muito íngreme e, quando chegaram à entrada, descobriram que um grande bloco de pedra fechava parcialmente a passagem, mas havia uma entrada de cada lado. O lado esquerdo era estreito, mas permitia a passagem; o lado direito era bem maior. Evidentemente, pessoas já haviam ficado lá. Ela viu uma velha almofada no chão, soltando capim do enchimento por um rasgão lateral no couro. Espalhados pelo chão se viam restos de lascas e pedaços deixados por alguém que havia lascado pedra para fazer instrumentos e implementos. Ossos que alguém tinha roído haviam sido atirados contra a parede de pedra e caíram no chão. Entraram e caminharam pela caverna, seguidas por Lobo. Shevola os levou até algumas pedras, tirou a armação que trazia nas costas e a apoiou sobre uma delas.

— Logo vai ficar muito escuro — disse Shevola. — É hora de acender as tochas. Podemos deixar nossas coisas aqui, mas é bom tomarmos água antes.

Começou a procurar o material de fazer fogo entre as suas coisas, mas Ayla já estava com o seu em mãos, além de um pequeno maço em forma de cesta não tecida feita de pedaços secos de casca de árvore bem apertados. Encheu-o de plantas secas altamente inflamáveis que gostava de usar para começar uma fogueira. Depois tirou um pedaço de pirita de ferro, sua pederneira, com um sulco marcado pelas inúmeras vezes em que havia sido usado, e uma pedra que Jondalar tinha cortado para se ajustar ao sulco. Ayla bateu a pirita na pederneira e tirou uma faísca que caiu sobre o material combustível e produziu uma leve fumaça. Então pegou a cesta de cascas e começou a soprar a pequena brasa, que se transformou em pequenas línguas de fogo. Tornou a soprar, depois colocou a pequena cesta de fogo na pedra. Shevola estava com duas tochas prontas e as acendeu naquele começo de fogo. Uma vez acesas, Ayla apertou as cascas e bateu-as para apagar o fogo e poder usá-las novamente.

— Nós temos algumas pederneiras, mas ainda não aprendi a usar — disse a jovem acólita. — Você poderia me mostrar como faz isso tão rápido?

— Claro. É preciso apenas um pouco de prática, mas agora, acho que você devia me mostrar esta gruta.

Enquanto a jovem avançava para dentro, Ayla se perguntou como seria aquele Local Sagrado.

Um pouco de luz vinha da abertura que dava para fora, mas sem a iluminação das tochas, elas não teriam visto o caminho, e o piso da gruta era muito irregular. Pedaços do teto haviam caído e seções da parede desmoronaram. Tinham de caminhar com muito cuidado, passando sobre as pedras. Shevola se dirigiu para a parede esquerda e seguiu junto dela. Parou onde a gruta se estreitava e parecia se dividir em dois túneis. O lado direito era largo e fácil de entrar; a outra passagem à esquerda era muito estreita e ficava cada vez menor. Quando se olhava para dentro, parecia um beco sem saída.

— Esta gruta é enganadora — comentou Shevola. — A abertura maior fica à direita, e você poderia pensar que ela é o caminho certo, mas não chega a lugar nenhum. Um pouco à frente, ela se divide novamente, e os dois túneis ficam menores e acabam. À esquerda, a gruta fica estreita e pequena, mas, passado esse trecho, ela se abre novamente. — Shevola ergueu a tocha, mostrando alguns traços na parede esquerda. — Aquelas marcas foram feitas para informar a quem souber o significado dos sinais, mas desconhece a gruta, que está no caminho certo.

— Teria de ser alguém da zelandonia, suponho — disse Ayla.

— Geralmente, sim, mas os jovens às vezes gostam de explorar grutas e acabam descobrindo o significado das marcas. — Depois de uma pequena distância, a jovem parou. — Este é um bom lugar para usar sua voz sagrada. Você já tem uma?

— Ainda não decidi. Já trinei como os pássaros, mas também rugi como um leão. Zelandoni canta, e sempre é lindo, mas quando ela cantou na caverna do mamute foi incrível. O que você faz?

— Eu também canto, mas não igual à Primeira. Vou lhe mostrar.

Shevola emitiu um som muito agudo, desceu para um tom mais grave e depois foi subindo aos poucos até chegar à nota original. Em resposta, a gruta emitiu um eco abafado.

— Notável — disse Ayla, que então emitiu seus trinados.

— Não, isso é notável — comentou Shevola. — Exatamente igual aos trinados dos passarinhos. Como você aprendeu a fazer isso?

— Depois que eu saí do Clã e antes de conhecer Jondalar, vivi num vale muito distante a leste. Eu alimentava os passarinhos para atraí-los de volta, e então comecei a imitar seus cantos. Às vezes eles vinham quando eu trinava, então pratiquei mais

— Você disse que também sabe rugir como um leão?

Ayla sorriu.

— Sei, e relinchar como um cavalo, uivar como um lobo, até rir como uma hiena. Comecei a tentar emitir os sons de muitos animais porque era divertido e desafiador.

E também era alguma coisa para fazer quando se está sozinha, e os animais e os passarinhos são seus únicos companheiros, pensou, mas não disse nada em voz alta. Às vezes, preferia não falar certas coisas para não ter que dar muitas explicações.

— Conheço caçadores capazes de emitirem muito bem os sons dos animais, especialmente para atraí-los para mais perto, como o berro do alce e o balido do filhote de auroque, mas nunca vi ninguém rugir como um leão. — Shevola olhou para ela com uma expressão esperançosa.

Ayla sorriu, aspirou profundamente, então se voltou para a abertura da caverna e começou com uns grunhidos preliminares, como fazia um leão. Depois soltou um rugido, igual ao de Neném ao atingir a maturidade. Talvez não fosse tão forte quanto o urro de um leão de verdade, mas tinha todas as nuances e entonações e soava tão igual ao rugido que muitos acreditavam se tratar realmente de um leão, e achavam ser mais potente do que realmente era. Shevola empalideceu por um momento. Quando a gruta respondeu com o eco, ela riu.

— Se eu tivesse ouvido isso, acho que não entraria na gruta. Parece que um leão-das-cavernas está escondido lá dentro.

Naquele momento, Lobo decidiu responder ao rugido de Ayla com seu próprio som e uivou seu canto. A gruta também ressoou aquilo.

— Esse lobo também é Zelandoni? — perguntou surpresa a jovem acólita. — Pareceu que ele também usou uma voz sagrada.

— Não sei se ele é. Para mim, ele é apenas um lobo, mas a Primeira fez um comentário semelhante — respondeu Ayla.

Entraram no espaço estreito, Shevola à frente, seguida por Ayla, e em seguida Lobo. Pouco depois, Ayla descobriu que estava feliz por Zelandoni lhe ter aconselhado a se vestir para se arrastar no interior de uma gruta. Não somente as paredes eram estreitas, mas o nível do chão subia e o do teto baixava. Sobrava um espaço tão pequeno e confinado para andarem que as duas nem conseguiam se levantar; em alguns lugares tinham de se pôr de quatro para avançar. Ayla deixou cair a tocha ao atravessar uma seção muito estreita, mas conseguiu recuperá-la antes que se apagasse.

O avanço ficou mais fácil depois que o túnel da gruta se abriu, especialmente quando conseguiram andar novamente de pé. Lobo também parecia feliz por ter superado aquele espaço apertado, mesmo sendo capaz de avançar com muito mais facilidade, mas ainda havia algumas seções estreitas a serem atravessadas. Em certa área, a parede havia desabado numa pilha de terra acumulada na base de um aclive onde mal havia espaço nivelado para pousarem os pés. À medida que avançavam cautelosamente, mais pedras grandes e pequenas rolavam pelo declive acentuado. As duas se apertaram contra a parede oposta.

Finalmente, depois de mais uma passagem estreita, Shevola parou, elevou a tocha e olhou para a direita. A argila molhada e brilhante cobria parcialmente uma pequena seção da parede, mas se tornara parte de um meio de expressão. Nela, havia um sinal entalhado, cinco linhas verticais e duas horizontais, a primeira das quais cortava todas as cinco verticais, ao passo que a segunda só chegava até a metade. Próximo ao entalhe havia outro, a figura de um alce.

Ayla tinha visto um número suficientemente grande de pinturas, desenhos e entalhes para ser capaz de desenvolver seu próprio sentido do que poderia considerar bom, e do que pensava não ser tão bem-feito. Na sua opinião, aquele alce não era tão perfeito quanto outros que já vira, mas nunca daria essa opinião a ninguém, nem a Shevola nem ao restante da Caverna. Era um pensamento particular. Pouco tempo antes, apenas a ideia de desenhar qualquer coisa semelhante a um animal na parede de uma gruta seria inimaginável. Nunca tinha visto coisa igual. Até mesmo um desenho parcial de uma forma que sugerisse um animal era poderoso e surpreendente. Aquele, particularmente pela forma das galhadas, ela soube que era um alce.

— Você sabe quem fez isto? — perguntou.

— Não existe nada nas Lendas dos Antigos nem nas histórias, a não ser referências gerais que poderiam ser alusões a qualquer marca entalhada em qualquer gruta, mas existem algumas indicações em algumas das histórias contadas sobre nossa Caverna que sugerem ter sido alguém do passado da Porção Oeste, talvez um dos fundadores — respondeu Shevola. — Gosto de pensar que foi um ancestral quem os fez.

Quando avançaram para o fundo da gruta, as dificuldades diminuíram ligeiramente. O piso ainda era muito irregular, e as paredes tinham projeções que exigiam cuidados, mas finalmente, 15 metros adiante no longo túnel estreito, Shevola parou outra vez. No lado esquerdo da passagem, encontraram um salão estreito e na parede direita havia uma projeção perto do teto onde existia um painel com várias figuras gravadas com uma inclinação de cerca de 45 graus em relação à horizontal. Era a principal composição da gruta, consistindo em nove animais entalhados numa área limitada da superfície, medindo pouco mais de 70 por 110 centímetros. Também ali, a argila da parede era parte do quadro.

A primeira imagem à esquerda era em parte entalhada na argila, o restante gravado na pedra, provavelmente com um buril de pedra. Ayla notou que havia uma fina cobertura de calcita transparente na frisa, uma indicação de que a imagem era antiga, parcialmente colorida com um pigmento preto natural de dióxido de manganês. A fragilidade da superfície era extrema: uma pequena seção do carbonato havia se descascado, e outra parecia a ponto de se destacar do restante da rocha.

O objeto central que dominava a frisa era um alce magnífico, com a cabeça erguida e a galhada estendida para trás; detalhes cuidadosamente desenhados, como o único olho, a linha da boca e a narina. O flanco era marcado com nove buracos paralelos à linha do lombo. Atrás dele, olhando na direção oposta, havia outro animal parcial, provavelmente uma rena ou um cavalo, com outra linha de buracos gravados ao longo do corpo. No lado mais distante do painel, havia um leão, e entre eles uma série de animais, inclusive cavalos e um bode montês. Sob a queixada da figura central, utilizando a linha do pescoço do alce, via-se a cabeça de um cavalo. Na parte inferior do painel, abaixo das figuras principais, havia um entalhe de outro cavalo. Ao todo, Ayla usou as palavras de contar para chegar ao total de nove animais completa ou parcialmente desenhados.

— Chegamos ao final da viagem — disse Shevola. — Se continuarmos reto, a gruta simplesmente acaba. Há outra passagem muito estreita à esquerda, mas depois de atravessá-la não existe mais nada, a não ser um pequeno salão sem saída. É hora de voltarmos.

— Vocês realizam cerimônias ou rituais quando vêm aqui? — perguntou Ayla ao se voltar e acariciar o lobo que esperava pacientemente.

— O ritual foi a feitura dessas imagens. A pessoa que vinha aqui, talvez uma, às vezes mais de uma vez, estava fazendo uma Jornada ritual. Não sei, pode ter sido um Zelandoni, ou um acólito se tornando Zelandoni, mas imagino que fosse alguém que sentisse a necessidade da busca do Mundo dos Espíritos, da Grande Mãe Terra. Algumas Cavernas Sagradas existem para as pessoas visitarem e conduzirem rituais, mas acho que esta era uma Jornada pessoal. Na minha mente, tento agradecer a essa pessoa quando venho aqui, privadamente.

— Acho que você vai ser uma excelente Zelandoni. Você já é muito sábia. Estou sentindo a necessidade de reconhecer este lugar e o habitante que criou esta obra. Acho que vou seguir seu conselho e refletir sobre a obra e quem a fez, e oferecer um pensamento pessoal a Doni, mas gostaria de fazer mais, talvez também buscar o Mundo dos Espíritos. Você já tocou as paredes?

— Não, mas você pode tocar, se quiser.

— Você segura minha tocha? — pediu Ayla.

Shevola pegou a tocha e ergueu as duas bem alto para distribuir mais luz na pequena gruta acanhada. Ayla se aproximou com as mãos estendidas e colocou as palmas sobre a parede, não sobre nenhum entalhe ou pintura, perto deles. Uma das mãos caiu sobre a argila molhada, a outra sobre a superfície áspera de calcário. Então fechou os olhos. Foi a superfície de argila que lhe deu primeiro a sensação de formigamento; uma sensação de intensidade pareceu fluir da parede de pedra. Não tinha certeza se era real ou se estava imaginando.

Por um instante, seus pensamentos voltaram à época em que vivia com o Clã e sua viagem à Reunião dele. Ela fora escolhida para fazer a bebida especial dos mog-urs. Iza tinha lhe explicado o processo: devia mastigar as raízes secas e duras, cuspir a massa na água da bacia especial e então misturar com o dedo. Não devia engolir nada, mas não conseguiu evitar e sentiu os efeitos. Creb a experimentou. Deve ter sentido que estava muito forte, por isso deu uma dose menor a cada mog-ur.

Depois de ter consumido a bebida especial das mulheres e dançado com elas, voltou e encontrou um pouco do líquido branco leitoso na tigela. Iza lhe dissera que nunca poderia ser jogado fora, por isso ela o bebeu, e se viu seguindo as luzes de lamparinas e tochas dentro de uma gruta sinuosa até a reunião especial dos mog-urs. Ninguém sabia que ela estava ali, mas O Mog-ur, seu Creb, soube. Ayla nunca entendeu os pensamentos e as visões que encheram sua cabeça naquela noite, mas às vezes voltavam. Era o que sentia naquele momento, não com tanta força, mas era a mesma sensação. Tirou as mãos da parede e sentiu um calafrio de apreensão.

As duas moças fizeram o caminho de volta em silêncio, parando um momento para olhar de novo o primeiro alce e os sinais que o acompanhavam. Ayla notou umas linhas curvas que não tinha visto na ida. Passaram novamente pelo aclive instável de terra acumulada, que provocou um calafrio em Ayla, e pelos lugares estreitos até chegarem à passagem difícil. Dessa vez, Lobo foi primeiro. Quando chegaram ao ponto em que tinham de andar de gatinhas, podendo usar apenas uma das mãos de cada vez, pois a outra estava segurando a tocha, ela notou que a chama estava fraca e torceu para que durasse até alcançarem a saída.

Depois de terem atravessado, Ayla viu a luz que vinha da abertura, e seus seios estavam cheios. Não lhe ocorrera que a visita fosse durar tanto, mas sabia que Jonayla precisava mamar. Correram até as pedras onde haviam deixado as bagagens e procuraram seus odres de água. Estavam com muita sede. Ayla procurou no fundo das suas coisas a tigela pequena que trazia para Lobo. Serviu um pouco de água para o animal e bebeu ela própria do odre. Quando terminaram, guardou a tigela de Lobo, e as duas jogaram seus equipamentos às costas e saíram da caverna para voltar ao lugar chamado de Acampamento de Verão das Três Pedras da Porção Oeste da Vigésima Nona Caverna dos Zelandonii.

16

— Lá está a Pedra do Reflexo — apontou Jondalar. — Você planejou parar na Porção Sul da Vigésima Nona Caverna, Zelandoni?

A pequena procissão de pessoas, cavalos e Lobo parou ao lado do Rio e olhou o imponente despenhadeiro de calcário dividido em cinco e, em alguns lugares, até seis níveis. Tal como na maioria dos paredões da região, havia listras verticais pretas de manganês que davam uma aparência característica à sua face. Notaram o movimento de algumas pessoas que olhavam para eles, mas aparentemente não pretendiam necessariamente ser vistos. Ayla se lembrou de que muitos habitantes daquela caverna, inclusive o líder, ficavam bastante apreensivos perto dos cavalos e de Lobo, e ela gostaria de ter de parar ali.

— Estou certa de que algumas pessoas ali deixaram de ir à Reunião de Verão — disse a mulher —, mas nós os visitamos no ano passado e não tivemos oportunidade de visitar a Quinta Caverna. Acho melhor seguir em frente.

Continuaram subindo o rio, pela mesma trilha do ano anterior, dirigindo-se para o lugar onde o fluxo de água se espalhava e ficava raso, facilitando o cruzamento. Se tivessem planejado navegar pelo Rio e se tivessem tomado as providências antes da partida, poderiam ter viajado por balsa, o que exigiria empurrar com varejão a pesada embarcação rio acima. Ou poderiam ter caminhado pela trilha paralela ao Rio, o que exigiria seguirem para norte, em seguida para leste, no ponto em que começava a grande curva do curso d'água, depois para sul e então para leste novamente, percorrendo uma grande curva que terminaria novamente na direção norte, um percurso de 16 quilômetros. Depois das largas curvas em S, o caminho ao longo da margem continuava rio acima com meandros suaves na direção nordeste.

Havia alguns locais habitados, próximos ao extremo norte da primeira curva, mas Zelandoni planejava visitar um grande assentamento na extremidade sul da segunda curva, a Quinta Caverna dos Zelandonii, também conhecida como Vale Antigo. Era mais fácil chegar ao vale passando pelo campo em vez de seguir o rio pelas longas curvas em S. Partindo da Pedra do Reflexo, na margem esquerda do Rio, bastava percorrer por volta de 5 quilômetros na direção leste e ligeiramente norte até a grande Quinta Caverna, embora a trilha, através do caminho mais fácil, por um terreno levemente ondulado, não fosse tão direta.

Quando chegaram ao cruzamento onde O Rio era raso, pararam novamente. Jondalar apeou de Racer e examinou o curso d'água.

— Você decide. Prefere descer e atravessar o vau ou continuar no *travois*, Zelandoni?

— Não tenho certeza. Acho que vocês têm mais condição de decidir.

— O que você sugere, Ayla? — perguntou Jondalar.

Ela estava na frente do grupo e usava o cobertor para prender Jonayla à sua frente sobre o lombo da égua. Virou-se para o restante.

— A água parece rasa, mas pode ficar mais funda mais adiante e você poderia se ver sentada na água.

— Se eu descer e atravessar o vau, certamente vou me molhar. Talvez seja melhor correr o risco e tentar chegar mais seca do outro lado — concluiu a Primeira.

Ayla olhou para o céu.

— É bom nós termos chegado agora, com o rio ainda baixo. Acho que talvez chova, ou... não sei — murmurou ela. — Sinto que alguma coisa está vindo.

Jondalar tornou a montar no seu cavalo. Zelandoni continuou no *travois*. Quando cruzaram, a água chegou à altura da barriga dos cavalos, e os dois montados molharam as pernas e os pés. Lobo, que teve de nadar uma curta distância, ficou encharcado, mas sacudiu a água ao chegar à margem oposta. Mas o *travois* flutuou um pouco e o nível da água era baixo. Exceto por alguns pingos de água, Zelandoni ficou seca.

Depois de cruzarem O Rio, seguiram um caminho bem-sinalizado que se afastava da água, atravessaram uma serra sobre um cume arredondado onde outro caminho se juntava ao deles e desceram do lado oposto e ao longo do atalho bem-conhecido. A distância até a Quinta Caverna dos Zelandonii era de cerca de 6 quilômetros. Enquanto caminhavam, a Primeira lhes ofereceu algumas informações sobre a Quinta Caverna e sua história. Embora Jondalar já soubesse a maior parte, ainda assim escutou atentamente; Ayla ouvira um pouco antes, mas aprendeu muita coisa nova.

— Da palavra de contagem do nome, você sabe que a Quinta Caverna é o terceiro grupo mais antigo dos Zelandonii — contou a donier, falando na sua voz professoral, capaz de atingir uma boa distância, ainda que não fosse alta. — Somente a Segunda e a Terceira Cavernas são mais antigas. Apesar de as Histórias e Lendas dos Antigos falarem da Primeira Caverna, ninguém parece saber o que aconteceu à Quarta. Em geral, admite-se que alguma doença reduziu os números da população até menos do que seria viável, ou que uma diferença de opinião tenha levado uma parte a se afastar, e o restante a se juntar a outra Caverna. Não é um evento incomum, como atestam as palavras de contagem faltantes nos nomes das várias Cavernas. A maioria delas têm histórias da assimilação de membros, ou de união a outros grupos, mas ninguém conhece a história da Quarta Caverna. Há quem diga que uma terrível tragédia se abateu sobre a Quarta Caverna, que causou a morte de toda a população.

A Primeira Entre Aqueles Que Servem À Grande Mãe Terra continuou sua aula durante a viagem, pensando que Ayla em particular precisava saber o máximo possível sobre o povo que a adotara, especialmente porque no futuro teria de ensinar aos mais jovens da Nona Caverna. Ayla ouvia fascinada, observando perfunctoriamente a trilha que seguiam, guiando Huiin com a pressão de um joelho ou a mudança de posição, enquanto a mulher no *travois* falava e, apesar de estar de costas para ela, enchia o ar em volta com sua voz.

A sede da Quinta Caverna era um pequeno vale confortável entre despenhadeiros de calcário, abaixo de um promontório, com um regato de águas claras correndo pelo meio, começando por uma mina e terminando no ponto onde desaguava no Rio logo à frente. Os altos despenhadeiros dos dois lados do regato ofereciam nove abrigos de rocha de tamanhos variados, bem no alto do paredão, mas nem todos eram ocupados. O vale já era usado desde tempos imemoriais, razão pela qual era chamado de Vale Antigo. As Histórias e Lendas dos Antigos dos Zelandonii afirmavam que muitas Cavernas tinham laços com a Quinta.

Cada uma das Cavernas no território Zelandonii era essencialmente independente e cuidava das próprias necessidades básicas. Os membros caçavam, pescavam e coletavam alimentos e materiais para fazer o necessário, não somente para sobrevivência, mas para viver confortavelmente. Formavam a sociedade mais avançada, não somente na própria região, mas talvez em todo o mundo na época. As Cavernas cooperavam umas com as outras porque a cooperação atendia aos melhores interesses de todas. Às vezes, saíam em expedições de caça, especialmente de animais de grande porte, como mamutes e megáceros, o alce gigante, ou animais perigosos, como o leão-das-cavernas, e compartilhavam os perigos e os resultados. Obtinham diversos produtos em grupos e assim conseguiam coletar enormes volumes durante a curta estação de amadurecimento antes que os alimentos se perdessem.

Negociavam companheiras do grupo mais amplo porque precisavam buscá-las num conjunto maior de pessoas do que o existente em sua pequena Caverna e trocavam produtos não porque precisavam, mas porque gostavam do que o restante das pessoas fazia. Os outros produtos eram suficientemente semelhantes para serem compreensíveis, mas ofereciam interesse e diversidade. E, quando as coisas não iam bem, era bom ter amigos e parentes a quem pedir ajuda. Vivendo numa região periglacial, uma área que fazia limite com as geleiras, onde os invernos eram muito frios, as coisas às vezes não iam bem.

Cada Caverna tendia a se especializar, em parte como resultado do local em que vivia, em parte porque certas pessoas desenvolviam meios de fazer especialmente bem certas coisas e passavam aquele conhecimento para os parentes próximos. Por exemplo, considerava-se que a Terceira Caverna tinha os melhores caçadores, principalmente porque moravam num despenhadeiro alto na confluência de dois rios com vastas campinas nas planícies abaixo, que atraíam muitas variedades de caça migrantes, e assim eles eram os primeiros a vê-las. Por serem considerados os melhores, aperfeiçoavam constantemente a habilidade na caça e na observação. Se houvesse um grande rebanho, avisavam às Cavernas próximas para saírem numa caçada em grupo. Mas, se fossem poucos animais, saíam sozinhos, embora geralmente dividissem a caça com as Cavernas vizinhas, especialmente durante reuniões ou festivais.

O povo da Décima Quarta Caverna era considerado pescador excepcional. Toda Caverna pescava, mas eles eram especializados em apanhar peixes. Tinham um bom regato que corria pelo seu vale e começava muitos quilômetros rio acima, onde existia grande variedade de peixe, além de ser um ponto de reprodução do salmão. Também costumavam pescar no Rio e usavam muitas técnicas diferentes. Construíam açudes para prender os peixes, eram muito hábeis na pesca com lança, ou com rede, e no uso da goiva, uma espécie de gancho reto com duas pontas.

O abrigo da Décima Primeira Caverna ficava próximo ao Rio e tinha acesso a árvores, então eles haviam aprendido a fazer balsas, arte que ensinaram e aperfeiçoaram ao longo das gerações seguintes. Também subiam e desciam O Rio nas balsas empurradas por varejões, carregando seus produtos, bem como produtos para outras Cavernas, adquirindo assim benefícios e obrigações dos vizinhos, que poderiam ser trocados por outros produtos e serviços.

A Nona Caverna ficava localizada junto ao Rio Baixo, um lugar usado como local de reunião pelos artesãos e artífices locais. Por isso, muitos deles se mudaram para a Nona Caverna, o que em parte explicava o fato de tantas pessoas morarem ali. Se alguém queria um instrumento ou uma faca especial, ou painéis de couro usados para construir moradias, ou cordas novas, fossem pesadas ou linhas torcidas ou finas, ou roupas, tendas ou o material para fazê-las, ou bacias tecidas ou de madeira, ou uma pintura ou um entalhe de cavalo ou bisão ou de qualquer outro animal, ou um sem-número de coisas criativas, todos iam à Nona Caverna.

A Quinta Caverna, por sua vez, enxergava a si mesma como autossuficiente. Consideravam-se excelentes caçadores, pescadores e artesãos de todo tipo. Faziam suas próprias balsas e afirmavam ser a Caverna que as inventara, embora essa afirmação fosse contestada pela Décima Primeira. Seus doniers eram respeitados desde sempre. Vários dos abrigos de pedra no pequeno vale eram decorados com pinturas e entalhes de animais, alguns em alto-relevo.

No entanto, a maior parte dos Zelandonii considerava a Quinta Caverna especialista na fabricação de joias e contas de decoração e ornamentação pessoal. Quando alguém queria um novo colar, ou diferentes tipos de contas para costurar nas roupas, ia à Quinta Caverna. Eram especialmente habilidosos em fabricar contas de marfim, resultantes de um processo longo e laborioso de feitura. Também abriam buracos através das raízes dos dentes de vários animais para pendentes e contas características, entre os quais, dentes de raposa e caninos de veado eram os favoritos, e conseguiam adquirir conchas de vários tipos das Grandes Águas do Oeste e do Grande Mar do Sul.

Quando chegaram ao pequeno vale da Quinta Caverna, os viajantes da Nona foram logo cercados. Pessoas saíam de vários abrigos na pedra dos dois lados do pequeno rio. Várias ficaram paradas diante da grande abertura de um deles, que dava para sudoeste. Outras saíam de um abrigo ao norte do primeiro, e do lado oposto do vale mais gente surgia vindo de suas moradas. Os viajantes ficaram surpresos com tantas pessoas, mais do que esperavam. Ou muitos habitantes da Caverna decidiram não ir à Reunião de Verão, ou voltaram mais cedo

As pessoas se aproximavam cheias de curiosidade, mas ninguém chegou muito perto. Eram contidas por medo e espanto. Jondalar era uma figura conhecida de todos os Zelandonii, com exceção dos mais jovens que se fizeram adultos enquanto ele viajava. E todos sabiam de seu retorno da longa Jornada e haviam visto a mulher e os animais que tinha trazido com ele, mas a procissão incomum de Jondalar — a mulher estrangeira com o bebê, o lobo, três cavalos, inclusive uma potra, e A Que Era A Primeira sentada numa estrutura puxada por um dos cavalos — era uma visão muito impressionante. Para muitos, havia algo estranhamente sobrenatural em animais que se comportavam com tanta docilidade, quando deviam fugir.

Um dos primeiros a vê-los correu para avisar o Zelandoni da Quinta Caverna, que os esperava. O homem, que estava entre os que esperavam diante do abrigo à direita, aproximou-se sorrindo cordialmente. Ele havia acabado de entrar na meia-idade. Tinha os cabelos castanhos e longos puxados para trás e enrolados na cabeça num corte complicado; as tatuagens no rosto, que anunciavam sua importante posição, eram mais elaboradas que o necessário, mas ele não era o único Zelandoni a embelezar suas tatuagens. Seu corpo arredondado e seu rosto gordo tendiam a fazer seus olhos parecerem pequenos, o que lhe dava um ar de esperteza, o que de fato possuía.

De início, Zelandoni tinha reservas quanto a ele, não sabia se poderia confiar nele, nem mesmo se gostava do homem. Ele era capaz de defender energicamente suas opiniões, mesmo quando se opunham às dela, mas provara sua confiabilidade e lealdade e, nos encontros e nas reuniões de conselho, a Primeira passou a confiar na inteligência de suas recomendações. Ayla ainda guardava seu julgamento, mas, ao saber que Zelandoni pensava bem dele, passou a se inclinar mais a lhe dar crédito.

Outro homem o seguiu — e dele Ayla desconfiava desde o dia em que o conhecera. Madroman havia nascido na Nona Caverna, embora mais tarde tivesse se mudado para a Quinta, e se tornara acólito daquele grupo. O Zelandoni da Quinta Caverna tinha vários acólitos, e, embora Madroman estivesse entre os mais velhos, não era o primeiro. Mas Jondalar se espantou ao descobrir que ele tinha sido aceito entre a zelandonia.

Na sua juventude, quando Jondalar se apaixonou pela Primeira, na época uma acólita chamada Zolena, outro jovem, chamado Ladroman, queria Zolena para ser sua donii-mulher. Tinha ciúmes de Jondalar e espionou os dois, e assim ouviu Jondalar tentar convencer Zolena a ser sua companheira. Cabia à donii-mulher evitar esse tipo de envolvimento. Os jovens a quem assistiam eram considerados muito vulneráveis em relação à mulher mais velha e experiente. Mas Jondalar era alto e maduro para sua idade, incrivelmente belo e carismático, com lindos olhos azuis e tão atraente que ela não o rejeitou de imediato.

Ladroman contou aos membros da zelandonia, e a todos mais, que os dois estavam quebrando tabus. Jondalar brigou com ele pela denúncia e por tê-los espionado, o que se tornou um grande escândalo, não somente por causa da ligação, mas por que Jondalar quebrou dois dentes da frente de Ladroman. Eram dentes permanentes, que nunca voltariam a crescer. E sua perda não somente o deixou com um ceceio, mas dificultou sua mastigação. A mãe de Jondalar, que na época era a líder da Nona Caverna, teve de pagar uma pesada compensação pelo comportamento do filho.

O resultado foi ela ter decidido enviar o filho para morar com Dalanar, o homem com quem ela vivia à época do nascimento de Jondalar, o homem de seu lar. Embora de início Jondalar tenha ficado irritado, no fim, agradeceu. A punição, conforme ele a via, embora sua mãe a percebesse como um período para esfriar a cabeça até as coisas voltarem ao normal e as pessoas terem tempo de esquecer, deu ao rapaz a chance de conhecer Dalanar.

Jondalar era notavelmente parecido com o homem mais velho, não somente no físico, mas também em certas habilidades, particularmente em lascar pedras. Dalanar lhe ensinou a arte, e à sua prima próxima, Joplaya, a linda filha da nova companheira de Dalanar, Jerika, que era a pessoa mais exótica que Jondalar já conhecera. A mãe de Jerika, Ahnlay, que a deu à luz durante a longa Jornada que havia feito com seu companheiro, morreu perto da mina de pedra descoberta por Dalanar. Mas o companheiro de sua mãe, Hochaman, viveu para cumprir seu sonho.

Ele foi um grande viajante que havia caminhado desde os Mares Infinitos do Leste até as Grandes Águas do Oeste, embora Dalanar tivesse andado por ele no final, carregando-o sobre os ombros. Quando, alguns anos depois, levaram Jondalar de volta ao lar na Nona Caverna, a Caverna de Dalanar fez uma viagem especial um pouco mais além para oeste para que o diminuto homem, Hochaman, pudesse ver as Grandes Águas uma vez mais, novamente sobre os ombros de Dalanar. Ele caminhou sozinho os últimos metros, e na beira do oceano caiu de joelhos para que as ondas o cobrissem e ele sentisse o gosto do sal. Jondalar passou a gostar de todos os Lanzadonii e se ficou feliz por ter sido afastado de casa, porque assim passou a ter um segundo lar.

Jondalar sabia que Zelandoni não gostava de Ladroman após o problema que ele tinha criado para ela, mas de certa forma tudo aquilo a tornou mais séria com relação à zelandonia e a seus deveres de acólita. Transformou-se numa formidável Zelandoni, convocada para ser a Primeira pouco antes de Jondalar partir na Jornada com seu irmão. Na verdade, ela foi uma das razões da sua partida. Ele ainda tinha fortes sentimentos por ela, mas sabia que nunca seria sua companheira. Depois de cinco anos, ele voltou com Ayla e seus animais e ficou surpreso ao saber que Ladroman havia mudado o nome para Madroman, embora não conseguisse atinar a razão da mudança, e fora aceito entre a zelandonia, o que significava que, não importa quem o tivesse indicado, A Que Era A Primeira tinha de aceitá-lo.

— Saudações! — disse o Zelandoni da Quinta Caverna, estendendo as mãos para a Primeira quando ela descia do *travois* especial. — Não esperava ter a chance de vê-la neste verão.

Ela tomou as mãos e se curvou para tocar o rosto dele com o seu.

— Procurei-o na Reunião de Verão, mas me disseram que você foi a outra Reunião com algumas das Cavernas vizinhas.

— É verdade, foi o que fizemos. É uma longa história que vou lhe contar mais tarde, se você estiver disposta a ouvir. — Ela fez um sinal de que estava. — Mas primeiro vamos encontrar um lugar para acomodar você e seus... ahh... companheiros de viagem — disse ele, olhando significativamente para os cavalos e Lobo.

Ele os conduziu ao outro lado do regato e, quando começou a percorrer o caminho batido no meio do pequeno vale, continuou sua explicação:

— Essencialmente, era uma questão de reforçar a amizade com as Cavernas mais próximas. Foi uma Reunião de Verão de menor porte. Cuidamos rapidamente das cerimônias necessárias. Nosso líder e alguns da nossa Caverna saíram para caçar com eles, outros saíram em visitas e reuniões, o restante de nós voltou para cá. Uma das minhas acólitas está terminando seu ano de observações dos ocasos e de marcar as luas, e eu queria estar aqui para o final, quando o sol fica imóvel. Mas o que a traz aqui?

— Também estou treinando uma acólita. Você já conhece Ayla. — A enorme mulher apontou a jovem. — Você já deve ter ouvido que ela agora é minha nova acólita, e começamos a sua Jornada Donier. Eu queria ter certeza de que ela visitasse os seus lugares sagrados. — Os dois membros mais velhos a zelandonia balançaram as cabeças, reconhecendo as responsabilidades mútuas. — Depois que Jonokol se mudou para a Décima Nona Caverna, eu precisava de um novo acólito. Acho que ele se apaixonou pela nova Caverna Sagrada que Ayla descobriu. Ele sempre foi um artista em primeiro lugar, mas agora se dedica de coração à zelandonia. A Décima Nona não está tão bem quanto se poderia imaginar. Espero que eu viva o suficiente para terminar bem a formação dele.

— Mas ele era seu acólito. Tenho certeza de que já estava bem-treinado antes de se mudar — disse o Zelandoni da Quinta.

— É verdade, ele foi treinado, mas não estava realmente tão interessado. Era tão bom na criação de imagens, que eu tive de trazê-lo para a zelandonia, mas a arte era seu verdadeiro amor. Era brilhante e aprendia depressa, mas estava satisfeito sendo apenas um acólito, não tinha o desejo de tornar-se Zelandoni, até o dia em que Ayla mostrou a ele a Gruta Branca. Então ele mudou. Em parte porque desejava pintar imagens lá, claro, mas não era só isso. Ele agora quer ter certeza de que as suas imagens serão certas para aquele Local Sagrado, por isso se dedica à zelandonia. Acho que Ayla sentiu isso. Quando descobriu a gruta, ela quis que eu a visse, mas para ela era mais importante que Jonokol fosse até lá.

O da Quinta se voltou para Ayla:

— Como você encontrou a Gruta Branca? Você usou sua voz dentro dela?

— Eu não a descobri. Lobo descobriu. Estava numa encosta coberta por arbustos e amoreiras, e de repente ele desapareceu no chão sob a vegetação. Cortei um pouco das plantas e o segui. Quando percebi que era uma gruta, saí, fiz uma tocha e tornei a entrar. Foi quando vi o que era. Então fui procurar Zelandoni e Jonokol.

Algum tempo havia se passado desde que o Zelandoni da Quinta Caverna ouvira Ayla falar, e seu sotaque era notável, não somente para ele, mas para todos os membros de sua Caverna, inclusive Madroman, que se lembrou de toda a atenção recebida por Jondalar quando voltou com a linda estrangeira e seus animais, e de quanto ele o odiava. Ele sempre atrai todas as atenções, pensou o acólito. Especialmente das mulheres. Gostaria de saber o que pensariam dele se lhe faltassem dois dentes da frente. É verdade, a mãe dele pagou reparações em seu nome, mas isso não trouxe de volta meus dentes da frente. Por que ele teve de voltar da Jornada? E trazer aquela mulher? Toda a agitação feita por causa dos animais. Há anos sou acólito, mas ela é a única que recebe toda atenção especial da Primeira. E se ela se tornar Zelandoni antes de mim? Ela não me deu muita atenção quando nos conhecemos, foi pouco mais que educada, e ainda me ignora. As pessoas dão a ela o crédito da descoberta da nova gruta, mas ela própria admite: não fora uma descoberta sua, e, sim, daquele animal estúpido.

Ele sorria enquanto ruminava os pensamentos, mas, para Ayla, que não o observava diretamente, mas de perto, como o faria uma mulher do Clã, com olhares indiretos que absorviam toda sua linguagem inconsciente de corpo, seu sorriso era enganoso e tortuoso. Perguntou-se por que o Zelandoni da Quinta o havia acolhido como acólito. Era um Zelandoni inteligente e arguto, não poderia ter se deixado enganar por ele, ou poderia? Olhou Madroman mais uma vez e o pegou encarando-a com um olhar malévolo que lhe provocou um calafrio.

— Eu às vezes penso que aquele Lobo pertence no fundo à zelandonia — disse A Que Era A Primeira. — Você devia tê-lo ouvido na Gruta do Mamute. Seu uivo soou como uma voz sagrada.

— Fico feliz por você ter uma nova acólita, mas me surpreende o fato de você só ter uma — disse o Zelandoni da Quinta. — Eu tenho vários e já estou considerando mais um. Nem todos os acólitos podem se tornar Zelandoni, e, se alguém resolver desistir, terei sempre outro à disposição. Você devia pensar nisso... não que eu queira lhe ensinar as coisas.

— Você provavelmente tem razão. Eu devia considerar. Sempre vigiei várias pessoas que poderiam ser ótimos acólitos, mas tendo a esperar até precisar de um — explicou a Primeira. — O problema de ser a Primeira Entre Aqueles Que Serviam À Grande Mãe Terra é ficar responsável por mais de uma Caverna e não ter muito tempo para formar acólitos. Desse modo, prefiro me concentrar em apenas um. Antes de sair da Reunião de Verão, tive de me decidir entre a minha responsabilidade para com os Zelandonii, e minha obrigação de formar o próximo Zelandoni da Nona Caverna. O Matrimonial final ainda não tinha começado, porém, como poucos casais planejavam se unir, e eu sabia que a Décima Quarta poderia cuidar de tudo, decidi que era mais importante iniciar a Jornada Donier de Ayla.

— Não tenho dúvidas de que a Décima Quarta ficou encantada por assumir esse seu encargo — disse o da Quinta com desdém conspirador. Sabia muito bem das dificuldades da Primeira com a Zelandoni da Décima Quarta, que não somente queria sua posição, mas se sentia merecedora. — Qualquer um dos Zelandoni gostaria. Vemos o prestígio, mas os outros nem sempre veem os problemas... eu inclusive.

Os *abris* à volta deles eram abrigos de pedra engastados nos paredões de calcário, expostos a vento, água e clima, em erosão ao longo de milênios. Em geral, poucos eram ocupados como moradia, mas estes eram oferecidos e usados para outras coisas. Alguns serviam como depósito, ou como lugares tranquilos para a prática de algum ofício, ou ponto de encontro para um casal desejoso de ficar sozinho, ou ainda como um lugar onde grupos de velhos e jovens podiam planejar suas atividades. E um deles era reservado para hospedar visitantes.

— Espero que suas acomodações sejam confortáveis.

O Zelandoni da Quinta os conduziu até alguns abrigos naturais de pedra, próximos à base do despenhadeiro. O espaço era amplo, com piso plano e nivelado, teto alto, aberto na frente, mas protegido da chuva. Perto de uma parede lateral, espalhavam-se várias almofadas esgarçadas, círculos de cinzas, dos quais alguns, cercados por pedras, mostravam onde os ocupantes anteriores tinham feito suas fogueiras.

— Vou mandar um pouco de lenha e água. Se houver mais alguma coisa de que vocês precisem, por favor, me avisem.

— Para mim, parece ótimo — elogiou a Primeira. — Vocês gostariam de algo mais? — perguntou aos companheiros.

Jondalar sacudiu a cabeça e resmungou uma negativa. Depois foi desamarrar o *travois* de Racer, para aliviá-lo de sua carga, e começar a desempacotar. Queria montar uma tenda no interior do abrigo para receber o ar de fora, mas não a chuva. Ayla tinha dito que talvez chovesse, e ele respeitava as opiniões dela sobre mudanças do tempo.

— Eu só queria perguntar uma coisa — disse Ayla. — Alguém se oporia a nós trazermos os cavalos para dentro do abrigo? Notei nuvens se acumulando, parece que vai chover... alguma coisa vem chegando. Os cavalos também gostam de ficar secos.

Exatamente naquele momento, Jondalar resolveu levar para fora o garanhão, que defecou, deixando no chão bolas de fezes de capim marrom, que deixaram um cheiro forte de cavalo.

— Se querem oferecer aos cavalos abrigo da chuva, não tem problema — disse o Zelandoni da Quinta Caverna. Depois sorriu. — Se vocês não se importam, ninguém mais vai se importar.

Várias pessoas sorriram, zombeteiras. Uma coisa era olhar os animais e quem sabia controlá-los, mas ver um animal executar suas funções naturais tirava um pouco do charme e os fazia parecer menos mágicos. Ayla notou as reações reservadas das pessoas quando chegaram e ficou feliz por Racer ter escolhido aquele momento para mostrar que era apenas um cavalo.

Zelandoni juntou algumas almofadas e as examinou. Algumas eram feitas de couro, outras de fibras vegetais tecidas, como capim, juncos e folhas de tabua, e várias mostravam o material de enchimento através dos cantos rasgados, o que talvez fosse a razão para serem deixadas no abrigo pouco usado. Bateu várias delas contra as paredes de pedra, para limpar a poeira e a sujeira acumulada, em seguida as empilhou junto à lareira próxima ao lugar escolhido por Jondalar para montar a tenda. Ayla começou a mover Jonayla para as costas para poder ajudá-lo a montar a tenda.

— Deixe-a comigo.

A enorme mulher estendeu os braços para Jonayla. Cuidou da criança enquanto Jondalar e Ayla levantavam a tenda no interior do abrigo de pedra, diante de um dos círculos de cinzas cercadas por rochas, e puseram os materiais de fazer fogo necessários para montar uma fogueira rapidamente. Em seguida, estenderam as esteiras e outros utensílios; Lobo sempre ficava com eles na tenda. Finalmente colocaram os dois *travois* no fundo do *abri*, prepararam o lugar dos cavalos sob o abrigo à sua frente e retiraram o esterco de Racer.

Alguns meninos da Caverna local ficaram por ali, observando-os, mas não se aproximaram, com exceção de uma menina, cuja curiosidade a venceu. Aproximou-se da Zelandoni e da criança; a Primeira calculou que ela teria por volta de 9 ou 10 anos.

— Eu queria segurar o bebê. Posso?

— Se ela quiser você. Ela sabe o que quer — respondeu a mulher.

A menina estendeu os braços. Jonayla hesitou, mas sorriu timidamente para ela quando se aproximou e sentou. Finalmente Jonayla largou a Zelandoni e foi para os braços da menina estranha, que a pegou e colocou no colo.

— Qual é o nome dela?

— Jonayla. E o seu?

— Hollida — respondeu a menina.

— Parece que você gosta de crianças.

— Minha irmã tem uma filhinha, mas ela foi visitar a família do companheiro. Ele vem de uma Caverna diferente. Não a vi este verão — contou Hollida.

— E você sente saudades, não sente?

— Sinto. Pensava que não ia sentir, mas sinto.

Ayla viu a menina quando se aproximou e notou a interação. Sorriu para si mesma, lembrando-se da vontade de ter um filho quando era mais nova. Lembrou-se de Durc e percebeu que ele teria provavelmente o mesmo número de anos da menina, mas no Clã, seria considerado muito mais próximo da idade adulta do que a menina. Ele está crescendo, pensou ela. Sabia que nunca mais ia vê-lo, mas vez por outra não conseguia deixar de pensar nele.

Jondalar notou a expressão sonhadora no rosto dela ao observar a menina brincando com Jonayla e se perguntou o que estaria se passando na mente da mulher. Então Ayla balançou a cabeça, sorriu, chamou Lobo e foi até elas. Se a menina vai ficar com Jonayla, pensou, é melhor apresentá-la a Lobo para ela não ter medo dele.

Após os três adultos terem descarregado as coisas e se instalado, voltaram para o primeiro abrigo de pedra. Hollida ia com eles, andando ao lado da Primeira. As outras crianças, que observaram tudo, correram na frente. Enquanto os visitantes se aproximavam do abrigo do Zelandoni da Quinta Caverna, várias pessoas já esperavam diante da grande abertura na parede de pedra. A vinda deles tinha sido anunciada pelas crianças, antes que chegassem. Parecia também que uma comemoração era planejada; várias pessoas estavam cozinhando nas casas. Ayla se perguntou se devia ter trocado a roupa de viagem e vestido algo mais adequado, porém nem Jondalar nem a Primeira haviam trocado de roupa. Algumas pessoas surgiam do abrigo ao norte e do outro lado do vale. Ayla sorriu para si mesma. Parecia óbvio que as crianças tinham avisado aos outros que vinham.

A área da Quinta Caverna de repente a fez lembrar a Terceira Caverna na Pedra dos Dois Rios e a Pedra do Reflexo na Vigésima Nona Caverna. As áreas de convivência da Terceira e da Vigésima Nona se espalhavam em terraços residenciais, uns acima dos outros, em imponentes paredes de despenhadeiros, com marquises para proteção dos espaços interiores contra chuva e neve. Ali, pelo contrário, havia vários abrigos próximos, perto do chão nos dois lados do pequeno regato. Mas era a proximidade dos vários locais em que as pessoas viviam o que fazia deles uma única Caverna. Ocorreu então a Ayla que toda a Vigésima Nona Caverna estava tentando fazer a mesma coisa, com a diferença de seus espaços de convivência serem mais dispersos. O que unia aquelas pessoas eram seus campos de caça e coleta mútuos.

— Saudações! — saudou o Zelandoni da Quinta Caverna quando chegaram. — Espero que vocês tenham achado seu lugar confortável. Vamos fazer um banquete comunitário em sua homenagem.

— Não é necessário tanto trabalho — disse A Que Era A Primeira.

Ele olhou para a Primeira.

— Você sabe como é. As pessoas adoram uma desculpa para uma comemoração. Sua vinda é um pretexto particularmente bom. Não é todo dia que temos a honra de receber a Zelandoni da Nona Caverna, que é também Aquela Que É A Primeira. Entrem. Você disse que queria mostrar à sua acólita nossos Locais Sagrados. — Voltou-se para Ayla. — É neles que nós vivemos — disse ele, abrindo caminho para os visitantes entrarem.

O interior do abrigo de pedra fez Ayla estacar de surpresa. Tão colorido! Várias paredes decoradas com pinturas de animais, o que não era tão incomum, mas tinham o fundo em vermelho vivo com ocre. E as figuras dos animais eram mais que simples contornos ou desenhos, a maioria colorida e sombreada para fazer sobressair contornos e formas. Uma parede em particular prendeu a atenção de Ayla: era uma maravilhosa pintura de dois bisões, um dos quais estava obviamente prenhe.

— Sei que muitas pessoas entalham ou pintam as paredes de seus *abris*, e talvez considerem essas imagens sagradas, mas nós consideramos todo este espaço sagrado — contou o Zelandoni da Quinta Caverna.

Jondalar visitara a Quinta Caverna várias vezes, e sempre admirara as pinturas nas paredes dos abrigos de pedra, mas nunca as tinha visto como nada diferente de pinturas e entalhes do interior da Nona Caverna, ou de qualquer outra caverna ou *abri*. Não sabia bem se entendia a razão por que aquele abrigo devia ser mais sagrado que qualquer outro, embora fosse mais colorido e decorado que a maioria. Concluiu que aquele seria o estilo preferido da Quinta Caverna, tal como as tatuagens e os penteados elaborados de seu Zelandoni.

O Zelandoni da Quinta Caverna olhou para Ayla e o lobo vigilante ao seu lado, e para Jondalar com a menina aninhada feliz na dobra do seu braço, olhando em volta cheia de interesse. Olhou finalmente para a Primeira.

— Como o banquete ainda não está pronto, permita-me mostrar o lugar.

— Sim, ótima ideia.

Saíram do abrigo, passando a outro que ficava imediatamente ao norte. Era essencialmente a continuação do primeiro. Também decorado, mas com um estilo diferente, o que criava a sensação de serem abrigos distintos. Havia paredes pintadas, como a com o mamute feito em preto e vermelho, mas algumas estavam entalhadas profundamente, e ainda havia aquelas que eram entalhadas e pintadas. Alguns entalhes intrigaram Ayla. Não tinha certeza do que significavam.

Aproximou-se de uma parede para examinar com mais atenção. Havia alguns buracos em forma de tigelas, outros cortes ovais com um segundo oval em torno e uma marca parecida com um buraco estendido numa linha no meio. Viu o núcleo de um chifre no chão que havia sido esculpido num formato que parecia com o órgão de um homem. Balançou a cabeça e olhou novamente, então sorriu. Era exatamente isso. Quando viu as formas ovais, ocorreu a ela que poderiam representar os órgãos femininos.

Voltou-se, olhou Jondalar e a Primeira, e então o Zelandoni da Quinta.

— Parecem as partes do homem e da mulher. Os entalhes são isso mesmo?

O Zelandoni sorriu e anuiu.

— É aqui que ficam as donii-mulheres, e geralmente onde executamos os Festivais da Mãe, e às vezes realizamos os Ritos dos Primeiros Prazeres. É também aqui que me reúno com meus acólitos quando estão em treinamento, e onde eles dormem. É um lugar bastante sagrado. Foi o que eu quis dizer quando falei que vivemos nos nossos Locais Sagrados.

— Você também dorme aqui? — perguntou Ayla.

— Não, eu durmo no primeiro abrigo, do outro lado deste, perto do bisão. Não acho que seja bom um Zelandoni passar todo o tempo com seus acólitos. Eles precisam ter espaço para relaxar longe do olhar restritivo do mentor, e eu tenho outras coisas a fazer, outras pessoas a ver.

Enquanto voltavam à primeira parte do abrigo, Ayla perguntou:

— Você sabe quem fez suas imagens?

O questionamento o pegou desprevenido. Não era uma pergunta que a Zelandoni normalmente faria. As pessoas se acostumaram com a arte; estivera sempre ali, ou eles sabiam quem as fazia no presente, e ninguém havia de perguntar.

— Não os entalhes — respondeu ele depois de pensar durante um momento. — Foram feitos pelos Antigos, mas várias das nossas pinturas são da mulher que ensinou Jonokol a pintar, quando ainda era uma moça. A que foi Zelandoni da Segunda Caverna antes da que o é agora. Foi reconhecida como a melhor artista de sua época e viu o potencial de Jonokol quando jovem. Também percebeu o potencial de um de nossos artistas. Ela agora habita o outro mundo, lamento dizer.

— Quem esculpiu o chifre? — perguntou Jondalar, indicando o objeto fálico, que ele também havia reparado. — Quem fez aquilo?

— Ele foi dado ao Zelandoni que veio antes de mim, ou talvez ao que veio antes dele. Há quem goste de tê-lo por perto durante os Festivais da Mãe. Não tenho certeza, mas pode ter sido usado para explicar as mudanças no órgão do homem. Ou pode ter sido usado durante os Primeiros Ritos, especialmente por meninas que não gostavam de homens, ou tinham medo deles.

Ayla tentou não demonstrar na expressão, não cabia a ela dizer, mas pensou que seria muito desconfortável, talvez até doloroso, usar um objeto esculpido duro, e não o calor do órgão masculino de um homem carinhoso, mas ela estava acostumada à ternura de Jondalar. Olhou para ele.

Os olhos dele encontraram os dela e a expressão que ela tentava ocultar, e lhe deu um sorriso tranquilizador. Perguntava-se se o Zelandoni da Quinta estava inventando uma história por não saber o significado da imagem. Jondalar tinha certeza de que ela havia sido o símbolo de alguma coisa em épocas passadas, provavelmente ligada ao Festival da Mãe, pois era um órgão masculino ereto, mas seu significado exato provavelmente se perdera no esquecimento.

— Podemos cruzar o regato e visitar nossos outros Locais Sagrados. Alguns de nós vivem lá. Acho que vocês se interessarão por eles também.

Seguiram até o regato que dividia o vale e em seguida subiram pela margem até o ponto onde haviam cruzado antes. Avistaram dois sólidos degraus de pedra no meio do regato, que tinham usado para chegar ao outro lado, depois desceram o riacho até o abrigo em que estavam hospedados. Havia vários *abris* naquele lado do regato, aninhados na encosta do vale que continuava até um alto promontório que dominava toda a região e servia como um bom posto de observação. Andaram até um que ficava a pouco menos de 200 metros de onde o regato desembocava no Rio.

Quando passaram sob a pedra suspensa do abrigo, ficaram imediatamente impressionados por uma frisa de cinco animais: dois cavalos e três bisões, todos voltados para a direita. A terceira figura em particular era um bisão de quase 1 metro de comprimento, profundamente entalhado na parede de pedra. Seu corpo volumoso estava esculpido em forte relevo, quase uma escultura. Usaram cor preta para acentuar o contorno. Vários outros entalhes cobriam as paredes: cúpulas, linhas e animais; a maioria com cortes menos profundos.

Foram apresentados a várias outras pessoas que os observavam, parecendo muito orgulhosas. Estavam obviamente felizes por mostrar sua casa maravilhosa, e Ayla não os culpava. Era notável. Depois de ter examinado os entalhes, Ayla começou a se interessar pelo restante do abrigo. Era evidente que muitas pessoas viviam ali, embora várias estivessem ausentes no momento. Como os outros Zelandonii, no verão as pessoas viajavam para visitar, caçar, coletar e recolher materiais diversos.

Ayla notou uma área que fora deixada havia pouco por uma pessoa que trabalhava com marfim, a julgar pelo material espalhado. Prestou atenção. Havia pedaços em diferentes estágios de produção. Primeiro, as presas foram cortadas várias vezes para separar seções iguais a varas, e diversas delas foram reunidas. Algumas foram divididas em seções de pares, que foram então trabalhados em dois segmentos redondos ligados. A peça chata no meio foi perfurada logo acima de cada peça redonda, em seguida cortada para criar duas contas, que então tiveram de ser polidas na forma final, o formato de uma cesta redonda.

Um homem e uma mulher, os dois de meia-idade, vieram e se postaram ao seu lado, quando ela se agachou para examinar. Ela nem sonhava em tocá-las.

— Estas contas são notáveis. Vocês as fizeram?

Os dois sorriram.

— Sim, fazer contas é a minha profissão — responderam juntos e então riram da fala inadvertidamente simultânea.

Ayla perguntou quanto tempo levavam para fazer as contas. Eles lhe disseram que uma pessoa teria sorte se completasse cinco ou seis contas desde o alvorecer até o sol dar a hora da refeição do meio-dia. Contas suficientes para um colar, dependendo do comprimento, exigiriam desde alguns dias até uma ou duas luas. Eram extremamente preciosas.

— Parece uma arte difícil. Ver os vários passos me faz valorizar ainda mais meu traje matrimonial. Há muitas contas de marfim costuradas nele.

— Nós o vimos — disse a mulher. — Era lindo. Fomos vê-lo depois, quando Marthona o colocou em exposição. As contas de marfim foram feitas com muito cuidado, por um processo ligeiramente diferente, creio. O buraco parecia atravessar todo o comprimento da conta, talvez fosse perfurado dos dois lados, o que é muito difícil de fazer. Posso perguntar onde você o conseguiu?

— Foi uma Mamutói quem me deu. Eles vivem muito longe a leste. A companheira do líder me presenteou. O nome dela era Nezzie do Acampamento do Leão. Isso quando ela pensava que eu ia me unir ao filho da companheira do irmão dela. Quando mudei de ideia e decidi partir com Jondalar, ela me disse para ficar com ele e usá-lo na cerimônia da minha união. Ela também gostava muito do traje.

— Ela devia gostar muito dele e de você — disse o homem. Pensou, mas não falou, que o traje era não somente lindo, era extremamente valioso. Dar tanto a alguém que ia levá-lo para longe significava que ela gostava muito da jovem mulher. Ele então entendeu melhor o status da estrangeira, apesar de ela não ter nascido Zelandonii, como atestava seu sotaque. — É sem dúvida um dos trajes mais notáveis que eu já vi.

O Zelandoni da Quinta Caverna acrescentou:

— Eles também fazem contas de conchas das Grandes Águas do Oeste e do Mar do Sul, esculpem brincos de marfim e perfuram dentes. Há quem goste especialmente de usar dentes de raposa e caninos muito brilhantes de veados. Até gente de outras Cavernas aprecia o trabalho deles.

— Eu cresci muito longe, a leste — disse Ayla. — Gostaria de ver algumas de suas conchas.

O casal — Ayla não sabia se eram um casal ou irmãos — trouxe sacolas e recipientes e espalharam o conteúdo, ansiosos por mostrar suas riquezas. Havia centenas de conchas, a maioria pequenas, moluscos globulares como a litorina, ou formas longas como o dentálio, que podiam ser costurados nas roupas ou enfiados em colares. Havia também algumas conchas de vieira, mas, em geral, as conchas eram de criaturas essencialmente não comestíveis, o que significava que foram caçadas muito longe apenas por seu valor decorativo, não como alimento. Haviam viajado sozinhos até as duas praias, ou negociado com alguém que as possuía. O tempo investido na aquisição daqueles itens apenas para serem mostrados significava que, como sociedade, os Zelandonii não viviam no limite da sobrevivência, mas em abundância. Conforme os costumes e práticas de seu tempo, eles eram ricos.

Jondalar e a Primeira se aproximaram para ver o que tinha sido trazido para ser mostrado a Ayla. Embora soubessem do status da Quinta Caverna, em parte por causa de seus fabricantes de joias, ver tanta coisa de uma só vez era quase insuportável. Não conseguiram evitar as comparações com a Nona Caverna, mas, quando consideraram, sabiam que sua Caverna era igualmente rica de uma forma significativamente diferente. Na verdade, todas as Cavernas Zelandonii o eram.

O Zelandoni da Quinta Caverna os conduziu a outro abrigo próximo. Também decorado principalmente com entalhes de cavalos, bisões, veados e até uma parte de mamute, geralmente enfatizados com ocre vermelho e tinta preta de manganês. A galhada de um alce entalhado, por exemplo, fora delineada em preto, ao passo que um bisão tinha sido pintado principalmente em vermelho. Mais uma vez, foram apresentados às pessoas que estavam lá. Ayla notou que as crianças que estiveram no seu abrigo, que ficava do mesmo lado do regato, haviam se reunido novamente; reconheceu várias delas. De repente, sentiu-se tonta e com náuseas, uma forte necessidade de sair dali. Não conseguia explicar a intensa urgência, mas tinha de ir para fora.

— Estou com sede, quero água — disse ela, correndo até o regato.

— Você não precisa sair — disse uma mulher que a seguiu. — Nós temos uma fonte aqui dentro.

— De qualquer forma, acho que todos nós temos de ir embora. O banquete já deve estar pronto, e eu estou com fome — disse o Zelandoni da Quinta Caverna. — Imagino que vocês também.

Voltaram para o abrigo principal, ou o que Ayla passou a ver como tal, e encontraram tudo pronto para o banquete esperando por eles. Apesar de haver pratos extras para os visitantes, Ayla e Jondalar tiraram de suas bolsas seus próprios pratos, copos e facas. A Primeira também trazia seus próprios utensílios. Ayla pegou a tigela de água de Lobo, que também servia como prato de comida se fosse necessário, e pensou que logo estaria trazendo também pratos de comida para Jonayla. Embora planejasse amamentá-la pelo menos até os 3 anos, também queria lhe oferecer o gosto de outras comidas bem antes.

Alguém tinha caçado um auroque; um pernil assado dele, girando num espeto sobre brasas era o prato principal. Ultimamente, só viam caça durante o verão, mas aquele era um dos pratos favoritos de Ayla. O gosto era semelhante ao do bisão, porém mais rico. Eram animais semelhantes, com chifres curvos, duros e arredondados que cresciam até certo ponto e continuavam assim permanentemente, não se renovavam todo ano como a galhada do alce.

Havia também vegetais de verão: talos de serralha, amaranto cozido, tussilagem e folhas de urtiga temperadas com azeda. Primaveras e pétalas de rosa-silvestre numa salada de folhas de dente-de-leão e trevo. Flores perfumadas do campo davam uma doçura mélica a um molho de amaranto e ruibarbo servido com a carne. Uma mistura de frutinhas de verão não exigia acréscimo de adoçantes. Havia framboesas, uma variedade de amora, cerejas, cassis, sabugos e ameixas-silvestres, apesar da dificuldade de extrair o caroço da pequena fruta. Um chá de rosas fechava a deliciosa refeição.

Quando tirou a tigela de Lobo e lhe deu o osso que havia escolhido com um pouco de carne, uma das mulheres olhou com desaprovação. Ayla a ouviu dizer para outra mulher que ela não considerava apropriado dar a um lobo alimento destinado a pessoas. A segunda mulher anuiu com um movimento de cabeça, mas Ayla tinha notado mais cedo naquele dia que as duas olharam temerosas o caçador de quatro patas. Ela pretendeu apresentá-las ao Lobo para reduzir o medo, mas fizeram questão de evitar Ayla e o carnívoro.

Depois da refeição, colocaram mais lenha no fogo para ter mais luz contra a escuridão crescente. Ayla amamentava Jonayla e sorvia um copo de chá quente, tendo Lobo aos pés, na companhia de Jondalar, da Primeira e do Zelandoni da Quinta. Um grupo de pessoas se aproximou, entre elas Madroman, que preferiu ficar um pouco afastado. Ayla reconheceu as outras e calculou que fossem os acólitos do Zelandoni da Quinta Caverna, provavelmente na esperança de passar algum tempo na companhia da Que Era A Primeira.

— Já completei a marcação dos sóis e das luas — disse uma delas.

A moça abriu a mão e revelou uma pequena placa de marfim coberta de marcas estranhas. O Zelandoni da Quinta a tomou da mão da jovem e a examinou cuidadosamente, virando-a para ver o verso, verificou as extremidades e sorriu.

— É mais ou menos meio ano — disse ele e passou a peça à Primeira. — Ela é minha Terceira Acólita e começou a fazer a marcação por esta época no ano passado. A placa da primeira metade está guardada.

A enorme mulher examinou a peça com o mesmo cuidadoso escrutínio do Zelandoni da Quinta, mas sem tanta demora.

— Este é um método interessante de marcação. Você mostra as mudanças pela posição e as crescentes com marcas curvas para duas das luas que você marcou. O restante fica na extremidade e no verso. Muito bom.

A jovem ficou exultante com o elogio da Primeira.

— Você poderia explicar o que fez para minha acólita? Ela ainda não marcou os sóis e as luas.

— Eu pensava que ela já o havia feito — respondeu a Terceira Acólita do Zelandoni da Quinta Caverna. — Ouvi dizer que ela é respeitada por seu conhecimento na arte da cura, e que é casada. Que eu saiba, não existem muitas acólitas casadas e com filhos, nem muitos membros da zelandonia.

— A formação de Ayla não foi convencional. Como você deve saber, ela não nasceu entre os Zelandonii, por isso a ordem de sua aquisição de conhecimentos é diferente da nossa. Ela é uma curadora excepcional, começou muito jovem, mas está apenas começando a Jornada Donier, e ainda não aprendeu a marcar os sóis e as luas — explicou cuidadosamente a Zelandoni Que Era A Primeira.

— Será um prazer explicar a ela como marcar — disse a Terceira Acólita do Zelandoni da Quinta, e se sentou ao lado de Ayla.

Ayla estava mais que interessada. Era a primeira vez que ouvia falar da marcação de sóis e luas e não sabia que era mais uma tarefa que teria de completar como parte do treinamento. Perguntou-se que outros trabalhos desconhecidos ela ainda teria de completar.

— Veja, a cada noite eu fiz uma marca. — A moça mostrou as marcas feitas no marfim com uma ponteira de pedra. — Já havia marcado a primeira parte do ano numa outra placa e tinha uma ideia de como acompanhar a contagem de outras coisas além do número de dias. Comecei imediatamente antes da lua nova e queria mostrar onde estava a lua no céu, por isso comecei aqui. — Ela indicou uma marca que estava no meio do que parecia ser nada mais que um furo ao acaso. — Nevou nas noites seguintes. Foi uma grande tempestade que escondeu o céu, mas de qualquer forma eu não teria condições de ver a lua; eram as noites em que Lumi fechava seu grande olho. Quando o vi novamente, ele era um crescente fino que acordava, por isso fiz uma marca curva aqui.

Ayla olhou onde a moça indicava e ficou surpresa ao ver que o que parecia de início ser um buraco feito por uma ponta afiada era na realidade uma pequena linha curva. Olhou com mais atenção o agrupamento de marcas, e, de repente, não pareceram mais aleatórias: seguiam um padrão. Ficou interessada pela continuação do relato.

— Como a época em que Lumi vai dormir é o início de uma lua, é aqui à direita onde eu decidi voltar para marcar o novo conjunto de noites — continuou a Terceira Acólita. — Exatamente aqui ficou o primeiro olho meio fechado, algumas pessoas chamam de rosto meio fechado. Ele então vai crescendo até ficar cheio. É difícil dizer quando está exatamente cheio, parece que fica assim durante alguns dias, portanto, é aqui, à esquerda onde voltei novamente. Fiz quatro marcas curvas, duas abaixo e duas acima. Continuei marcando até chegar ao segundo meio rosto, quando Lumi começa a fechar o olho outra vez e, você pode observar, está imediatamente acima do primeiro meio rosto.

"Continuei marcando até o olho estar fechado outra vez. Está vendo aqui à direita, onde fiz uma curva para baixo? Ao longo de todo o comprimento da linha com a primeira volta à direita. Tome e veja se você consegue segui-la. Sempre faço as voltas quando ele está cheio, à direita, ou quando dorme, à esquerda. Você vai ver que pode contar duas luas, mais meia. Parei no primeiro meio rosto depois da segunda lua. Estava esperando a chegada de Bali. É a época em que o sol chega mais longe ao sul e fica parado durante alguns dias, então muda de direção e volta para o norte. É o final do Primeiro Inverno e o início do Segundo, quando fica mais frio, mas tem a promessa da volta de Bali."

— Obrigada — agradeceu Ayla. — Foi fascinante! Você fez tudo isso sozinha?

— Não exatamente. Outros membros da zelandonia me mostraram como marcam, mas eu vi uma placa muito velha da Décima Quarta Caverna. Não estava marcada exatamente assim, mas me deu a ideia quando chegou a minha vez de Marcar as Luas.

— Foi uma ótima ideia — elogiou a Primeira.

Já estava muito escuro quando voltaram para o lugar de repouso. Ayla trazia o bebê nos braços, que dormia profundamente enrolada no cobertor. Jondalar e a Primeira tomaram duas tochas emprestadas para iluminar o caminho.

Ao se aproximarem do abrigo dos visitantes, passaram por alguns dos outros que viram antes. Quando chegou àquele onde havia se sentido mal, Ayla teve outro calafrio e passou correndo.

— O que houve? — perguntou Jondalar.

— Não sei. Eu me senti mal o dia inteiro. Provavelmente não é nada.

Quando chegaram ao abrigo, os cavalos estavam do lado de fora, em vez de aproveitarem o amplo espaço interno preparado para eles.

— Por que eles estão aqui fora? Estão estranhos o dia inteiro, talvez seja o que está me incomodando — declarou Ayla.

Quando entraram no abrigo para chegar à tenda, Lobo hesitou, então se sentou sobre as ancas e se recusou a entrar.

— Ora, o que há de errado com Lobo?

17

— Por que não saímos com os cavalos para uma corrida hoje de manhã? — falou Ayla mansinho para o homem deitado ao seu lado. — Ontem eles pareciam agitados e inquietos. Eu também estou. Eles não se movem à vontade quando estão puxando um *travois*. É um trabalho pesado, mas não o tipo de exercício que apreciam.

Jondalar sorriu.

— É uma boa ideia. Eu também não estou me exercitando como gostaria. E Jonayla?

— Quem sabe Hollida gostaria de cuidar dela, especialmente se a Zelandoni fizer companhia para as duas.

Jondalar sentou.

— Onde está a Zelandoni? Não está aqui.

— Eu a ouvi se levantar mais cedo. Acho que foi falar com o Zelandoni da Quinta. Se vamos deixar Jonayla, talvez também devêssemos deixar Lobo, embora eu não esteja bem certa de como as pessoas desta Caverna se sentem em relação a ele. Pareciam nervosos ontem à noite durante o jantar. Esta não é a Nona Caverna... Vamos levar Jonayla conosco. Posso levá-la no cobertor. Ela gosta de cavalgar.

Jondalar empurrou o cobertor e se levantou. Ayla também se levantou, deixando a filha, que havia dormido ao seu lado, acordar enquanto ela ia urinar.

— Ontem choveu — disse ela ao voltar.

— E você não fica feliz por ter ficado abrigada, sob tenda e cobertas?

Ayla não respondeu. Não tinha dormido bem. Não conseguiu se sentir à vontade, mas de fato eles ficaram secos e a tenda, arejada.

Jonayla rolou sobre a barriga e movia as pernas, segurando sua cabeça no alto. Livrou-se também do cueiro e da fralda absorvente suja. Ayla recolheu o material desagradável e o jogou na cesta noturna, enrolou o cobertor úmido de couro macio, e pegou a menina. Em seguida foi até o regato para limpar a pequena, ela própria e o cobertor. Enxaguou-se e também a menina na água corrente, procedimento a que a criança estava tão acostumada que não reclamou, apesar do frio. Ayla pendurou o cueiro sobre um arbusto perto da água, depois se vestiu e encontrou um lugar confortável fora do abrigo de pedra para amamentar a filha.

Enquanto isso, Jondalar havia encontrado os cavalos a alguma distância no vale, trouxe-os de volta ao abrigo e amarrou as mantas de montaria em Huiin e

Racer. Por sugestão de Ayla, também prendeu duas cestas dos dois lados da garupa da égua, mas teve dificuldade quando ela começou a fossar a mãe querendo mamar. No momento em que estavam prontos para ir ao que Ayla considerava ser o abrigo principal daquele lugar cheio de abrigos, Lobo voltou. Ela imaginava que ele tivesse saído bem cedo para caçar, mas apareceu tão de repente que assustou Huiin e surpreendeu a mulher. A égua era normalmente calma e o lobo normalmente não a alarmava; Racer era mais excitável, porém todos pareciam agitados, até a pequena potra. Inclusive Lobo, pensou Ayla quando a égua se achegou como se pedisse atenção. Ela própria se sentia estranha. Algo parecia errado, fora do lugar. Olhou o céu para ver se havia ameaça de tempestade; uma faixa de nuvens altas tornava o céu branco com manchas de azul. Provavelmente todos precisavam de uma boa corrida.

Jondalar pôs os cabrestos em Racer e Cinza. Havia feito um também para Huiin, mas Ayla só o usava em ocasiões especiais. Antes mesmo de saber que estava treinando a égua, ela já tinha lhe ensinado a segui-la; e ainda não considerava aquilo uma forma de treinamento. Quando mostrava a Huiin o que fazer e repetia a instrução muitas vezes até ela entender, a égua o fazia porque queria. Iza a treinara da mesma forma para lembrar as muitas plantas e ervas diferentes e seus usos, por repetição e memorização de rotinas.

Quando estavam todos prontos, caminharam até o abrigo do Zelandoni da Quinta Caverna, e mais uma vez a procissão de homem, mulher, bebê, lobo e cavalos fez com que as pessoas parassem o que estivessem fazendo e observassem, esforçando-se para evitar a descortesia do olhar direto. O Zelandoni da Quinta e A Que Era A Primeira saíram do abrigo.

— Venham tomar conosco a refeição matinal — chamou o homem.

— Os cavalos estão agitados e decidimos sair com eles para um bom exercício, aliviar a agitação e acalmá-los — explicou Jondalar.

— Nós chegamos ontem. Eles não se exercitaram o suficiente durante a viagem? — perguntou a Primeira.

— Durante a viagem, eles puxam cargas e não podem correr e galopar — explicou Ayla. — Às vezes precisam esticar as pernas.

— Bem, pelo menos venham e tomem um chá, e preparamos um farnel para vocês levarem — propôs o Zelandoni da Quinta.

Ayla e Jondalar se entreolharam e perceberam que, apesar de preferirem sair, aquilo poderia ofender a Quinta Caverna e não seria apropriado. Concordaram com um movimento de cabeça

— Obrigado, aceitamos.

Jondalar tirou da bolsa presa à cintura seu copo pessoal. Ayla também encontrou o seu e o passou à mulher ao lado da lareira que servia o líquido quente. Ela encheu os dois recipientes e os devolveu. Em vez de pastar enquanto esperavam, os cavalos estavam ansiosos e não escondiam a apreensão. Huiin dançava no lugar, fungando alto, enquanto rugas profundas lhe surgiam sobre os olhos. Cinza repetia os sintomas nervosos da mãe, e Racer andava de lado com o pescoço erguido. Ayla tentava confortar a égua, passando a mão pela lateral do pescoço; Jondalar agarrava o cabresto para evitar que o garanhão saísse em disparada.

Ayla olhou o outro lado do regato que dividia o vale e viu algumas crianças correndo e gritando ao longo do ribeirão num jogo que parecia mais frenético que o normal, mesmo para jovens animados. Observou-os entrar e sair correndo dos abrigos e de repente teve a sensação de que era perigoso, apesar de não conseguir atinar como. Quando ia comentar com Jondalar e lhe dizer que tinham de partir, algumas pessoas trouxeram pacotes de couro com comida. O casal agradeceu a todos enquanto acomodavam os pacotes nas bolsas presas à garupa de Huiin, então, com a ajuda de algumas pedras próximas, montaram nos cavalos e começaram a sair do vale.

Quando chegaram a campo aberto, aliviaram o controle e deixaram os cavalos correrem soltos. Era revigorante. Ayla sentiu baixar a ansiedade, mas sem eliminá-la. Finalmente os cavalos se cansaram e diminuíram a velocidade. Jondalar notou um grupo de árvores à distância e guiou Racer naquela direção. Ayla viu para onde ele se dirigia e o seguiu. A potrinha, que já era capaz de correr tão rápido quanto a mãe, seguia logo atrás. Os potros aprendiam desde cedo a correr em velocidade; era necessário para sua sobrevivência. Lobo corria ao lado deles, também gostava de correr.

Quando se aproximaram das árvores, viram um poço pequeno, obviamente alimentado por água de alguma nascente, que transbordava pelas margens num riacho que corria pela campina. Mas, ao chegarem próximos ao buraco, Huiin estacou de repente e quase derrubou Ayla, que abraçou a filha, sentada à sua frente, e deslizou rapidamente do lombo da égua. Notou que Jondalar também tinha dificuldades com Racer. O garanhão recuou, relinchando, e o homem alto deslizou para trás e desmontou rapidamente. Não caiu, mas teve dificuldades para recuperar o equilíbrio.

Ayla tomou consciência do estrondo alto, sentindo-o tanto quanto o ouvia, e percebeu que já o escutava havia algum tempo. Olhou à frente e viu a água do poço ser lançada como uma fonte, como se alguém espremesse a nascente e mandasse um jato de água para cima. Só então ela notou o movimento do chão.

Ayla sabia o que era aquilo — já havia sentido a terra se mover sob seus pés — e teve a impressão de que um nó de pânico amarrava sua garganta. A terra não devia se mover. Lutou para manter o equilíbrio. Petrificada, ela se agarrou à filha, com medo de dar um passo.

Observou o capim alto da planície executar uma dança estranha, acompanhando os gemidos e os movimentos antinaturais da terra ao som da música que vinha do fundo. À sua frente, o pequeno bosque perto da fonte amplificou o movimento. A água saltou e tornou a cair, rodou sobre as margens, levantou a terra do leito e cuspiu pelotas de lama. Ela sentiu o cheiro ruim da terra ferida, e então, com um estalo, um pinheiro cedeu e começou a se inclinar lentamente, expondo a metade de seu círculo de raízes.

O tremor parecia interminável. Trouxe-lhe recordações de outros tempos e das perdas que vieram com o movimento e os gemidos da terra. Fechou os olhos, tremendo e soluçando com dor e medo. Jonayla começou a chorar. Então Ayla sentiu uma mão sobre o ombro, braços que a enlaçavam e à criança e lhes ofereciam alívio e conforto. Inclinou-se contra o peito quente do homem que amava, e a filha se acalmou. Lentamente, ela tomou consciência de que o tremor havia cessado e a terra se firmara novamente, e sentiu se descontrair por dentro.

— Oh, Jondalar — gritou. — Foi um terremoto. Odeio terremotos!

Ela tremia nos braços dele. Pensou, mas não quis dizer em voz alta — expressar em voz alta os pensamentos lhes dava poder — que os terremotos eram maus; coisas ruins sempre aconteciam quando a terra tremia.

— Eu também não gosto muito — disse ele, abraçando sua frágil família.

Ayla olhou em volta e notou o pinheiro inclinado perto da fonte. Tremeu com a lembrança inesperada de uma cena muito antiga.

— Qual é o problema?

— Aquela árvore — respondeu ela.

— Lembro-me de ver muitas árvores caídas, inclinadas como aquela, e outras estendidas no chão ou sobre um rio. Deve ter sido quando eu era muito nova... — hesitou — ... antes de eu viver com o Clã. Acho que foi quando eu perdi minha mãe, minha família, tudo. Iza disse que eu já falava e andava bem. Calculo que eu devia contar 5 anos quando ela me encontrou.

Depois de ela ter contado suas lembranças, Jondalar a abraçou até Ayla se acalmar. Embora fosse uma recitação muito curta, ele teve uma compreensão mais clara do terror que ela sentira quando criança, quando um terremoto destruiu o mundo à sua volta, e a vida como a conhecia chegou a um final abrupto.

Quando finalmente se soltaram, Ayla perguntou:

— Você acha que ele vai voltar? O terremoto? Às vezes, quando treme assim, a terra não para imediatamente. Ele volta.

— Não sei. Mas talvez seja melhor voltarmos para o Vale Antigo e verificar se todos estão bem.

— Claro! Eu estava com tanto medo, nem pensei em mais ninguém. Espero que todos estejam em segurança. E os cavalos? Onde estão os cavalos? — gritou Ayla, olhando em volta. — Eles estão bem?

— A não ser pelo medo igual ao nosso, acho que estão bem. Racer recuou e me fez desmontar, mas dei um jeito de não cair. Depois começou a correr em círculos. Parece-me que Huiin não se moveu, e Cinza ficou ao lado dela. Acho que ela fugiu quando tudo parou.

À distância, no terreno plano Ayla viu os animais e respirou aliviada. Assoviou o sinal de chamada e viu a cabeça de Huiin subir e correr na sua direção. Racer e Cinza a seguiram, e Lobo veio logo atrás.

— Eles já estão vindo, e Lobo também. Acho que ele fugiu com os cavalos — disse Jondalar.

Quando os cavalos e Lobo chegaram, Ayla já estava mais composta. Como não havia uma pedra ou um tronco conveniente para ela montar em Huiin, passou Jonayla a Jondalar por um momento e, agarrando-se à crina da égua, saltou e lançou uma perna sobre o animal e se acomodou. Tomou a filha dos braços do homem e olhou Jondalar montar em Racer da mesma forma, embora, por ser tão alto, quase fosse capaz de subir diretamente no lombo do garanhão compacto e forte.

Ayla olhou a fonte onde a árvore ainda estava inclinada num ângulo frágil. Logo cairia, disso ela tinha certeza. Apesar de antes ter tido vontade de ir até lá, agora não desejava se aproximar. Quando partiram de volta para o Vale Antigo, ouviram um estalo alto. Quando olharam para trás, houve um ruído mais abafado, e viram o pinheiro alto cair no chão. Durante a volta à Quinta Caverna, Ayla se perguntou sobre os cavalos e a implicação de seus atos recentes.

— Você acredita que os cavalos soubessem que o chão ia tremer assim, Jondalar? Seria por isso que eles estavam se comportando de forma tão estranha?

— Eles certamente estavam nervosos, mas fico feliz por terem ficado assim. Foi por isso que saímos e estávamos em campo aberto quando aconteceu. Acho que aqui fora é mais seguro; não é preciso se preocupar com coisas caindo sobre você.

— Mas o chão pode se abrir sob você — disse Ayla. — Acho que foi o que aconteceu à minha família. Lembro-me do cheiro da terra profunda, de umidade e de podridão. Mas não creio que todos os terremotos sejam iguais. Alguns são mais fortes. E a maioria pode ser sentida à grande distância, mas não com tanta força.

— Quando menina, você devia estar muito próximo do lugar onde o terremoto começou, pois todas as árvores caíram e o chão se abriu. Não acho que estávamos tão próximos deste. Só uma árvore caiu.

Ayla sorriu para ele.

— Aqui não existem muitas árvores para cair.

Ele sorriu um pouco magoado.

— É verdade. Mais uma razão para estar em campo aberto quando a terra tremer.

— Mas como você vai saber que a terra vai tremer?

— Prestando atenção nos cavalos.

— Se eu pudesse ter certeza de que vai funcionar sempre... — concluiu ela.

Quando se aproximavam do Vale Antigo, notaram uma atividade incomum. Quase todos pareciam estar fora dos abrigos e muitos se reuniam diante de um deles. Desmontaram e andaram ao lado dos cavalos até o abrigo que estavam usando, que ficava logo depois do abrigo em que as pessoas se aglomeravam.

— Vocês chegaram! — gritou a Primeira. — Fiquei preocupada quando o chão começou a tremer.

— Estamos bem. Você está bem?

— Estou bem, mas a Quinta Caverna tem alguns feridos, um deles grave. Talvez você possa dar uma olhada.

Ayla percebeu uma nota de preocupação na voz da Primeira.

— Jondalar, você poderia levar os cavalos e ver como estão as coisas? Vou ficar aqui e ajudar a Zelandoni.

Seguiu a mulher grande até chegarem ao lugar diante do abrigo onde um menino estava deitado sobre um cobertor de pele estendido no chão, com o lado do pelo para baixo para formar um acolchoado. Almofadas e cobertores extras foram colocados sob ele para levantar a cabeça e os ombros. Peles macias, cobertas de sangue estavam colocadas diretamente sob a sua cabeça, e o sangue ainda escorria. Ayla tirou Jonayla do cobertor, estendeu-o no chão e pôs a menina sobre ele. Lobo se deitou ao lado dela. Em seguida apareceu Hollida.

— Eu cuido dela.

— Muito obrigada — agradeceu Ayla.

Ela viu um grupo de pessoas próximas que pareciam consolar uma mulher e imaginou que ela provavelmente seria a mãe do menino. Sabia exatamente como se sentiria se fosse seu filho. Trocou um olhar com a Primeira e entendeu que o ferimento dele era mais que grave. Era sem solução.

Ayla se ajoelhou para examiná-lo. Estava deitado ao sol, embora nuvens altas escondessem um pouco da luz. A primeira coisa que notou foi que ele estava inconsciente, mas respirava, uma respiração lenta e irregular. Havia sangrado muito, o que era comum em ferimentos na cabeça. Muito mais grave era o fluido cor-de-rosa que saía do nariz e dos ouvidos, indicando que o osso do crânio estava fraturado e a substância interna comprometida, o que reduzia as esperanças do menino. Ayla entendeu a preocupação da Primeira. Levantou as pálpebras e examinou os dois olhos. Uma das pupilas se contraiu à luz, a outra estava maior e não reagiu; outro mau sinal. Girou a cabeça para o lado para permitir a drenagem do muco que saía da boca e evitar a obstrução das passagens de ar.

Teve de controlar as próprias reações para que a mãe não visse o quanto ela considerava grave a condição do menino. Levantou-se e olhou preocupada a Primeira, comunicando seu prognóstico sem esperança. As duas foram em direção ao local onde o Zelandoni da Quinta Caverna observava. Algumas pessoas de seu abrigo vieram buscar o Zelandoni quando o menino se feriu, e ele já o examinara. Pediu à Primeira para confirmar o diagnóstico.

— O que você acha? — perguntou o homem num sussurro, olhando para a mulher mais velha e depois para a mais nova.

— Acho que não há esperança para ele — respondeu Ayla bem baixinho.

— Acho que vou ter de concordar — disse A Que Era A Primeira. — Há muito pouco a fazer no caso de um ferimento assim. Ele não somente perdeu sangue, mas também está perdendo outros fluidos de dentro da cabeça. Logo o ferimento vai inchar e será o fim.

O Zelandoni da Quinta Caverna concordou.

— Foi o que pensei. Vou ter de dizer à mãe.

Os três foram até o pequeno grupo que tentava consolar a mulher sentada no chão perto do menino. Quando viu a expressão no rosto dos três, a mulher rompeu a soluçar. O Zelandoni da Quinta Caverna se sentou ao seu lado.

— Sinto muito, Janella. A Grande Mãe está chamando Jonlotan para Si. Ele era tão cheio de vida, tão alegre, que Doni não suportou estar sem ele. Ela o ama demais — disse o homem.

— Mas eu também o amo. Doni não pode amá-lo mais que eu. Ele é tão jovem. Por que Ela tem de levá-lo agora? — Janella soluçava.

— Você vai tornar a vê-lo quando voltar ao seio da Mãe, quando chegar ao outro mundo.

— Mas eu não quero perdê-lo agora. Quero vê-lo crescer. Não há nada que você possa fazer? Você é a Zelandoni mais poderosa que há — implorou a mulher, olhando a Primeira.

— Tenha certeza de que, se houvesse, eu estaria fazendo. Você não tem ideia da dor que sinto ao ter de dizer, mas não há nada que eu possa fazer por alguém ferido com tanta gravidade.

— A Mãe tem tantos, por que ela o quer também? — Janella soluçou.

— Esta é uma pergunta para a qual eu não tenho resposta. Sinto muito, Janella. Você deve ficar com ele enquanto ainda respira e confortá-lo. Sua alma logo vai partir para o outro mundo e eu tenho certeza de que ele está com medo. Mesmo que não demonstre, vai agradecer pela sua presença — disse a mulher enorme.

— Se ele ainda está respirando, você não acha que talvez ainda acorde? — perguntou Janella.

— É possível — respondeu a Primeira.

Várias pessoas ajudaram a mulher a se levantar e a conduziram até o filho moribundo. Ayla pegou a filha, abraçou-a durante um momento e agradeceu a Hollida, então voltou para o abrigo onde estavam hospedados. Os outros dois membros da zelandonia se juntaram a ela.

— Queria poder fazer alguma coisa. Sinto-me tão impotente — disse o Zelandoni da Quinta Caverna.

— É o que sentimos todos numa hora como esta — disse a Primeira.

— Quanto tempo você calcula que ele ainda sobreviva? — perguntou ele.

— Nunca se sabe. Ele pode continuar assim durante muitos dias — disse a Zelandoni da Nona Caverna. — Se você quiser, nós ficamos, mas não sei a extensão deste terremoto nem se foi sentido na Nona Caverna. Algumas pessoas não foram à Reunião de Verão...

— Você deve ir e ver como estão — disse o Zelandoni da Quinta. — Você tem razão, não há como dizer quanto tempo ele ainda vai viver. Você pode ser a Primeira, mas ainda é a responsável pela Nona Caverna, por cuidar do bem-estar deles. Posso fazer tudo que for necessário aqui. Já o fiz antes. Enviar a alma de alguém para o outro mundo não é a minha parte favorita dos cuidados de minha caverna, mas alguém tem de fazer, e fazer direito.

Todos dormiram fora dos abrigos de pedra naquela noite, a maioria em tendas. Estavam apreensivos demais para ficar onde as pedras podiam cair, a não ser para entrar correndo buscar algo de que necessitassem. Houve alguns tremores subsequentes, e algumas pedras se soltaram das paredes e dos tetos dos abrigos, mas nada tão pesado quanto a pedra que atingiu a cabeça do menino. Algum tempo teria de se passar antes que alguém tivesse disposição para estar no interior de um abrigo de pedra, mas, quando chegassem o frio e a neve do inverno periglacial, as pessoas se esqueceriam do perigo das pedras soltas e agradeceriam a proteção contra o clima.

A procissão de pessoas, cavalos e um lobo partiu pela manhã. Ayla e a Primeira foram ver o menino, principalmente para saber como sua mãe estava suportando. As duas sentiam dúvidas quanto à partida. Gostariam de ficar e ajudar aquela mãe a enfrentar sua perda, mas estavam também preocupadas com os que haviam ficado no abrigo da Nona Caverna dos Zelandonii.

Viajaram para o sul, seguindo o curso sinuoso do Rio. A distância não era grande, embora tivessem que cruzar O Rio, subir o planalto e tornar a descer porque as curvas da correnteza forçavam a água contra as paredes de pedra numa seção, mas os cavalos viajavam bem e depressa. Pelo fim da tarde, viram o desfiladeiro de calcário com a coluna no alto que parecia cair, onde ficava o grande abrigo da Nona Caverna. Tentaram ver se havia diferenças que pudessem indicar danos ao seu lar, ou ferimentos nos habitantes.

Chegaram ao Vale das Florestas e cruzaram o regato afluente do Rio. Muitas pessoas esperavam na extremidade norte da fachada de pedra que dava para sudoeste quando começaram a subida. Alguém os vira chegar e avisou aos outros. Quando passaram pela esquina saliente onde ficava a pira do fogo de aviso, Ayla notou que ela ainda fumegava do uso recente e se perguntou a razão.

Como a Nona Caverna tinha muitas pessoas, o número daquelas que não foram à Reunião de Verão, por qualquer que tenha sido a razão, era quase tão grande quanto o total de habitantes de Cavernas menores, embora fosse comparável em proporção a outros grupos. A Nona Caverna comportava a maior população entre todas as Cavernas dos Zelandonii, inclusive a Vigésima Nona e a Quinta, que possuíam vários abrigos de pedra. Seu *abri* era extraordinariamente grande e tinha espaço suficiente para acomodar confortavelmente todos os moradores e mais. Além disso, a Nona Caverna era composta de indivíduos muito hábeis em várias artes e com muito a oferecer. Por isso, gozavam de um status muito alto entre os Zelandonii. Pessoas pediam para serem aceitas, mas eles não podiam receber todos e tendiam a ser seletivos, escolhendo os que poderiam reforçar seu status, embora, tendo nascido entre eles ou sido aceita por eles, uma pessoa raramente era expulsa.

Todos que não foram à Reunião de Verão e não estavam doentes saíram para ver a chegada dos viajantes, muitos deles surpresos, boquiabertos; nunca viram sua donier sentada numa cadeira puxada pela égua de Ayla. Ayla parou para deixar Zelandoni descer do *travois*, o que ela fez com serena dignidade. A Primeira viu uma mulher de meia-idade, Stelona, que sabia ser uma pessoa prudente e responsável. Ela havia ficado na Nona Caverna para cuidar da mãe doente.

— Estávamos em visita à Quinta Caverna e sentimos um forte terremoto. Vocês sentiram aqui, Stelona?

— Sentimos, e muita gente se assustou, mas não foi tão grave. Algumas pedras caíram, mas principalmente nas áreas externas, não aqui. Ninguém se feriu — respondeu Stelona antecipando à próxima pergunta da Zelandoni.

— Fico feliz em saber. A Quinta Caverna não foi tão feliz. Um menino acabou gravemente ferido por uma pedra que caiu em sua cabeça. Acredito que ele não tenha esperança. Ele já deve estar explorando o outro mundo — contou a donier. — Você tem notícias das outras Cavernas desta área, Stelona? A Terceira? A Décima Primeira? A Décima Quarta?

— Somente sinais de fumaça para nos informar que estavam bem e não precisavam de ajuda imediata — respondeu Stelona.

— Isso é bom, mas acho que vou ver que danos, se houve danos, eles sofreram. — A donier então se voltou para Ayla e Jondalar: — Vocês gostariam de vir comigo? E, quem sabe, levar os cavalos? Podem ser úteis se alguém precisar de ajuda.

— Hoje? — perguntou Jondalar.

— Não, estava pensando em visitar nossos vizinhos amanhã de manhã.

— Eu gostaria de ir com você — ofereceu Ayla.

— E é claro que eu também.

Ayla e Jondalar descarregaram o *travois* de Racer, menos suas próprias coisas, e deixaram as coisas diante da entrada da seção de moradias, e então levaram os cavalos com os *travois* praticamente vazios pela parte do abrigo onde morava a maioria dos habitantes. Eles viviam na outra extremidade da área habitada, embora a pedra suspensa protegesse uma seção muito maior, que só era usada vez ou outra, exceto pelo local que tinham reservado para os cavalos. Ao passarem diante do enorme abrigo, notaram algumas pedras caídas recentemente, mas nada grande demais, nada maior que as pedras que às vezes se soltavam sozinhas sem nenhum motivo conhecido.

Quando chegaram à pedra chata perto da extremidade da fachada que Joharran e outros às vezes usavam para se dirigir a algum grupo, Ayla se perguntou quando ela havia caído, e qual a causa da queda. Fora um terremoto, ou ela tinha se soltado por si só? De repente, os abrigos de pedra que pareciam tão protetores já não davam a mesma sensação de segurança.

Quando conduziram os cavalos para o espaço deles sob a pedra suspensa, Ayla imaginou se iam empacar, como na noite anterior. Mas o lugar era familiar e eles aparentemente não sentiram nenhum perigo. Entraram sem hesitação, o que deu a ela uma imensa sensação de alívio. Não existe proteção, nem dentro nem fora, quando a terra decide tremer, mas, se os cavalos eram capazes de avisar, ela pensou que preferia estar fora.

Desatrelaram os dois *travois* e os deixaram no lugar de sempre, e então levaram os cavalos para os currais que haviam feito, onde nunca ficavam presos. As estruturas que tinham construído sob a pedra suspensa se destinavam ao conforto dos animais, que eram livres para ir e vir em qualquer tempo. Ayla trouxe água do regato que separava a Nona Caverna do Rio Baixo, e a jogou nos cochos, embora os cavalos pudessem tomar água diretamente do córrego. Ela queria ter certeza de que eles teriam água no meio da noite, especialmente a pequenina.

Somente durante o cio da primavera se impunham restrições aos cavalos. Nesses dias, as porteiras eram bem-fechadas, os cavalos eram amarrados com cabrestos a postes para evitar que fugissem, mas Ayla e Jondalar geralmente dormiam perto para expulsar os garanhões atraídos pela égua. Ayla não queria que Huiin fosse atraída por algum garanhão para sua manada, e Jondalar não queria que Racer fugisse para ser ferido em luta com outros garanhões no esforço de cobrir fêmeas tentadoras. Ele tinha até de ser isolado de sua mãe, cujo cheiro do cio estava tão próximo. Era um tempo difícil para todos.

Alguns caçadores se valiam do aroma atraente de Huiin, que podia ser percebido pelos machos a até 2 quilômetros de distância. Eles matavam alguns dos cavalos selvagens atraídos, mas tentavam não ser vistos por Ayla e faziam questão de não lhe dizer nada. Ela sabia daquela atividade, mas não tinha como culpá-los. Havia perdido o paladar para carne de cavalo e preferia não a comer, mas sabia que muitos a apreciavam. Por isso, desde que não tentassem caçar seus cavalos, não se importava que outros animais o fossem. Eram uma fonte valiosa de alimento.

Voltaram para sua própria casa e descarregaram suas posses. Apesar de terem ficado ausentes por pouco tempo, uma temporada curta até mesmo para uma Reunião de Verão, Ayla estava feliz por estar de volta. O tempo necessário para visitar outras Cavernas e os Locais Sagrados pelo caminho lhe pareceu mais longo que o normal, e o esforço a deixara exausta. O terremoto fora particularmente extenuante. Tremeu ao se lembrar.

Jonayla estava agitada, então ela a levou até o lugar de trocar de roupa à entrada da casa. Por fim entrou e se acomodou para amamentá-la, feliz por estar de volta. A estrutura tinha paredes feitas de painéis de couro, mas não possuía teto, pelo menos nenhum construído. Quando olhou para cima, viu a face inferior da rocha suspensa do abrigo natural de pedra. Sentiu o cheiro de comida sendo cozida e soube que compartilharia a comida de algumas pessoas de sua comunidade, e depois deitaria na esteira e se aninharia no cobertor entre Jondalar e Jonayla, com Lobo ao lado. Estava feliz por estar em casa.

— Há uma Caverna Sagrada que você ainda não explorou, Ayla — disse Zelandoni enquanto tomavam a refeição matinal no dia seguinte. — Nós a chamamos de Lugar das Mulheres, do outro lado do Rio Capim.

— Mas eu já estive no Lugar das Mulheres — disse Ayla.

— Sei que esteve lá, mas até onde você foi lá dentro? Há muito mais coisas do que você viu. Fica no caminho da Pedra Cabeça de Cavalo e do Lar Mais Antigo. Acho que deviamos parar no caminho de volta.

Ayla ficava fascinada pelas visitas às Cavernas Sagradas, mas eram extenuantes, e recentemente ela vira tantas que já estava cansada de visitar grutas decoradas. Era muita coisa para absorver de uma vez. Queria um tempo para pensar sobre o que já havia visto, mas não se sentia capaz de recusar uma sugestão de Zelandoni, como não foi capaz de recusar o pedido da sua companhia nas visitas às outras Cavernas da região para ver como tinham suportado o terremoto. Ela também estava interessada em saber, embora estivesse cansada das viagens e preferisse descansar durante um dia ou dois.

O terremoto fora sentido na Terceira, na Décima Primeira e na Décima Quarta Cavernas, os vizinhos mais próximos, e também no Lar Mais Antigo, na Segunda Caverna, na Pedra Cabeça de Cavalo e na Sétima, com poucos danos, se os sinais de fumaça tivessem sido interpretados corretamente, mas a Primeira queria visitar também as Cavernas mais distantes para ter certeza. Algumas pessoas das Cavernas próximas tinham escoriações causadas por pedras que caíram, e uma linda lâmpada esculpida em arenito fora destruída. A donier queria se certificar de que os ferimentos sofridos não eram graves. Ayla tinha a sensação de que o terremoto não fora tão forte naquela região como no Vale Antigo, e se questionou se fora mais forte ao norte.

A caminho da Pedra Cabeça de Cavalo, pararam em algumas áreas residenciais de Cavernas menores perto do Rio Capim Pequeno que estavam em fase de instalação por alguns jovens que se sentiam indesejados. Vários abrigos e cavernas da região já eram habitados, pelo menos durante parte do ano, e eram conhecidos como o Novo Lar. Estavam todos vazios, até mesmo o mais bem-estabelecido, chamado Colina do Urso. Zelandoni explicou que os jovens que viviam ali ainda se consideravam pertencentes à Caverna de suas famílias e viajavam com elas para a Reunião de Verão. Os que não podiam ou não queriam ir se juntavam aos membros da Caverna primária que também não iam. Apesar de não verem ninguém, seguir por aquele caminho permitiu a Jondalar e Zelandoni mostrarem a Ayla o "caminho de trás" até a Pedra Cabeça de Cavalo e o Lar Mais Antigo, e o Vale Doce, terreno rico e úmido localizado entre os dois.

Depois da visita à Colina do Urso, cruzaram com facilidade o Rio Capim Pequeno. Suas águas estavam baixas naquela época do ano, especialmente onde ele se abria, e seguiram pelas terras altas na direção do Vale Doce e da Pedra Cabeça de Cavalo, da Sétima Caverna dos Zelandonii. Os moradores da Segunda Caverna que se ausentaram da Reunião de Verão haviam se juntado à Sétima Caverna, mas poucos ficaram para trás, e recebiam ansiosos os visitantes, em parte porque os doentes ou fracos ficavam felizes ao ver os doniers, mas principalmente porque a visita rompia o tédio de ver sempre as mesmas poucas pessoas. Os Zelandonii eram um povo sociável, acostumado a viver em contato próximo uns com os outros, e a maioria, mesmo quem não podia ir, sentia falta da animação da Reunião de Verão. Como as pessoas ainda estavam na Reunião, ou executando outra atividade estival, como caçar, pescar, coletar, explorar ou visitar, era estranho visitar as Cavernas quando estavam quase vazias.

Todos sentiram o terremoto, mas ninguém havia se ferido, embora alguns estivessem ainda nervosos e procurassem tranquilidade na presença da Primeira.

Ayla observou como a mulher os tranquilizava com suas palavras, apesar de não dizer nada específico e não poder fazer nada quanto ao movimento natural da terra. É sua maneira de falar, sua tranquilidade, sua postura, pensou a mulher mais nova. Mesmo ela se sentia melhor pela presença da Zelandoni. Passaram a noite; as pessoas tinham começado a preparar acomodações para eles e a fazer comida para um pequeno banquete tão logo chegaram. Teria sido uma indelicadeza, até uma crueldade, partirem mais cedo.

Na viagem de volta, no dia seguinte, Zelandoni quis visitar um lugar que tinham contornado na ida. Voltaram pelo terreno elevado, em direção ao Rio Capim Pequeno, mas num ponto mais acima, até uma comunidade das terras altas chamada Mirante. Era um nome bem adequado. Uma área povoada em torno de terrenos rochosos que ofereciam alguma proteção contra o clima estava desocupada pelos habitantes naquele momento, mas de uma elevação próxima era possível avistar à distância em muitas direções, particularmente para oeste.

Ayla se sentiu insegura desde o momento em que se aproximaram do lugar. Não sabia a razão, mas tinha uma sensação estranha no meio das costas. Até onde podia perceber, eles não poderiam fugir dali com a pressa necessária. No momento em que desmontou da égua, Lobo a procurou, esfregando-se contra sua perna e ganindo. Ele também não gostava do lugar, mas os cavalos pareciam tranquilos. Era um dia perfeitamente normal de verão, com sol quente e capim verde crescendo na encosta. O lugar oferecia uma excelente vista da região em volta. Não via nem percebia nada que justificasse seu desconforto e não teve coragem de dizer nada.

— Você gostaria de parar, descansar e almoçar aqui, Zelandoni? — perguntou Jondalar.

— Não vejo razão para pararmos aqui — retrucou a mulher, voltando ao *travois*. — Especialmente porque vamos parar e visitar o Lugar das Mulheres. E, se não nos demorarmos, estamos suficientemente perto da Nona Caverna para chegar lá antes do anoitecer.

Ayla não lamentou a decisão de Zelandoni de continuar e ficou feliz por a Primeira querer lhe mostrar o fundo sagrado do Lugar das Mulheres. Desceram pelo lado oeste das terras altas até o Rio Capim Pequeno e, perto da confluência com o Rio Capim, eles o cruzaram. Um pouco à frente ficava o pequeno vale em U cercado por altos despenhadeiros de calcário que se abriam para o Rio Capim e, do lado oposto, para o vale cujo verde justificava seu nome, Vale do Capim.

A planície de capim viçoso sempre atraía vários herbívoros, mas os altos paredões levavam a uma encosta que se escalava sem dificuldade, especialmente os animais de casco, com um recuo de cerca de 100 metros, o que a tornava pouco adaptada para a caça sem a construção extensiva de cercas e currais, trabalho que havia sido iniciado, mas nunca terminado. Somente uma parte de uma cerca de fundo havia sobrado do esforço.

A área era conhecida como Lugar das Mulheres. Não se proibia a entrada de homens, mas, como era usada primariamente por mulheres, poucos homens de fora do círculo da zelandonia visitavam o lugar. Ayla havia parado ali algum tempo antes, mas geralmente era para levar uma mensagem para alguém, ou então estava com alguém a caminho de outro lugar. Nunca tivera a oportunidade de ficar muito tempo. Geralmente vinha da direção da Nona Caverna e sabia que, quando entrasse na pequena campina tendo o Rio Capim às costas, na parte externa do paredão à direita, havia uma pequena caverna, um abrigo temporário e outrora um depósito. Outra gruta pequena penetrava o mesmo paredão de calcário logo depois de contornada a esquina que dava para o vale interior.

Duas grutas eram de importância muito maior; fissuras estreitas e tortuosas que se abriam de um pequeno abrigo de rocha que ficava no fundo da campina um pouco acima do nível do terreno do vale. Essas cavernas no fundo do vale haviam contribuído para a relutância em transformar o local num campo de caça, apesar de não fazer diferença ser ou não adequado àquele objetivo. A primeira passagem, à direita, tecia sua trilha no interior da parede de calcário e voltava na direção por onde tinham vindo até sair numa passagem estreita não muito distante da primeira gruta no paredão da direita. Apesar de ter muitos entalhes nas paredes, ela e o abrigo de pedra eram usados essencialmente como pousada quando se visitava a outra gruta.

Não havia ninguém ali quando Ayla, Jondalar e Zelandoni chegaram. A maioria ainda não voltara das atividades de verão, e os poucos que ficaram em casa não tinham nenhuma razão para estar lá. Jondalar desatrelou os *travois* dos cavalos para lhes dar um descanso. As mulheres que usavam a gruta geralmente mantinham a área limpa e organizada, mas era visitada com frequência e muito usada, e um lugar de mulheres era também um lugar de crianças. Quando Ayla havia passado por ali antes, as atividades normais da vida comum eram evidentes: tigelas e caixas de madeira, cestas tecidas, brinquedos, roupas e cabides, e postes usados para secar e fazer coisas. Implementos de madeira, osso, esgalho ou pedra eram às vezes perdidos ou quebrados, ou levados pelas crianças e acabavam abandonados na caverna, perdidos na escuridão. A comida era preparada, e o lixo era então acumulado e — particularmente quando o tempo estava inclemente — depositado no interior da caverna, mas, conforme Ayla ficou sabendo, somente na gruta da direita.

Algumas coisas ainda estavam largadas pela área. Ayla descobriu um tronco com um cocho escavado que tinha sido usado para guardar líquidos, mas decidiu usar seus próprios utensílios para fazer chá ou sopa. Reuniu um pouco de lenha e, usando uma depressão existente cheia de carvão, acendeu uma fogueira e acrescentou pedras de cozinhar para esquentar água. Alguns troncos e pedaços de calcário foram arrastados para perto da fogueira por ocupantes anteriores, e Zelandoni buscou as almofadas do *travois* e as levou para oferecer assentos mais confortáveis. Ayla amamentou, depois deitou Jonayla no cobertor estendido na grama, enquanto comia e observava a menina cair no sono.

— Você quer vir conosco, Jondalar? — ofereceu Zelandoni quando terminaram. — Você provavelmente não a vê desde quando era menino e deixou sua marca lá dentro.

— É, acho que vou.

Quase todos haviam deixado suas marcas nas paredes da caverna, ocasionalmente mais de uma vez, embora os homens da comunidade fossem geralmente meninos ou adolescentes quando deixaram as suas. Ele se lembrou da primeira vez em que entrou sozinho. Era uma gruta simples, sem passagens por onde se perder, e os jovens tinham permissão para decidir os próprios caminhos. Geralmente entravam sozinhos, ou no máximo em pares, para fazer suas próprias marcas pessoais, assoviando, murmurando ou cantando ao longo do caminho, até terem a impressão de que as paredes respondiam. As marcas e os entalhes não simbolizavam ou representavam nomes, mas eram um meio pelo qual as pessoas falavam à Grande Mãe Terra sobre si mesmos, como se definiam para Ela. Geralmente faziam apenas marcas com os dedos. Era mais que suficiente.

Após terminarem a refeição, Ayla enrolou a filha às suas costas, cada um acendeu uma lamparina e penetraram na gruta, Zelandoni à frente e Lobo fechando a retaguarda. Jondalar recordou que a gruta da esquerda parecia incrivelmente longa, tinha mais de 200 metros coleando através do calcário. No início da fissura era relativamente fácil de entrar, e nada tinha de notável. Apenas algumas marcas perto da entrada indicavam que alguém estivera ali antes.

— Por que você não usa seus assovios de passarinhos para falar à Mãe, Ayla? — perguntou a Primeira.

Ayla já havia ouvido a mulher cantarolar, não muito alto, mas muito melodicamente, e não esperava o convite.

— Se é o que você deseja — disse ela, e começou uma série de assovios, os que considerava serem os mais suaves do anoitecer.

A cerca de 120 metros da entrada, a gruta se estreitou e os sons ressoaram diferentes. Ali começavam os desenhos. A partir daquele ponto, as paredes estavam cobertas de desenhos de todo tipo. As duas paredes da passagem subterrânea estavam marcadas de entalhes quase incontáveis, quase indecifravelmente superpostos e misturados. Alguns isolados e diversos dentre os que poderiam ser interpretados eram muito bem-feitos. Mulheres adultas frequentavam a gruta com mais frequência, e por isso os entalhes mais desenvolvidos e refinados eram geralmente feitos por elas.

Predominavam cavalos, mostrados em repouso e em movimento, até mesmo galopando. Os bisões também eram abundantes, mas havia muitos outros animais: renas, mamutes, íbex, ursos, gatos, asnos selvagens, cervos, rinocerontes peludos, lobos, raposas, e pelo menos um antílope saiga, centenas de entalhes no total. Alguns bastante incomuns, como o mamute com a tromba recurvada para trás; a cabeça de um leão que usava uma pedra naturalmente encravada como olho; uma rena abaixada para beber era notável pela beleza e pelo realismo, bem como duas renas se encarando. As paredes eram frágeis e não se prestavam bem à pintura, mas era fácil marcar e gravar nelas, até mesmo usando apenas os dedos.

Havia também muitas partes de figuras humanas, inclusive máscaras, mãos e várias silhuetas, mas sempre distorcidas, nunca tão nítida e belamente desenhadas quanto os animais; membros desproporcionalmente grandes numa figura sentada mostrada de perfil. Muitos entalhes incompletos e enterrados numa rede de linhas, vários símbolos geométricos, sinais representando habitações, e marcas e rabiscos que poderiam ser interpretados de várias formas, em alguns casos dependendo da luz incidente. As grutas foram formadas originalmente por rios subterrâneos, e ao fim da galeria havia ainda uma área cárstica de formação ativa da gruta.

Lobo correu à frente e entrou em algumas partes mais inacessíveis da gruta. Voltou trazendo alguma coisa na boca e a deixou cair aos pés de Ayla.

— O que é isso? — Ayla se abaixou para pegá-la. Os três direcionaram suas lamparinas para o objeto. — Zelandoni, isso parece o pedaço de um crânio! — disse Ayla. — E aqui está outro pedaço, parte de uma mandíbula. É pequeno. Acho que deve ter sido uma mulher. Gostaria de saber onde ele teria encontrado esses fragmentos.

Zelandoni pegou os dois pedaços e os observou à luz da lamparina.

— Houve um funeral aqui há muitos anos. As pessoas viviam próximas desde tempos imemoriais. — Notou um calafrio involuntário de Jondalar. Ele preferia deixar as coisas do mundo espiritual para a zelandonia, e ela sabia disso.

Jondalar participava de cerimônias fúnebres quando isso lhe era exigido, mas odiava a obrigação. Geralmente, quando voltavam da abertura de túmulos, ou outras atividades que os colocava muito próximos do mundo espiritual, os homens iam à gruta chamada Lugar dos Homens para limpeza e purificação, num planalto diante da Terceira Caverna, do outro lado do Rio Capim. Não se proibia o acesso de mulheres à área, mas, tal como numa dis'casa, geralmente ali ocorriam apenas atividades masculinas, e poucas mulheres, além da zelandonia, entravam lá.

— O espírito desapareceu há muito das grutas — disse ela. — A centelha tomou o caminho do mundo espiritual há tanto tempo que só sobraram pedaços de ossos. Talvez haja mais.

— Você sabe por que alguém foi enterrado aqui, Zelandoni? — perguntou Jondalar.

— Não é o que fazemos geralmente, mas tenho certeza de que essa pessoa foi colocada aqui por uma razão. Não sei por que a Mãe decidiu deixar Lobo nos mostrar esses pedaços, mas vou colocá-los mais adiante. Acho que é melhor devolvê-los a Ela. — A Que Era A Primeira avançou na escuridão tortuosa da gruta. Acompanharam sua luz oscilar enquanto se adiantava até desaparecer. Pouco depois a luz reapareceu, e logo viram a mulher voltando. — Acho que já é hora de voltarmos.

Ayla ficou feliz por sair da gruta. Além da escuridão, as cavernas eram sempre úmidas e frias, mas talvez fosse apenas o fato de já estar farta delas. Queria apenas ir para casa.

Quando chegaram à Nona Caverna, descobriram que mais pessoas haviam voltado da Reunião de Verão, embora algumas já estivessem planejando partir novamente em breve. Trouxeram um jovem que sorria timidamente para a mulher sentada ao seu lado. Seus cabelos eram castanho-claros e seus olhos acinzentados. Ayla reconheceu Matagan, o rapaz da Quinta Caverna que fora ferido na perna por um rinoceronte peludo no ano anterior.

Ayla e Jondalar voltavam de seu período de isolamento após o Matrimonial, quando viram vários rapazes, meninos inexperientes, que atraíam um enorme rinoceronte adulto. Eles se hospedaram numa dis'casa para solteiros, alguns pela primeira vez, e estavam cheios de si, certos de que viveriam eternamente. Quando viram o rinoceronte peludo, decidiram caçá-lo sem procurar um caçador mais velho e experiente. Pensavam apenas na glória e no respeito que conquistariam quando as pessoas na Reunião de Verão vissem sua caça.

Eram de fato muito jovens, alguns mal haviam obtido a condição de caçador, e só um deles tinha visto caçadores atraindo um rinoceronte, no entanto todos ouviram falar da técnica. Não sabiam o quanto traiçoeiramente rápida era aquela criatura enorme, nem a importância de não perder o foco da atenção nem por um instante. O rinoceronte deu sinais de cansaço, e o rapaz não manteve a atenção focada no animal. Quando ele avançou em sua direção, Matagan não foi capaz de se mover com a rapidez necessária. Foi gravemente ferido na perna direita abaixo do joelho; o membro se curvou para trás e os pedaços de ossos quebrados saíam do ferimento, que sangrava profusamente. Ele certamente teria morrido se Ayla não estivesse por acaso no lugar. Devido à formação recebida no Clã, ela sabia como fixar uma perna quebrada e estancar o sangramento.

Quando ele sobreviveu, veio o medo de que talvez nunca mais andasse com aquela perna. Matagan andou, mas houve danos permanentes e um pouco de paralisia. Movia-se com desenvoltura, porém suas capacidades de se agachar e de perseguir um animal foram severamente limitadas; ele nunca seria um grande caçador. Foi quando começaram as discussões sobre ele se tornar aprendiz de Jondalar na atividade de lascar pedras. A mãe do menino e seu companheiro, Kemordan, Joharran, o líder da Quinta Caverna, Jondalar e Ayla, pois o rapaz ia viver com eles, finalmente acertaram tudo durante a Reunião de Verão antes da partida. Ayla gostava do rapaz e aprovou o acordo. O jovem precisava de uma profissão que lhe desse respeito e status, e ela se lembrava de como Jondalar gostava de ensinar a arte para qualquer um disposto a aprender, especialmente os mais novos. No entanto, naquele momento, ela desejava um ou dois dias de descanso sozinha em casa. Deu um suspiro profundo e silencioso e foi cumprimentar Matagan. Ele sorriu quando a viu chegando e se apressou a levantar.

— Saudações, Matagan — disse ela, tomando nas suas as mãos dele. — Em nome da Grande Mãe Terra, eu o saúdo.

Ayla o examinou com atenção, na sua maneira inconspícua, e notou que ele parecia muito alto para a idade, apesar de ainda ser jovem e não ter atingido sua altura definitiva. Esperava que o desenvolvimento da perna ferida não fosse prejudicado e que ela ficasse do tamanho da perna normal. Era difícil saber qual seria sua altura quando adulto, mas a claudicância podia se agravar se as pernas tivessem comprimentos diferentes.

— Em nome de Doni, eu a saúdo, Ayla — respondeu ele com a saudação polida que lhe fora ensinada.

Jonayla, presa com o cobertor às costas da mãe, agitou-se para ver com quem ela estava falando.

— Acho que Jonayla também quer cumprimentar você. — Ayla soltou o cobertor, trazendo a filha para a frente. A menina se sentou com os olhos bem abertos nos braços da mãe, olhando para o rapaz, e então sorriu e estendeu os braços para ele. Ayla ficou surpresa. Ele também sorriu.

— Posso segurá-la? Eu sei como. Tenho uma irmã um pouco mais velha do que ela — pediu Matagan.

E ele provavelmente tem saudades de casa e dela, pensou Ayla ao passar Jonayla. Matagan realmente sabia como segurar tranquilamente uma criança.

— Você tem irmãos e irmãs? — perguntou ela.

— Sim. A menina é a mais nova, eu sou o mais velho, e há outros quatro no meio, inclusive dois que nasceram juntos.

— Imagino que você seja uma boa ajuda para sua mãe. Ela vai sentir falta. Quantos anos você já conta?

— Tenho 13 anos — respondeu ele.

Mais uma vez ele percebeu o estranho sotaque dela. Quando pela primeira vez ouviu a estrangeira falar, no ano anterior, considerou muito diferente, mas, quando se recuperava, especialmente quando acordou depois do acidente e sentia muita dor, ele passou a esperar ansioso aquele sotaque porque ele invariavelmente trazia algum alívio. E, embora os outros membros da zelandonia também o visitassem, ela vinha regularmente, conversava com ele e arrumava sua cama para aumentar seu conforto, além de lhe dar remédios.

Uma voz soou atrás de Ayla:

— E você já chegou à puberdade e cumpriu seus ritos no ano passado.

Era Jondalar, que ouviu a conversa ao se aproximar deles. O estilo das roupas de Matagan, os padrões costurados nelas, as contas e joias que vestia lhe diziam que o rapaz era considerado um homem da Quinta Caverna dos Zelandonii.

— É verdade, no verão passado, durante a Reunião — disse Matagan. — Antes de eu me ferir.

— Agora você é um homem, é tempo de dominar uma arte. Você tem lascado muitas pedras?

— Um pouco. Já sei fazer uma ponta de lança e uma faca, e sei recuperar as que se quebram. Não são as melhores, mas funcionam — respondeu o rapaz.

— Talvez a pergunta que eu tenha de lhe fazer é se você gosta de trabalhar a pedra.

— Eu gosto quando dá certo. Às vezes não dá.

Jondalar sorriu.

— Para mim também, às vezes não dá certo. Você já comeu?

— Acabei de comer — respondeu Matagan.

— Bem, nós ainda não comemos — disse Jondalar. — Acabamos de chegar de uma viagem curta para visitar alguns vizinhos e descobrir se sofreram ferimentos ou danos por causa do terremoto. Você sabe que Ayla é acólita da Primeira, não sabe?

— Acho que todos sabem — respondeu ele, mudando Jonayla de posição para se apoiar no seu ombro.

— Você sentiu o terremoto? — perguntou Ayla. — Alguém no seu grupo de viagem se feriu?

— Nós sentimos. Algumas pessoas caíram no chão, mas ninguém se feriu de verdade. Porém acho que todos ficaram com medo. Eu, pelo menos, fiquei.

— Não consigo imaginar ninguém que não sinta medo durante um terremoto. Vamos comer algo e depois lhe mostraremos onde você vai ficar. Ainda não temos nada especial, mas vamos preparar alguma coisa mais tarde — disse Jondalar, enquanto se dirigiam para o outro lado do abrigo onde as pessoas estavam reunidas.

Ayla estendeu os braços para Jonayla.

— Posso segurá-la enquanto você come alguma coisa — disse Matagan. — Se ela deixar.

— Vamos ver se ela deixa — disse Ayla, dirigindo-se para o fogo de chão onde a comida estava posta.

De repente, Lobo apareceu. Parou para beber água quando chegaram à Nona Caverna, e descobriu que alguém tinha posto um pouco de comida na sua tigela. Os olhos de Matagan se arregalaram de surpresa, mas ele já havia visto Lobo e não pareceu se assustar com o animal. Ayla o apresentara a Matagan no ano anterior, quando cuidava dele. O animal farejou o rapaz que segurava a criança da sua alcateia e identificou seu cheiro. Quando o jovem se sentou, o lobo se acomodou ao seu lado. Aquele arranjo pareceu agradar Jonayla.

Quando terminaram de comer, já escurecia. Havia sempre algumas tochas para serem acesas no fogo principal onde o grupo se reunia. Jondalar pegou uma e a acendeu. Todos tinham bagagem de viagem: bolsas, esteiras, tendas. Jondalar ajudou Ayla com a dela, enquanto ela carregava a filha, mas Matagan parecia capaz de cuidar da sua, inclusive do pesado cajado que usava para caminhar. Não parecia precisar dele o tempo todo. Ayla suspeitava que o rapaz o usou durante a longa viagem desde a Vista do Sol, o local da Reunião de Verão, até a Nona Caverna, mas não necessitava tanto dele nas distâncias mais curtas.

Quando chegaram em casa, Jondalar entrou primeiro, iluminando o caminho e manteve aberta a cortina que fechava a entrada. Matagan entrou depois, seguido por Ayla.

— Você pode estender sua esteira aqui, na sala principal perto do fogo. Vamos arrumar alguma coisa melhor amanhã — disse Jondalar, perguntando-se de repente por quanto tempo Matagan moraria com eles.

Parte Dois

18

— Matagan, você viu Jonayla e Jondalar? — perguntou Ayla quando viu o rapaz sair mancando do anexo construído ao lado da casa. Três rapazes viviam ali: Matagan; Jonfilar, que havia chegado do oeste, das proximidades das Grandes Águas; e Garthadal, cuja mãe era líder de sua Caverna e tinha viajado com ele desde muito longe no sudeste porque ouvira falar da habilidade de Jondalar.

Depois de quatro anos, Matagan era o mais antigo dos aprendizes de Jondalar e estava tão proficiente que ajudava o homem a treinar os mais novos. Poderia ter voltado para a Quinta Caverna, ou para qualquer outra, como um lascador experiente de merecida fama, mas passou a considerar a Nona Caverna seu lar e preferiu ficar e trabalhar com seu mentor.

— Eu os vi mais cedo se dirigindo ao curral. Penso tê-lo ouvido ontem prometer levá-la para cavalgar hoje, se não chovesse. Mesmo pequena, já cavalga Cinza muito bem, mesmo que ainda não consiga montar e desmontar sozinha.

Ayla sorriu para si mesma à lembrança de Jondalar cavalgando Racer com Jonayla sentada à sua frente quando ainda nem andava. Os dois treinaram Cinza com a menina montada diante deles, os bracinhos agarrados ao pescoço grosso da égua. A menina e a potra cresceram juntas, e Ayla pensou que a ligação entre as duas era tão íntima quanto a dela com Huiin. Jonayla era boa com todos os cavalos, inclusive o garanhão. De certa forma, melhor até que a mãe, porque tinha aprendido a conduzi-lo usando o cabresto e a corda, como Jondalar. Ayla ainda comandava Huiin usando a linguagem corporal e não se sentia tão à vontade cavalgando com a técnica de Jondalar.

— Quando eles voltarem, você poderia dizer a Jondalar que vou me atrasar hoje à noite? Talvez só volte amanhã de manhã. Você soube do homem que caiu do despenhadeiro próximo ao Cruzamento hoje de manhã?

— Ouvi. Um visitante?

— Um vizinho de Novo Lar. Vivia na Sétima Caverna, hoje vive na Colina do Urso. Não sei por que alguém ia tentar escalar a Pedra Alta quando está tão úmida devido à chuva. A lama escorrendo pelas encostas mais íngremes. Devia estar cheio de lama lá em cima também.

Tem sido uma primavera muito úmida, pensou Ayla. Elas têm sido muito úmidas desde o inverno frio que Marthona previu há alguns anos.

— Como ele está passando? — perguntou Matagan, que sabia o que era sofrer as consequências de uma decisão errada.

— Ele está gravemente ferido. Ossos fraturados e não sei o que mais. Acho que Zelandoni vai passar a noite inteira com ele. Vou ficar lá para ajudá-la.

— Com você e a Primeira, tenho certeza de que ele vai ter a melhor assistência possível. — Matagan sorriu. — E falo por experiência própria.

Ayla também sorriu.

— É o que eu espero. Um corredor foi enviado para avisar a família. Devem estar chegando logo. Proleva está preparando uma refeição para eles e alguns outros na casa principal. Com certeza vai haver também para você e os outros rapazes, além de Jondalar e Jonayla — disse ela ao se virar para voltar correndo.

Pegou-se pensando em Jonayla e nos animais. Quando tinha de se ausentar, Lobo às vezes ficava com Jonayla, às vezes ia com ela. Quando ela ia com Zelandoni cuidar de alguém em outra Caverna, Lobo geralmente ia junto, mas, quando tinha de fazer "sacrifícios" e se submeter a "testes" como parte de seu treinamento — ficar sem dormir, abrir mão dos Prazeres, jejuar por longos períodos —, ela em geral ia sozinha.

Geralmente ficava no pequeno abrigo chamado Pequena Caverna de Pedras da Fonte, bem confortável. Ficava ao lado do Caverna Funda de Pedras da Fonte, às vezes chamado Fundo de Doni, a longa caverna que foi o primeiro Local Sagrado que conheceu quando veio morar com os Zelandonii. Pedras da Fonte ficava a quase 2 quilômetros da Nona Caverna, mais uma escalada longa e suave da face do despenhadeiro. A comprida caverna pintada tinha outros nomes, especialmente para a zelandonia, como Entrada para o Ventre da Mãe, ou o Canal do Nascimento da Mãe. Era o lugar mais sagrado na região próxima.

Jondalar nem sempre gostava quando ela precisava se ausentar, mas nunca se importava de ter de cuidar de Jonayla. Ayla ficava feliz pelos dois, por estarem desenvolvendo uma relação tão íntima. Ele havia até começado a lhe ensinar técnicas de lascar pedra junto com os aprendizes.

Os pensamentos de Ayla foram interrompidos quando notou duas mulheres vindo em sua direção. Marona e a prima, Wylopa, que sempre sorria e a cumprimentava com um aceno de cabeça e, embora sempre parecesse falsa, Ayla respondia sorrindo. Marona geralmente só a saudava com o mais breve dos acenos e recebia a mesma resposta. A mulher não fazia nem esse mínimo se não houvesse ninguém perto, mas, daquela vez, Marona sorriu para ela. Ayla teve de olhar de novo. Não foi um sorriso simpático. Era mais um ricto, um ricto maligno.

Desde a volta de Marona, Ayla se perguntava por que ela havia voltado a morar na Nona Caverna. Tivera a impressão de que ela tinha sido bem-aceita na Quinta Caverna, e se dizia que, quando se mudou, a mulher teria comentado que gostava mais de lá. Eu também prefiro quando ela está por lá, pensou Ayla.

Não era apenas o fato de Marona e Jondalar terem sido companheiros. Pelo contrário, era porque ninguém a tratara com mais crueldade e inveja, a começar pelo ardil da roupa masculina de inverno para expô-la ao ridículo. Mas Ayla tinha enfrentado o riso de todos e ganhou o respeito da Nona Caverna. Desde então, em particular quando cavalgava Huiin, geralmente vestia de propósito uma roupa semelhante, tal como muitas outras mulheres, para desespero de Marona. Perneiras leves e uma túnica sem mangas eram muito confortáveis em dias frescos.

Alguns parentes de Matagan lhe tinham dito que Marona provocara a raiva de algumas mulheres importantes da Quinta Caverna, parentes de Kemordan, o líder, ou de sua companheira, por ter convencido um homem Prometido a uma delas a fugir com ela. Com os cabelos louros quase brancos e os olhos cinza escuros, ela era uma mulher atraente, apesar de as linhas de expressão estarem se aprofundando no seu rosto. Tal como seus diversos outros relacionamentos, aquele não durou muito e, depois de manifestar arrependimento e fazer reparações satisfatórias, ele fora aceito novamente, mas a recepção dela não havia sido tão favorável. Ao se aproximar da casa de Zelandoni, seus pensamentos deram lugar às preocupações com o homem ferido.

Mais tarde naquela noite, quando saiu da casa da donier, que era ao mesmo tempo casa e enfermaria, Ayla viu Jondalar sentado ao lado de Joharran, Proleva e Marthona. Tinham acabado de comer e tomavam chá enquanto observavam Jonayla e a filha de Proleva, Sethona. Jonayla era uma criança feliz e saudável que todos diziam ser muito bonita, com cabelos finos e leves, macios e suaves, e os extraordinários olhos azuis de Jondalar. Para Ayla, Jonayla era a coisa mais linda que já vira, mas tendo crescido no Clã, era reticente na expressão desses pensamentos sobre sua própria filha. Poderia trazer azar, e, ao tentar examinar objetivamente a questão, acreditava que tinha a obrigação de ter tais sentimentos com relação à sua própria filha, mas no fundo do coração, não era capaz de acreditar que uma menina tão notável fosse realmente dela.

Sethona, que era prima de Jonayla, nascida poucos dias antes dela e companheira constante, tinha olhos cinza-claros e cabelos de um louro mais escuro. Para Ayla, lembrava Marthona; mostrava alguns elementos de dignidade e graça da ex-líder, além de seu olhar claro e direto. Ayla voltou a atenção para Joharran e para a mãe de Jondalar. Marthona aparentava a idade que tinha, cabelos mais grisalhos, o rosto mais marcado de rugas, mas não apenas na aparência física. Não estava bem, e Ayla se preocupava. Ela e Zelandoni já discutiram a situação e sobre todos os remédios e tratamentos que poderiam ajudá-la, mas sabiam que não havia meios de evitar que Marthona passasse para o outro mundo; tinham apenas a esperança de adiar essa passagem.

Apesar de ter perdido a mãe, Ayla se sentia afortunada por ter tido Iza, a curadora do Clã, como a mãe que a havia criado quando era menina, e Creb, o Mog-ur, como o homem da casa. Nezzie dos Mamutói foi a mãe que a quis adotar no Acampamento do Leão, embora ela fosse adotada por Mamut da Casa do Mamute. A mãe de Jondalar a tratara como filha desde o primeiro dia, e ela considerava Marthona sua mãe. Sentia-se também muito próxima a Zelandoni, mas esta era mais uma mentora e amiga.

Lobo observava as meninas, a cabeça deitada entre as patas dianteiras. Havia notado a aproximação de Ayla, mas, quando ela não se juntou a eles, ele levantou a cabeça e a observou, o que fez com que todos também olhassem. Com isso, Ayla tomou consciência de que estivera tão imersa em seus pensamentos que tinha parado. Continuou na direção deles.

— Como ele está? — perguntou Joharran quando ela chegou.

— Ainda é difícil saber. Colocamos talas nos ossos quebrados das pernas e dos braços, mas não sabemos dos ferimentos internos. Ele ainda respira, mas não acordou. Sua companheira e sua mãe estão com ele — disse Ayla. — Zelandoni sente que devia ficar com ele, mas acho que alguém devia levar alguma coisa para ela comer, o que poderia também incentivar a família a sair e comer.

— Vou levar um pouco de comida e tentar convencer os outros a saírem — ofereceu-se Proleva.

A mulher se levantou e foi até a pilha de pratos dos visitantes. Tomou uma travessa de marfim, cortada de uma grande presa de mamute e alisada com pedras de arenito, e escolheu alguns pedaços de carne do cabrito-montês que tinha sido assado num espeto. Era uma refeição fina. Vários caçadores da Nona e de Cavernas vizinhas haviam saído para caçar íbex e tiveram sorte. Ela acrescentou algumas verduras e talos levemente cozidos de cardo e algumas raízes, então levou tudo até a entrada da casa de Zelandoni e bateu no lado de fora do couro ao lado da pesada cortina que fechava a entrada. Em seguida, entrou. Pouco depois, saiu com a companheira e a mãe do homem ferido, levou-as até o fogão principal e lhes deu pratos de visitantes.

— É melhor eu voltar — disse Ayla olhando Jondalar. — Matagan lhe disse que eu provavelmente vou me atrasar hoje à noite?

— Disse. Eu ponho Jonayla para dormir — afirmou ele, levantando-se e pegando a menina. Abraçou a mulher, tocando-lhe o rosto, enquanto Ayla abraçava com força os dois.

— Eu montei Cinza hoje — contou Jonayla. — Jonde me levou. Ele montou Racer. Huiin também veio conosco, mas não tinha ninguém para montá-la. Por que você não veio, mamãe?

— Quem dera eu pudesse, Neném. — Ayla abraçou com força os dois outra vez. O nome carinhoso que usava para a filha era semelhante ao apelido que dera ao filhote de leão que encontrou, curou, e depois criou. Era uma modificação da palavra do Clã para "criança" ou "rebento". — Mas hoje um homem caiu e se machucou. Zelandoni está tentando fazê-lo sentir menos dores, e eu estou ajudando.

— Quando ele melhorar, você vem?

— Claro, quando ele melhorar eu vou montar com você — prometeu Ayla, pensando *se* ele melhorar. Depois, voltou-se para Jondalar. — Por que não leva Lobo com você?

Tinha notado que a mulher do ferido olhava o animal com medo. Todos conheciam o lobo e a maioria já o vira, mas nem todos haviam tentado encontrar um lugar para comer ao lado dele. A mulher também observava Ayla de soslaio, principalmente depois de tê-la ouvido se referir à filha como Neném. Mesmo modificada, a palavra tinha um som claramente estranho e desconhecido.

Depois que Jondalar se foi com Jonayla e Lobo, Ayla voltou para a casa da Zelandoni.

— Jacharal teve alguma melhora? — perguntou.

— Nada que eu fosse capaz de perceber — respondeu A Que Era A Primeira. Estava satisfeita por as duas parentas terem saído e ela poder falar com franqueza. — Às vezes, as pessoas vão definhando nessa condição por um longo tempo. Se alguém consegue lhes dar água e alimento, elas vivem mais, caso contrário, se vão em poucos dias. É como se o espírito se confundisse, o élan não sabe se quer deixar este mundo enquanto o corpo continua respirando, ainda que o restante esteja ferido além de qualquer possibilidade de cura. Às vezes acordam, mas não conseguem se mover, ou uma parte deles fica imobilizada ou não se cura. Outras vezes, com bastante tempo, alguns se recuperam de uma queda como a dele, mas geralmente não.

— Ele perdeu fluido pelo nariz ou pelos ouvidos?

— Não desde que chegou. Há um ferimento na cabeça, mas não parece profundo, apenas algumas escoriações superficiais. Muitos ossos foram quebrados. Calculo que as lesões realmente graves sejam internas. Vou observá-lo esta noite.

— Vou ficar com você. Jondalar levou Jonayla e Lobo com ele. A companheira deste homem não se sente à vontade perto de Lobo — disse Ayla. — Eu imaginava que todo mundo já tivesse se acostumado a ele.

— Suspeito que ela não tenha tido tempo de se acostumar com seu lobo. Não é daqui. Amelana é o nome dela. A mãe de Jacharal me contou a história. Ele viajou para o sul, acasalou por lá e a trouxe consigo. Nem tenho certeza se ela nasceu em território Zelandonii, ou perto dele. Os limites dos territórios nem sempre são claros. Ela parece falar a língua bastante bem, apesar da ligeira inflexão sulista, similar à de Beladora, a companheira de Kimeran.

— Que pena, vir de tão longe e talvez perder seu homem. Não sei o que eu faria se algo tivesse acontecido a Jondalar pouco depois de eu chegar, ou mesmo agora. — Ayla tremeu com o pensamento.

— Você ficaria aqui mesmo e se tornaria Zelandoni, como está programado. Você mesma disse que não tem para quem voltar. Não vai fazer sozinha a longa viagem até os Mamutói. E não é verdade que você foi adotada por eles? Aqui você é mais que adotada. Você já é parte. Você é Zelandonii — disse a mulher.

Ayla ficou surpresa com a veemência da declaração da Primeira. Mais que isso, ficou emocionada. Soube que era querida.

Não foi na manhã seguinte, mas na manhã após o dia seguinte que Ayla finalmente voltou para casa. O sol se levantava. Parou um instante para ver as cores brilhantes começando a saturar o céu do outro lado do Rio. A chuva tinha cessado, mas as nuvens estavam baixas no horizonte, em fios delgados de vermelho e dourado brilhantes. Quando a luz cegante surgiu acima dos despenhadeiros, Ayla tentou proteger os olhos para observar as formações próximas para comparar o surgimento da intensa radiação com a do dia anterior.

Em breve, deveria observar as alvoradas e os ocasos do sol e da lua durante um ano inteiro. A parte mais difícil, contaram outros membros da zelandonia, era a falta de sono, especialmente para observar a lua, que às vezes aparecia ou desaparecia no meio do dia, e às vezes no meio da noite. O sol, é claro, sempre nascia de manhã, e se punha ao anoitecer, mas alguns dias duravam mais que outros, e ele se movia ao longo do horizonte de uma forma previsível. Durante a metade do ano em que os dias ficavam mais longos, diariamente ele se deslocava um pouco mais para o norte. O movimento era interrompido brevemente no meio do verão, quando os dias eram mais longos, a época do Dia Mais Longo do Verão. Ele então mudava de direção, pondo-se um pouco mais para o sul à medida que os dias ficavam mais curtos, passando pelo período em que noite e dia eram igualmente longos e o sol se punha quase diretamente a oeste. Esse movimento parava durante algum tempo no meio do inverno, a época do Dia Mais Curto do Inverno.

Ayla conversara com a mãe de Jacharal e com Amelana, passando a conhecer melhor a jovem. Tinham ao menos uma coisa em comum: eram mulheres estrangeiras casadas com homens Zelandonii. Era muito nova, um tanto imprevisível e caprichosa. Estava grávida e ainda sofria os enjoos matinais. Gostaria muito de poder fazer mais por Jacharal, por causa de Amelana e dele próprio.

Ayla e Zelandoni o observavam cuidadosamente, por interesse próprio e no interesse dele. Queriam acompanhar seu progresso, tentar aprender um pouco mais sobre as condições iguais à dele. Até então haviam conseguido lhe dar água, mas era apenas um ato reflexo que o forçava a engolir, e às vezes ele engasgava. Seus esforços não o fizeram acordar. Enquanto estavam juntas, Zelandoni dava instruções a Ayla sobre os costumes da zelandonia. Discutiam ingredientes e práticas curativas e conduziam várias cerimônias num esforço de invocar a ajuda da Grande Mãe Terra. Ayla somente conhecia poucas. Ainda não tinham envolvido toda a comunidade nas cerimônias de cura, que seriam muito mais elaboradas e formais.

Discutiram também a Jornada que a mulher mais velha pretendia fazer com sua acólita, uma longa Jornada que deveria durar todo o verão, e ela queria partir logo. Havia muitos Locais Sagrados a sul e a leste. Não iriam sozinhas. Contariam com a companhia de Jondalar e Willamar, o Mestre Comerciante, e seus dois jovens assistentes. Discutiam quem mais deveria ir, e surgiu o nome de Jonokol. A ideia de viajar para tão longe para ver lugares novos era empolgante, mas Ayla sabia que também seria árdua, e agradeceu por ter os cavalos, que a tornariam menos árdua para ela e para a Primeira. Ademais, Zelandoni gostava de chegar sentada no *travois* puxado por Huiin, o que criava uma comoção, e ela apreciava fazer coisas que atraíssem atenção para a zelandonia e para a importância da posição de Primeira.

Quando Ayla chegou à sua casa, pensou em preparar um chá matinal para Jondalar, mas estava muito cansada. Não tinha dormido o suficiente, vigiando para que Zelandoni pudesse descansar. De manhã, a donier a mandara para casa para dormir um pouco. Ainda era muito cedo e todos dormiam, com exceção de Lobo, que a esperava do lado de fora para cumprimentá-la. Sorriu ao vê-lo. Ayla se espantava por ele sempre saber quando ela estava chegando, ou aonde estava indo.

Quando entrou, Ayla notou que Jonayla dormia ao lado de Jondalar. A menina tinha sua própria esteira ao lado da deles, mas ela gostava de pular para a cama dos pais e, quando Ayla não dormia em casa, o que acontecia com frequência crescente, dormia com Jondalar. A mãe pegou a filha para levá-la para sua cama, mas então mudou de ideia e decidiu deixá-los dormir sem serem perturbados. Logo acordariam. Foi até a cama de Jonayla e, apesar de ser pequena, preferiu se deitar nela, apesar de haver outras esteiras no depósito. Quando Jondalar acordou e viu Ayla dormindo na cama de Jonayla, sorriu, depois franziu o cenho. Imaginou que estivesse muito cansada, mas sentia falta de tê-la ao seu lado.

Jacharal morreu alguns dias depois, sem acordar. Ayla usou o *travois* para levá-lo de volta à Sétima Caverna. A mãe dele queria realizar lá a cerimônia fúnebre, enterrá-lo perto, para que seu élan estivesse num lugar conhecido enquanto procurava o caminho para o outro mundo. Ayla, Jondalar, Zelandoni e muitas outras pessoas da Nona e de Cavernas próximas, além de todos os habitantes da Colina do Urso, participaram do ritual de enterro.

Mais tarde, Amelana se aproximou de Zelandoni e Ayla:

— Alguém me disse que vocês estão planejando uma Jornada para o sul. É verdade?

— É — respondeu Zelandoni, supondo o que a jovem queria e já calculando como deveria responder.

— Posso ir com vocês? Quero voltar para casa — disse a jovem, os olhos se enchendo de lágrimas.

— Mas a sua casa é aqui, não é? — perguntou a Primeira.

— Não quero ficar aqui — gritou Amelana. — Não sabia que Jacharal queria se mudar para o Novo Lar e morar na Colina do Urso. Não gosto de lá. Não tem nada lá. Tudo tem de ser feito ou construído, até nossa casa não está terminada. Eles nem têm Zelandoni. Estou grávida e terei de ir à outra Caverna para ter meu filho. E agora não tenho mais Jacharal. Eu disse para ele não escalar a Pedra Alta.

— Você já conversou com a mãe de Jacharal? Tenho certeza de que vai poder ficar na Sétima Caverna.

— Não quero ficar na Sétima Caverna. Também não conheço ninguém lá, e algumas pessoas não foram simpáticas comigo porque sou do sul. Mas eu também sou Zelandonii.

— Você poderia ir para a Segunda Caverna. Beladora é do sul — sugeriu a Primeira.

— Ela é do sul, mas mais a leste, e é companheira do líder. Na verdade, eu não a conheço. E eu quero ir para casa. Quero ter meu filho lá. Sinto saudade da minha mãe. — Amelana rompeu em soluços.

— Com quantos meses você está? — quis saber Zelandoni.

— O meu sangramento parou há mais de três meses — respondeu ela, fungando.

— Bem, se você tem certeza de que quer ir, nós a levamos — decidiu Zelandoni.

A jovem sorriu através das lágrimas.

— Obrigada! Oh, muito obrigada.

— Você sabe onde fica sua Caverna?

— No planalto central, um pouco para leste, não muito longe do Mar do Sul.

— Não vamos diretamente para lá. Há alguns lugares que teremos de visitar pelo caminho.

— Não me importo de parar — concordou Amelana. Depois acrescentou hesitante: — Mas gostaria de chegar lá antes do nascimento de meu filho.

— Acho que é possível — retrucou A Que Era A Primeira.

Depois que Amelana se foi, Zelandoni resmungou em voz baixa:

— O belo estranho visita sua Caverna e parece muito romântico fugir com ele para montar um lar num novo lugar. Não tenho a menor dúvida de que ela insistiu da mesma forma com a mãe para deixá-la acasalar e viver com ele no seu novo lar. Mas você chega e descobre que as coisas não são tão diferentes das que você deixou, só que você não conhece ninguém. Então seu novo amor decide se juntar a um grupo que pretende dar origem a uma nova Caverna. Esperam que você fique tão animada quanto eles com a criação de um lugar só para vocês, mas apenas passaram para o outro lado da montanha onde fica a antiga Caverna, e todos se conheciam.

"Amelana é uma estranha, com um jeito diferente de falar, e provavelmente acostumada a ser mimada, que se mudou para um lugar novo onde os costumes e as expectativas são um tanto diferentes. Ela não gosta da animação de construir um novo lar, pois acabou de se mudar para um. Precisa se estabelecer e aprender os costumes de sua nova gente. Mas seu companheiro, que já demonstrou que gosta de assumir riscos quando saiu naquela viagem, está pronto para a aventura de criar uma nova Caverna com seus, mas não dela, amigos e parentes.

"Os dois já estão provavelmente lamentando o casamento apressado, começando a discutir as diferenças, reais e percebidas, e então ela descobre que está grávida sem ninguém para mimá-la. Sua mãe, suas irmãs, seus primos e primas, e seus amigos estão todos onde ela os deixou. E então o companheiro, amante do perigo, assume mais um risco e morre. É provavelmente o melhor para todos: ela volta para casa, um pouco mais sábia pela aventura. Aqui ela não tem ligação próxima com ninguém."

— Eu não tinha ninguém aqui quando cheguei — disse Ayla.

— Tinha, sim: Jondalar.

— Você disse que o companheiro dela gostava de assumir riscos quando saía em uma Jornada. Eu conheci Jondalar na sua Jornada. Isso não o tornava um homem que gostava de assumir riscos?

— Não era ele quem gostava de assumir riscos, era o irmão dele. Ele foi para estar junto de Thonolan, para protegê-lo, sabendo de sua tendência de entrar em situações complicadas. E ninguém o prendia aqui. Marona não tinha nada a lhe oferecer, a não ser um interlúdio ocasional de Prazeres. Ele amava o irmão mais que a ela e talvez quisesse fugir da Promessa implícita que ela desejava muito mais que ele, mas não teve coragem de simplesmente lhe dizer isso. Sempre procurou alguém especial. Durante algum tempo, achou que seria eu, e admito que fiquei tentada, mas sabia que nunca ia dar certo. Estou feliz por ele ter encontrado o que queria em você, Ayla. Sua situação, ainda que semelhante na superfície, não tem nada a ver com a de Amelana.

Ayla considerou a sabedoria de Zelandoni e então se perguntou quantas pessoas fariam essa Jornada ao sul que a Primeira estava propondo. A donier, Jondalar, ela própria e Jonayla, claro. Ela dizia baixinho as palavras de contar e tocava o dedo na perna ao relacionar as pessoas ao lhes dizer o nome. São quatro. Willamar e seus dois assistentes também vão, já são sete. Ele disse que queria passar a eles toda sua experiência. Falou também que aquela seria provavelmente sua última missão comercial, que estava cansado de tantas viagens. Não há dúvida de que está, pensou Ayla, mas se perguntou se não era em parte por saber que Marthona não estava bem e querer passar mais tempo com ela.

E agora, Amelana também vai: oito. E se Jonokol vier, nove. Oito adultos e uma criança. Ayla sentia que haveria mais. Quase como se alguém adivinhasse o que ela pensava, Kimeran e Beladora, com os gêmeos de 5 anos, procuraram Zelandoni. Queriam também ir para o sul e levar os filhos para visitar o povo dela. Beladora quase tinha certeza de que a Primeira não se importaria de visitar sua Caverna. Ficava próxima de um dos Locais Sagrados mais lindos daquela terra, um dos mais antigos. Mas não queriam fazer toda a viagem planejada pela donier. Queriam encontrar o grupo no caminho.

— Onde vocês querem nos encontrar? — perguntou Zelandoni.

— Talvez na Caverna da irmã de Jondecam — respondeu Beladora. — Ela não é realmente irmã dele, acho, mas é assim que ele gosta de pensar nela.

Ayla sorriu para aquela linda mulher com cabelos negros e ondulados e o corpo redondo, que também falava com sotaque, apesar de não tão estranho quanto o seu. Sentiu uma ligação forte com ela: outra mulher estrangeira que havia se unido a um homem Zelandonii e voltou com ele. Ayla sabia das circunstâncias especiais de Kimeran e sua irmã muito mais velha, que o criou com seus próprios filhos depois da morte da mãe. Seu companheiro também morrera cedo. Ela havia se tornado Zelandoni após seus filhos e seu irmão ficarem adultos.

— Se vocês quiserem seguir direto, há um planalto entre nós e a terra do povo de Beladora — estava dizendo Kimeran. — Bom campo de caça de íbex e camurça, mas é uma subida árdua em certos pontos, mesmo que vocês sigam os rios. Acho que devíamos seguir para sul e depois para leste para contorná-lo. Calculo que seria mais fácil para Gioneran e Ginedela, e para nós, quando tivermos de carregá-los. Eles ainda têm as pernas curtas. — Kimeran sorriu. — Muito diferentes das minhas e das suas, Jondalar.

Houve um sentimento caloroso entre Jondalar e o homem alto e louro.

— Vocês estão pensando em ir sozinhos? — perguntou Zelandoni. — Talvez não seja aconselhável, pois estão levando as crianças.

— Pensamos em chamar Jondecam, Levela e o filho, se quiserem vir conosco, mas resolvemos discutir primeiro com você, Zelandoni — disse Beladora.

— Acho que eles serão ótimos companheiros de viagem — concordou a Primeira. — Isso. E poderíamos encontrar vocês a meio caminho.

Ayla batia os dedos no lado da perna. Já são 16, contando com Jonokol, pensou ela. Mas Amelana só vai ficar conosco na ida, não vai participar da visita na volta, e Kimeran e os outros só vão nos encontrar mais adiante.

— Nós vamos participar da Reunião de Verão? — perguntou Jondalar.

— Acho que só por poucos dias. Vou pedir aos Zelandoni da Décima Quarta e da Quinta para assumirem os meus deveres. Os dois certamente vão dar conta do recado, e estou interessada em ver como trabalham juntos. Vou mandar um corredor a Jonokol antes de partirmos para a Reunião, para ver se ele quer, e se pode, ir conosco. Ele pode ter outros planos, afinal, agora é o Zelandoni da Décima Nona Caverna. Não posso simplesmente lhe dizer o que deve fazer... não que alguma vez tenha podido, nem quando ele era meu acólito.

A manhã nasceu ensolarada e clara no dia em que a Nona Caverna partiu para a Reunião de Verão. Vinha chovendo irregularmente nos dias anteriores, mas naquele dia as nuvens haviam desaparecido, e o céu tremulava com um brilho cristalino que dava uma intensa claridade às montanhas distantes. Viajaram para sudoeste. O lugar de encontro da Reunião de Verão naquele ano era mais distante do que o normal, razão pela qual demoraram mais a chegar.

Quando chegaram, Ayla notou a presença de algumas pessoas das Cavernas mais ocidentais, que ela não conhecia. Foram os que mais se espantaram com ela, seus três cavalos e o lobo, sem falar nos *travois* puxados pelos cavalos, num dos quais vinha a Primeira. Houve certo desapontamento quando se soube que a Primeira e sua acólita com os animais incomuns não ficariam muito tempo. Ayla pensou que gostaria de ficar e conhecer alguns Zelandonii que ainda não conhecia, mas também estava ansiosa pela Jornada de verão que a Primeira planejara.

Jonokol decidiu ir com eles. Nunca tinha feito nenhuma Jornada Donier muito longa, em parte porque no começo ele não tinha planos de se tornar um Zelandoni completo, queria apenas fazer imagens e pinturas, e a Primeira não o havia forçado. Depois de ver as lindas paredes brancas da nova Caverna Sagrada e assumir seriamente a zelandonia, ele se mudou para a Décima Nona Caverna, a mais próxima do novo Local Sagrado. Sua Zelandoni era muito velha e fraca para fazer viagens longas, apesar de ter a mente lúcida até o final. Desde então, ele havia ouvido muitas coisas acerca de algumas das cavernas pintadas ao sul e não quis perder aquela oportunidade de vê-las por si mesmo; talvez nunca surgisse outra chance.

Ayla ficou feliz. Desde o início ele fora gentil com ela e seria uma boa companhia. Ficaram apenas quatro dias na Reunião, mas quase todos estavam lá para se despedir deles. Um grupo de viajantes do tamanho de uma Caverna pequena fazia um espetáculo ao partir, principalmente por causa dos animais e seus equipamentos, mas outras pessoas além das que originalmente planejaram fazer a viagem foram agregadas. Vários integrantes de algumas das Cavernas a oeste se juntaram a eles, pessoas que Ayla não conhecia; planejavam seguir em outra direção. Havia também habitantes das Cavernas próximas, particularmente da Décima Primeira, inclusive Kareja, a líder.

A Primeira pretendia viajar para o sul seguindo O Rio até chegar à foz na confluência com o Rio Grande. Uma vez lá, teriam de cruzar o curso de água mais largo que, como indicava seu nome, era mais amplo e fundo que O Rio, com uma correnteza mais forte. Estavam acostumados a atravessar o rio conhecido no Local de Cruzamento, uma seção mais larga e rasa, pisando em pedras ou atravessando o vau, às vezes com a água na altura da cintura, dependendo da estação. Mas aquilo não bastava para cruzar o Rio Grande. Para resolver o problema, a Primeira e Willamar procuraram Kareja e alguns membros da Décima Primeira Caverna, que eram conhecidos pelas balsas que faziam, para levar os passageiros e suas bagagens pelo Rio abaixo até a foz e então cruzar a largura maior do Rio Grande.

Partiram na direção da Nona Caverna. Levando apenas adultos, além de Jonayla, e os cavalos, viajaram muito mais depressa do que quando ia toda uma Caverna. A maioria dos viajantes era jovem e saudável, e apesar de a Primeira ser uma mulher grande, um tamanho que lhe dava presença imponente, era forte e caminhava a maior parte do tempo. Quando se cansava e sentia dificuldade em acompanhar, subia ao *travois*, o que de forma alguma diminuía sua autoridade nem sua postura dignificada, especialmente por ser a única que viajava sentada no *travois* puxado pela égua de Ayla.

Naquela noite, quando acamparam, a Primeira e o Mestre Comerciante começaram as discussões com Kareja, a líder da Décima Primeira Caverna, e alguns dos outros que manejavam balsas, para estimar quantas embarcações e pessoas seriam necessárias para levar os viajantes até o trecho seguinte da Jornada. Depois tiveram de discutir os detalhes da troca de bens e serviços pelo uso das balsas. Não era uma discussão particular, e os Zelandonii que não conheciam bem a Nona nem a Décima Primeira Cavernas ficaram muito interessados. Alguns chegaram a se perguntar se as balsas eram capazes de viajar para oeste no Rio Grande até as Grandes Águas do Oeste, o que podiam, pelo menos durantes as estações certas. O difícil era a volta.

Como parte do escambo, Kareja pedia a Jondalar um serviço futuro da Nona Caverna. Ao lado da Primeira, ele participava das discussões, mas queria que Joharran estivesse presente. Promessas de serviços futuros não declarados poderiam representar um problema e seria possível que exigissem mais do que uma das partes estivesse disposta a dar.

— Acho que não tenho o direito de assumir um compromisso como esse em nome da Nona Caverna — respondeu Jondalar. — Não sou o líder. Talvez Willamar, ou Zelandoni, possa.

Kareja estava esperando a ocasião certa nas negociações para pedir um serviço particular de Jondalar que ela desejava para uma pessoa de sua Caverna.

— Mas você pode assumir um compromisso em seu próprio nome, Jondalar. Conheço uma moça que demonstrou grande promessa no trabalho de lascar pedras. Se você puder recebê-la como aprendiz, eu diria que toda nossa discussão estaria resolvida.

Zelandoni o observou, querendo saber como ele iria responder. Sabia que ele tinha recebido muitos pedidos para treinar jovens, mas era muito seletivo. Já contava com três aprendizes e não poderia aceitar todos que lhe eram encaminhados. Mas esta era a Jornada Donier de sua companheira, não seria inadequado ele fazer algo para torná-la mais fácil.

— Uma moça? Duvido que uma mulher possa ser treinada para lascar pedra — comentou um homem das Cavernas do oeste. Acompanhava-os desde a Reunião de Verão. — Fui treinado no trabalho com pedra; é necessário força e precisão para fazer bons instrumentos. Todos nós conhecemos a reputação de Jondalar como lascador de pedras. Por que ele perderia tempo tentando treinar uma moça?

Ayla se interessou pela conversa. Não concordava de forma alguma com o homem. Pela sua experiência, as mulheres eram capazes de lascar pedras tão bem quanto os homens, mas, se Jondalar aceitasse uma aprendiz, onde ela ficaria? Ele não poderia hospedá-la junto aos aprendizes, especialmente quando chegasse o sangramento mensal. Embora os Zelandonii não fossem tão estritos nesse assunto quanto o Clã, onde uma mulher não podia nem olhar para um homem nesses dias, uma mulher precisava de privacidade, o que significava que ela teria de morar com eles na sua casa, ou outra solução teria de ser encontrada.

Jondalar obviamente estava pensando a mesma coisa.

— Não sei se podemos aceitar uma moça, Kareja.

— Você quer dizer que uma moça não é capaz de aprender a lascar pedras? Mulheres fazem instrumentos o tempo todo. Uma mulher não pode correr a um lascador de pedra toda vez que um instrumento quebra quando ela está raspando couro ou desossando uma caça. Ela o recupera ou faz um novo.

Kareja aparentava calma, mas a Primeira sabia que ela estava lutando para se controlar. Ela queria dizer ao homem do oeste que era um idiota, mas achava que Jondalar concordava com ele. Zelandoni observava a discussão com interesse.

— Ah, eu sei que uma mulher é capaz de fazer instrumentos para seu próprio uso, um raspador ou uma faca, mas é capaz de fazer um instrumento de caça? Pontas de lança e dardos têm de voar firme e reto, ou você perde a caça — disse o homem. — Não posso culpar um lascador de pedras por não aceitar uma mulher como aprendiz.

Kareja ficou furiosa.

— Jondalar! Você acha que ele tem razão? Concorda que mulheres não são capazes de aprender a lascar tão bem quanto um homem?

— Não tem nada a ver com isso — disse Jondalar. — É claro que as mulheres são capazes de lascar pedras. Quando eu vivia com Dalanar e ele me ensinava, ele também ensinava à minha prima Joplaya. Nós éramos muito competitivos, e, quando eu era mais jovem, nunca contei a ela, mas hoje, não hesitaria em dizer que em alguns tipos de trabalho, é melhor que eu. Acontece que não sei onde acomodar uma moça. Não posso colocá-la com os outros aprendizes. Eles são homens e uma mulher precisa de privacidade. Poderíamos acomodá-la na nossa casa, mas um aprendiz precisa de um lugar para guardar seus instrumentos, e suas amostras e lascas de pedra são muito afiadas. Ayla fica irritada quando alguma fica presa na minha roupa quando volto para casa. Não quer nenhuma perto de Jonayla, e eu não a culpo. Se eu aceitasse sua moça, teríamos de construir uma extensão na casa dos aprendizes para acomodar a moça, ou uma casa separada.

Kareja imediatamente se acalmou. Que a moça da Décima Primeira Caverna devesse ter privacidade era uma resposta razoável. Com uma mulher como Ayla por companheira, uma caçadora respeitada, e acólita da Zelandoni, ela devia ter sabido que Jondalar não teria a mesma opinião ridícula daquele homem do oeste. Afinal, a mãe de Jondalar tinha sido líder. Mas ele levantou uma questão importante, pensou aquela mulher alta e magra.

— Melhor seria uma casa separada, acho — disse Kareja. — E a Décima Primeira vai ajudá-lo a construí-la, ou, se você me disser onde a quer, nós podemos construí-la enquanto você estiver nesta Jornada.

— Não se precipite! — exclamou Jondalar, os olhos bem abertos de surpresa ante a rapidez com que Kareja havia resolvido tudo. Zelandoni sorriu e olhou para Ayla, que lutava para esconder seu sorriso. — Eu não disse que aceitaria a moça. Sempre testo os pretensos aprendizes. Eu nem sei quem é ela.

— Você a conhece. É Norava. Eu já vi você trabalhando com ela no verão passado — disse Kareja.

Jondalar se acalmou e sorriu.

— É verdade, eu a conheço. Acho que será uma excelente lascadora de pedra. Quando estávamos naquela caça de auroques no ano passado, ela quebrou algumas pontas. Estava recuperando-as quando eu passei perto dela. Parei por um momento para ver, e ela me pediu ajuda. Eu lhe mostrei algumas coisas, e ela entendeu imediatamente. Ela aprende depressa e tem boas mãos. Sim, se você me garantir que ela vai ter um lugar para se hospedar, Kareja, eu aceito Norava como aprendiz.

19

Parte dos habitantes das Cavernas vizinhas que não haviam comparecido à Reunião de Verão estavam na Nona Caverna quando os viajantes chegaram. Alguns haviam sido avisados por um corredor e outros os observaram de longe. Uma refeição já estava pronta esperando. Caçadores saíram e trouxeram um megácero, cuja galhada enorme ainda estava aveludada, carregada do sangue que lhe permitia crescer a cada ano até chegar ao seu tamanho descomunal.

Nos machos adultos, um conjunto de galhadas chegava quase aos 4 metros, cada uma com a largura em torno de 1 metro, ou mais. As pontas em projeção eram geralmente cortadas para outros fins, deixando uma grande seção côncava de material queratinoso duro e muito útil. Podia ser usada como travessa de mesa, ou, com a aresta afiada, como uma pá especialmente para mover material macio, como a cinza da lareira, a areia da beira do rio, ou neve. Com a forma adequada, podia também ser eficazmente usada como remo para mover ou conduzir balsas. O enorme animal também fornecia carne para um grupo de viajantes cansados, bem como para os membros da Nona Caverna e seus vizinhos, com grande abundância para todos.

Na manhã seguinte, os que viajavam com a Primeira reuniram seus pertences e mais um pouco de carne de megácero para a Jornada e caminharam a pequena distância que os separava do Cruzamento. Atravessaram o vau do Rio até o píer diante do abrigo conhecido como Lugar do Rio, a Décima Primeira Caverna dos Zelandonii. Várias balsas, feitas de pequenos troncos inteiros, desbastados e amarrados, estavam presas ao píer, uma estrutura simples de madeira que se estendia sobre o rio. Algumas estavam sendo reparadas; as restantes, prontas para o uso. Uma ainda em construção. Uma série de troncos estendidos numa fileira na praia mostrava o processo de construção. Estavam alinhados com a parte mais grossa das árvores para trás, e as pontas mais finas, a parte superior dos troncos presas numa espécie de proa apontada para a frente.

Os cavalos puxaram os *travois* até a Décima Primeira Caverna, levando grande parte do equipamento dos viajantes, mas então tudo teve de ser colocado e preso nas balsas. Felizmente, a Zelandoni gostava de viajar leve. Trouxeram apenas o que podiam carregar. O único peso extra eram os *travois*. Com exceção de Ayla e Jondalar, ninguém dependia dos cavalos nem dos *travois* para carregar suas coisas.

Os habitantes da Décima Primeira Caverna, que conduziriam as balsas rio abaixo, comandavam o carregamento. A carga tinha de estar bem-distribuída, ou seria difícil controlá-las. Jondalar e Ayla ajudaram a carregar os compridos *travois* na balsa que zarparia primeiro, na qual estariam a Primeira, Willamar e Jonokol. O *travois* mais pesado, o que tinha a cadeira, teve de ser desmontado e carregado na segunda balsa, que zarparia em seguida, na qual foram Amelana e os dois jovens aprendizes de Willamar: Tivonan e Palidar.

Ayla e Jondalar, com Jonayla, é claro, viajariam a cavalo na margem do rio, quando ela existisse, ou atravessariam vaus ou nadariam, ou ainda, em alguns casos, passariam por terra longe, do rio. Havia uma área de corredeiras, lugares com altas rochas e águas agitadas. Kareja sugeriu enfaticamente que deviam seguir por terra. Também disse que qualquer um que tivesse medo de uma travessia difícil deveria também viajar por terra. Alguns anos antes, haviam perdido uma balsa naquele ponto e algumas pessoas se feriram, mas ninguém morreu.

Enquanto esperavam, uma mulher veio do abrigo de pedra mais alto e afastado da margem do rio e foi falar com a Primeira. Queria que a curadora examinasse sua filha, que sofria fortes dores de dente. Ayla pediu a Jondalar para cuidar de Jonayla e, com a Primeira, seguiu a mulher até o abrigo onde morava. Ele era menor que o da Nona Caverna, mas quase todos o eram. As pessoas que lá viviam tornaram o lugar confortável. A mulher as levou até uma residência sob uma pedra saliente. Lá dentro, uma jovem, de talvez 16 anos, se contorcia sobre uma esteira, suando profusamente. Uma das faces estava vermelha e muito inchada. Sofria uma terrível dor de dente.

Ayla se lembrou da época em que ajudou Iza a arrancar um dos dentes de Creb.

— Já tive alguma experiência com dores de dente — contou à jovem. — Você gostaria que eu a examinasse?

A jovem se sentou na cama e fez que não com a cabeça.

— Não — respondeu numa voz abafada. Levantou-se, foi até a Primeira e tocou o lado do rosto. — Faça parar a dor.

— Antes de partir, nosso Zelandoni deu algo para a dor, mas agora ela parece muito pior, o remédio não está funcionando — contou a mãe.

Ayla observou Zelandoni. A enorme mulher franziu o cenho e balançou a cabeça.

— Vou dar a ela um remédio forte que vai fazê-la dormir. E vou deixar um pouco para você lhe dar mais tarde.

— Obrigada. Muito obrigada — disse a mãe.

Enquanto Ayla e Zelandoni voltavam para a margem do rio, Ayla se voltou para sua mentora com uma expressão interrogativa.

— Você sabe qual é o problema dos dentes dela?

— Ela tem problemas desde que seus primeiros dentes começaram a nascer. Ela tem muitos, uma fileira dupla — disse a Primeira. Depois, vendo o olhar intrigado de Ayla, explicou: — Ela tem dois conjuntos de dentes crescendo nos mesmos espaços e ao mesmo tempo, e cresceram errados, todos se empurrando. Teve muitas dores de dente quando era pequena, e novamente mais tarde, quando veio a segunda dentição. Depois ela ficou bem durante vários anos, mas então os dentes do fundo começaram a crescer e ela voltou a sofrer fortes dores.

— Não é possível extrair alguns dentes? — perguntou Ayla.

— O Zelandoni da Décima Primeira tentou, mas eles estão tão apertados que não conseguiu arrancar nenhum. A própria menina tentou arrancar alguns meses atrás e acabou quebrando alguns. Desde então as dores pioraram. Acho que já há supuração e inflamação, mas ela não deixa ninguém examinar. Acredito que sua boca nunca vá sarar. Ela provavelmente vai morrer por causa daqueles dentes. Talvez fosse melhor lhe dar uma dose excessiva de remédio para dor e deixá-la ir calma para o outro mundo. Mas isso é uma decisão dela e de sua mãe.

— Mas ela é tão jovem, e parece ser uma mulher forte e saudável.

— É, e é uma pena ela ter de sofrer tanto, mas acho que não vai parar até a Mãe chamá-la, especialmente porque não aceita a ajuda de ninguém.

Quando chegaram ao Rio, as balsas já estavam quase completamente carregadas. Duas delas acomodavam seis passageiros que iam flutuando pela água e um pouco do equipamento dos *travois*. Ayla e Jondalar, a cavalo, usariam suas mochilas grandes e carregariam seus pertences pessoais. Lobo, é claro, viajaria sozinho. Kareja lhes disse que pensaram em usar três balsas, mas só havia balseiros para duas. Teriam de mandar chamar mais gente e esperar que chegasse, por isso decidiram que duas seriam suficientes. Nunca faziam viagens longas e possivelmente perigosas como aquela com menos de duas balsas.

A estrutura flutuante era empurrada rio acima com longos varejões apoiados no fundo do rio, e rio abaixo pela correnteza. Como esta seria a direção da viagem, uma vez solta a corda que prendia a balsa à doca, o fluxo de água facilitava o trabalho. O varejão era usado para dar direção à jangada e evitar pedras no leito do rio. Usavam também outro mecanismo de direção: uma galhada de megácero com as pontas removidas e a palma central trabalhada com a forma de um leme presa a um cabo. Era montado no meio da popa da embarcação de forma a poder ser girada para a esquerda e para a direita, mudando a direção. Além desses, usavam longos remos feitos das partes palmares da galhada de um alce ou de um megácero presos na ponta de paus para ajudar na movimentação e na direção das plataformas flutuantes. Mas era necessária a habilidade e a experiência de três pessoas trabalhando em equipe para manter no curso a embarcação desajeitada.

Ayla estendeu as mantas de montaria no lombo de Huiin, Racer e Cinza, e então prendeu uma corda na potrinha, mas colocou Jonayla à sua frente em Huiin. Haveria muito tempo para deixar Jonayla cavalgar sozinha quando não estivessem entrando e saindo do rio. Quando a primeira balsa se soltou da doca, Ayla procurou Lobo, e assoviou chamando-o. Ele apareceu saltando, tremendo de animação. Sabia que alguma coisa estava acontecendo. Ayla e Jondalar guiaram os cavalos para o rio e, quando chegaram à parte mais funda no meio, os animais nadaram, seguindo as balsas até chegarem à margem oposta.

As balsas desenvolviam boa velocidade em direção ao sul, e os cavalos conseguiam se manter próximos nadando ou enquanto houvesse terra na margem do rio. Quando os paredões se fecharam, eles deixaram os cavalos nadarem nas águas rápidas e profundas no meio do rio. A segunda balsa usou os remos para reduzir a velocidade, deixando os cavalos se aproximarem. Shenora, a mulher que conduzia o leme da primeira balsa, gritou:

— Pouco depois da próxima curva a margem fica baixa. Saiam lá e contornem por terra os próximos desfiladeiros. Vamos entrar num trecho de corredeiras depois da curva. As águas são muito violentas e acho que não é seguro para vocês nem para os cavalos continuarem nadando.

— E vocês e as pessoas na balsa? Estarão em segurança? — retrucou Jondalar.

— Já atravessamos antes. Com três balseiros, estaremos bem.

Jondalar, puxando Cinza pela corda, levou Racer para a esquerda com uma corda presa ao cabresto, para ser mais fácil seguir para terra quando chegassem ao ponto de saída. Ayla, com o braço em torno de Jonayla, seguiu-o de perto. Lobo nadava atrás deles.

Amelana e os dois aprendizes de Willamar — Tivonan e Palidar — estavam na segunda balsa, mais próxima deles. Amelana parecia preocupada, mas não demonstrou qualquer inclinação a sair e caminhar. Os dois não largavam dela; uma jovem atraente sempre foi um apelo para os rapazes, especialmente se estivesse grávida. Zelandoni, Jonokol e Willamar, na primeira balsa, estavam além do alcance da voz de Jondalar, que se preocupava principalmente com eles. Mas, se a Primeira decidiu não desembarcar naquele ponto, ela considerava a balsa suficientemente segura.

Quando os cavalos saíram do rio, os animais e os seres humanos pingando, as pessoas nas balsas os observaram. Zelandoni olhava os cavalos saindo da água e teve dúvidas sobre sua decisão de ficar naquela plataforma de troncos amarrados com fitas de couro, tendões e cordas de fibra. De repente, sentiu falta da terra sob seus pés. Apesar de já ter sido transportada de balsa rio acima e de ter descido por águas mais calmas, nunca havia tomado a rota das corredeiras até o Rio Grande, mas Jonokol e em particular Willamar pareceram tão despreocupados que não teve coragem de admitir o medo.

De repente, a curva do rio e um desfiladeiro bloquearam sua visão do último lugar por onde sair das águas agitadas. Zelandoni voltou a cabeça para a frente e procurou freneticamente as cordas presas aos nós que prendiam os troncos, que lhe foram mostradas quando embarcou. Estava sentada numa almofada grande feita de couro, impermeabilizada com gordura, mas, quando se viajava numa balsa, sempre se podia esperar ficar encharcada.

À frente, a água era uma furiosa massa branca de espuma que penetrava entre os troncos e explodia pelos lados e pela frente. Ela notou que o urro do grande rio aumentava enquanto a correnteza os levava entre os desfiladeiros altos dos dois lados.

Então se viram no meio de um inferno de água que estourava sobre pedras e rochas arrancadas dos desfiladeiros das margens e dos afloramentos pelas forças extremas dos ventos frios e ferozes e da água agitada. A Primeira sufocou um soluço ao sentir um jato de água fria no rosto quando a frente da balsa mergulhou nas corredeiras revoltas.

Geralmente, se não havia tempestades ou afluentes para acrescentar mais volume, a quantidade de água do Rio ficava constante, mas uma mudança das condições no leito e no canal alterava as condições do fluxo. Num ponto de cruzamento, quando o rio se espalhava e ficava mais raso, a água contornava facilmente as pedras no meio da correnteza. Porém, quando os desfiladeiros das margens se fechavam e a inclinação do leito se tornava mais íngreme, a mesma quantidade de água presa no espaço mais estreito corria com mais força. A força que carregava a balsa feita de troncos de madeira.

Zelandoni estava com medo, mas também entusiasmada, e sua avaliação da competência dos balseiros da Décima Primeira Caverna aumentou enormemente depois de vê-los controlar a embarcação que corria com enorme velocidade pelas águas mais baixas do Rio. O homem que manobrava o varejão o usava para afastar a balsa das rochas que emergiam no meio do rio e para mantê-la afastada dos desfiladeiros que se erguiam na margem da água. O remador às vezes fazia o mesmo, e às vezes tentava ajudar a conduzi-la através dos canais desobstruídos, em sincronia com a mulher que operava o leme e guiava a embarcação desajeitada. Tinham de trabalhar como uma equipe, mas pensar independentemente.

Contornaram uma curva do rio e de repente a balsa reduziu a velocidade, embora a água ainda corresse com a mesma rapidez em torno deles, enquanto o fundo da balsa raspava na rocha lisa quase submersa no fundo do rio ao longo de um trecho de descida. Era a parte mais difícil de navegar na viagem de volta, quando a balsa tinha de ser empurrada com os varejões ao longo do leito íngreme e raso. Às vezes, saíam do rio e arrastavam a balsa. Depois de escapar das pedras, deslizaram por uma pequena cachoeira lateral e terminaram numa chanfradura da parede de pedra à esquerda, onde um redemoinho os fez parar. Continuavam flutuando, mas presos, impossibilitados de continuar rio abaixo.

— Isso às vezes acontece, apesar de já não ocorrer há algum tempo — explicou Shenora, a mulher que comandava o leme e o segurava no alto, fora da água, desde que começaram a fazer a curva. — Temos que empurrar para nos afastarmos do paredão, mas é difícil. Também é complicado tentar sair daqui nadando. Se sair da balsa, a água é capaz de levar você para o fundo. Precisamos sair deste redemoinho. A segunda balsa vai chegar logo, e quem sabe poderá nos ajudar, mas pode bater na gente e também ficar presa.

O homem com a vara pôs o pé descalço nas frestas entre os troncos da balsa para ter firmeza e evitar que se movessem, e então empurrou contra o paredão do desfiladeiro, lutando para mover a embarcação. O que manejava o remo também tentou empurrar, apesar de os cabos dos remos serem curtos e não tão fortes. Poderiam se curvar ou quebrar na ligação entre o remo e o cabo de madeira.

— Acho que vocês vão precisar de mais um ou dois varejões — disse Willamar, levando um dos varais do *travois* de Ayla para o balseiro. Jonokol o seguiu com o outro varal.

Mesmo com o trabalho de três homens, foi necessário um grande esforço para arrancá-los da armadilha do redemoinho, mas finalmente voltaram à correnteza. Quando flutuavam livremente, o homem do varejão os guiou até uma pedra na superfície e, usando o varal e os outros usando o leme e o remo, reteve a balsa ali.

— Acho que devemos esperar aqui e ver como a segunda balsa se sai. Isto está mais traiçoeiro que o normal.

— Ótima ideia — concordou Willamar. — Tenho um par de jovens aprendizes naquela balsa e não gostaria de perdê-los.

Enquanto falavam, a segunda balsa surgiu na curva, e foi retardada pelo leito de pedra submersa, como se deu com a primeira, mas a correnteza os empurrou um pouco mais à frente e longe do paredão e não ficaram presos no redemoinho. Quando viu que a segunda balsa havia passado, a primeira retomou a viagem. Ainda encontraram correnteza forte, e em certo ponto a balsa que vinha atrás bateu numa pedra e começou a girar, mas conseguiram controlá-la.

Zelandoni se agarrava às cordas outra vez, quando sentiu a balsa se elevar sobre uma onda e em seguida mergulhar na água veloz. Aconteceu mais algumas vezes até que chegaram a outra curva do rio. Dali para a frente, de repente, O Rio ficou calmo, e na margem esquerda havia uma praia plana e nivelada e um pequeno cais. A embarcação se dirigiu para lá, e, ao se aproximarem, um dos balseiros jogou um laço de corda que prendeu a balsa a um poste ancorado firmemente no terreno da margem do rio. O segundo remador também jogou seu laço, e os dois conseguiram levar a balsa até o cais.

— É melhor parar aqui e esperar o restante. Além disso, preciso descansar — disse o homem do varejão.

— Você precisa. Nós todos precisamos — disse a Primeira.

A segunda balsa surgiu no momento em que os passageiros da primeira desembarcavam. Os balseiros da primeira ajudaram a prender a segunda plataforma de troncos ao ancoradouro e seus passageiros desembarcaram alegremente para um merecido descanso. Pouco depois, Ayla e Jondalar surgiram de trás do despenhadeiro que haviam acabado de ultrapassar. O tempo que passaram presos no redemoinho atrasara as balsas, dando tempo para os cavalos se recuperarem.

Todos se cumprimentaram entusiasticamente, felizes ao ver que estavam em segurança. Então um homem da Décima Primeira Caverna fez uma fogueira num buraco que já havia sido usado por outros. Pedras lisas arredondadas pelo movimento no Rio foram recolhidas e empilhadas perto da margem para secar. Pedras secas se aqueciam mais depressa quando eram postas no fogo, e eram menos perigosas. A umidade presa dentro das pedras às vezes provocava explosões quando eram expostas ao calor do fogo. Tiraram água do Rio e colocaram em tigelas de cozinhar e numa caixa de madeira dobrada. Quando as pedras quentes foram colocadas na água, produziram uma nuvem de vapor entre uma tempestade de bolhas. Mais pedras trouxeram a água à temperatura de cocção.

Viajar por água era muito mais rápido, mas eles não podiam coletar alimentos enquanto estavam no Rio, por isso tiveram de usar os que haviam trazido. Várias folhas de chá foram postas na caixa, a carne-seca foi a base saborosa para uma sopa e foi colocada numa das tigelas grandes, com vegetais secos e um pedaço do megácero assado da noite anterior. Na segunda tigela, frutas secas foram acrescentadas à água quente para serem amaciadas. Foi um almoço rápido; voltaram para as balsas para terminarem a viagem antes do anoitecer.

Perto da foz do Rio, muitos afluentes pequenos aumentavam o volume e a turbulência da correnteza, mas a água não foi mais tão violenta quanto nas corredeiras. Seguiram a margem esquerda para o sul até chegarem ao Rio Grande. Então, quando o delta do Rio se abriu, os balseiros da Décima Primeira Caverna mantiveram as embarcações no meio dele até chegarem ao Rio Grande. O conflito das correntezas dos dois rios havia criado uma barra, um divisor de areia e terra, que acrescentou mais um aspecto de precariedade à viagem quando a cruzaram. Então, de repente, estavam num corpo de água muito maior, com uma correnteza muito forte que os levava para as Grandes Águas. O varejão de pouco valia agora. O homem que o usava pegou um segundo remo que estava amarrado na lateral. Os dois homens com remos feitos da galhada de megácero, além de Shenora, a mulher no comando do leme, tomaram a tarefa de levá-los para o outro lado do rio caudaloso. Ela puxou o leme até o limite para conduzir a balsa para a margem oposta, enquanto os remadores tentavam guiar a estrutura de madeira. A segunda balsa os seguia.

Os cavalos e o lobo nadavam em um trajeto mais direto. Continuaram paralelamente à margem, mantendo as balsas à vista, quando rumaram para terra. Descendo o rio, Jondalar se lembrou saudoso dos barcos usados pelos Sharamudói, que viviam ao lado do Rio da Grande Mãe. Viviam a uma longa distância rio abaixo, naquele longo e importante curso d'água, num local onde ele era muito largo e rápido, mas os barcos que usavam deslizavam sobre a água. Os pequenos eram controlados por apenas um tripulante usando um remo de duas pontas. Jondalar aprendeu a manejar um deles, embora no processo tivesse enfrentado um ou outro problema. Os grandes eram usados para transportar cargas e pessoas e, embora exigissem mais de uma pessoa com remos para movê-los, tinham muito mais controle.

Pensou na forma de construção dos barcos. Começavam com um tronco grande, escavavam o centro, usando carvões em brasa e facas de pedra afiadas nas duas extremidades, e esticavam o tronco com vapor para torná-lo mais largo no centro. Prendiam então pranchas nos lados para alargar a embarcação, presas com pinos de madeira e fitas de couro. Ele ajudara a construir um daqueles barcos quando vivia com eles ao lado de Thonolan.

— Ayla, você se lembra dos barcos dos Sharamudói? Acho que podíamos fazer um, pelo menos eu gostaria de tentar; um barco pequeno, para mostrar à Décima Primeira Caverna. Tentei explicar os barcos a eles, mas é difícil de entender. Acho que, se eu fizer um barco pequeno, vão entender.

— Caso queira ajuda, ofereço com prazer — respondeu Ayla. — Poderíamos também construir um daqueles barcos redondos como bacias que os Mamutói construíam. Fizemos um durante a Jornada até aqui. Carregou muitas coisas quando o prendemos ao *travois* de Huiin, especialmente quando precisávamos cruzar rios. — Ela então franziu o cenho. — Mas às vezes Zelandoni precisa de mim.

— Eu sei. Se você puder me ajudar, eu vou gostar, mas não se preocupe. Talvez os aprendizes auxiliem. Os barcos bacias são úteis, mas acho que primeiro vou tentar construir um daqueles pequenos dos Sharamudói. Vai ser mais demorado, porém mais fácil de controlar e nos dar a oportunidade de desenvolver facas mais eficazes para construir esse tipo de embarcação. Se a Décima Primeira Caverna gostar, como eu acredito que vai, podemos trocar o barco pelo futuro uso das balsas. E, se quiserem construir mais barcos, talvez queiram usar as facas criadas especialmente para escavar o interior do tronco, e eu poderia propor negócios posteriores envolvendo muitas viagens pelo rio.

Ayla pensou na forma como operava a mente de Jondalar, como sempre pensava à frente, especialmente para ganhar algo no futuro. Ela sabia que ele era muito consciencioso quanto ao cuidado dela e de Jonayla, e sabia que o conceito Zelandonii de status também estava de alguma forma envolvido. Para ele era importante, e tinha plena noção do que devia ser feito em qualquer situação para alcançá-lo. Sua mãe, Marthona, também agia assim, e Jondalar obviamente aprendera com ela. Ayla entendia a ideia de status, tinha até mais importância para o Clã, mas para ela não parecia tão crucial. Apesar de ter conquistado status entre vários povos, via-o como uma coisa que sempre lhe chegava, nunca precisou lutar por ele, e não tinha certeza de que saberia como conquistá-lo.

A correnteza levou as balsas por uma grande distância antes de elas chegarem ao outro lado. O sol estava então se pondo no oeste, e todos ficaram aliviados quando as duas balsas chegaram à margem oposta. Enquanto o acampamento era instalado, os dois jovens aprendizes de Willamar, junto com Jondalar e Lobo, saíram para ver se encontravam caça. Ainda tinham um pouco da carne de megácero, mas ela não ia durar muito, e eles queriam achar carne fresca.

Pouco depois de saírem, viram um bisão solitário, mas ele os percebeu primeiro e correu depressa demais para que pudessem segui-lo. Lobo espantou algumas perdizes que faziam ninhos na terra, resplandecentes na sua plumagem de verão. Jondalar acertou uma com o arremessador de lanças. Tivonan errou com o atirador, e Palidar nem conseguiu preparar o seu. Uma perdiz não seria suficiente para alimentar muita gente, mas Jondalar a recolheu. Logo estaria escuro, não teriam muito tempo para procurar mais, por isso tomaram o caminho do acampamento.

Então Jondalar ouviu um gemido e se virou para ver Lobo tentando cercar um bisão jovem. Era menor que o que haviam visto antes e era provável que só recentemente tivesse deixado o rebanho materno para vagar com os solteiros, que se reuniam em rebanhos menos populosos naquela época do ano. Num instante, Jondalar montou a lança no arremessador, e Palidar foi mais rápido. Quando os homens se aproximaram para matar, Tivonan conseguiu armar o atirador.

O bisão inexperiente fixou o lobo, a quem instintivamente temia, e não deu muita atenção aos predadores bípedes, que não conhecia e para os quais não possuía instinto. Com os três o cercando, não tinha muita chance. Jondalar, o arremessador mais competente, atirou sua lança no instante mesmo em que foi armada. Os outros dois homens gastaram um pouco mais de tempo para mirar. Palidar foi o segundo a atirar, seguido logo depois por Tivonan. As três lanças atingiram o alvo e derrubaram o animal. Os homens mais jovens soltaram um grito. Cada um agarrou uma perna dianteira pelo casco, e começaram a arrastar o bisão para o acampamento. Ele supriria toda a carne necessária para várias refeições a todos os 14 adultos, mais o lobo, que certamente merecia sua cota pela participação na caçada.

— Esse lobo às vezes é uma grande ajuda — comentou Palidar sorrindo para o lobo com orelha torta.

A orelha caída tornava Lobo reconhecível, o que o distinguia de todos os canídeos nas redondezas, mas Palidar sabia por que ela era assim e que não fora uma ocasião divertida. Foi ele quem chegou ao local da luta dos lobos, onde havia muito sangue, uma fêmea morta e estraçalhada, e o corpo de um animal que Lobo conseguira matar. Palidar o esfolou, pensando em usar a pele para decorar uma bolsa ou uma aljava, mas, quando foi visitar o amigo Tivonan para lhe mostrar o que havia achado, Lobo sentiu o cheiro da pele de lobo e atacou o rapaz. Mesmo Ayla teve dificuldades para apartar o caçador de quatro patas de Palidar. Por sorte, Lobo ainda estava fraco por causa dos ferimentos.

A Nona Caverna nunca havia visto Lobo atacar uma pessoa; foi uma surpresa. Porém, Ayla notou o pedaço de pele de lobo costurada à aljava de Palidar, e, quando ele lhe contou onde a obtivera, ela entendeu. Então pediu a ele o pedaço de pele e o deu a Lobo, que sacudiu e rasgou a coisa até ela estar completamente estraçalhada. Chegou quase a ser engraçado, menos para Palidar, que agradeceu aos céus por não estar sozinho quando encontrou o lobo. Ele levou Ayla ao lugar onde havia achado a pele, que era muito mais distante do que ela tinha imaginado. Ficou surpresa com a distância percorrida por Lobo até encontrá-la, mas ficou grata por ele tê-la percorrido. Disse a Palidar o que imaginava ter acontecido. Sabia que Lobo tinha encontrado uma fêmea solitária e calculou que os dois estavam procurando garantir para si um território, mas obviamente a alcateia local era muito grande e firmemente estabelecida, e Lobo e sua companheira eram muito novos. O caçador de quatro patas ainda tinha mais uma desvantagem: nunca havia brincado de luta com os companheiros de ninhada além de por instinto não saber como lutar contra lobos.

A mãe de Lobo entrara no cio fora de época e foi expulsa da alcateia pela fêmea alfa. Por acaso, encontrou um macho idoso que tinha abandonado o bando, incapaz de se sustentar sozinho. Durante algum tempo, ele se sentiu revigorado, pois tinha uma fêmea nova só para si, mas morreu antes do fim do inverno, deixando-a sozinha para criar sua ninhada quando todas as mães lobas contavam com a ajuda de toda a alcateia.

Quando Ayla o resgatou, Lobo mal tinha passado das quatro semanas de vida e era o último sobrevivente da ninhada, mas estava na idade em que a mãe loba trazia a ninhada da toca para fixar a alcateia em sua memória. No entanto o que se fixou na memória de Lobo foi a alcateia humana dos Mamutói, com Ayla no papel de sua mãe alfa. Ele não conhecia os irmãos canídeos — não foi criado com outros filhotes de lobo —, foi criado por Ayla com as crianças do Acampamento do Leão. Como uma alcateia e um agrupamento familiar humano têm muitas características em comum, ele se adaptou a essa vida.

Depois da luta, Lobo conseguiu se arrastar até bem perto do Acampamento da Nona Caverna, onde Ayla o encontrou. Quase todos na Reunião de Verão torceram pela sua recuperação. A Primeira chegou até a tratar de seus ferimentos. A orelha quase fora arrancada e, apesar de Ayla a ter costurado, ela se recuperou com uma inclinação estranha que lhe dava um ar indolente; uma aparência do encanto do espírito livre, que fazia as pessoas sorrirem ao vê-lo.

O incidente a fez entender que ele não somente tinha de se recuperar dos ferimentos físicos, mas também da tensão que o levara a atacar o rapaz por estar usando a pele do lobo que havia matado e que o fez se lembrar da luta. O jovem canídeo nunca lutara contra lobos e ficou muito marcado pelo cheiro que, no fundo, ele associava à sua própria espécie.

O Local Sagrado que a Primeira queria visitar era uma caverna pintada que ficava a muitos dias de caminhada para leste e sul. A Décima Primeira Caverna teve de enfrentar a mesma correnteza rápida ao cruzar de volta o rio. Deviam subir o grande rio até uma distância suficiente para chegarem à outra margem perto da foz do Rio, que os levaria de volta para casa. Os dois grupos se dirigiam a uma Caverna em particular que ficava, conforme disseram a Ayla, perto do ponto onde um pequeno rio caía no Rio Grande. O curso d'água menor nascia num planalto ao sul, perto do Local Sagrado que a Primeira queria que Ayla visitasse. Partiram na manhã seguinte para leste, subindo pela margem ao longo do Rio Grande.

A Décima Primeira não era a única Caverna dos Zelandonii a usar balsas para navegar pelos rios do território. Muitas gerações antes, alguns descendentes dos mesmos ancestrais de viajantes do rio que fundaram a Décima Primeira decidiram dar início a outra Caverna do outro lado do Rio Grande, perto do local de onde geralmente iniciavam a volta para casa. Conheciam muito bem o lugar, pois haviam acampado muitas vezes na área, geralmente à procura de cavernas e abrigos para quando viessem tempestades, e exploraram a região enquanto caçavam e coletavam alimentos.

Mais tarde, pelas razões habituais — o crescimento da população da Caverna ou a desavença com a companheira do irmão ou o tio —, um pequeno grupo se desligou e fundou uma nova Caverna. Ainda havia muito mais terra desabitada do que gente para habitá-la. Para a Caverna original era uma vantagem definitiva ter um lugar onde haveria amigos, alimento e um espaço para dormir. As duas Cavernas intimamente associadas desenvolveram meios de trocar bens e serviços e a nova Caverna prosperou. Passaram a ser conhecidas como a Primeira Caverna dos Zelandonii nas terras ao sul do Rio Grande, nome que mais tarde foi encurtado para Primeira Caverna dos Zelandonii nas Terras do Sul.

A donier queria combinar com eles para cruzar o rio na volta e avisá-los de que mais tarde outro grupo cruzaria o Rio Grande para se encontrar com o grupo dela. Queria também falar com a Zelandoni, uma mulher que conhecia desde antes de ser acólita. Então o grupo se dividiria: os balseiros da Décima Primeira Caverna partiriam de volta cruzando o Rio Grande; do mesmo lugar, os viajantes da Jornada Donier subiriam ao longo do pequeno rio até a caverna pintada.

As viagens pelos rios exigiam que por vezes as balsas fossem carregadas, para contornar obstáculos, águas extremamente violentas ou cachoeiras, ou ainda águas tão rasas que a embarcação raspava o fundo. Por isso, eram construídas com troncos finos presos a suportes transversais, para que os balseiros pudessem carregá-las. Daquela vez, os passageiros ajudaram, o que tornou o trabalho mais fácil. Os remos, os lemes e os varejões foram carregados nos *travois* puxados pelos cavalos, junto com as tendas de viagem e outros pertences dos viajantes. Caminhando na margem do rio, todos levavam nas costas as bolsas com seus objetos pessoais, para não serem obrigados a carregar as balsas.

Continuando para leste, subindo o rio pela margem esquerda — o lado sul do fluxo da corrente, que seguia para oeste —, souberam que estavam próximos da foz do Rio ao chegarem a dois grandes meandros do Rio Grande. Quando alcançaram a parte inferior do primeiro meandro, os viajantes não continuaram por água, pois isso representaria um longo percurso extra. Seria muito mais curto e rápido prosseguir por terra até chegar à extremidade inferior do segundo meandro. Seguiram por um caminho que começou como uma trilha de animais e que foi alargado pelo tráfego humano. Ele se bifurcava, indo para o norte e paralelo ao rio, e para leste entrando na terra. O último era o mais usado.

Chegaram à extremidade inferior do segundo meandro e então subiram seguindo o rio. Os caminhos que se dividiam no fundo deste meandro — um para leste e outro para norte — eram igualmente percorridos. A extremidade norte desse segundo meandro ficava diante da foz do Rio, o ponto onde ele encontrava o Rio Grande. Seguindo para leste por terra, chegaram novamente ao curso d'água e então percorreram a trilha ao lado dele na direção sudeste. O volume de água no Rio Grande era consideravelmente menor antes do ponto de interseção com O Rio. Ali eles decidiram acampar para passar a noite.

Todos já haviam terminado a refeição e quase todos estavam sentados em volta do fogo, relaxando antes de irem para suas tendas e esteiras. Ayla dava uma segunda refeição a Jonayla, ouvindo alguns jovens da Décima Primeira falando sobre a fundação de uma nova Caverna mais adiante rio abaixo, perto do lugar onde as balsas atracaram depois de cruzarem pela primeira vez o Rio Grande. Planejavam oferecer comida e lugares para dormir aos viajantes que cruzassem as águas, fosse para continuar para o sul, ou para continuar a oeste pelo rio. Por uma troca acertada, balseiros cansados e seus passageiros teriam um lugar para descansar sem precisarem montar acampamento. Ayla começou a entender como as comunidades se espalhavam e se desenvolviam e por que as pessoas pensavam em criar novas Cavernas. De repente, tudo fez sentido.

Foi necessário mais um dia para chegarem à Primeira Caverna dos Zelandonii nas Terras do Sul. Chegaram no fim da tarde. Ayla pensou que seria muito mais conveniente já ter um lugar para distribuir as esteiras sem precisar montar as tendas e uma refeição pronta. Os habitantes desta Caverna também viajavam e caçavam na estação quente, tal qual todas as outras e, portanto, havia menos residentes, mas seu número não era tão reduzido como no caso do restante dos Zelandonii. Os que ficavam não eram apenas aqueles que não podiam viajar, mas também os que ofereciam serviços aos outros.

Os viajantes foram incentivados a passar mais alguns dias com os Zelandonii das Terras do Sul, que ouviram falar de um lobo e de cavalos que obedeciam a uma mulher estrangeira e um homem Zelandonii que havia retornado de uma longa Jornada. Ficaram surpresos ao saber que muito do que pensavam ser exagero era pura verdade. Sentiram-se honrados pela presença da Primeira Entre Aqueles Que Serviam À Grande Mãe Terra em seu meio. Todos os Zelandonii, mesmo quem raramente a via, reconheciam-na como a Primeira, mas alguém da Caverna das Terras do Sul mencionou outra mulher que vivia perto de uma Caverna bem mais ao sul que também era muito respeitada e honrada. A Primeira sorriu, pois já conhecia aquela pessoa e esperava vê-la.

Os mais conhecidos dos habitantes da Caverna das Terras do Sul eram os balseiros e o Mestre Comerciante da Nona Caverna. Willamar já os havia visitado muitas vezes durante as suas viagens. As duas Cavernas dos Zelandonii que construíam e tripulavam as balsas tinham histórias para contar e habilidades para mostrar uns aos outros e a quem mais se interessasse. Explicavam algumas das técnicas que usavam para construir suas embarcações. Jondalar ouvia com grande atenção.

Ele contou sobre os barcos dos Sharamudói, mas não entrou em detalhes, pois decidira construir um para demonstrar. Sua reputação de lascador de pedra era enorme e, quando lhe pediram, ele se dispôs a demonstrar algumas de suas técnicas. Falou também sobre como tinha desenvolvido o arremessador de lanças, cujo uso se disseminava rapidamente, e demonstrou com Ayla os pontos mais delicados do controle da eficaz arma de caça. Ela também demonstrou o seu domínio da técnica da funda.

Willamar contou histórias de algumas de suas aventuras de quando viajava como Mestre Comerciante. Ele era um bom contador de histórias, prendia a plateia. Zelandoni aproveitou a oportunidade para instruir: recitou e cantou com sua voz comovente algumas das Histórias e Lendas dos Antigos dos Zelandonii. Uma noite, ela conseguiu convencer Ayla a demonstrar seu virtuosismo na imitação de vozes de animais e trinados de passarinhos. Depois de contar uma história do Clã, Ayla demonstrou algumas técnicas de comunicação na língua de sinais, para o caso de eles encontrarem um grupo de caçadores ou viajantes do Clã. Em pouco tempo, todo o grupo era capaz de conversar sem emitir um único som. Era como uma língua secreta, divertida de usar.

Jonayla era uma menina adorável que todos gostavam de entreter e, como era a única criança entre os viajantes, recebeu muita atenção. Também Lobo, por permitir que o tocassem e brincassem com ele, porém ainda mais pela forma como atendia aos pedidos dos conhecidos. Mas todos notaram que respondia melhor a Ayla, Jondalar e Jonayla. Ficaram também interessados na forma como os três controlavam os cavalos. A égua mais velha, Huiin, que parecia ser a mais dócil e obediente, era sem dúvida a mais ligada a Ayla. Jondalar era quem controlava com sagacidade o garanhão mais nervoso, que ele chamava de Racer. Mas o mais surpreendente era como a pequena, Jonayla, cavalgava e comandava a potrinha Cinza, mesmo tendo de ser erguida até o lombo para conduzi-la.

Eles ainda permitiram que algumas pessoas cavalgassem um dos cavalos, geralmente as duas éguas. O garanhão era difícil para os estranhos, especialmente se fossem nervosos. Os habitantes da Décima Primeira, em particular, aprenderam a grande utilidade dos cavalos no transporte de mercadorias, e os balseiros compreenderam mais que todos os outros o processo do transporte de bens, mas também entenderam todo o trabalho de cuidar dos animais, mesmo quando não usados. Balsas não precisavam de alimento nem de água; não precisavam ser escovadas, não exigiam abrigo ou atenção, apenas um pouco de manutenção e a necessidade ocasional de serem carregadas.

Os dias passados juntos fizeram com que os participantes da Jornada Donier e os balseiros da Décima Primeira Caverna se entristecessem na hora da separação. Passaram por perigos na água e dividiram o trabalho de viajar por terra. Cada um descobriu seu papel ao fazer o que fosse necessário para instalar um acampamento, caçar e coletar alimentos, contribuir para as atividades e necessidades da vida diária. Compartilharam histórias e conhecimentos. Sabiam que formaram amizades especiais, que esperavam renovar no futuro. Quando partiram para o sul, Ayla sentiu a perda. As pessoas da Décima Primeira Caverna já pareciam membros da família.

20

Continuar as viagens com a metade dos passageiros tinha seus benefícios; era mais leve, mais fácil. Havia menos coisas a resolver, não havia balsas a carregar; menos comida a coletar, menos lenha e combustível para cozinhá-la, menos odres para encher e menos espaço para instalar acampamentos, o que lhes dava mais opções de locais onde se instalar. Apesar de sentirem falta dos novos amigos, viajavam mais depressa e logo definiram uma rotina mais eficiente para os dias seguintes. O pequeno rio oferecia uma fonte constante de água e possuía uma trilha fácil de seguir, embora em aclive por todo o caminho.

As pessoas que viviam nas proximidades do Local Sagrado que a Primeira desejava mostrar a Ayla eram um rebento da Primeira Caverna das Terras do Sul. A Primeira apontou para um abrigo quando passaram.

— Ali é a entrada da gruta que quero que você veja.

— Como é um Local Sagrado, não podemos simplesmente entrar? — perguntou Ayla.

— Ela fica no território da Quarta Caverna dos Zelandonii das Terras do Sul, e eles a consideram sua para usar e mostrar. Geralmente são eles que acrescentam novas pinturas. Se Jonokol quiser pintar as paredes, eles autorizariam de boa vontade, mas seria melhor comunicar o desejo primeiro. Pode acontecer que algum deles deseje pintar algo no mesmo lugar. É pouco provável, mas, se acontecer, pode ser o mundo dos espíritos tentando, por uma razão qualquer, comunicar-se com ele.

Continuou a explicar como seria sempre bom reconhecer o território que alguma Caverna afirmasse ser dela. Eles não conheciam o conceito de propriedade; a noção de que a terra pudesse ser possuída não ocorria a ninguém. A terra era a corporificação da Grande Mãe, dada aos Seus filhos para uso de todos, mas os habitantes de uma região viam seu território como seu lar. Pessoas de outros povos eram livres para viajar para onde quisessem, atravessar qualquer região, até as mais distantes, desde que usassem a consideração e as cortesias habituais.

Qualquer um era livre para caçar, pescar ou coletar os alimentos necessários, mas era considerado sinal de boa educação anunciar sua presença à Caverna local. Isso era especialmente verdadeiro no caso de vizinhos, mas também para viajantes de passagem, para não atrapalhar nenhum plano dos grupos locais. Por exemplo, se um olheiro local estivesse observando um rebanho que se aproximava, e os caçadores estivessem planejando uma grande caçada para encher a despensa para a próxima estação fria, poderia haver desavenças se os viajantes saíssem à caça de um animal e dispersassem o rebanho. Se, pelo contrário, fizessem contato com a Caverna local, seriam convidados a participar da caçada organizada e a guardar para si seu quinhão.

Muitas Cavernas tinham olheiros sempre vigilantes, principalmente em busca de bandos migratórios, mas também de atividades incomuns na região, e gente viajando com um lobo e três cavalos definitivamente era incomum. Ainda mais se um dos cavalos puxasse um transportador sobre o qual se sentava uma mulher enorme. Quando os visitantes foram avistados pelos habitantes da Quarta Caverna dos Zelandonii das Terras do Sul, havia uma pequena multidão à sua espera. Depois que a avultada mulher desmontou, um homem com o rosto marcado de tatuagens declarou ser o Zelandoni e avançou para saudá-la e às outras pessoas. Havia reconhecido as tatuagens faciais da mulher.

— Saudações à Que É A Primeira Entre Aqueles Que Servem À Grande Mãe Terra — disse ele com as mãos abertas na forma usual de demonstrar franqueza e amizade. — Em nome de Doni, Grande e Beneficente Primeira Mãe Que Provê Para Todos Nós, vocês são bem-vindos.

— Em nome de Doni, Mãe Original e A Mais Generosa, eu o saúdo, Zelandoni da Quarta Caverna dos Zelandonii das Terras do Sul — respondeu A Que Era A Primeira.

— O que a traz até tão longe no sul?

— Uma Jornada Donier de minha acólita.

Ele viu uma moça alta e atraente se aproximar com uma linda menina. O Zelandoni sorriu, e foi com as mãos estendidas na direção da jovem, então notou o lobo e olhou em volta nervoso.

— Ayla, da Nona Caverna dos Zelandonii... — A Primeira começou a apresentação formal com todas as suas importantes ligações e títulos.

— Bem-vinda, Ayla da Nona Caverna dos Zelandonii — disse ele, incerto quanto a todos os nomes de animais e títulos incomuns.

Ayla avançou com as mãos estendidas.

— Em nome de Doni, Mãe de Todos, eu o saúdo, Zelandoni da Quarta Caverna dos Zelandonii das Terras do Sul.

O homem lutou para esconder a surpresa diante da forma como ela falava. Era evidente que vinha de muito longe. Era muito raro um estrangeiro ser aceito entre a zelandonia, mas ainda assim essa mulher estrangeira era acólita da Primeira!

Com sua capacidade de notar nuances de gesto e expressão, Ayla percebeu claramente a surpresa do homem e a tentativa de ocultá-la. A Primeira também notou a surpresa e reprimiu um sorriso. Essa vai ser uma Jornada interessante, pensou. Com cavalos, um lobo e uma acólita estrangeira, as pessoas iam falar daqueles visitantes durante um bom tempo. A Primeira resolveu passar mais algumas informações para mostrar o status de Ayla e apresentá-lo aos outros membros do grupo. Dirigiu-se a Jondalar, que também notara a reação do Zelandoni daquela Caverna e a resposta da Primeira.

— Jondalar, por favor, cumprimente o Zelandoni da Quarta Caverna dos Zelandonii das Terras do Sul. — Voltou-se para o homem. — Este é Jondalar da Nona Caverna dos Zelandonii, Mestre Lascador de Pedras da Nona Caverna dos Zelandonii, irmão de Joharran, líder da Nona Caverna, filho de Marthona, ex-líder da Nona Caverna, nascido no lar de Dalanar, líder e fundador dos Lanzadonii, e companheiro de Ayla da Nona Caverna dos Zelandonii, Acólita da Primeira e mãe de Jonayla, Abençoada de Doni.

Os dois homens apertaram as mãos e se cumprimentaram formalmente. As poucas pessoas que se reuniram para conhecê-los ficaram impressionadas por todos aqueles importantes nomes e ligações. A Nona Caverna tinha uma alta posição na escala das Cavernas. Embora toda aquela formalidade raramente fosse usada em encontros normais, a Primeira teve a impressão de que aquele Zelandoni em particular não hesitaria em contar as histórias daquele encontro. E a razão pela qual havia insistido em levar Ayla numa Jornada Donier não era apenas lhe mostrar alguns dos Locais Sagrados do território Zelandonii, mas também apresentá-la a muitas Cavernas. Planejava coisas para Ayla de que ninguém tinha conhecimento, nem mesmo a acólita. Em seguida, indicou Jonokol.

— Quando decidimos fazer esta viagem, pensei que devia incluir meu ex-acólito. Nunca o levei numa Jornada quando ainda não passava de Jonokol, meu acólito artístico. Agora ele não é apenas um pintor talentoso, com um novo Local Sagrado no qual trabalhar, mas também um Zelandoni importante e inteligente.

As tatuagens no lado esquerdo de seu rosto anunciavam que ele não era mais acólito. Tatuagens da zelandonia ficavam sempre do lado esquerdo do rosto, geralmente ao lado da testa ou da face, e eram por vezes muito elaboradas. Líderes tinham tatuagens do lado direito, e outras personagens importantes, como Mestres Comerciantes, tinham traziam-nas no meio da testa, geralmente menores.

Jonokol avançou e se apresentou:

— Sou o Zelandoni da Décima Nona Caverna, e o saúdo, Zelandoni da Quarta Caverna dos Zelandonii das Terras ao Sul do Rio Grande — disse e estendeu as mãos.

— Saudações. Você é bem-vindo aqui, Zelandoni da Décima Nona Caverna — foi a resposta.

Em seguida, Willamar avançou:

— Sou Willamar dos Zelandonii, casado com Marthona, ex-líder da Nona Caverna, a mãe de Jondalar. Sou conhecido como o Mestre Comerciante da Nona Caverna e trouxe meus dois aprendizes, Tivonan e Palidar.

O Zelandoni cumprimentou o Mestre Comerciante. Quando viu a tatuagem no meio de sua testa, soube que ele tinha uma posição importante, mas somente quando a viu mais de perto que tomou conhecimento de que Willamar era um Comerciante. Depois cumprimentou os dois jovens, que responderam formalmente à sua saudação.

— Já passei por aqui antes e vi seu notável Local Sagrado. Mas esta é minha última missão comercial. Provavelmente, a partir de agora, vocês verão esses dois jovens. Conheci o Zelandoni que o antecedeu. Ele ainda é Zelandoni? — Essa foi a forma polida de perguntar se ele ainda estava vivo. O antigo Zelandoni fora contemporâneo do Mestre Comerciante, talvez um pouco mais velho, e aquele era jovem.

— Sim, ele foi à Reunião de Verão, mas foi difícil. Ele não estava bem. Tal como você, ele está renunciando à vocação. Disse que essa será provavelmente sua última Reunião de Verão. No ano que vem, planeja ficar e ajudar a cuidar dos que não puderem ir. Mas você parece ter boa saúde; por que está passando sua profissão a esses jovens?

— Uma coisa é continuar quando você está sempre próximo da sua região, mas um Mestre Comerciante viaja e, para ser honesto, estou ficando cansado de viagens. Quero passar mais tempo com minha companheira e sua família. — Aproximou-se de Jondalar e continuou: — Este jovem não nasceu de meu lar, mas eu o amo como se tivesse. Viveu lá desde que começou a andar. Durante algum tempo tive medo de que ele nunca parasse de crescer. — Willamar sorriu para o homem alto e louro. — Sua companheira também é como se fosse minha. Marthona, a mãe dele, é avó, e tem alguns lindos netos, entre eles esta linda pequena. Sou avô dela. — Willamar indicou Jonayla. — Marthona também tem uma filha de meu lar. Já está em idade de acasalar. Marthona será avó e eu quero muito ser o avô dos filhos dela. Já é hora de parar de viajar.

Ayla ouviu com interesse a explicação de Willamar. Já adivinhara que ele queria passar mais tempo com Marthona, mas não sabia da força dos sentimentos dele para com os filhos da sua companheira, os filhos dos filhos, e Folara, a filha de seu lar. Ela entendeu então a saudade que ele devia sentir de Thonolan, o filho de seu lar, que havia morrido durante a Jornada que fez com Jondalar.

A Primeira continuou com as últimas apresentações:

— Temos também uma jovem que viaja conosco, de volta à sua Caverna. Seu companheiro era um homem cujo lar ficava perto do nosso. Ele a conheceu durante uma Jornada e a trouxe de volta para casa, mas hoje ele anda pelo outro mundo. Estava escalando um alto desfiladeiro e caiu. Esta é Amelana, dos Zelandonii do sul.

Ele olhou a jovem e sorriu. Linda, pensou, e adivinhou que provavelmente estava grávida. Não que isso fosse evidente, mas tinha um sexto sentido para essas coisas. Uma pena ter perdido o companheiro ainda tão jovem. Pegou as mãos estendidas da moça.

— Em nome de Doni, você é bem-vinda, Amelana dos Zelandonii do sul.

Seu sorriso acolhedor não se perdeu nela, que respondeu polidamente e sorriu com doçura. Ele procurou um lugar para ela se sentar, mas sentiu que precisava completar as apresentações e fez uma apresentação geral das pessoas de sua Caverna que não tinham ido à Reunião de Verão; as apresentações eram necessárias.

— Nossa líder não está aqui. Foi com os outros à Reunião de Verão.

— Foi o que imaginei — disse a Primeira. — Onde se reuniu a sua Reunião de Verão deste ano?

— A três ou quatro dias para o sul, na confluência de três rios — informou um dos caçadores que ficara para ajudar os que não tinham ido. — Posso levá-la até lá, ou trazê-la até aqui. Sei que ela detestaria perder sua visita.

— Sinto muito. Não podemos nos demorar. Planejei uma Jornada Donier muito extensa para minha acólita e para o Zelandoni da Décima Nona Caverna; até o final do planalto central, e depois um pouco mais para leste. Queremos visitar sua Caverna Sagrada, ela é muito importante, mas temos diversas outras a visitar e a nossa Jornada vai ser longa. Quem sabe na volta... Espere, você mencionou a confluência de três rios? Não há um Local Sagrado ali perto, uma gruta enorme e ricamente pintada?

— Sim, é claro — respondeu o caçador.

— Então acho que vamos ver sua líder. Meu plano era passar por lá em seguida.

A Primeira pensou em como era oportuno algumas das Cavernas das Terras do Sul terem decidido realizar lá a Reunião de Verão daquele ano. Seria uma boa oportunidade de apresentar muitas Cavernas a Ayla. E chegar com o lobo, os três cavalos e todas aquelas pessoas importantes da margem norte do Rio Grande deveria causar grande impressão.

— Vocês poderiam participar de nossa refeição. E espero que passem a noite — disse o Zelandoni.

— Sim, claro, e obrigada por nos convidar. É uma bênção depois de um longo dia de viagem. Onde vocês gostariam que instalássemos nosso acampamento?

— Temos acomodações para visitantes, mas antes tenho de verificar. Com poucos de nós aqui, não tivemos de usá-las. Não sei em que condições estão.

No inverno, quando a Caverna — o grupo semissedentário que vivia junto, tipicamente uma família estendida — vivia no abrigo de pedra, que via como seu lar, tendia a se dividir e se espalhar em residências menores. Mas os poucos que ficavam durante o verão gostavam de se ajuntar. As outras construções usadas como moradias, ou os rudimentos que poderiam ser acabados como residências, eram abandonadas, o que tendia a convidar pequenas criaturas, como ratos, salamandras, sapos, cobras e várias aranhas e insetos.

— Por que você não nos leva lá? Tenho certeza de que podemos limpar o lugar e nos acomodar — propôs Willamar. — Viemos montando tendas todas as noites. Ter um abrigo já vai ser uma mudança bem-vinda.

— Eu devia pelo menos verificar se há combustível suficiente para uma fogueira — disse o Zelandoni, partindo para o abrigo.

Os viajantes o seguiram. Depois de acomodados, foram à área onde ficavam os que não tinham ido à Reunião de Verão. Receber visitas era um acontecimento auspicioso, uma diversão, menos para aqueles que estavam muito doentes ou sofriam dores e não podiam deixar o leito. Sempre que visitava uma caverna, a Primeira fazia questão de visitar os que não estavam bem. Geralmente não havia muito a fazer, mas as pessoas gostavam da atenção, e às vezes ela conseguia ajudar. Eram geralmente pessoas idosas e a maioria logo estaria caminhando pelos campos do outro mundo, ou estavam doentes ou feridos, algumas nos últimos estágios de uma gravidez difícil. Ficaram para trás, mas não foram abandonadas. Seus entes queridos, parentes e os líderes das Cavernas indicavam um revezamento de caçadores para ajudar na obtenção de provisões para eles e funcionar como corredores se houvesse necessidade de comunicar mensagens.

Uma refeição comunitária estava sendo preparada. Os visitantes trouxeram sua contribuição. Os dias longos do ano estavam se aproximando, e depois de todos terem comido, a Primeira sugeriu a Ayla e ao Zelandoni da Décima Nona, a quem Ayla se referia como Jonokol, que aproveitassem enquanto ainda havia luz para visitar os que não estavam presentes ao jantar por estarem doentes ou tivessem outra condição física. Ayla deixou Jonayla com Jondalar, mas Lobo os acompanhou.

Ninguém sofria problemas que exigissem atenção imediata ou que já não tivessem sido tratados. Um rapaz havia quebrado uma perna, que Ayla considerou malfixada, mas já era tarde para consertar. Estava praticamente regenerada e ele ia conseguir andar, ainda que mancando. Uma mulher se queimara gravemente nos braços e nas mãos, com manchas também no rosto. Da mesma forma que o homem, estava quase curada, mas tinha cicatrizes graves e por isso deixara de ir à Reunião de Verão. Nem chegou a sair para receber as visitas. Era uma situação que exigia um tipo diferente de cuidado, pensou a donier. O restante era composto principalmente de velhos que sofriam com dores nos joelhos, nos quadris e nos tornozelos, tinham o fôlego curto, tonturas, falhas de visão ou de audição em tal grau que desistiram da longa viagem, mas gostavam de receber os visitantes.

Ayla passou algum tempo com um homem quase totalmente surdo e com as pessoas que cuidavam dele, e lhes ensinou algumas técnicas simples de conversa por sinais do Clã, para que ele conseguisse comunicar suas necessidades e entender as respostas dos outros. Embora tenha demorado a entender o que ela estava tentando fazer, quando compreendeu, aprendeu depressa. Mais tarde, o Zelandoni lhe disse que, depois de muito tempo, foi a primeira vez que viu o homem sorrir.

Quando saíam da estrutura sob o abrigo suspenso, Lobo se afastou de Ayla e começou a farejar em volta de uma estrutura num canto. Ela ouviu um grito de medo na voz de uma mulher. Deixou os outros e foi imediatamente ver o que estava errado. Encontrou uma mulher que havia coberto a cabeça e os ombros com um cobertor macio de camurça, encolhida num canto. Era a mulher queimada que se escondera dos visitantes. Lobo se deitou de barriga, gemendo um pouco enquanto tentava se aproximar. Ayla se abaixou ao lado e esperou um pouco, então começou a falar com a mulher assustada.

— Este é Lobo. — Ayla lhe dera como nome a palavra Mamutói para o animal, por isso a mulher ouviu apenas um som estranho e tentou se apertar ainda mais no canto e cobriu completamente a cabeça. — Ele não vai ferir você. — Ayla passou o braço em torno do lobo. — Eu o encontrei quando era um filhotinho, mas ele cresceu com as crianças do Acampamento do Leão dos Mamutói.

A mulher tomou consciência do sotaque de Ayla, principalmente depois de ouvir os sons diferentes que designavam Lobo e as palavras estranhas que indicavam o povo que ela tinha mencionado. Mesmo contra sua vontade, estava curiosa. Ayla notou que sua respiração voltava ao normal.

— Houve um menino que viveu com eles e tinha sido adotado pela mulher do líder — continuou Ayla. — Alguns o consideravam uma abominação, uma mistura do Clã, o povo que alguns chamam de Cabeça Chata, com os que se parecem conosco. Mas Nezzie era uma mulher generosa. Estava amamentando seu próprio filho e fez o mesmo pelo menino, depois da morte da mulher que o havia parido. Da mesma forma não era capaz de deixá-lo ir para o outro mundo, mas Rydag era fraco e não conseguia conversar como nós.

"Os membros do Clã falam principalmente por meio de movimentos das mãos. Têm palavras, mas não tantas como nós. Perdi minha família num terremoto, mas tive sorte, porque um homem do Clã me encontrou e uma mulher do Clã me criou. Aprendi a falar como eles. Suas palavras não se parecem com as nossas, mas foram elas que eu aprendi enquanto crescia. É por isso que minha fala é diferente, especialmente algumas das minhas palavras. Por mais que eu tente, não consigo pronunciar alguns sons."

Embora a luz naquele canto fosse muito fraca, Ayla notou que o cobertor caiu da cabeça da mulher, e que ela ouvia a história atentamente. Lobo gemia de mansinho, tentando se aproximar da mulher.

— Quando trouxe Lobo para o abrigo do Acampamento do Leão, ele desenvolveu uma intimidade especial com aquele menino tão fraco. Não sei por que, mas Lobo também ama os bebês e as crianças pequenas. Nunca reclama quando o cutucam com o dedo ou puxam seu pelo. É como se soubesse que não fazem por mal e se sente o protetor deles. A você pode parecer um comportamento estranho para um lobo, mas é assim que eles se comportam com seus próprios filhotes, e Lobo protegia especialmente aquele menino fraco.

Ayla se curvou, aproximando-se, enquanto Lobo se arrastava para mais perto da mulher.

— Acho que é isso que ele sente em relação a você. Acho que ele sabe que você foi ferida e quer protegê-la Veja, ele está tentando se aproximar, mas com muito cuidado. Você já tocou um lobo vivo antes? Seu pelo é macio em alguns pontos e duro em outros. Se você me der a sua mão, eu mostro.

Sem aviso, Ayla pegou a mão da mulher e, antes que ela a retirasse, colocou-a no alto da cabeça de Lobo, no mesmo momento em que o animal baixou-a em sua perna.

— Ele é quente, não é? E ele gosta quando você coça atrás das orelhas. — Ayla percebeu que ela começava a coçar a cabeça de Lobo, e então afastou sua própria mão, pois tinha sentido as cicatrizes e a dureza da pele onde os ferimentos haviam se curado, embora a mulher parecia ainda conseguir usar a mão. — Como foi que aconteceu? As suas queimaduras.

— Enchi uma cesta de cozinhar com pedras quentes e acrescentei mais algumas até a água começar a ferver. Então tentei movê-la para o lado, e ela se abriu e a água fervente caiu sobre todo o meu corpo. Foi uma estupidez tão grande! Eu sabia que a cesta estava se esgarçando. Não devia tê-la usado, mas só ia fazer um pouco de chá, e ela estava perto.

Ayla balançou a cabeça em sinal de entendimento.

— Às vezes, nós não paramos para pensar. Você tem um companheiro? Filhos?

— Sim, tenho um companheiro e filhos, um menino e uma menina. Eu disse a ele para levá-los à Reunião de Verão. Eles não têm de pagar o preço da minha estupidez. Foi minha culpa eu nunca mais poder ir.

— Por que você nunca mais vai poder ir? Você é capaz de andar, não é? Você não queimou as pernas nem os pés.

— Não quero ver as pessoas me encarando com pena por causa do meu rosto e das minhas mãos deformados — disse a mulher com raiva, as lágrimas correndo dos olhos. Afastou a mão da cabeça de Lobo e tornou a se cobrir com o cobertor.

— É verdade, alguns vão olhar você com pena, mas todos nós sofremos acidentes, e algumas pessoas nascem com problemas mais graves. Não acho que isso seja motivo para você parar de viver. Seu rosto não ficou tão mau, e com o tempo as cicatrizes vão diminuir e não serão tão evidentes. As cicatrizes em suas mãos e talvez em seus braços são piores, mas você ainda tem o uso das mãos, não tem?

— Um pouco. Não como antes.

— Elas também vão melhorar.

— Como você sabe? Quem é você?

— Sou Ayla da Nona Caverna dos Zelandonii. — Estendeu as mãos num cumprimento formal ao começar a recitar seus nomes e suas ligações. — Acólita da Que É A Primeira Entre Aqueles Que Servem À Grande Mãe Terra... — Recitou todos os nomes e as ligações porque isso lhe dava algo a dizer. Terminou com: — ... amiga dos cavalos, Huiin, Racer e Cinza, e do caçador de quatro patas, Lobo. O nome dele significa "lobo" na língua dos Mamutói. Eu a saúdo em nome de Doni, Mãe de Todos.

— Você é acólita da Primeira? A Primeira Acólita? — perguntou a mulher esquecendo momentaneamente as boas maneiras.

— A única acólita, embora o acólito anterior também esteja conosco. Ele agora é Zelandoni da Décima Nona Caverna. Viemos visitar seu Local Sagrado.

De repente, a mulher percebeu que teria de estender as mãos e apertar as mãos daquela jovem para se apresentar formalmente à acólita da Primeira, que tinha viajado muito e parecia bastante talentosa. Essa fora uma das principais razões para não querer ir à Reunião de Verão. Teria de mostrar não somente o rosto, mas também as mãos queimadas a todos a quem fosse apresentada. Baixou a cabeça e pensou em escondê-las sob o cobertor e dizer que não poderia saudá-la apropriadamente, mas a acólita já havia tocado sua mão e sabia que não era verdade. Finalmente, deu um suspiro profundo, afastou o cobertor e estendeu as mãos queimadas.

— Sou Dulana da Quarta Caverna dos Zelandonii das Terras do Sul — disse ela, começando a recitar seus nomes e suas ligações.

Ayla segurou as mãos de Dulana e se concentrou nelas. Estavam duras e a pele, muito esticada e irregular, provavelmente ainda um pouco dolorosas.

— ... em nome de Doni, seja bem-vinda, Ayla da Nona Caverna dos Zelandonii.

— Suas mãos ainda estão doloridas, Dulana? Se estiverem, um pouco de chá de casca de salgueiro pode ajudar. Se quiser, eu tenho um pouco comigo.

— Posso pedir ao nosso Zelandoni, mas não sei se devia continuar tomando.

— Se você ainda sente dor, continue tomando. O chá afasta a vermelhidão e o calor. E acho que você, ou alguém que conheça, podia preparar algumas peles bem macias, talvez peles de coelho, e fazer um par de luvas, sem os dedos. Assim, quando for apresentada às pessoas, elas talvez não notem que suas mãos estão um tanto ásperas. E você tem um pouco de sebo branco? Posso preparar um creme suavizante para você. Posso acrescentar cera de abelhas e pétalas de rosa para ser perfumado. Tenho um pouco dos dois comigo. Você esfrega durante o dia e usa sob a luva. Pode passar no rosto para suavizar as cicatrizes e apressar seu desaparecimento.

Enquanto falava, Ayla pensava no que mais poderia fazer pela mulher. De repente, Dulana começou a chorar.

— O que foi, Dulana? — perguntou Ayla. — Eu disse algo que perturbou você?

— Não. Mas foi a primeira vez que alguém me disse algo que me deu esperança. — Dulana soluçou. — Eu sentia minha vida arruinada, que tudo tinha mudado tanto que nada nunca mais ia ser igual, mas você fez as queimaduras e as cicatrizes serem nada, como se ninguém fosse notar, e me disse todas essas palavras de ajuda. Nosso Zelandoni tenta, mas é muito jovem, e a cura não é seu melhor talento. — A jovem fez uma pausa e olhou diretamente nos olhos de Ayla. — Acho que sei por que a Primeira escolheu você para ser sua acólita, mesmo não sendo uma Zelandonii nata. Ela é a Primeira, e você é a Primeira Acólita. Devo chamá-la assim?

Ayla lhe deu um sorriso amargo.

— Sei que algum dia vou ter de abandonar meu nome para ser chamada de "Zelandoni da Nona Caverna", mas espero que isso não chegue tão breve. Gosto de ser chamada de Ayla. É meu nome, o nome que minha mãe me deu, ou pelo menos o mais próximo. É a única coisa que me sobrou dela.

— Ayla, então. E como você diz o nome deste lobo?

Lobo havia apoiado novamente a cabeça na sua perna, o que para ela foi confortador.

— Lobo — respondeu Ayla.

Dulana tentou pronunciar o nome, e Lobo ergueu a cabeça e olhou para ela, reconhecendo o esforço.

— Por que você não sai para ser apresentada aos outros? O Mestre Comerciante veio conosco e conta histórias maravilhosas das suas viagens, e a Primeira talvez cante para nós algumas das Lendas dos Antigos, e ela tem uma linda voz. Você não pode perder.

— Acho que vou — disse Dulana em voz baixa.

Presa em casa, ela se sentia só, enquanto os outros entretinham os visitantes. Quando se levantou e saiu, Lobo seguiu ao seu lado. Todos da Caverna, especialmente o Zelandoni, ficaram surpresos ao vê-la, ainda mais por notar que o caçador de quatro patas parecia ter desenvolvido um instinto protetor em relação a ela. Em vez de Ayla ou mesmo de Jonayla, ele preferiu se sentar ao lado de Dulana. A Primeira olhou sua acólita e lhe deu um discreto aceno de aprovação.

Pela manhã, os visitantes e alguns residentes locais se preparavam para visitar a caverna pintada mais próxima. Havia vários abrigos de pedra na região, muitos deles sedes de várias Cavernas, geralmente com o nome de suas palavras de contar, embora umas duas ou três que viviam muito próximas tivessem preferido se juntar e formar uma única Caverna. A maioria estava vazia, seus habitantes fazendo viagens de verão. Pessoas de Cavernas próximas que não tinham feito a viagem à Reunião de Verão vieram para ficar onde havia um Zelandoni residente.

Todos os oito adultos que faziam a Jornada Donier, além de mais cinco hóspedes da Quarta Caverna dos Zelandonii das Terras do Sul, compunham o grupo que veio ver o Local Sagrado, no qual estavam incluídos os caçadores que normalmente viviam num abrigo de pedra próximo. Dulana se ofereceu para cuidar de Jonayla. Ayla suspeitou de que ela tinha saudades dos filhos. Jonayla preferiu ficar com a mulher, e Lobo ficou feliz com as duas, por isso Ayla concordou. Apesar de já andar, a menina só tinha 4 anos, e Ayla geralmente a carregava. Jondalar também a carregava às vezes, mas Ayla estava tão acostumada a carregar a filha que sentiu falta de alguma coisa quando partiram.

Chegaram ao pequeno abrigo de pedra que a Primeira tinha mostrado a Ayla quando estavam chegando. A entrada se abria para leste e era evidente que o lugar já havia sido usado como residência: o círculo preto de carvão de uma antiga lareira ainda estava rodeado de pedras, embora faltassem algumas. Alguns pedaços maiores de calcário que tinham se soltado do teto ou da parede foram arrastados para perto dela para serem usados como assentos. Uma cobertura de couro rasgada e abandonada estava jogada perto de uma parede ao lado de algumas peças grandes e desajeitadas de madeira que teriam durado toda a noite se a fogueira fosse grande e suficientemente quente para quem a acendera.

A entrada da gruta ficava na extremidade norte do abrigo sob uma pequena projeção, que sofria os danos do tempo e deixava cair pedaços de rocha que se acumulavam diante da abertura que levava ao interior da parede de pedra.

O Zelandoni havia trazido numa bolsa presa às costas alguns gravetos, pavio, além de um conjunto de pedra e pederneira, e lamparinas de pedra. Quando chegou à fogueira, começou a organizar os materiais. Ao ver o que ele estava fazendo, Ayla retirou da bolsa de couro presa à cintura duas pedras. Uma delas era dura em forma de lâmina, a outra do tamanho de uma noz com um brilho metálico. Um rasgo fora aberto na pedra brilhante de tanto ser esfregada pela lâmina de pedra.

— Você me permite acender o fogo? — perguntou ela.

— Já estou acostumado, não vai demorar muito — respondeu o Zelandoni, que cortava um pequeno furo na plataforma de madeira, onde ia apoiar a vareta que ia girar entre as mãos.

— Ela é mais rápida — disse Willamar com um sorriso.

— Você parece muito segura de si — declarou o jovem Zelandoni, começando a se sentir competitivo. Tinha muito orgulho de sua habilidade como acendedor de fogueira. Poucos eram capazes de fazer fogo do zero mais rápido que ele.

— Por que você não a deixa demonstrar? — disse Jonokol.

— Claro. Vá em frente — aceitou o jovem, levantando-se e recuando.

Ayla se ajoelhou ao lado da lareira escura e fria. Olhou para cima.

— Posso usar seus gravetos e sua bucha, como estão à mão?

— Por que não?

Ayla fez uma pilha de gravetos e se curvou ao lado dela. Bateu na pirita de ferro com a pedra, e o jovem Zelandoni pensou ter visto uma faísca. Ayla bateu de novo, e dessa vez produziu uma grande faísca que caiu no material ressecado e facilmente inflamável, produzindo um pouco de fumaça, que começou a soprar. Logo surgiu uma pequena chama, que ela alimentou com mais gravetos, depois pedaços pouco maiores, enfim lenha. Quando a fogueira estava acesa, Ayla se sentou sobre os calcanhares. O jovem Zelandoni estava de boca aberta.

— Assim você vai engolir moscas — brincou o Mestre Comerciante, sorrindo.

— Como você faz isso? — perguntou o jovem Zelandoni.

— Não é difícil com a pedra de fogo. Vou mostrar antes de partirmos, se você quiser.

Depois de alguns instantes, o choque da surpreendente demonstração da arte de fazer fogo arrefeceu, e a Primeira falou:

— Vamos acender as lamparinas. Vejo que você trouxe algumas. Há mais guardadas aqui?

— Geralmente há, depende de quem foi o último a passar por aqui, mas eu não conto com isso — respondeu o jovem ao retirar da bolsa três tigelas rasas de calcário.

Tirou também um pequeno pacote de couro de materiais para pavio e um chifre oco de auroque, de um animal novo, mais fácil de manusear que o chifre enorme de um animal mais maduro, com a extremidade aberta tampada por várias camadas de intestinos quase impermeáveis amarrados com tendões. Dentro havia gordura macia. Tinha também algumas tochas feitas de folhas, capim e outras vegetações amarradas com força a um pau enquanto ainda eram verdes e flexíveis, depois deixadas durante algum tempo secando, então molhadas em resina quente de pinheiro.

— Esta gruta é muito grande? — perguntou Amelana. Geralmente ficava nervosa em cavernas profundas, especialmente as difíceis.

— Nao — respondeu o Zelandoni local. — Há apenas um salão principal com uma passagem que conduz a ele, um salão menor à esquerda e uma passagem auxiliar à direita. As áreas mais sagradas estão no salão principal.

Colocou um pouco de gordura derretida em cada uma das três lamparinas, acrescentou os pavios de cogumelo, depois acendeu uma pequena vara seca e a usou para acender os pavios encharcados do combustível. Acendeu também uma das tochas e rapidamente guardou tudo novamente na bolsa e a jogou nos ombros. Seguiu à frente segurando bem alto a tocha, e um dos caçadores fechava a retaguarda para ninguém ter problemas nem se atrasar. Era um grupo grande e, se não fosse uma gruta de fácil acesso, a Primeira não teria permitido a entrada de tanta gente ao mesmo tempo.

Ayla seguia entre os primeiros, tendo atrás a Primeira e Jondalar. Olhou para baixo e notou um pedaço quebrado de rocha, e logo depois outra lâmina de pedra que parecia intacta, mas deixou ambas onde estavam. Depois de passarem a entrada estreita, a gruta se abriu nas duas direções.

— À esquerda, há um pequeno túnel apertado — disse o jovem Zelandoni. — O da direita leva à passagem auxiliar. Vamos seguir mais ou menos em frente.

Segurou a tocha no alto e Ayla olhou para trás. Viu as pessoas entrando em fila no espaço ampliado. No meio delas havia três luzes: três pessoas carregando lamparinas de pedra. No negro absoluto do interior da caverna, a tocha e as lamparinas pareciam gerar muito mais luz do que parecia possível, especialmente quando os olhos se acostumavam à escuridão. Continuando, a passagem à frente se desviava ligeiramente para a esquerda e depois novamente para a direita, mas o caminho era essencialmente reto. Após um leve alargamento, a passagem se estreitou, e o Zelandoni parou. Segurou a tocha no alto mostrando a parede esquerda e Ayla viu marcas de garras.

— Houve um tempo em que ursos hibernavam nesta caverna, mas eu nunca os vi — disse o jovem.

Um pouco à frente, algumas rochas haviam caído da parede ou do teto, forçando-os a seguir em fila única. Do outro lado das pedras, o Zelandoni ergueu novamente a tocha para a esquerda. Havia na parede sinais definitivos de que pessoas estiveram ali: laços e linhas em espiral feitos com os dedos adornavam o espaço. Um pouco mais à frente a passagem se abria novamente.

— À esquerda, fica o salão secundário, mas não há muito a ver, a não ser pontos vermelhos e pretos em alguns lugares. Embora não pareçam ter muita importância, são bastante significativos, mas vocês têm de pertencer à zelandonia para entender. Vamos seguir em frente.

Continuou e depois de uma corridinha para a direita, parou diante de um painel contendo traços feitos a dedo em ocre vermelho e seis marcas pretas de dedo. O painel seguinte era mais complexo. O jovem ergueu a tocha enquanto as pessoas o cercavam. Havia ali o que pareciam ser figuras humanas, mas eram indefinidas, quase fantasmagóricas, e havia cervídeos salpicados de pontos. Era muito enigmático, espiritual, numinoso e provocou um calafrio em Ayla. Não somente nela. De repente, tudo ficou quieto. Ela percebeu que não tinha notado que as pessoas falavam baixinho até pararem.

A parede da esquerda possuía uma pequena projeção, uma protrusão. Atrás dela havia um nicho que se espalhava num painel. A primeira coisa que notou foram os dois magníficos megáceros pintados em contorno negro, um superposto ao outro. O da frente era um macho com um portentoso conjunto de galhos palmados. O pescoço era grosso com os músculos necessários para manter uma carga tão pesada. A cabeça parecia pequena em comparação com o pescoço descomunal. A corcova entre os ombros, mais parecendo um caroço negro, que ela já conhecia por ter descarnado o alce gigante, era um nó apertado de tendões e nervos, também necessário para suportar o peso da galhada na cabeça. O megácero atrás do primeiro também tinha um pescoço poderoso e o caroço entre os ombros, mas não tinha galhada. Ela pensou que talvez fosse uma fêmea, mas acreditava que mais provavelmente seria outro macho que havia perdido a galhada depois do cio de outono. Após a estação de acasalamento, não existia necessidade da demonstração de grandeza que evidenciava sua enorme força e atraía as fêmeas, e o animal teria de conservar suas reservas de energia para sobreviver ao inverno glacial que logo chegaria.

Analisou os dois megáceros durante um bom tempo, então viu o mamute. Estava dentro do corpo do alce gigantesco, e não era um mamute completo, apenas a linha do dorso e da cabeça, mas a forma característica era suficiente para achá-lo. Ela se perguntou qual teria sido pintado antes, o mamute ou os megáceros. Vê-lo a forçou a olhar com mais atenção o restante da parede. Acima do dorso dos megáceros, diante da cabeça do segundo, mais dois animais estavam pintados em contorno negro, e mais uma vez, não estavam completos. Havia uma vista lateral da cabeça e do pescoço de um bode montês, com os dois chifres arqueados para trás, e uma vista de frente dos chifres de outro animal semelhante a um bode montês, que ela pensou poder ser um íbex ou uma camurça.

Avançando mais um pouco, chegaram a outra seção de animais pintados em contorno preto, que continha mais um megácero com galhada gigantesca. Havia também uma parte de um alce menor, um bode montês selvagem e a sugestão de um cavalo com a crina erguida, e o começo do dorso, e outra figura mais surpreendente e assustadora. Era uma figura parcial, apenas a parte inferior do corpo e pernas que pareciam humanos, com três linhas entrando ou emanando de seu dorso. Seriam lanças? Alguém queria sugerir que um ser humano fora caçado com lanças? Mas por que desenhar uma coisa daquela naquela parede? Tentou lembrar se já havia visto um animal representado com lanças no corpo. Ou se pretendia representar outra coisa, algo que saía do corpo? A parte inferior das costas não era o alvo mais lógico para caçar um animal. Uma lança na anca, ou mesmo na base das costas, provavelmente não seria fatal. Talvez fosse para representar dor, uma dor nas costas que doía tanto quanto uma lança.

Ayla balançou a cabeça. Podia tentar o quanto quisesse, mas não chegaria à verdadeira razão.

— O que significam aquelas linhas naquela figura? — perguntou ao Zelandoni local, indicando a pintura sugestivamente humana.

— Todos perguntam. Ninguém sabe. Foi pintado pelos antigos. — Voltou-se então para a Primeira. — Você sabe alguma coisa?

— Nada é mencionado especificamente nas Histórias nem nas Lendas dos Antigos, mas isso eu posso dizer: o significado de qualquer uma das imagens deste Local Sagrado raramente é óbvio. Você mesmo sabe que, quando se viaja ao mundo dos espíritos, as coisas raramente são o que parecem. O feroz pode ser manso, e é possível que o mais terno se revele o mais feroz. Não é necessário que saibamos o que significa alguma coisa aqui. Já sabemos que foi importante para quem o colocou, ou não estaria aqui.

— Mas as pessoas sempre perguntam. Querem saber — disse o jovem. — Tentam adivinhar e desejam saber se é verdade, se imaginaram certo.

— As pessoas precisam saber que nem sempre se tem o que se quer — retrucou a Primeira.

— Mas eu gostaria de poder dizer alguma coisa.

— Estou lhe dizendo uma coisa. Já é suficiente — disse a mulher.

Apesar de ter se sentido tentada, Ayla ficou feliz por não ter feito a pergunta realizada pelo jovem. A Primeira sempre dissera que qualquer um podia lhe fazer qualquer pergunta, mas Ayla notou que sua mentora era capaz de fazer qualquer um se sentir menos que inteligente por fazer certas perguntas. Ocorreu-lhe então o pensamento de que, apesar de qualquer um poder lhe realizar qualquer pergunta, isso não significava que ela seria capaz de responder a todas. Mas, como Primeira, ela não podia dizer que não sabia. Não era o esperado dela, e mesmo que não respondesse exatamente à pergunta, ela nunca mentia. Tudo que dizia era verdade.

Ayla também não mentia. As crianças do Clã aprendiam cedo que seu modo de se comunicar tornava a mentira quase uma impossibilidade. Depois de conhecer o povo de sua espécie, ela notou que as pessoas tinham dificuldade em acompanhar as próprias mentiras, e lhe pareceu que mentir não valia os problemas que criava. Talvez a Primeira tivesse inventado um meio de evitar responder uma pergunta fazendo o questionador indagar a própria inteligência por tê-la feito. Ayla se descobriu sorrindo para si própria, pensando que havia deduzido algo significativo sobre o poder da mulher mais velha.

E tinha, de fato. A Primeira a viu se virar e notou a sombra de um sorriso que tentava esconder. Calculou que sabia a razão e ficou feliz por Ayla ter dado as costas ao grupo. Não se importava com sua acólita aprender coisas por si só, mas o melhor era não levantar uma discussão. Chegaria o dia em que ela teria de empregar estratégias semelhantes.

Ayla voltou a atenção para a parede. O jovem Zelandoni avançara e erguia a tocha para mostrar a seção seguinte que tinha um par de bodes e alguns pontos. Mais adiante, havia mais dois bodes, alguns pontos e linhas curvas. Alguns animais, linhas e pontos eram vermelhos, outros pretos. Estavam entrando numa pequena antecâmara com cinco pontos e linhas vermelhos e pretos, e no fundo pontos e linhas vermelhos. Saíram do nicho e contornaram uma esquina. Na parede oposta, havia outra figura humana com linhas entrando ou emanando dela, sete em todas as direções. Era uma imagem muito grosseira, que mal se reconhecia como humana, a não ser por não poder ser reconhecida como outra coisa. Tinha duas pernas, dois braços muito curtos e uma cabeça malformada desenhada em contorno preto. Quis perguntar à Primeira o que a figura significava, mas ela provavelmente também não saberia, embora talvez tivesse suas próprias ideias. Quem sabe mais tarde conversassem. Havia também quatro mamutes pintados em vermelho naquela seção, muito simplificados, às vezes apenas sugeridos, não mais que o bastante para identificar o animal. Além dele, podia se ver os chifres de um bode e mais pontos.

— Se chegarmos ao centro deste salão, poderemos ver toda a parede, especialmente se quem carrega lamparinas ficar perto dela — sugeriu o Zelandoni local.

Todos se moveram até ficar em posição para ver o quadro integralmente, então olharam a parede inteira de painéis pintados. De início, arrastaram-se pés e limparam gargantas, alguns murmúrios e sussurros, mas logo tudo ficou imóvel quando as pessoas focalizaram a parede de pedra que tinham estudado de perto. Vendo o conjunto, começaram a ter noção do potencial místico adquirido pela rocha nua. Por um momento, sob a luz trêmula das chamas e da fumaça das lamparinas, as figuras pareceram se mover. Ayla teve a impressão de que as paredes eram transparentes, que ela via através da pedra maciça e tinha um vislumbre de outro lugar. Sentiu um calafrio, piscou algumas vezes e a parede voltou a ser maciça.

O Zelandoni os conduziu para fora, mostrando alguns lugares onde havia pontos e marcas nas paredes. Quando saíram da área decorada da gruta e se aproximaram da entrada, a luz do dia que entrava no espaço a fez parecer mais clara. Já viam a forma das paredes e as pedras que haviam caído no chão. Quando saíram, depois de todo aquele tempo na escuridão, a luz lhes pareceu excepcionalmente brilhante. Apertaram e fecharam os olhos, esperando que se acomodassem. Depois de algum tempo, Ayla notou Lobo e a agitação do animal. Ele latiu para ela e correu na direção do abrigo, depois voltou correndo em sua direção e latiu antes de trotar na outra direção mais uma vez.

Ayla olhou Jondalar.

— Há algum problema.

21

Jondalar e Ayla correram de volta à Caverna, seguindo Lobo. Quando se aproximaram, perceberam várias pessoas diante do abrigo no campo onde os cavalos pastavam. Ao chegarem mais perto, viram uma cena que poderia ter sido engraçada, se não fosse tão assustadora. Jonayla estava parada diante de Cinza com os braços estendidos como se para proteger a égua nova, encarando seis ou sete homens armados de lanças. Huiin e Racer estavam parados atrás delas, observando os homens.

— O que vocês pensam que estão fazendo? — gritou Ayla, procurando a funda, pois não trazia o arremessador de lanças.

— O que você acha que nós estamos fazendo? Estamos caçando cavalos — respondeu um dos homens. Ouviu o sotaque estranho e acrescentou: — Quem quer saber?

— Sou Ayla da Nona Caverna dos Zelandonii. E vocês não estão caçando cavalos. Será que não veem que estes são animais especiais?

— O que os faz tão especiais? Para mim são cavalos comuns.

— Abram os olhos e vejam — retrucou Jondalar. — Quantas vezes vocês já viram cavalos pararem para uma criança? Por que acham que eles não estão fugindo de vocês?

— Talvez porque são estúpidos demais para fugir.

— Eu acho que vocês são estúpidos demais para entender o que estão vendo — disse Jondalar, com raiva do jovem insolente que parecia falar pelo grupo.

Lançou uma série ensurdecedora de assovios. Os caçadores observaram o garanhão correr na direção do homem louro e alto, depois trotar e se deter ao lado dele. Jondalar parou na frente de Racer e fez questão de armar o arremessador de lanças, apesar de não apontar para nenhum dos homens.

Ayla passou entre sua filha e os homens e fez um sinal a Lobo para segui-la, então acrescentou outro sinal para que ele guardasse os cavalos. O lobo expôs os dentes e rosnou para os homens, o que os levou a se juntarem mais e recuarem alguns passos. Ayla pegou Jonayla e a colocou no lombo de Cinza. Em seguida, agarrou a crina de Huiin, saltou e lançou a perna, caindo montada sobre ela. Todas essas ações levaram os homens a reagir com surpresa crescente.

— Como você fez isso? — perguntou o jovem caçador.

— Eu lhe disse que são cavalos especiais que não devem ser caçados — respondeu Ayla.

— Você é uma Zelandoni?

— Ela é uma acólita, uma Zelandoni em treinamento — disse Jondalar. — Ela é a Primeira Acólita da Zelandoni Que É A Primeira Entre Aqueles Que Servem À Mãe, que logo vai estar aqui.

— A Que É A Primeira está aqui?

— Sim, está. — Jondalar olhou os homens com mais atenção. Eram todos jovens, provavelmente recém-iniciados na vida adulta e dividindo uma dis'casa na Reunião de Verão que se realizava no local próximo à Caverna Sagrada que planejavam visitar. — Vocês não estão muito longe da dis'casa da Reunião de Verão?

— Como você sabe? Você não nos conhece.

— Não é difícil adivinhar. Estamos na época das Reuniões de Verão, vocês estão na idade em que os rapazes decidem deixar o acampamento da mãe e morar numa dis'casa e, para mostrar toda sua independência, decidiram sair para caçar e, quem sabe, até levar um pouco de carne para o acampamento. Mas a sua sorte não foi muito grande, não é? E agora vocês estão com fome.

— Como você sabe? Você também é um Zelandoni?

— É só um palpite — respondeu Jondalar, que então viu a Primeira chegar seguida por todos os outros.

A Que Era A Primeira andava muito depressa quando queria. Sabia que, se o lobo tinha vindo procurá-los, algum problema estava ocorrendo.

A Primeira entendeu rapidamente a cena: rapazes com lanças, jovens demais para terem experiência; o lobo numa postura defensiva diante dos cavalos; a menina e a mulher montadas em pelo, sem nenhum dos acessórios normais de montaria; a funda na mão de Ayla; e Jondalar com um arremessador armado, parado diante do garanhão. Fora Jonayla quem havia mandado o lobo atrás de sua mãe enquanto tentava proteger os cavalos de um bando de aspirantes a caçadores?

— Há algum problema aqui? — perguntou a donier.

Os rapazes sabiam quem era ela, apesar de nenhum deles já tê-la visto. Todos tinham ouvido descrições da Primeira e entendiam o significado das tatuagens no rosto, dos colares e da roupa que usava.

— Não há mais nenhum, mas esses homens queriam caçar nossos cavalos, no entanto foram interrompidos por Jonayla — contou Jondalar, contendo um sorriso.

É uma menina valente, pensou a donier, quando sua avaliação inicial da situação se confirmou.

— Vocês são da Sétima Caverna dos Zelandonii das Terras do Sul?

A Sétima Caverna, aonde se dirigiriam em seguida, era a mais importante daquela região. Adivinhou a Caverna devido aos desenhos nas roupas que usavam. Sabia todos os padrões característicos e os desenhos de roupas e joias nos entornos, mas, quanto mais longe viajavam, menor era sua capacidade de identificar os povos, embora ainda fosse capaz de propor avaliações inteligentes.

— Sim, Zelandoni Que É A Primeira — respondeu o rapaz que havia falado antes, dessa vez num tom de muito maior deferência. Era sempre bom ser cuidadoso na presença da zelandonia, especialmente A Que Era A Primeira.

O Zelandoni da Caverna local chegou, acompanhado de muitos dos que tinham visitado o Local Sagrado. Pararam por ali observando o que a poderosa mulher faria com os jovens que tinham ameaçado os cavalos especiais.

A Primeira se voltou para os caçadores da Caverna local:

— Parece que agora temos mais sete bocas famintas para alimentar, o que vai comprometer nossos suprimentos. Acho que devemos esperar um pouco mais, até que se organize uma expedição de caça. Felizmente, vocês terão ajuda. Temos vários caçadores experientes no nosso grupo, e com a orientação adequada, até mesmo esses rapazes serão capazes de dar uma boa contribuição. Tenho certeza de que se disporão a ajudar de todas as formas ao seu alcance, sob quaisquer circunstâncias. — Parou e olhou o rapaz que parecia falar em nome do grupo.

— Sim, claro. Nós já estávamos caçando.

— Mas sem muito sucesso — disse baixinho alguém na multidão que observava tudo, mas suficientemente alto para todos ouvirem. Alguns dos rapazes coraram e desviaram o olhar.

— Alguém descobriu algum rebanho recentemente? — perguntou Jondalar aos dois caçadores da Caverna. — Acho que vamos precisar caçar mais de um animal.

— Não, mas estamos na estação da migração do alce, especialmente das fêmeas e dos filhotes. Alguém podia sair e procurar, mas geralmente leva alguns dias — respondeu um dos caçadores da Caverna.

— De que direção eles vêm? — perguntou Jondalar. — Posso ir e procurar hoje à tarde com Racer. Ele viaja mais rápido que qualquer um a pé. Se encontrar alguma coisa, eu e Ayla podemos tocar para cá. Lobo também pode ajudar.

— Você é capaz de fazer isso? — resmungou o jovem.

— Nós dissemos que eram cavalos especiais — respondeu Jondalar.

Durante a noite, a carne de alce foi pendurada ao longo de cordas estendidas sobre um fogo brando e fumarento. Enquanto guardava a carne no receptáculo de couro de búfalo, Ayla desejava ter mais tempo para secá-la, mas já haviam demorado dois dias além do planejado pela Primeira. Pensou que poderia continuar a secar as carnes sobre fogueiras durante a viagem, ou mesmo depois da chegada à Sétima Caverna dos Zelandonii das Terras do Sul, pois deviam ficar lá durante algum tempo.

O grupo da Jornada Donier tinha crescido outra vez: os sete jovens iriam com eles. Tinham provado ser muito úteis durante a caçada, ainda que um tanto ansiosos demais. Sabiam atirar lanças, só não sabiam cooperar uns com os outros para acuar os animais e aumentar a eficácia da caçada. Ficaram muito impressionados com os arremessadores usados pelos viajantes do norte do Rio Grande, inclusive pela acólita da Primeira. Igualmente impressionados ficaram os dois caçadores locais, que já haviam ouvido falar da arma, mas nunca a tinham visto em ação. Com a ajuda de Jondalar, construíram seus próprios arremessadores e praticavam com eles.

Ayla também convenceu Dulana a ir com eles e aproveitar pelo menos parte da Reunião de Verão. Estava só, tinha saudades do companheiro e dos filhos e queria revê-los, embora ainda ficasse ansiosa por causa das cicatrizes nas mãos e no rosto. Dividia o lugar de dormir com Amelana. Ficaram amigas, especialmente porque Dulana gostava de falar de gravidez e parto do ponto de vista de sua própria experiência. Amelana nunca se sentiu à vontade conversando com a Primeira nem com sua acólita, apesar de Ayla ter uma filha. A jovem já as ouvira discutir remédios e práticas curativas, além de outros conhecimentos da zelandonia, a maior parte dos quais ela não entendia, por isso, sentia-se intimidada pelas duas mulheres eruditas.

Mas ela gostava muito da atenção que recebia dos jovens, tanto dos caçadores, como dos aprendizes de Willamar, embora estes recuassem quando a viam cercada por todos aqueles outros jovens arrogantes. Sabiam que os rapazes só continuariam com eles por mais alguns dias, ao passo que eles teriam todo o restante da viagem. Enquanto Jondalar, com a ajuda de Jonokol e Willamar, atrelava o *travois* a Huiin, Ayla e a donier observavam o jogo de Amelana com os jovens.

— Eles lembram uma ninhada de lobos — disse Ayla.

— Quando você viu filhotes de lobo? — perguntou a Zelandoni.

— Quando era nova e ainda vivia com o Clã. Antes de começar a caçar comedores de carne, eu os observava, às vezes, durante muito tempo, a manhã inteira, o dia inteiro, se tivesse a oportunidade. Observei todo tipo de caçadores de quatro patas, não somente os lobos. Foi assim que aprendi a seguir trilhas silenciosamente. Sempre gostei de observar os filhotes de qualquer animal, mas gostava particularmente dos filhotes de lobos, que adoravam brincar, tal como aqueles meninos. Talvez eu devesse chamá-los de rapazes, mas eles agem como meninos. Veja como eles lutam e empurram uns aos outros, tentando atrair a atenção de Amelana.

— Estou vendo que Tivonan e Palidar não estão entre eles — comentou a donier. — Acho que eles sabem que terão muito tempo para dar atenção a ela depois que chegarmos ao próximo Local Sagrado e os rapazes se forem, quando retomarmos a viagem.

— Você acredita que aqueles rapazes vão abandoná-la quando chegarmos à próxima Caverna? Ela é uma mulher muito atraente.

— Agora ela também é a única plateia deles. Eles vão ser o centro das atenções e da admiração de amigos e parentes quando chegarem ao acampamento conosco, trazendo carne para dividir. Todos farão perguntas, ansiosos por ouvir as histórias que terão para contar. Não vão ter tempo para Amelana.

— Isso não vai deixá-la triste ou perturbada?

— Ela vai ter novos admiradores, e não serão somente os rapazes. Uma jovem viúva atraente e grávida não terá carência de atenção, muito menos os jovens comerciantes. Fico feliz por nenhum dos dois parecer excessivamente atraído por Amelana — disse a mulher mais velha. — Ela não é o tipo de mulher capaz de ser uma boa companheira para qualquer um dos dois. A companheira de um viajante precisa ter interesses próprios e não depender de seu homem para se manter ocupada.

Ayla pensou que felizmente Jondalar não era comerciante nem tinha outra profissão que o obrigasse a realizar longas viagens. Não que ela não tivesse outros interesses, nem que precisasse dele para se manter ocupada, mas não queria se preocupar quando ele estivesse longe durante muito tempo. Às vezes, Jondalar saía com os aprendizes em busca de novas fontes de pedras para lascar, e geralmente examinava prováveis fontes quando saía para caçar, mas viajar sozinho era perigoso. E se ele se ferisse, ou coisa pior, como ela ia saber? Teria de esperar e esperar, imaginando se Jondalar ia voltar. Viajar em grupo, ou mesmo com um único companheiro, era melhor, pois sempre haverá ao menos um para lhe trazer notícias.

Ocorreu a ela que talvez Willamar decidisse não escolher apenas um de seus aprendizes para ser o próximo Mestre Comerciante. Poderia escolher os dois e sugerir que viajassem juntos para fazer companhia e se ajudar mutuamente. Claro, a companheira de um comerciante poderia viajar com ele, mas, quando chegassem os filhos, talvez não quisesse se afastar das outras mulheres. Para nós, teria sido muito mais difícil se eu tivesse um filho durante nossa Jornada. Muitas mulheres hão de insistir na presença da mãe ou de outras parentas e amigas... como Amelana. Não a culpo por querer voltar para casa.

Depois de partirem, os viajantes definiram rapidamente uma rotina e, como fizeram uma boa caçada antes da saída, não tiveram de parar para caçar pelo caminho, viajando mais depressa que o normal. Porém, ocuparam o tempo colhendo alimentos que cresciam. Como a estação havia avançado, tinham escolha e abundância maiores: raízes, caules e verduras, além de frutas para colher.

Pelo meio da manhã do dia em que partiram, quando a temperatura começou a subir, Ayla percebeu um aroma delicioso. Morangos! Devemos estar passando por um campo de morangos, pensou. Ela não foi a única a notar a fruta favorita, e todos ficaram felizes por poder parar para preparar um chá e colher várias cestas das frutinhas vermelhas. Jonayla não quis a cesta; punha o que colhia diretamente na boca. Ayla sorriu para ela, e olhou Jondalar, que colhia morangos ao lado da menina.

— Ela me faz lembrar Latie. Nezzie nunca mandava a filha colher morangos para a refeição. Latie comia tudo que colhia e nunca trazia um único fruto, sem ligar para as censuras da mãe. Adorava demais as frutinhas.

— É mesmo? — disse Jondalar. — Eu não sabia. Acho que estava ocupado demais com Wymez ou Talut enquanto você conversava com Latie ou Nezzie.

— Cheguei mesmo a inventar desculpas para Latie. Dizia a Nezzie que não havia morangos suficientes para todos. O que se tornava verdade, depois de Latie ter passado pelo campo. Mas era mesmo verdade, não havia muitos, e

Latie colhia muito depressa. — Ayla colheu em silêncio durante algum tempo, mas a menção a Latie lhe trouxe outras lembranças. — Você se lembra de como ela amava os cavalos? Gostaria de saber se Latie conseguiu encontrar um potro para levar para casa. Às vezes, tenho saudades dos Mamutói e me pergunto se vamos revê-los um dia.

— Eu também tenho saudades. Danug estava se tornando um ótimo lascador de pedras, especialmente tendo Wymez para treiná-lo.

Quando terminou de encher a segunda cesta de morangos, Ayla notou outras coisas que poderia incluir na refeição da noite e perguntou a Amelana e Dulana se não gostariam de colher um pouco. Depois foi com Jonayla para a margem do rio que vinham seguindo para colher tabuas. Seus rizomas com raízes novas, os cormos e os caules inferiores eram particularmente suculentos naquela época do ano. O cacho superior já estava cheio de botões verdes que podiam ser cozidos e mascados. Havia também vários tipos de folhas. Ela viu a forma característica da azeda e sorriu ao pensar no gosto ardente e penetrante. Ficou ainda mais feliz ao encontrar urtigas, saborosas quando cozidas até se reduzirem a uma massa verde deliciosa.

Todos apreciaram a refeição daquela noite. Os alimentos da primavera geralmente eram esparsos, com poucas verduras e alguns brotos, então todos receberam bem a maior variedade e quantidade de plantas alimentícias trazidas pelo verão. As pessoas gostavam de legumes e frutas devido aos nutrientes essenciais exigidos pelo corpo que eles oferecem, especialmente depois de um longo inverno de carnes secas, gordura e raízes. A refeição da manhã foi composta de sobras e chá quente. Partiram rapidamente após se alimentar. Planejavam cobrir uma longa extensão naquele dia, para chegarem cedo no dia seguinte ao acampamento da Reunião de Verão local.

No segundo dia, pouco depois da partida, os viajantes encontraram dificuldades. O rio que vinham seguindo tinha se espalhado; as margens eram um lodaçal com vegetação densa tornando difícil a caminhada perto da água. Estavam no meio da manhã e já há algum tempo vinham subindo as encostas de uma elevação. Finalmente chegaram ao topo de uma colina e viram um vale. Altas elevações contornavam uma área baixa de terra, dominada por uma proeminência íngreme de onde se via a confluência de três rios: um grande que vinha do leste correndo em meandros para oeste, um amplo tributário que vinha do nordeste, e o pequeno que vinham seguindo. Diretamente à frente, entre dois dos rios, havia uma profusão de abrigos e tendas. Tinham chegado ao acampamento da Reunião de Verão dos Zelandonii que viviam nas terras ao sul do Rio Grande, no território da Sétima Caverna.

*

Um dos vigias veio correndo ao abrigo da zelandonia.

— Esperem até ver o que está chegando!

— O quê? — perguntou o Zelandoni da Sétima Caverna.

— Gente. Mas não é só isso.

— Todas as Cavernas estão aqui — retrucou outro Zelandoni.

— Então devem ser visitantes — disse o da Sétima.

— Estávamos esperando visitantes este ano? — perguntou o Zelandoni mais idoso da Quarta Caverna dos Zelandonii das Terras do Sul, quando se levantaram e se dirigiram à entrada.

— Não, mas visitantes são assim — disse o Zelandoni da Sétima.

Quando os membros da zelandonia saíram, a primeira coisa que notaram vindo em sua direção não foi o grupo de pessoas, mas os três cavalos, todos puxando dispositivos esquisitos. Dois deles montados por pessoas — um homem e uma criança. Uma mulher vinha andando à frente de um cavalo que puxava um dispositivo diferente e, quando se aproximaram, percebeu-se que o movimento ao lado dela se tratava de um lobo! De repente, o Zelandoni da Sétima começou a se lembrar de histórias de pessoas que haviam parado na Jornada de volta ao norte. Falavam de uma mulher estrangeira com cavalos e um lobo. Então ele se lembrou de tudo.

— Se não estou enganado — disse o homem alto, com barba e cabelos escuros, numa voz suficientemente alta para toda a zelandonia ouvir —, estamos recebendo a visita da Primeira Entre Aqueles Que Servem À Grande Mãe Terra e sua acólita. — Em seguida, disse a um acólito que estava ao seu lado: — Vá e encontre o maior número de líderes que puder e traga-os aqui.

O jovem saiu correndo.

— Não disseram que ela é uma mulher grande? Reconheço que é impressionante, mas seria uma viagem longa demais para uma mulher grande — comentou uma Zelandoni bem gorda.

— Veremos — disse o Zelandoni da Sétima.

Como o lugar mais sagrado na região ficava perto da Sétima Caverna, o Zelandoni daquela Caverna era geralmente, mas nem sempre, reconhecido como o líder da zelandonia local.

Mais pessoas se aproximaram, e os líderes das várias Cavernas começaram a chegar. A líder da Sétima Caverna chegou e ficou ao lado do Zelandoni da Sétima.

— É verdade que a Primeira está nos visitando? — perguntou ela.

— Parece que está. Você se lembra dos visitantes que recebemos há alguns anos? Os que vinham de longe ao sul?

— Lembro. Agora que você disse, acho que me lembro de eles terem mencionado que uma das Cavernas do norte tinha uma mulher estrangeira que exercia grande controle sobre os animais, cavalos em particular. — As tatuagens em sua testa estavam do lado oposto às da testa do Zelandoni, mas eram semelhantes. — Eles me disseram que ela era acólita da Primeira. Não a viram com muita frequência, pelo menos até o dia da partida. O companheiro dela era um Zelandonii que saiu numa longa Jornada, por 5 anos ou mais, e a trouxe consigo para casa. Ele também sabia controlar animais, como também a filha dela, e eles tinham um lobo. Parece-me que são eles que estão chegando. Calculo que a Primeira venha junto.

Eles têm sentinelas eficientes, pensou a Primeira quando chegaram a um grande abrigo, que calculou ser da zelandonia. Parecem ter reunido uma grande comissão de recepção. Ayla fez um sinal para Huiin parar, e, quando a Primeira se convenceu de que não haveria mais solavancos inesperados, levantou-se e, com grande agilidade e graça, desembarcou do *travois* especial. É por isso que ela consegue viajar para tão longe, pensou a Zelandoni gorda.

Toda a zelandonia, os líderes e os visitantes trocaram saudações formais e se identificaram. Os líderes das Cavernas de onde tinham vindo os jovens caçadores também ficaram felizes em vê-los. A dis'casa onde estavam hospedados se encontrava vazia e ninguém os tinha visto por vários dias. As famílias começavam a se preocupar e pediam uma expedição de busca para procurá-los. Como chegaram com os visitantes, havia aqui evidentemente uma história, que seria contada mais tarde.

— Dulana! — Ouviu-se uma voz.

— Mamãe! Você veio! — gritaram duas vozes alegres ao mesmo tempo.

A Zelandoni idosa da Quarta Caverna das Terras do Sul ergueu os olhos, surpresa ao ver a jovem. Estava tão desesperada depois de ter se queimado que não conseguia nem mesmo sair de casa, e ali estava ela, na Reunião de Verão. Teria de se informar e descobrir o que a havia feito mudar de ideia.

Imediatamente começaram a planejar uma grande comemoração: um banquete e um Festival da Mãe para receber os visitantes e a Primeira. Quando se soube que pretendiam visitar os Locais Sagrados, o Zelandoni da Sétima começou a fazer os preparativos. A maior parte das cerimônias da Reunião de Verão já havia terminado, com exceção do último Matrimonial, e os participantes já faziam planos de partida, mas, com a chegada dos visitantes, muitos decidiram ficar mais um pouco.

— Talvez tenhamos de organizar uma caçada e uma excursão de coleta — disse a líder da Sétima.

— Os caçadores, inclusive seus jovens, conseguiram interceptar um rebanho de alces em migração antes da nossa partida — explicou a Primeira. — Mataram vários e trouxemos muitos animais conosco.

— Nós só os evisceramos — disse Willamar. — Terão de ser esfolados, carneados e cozidos ou secos rapidamente.

— Quantos animais vocês trouxeram? — perguntou a líder da Sétima Caverna.

— Um para cada um dos seus caçadores, então sete — respondeu Willamar.

— Sete! Como vocês conseguiram trazer tantos? Onde estão?

— Você poderia mostrar a eles, Ayla? — disse Willamar.

— Com todo prazer.

As pessoas em volta notaram o sotaque e souberam que ela tinha de ser a estrangeira de quem ouviram falar. Muitos deles seguiram Jondalar e ela até o lugar onde os cavalos esperavam pacientemente. Atrás de Racer e Cinza, havia dois *travois* novos com uma pilha de folhas de tabua. Quando Ayla começou a removê-las, todos viram que debaixo daquela vegetação havia várias carcaças de alce de vários tamanhos e idades, fêmeas e filhotes. Estavam cobertas com as folhas de tabua principalmente para protegê-las dos insetos.

— Os seus rapazes são caçadores muito entusiasmados — disse Jondalar, deixando de completar que não eram muito seletivos. — Estes são os animais que mataram. Devem dar para um bom banquete.

— Podemos também usar as tabuas — disse uma voz do grupo em volta.

— Podem se servir à vontade — ofereceu Ayla. — Havia mais onde nos afastamos da margem do rio, além de outras coisas boas para comer.

— Calculo que as plantas que crescem próximas ao acampamento já tenham sido todas colhidas — disse A Que Era A Primeira.

Houve acenos e comentários de concordância.

— Se alguns de vocês estiverem dispostos a montar nos *travois*, podemos levá-los ao rio onde elas estão, e depois trazer vocês e a colheita — ofereceu Ayla.

Vários dos mais jovens se entreolharam, então rapidamente se ofereceram como voluntários. Foram buscar paus de cavar, facas, sacolas e cestos de malha larga. Nos *travois* comuns, dois ou três podiam se acomodar um pouco curvados, mas no que foi feito especialmente para a Primeira, duas pessoas normais podiam se sentar lado a lado, ou três, se fossem bem magras.

Quando saíram, Jondalar, Ayla e Jonayla foram montados em Racer, Huiin e Cinza, enquanto os cavalos puxavam mais seis pessoas nos *travois*. Lobo os seguiu. Quando chegaram ao lugar onde os viajantes haviam se afastado do rio, fizeram parar os cavalos, e os jovens desmontaram muito satisfeitos consigo mesmos por terem feito aquela viagem incomum. Todos se espalharam em várias direções para a coleta. Ayla desatrelou os *travois* para dar um descanso aos cavalos, e os animais pastaram enquanto os rapazes faziam a coleta. Lobo farejou o ar e saiu correndo para a mata em busca de um cheiro que queria seguir.

Por volta do meio-dia, estavam de volta ao acampamento. Enquanto estiveram no rio, muitas mãos processaram as carcaças, e grande parte da carne já estava sendo cozida. Também tinham começado o trabalho de transformar as peles em couro para ser transformado em outros produtos úteis.

O banquete e a comemoração entraram noite adentro, mas Ayla estava cansada e, tão logo se completaram os planos para a visita aos Locais Sagrados, ela pôde se desculpar e se dirigir para sua tenda de viagem com Jonayla e Lobo para passar a noite. Jondalar encontrou outro lascador de pedras e se envolveu numa discussão sobre as qualidades das rochas de várias origens; a área em que estavam tinha algumas das melhores pedras da região.

Disse a Ayla que logo ia ter com ela, mas, quando foi para a tenda, Ayla e Jonayla dormiam profundamente, bem como os companheiros de tenda. A Primeira se hospedou no abrigo da zelandonia naquela noite. Ayla também foi convidada, e, apesar de saber que a Zelandoni teria preferido que ela também ficasse para conhecer melhor os doniers locais, preferiu ficar com a família. A Primeira não insistiu. Amelana foi a última a se recolher. Apesar de Ayla ter lhe dito que durante a gravidez não era uma boa ideia beber coisas que a intoxicassem, ela estava um pouquinho tonta demais. Deitou-se imediatamente com a esperança de que Ayla não notasse.

De manhã bem cedo, acordaram Amelana e lhe perguntaram se queria visitar o Local Sagrado, mas ela recusou, dizendo que tinha exagerado no dia anterior e necessitava descansar. Ayla e a Primeira sabiam que ela sofria o mal do dia seguinte. Ayla ficou tentada a deixá-la sofrer até o fim, mas, por causa do bebê, preparou um pouco de um composto especial que havia criado para Talut, líder do Acampamento do Leão dos Mamutói, para curar a dor de cabeça e a náusea resultantes da indulgência excessiva. A moça não queria nada além de passar o dia deitada na esteira.

Jonayla também não quis ir. Depois da experiência com os homens que queriam caçar seus cavalos, estava preocupada com a possibilidade de mais alguém tentar outra vez, e preferiu ficar e vigiá-los. Ayla tentou explicar que todos no acampamento já sabiam se tratarem de cavalos especiais, mas a menina disse temer que viesse alguém que não soubesse. Ayla não pôde negar que sua filha havia feito o que era certo da vez anterior, e Dulana ficou feliz em cuidar da menina para Ayla, especialmente porque sua filha tinha quase a mesma idade. Por isso, Ayla deixou-a ficar.

Os que queriam ver a caverna pintada partiram. O grupo era composto de A Que Era A Primeira, de Jonokol, seu primeiro acólito, de Zelandoni da Décima Nona Caverna, de Ayla, a acólita seguinte, e de Jondalar. Willamar também foi, mas seus aprendizes não, pois encontraram outros assuntos que os distraíram. Além deles, vários membros da zelandonia presentes à Reunião de Verão queriam ver o local outra vez, especialmente porque seriam guiados pelo Zelandoni da Sétima, que o conhecia como ninguém.

Havia dez Cavernas-satélite na região, cada uma com sua própria gruta pintada como Local Sagrado, complementar do lugar mais importante perto da Sétima Caverna, mas muitas tinham apenas pinturas e entalhes rudimentares. A Quarta Caverna dos Zelandonii das Terras do Sul, que haviam acabado de visitar, era uma das melhores. O grupo subiu uma trilha que atravessava uma colina íngreme que haviam enxergado quando avistaram o vale.

— É chamada colina Melro. Alguém sempre pergunta por que, mas eu não sei. Já vi por vezes um corvo ou uma gralha, mas não sei se é relevante. O meu antecessor também não sabia — explicou o Zelandoni da Sétima.

— A razão para os nomes geralmente se perde nos desvãos da memória — disse a Primeira.

A mulher enorme estava sem fôlego e ofegante ao subir a colina, mas continuou obstinadamente. Apesar de mais comprida, a trilha ziguezagueante tornava a subida da encosta mais fácil.

Finalmente chegaram a uma abertura no calcário, num ponto muito alto acima do vale. A entrada não era excepcional, e, se a trilha não chegasse a ela, teria sido difícil vê-la. Era suficientemente alta para permitir que se entrasse sem se curvar, e suficientemente larga para permitir a passagem de duas ou três pessoas, mas com a vegetação diante dela teria sido difícil encontrá-la, a menos que se soubesse exatamente onde procurar. Um dos acólitos afastou uma pequena pilha de pedras caídas acima das que haviam se acumulado diante da entrada. Ayla demonstrou sua rapidez para iniciar uma fogueira, com a promessa de mostrar ao Zelandoni da Sétima como se fazia, e em seguida tochas e lamparinas foram acesas.

O Zelandoni da Sétima Caverna das Terras do Sul entrou na gruta, seguido pela Primeira, depois Jonokol, Ayla, Jondalar e Willamar. Foram seguidos pelos membros da zelandonia local, inclusive alguns acólitos. Eram 12 pessoas ao todo. A entrada se abria para uma passagem que os obrigou a atravessar de lado. Viraram à direita e logo depois o caminho se abriu e se dividiu em dois túneis. Haviam acabado de entrar num salão que tinha um bloqueio de pedra no meio, com uma passagem estreita de um lado e outra mais larga do outro.

— Podemos seguir por qualquer um dos lados, e chegaremos ao mesmo lugar, uma pilha de rochas no fundo sem outra saída que não o caminho que percorremos até lá, mas há coisas interessantes de se ver.

Tomaram a passagem estreita da esquerda e logo chegaram a pequenos pontos vermelhos na parede direita, que o Zelandoni da Sétima mostrou.

Havia mais na parede esquerda, e mais adiante pararam para olhar um cavalo pintado na parede direita, e perto dele, um leão com uma cauda fantástica erguida, com uma curva na direção do dorso. Ayla imaginou se a pessoa que fez a imagem havia visto um leão com a cauda quebrada que tinha se curado com uma torção esquisita. Ela já conhecia as formas estranhas como os ossos se consolidavam.

Então, na parede direita, poucos passos ao longo da passagem estreita, chegaram a um painel que o guia chamou de "o Cervo". O desenho fez Ayla se lembrar de uma megácero fêmea, e ela se recordou de que tinham visto um alce gigante pintado na Caverna Sagrada perto da Quarta Caverna das Terras do Sul. Diante dele, à esquerda, havia dois grandes pontos vermelhos. Mais pontos vermelhos estavam pintados na parede além do alce, e então no teto abobadado sobre eles havia várias filas de pontos grandes. Ayla estava curiosa com relação aos pontos, mas relutava em perguntar. Por fim, tomou coragem:

— Você sabe o que representam os pontos?

O homem alto de espessa barba marrom sorriu para a atraente acólita, cujas lindas feições tinham um aspecto levemente estrangeiro que o atraía.

— Não significam necessariamente o mesmo para todos, mas, para mim, quando estou no estado de espírito certo, parecem ser o caminho que leva ao outro mundo e, mais importante, indicam o caminho de volta.

Ela acenou a cabeça concordando com a explicação, depois sorriu. Ele gostou ainda mais dela sorrindo.

Continuaram a contornar o bloqueio central atravessando a passagem estreita, que depois se abria. Continuaram se desviando para a esquerda até se encontrarem na direção que levava ao ponto de onde tinham partido, passando por um salão muito maior que obviamente fora usado por ursos, provavelmente ursos hibernando. As paredes apresentavam marcas das garras no calcário. Quando se aproximaram da abertura por onde tinham entrado na caverna, o Zelandoni da Sétima continuou em frente, a direção que teriam tomado se virassem para a esquerda quando entraram na gruta.

Caminharam por uma pequena distância, mantendo-se próximos à parede direita, passando por um longo túnel. Somente quando chegaram a uma abertura para a direita, viram outras marcas: no alto teto abobadado da passagem havia quatro marcas negativas em vermelho feitas com a mão um tanto borradas, três grandes pontos vermelhos e algumas marcas pretas. Do outro lado da abertura, havia uma série de 11 grandes pontos pretos e duas marcas negativas de mão feitas colocando-a na parede e salpicando cor em torno dela. Quando a mão foi retirada, ficou uma impressão negativa cercada de ocre vermelho. O Zelandoni da Sétima então virou à direita na abertura da passagem abobadada.

Além das marcas negativas de mão, a pedra da parede ficava macia, como se coberta de argila. A caverna ficava muito acima do vale do rio, e era razoavelmente seca, mas a rocha calcária era naturalmente porosa, e a água saturada de carbonato de cálcio se infiltrava constantemente. Gota a infinitesimal gota, durante milênios, formaram-se enormes estalagmites que pareciam crescer do chão da caverna abaixo das estalactites de igual tamanho e forma diferente suspensas do teto. Mas, às vezes, a água se acumulava no calcário e deixava a superfície das paredes suficientemente macias para permitir que se fizessem marcas usando apenas os dedos. Áreas significativas da pedra macia haviam se formado no pequeno salão à direita, que parecia convidar os visitantes a deixarem suas marcas. Trechos da parede eram cobertos com rabiscos feitos com os dedos, desorganizados em sua maioria, embora uma área contivesse o desenho parcial de um megácero definido por uma enorme galhada palmar e uma cabeça pequena.

Havia outros sinais e pontos pintados em vermelho ou preto onde a superfície era suficientemente dura, mas, não fosse pelo megácero, Ayla achou que o salão cheio de marcas desorganizadas não tinha significado para ela. Contudo, começava a aprender que ninguém sabia o que significava tudo que estava pintado nas cavernas pintadas. O mais provável era ninguém saber o significava tudo aquilo, com exceção da pessoa que o havia colocado lá, e talvez nem mesmo ela. Se alguma coisa pintada na caverna fazia você sentir algo, então o que você sentia era o que significava. Podia depender de seu estado de espírito, que talvez estivesse alterado, ou do quanto você era receptivo. Ayla pensou sobre o que tinha dito o Zelandoni da Sétima quando ela lhe perguntou sobre as filas de pontos grandes. Ele se expressou em termos muito pessoais e disse o que os pontos significavam para ele. As cavernas eram Locais Sagrados, mas ela começava a pensar que se tratava de um sagrado muito pessoal, individual. Talvez fosse isso que deveria aprender na viagem.

Quando saíram do pequeno salão, o Zelandoni da Sétima cruzou para o outro lado da passagem principal que levava a ele. Naquele ponto, o túnel virava para a esquerda, e eles seguiram ao longo da parede esquerda por uma curta distância. Então o guia ergueu sua tocha, que iluminou um longo painel cheio de animais pintados em preto, muitos superpostos aos outros. De início, ela viu mamutes, havia muitos. Depois viu cavalos, um bisão e auroques. Um dos mamutes estava coberto de marcas pretas. O Zelandoni da Sétima não disse nada sobre o painel, mas parou lá tempo suficiente para todos observarem o que quisessem. Quando viu que a maioria começava a perder o interesse, com exceção de Jonokol, que talvez preferisse ficar muito mais tempo apenas para estudar as pinturas, ele continuou a avançar. Em seguida, mostrou uma cornija onde bisões e mamutes tinham sido pintados.

Havia várias outras marcas e alguns animais que o Zelandoni da Sétima ia mostrando enquanto caminhavam lentamente pela caverna, mas o lugar seguinte em que parou era verdadeiramente notável. Num grande painel, dois cavalos pintados em preto, de costas um para o outro, e o interior dos contornos de seus corpos cheio de grandes pontos pretos. Além deles, havia mais pontos e marcas de mão em torno das imagens dos cavalos, mas o aspecto mais estranho era a cabeça do animal voltado para a direita. A cabeça pintada era muito pequena, mas pintada dentro de um contorno natural de pedra que parecia a cabeça de um cavalo e emoldurava sua representação pintada. A forma da pedra disse ao artista que um cavalo devia ser pintado ali. Todos os visitantes ficaram muito impressionados. A Primeira, que já havia visto o painel dos cavalos, sorriu para o Zelandoni da Sétima. Os dois sabiam o que viria e ficaram satisfeitos com a reação esperada.

— Você sabe quem pintou isto? — perguntou Jonokol.

— Um ancestral, mas não muito antigo. Deixem-me mostrar-lhes algumas coisas que vocês talvez não notem imediatamente — disse o Zelandoni da Sétima, aproximando-se do painel de pedra.

Ele colocou a mão esquerda sobre o dorso do cavalo voltado para a esquerda e dobrou o polegar. Quando colocou a mão ao lado de um contorno vermelho da figura, tornou-se óbvio que o espaço negativo não era a imagem de uma mão, mas de um polegar dobrado. Depois, todos perceberam que havia vários polegares dobrados ao longo do dorso do cavalo da esquerda.

— Por que foi feito assim? — perguntou um jovem acólito.

— Você vai ter de perguntar ao Zelandoni que pintou — respondeu o Zelandoni da Sétima.

— Mas você disse que foi feito por um ancestral.

— Disse.

— Mas o ancestral hoje mora no outro mundo.

— Mora — concordou o Zelandoni.

— Então como posso perguntar?

O Zelandoni se limitou a sorrir para o jovem, que franziu o cenho e se impacientou. Ouviram-se algumas risadinhas dos presentes, e o jovem acólito corou.

— Não posso perguntar, não é?

— Talvez quando você aprender a andar no outro mundo — disse a Primeira. — Há alguns membros da zelandonia que andam. Mas é muito perigoso, nem todos querem.

— Não acredito que tudo naquele painel tenha sido feito pela mesma pessoa — disse Jonokol. — Talvez os cavalos, as mãos e a maior parte dos pontos, mas acho que alguns foram acrescentados mais tarde. E os polegares... Acho que percebo um peixe vermelho em cima do cavalo, mas não está bem claro.

— Talvez você tenha razão. É muito perceptivo de sua parte.
— Ele é artista — disse Willamar.

Ayla notou que Willamar sempre tendia a guardar suas opiniões para si mesmo e se perguntou se ele tinha aprendido essa atitude nas suas viagens. Quando alguém viaja muito e conhece muita gente, talvez não seja bom expor opiniões a estranhos de imediato.

O Zelandoni mostrou muitas outras marcas e pinturas, inclusive uma figura humana com linhas entrando ou saindo do corpo, semelhante às que haviam visto no Local Sagrado da Quarta Caverna das Terras do Sul, mas, depois dos cavalos estranhos, nada mais parecia se destacar, a não ser algumas formações muito mais antigas que todas as pinturas. Grandes discos de calcita formados naturalmente pelas mesmas ações erosivas que haviam criado a caverna decoravam um salão da gruta e foram deixados no seu próprio espaço, sem nenhum embelezamento adicional, como se fossem eles próprios decorações criadas pela Mãe.

Após voltarem da visita ao Local Sagrado, a Primeira ficou ansiosa para partir novamente, mas sentiu que devia ficar um pouco mais para cumprir seu papel de Primeira Entre Aqueles Que Serviam À Grande Mãe, especialmente para a zelandonia. Não era sempre que tinham a oportunidade de passar algum tempo com ela. Para alguns grupos que viviam no território dos Zelandonii, a Primeira era quase uma figura mítica, uma imagem que reconheciam, mas raramente viam e, na verdade, não precisavam ver. Eram mais que capazes de executar suas funções sem ela, mas sempre ficavam felizes e animados com sua presença. Não era como se eles a vissem como a própria Mãe, nem mesmo como a Mãe encarnada, mas ela era definitivamente Sua representante, e com seu tamanho descomunal, ela impressionava. Ter uma acólita capaz de controlar animais apenas aumentava sua importância. Tinha de ficar um pouco mais.

Durante a refeição da noite, o Zelandoni procurou seus visitantes. Sentou-se ao lado da Primeira com seu prato e sorriu. Depois falou baixinho com ela. Não era exatamente um sussurro conspiratório, mas Ayla teve certeza de que não o teria ouvido se não estivesse sentada do outro lado da Primeira.

— Estivemos pensando em realizar uma cerimônia na Caverna Sagrada mais tarde, hoje à noite, e gostaríamos que você e sua acólita se juntassem a nós, se estiverem dispostas.

A Primeira lhe deu um sorriso encorajador. Aquilo talvez tornasse mais interessante sua decisão de ficar um pouco mais, pensou.

— Ayla, você estaria interessada em comparecer a essa cerimônia especial?
— Se quiser que eu vá, terei muito prazer em acompanhá-la.
— E Jonayla? Jondalar poderia cuidar dela?
— Tenho certeza de que sim.

Ayla já não ficou mais tão animada, pois Jondalar não seria convidado, mas ele não era da zelandonia, afinal.

— Venho buscá-las mais tarde — disse o Zelandoni. — Vistam roupas quentes. Lá é frio à noite.

Depois de tudo acalmado e todos terem ido ou para a cama ou fazer alguma outra atividade, como conversar, beber, dançar ou jogar, o Zelandoni da Sétima Caverna das Terras do Sul voltou para seu acampamento. Jondalar esperava com Ayla e a Zelandoni junto ao fogo. Não estava particularmente feliz com a saída de Ayla à noite para participar de uma cerimônia secreta, mas nada disse. Afinal ela se preparava para ser Zelandoni. Parte disso eram as cerimônias secretas com outros membros da zelandonia.

O Zelandoni da Sétima Caverna havia trazido algumas tochas, que foram acesas numa fogueira pequena na lareira. Tomou a dianteira e foi seguido pela Primeira e por Ayla, cada uma levando uma tocha. Jondalar as viu subir a trilha que levava à Caverna Sagrada. Sentiu-se tentado a segui-las, mas tinha prometido cuidar de Jonayla. Lobo aparentemente tivera a mesma inclinação, mas, pouco depois de elas terem partido, ele voltou para o acampamento. Entrou na tenda e farejou a criança, depois saiu e olhou a direção que Ayla tomara. Depois foi até Jondalar e se sentou ao seu lado. Então apoiou a cabeça nas patas dianteiras, ainda olhando a direção tomada pela mulher. Jondalar pôs a mão na cabeça do animal e a correu pelos de um lado a outro algumas vezes, afagando o grande canídeo.

— Ela também enxotou você, não é? — disse o homem. Lobo ganiu baixinho.

22

O Zelandoni da Sétima seguiu à frente das duas mulheres até a Caverna Sagrada. Algumas tochas haviam sido fixadas no chão ao lado da trilha para ajudar a orientá-las, e Ayla de repente se lembrou do dia em que tinha seguido lamparinas e tochas depois de entrar na caverna tortuosa da Reunião do Clã até se deparar com os mog-urs. Sabia que não devia estar lá naquele momento, e havia parado na hora exata, escondendo-se atrás de uma enorme estalagmite para que não a vissem, mas Creb sabia que ela estava lá. Dessa vez, era parte do grupo que tinha sido convidado para participar da reunião.

Foi uma boa caminhada até a Caverna Sagrada. Quando chegaram, todos estavam ofegantes. A Primeira pensava consigo mesma que estava feliz por ter decidido fazer a viagem naquela época; em poucos anos, não seria mais capaz. Ayla notou sua dificuldade e deliberadamente passou a andar mais devagar para tornar a caminhada da mulher mais fácil. Souberam que estavam perto quando viram uma fogueira à frente, e pouco depois perceberam várias pessoas de pé ou sentadas em volta dela.

Foram saudados com entusiasmo pelo grupo, pararam e conversaram enquanto esperavam a chegada de mais algumas pessoas. Logo surgiu mais um grupo de três; Jonokol entre eles. Estivera visitando o acampamento de outra Caverna, cujo Zelandoni também era inclinado a fazer imagens. Também foram saudados por todos os presentes; então o Zelandoni da Sétima se dirigiu ao grupo inteiro:

— Estamos muito felizes por termos conosco A Primeira Entre Aqueles Que Servem À Grande Mãe. Acredito que ela nunca tenha participado de nenhuma das nossas Reuniões de Verão anteriores, e assim torna esta uma ocasião especialmente memorável. Sua acólita e o Zelandoni que já foi seu acólito acompanham-na, e estamos felizes também por recebê-los.

Houve palavras e gestos de saudação, e então o Zelandoni continuou:

— Vamos nos acomodar em torno do fogo; trouxemos almofadas para nos sentarmos. Tenho um chá especial para quem quiser experimentar. Recebi de uma Zelandoni que veio de muito longe, ao sul, no sopé das montanhas que limitam o território Zelandonii. Há muitos anos, ela cuida de uma gruta muito sagrada e a renova com frequência. Todas as Cavernas Sagradas são ventres da Grande Mãe, mas em algumas Sua presença é tão profunda que sentimos estar muito perto dela; a dessa Zelandoni é uma dessas grutas. Acredito que ela cuida da caverna tão bem que agradou à Mãe.

Ayla notou que Jonokol prestava muita atenção às palavras do Zelandoni e pensou que talvez fosse porque ele quisesse aprender como agradar à Mãe para ela também gostar de ficar próxima à gruta branca. Nunca o disse claramente, mas Ayla sabia que ele considerava sua Caverna Sagrada especial. Ela também.

Alguém havia colocado pedras de cozinhar no fogo e então retiravam-nas com pinças de madeira para colocá-las em vasilhas de água. Em seguida o Zelandoni da Sétima acrescentou o conteúdo de uma bolsa de couro à água quente. O cheiro preencheu o espaço. Ayla tentou identificar os ingredientes. Pensou que era uma mistura, parte da qual lhe parecia familiar, mas outros aromas eram completamente desconhecidos. Um cheiro forte de menta sobrepujava; ela imaginou ter sido usado para disfarçar o aroma de outros ingredientes, ou para ocultar um odor ou gosto desagradável. Depois de a infusão descansar um pouco, o Zelandoni serviu o chá em dois copos, um maior que o outro.

— É uma bebida poderosa. Já tomei uma vez e vou ter muito cuidado antes de beber uma grande quantidade novamente. Ela é capaz de levar muito perto do mundo dos espíritos, mas acredito que todos possam provar, com cuidado para não exagerar. Uma das minhas acólitas se ofereceu para beber uma dose maior para servir de caminho, ser nossa condutora.

O copo maior foi passado, e cada um bebeu um pouco. Quando chegou à Primeira, ela o cheirou e tomou um gole pequeno e o rolou na boca, tentando identificar os ingredientes. Passou-o então a Ayla, que tinha observado atentamente a Primeira e fez o mesmo. Era muito potente. O cheiro era forte o suficiente para deixá-la tonta. O gole encheu sua boca com um gosto forte, não de todo desagradável, mas não era uma coisa que gostaria de tomar todo dia, como um chá comum, e a pequena quantidade que engoliu quase a fez desmaiar. Gostaria de saber quais eram os ingredientes.

Após provarem, todos observaram a acólita do Sétimo beber. Logo depois, ela estava de pé, cambaleando na direção da entrada da caverna sagrada. Seu Zelandoni se levantou rapidamente e lhe ofereceu apoio para manter o equilíbrio. Os outros membros da zelandonia presentes foram atrás deles na Caverna Sagrada, vários carregando tochas acesas. Deixaram a Primeira, Ayla e Jonokol entrarem na frente. Apesar da grande distância, a acólita foi diretamente para a área da gruta onde estavam os cavalos pintados que contornavam os pontos grandes. Vários dos que portavam tochas seguiam junto da parede para iluminá-los bem.

Ayla ainda sentia os efeitos do pequeno gole do chá e se perguntou que sensações a acólita que havia bebido muito mais experimentava. A jovem foi até o painel e colocou as mãos sobre ele, então se aproximou e encostou o rosto na pedra como se tentasse entrar nela. Depois começou a chorar. Seu Zelandoni passou os braços pelos seus ombros para acalmá-la. A Primeira se aproximou dela e começou a cantar a Canção da Mãe.

> — *O caos do tempo, em meio à escuridão,*
> *O redemoinho deu a Mãe sublime à imensidão.*
> *Sabendo que a vida é valiosa, para Si Mesma Ela acordou*
> *E o vazio vácuo escuro a Grande Mãe Terra atormentou.*
> — *Sozinha a Mãe estava. Somente Ela se encontrava.*

Todos ouviam, e Ayla sentiu uma tensão nos ombros, antes imperceptível, arrefecer. A jovem acólita parou de chorar, e logo depois, quando pegaram a melodia, outros começaram a cantar, especialmente na parte em que ela contava sobre Ela ter criado os filhos da terra em seu ventre.

> — *Cada filho era diferente, havia grandes e pequenos também,*
> *Uns caminhavam, outros voavam, uns rastejavam e outros nadavam bem.*
> *Mas cada forma era perfeita, cada espírito acabado,*

> *Cada qual era um exemplar cujo modelo podia ser imitado.*
> *— A Mãe produzia. A terra verde se enchia.*
>
> *— Todas as aves, peixes e animais gerados,*
> *Não deixariam, desta vez, os olhos da Mãe inundados.*
> *Cada espécie viveria perto do lugar de coração.*
> *E da Grande Mãe Terra partilharia a imensidão.*
> *— Perto d'Ela ficariam. Fugir não poderiam.*

Quando a Primeira terminou, a acólita estava sentada no chão diante do painel pintado. Vários outros também se sentaram no chão, parecendo estonteados.

Quando a Primeira voltou para onde estava Ayla, o Zelandoni da Sétima se juntou a elas e disse bem baixinho:

— Notável como seu canto acalmou a todos. — E acrescentou, mostrando os que estavam sentados: — Acho que tomaram um gole maior do que deveriam. Alguns talvez continuem aqui durante algum tempo. Acho que devo ficar aqui até que todos estejam em condições de voltar, mas vocês podem continuar.

— Vamos ficar mais um pouco — disse A Que Era A Primeira, notando que várias outras pessoas se sentavam.

— Vou buscar algumas almofadas — disse o Zelandoni da Sétima.

Quando voltou, Ayla se preparava para sentar.

— Acho que o chá fica mais forte a cada minuto.

— Acho que você tem razão — concordou a Primeira. — Você tem mais? — perguntou ao Sétimo. — Gostaria de testá-lo um pouco mais quando voltarmos para casa.

— Vou lhe dar um pouco para você levar.

Quando se sentou na almofada, Ayla olhou novamente a parede. Parecia quase transparente, como se pudesse ver o outro lado através dela. Tinha a sensação de que havia mais animais querendo sair, preparando-se para viver neste mundo. Continuando a olhar, sentiu-se mais e mais atraída para o mundo atrás da parede, e então lhe pareceu que estava nele, ou melhor, muito acima dele.

De início, não lhe pareceu muito diferente de seu próprio mundo. Rios cortavam estepes e planícies cobertas de capim, correndo entre altos despenhadeiros; havia árvores em áreas protegidas e florestas em galerias ao longo das margens de rios. Muitos animais de todas as espécies vagavam pela terra. Mamutes, rinocerontes, megáceros, bisões, auroques, cavalos e antílopes saiga preferiam os pastos abertos; o alce e outras variedades de veados menores gostavam da cobertura de algumas árvores; renas e bois-almiscarados estavam adaptados ao frio. Havia muitas variedades de outros animais e pássaros, e predadores, desde o enorme leão-das-cavernas até a pequena doninha. Não era como se visse tudo, mas sabia que estavam lá. Porém havia diferenças. As coisas pareciam estranhamente invertidas. Bisões, cavalos e veados não pareciam evitar os leões, mas sim ignorá-los. A paisagem era clara, mas, quando olhou para o céu, Ayla viu a lua e o sol, e então a lua se colocou na frente do sol e o escureceu. De repente, sentiu que alguém lhe sacudia os ombros.

— Acho que você dormiu — disse a Primeira.

— É possível, mas sinto como se tivesse ido para outro lugar. Vi o sol ficar preto.

— Talvez você tenha estado, mas é hora de irmos embora. Já está amanhecendo lá fora.

Ao saírem da gruta, várias pessoas esperavam em volta da fogueira, aquecendo-se. Um Zelandoni deu a cada uma delas um copo de líquido quente.

— É apenas uma bebida matinal — disse sorrindo. — Foi uma experiência nova para mim. Muito poderosa.

— Para mim também — concordou Ayla. — Como está a acólita que bebeu um copo inteiro?

— Ainda está sentindo os efeitos. São duradouros, mas está sob observação.

As duas mulheres voltaram para o acampamento. Apesar de ainda ser muito cedo, Jondalar estava acordado. Ayla imaginou que talvez ele não tivesse dormido à noite. Sorriu e pareceu aliviado ao ver Ayla e a Primeira voltando.

— Não pensei que você ficaria lá a noite inteira — disse Jondalar.

— Nós também não pensamos — respondeu Ayla.

— Vou para o alojamento da zelandonia. Você deve descansar hoje, Ayla.

— É, talvez tenha razão, mas agora eu quero mesmo é comer. Estou faminta.

Passaram-se mais três dias até os viajantes na Jornada Donier de Ayla deixarem a Reunião de Verão dos Zelandonii das Terras do Sul. Durante esse tempo, Amelana teve mais uma pequena crise. Um homem encantador, um tanto mais velho e aparentemente de alto status insistia para que ela ficasse e se casasse com ele. Ela ficou tentada. Pediu para conversar com a Primeira, e talvez também com Ayla. Quando se encontraram, começou a apresentar as razões por que devia ficar e se juntar ao homem que obviamente a queria muito. Adulou-as e sorriu como se precisasse da permissão das duas, tentando conquistar a concordância. A Primeira sabia o que estava se passando e já havia procurado se informar.

— Amelana, você é adulta, já se casou e infelizmente enviuvou, logo vai ser mãe com a responsabilidade de cuidar de uma vida nova que cresce dentro de você. A escolha é inteiramente sua. Você não precisa da minha permissão, nem da permissão de ninguém. Mas, como pediu para falar comigo, presumo que seja porque você quer alguns conselhos.

— Bem, é, acho que é.

Amelana parecia surpresa por ter sido tão fácil. Pensara que teria de adular e insistir com a Zelandoni para que ela concordasse com o novo casamento.

— Primeiro: você conhece as pessoas da Caverna dele, ou algum dos parentes dele?

— Mais ou menos. Participei de refeições com alguns primos, mas em geral houve tantos banquetes e comemorações que não tivemos tempo para comer com a Caverna dele.

— Você se lembra do que disse quando pediu para vir conosco nesta Jornada? Você disse que queria voltar para casa e ficar com sua mãe e sua família para ter seu filho. Não só isso, você não ficou feliz quando Jacharal se mudou com parentes e amigos para fundar uma nova Caverna, pelo menos em parte, porque não os conhecia bem. Estavam muito animados com a fundação de um novo lugar, mas você havia deixado o que era conhecido para trás e já estava num novo lugar. Você queria se estabelecer e ver as pessoas animadas com seu filho. Não foi assim?

— Foi, mas ele é um homem mais velho. Está assentado. Não vai fundar uma nova Caverna. Eu perguntei a ele.

A Primeira sorriu.

— Pelo menos isso você perguntou. Ele é simpático, atraente, mas é mais velho. Você se perguntou por que ele quer uma nova esposa? Você perguntou se ele já tem uma mulher? Ou se já teve uma?

— Não exatamente. Ele disse que estava procurando a mulher certa.

Amelana franziu o cenho.

— A mulher certa para ajudar a primeira mulher a cuidar dos cinco filhos?

— A primeira mulher? Cinco filhos? — As rugas na testa se aprofundaram. — Ele não disse nada sobre cinco filhos.

— Você perguntou?

— Não. Mas por que ele não me disse?

— Porque ele não se sentiu obrigado, Amelana. Você não perguntou. A mulher dele lhe disse para procurar outra mulher para ajudá-la, mas todos aqui sabem que ele tem mulher e filhos na sua casa. Como é a primeira, ela teria o status e seria a dona da casa. Ela traz o status para esse acordo. Ele não tem muita coisa além da aparência e da simpatia. Nós vamos partir amanhã. Se você decidir ficar com ele, ninguém aqui vai arrastá-la para a Caverna da sua mãe.

— Não vou ficar aqui. — Amelana estava com raiva. — Mas por que ele ia me enganar assim? Por que ele não me disse?

— Você é uma bela mulher, Amelana, mas muito jovem e gosta de atenção. Ele certamente vai encontrar outra mulher, mas não será nova nem bonita, nem vai ter ninguém para defendê-la depois que formos embora. Era o que ele queria, e por isso você é tão certa. A mulher que ele vai encontrar provavelmente será mais velha, talvez não seja bonita. Talvez já tenha alguns filhos ou, se tiver sorte, não terá filhos e ficará feliz por encontrar um homem simpático com família, disposto a levá-la e torná-la parte da sua. Estou certa de que é isso que a primeira mulher deseja; não alguém jovem, que vai partir com o primeiro homem que lhe faça uma oferta melhor. É o que você faria, mesmo que tivesse de perder status.

Amelana pareceu chocada diante das observações diretas da Primeira, então começou a chorar.

— Eu sou tão ruim assim?

— Eu não disse que você é má, Amelana. Eu disse que você é jovem, e, tal como todas as mulheres jovens e bonitas, especialmente as de alto status, está acostumada a conseguir o que quer. Mas você está esperando um filho. Vai ter de aprender a colocar as necessidades dele antes das suas.

— Eu não quero ser uma mãe ruim. Mas e se eu não souber como ser uma boa mãe?

— Você vai ser. — Ayla falou pela primeira vez. — Especialmente depois que estiver em casa com sua mãe. Ela vai ajudar. E mesmo que você não tenha mãe, vai se apaixonar pelo seu bebê, como acontece com a maioria das mães. Foi assim que a Grande Mãe fez as mulheres, pelo menos a maioria, e muitos homens também. Você é uma pessoa amorosa, Amelana. Vai ser uma ótima mãe.

A Primeira sorriu, bondosa.

— Vá arrumar suas coisas, Amelana. Vamos sair amanhã bem cedo.

O grupo de viajantes saiu no dia posterior seguindo um dos três rios que se juntavam perto da Sétima Caverna dos Zelandonii das Terras do Sul. Usaram o ponto de cruzamento do rio que havia no local do acampamento e de início caminharam junto ao curso sinuoso. Depois, em vez de seguir os meandros do rio, decidiram rumar pelo campo, tomando mais a direção leste do que a sul.

Tudo era terreno novo para Ayla e para Jonayla, é claro, mas ela era tão jovem que pouco provavelmente se lembraria. Também era um terreno novo para Jondalar, embora soubesse que estivera ali com Willamar, sua mãe e os outros filhos de Marthona. Jonokol não havia viajado muito, então tudo também era novidade para ele. Amelana não se lembrava de nada da região, apesar de ter passado por ela vindo de sua Caverna do Sul. Mas na época não tinha prestado atenção. Sua mente estava cheia de seu novo homem, que parecia incapaz de se afastar dela, e dos sonhos da nova casa. A Primeira visitara as terras vizinhas várias vezes, mas não em tempos recentes, e só se lembrava delas superficialmente. Somente o Mestre Comerciante a conhecia bem. Já trouxera antes os dois assistentes, mas precisavam conhecer a região igualmente bem. Willamar procurava alguns marcos que o ajudassem a guiar o grupo.

À medida que viajavam, a paisagem mudava sutilmente a cada dia. Subiam cada vez mais e o terreno se tornava mais irregular. Havia um número maior de afloramentos de calcário, geralmente acompanhados de arbustos e até mesmo de pequenas florestas, e diminuição dos campos abertos. Apesar de ganharem altitude, a temperatura também subia gradualmente em virtude do avanço do verão, e a vegetação mudava à medida que rumavam para o sul. Viram menos coníferas, como abetos e zimbros, além de outros tipos decíduos, como o lariço e variedades de folha pequena, como bétulas e salgueiros, além de árvores frutíferas e castanheiras, um ou outro carvalho ou bordo de folhas grandes. Até os capins ficavam diferentes, menos centeios e mais tipos de trigo, como farro e espelta, embora fossem comuns os campos mistos, com triticale e muitas plantas herbáceas.

Durante a viagem, caçaram vários animais grandes e pequenos que encontraram e coletaram vegetais que cresciam abundantemente naquela época do ano, mas não precisavam se preocupar com a acumulação de alimentos, por isso suas necessidades eram pequenas. Com exceção de Jonayla, eram todos adultos saudáveis, capazes de buscar comida e cuidar de si mesmos. A mulher grande não caçava nem coletava, mas, na qualidade de Primeira, contribuía à sua maneira. Andava a pé parte do tempo, e, quanto mais andava, mais tinha condições de andar, porém, quando se cansava, sentava no *travois* e não os retardava. Quem a puxava no *travois* especial era principalmente Huiin, mas Ayla e Jondalar já estavam treinando os outros cavalos para puxar o transportador. Apesar de se moverem lentamente para que os cavalos pudessem pastar pelo caminho, especialmente pela manhã e à noite, faziam bom progresso, e com o tempo agradável a viagem parecia uma excursão divertida.

Viajavam há vários dias, geralmente na para sudeste, mas, certa manhã, Willamar virou para leste, um pouco para o norte, quase como se seguisse um caminho. Subiram uma serrania e atrás dela havia uma trilha, cuja largura mal dava espaço para as pernas do *travois* da Primeira.

— Talvez fosse melhor você andar, Zelandoni — sugeriu Willamar. — Falta pouco.

— Sim, acho que vou andar. Se bem me lembro, a trilha fica ainda mais estreita logo adiante.

— Há uma área mais larga à frente. Talvez seja melhor você deixar o *travois* lá, Ayla. Acho que a trilha não terá largura suficiente para ele.

— *Travois* não andam bem em trilhas íngremes. Isso nós já descobrimos — comentou ela, incluindo Jondalar com um olhar.

Quando chegaram à área mais ampla, ajudaram a donier a descer e desatrelaram o transportador. Então continuaram seguindo a trilha, com Willamar à frente e os outros viajantes atrás. Ayla, Jondalar e Jonayla, com os animais, fechavam a retaguarda.

Percorreram mais algumas pernas do caminho em zigue-zague e uma subida íngreme. De repente se viram diante de uma plataforma relativamente ampla, coberta de capim, atrás da qual, no meio da fumaça de algumas fogueiras, havia um número substancial de abrigos feitos de madeira e couro, com tetos de capim. Um grupo de pessoas estava parado diante dos abrigos olhando os visitantes que se aproximavam, mas Ayla não sabia se estavam felizes. Pareciam defensivos, ninguém sorria, e alguns seguravam lanças, apesar de não estarem apontadas para ninguém.

Ayla já havia visto aquele tipo de recepção e fez um sinal sutil para que o lobo se aproximasse. Ouvia o rosnado leve na garganta do animal, que se colocou à sua frente numa atitude protetora. Ela olhou para Jondalar, que tinha se posto diante de Jonayla e a segurou atrás de si, embora ela se esforçasse para ver à frente. Os cavalos estavam agitados, as orelhas voltadas para a frente. Jondalar segurou melhor as cordas de Racer e Cinza, e olhou para Ayla, que passava a mão no pescoço de Huiin.

Ouviu-se uma voz.

— Willamar! É você?

— Farnadal! Claro que sou eu, e mais algumas pessoas, a maioria da Nona Caverna. Pensei que você já estivesse nos esperando. Kimeran e Jondecam ainda não chegaram?

— Não, não chegaram. Deviam ter chegado?

— Eles estão vindo? — perguntou uma voz de mulher com um toque de alegria.

— Nós esperávamos que já estivessem aqui. Não admira vocês estarem tão surpresos ao nos ver.

— Não é você quem me surpreende — disse Farnadal com um olhar sardônico.

— Acho que é hora das apresentações — sugeriu Willamar. — Vou começar pela Primeira Entre Aqueles Que Servem À Grande Mãe Terra.

Farnadal abriu a boca, então se controlou e deu um passo à frente. Olhando mais de perto, ele a reconheceu pelas descrições e pelas tatuagens. Já a havia encontrado antes, mas fora há muito tempo e ambos mudaram desde então.

— Em nome de Doni, você é bem-vinda, Primeira Zelandoni — disse ele, estendendo as mãos e continuando a saudação formal.

Os outros viajantes foram apresentados; Jondalar e Ayla ficaram para o fim.

— Este é Jondalar da Nona Caverna dos Zelandonii, Mestre Lascador de Pedra... — começou o Mestre Comerciante e continuou com a apresentação de Ayla. — Esta é Ayla da Nona Caverna dos Zelandonii, que antes foi do Acampamento do Leão dos Mamutói... — disse Willamar.

Ele notou a mudança da expressão de Farnadal quando deu os nomes e as ligações de Ayla, especialmente quando ela o saudou e ele a ouviu falar.

Por inferência, as apresentações lhe disseram muito sobre a mulher. Primeiro, era estrangeira, o que se tornava óbvio quando falava, havia sido adotada como Zelandonii nata, de pleno direito, não apenas por ter se juntado a alguém que era Zelandonii, o que por si só era incomum. Depois, que ela pertencia à zelandonia e era acólita da Primeira. E, embora o homem segurasse as cordas dos cavalos e os controlasse, ela tinha o crédito por todos os animais. Era óbvio que ela detinha poder sobre o outro cavalo e sobre o lobo, mesmo sem cordas. Pareceu a ele que ela já devia ser uma Zelandoni, não apenas acólita da Primeira.

Ele então se lembrou de uma trupe de Contadores de Histórias de um ano antes que tinham histórias novas e muito imaginativas sobre cavalos que carregavam pessoas e um lobo que amava uma mulher, mas nunca imaginara que pudesse haver um mínimo de verdade. Ainda assim, ali estavam eles. Nunca havia visto cavalos carregando gente, porém começava a se perguntar quanta verdade havia naquelas histórias.

Uma mulher alta, que a Ayla pareceu de alguma forma familiar, avançou e perguntou a Willamar:

— Você disse que esperava encontrar Jondecam e Kimeran aqui?

— Há muito tempo você não os vê, não é Camora? — disse Willamar.

— Há muito tempo mesmo.

— Você se parece com eles, especialmente com seu irmão, Jondecam, mas também com Kimeran — comentou Willamar.

— Somos todos parentes — disse Camora, explicando a Farnadal. — Kimeran é meu tio, mas é muito mais novo que sua irmã, minha mãe. Quando a mãe da minha mãe se juntou aos espíritos no outro mundo, minha mãe o criou como se fosse seu filho, junto com Jondecam e eu. Então o homem de quem ela era companheira passou para o outro mundo; ela foi feita Zelandoni. É da família: o avô dela também foi Zelandoni. Ele ainda pertence a este mundo?

— Sim, ainda anda por este mundo, e, apesar de a idade ter-lhe reduzido o passo, ainda é Zelandoni da Sétima Caverna. A sua mãe é agora a líder espiritual da Segunda — disse Willamar.

— A que era Zelandoni da Segunda Caverna antes dela, a que me ensinou a fazer imagens, anda agora pelo outro mundo — acrescentou Jonokol. — Foi um dia triste para mim, mas a sua mãe é uma boa donier.

— Por que você pensou que Kimeran e Jondecam estariam aqui? — perguntou Farnadal.

— Eles deviam ter saído pouco depois de nós e deveriam ter vindo diretamente para cá. Fizemos paradas ao longo do caminho — respondeu a Zelandoni Que Era A Primeira. — Estou acompanhando Ayla na sua Jornada Donier, e também Jonokol, ou melhor, o Zelandoni da Décima Nona. Não fizemos essa viagem quando ele foi meu acólito, e agora precisa visitar alguns Locais Sagrados. Daqui vamos todos ver uma das mais importantes cavernas pintadas, que fica no sudeste do território Zelandonii, e depois vamos visitar parentes da companheira de Kimeran, Beladora. Ela é Giornadonii, o povo que vive na longa península que entra no mar do sul, ao sul do território Zelandonii oriental.

"Quando era jovem, Kimeran acompanhou sua mãe-irmã na Jornada Donier ao norte do território Giornadonii. Lá, conheceu Beladora, tomou-a como companheira e a trouxe consigo. É uma história semelhante à de Amelana. — A Primeira indicou a bela jovem no grupo. — Mas a história desta jovem é bem menos afortunada. Seu companheiro agora caminha no outro mundo, e ela quis voltar para seu próprio povo. Tem saudades da mãe. Carrega uma nova vida e quer estar perto dela quando seu filho nascer."

— É compreensível — disse Camora, sorrindo com simpatia para Amelana. — Apesar de todo o carinho de outras pessoas, uma mulher sempre quer estar com sua própria mãe quando dá à luz, especialmente ao primeiro filho.

Ayla e a Primeira trocaram olhares rápidos. Camora também devia sentir falta de seu próprio povo. Mesmo se sentindo atraída por um visitante de outras terras a ponto de não resistir à vontade de partir com ele, aparentemente não era tão fácil viver com estranhos ligados à família do novo companheiro. Ainda que se tratasse do mesmo povo de outro território, com crenças e costumes semelhantes, cada Caverna tinha seus próprios hábitos, e uma pessoa nova estava sempre em desvantagem em termos de status.

Ayla reconhecia que sua situação não era igual à das duas jovens. Apesar de ser chamada Ayla dos Mamutói, foi para eles mais estranha do que jamais fora para os Zelandonii, e eles para ela. Ao deixar o Clã, desejara encontrar um povo semelhante a si própria, mas não sabia onde procurar. Vivera sozinha num vale agradável durante vários anos até encontrar Jondalar, que havia sido ferido por um leão. Com exceção dele, os Mamutói foram os primeiros de sua espécie que ela conhecera desde que tinha perdido a família aos 5 anos. Fora criada pelo Clã, que não era apenas um povo de outra Caverna ou território, com cabelos e olhos diferentes, que falavam uma língua desconhecida. As pessoas do Clã eram realmente diferentes. Suas capacidades de fala eram distintas, sua forma de pensar, a maneira como funcionava seu cérebro era incomum, até mesmo o formato da cabeça, e, até certo ponto, de seu corpo, eram diferentes.

Não havia dúvida de que eram pessoas e havia muitas semelhanças entre eles e os que chamavam de Outros. Caçavam os animais nos arredores e coletavam os alimentos que cresciam. Faziam instrumentos de pedra e com eles construíam outros objetos, como roupas, vasilhas e abrigos. Preocupavam-se uns com os outros e cuidavam uns dos outros. Reconheceram que Ayla era uma criança quando a encontraram e, apesar de ser um dos Outros, cuidaram dela. Mas eram diferentes de forma que, apesar de ter crescido com eles, nunca compreendeu completamente.

Apesar de se afeiçoar às jovens que viviam longe e sentiam saudades das famílias, Ayla não tinha empatia por elas. Pelo menos viviam com iguais. Era grata por ter encontrado pessoas semelhantes a ela e especialmente por ter encontrado entre elas um homem que gostava dela. Não seria capaz de exprimir em palavras o quanto adorava Jondalar. Ele era muito mais do que ela jamais havia sonhado. Não somente dizia que a amava, mas também a tratava com amor. Era terno e generoso, adorava a filha dela. Se não fosse por ele, não seria acólita, não seria parte da zelandonia. Dava-lhe apoio, cuidava de Jonayla quando ela não estava em casa, apesar de saber que Jondalar teria preferido que estivesse com ele, e era capaz de lhe proporcionar uma felicidade inacreditável quando se davam Prazeres. Confiava nele implícita e completamente. Não acreditava em toda a felicidade que tinha.

Camora olhou a Zelandoni Que Era A Primeira com uma expressão preocupada.

— Você imagina que algo ruim tenha acontecido a Kimeran e Jondecam? Acidentes acontecem.

— Realmente acontecem, Camora, mas eles talvez tenham se atrasado, ou partiram depois da data combinada. Ou alguma coisa aconteceu na Caverna que os forçou a mudar os planos e decidir não viajar. Não teriam como nos avisar. Vamos esperar aqui alguns dias, se Farnadal não se importar — olhou-o, e ele sorriu concordando —, antes de continuar a nossa Jornada, para lhes dar tempo de nos alcançar.

— Podemos fazer mais — disse Jondalar. — Cavalos viajam muito mais depressa que as pessoas. Podemos voltar pela trilha que eles deviam percorrer e ver se os encontramos. Se não estiverem muito longe, é possível. Pelo menos podemos tentar.

— É um bom plano, Jondalar — disse Ayla.

— Então eles carregam vocês no lombo, como disseram os Contadores de Histórias — comentou Farnadal.

— Os Contadores de Histórias estiveram aqui recentemente? — perguntou Ayla.

— Não, há mais ou menos um ano. Mas eu imaginei que alguém tinha inventado uma história fantástica. Nunca pensei que pudesse ser verdade.

— Vamos sair de manhã — disse Jondalar. — Agora já está muito tarde.

Todos os habitantes da Caverna que eram capazes de se locomover se reuniram ao pé da ladeira que levava à saliência do rochedo onde moravam. Ayla e Jondalar haviam amarrado nos três cavalos as mantas de montar e as cestas que guardavam o equipamento de acampar e os suprimentos, e os cabrestos no garanhão e na égua mais jovem. Então Jondalar levantou Jonayla e a montou no lombo de Cinza.

Aquela menina também controla um cavalo?, perguntou-se Farnadal. Sozinha? Ela é tão pequena, e um cavalo é um animal tão grande e poderoso. E aqueles animais deviam ter medo do lobo. Toda vez que vi um lobo se aproximar de um cavalo, ele recuou e fugiu, ou, se pensasse que ia ser atacado, escoicearia o lobo. Que mágica tem aquela mulher?

Por um momento, ele sentiu um toque de medo, então se controlou. Ela é igual a qualquer mulher comum, conversa com outras mulheres, ajuda no trabalho, cuida das crianças. É uma mulher atraente, especialmente quando sorri. Não fosse o sotaque, ninguém notaria nada de extraordinário ou incomum nela. Ainda assim, lá está ela pulando no lombo da égua baia.

Ele os observou partir, o homem à frente, a menina no meio e a mulher fechando a retaguarda. O homem era grande para o cavalo compacto, que ele chamava de Racer, os pés quase se arrastando no chão quando se sentava no animal marrom-escuro, uma cor incomum que nunca tinha visto. Mas, quando os animais começaram um trote rápido, o homem se sentou mais atrás no lombo do cavalo, recolheu os joelhos e abraçou o corpo do garanhão com as pernas. A menina se sentou mais à frente, quase montada no pescoço da égua nova, as perninhas esticadas para fora. Mais uma vez o tom marrom-acinzentado da égua era uma cor incomum, que já havia visto durante uma viagem ao norte. Alguns a chamavam de cinza-acastanhado, Ayla a chamava de cinza, e esse foi o nome escolhido para a égua.

Pouco tempo depois de terem partido, o trote rápido passou a um galope. Sem estorvos, como os *travois*, os cavalos aproveitaram para esticar as pernas naquela corrida pela manhã. Ayla inclinou-se sobre o pescoço de Huiin, o sinal para que a égua corresse à vontade. Lobo latiu e se juntou à corrida. Jondalar inclinou-se para a frente, mantendo os joelhos recolhidos e junto do animal. Jonayla agarrou a crina de Cinza com uma das mãos, e, com o rosto apoiado no alto do pescoço da potrinha, apertou os olhos para ver à frente e abraçou o animal como podia.

Com o vento no rosto, a corrida foi emocionante, e os cavaleiros deixaram os cavalos se moverem livremente e se deliciarem no exercício.

Depois de se exercitarem, Ayla se sentou ereta, Jonayla se acomodou mais perto da base do pescoço de Cinza, e Jondalar se postou um pouco mais reto e deixou as pernas caídas. Todos se sentiam mais relaxados e correram a meio galope num passo mais lento. Ayla deu um sinal de "procure" a Lobo, que ele sabia significar que ela lhe pedia para procurar pessoas.

Naquela época, havia muito poucas pessoas na terra, que eram enormemente superadas em número por milhões de outras criaturas, desde os muito grandes aos muito pequenos, e os humanos que havia tendiam a se reunir. Quando Lobo farejou os cheiros no vento, identificou vários animais em vários estágios de vida e morte. Raramente detectava o cheiro de humanos ao vento, mas, ao detectá-lo, ele o conhecia bem.

Os outros também procuraram, percorrendo a paisagem para ver se encontravam algum sinal de que pessoas haviam passado por ali recentemente. Não tinham esperança de encontrar ninguém tão perto, pois os outros viajantes teriam enviado um corredor se tivessem enfrentado algum perigo tão próximo do destino.

Por volta do meio-dia, pararam para comer e para deixar os cavalos pastar. Quando continuaram, examinaram com mais cuidado o terreno. Descobriram uma trilha que seguiram: ocasionais marcas nas árvores, galhos dobrados de determinadas formas, às vezes, uma pequena pilha de pedras que afinava de trás para a frente, e raramente uma marca feita numa pedra com tinta ocre. Procuraram até o ocaso, então montaram as tendas à margem de um riacho que começava numa fonte em terreno mais alto.

Ayla retirou alguns bolos de viagem feitos de mirtilos secos, gordura filtrada e carne-seca moída com pilão em pedaços pequenos que ela quebrou na água fervente, depois acrescentou um pouco mais de carne à sopa. Jondalar e Jonayla foram dar um passeio no terreno plano próximo, e a menina voltou com as mãos cheias de cebolas que haviam encontrado pelo cheiro. O terreno plano tinha sido um brejo anteriormente naquele ano, o resultado da inundação do rio, e ao secar ele se tornou um lugar adequado para o crescimento de certas plantas. Ayla decidiu ir examiná-lo na manhã seguinte para juntar mais cebolas e o que mais pudesse encontrar.

Partiram na manhã seguinte após a primeira refeição, composta pelo restante da sopa da noite anterior com mais algumas raízes verduras que Ayla havia encontrado no seu passeio exploratório pela área. O segundo dia foi tão improdutivo quanto o primeiro: não encontraram sinal algum de que qualquer pessoa tivesse passado por ali recentemente. Ayla viu rastros de muitos animais e começou a mostrá-los a Jonayla, apontando os aspectos sutis que indicavam os movimentos das diversas criaturas. Quando pararam para a refeição do meio-dia no terceiro dia, Jondalar e Ayla já estavam preocupados. Sabiam o quanto Kimeram e Jondecam desejavam ver Camora e sabiam que Beladora estava ansiosa por rever sua família. Os que esperavam teriam desistido da viagem? Alguma coisa teria acontecido que os levou a cancelar ou adiar a viagem planejada, ou alguma coisa teria acontecido pelo caminho?

— Podíamos voltar ao Rio Grande e à Primeira Caverna dos Zelandonii das Terras do Sul e ver se eles fizeram a travessia — sugeriu Ayla.

— Você e Jonayla não precisam fazer essa longa viagem. Eu vou e você volta para informar a todos. Se não retornarmos dentro de alguns dias, eles vão ficar preocupados.

— Você provavelmente tem razão, mas vamos continuar procurando, pelo menos até amanhã. Depois decidimos.

Acamparam tarde e evitaram conversar sobre a decisão que sabiam ter de tomar. De manhã, o ar estava úmido, notaram nuvens que tinham se formado ao norte. No início da manhã o vento estava errático, vindo de todas as direções. Depois mudou e começou a soprar do norte, com rajadas fortes, que enervaram os cavalos e as pessoas. Ayla sempre levava roupas extras para se proteger contra o frio em caso de mudanças de tempo, ou se precisassem ficar acordados até mais tarde da noite.

As geleiras que começavam longe ao norte, estendidas como um enorme glacê sobre a superfície curva da terra, apresentavam paredes maciças de gelo com mais de 3 quilômetros de espessura a algumas centenas de quilômetros. Nos dias mais quentes do verão, as noites eram geralmente frias e às vezes até mesmo a temperatura durante o dia mudava abruptamente. O vento norte trazia o frio e não deixava esquecer que, mesmo no verão, o inverno dominava a terra.

Mas o vento norte trazia mais alguma coisa. Na agitação de instalar o acampamento e preparar uma refeição, ninguém havia notado uma mudança na postura de Lobo. Mas um ganido alto que era quase um latido atraiu a atenção de Ayla. Ele estava parado, quase inclinado contra o vento, com o nariz erguido alto e para a frente. Tinha farejado alguma coisa. Toda vez que saíam do acampamento ela lhe dava um sinal para procurar pessoas. O olfato altamente desenvolvido de Lobo havia encontrado alguma coisa, um cheiro leve trazido pelo vento.

— Veja, mãe! Veja Lobo! — exclamou Jonayla, que também notara a atitude do animal.

— Ele localizou alguma coisa — disse Jondalar. — Vamos nos apressar e terminar de embalar tudo.

Jogaram as coisas nas cestas de uma forma muito mais desorganizada que o normal e amarraram tudo nos cavalos junto com as mantas de montar. Puseram os cabrestos em Racer e Cinza, apagaram o fogo e montaram.

— Encontre-os, Lobo — comandou Ayla. — Mostre-nos o caminho. — Fez os sinais de mão do Clã ao dar o comando.

O lobo correu para o norte, mas tomou uma direção mais para leste do que vinham viajando. Se o que ele tinha farejado era o grupo que deviam encontrar, pareciam ter se desviado da trilha pouco marcada, ou talvez tivessem viajado até o planalto oriental por outra razão qualquer. Lobo se moveu deliberadamente no trote comum à sua espécie; os cavalos — Huiin à frente — seguiam-no de perto. Viajaram toda a manhã até depois da hora em que paravam para tomar a refeição do meio do dia.

Ayla sentiu o cheiro de alguma coisa queimando, então Jondalar gritou:

— Ayla, você está vendo fumaça à frente?

Ela realmente via um risco de fumaça se elevando à distância e mandou Huiin andar mais depressa. Segurava a corda de Cinza e olhou para trás, para sua filha amada montada na égua nova para ter certeza de que Jonayla estava preparada para a velocidade mais alta. A menina sorriu animada para a mãe, uma indicação de que estava pronta. Jonayla adorava cavalgar sozinha. Mesmo quando sua mãe ou Jondalar queriam que ela montasse na frente no cavalo de um deles, por segurança porque o caminho era difícil ou para que ela descansasse sem a obrigação de se segurar com tanta firmeza, a menina resistia, apesar de isso geralmente não fazer a menor diferença.

Quando viram um acampamento com gente em volta, eles reduziram a velocidade ao se aproximar. Não sabiam ao certo quem eram aquelas pessoas. Outros poderiam estar viajando, e entrar num acampamento de estranhos montados em cavalos poderia causar angústia para todos.

23

Então Ayla viu um homem louro e alto como Jondalar. Ele também a viu.

— Kimeran! Estávamos procurando vocês! Estou feliz por tê-los encontrado. — A voz de Ayla estava carregada de alívio.

—Ayla! — respondeu Kimeran. — É você mesmo?

— E como vocês nos encontraram? — perguntou Jondecam. — Como souberam onde procurar?

— Lobo encontrou vocês. Ele tem um ótimo nariz.

— Fomos à Caverna de Camora esperando encontrá-los, mas eles ficaram surpresos ao nos ver — explicou Jondalar. — Todos ficaram preocupados, especialmente sua irmã, Jondecam. Então sugeri que voltássemos a cavalo seguindo a trilha que eu imaginava que vocês tomariam. Os cavalos andam muito mais depressa que as pessoas.

— Mas saímos da trilha para encontrar um bom lugar para acampar quando as crianças adoeceram — disse Levela.

— Você está dizendo que as crianças estão doentes? — perguntou Ayla.

— Estão. E Beladora também — respondeu Kimeran. — Talvez fosse melhor vocês não se aproximarem. Ginadela adoeceu primeiro. Ficou quente, com febre, depois foi o filho de Levela, Jonlevan, e depois Beladora. Pensei que Gioneran pudesse evitar, mas, quando Ginadela começou a ter pintas vermelhas em todo o corpo, ele também começou a ter febre.

— Não sabíamos o que fazer por eles, só descansar, dar-lhes muita água e tentar baixar a febre com compressas úmidas — explicou Levela.

— Vocês fizeram bem — disse Ayla. — Já vi coisa parecida. Na Reunião de Verão Mamutói, quando passei algum tempo com os Mamuti; eles são como a zelandonia: conhecem o mundo espiritual e são curadores. Um dos acampamentos chegou com várias pessoas doentes, principalmente crianças. Os Mamuti deixaram-nos num lugar afastado do acampamento e colocaram vários Mamuti para afastar os outros. Tinham medo de que a maioria das pessoas presentes à Reunião de Verão pudesse contrair a doença.

— Então você não deve deixar Jonayla brincar com as crianças — sugeriu Levela. — E você também devia se afastar.

— Elas ainda estão quentes, com febre? — perguntou Ayla.

— Agora, não muito, mas ainda estão cheias de pintas vermelhas.

— Vou examiná-las, mas, se não estão com febre, não deve ter problema. Os Mamutói acham que é uma doença infantil e dizem que é melhor se você a contrair na infância. As crianças se recuperam mais facilmente — explicou Ayla. — É mais difícil tratar nos adultos.

— Foi o que aconteceu com Beladora. Acho que nela foi mais grave que nas crianças — disse Kimeran. — Ela ainda está fraca.

— Os Mamuti me disseram que, se você é adulto quando contrai a doença, a febre é mais intensa e dura mais, e as pintas demoram mais a desaparecer. Por que você não me leva para ver Beladora e as crianças?

A tenda tinha dois tetos. Um poste primário sustentava o teto superior, e um filete de fumaça saía de um buraco perto do topo daquele teto. Um poste menor amparava uma extensão que dava mais espaço. A entrada era baixa; Ayla curvou-se para entrar. Beladora estava deitada sobre uma esteira na área ampliada, as três crianças estavam sentadas em outras, mas não pareciam ter muita energia. Havia mais três espaços de dormir do outro lado, dois juntos e um separado.

Kimeran entrou depois de Ayla. Ficou de pé ao lado do poste daquela seção, mas precisava se curvar para se mover no espaço do restante da tenda.

Primeiro, Ayla foi examinar as crianças. A mais nova, o filho de Levela, Jonlevan, parecia já não ter febre, embora ainda estivesse agitado e coberto de pintas vermelhas que pareciam coçar.

Sorriu ao ver Ayla.

— Cadê Jonayla? — perguntou Jonlevan.

A mulher lembrou-se de que a menina gostava de brincar com ele, que tinha 3 anos, mais novo que os 4 dela, mas já quase da mesma altura. Ela gostava de brincar de mãe dele ou de sua companheira, e era mandona. Eram primos, pois sua mãe, Levela, era irmã de Proleva, a companheira do irmão de Jondalar, Joharran, parentes próximos que não poderiam se casar.

— Está lá fora — respondeu Ayla enquanto colocava as costas da mão na testa do menino. Sentiu que não estava anormalmente quente, e os olhos não tinham o olhar febril. — Acho que você está se sentindo melhor, não está? Não está tão quente?

— Quero brincar c'a Jonayla.

— Ainda não, talvez em breve — replicou Ayla.

Depois examinou Ginadela. Ela também parecia estar se recuperando, apesar de suas pintas ainda estarem coloridas.

— Também quero brincar com Jonayla.

Os gêmeos tinham 5 anos, e assim como Kimeran e Jondalar se pareciam, ambos altos e louros, embora não tivessem relação de parentesco, Jonayla e Ginadela também eram louras e claras, com olhos azuis, apesar de Jonayla ter a mesma vívida cor azul dos olhos de Jondalar.

Gioneran, o irmão gêmeo de Ginadela, tinha o cabelo marrom-escuro e os olhos castanhos, iguais aos de sua mãe, mas parecia ter um pouco da altura de Kimeran. Quando Ayla pôs as costas da mão em sua testa, ainda havia um pouco de calor, e seus olhos tinham a aparência de febre. As pintas vinham com força, mas pareciam desbotadas, menos claramente desenvolvidas.

— Vou lhe dar uma coisa para fazer com que se sinta melhor em pouco tempo. Quer um pouco de água agora? Depois deve se deitar.

— Está bem — concordou com um sorriso fraco.

Ela pegou o odre de água, verteu um pouco num copo que estava ao lado da esteira e depois ajudou a segurá-lo para beber. Em seguida, ele se deitou.

Finalmente Ayla foi até Beladora.

— Como você está se sentindo?

— Já me senti melhor — respondeu ela. Seus olhos ainda estavam vítreos, e fungava. — Estou muito feliz por você estar aqui, mas como nos encontrou?

— Quando chegamos e vimos que vocês não estavam na Caverna de Camora, pensamos que alguma coisa os tinha atrasado. Jondalar teve a ideia de montar nos cavalos e procurar. Eles movem-se mais depressa que as pessoas, mas foi Lobo quem farejou e nos trouxe até aqui.

— Eu não fazia ideia da utilidade dos animais — comentou Beladora. — Mas espero que não fique doente. É terrível. Agora sinto coceiras. Essas pintas vermelhas vão desaparecer?

— Logo vão desbotar, embora talvez demore um pouco. Vou preparar algo para aliviar a coceira e baixar um pouco a febre.

Todos se apertavam dentro da tenda. Jondalar e Kimeran estavam junto ao poste mais alto, os outros se reuniam em volta.

— Não sei por que Beladora e as crianças adoeceram, e nós não. Pelo menos não até agora.

— Se vocês não contraíram até agora, provavelmente não vão contrair.

— Tive medo de que alguém tivesse colocado espíritos maus em nós por inveja da viagem — declarou Beladora.

— Não sei — disse Ayla. — Vocês provocaram raiva em alguém?

— Se provoquei, não tive a intenção. Estava animada por rever minha família e minha Caverna. Quando parti com Kimeran, senti que nunca mais ia vê-las. Alguém pode ter sentido que eu estava agindo com orgulho.

Ayla perguntou a Kimeran:

— Alguém na Primeira Caverna dos Zelandonii das Terras do Sul mencionou alguém que tivesse ficado lá antes de vocês? Ou havia alguém doente quando se hospedaram lá?

— Agora que tocou no assunto, algumas pessoas cruzaram o rio antes de nós, mais de um grupo, e acho que o Zelandoni estava cuidando de alguém doente. Mas não perguntei.

— Se houve espíritos maus, eles não foram dirigidos a vocês. Pode ser que tenham sido deixados pelas pessoas que estiveram lá, Beladora, mas algumas doenças acontecem mesmo que ninguém as lance sobre você. Parece que as doenças simplesmente se espalham — explicou Ayla. — Esta febre com pintas vermelhas pode ser uma dessas. Se você a tem quando ainda é novo, não a contrai outra vez depois de adulto. Foi o que me disse um Mamut. Imagino que vocês todos a tiveram quando eram crianças, ou todos também estariam doentes.

— Acho que me lembro de uma época em que muitos de nós ficamos doentes numa Reunião de Verão — disse Jondecam. — Eles nos puseram todos numa tenda, e após começarmos a nos sentir bem novamente, nos sentimos especiais por recebermos tanta atenção. Era mais ou menos como um jogo. Acho que também tivemos pintas. Vocês lembram?

— Provavelmente eu era nova demais para lembrar — respondeu Levela.

— E eu era suficientemente mais velho para não prestar atenção em crianças, doentes ou não — disse Jondalar. — Se não fiquei doente naquela época, devo ter tido quando era muito novo para me lembrar. E você, Kimeran?

— Acho que lembro, mais ou menos, mas somente porque minha irmã era da zelandonia — disse o outro homem alto. — Numa Reunião de Verão, havia sempre tanta coisa acontecendo, e os jovens da mesma Caverna tendem a ficar juntos e geralmente não notam o que os outros estão fazendo. E você Ayla? Teve a doença das pintas vermelhas?

— Eu me lembro de uma vez ou outra ficar doente e ter febre quando estava crescendo, mas não me lembro das pintas vermelhas. Porém não fiquei doente quando fui com um Mamut ao acampamento Mamutói que tinha a doença, para aprender alguma coisa sobre ela e como tratá-la. Por falar nisso, quero sair e ver o que posso achar para ajudar você a se sentir melhor, Beladora. Tenho alguns remédios comigo, mas as plantas de que preciso crescem praticamente em qualquer lugar, e eu as prefiro frescas, se puder encontrá-las.

Todos saíram da tenda, com exceção de Kimeran, que ficou para cuidar de Beladora e seus filhos, e do filho de Levela.

— Não posso ficar aqui, mamãe? Com eles? — perguntou Jonayla, indicando as outras crianças.

— Eles não podem brincar agora, Jonayla. Precisam descansar. E eu queria que você me ajudasse a encontrar algumas plantas que vou usar para fazê-los sentir melhor.

— O que você está procurando? — perguntou Levela ao saírem da tenda. — Posso ajudar?

— Você conhece o milefólio ou a unha-de-cavalo? Preciso também de casca de salgueiro, mas essa eu sei onde encontrar. Vi algumas quando estávamos chegando aqui.

— Milefólio é aquela com folhas finas e pequenas flores brancas que crescem juntas num cacho? Como cenouras, com um cheiro mais forte? É uma das formas de identificá-la, pelo cheiro.

— É uma descrição muito boa. E unha-de-cavalo?

— Folhas verdes grandes e redondas que são grossas, e por baixo, brancas e macias.

— Essa você também conhece. Bem, vamos sair e achar algumas.

Jondalar e Jondecam estavam parados ao lado da fogueira no exterior da tenda, conversando, enquanto Jonayla, ao lado ouvia.

— Beladora e Gioneran ainda têm um pouco de febre. Vamos sair e procurar algumas plantas para baixá-la. E alguma coisa para aliviar a coceira. Vou levar Jonayla e Lobo.

— Estávamos dizendo que devíamos buscar mais lenha — acrescentou Jondalar. — E eu estava pensando que devia procurar algumas árvores para fazer postes para um ou dois *travois*. Mesmo depois de melhorarem, Beladora e as crianças não deverão estar com disposição para uma longa caminhada, e devemos voltar logo para a Caverna de Camora antes que comecem a se preocupar conosco.

— Você acha que Beladora se importaria de viajar num *travois*? — perguntou Ayla.

— Todos nós vimos a Primeira viajando num *travois*. E parecia gostar. Acho que isso tornou a ideia menos assustadora — respondeu Levela. — Vamos perguntar.

— De qualquer forma, preciso buscar minha cesta — disse Ayla.

— Vou buscar a minha também, e acho que devemos informar a Kimeran e Beladora aonde vamos. E vou dizer a Jonlevan que buscaremos uma coisa para fazê-lo se sentir melhor.

— Ele vai querer ir, pois já está melhor, especialmente quando souber que Jonayla vai com vocês — disse Jondecam.

— Sei que vai, mas acho que não devia. O que você acha, Ayla?

— Se eu conhecesse melhor a área e soubesse aonde vamos, diria que tudo bem, mas acho que ainda não.

— É o que vou dizer a ele — decidiu Levela.

— Vou levar Beladora — disse Ayla. — Huiin está mais acostumada a puxar um *travois*.

Várias semanas tinham se passado desde que haviam encontrado as famílias perdidas, mas Beladora ainda não estava completamente recuperada. Se forçasse cedo demais, Ayla temia que ela poderia terminar com um problema crônico que tornaria mais difícil a viagem.

Ela não acrescentou que Racer não seria um bom cavalo para puxar o *travois* por ser mais difícil de controlar. Até mesmo Jondalar, que era muito bom com ele, tinha dificuldades quando o garanhão ficava mais nervoso. Cinza ainda era muito nova, e Jonayla ainda mais em termos de capacidade, e com Huiin puxando o *travois* atrás de si, seria mais complicado para Ayla usar a corda para ajudar a filha a controlar sua égua. Ela não tinha certeza se deviam fazer um *travois* para Cinza.

Porém a grande tenda em que os outros viajantes tinham acampado enquanto as pessoas estavam doentes fora montada a partir das tendas menores de viagem com mais algumas peles, e o terceiro *travois* poderia carregar os postes extras e as outras coisas que haviam feito, que de outra forma teriam de ser deixadas para trás. As crianças melhoraram muito, mas ainda se cansavam com facilidade. Os *travois* poderiam lhes permitir descansar sem ter de parar. Ayla e Jondalar queriam voltar tão rapidamente quanto possível. Tinham certeza de que as pessoas que os esperavam já se preocupavam.

Na noite anterior à partida, eles organizaram o que puderam para partir rapidamente. Ayla, Jondalar, Jonayla e Lobo usaram sua própria tenda de viagem. Pela manhã, fizeram uma refeição rápida com as sobras da noite anterior, embalaram tudo nos *travois*, inclusive as bolsas que usavam nas costas para carregar o que era essencial — abrigo, roupas adicionais e alimentos. Apesar de os adultos estarem acostumados a carregar suas cargas, era muito mais fácil caminhar sem todo aquele peso. Partiram e viajaram até mais longe do que esperavam, mas ao anoitecer as pessoas estavam cansadas.

Enquanto tomavam os últimos goles do chá à noite, Kimeran e Jondecam tiveram a ideia de sair para caçar e ter alguma coisa para quando encontrassem os parentes de Camora. Ayla estava preocupada. O tempo havia colaborado até então. Houvera uma chuva ligeira na noite em que ela e Jondalar tinham encontrado os outros viajantes. Depois o clima ficou mais claro, no entanto Ayla não sabia durante quanto tempo continuaria assim. Jondalar estava ciente de que ela possuía um bom faro para o clima, geralmente conseguia saber quando vinha chuva.

Não foi exatamente o cheiro que sugeriu chuva, pensou mais num sinal no ar, uma sensação de umidade. Anos mais tarde, alguns iam referir-se ao ozônio na atmosfera antes da chuva, outros que eram capazes de detectá-lo diziam que deixava um gosto metálico na boca. Ayla não tinha um nome para o fenômeno, achava difícil explicá-lo, mas já o conhecia e havia percebido recentemente o sinal de chuva próxima. Chapinhar na lama sob chuva torrencial era a última coisa que desejava fazer naquele momento.

Ela acordou quando ainda estava escuro. Levantou-se para usar a cesta noturna, mas preferiu sair. Ainda se via o brilho das brasas na lareira diante da tenda que lhe deu a iluminação suficiente para chegar aos arbustos. O ar estava frio, mas fresco e, quando voltou para a tenda, notou que o negro da noite havia se misturado ao azul de antes da alvorada. Observou durante algum tempo o vermelho profundo inundar o céu a leste, acentuando o desenho salpicado de nuvens azul-escuras, seguidas por uma luz deslumbrante que tornava mais feroz o céu vermelho e espalhava as nuvens em grupos de cores vibrantes.

— Tenho certeza de que logo vai chover — disse a Jondalar quando tornou a entrar na tenda —, e vai ser uma tempestade violenta. Sei que eles não querem chegar de mãos vazias, mas, se continuarmos, podemos chegar lá antes de a chuva começar. Não quero que Beladora fique molhada e com frio logo agora que está melhorando e não gosto da ideia de tudo ficar molhado e sujo de lama se podemos correr e evitar.

Os outros acordaram cedo, com planos de partir logo depois da alvorada. Todos viram as nuvens escuras se acumulando no horizonte, e Ayla tinha certeza de que logo estariam debaixo de um aguaceiro.

— Ayla diz que uma grande tempestade está se aproximando — disse Jondalar aos dois outros homens, quando falaram da caçada. — Ela acha que seria melhor caçar mais tarde, depois de chegarmos lá.

— Sei que há nuvens distantes — comentou Kimeran —, mas isso não quer dizer que vá chover aqui. Elas parecem muito afastadas.

— Ayla tem um bom pressentimento para a ameaça de chuva — disse Jondalar. — Já vi antes. Não acho quero preciso secar roupas molhadas e calçados enlameados.

— Mas só os conhecemos no Matrimonial — disse Jondecam. — Não quero pedir a hospitalidade deles sem nada para retribuir.

— Passamos apenas meio dia com eles, antes de sairmos para procurar vocês, porém notei que não se familiarizaram com o arremessador de lanças. Por que não os convidamos para caçar conosco e lhes mostramos como usá-lo. Seria um presente melhor que simplesmente levar carne para eles.

— Pode ser... Você acha realmente que vai chover tão cedo? — indagou Kimeran.

— Confio no nariz de Ayla para chuva. Ela raramente erra — assegurou Jondalar. — Ela já está sentindo o cheiro de chuva há alguns dias e acha que vai ser uma tempestade violenta. Não vai ser uma tempestade que queiramos pegar fora de um bom abrigo. Ela nem quer parar para preparar a refeição do meio-dia, diz que devemos apenas beber água e comer os bolos de viagem pelo caminho, para chegar lá mais depressa. Agora que Beladora está melhorando, não acredito que vocês gostariam de vê-la encharcada. — De repente ocorreu-lhe outro pensamento. — Poderíamos chegar mais depressa montados nos cavalos.

— Como vamos montar todos em três cavalos? — quis saber Kimeran.

— Alguns viajam nos *travois* e os outros montam na garupa dos cavalos. Já pensou em se sentar num cavalo? Você pode ir atrás de Jonayla.

— Alguém mais pode se sentar num cavalo; eu tenho pernas longas e corro depressa — disse Kimeran.

— Não tão depressa quanto um cavalo. Os dois filhos de Beladora vão no *travois* com ela. Vai ser uma viagem desconfortável, mas já a fizeram algumas vezes. Passamos os equipamentos do *travois* de Racer para o de Cinza. Então Levela e Jonlevan podem viajar na garupa de Racer comigo. Ficam faltando você e Jondecam. Acho que ele pode viajar no *travois*, ou viaja na minha garupa e Levela e o filho seguem no *travois*. Fica faltando você, que viajaria na garupa de Ayla ou de Jonayla. Com as suas pernas compridas, teria mais espaço se viajasse com Jonayla, pois ela cavalga bem junto ao pescoço de Cinza. Você acha que consegue se agarrar a um cavalo com as pernas estando montado nele? Também poderia se agarrar às cordas do *travois*. Quem vier comigo pode se segurar em mim. Não podemos viajar assim por um período muito longo, mas cobriríamos um bom terreno muito mais depressa se deixarmos os cavalos correrem livres por algum tempo.

— Estou vendo que você já pensou muito nisso — comentou Jondecam.

— Só desde que Ayla me falou de sua preocupação. O que você acha, Levela?

— Não quero me molhar, se possível. Se Ayla disse que vai chover, acredito nela. Eu vou no *travois* com Jonlevan, igual a Beladora, se isso nos fizer chegar lá mais depressa, mesmo que seja desconfortável.

Enquanto a água fervia para o chá, as cargas dos *travois* foram remanejadas, e Ayla e Jondalar distribuíram tudo. Lobo olhava de lado com a cabeça inclinada, como se estivesse curioso sobre o que estava acontecendo, impressão que era acentuada pela orelha deformada. Ayla o viu e sorriu. Partiram devagar. Então, trocando um olhar, Jondalar fez um sinal para Ayla e deu um grito.

— Preparem-se e segurem firme.

Ayla inclinou-se para a frente e ordenou à égua a correr. Huiin começou num trote rápido, que passou a um galope. Apesar de não ser tão rápido quanto seria se não estivesse arrastando o *travois*, ela ganhou uma boa velocidade. Os outros cavalos seguiram o ritmo e o comando dos cavaleiros. Lobo corria ao lado. Foi emocionante para Jondecam e Kimeran, e empolgante, ainda que um tanto assustador, para os que se agarravam aos *travois* enquanto venciam os solavancos do caminho. Ayla prestava atenção à sua égua, e, quando Huiin começou a sentir o esforço, ela a fez diminuir a velocidade.

— Bem, foi empolgante — comentou Beladora.

— Foi ótimo! — gritaram os dois gêmeos ao mesmo tempo.

— Podemos fazer de novo? — pediu Ginadela.

— Isso. Vamos fazer de novo? — repetiu Gioneran.

— Vamos fazer de novo, mas agora temos de deixar Huiin descansar.

Ayla ficou feliz com a distância percorrida naquele galope rápido, mas ainda tinham muito a percorrer. Continuaram a avançar, mas em velocidade de passo. Depois de sentir que sua égua estava descansada, ela gritou:

— Vamos fazer de novo.

Quando os cavalos começaram a correr, os cavaleiros se agarraram, já sabendo o que esperar. Os que antes tiveram medo não tinham mais tanto, porém ainda era empolgante se mover a uma velocidade maior que a possível a qualquer um, até mesmo aos que tinham as pernas mais compridas.

Os cavalos selvagens, que tinham sido amansados, mas não domesticados, eram muito fortes e resistentes. Os cascos não exigiam proteção contra o chão pedregoso. Eram capazes de carregar ou arrastar cargas surpreendentemente pesadas, e sua resistência era muito superior ao que se poderia esperar. Apesar de adorarem correr, os cavalos com cargas muito pesadas eram capazes de manter o ritmo por períodos muito limitados, que Ayla vigiava cuidadosamente. Quando reduziu novamente a velocidade para passo e depois sinalizar a retomada pela terceira vez, os cavalos pareceram até gostar. Lobo também gostou. Assemelhava-se a uma espécie de jogo. Ele tentava adivinhar quando começariam novamente a correr e avançar, mas não queria se adiantar muito porque tentava acompanhar de perto e precisava adivinhar quando iam reduzir a velocidade.

No final da tarde, Ayla e Jondalar começavam a reconhecer a região, mas não tinham certeza, e não queriam perder a trilha que teriam de tomar para chegar à Caverna do povo de Camora. Willamar era quem conhecia a região. Andando mais devagar, todos notavam a mudança no tempo. O ar estava úmido, o vento começava a soprar com mais força. Então ouviram um ribombo e o estouro de um trovão e logo depois o brilho do raio não muito longe. Ayla começou a tremer, mas não somente por causa do sopro úmido do ar frio. O ribombar constante lhe trazia à memória um terremoto, e não havia nada que odiasse mais que os terremotos.

Quase se perderam, mas Willamar e alguns dos outros já procuravam sinais deles havia alguns dias. Jondalar ficou muito aliviado ao perceber a figura familiar acenando. O Mestre Comerciante tinha visto de longe os cavalos se aproximando e mandou uma pessoa avisar na Caverna que estavam de volta. À distância, não vendo ninguém caminhando ao lado dos animais, Willamar teve medo de que não tivessem encontrado ninguém, mas, durante a aproximação dos cavalos, enxergou mais de uma cabeça para cada cavalo e entendeu que estavam cavalgando juntos. Depois, no momento em que chegaram, viu os *travois* e pessoas sobre eles.

Pessoas da Caverna desciam correndo da montanha. Quando viu o irmão e o tio, Camora ficou indecisa sem saber para qual correr primeiro. Os dois resolveram o dilema, correram os dois até ela e abraçaram-na juntos.

— Corram, está começando a chover — comandou Willamar.

— Podemos deixar os *travois* aqui — disse Ayla.

Todos correram encosta acima.

Os viajantes ficaram mais do que planejaram para dar a Camora tempo de rever os parentes e para seu companheiro e seus filhos os conhecerem. A Caverna era um grupo mais isolado de pessoas e, apesar de comparecerem às Reuniões de Verão, não tinham vizinhos próximos. Jondecam e Levela pensaram em ficar com a irmã dele, talvez até os viajantes passarem e os pegarem no caminho de volta. Ela parecia faminta por companhia e por notícias das pessoas que conhecia. Kimeran e Beladora queriam partir com a Primeira. O povo de Beladora vivia no ponto final da Jornada proposta.

A Primeira planejava sair após poucos dias, mas Jonayla adoeceu com sarampo quando se preparavam para partir, o que adiou a viagem. Os três membros da zelandonia entre os viajantes deram remédios e instruções aos residentes da Caverna sobre como tratar quem contraía a doença contagiosa, explicando que provavelmente também ficariam doentes, mas assegurando que geralmente não era grave. O Zelandoni local conheceu a Primeira e Jonokol enquanto Jondalar e Ayla procuravam os outros, e passou a respeitar seus conhecimentos.

As pessoas da Nona Caverna contaram histórias de suas experiências com a doença, tornando-a tão corriqueira que as habitantes não ficaram nervosos com medo de contraí-la. Mesmo depois de Jonayla começar a sentir-se melhor, a Zelandoni decidiu que deviam adiar a partida até os habitantes da Caverna começarem a apresentar os sintomas, de forma que os três pudessem explicar como cuidar dos doentes e quais ervas e cataplasmas seriam mais eficazes. Muitos da Caverna adoeceram, mas nem todos, o que levou a Primeira a pensar que pelo menos alguns deles tinham se exposto ao sarampo antes.

Zelandoni e Willamar sabiam que havia alguns Locais Sagrados na região e conversaram sobre eles com Farnadal e seu donier. A Primeira sabia desses lugares, mas não os tinha visto. Willamar havia, mas muitos anos antes. Eram lugares relacionados à principal caverna pintada da Sétima Caverna das Terras do Sul, tal como a próxima à Quarta Caverna das Terras do Sul, e eram sagrados, mas, pelas descrições, não havia muito a ver, apenas alguns desenhos rústicos sobre paredes de pedra.

Já haviam se atrasado tanto que a Primeira decidiu que poderiam omitir aqueles lugares naquela Jornada Donier para dar tempo de ver outros. Era mais importante ver a Caverna Sagrada que havia próxima à Caverna de Amelana. E ainda tinham de visitar o povo Giornadonii e a Caverna de Beladora.

A espera deu à Nona Caverna a oportunidade de conhecer melhor o povo da Caverna de Camora, e a Jondalar, em particular, a oportunidade de demonstrar o arremessador de lanças e mostrar como construí-lo a quem quisesse aprender. A espera também deu a Jondecam e Levela mais tempo para conhecer Camora e seus parentes e, quando os viajantes partiram, estavam prontos a ir com eles. Durante a demorada visita, as duas Cavernas ficaram amigas e discutiram a possibilidade de uma visita recíproca no futuro.

Apesar de toda a camaradagem, os visitantes estavam ansiosos por retomar a viagem, e os habitantes da Caverna ficaram gratos quando eles partiram. Não estavam acostumados a ter muitos visitantes, ao contrário da Nona Caverna, localizada no meio de uma região densamente habitada. Era essa uma das razões por que Camora sentia tanta falta da família e dos amigos. Estava decidida a levar a Caverna a fazer uma visita na volta, e, se pudesse, convenceria seu companheiro a ficar.

Depois de terem partido, os viajantes levaram alguns dias até se ajustar a um modo itinerante confortável. A nova composição do grupo de viajantes era muito diferente da que tinham ao iniciarem, principalmente por estarem em maior número e levarem mais crianças, o que prolongava o tempo necessário para avançar de um lugar a outro. Enquanto havia apenas Jonayla, que geralmente montava Cinza, moviam-se rapidamente, mas com mais duas crianças com idade suficiente para usar as próprias pernas, e um mais novo que queria andar porque as outras crianças andavam, a velocidade do deslocamento inevitavelmente se reduziu.

Ayla finalmente deu a sugestão de que Cinza devia puxar um *travois* para ser usado pelas três crianças enquanto era montada por Jonayla. Isso ajudou a aumentar um pouco a velocidade dos viajantes, que desenvolveram uma rotina prática em que todos contribuíam à sua maneira para o bem-estar do grupo.

À medida que a estação avançava, e eles continuavam na direção sul, os dias ficavam mais quentes. Era geralmente agradável, exceto por uma tempestade ocasional ou pelos dias de calor úmido. Quando viajavam ou trabalhavam no calor, os homens usavam uma tanga e suas contas decorativas identificadoras. As mulheres trajavam um vestido confortável, sem mangas com aberturas dos lados para facilitar a caminhada, feito de camurça macia ou de fibras tecidas que vestiam pela cabeça e era amarrado na cintura. Mas, à medida que o calor aumentava, até mesmo roupas leves poderiam ser excessivas, e eles as reduziam ainda mais. Homens e mulheres às vezes usavam apenas uma saia curta com franjas e algumas contas, as crianças nem isso, e a pele ficava marrom-escura. A tez morena lentamente adquirida era a melhor proteção contra o sol e, apesar de não saberem, uma forma saudável de absorver certas vitaminas essenciais.

Zelandoni estava começando a se acostumar a caminhar, e Ayla teve a impressão de que ela estava ficando mais magra. Não tinha dificuldade em caminhar, mas insistia em montar no *travois* quando se aproximavam de uma nova localidade. As pessoas sentiam uma comoção ao vê-la arrastada por um cavalo, o que, segundo ela, aumentava a mística da zelandonia e a posição da Primeira Entre Aqueles Que Serviam À Grande Mãe Terra.

A rota que fora traçada pela Zelandoni e por Willamar levava-os para o sul através de florestas e campinas, ao longo do lado oeste de um maciço, um planalto que tinha sobrado de antigas montanhas, erodidas pela passagem do tempo, com vulcões formando novas montanhas sobre as antigas. Finalmente viraram para leste contornando a margem sul do planalto e continuaram a viajar para leste entre a extremidade sul do planalto e as praias do Mar do Sul. Durante a viagem, geralmente viam caça, pássaros e animais de muitas espécies, às vezes em rebanhos, mas, a não ser quando paravam para visitar aldeias, nenhuma pessoa cruzou seu caminho.

Ayla apreciava muito a companhia de Levela, Beladora e Amelana. Faziam muitas coisas juntas com os filhos. A gravidez de Amelana começava a aparecer, mas ela já não era incomodada por enjoos matinais e a caminhada lhe era benéfica. Sentia-se bem e sua saúde estava vibrante, além da demonstração óbvia da maternidade que a tornava ainda mais atraente para Tivonan e Palidar, os assistentes do Mestre Comerciante. Mas, durante a Jornada Donier, nas paradas para visitar várias Cavernas, Reuniões de Verão e Locais Sagrados, outros jovens também eram atraídos por ela. E ela gostava de toda aquela atenção.

Como Ayla passava muito tempo com a Zelandoni, as jovens aprendiam um pouco do conhecimento que a Primeira passava para a acólita. Ouviam, e às vezes participavam das discussões sobre várias coisas, práticas medicinais, identificação de plantas, modos de contar, o significado das cores e dos números, histórias e canções das Histórias e Lendas dos Antigos, e a donier parecia não ter objeções a passar sua sabedoria para elas. Sabia que em tempos de emergência, não havia mal em ter mais pessoas sabendo o que fazer se tivessem de agir como assistentes.

Ao viajar para leste, encontravam rios que desciam do maciço para desaguar no Mar do Sul. Como nenhum deles era grande demais, os viajantes aprenderam a cruzá-los sem problemas até chegarem a um rio que cavou um grande vale que corria de norte para sul. Seguiram-no para o norte até chegarem a um tributário vindo do nordeste e foram na mesma direção para a qual ele corria.

Um pouco além, o grupo viajante chegou a uma área agradável de floresta na margem de um lago formado a partir de um meandro do rio. Embora ainda fosse o início da tarde, pararam e instalaram o acampamento perto de um pequeno bosque. As crianças descobriram uma moita de mirtilos antes da refeição da noite e colheram alguns para dividir com os mais velhos, porém comeram mais enquanto colhiam. As mulheres descobriram enormes moitas de tabuas e juncos cana-de-vassoura na beira da água, e os caçadores descobriram sinais recentes de cascos fendidos.

— Estamos chegando ao lar dos que vivem junto da mais importante Caverna Sagrada de todos os Zelandonii — comentou Willamar, após construir uma fogueira e estarem descansando tomando um pouco de chá. — Somos um grupo grande que vai chegar e pedir hospitalidade sem levar nada equivalente ao nosso tamanho para dividir.

— Parece que um rebanho de auroques ou bisões parou aqui há pouco tempo, a julgar por estes rastros — apontou Kimeran.

— Talvez voltem regularmente para beber água. Se ficarmos algum tempo, podemos caçá-los — anunciou Jonokol.

— Ou eu poderia ir procurá-los montado em Racer — sugeriu Jondalar.

— Quase todos nós estamos ficando sem lanças para caçar — avisou Jondecam. — Eu quebrei uma na última caçada, a haste e a ponta.

— Esta região parece ter boas pedras para lascar — disse Jondalar. — Se eu encontrar algumas, faço novas pontas.

— Vi um grupo de árvores retas a caminho daqui, mais novas que as daquele bosque, que podem dar boas hastes — disse Palidar. — Não é longe.

— Algumas daquelas maiores darão bons *travois* para levarmos carne fresca para a Caverna que visitaremos — disse Jondalar.

— Alguns touros novos nesta época do ano nos darão carne fresca e seca, além de gordura para bolos de viagem e combustível para as lamparinas, e um ou dois couros — disse Ayla. — Assim poderemos fazer sapatos novos com a pele. Não me importo de andar descalça a maior parte do tempo, mas às vezes preciso de proteção para os pés, e meu sapato está desmanchando.

— E vejam aquelas tabuas e juncos — indicou Beladora. — Você pode tecer sapatos com as folhas, e podemos fazer esteiras, cestas, almofadas e muitas outras coisas de que precisamos.

— Até mesmo presentes para a Caverna que visitarmos — disse Levela.

— Espero que isso não vá demorar. Estamos muito perto de casa e estou ficando muito ansiosa — disse Amelana. — Não consigo esperar para ver minha mãe.

— Mas você não vai querer voltar para casa de mãos vazias, ou vai? — perguntou a Primeira.

— Você não gostaria de levar um ou dois presentes para sua mãe, e talvez um pouco de carne para a Caverna?

— Você tem razão! É o que eu devia fazer, para não parecer que estou voltando querendo caridade — disse Amelana.

— Você sabe que não é isso, mesmo que não traga nada, mas não seria bom dar algo a eles? — disse Levela.

24

Decidiram todos que era hora de dedicar alguns dias à caça e à coleta de comida para recompor a despensa de viagem e recuperar o equipamento que mostrava sinais de excesso de uso. Estavam animados por terem encontrado um lugar com tamanha abundância.

— Vou pegar um pouco daquelas amoras. Estão perfeitas para a colheita — avisou Levela.

— Sim, mas primeiro vou fazer uma cesta de colheita que eu possa usar em torno do pescoço para ter as mãos livres para colher — disse Ayla. — Preciso de uma quantidade suficiente para secar e fazer bolos de viagem, mas para isso tenho que tecer um tapete onde secá-las.

— Você pode fazer uma cesta para mim? — pediu a Zelandoni. — Colher é uma das coisas que posso fazer.

— Também quero colher. Você pode fazer uma cesta para mim? — pediu Amelana.

— Mostre-me como você faz a sua — disse Beladora. — Colher usando as duas mãos é uma boa ideia, mas sempre carreguei a minha no braço.

— Vou mostrar a todas, inclusive às crianças. Elas também podem ajudar. Vamos pegar os juncos e as tabuas.

— E coletar raízes para comer no jantar — sugeriu Beladora.

Lobo observava Ayla e Jonayla, e finalmente uivou para chamar a atenção da mulher. Corria para o campo aberto e voltava.

— Você também quer explorar e caçar, Lobo? Vá em frente — disse ela, fazendo o sinal de mão que lhe dizia que estava livre para fazer o que quisesse.

As mulheres passaram a tarde arrancando plantas da margem lamacenta do lago; os juncos altos, cujos topos de plumas eram mais altos que Jondalar e Kimeran, e as tabuas ligeiramente mais baixas, carregadas de pólen comestível. Os rizomas frescos e os talos inferiores das duas plantas eram também comestíveis crus ou cozidos, assim como os pequenos bulbos que cresciam nos rizomas das tabuas. Mais tarde, as raízes secas poderiam ser trituradas em farinha para fazer uma espécie de pão, especialmente gostoso quando era misturado ao rico pólen amarelo das tabuas, mas igualmente importantes eram as partes não comestíveis.

Os talos macios e ocos dos juncos altos podiam ser tecidos em cestas grandes, ou transformados em colchas macias para as camas, mais confortáveis que as esteiras de pele quando estava quente, e em tapetes para as peles quando estava frio. As folhas da tabua foram também transformadas em tapetes usados para vários fins, inclusive roupas de cama, ou almofadas para se ajoelhar ou sentar. Além de serem tecidas em cestas, podiam ser transformadas em painéis divisórios, cobertas impermeáveis para moradias e capas de chuva e chapéus para as pessoas. O talo duro da tabua, quando seco, era excelente para acender fogo. As pontas macias dos talos se tornavam lanugens, ótimas iscas de fogo, ou enchimento de colchões, almofadas ou travesseiros, ou material absorvente para os dejetos dos bebês e para a menstruação feminina. Encontraram um verdadeiro mercado de alimentos e outros produtos nas plantas que cresciam tão abundantemente na beira d'água.

Durante o restante da tarde, as mulheres teceram cestas para coleta de frutas. Os homens passaram a tarde discutindo caça e a colheita de troncos novos de árvores para fazer as hastes de lanças para os arremessadores, para substituir as que se tinham quebrado ou perdido. Jondalar saiu montado em Racer para seguir rastros e ver se conseguia localizar o rebanho que os havia deixado. Nessa atividade, ele também aproveitava para procurar afloramentos de pedras que tinha certeza de poder encontrar na região. Ayla o viu sair e adivinhou que ele procurava o rebanho. Por um breve momento chegou a considerar ir com Jondalar, mas estava ocupada na feitura de cestas e não queria interromper a tarefa.

Apesar de Jondalar não ter voltado, pararam para a refeição da noite e discutiram seus planos. Todos riam e conversavam quando ele retornou ao acampamento com um sorriso.

— Encontrei um grande rebanho de bisões e também algumas pedras que parecem ser de boa qualidade para novas lanças.

Desmontou e tirou várias pedras cinzentas grandes das cestas presas em equilíbrio dos dois lados do lombo de Racer. Todos se reuniram à sua volta quando ele removeu as cestas, o cobertor de montaria e os cabrestos do garanhão, colocou-o na direção da água e lhe deu um tapa na anca. O cavalo marrom entrou no lago e bebeu um pouco de água. Depois saiu e deixou-se cair na areia, rolando de costas, de um lado depois do outro. As pessoas que olhavam riram. Era divertido ver o cavalo chutando o ar, desfrutando obviamente da boa coceira que se dava.

Jondalar juntou-se aos outros em torno do fogo. Ayla lhe deu uma tigela de comida cheia de carne-seca reconstituída, os talos inferiores, as raízes e as pontas de tabua, tudo cozido em caldo de carne.

Ele sorriu para Ayla.

— E vi também um bando de tetrazes vermelhos. É o pássaro de que lhe falei que parece um lagópode, só que não fica branco no inverno. Se o caçarmos poderíamos usar as penas nas lanças.

— E eu poderia fazer o prato preferido de Creb.

— Você quer vir caçá-los amanhã de manhã?
— Quero... — Então ela franziu o cenho. — Bem, eu ia colher amoras.
A Primeira interveio:
— Vá caçar os tetrazes. Temos gente mais que suficiente para a colheita.
— E eu cuido de Jonayla, se você quiser — propôs Levela
— Termine de jantar, Jondalar. Vi umas belas pedras redondas para minha funda no leito seco. Quero ir buscá-las antes que escureça — convidou Ayla, cismando. — Acho que vou levar também o meu arremessador. Ainda tenho lanças.

Na manhã seguinte, em vez da roupa usual, ela vestiu um par de perneiras de camurça, semelhantes à roupa de baixo dos rapazes no inverno, e a cobertura dos pés composta de mocassins ligados a uma parte superior presa em volta do calcanhar. Completou com uma blusa sem mangas feita do mesmo material das perneiras e atou os laços apertados na frente, oferecendo maior apoio para os seios. Então trançou rapidamente o cabelo para não atrapalhar, e enrolou a funda em torno da cabeça. Colocou o suporte do arremessador e as lanças nas costas, prendeu uma faixa de couro na cintura na qual amarrou uma boa faca na bainha, uma sacola cheia de pedras que tinha recolhido, outra com alguns implementos inclusive seu copo pessoal, e, por fim, uma de medicamentos com suprimentos de emergência.

Vestiu-se rapidamente, estava animada. Não havia percebido o quanto queria sair para caçar. Pegou o cobertor de montaria, saiu da tenda e assoviou para chamar Huiin. Com um trinado diferente, chamou Lobo, então foi até onde os cavalos pastavam. Cinza tinha um cabresto com uma longa corda amarrada a um pau preso no chão para não se afastar muito, pois tinha a tendência a desaparecer. Ayla sabia que Huiin não se afastaria muito da égua nova. Jondalar havia deixado Racer na mesma área. Ela colocou o cobertor no lombo da égua baia e, puxando as cordas presas ao cabresto de Racer e Cinza, saltou no lombo da égua e se dirigiu à fogueira do acampamento. Lá, ela levantou a perna sobre o lombo da égua e deslizou para o chão, depois foi até a filha que estava sentada ao lado de Levela.

— Jonayla, segure Cinza. Ela pode querer nos seguir — disse entregando a corda para a menina. — Não vamos demorar. — Quando se virou e ergueu os olhos, viu Lobo correndo na sua direção. — Aí está você.

Enquanto Ayla abraçava a filha, Jondalar enfiava na boca um último pedaço de raiz de tabua. Seus olhos brilharam ao ver a mulher tão cheia de empolgação, vestida para sair numa cavalgada e caçada. Está linda, pensou. Foi até o odre grande, encheu os odres menores que levariam com eles, então encheu seu copo e bebeu. Levou o restante para Ayla e lhe deu um odre pequeno, depois colocou seu copo na bolsa. Disseram algumas palavras de despedida às pessoas em volta do fogo e montaram nos seus cavalos.

— Espero que você ache seu lagópode ou tetraz — disse Beladora.

— Boa caçada — foi a vez de Willamar.

— De qualquer forma, boa cavalgada — acrescentou a Primeira.

Ao acompanhar o casal que se afastava, cada um tinha seus próprios pensamentos e sentimentos. Willamar via Jondalar e sua companheira como filhos de Marthona e, portanto, seus, e sentiu o calor do amor familiar. A Primeira tinha um apreço especial por Jondalar como o homem que havia amado no passado e, de alguma forma, ainda amava, embora agora como amigo e algo mais, quase como um filho. Apreciava os muitos dons de Ayla, amava-a como amiga e era feliz por ter uma colega que considerava uma igual. Também era feliz por Jondalar ter encontrado uma mulher digna de seu amor. Beladora e Levela também amavam Ayla como uma boa amiga, embora houvesse tempos em que se sentiam assombradas por ela. Entendiam o magnetismo de Jondalar, mas, como tinham seus companheiros e filhos que amavam, não estavam mais encantadas, porém gostavam dele como um amigo atencioso sempre pronto a ajudar quando precisavam.

Jonokol e os dois jovens comerciantes-aprendizes, e até mesmo Kimeran e Jondecam, respeitavam as habilidades de Jondalar, especialmente com as pedras e com o arremessador, e até o invejavam. Além disso, ele tinha uma companheira atraente e habilidosa de tantas maneiras, tão devotada a ele que, mesmo durante os Festivais da Mãe, sempre escolhia somente seu homem. Ele sempre atraía muitas mulheres. Muitas delas ainda o consideravam quase irresistivelmente carismático, embora ele não encorajasse os avanços.

Amelana ainda estava assombrada por Ayla. Achava difícil pensar nela como apenas uma mulher que pudesse ser sua amiga. Admirava-a intensamente e desejava ser como ela. A jovem também achava Jondalar enormemente atraente, tinha até mesmo tentado seduzi-lo, mas ele não pareceu notar. Todos os outros homens que Amelana havia conhecido durante a viagem lhe deram um olhar de apreciação, mas nunca conseguiu dele mais que um sorriso amistoso, porém, distante, e não sabia a razão. Na verdade, Jondalar tinha plena consciência do interesse dela. Na sua juventude, muitas jovens com quem participara dos Primeiros Ritos tentaram mantê-lo interessado, apesar de ele não ter permissão de manter relações com elas por um ano. Ele havia aprendido a não incentivar esses interesses.

Os dois partiram nos seus cavalos, seguidos por Lobo. Jondalar foi à frente até chegar a uma área que lhe pareceu familiar. Parou e mostrou a ela onde tinha encontrado pedra, então observou em volta e tomou outra direção. Chegaram a uma área de brejo, um trato de terra coberto de samambaias e urzes, os alimentos preferidos do tetraz-vermelho, e capim áspero com arbustos e espinheiros, não longe da margem oeste do lago. Ayla sorriu. Era muito semelhante à tundra do habitat do lagópode; ela já imaginava que uma variedade meridional do pássaro pudesse viver naquela região. Deixaram os cavalos perto de uma moita de aveleiras que se espalhava a partir de uma grande árvore central.

Ela percebeu que Lobo havia notado algo à frente. Estava alerta, concentrado e gania baixinho.

— Vá em frente, Lobo. Encontre-os.

Quando ele saiu em disparada, Ayla tirou a funda da cabeça, pegou duas pedras na bolsa, colocou uma no centro macio da arma e segurou as duas pontas. Não teve de esperar muito. Agitando freneticamente as asas, cinco tetrazes-vermelhos se ergueram do chão espantados por Lobo. Os pássaros viviam no chão, mas voavam numa explosão de velocidade e depois planavam. Pareciam galinhas gordas com camuflagem, marrons e salpicados de branco. Ayla lançou uma pedra no momento em que viu o primeiro pássaro, e a segunda antes de o primeiro chegar ao chão. Ouviu um deslocamento de ar e então viu a lança de Jondalar atingir o terceiro.

Se fossem apenas os dois viajando juntos, como havia acontecido na Jornada deles, teria sido suficiente, mas os viajantes agora eram 16, inclusive quatro crianças. Dada a forma como Ayla cozinhava os pássaros, todos queriam experimentar e, apesar do bom tamanho da caça — peso vivo perto de 5,5 quilos —, três pássaros dificilmente alimentariam 16 pessoas. Ela desejou que estivessem na estação certa dos ovos; gostava de rechear os pássaros com ovos e assar tudo junto. Os ninhos geralmente consistiam em uma depressão no solo revestida de capim e folhas, mas não havia ovos naquela época do ano.

Ayla assoviou novamente chamando Lobo. Ele voltou correndo. Parecia evidente que se divertia caçando pássaros.

— Talvez ele encontre mais alguns — disse ela. Depois ordenou ao caçador de quatro patas: — Lobo, encontre-os. Encontre os pássaros.

O lobo correu para o campo coberto de capim. Ayla foi atrás dele, seguida por Jondalar. Logo depois, outro tetraz levantou voo e, apesar de estar longe, Jondalar arremessou uma lança e o derrubou. Então, enquanto Jondalar procurava o que havia matado, um bando de quatro machos levantou voo, identificados pelas cores preta e marrom com marcas brancas na cauda e na plumagem das asas e pelos bicos e cristas amarelos e vermelhos. Ayla derrubou mais dois com pedras lançadas de sua funda. Jondalar não viu a revoada, embora a tenha ouvido, e demorou a armar seu arremessador. Feriu um e ouviu seu grasnido.

— Já deve ser o bastante — disse Ayla —, mesmo que deixemos o último para Lobo.

Com a ajuda de Lobo, encontraram e mataram sete pássaros. O último tinha a asa quebrada, mas ainda estava vivo. Ayla torceu o pescoço e retirou a pequena lança, e então fez um sinal oferecendo-o ao lobo, que o agarrou na boca e se escondeu no meio do mato. Usando o capim resistente como corda, amarraram o restante dos tetrazes em pares pelos pés e voltaram até onde os cavalos pastavam. Ela tornou a enrolar a funda na cabeça.

Quando chegaram ao acampamento, os caçadores discutiam a descoberta de bisões enquanto alisavam as hastes das lanças. Jondalar juntou-se a eles, para terminar as muitas armas de que necessitavam, e lascou pedras na forma de pontas de lança que os caçadores iam fixar na extremidade das hastes e aplicar as penas vermelhas dos tetrazes.

Nesse meio-tempo, Ayla utilizou a pá feita de uma ponta de galhada que todos usavam para remover as cinzas da lareira e várias outras tarefas. Mas aquela pá larga não era um instrumento capaz de cavar buracos. Para tanto, usou uma ponteira, uma lâmina resistente de pedra presa à ponta de um cabo de madeira capaz de furar o solo. A pá foi então usada para remover a terra solta. Encontrou um lugar na margem arenosa do lago, cavou um buraco bem fundo no terreno arenoso e construiu uma fogueira próxima, onde pôs diversas pedras de bom tamanho para serem aquecidas. Então começou a arrancar as penas dos tetrazes.

A maioria veio ajudar. As penas grandes e fortes foram dadas para completar as lanças, mas Ayla queria manter algumas para si. Beladora tinha uma bolsa que esvaziou e ofereceu a Ayla para guardá-las. Todas ajudaram a eviscerar e limpar os seis tetrazes, guardando as entranhas comestíveis como coração, moela e fígado. Ayla enrolou-as no feno do campo e as colocou novamente dentro de cada um dos pássaros, em seguida enrolou os pássaros em mais feno. Nesse ponto, as pedras já estavam quentes e, usando pinças de madeira, foram colocadas no fundo e no entorno do buraco. Então, cobertas com a terra do buraco, acrescentaram-se o capim e as folhas, que as crianças ajudaram a juntar. Os animais foram colocados em cima da camada verde com mais vegetais, talos de junco e nozes moídas, raízes cheias de amido que outras mulheres tinham encontrado, enrolados todos em folhas comestíveis e colocadas sobre os pássaros. Cobriram-nos com mais capim verde e folhas, mais uma camada de terra e mais pedras quentes. Uma última camada de terra foi colocada em cima para selar tudo. Foi tudo deixado assando até a hora da refeição da noite.

Ayla foi ver o progresso da feitura das lanças. Quando chegou lá, algumas pessoas cortavam endentações na base das hastes que seriam colocadas no gancho no fundo do arremessador, outras colavam as penas com resina aquecida de pinheiros. As penas eram amarradas com linhas finas de tendão, que haviam trazido consigo. Jonokol estava moendo o carvão que era aplicado com água quente e misturado a uma pelota de resina quente. Então mergulhava uma vareta no líquido grosso e pintava abelans em várias hastes de lança. Um abelan poderia significar uma pessoa ou seu nome. Significava o nome de um espírito vital. Era um símbolo pessoal dado por um Zelandoni a uma criança logo após seu nascimento. Não era uma escrita, era o uso simbólico de marcas.

Jondalar tinha feito lanças para Ayla e para si e deu-as a ela para marcar com seu próprio abelan. Ela contou-as; havia duas vezes dez, vinte. Ela pintou quatro linhas muito próximas em cada uma das hastes. Era sua marca pessoal. Como não havia nascido Zelandonii, ela própria escolhera seu abelan: marcas que lembrassem as cicatrizes que um leão tinha deixado na sua perna quando ainda era menina. Fora assim que Creb decidira que o Leão-das-Cavernas era seu totem.

As marcas seriam usadas depois para identificar o caçador que tinha matado determinado animal, permitindo assim a atribuição da autoria da morte e distribuição equitativa da carne. Não que o matador daquele animal recebesse toda a carne, mas teria direito a fazer a primeira escolha das partes selecionadas e recebia o crédito por ter fornecido carne para quem recebia uma cota, o que era mais importante, pois representava louvor, reconhecimento e uma obrigação devida. Os melhores caçadores geralmente davam a maior parte de sua carne para adquirir aquele crédito, para tristeza de suas companheiras, mas era isso que se esperava.

Levela considerou a possibilidade de participar da caçada, e Beladora e Amelan se ofereceram para cuidar de Jonlevan com Jonayla, mas a mulher decidiu não ir. Tinha começado recentemente a desmamar Jonlevan. Também não caçava desde que o filho nascera e se sentia sem prática. Pensou que seria mais um estorvo que ajuda.

Quando as lanças já estavam prontas, Jondalar tinha usado quase todas as pedras que havia encontrado para fazer as pontas e as melhores penas tinham acabado, presas à haste das lanças para mantê-las na direção certa. Era quase hora da refeição que Ayla preparara. Muitas pessoas tinham colhido amoras, a maior parte das quais estava secando em tapetes. O restante estava sendo cozido com pedras aquecidas ao fogo num molho numa tigela grossa feita de folhas de tabua e junco, que crescia num brejo ao lado do lago. O molho era adoçado apenas pelo açúcar da fruta, mas acrescentavam-se os sabores de flores, folhas e cascas de várias plantas. Nesse caso, Ayla tinha encontrado batatinhas, cujas flores brancas faziam uma espuma dotada de uma fragrância doce como o mel; as flores azuis intensamente aromáticas do hissopo, também um bom remédio para a tosse; e folhas e flores vermelhas da bergamota. Acrescentava-se ainda um pouco de gordura derretida para dar um toque final.

A refeição foi declarada um sucesso delicioso, quase um banquete. Os tetrazes ofereceram uma carne diferente, um novo sabor, uma mudança em relação à carne-seca que costumavam comer, e o cozimento na terra havia amaciado os pássaros, até mesmo os machos mais velhos e duros. O capim em que tinham sido envolvidos havia lhes dado seu próprio sabor, e o molho de frutas acrescentou um gosto picante agradável. Não sobrou muito para a refeição da manhã seguinte, mas o suficiente, especialmente com a adição dos macios talos inferiores das tabuas.

Todos também estavam animados com a perspectiva da caçada planejada para o dia seguinte. Jondalar e Willamar começaram a falar dela com os outros, mas, enquanto não soubessem exatamente onde estavam os bisões, não poderiam decidir a estratégia. Teriam de esperar até encontrar os animais. Como ainda era dia, Jondalar decidiu de repente seguir novamente a trilha para ver se ainda conseguia encontrar o rebanho. Não tinha ideia do quanto eles poderiam ter se deslocado. Ayla e Jonayla foram com ele, apenas para exercitar os animais. Encontraram os bisões, mas não no mesmo lugar. Jondalar ficou feliz por ter decidido procurá-los e poder conduzir os caçadores diretamente a eles.

Pela manhã, o ar era sempre um pouco gelado, mesmo no auge do verão. Quando Ayla saiu da tenda, estava frio e úmido. Uma neblina fresca abraçava o chão e uma camada de bruma pairava sobre o lago. Beladora e Levela estavam de pé, cuidando da fogueira. Seus filhos também acordados, e Jonayla com eles. Ayla não a ouvira levantar-se, mas a menina era muito silenciosa quando queria. Quando viu a mãe, veio correndo.

— Finalmente você levantou, mãe — disse ela quando Ayla se abaixou para pegá-la no colo e abraçá-la.

Ayla duvidava que a filha estivesse acordada há muito tempo, mas sabia que a sensação do tempo de uma criança era diferente da dos adultos.

Após urinar, Ayla decidiu tomar um banho no lago antes de voltar à tenda. Pouco depois, surgiu vestida na roupa de caça. Suas atividades acordaram Jondalar, que continuou deitado na esteira, deleitando-se a observá-la. Satisfizera-se na noite anterior. A blusa sem mangas não oferecia muito calor, mas os caçadores não queriam usar roupas pesadas, pois sabiam que a temperatura subiria mais tarde. Nas manhãs frias, preferiam ficar junto ao fogo e beber chá quente. Seriam aquecidos pela atividade depois que partissem. Os tetrazes continuavam tão gostosos frios pela manhã quanto na noite anterior. Mais uma vez, Cinza foi deixada com Jonayla, mas a menina não queria ficar.

— Mãe, posso ir com você, por favor? Você sabe que eu sei cavalgar Cinza — implorou a garota.

— Não, Jonayla. Seria muito perigoso para você. Coisas inesperadas acontecem. Às vezes é preciso tirar o cavalo do caminho. E você ainda não sabe caçar.

— Mas quando vou aprender? — perguntou ansiosa.

Ayla lembrou-se de quando também vivia ansiosa por aprender, apesar de as mulheres do Clã não poderem caçar. Teve de aprender sozinha, em segredo.

— Vou fazer o seguinte: pedirei a Jonde que faça um arremessador para você, pequeno, do seu tamanho, para que possa praticar.

—Você jura, mãe? Promete?

— Prometo.

Jondalar e Ayla foram a pé ao lado dos cavalos para que os outros pudessem segui-los sem dificuldade. Ele encontrou o enorme bisão — 1,80m na altura do ombro com chifres gigantescos e uma manta de pelo marrom-escuro — não muito longe de onde o havia visto pela última vez. Não era um rebanho muito grande, mas eles eram um grupo pequeno e precisavam de poucos animais.

Houve uma discussão sobre a melhor forma de caçar o rebanho e decidiram contorná-lo cuidadosamente para não o perturbar, e observar o terreno. Não havia um cânion conveniente para acuá-lo, mas havia um leito seco de rio com as duas margens razoavelmente altas.

— Pode funcionar — disse Jondalar —, se fizermos fogo na parte mais baixa, porém não antes de dirigi-los até a entrada. Portanto, teremos de ter a fogueira preparada e provavelmente acendê-la com uma tocha. Então vamos ter de empurrá-los nessa direção.

— Você acha mesmo que funcionaria? Como vamos fazê-los andar?

— Com os cavalos e Lobo. Ao entrarem no lugar mais estreito, alguém acende a fogueira na ponta para reduzir a velocidade deles. Os outros podem esperar nas margens altas. Talvez seja melhor vocês se deitarem, e, quando os bisões estiverem na sua frente, se levantam e usam o arremessador. Vamos juntar lenha e empilhá-la naquela ponta. Consigam um pouco de material para iniciar uma fogueira.

— Parece que você já pensou em tudo — disse Tivonan.

— Já venho pensando nas possibilidades e discutindo com Kimeran e Jondecam. Na nossa Jornada com os cavalos e Lobo, separávamos um ou dois animais do rebanho. Eles já estão acostumados a nos ajudar a caçar.

— Foi assim que aprendi a atirar a lança montada no cavalo — disse Ayla.

— Uma vez chegamos a caçar um mamute.

— Parece-me um bom plano — elogiou Willamar.

— A mim também, mas não sou um bom caçador — concordou Jonokol.

— Cacei poucas vezes, pelo menos até vir nesta Jornada Donier.

Palidar discordou.

— Talvez antes você tenha caçado pouco, mas acho que hoje você é um caçador mais que adequado.

Todos concordaram. Jonokol sorriu e disse:

— Esta viagem me ofereceu mais um benefício. Não somente estou vendo Locais Sagrados fascinantes, mas também estou aprendendo a ser um caçador melhor.

— Bem, vamos começar a recolher capim seco para queimar — propôs Willamar.

Ayla e Jondalar ajudaram o grupo quando todos se espalharam recolhendo lenha e outros materiais combustíveis e espalhando-os no fim do leito seco. Por sugestão de Willamar, acrescentaram capim seco e gravetos para ajudar a levar o fogo ao longo da pilha estendida. Então montaram nos cavalos, deram um sinal para Lobo e começaram a contornar o rebanho. Willamar mandou seus aprendizes, Palidar e Tivonan, iniciarem o fogo nas duas extremidades ao seu comando.

— Quando o fogo estiver bem aceso, vocês podem tomar posição para usar os arremessadores.

Os dois aprendizes indicaram a concordância e todos do grupo tomaram seus lugares para esperar. Os dois jovens estavam empolgados, na expectativa da caçada, e tentavam ouvir Ayla e Jondalar contornando o rebanho. Jonokol assumiu um estado meditativo que, tinha aprendido havia muito, ajudava-o a se manter alerta e consciente do que se passava à sua volta. Ouviu Ayla e Jondalar gritando ao longe, mas também ouviu as notas altas e estridentes num ritmo decrescente e na modulação cadente do martim-pescador. Deixou os olhos procurarem o som e teve um relance do azul vibrante e do peito alaranjado do pássaro pescador. Depois ouviu o grito rascante de um corvo.

Kimeran deixou a mente voltar à Segunda Caverna dos Zelandonii, esperando que estivessem todos bem na sua ausência... mas talvez não bem demais. Não queria que estivessem bem demais sem sua liderança, o que talvez indicasse que não fosse um bom comandante. Jondecam pensava na sua irmã, Camora, desejando que ela morasse mais próximo. Foi o que dissera Levela, sua companheira, na noite anterior.

O som dos cascos rufando em direção a eles prendeu a atenção de todos. Os dois jovens, cada um de um lado da pilha de madeira, prestavam atenção em Willamar que, de mão erguida, olhava para o outro lado, preparando-se para dar o sinal. Cada um tinha uma pedra numa das mãos e pirita de ferro na outra, preparados para bater uma contra a outra, esperando não fazer nada errado. Sabiam fazer fogo daquela maneira, mas a excitação talvez atrasasse o procedimento. Todos os outros já tinham o arremessador armado e pronto.

Quando entraram pelo leito seco, uma fêmea tentou virar, mas Lobo previu seu movimento, correu até o animal e, com uma assustadora exposição de dentes, rosnou para o enorme bisão. Ela então tomou o percurso de mínima resistência e entrou no leito seco do rio.

Naquele momento, Willamar deu o sinal. Palidar bateu primeiro e sua faísca saltou. Abaixou-se e soprou a chama. Tivonan teve de bater uma segunda vez, mas logo o fogo corria para o meio do leito. Quando as duas chamas se juntaram, a madeira seca inflamou-se atrás dos gravetos. Ao verem que o fogo estava realmente aceso, correram para o terreno mais alto, armando no caminho o arremessador.

Os outros caçadores já estavam prontos. O fogo havia forçado os bisões a diminuir a velocidade numa confusão de mugidos. Não queriam correr para o fogo, mas os que vinham atrás do estouro empurravam para a frente.

As lanças começaram a voar!

O ar se encheu de hastes de madeira com pontas de pedra afiadas. Cada caçador tinha escolhido um animal diferente e o observava atentamente através da fumaça e da poeira. Quando arremessaram a segunda lança, quase todos apontaram para o mesmo bisão. Caçaram durante todo o verão e sua competência havia se aprimorado.

Jondalar avistou um touro com uma corcunda enorme, coberta de uma lã grossa, e longos chifres afiados. A primeira lança o derrubou ao chão; a segunda o manteve lá. Rearmou o arremessador e apontou para uma vaca, mas só a feriu.

A primeira lança de Ayla atingiu um touro novo, ainda não adulto. Observou-o cair, e então viu a lança de Jondalar atingir a vaca, que tropeçou, mas não a derrubou. Atirou sua segunda lança nela e a viu tropeçar. Os primeiros animais do rebanho romperam a barreira de fogo. Os outros os seguiram, deixando para trás os irmãos caídos.

E acabou.

Acontecera tão depressa, difícil de acreditar. Os caçadores foram verificar os animais mortos: nove bisões ensanguentados cobriam o leito do rio. Quando examinaram as lanças, Willamar, Palidar, Tivonan, Jonokol, Kimeran e Jondecam haviam matado um animal cada um. Juntos, Jondalar e Ayla tinham matado três.

— Eu não esperava que tivéssemos tanto sucesso — declarou Jonokol, enquanto observava as marcas na lança para ter certeza de que o animal era seu. — Talvez fosse melhor se tivéssemos coordenado a caçada antes. Isto é demais.

— É verdade, não precisávamos de tantos — concordou Willamar —, mas isso quer dizer que agora temos mais para dar. Nada vai se perder.

O homem gostava de sempre levar alguma coisa quando chegava a uma Caverna.

— Mas como vamos carregar tudo isto? Três cavalos não vão conseguir puxar nove enormes bisões em três *travois* — questionou Palidar.

A lança do jovem havia atingido um touro enorme; ele não fazia ideia de como mover o imenso animal, muito menos o restante dos animais mortos.

— Acho que alguém vai ter de ir à frente até a próxima Caverna e trazer algumas pessoas para ajudar. Acho que não vão se importar. Nem vão ter de caçá-los — sugeriu Jondalar. Pensava o mesmo que Palidar, porém tinha mais experiência com animais tão grandes e sabia que muitas mãos tornavam tudo mais fácil.

— Você tem razão — concordou Jondecam —, mas acho que vamos ter de mudar o acampamento para cá para descarná-los. — Não gostava da ideia de mudar o acampamento.

Kimeran completou o pensamento:

— Isso vai irritar Beladora, que está trabalhando em diversos projetos de tecelagem e não vai gostar da mudança. Mas ela talvez pudesse vir ajudar a esfolá-los e descarná-los.

— Acho que podemos esfolá-los aqui — sugeriu Ayla. — Depois os cortamos em pedaços grandes e fazemos várias viagens para levá-los ao nosso acampamento e enfim começamos a secar parte da carne. Então podemos oferecer um pouco de carne fresca à Caverna próxima e pedir a eles que nos ajudem a carregar o restante.

— Boa ideia — elogiou Willamar. — Vou usar os chifres para fazer um par de copos.

— Eu gostaria de ficar com os cascos para fervê-los e transformá-los em cola para prender as pontas das lanças — pediu Jondalar. — O piche é bom, mas a cola feita de cascos e ossos é melhor.

— E podemos fazer odres novos com os estômagos e usar os intestinos para guardar gordura — adicionou Ayla.

— Levela às vezes guarda carne picada em intestinos lavados. E com eles também se pode fazer proteção impermeável para calçados e chapéus.

De repente, Ayla percebeu como estavam próximos do destino. Logo entregariam Amelana à sua Caverna, depois iam visitar a antiquíssimo Local Sagrado que a Primeira queria que Ayla visse; não estava muito distante. Depois seriam mais alguns dias até o povo de Beladora, de acordo com Willamar. Então só teriam de refazer os passos na volta para casa. Seria uma viagem tão longa quanto a que os trouxera até ali, mas, quando Ayla olhou em volta, pareceu que a Mãe havia lhes fornecido os meios de recompor todas as suas necessidades para a Jornada de volta. Tinham os materiais de que necessitavam para substituir o equipamento, as armas e as roupas. Possuíam carne mais do que suficiente para secar e para fazer bolos de viagem, essenciais para cobrir depressa grandes distâncias, feitos com carne-seca moída e com o acréscimo de gordura e frutas secas. Tinham também raízes e hastes secas de certos vegetais e variedades comuns de cogumelos que todos conheciam.

*

— Já estive aqui! Conheço este lugar!

Amelana estava tão empolgada ao ver um lugar conhecido, depois outro, que não conseguia apagar do rosto o sorriso animado. Não havia mais parada para descanso; grávida ou não, ela mal podia esperar a chegada em casa.

O pequeno grupo de viajantes tomou uma trilha bem marcada que contornava um meandro em U do rio. Uma planície inundável havia deixado uma larga campina pouco acima da água rápida que terminava abruptamente na base de um despenhadeiro íngreme. Um bom lugar para os cavalos pastarem, pensou Ayla.

A trilha larga subia de lado o despenhadeiro íngreme contornando arbustos e pequenas árvores, cujas raízes usavam como degraus. Não era um caminho fácil para os cavalos, especialmente por puxarem os *travois*, mas ela se lembrou do passo firme de Huiin ao subir até sua caverna no vale onde a havia encontrado.

A trilha tornava-se nivelada, talvez por obra dessas pessoas, concluiu Ayla quando chegaram a uma área sob o abrigo de uma marquise obviamente habitada. Os habitantes locais que estavam ocupados com várias atividades pararam e olharam a estranha procissão que vinha em sua direção, composta de pessoas e cavalos surpreendentemente dóceis. Huiin usava um cabresto que Jondalar tinha feito para ela. Ayla gostava de usá-lo quando entravam em situações desconhecidas e potencialmente perturbadoras, mas conduzia Huiin e Cinza, que puxavam *travois*. O de Huiin com a Primeira, o de Cinza com um grande pedaço de carne de bisão. Willamar, seus dois aprendizes e Amelana também os acompanhavam.

Quando se separou dos visitantes, a jovem grávida chamou a atenção.

— Mamãe! Mamãe! Sou eu! — gritou enquanto corria para uma mulher de proporções substanciais.

— Amelana? Amelana, é você? O que está fazendo aqui?

— Voltei para casa, mamãe. Estou tão feliz por vê-la!

Amelana atirou os braços em volta da mulher, mas a barriga grávida não a deixava chegar muito perto. A mulher abraçou-a e, segurando-a pelos ombros, afastou-a para olhar a filha que pensou nunca mais poder ver.

— Você está grávida! Onde está seu companheiro? Por que você voltou? Fez alguma coisa errada?

A mãe não atinava por que uma mulher grávida viajaria uma distância que ela sabia ser muito grande, apesar de não poder dizer exatamente quão longe. Sabia o quanto sua filha era impetuosa e esperava que ela não tivesse quebrado nenhum costume ou tabu com tanta gravidade a ponto de ser mandada de volta para casa.

— Não, claro que não fiz nada errado — respondeu Amelana. — Se tivesse, a Primeira Entre Aqueles Que Servem À Grande Mãe Terra não teria me trazido até em casa. Meu companheiro agora passeia pelo outro mundo. E estou grávida, e queria voltar para casa e ter meu filho ao seu lado.

— A Primeira está aqui? A Primeira trouxe você?

A mulher se voltou para olhar os visitantes. Uma mulher descia de um trenó puxado por um cavalo. Era uma mulher grande, maior que ela própria, e pela tatuagem no lado esquerdo da testa, sabia que era uma Zelandoni. A mulher foi até ela com grande dignidade e certa presença que transmitia autoridade. Um exame mais atento da tatuagem, dos desenhos da roupa e da placa que trazia pendurada ao peito junto com outros colares fez a mãe de Amelana entender que ela era realmente a Primeira.

— Por que você não me apresenta à sua mãe, Amelana?

— Mãe, queira saudar A Que É Primeira Entre Aqueles Que Servem À Grande Mãe Terra. Zelandoni, esta é Syralana dos Zelandonii que Guardam a Caverna Mais Sagrada, companheira de Demoryn, líder da Terceira Caverna dos Zelandonii que Guarda a Caverna Mais Sagrada, mãe de Amelana e Alyshana.

Sentiu alguma satisfação em poder mostrar à sua mãe e aos que observavam em volta que ela conhecia bem a líder reconhecida da zelandonia.

— Eu a cumprimento, Primeira Entre Aqueles Que Servem À Grande Mãe. — Syralana estendeu as duas mãos e foi até ela. — É uma grande honra poder recebê-la.

A Primeira agarrou as duas mãos e respondeu:

— Em nome da Grande Mãe Terra, eu a saúdo, Syralana da Terceira Caverna dos Zelandonii que Guarda o Mais Antigo Local Sagrado.

Syralana não conseguiu evitar a pergunta:

— Você viajou até tão longe apenas para trazer minha filha para casa?

— Estou levando minha acólita na sua Jornada Donier. Ela é a mulher com os cavalos. Viemos conhecer o Mais Antigo Local Sagrado, que é conhecido até entre nós, apesar de vivermos muito ao norte.

25

Syralana olhou com um pouco de apreensão a mulher alta que segurava as cordas amarradas em dois cavalos, o que foi notado pela Primeira.

— Vamos apresentar você depois, se não se importa. Você disse que seu companheiro é o líder desta Caverna?

— Disse, é verdade. Demoryn é o líder aqui.

— Queremos pedir sua ajuda também, que poderá da mesma forma trazer um benefício para você.

Um homem parou ao lado de Syralana.

— Aqui está meu companheiro. Demoryn, líder da Terceira Caverna dos Zelandonii que Guarda o Mais Antigo Local Sagrado, queira saudar a Primeira Entre Aqueles Que Serviam À Grande Mãe Terra.

— Zelandoni Primeira, nossa Caverna está feliz em receber a você e seus amigos.

— Permita-me apresentar nosso Mestre Comerciante. Willamar, queira saudar Demoryn, líder da Terceira Caverna dos Zelandonii que Guarda o Mais Antigo Local Sagrado.

— Eu o saúdo, Demoryn. — Willamar estendeu as duas mãos e continuou os cumprimentos formais, depois explicou: — Paramos antes de chegarmos aqui e caçamos para recompor nossos suprimentos e para trazer um pouco de carne como nosso presente. — O líder e outros anuíram com um movimento de cabeça, a atitude esperada. — Conseguimos caçar um volume embaraçosamente grande de riquezas. Encontramos um rebanho de bisões e nossos caçadores foram excepcionalmente felizes. Contamos nove bisões mortos, nosso grupo inteiro contava apenas 16, inclusive quatro crianças. É demais para nós e, em todo caso, nem mesmo com a ajuda dos cavalos teríamos condições de transportar uma quantidade tamanha, mas não queremos perder os dons da Mãe. Se vocês puderem oferecer pessoas para nos ajudar a transportar a carne até aqui, gostaríamos de compartilhá-la com vocês. Já trouxemos um pouco conosco, mas deixamos algumas pessoas encarregadas de guardar o resto.

— Claro que vamos ajudar vocês, e teremos prazer em compartilhar sua boa sorte. — Demoryn então examinou atentamente a tatuagem no meio da testa do outro. — Mestre Comerciante, acredito que você já tenha estado aqui.

— Não na sua Caverna em particular, mas já estive nesta região. A Primeira traz sua acólita, a mulher que controla os cavalos, em Jornada Donier. Ela é casada com o filho da minha companheira, que está no nosso acampamento guardando a carne, na companhia de meus dois assistentes, dois jovens comerciantes que continuarão seguindo meus passos, e algumas outras pessoas. Acho que Amelana pôde aproveitar o fato de já termos planejado esta viagem quando pediu para vir conosco. Estava ansiosa para voltar para casa e ter seu filho aqui, junto da mãe.

— Estamos felizes por tê-la de volta. Sua mãe ficou muito triste quando ela partiu, mas estava determinada a ir com o jovem que veio nos visitar; não pudemos recusar. Sinto muito por seu companheiro estar agora caminhando no outro mundo, uma infelicidade para a mãe dele e sua família, mas não estou triste em ver Amelana. Não acreditei poder vê-la outra vez depois que se foi, e espero que da próxima vez ela não esteja tão ansiosa para partir.

— Acho que você tem razão — respondeu Willamar com um sorriso conhecedor.

— Presumo que vocês estejam a caminho da Primeira Caverna, onde se dá a reunião de todos os membros da zelandonia.

— Não tive notícia dessa reunião — respondeu Willamar.

— Pensei que fosse essa a razão da presença da Primeira aqui.

— Não sei nada a respeito, mas não sei tudo que a Primeira sabe. — Os dois homens se voltaram para a mulher. — Você sabia que havia uma reunião da zelandonia?

— Estou ansiosa para comparecer — respondeu ela com um sorriso enigmático.

Willamar balançou a cabeça. Quem poderia afirmar que entende um Zelandoni?

— Bem, Demoryn, se você puder nos emprestar algumas pessoas para ajudar a descarregar a carne que trouxemos e nos acompanhar ao acampamento para buscar o restante, então nossos companheiros poderão vir visitá-los.

Quando ajudava a Zelandoni a descarregar seus pertences pessoais, Ayla perguntou:

— Você sabia que ia haver uma reunião da zelandonia aqui perto?

— Não tinha certeza, mas essas reuniões tendem a acontecer em sequência de certo número de anos, e acho que estamos no ano certo para uma reunião nesta região. Não disse nada para não criar expectativas, caso estivesse enganada.

— Parece que você estava certa.

— A mãe de Amelana me pareceu nervosa por causa dos cavalos, por isso não quis apressar a apresentação.

— Se ela já está nervosa com os cavalos, o que vai pensar quando vir Lobo? Podemos fazer as apresentações formais mais tarde. Vou desatrelar seu *travois* de Huiin e voltar com ela e Cinza. Podemos fazer outro *travois* para ela trazer a carne até aqui. Ainda temos muito. Tinha me esquecido de como um bisão é grande. Talvez possamos levar um pouco à reunião da zelandonia.

— Ótima ideia. Eu viajo no meu *travois* puxado por Huiin, e Jondalar e Jonayla trazem a carne nos outros.

Ayla sorriu para si mesma. Chegar a algum lugar no *travois* puxado por um cavalo sempre provocava uma grande comoção, e a Primeira gostava de uma entrada triunfal. Todos pareciam pensar que era uma espécie de mágica. Por que era tão impressionante? Por que as pessoas não percebiam que podiam fazer amizade com os cavalos? Especialmente depois de ver não somente ela e Jondalar, mas também Jonayla cavalgando? Não tinha nada de mágico. Eram necessários determinação, trabalho e paciência, mas não mágica.

Quando Ayla saltou sobre o lombo de Huiin, houve mais expressões de surpresa. Até ali ela vinha apenas conduzindo os cavalos, sem cavalgar. Como os outros visitantes estavam andando, Ayla decidiu que ela também chegaria caminhando. Tivonan e Palidar voltariam a pé conduzindo os ajudantes da Caverna, mas Ayla podia ir mais depressa e começar a fazer os novos *travois*.

— Onde estão os outros? — perguntou Jondalar, quando ela chegou ao acampamento.

— Já estão vindo. Vim na frente para fazer mais um *travois* para Huiin carregar a carne. Vamos levar um pouco para outra Caverna. Eles se chamam os Zelandonii Guardiões do Mais Antigo Local Sagrado. Amelana vem da Terceira Caverna, mas nós vamos à Primeira. Há uma reunião da zelandonia, e a Primeira sabia! Ou pelo menos ela supôs que haveria uma. É difícil saber o quanto ela sabe. Onde está Jonayla?

— Beladora e Levela estão cuidando dela junto com as outras crianças. A carne atraiu todos os carnívoros da região, os que voam e os que andam, e achamos que seria bom deixar os pequenos protegidos numa tenda. Proteger a caçada de sorte tem nos mantido muito ocupados.

— Você matou alguma coisa?

— Em geral, nós só nos preocupamos em assustá-los com gritos e pedras.

Naquele momento, apareceu um bando de hienas atraído pelo cheiro de carne que correu na direção da pilha de bisões. Sem pensar, Ayla desenrolou a funda da cabeça, tirou algumas pedras da sacola, e num movimento suave lançou uma pedra na direção do animal na dianteira. Seguiu-se imediatamente uma segunda pedra. A líder caiu quando a segunda hiena deu um ganido que se transformou numa gargalhada. As líderes do bando eram fêmeas, mas todas as fêmeas têm pseudo-órgãos masculinos e são maiores que os machos. O bando parou o avanço e começou a correr desorientado para a frente e para trás, grunhindo e uivando no seu peculiar som de risada, perdido sem a líder. A mulher armou seu arremessador e partiu contra o bando indeciso.

Jondalar pulou na sua frente.

— O que você está fazendo?

— Vou caçar aquelas hienas — respondeu ela, o rosto distorcido numa expressão de rancor e ódio na voz.

— Eu sei que você odeia hienas, mas não precisa matar todas que aparecerem. São apenas animais como qualquer outro e têm seu lugar entre os filhos da Mãe. Se arrastarmos a líder para longe, os outros vão segui-la.

Ayla parou e olhou seu homem. Sentiu a tensão desaparecer.

— Você tem razão, Jondalar. São apenas animais.

Com os arremessadores armados, Jondalar pegou uma perna traseira e Ayla, a outra, e começaram a arrastar. Ela notou que a hiena ainda amamentava, mas sabia que as hienas geralmente amamentavam durante um ano, até os filhotes chegarem perto da idade adulta, e a única maneira de distingui-los era pela cor do pelo. Os mais novos eram mais escuros. Foram seguidos pelo bando ululante e gargalhante; a segunda hiena que ela havia atingido mancava. Largaram o animal bem longe do acampamento. Ao voltar, notaram que outros carnívoros os seguiam.

— Ótimo — disse Ayla. — Talvez isso os mantenha afastados. Vou lavar as mãos. Esses animais fedem.

Em geral, os amigos Zelandonii de Ayla a viam como uma mãe e mulher comum, nem notavam o seu sotaque, mas, quando ela fazia algo incomum, como avançar sem pestanejar contra um bando de hienas e matar a líder com uma pedra da funda, então percebiam suas diferenças. Ela não tinha nascido Zelandonii, sua criação fora totalmente diferente, e sua maneira peculiar de falar se tornava evidente.

— Precisamos cortar algumas árvores pequenas para fazer um novo *travois*. Foi uma sugestão da Zelandoni. Acho que ela não quer sangue no dela. Sabe, ela já o considera seu.

— E é dela. Ninguém pensaria em usá-lo.

Foram necessárias duas viagens para carregar toda a carne da caçada auspiciosa, a maior parte puxada pelos chifres e empurrada pelos habitantes da vizinhança. Quando os viajantes terminaram de embalar o acampamento, o sol já descia para o horizonte, com manchas vermelhas e alaranjadas cobrindo o céu. Levaram a carne que guardavam para si e foram para a Caverna. Ayla e Jondalar ficaram por ali durante algum tempo. Com os cavalos eles os alcançariam rapidamente. Percorriam o acampamento abandonado para ver se alguém tinha esquecido alguma coisa importante.

Era evidente que pessoas estiveram ali. Trilhas entre as tendas ligavam manchas desbotadas na grama; lareiras eram círculos pretos de carvão; algumas árvores tinham cicatrizes de madeira clara onde os ramos foram arrancados; e tocos que pareciam ter sido maçados por um castor mostravam onde antes havia árvores. Havia lixo espalhado, uma cesta rasgada perto de uma das lareiras e uma esteira pequena e gasta jazia abandonada no meio de uma mancha onde antes houvera uma tenda. Lascas de pedra e pontas quebradas, e algumas pilhas de ossos e cascas de vegetais espalhados, que logo se decomporiam no solo. Mas grandes extensões de tabuas e juncos, ainda que depois de grandes colheitas, mostravam pequena mudança, e o capim amarelo e as lentes pretas das fogueiras logo seriam cobertos pelo verde novo; as árvores arrancadas deixavam espaço para as que logo brotariam. As pessoas pesavam pouco sobre a terra.

Ayla e Jondalar verificaram seus odres e beberam um gole de água, então ela sentiu necessidade de urinar antes de partir e caminhou em volta do perímetro de árvores. Se estivessem presos na neve no meio do inverno, Ayla não teria hesitado em se aliviar numa cesta noturna, não importa quem estivesse por perto, mas, se fosse possível, ela preferia um pouco de privacidade, especialmente porque teria de despir as perneiras, em vez de simplesmente afastar uma saia solta. Soltou a correia na cintura e agachou, porém, quando se levantou para puxar as perneiras, surpreendeu-se ao ver quatro homens olhando-a. Ficou ofendida. Mesmo que a tivessem encontrado por acaso, não deviam ter parado ali para encarar. Era uma grosseria. Então notou os detalhes: certa ferocidade nas roupas, barbas malcuidadas, cabelos longos e sujos e, acima de tudo, expressões lascivas. Ficou com raiva, embora eles esperassem que tivesse medo. Talvez devesse.

— Vocês não têm a cortesia de olhar para o lado quando uma mulher urina?

Ayla lhes deu uma expressão de desprezo enquanto prendia o cinto. Suas observações ofensivas surpreenderam os homens. Primeiro, porque tinham esperado medo, depois porque ouviram seu sotaque. Tiraram suas conclusões. Um deles olhou para os outros com uma expressão de escárnio.

— É estrangeira. Não deve haver muitos por aí.

— E se houver eu não vejo ninguém por perto — disse o outro com um olhar maldoso e andou na direção dela.

Ayla então se lembrou de que, na viagem até ali, quando pararam para visitar os Losadunai, ouvira notícias de um bando de malfeitores que atacava mulheres. Desenrolou a funda da cabeça e pegou duas pedras na sacola, e então deu um assovio chamando Lobo, seguido de outros para chamar os cavalos.

Os assovios assustaram os homens, mas as pedras fizeram mais. O homem que ia à sua direção gritou de dor quando uma bateu ruidosamente na sua coxa, e outra atingiu o braço do segundo com resposta semelhante. Os dois homens agarraram o corpo no local de impacto.

— Como, em nome do Submundo da Mãe, ela fez isso? — gritou com raiva o primeiro homem. — Não a deixem fugir. Ela vai pagar. E quem vai cobrar sou eu.

Enquanto isso, Ayla armou o arremessador e o apontou para o primeiro homem. Uma voz saiu de trás da moita de árvores.

— Você teve sorte de ela não ter atirado na sua cabeça, ou agora você estaria andando no outro mundo. Ela acabou de matar uma hiena com uma pedra.

Os homens se viraram e viram um homem alto e louro, com uma lança num daqueles instrumentos esquisitos apontada para eles. Ele falou a língua

Zelandonii, mas também tinha sotaque de algum lugar distante, apesar de não ser o mesmo da mulher.

— Vamos sair daqui — exclamou um dos outros homens e começou a correr.

— Pegue-o, Lobo!

De repente, um grande lobo que não tinham visto correu atrás do homem. Agarrou um calcanhar com os dentes e o derrubou, depois parou sobre ele, rosnando.

— Alguém mais quer fugir? — Jondalar olhou os quatro homens e avaliou rapidamente a situação. — Tenho a impressão de que vocês têm causado muitos problemas por aqui. Acho que vamos ter de levá-los à Caverna mais próxima e ver o que eles acham.

Enquanto Lobo vigiava, ele tomou as lanças e as facas dos homens. Não estavam acostumados a serem forçados a fazer nada e não queriam obedecer, no entanto, ao resistirem, Ayla lançou Lobo sobre eles. Nenhum quis enfrentar a fera ameaçadora. Quando partiram, foram pastoreados por Lobo, mordendo-lhes os calcanhares e rosnando. Com Ayla montada na égua de um lado e Jondalar no garanhão marrom do outro, os homens tinham pouca chance de fugir.

Em certo ponto, dois homens decidiram tentar correr em direções diferentes. A lança de Jondalar passou raspando a orelha do que parecia o líder e fez com que estacasse. A de Ayla pegou uma ponta da roupa do outro e a energia o desequilibrou e jogou no chão.

— Acho que devemos amarrar esses dois juntos pelas mãos, talvez também as dos outros dois. Acredito que eles não queiram enfrentar as pessoas que vivem aqui.

Chegaram mais tarde do que esperavam no abrigo de pedra onde vivia a o povo da Caverna; o sol exibia a oeste o espetáculo púrpura e vermelho do ocaso. Quando os viu, uma mulher gritou:

— Foram eles! Foram eles que me violentaram e mataram meu companheiro quando ele tentou impedir. Então roubaram nossa comida e as esteiras, então me deixaram lá. Voltei para casa, mas estava grávida e perdi o bebê.

— Como vocês os encontraram? — perguntou Demoryn aos dois.

— Quando estávamos prontos para voltar, Ayla foi atrás das árvores perto do acampamento para urinar, então eu a ouvi assoviar chamando Lobo e os cavalos. Fui ver e encontrei os quatro sob a mira dela. Quando cheguei, dois deles cuidavam dos ferimentos feitos com as pedras da funda, e ela estava com o arremessador armado e pronto.

— Ferimentos! Só isso? Ela matou uma hiena com pedras — exclamou Tivonan.

— Eu não queria matá-los, só fazê-los parar.

— Na volta da nossa Jornada, alguns rapazes que estavam causando problemas para moradores do outro lado da geleira a oeste. Tinham violentado uma moça antes dos Primeiros Ritos. Imaginei que estes homens talvez estivessem causando os mesmos problemas por aqui — disse Jondalar.

— Eles fizeram muito mais que perturbações da ordem, e não são jovens. Já são anos de roubos, estupros de mulheres, assassinatos, mas ninguém conseguia encontrá-los — contou Syralana.

— A questão é: o que faremos com eles agora? — quis saber Demoryn.

— Levem os quatro ao encontro da zelandonia — sugeriu a Primeira.

— Ótima ideia — elogiou Willamar.

— Mas é melhor amarrá-los melhor do que estão agora — propôs Ayla. — Já tentaram fugir quando vínhamos para cá. Tomei as lanças e as facas que encontrei, mas talvez não tenha achado todas. E alguém devia vigiá-los à noite. Lobo pode ajudar.

— Você tem razão. São homens perigosos — concordou Demoryn voltando para o abrigo. — A zelandonia pode decidir o que fazer, mas eles precisam ser contidos com o que for necessário.

— Você se lembra de Attaroa, Jondalar? — perguntou Ayla, quando ambos se emparelharam com o líder da Caverna.

— Nunca a esqueço. Quase matou você. Se não fosse Lobo, teria matado. Era cruel, eu diria mesmo que era o mal personificado. As pessoas geralmente são decentes. Gostam de ajudar os outros, especialmente quando estão em dificuldades, mas sempre há alguns que tomam o que querem e ferem qualquer um sem se importar.

— Acho que Balderan se diverte ferindo as pessoas — disse Demoryn.

— Então esse é o seu nome — disse Jondalar.

— Ele sempre teve um temperamento difícil — continuou Demoryn. — Mesmo quando criança, gostava de espezinhar os mais fracos, e inevitavelmente havia alguns meninos que o seguiam e obedeciam.

— Por que alguns seguem gente como ele? — indagou Ayla.

— Quem sabe? — respondeu Jondalar. — Talvez tenham medo e pensem que se obedecerem não serão castigados. Ou talvez tenham pouco status e fazer os outros sofrerem os faça se sentir mais importantes.

— Sugiro que escolhamos algumas pessoas para vigiá-los de perto — propôs Demoryn. — Vamos vigiá-los em turnos para os guardas não ficarem com sono.

— Seria bom revistá-los outra vez. Alguns deles têm facas escondidas que podem ser usadas para cortar as cordas e ferir pessoas — disse Ayla. — Vou vigiar um turno e, como falei, Lobo pode ajudar. Ele é um ótimo guarda. Parece que dorme com um olho aberto.

Quando foram revistados, cada um dos homens tinha pelo menos uma faca escondida, que alegaram serem para comer. Demoryn tinha pensado em desamarrar suas mãos à noite para poderem se alimentar, mas a descoberta das facas o fez mudar de ideia. Receberam uma refeição e foram atentamente vigiados enquanto comiam. Quando terminaram, Ayla recolheu as facas de comer. Balderan não queria entregar a dele, mas um sinal para Lobo, que o fez se levantar rosnando ameaçadoramente, fez o homem largar o instrumento cortante. Ao se aproximar, ela percebeu que ele fervia de raiva, mal conseguia se controlar. Durante toda a vida, sempre havia tomado impunemente o que queria, inclusive as vidas de outras pessoas. Desta vez, estava fisicamente restrito e obrigado a fazer o que não queria. Ele não estava gostando.

Os visitantes e grande parte da Terceira Caverna dos Zelandonii que Guarda o Mais Antigo Local Sagrado seguiram por uma trilha rio acima acompanhando os meandros das águas que cortaram a rocha calcária criando uma garganta profunda que continha a correnteza. Ayla notou que os habitantes da Caverna local começaram a olhar sorrindo uns para os outros, como se antecipassem uma surpresa engraçada. Depois de contornarem uma curva fechada e atrás das paredes altas de garganta, os visitantes viram um arco de pedra muito alto, uma ponte natural que cruzava o rio. Quem não a havia visto antes parou para observar aquela formação maravilhosa criada pela Grande Mãe Terra. Nunca tinham visto nada igual; ninguém tinha. Era única.

— O arco tem um nome? — perguntou Ayla.

— Tem muitos — respondeu Demoryn. — Algumas pessoas dão nomes em homenagem à Mãe ou aos espíritos do outro mundo. Alguns pensam que parece um mamute. Nós o chamamos simplesmente de Arco ou Ponte.

Cerca de 400 mil anos antes, a força de uma corrente subterrânea havia cortado o calcário, arrastando a rocha de carbonato de cálcio, criando grutas e passagens. Com o passar do tempo, o nível da água baixou e a terra subiu, e aquele pedaço preso à parede de pedra se transformou num arco natural. O rio fluía através do que antes fora uma barreira e tinha se transformado em uma ponte sobre ele, mas tão alta que raramente era usada. O elevado arco de pedra que cruzava o rio era uma formação impressionante. Não existia nada igual em lugar algum do mundo. O alto do vão estava aproximadamente no mesmo nível que o topo dos despenhadeiros mais próximos dele, porém o antigo canal tinha também cortado os meandros próximos ao rio, que se transformaram em terreno plano. Durante a estação úmida, quando o rio corria cheio, os lados da barreira de calcário às vezes restringiam o fluxo da água e provocavam inundações, mas em geral o rio que tinha criado grutas e desbastado seu caminho através da obstrução de calcário era plácido e calmo.

O campo entre o abrigo de pedra da Primeira Caverna dos Guardiões Zelandonii e o rio tinha uma forma circular envolto pelas paredes altas dos desfiladeiros da garganta. Muitos séculos antes, tinha sido cercado pelo meandro do leito do rio, mas naquela época era uma área onde existiam diversos tipos de capim, arbustos aromáticos de artemísia e uma planta cujas folhas comestíveis pareciam os pés dos patos e dos gansos que navegavam as águas do rio no verão, futuramente chamadas de erva-de-são-joão, que possuíam muitas sementes pretas que podiam ser moídas entre pedras e cozidas e comidas.

Uma área próxima da extremidade tinha uma rampa baixa, cujas pedras afiadas se misturavam à terra para alimentar as raízes dos pinheiros e dos zimbros amantes do frio, geralmente reduzidos ao porte de arbustos. Acima do campo, árvores e arbustos perenes que cresciam nas encostas e nos platôs do desfiladeiro contrastavam com a pedra branca. Nos outeiros e nos platôs, as pessoas reuniam-se quando alguém tinha alguma informação a passar ao grupo.

A Primeira Caverna dos Zelandonii que Guarda o Mais Antigo Local Sagrado vivia sob uma marquise de calcário num terraço acima da planície inundável. A zelandonia tinha reunido seu congresso no campo abaixo.

A chegada dos visitantes e dos membros da Terceira Caverna dos Guardiões da Caverna Sagrada provocou grande agitação. A zelandonia tinha instalado um pavilhão, uma estrutura semelhante a uma tenda com teto, mas apenas meias paredes; o teto oferecia proteção contra o sol e as paredes bloqueavam o vento que vinha da garganta. Um dos acólitos viu a procissão que se aproximava e correu para dentro, interrompendo os trabalhos. Alguns dos principais membros da zelandonia se irritaram por um momento, até se voltarem para ver, então sentiram um calafrio de medo, que tentaram ocultar.

Ayla montada em Huiin vinha à frente. A Primeira lhe disse para subir até a tenda do congresso. Depois passou a perna por sobre o dorso da égua, deslizou para o chão e foi ajudar a Primeira a descer do *travois*. A Primeira caminhava num ritmo que não era lento nem rápido, mas transmitia grande autoridade. Os dois líderes do sul reconheceram imediatamente o simbolismo das tatuagens faciais, das roupas e dos colares, e mal podiam acreditar que A Primeira Entre Aqueles Que Serviam À Grande Mãe Terra comparecia ao congresso. Vê-la era tão raro que era quase uma figura mística. Da boca para fora, reconheciam sua existência, mas se consideravam a classe mais alta da zelandonia, e tinham escolhido sua própria Primeira. Vê-la em pessoa era emocionante, mas ver a forma como havia chegado foi ainda mais. Controlar cavalos era inaudito. Ela devia ser extraordinariamente poderosa.

Abordaram-na com deferência, saudaram-na com as mãos estendidas e lhe deram boas-vindas. Ela saudou a todos e então passou a apresentar seus companheiros de viagem: Ayla, Jonokol, Willamar e Jondalar, e em seguida os outros viajantes, ficando para o final os assistentes de Willamar e as crianças. Demoryn saudou os dois membros da zelandonia mais importantes, o que era Zelandoni de sua Caverna e a mulher que era Zelandoni da Primeira Caverna dos Guardiões do Local Sagrado. Ayla disse a Jonayla para manter Lobo escondido, mas depois de terminadas todas as apresentações formais, ela e a menina trouxeram o animal e ela viu mais uma expressão de choque e medo. Depois de convencê-los a serem apresentados ao lobo, o medo diminuiu um pouco, mas certa apreensão ainda permaneceu. Naquele momento, os habitantes da Primeira Caverna já haviam descido de suas moradias na encosta do desfiladeiro, mas Ayla estava feliz por terem terminado as apresentações formais.

Os quatro homens que traziam para exame da zelandonia foram mantidos atrás com os habitantes da Terceira Caverna até terminarem as formalidades, mas então Demoryn os empurrou para a frente. Abordou seu Zelandoni.

— Você se lembra dos homens que vêm causando tantos problemas: roubando, estuprando mulheres e matando pessoas?

— Sim — respondeu o homem. — Estávamos justamente falando deles.

— Bem, nós os temos. — Demoryn fez um sinal para o homem designado para vigiá-los. Foram trazidos mais para a frente, acompanhados pela mulher que os tinha acusado de matar seu companheiro e violentá-la. — O nome deste é Balderan. Ele é o chefe.

Todos olharam os quatro homens amarrados juntos pelas mãos. Notaram o aspecto desmazelado, mas a mulher Zelandoni da Primeira Caverna queria julgá-los por algo além da aparência.

— Como você sabe que foram eles?

— Porque fui estuprada depois que mataram meu companheiro — respondeu a mulher.

— E você é?

— Sou Aremina, da Terceira Caverna dos Zelandonii que Guarda o Mais Antigo Local Sagrado.

— O que ela diz é verdade — assegurou o Zelandoni da Terceira Caverna dos Guardiões. — Ela estava grávida e também perdeu o bebê. — Voltou-se para Demoryn. — Estivemos discutindo o problema deles e tentávamos imaginar um plano para encontrá-los. Como você os prendeu?

— Foi a acólita da Primeira. Eles tentaram atacá-la, mas não sabiam quem era ela.

— Quem é ela, além de acólita da Primeira? — perguntou a Zelandoni da Primeira Caverna dos Guardiões.

Demoryn pediu a Willamar:

— Você poderia explicar?

— Bem, eu não estava lá, por isso só posso contar o que me contaram, mas acredito que seja a verdade. Sei que Ayla é uma caçadora extremamente habilidosa com a funda e o arremessador de lanças, inventado por seu companheiro, Jondalar. Ela também controla o lobo e os cavalos, embora seu companheiro e sua filha também os controlem. Aparentemente, quando esses homens tentaram atacá-la, ela os feriu com pedras, apesar de, se quisesse, ser capaz de matá-los. Então chegou Jondalar com seu arremessador de lanças. Quando um deles tentou fugir, ela mandou o lobo buscá-lo. Já os vi trabalhando juntos nas caçadas. Os homens não tinham a menor chance.

Demoryn retomou a palavra:

— Todos os visitantes usam arremessadores de lanças. Jondalar prometeu nos mostrar como funciona. Quando foram caçar, tiveram muita sorte. Cada um derrubou um bisão. Eles mataram nove. É muita carne, bisões são animais grandes. Por isso estamos trazendo um grande carregamento de carne para a Primeira Caverna e para o congresso da zelandonia.

"Quanto a esses homens, após terem sido presos, não sabíamos o que fazer com eles. Aremina pensou que deviam ser mortos, pois mataram seu companheiro. Talvez ela tenha razão. Mas não sabemos quem devia matá-los, nem como. Todos sabemos como matar os animais que a Grande Mãe nos deu para sobreviver, mas a Mãe não aprova matar pessoas. Não sabíamos se seríamos nós os encarregados de matá-los, pois sua execução, ou não o fazer da maneira correta, pode trazer má sorte para nossa Caverna. Pensamos que os membros da zelandonia deviam decidir, então nós os trouxemos aqui."

— Parece-me uma decisão sábia, não concordam? — questionou a Primeira Entre Aqueles Que Serviam. — Foi uma sorte vocês estarem reunidos para que todos possam discutir o assunto e chegar a uma decisão.

Ela está dizendo que não planeja tomar o lugar de ninguém apenas por ser a Primeira, pensou Ayla, mas que vai estar interessada no que fizerem.

— Eu certamente espero que você fique e ofereça seu conselho — disse a Zelandoni da Primeira Caverna dos Guardiões dos Locais Sagrados.

— Obrigada. Gostaria muito. Não é um problema de solução fácil. Estamos aqui porque estou levando minha acólita na sua Jornada Donier. Espero que alguém possa nos guiar pelo seu Local Sagrado. Eu o vi apenas uma vez, mas nunca o esqueci. Não somente ele é o Mais Antigo, como também é incrivelmente belo, tanto a gruta em si quanto as imagens que foram pintadas nas paredes. São uma homenagem à Grande Mãe — declarou a Primeira com um sentimento que transmitia convicção.

— Claro. Mantemos um Guardião no Local Sagrado que terá prazer em guiá-las por ele — respondeu a mulher. — Mas vamos examinar o caso desses homens.

Ao serem trazidos para a frente, os quatro homens tentaram resistir, mas Lobo os guardava e fez Balderan recuar com rosnados e mordidas nos calcanhares e nas pernas quando ele tentou se afastar. Era evidente que Balderan espumava de raiva. Odiava particularmente aquele homem e aquela mulher estrangeiros que controlavam os cavalos e o lobo e que, portanto, podiam controlá-lo. Pela primeira vez na vida, tinha medo, e o que mais temia era Lobo. Queria matar aquele animal, mas seu desejo não era maior que o de Lobo de matá-lo. O caçador de quatro patas sabia de uma maneira que os animais com sentidos mais desenvolvidos que os dos humanos sabem que aquele homem não era como outros. Tinha nascido com muito ou muito pouco de alguma coisa que o tornava diferente, e o animal sabia por intuição que ele não hesitaria em ferir as pessoas que Lobo amava.

Naquele momento, todos os habitantes das duas Cavernas e todos os membros da zelandonia da região haviam se reunido no campo diante dos desfiladeiros, e, quando os homens foram trazidos, houve uma grande perturbação. Varias pessoas reconheceram Balderan e alguns gritaram acusações.

Uma mulher gritou:

— Foi ele! Ele me violentou! Todos me violentaram.

— Eles roubaram a carne que eu tinha deixado secar.

— Ele raptou minha filha e a manteve durante quase uma lua. Não sei o que fizeram com ela, mas nunca mais foi a mesma e morreu no inverno seguinte. Para mim, ele a matou.

Um homem de meia-idade veio à frente.

— Posso falar desse homem. Ele nasceu na minha Caverna antes de eu me mudar.

— Gostaria de ouvir o que esse homem tem a dizer — pediu a Primeira.

— Eu também — concordou o Zelandoni da Terceira Caverna dos Guardiões.

— Balderan nasceu de uma mulher que não tinha companheiro. De início, todos gostaram de ela ter um filho que parecia forte e saudável, um filho que poderia no futuro dar sua contribuição para a Caverna. Mas desde muito novo ele era incontrolável. Um menino forte, mas usava sua força para tomar o que queria, quando queria. No início, sua mãe inventava desculpas. Como não tinha companheiro, gostava que seu filho, que logo se tornou um bom caçador porque gostava de matar coisas, fosse forte, pois assim cuidaria dela na velhice, mas finalmente teve de reconhecer que ele não ligava para ela, bem como não ligava para mais ninguém.

"Quando chegou à idade adulta, todos os habitantes da Caverna tinham raiva e medo dele. Tudo estourou quando ele roubou algumas lanças de um homem que as tinha feito para si. Quando o homem reclamou e tentou tomá-las de volta,

Balderan o agrediu com tanta violência que ele quase morreu. Acho que nunca se recuperou. Foi o momento em que todos se reuniram e o mandaram ir embora. Todos os outros homens e quase todas as mulheres se armaram e o expulsaram. Dois amigos foram embora com ele, jovens que o admiravam por tomar tudo que queria e não ter de trabalhar para obter nada. Um deles voltou e implorou para ser aceito de volta, mas Balderan sempre conseguia atrair mais seguidores.

"Ele ia às Reuniões de Verão e se instalava numa dis'casa. Desafiava outros rapazes em atos irresponsáveis de perigo para provar sua coragem. Perseguia todos que lhe pareciam fracos ou temerosos. Quando partia, sempre tinha novos seguidores encantados por suas atitudes violentas. Acossavam Cavernas novas até que elas se reuniam e o perseguiam. Então Balderan e seus amigos se afastavam e procuravam outras Cavernas de onde pudessem roubar comida, roupas, implementos, armas e, pouco depois, mulheres que pudessem violentar."

Balderan sorria desdenhoso enquanto o homem contava sua história. Não se importava com o que pudessem falar dele. Tudo era verdade. Contudo, nunca tinha sido preso e não estava gostando. Ayla o observava atentamente e percebeu que a raiva dele aumentava de momento a momento. Sentia o medo e o ódio, e teve certeza de que Lobo farejava aqueles sentimentos também. Sabia que, se Balderan tentasse feri-la, ou a Jondalar, ou a Jonayla, ou a qualquer uma das pessoas que viajava com eles, Lobo o mataria. Sabia que caso ela desse um sinal para matar aquele homem Lobo o faria, e todas aquelas pessoas ficariam gratas. Mas ela não queria que Lobo fosse a solução dos problemas deles e não queria que o caçador de quatro patas ficasse conhecido como assassino. As histórias tendiam a crescer desproporcionalmente. Todos sabiam que lobos eram capazes de matar. A história que queria ver contada sobre Lobo era de como ele ajudou a prender o homem e como o vigiava sem matá-lo. As pessoas tinham de resolver sozinhas o problema de Balderan, e ela estava curiosa para ver o que fariam.

Os companheiros de Balderan não estavam com raiva. Estavam com medo. Tinham consciência do que fizeram, que muitas pessoas ali também sabiam. O homem sentado ao lado de Balderan pensava sobre o problema em que tinha se enfiado. Sempre fora tão fácil segui-lo, roubar o que queriam e assustar as pessoas. Claro, Balderan também lhe dava medo, às vezes, mas ele se sentia importante quando via pessoas com medo. E ao ver que os perseguidores se aproximavam com determinação, e sentiam que era hora de sumir, sempre conseguiam fugir rapidamente. Tinham certeza de que nunca seriam presos, mas aquela mulher estrangeira com suas armas e seus animais tinha mudado tudo.

Não havia dúvida de que ela era Zelandoni, e eles nunca deviam ter perseguido A Que Serve À Mãe. Mas como iam saber? Ela nem era tatuada. Disseram que era uma acólita, mas acólita da Primeira? Ele nem sabia que a Primeira realmente existia. Pensava que não passava de uma história, como as Lendas dos Antigos. Mas agora a Zelandoni mais poderosa da terra estava ali, com sua acólita, que controlava magicamente animais e o tinha preso. O que iam fazer com ele?

Como se ouvisse aqueles pensamentos, um dos membros da zelandonia questionou:

— Agora que estão aqui, o que vamos fazer com eles?

— Por ora, temos de alimentá-los, encontrar um lugar onde prendê-los e indicar algumas pessoas para vigiá-los até que uma decisão seja tomada — respondeu a Primeira, voltando-se para a mulher que era Zelandoni da Primeira Caverna dos Guardiões do Mais Antigo Local Sagrado. — E talvez dividir toda essa carne de bisão.

A mulher sorriu para a Primeira, reconhecendo ter sido ela quem lhe passou autoridade, como se soubesse ser ela a Primeira naquela região, embora ninguém lhe tivesse dito. Chamou alguns nomes e delegou a responsabilidade aos líderes das duas Cavernas para decidir como a carne seria dividida, mas indicando vários outros membros da zelandonia para supervisionar o trabalho de esfolar e carnear os animais. Alguns já tinham sido esfolados, então começaram a cortar a carne para a refeição da noite.

Outros conduziram Balderan e seus homens para o desfiladeiro. Quando o malfeitor passou às mãos deles, Ayla assoviou para Lobo e foi ajudar Jondalar a desatrelar os *travois*. Tinha visto uma área coberta de capim longe das pessoas, mas decidiu perguntar se havia alguma razão para não usá-la para alimentar seus cavalos. Era sempre uma boa ideia não presumir nada com relação ao território de outras Cavernas. Perguntou primeiro a Demoryn, líder da Caverna de Amelana.

— Não fizemos a Reunião de Verão aqui este ano. Acho que ela foi preservada, mas talvez você devesse primeiro pedir à Zelandoni Primeira para ter certeza.

— Zelandoni Primeira? Você quer dizer da Primeira Caverna dos Guardiões?

— Sim, mas não é essa a razão para ela ser chamada de Zelandoni Primeira. É porque ela é a nossa Primeira. É apenas por coincidência que ela é Zelandoni daquela Caverna. Por falar nisso, preciso dizer a ela que enviei um corredor avisar a uma ou duas outras Cavernas que Balderan foi preso. Eles foram os mais agredidos por ele. Podem chegar mais pessoas.

Ayla franziu o cenho e se perguntou quantas outras Cavernas fariam o mesmo. Talvez devesse procurar um lugar mais afastado, ou talvez cercar uma área para os cavalos como fizera nas Reuniões de Verão. Decidiu conversar com Jondalar depois de ter falado com a Zelandoni Primeira.

Ayla e Jondalar conversaram com os outros viajantes e decidiram procurar um bom lugar para instalar o acampamento, como costumavam fazer as Cavernas quando chegavam cedo à Reunião de Verão. A Primeira concordou com a intuição de Ayla de que poderiam chegar mais pessoas do que se esperava.

Naquela noite, embora as refeições fossem preparadas pelas famílias ou grupos que geralmente comiam juntos, todos se sentaram próximos, como se fosse um banquete. Balderan e seus capangas receberam comida, e suas mãos foram desamarradas para poderem comer. Falaram baixinho uns com os outros enquanto comiam. Várias pessoas os vigiavam, mas era difícil manter o interesse quando não havia nada para vigiar a não ser um grupo de pessoas comendo sua comida. O céu escureceu à medida que a refeição avançava, e as pessoas que eram estranhos amistosos queriam se conhecer mutuamente.

Ayla e Jondalar deixaram Lobo com Jonayla para ele descansar da vigilância e foram passeando até a residência da zelandonia. A Primeira tinha ido até lá para discutir uma visita à Caverna Sagrada com Ayla, Jonokol e alguns outros, e outra visita para os outros viajantes, com exceção das crianças, que não deveria ser tão extensa.

O casal tinha ideia de onde estavam presos os homens que haviam capturado, mas, no escuro, não notaram que eram observados atentamente por eles. Balderan analisava o homem alto que era o companheiro da mulher acólita, e, quando eles se aproximaram, Balderan falou aos seus homens:

— Temos de fugir daqui. Se não, não vamos viver para ver muitos dias.

— Mas como? — perguntou um dos homens.

— Precisamos nos livrar da mulher que controla o lobo — respondeu Balderan.

— O lobo não nos deixa chegar perto dela.

— Só quando ele está com ela. Nem sempre a acompanha. Às vezes, fica com a menina — explicou Balderan.

— Mas e o homem que está sempre com ela? O visitante com quem ela veio. Ele é grande.

— Já vi homens como ele, altos e musculosos, mas calmos e suaves demais. Você já o viu com raiva? Acho que ele é um daqueles gigantes gentis que têm muito medo de ferir alguém. Evitam até discussões. Se formos rápidos, podemos agarrá-la antes que ele perceba e ameaçar matá-la se ele se mover. Não acho que vá se arriscar a vê-la ferida. Quando ele pensar, já será muito tarde. Já teremos partido, e ela, conosco.

— Com que você vai ameaçá-la? Eles tomaram todas as nossas facas.

Balderan sorriu e soltou o cinto de couro que prendia sua camisa.

— Isso — disse ele soltando o cinto dos buracos em que estava enfiado. — Vou enrolar isto no pescoço dela.

— Mas e se seu plano não funcionar?
— Não ficaremos em situação pior. Não temos nada a perder.

No dia seguinte, um dos habitantes das outras Cavernas da região chegou, e mais outros dois à noite. A Primeira veio ver Ayla pela manhã. Jondalar saiu para deixá-las conversar a sós.

— Vamos ter de pensar em como resolver o problema desses homens.
— Por que nós? Não vivemos aqui.
— Mas você os prendeu. Você está envolvida, querendo ou não. Pode ser um desejo da Mãe que você se envolva — acrescentou a Primeira.

Ayla lançou-lhe um olhar de ceticismo.

— Bem, talvez não a Mãe — continuou a mulher grande —, mas as pessoas aqui querem. E eu acho que devia. Além do mais, precisamos discutir com eles a visita ao Local Sagrado. Você vai se maravilhar com essa gruta. Já a vi uma vez e sei que vou voltar. Há lugares difíceis, mas nunca vou ter outra chance. Não posso perder esta.

A frase deixou Ayla intrigada e aguçou sua curiosidade. Toda a caminhada durante a viagem parecia ter melhorado a saúde da mulher, mas ainda tinha problemas e precisava de ajuda quando entravam em terreno acidentado. Ainda era uma mulher muito grande, apesar de toda a caminhada. Portava seu peso com graça e segurança, e de muitos modos, o tamanho aumentava sua importância na comunidade, mas tornava difícil o movimento em lugares apertados ou com o piso irregular.

— Você tem razão, Zelandoni, mas não quero tomar decisões sobre ele. Não acho que seja atribuição minha.

— Você não terá de tomar decisões. Todos sabemos o que tem de ser feito. Ele precisa ser morto. Se não for, matará ainda mais pessoas. A questão é quem vai matá-lo e como. Para a maioria, matar alguém deliberadamente não é fácil. Nem deve ser. Não é certo uma pessoa matar outra. É por isso que sabemos que ele está errado, pois não percebe isso. E é por isso que estou feliz por todas essas Cavernas terem se juntado. É uma coisa de que todos têm de participar. Não quero dizer que todos tenham de matá-lo, mas todos têm de assumir a responsabilidade. E todos precisam saber que essa é a ação correta neste caso particular. Não se pode matar uma pessoa por raiva nem por vingança. Há outros meios de tratar dessas coisas. No caso dele, não há outra solução, mas qual a melhor forma de fazê-lo?

As duas ficaram em silêncio, então Ayla falou:

— Há plantas...
— Eu ia dizer cogumelos. Alguém poderia lhes dar uma refeição com certos cogumelos.

— Mas e se eles adivinharem e decidirem não comer. Todos sabem que existem cogumelos venenosos. São fáceis de identificar e evitar.

— É verdade, e apesar de Balderan viver no erro, ele não é bobo. Em que plantas você estava pensando?

— Existem duas plantas que crescem aqui, pois já vi. Uma é chamada pastinaca e cresce na água.

— São comestíveis, especialmente as raízes, quando são novas e tenras — retrucou a Primeira.

— Sim, mas há outra planta muito parecida e mortalmente venenosa — disse Ayla. — Conheço o nome em Mamutói. Não sei como você a chama, mas conheço.

— Conheço a planta. É a cicuta. É o nome que lhe damos. Também cresce na água. Então a mesma refeição será preparada para todo o acampamento. Todos vão receber a pastinaca, mas Balderan e seus homens receberão a cicuta. — A Primeira fez uma pausa, então falou: — Eles também podem receber cogumelos comestíveis. Vão pensar que são venenosos e não vão comer, e talvez não prestem atenção às raízes, porque serão iguais às que todos estão comendo.

— É o que eu também estava pensando, a menos que alguém tenha uma ideia melhor — disse Ayla.

A mulher parou para pensar, então concordou:

— Ótimo, temos um plano. É sempre bom ter um plano, quando é possível — disse a Zelandoni Que Era Primeira.

Quando as duas mulheres saíram da tenda, não havia ninguém por perto. O restante do grupo de viajantes tinha ido ver o que estava acontecendo com a Reunião de Verão improvisada e para oferecer ajuda na cozinha ou no que mais se fizesse necessário. Porém não se tratava do encontro feliz entre parentes, amigos e vizinhos, mas de um encontro para julgar crimes graves. Mais pessoas chegavam e o campo abaixo do desfiladeiro se enchia.

Mas a maior surpresa veio no final da tarde. Ayla e a Primeira estavam na residência da zelandonia quando Jonayla chegou correndo, interrompendo a reunião.

— Mamãe, mamãe. Kimeran me mandou vir e contar para você.

— Contar o quê, Jonayla? — A voz de Ayla tinha um tom severo.

— A família de Beladora está aqui. E veio uma pessoa estranha com ela.

— A família de Beladora? Eles nem são Zelandonii, são Giornadonii. Vivem muito longe. Como poderiam ter chegado em um ou dois dias? — Ayla se voltou para os outros. — Desculpem, mas tenho de sair.

— Vou com você — declarou a Primeira. — Queiram nos desculpar.

A Zelandoni Primeira as acompanhou até a saída.

— Eles não vivem tão longe e vêm fazer visitas frequentes aqui. Pelo menos uma vez a cada dois anos. Acho que são Zelandonii tanto quanto são Giornadonii, mas não creio que tenham vindo por causa dos corredores que foram enviados. Provavelmente já tinham planejado essa visita, e, quando os viram aqui, ficaram tão surpresos quanto ela ao ver seus parentes aqui.

Kimeran estava parado do lado de fora e ouviu a Zelandoni Primeira.

— Não é bem assim. Eles foram à Reunião de Verão Giornadonii, e depois decidiram ir à sua Reunião. Planejavam vir aqui depois. Estavam no acampamento da Reunião quando chegou o corredor e eles descobriram que nós estávamos aqui. É claro que também ficaram sabendo de Balderan. Vocês sabiam que ele também atacou algumas Cavernas Giornadonii? Existe alguém que ele não tenha ferido ou roubado?

— Vai haver uma reunião para tratar deles — explicou a Zelandoni Primeira. — Em breve, vamos ter de tomar uma decisão. — Depois de uma pausa, ela continuou: — Você disse que havia uma pessoa estranha com eles?

— Disse, mas você vai ver por si mesma.

Ayla e a Primeira foram introduzidas aos parentes de Beladora com apresentações formais completas, e então a Primeira perguntou se eles já tinham instalado o acampamento.

— Não, acabamos de chegar — respondeu a mulher que naquele momento souberam ser a mãe de Beladora, Ginedora. Mesmo sem a apresentação, teria sido evidente. Ela era uma versão mais idosa e rechonchuda da mulher que conheciam.

— Acho que há espaço perto de nosso acampamento — disse a Primeira. — Por que vocês não tomam posse antes que alguém o faça?

Quando chegaram ao acampamento, houve mais apresentações e alguma hesitação por causa dos animais, mas então Ginedora viu um menino que parecia ter nascido dela. Lançou um olhar interrogativo para a filha. Beladora tomou a mão do filho, e a da filha loura e de olhos azuis.

— Venham conhecer sua avó — disse ela.

— Você teve dois filhos juntos? Os dois são seus? E os dois são sadios? Beladora assentiu com a cabeça.

— Que maravilha!

— Este é Gionera — apresentou a jovem mãe, erguendo a mão de um menino de 5 anos com cabelos castanhos e olhos castanho-esverdeados como os dela.

— Ele vai ser alto como Kimeran — disse Ginedora.

— E esta é Ginadela. — Beladora ergueu a mão da filha loura.

— Tem as cores de Kimeran e é linda. São tímidos? Venham e me deem um abraço.

— Vão abraçar a vovó. Viajamos muito para conhecê-la.

Beladora os empurrou. A mulher mais velha se ajoelhou e abriu os braços. Seus olhos brilhavam. Com alguma relutância, as crianças lhe deram um abraço distante. Ela tomou uma em cada braço enquanto uma lágrima lhe escorria pelo rosto.

— Não sabia que tinha netos. É o problema de viver tão longe — disse Ginedora. — Quanto tempo vocês vão ficar?

— Ainda não sabemos.

— Vocês virão à nossa Caverna?

— Foi o que planejamos.

— A visita tem de durar mais que alguns dias. Vocês viajaram tanto! Venham conosco e fiquem por um ano.

— Isso nós vamos ter de pensar — disse Beladora. — Kimeran é o líder de nossa Caverna. Seria difícil para ele ficar um ano ausente. — Quando viu as lágrimas escorrendo dos olhos da mãe, acrescentou: — Mas vamos pensar.

Ayla olhou em volta as outras pessoas que começavam a instalar o acampamento. Notou um homem que carregava alguém no ombro. Ele se abaixou e ajudou a pessoa a descer. De início, ela pensou que era uma criança, mas olhou novamente. Era uma pessoa pequena, mas deformada, com braços e pernas muito curtos. Deu um tapinha nas costas da Primeira e virou seu queixo na direção da pessoa.

A mulher grande olhou distraída, depois com mais atenção. Entendeu a razão por que Ayla lhe tinha chamado a atenção para o indivíduo. Ela nunca tinha visto um, mas já havia ouvido falar de pessoas semelhantes.

— Não é de admirar que a mãe de Beladora tenha parecido tão aliviada com os filhos da filha, nascidos juntos, mas normais. Aquela pessoa é um acidente de nascimento. Como algumas árvores anãs cujo crescimento é retardado, acho que aquele é uma pessoa anã.

— Gostaria de conhecer aquela pessoa para saber mais, porém não desejo criar uma situação embaraçosa. Seria como encarar e imagino que aquela pessoa já seja encarada demais — disse Ayla.

26

Ayla tinha se levantado muito cedo e juntou cestas de coleta e alforje para Huiin. Disse a Jondalar que ia buscar verduras e raízes e o que mais encontrasse para o banquete daquela noite, mas parecia desligada e pouco à vontade.

— Quer que eu vá com você?

— Não! — A resposta veio cortante e abrupta. Tentou suavizá-la: — Prefiro que você cuide de Jonayla. Hoje de manhã Beladora vai levar os filhos para passar o dia com a mãe dela. Jondecam e Levela também pretendem levar Jonlevan, porque são todos parentes. Não sei o que Kimeran está fazendo, mas acho que mais tarde vai se juntar a eles. Jonayla é quase da família, mas, na verdade, ela é apenas uma amiga e pode se sentir excluída por não poder brincar com os amigos. Pensei que você pudesse sair e cavalgar com ela e Cinza hoje de manhã.

— É uma boa ideia. Já não cavalgamos há algum tempo. O exercício faria bem para os cavalos.

Ayla sorriu para ele, e os dois se tocaram na face, mas a testa dela ainda estava franzida. Parecia infeliz.

O dia mal tinha raiado quando Ayla partiu montada em Huiin, convocando Lobo com um assovio. Correu ao lado do rio examinando a vegetação. Sabia que as plantas que procurava cresciam perto do lugar onde haviam acampado, mas esperava não ter de ir até tão longe. Passou pelo local da Terceira Caverna; estava deserto. Todos estavam no evento reunido espontaneamente na Primeira Caverna. Perguntou-se como Amelana estava passando, se teria o filho antes de partirem. Pode acontecer a qualquer momento, pensou, e desejou ardentemente que fosse uma criança normal, saudável e feliz.

Não encontrou o que procurava até chegar perto do local do acampamento. Era um brejo do rio que tinha quase formado um lago que criava o tipo certo de habitat para pastinaca e cicuta-aquática. Fez a égua parar e desceu rapidamente. Lobo parecia feliz por tê-la para si e estava um tanto agitado, mas Ayla não estava disposta para brincadeiras, por isso ele começou a explorar os cheiros interessantes que vinham das tocas e dos montículos.

Ela tinha uma faca afiada e um pau de cavar e primeiro colheu pilhas de pastinacas. Então, em outra cesta e outro instrumento criado especificamente para aquele fim, colheu várias raízes e plantas de cicuta, que enrolou em longas folhas de capim e colocou numa cesta separada, também feita especificamente para aquelas plantas. Deixou a cesta no chão enquanto guardava as pastinacas nos paneiros na garupa de Huiin, sobre os quais prendeu a outra cesta. Então chamou Lobo com um assovio e tomou o caminho de volta; não estava com pressa de chegar. Quando alcançou um ponto onde o rio corria límpido, parou para encher o odre. Viu então o leito seco de um tributário sazonal que se encheria de água corrente quando viessem as chuvas. As pedras redondas e lisas eram perfeitas, e ela escolheu cuidadosamente algumas para recompor a sacola de pedras para a funda.

Estava perto de um bosque de pinheiros e notou alguns montículos sob uma camada de agulhas e gravetos sob as árvores e os afastou. Encontrou uma moita de cogumelos cor-de-rosa. Procurou melhor e encontrou mais até ter colhido uma bela pilha de cogumelos de pinheiro. Eram cogumelos bons, brancos e firmes com cheiro e sabor gostosos e apimentados, mas nem todos os conheciam. Encheu com eles uma terceira cesta. Depois montou em Huiin, chamou Lobo e voltou, levando a égua a galope durante parte do caminho. Quando chegou, várias pessoas estavam preparando ou comendo a refeição da manhã. Foi direto ao pavilhão da zelandonia, levando as duas cestas. Somente as duas "Primeiras" estavam lá.

— Encontrou o que procurava? — perguntou A Que Era A Primeira.

— Encontrei. Aqui estão alguns cogumelos bons, com um sabor raro que eu aprecio muito — disse ela. Depois mostrou a cesta de cicuta e informou: — Nunca provei dessas.

— Bom. Espero que nunca prove — disse a mulher corpulenta.

— Lá fora, nos alforjes na garupa de Huiin, há uma grande quantidade de pastinacas. Tive o cuidado de não misturá-las.

— Vou dá-las a uma das cozinheiras — disse a Zelandoni Primeira, que era magra e alta. — Se não forem bem cozidas, perdem completamente o gosto. — Estudou Ayla por um momento. — Você se sente mal por ter de participar disso, não é?

— Sinto. Nunca colhi deliberadamente uma coisa que soubesse ser capaz de fazer mal, especialmente para matar alguém.

— Mas você sabe que, se viver, ele só vai causar mais sofrimento.

— Sei, mas isso não me deixa mais tranquila.

— E nem deve — disse a sua Primeira. — Você está ajudando seu povo e assumindo o ônus. É um sacrifício, mas, às vezes, é isso que um Zelandoni tem de fazer.

— Vou me certificar de que serão dados àqueles que devem comê-los — disse a Zelandoni Primeira. — Este é o meu sacrifício. Eles são o meu povo, e esse homem já os fez sofrer demais, por muito tempo.

— Um deles perguntou o que poderia fazer como reparação. Diz que sente muito. Não sei se está apenas tentando fugir da punição que sabe merecer ou se está sendo sincero. Acho que vou deixar a Mãe decidir. Se ele não comer a raiz e não morrer, vou deixá-lo viver. Se Balderan não comer e não morrer, já falei com várias pessoas prejudicadas por ele que estão ansiosas por fazê-lo pagar. A maioria perdeu pessoas da família, ou foi atacada. Se necessário, vou entregá-lo a eles, mas prefiro que uma abordagem mais sutil tenha sucesso.

Quando a Zelandoni Primeira foi pegar a cesta de cicuta, viu um movimento escorregadio sob ela. Agarrou rapidamente a cesta e moveu-a para o lado. Sob ela havia uma cobra, uma cobra extraordinária.

— Vejam!

Ayla e a Primeira olharam e deram um suspiro de surpresa. Era uma cobra pequena, provavelmente muito nova, e as listras vermelhas que corriam por todo seu corpo indicavam que não era venenosa. Mas perto da extremidade dianteira do corpo, as listras se dividiam na forma de um Y. A cobra tinha duas cabeças! As duas línguas entravam e saíam das bocas, testando o ar. Ela então começou a se mover, mas era um movimento meio errático, como se não fosse capaz de decidir para onde ir.

— Depressa, pegue alguma coisa para prendê-la antes que fuja — disse a Primeira.

Ayla encontrou uma pequena tigela tecida impermeável.

— Posso usar isto?

— Pode, vai dar certo.

A cobra começou a se mover quando Ayla se aproximou e colocou a cesta com a boca para baixo sobre ela, que puxou a cauda para dentro enquanto a mulher prendia firmemente a tigela para que o animal não conseguisse sair sob a borda.

— E agora? O que fazemos? — perguntou a Zelandoni Primeira.

— Você tem alguma coisa chata que eu possa enfiar sob a tigela? — perguntou Ayla.

— Não sei. Talvez uma pá que tenha sido gasta até ficar lisa. Seria isso? Como esta? — Pegou uma pá que era usada para retirar as cinzas da lareira.

— Perfeito. — Ayla agarrou a pá e deslizou a parte chata sob a cesta, e então pegou as duas juntas enquanto as virava. — Esta tigela tem tampa? E linha para amarrá-la?

A Zelandoni Primeira encontrou uma tigela rasa e a entregou a Ayla, que colocou-a no chão, retirou a pá e apertou a tigela rasa sobre ela e amarrou tudo.

As três mulheres saíram juntas para tomar a refeição da manhã. Planejavam realizar a reunião quando o sol estivesse a pino no céu, mas as pessoas começaram a se reunir na encosta para encontrar lugares para assentar com elevação suficiente para ouvir e ver melhor. Embora todos soubessem que seria um encontro sério, ainda havia um sentimento de celebração e festividade no ar, principalmente por causa da sociabilidade gerada pelo fato de estarem juntos, especialmente por não ter sido planejada. E porque as pessoas estavam alegres pela prisão do bandido cruel.

Quando o sol já estava alto, a área da reunião já estava completamente lotada. A Zelandoni Primeira deu início aos trabalhos saudando a Primeira Entre Aqueles Que Serviam À Grande Mãe Terra e os demais visitantes. Explicou que a Primeira acompanhava sua acólita e seu acólito anterior que já era Zelandoni, na sua Jornada Donier, e que eles tinham vindo visitar o Mais Antigo Local Sagrado. Mencionou também que a acólita da Primeira e seu companheiro tinham capturado Balderan e três de seus homens, quando tentaram atacá-la. A informação gerou um burburinho de vozes na plateia.

— Esta é a razão principal por que convocamos esta assembleia. Balderan já causou muita dor e sofrimento a muitos de vocês ao longo de muitos anos. Mas agora que o temos preso, precisamos decidir o que fazer com ele. A punição que decidirmos para ele deve ser um castigo que consideremos adequado — disse a Zelandoni Primeira.

Alguém na plateia disse num sussurro alto que todos ouviram, inclusive os membros da zelandonia:

— Matem-no.

A Que Era A Primeira respondeu:

— Esse pode ser o castigo adequado, mas o que se pergunta é quem o executará e como. Pode gerar muita infelicidade para todos nós se não for executado corretamente. A Mãe determinou severos banimentos contra pessoas que matarem outras pessoas, a não ser em circunstâncias extraordinárias. No esforço de encontrar uma solução para o problema representado por Balderan, não queremos nos transformar no que ele é.

— Como ela o prendeu? — perguntou alguém.

— Pergunte a ela — respondeu a Primeira, voltando-se para Ayla.

Situações como aquela a deixavam nervosa, mas respirou profundamente e tentou responder:

— Sou caçadora desde muito nova, e a arma que aprendi a usar primeiro foi uma pedra lançada com uma funda. — Os que nunca a tinham ouvido falar se surpreenderam com o sotaque. Era raro um estrangeiro ser aceito entre a zelandonia, e ela teve de esperar até o burburinho se acalmar antes de continuar, com um sorriso. — Agora vocês já sabem, não nasci Zelandonii. — Seu comentário provocou risinhos entre a plateia. — Fui criada muito longe, a leste daqui, e conheci Jondalar quando ele fazia sua Jornada.

As pessoas se acalmavam, preparando-se para ouvir o que poderia ser uma boa história.

— Quando Balderan e seus homens me viram, eu tinha ido para trás das árvores em busca de um pouco de privacidade, e quando me levantei e puxei as perneiras estavam me encarando. A falta de polidez deles me deixou com raiva, e eu lhes avisei. Mas não fez a menor diferença. — O grupo riu. — Eu geralmente trago a funda enrolada na cabeça: é a maneira mais fácil de carregá-la. Quando ele veio até onde eu estava, acho que Balderan não entendeu que estava desenrolando uma arma.

Ela desenrolou a funda enquanto falava, depois pegou na sacola algumas pedras que tinha recolhido no leito seco perto do acampamento. Segurou as duas pontas juntas e colocou a pedra no meio da faixa de couro, numa concavidade formada pelo uso. Já havia escolhido um alvo: uma lebre de pelo marrom de verão sentada numa pedra junto de sua toca. No último instante, viu um par de patos selvagens, que voaram dos ninhos perto do rio. Com movimentos rápidos, lançou a primeira pedra e depois a segunda. Várias pessoas gritaram surpresas.

— Você viu?

— Ela matou o pato no ar!

— E matou a lebre também!

A demonstração deu a todos uma ideia da habilidade de Ayla com a funda.

— Eu não queria matar Balderan.

— Mas poderia — interrompeu-a Jonokol, o que provocou mais um burburinho na plateia.

Ayla continuou:

— Eu só queria fazê-lo parar, por isso mirei em sua coxa. Acho que ele ainda tem um hematoma como prova. Acertei o outro homem no braço. — Assoviou chamando Lobo, que veio imediatamente, o que provocou muitos comentários do grupo reunido. — De início, Balderan e os outros não notaram Lobo, que é meu amigo e faz o que eu pedir. Quando o terceiro homem tentou fugir, pedi a Lobo que o fizesse parar. Ele não o atacou nem tentou matá-lo, apenas mordeu-lhe o calcanhar e o derrubou. Então Jondalar saiu de trás das árvores com seu arremessador de lanças.

"Quando trazíamos esses homens para cá, Balderan tentou fugir. Jondalar atirou uma lança, que passou rente à orelha dele, e ele parou. Jondalar usa o arremessador de lanças com muita precisão."

Ouviram-se mais risadas.

— Eu disse que não tinham a menor chance — falou Willamar a Demoryn, que estava ao seu lado. Cumpria um turno de vigilância de Balderan e os outros, que também ouviram tudo que foi dito.

— Quando vi como esses homens se comportaram comigo, imaginei que seriam malfeitores. Por isso, nós os trouxemos conosco, apesar de não quererem vir. Só depois de chegarmos à Terceira Caverna dos Guardiões que soubemos todos os problemas criados por eles ao longo dos anos. — Ayla fez uma pausa, olhando para baixo. Era evidente que ela tinha mais a dizer. — Sou uma curadora, uma médica, já ajudei muitas mulheres a terem seus filhos. Felizmente, a maioria nasceu perfeitamente sã, mas alguns filhos da Grande Mãe não nascem certos. Já vi alguns que não nasceram. Geralmente, se o problema é grave, eles não sobrevivem. A Mãe os leva de volta porque somente Ela pode consertá-los, mas alguns têm muita vontade de viver. Mesmo com problemas graves, vivem e contribuem muito para seus povos. Fui criada por um homem que foi um grande

Mog-ur, a palavra que o Clã usa para significar Zelandoni. Só tinha um braço e mancava, um problema de nascença, e só possuía um olho e seu braço prejudicado ficou ainda pior quando foi atacado por um urso que se tornou seu totem. Era um homem muito sábio que servia ao seu povo e era muito respeitado. Há também um rapaz que vive não muito longe de nossa Caverna, que nasceu com um braço deformado. Sua mãe temia que ele nunca pudesse caçar e talvez nunca se tornasse um homem de verdade, mas ele aprendeu a usar o arremessador de lanças com o outro braço e se tornou um bom caçador, ganhou respeito e hoje é um ótimo rapaz e tem uma bela jovem como sua companheira.

"Quando uma criança nasce morta, ou deixa este mundo e vai para o outro logo depois do nascimento, é porque a única maneira de tornar certa uma pessoa que não nasceu certa é voltar para a Mãe, para que Ela a acolha. Embora seja muito mais fácil dizer que fazer, não se deve chorar por essas crianças, a Mãe as acolheu para que sejam certas."

Ayla buscou na mochila que trazia no ombro e retirou uma pequena tigela com tampa. Abriu-a e mostrou a cobra de duas cabeças. Houve exclamações assustadas.

— Algumas coisas não são certas quando nascem, e é evidente. — As línguas saíam e entravam nas duas bocas quando ela mostrou a pequena criatura. — A única maneira de tornar certa esta cobra é devolvê-la à Mãe. Às vezes é o que tem de ser feito. Mas às vezes uma pessoa nasce errada, e isso não é óbvio. Quando a vemos, parece normal, mas por dentro não é certa. Tal como esta pequena cobra, a única maneira de torná-la certa é devolvê-la à Mãe. Somente Ela é capaz de torná-la certa.

Balderan e seus homens também ouviam a história de Ayla.

— Logo vamos ter de aproveitar nossa chance, se quisermos fugir daqui — disse ele, baixinho. Não tinha a menor vontade de ser devolvido à Mãe. Pela primeira vez na vida, começava a sentir o medo que tantas vezes tinha provocado nos outros.

A Zelandoni Primeira voltava ao pavilhão da zelandonia ao lado da Primeira, Ayla e Jonokol. Lobo seguia Ayla calmamente, como ela havia lhe sinalizado. Queria que todos soubessem que, apesar de ser um eficiente caçador de quatro patas, ao contrário de Balderan, ele não era um matador indiscriminado.

— Acho que foi uma maneira muito apropriada de discutir o que tem de ser feito — elogiou a Zelandoni Primeira. — Vai ajudar as pessoas a aceitarem que devem mandar Balderan de volta à Mãe, se puderem pensar num meio de fazê-lo corretamente. O que a fez pensar nisso?

— Não sei — respondeu Ayla —, mas quando vi o jovem anão que veio com o povo de Beladora, eu soube que não havia remédio que pudesse ajudá-lo a crescer até o tamanho normal; pelo menos nenhum que eu conheça. Então aquela cobra me fez entender que há coisas que só a Mãe é capaz de consertar, se não neste mundo, então no outro.

— Você já conheceu o rapaz? — perguntou a Zelandoni Primeira.

— Não, ainda não.

— Nem eu — disse a Primeira.

— Então vamos conhecê-lo agora.

As três mulheres e o homem se dirigiram ao acampamento Giornadonii. Pararam no acampamento da Nona Caverna e chamaram Jondalar, Jonayla, e Willamar, os únicos que estavam lá. Beladora e Kimeran estavam no acampamento com os filhos. Ayla imaginou se a mãe de Beladora conseguiria convencê-la a voltar com ela e ficar um ano. Não a culpava por tentar, queria conhecer os netos, mas Kimeran era líder da Segunda Caverna.

Os amigos se cumprimentaram com toques de face e executaram os passos das apresentações formais à mãe de Beladora, ao líder da Caverna e a alguns outros. Então o jovem se aproximou.

— Queria conhecê-la — disse a Ayla. — Gostei do que você disse sobre a cobra e as pessoas que você conhece.

— Fico feliz por ter gostado. — Ayla se abaixou e segurou suas mãos pequenas e deformadas. Os braços e as pernas também eram curtos demais. A cabeça parecia ser grande para ele. — Sou Ayla da Nona Caverna dos Zelandonii, companheira de Jondalar, Mestre Lascador de Pedras da Nona Caverna dos Zelandonii, mãe de Jonayla, abençoada de Doni, e sou acólita da Primeira Entre Aqueles Que Serviam À Grande Mãe Terra. Vivi antes no Acampamento do Leão dos Mamutói, muito longe a leste. Fui adotada pelos Mamut para ser filha do Lar do Mamute, Escolhida pelo espírito do Leão-das-Cavernas, Protegida pelo Urso-das-Cavernas, Amiga dos Cavalos Huiin, Racer e Cinza, e do caçador de quatro patas, Lobo.

— Sou Romitolo da Sexta Caverna dos Giornadonii — disse ele num Zelandonii com leve sotaque. Era fluente nas duas línguas. — Eu a saúdo, Ayla da Nona Caverna dos Zelandonii. Você tem muitas ligações incomuns. Algum dia talvez possa me explicá-las. Mas primeiro gostaria de lhe fazer uma pergunta.

— Às suas ordens.

Ayla notou que ele parecia não sentir necessidade de recitar todos os seus nomes e ligações. Ele é único, pensou ela. Parece jovem, mas também eterno.

— O que você vai fazer com a pequena cobra? Vai mandá-la de volta para a Mãe?

— Acho que não. Acredito que a Mãe virá buscá-la quando estiver pronta para ela.

— Você tem cavalos e um lobo. Pode me dar a cobra? Eu cuido dela.

Ayla fez uma pausa.

— Não sabia bem o que fazer com ela, mas acho que é uma boa ideia, se seu líder concordar. Certas pessoas têm medo de cobra, mesmo das que não são venenosas. Você vai ter de aprender como alimentá-la, e eu posso ajudar. — Buscou na mochila a tigela tecida com tampa e a deu a Romitolo. Lobo, encostado na perna dela, gemia baixinho. — Você gostaria de ser apresentado ao lobo? Ele não vai machucar você, aprendeu a amar um menino que tinha problemas. Acho que você o faz se lembrar dele.

— Onde está o menino agora? — quis saber Romitolo.

— Rydag era muito fraco. Ele hoje está no outro mundo.

— Sinto que estou ficando mais fraco, acho que logo estarei no outro mundo. Encaro isso como a volta para a Mãe.

Ela não contradisse a afirmação. Ele provavelmente se conhecia e ao seu corpo melhor que qualquer outra pessoa.

— Sou uma curadora, e ajudei Rydag a passar melhor. Você pode me dizer onde dói mais? Talvez eu possa ajudar.

— Temos um bom curador e ele provavelmente já fez tudo que podia ser feito. Ele me dá um remédio para a dor quando peço. Acho que vou estar pronto para voltar para a Grande Mãe quando chegar a hora. — Romitolo mudou de assunto: — Como vou ser apresentado ao seu lobo? O que tenho de fazer?

— Basta deixar que ele fareje você, talvez lamber sua mão. Você pode dar uns tapinhas, quem sabe sentir seu pelo. Ele é muito manso quando eu peço para ser. Adora bebês. Você viu o *travois* em que viaja Aquela Que É A Primeira? Se quiser dar uma volta nele puxado por um cavalo, seria um prazer levá-lo aonde quisesse.

— Ou se você precisar ser carregado — acrescentou Jondalar —, meus ombros são fortes e eu já carreguei pessoas assim.

— Obrigado pelas ofertas, mas devo dizer que sair em visitas me cansa muito. Antes eu adorava. Agora, mesmo quando alguém me carrega, é difícil. Eu quase não vim nesta viagem, mas se não tivesse vindo não haveria ninguém para cuidar de mim, e eu não sobrevivo sem ajuda. Mas gosto muito de receber visitas.

— Você sabe quantos anos conta? — perguntou A Que Era A Primeira.

— Cerca de 14 anos. Cheguei à idade adulta há dois verões, mas desde então as coisas pioraram.

A Primeira fez que sim com a cabeça.

— Quando um menino chega à idade adulta, o corpo quer crescer.

— E o meu não sabe crescer corretamente.

— Mas você sabe pensar, e isso é mais do que a maioria é capaz. Espero que ainda viva muitos anos. Acho que você tem grandes contribuições a oferecer.

As três mulheres da zelandonia se reuniram naquela tarde no acampamento dos viajantes. A grande área da assembleia estava agitada. O que tinha começado com uma reunião da zelandonia mais próxima havia se tornado uma Reunião de Verão não programado, e os que se encarregavam da cozinha tinham ocupado o espaço coberto do pavilhão. Não havia mais ninguém no acampamento naquele momento, e a tenda de Ayla estava sendo usada como um lugar tranquilo para conversar. Mesmo assim, falavam baixinho.

— A cicuta deve ser servida hoje à noite, ou devemos esperar até amanhã à noite? — perguntou a Primeira.

A Zelandoni Primeira não tinha dúvidas.

— Não vejo nenhuma razão para esperar. Acho que devemos dar cabo dele o mais rápido possível, e as pastinacas devem ser cozidas ainda frescas, apesar de se conservarem ainda por algum tempo. Tenho uma assistente, não exatamente uma acólita, mas uma mulher que me ajuda muito. Vou pedir a ela para cozinhar as raízes de cicuta.

— Você vai lhe dizer o que são elas e a quem serão oferecidas? — perguntou a Primeira.

— É claro. Será arriscado se ela não souber exatamente o que está cozinhando e por quê.

— Há alguma coisa que eu possa fazer?

— Você já fez sua parte — disse a Primeira. — A começar pela colheita das plantas.

— Então vou procurar Jondalar. Não o vi hoje o dia inteiro. Quando vamos visitar o Local Sagrado?

— Acho melhor esperar alguns dias, depois de resolvido esse problema de Balderan — foi a opinião da Zelandoni Primeira.

Balderan e seus homens vigiavam discretamente Ayla, Jondalar e o lobo. Já escurecia e se aproximava a hora de servir a refeição noturna. Não era chamada oficialmente de banquete, mas seria uma refeição comunitária para a qual todos contribuíam, por isso aquele ar de grande comemoração.

Ayla e Jondalar não sabiam ao certo onde os homens estavam presos, o lugar mudava dependendo de quem estivesse de guarda. Estavam tão entretidos conversando que quase esbarraram em Balderan e seus homens.

Balderan olhou em volta e notou que o lobo não estava por perto. Os homens que deviam vigiá-los também pareciam distraídos e não prestavam atenção.

— Agora!

De repente, Balderan se levantou de um salto, agarrou Ayla e passou um cinto de couro em volta do pescoço dela.

— Afastem-se ou ela morre! — gritou Balderan puxando o cinto com força.

Ayla engasgou tentando respirar. Os outros homens se armaram com pedras que ameaçavam atirar, ou usar para bater em quem quer que se aproximasse. Balderan esperava havia muito aquela situação. Tinha planejado na sua mente como faria, e agora que a tinha em seu poder, desfrutava. Ia matá-la, talvez não naquele momento, mas ia se divertir. Tinha certeza de que sabia como o "gigante bondoso" ia reagir.

Mas Balderan não sabia que Jondalar tinha cultivado aquela atitude calma e contida como parte de sua necessidade de se manter sempre sob controle. Já havia permitido antes que seu temperamento o dominasse e sabia o que era capaz de fazer. O primeiro pensamento de Jondalar foi se perguntar como alguém tinha ousado ferir Ayla! Daquela vez não foi o temperamento, foi uma reação.

Num instante, antes que qualquer um dos homens sequer pensasse em se mover, Jondalar deu dois passos longos e se colocou atrás de Balderan. Curvou-se e agarrou-lhe os pulsos, quase quebrando os braços do malfeitor. Então, soltando um dos membros, ele o girou e lhe deu um soco no rosto. Estava pronto a bater novamente, mas o homem desabou desmaiado, o sangue que saía do nariz quebrado escorrendo pelo seu rosto.

Balderan tinha feito uma avaliação completamente errada de Jondalar. Ele não era somente um homem grande, era poderoso, com reflexos rápidos, que às vezes tinha de se esforçar para controlar um garanhão nervoso. Racer não era um cavalo domesticado; era um cavalo treinado. Jondalar vivia com ele desde o dia em que ele nascera e havia lhe ensinado, mas Racer ainda tinha todos os instintos naturais de um garanhão selvagem extremamente forte. Era necessária muita força para dominar o cavalo, e era isso que mantinha o homem em forma.

Balderan havia dobrado o cinto de couro que usava para prender a camisa, que então pendia frouxo do pescoço de Ayla, mas as marcas que tinha feito eram de um vermelho vivo mesmo à luz difusa das lareiras acesas à certa distância. As pessoas corriam na direção do grupo. Tudo tinha acontecido depressa demais. Vários membros da zelandonia, inclusive a Primeira, correram para ajudar Ayla, mas ela tentava acalmar o lobo, e Jondalar não saía de seu lado.

As pessoas a quem a Zelandoni Primeira tinha falado sobre como lidar com Balderan tinham se juntado em volta dele caído no chão. De repente, Aremina, a mulher que ele havia estuprado e cujo companheiro ele tinha matado, lhe deu um chute. Depois foi um homem agredido com selvageria por aquele bando, depois de ver sua companheira e sua filha sendo estupradas, quem lhe deu um soco no rosto, quebrando novamente seu nariz. Os homens de Balderan tentavam recuar, mas estavam cercados e um deles recebeu um soco no rosto.

Não havia como conter a multidão furiosa. Todos que tinham sido molestados por Balderan e seus homens estavam devolvendo as agressões com juros. Transformaram-se em uma turba descontrolada. Foi tudo tão rápido que ninguém sabia o que fazer. Então a zelandonia tentou fazê-los parar. Ayla estava entre eles gritando:

— Parem! Parem imediatamente! Vocês estão agindo como Balderan.

Mas nada poderia contê-los. Depois de todas as frustrações, seus sentimentos de impotência, humilhação e fraqueza vieram à tona.

Quando se acalmaram e olharam em volta, os quatro homens estavam caídos no chão cobertos de sangue. Ayla se curvou sobre Balderan para examiná-lo; ele e mais dois estavam mortos, o quarto agonizava, aquele que tinha perguntado como poderia fazer reparações. O lobo ficou ao lado de Ayla, observando atentamente a cena, um rosnado saindo da garganta; ela sabia que o animal não tinha certeza quanto ao que fazer. Ayla se sentou no chão e o abraçou.

A Primeira se aproximou.

— Não foi isso que eu esperava que fosse acontecer. Não pensei que havia tanta raiva reprimida, mas devia ter imaginado.

— Balderan provocou a própria morte — disse a Zelandoni Primeira. — Se não tivesse atacado Ayla, Jondalar não o teria agredido. Depois de caído, as pessoas prejudicadas por ele não puderam mais se conter. Perceberam que ele não era invencível. Acho que não há mais necessidade da cicuta. Vou ter de me certificar de que ela vai ser descartada adequadamente.

Todos ainda estavam tensos e agitados. Foi necessário algum tempo para que a maioria entendesse o que acontecera. Os que tinham participado começavam a sentir emoções diversas; alguns sentiam vergonha, outros, alívio, tristeza, excitação e até alegria por terem finalmente devolvido a Balderan o que ele tinha lhes dado.

Apesar de querer sair atrás dele, Levela ficou com Jonayla quando Lobo saiu correndo da tenda. Ao voltar, Ayla tinha no corpo o sangue de Balderan, o que perturbou sua filha. Ela assegurou a Jonayla que o sangue não era dela, era de um homem ferido.

Na manhã seguinte, Jondalar foi falar com as duas integrantes da zelandonia que eram chamadas de Primeira para lhes dizer que Ayla preferia ficar na tenda repousando. Ainda tinha a garganta dolorida por causa da tentativa de estrangulamento. Toda a zelandonia discutia como ajudar as pessoas, se era preciso convocar outra assembleia ou se deviam esperar que as pessoas os procurassem.

Quando voltou, Jondalar percebeu que o observavam, mas não se importou. E não ouviu os comentários. Os homens admiravam sua força e sua velocidade, a rapidez de sua reação; as mulheres simplesmente o admiravam. Ter um homem como aquele, tão belo, tão rápido na defesa de sua mulher... Quem não ia querer um homem assim? Se tivesse ouvido, não teria dado importância. Só queria voltar para sua Ayla, certificar-se de que ela estava bem e que tudo estava tranquilo.

Mas depois de algum tempo era a história do ataque de Balderan contra Ayla que se contava inúmeras vezes, não a confusão resultante que terminou com a morte de três homens, e possivelmente a de um quarto, apesar de Gahaynar ainda se agarrar ao resto de vida que lhe sobrava. Os membros da zelandonia tinham de decidir o que fazer com os corpos. Era um dilema. Não queriam honrá-los, não haveria nenhuma cerimônia, mas precisavam ter certeza de que seus espíritos fossem devolvidos à Mãe. Finalmente decidiram deixá-los no alto de uma montanha expostos a todos os animais que se alimentam de carniça.

Os visitantes das Cavernas vizinhas passaram mais alguns dias acampados, então a agitação cessou e voltaram aos poucos à rotina normal. Teriam muitas histórias para contar sobre os visitantes, sobre A Que Era A Primeira e sua acólita, que controlava um lobo e seus cavalos, e mostrou uma cobra de duas cabeças, e que os ajudara a se livrar de Balderan, mas as versões do que tinha acontecido a Balderan e sua gangue seria diferente conforme o papel desempenhado nos acontecimentos.

Ayla estava ficando agitada, ansiosa para partir. Decidiu que já era tempo de acabar de secar a carne de bisão, o que lhe daria alguma coisa para fazer, e começou a estender cordas sustentadas por pedaços de madeira e construiu fogueiras entre e em volta delas. Insetos eram atraídos pela carne crua, onde deixavam seus ovos que a estragaria. A fumaça afastava os insetos e dava sabor à carne. Logo ela cortou a carne de bisão em pedaços finos e iguais. Pouco depois, Levela se juntou a ela, e então Jondecam e Jondalar. Jonayla queria ajudar, por isso Ayla lhe mostrou como cortar a carne e a deixou a cargo de uma seção de corda para pendurar os pedaços para secar. Willamar e seus dois assistentes entraram no acampamento por volta do meio-dia, muito empolgados.

— Após partirmos, pensamos que seria uma boa ideia seguir para o sul ao longo do Grande Rio até chegarmos ao Mar do Sul — disse Willamar. — Depois de uma viagem tão longa, seria triste não o vermos, e nos disseram que esta é a época de comerciar conchas. Eles têm muitas das variedades pequenas e redondas, e lindos dentálios, além de algumas conchas de vieiras, até litorinas. Podíamos pegar algumas e vender as outras para a Quinta Caverna.

— O que nós temos para trocar pelas conchas? — perguntou Jondalar.

— Eu já ia falar disso. Você acha que poderíamos encontrar boas pedras e fazer lâminas e pontas? Quem sabe um pouco da carne que você está secando, Ayla?

— Como você sabe que agora é a época de comprar, e sobre todas essas contas de conchas? — perguntou Levela.

— Um homem do norte acabou de chegar. Vocês têm de conhecê-lo. Também é comerciante e tem maravilhosos entalhes de marfim — respondeu Willamar.

— Conheci um homem que entalhava marfim — comentou Ayla.

Jondalar aguçou os ouvidos. Ele também conhecia aquele entalhador de marfim. Era um artista notável e talentoso, e o homem para quem ele quase perdeu Ayla. Ainda sentia um bolo na garganta quando lembrava.

— Eu gostaria de conhecer o homem e ver seus entalhes. Também gostaria de ver o Mar do Sul. Tenho certeza de que podemos inventar alguma coisa para trocar. O que mais poderia ter bom valor de troca? — perguntou ele.

— Praticamente tudo que seja bem-feito ou tenha utilidade, especialmente alguma coisa incomum — explicou Willamar.

— Como as cestas de Ayla — disse Levela.

— Por que as minhas cestas? — indagou Ayla um tanto surpresa. — São cestas simples, inclusive sem decoração.

— É por isso. Parecem cestas simples até você examinar com cuidado — explicou Levela. — São tão bem-feitas, com pontos muito apertados e iguais, e o tecido é absolutamente incomum. As impermeáveis continuam boas por muito tempo, as mais permeáveis também duram muito. Qualquer um que conheça cestas escolheria uma das suas a qualquer outra mais decorada, mas não tão bem-feita. Até as suas cestas de lixo são boas demais para guardar o lixo.

Os elogios fizeram Ayla corar.

— Eu as faço do jeito que me ensinaram a fazer. Nunca vi nada de especial nelas.

Jondalar sorriu.

— Eu me lembro da primeira vez que moramos com os Mamutói, e houve um festival onde as pessoas trocavam presentes. Tulie e Nezzie ofereceram a você coisas para serem dadas de presente, mas você disse que tinha muitos presentes feitos quando queria se manter ocupada e queria ir ao seu vale para buscá-los. Nós fomos e os trouxemos. Acho que Tulie em particular ficou muito surpresa diante da beleza e da qualidade de seus presentes. E Talut adorou o casaco de bisão. As coisas que você faz são lindas, Ayla.

Ficou rubra e completamente sem palavras.

— Se você não concorda, basta olhar para Jonayla — disse Jondalar com um sorriso.

— Não sou só eu. Jonayla também tem muito de você.

— É o que eu espero.

— Não há a menor dúvida de que a Mãe usou seu espírito para se juntar ao de Ayla — disse Levela. — Basta olhar os olhos dela. São exatamente da cor dos seus, e aquele tom de azul não é muito comum.

— Então estamos todos de acordo. Vamos passar pelo Mar do Sul a caminho de casa — interveio Willamar. — E acho que você devia fazer algumas cestas, Ayla. Se quiser, poderá trocá-las também por sal, não apenas por conchas.

— Quando vamos conhecer o homem dos entalhes? — perguntou Jondecam.

— Está na hora da refeição do meio do dia; vocês podem conhecê-lo agora mesmo.

— Só faltam algumas peças para eu terminar — disse Levela.

— Podemos levar um pouco do bisão para preparar nossa refeição ou para contribuir para a refeição comunitária — sugeriu Jondalar.

Jondalar pegou Jonayla no colo e todos partiram com Willamar para o abrigo coberto da zelandonia. Demoryn conversava com um estranho, e Amelana, grávida e plenamente consciente do quanto era atraente naquele estado, sorria para ele. Ele também sorria. Era alto e com boa proporção, com cabelos castanhos e olhos azuis, um rosto atraente e amistoso. Ayla viu nele alguma coisa que lhe pareceu familiar.

— Trouxe comigo o resto de nosso grupo de viagem — disse Willamar, já começando a fazer as apresentações. Ao começar com "Jondalar da Nona Caverna dos Zelandonii", o homem pareceu surpreso quando Jondalar colocou Jonayla no chão se preparando para juntar as mãos. — E esta é sua companheira, Ayla da Nona Caverna dos Zelandonii, antes do Acampamento do Leão dos Mamutói, filha da Casa do Mamute...

— Você eu conheço — disse o homem. — Ou já ouvi falar de você. Sou Conardi dos Losadunai. Vocês dois não visitaram os Losadunai há alguns anos?

— É verdade. Visitamos a Caverna de Laduni na volta de nossa Jornada — disse Jondalar, com alegria genuína.

Embora todos que fizessem uma Jornada geralmente conhecessem muitas pessoas, um reencontro era raro. Mesmo encontrar alguém que soubesse de um conhecido de viagem não era comum.

— Ouvimos falar muito de vocês na Reunião de Verão seguinte. Da impressão que deixaram com os cavalos e o lobo, eu me lembro — disse Conardi.

— Os cavalos estão no nosso acampamento, e Lobo está caçando — disse Ayla.

— E esta linda pequena deve ser o novo membro da família. Ela parece com você — disse Conardi para o homem alto com vívidos olhos azuis.

O visitante parecia falar Zelandonii com um leve desvio na construção e um sotaque um pouco diferente, mas, Ayla lembrou, as duas línguas eram muito parecidas. Ele na verdade estava falando Zelandonii misturado com um pouco de Losadunai, sua própria língua.

— Willamar disse que você trouxe entalhes — disse Jondalar.

— Sim, alguns exemplos — respondeu Conardi.

Desamarrou uma sacola da cintura, abriu e espalhou várias figuras de marfim de mamute sobre um prato sem uso. Ayla pegou um. Era um mamute com algumas linhas extras riscadas, cuja razão não era bem clara, então ela lhe perguntou.

— Não sei — respondeu ele. — Sempre foram feitos assim. Não feitos pelos antigos, mas pelos jovens que estão aprendendo iguais aos feitos pelos antigos.

Depois Ayla pegou uma figura longa e afilada. Quando a examinou com atenção, soube que era um pássaro, mas um pássaro igual a um ganso voando pelo ar. Era tão simples, e ainda assim tão cheio de vida. A próxima figura era como um leão de pé sobre as pernas traseiras, pelo menos a cabeça, a parte superior do corpo e os braços eram felinos, mas as pernas eram humanas. E no que seria a barriga de um gato, havia claramente marcado um triângulo apontado para baixo, o triângulo púbico, o sinal inegável da fêmea. Apesar de não ter seios iguais aos humanos, a figura representava uma mulher leão.

A última figura representava definitivamente uma mulher, embora não tivesse cabeça, apenas um buraco pelo qual passava uma linha. Os seios eram enormes e muito altos. Os braços terminavam com a indicação da mão com dedos. Os quadris eram largos e as nádegas grandes, com a linha que as dividia claramente marcada até a frente, terminando com uma representação exagerada da vulva, o órgão feminino quase virado pelo avesso.

— Acho que esta foi feita por uma mulher que passou pelo parto — disse Ayla. — Às vezes, nós sentimos exatamente como se estivéssemos sendo divididas ao meio.

— Talvez você tenha razão, Ayla. Os seios certamente parecem cheios de leite — concordou a Primeira.

— Você está oferecendo estas peças à venda? — perguntou Willamar.

— Não, são minhas. Carrego para ter sorte, mas, se quiser alguma, eu arrumo igual.

— Se eu fosse você, faria algumas extras para levar em missões de comércio. Tenho certeza de que venderiam bem. Você é um Mestre Comerciante, Conardi?

Willamar tinha notado que o homem não possuía a tatuagem característica dos comerciantes.

— Eu gosto viajar, e vendo um pouco, mas não Mestre Comerciante. Todos nós vendemos, mas não temos essa ocupação como uma especialidade.

— Se você gosta de viajar, pode fazer dessa ocupação uma profissão. Estou treinando os meus aprendizes para serem comerciantes. Esta provavelmente será minha última missão comercial longa. Já cheguei a uma idade em que as viagens estão perdendo a atração. Estou me preparando para ficar em casa com minha companheira e os filhos e os netos dela, como aquela linda menina. — Indicou Jonayla. — Alguns comerciantes levam consigo as companheiras e as famílias, mas a minha era líder da Nona Caverna e não tinha liberdade de viajar. Por isso, faço questão de sempre lhe levar alguma coisa especial. Eu perguntei se você vende seus entalhes para comprar de presente. Mas tenho certeza de que ainda vou encontrar alguma coisa quando chegarmos ao Mar do Sul para comprar conchas. Você gostaria de vir conosco?

— Quando vocês partem? — perguntou Conardi.

— Logo, mas não antes de visitar o Mais Antigo Local Sagrado.

— É bom você irem. Linda gruta, as pinturas mais extraordinárias, mas vi várias vezes. Vou à frente e aviso que vocês estão chegando.

27

A entrada da gruta era muito ampla, mas não simétrica, e mais larga que alta. O lado direito era mais alto, a seção esquerda, mais baixa, tinha uma pedra saliente que se projetava sobre ela criando uma área que oferecia alguma proteção contra a chuva, inclusive contra a chuva ocasional de pedras que descia em cascata do alto do desfiladeiro. Uma pilha cônica de pedras havia se acumulado na extremidade esquerda da boca da gruta, caídas da superfície da rocha acima, acumulando-se na pedra e, tombando dali, criando uma pilha desde a base do cone até a base do desfiladeiro.

Dada a amplitude da abertura, a luz penetrava até fundo na gruta. Ayla pensou que seria um bom lugar para morar, mas obviamente não era usado para esse fim. Não fosse o canto sob a marquise onde havia uma pequena fogueira do lado de fora de um abrigo de dormir, havia pouca evidência das coisas que as pessoas usavam para tornar a vida mais confortável. Quando se aproximaram, uma Zelandoni saiu do abrigo e os saudou:

— Em nome da Grande Mãe Terra, você é bem-vinda ao Seu Mais Antigo Local Sagrado, Primeira Entre Aqueles Que A Serviam — disse estendendo as duas mãos.

— Eu a saúdo, Guardiã de Seu Mais Antigo Local Sagrado — respondeu a Primeira.

Jonokol foi o seguinte.

— Sou o Zelandoni da Décima Nona Caverna dos Zelandonii e eu a saúdo, Guardiã de Seu Mais Antigo Local Sagrado. Ouvi dizer que as imagens dentro deste Local Sagrado são notáveis. Também já fiz algumas imagens e me sinto honrado por ser convidado a ver este Local Sagrado.

A Guardiã sorriu.

— Então você é um Zelandoni Criador de Imagens. Creio que se surpreenderá com o que vai ver nesta gruta, e talvez seja capaz de apreciar melhor que todos seu valor artístico. Os Ancestrais que trabalharam aqui eram artistas consumados.

— Todas as imagens aqui foram feitas pelos Ancestrais? — perguntou o Zelandoni da Décima Nona.

A Guardiã ouviu o pedido mudo na voz de Jonokol. Já o tinha ouvido de artistas visitantes. Queriam saber se teriam permissão para acrescentar à obra existente. Sabia a resposta.

— Quase todas, mas sei que algumas foram feitas mais recentemente. Se você se considerar capaz e sentir necessidade de dar sua contribuição, está livre para deixar sua marca. Não impomos restrições a ninguém. A escolha é da Mãe. Você vai saber se foi escolhido.

Ainda que muitos perguntassem, poucos se sentiam à altura da tarefa de contribuir para a obra notável que havia dentro.

Ayla foi a próxima.

— Em nome da Grande Mãe de Todos, eu a saúdo, Guardiã do Mais Antigo Local Sagrado — disse estendendo as mãos. — Chamam-me Ayla, acólita da Primeira Entre Aqueles Que Serviam À Grande Mãe Terra.

Ela ainda não está pronta para abrir mão do nome, pensou a Zelandoni, que então percebeu que a jovem tinha falado com sotaque incomum e soube que era a pessoa de quem havia ouvido falar. A maioria dos habitantes de sua Caverna pensava que todos os visitantes falavam Zelandonii com o que consideravam ser o sotaque do norte, mas a maneira daquela mulher falar era inteiramente diferente. Falava bem, era evidente que conhecia a língua com fluência, mas a forma como produzia certos sons era diferente de tudo que já tinha ouvido antes. Estava claro que vinha de um lugar muito distante.

Examinou a jovem com mais cuidado. Sim, pensou, é atraente, mas tem um aspecto estrangeiro, um conjunto diferente de feições, o rosto mais curto, os olhos mais espaçados. Até mesmo o cabelo não é tão fino como o de muitas mulheres Zelandonii. Tem uma textura mais grossa e, apesar de ser loura, a cor é diferente, mais escura, igual a mel ou âmbar. É estrangeira, mas ainda assim é acólita da Primeira. Já é muito raro um estrangeiro ser aceito entre a zelandonia, muito menos como acólita da Primeira. Mas talvez seja compreensível, pois ela é capaz de controlar cavalos e um lobo. E foi ela quem prendeu os homens que vinham causando muito sofrimento durante tantos anos.

— Você é bem-vinda a este Mais Antigo Local Sagrado, Ayla, acólita da Primeira — disse a Zelandoni, tomando as mãos de Ayla. — Suspeito que tenha vindo de mais longe para ver este lugar do que qualquer outra pessoa.

— Vim com os outros... — começou Ayla, mas, ao ver o sorriso no rosto da mulher, entendeu. Era o sotaque. A Guardiã falava de sua Jornada com Jondalar, e, antes daquela, desde a sua casa no Clã, e quem sabe até mesmo antes. — Talvez você tenha razão, mas Jondalar pode ter viajado mais. Ele fez a Jornada desde sua casa até o Rio da Grande Mãe, muito distante a leste, e mais além, onde me encontrou, e depois viajou de volta, antes de partirmos nesta Jornada Donier.

Jondalar se aproximou ao ouvir seu nome e sorriu quando Ayla descreveu suas viagens. A mulher não era jovem nem imatura, e não era velha, mas velha o suficiente para ter a sabedoria que vem com a experiência e a maturidade, a idade que ele apreciava nas mulheres antes de ter conhecido Ayla.

— Saudações, respeitada Guardiã do Mais Antigo Local Sagrado — começou ele, estendendo as mãos. — Sou Jondalar da Nona Caverna dos Zelandonii, Lascador de Pedras da Nona Caverna. Companheiro de Ayla da Nona Caverna dos Zelandonii que é acólita da Primeira. Filho de Marthona, ex-líder da Nona Caverna; irmão de Joharran, líder da Nona Caverna. Nascido na casa de Danalar, líder e fundador dos Lanzadonii.

Relatou seus nomes e suas ligações importantes. Uma coisa era um membro da zelandonia simplesmente declarar suas filiações primárias, mas teria parecido uma falta de atenção e uma descortesia ele ser muito breve numa apresentação formal, especialmente a uma Zelandoni.

— Você é bem-vindo, Jondalar da Nona Caverna dos Zelandonii. — Ela tomou suas mãos e olhou nos seus olhos de um incrível tom de azul, que pareciam ver dentro de seu espírito e faziam tremer sua feminilidade.

Fechou os olhos por um momento para recuperar o equilíbrio interno. Não é de espantar ela ainda não estar pronta para abrir mão do nome, pensou a Guardiã. Está casada, e com um dos homens mais fascinantes que já conheci. Gostaria de saber se alguém está planejando o Festival da Mãe para estes visitantes do norte... É uma pena ainda não ter terminado meu tempo de serviço como Guardiã. Se alguém precisar de mim aqui, não posso estar presente nos Festivais da Mãe.

Willamar, que esperava para se apresentar à Guarda, abaixou a cabeça para sorrir para si mesmo. Era bom Jondalar não notar o impacto que tinha sobre as mulheres, pensou, e por mais perceptiva que fosse, Ayla parecia não dar importância. Apesar de desencorajado, o ciúme ainda vivia no coração de muitos.

— Chamam-me Willamar, Mestre Comerciante da Nona Caverna dos Zelandonii — disse ele quando chegou sua vez —, casado com Marthona, ex-líder da Nona Caverna, que é mãe deste jovem. Apesar de não ter nascido na minha casa, lá foi criado, por isso eu o considero filho de meu coração. Sinto o mesmo por Ayla e por sua filhinha, Jonayla.

Não só ela é casada, mas também tem uma filha, pensou a Guardiã. Como ela pode pensar em se tornar Zelandoni? Muito menos como acólita da Zelandoni mais poderosa da terra. A Primeira deve ver muito potencial nela, mas no fundo a moça deve se sentir levada para todos os lados.

Só cinco visitantes entrariam na gruta daquela vez. Os outros iriam outro dia e talvez não vissem tanto. As Cavernas encarregadas da guarda do Local Sagrado não gostavam de permitir a entrada de muitas pessoas por vez. Havia tochas e lamparinas ao lado da lareira. Era parte do serviço da Guardiã deixá-las prontas para quando fossem necessárias. Cada um pegou uma tocha. A Guardiã distribuiu extras, colocou mais num pacote e acrescentou mais lamparinas e ampolas de óleo. Quando todos tinham uma fonte de luz para iluminar o caminho, a Guardiã entrou.

Entrava luz do dia suficiente para dar uma ideia da enormidade da caverna, e a primeira impressão de seu caráter desorganizado. Uma paisagem caótica de formações de pedra enchia o espaço. Colunas de estalactites antes presas ao teto e suas estalagmites correspondentes haviam caído como se o chão tivesse desaparecido sob elas, algumas inclinadas, outras deitadas, algumas estilhaçadas. Havia uma sensação de imediação na maneira como estavam espalhadas, mas ainda assim tudo estava muito congelado no tempo, como se cobertas por uma grossa camada caramelizada de glacê estalagmítico.

A Guardiã começou a cantar com a boca fechada enquanto conduzia o grupo para a esquerda, mantendo-se próxima da parede. Os outros a seguiam em fila única, com a Primeira logo atrás dela, seguida por Ayla, Jonokol e Willamar, com Jondalar fechando a fila. Ele era alto e via por cima das cabeças dos outros e se via como uma espécie de retaguarda protetora, apesar de não ter ideia do tipo de perigo que exigiria sua proteção.

Mesmo fundo na gruta, havia luz vindo da entrada, então o espaço não estava totalmente escuro. Pelo contrário, estava repleto de uma espécie de luz crepuscular, principalmente depois que os olhos se acostumavam ao ambiente de sombras. À medida que avançavam para o interior e passavam com suas tochas e lamparinas, a cor da pedra iluminada variava de finos pingentes de puro branco a tocos cinzentos que o tempo tornara brancos. Cortinas esvoaçantes caíam do alto, listradas de amarelo, laranja, vermelho e branco. Luzes brilhantes de cristais atraíam os olhos, refletindo e amplificando a luz fraca, algumas brilhando do chão coberto por uma camada fina de calcita. Viram esculturas fantásticas que aqueciam a imaginação e colunas brancas colossais que brilhavam em mistério translúcido. Era uma gruta absolutamente linda.

Sob a luz vaga chegaram a um lugar onde o espaço parecia ter se aberto. Os lados da gruta desapareceram e, diante deles, não fosse por um brilhante disco branco, o vazio parecia continuar infinitamente. Ayla sentiu que tinham entrado em outra área que era ainda maior que a câmara de entrada. Apesar do teto cheio de estalactites estranhas e magníficas, que lembravam longos cabelos brancos, o piso era plano, como o lago calmo e sereno que já havia sido. Mas o chão estava coberto de crânios, ossos e dentes, e as depressões rasas que tinham sido as camas dos ursos em hibernação.

A Guardiã, que murmurava continuamente um canto, começou a aumentar o volume do som até que a intensidade e a força do murmúrio se tornaram mais altas que Ayla, que estava ao seu lado, teria imaginado ser possível a qualquer pessoa. Mas não havia reverberação, o som era absorvido pela imensidade do espaço vazio dentro daquele desfiladeiro de pedra. Então Aquela Que Era A Primeira começou a cantar a canção da Mãe no seu profundo contralto lírico.

— *O caos do tempo, em meio à escuridão,*
O redemoinho deu a Mãe sublime à imensidão.
Sabendo que a vida é valiosa, para Si Mesma Ela acordou
E o vazio vácuo escuro a Grande Mãe Terra atormentou.
— *Sozinha a Mãe estava. Somente Ela se encontrava.*

— *No pó do Seu nascimento, Ela viu uma solução,*
E criou um amigo claro e brilhante, um colega, um irmão.
Eles cresceram juntos, aprenderam a amar e a cuidar,
E quando Ela estava pronta, eles decidiram casar.
— *E diante d'Ela ele se curvou. O Seu claro e brilhante amor.*

— *No início, Ela ficou contente com Sua complementação....*

A Primeira hesitou, depois parou. Não havia ressonância, o eco não voltava. A gruta dizia que aquele não era o lugar para pessoas. Pertencia apenas aos ursos-das-cavernas. Perguntou a si mesma se haveria alguma imagem num salão vazio. A Guardiã devia saber.

— Zelandoni que guarda esta gruta — disse formalmente —, os Ancestrais fizeram alguma imagem no salão à frente?

— Não — respondeu a outra. — Não podemos pintar neste salão. Podemos entrar no salão durante a primavera, assim como eles entram no nosso espaço nesta gruta, mas a Mãe deu este salão para os ursos, para seu sono hibernal.

— Deve ser essa a razão para ninguém morar aqui. Quando vi esta gruta pela primeira vez, pensei que deveria ser um bom lugar para viver e me perguntei por que alguma Caverna não a tinha escolhido. Agora eu sei.

A Guardiã conduziu o grupo para a direita. Passaram por uma pequena abertura que levava a outra câmara, uma massa caótica de blocos de estalagmites e concreções. A trilha contornava esses obstáculos e levava a um vasto espaço com teto alto e piso vermelho-escuro. Um promontório criado por uma enorme cascata de pedra dominava a câmara marcada por vários pontos vermelhos grandes num pendente de pedra preso ao teto. Chegaram a um grande painel, uma parede quase vertical que continuava até o teto, coberta por grandes pontos vermelhos e vários sinais.

— Como vocês imaginam que esses pontos foram feitos? — perguntou a Guardiã.

— Imagino que usaram um pedaço grande de couro, ou líquen, ou alguma coisa parecida — sugeriu Jonokol.

— Acho que o Zelandoni da Décima Nona devia olhar mais de perto — sugeriu a Primeira.

Ayla se lembrou de que a mulher já estivera ali e sem dúvida sabia a resposta. Willamar provavelmente também sabia. Ayla não tentou adivinhar, nem Jondalar. A Guardiã ergueu a mão, esticou os dedos para trás, e então colocou-a sobre um ponto. Era quase do mesmo tamanho da palma da sua mão.

Jonokol examinou os grandes pontos. Eram meio borrados nas extremidades, mas ele observou as impressões leves do início dos dedos que se estendiam de alguns.

— Você tem razão! Eles devem ter feito uma pasta grossa de ocre vermelho e mergulharam nela as palmas das mãos. Acho que nunca vi pontos feitos dessa maneira!

A Guardiã sorriu do espanto e pareceu satisfeita consigo mesma. Ao ver o sorriso, Ayla notou que a área em que estavam parecia mais bem-iluminada. Olhou em volta e percebeu que estavam novamente perto da entrada. Poderiam ter passado por ali, em vez de contornar pelo grande salão de hibernação dos ursos, mas tinha certeza de que a Guardiã tinha suas razões para fazer aquele percurso. Ao lado dos grandes pontos, havia outra pintura que Ayla não conseguiu decifrar, com exceção da linha reta de tinta vermelha acima dela com uma cruz perto da ponta.

O caminho os fez contornar os blocos e as concreções no centro do salão até chegar à cabeça de um leão pintado de preto na parede oposta. Era a única pintura preta que via. Perto dela, havia um sinal e alguns pontos pequenos, feitos talvez com os dedos. Um pouco mais adiante, encontrou uma série de pontos vermelhos do tamanho da palma da mão. Ela os contou em silêncio, usando as palavras de contar. Eram 13. Acima deles existia outro grupo de dez pontos no teto, mas para pintá-los a pessoa teve que subir numa concreção, com a ajuda de amigos ou aprendizes, supôs, portanto, deviam ter sido importantes para o artista, embora não pudesse atinar com a razão.

Um pouco mais à frente havia uma alcova. Uma massa de pedra completamente coberta de grandes pontos vermelhos. No interior da alcova, mais pontos vermelhos numa parede e, na parede oposta, um grupo de pontos, algumas linhas e outras marcas, e três cabeças de cavalos, duas amarelas. Dentro da massa central de blocos e estalagmites, diante da alcova, a Guardiã mostrou outro grande painel de grandes pontos vermelhos atrás de pequenas concreções.

— Entre esses pontos existe alguma cabeça de animal feita de pontos vermelhos? — perguntou Jonokol.

— Algumas pessoas pensam que sim — respondeu a Guardiã sorrindo para o Zelandoni criador de imagens por ele ter notado.

Ayla tentou ver um animal, mas só viu pontos. No entanto, percebeu uma diferença.

— Você não acha que estes pontos foram feitos por uma pessoa diferente de quem fez os outros? Estes parecem maiores.

— Acho que você tem razão. Acreditamos que os outros foram feitos por uma mulher, estes por um homem. Existem outras imagens, mas para vê-las vamos ter de voltar por onde viemos.

Começou a cantarolar novamente ao conduzir o grupo a uma pequena câmara dentro das concreções centrais. Um grande desenho da parte dianteira de um alce, provavelmente um megácero novo, que tinha a pequena galhada palmada e uma pequena corcova na cernelha. Enquanto estavam lá, a Guardiã elevou o volume do canto. A câmara ressoou, respondeu ao canto. Jonokol se juntou, cantando escalas que se harmonizavam suavemente com os tons da Guardiã. Ayla começou a trinar cantos de pássaros que completavam a música. Então a Primeira começou a cantar os versos seguintes da Canção da Mãe, reduzindo o forte contralto para que apenas emprestasse uma nota intensa e rica ao canto.

> — *No início, Ela ficou contente com Sua complementação.*
> *Mas a Mãe tornou-se intranquila, insegura de Seu coração.*
> *Ela gostava do Seu louro amigo, o Seu caro amado,*
> *Mas algo estava faltando, Seu amor era desperdiçado.*
> — *Ela era a Mãe e amava. De outro ela precisava.*

— *O grande vazio, o caos, o escuro Ela enfrentou*
À procura da fria morada que a centelha de vida propiciou
O redemoinho era temível, a escuridão se alastrava.
O caos era congelante e o Seu calor alcançava.
— *A Mãe era valente. O perigo era inclemente.*

— *Ela extraiu do frio caos a força criativa total,*
E, após conceber dentro dele, Ela fugiu com a força vital.
Com a vida que dentro de Si carregava Ela cresceu.
E amor e orgulho para Si mesma Ela deu.
— *A Mãe carregava. Sua vida Ela partilhava.*

— *A vasta Terra estéril e o vazio vácuo escuro,*
Com expectativa, aguardavam o futuro.
A vida bebeu do sangue Dela e dos Seus ossos respirou.
Fendeu e abriu a Sua pele e as Suas Pedras rachou
— *A Mãe estava concebendo. Outro estava vivendo.*

— *Suas jorrantes águas parturientes encheram rios e mares,*
E inundaram a terra, elevando altas árvores nos ares.
De cada gota preciosa, mais grama e folhas brotaram,
E viçosas plantas verdejantes toda a Terra renovaram.
— *Sua água fluía. O novo verde crescia.*

A Primeira parou num ponto que lembrava o final de um coro improvisado. Ayla também parou, no final de um longo trinado melodioso de cotovia, deixando Jonokol e a Guardiã, que concluíram num tom harmonizador. Jondalar e Willamar bateram as palmas na coxa aplaudindo.

— Foi maravilhoso — elogiou Jondalar. — Simplesmente maravilhoso.

— Sim. Foi realmente muito bonito — concordou Willamar. — Tenho certeza de que a Mãe apreciou tanto quanto nós.

A Guardiã os levou por uma pequena câmara e depois até outro recesso. Da entrada, se via a cabeça de um urso pintada de vermelho. Quando se abaixaram para passar por um corredor baixo, surgiram mais partes do urso, e então apareceu da escuridão a cabeça de um segundo. Depois de terem atravessado e poderem ficar de pé, viram a cabeça de um terceiro urso esboçada sob a cabeça do primeiro. A forma da parede foi habilidosamente usada para dar profundidade ao primeiro urso. Apesar de parecer completo, o segundo urso tinha um vazio no lugar dos quartos traseiros, o que dava aquela impressão. Era quase como se o urso emergisse do mundo dos espíritos através da parede.

— Estes são definitivamente ursos-das-cavernas — disse Ayla. — A forma da testa é muito característica. É assim desde quando são filhotes.

— Você já viu filhotes de ursos-das-cavernas?

— Já, poucas vezes. As pessoas com quem cresci tinham uma relação especial com Ursos-das-Cavernas.

Quando pararam atrás do nicho, viram dois íbex parcialmente pintados de vermelho na parede da direita. Os chifres e o dorso dos animais eram formados pelas fissuras naturais na pedra da parede.

Voltaram pelo corredor e subiram até o nível do alce, depois seguiram a parede esquerda até chegar em uma grande área aberta. Ao contornarem a câmara, Jonokol olhou um nicho que continha uma concreção antiga cujo topo possuía a forma de uma pequena bacia. Jogou nela um pouco da água do odre. Saíram por onde entraram e finalmente chegaram a uma abertura que levava ao salão onde dormiam os ursos. Não muito longe da entrada da gruta, num grande pilar de pedra que separava as duas câmaras, diante de outras pinturas no salão cheio de caóticas formações rochosas, havia um painel de cerca de 6 metros de comprimento por 3 de altura coberto de grandes pontos vermelhos. Havia outras marcas e sinais, inclusive a linha reta com uma barra cruzada no alto, quase na ponta.

A Guardiã os conduziu novamente através da abertura até o salão onde dormiam os ursos, seguindo a parede esquerda. Parou diante de uma fenda.

— Há muita coisa aqui, mas eu queria ver algo antes — disse a Zelandoni, olhando Ayla diretamente nos olhos. Levantou a tocha que carregava.

Havia na parede algumas marcas vermelhas que pareciam linhas aleatórias. De repente a mente de Ayla encheu as lacunas e ela viu a cabeça de um rinoceronte. Viu a testa, o início dos dois chifres, uma linha curta representando o olho, a ponta do focinho com uma linha desenhada no lugar da boca, e então a sugestão do peito. A simplicidade a assustou, mas depois de ter visto o animal, ele ficou claro.

— É um rinoceronte.

— É, e você não verá nenhum outro neste salão — disse a Guardiã.

O chão era de pedra dura, calcita, e a parede esquerda bloqueada por colunas brancas e alaranjadas. Uma vez passadas as colunas, quase não havia concreções, a não ser pelo teto que tinha estranhas pedras e depósitos vermelhos. O chão estava cheio de pedaços de pedra de todos os tamanhos, que tinham caído do teto. Uma área mais ou menos circular fora quebrada pela queda de um pesado fragmento que provocara a inclinação do piso. Perto da entrada, sobre um pendente de pedra, o esboço rudimentar em vermelho de um mamute.

Além dele, bem no alto da parede, havia um pequeno urso vermelho. Era evidente que o artista tivera de subir na parede para pintá-lo. Abaixo, numa pedra que se projetava da parede, havia um sinal estranho. Na parede oposta, um extraordinário painel de pinturas feitas em vermelho, entre elas o quarto dianteiro de um urso bem-pintado. A forma da testa e a forma de fixação da cabeça o identificavam como um urso-das-cavernas.

— Jonokol, este urso não parece muito com o urso vermelho que acabamos de ver? — perguntou Ayla.

— Parece, sim. Suspeito que tenha sido feito pela mesma pessoa.

— Mas não entendo o restante da pintura. É como se fossem dois animais diferentes unidos, de forma a parecer que ele tem duas cabeças: uma delas sai do peito do urso, e então há um leão no meio e outra cabeça de leão diante do urso. Não consigo entender esta pintura.

— Talvez não tenha sido feita para ser entendida por ninguém, só pela pessoa que a fez. O artista usou muita imaginação, talvez tenha tentado contar uma história que hoje já não é conhecida. Que eu saiba, não existem Lendas dos Antigos ou Histórias que a expliquem — disse a Primeira.

— Acho que só nos resta apreciar a qualidade da obra e deixar os ancestrais guardarem seus segredos — concluiu a Guardiã.

Ayla balançou a cabeça concordando. Já havia visto grutas suficientes para saber que não era tanto a aparência quando acabadas como o que realizavam enquanto faziam sua arte. Mais adiante na galeria, além da segunda cabeça de leão e de uma falha na parede, havia um painel pintado em preto: a cabeça de um leão, um grande mamute e finalmente uma figura pintada bem acima do chão, num pendente preso ao teto, um urso vermelho, o dorso contornado em preto. O mistério era como o artista o tinha pintado. Era facilmente visível do chão, mas quem o fez teve de subir sobre muitas concreções para chegar até onde ele estava.

— Você notou que todos os animais estão saindo do salão, com exceção do mamute? — perguntou Jonokol. — É como se estivessem chegando a este mundo vindo de algum lugar no mundo dos espíritos.

A Guardiã parou na saída do salão onde estiveram e começou a cantarolar novamente, mas daquela vez era um canto parecido com a melodia da Canção da Mãe como a Primeira tinha cantado. Todas as Cavernas dos Zelandonii cantavam ou recitavam a Canção da Mãe, que contava a história do início, da origem do povo, e, apesar de serem todas semelhantes e contarem a mesma história, a versão de cada Caverna possuía diferenças. Isso era especialmente verdadeiro quando cantavam. As melodias das canções eram geralmente muito diferentes, dependendo às vezes de quem cantava. Por ter sido dotada de uma voz tão notável, a Primeira havia composto sua forma particular de cantá-lo.

Como se obedecendo a um sinal, a Primeira começou o verso seguinte da Canção da Mãe depois do ponto em que tinha parado. Jonokol e Ayla não se juntaram a ela, e se limitaram a ouvi-la.

— *Num violento trabalho de parto, vomitando fogo e desprazer*
Ela pelejou na dor para uma nova vida ver nascer.
Seu sangue coagulado e seco tornou ocre vermelho o solo,
Mas a criança radiante que nasceu foi o seu consolo.
— *A Mãe estava contente. Era o Seu menino reluzente.*

— *Montanhas jorraram chamas de seus cumes ondulosos,*
E Ela amamentou o filho com os Seus seios montanhosos.
Ele sugou com tanta força, que faíscas voaram adiante,
O quente leite da Mãe estendeu uma trilha no céu distante.
— *A vida Dele começou. O Seu Filho Ela amamentou.*

— *Ele sorria e brincava, e se tornou grande e luminoso.*
Acendia a escuridão, era da Mãe o amoroso.
Ela era generosa com o Seu amor, e ele crescia com abastança,
Mas logo amadureceu, não era mais uma criança.
— *Seu filho logo cresceu. Sua mente só a ele pertenceu.*

— *Da fonte retirou a vida que gerado Ela havia.*
Agora o vácuo frio e vazio o Seu filho seduzia.
A Mãe dava amor, porém o jovem por mais passou a ansiar,
Queria conhecimento, emoção, viajar, explorar.
— *O caos era inimigo Seu. E ao desejo do filho não cedeu.*

— *Ele o furtou do lado d'Ela, quando a Grande Mãe dormia,*
Enquanto, no escuro, o vácuo rodopiante agia.
Com tentadoras induções, a escuridão enganou.
Iludido pelo redemoinho, o caos Seu filho capturou.
— *O escuro o Seu filho levou. O jovem brilhante se apagou.*

— *O filho reluzente da Mãe, a princípio se alegrou,*
Mas logo o árido vácuo frio se revelou.
A Sua cria imprudente, pelo remorso mortificado,
A força misteriosa não conseguia pôr de lado.
— *O caos não o libertava. O temerário descendente d'Ela confinava.*

— *Mas quando a escuridão para o frio o puxou,*
A Mãe acordou, estendeu a mão e buscou.

Para ajudá-La a recuperar o seu filho radiante,
A Mãe apelou para o claro brilhante.
— A Mãe com força o segurou. E à vista o deixou.

O som ressoava, o canto ecoava de volta até eles, não tão forte quanto outras, pensou a Primeira, mas com nuances interessantes, quase como se dobrasse sobre si mesma. Quando chegou a um ponto no verso que lhe pareceu adequado, a Primeira parou. Em silêncio, o grupo continuou a avançar.

No lado direito da gruta, chegaram a uma grande acumulação de pedras de estalagmite ao lado de blocos caídos. Dessa vez, a Guardiã os levou para o lado esquerdo da gruta, na parte mais profunda do salão onde dormiam os ursos. Do outro lado das estalagmites e dos blocos caídos havia uma grande pedra pendente com a forma de uma lâmina presa ao teto. As pedras definiam o início de uma nova câmara de teto alto no início, mas que ficava mais baixo em direção ao fundo. Muitas concreções estavam presas ao teto e às paredes, diferentemente do salão onde dormiam os ursos, que não as possuía.

Quando chegaram ao pendente, a Guardiã bateu a tocha contra uma ponta de pedra para fazê-la brilhar mais, então a ergueu para que os visitantes pudessem ver a superfície do painel. Mais próximo da extremidade inferior, do lado esquerdo, pintado em vermelho, havia um leopardo! Ayla, Jondalar e Jonokol nunca tinham visto um leopardo pintado nas paredes de um Local Sagrado. A cauda longa fez Ayla pensar que provavelmente era um leopardo-das-neves. Na ponta da cauda havia um grosso fluxo de calcita e, do outro lado, havia um grande ponto vermelho. Ninguém entendia a razão dos grandes pontos vermelhos naquele lugar, ou o que significava o leopardo, mas não havia dúvida de que era um da espécie.

O mesmo não se podia dizer do animal acima dele, que olhava para a direita. Os ombros volumosos e a forma da cabeça quase poderiam ser vistos como sendo de um urso, mas o corpo fino, as longas pernas e as manchas no dorso e nos lados do corpo convenceram Ayla de que era uma hiena-das-cavernas! Ela conhecia bem as hienas, com ombros fortes. A forma da cabeça do animal pintado lembrava um pouco um urso-das-cavernas. Os dentes poderosos e os músculos da mandíbula da hiena, capazes de quebrar ossos de mamute, desenvolveram uma estrutura óssea mais poderosa, porém o focinho era mais comprido. O pelo da hiena era grosso e áspero, especialmente em volta da cabeça e dos ombros.

— Você está vendo o outro urso acima dele? — perguntou a Guardiã.

De repente, Ayla percebeu a forma característica de um urso-das-cavernas voltado para a esquerda, na direção oposta à da hiena, e começou a fazer comparações.

— Não acredito que o animal pintado seja um urso. Acho que é uma hiena-das-cavernas.

— Há quem pense que é, mas a cabeça parece tanto com a de um urso.

— As cabeças dos dois animais são muito parecidas, mas a hiena da imagem tem o focinho mais comprido, e não se veem as orelhas. O tufo de pelos duros no alto da cabeça é típico da hiena.

A Guardiã não discutiu. As pessoas tinham o direito de pensar o que quisessem, mas a acólita tinha feito uma observação interessante. A mulher então mostrou outro gato oculto num painel estreito do outro lado da pedra presa no teto e perguntou a Ayla que tipo de animal ela pensava que fosse, mas Ayla não tinha certeza. Não havia nele nenhuma marca característica na sua pelagem, e ele tinha sido alongado para se ajustar ao espaço, no entanto era muito parecido com um gato, ou, pensando bem, muito parecido com uma doninha. Havia outros animais que, lhe disseram, seriam íbex, mas não tinha certeza. O grupo foi então conduzido ao lado esquerdo da câmara. De início havia muitas concreções, mas nenhum desenho.

Depois de continuarem ao longo da passagem, chegaram diante de um painel comprido. Uma formação calcária havia decorado a parede com cortinas e cordas vermelhas, alaranjadas e amarelas que não chegavam aos montes cônicos abaixo. Concreções iguais a regatos congelados no tempo pareciam cair o longo das cortinas deixando espaços entre elas sobre os quais se pintaram marcas.

Uma delas era uma espécie de forma retangular comprida com linhas saindo pelos lados. Ayla se lembrou da representação grande de uma daquelas criaturas rastejantes com muitas pernas, talvez uma lagarta. No espaço ao lado havia uma forma que possuía coisas como asas dos dois lados do centro. Poderia ter sido uma borboleta, o estágio seguinte na vida de uma lagarta, mas não havia sido feita com o mesmo cuidado de muitas das outras pinturas, e por isso não tinha certeza. Pensou a perguntar à Guardiã, mas duvidava que ela soubesse. O que pudesse dizer seria apenas o que adivinhava.

À medida que avançavam, a decoração da parede se tornava menos extravagante. A Guarda começou a cantarolar suavemente de novo. Houve alguma ressonância, mas não muita até que chegaram a uma área com pedras suspensas do teto. Cachos de pontos vermelhos tinham sido feitos, a que se seguia uma frisa com cinco rinocerontes. Havia na área outros sinais e animais. Sete cabeças e um felino completo, talvez leões, além de um cavalo, um mamute e um rinoceronte. Várias imagens positivas de mãos, mais pontos formando linhas e figuras circulares. Adiante, mais sinais e o desenho de um rinoceronte em preto.

Chegaram em seguida a uma lâmina de pedra, uma espécie de partição em que havia mais sinais, um contorno parcial de um mamute em preto com uma mão negativa dentro da linha do corpo, e outra no flanco de um cavalo. À direita, dois cachos de pontos grandes. Do outro lado do painel de mãos, havia um desenho em vermelho de um urso pequeno. Havia também um alce vermelho e outras marcas, mas o urso era a figura predominante. Fora desenhado como os outros ursos vermelhos que tinham visto, mas uma versão em miniatura. O painel marcava o início de uma câmara pequena imediatamente à frente. Quando olharam para dentro, viram que o espaço era muito pequeno.

— Acho que não precisamos entrar aí — disse a Guardiã. — É apenas um espaço pequeno quase vazio, teríamos de abaixar depois de entrarmos.

A Primeira concordou. Não tinha vontade de se apertar num espaço exíguo e, pelo que lembrava, não havia muita coisa lá dentro. Além do mais, sabia o que vinha em seguida, o que desejava ansiosamente ver.

Em vez de seguir diretamente para visitar a pequena câmara, a Guardiã virou à esquerda e seguiu pela parede direita. A câmara seguinte era aproximadamente 1,5 metro mais baixa que aquela em que estavam, o piso se inclinava para baixo; o teto era alto em alguns lugares e baixo em outros, e paredes e tetos tinham muitas concreções. Havia também muitas evidências da presença de ursos, impressões de patas, marcas de garras e ossos. Ayla achou que tinha enxergado a sugestão de um desenho a alguma distância, mas a Guardiã passou direto sem mostrar. A entrada para a câmara seguinte era baixa. No centro, uma depressão de cerca de 9 metros de circunferência e quase 4 metros de profundidade. Passaram à esquerda sobre um piso de terra marrom.

— Quando o chão afundou? — perguntou Jondalar.

O piso embaixo parecia muito sólido, mas ele ficou preocupado se aquilo poderia acontecer de novo.

— Não sei — respondeu a Guardiã. — Mas sei que foi depois de os Ancestrais terem estado aqui.

— Como sabe?

— Olhe acima do buraco — apontou ela, mostrando um pendente de pedra liso como uma lâmina sobre o buraco.

Todos olharam. Como as superfícies de quase todas as paredes e pedras do teto daquela câmara eram cobertas por uma camada macia de um material claro semelhante à argila, a vermiculita — uma alteração química dos constituintes materiais da pedra que suavizavam a superfície —, as imagens eram brancas. Desenhos e entalhes podiam ser feitos com um pau, ou mesmo com o dedo, deslocando a argila superficial marrom e deixando exposta a linha branca pura.

Ayla notou que havia muitos desenhos brancos naquele salão, mas na pedra suspensa viu claramente um cavalo e uma coruja com a cabeça virada para trás, de forma que sua cabeça era vista sobre o dorso. Era uma coisa que as corujas faziam, mas que ela nunca tinha visto em desenho, nunca havia visto desenhos de corujas em grutas.

— Você tem razão. Os desenhos tinham de ser feitos pelos Ancestrais antes do colapso do chão — disse Jondalar —, porque agora ninguém poderia chegar até eles.

A Guardiã sorriu para ele, divertindo-se com a incredulidade na sua voz. Mostrou outros desenhos feitos com o dedo no enorme salão. Levou-os até o outro lado da depressão circular, a parede esquerda. Apesar de estar cheia de pendentes de estalactites e de estalagmites e pirâmides circulares acumuladas sobre o piso, não era difícil se mover pelo salão, e a maior parte das decorações estava no nível dos olhos. Mesmo à distância, a luz das tochas mostrava muitos entalhes brancos, alguns raspados. Parados no meio do salão, viam mamutes, rinocerontes, ursos, auroques, bisões, cavalos, séries de linhas curvas e marcas sinuosas de dedos desenhadas sobre marcas de garras de urso.

— Quantos animais há neste salão? — perguntou Ayla.

— Já contei duas vezes 25 — disse a Guardiã, estendendo a mão esquerda com todos os dedos, inclusive o polegar, dobrados nas articulações da palma, depois abriu a mão e dobrou novamente os dedos.

Ayla se lembrou da outra forma de contar com os dedos. Contar com as mãos era mais complexo que a contagem simples com palavras, quando se sabia como fazê-lo. A mão direita contava as palavras e, à medida que cada palavra era dita, um dedo era dobrado; a mão esquerda indicava o número de cincos contados. A mão esquerda com a palma para cima, todos os dedos e o polegar dobrados, não contava cinco, como ela tinha se ensinado quando havia aprendido a contar e como Jondalar tinha lhe ensinado a contar, contava 25. Ela aprendera aquela forma de contar durante seu treinamento. O conceito a espantara, pois tornava as palavras de contar muito mais poderosas.

Ocorreu a ela que os pontos grandes poderiam ser também uma forma de usar as palavras de contar. A impressão da mão poderia ser contada como cinco; um ponto grande feito apenas com a palma da mão devia significar 25; dois seriam duas vezes 25, ou seja, cinquenta, e muitos pontos em algum lugar na parede seriam um número muito grande, se fosse possível lê-los. Mas, como se dava com tantas outras coisas associadas à zelandonia, não era tão simples assim. Todos os sinais tinham mais de um significado.

Enquanto andavam pelo salão, Ayla viu um cavalo lindamente desenhado e, atrás dele, dois mamutes, um superposto ao outro, com a linha de suas barrigas desenhada como um arco, o que fez Ayla pensar no enorme arco lá fora. O arco deveria representar um mamute? A maioria dos animais naquele salão parecia mamutes, mas havia também muitos rinocerontes, e um deles atraiu a atenção de Ayla. Apenas a metade dianteira estava entalhada e parecia surgir de uma fenda na parede, emergindo do mundo atrás da parede. Havia também alguns cavalos, auroques e bisões, mas não felinos nem alces. E, apesar de quase todas as imagens na primeira parte da gruta terem sido pintadas com tinta vermelha, o ocre vermelho do piso e das paredes, as imagens naquela parte eram brancas, desenhadas com o dedo ou outro objeto duro, com exceção de algumas feitas em preto no final da parede da direita, inclusive um lindo urso preto.

Pareciam interessantes e ela quis se aproximar para ver, mas a Guardiã os conduziu pelo lado esquerdo da cratera no meio do salão até outra seção da gruta. A parede esquerda era oculta por uma massa rochosa de grandes blocos que ela mal conseguia distinguir à luz das tochas. Lembrou-se de bater a tocha para retirar o excesso de cinza. A chama se avivou, e ela percebeu que logo teria de acender outra.

A Guardiã começou a cantarolar novamente quando se aproximavam de outro espaço definido por uma altura muito menor, tão baixa que alguém tinha subido nos blocos para desenhar um mamute com o dedo no teto. À direita, havia a cabeça de um bisão, feita com pressa, seguida por três mamutes, e depois vários outros desenhos nos pendentes de pedra presos ao teto. Ayla viu duas renas desenhadas em preto e sombreadas para lhes dar contornos e, menos detalhada, uma terceira. Em outra parte do pendente, dois mamutes pretos se encaravam, mas somente o quarto dianteiro do da esquerda havia sido feito. O da direita era todo pintado de preto e tinha duas presas, as únicas presas que ela tinha visto nos mamutes daquela caverna. Havia dois outros desenhos nos pendentes mais ao fundo, muito alto acima do piso; outro mamute entalhado em perfil esquerdo, um grande leão e, então, surpreendentemente, um boi-almiscarado identificável pelos chifres curvos para baixo.

Ayla estava tão interessada em ver os animais nos pendentes do fundo que apenas ao ouvir a Primeira se juntar aos outros ela percebeu que a Guardiã, a Primeira e o Zelandoni da Décima Nona cantavam novamente para a gruta. Ela não participou. Produzia trinados e sons dos animais, mas não cantava. Gostou de apreciá-los.

— *Ela o acolheu de volta, aquele que fora o Seu amor,*
E triste e magoada, Sua história Ela contou.
O Seu caro amigo concordou em ajudar,
E o filho d'Ela de seu perigoso apuro salvar.
— *Ela falou de Sua solidão. E do escuro redemoinho ladrão.*

— *A Mãe estava cansada e precisava se recuperar,*
E o aperto em seu luminoso amante decidiu afrouxar.
Enquanto Ela dormia, a fria força ele combateu,
E, por um tempo, para a sua fonte a devolveu.
— *O espírito dele era irado. O encontro foi demorado.*

— O louro e brilhante amigo d'Ela pelejou, e fez o possível,
Mas o conflito era duro, e a batalha, incrível.
Sua cautela falou, quando do grande olho se aproximou.
E sua luz do céu foi roubada, depois que a escuridão se insinuou.
— Seu claro amigo estava tentando. Sua luz estava expirando.

— Quando a escuridão ficou total, Ela gritando acordou.
O tenebroso vazio a luz do céu ocultou.
Ela se juntou ao conflito, foi rápida na abertura,
E afastou para longe de Seu amigo a sombra escura.
— Mas a pálida face da noite rondava. E o Seu filho ocultava.

— Preso no redemoinho, o Seu filho reluzente sucumbido
Não mais fornecia calor à Terra; o frio caos havia vencido.
A fértil vida verde agora em gelo e neve se tornava,
E um afiado frio cortante continuamente soprava.
— A Terra despojada estava. Nenhuma planta verde restava.

— A Mãe estava exausta, triste e abatida,
Mas saiu novamente atrás de a quem deu a vida.
Não podia desistir, precisava lutar,
Para fazer a luz gloriosa do Seu filho retornar.
— Ela continuou a lutar. Para a luz recuperar.

De repente, algo chamou a atenção de Ayla, uma coisa que a fez tremer, e lhe provocou um frisson, não exatamente de medo, mas de reconhecimento. Viu o crânio de um urso-das-cavernas, isolado, no topo da superfície horizontal de uma rocha. Ela não sabia como a pedra tinha chegado ao centro do piso. Havia outras pedras semelhantes por perto, e ela imaginou que todas tivessem caído do teto, apesar de nenhuma das outras pedras ter a superfície superior plana e horizontal, mas sabia por que meios o crânio tinha chegado ao topo da pedra. Alguma mão humana o tinha colocado lá!

À medida que andava em direção à pedra, Ayla se lembrou do crânio do urso-das-cavernas que Creb tinha achado com um osso forçado através da abertura formada pela órbita do olho e pelo osso da face. O crânio tinha grande significância para o Mog-ur do Clã do Urso-das-Cavernas, e ela se perguntou se algum membro do Clã já teria estado naquela gruta. No caso, a gruta teria certamente tido grande significado. Os Ancestrais que fizeram as imagens naquela caverna eram certamente gente como ela; o Clã não fazia imagens, mas poderia ter movido um crânio. E o Clã poderia ter estado ali à mesma época que os Pintores Ancestrais. Teriam entrado naquela caverna?

Quando se aproximou e examinou o crânio de urso empoleirado na pedra plana, com os dois caninos estendidos além do limite da pedra, ela acreditou no fundo do coração que o Ancestral que o colocara ali pertencia ao Clã. Jondalar a viu tremer e foi até o centro do espaço. Quando chegou à pedra e viu o crânio sobre a rocha, entendeu a reação.

— Você está bem, Ayla?

— Esta gruta teria grande importância para o Clã. Não posso deixar de pensar que eles a conheceram. Com suas memórias, talvez ainda a conheçam.

Os outros se juntaram em volta da pedra com o crânio.

— Vejo que você encontrou o crânio. Eu já ia mostrá-lo a vocês — disse a Guardiã.

— Pessoas do Clã vêm aqui? — perguntou Ayla.

— Pessoas do Clã? — A Guardiã balançou a cabeça.

— Pessoas que vocês chamam de Cabeças Chatas. O outro povo.

— É estranho você perguntar — disse a Guardiã. — Nós realmente vemos Cabeças Chatas por aqui, mas em geral somente em certas épocas do ano. Eles assustam nossas crianças, mas já chegamos a uma forma de entendimento, se for possível chegar a um entendimento com animais. Eles ficam longe de nós, e nós não os incomodaremos caso eles só queiram entrar na gruta.

— Primeiro, devo lhe dizer que eles não são animais, são pessoas. O urso-das-cavernas é seu totem primário, eles se chamam o Clã do Urso-das-Cavernas — explicou Ayla.

— Como eles poderiam se dar algum nome? Eles não falam — retrucou a Guardiã.

— Eles falam. Simplesmente não como nós. Usam algumas palavras, mas em geral conversam com as mãos.

— Como alguém fala com as mãos?

— Eles fazem gestos, movimentos com as mãos e com o corpo.

— Não entendo.

— Vou lhe mostrar — disse Ayla, passando a tocha a Jondalar. — Da próxima vez que você vir uma pessoa do Clã querendo entrar na gruta, você poderia dizer isto. — Ela então disse as palavras enquanto fazia os gestos. — Quero saudá-lo e lhe dizer que você é bem-vindo a esta gruta que é o lar dos ursos-das-cavernas.

— Esses movimentos, esses gestos de mão, significam o que você acabou de dizer? — perguntou a Guardiã.

— Já venho ensinando à nossa zelandonia, e a quem mais quiser aprender, como fazer alguns sinais básicos, para que, caso encontrem pessoas do Clã quando estiverem em viagem, possam se comunicar, pelo menos um pouco. Posso também mostrar a você alguns sinais, mas seria melhor esperar até estarmos fora da gruta onde há mais luz.

— Eu gostaria de ver mais. Como você sabe tanto?

— Eu vivi entre eles. Eles me criaram. Minha mãe e todos com quem ela vivia, meu povo, imagino, morreram num terremoto. Fiquei só. Andei sozinha até que um clã me achou e me recolheu. Cuidaram de mim e me amaram, e eu os amei.

— Você não sabe qual é o seu povo? — quis saber a Guardiã.

— Meu povo agora são os Zelandonii. Antes, o meu povo eram os Mamutói, os caçadores de mamutes, e antes deles, meu povo foi o Clã, mas não me lembro do povo onde nasci.

— Entendo. Gostaria de saber mais, porém agora ainda temos coisas para ver nesta gruta.

— Você tem razão — disse a Primeira. Quando surgiu o assunto, ela se interessou em saber como aquela Zelandoni reagiria à informação dada por Ayla. — Vamos continuar.

Enquanto Ayla pensava no crânio de urso sobre a pedra, a Guardiã mostrava aos outros mais coisas na seção em que estavam. Enquanto passavam, Ayla observou várias áreas, um grande painel arranhado de mamutes, alguns cavalos, auroques e íbex.

— Devo lhe dizer, Zelandoni Que É A Primeira — disse a Guardiã. — A última câmara nesta direção que segue o comprimento da gruta é muito difícil. É preciso subir alguns degraus e se curvar para atravessar um lugar de teto baixo. Além disso, não há muita coisa a ver, apenas alguns sinais, um cavalo amarelo e alguns mamutes no final. É bom pensar nisso antes de continuar.

— É verdade, eu lembro. Não preciso ver esse último lugar desta vez. Que os mais enérgicos continuem sem mim.

— Vou esperar com você — disse Willamar. — Eu também já vi.

Quando o grupo retornou, todos começaram a andar ao longo da parede que antes estava à direita e na volta estava à esquerda. Passaram pelo painel de mamutes arranhados e finalmente chegaram às pinturas pretas que tinham visto apenas à distância. Quando se aproximavam da primeira imagem, a Guardiã começou a cantarolar outra vez, e os visitantes sentiram a gruta responder.

28

As imagens que atraíram Ayla foram os cavalos, apesar de não serem de forma alguma as principais pinturas na parede. Já tinha visto lindas obras de arte desde que vira representações visuais pela primeira vez, mas nunca tinha visto nada igual ao painel do cavalo naquela parede.

Naquela gruta úmida, a superfície da parede era macia. Por meio de agentes químicos e bacteriológicos, que nem ela nem os artistas entendiam, a camada superficial do calcário tinha se decomposto em "leite de lua" — um material com textura macia, quase luxuriante, e uma cor branca pura. Podia ser raspado da parede com praticamente qualquer coisa, até mesmo com a mão, e sob ele havia um calcário branco e duro, uma tela perfeita para desenhar. Os ancestrais que pintaram aquelas paredes o conheciam, sabiam como usá-lo.

Havia quatro cabeças de cavalo, pintadas em perspectiva, uma sobre a outra, mas a parede atrás delas tinha sido raspada, o que deu ao artista a oportunidade de mostrar os detalhes e as diferenças individuais de cada animal. A característica crina de pé, a linha da mandíbula, a forma do focinho, a boca aberta ou fechada, as narinas dilatadas, tudo representado com tamanha precisão, pareciam vivas.

Ayla se voltou e descobriu o homem alto de quem era a companheira, com quem podia compartilhar aquele momento.

— Jondalar, veja estes cavalos! Você já viu coisa igual? Parecem vivos.

Ele parou atrás dela e passou os braços ao seu redor.

— Já vi alguns cavalos lindos pintados em paredes, mas nada igual a estes. O que você acha, Jonokol? — Voltou-se para a Primeira. — Obrigado por me trazer nesta viagem. Isto já vale toda a Jornada. — Voltou-se novamente para a parede pintada. — E não são só os cavalos. Veja estes auroques, e estes rinocerontes lutando.

— Não creio que estejam lutando — discordou Ayla.

— Não, eles ficam assim também antes de trocar Prazeres — adicionou Willamar, que olhou a Primeira e sentiu que comungavam a mesma experiência.

Embora os dois já tivessem estado ali, ver as imagens através dos olhos de Ayla era como vê-las pela primeira vez. A Guardiã não conseguiu esconder o sorriso de satisfação complacente. Não precisou dizer: "eu lhes disse." Aquela era a melhor parte de ser Guardiã. Não apenas apreciar a obra, já a tinha visto muitas vezes, mas observar como as pessoas reagiam a ela. A maioria, pelo menos.

— Vocês gostariam de ver mais?

Ayla olhou para ela e sorriu, mas era o sorriso mais lindo que já tinha visto. Realmente uma linda mulher, pensou a Guardiã. Entendo a atração que Jondalar sente. Se fosse homem, eu também sentiria.

Agora que tinham observado os cavalos, Ayla podia dedicar o tempo a ver o restante, e havia muito mais a ver. Os três auroques à esquerda dos cavalos, misturados com o pequeno rinoceronte, uma rena e, abaixo dos rinocerontes que se confrontavam, um bisão. À direita dos cavalos, havia uma alcova, suficientemente grande para apenas um por vez. Lá dentro, mais cavalos, um urso, ou talvez um grande gato, um auroque e um bisão com muitas pernas.

— Vejam aquele bisão correndo — disse Ayla. — Ele está correndo e respirando pesadamente, e os leões... — acrescentou, primeiro sorrindo, depois rindo às gargalhadas.

— O que é tão engraçado? — perguntou Jondalar.

— Está vendo aqueles dois leões? Aquela fêmea sentada está no cio, e o macho está muito interessado, mas ela não. Não é com ele que ela quer partilhar Prazeres, por isso está sentada e não o deixa se aproximar. O artista que os pintou era ótimo. Dá para ver o desprezo na expressão dela. Embora o macho tente parecer grande e forte, vejam como ele mostra os dentes! Ele sabe que ela não o considera bom o suficiente e tem um pouco de medo. Como um artista consegue fazer isso? Pintar a expressão certa.

— Como você sabe tudo isso? — perguntou a Guardiã.

Ninguém tinha dado aquela explicação antes, porém, quando Ayla falou, pareceu inteiramente certo. Eles tinham aquelas expressões!

— Quando eu estava me ensinando a caçar, os observava. Naquela época, vivia com o Clã, e as mulheres do Clã não devem caçar, por isso decidi que em vez de caçar animais para comer, pois não podia levá-los para casa e eles se perderiam, eu caçaria os comedores de carne que roubavam nosso alimento. Mas fiquei em apuros quando eles descobriram.

A Guardiã recomeçou a cantarolar com a boca fechada, e Jonokol cantava muitas notas de harmonia em torno das dela. A Primeira se preparava para se juntar quando Ayla saiu da alcova.

— Gostei mais dos leões. Acho que aquele leão frustrado soaria assim — disse ela, e então começou a grunhir e depois emitiu um rugido tremendo, que ecoou nas pedras das paredes da gruta até o final da passagem à frente, e depois até a câmara com o crânio de urso.

A Guardiã deu um pulo de surpresa e um pouco de medo.

— Como ela faz isso? — Deu um olhar de incredulidade para a Primeira e Willamar.

Os dois apenas balançaram a cabeça.

— Até hoje ela nos surpreende — comentou Willamar quando Ayla e Jondalar recomeçaram a andar. — Se você prestar bastante atenção, não é tão alto quanto parece, mas é muito alto.

Do outro lado da alcova, havia um painel quase só de renas machos. As fêmeas também tinham galhadas, o único veado que as tinha, mas eram menores. As seis renas do painel possuíam galhadas bem-desenvolvidas, com pontas na testa e uma enorme extensão curvada para trás. Havia também um cavalo, um bisão e um auroque. Mas ela não acreditava que todos tinham sido pintados pela mesma pessoa. O bisão era muito rígido, e o cavalo não era tão refinado, especialmente depois de terem visto os lindos exemplos anteriores. A pessoa que os havia feito não era um artista tão bom.

A Guardiã foi até uma abertura à direita que levava a uma passagem estreita que devia ser percorrida em fila única por causa da forma das paredes laterais e das pedras pendentes do teto. À direita, um desenho completo em preto de um megácero, o veado gigantesco cujas características eram uma corcova na junção do pescoço com o dorso, a cabeça pequena e o pescoço sinuoso. Ayla se perguntou por que aqueles artistas os mostravam sem as galhadas, afinal essa era a característica definidora e a razão da corcova.

No mesmo painel, numa posição vertical, havia a linha do dorso e os dois chifres de um rinoceronte, com os arcos duplos que representavam as orelhas. À esquerda da entrada, a forma da cabeça e do dorso de dois mamutes. Mais adiante, também à esquerda, mais dois rinocerontes, voltados para direções opostas. O que estava voltado para a direita era completo. Tinha também uma listra larga e escura na seção intermediária, tal como muitos outros naquela gruta. Acima dele, o que estava voltado para a esquerda era apenas sugerido pela linha do dorso e as duas pequenas orelhas em arco duplo.

Ainda mais interessante para Ayla era a linha de lareiras ao longo do corredor, provavelmente para fazer o carvão usado para desenhar. As fogueiras tinham escurecido as paredes próximas. Seriam as lareiras dos Ancestrais, dos artistas que tinham criado todos aqueles desenhos e pinturas incríveis daquela gruta magnífica? Elas os tornavam mais reais, como pessoas, não espíritos de outro mundo. O piso se inclinava fortemente, formando três degraus altos, de quase 1 metro de altura, ao longo do comprimento. O meio do corredor tinha gravuras feitas com os dedos, não desenhos em preto. Pouco antes do segundo degrau, havia três triângulos púbicos, com uma fenda vulvar na ponta inferior, nos lados opostos, dois à esquerda e um à direita.

A Primeira estava se cansando, mas sabia que nunca mais faria a viagem, e mesmo que a fizesse, não teria mais condições de caminhar por todo o comprimento da gruta. Jonokol e Jondalar, um de cada lado, ajudaram-na a descer os degraus e também quando o piso do corredor ficou ainda mais íngreme. Apesar de para ela ser difícil, Ayla notou que a grande mulher não falou em parar. Em certo ponto, ouviu a mulher comentar, quase para si mesma, que nunca veria aquela caverna outra vez.

A distância caminhada na Jornada a tornara mais saudável, mas ela era uma curadora e conseguia perceber que não estava bem, ou não tão forte quanto fora na juventude. Estava determinada a ver aquela gruta pela última vez até o final.

O último painel pintado no corredor estava logo antes do último degrau. À direita, quatro rinocerontes, em parte pintados, em parte entalhados. Um era difícil de distinguir; dois eram muito pequenos e tinham faixas pretas contornando a barriga, e possuíam orelhas típicas. O último era muito maior, mas incompleto. Um grande íbex macho, identificado pelos chifres que se voltavam para trás por quase todo o comprimento do corpo, pintado em preto num pendente de pedra, encarava o grupo do alto. No lado esquerdo, a parede tinha sido raspada para receber vários animais: seis cavalos completos ou parciais, dois bisões e dois megáceros, um deles completo, dois pequenos rinocerontes e várias linhas e marcas.

Chegaram ao degrau maior: uma sucessão de 4 metros de planos irregulares causados pelo fluxo de água e depressões na terra solta no piso da gruta, com grandes abrigos de ursos cavados nela. Jondalar, Jonokol, Willamar e Ayla ajudaram a Primeira a descer. Seria igualmente difícil ajudá-la a subir na volta, mas todos estavam determinados. Pendentes de pedra presas ao teto, a superfície lisa refletia bem a luz das tochas, mas não eram decorados. A parede da direita tinha pouca arte.

A Guardiã começou a cantarolar com a boca fechada, e a Primeira se juntou a ela, logo depois Jonokol. Ayla esperou. Olhava a parede da direita, mas por alguma razão que não entendia, ela não ressoava bem. Um painel tinha três rinocerontes pretos — um completo com uma faixa preta no meio do corpo, outro que era apenas o contorno e um terceiro que tinha apenas a cabeça —, três leões, um urso, a cabeça de um bisão e uma vulva. Sentia que contavam uma história, talvez sobre mulheres, e desejou conhecê-la. Viraram-se para a parede da esquerda. A gruta respondia ao canto. Um olhar rápido mostrou que a primeira parte da parede parecia se dividir em três seções principais. No início do espaço, havia três leões lado a lado, voltados para a direita, mostrados em perspectiva pela linha do dorso. O maior deles, o que estava mais longe, tinha quase 2,5 metros, pintado de preto e mostrava o escroto para não deixar dúvida quanto ao seu gênero. O do meio era desenhado com uma linha vermelha e também se mostrava como macho. O mais próximo era menor, uma fêmea. Ao analisar o desenho, Ayla não teve certeza quanto ao do meio ser de fato um leão. Não havia uma terceira cabeça, talvez tivesse sido incluído apenas para fim de perspectiva e, portanto, seria apenas um casal de leões. Apesar de simples, as linhas eram muito expressivas. Acima dos dorsos, ela distinguia com dificuldade três mamutes entalhados com o dedo. Os leões eram predominantes naquela parte da gruta. À direita dos leões havia um rinoceronte, e à direita dele, mais três leões voltados para a esquerda que pareciam olhar os leões e os rinocerontes do outro lado, o que dava certo equilíbrio ao painel.

Todas as pinturas naquela seção estavam localizadas num nível que podia ser alcançado por uma pessoa de pé no piso, com exceção de um mamute entalhado muito alto na parede. Muitas das pinturas foram feitas sobre marcas das garras de urso, mas também havia marcas de garras sobre elas. Portanto, os ursos haviam visitado a gruta depois que as pessoas se foram.

Havia um nicho no centro da seção seguinte. À esquerda, leões e pontos vermelhos desbotados superpostos por leões pretos. Depois, uma seção com um rinoceronte com chifres múltiplos, oito em perspectiva, parecendo oito rinocerontes lado a lado com muitos outros rinocerontes. À direita do painel dos rinocerontes havia um nicho, e pintado no seu interior, um cavalo. Dois rinocerontes e um mamute pretos foram pintados acima dele, além de impressões de animais emergindo das rochas, o cavalo saindo do nicho, um enorme bisão saindo por uma fenda do outro mundo, e mamutes, e um rinoceronte.

A seção à direita do nicho tinha principalmente dois animais, leões e bisões. Na verdade, leões caçando bisões. Os bisões se juntavam à esquerda numa manada, e os leões rastejavam da direita na sua direção, como se esperassem um sinal para saltar. Os leões eram lindamente ferozes, como Ayla sabia que deviam ser: o leão-das-cavernas era seu totem. Para ela, aquela era a câmara mais espetacular em toda a gruta. Havia tantas coisas que, apesar de querer, não conseguia absorver tudo. O grande painel terminava numa saliência que formava uma espécie de segundo nicho, mais raso, com um rinoceronte preto completo saindo do mundo dos espíritos. Do outro lado do nicho, um bisão fora desenhado com a cabeça numa parede, vista de frente, e o corpo em perfil em outra parede, perpendicular, muito eficaz.

Abaixo do bisão, havia uma cavidade triangular com duas cabeças de leão e o quarto dianteiro de outro leão voltado para a direita. Acima dos leões, um rinoceronte preto com feridas em riscos vermelhos: sangue saindo da boca. Além dele, um pendente de pedra mostrava o lugar onde o teto descia até ficar perpendicular à parede da direita. Três leões e outro animal foram pintados na sua superfície interna, mas eram visíveis da câmara. Pouco antes de o teto descer, uma protrusão de rocha se elevava e descia verticalmente terminando num ponto arredondado. Possuía quatro faces, todas ricamente decoradas.

— Para entender completamente, é preciso vê-la completamente — disse a Guardiã, mostrando a Ayla a figura composta completa: o quarto dianteiro de um bisão sobre pernas humanas com uma grande vulva entre elas, sombreado de preto, com um entalhe vertical na parte mais baixa. Era a parte inferior do corpo de uma mulher com a cabeça de um bisão por cima, e um leão em volta da parte traseira do pendente. — A forma daquele pendente sempre me pareceu lembrar um órgão de homem.

— Parece mesmo — concordou Ayla.

— Há alguns salões pequenos com algumas pinturas interessantes. Se você quiser, posso lhe mostrar.

— Sim, gostaria de ver o máximo que puder antes de sairmos — pediu Ayla.

— Aqui você pode ver, atrás do pendente masculino, existem três leões. E depois do rinoceronte sangrando, há um pequeno corredor que leva a um lindo cavalo — indicou a Guardiã, mostrando o caminho. — E aqui está o grande bisão no final do painel. Dentro desta área há um grande leão e alguns cavalos pequenos. É muito difícil entrar na área do outro lado do caminho.

Ayla recuou na direção do início da câmara até onde a Primeira descansava sentada numa pedra. Os outros visitantes estavam por perto.

— Bem, o que você está achando, Ayla?

— Estou muito feliz por você ter me trazido aqui. Acho que esta é a gruta mais linda que já vi. É mais que uma gruta, porém não sei a palavra para descrevê-la. Quando vivia com o Clã, não sabia que era possível ver uma coisa na vida real e fazer com outra coisa um objeto que se parecesse com ela. — Ayla olhou em volta, procurando Jondalar, e sorriu ao vê-lo. Ele se aproximou e passou os braços em volta dela, que era o que ela queria. Precisava compartilhar tudo aquilo. — Depois, fiquei impressionada quando fui viver com os Mamutói e vi as coisas que Ranec fazia com marfim, e outros faziam usando couro e contas, às vezes apenas um pau para fazer riscos no chão de terra mole.

Parou e olhou para o chão de argila úmida da gruta. Todas as pessoas com suas tochas tremeluzentes se reuniram num lugar. A mancha de luz não se espalhava até muito longe, e os animais pintados nas paredes eram meras sombras na escuridão, iguais às visões fugidias que se viam no mundo exterior.

— Nesta viagem, e antes dela, vimos outras pinturas e desenhos lindos, e outros que não eram tão lindos, mas mesmo assim notáveis. Não sei como as pessoas os fazem e não consigo nem imaginar por quê. Acho que o fazem para agradar à Mãe, e tenho certeza de que agradam. Ou talvez contar Sua história, ou outras histórias. Talvez as pessoas o façam simplesmente porque são capazes de fazer. Tal como Jonokol. Ele pensa em alguma coisa para pintar, é capaz de pintar e pinta. É a mesma coisa com seu canto, Zelandoni. Muita gente canta, mas ninguém canta como você. Quando você canta, não quero fazer mais nada, só ouvir. Eu me sinto bem por dentro. É o que sinto quando olho essas cavernas pintadas. É o que sinto quando Jondalar me olha com amor. É como se os que fizeram essas imagens estivessem me olhando cheios de amor.

Olhou para o chão porque lutava para conter as lágrimas. Geralmente, era capaz de controlar as lágrimas, mas, naquele momento, não conseguia.

— Acho que é também como a Mãe deve se sentir — concluiu ela, os olhos brilhantes sob a luz bruxuleante.

Agora sei por que ela se casou, pensou a Guardiã. Vai ser uma Zelandoni notável, já é, mas não poderia ser sem ele. Talvez ele esteja realizando o desejo da Mãe.

Então começou a cantar baixinho. Jonokol a seguiu, e seu acompanhamento sempre fazia o canto dos outros soar melhor. Então Willamar começou a cantar apenas as sílabas. Tinha a voz adequada, mas aprimorava a música que cantavam juntos. Então Jondalar se juntou a eles. Tinha uma boa voz, mas só cantava quando outros estavam cantando. Então, com as vozes fazendo um coro de fundo que ressoou no interior da caverna de pedra tão lindamente decorada, A Que Era A Primeira Entre Aqueles Que Serviam À Grande Mãe Terra começou onde tinha parado a Canção da Mãe.

— *E o Seu amigo luminoso estava preparado para combater*
O ladrão que o filho do seio d'Ela mantinha em seu poder.
Juntos lutaram pelo filho que era o Seu bem-querer.
O esforço foi bem-sucedido, e sua luz se fez renascer.
— *Sua energia inflamou. O seu brilho voltou.*

— *Mas a árida e fria escuridão desejava o seu calor incandescente.*
A Mãe manteve-se na defesa, sem querer recuar absolutamente.
O redemoinho puxava forte. Em se recusar a largar Ela era terminante.
A Mãe lutava por um empate com o Seu escuro inimigo rodopiante.
— *Ela acuava a escuridão o bastante. Mas o Seu filho estava distante.*

— *Depois que Ela combateu o redemoinho e fez o caos fugir,*
A luz do Seu filho com vitalidade voltou a reluzir.
Quando a Mãe se cansou, o árido vácuo oscilante ficou,
E a escuridão ao final do dia retornou.
— *O calor do filho Ela sentiu. Mas para nenhum a vitória sorriu.*

— *A Grande Mãe passou com uma dor em Seu coração a conviver,*
De que Ela e o Seu filho separados para sempre iam viver.
Pela criança que Lhe fora negada padecia
Então, mais uma vez, a força vital interna a reanimaria.
— *Ela não se conformava. Com a perda de quem amava.*

— *Quando Ela estava pronta, com as Suas águas, que faziam nascer,*
De volta para a Terra fria e nua, a vida verde Ela fez crescer.
E as lágrimas de Sua perda, vertidas e abundantes
Produziram o orvalho cintilante e os arco-íris emocionantes.
— *As águas o verde criaram. Mas Suas lágrimas derramaram.*

— *Com um estrondoso bramido, Suas pedras em pedaços se partiram,*
E das grandes cavernas que bem abaixo se abriram,
Ela novamente em seu espaço cavernoso fez parir,
Para do Seu ventre mais Filhos da Terra sair.
— *Da Mãe em desespero, mais crianças nasceram.*

— *Cada filho era diferente, havia grandes e pequenos também,*
Uns caminhavam, outros voavam, uns rastejavam e outros nadavam bem.
Mas cada forma era perfeita, cada espírito acabado,
Cada qual era um exemplar cujo modelo podia ser imitado.
— *A Mãe produzia. A terra verde se enchia.*

— *Todas as aves, peixes e animais gerados,*
Não deixariam, desta vez, os olhos da Mãe inundados.
Cada espécie viveria perto do lugar de coração.
E da Grande Mãe Terra partilharia a imensidão.
— *Perto d'Ela ficariam. Fugir não poderiam.*

— *Todos eram Seus Filhos, e lhe davam prazer,*
Mas esgotaram a força vital do Seu fazer.
Mas Ela ainda tinha um resto, para uma última inovação,
Uma criança que lembraria Quem fez a criação.
— *Uma criança que respeitaria. E a proteger aprenderia.*

— *A primeira Mulher nasceu adulta e querendo viver,*
E recebeu os Dons de que precisava para sobreviver.
A Vida foi o Primeiro Dom, e, como a Grande Mãe Terra dadivosa,
Ela acordou para si mesma sabendo que vida era valiosa.
— *A Primeira Mulher a haver. A primeira a nascer.*

— *A seguir, foi o Dom da Percepção, do aprender,*
O desejo do discernimento, o Dom do Saber.
À Primeira Mulher foram dados conhecimentos contundentes

Que a ajudariam a viver, e passá-los aos descendentes.
— A Primeira Mulher ia saber. Como aprender, como crescer.

— Com a força vital quase esgotada, a Mãe estava consumida,
E passou para a Vida Espiritual, que fora a sua lida.
Ela fez com que todos os Seus filhos mais uma vez fizessem a criação,
E a Mulher também foi abençoada com a procriação.
— Mas sozinha a Mulher estava. Somente Ela se encontrava.

— A Mãe lembrou a própria solidão que sentiu,
O amor do Seu amigo e as demoradas carícias que produziu.
Com a última centelha que restava, a Sua tarefa iniciou,
Para compartilhar a vida com a Mulher, o Primeiro Homem Ela criou.
— Mais uma vez Ela dava. Mais uma vez criava.

— À Mulher e ao Homem a Mãe concebeu,
E depois, para seu lar, Ela o mundo lhes deu,
A água, a terra, e toda a Sua criação.
Usá-los com cuidado era deles a obrigação.
— Era a casa deles para usar. Mas não para abusar.

— Para os Filhos da Terra a Mãe proveu
O Dom para sobreviver, e então Ela resolveu
Dar a eles o Dom do Prazer e do partilhar
Que honram a Mãe com a alegria da união e do se entregar.
— Os Dons são bem merecidos. Quando os sentimentos são retribuídos.

— A Mãe ficou contente com o casal criado,
E o ensinou a amar e a zelar no acasalado.
Ela incutiu neles o desejo de se manter,
E foi ofertado pela Mãe o Dom do Prazer.
— E assim foi encerrando. Os seus filhos também estavam amando.
— Depois de os Filhos da Terra abençoar, a Mãe pôde descansar.

Quando terminaram o silêncio era profundo. Cada um parado ali sentiu o poder da Mãe e da Canção da Mãe, mais do que jamais tinham sentido. Olharam as pinturas outra vez e estavam mais conscientes dos animais que pareciam emergir das fendas e das sombras da gruta, como se a Mãe os estivesse criando, parindo-os, trazendo-os do outro mundo, do mundo dos espíritos, o Grande Mundo Subterrâneo da Mãe.

Então ouviram um som que provocou um calafrio em todos: o miado de um filhote de leão, que mudou para o som que o leãozinho faz quando chama a mãe, depois as primeiras tentativas de rugido do jovem macho, e finalmente os grunhidos que precediam o rugido completo do leão macho exigindo o que era seu.

— Como ela faz isso? — perguntou a Guardiã. — Parece um leão cumprindo os estágios do crescimento! Como ela sabe?

— Ela criou um leão, cuidou dele enquanto ele crescia, lhe ensinou a caçar com ela... — disse Jondalar — ... e rugiu com ele!

— Ela lhe contou isso? — quis saber a Guardiã, a sombra de dúvida no tom da pergunta.

— Bem, de certa forma. Ele voltou para visitá-la quando eu me recuperava no seu vale, mas não gostou de me ver ali e atacou. Ayla saltou na minha frente, ele se contorceu e estacou. Ela então rolou no chão e o abraçou. Em seguida, montou no seu lombo e o cavalgou com ela faz com Huiin. Mas acho que ele não quis ir aonde ela queria, só aonde ele queria levá-la. No entanto ele a trouxe de volta. Então, depois de eu perguntar, ela me contou.

A história era simples o bastante para ser convincente. A Guardiã balançou a cabeça.

— Acho que devemos acender outras tochas. Deve haver pelo menos mais uma para cada um de nós. Eu ainda tenho algumas lamparinas.

— Acho que devemos continuar com as nossas tochas até sairmos deste corredor — propôs Willamar.

— Acho que você tem razão — concordou Jonokol. E para a Guardiã: — Você poderia segurar a minha?

Jonokol, Jondalar e Willamar literalmente ergueram a Primeira acima dos degraus mais altos, enquanto a Guardiã segurava as tochas para iluminar o caminho. Atirou uma que estava quase apagada numa das lareiras alinhadas com as paredes. Quando chegaram aos cavalos pintados, cada um pegou uma nova tocha. A Guardiã apagou as que estavam parcialmente queimadas e as guardou na mochila que levava às costas. Então eles retomaram a volta ao caminho pelo qual tinham vindo. Ninguém falou muito, só olharam de relance os animais novamente quando passaram. Antes de alcançar a entrada, notaram como a luz chegava ao interior da caverna.

Na entrada, Jonokol estacou.

— Você poderia me levar novamente à grande área naquele outro salão?

— Claro — respondeu a Guardiã sem perguntar por quê. Ela já sabia.

— Eu gostaria de ir com você, Zelandoni da Décima Nona Caverna — pediu Ayla.

— Ótimo. Eu gostaria mesmo que você viesse. Você pode segurar a minha tocha — disse ele com um sorriso.

Fora ela quem encontrara a gruta branca, e ele havia sido o primeiro a quem ela mostrara. Sabia que ele ia pintar naquelas paredes lindas e poderia precisar de ajudantes. Os três voltaram para o segundo salão da Caverna do Urso, enquanto os outros esperaram lá fora. A Guardiã tomou um caminho mais curto e sabia aonde levá-lo, ao lugar onde ele havia olhado quando chegaram àquela parte da caverna. Ele encontrou o recesso oculto, e a antiga concreção que tinha visto antes.

Tomou uma faca de pedra e foi até a estalagmite que tinha uma bacia no topo, e num movimento esculpiu na base a testa, o nariz, a boca, o queixo e a lateral da cara, depois duas linhas mais fortes para a crina e o dorso de um cavalo. Analisou durante um momento, depois esculpiu a cabeça de um segundo cavalo voltado para o lado oposto acima do primeiro. A pedra desse novo cavalo era mais dura de cortar, e a linha da testa não ficou tão precisa, mas ele voltou e cortou os pelos individuais espetados da crina espaçados a intervalos coerentes. Então recuou e observou.

— Eu queria acrescentar isto à gruta, mas não tinha certeza se devia até depois de a Primeira cantar a Canção da Mãe no fundo da caverna — explicou o Zelandoni da Décima Nona Caverna.

— Eu lhe disse que a decisão era da Mãe, e que na hora você saberia. Agora sei. Foi adequado.

— Foi a coisa certa a ser feita — comentou Ayla. — Talvez já seja hora de eu parar de chamá-lo de Jonokol e começar a me referir a você como Zelandoni da Décima Nona.

— Talvez em público, mas entre nós espero ser sempre Jonokol, e você, Ayla.

— Para mim seria ótimo — concordou Ayla, que então se voltou para a Guardiã. — Na minha mente penso no seu nome como Guardiã, como a pessoa que guarda, mas, se não se importar, gostaria de saber o nome com que você nasceu.

— Recebi o nome de Dominica — respondeu ela —, e vou sempre me lembrar de você como Ayla, aconteça o que acontecer, mesmo que se torne a Primeira.

— É pouco provável. Sou uma estrangeira com um sotaque estranho.

— Não importa — replicou Dominica. — Reconhecemos o Primeiro, mesmo que não o conheçamos. E eu gosto de seu sotaque. Acho que ele a destaca, como se espera de Alguém Que É O Primeiro.

Ela então os levou de volta para o exterior da gruta.

Durante aquela noite inteira Ayla pensou na gruta notável. Tanta coisa para ver, absorver, fazia com que desejasse vê-la novamente. Todos discutiam naquela noite o que fazer com Gahaynar, e ela sempre deixava sua mente voltar à gruta. Ele parecia ter se recuperado bem do espancamento. Apesar de levar as cicatrizes pelo resto da vida, parecia não guardar rancor pelas pessoas que o tinham castigado. Na verdade, parecia grato por continuar vivo e pelo cuidado da zelandonia.

Estava consciente do que fizera, mesmo que ninguém mais tivesse; Balderan e os outros morreram por pouco mais. Ele não sabia por que tinha sido poupado, mas, enquanto Balderan tramava matar a mulher estrangeira, ele implorava à Mãe para salvá-lo. Sabia que não tinham como escapar e não queria morrer.

— Ele parece sincero no desejo de fazer reparações — comentou a Zelandoni Primeira. — Talvez por saber que terá de pagar por seus atos, mas parece que a Mãe decidiu poupá-lo.

— Alguém sabe de que Caverna ele vem? — perguntou a Primeira. — Ele tem parentes?

— Sim, tem a mãe — respondeu um dos outros membros da zelandonia. — Não sei de outros parentes, mas acho que ela é muito velha e está perdendo a memória.

— Então esta é a resposta — disse a Primeira. — Ele deve ser enviado de volta para sua Caverna para cuidar da mãe.

— Mas isso não é reparação. É a mãe dele — redarguiu outro Zelandoni.

— Não será necessariamente uma tarefa fácil, se ela continuar a se deteriorar, mas vai aliviar a Caverna da responsabilidade e vai dar a ele uma coisa importante para fazer. Não acho que seja uma coisa que ele planejasse enquanto estava com Balderan, roubando o que quisesse sem ter de trabalhar. Terá de se esforçar, terá de caçar para si, ou pelo menos ajudar na caça comunitária com sua Caverna, e ajudar pessoalmente sua mãe com tudo que ela precisar.

— Não creio que cuidar de uma mulher velha seja algo que um homem goste de fazer — disse o outro Zelandoni —, mesmo que ela seja sua mãe.

Ayla ouvia distraída, mas entendeu o essencial e pensou que era um bom plano. Voltou a pensar no Mais Antigo Local Sagrado. Finalmente decidiu que voltaria à caverna nos dias seguintes, sozinha, ou talvez na companhia de Lobo.

Tarde na manhã do dia seguinte, Ayla pediu a Levela se ela podia cuidar de Jonayla mais uma vez e também ver como a carne secava, pois havia estendido mais uma carga de carne de bisão. Aquela lhe pareceu uma boa oportunidade de satisfazer seu desejo de rever o Mais Antigo Local Sagrado.

— Vou levar Lobo e voltar à gruta. Só queria revê-la mais uma vez antes de partir. Quem pode saber quando voltaremos aqui, se é que um dia voltaremos.

Preparou várias tochas e algumas lamparinas de pedra, além de alguns pavios de líquen e pedaços de intestino amarrados cheios de gordura, que colocou numa bolsa de couro de duas camadas. Verificou os instrumentos de fazer fogo, para se certificar de que estava levando os materiais certos: pedras para faísca, isca de iniciar fogo, material combustível e pedaços maiores de madeira. Encheu o odre e colocou na bolsa um copo para si e uma tigela para Lobo beber. Pegou também sua bolsa de remédios com alguns sachês de chá — embora achasse que não ia fazer infusões no interior da gruta —, uma boa faca, roupas quentes para usar no interior da caverna, mas deixou de fora a proteção para os pés. Já se acostumara a andar descalça e os peitos dos seus pés eram quase tão duros quanto cascos.

Assoviou para chamar Lobo e tomou o caminho da caverna. Ao chegar à grande entrada, olhou o canto protegido. Não havia fogo na lareira e, quando olhou dentro da estrutura de dormir, viu que estava vazia. A Guardiã não estava lá naquele dia. Era informada dos dias em que haveria visitas ao Mais Antigo Local Sagrado, e Ayla decidiu ir sem combinar nada.

Acendeu uma pequena fogueira na lareira e iluminou uma tocha. Em seguida, segurando-a bem alto, entrou, fazendo um sinal para Lobo segui-la. Mais uma vez ela teve consciência do tamanho da gruta e da natureza desordenada dos primeiros salões. Colunas caídas do teto e deitadas, enormes blocos, pedras tombadas e entulho se espalhavam pelo chão. A luz penetrava na caverna até longe da entrada. Ela tomou o caminho que tinham percorrido da outra vez, para a esquerda e à frente até o enorme salão onde os ursos espojavam. Lobo continuou ao seu lado.

Ela se manteve no lado direito do caminho, sabendo que, com exceção do grande salão à direita, que planejava visitar na volta, não haveria muita coisa a ver antes de passar a metade da caverna. Não planejava ficar muito tempo lá dentro, nem tentar ver tudo novamente, apenas algumas coisas determinadas. Avançou pela câmara com as depressões dos ursos e seguiu junto da parede direita até chegar ao salão seguinte, então procurou a grossa lâmina de pedra que descia do teto.

Lá estava, tal como lembrava, pintado de vermelho, o leopardo com a longa cauda e o urso-hiena. Seria uma hiena ou seria um urso? Sim, a forma da cabeça lhe dava a aparência de um urso-das-cavernas, mas o focinho era mais longo e o tufo no alto da cabeça com um traço de juba lembrava o pelo duro da hiena. Nenhum dos outros ursos naquela caverna tinha aquela forma esbelta de pernas longas, bastava olhar o segundo urso pintado acima dela! Não sei o que o artista pretendia dizer com esta pintura, pensou ela, mas me parece ser a pintura de uma hiena, ainda que seja a única hiena que eu já vi pintada numa gruta. Mas também nunca vi um leopardo. Aqui há um urso, um leopardo e uma hiena, todos animais fortes e perigosos. O que os Contadores de Histórias diriam desta cena?

Ayla passou pela próxima série de imagens, olhando sem parar. Possíveis insetos, uma fila de rinocerontes, leões, cavalo, mamute, sinais, pontos, marcas de mão. Sorriu do desenho vermelho de um urso pequeno, muito parecido com os outros, mas menor. Lembrou-se de que naquele ponto da caverna, a Guardiã virou para a esquerda e continuou a seguir a parede direita. O espaço seguinte tinha evidências de ursos-das-cavernas, e o piso era cerca de 1,5 metro mais baixo, o que conduzia ao salão seguinte, o que tinha um enorme buraco no meio.

Era o salão em que todos os desenhos e entalhes eram brancos por causa das superfícies brancas cobertas de vermiculita. De todos os entalhes brancos, notou particularmente os rinocerontes que saíam de uma fenda na parede e parou para olhar. Por que os Ancestrais pintavam esses animais nas paredes dentro das cavernas? Por que Jonokol quis esculpir dois cavalos naquele salão perto da entrada da gruta? Quando os esculpiu, a mente dele não estava longe como a dos integrantes da zelandonia que beberam o chá naquele Local Sagrado da Sétima Caverna dos Zelandonii das Terras do Sul. Os artistas provavelmente não teriam sido capazes de criar imagens tão notáveis se sua mente estivesse longe. Tinham de se concentrar no que faziam.

Fizeram aquelas obras para si ou para os outros apreciarem? E que outros? As outras pessoas da Caverna ou para outros Zelandoni? Alguns dos salões maiores em algumas grutas poderiam acomodar muitas pessoas, e, às vezes, se faziam cerimônias neles, mas muitas imagens foram feitas em grutas pequenas ou espaços exíguos das grutas maiores. Estariam eles procurando alguma coisa no mundo dos espíritos? Talvez um espírito animal que fosse seu, como o totem do leão dela, ou um espírito animal que os levasse mais perto da Mãe? Sempre que tentava perguntar à Zelandoni, nunca recebia uma resposta satisfatória. Aquela era uma resposta que ela teria de descobrir por si só?

Lobo continuava perto dela, junto à parede que vinha seguindo. Ela trazia a única luz em todo negrume daquela gruta; embora seus outros sentidos lhe dessem mais informações sobre o ambiente que a tocha, ele também gostava de ver.

Ela descobriu que tinham chegado à seção seguinte da caverna pela redução sensível da altura do teto. Havia ali mais mamutes, bisões e renas nas paredes e nas pedras pendentes, alguns em entalhe branco, alguns numa área desenhados em preto. Era o salão com o crânio do urso sobre a pedra de topo horizontal. Ayla foi até ela para vê-lo outra vez. Antes de continuar, ficou ali um pouco, pensando em Creb e no Clã. Uma espécie de mezanino de argila cinza parecia contornar a câmara, e Ayla subiu por ela para chegar ao último salão, o que a Primeira não visitou. Notou traços de patas de urso na argila, que ela não tinha visto na primeira visita. Dois degraus altos a levaram ao espaço seguinte.

Viu-se no meio do salão; o teto era baixo demais para caminhar pelos lados. Decidiu que era tempo de acender outra tocha, depois apagou no teto baixo o resto de fogo da primeira. Após se certificar de que o fogo tinha apagado, recolocou o que sobrou da primeira tocha na bolsa. Teve de se curvar para continuar seguindo o caminho natural. Na base do pendente, notou uma fila horizontal de sete pequenos pontos vermelhos ao lado de uma série de pontos pretos. Finalmente, depois de 12 metros ela conseguiu ficar novamente de pé.

Viu várias outras marcas de tochas; outras pessoas tinham evidentemente usado aquela área para limpá-las. No fundo, o teto se inclinava para o chão, coberto com uma fina camada amarela de pedra lisa que tinha se quebrado em vermiculações — pequenas linhas onduladas como vermes. Sobre aquela superfície inclinada o contorno simples de um cavalo havia sido desenhado usando principalmente dois dedos. Dada a forma como a parede se inclinava, foi muito difícil para o artista desenhar, exigindo que sua cabeça se inclinasse para trás o tempo todo, sem nunca ter uma visão geral enquanto trabalhava no desenho, que era ligeiramente desproporcional, mas era o último desenho na caverna. Notou alguns mamutes que também tinham sido desenhados no teto inclinado.

Ayla detectou um odor e olhou em volta. Então percebeu que Lobo tinha se aliviado. Sorriu. Não tinha como evitar. Quando se voltou para retornar, perguntou-se se havia uma saída da caverna por aquele ponto, mas foi apenas um pensamento aleatório, não ia procurá-la. Ao caminhar perto da parede, ela sentiu os pés afundarem na argila mole. Lobo a seguiu e também andou na mesma argila. Depois de sair do último salão subindo alguns degraus, a parede que antes ficava à sua direita estava à sua esquerda. Passou pelo painel de mamutes raspados e chegou a uma das seções que desejava ansiosamente rever: os cavalos pintados em preto.

Daquela vez, examinou a parede com mais cuidado. Viu que a camada marrom macia havia sido raspada para expor o calcário branco debaixo, que incluía a maioria dos entalhes anteriores de um rinoceronte e um mamute. O colorido preto fora feito com carvão, mas dada a forma como o artista o usara, alguns lugares eram mais escuros e outros mais claros para tornar mais vivos os cavalos e outros animais. Embora os cavalos fossem o que a havia atraído, não eram os primeiros animais do painel. Os auroques ocupavam esse lugar. E os leões dentro do nicho a fizeram sorrir outra vez. Aquela fêmea não estava definitivamente interessada naquele jovem macho. Estava sentada e não dava a mínima.

Ayla seguiu lentamente ao longo da parede pintada até chegar à entrada da longa galeria que conduzia ao último salão de pinturas. Viu o alce gigantesco pintado no alto à direita. Era também ali que as lareiras para fazer carvão se alinhavam ao longo da parede. O caminho começou a descer. Quando chegou ao último degrau e alcançou o último salão, passou a caminhar ainda mais devagar. Amou os leões, talvez porque fossem seu totem, mas aqueles eram mesmo muito reais. Chegou ao final e examinou o último pendente, o que lembrava o órgão masculino. Tinha uma vulva feminina pintada sobre ele, com pernas humanas, e era parte bisão, parte leão. Teve certeza de que também ali alguém queria contar uma história. Finalmente, virou-se e retornou e, ao chegar ao início da câmara, parou e olhou em volta.

Queria sair com uma lembrança, como a Primeira tinha cantado para a gruta. Não cantava, mas sorriu quando pensou no que poderia fazer. Podia rugir como tinha feito na primeira visita. Como faziam os leões, ela começou o ronronar de preparação para o rugido. Quando finalmente o soltou, foi o melhor rugido que podia fazer; Lobo chegou mesmo a se encolher.

Tinham planejado partir bem cedo, mas Amelana entrou em trabalho de parto no início da manhã. Por isso, é claro, a zelandonia visitante não poderia partir. À noite, Amelana teve um menino saudável, e depois a mãe dela ofereceu uma refeição comemorativa. Só partiram na manhã seguinte, e então a despedida foi bem anticlimática.

Mais uma vez, a composição do grupo de viajantes tinha mudado. Depois da partida de Kimeran, Beladora e os filhos, e sem a companhia de Amelana, eram 11 e tiveram de se organizar de outra forma. Tendo apenas Jonlevan, um ano mais novo, com quem brincar, Jonayla tinha saudade dos amigos. Jondecam sentia falta de Kimeran, seu tio que era mais como um irmão, e só então se deu conta do quanto eles se compreendiam quando trabalhavam juntos. Ficou triste ao pensar que talvez nunca mais o visse novamente. As únicas mulheres eram Ayla, Levela e a Primeira, e sentiam falta de Beladora, e das palhaçadas de Amelana. Só depois de algum tempo conseguiram estabelecer novamente uma rotina de viagem.

Seguiram rio abaixo, e, quando ele se juntou ao rio maior, continuaram a segui-lo em direção ao sul. Viram a grande extensão do Mar do Sul um dia antes de chegarem a ele, mas o panorama ofereceu uma visão de mais que uma vasta extensão de água. Viram rebanhos de renas e megáceros, uma multidão matriarcal de mamutes peludos com seus filhotes de todas as idades, e uma coleção de rinocerontes peludos. Havia também o início da união de vários ungulados, como auroques e bisões, na preparação para o outono, quando bandos de milhares se reuniam para lutas e acasalamento. Os cavalos procuravam seus pastos de inverno. Uma brisa fria soprava do mar, o Mar do Sul era um mar frio, e ao olhar a massa de água fria Ayla percebeu que logo veria a mudança de estação.

Encontraram os comerciantes de quem Conardi tinha falado, além do próprio Conardi, que fez as apresentações. Logo se descobriu que as cestas de Ayla eram um objeto de desejo. Para pessoas que viajavam levando coisas, como faziam os comerciantes, recipientes bem-feitos eram uma necessidade. Ayla passou a primeira noite no acampamento fazendo mais cestas. As pontas de pedra de Jondalar também foram apreciadas. A habilidade e a experiência de Willamar foram importantes. Ele os organizou num bloco de comércio, inclusive Conardi.

Oferecia combinações de coisas, geralmente para mais de uma pessoa, como um suprimento de carne seca e uma cesta para carregá-la. Adquiriu muitas conchas para fazer colares e ficou feliz por ter algumas das cestas de Ayla para guardá-las. Adquiriu também sal para Ayla e um colar para Marthona, feito por um dos catadores de conchas, além de outras coisas que não falava a ninguém.

Quando terminaram as trocas, iniciaram a viagem de volta. Viajavam mais depressa que na vinda, pois já conheciam o caminho e não paravam para visitas nem para ver grutas pintadas. E as mudanças do tempo os obrigavam a andar depressa. Já possuíam um bom estoque de provisões e não precisavam caçar com tanta frequência. Fizeram outra visita a Camora, que ficou muito desapontada ao saber que Kimeran tinha mudado seus planos e ia ficar com o povo de sua companheira. Ela e Jondecam falaram dele como se tivesse morrido, até que a Primeira lembrou aos dois que ele planejava voltar.

Tiveram que esperar novamente quando chegaram ao Rio Grande, por causa de uma tempestade que havia tornado a travessia difícil, até que tudo se acalmou. Foi um período de ansiedade porque não queriam ficar presos no lado errado do rio durante a estação. Finalmente, o tempo clareou, e eles fizeram a travessia, que, apesar da melhoria, ainda foi difícil. Quando entraram no Rio, mal podiam esperar. Tiveram de caminhar rio acima, pois não havia balsas e, de qualquer forma, teria sido exaustivo remar contra o curso.

Quando finalmente viram o enorme abrigo de pedra que era a Nona Caverna, prepararam-se para romper numa corrida, mas não foi necessário. Guardas foram colocados para esperá-los, e uma fogueira foi acesa ao serem avistados. Praticamente toda a comunidade das Cavernas apareceu para recebê-los de volta.

Parte Três

29

Ayla subiu a trilha íngreme até o topo do desfiladeiro. Levava uma carga de lenha presa numa faixa que lhe passava pela testa e a deixou ao lado de uma coluna de basalto que parecia sair num ângulo precário do desfiladeiro de calcário. Parou para apreciar o panorama. Mesmo depois de observá-lo tantas vezes ao marcar as auroras e os poentes da lua e do sol, aquela vista nunca deixava de emocioná-la. Viu o Rio correr em curvas sinuosas do norte para o sul. Nuvens escuras abraçavam os picos das colinas do outro lado do Rio, a leste, tornando seu perfil indistinto. Ficariam mais claros à alvorada próxima, quando ela teria de observar onde o sol nascia para comparar com a observação do dia anterior.

Voltou-se para o outro lado. O sol cegante descia para o horizonte; logo chegaria a hora do poente, e as nuvens gordas pintadas de rosa prometiam um grande espetáculo. Seus olhos continuaram o movimento para o horizonte. Sentiu uma ponta de tristeza ao notar que a vista para o oeste estava clara. Não teria desculpa para não voltar ao topo naquela noite, pensou, enquanto voltava para a Nona Caverna.

Quando chegou à sua moradia sob o abrigo de calcário, estava fria e vazia. Jondalar e Jonayla devem ter ido à casa de Proleva para o jantar, pensou, ou talvez à de Marthona. Ficou tentada a ir procurá-los, mas por que, se teria de sair?

Encontrou isca para fogo e pederneira perto da lareira e fez fogo. Quando estava alto, colocou algumas pedras de cozinhar e então examinou o odre e ficou feliz por ele estar cheio. Deitou um pouco de água numa tigela de cozinhar de madeira para fazer um chá. Procurou e encontrou um resto de sopa fria numa cesta de nó bem apertado revestida de argila do rio para torná-la ainda mais impermeável para guardar ou cozinhar alimentos, o que as mulheres só tinham começado a fazer em anos recentes. Com uma concha feita de chifre de íbex, raspou o conteúdo do fundo e com os dedos pescou alguns pedaços de carne fria e uma raiz encharcada, depois levou a vasilha para perto do fogo, e com pinças curvas colocou algumas brasas em volta dela. Acrescentou mais alguns gravetos ao fogo e então se sentou com as pernas cruzadas numa almofada baixa enquanto esperava as pedras esquentarem para ferver a água e fechou os olhos.

Estava cansada. O último ano tinha sido particularmente difícil para ela, por ter de passar a noite acordada. Às vezes, sentada, quase caía no sono, mas acordava sobressaltada quando a cabeça descaía.

Com os dedos, lançou algumas gotas de água nas pedras de cozinhar, observou-as desaparecer com um chiado e um jato de vapor. Depois, usando as pinças de madeira com as pontas queimadas, pegou uma pedra no fogo e a jogou na vasilha de água. Colocou uma segunda pedra quando a água ficou calma e mergulhou o dedo para testar a temperatura. Estava quente, mas não tanto quanto gostaria. Colocou uma terceira pedra no fogo e esperou até a água se acalmar, e então encheu um copo grande de água fervendo e jogou algumas pitadas de folhas secas de uma fileira de cestas cobertas numa prateleira perto da lareira, colocou no chão o copo de nós apertados e esperou a infusão ficar pronta.

Examinou uma bolsa pendurada num pino preso num poste estrutural. Nela havia duas seções de galhada de megácero e um buril de pedra que ela usava para fazer marcas nas peças cortadas da galhada de um alce gigante. Verificou se o instrumento ainda estava afiado; com o uso as pontas se lascavam. A ponta oposta fora fixada num cabo feito de uma seção de galhada de corça, amolecida com água quente e endurecida depois de secar. Numa peça retirada de uma galhada, vinha registrando os poentes do sol e da lua, e numa segunda peça, fazia marcas para mostrar o número de dias entre uma lua cheia e a seguinte, onde indicava entre as marcas, além da lua cheia, a ausência de lua, e os meios discos opostos. Prendeu a bolsa no cinto e deitou com uma concha um pouco de sopa numa tigela de madeira e bebeu, parando apenas para mastigar os pedaços de carne.

Buscou no quarto de dormir um casaco revestido de pele com capuz e o jogou sobre os ombros — as noites eram frias mesmo no verão —, pegou o copo de chá quente e saiu da casa. Foi novamente até a trilha no fundo do abrigo, logo depois da saliência, e começou a subir, perguntando-se onde estaria Lobo. Ele era geralmente sua única companhia nas longas noites de vigília, deitado no chão aos seus pés, enquanto ela se sentava no alto do desfiladeiro enrolada em roupas quentes.

Quando chegou a uma encruzilhada na trilha, ela tomou um gole ligeiro de chá, pôs o copo no chão e correu até as valas. Apesar de serem deslocadas ligeiramente a cada ano, estavam sempre na mesma área. Ela se aliviou rapidamente, voltou à trilha, pegou o copo e tomou a outra perna da encruzilhada, a trilha íngreme e estreita que levava ao topo do desfiladeiro.

Não muito longe da estranha pedra profundamente arraigada no alto da superfície do desfiladeiro, havia o formato circular preto de uma lareira cheia de carvão dentro de um anel de pedras, e algumas pedras de rio boas para cozinhar. Logo depois de um afloramento natural de pedras, uma depressão havia sido escavada no calcário ao lado da coluna. Um grande painel de capim seco, tecido de forma que a chuva corresse por cima das fileiras superpostas, se apoiava na pedra. Sob ele havia algumas tigelas, inclusive uma de cozinhar, e uma sacola de couro cheia de coisas variadas, como uma faca de pedra, alguns pacotes de chá, um pouco de carne-seca. Ao lado havia um tapete de pele enrolado, e dentro dele um pacote de couro com materiais para fazer fogo, uma lamparina de pedra rústica e alguns pavios de tochas.

Ayla pôs de lado o pacote, pois não ia acender o fogo antes que a lua nascesse. Abriu o tapete de pele e se acomodou no lugar de sempre, usando a coluna como encosto e dando as costas para o Rio a fim de observar o horizonte a oeste. Retirou da bolsa as placas de galhada e o buril de pedra e examinou com cuidado o registro do ocaso que tinha feito até então, e novamente para a paisagem a oeste.

Ontem à noite ele se pôs logo à esquerda daquele morro pequeno, disse aos seus botões, apertando os olhos para protegê-los dos longos raios reluzentes do sol. A luz brilhante e quente passava por uma névoa de pó perto do chão, reduzindo a incandescência causticante a um disco vermelho. As duas esferas celestiais eram perfeitamente circulares, os únicos círculos perfeitos no ambiente. Com a aura, era mais fácil ver o sol e determinar o ponto exato em que se punha em relação à linha montanhosa do horizonte. À luz mortiça, ela fez uma marca na placa.

Ela então se virou para o leste, para o outro lado do Rio. As primeiras estrelas já apareciam no céu que escurecia. Sabia que logo a lua mostraria a cara, embora às vezes ela surgisse antes do pôr do sol, e às vezes ela mostrava a cara mais branca contra o azul do céu durante o dia. Já vinha observando o sol e a lua se levantando e se pondo por quase um ano e, ainda que detestasse a separação de Jondalar e Jonayla, determinada pela observação dos corpos celestes, estava fascinada pelo conhecimento que adquiria. Mas naquela noite ela se sentia inquieta. Queria voltar para casa, deitar-se entre as peles com Jondalar, abraçar-se a ele, ser tocada e sentir o que só ele era capaz de provocar. Levantou-se e tornou a se sentar, buscando uma posição mais confortável, tentando se preparar para a noite longa e solitária que a esperava.

Para passar o tempo e se manter acordada, ela se concentrou na repetição em voz baixa dos muitos cantos e longas histórias e lendas, geralmente em rima, que estava decorando. Apesar de ter uma memória excelente, eram muitas informações a aprender. Não tinha voz para música e não tentava cantá-las como faziam muitos membros da zelandonia, mas a Zelandoni tinha lhe dito que não era necessário saber cantar, desde que ela soubesse as palavras e seu significado. O lobo parecia gostar do som de sua voz num sussurro monótono enquanto dormia ao seu lado, mas nem mesmo ele a acompanhava naquela noite.

Decidiu recitar uma das histórias, que falava dos tempos passados, uma história particularmente difícil para ela. Era uma das primeiras referências àqueles que os Zelandonii chamavam Cabeças Chatas, a quem ela chamava de o Clã, mas sua mente se desgarrava. Era uma história cheia de nomes que não eram familiares, acontecimentos que não tinham significado para ela e conceitos que não entendia bem ou, talvez, com que não concordava. Sua mente sempre voltava às suas próprias lembranças, sua própria história, os primeiros dias da vida com o Clã. Talvez fosse melhor passar para uma lenda. Eram mais fáceis. Geralmente contavam histórias engraçadas ou tristes, que explicavam ou exemplificavam costumes e comportamentos.

Ouviu um som leve, uma respiração ofegante, e viu Lobo saindo da trilha para se juntar a ela, obviamente feliz por vê-la. Ela sentia o mesmo.

— Olá, Lobo — cumprimentou ela, alisando o pelo áspero em volta de seu pescoço, sorrindo enquanto segurava a cabeça do animal e olhava dentro de seus olhos. — Estou feliz por vê-lo. Hoje eu preciso de companhia. — Ele lambeu-lhe o rosto e tomou-lhe ternamente o queixo dela entre os dentes. Quando soltou, ela também tomou o focinho peludo entre seus dentes durante um momento. — Acho que você também está feliz por me ver. Jondalar e Jonayla já devem ter voltado, e ela já está dormindo. Minha mente se acalma quando se lembra de que você cuida dela, Lobo, quando eu não posso estar presente.

O lobo se colocou aos pés da mulher e ela se enrolou mais no casaco, acomodando-se para esperar a lua nascer, e tentou se concentrar na lenda de um dos Zelandonii ancestrais, mas acabou por se lembrar da época em que quase perdeu Lobo durante a Jornada. Estavam fazendo uma travessia perigosa de um rio inundado e se separaram dele. Lembrava-se de tê-lo procurado, molhada e com frio e quase louca de medo de tê-lo perdido. Sentiu outra vez aquele pavor terrível quando o encontrou desmaiado e pensou que estivesse morto. Jondalar encontrou os dois, e, embora também estivesse molhado e com frio, fez de tudo. Ela estava tão cansada e com frio que se sentia totalmente inerte. Ele ergueu um abrigo, levou para dentro ela e o lobo quase afogado, cuidou dos cavalos, cuidou de todos.

Forçou a mente a voltar ao presente, sentindo necessidade de Jondalar. Quem sabe as palavras de contar, pensou. Começou a recitá-las — um, dois, três, quatro — e se lembrou da alegria quando Jondalar as explicou pela primeira vez. Entendeu imediatamente o conceito abstrato, contando coisas que via na caverna: tinha um lugar para dormir; um, dois cavalos; um, dois... Os olhos de Jondalar são tão azuis.

Preciso parar com isso, pensou. Ayla se levantou e foi até a coluna de pedra que parecia se equilibrar tão precariamente perto da borda. Ainda assim, no verão anterior, quando vários homens tentaram derrubá-la, pensando que pudesse representar um perigo, ela não se moveu. Era a pedra que tinha visto de baixo no dia em que ela e Jondalar chegaram, a que desenhava um contorno nítido contra o céu. Lembrava-se claramente de tê-la visto antes daquele dia num sonho.

Estendeu o braço e pôs a mão perto da base da grande pedra e, de repente, arrancou-a. Seus dedos pareciam formigar onde havia tocado a pedra. Quando a olhou novamente, à luz suave da lua, a pedra parecia ter se movido levemente, se inclinado um pouco mais para a beirada e... não estaria brilhando? Recuou olhando para a pedra peculiar. Estou imaginando coisas, pensou. Fechou os olhos e balançou a cabeça. Quando os abriu, a pedra era como qualquer outra pedra. Estendeu novamente o braço para tocá-la. Sentiu uma pedra, mas, enquanto sua mão tocava a pedra áspera, pensou sentir novamente um formigamento.

— Lobo, acho que esta noite o céu pode passar sem mim. Estou começando a ver coisas que não existem. E veja: a lua já surgiu e eu perdi a hora de seu levante! Não estou fazendo nada que preste hoje.

Pensou em acender uma tocha, mas decidiu que não valia a pena o esforço de acender o fogo, pois a lua estava muito clara. Tomou cuidadosamente o caminho de volta sob a luz da lua e das estrelas, com Lobo à sua frente. Olhou mais uma vez para a rocha atrás de si. Ainda parece brilhar, pensou. Talvez eu tenha olhado muito para o sol. Zelandoni me avisou para ter cuidado.

Dentro estava muito mais escuro, porém ela conseguia ver pelo reflexo no teto do abrigo de uma grande fogueira comunitária acendida anteriormente e que ainda queimava. Ayla entrou em silêncio na morada. Todos pareciam dormir, mas uma pequena lamparina dava uma luz fraca. Geralmente acendiam uma para Jonayla. Ela demorava mais a dormir quando a escuridão era total. O pavio de líquen encharcado de gordura derretida queimava lentamente e atendia bem a Ayla quando ela voltava tarde da noite. Olhou o quarto onde Jondalar dormia. Jonayla tinha ido para a cama com ele. Ela sorriu para os dois e foi para a cama de Jonayla para não perturbá-los. Então parou, balançou a cabeça e voltou para a cama dos dois.

— É você, Ayla? — perguntou Jondalar sonolento. — Já é de manhã?

— Não, Jondalar. Hoje eu voltei mais cedo — respondeu, enquanto pegava a criança e a punha na própria cama.

Cobriu a filha e lhe deu um beijo, então voltou para a cama que dividia com Jondalar. Quando chegou, Jondalar estava acordado, apoiado sobre um cotovelo.

— Por que você resolveu voltar mais cedo?

— Não consegui me concentrar. — Sorriu sensual, despiu as roupas e se deitou ao lado dele. A cama ainda guardava o calor da filha. — Você se lembra de ter me dito que sempre que eu quisesse você, tudo que tinha de fazer era isto? — indagou e lhe deu um beijo amoroso.

Ele não hesitou.

— Ainda é verdade — respondeu, a voz áspera de desejo.

As noites tinham sido longas e solitárias também para ele. Jonayla era uma graça e aconchegante, e ele a amava, mas ainda era uma criança e filha de sua companheira, não a sua companheira. Não era a mulher que excitava sua paixão e que, até recentemente, tinha-o satisfeito tão bem.

Abraçou-a faminto, beijou-lhe a boca, o pescoço e seu corpo com ardor carente. Ela também estava faminta, igualmente ardente, e abraçou o corpo dele com uma necessidade quase desesperada. Ele a beijou outra vez, lentamente. Sentiu com a língua o interior da boca, depois desceu para o pescoço e buscou os seios com as mãos, tomando o mamilo na boca. Ela sentiu o corpo percorrido por deliciosos choques de prazer. Muito tempo tinha se passado desde a última vez em que exploraram o Dom do Prazer dado pela Mãe.

Jondalar sugou um mamilo, depois o outro, acariciou os seios. Ela tinha sensações que chegavam até o fundo do lugar que ansiava por ele. Ele pôs a mão sobre sua barriga e massageou-a suavemente. Havia uma suavidade que ele adorava, uma redondeza que a fazia mais feminina, se isso fosse possível. Ayla sentiu que se derretia num poço de prazer, quando a mão dele chegou ao pelo macio do seu monte e colocou um dedo sobre a fenda, e começou a desenhar círculos lá dentro. Quando ele chegou ao ponto que enviava raios de tremor pelo corpo inteiro, ela gemeu e arqueou as costas.

Ele desceu o corpo, encontrou a entrada de sua caverna úmida e quente e tocou lá dentro. Ela afastou as pernas para lhe abrir caminho. Jondalar se levantou e se colocou entre elas, abaixou-se e sentiu o gosto. O gosto que ele conhecia, o gosto da Ayla que amava. Com as duas mãos, separou as pétalas e as lambeu com a língua quente, explorou todos os vãos e frestas até encontrar o nódulo que tinha se endurecido. Ela sentiu todos os movimentos como uma deliciosa explosão de fogo enquanto o desejo crescia. Não tinha mais consciência de nada, só de Jondalar e do surto crescente de Prazer delicioso que ele a fazia sentir.

Sua virilidade tinha inchado completamente e lutava para se aliviar. A respiração dela se apressou, cada hausto acompanhado de um gemido, até que de repente ela chegou ao clímax e sentiu-se encher e transbordar. Ele sentiu sua umidade, recuou e entrou nas suas profundezas e mergulhou fundo. Ela estava pronta para ele e arqueou o corpo para recebê-lo. Quando sentiu seu membro deslizar naquele poço quente e pronto, gemeu com o Prazer. Tanto tempo passado, ou pelo menos era o que ele sentia.

Ayla recebeu-o por inteiro. Quando sentiu todo o calor dela, ele experimentou de repente uma grande gratidão por a Mãe o ter conduzido até ela, por ter achado aquela mulher. Tinha quase se esquecido de como se ajustavam perfeitamente. Deleitou-se nela, mergulhando e mergulhando novamente. Ela se deu inteira, exultando nas sensações que ele a fazia sentir. De repente, quase cedo demais, sentiram a chegada do Prazer. Veio com uma liberação vulcânica e os envolveu. Eles o contiveram e depois relaxaram.

Depois descansaram, mas o desejo guloso de um pelo outro não estava saciado. Amaram-se outra vez, langorosamente, desfrutando cada toque, cada carícia, até não resistirem mais e chegarem novamente ao clímax com uma explosão de energia ansiosa. Ayla percebeu um risco de luz da manhã através de uma cortina quando se estendeu nas peles quentes ao lado de Jondalar. Estava mais que satisfeita. Sentia-se luxuriantemente saciada. Olhou Jondalar. Seus olhos estavam fechados, um sorriso tranquilo e feliz no rosto. Ela fechou os olhos. Por que tinha demorado tanto? Tentou se lembrar de quanto tempo. De repente, seus olhos se abriram. Suas ervas! Quando fora a última vez em que tomara suas ervas? Não tivera de se preocupar com isso enquanto estava amamentando, sabia que engravidar era improvável, mas Jonayla fora desmamada havia já alguns anos. Fazer o chá de suas ervas contraceptivas tinha se tornado um hábito, mas nos últimos tempos ela não fora tão cuidadosa. Já havia esquecido algumas vezes, mas estava convencida de que uma nova vida não ia começar sem um homem, e como ela estava passando as noites no desfiladeiro, não tinha trocado Prazeres com Jondalar com a mesma frequência.

Uma acólita em treinamento, seu aprendizado fora trabalhoso, exigindo períodos de jejum, privação de sono e outras restrições de atividades, além de abrir mão dos Prazeres durante algum tempo. Por quase um ano, ela passava as noites acordada para observar o movimento dos objetos celestes. Mas o treinamento rigoroso estava quase no fim. O ano passado estudando o céu logo estaria terminado, no Dia Longo de Verão, e então ela seria considerada para aceitação como uma acólita completa. Já era uma curadora consumada, ou o processo teria sido muito mais demorado, apesar de ela nunca parar de aprender.

Depois, poderia se tornar Zelandoni, embora não soubesse exatamente como. Tinha de ser "chamada", um processo misterioso que ninguém poderia lhe explicar, mas a que todo Zelandoni tinha se submetido. Quando um acólito alegava um "chamado", o donier potencial seria submetido a um interrogatório pelo outro Zelandoni que aceitaria ou rejeitaria a alegação. Se fosse aceito, teria de ser encontrado um lugar para o novo Aquele Que Serve À Mãe, geralmente como assistente de outro Zelandoni. Caso fosse rejeitado, o acólito continuaria acólito, mas teria uma explicação para que o próximo "chamado" fosse mais bem-compreendido. Alguns acólitos nunca chegavam à condição de Zelandoni e continuavam felizes assim, mas quase todos esperavam ser chamados.

Antes de dormir, pensou nos Prazeres. Ela era a única que estava convencida que eles eram o início de uma nova vida dentro de uma mulher. Se estivesse grávida, provavelmente estaria ocupada demais com o novo bebê para pensar no "chamado". Bem, o tempo dirá, o que está feito está feito, não há razão para me preocupar se estou grávida ou não. E seria tão ruim ter outro filho? Um bebê seria muito bom, pensou. Fechou os olhos e relaxou, e então caiu num sono satisfeito.

*

Foi uma das crianças quem primeiro notou o sinal de fumaça da Terceira Caverna e o mostrou para a mãe. Ela o indicou ao vizinho, e os dois correram para a casa de Joharran. Antes de chegarem, vários outros também já o tinham visto. Proleva e Ayla acabavam de sair quando a multidão chegou. Olharam para cima, surpresas.

— Fumaça da Pedra dos Dois Rios — disse uma delas.

— Sinal da Terceira — acrescentou outra ao mesmo tempo.

Joharran estava atrás da companheira. Foi até a borda da soleira de pedra.

— Vão enviar um corredor.

O corredor chegou pouco depois, levemente ofegante.

— Visitantes! Da Vigésima Quarta Caverna dos Zelandonii do Sul, inclusive a Zelandoni primária. Vieram para nossa Reunião de Verão, mas queriam antes visitar algumas Cavernas pelo caminho.

— Vieram de muito longe — comentou Joharran. — Vão precisar de um lugar para se hospedar.

— Vou avisar à Primeira — disse Ayla.

Mas neste ano eu não vou com os outros, pensou, enquanto se dirigia à morada da Zelandoni. Tenho de esperar o Dia Longo de Verão. Estava um pouco desapontada. Espero que os visitantes possam ficar bastante tempo na Reunião, mas, se vieram de muito longe, talvez tenham de partir bem cedo para chegar em casa antes do inverno. Seria uma pena.

— Vou examinar a área grande do outro lado — disse Proleva.

— Vai ser um bom lugar para eles ficarem, mas vão precisar no mínimo de água e lenha. Quantos são?

— Talvez o mesmo número de uma Caverna pequena — respondeu o corredor.

Então seriam mais ou menos trinta, talvez mais, pensou Ayla, usando mentalmente as técnicas especiais que tinha aprendido durante o treinamento para contar números grandes. Contar com os dedos e as mãos era mais complicado que as palavras de contar simples, se a pessoa soubesse como fazer, mas, como em tantas coisas relacionadas à zelandonia, era ainda mais complexo. Podia ser uma coisa inteiramente diferente. Todos os sinais tinham mais que um único significado.

Depois de contar à Primeira, Ayla foi com Proleva até o outro lado da grande soleira levando mais lenha. Adquirir e fornecer combustível para o fogo era uma tarefa que exigia atenção e esforço constantes. Todos, inclusive as crianças, juntavam tudo que fosse possível queimar: lenha, arbustos, capim, dejeto seco de herbívoros e a gordura de todo animal que caçassem, inclusive algum carnívoro. Para viver em ambientes frios, o fogo era indispensável para calor e luz, sem falar no seu uso na cozinha, para tornar o alimento mais fácil de mastigar e mais digestível. Embora se usasse um pouco de gordura na cozinha, ela era geralmente utilizada para o fogo que fornecia luz. Mantê-lo aceso era uma tarefa difícil, mas essencial para manter a vida dos onívoros tropicais de duas pernas que tinham evoluído nos climas mais quentes e se espalharam pelo restante do mundo.

— Aí está você, Ayla! Pensei em dar aos visitantes o lugar ao lado do regato que separa a Nona Caverna do Rio Baixo, mas também pensei nos cavalos. Eles estão tão próximos da área onde devem ficar os visitantes; você não acha que seria melhor achar outro lugar para eles? Os visitantes talvez não se sintam à vontade tão perto dos animais.

— Pensei a mesma coisa, não somente por causa dos visitantes. Os cavalos também não ficariam à vontade com tantos estranhos tão perto. Acho que vou levá-los para o Vale da Floresta — disse Ayla.

— Seria um bom lugar para eles — concordou Proleva.

Depois que os visitantes chegaram, foram apresentados, acomodaram-se no seu espaço temporário e comeram; as pessoas se dividiram em vários grupos. Um grupo da zelandonia — que incluía a Primeira e Ayla, o Zelandoni dos visitantes e seus acólitos, os membros da zelandonia da Terceira, da Décima Quarta e da Décima Primeira Cavernas, além de alguns outros — voltou para o espaço de reunião na outra ponta do enorme abrigo. Uma fogueira foi feita e cercada antes de o grupo de viajantes sair para comer, e foi reavivada por um deles, que colocou água numa grande vasilha e pedras de cozinhar no fogo. As pessoas trouxeram seus copos pessoais na expectativa de conseguir um copo de chá quente, e as conversas começaram e continuaram.

Os visitantes falavam de suas viagens e trocavam ideias sobre rituais e medicina. Quando a Primeira mencionou a bebida contraceptiva, houve grande interesse. Ayla ensinou que ervas usar, descrevendo-as cuidadosamente em alguns casos, para que não houvesse confusão com plantas semelhantes. Falou um pouco sobre sua longa Jornada da terra dos caçadores de mamutes, e eles entenderam que era estrangeira vinda de muito longe. Seu sotaque não era tão estranho para os visitantes porque eles também falavam com sotaque, apesar de acharem que eram os Zelandonii do norte que o tinham. Ayla achou que a forma de eles falarem era semelhante, mas não idêntica, à forma como falavam as pessoas que tinham conhecido na Jornada Donier, e à forma como Beladora, a companheira de Kimeran, pronunciava certas palavras.

Quando a noite se aproximava do fim, a Zelandoni dos visitantes falou:

— Estou feliz por conhecê-la melhor, Ayla. Sua fama viajou até nossa região, e acho que somos provavelmente a Caverna mais distante que ainda se denomina Filhos de Doni. E que reconhece a Primeira Entre Aqueles Que Serviam À Mãe — disse dirigindo-se à volumosa mulher.

— Suspeito que você seja contada como a Primeira entre seu grupo de Zelandonii do Sul. Estou muito distante.

— Talvez eu seja, no nosso território local, mas ainda reconhecemos esta região como nossa pátria original, e você como a Primeira. Está nas nossas histórias, nossas lendas, nossos ensinamentos. Foi uma das razões por que quisemos vir, para estabelecer nossos laços.

E para decidir se queriam mantê-los, pensou a Primeira. Tinha notado algumas expressões faciais entre alguns dos visitantes que denotavam, se não desprezo, pelo menos dúvidas, e tinha ouvido algumas conversas discretas no que provavelmente seria um dialeto sulista questionando alguns dos costumes da zelandonia do norte, especialmente da parte de um jovem, que parecia acreditar que ninguém ali era capaz de entender a variação do Zelandonii que falavam, pois poucas pessoas que já haviam encontrado entendiam. Mas a Primeira tinha viajado muito na sua juventude, e mais recentemente com Ayla, e já tinha recebido muitos visitantes de lugares distantes. Tinha razoável facilidade para captar línguas, especialmente as variações do Zelandonii. Olhou para Ayla, que ela sabia ter uma fantástica facilidade para línguas, e era capaz de entender uma desconhecida mais rapidamente que qualquer outra pessoa que conhecia.

Ayla percebeu o olhar de sua mentora, e o movimento de seus olhos na direção do jovem, e fez um sinal discreto com a cabeça para informar que também tinha entendido o que ele tinha dito. Discutiriam o assunto mais tarde.

— E eu estou feliz por ter conhecido você — disse Ayla. — Talvez um dia possamos fazer uma visita.

— Vocês serão bem-vindas, as duas — disse a Zelandoni, olhando a Primeira.

A mulher volumosa sorriu, mas se perguntou até quando seria capaz de fazer Jornadas, especialmente as longas, e duvidou que faria aquela visita.

— Você trouxe interessantes ideias novas que gostei de aprender, e agradeço.

— E eu gostei de saber sobre seus remédios — acrescentou Ayla.

— Eu também aprendi muito. Estou especialmente grata por saber de um meio de dissuadir a Mãe de abençoar uma mulher. Existem mulheres que não devem ter mais um filho, por sua saúde, e por sua família.

— Foi Ayla quem nos trouxe esse conhecimento — admitiu a Primeira.

— Então tenho uma coisa que gostaria de dar a ela como agradecimento, e para você, Primeira Entre Aqueles Que Serviam À Mãe. Possuo uma mistura que tem qualidades admiráveis. Acho que vou deixá-la com vocês para experimentar. Não era meu plano, só tenho uma bolsa comigo, mas posso fazer mais ao voltar. — Abriu a bolsa de viagem e retirou uma caixa de remédios diferente e dela retirou uma bolsa pequena e a exibiu. — Acho que vocês vão descobrir que ela é muito interessante e possivelmente útil.

A Primeira indicou que ela deveria entregar a Ayla.

— É muito poderosa. Cuidado ao fazer experiências com ela — avisou a Zelandoni ao passá-la à mulher mais jovem.

— Você a prepara por decocção ou infusão? — perguntou Ayla.

— Depende do que você desejar — respondeu a mulher. — Cada preparação dá uma propriedade diferente. Mais tarde eu mostro o que tem nela, embora suspeite que então você já terá descoberto.

Ayla estava ansiosa para descobrir os componentes. Examinou a bolsinha. Era feita de couro macio e amarrada com uma corda feita dos longos cabelos da cauda de um cavalo. Desfez alguns nós da corda, que tinha sido passada através de buracos cortados no alto da bolsa de couro macio e abriu.

— Um dos ingredientes é evidente — disse depois de cheirar o conteúdo. — Menta!

O cheiro a fez lembrar o chá forte que tinham experimentado quando estavam visitando uma das Cavernas dos Zelandonii do Sul. Ayla tornou a fechá-la com seus próprios nós.

A mulher sorriu. Menta era a essência que usava para identificar aquela mistura em particular, mas era muito mais poderosa que aquela erva inocente. Esperava ainda estar presente quando alguém começasse a fazer experiências com ela. Será um teste da habilidade e conhecimentos da zelandonia do norte, pensou.

Ayla sorriu para a Zelandoni.

— Acho que tenho outro a caminho.

Falavam de crianças, apesar de a Primeira ter sido quem tinha levantado o assunto, pensou ela.

— Era o que eu pensava. Você não parece estar engordando como eu, duvido que jamais fique tão gorda, mas parece estar enchendo em alguns lugares. Quantas luas deixaram de vir?

— Só uma, a minha lua deveria ter chegado há alguns dias. E apesar de não estar enjoada às vezes sinto náuseas de manhã.

— Se eu tivesse de adivinhar, diria que você vai ter mais um filho. Está contente?

— Estou! Quero mais um, apesar de mal ter tempo para cuidar da que já tenho. Ainda bem que Jondalar é tão bom com Jonayla.

— Você já disse a ele?

— Não. Acho que ainda é muito cedo. Nunca se sabe, as coisas acontecem. Sei que ele quer mais um filho na sua casa e não quero que se entusiasme para depois ser desapontado. E é uma espera longa demais, mesmo depois que seu corpo denuncia; não há razão para ele esperar tanto tempo.

Ayla se lembrou da noite em que desceu mais cedo do desfiladeiro e de como tinha sido bom para os dois. Depois se lembrou da primeira vez em que tinha compartilhado Prazeres com Jondalar. Riu em silêncio para si mesma.

— Qual a graça? — perguntou a Zelandoni.

— Estava me lembrando da primeira vez em que Jondalar me mostrou o Dom do Prazer, lá no meu vale. Até então, eu não sabia que aquilo devesse dar prazer, ou que pudesse dar. Mal conseguia me comunicar com ele. Ele estava me ensinando a falar Zelandonii, mas muito da sua língua e de seus costumes eram absolutamente estranhos para mim. Como uma boa mãe, Iza tinha me explicado como uma mulher do Clã usa certo sinal para encorajar um homem, apesar de eu achar que ela não esperasse que eu fosse precisar.

"Eu fazia o sinal para Jondalar, mas aquilo não significava nada para ele. Mais tarde, ele me mostrou novamente os Prazeres, porque ele queria, não porque eu quisesse, e pensei que ele nunca entenderia meus sinais quando eu quisesse estar com ele outra vez. Finalmente, pedi para falar com ele como as mulheres do Clã. Jondalar não entendeu o que eu queria quando me sentei à sua frente e baixei a cabeça esperando que ele me dissesse que eu podia falar. Então tentei dizer a ele. Quando entendeu a ideia geral, pensou que eu quisesse que ele fizesse de novo, naquele instante, e nós tínhamos acabado de terminar. Ele disse alguma coisa, algo como não saber se ia conseguir, mas ia tentar. Na verdade, ele não teve nenhuma dificuldade."

Ayla sorriu da própria inocência. Zelandoni também sorriu.

— Ele sempre foi um sujeito atencioso.

— Eu o amei desde a primeira vez em que o vi, antes mesmo de conhecê-lo, mas ele foi tão bom para mim, Zelandoni, especialmente quando me mostrou o Dom dos Prazeres da Mãe. Uma vez eu lhe perguntei como ele sabia coisas sobre mim que nem eu mesma sabia. Ele finalmente admitiu que alguém tinha lhe ensinado, uma mulher mais velha, mas senti que estava perturbado. Ele amou você de verdade. À sua maneira, ainda ama.

— Eu também o amei, e ainda amo, à minha maneira. Mas acho que ele nunca me amou como ama você.

— Mas eu estive fora tantas vezes, especialmente à noite. É uma surpresa eu estar grávida.

— Talvez você esteja errada com relação a essa mistura de essências dentro de você, Ayla. Talvez a nova vida se inicie quando a Mãe escolhe o espírito de um homem para combinar com o seu — disse a Primeira com um sorriso estranho.

— Não. Acho que sei quando este começou. Voltei mais cedo uma noite, não conseguia me concentrar, e me esqueci de fazer o chá especial. Agora eu adoro quando chove, especialmente à noite, pois tenho de voltar porque não dá para ver nada. Vou adorar quando este ano de observações chegar ao fim. — A jovem estudou sua mentora e então fez a pergunta que queria fazer; — Você disse que chegou a pensar em ter um companheiro. Por que não teve?

— É verdade, eu quase acasalei, mas ele morreu num acidente durante uma caçada. Depois que ele morreu, eu me enterrei no treinamento. Ninguém mais me fez querer acasalar... só Jondalar. Houve uma época em que cheguei a pensar nele, era tão insistente, e ele é muito persuasivo. Mas era proibido. Fui sua donii-mulher e, além disso, ele era jovem demais. Provavelmente seria forçado a sair da Nona Caverna e talvez fosse difícil encontrar outro lugar. Senti que não seria justo; a família sempre foi importante para ele. Para Jondalar, foi muito difícil ir viver com Dalanar. E eu também não queria sair. Você sabia que eu fui selecionada para a zelandonia e comecei meu treinamento antes de ser mulher? Não sei bem quando finalmente percebi que a zelandonia era mais importantes para mim que o acasalamento. Foi melhor assim. Nunca fui abençoada pela Mãe. Suponho que teria sido uma companheira sem filhos.

— Sei que a Segunda teve filhos, mas acho que nunca vi uma Zelandoni grávida.

— Algumas engravidam. Geralmente tomam providências para perder o filho nas primeiras luas, antes de ficarem muito grandes. Algumas levam a gravidez a termo e depois dão a outra mulher para criar, geralmente uma mulher estéril que deseja desesperadamente ter filhos. As casadas geralmente ficam com o filho, mas poucas Zelandoni são casadas. Para os homens, é mais fácil. Podem deixar a maior parte do trabalho de criar os filhos para a companheira. E você sabe que é muito difícil. As obrigações da mulher casada, especialmente se ela for mãe, geralmente conflitam com as exigências dos membros da zelandonia.

— É verdade. Eu sei.

Todos os habitantes da Nona Caverna estavam em animada antecipação. Iam partir para a Reunião de Verão no dia seguinte e se ocupavam empacotando coisas na corrida das últimas horas antes da saída. Ayla ajudava Jondalar e Jonayla a embalar as coisas, decidindo o que deveria ficar para trás, o que levar e em que pacote guardar, em parte porque desejava passar mais tempo com eles. Marthona também ajudava. Era a primeira vez em que ela não ia com a sua Caverna a uma Reunião de Verão, pois não podia andar até longe de casa. Queria ficar perto enquanto faziam seus pacotes para não se sentir tão abandonada. Ayla queria não ter de deixar de ir à Reunião, mas estava preocupada com Marthona e estava feliz por ficar e cuidar dela.

Sua mente estava alerta como sempre, mas a saúde da mulher estava fraca, e estava tão imobilizada pela artrite que às vezes nem conseguia andar ou trabalhar no tear. Posso ir mais tarde, depois do Dia Longo de Verão, pensou Ayla. Amava aquela mulher como amiga e mãe, gostava de sua sabedoria prudente e de seu humor nem sempre delicado. Seria uma boa oportunidade para passar mais tempo com ela, o que Ayla encarava como uma compensação pela ausência da

Reunião de Verão, ou de parte dela. Decidiu que devia descobrir outros meios de passar mais tempo com a família quando voltassem, mas, se não concluísse o projeto de marcar o sol e a lua naquele ano, teria de recomeçar tudo no ano seguinte e só tinha pouco tempo depois do Dia Longo de Verão para ir. Tinha voltado mais cedo no ano anterior para começar o trabalho no projeto.

A época mais difícil para fazer registros foi durante o inverno. Alguns dias foram tão tempestuosos que era impossível ver o sol ou a lua, mas o Dia Curto de Inverno havia sido claro, e bem como o Dia Igual de Outono e o Dia Igual de Primavera, o que era um bom sinal. Zelandoni a tinha ajudado no Dia Igual de Outono. As duas ficaram acordadas por mais de um dia e uma noite, usando pavios especiais numa lamparina sagrada para determinar que a duração do dia entre a alvorada e o ocaso era igual à duração da noite entre o ocaso e a alvorada. Ayla o tinha feito no Dia Igual de Primavera sob a supervisão da Primeira. Como tinha tido a sorte de ver os momentos mais importantes durante as estações frias, não queria desistir agora.

— Às vezes, eu gostaria de não ter os cavalos e o *travois* — disse Jondalar. — Na verdade, seria mais fácil se só tivéssemos de nos preocupar com o que tivéssemos de levar nas costas. Então não teríamos todos os amigos e parentes pedindo para levarmos só umas coisinhas. Todas essas coisinhas compõem uma carga pesada.

— Este ano você não vai ter Huiin, então pode dizer às pessoas que não tem tanto espaço — lembrou Ayla.

— Eu já disse, mas eles só veem o "pouco" espaço que suas coisas ocupam, e com dois cavalos é "lógico" que haverá espaço mais que suficiente.

— Você tem de dizer "não", Jonde — disse Jonayla. — É o que eu digo quando alguém pede.

— É uma boa ideia, Jonayla — elogiou Marthona —, mas você não pediu para levar algumas coisas para Sethona?

— Mas, vó, ela é minha prima e minha melhor amiga — respondeu Jonayla com um leve tom de indignação.

— Todos na Nona Caverna se tornaram meus melhores amigos ou pensam que são — disse Jondalar. — Não é fácil dizer "não". Às vezes, quero pedir um favor a alguém, mas o que ele vai lembrar é que eu disse "não" quando tudo que queria era que meu cavalo levasse umas coisinhas pequenas.

— Se as coisas são tão pequenas, por que não levam eles mesmos? — perguntou Jonayla.

— É esse o problema. Geralmente não são coisas pequenas. São geralmente grandes e pesadas, coisa que nem pensariam em levar se tivessem de carregar eles mesmos — explicou Jondalar.

Na manhã seguinte, Ayla acompanhou a Nona Caverna por parte do caminho, montada em Huiin.

— Quando você imagina que vai nos encontrar? — perguntou Jondalar.

— Pouco depois do Dia Longo de Verão, mas não sei exatamente quando. Estou preocupada com Marthona. Vai depender de como ela se sentir, e de quem puder voltar para ajudá-la. Quando você calcula que Willamar vai voltar?

— Vai depender de onde vão acontecer as Reuniões de Verão. Ele não fez nenhuma viagem longa desde sua Jornada Donier, mas planejava uma viagem mais longa neste ano. Disse que queria visitar tantas pessoas quanto pudesse, Zelandonii distantes e outros. Várias pessoas vão com ele, e ele ainda ia levar mais gente de outras Cavernas pelo caminho. Talvez esta seja sua última longa viagem.

— Pensei que foi o que ele disse quando veio na minha Jornada Donier.

— Ele diz isso todo ano há algum tempo. Acho que vai finalmente indicar um novo Mestre Comerciante e não consegue decidir entre os dois aprendizes. Vai observá-los durante esta viagem.

— Acho que ele devia indicar ambos.

— Vou tentar voltar para uma visita, mas estarei ocupado. Preciso tomar providências para aumentar nossa casa para que Marthona e Willamar venham morar conosco no outono.

Ayla se voltou para a filha e as duas se abraçaram.

— Seja uma boa menina, Jonayla. Obedeça a Jondalar e ajude Proleva.

— Eu prometo, mamãe. Gostaria que você viesse conosco.

— Eu também, Jonayla. Vou sentir saudade. — Ela e Jondalar se beijaram, e ela o abraçou durante um momento. — Também vou sentir saudades suas, Jondalar. Vou sentir saudade até de Cinza e Racer. — Fez uma carícia de despedida e um abraço em torno do pescoço de cada cavalo. — Tenho certeza de que Huiin e Lobo também vão sentir.

Jonayla deu um tapinha em Huiin e coçou um dos seus lugares favoritos, depois se abaixou e deu um grande abraço em Lobo. O animal se torceu de prazer e lambeu-lhe o rosto.

— Não podemos levar Lobo, mamãe? Vou sentir tanta saudade — pediu Jonayla uma última vez.

— Então seria eu quem ia sentir saudade, Jonayla. Não. Acho melhor ele ficar aqui. Você o vê depois, no verão.

Jondalar pegou Jonayla e a colocou no lombo de Gray. Ela já contava 6 anos e montava sozinha, se pudesse subir numa pedra ou toco, mas ainda precisava de ajuda no campo aberto. Jondalar montou em Racer e, puxando a corda de Gray, logo alcançaram os outros. Ayla não conseguiu conter as lágrimas enquanto, com Huiin e Lobo, observava Jondalar e Jonayla se afastarem.

Finamente, saltou no lombo da égua baia. Cavalgou uma parte do caminho, então parou e virou para ver novamente a Nona Caverna que partia. Moviam-se em passo constante, segundo uma linha esgarçada. Na retaguarda, viu Jonayla e Jondalar nos seus cavalos, puxando os *travois*.

A Reunião de Verão se realizava no mesmo local de quando Ayla compareceu pela primeira vez. Gostara da localização e esperava que Joharran escolhesse o mesmo lugar que a Nona Caverna tinha usado como acampamento quando lá estiveram em anos anteriores, se ninguém mais o escolhesse. Joharran sempre gostou de estar no centro dos acontecimentos e o local do acampamento era um tanto distante das principais atividades, mas em anos recentes ele havia começado a escolher locais mais próximos dos limites para que os cavalos não fossem cercados de pessoas. E estava aprendendo a gostar de ter espaço para que sua Caverna, maior que todas as outras, pudesse se espalhar, além de ter um bom espaço para os cavalos. E ela podia fechar os olhos e imaginá-los lá. Ayla ficou olhando durante algum tempo, então virou Huiin, fez um sinal para Lobo e voltou para a Nona Caverna.

Ayla não tinha ideia de como aquele abrigo enorme podia ficar solitário com tantas pessoas ausentes, mesmo com a presença de gente das Cavernas próximas. A maioria das moradias estava fechada, e o abrigo tinha uma aparência deserta. Instrumentos e equipamentos da grande área de trabalho tinham sido desmontados e levados ou guardados, deixando os espaços vazios. O tear de Marthona era um dos poucos aparelhos que permaneceram.

Ela havia convidado Marthona a morar com eles. Queria estar próxima se mãe de Jondalar precisasse de ajuda, especialmente à noite, e a mulher concordou sem hesitação. Como ela e Willamar já planejavam ir morar ali no outono, Marthona teve a oportunidade de escolher as coisas que gostaria de guardar e quais dar, pois não poderia levar tudo para as acomodações menores. Conversavam longas horas, e Marthona descobriu mais um motivo para ficar feliz ao saber que Ayla estava grávida novamente.

A maioria das pessoas que ficaram eram velhas ou outros de alguma forma incapacitados. Entre os quais um caçador com a perna quebrada, outro que se recuperava de um ferimento causado pelos chifres de um auroque, e uma mulher grávida que já tinha abortado três vezes e com ordens de não se levantar se quisesse levar aquela gravidez a bom termo.

— Ainda bem que você vai ficar este ano, Ayla — disse Jeviva, a mãe da mulher grávida. — Jeralda teve a última gravidez há quase seis meses, até que Madroman apareceu e lhe disse para se exercitar. Acho que ela perdeu o filho por causa dele. Pelo menos você sabe alguma coisa sobre gravidez, já teve sua própria filha.

Ayla olhou para Marthona, perguntando se ela sabia de Madroman ter tratado Jeralda. Não tinha ouvido nada a respeito. Ele havia voltado para a Nona Caverna no ano anterior e trouxe muitas de suas coisas consigo, como se planejasse ficar por bastante tempo. Então, havia pouco mais de uma lua, partiu abruptamente. Um corredor de outra Caverna veio pedir a Ayla ajuda para alguém que tinha quebrado o braço — sua habilidade de consertar braços quebrados tinha se espalhado. Ela ficou lá por vários dias e, quando voltou, Madroman tinha desaparecido.

— Jeralda está com quantos meses?

— Suas luas não eram regulares, e ela estava perdendo sangue, por isso, não estávamos prestando muita atenção e não sabemos exatamente quando começou. Acho que ela está maior do que quando perdeu o último bebê, mas talvez eu esteja apenas esperançosa — respondeu Jeviva.

— Vou lá amanhã para examiná-la e ver o que consigo, apesar de não ter certeza se vou descobrir muita coisa. A Zelandoni disse alguma coisa sobre as razões de ela ter perdido os outros três?

— Ela só disse que Jeralda tem o ventre escorregadio e tende a perdê-los com muita facilidade. Não parecia haver nada de errado com o último, a não ser o fato de ele ter nascido antes do tempo. Estava vivo quando nasceu e viveu um dia, e de repente parou de respirar. — A mulher virou a cabeça e enxugou uma lágrima.

Jeralda passou o braço pelo ombro da mãe. Então seu companheiro apoiou tanto ela quanto sua mãe por um momento. Ayla observou aquela família que se unia na dor. Esperava que aquela gravidez fosse mais feliz.

Joharran havia designado dois homens para ficar e caçar para as pessoas que permaneceram na Nona Caverna e para ajudar no que pudessem. Deveriam ser substituídos dentro de uma lua, mais ou menos. Havia também um caçador voluntário, Jonfilar, companheiro da mulher grávida com dificuldades. Os outros infelizmente tinham sido derrotados nos jogos propostos pelo líder para decidir quem deveria ficar na Caverna. O mais velho se chamava Lorigan, e o mais novo, Forason. Resmungaram, mas, como não teriam de participar no torneio dos anos seguintes, aceitaram a sorte.

Ayla geralmente participava com os homens da caçada e gostava. Também saía muito com Huiin e Lobo. Já não caçava há algum tempo, mas não havia perdido a habilidade. No início, Forason, que era muito novo, não tinha tanta certeza da habilidade de caçadora da acólita da donier, e pensou que ela ia atrapalhar, especialmente porque insistiu em trazer o lobo. Lorigan sorriu. No final do primeiro dia, o jovem estava assombrado com a habilidade dela com o arremessador de lanças e com a funda, além de se surpreender com a facilidade do animal para trabalhar com eles. Quando voltavam, o homem mais velho explicou ao mais jovem que foram ela e Jondalar quem desenvolveram o arremessador e o trouxeram quando chegaram da Jornada. Forason teve o bom senso de ficar envergonhado.

Mas, de modo geral, Ayla estava sempre perto do grande abrigo. Os que lá tinham ficado costumavam tomar juntos as refeições da noite. Estarem todos juntos em volta do fogo parecia reduzir um pouco o vazio da grande área. Os velhos e os enfermos ficaram felizes por terem uma curadora de verdade para cuidar deles, o que lhes dava uma sensação incomum de segurança. Na maioria dos verões, deixavam-se instruções com os mais capazes ou com os caçadores. No máximo, um acólito ficava pela mesma razão pela qual Ayla havia ficado, mas, de modo geral, ninguém tão capaz.

Ayla caiu numa rotina. Dormia até tarde pela manhã, então, à tarde, visitava as pessoas, ouvia suas queixas, dava-lhes os remédios ou aplicava cataplasmas, ou fazia o que lhe fosse possível para aliviar o sofrimento, o que ajudava a passar o tempo. Todos ficaram mais íntimos, trocavam histórias de suas vidas, ou contavam histórias que tinham ouvido. Ayla se exercitava em contar as Lendas dos Antigos e as Histórias que estava aprendendo, e narrava incidentes de sua vida passada, que todos adoravam ouvir. Ela ainda falava com aquele sotaque diferente, mas já estavam tão acostumados que nem prestavam mais atenção, a não ser pelo fato de ele proporcionar a Ayla uma aura de mistério e exotismo. Todos já a haviam aceitado como um deles, mas adoravam contar a outras pessoas histórias sobre ela, pois era tão incomum, e por associação todos se sentiam um pouco especiais.

Quando se sentavam ao sol quente do verão do final da tarde, as histórias de Ayla eram solicitadas com insistência particular. Tinha vivido uma vida interessante, e eles nunca se cansavam de lhe fazer perguntas sobre o Clã ou lhe pedir para mostrar como dizer certas palavras ou conceitos. Também gostavam de ouvir as canções e as histórias familiares que tinham ouvido desde a infância. Muitos dos mais velhos sabiam algumas lendas tão bem quanto ela e estavam sempre prontos a apontar erros, mas alguns vinham de outras Cavernas, e cada um tinha sua própria versão. Havia discussões, às vezes até brigas, sobre qual interpretação era mais correta. Ayla não se importava. Estava interessada nas várias interpretações, e as discussões a ajudavam a lembrar. Era um tempo calmo que corria devagar. Os que podiam geralmente saíam e colhiam frutas, verduras, nozes e sementes da estação para complementar as refeições e para guardar para o inverno.

Toda noite, pouco antes do pôr do sol, Ayla subia ao desfiladeiro com placas feitas da galhada em que fazia suas marcas. Tinha o hábito de deixar Lobo com Marthona à noite, depois de ensinar a ela como mandar Lobo ir buscá-la se precisasse de ajuda. Ayla observava o sol no seu movimento quase imperceptível, pondo-se a cada anoitecer um pouco mais à direita no horizonte ocidental.

Até a Zelandoni ter lhe dado aquela tarefa, ela nunca havia prestado tanta atenção àqueles movimentos celestiais. Só tinha notado que o sol nascia em algum ponto a leste e se punha no oeste, e que a lua passava por fases, desde a ausência total até a cheia. Tal como muitas pessoas, sabia que às vezes a esfera noturna aparecia no céu durante o dia, e, apesar de as pessoas notarem, não prestavam muita atenção, pois ela era muito pálida. Mas havia uma cor em particular, uma nuance de branco quase transparente, pouco mais que uma pincelada de água com um pouco do caulim branco de um depósito próximo, que era chamado de pálido, numa alusão à pálida lua do dia.

Depois de tantas observações, ela sabia muito mais. Por isso, vigiava o ponto no horizonte onde o sol se levantava e se punha, a localização de certas constelações e estrelas, e os tempos diferentes dos levantes e dos poentes da lua. Era lua cheia, e, embora não fosse um evento raro a lua estar cheia no Dia Curto de Inverno ou no Dia Longo de Verão, também não era um acontecimento comum. Uma das ocorrências coincidia com a lua cheia por volta de uma vez a cada dez anos, porém, como a lua cheia estava sempre em oposição ao sol, nascia no momento em que o sol se punha, e como o sol estava alto no céu durante o verão, a lua ficava baixa durante toda a noite. Ela ficava sentada de frente para o sul, virando a cabeça para a esquerda e para a direita acompanhando os dois.

Quando pela primeira vez o sol se pôs no mesmo lugar em que havia se posto na noite anterior, Ayla não teve certeza de que tinha visto corretamente. Estaria suficientemente longe à direita no horizonte? O número correto de dias tinha se passado? O tempo estava correto?, ela se perguntou. Notou algumas constelações, e a lua, e decidiu esperar até a noite seguinte. Quando o sol se pôs no mesmo lugar outra vez, ela ficou tão empolgada que desejou ter a Zelandoni ao seu lado para compartilhar.

30

Ela mal pôde esperar Marthona acordar na manhã seguinte para lhe dizer que pensava já ter chegado o Dia Longo de Verão. A reação da mulher não foi de felicidade total. Ficou feliz por Ayla, mas também sabia que logo a moça iria para a Reunião de Verão e ela ficaria só. Não completamente só, ela sabia, afinal todos os outros continuariam ali, mas Ayla tinha sido uma ótima companhia, tanto que nem notava a ausência dos entes queridos. Teve a impressão de que até as enfermidades que não lhe permitiram ir à Reunião de Verão pareciam ter melhorado. Os conhecimentos médicos da jovem, seus chás especiais, cataplasmas, massagens e outras práticas pareciam todas contribuir para sua melhora. Ela se sentia muito melhor. Ayla faria falta para Marthona.

O sol parecia ter parado, pondo-se quase no mesmo lugar durante sete dias, mas ela tinha certeza apenas de que isso ocorrera em três deles. Parecia haver algum movimento nos dois primeiros e nos dois últimos, apesar de ser menor que o normal. Para seu espanto, percebia que o lugar onde o sol se punha claramente retornava às posições dos dias anteriores. Era empolgante observar a mudança de direção e perceber que ele agora continuaria a voltar pelo caminho que havia percorrido até o Dia Curto de Inverno.

Ela havia observado o Dia Curto de Inverno na companhia de Zelandoni e de várias outras pessoas, mas não tinha sentido a mesma sensação de animação, embora ele fosse mais importante para muitas pessoas. Era o Dia Curto que trazia a promessa de que o frio e profundo inverno logo terminaria e voltaria o calor do sol, que seria comemorado com grande entusiasmo.

Mas este Dia Longo de Verão era muito importante para Ayla. Ela própria o tinha visto e verificado, e tinha uma grande sensação de realização e alívio. Também significava que o seu ano de observação chegava ao fim. Ainda faria outras observações durante alguns dias e continuaria a fazer as marcas, somente para verificar se, e como, os lugares onde o sol se punha mudavam, mas já pensava em partir para a Reunião de Verão. Na noite seguinte, após verificar que o sol havia mesmo retrocedido seu movimento, Ayla se sentia agitada lá no alto do desfiladeiro. Esteve nervosa e ansiosa o dia inteiro, e pensou que talvez fosse por causa da gravidez, ou quem sabe o alívio de saber que não teria de passar muitas noites observando o céu. Tentou se recompor e começou a repetir as palavras da Canção da Mãe para se acalmar. Eram suas favoritas, mas, quando repetia os versos para si, apenas se sentia mais tensa.

— Por que estou tão nervosa? Será que vem uma tempestade? Isso às vezes me deixa tensa — disse para si.

Percebeu que estava falando sozinha. Eu devia meditar, pensou. Isso vai me ajudar a relaxar. Vou fazer um copo de chá.

Voltou para o lugar onde estivera sentada, atiçou o fogo, encheu uma vasilha com água do odre e repassou a coleção de ervas que mantinha na bolsa de remédios presa ao cinto. Guardava as folhas secas em pacotes atados com cordas de vários tipos e espessuras, com muitas formas de nós nas extremidades para poder distingui-las, tal como Iza tinha lhe ensinado.

Tateando os vários pacotes na bolsa simples de couro, mesmo com a luz do fogo e do luar, estava muito escuro para ela ver as diferenças e teve de diferenciar entre as várias ervas e remédios pelo tato e pelo cheiro. Lembrou-se da primeira bolsa de remédios, que lhe fora dada por Iza. Tinha sido feita com a pele impermeável inteira de uma lontra, com as vísceras removidas pela grande abertura no pescoço. Já havia produzido várias, e ainda tinha a última versão. Apesar de gasta, não conseguia se obrigar a jogá-la fora. Tinha pensado em fazer uma nova. Era uma bolsa de remédios do Clã e mostrava um poder único. Até Zelandoni tinha ficado impressionada ao vê-la pela primeira vez, percebendo que era uma bolsa especial apenas pela aparência.

Ayla escolheu alguns pacotes. A maioria de suas ervas era medicinal, mas algumas eram tão suaves que podiam ser bebidas apenas pelo prazer de beber, sem o perigo de reações adversas, como a menta e a camomila, boas para acalmar o estômago e ajudar a digestão mas além de tudo eram saborosas. Decidiu-se por uma mistura de menta, que incluía uma erva que ajudava a relaxar, e tateou e cheirou em busca do pacote. Era definitivamente menta. Pôs um pouco na palma da mão e jogou na água fervendo, deixou macerar e serviu um copo. Bebeu rapidamente, em parte por causa da sede, depois serviu um segundo copo para sorver devagar. O gosto parecia diferente, teria de procurar menta fresca, pensou, mas não era tão ruim, e ela ainda estava com sede.

Quando terminou, ela se recompôs, então começou a respirar profundamente, como tinham lhe ensinado. Lenta e profundamente, ela disse para si mesma. Pense no Claro, pense na cor chamada Claro, num regato de águas claras a correr sobre as pedras, pense num céu claro sem nuvens com apenas a luz do sol, pense no vazio.

Descobriu-se olhando a lua, que apresentava menos de um quarto na última vez em que a vira, mas agora estava grande e redonda no céu noturno. Parecia crescer, encher sua visão, e ela se sentiu atraída para ela, mais depressa a cada minuto. Desviou os olhos da lua e se levantou. Andou lentamente até a grande rocha inclinada.

— Aquela rocha está brilhando! Não, estou imaginando coisas outra vez. É só o luar. É uma rocha diferente das outras, talvez ela brilhe mais sob a luz da lua cheia.

Fechou os olhos durante o que lhe pareceu ser um longo tempo. Quando os abriu, a lua a atraiu outra vez, a enorme lua cheia a atraía. Ela então olhou em volta. Estava voando! Voando sem vento nem som. Olhou para baixo. O desfiladeiro e o rio tinham desaparecido e a terra abaixo era desconhecida. Por um instante, pensou que ia cair. Sentiu-se tonta. Tudo estava girando. Cores brilhantes formavam um vórtice de luzes tremeluzentes em volta dela, girando cada vez mais depressa.

De repente Ayla parou e estava de volta ao topo do desfiladeiro. Descobriu-se concentrada na lua, enorme, cada vez maior, enchendo-lhe a visão. Foi atraída para ela. Depois estava voando outra vez, voando como voava quando assistia Mamut. Olhou para baixo e viu a rocha. Estava viva, brilhando com espirais de luz pulsante. Foi atraída para ela, sentiu-se capturada pelo movimento. Cravou a vista quando linhas de energia saídas do chão se enrolavam em torno da coluna enorme e em precário equilíbrio, então desapareceram numa coroa de luz no alto.

Ela flutuava pouco acima da rocha brilhante olhando-a. Estava mais luminosa que a lua, e clareava toda a paisagem à sua volta. Não havia vento, nem a mais leve brisa, nenhuma folha ou ramo se mexia, mas o chão e o ar em volta dela estavam vivos com movimento, cheios das formas e das sombras, esvoaçando, formas insubstanciais que dardejavam em movimentos aleatórios, fulgurando com uma energia fraca semelhante à luz da pedra. Enquanto olhava, o movimento tomou forma, desenvolveu um propósito. As formas vinham até ela, perseguiam-na! Teve uma sensação de dormência; seu cabelo ficou em pé. De repente, descia correndo pelo caminho íngreme tropeçando e escorregando com medo. Quando chegou ao abrigo, correu para a varanda iluminada pela lua.

Deitado ao lado da cama de Marthona, onde ela lhe tinha ordenado que ficasse, Lobo levantou a cabeça com um gemido.

Ayla percorreu correndo todo o pórtico até o Rio Baixo, e desceu o Rio, e seguiu a trilha na margem. Sentia-se cheia de energia. Correu pela alegria da corrida, não mais perseguida, mas puxada por uma atração incompreensível. Lançou-se ao rio no Cruzamento e continuou correndo, ao que parecia por toda a eternidade. Aproximava-se de um desfiladeiro alto que se erguia sozinho, um desfiladeiro familiar, mas completamente desconhecido.

Chegou a uma trilha inclinada e começou a subir, a respiração rasgando-lhe a garganta em haustos ásperos, mas ela não conseguia parar. No alto da trilha, o buraco escuro de uma caverna. Entrou correndo numa escuridão tão espessa que quase podia agarrá-la com as mãos e então tropeçou no piso irregular e caiu pesadamente. Bateu a cabeça numa parede de pedra.

Quando acordou, não havia luz, ela estava num longo túnel negro, mas de alguma forma conseguia ver. As paredes brilhavam com uma leve iridescência. A umidade fulgia. Quando se sentou, sentiu a cabeça doer, e por um momento ela só via vermelho. Sentiu que as paredes corriam diante dela, mas Ayla não se moveu. Então a iridescência voltou a tremular, e já não estava escuro. As paredes de pedra brilhavam com uma cor estranha, verdes fluorescentes, vermelhos brilhantes, azuis lustrosos, brancos pálidos e luminosos.

Levantou-se e parou junto à parede, sentiu a umidade pegajosa e fria ao seguir a parede, que se transformou num gélido verde-azulado. Já não estava numa caverna, mas numa fenda profunda numa geleira. Grandes superfícies planas refletiam formas efêmeras e fugazes. Acima dela, o céu era de um profundo azul-púrpura. Um sol reluzente a cegava; sua cabeça doía. Ele se aproximou e encheu a fenda de luz, mas não era mais uma fenda numa geleira. Estava girando num rio, levada pela correnteza. Objetos passavam flutuando, presos nos turbilhões que giravam cada vez mais rápidos. Foi presa num redemoinho, girando, girando, e foi sugada para o fundo. Numa vertigem de movimento giratório, o rio se fechou sobre sua cabeça e tudo ficou negro.

Ela era torcida num vazio profundo, e voava; voava mais rápido que podia compreender. Então o movimento se reduziu e ela se viu numa névoa profunda que brilhava com a luz se fechando sobre ela. A névoa se abriu para revelar uma estranha paisagem. Formas geométricas em verdes fluorescentes, vermelhos brilhantes, azuis lustrosos se repetiam inúmeras vezes. Estruturas desconhecidas subiam alto no ar. Largas fitas brancas se estendiam desenrolando pelo chão, de um branco luminoso, cheias de formas que corriam ao longo delas, correndo atrás dela.

Ficou petrificada de medo e sentiu uma coceira na margem de sua mente que parecia reconhecê-la. Encolheu-se, recuou, tateando o caminho ao longo da parede o mais rápido que podia. Chegou a um final, tomada pelo pânico. Deixou-se cair no chão e sentiu um buraco à sua frente. Era um buraco pequeno onde só poderia entrar rastejando. Esfolou os joelhos no terreno áspero, mas não notou. O buraco ficou menor, e ela não pôde mais avançar. Então disparava novamente pelo vazio, tão depressa que perdeu toda a sensação de movimento.

Não se movia, o que se movia era a escuridão à sua volta, que se fechou, sufocando-a, afogando-a, e ela estava novamente no rio arrastada pela corrente. Estava cansada, exausta, o rio a puxou para a correnteza ao seguir rumo ao mar, o mar quente. Sentiu uma dor forte por dentro, e sentiu as águas quentes e salgadas inundando tudo à sua volta. Aspirou o cheiro e o gosto da água, sentiu que flutuava pacificamente no líquido tépido. Mas não era água, era lama. Lutou para respirar tentando sair da lama; e então a fera que a perseguia agarrou-a. Ayla se dobrou e gritou de dor quando se sentiu esmagada por ela. Lutava através da lama, tentando fugir do buraco profundo para onde a puxava a fera que a esmagava.

E então ela se viu livre, subiu numa árvore, balançando nos galhos, levada pela seca e pela sede para a praia. Mergulhou, abraçou a água e cresceu, boiando. Finalmente, pondo-se de pé, olhou para fora, para uma vasta campina e seguiu vadeando pela água rasa na direção dela.

Mas ela se sentia presa pela água. Lutou para se livrar da maré resistente. Então, exausta, desfaleceu. As ondas que lambiam a praia lavavam-lhe as pernas, puxando-a de volta. Ela sentiu a força, a dor, a dor torturante, atroz que ameaçava arrancar suas entranhas. Com um jato de líquido quente ela cedeu.

Arrastou-se um pouco mais para a frente, encostou-se a uma parede, fechou os olhos e viu uma rica estepe, luminosa com flores da primavera. Um leão-das-cavernas veio em sua direção com um movimento lento e gracioso. Estava numa gruta pequena, espremida num pequeno declive. Cresceu e encheu a gruta. A gruta se expandiu. As paredes respiravam, expandindo e se contraindo, e ela estava num útero, um enorme útero negro no fundo da terra. Mas não estava só.

Suas formas eram vagas, transparentes, e então as figuras se aglutinaram em contornos reconhecíveis. Animais, todo tipo de animal que ela já havia visto, e pássaros, e peixes, e insetos, e alguns ela nunca tinha visto antes. Compuseram uma procissão, sem padrão nem ordem, um parecendo se fundir aos outros. Um animal se tornava um pássaro ou peixe, ou outro pássaro ou animal ou inseto. Uma lagarta se transformava em lagarto, depois num pássaro, que se transformava num leão-das-cavernas.

O leão se levantou e esperou para segui-la. Juntos eles atravessaram passagens, túneis, corredores, as paredes se transformando em formas que ficavam mais espessas e tomavam forma quando se aproximavam, e se tornavam translúcidas e novamente paredes depois que eles passavam. Uma procissão de mamutes lanosos andava pesadamente por uma vasta estepe coberta de capim, e depois foi superada por um rebanho de bisões, que formaram sua própria fila no lugar dos primeiros.

Observou duas renas se aproximarem uma da outra. Tocaram os narizes, então a fêmea caiu de joelhos, e o macho abaixou a cabeça e a lambeu. Ayla se comoveu com a ternura da cena, então sua atenção foi atraída por dois cavalos, macho e fêmea. A fêmea estava no cio e se movia diante do macho, oferecida, enquanto ele se preparava para cobri-la.

Voltou-se para outra direção e seguiu o leão por mais um longo corredor. No final do túnel, ela chegou a um grande nicho redondo, semelhante a um ventre. Então ouviu um barulho distante de cascos que se aproximava, e um rebanho de bisões apareceu e encheu o nicho. Pararam para descansar e pastar.

Mas o ruído continuou, as paredes latejavam num ritmo lento e constante. O piso duro de pedra pareceu ceder sob seus pés, e a vibração se transformou numa voz profunda e orgânica, de início tão baixa que ela mal conseguia ouvir, mas foi aumentando e Ayla foi capaz de identificar o som. Era o tambor falante dos Mamutói! Só entre os caçadores Mamutói ela havia ouvido um tambor como aquele.

O instrumento, feito de osso de mamute, tinha tal variação e ressonância tonal quando era batido com uma baqueta feita de uma galhada modificada que era possível ser tocado em várias áreas diferentes de forma que lembrava o som de uma voz dizendo palavras. As palavras, ditas em staccato, não se comparavam à voz humana, mas eram palavras. Tinham uma vibração levemente ambígua, que acrescentava um toque de mistério e profundidade expressiva, mas tocado por alguém suficientemente habilidoso, produzia palavras claras. O tambor literalmente falava.

O ritmo e o padrão das palavras pronunciadas pelo tambor começaram a soar familiares. Ela então ouviu a ressonância aguda de uma flauta, e em dueto com ela, uma voz que soava como a de uma mulher Mamutói, a voz de Fralie, que engravidara, uma gravidez difícil, quase perdeu o bebê. Ayla a ajudou, mas, mesmo com sua ajuda, nasceu prematuro. No entanto sua filha viveu forte e saudável.

Sentada dentro do nicho redondo, Ayla notou que seu rosto estava molhado de lágrimas. Chorava com violentos soluços, como se tivesse sentido uma perda devastadora. O som do tambor se tornou mais forte, sufocando seu lamento angustiado. Ela reconhecia os sons, discernia as palavras.

> — *O caos do tempo, em meio à escuridão,*
> *O redemoinho deu a Mãe sublime à imensidão.*
> *Sabendo que a vida é valiosa, para Si Mesma Ela acordou*
> *E o vazio vácuo escuro a Grande Mãe Terra atormentou.*
> — *Sozinha a Mãe estava. Somente Ela se encontrava.*

Era a Canção da Mãe! Cantada de uma forma que nunca ouvira antes. Se ao menos ela tivesse voz para cantar, ela o cantaria daquela maneira. Era ao mesmo tempo profunda e natural como um tambor, forte e ressonante como uma flauta, e o nicho fundo e redondo reverberava o som rico e vibrante.

A voz lhe encheu a cabeça com as palavras, ela mais as sentia que as ouvia, e o sentimento era maior que as palavras. Ela antecipava cada verso antes de ouvi-lo, e, quando o ouvia, era mais cheio, mais eloquente, mais profundo. Parecia eterno, porém ela não queria que parasse, e, ao se aproximar o fim, sentiu uma profunda tristeza.

> — *A Mãe ficou contente com o casal criado,*
> *E o ensinou a amar e a zelar no acasalado.*
> *Ela incutiu neles o desejo de se manter,*
> *E foi ofertado pela Mãe o Dom do Prazer.*
> — *E assim foi encerrando. Os seus filhos também estavam amando.*

No entanto, quando Ayla não foi mais capaz de antecipar o próximo verso, a voz continuou.

> — *O último presente, o Conhecimento de que o homem tem sua função.*
> *Seu desejo tem de ser satisfeito antes de uma nova concepção.*
> *Ao se unir o casal, a Mãe é honrada*
> *Pois, quando se compartilham os Prazeres, a mulher é agraciada.*
> — *Depois de os Filhos da Terra abençoar, a Mãe pôde descansar.*

As palavras lhe chegaram como um dom, uma bênção que aliviou a dor. A Mãe lhe dizia que ela tinha razão, sempre tivera. Sempre soubera, agora estava confirmado. Soluçava outra vez, ainda sentindo dor, mas misturada com alegria. Chorava de dor e felicidade enquanto as palavras se repetiam incontáveis vezes em sua mente.

Ouviu o rugido baixo de um leão e viu seu totem se virar para ir embora. Tentou se levantar, mas se sentia muito fraca, e chamou o animal:

— Neném! Neném! Não se vá! Quem vai me guiar para fora?

O animal sumiu no túnel, mas parou e voltou para ela, mas não era o leão que se aproximava. De repente, o animal pulou sobre ela e começou a lhe lamber o rosto. Ayla balançou a cabeça, sentindo-se trêmula e confusa.

— Lobo? É você, Lobo? Como você chegou aqui? — perguntou ela, abraçando o grande animal.

Sentada abraçada ao Lobo, suas visões do bisão no nicho se enevoaram e desapareceram. As cenas nas paredes dos túneis também se apagavam. Apoiou-se numa parede para se firmar, depois tateou ao longo da pedra para sair do nicho. Sentou-se no chão e fechou os olhos, tentando acalmar a cabeça que girava. Ao tentar abrir os olhos, não soube que os havia aberto. A escuridão era absoluta com os olhos abertos e fechados, e ela sentiu o medo subindo pela espinha. Como encontraria a saída?

Então ouviu Lobo gemer e sentiu a língua em seu rosto. Tocou-o e seus nervos se acalmaram. Tateou em busca da parede ao seu lado, e de início não sentiu nada, mas continuou tentando e sentiu o ombro bater na pedra. Havia um espaço sob a parede, que ela não tinha notado por estar tão perto do chão, mas, quando tateou em busca do caminho, sua mão tocou algo que não era pedra.

Puxou-a depressa, e então percebeu que aquilo lhe era familiar, e tocou novamente. A gruta era mais negra que a noite e ela tentou descobrir o que era pelo tato. Tinha um toque suave, como camurça bem-trabalhada. Puxou um pacote de couro. Ao examiná-lo nas mãos, localizou uma tira, abriu-a e encontrou uma abertura. Parecia uma bolsa, uma bolsa de couro macio. Dentro dela, encontrou um odre vazio, o que a lembrou de que estava com sede, uma coisa de pele, talvez um casaco, e tocou os dedos no que lhe pareceu ser sobra de comida e sentiu o cheiro.

Fechou a bolsa e a colocou sobre o ombro, então se levantou com esforço e parou ao lado da parede, lutando contra uma onda de tonteira e náusea. Sentiu alguma coisa quente correr pela parte de dentro da perna. O lobo tentou farejá-la, mas ela já o tinha treinado desde muito tempo a abandonar aquele hábito e afastou o seu nariz inquiridor.

— Vamos ter de descobrir a saída daqui, Lobo. Vamos para casa.

Mas ao começar a andar, tateando o caminho ao longo da parede úmida, ela percebeu como estava fraca e exausta.

O piso era irregular e escorregadio, coberto de pedaços de pedra misturados na lama lisa e argilosa. Pilares de estalagmites, alguns finos como gravetos e outros tão grossos como árvores velhas, pareciam crescer do chão. Os topos, quando conseguia tocá-los, estavam molhados da água calcária que pingava das estalactites correspondentes que desciam do teto. Depois de bater a cabeça numa delas, tentou ser mais cuidadosa. Como cheguei tão fundo na gruta? O lobo seguia um pouco à sua frente, e voltava até ela, e em certo ponto evitou que Ayla fizesse uma curva estivera tantas vezes naquela gruta que era capaz de reconhecer o lugar, mas, ao tentar subir uma pedra tombada, sentiu uma vertigem que a fez cair de joelhos. Parecia muito mais longe do que se lembrava, e ela teve de parar e descansar várias vezes antes de chegar à pequena abertura. Embora toda a gruta fosse sagrada, havia uma barreira natural de pedra que a dividia, separando a seção inicial mais mundana da região interna profundamente sagrada. O buraco era a única saída, uma entrada no mundo subterrâneo da Mãe.

Notou que a temperatura começava a aumentar levemente depois de ter passado a obstrução, mas ela ainda tremia, ciente de que estava fria. Após uma curva, viu um leve traço de luz à frente e tentou correr. Teria certeza quando chegasse à curva seguinte. Viu o brilho da textura úmida das paredes da gruta, e mais à frente o lobo trotando na direção de um brilho fraco. Quando contornou uma esquina, saudou a luz mortiça que vinha de fora, apesar de seus olhos terem se acostumado tanto à escuridão que quase lhe pareceu brilhante demais. Correu um pouco ao ver a abertura mais adiante.

Ayla saiu cambaleando da gruta, piscando os olhos cheios de lágrimas, que deixavam riscos no rosto sujo de lama. Lobo se aproximou. Quando finalmente conseguiu ver, ficou surpresa ao descobrir o sol alto e várias pessoas olhando-a. Os dois caçadores, Lorigan e Forason, além de Jeviva, a mãe da mulher grávida, olharam-na de longe com uma sombra de espanto e lhe deram um cumprimento contido, porém quando ela tropeçou todos correram para ajudar. Ajudaram-na a se sentar e, ao ver a preocupação nos seus rostos, sentiu um grande alívio.

— Água — pediu. — Sede.

— Vamos buscar água para ela — disse Jeviva.

Tinha notado o sangue nas suas pernas e nas roupas, mas não disse nada. Lorigan abriu o odre e o passou. Ela bebeu depressa, deixando a água escorrer da boca. A água nunca tinha sido tão gostosa. Quando finalmente parou, sorriu, mas não soltou o odre.

— Obrigada. Estava quase lambendo a água das paredes.

— Muitas vezes eu já me senti assim — disse Lorigan com um sorriso.

— Como vocês descobriram onde eu estava? E que eu ia sair?

— Vi o lobo correr nesta direção — respondeu Forason, mostrando o animal com um movimento de cabeça — e quando avisei Marthona ela falou que você provavelmente estaria aqui e nos mandou esperar. Disse que provavelmente ia precisar de ajuda. Um ou outro de nós tem esperado aqui desde então. Jeviva e Lorigan acabaram de chegar para me substituir.

— Já vi alguns membros da zelandonia voltarem de seu "chamado". Alguns estavam tão exaustos que não conseguiam andar. Alguns não voltaram — disse Jeviva. — Como você se sente?

— Muito cansada. E ainda estou com sede.

Ayla tomou mais um gole de água e devolveu o odre a Lorigan. A bolsa que tinha encontrado na gruta escorregou quando ela baixou o braço. Tinha se esquecido dela. Agora que estava sob a luz, viu os desenhos diferentes pintados. Mostrou-a.

— Encontrei lá dentro. Alguém sabe a quem ela pertence? Alguém deve tê-la escondido e se esqueceu dela.

Lorigan e Jeviva trocaram um olhar. Lorigan respondeu:

— Já vi Madroman andando com ela.

— Você já olhou dentro? — perguntou Jeviva.

Ayla sorriu.

— Não consegui ver nada, não tinha luz, mas tentei examinar pelo tato.

— Você estava no escuro? — perguntou Forason, com uma expressão de incredulidade.

— Não se intrometa — falou Jeviva, impondo-lhe silêncio. — Você não tem nada a ver com isso.

— Gostaria de ver o que tem no interior — disse Lorigan, dando a Jeviva um olhar significativo.

Ayla entregou a bolsa. Ele puxou e sacudiu o casaco de pele para expô-lo. A pele era feita de quadrados e triângulos de vários tipos e tons de animais diferentes costurados no padrão característico de um acólito da zelandonia.

— Isso pertence a Madroman. Eu o vi vestido nisso no ano passado, quando ele apareceu para dizer a Jeralda o que fazer para salvar o bebê — declarou Jeviva num tom de desprezo. — Ela conseguiu mantê-lo por quase seis meses. Ele disse que ela devia apaziguar a Mãe e mandou que ela executasse todo tipo de rituais. Porém, quando a Zelandoni a viu andando em círculos do lado de fora, ela a fez entrar e deitar imediatamente. Disse que precisava de repouso, ou logo ia perder o bebê. A donier falou que a única coisa errada com ela era o ventre solto, que tendia a desprender os bebês com muita facilidade. Aquele ela perdeu. Teria sido um menino. — Olhou para Lorigan. — O que mais tem aí?

Ele enfiou a mão na bolsa e retirou o odre vazio sem comentar nada, mostrando-o para todos. Então olhou o interior e jogou o resto do conteúdo sobre o casaco. Pedaços parcialmente mastigados de carne-seca e um pedaço de bolo de viagem também caíram, além de uma lâmina de pedra e uma pederneira. Entre os restos de comida também havia algumas lascas de madeira e pedaços de carvão.

— Não foi Madroman que, antes da partida para a Reunião de Verão, se gabava de ter sido chamado e que finalmente se tornaria Zelandoni este ano? — perguntou Lorigan. Mostrou o odre. — Acho que ele não estava com sede quando saiu da gruta.

— Você disse que planejava ir mais tarde à Reunião de Verão, Ayla? — perguntou Jeviva.

— Estava pensando em partir dentro de alguns dias. Talvez agora seja melhor esperar mais um pouco. Mas, é verdade, estou pensando em ir.

— Acho que você devia levar isto — sugeriu Jeviva, embrulhando cuidadosamente os restos de comida, as lascas, o equipamento de fazer fogo e o odre no casaco, e enfiando o casaco na bolsa — e dizer à Zelandoni onde você o encontrou.

— Você já consegue andar? — perguntou o caçador mais velho.

Ayla tentou se levantar e teve uma vertigem. Por um momento, tudo ficou escuro e ela caiu. Lobo gemeu e lambeu-lhe o rosto.

— Espere aqui — disse o caçador mais velho. — Venha, Lorigan. Temos de fazer uma liteira para carregá-la.

— Se descansar, acho que posso andar — disse Ayla.

— Não, acredito que você não deveria. — Em seguida, Jeviva disse aos caçadores: — Eu espero aqui com ela até vocês voltarem com a liteira.

Ayla se recostou numa pedra, sentindo-se grata. Talvez ela fosse capaz de caminhar até a Nona Caverna, mas estava feliz por não ter de fazer o percurso.

— Acho que você tem razão, Jeviva. Eu ainda me sinto tonta às vezes.

— Não é de admirar — sussurrou Jeviva.

Ela havia notado uma mancha fresca de sangue na pedra quando Ayla tentou se levantar. Acho que ela perdeu o bebê lá dentro, pensou a mulher. Que sacrifício terrível para se tornar Zelandoni, mas ela não é um farsante, como Madroman.

— Ayla? Ayla? Você está acordada?

Ayla abriu os olhos e viu a imagem embaçada de Marthona olhando-a preocupada.

— Como você se sente?

Ayla pensou e respondeu num sussurro áspero:

— Meu corpo está todo dolorido.

— Espero não ter acordado você. Ouvi você falando, talvez estivesse sonhando. Zelandoni me avisou que isso talvez ocorresse. Não acreditava que fosse logo, mas disse que era possível. Disse para não tentar deter você e para não deixar Lobo segui-la, mas deixou um pouco de chá para preparar quando você voltasse.

Trazia um copo de um líquido bem quente, mas o deixou de lado para ajudar Ayla a se sentar. Ela ficou feliz ao sentir o chá quente descer pela garganta. Ainda tinha sede, mas tornou a se deitar, cansada demais para continuar sentada. Sentia a mente clarear. Estava em casa, na sua própria cama. Olhou em volta e viu Lobo ao lado de Marthona. Ele ganiu preocupado e se aproximou dela, que estendeu o braço para tocá-lo, e ele lambeu-lhe a mão.

— Como cheguei aqui? Não me lembro de muita coisa depois de ter saído da gruta.

— Os caçadores trouxeram você para cá numa maca. Disseram que tentou andar e desmaiou. Você desceu correndo de seu posto de observação e aparentemente só foi parar no Buraco Profundo de Pedras da Fonte. Você estava alterada e entrou sem levar fogo nem nada. Quando Forason veio e me disse que você tinha saído, eu não consegui ir até lá. Nunca me senti tão inútil na minha vida.

— Mas estou feliz por você estar aqui, Marthona.

Ayla fechou novamente os olhos. Quando tornou a abri-los, somente Lobo estava lá, vigiando. Sorriu para ele, estendeu o braço para lhe tocar a cabeça e coçou debaixo do seu queixo. Ele apoiou as patas na cama e tentou se aproximar, perto o bastante para lamber seu rosto. Ela sorriu outra vez, empurrou-o e tentou se sentar. O gemido de dor foi involuntário, mas trouxe Marthona correndo.

— Ayla! O que aconteceu?

— Eu não sabia que podia sentir dor em tantas partes diferentes ao mesmo tempo. — O olhar de preocupação de Marthona foi tão evidente, quase uma caricatura, que trouxe um sorriso ao rosto da jovem. — Mas acho que vou viver.

— Você tem hematomas e arranhões por todo o corpo, mas não creio que haja fraturas.

— Há quanto tempo eu estou aqui?

— Há mais de um dia. Você chegou ontem, no fim da tarde. O sol se pôs há pouco.

— Por quanto tempo eu estive desaparecida?

— Não sei quando você entrou na gruta, mas pelo tempo em que você saiu até a volta, foram mais de três dias, quase quatro.

Ayla assentiu com a cabeça.

— Não tenho ideia do tempo passado. Lembro-me de partes, algumas com muita clareza. Parece uma coisa que eu sonhei, mas diferente.

— Você está com fome? Com sede?

— Estou com sede. — Ayla sentia uma secura atordoante; ao mencionar seu estado, percebeu o quanto estava desidratada. — Com muita sede.

Marthona saiu e voltou com um odre e um copo para ela beber.

— Você quer se sentar, ou basta eu apoiar sua cabeça?

— Prefiro sentar.

Rolou de lado, tentando abafar os gemidos, depois se apoiou sobre um cotovelo, arrancando uma casca que tinha se formado sobre um arranhão, e se levantou para sentar na beirada da cama. Sentiu uma tonteira momentânea. Ela estava mais surpresa com a dor forte que sentia por dentro. Marthona pôs água no copo, e Ayla o tomou nas duas mãos. Bebeu tudo sem parar e estendeu o copo pedindo mais. Parecia se lembrar de ter bebido diretamente do odre depois de ver a luz. Bebeu o segundo copo mais devagar.

— Já está com fome? Você ainda não comeu nada.

— Meu estômago está doendo.

— Imagino que sim.

Marthona olhou para o outro lado. Ayla não entendeu.

— Por que meu estômago deve doer?

— Você está perdendo sangue, Ayla. Você deve estar com cãibras, e muito mais.

— Perdendo sangue? Como eu estou perdendo sangue? Já perdi três luas, estou grávida... — Ayla gritou. — Oh, não! Perdi o bebê, não perdi?

— Acho que sim, Ayla. Não sou especialista nessas coisas, mas toda mulher sabe que não se pode perder tanto sangue estando grávida, pelo menos não tanto quanto você perdeu. Você sangrava quando saiu da gruta e perdeu muito mais sangue desde então. Acho que vai levar algum tempo até recuperar as forças. Sinto muito, Ayla. Sei que você queria esse bebê.

— A Mãe o quis mais — disse Ayla num tom monótono num choque de dor.

Deitou-se e olhou para a superfície inferior da pedra no teto. Não chegou a perceber que tinha caído no sono. Acordou na manhã seguinte com uma necessidade urgente de urinar. Já era noite, escuro, mas várias lamparinas estavam acesas. Olhou em volta e viu Marthona dormindo em algumas almofadas ao lado da cama. Lobo estava ao lado da mulher idosa com a cabeça erguida, olhando-a. Ele agora tem de cuidar de nós duas, pensou. Deitou de lado e se ergueu, sentou-se na beira da cama durante alguns momentos e então tentou se levantar. Seu corpo estava rígido, ainda ferido e dolorido, mas ela se sentia mais forte. Cuidadosamente, apoiou-se nos pés. Lobo se levantou. Ela lhe fez um sinal para se deitar e deu um passo em direção à cesta noturna perto da entrada.

Lamentou não ter levado alguma muda de absorvente. Sangrava muito. Quando voltou para a cama, Marthona se aproximou trazendo-lhe uma muda.

— Não queria acordar você — disse Ayla.

— Não acordou. Lobo me acordou. Mas você devia ter me acordado. Quer um pouco d'água? Também tenho uma sopa, se você já quiser se alimentar.

— Água seria ótimo, talvez também um pouco de sopa.

Ayla voltou à cesta noturna para trocar o absorvente por outro limpo. O movimento aliviou as dores.

— Onde você quer comer? Na cama? — perguntou a mulher enquanto ela claudicava até a cama. Sua cama e sua posição não tinham feito bem à sua artrite.

— Não. Prefiro me sentar à mesa.

Ayla foi para a cozinha e colocou um pouco de água numa tigela e lavou as mãos. Depois, usando um pedaço de couro absorvente limpou o rosto. Tinha certeza de que Marthona a havia limpado um pouco, mas ela queria tomar um bom banho refrescante no rio com raiz do saboeiro. Talvez pela manhã, pensou.

A sopa estava fria, mas gostosa. Ayla pensou que poderia tomar várias tigelas depois dos primeiros goles, mas se sentiu cheia antes do que imaginava. Marthona fez um pouco de chá para as duas e se juntou a Ayla à mesa. Lobo saiu enquanto as duas estavam de pé, mas logo voltou.

— Você disse que Zelandoni esperava que eu fizesse alguma coisa?

— Na verdade, ela não esperava. Apenas pensava que seria possível.

— O que ela esperava? Não consigo entender o que aconteceu.

— Acho que a Zelandoni pode lhe explicar melhor. Queria que ela estivesse aqui, mas acho que você já é Zelandoni. Acredito que você tenha sido "chamada", como se costuma dizer. Você se lembra de alguma coisa? — perguntou Marthona.

— Lembro-me de coisas, e então, de repente, me lembro de outra coisa, mas não consigo organizar as lembranças — respondeu Ayla franzindo o cenho.

— Você não deve se preocupar, ainda. Espere até ter uma chance de falar com a Zelandoni. Tenho certeza de que ela vai explicar tudo e ajudá-la. Agora você deve recuperar as forças.

— Você tem razão.

Ayla estava aliviada por ter uma desculpa para deixar para depois a solução de tudo aquilo. Não queria nem pensar na sua situação, embora não conseguisse deixar de pensar no bebê que tinha perdido. Por que a Mãe lhe tomou seu bebê?

Ayla pouco fazia, além de dormir durante vários dias. Então, um dia ela acordou faminta e, durante os dois dias seguintes, parecia não haver comida suficiente para ela. Quando finalmente saiu de casa e se juntou ao pequeno grupo, todos a olharam com um novo respeito, até com reverência e um toque de apreensão. Sabiam que ela tinha passado por uma provação que, estavam convencidos, a havia mudado. E todos sentiam certo orgulho por estarem lá quando tudo tinha acontecido e, por associação, sentiam que eram de alguma forma parte do que se passara.

— Como você está se sentindo? — perguntou Jeviva.

— Muito melhor, mas faminta!

— Venha comer conosco. Tem muita comida ainda quente.

— É uma boa ideia. — Sentou-se ao lado de Jeralda, enquanto Jeviva preparava um prato para ela. — E como você está se sentindo?

— Entediada! Estou tão cansada de ficar sentada e deitada. Quisera que já fosse a hora do bebê chegar.

— Acho que provavelmente já é hora de o bebê chegar. Não faria mal você dar um passeio vez ou outra para encorajá-lo. É só uma questão de esperar até o bebê se sentir pronto. Foi o que pensei quando a examinei da última vez, mas achei melhor esperar antes de dizer qualquer coisa, e depois eu me esqueci. Sinto muito.

Naquela noite, Marthona disse com alguma hesitação:
— Espero não ter feito nada errado, Ayla.
— Não entendi.
— Zelandoni me disse para, caso você saísse, eu não tentar impedir. Quando você não voltou na manhã seguinte, fiquei muito preocupada, mas Lobo ficou ainda pior. Você o mandou permanecer comigo, mas ele gania e queria partir. Pela forma como me olhava, eu sabia que ele queria ir procurar você. Não quis que ele perturbasse as coisas, por isso amarrei uma corda no seu pescoço, como você faz às vezes quando quer que ele fique e não interrompa nada. Mas depois de alguns dias ele estava tão infeliz, e eu tão preocupada, que decidi soltá-lo. Ele saiu correndo. Você acha que errei ao soltá-lo?
— Não, acho que não, Marthona. Não sei se estive no mundo dos espíritos, mas se estive e ele me encontrou lá acho que já estava voltando. Lobo me ajudou a descobrir o caminho para sair da gruta, ou pelo menos ele me deu a sensação de que ia à direção certa. Lá era muito escuro, mas as passagens são estreitas e eu fiquei junto à parede. Acho que seria capaz de encontrar a saída, porém levaria mais tempo.
— Não sei se devia tê-lo amarrado. Não sei se cabia a mim tomar aquela decisão. Sei que estou ficando velha, Ayla, e já não sou nem capaz de tomar uma decisão. — A antiga líder balançou a cabeça, insatisfeita consigo. — As coisas do espírito nunca foram meu forte. Você estava tão fraca quando chegou aqui, talvez Ela tenha pensado que você precisava de um ajudante. Talvez a Mãe quisesse me mandar soltar o animal, para ele encontrar e ajudar você.
— Acho que nada do que você fez foi errado. As coisas tendem a acontecer como ela quer. Agora mesmo, tudo que quero é descer ao Rio, nadar e tomar um belo banho. Você sabe se Zelandoni deixou um pouco daquela espuma de limpeza dos Losadunai? Aquela que eu ensinei a ela como fazer com cinza e gordura? Ela gosta de usá-la para purificação, especialmente para limpar as mãos dos coveiros.
— Não sei da Zelandoni, mas tenho um pouco. Gosto de usá-la nas minhas tecelagens. Já cheguei até a usá-la para limpar meus pratos, os que uso para carne e para recolher gordura limpa. A gente pode usá-la para tomar banho também?
— Os Losadunai às vezes tomam, mas ela às vezes castiga muito a pele e a deixa vermelha. Normalmente eu prefiro usar o sabão de raiz ou alguma outra planta, mas agora só quero ficar limpa.

*

— Se ao menos houvesse por aqui um poço de águas curativas de Doni — disse Ayla consigo ao ir para o Rio com Lobo ao seu lado. — Seria perfeito, mas por hora o Rio basta. — O lobo ergueu a cabeça e a olhou. Tinha ficado ao lado dela desde sua volta, sem querer perdê-la de vista.

O sol quente lhe fazia bem enquanto ela descia pela trilha até o lugar aonde ia nadar. Cobriu-se de espuma e lavou o cabelo, depois mergulhou para enxaguar bem e saiu para nadar. Subiu numa pedra plana para deixar o sol secá-la enquanto penteava o cabelo. *O sol está tão gostoso*, pensou, abrindo a pele de secar feita de camurça e se deitando sobre ela. *Quando me deitei sobre esta pedra a primeira vez? Foi no meu primeiro dia aqui, quando Jondalar e eu saímos para nadar.*

Pensou em Jondalar, vendo-o com os olhos da mente deitado nu ao seu lado. O cabelo amarelo e a barba mais escura... *Não, é verão: ele estaria com a barba feita*. A testa larga e alta começando a mostrar as linhas causadas pelo hábito de fazer rugas de concentração e preocupação. Seus olhos azuis a olhando com amor e desejo; *Jonayla tem os olhos dele*. O nariz reto e fino, o queixo forte, a boca cheia e sensual.

Os pensamentos de Ayla pararam em sua boca, fazendo-a quase os sentir. Os ombros largos, os braços musculosos, as mãos grandes e sensíveis. Mãos capazes de sentir uma lasca de pedra e saber se ela se quebraria, ou capazes de acariciar seu corpo com tamanha percepção que sempre sabia como ela ia reagir. Suas pernas longas e fortes, a cicatriz na virilha de seu encontro com o leão dela, Neném, e, ao lado, o órgão viril.

Sentia crescer o desejo por ele só de pensar. Queria vê-lo, estar perto dele. Nem lhe dissera que esperava um filho, e agora não tinha mais filho para contar. Sentiu uma onda de pesar. Quis aquele filho, mas a Mãe o quis mais. Um pensamento a fez franzir a testa. *Ela sabia que eu queria outro filho, mas acho que não ia querer um filho que eu não quisesse.*

Pela primeira vez desde a provação, ela começou a pensar na Canção da Mãe, e, com um calafrio de reconhecimento, lembrou-se da estrofe, da nova estrofe, a que trouxe o novo Dom, o Dom do Conhecimento, o conhecimento de que o homem era necessário para iniciar uma nova vida.

> *— O último presente, o Conhecimento de que o homem tem sua função.*
> *Seu desejo tem de ser satisfeito antes de uma nova concepção.*
> *Ao se unir o casal, a Mãe é honrada*
> *Pois, quando se compartilham os Prazeres, a mulher é agraciada.*
> *— Depois de os Filhos da Terra abençoar, a Mãe pôde descansar.*

Há muito tempo eu sabia, agora Ela me disse que é verdade. Por que ela me deu esse Dom? Para que eu possa compartilhá-lo? Para que eu possa contar aos outros? Por isso Ela quis meu bebê! Ela me contou primeiro, contou-me seu último e grande Dom, mas eu tinha de ser digna. O custo foi alto, mas talvez fosse necessário. Talvez a Mãe tivesse de me tomar alguma coisa de grande valor para eu saber que havia de apreciar o Dom. Não se dão Dons sem que alguma coisa de grande valor seja dada em troca.

Eu fui chamada? Sou agora Zelandoni? Porque fiz o sacrifício do meu bebê, a Grande Mãe falou comigo, e me deu o restante da Canção da Mãe, para que eu pudesse compartilhá-lo, trazer esse Dom maravilhoso aos Seus Filhos. Agora Jondalar vai saber com certeza que Jonayla é dele tanto quanto é minha. E nós vamos saber como começar um novo bebê quando quisermos um. Todo homem saberá que vai além de uma questão de espíritos — é ele, sua essência, seus filhos são parte dele.

Mas e se uma mulher não quiser mais um filho? Ou não devesse ter outro filho por estar muito fraca, ou exausta por já ter muitos? Então ela vai saber como não tê-lo! Uma mulher deve saber como não ter um filho se não se sentir pronta ou não quiser. Não vai precisar perguntar à Mãe, não vai ter de tomar nenhum remédio especial, basta não compartilhar os Prazeres e não vai ter mais filhos. Pela primeira vez, uma mulher poderá ter o controle do próprio corpo, da própria vida. É um conhecimento muito poderoso... mas há o outro lado. E o homem? E se ele não quiser parar de compartilhar Prazeres? E se ele quiser um filho que sabe ser seu? Ou se ele não quiser um filho?

Quero outro filho e sei que Jondalar também gostaria de mais um. Ele é tão bom com Jonayla, e é tão bom com os jovens que estão aprendendo a lascar pedras com ele, seus aprendizes. Sofri muito com a perda desse filho. Lágrimas lhe vieram aos olhos quando pensou no filho abortado. Mas posso ter outro. Se Jondalar estivesse aqui, podíamos começar outro filho agora, mas ele está na Reunião de Verão. Porém, se estou aqui e ele na Reunião, não posso nem mesmo lhe contar da perda do bebê. Ele se sentiria mal, sei que sentiria. Ia querer começar outro.

Por que eu não vou? Não tenho mais de observar o céu. Não tenho de ficar acordada até tarde, meu treinamento acabou. Fui "chamada". Sou Zelandoni! E tenho de contar aos outros membros da zelandonia. A Mãe não só me chamou; ela me deu um Dom. Um Dom que é de todos. Tenho de ir para contar aos Zelandonii sobre o novo Dom maravilhoso da Mãe. E para que eu possa contar a Jondalar, e quem sabe começar mais um bebê.

31

Ayla se levantou rapidamente da pedra, vestiu as roupas limpas e recolheu as sujas e a pele de secar, chamou Lobo com um assovio enquanto corria pelo caminho. Ao subir até o pórtico do abrigo, lembrou-se da primeira vez em que nadou com Jondalar, e de Marona e suas amigas oferecendo a ela roupas novas.

Apesar de desenvolver níveis variáveis de tolerância em relação às outras mulheres envolvidas na tramoia, ela nunca superou a aversão que sentia por Marona e evitava todo contato com ela. O sentimento era mais que mútuo. Marona nunca fez nenhum esforço de reconciliação com a mulher que Jondalar havia trazido de sua Jornada. Acasalou-se pela segunda vez no mesmo verão em que Ayla e Jondalar se uniram, mas no Segundo Matrimonial, e outra vez mais recentemente. Aparentemente, também essa última união não tinha tido sucesso; mais ou menos um ano antes, ela voltou para a Nona Caverna para morar com sua prima. Apesar de todos os acasalamentos, ela não tinha filhos.

Ayla não suportava a mulher e não sabia por que pensava nela. Afastou os pensamentos de Marona e se concentrou em Jondalar. Estou tão feliz por poder ir à Reunião de Verão, pensou. Vou montada em Huiin, e não vou levar mais que um dia para chegar lá, somente um dia, se não parar pelo caminho.

A Reunião de Verão se realizava naquele ano a pouco mais de 30 quilômetros ao norte ao longo do Rio, no seu lugar favorito para a Reunião. Era o mesmo local da Primeira Reunião de Verão Zelandonii a que ela havia comparecido, a Reunião em que ela e Jondalar tinham se unido. Os encontros geralmente consumiam quase todos os recursos disponíveis na área, mas, caso permitissem a passagem de tempo suficiente, a Mãe Terra recuperava o lugar do excesso de uso causado pela grande concentração de pessoas e ele já estaria restaurado para recebê-los na próxima vez.

A jovem irrompeu na sua casa, cheia de vigor e entusiasmo, e começou a separar as roupas e as posses. Cantarolava em voz baixa, quando Marthona entrou.

— De repente, você está toda animada.

— Vou à Reunião de Verão. Não tenho mais de observar o céu. Terminei meu treinamento. Não há razão para não ir.

— Você tem certeza de que já está suficientemente forte? — Havia um tom de tristeza na voz de Marthona.

— Você cuidou bem de mim. Estou ótima e louca para ver Jondalar e Jonayla

— Eu também sinto saudades, mas o caminho é longo para você ir sozinha. Você poderia esperar até a chegada do próximo caçador que virá nos ajudar. Então poderia ir com Forason — sugeriu Marthona.

— Vou montar em Huiin. Não vou demorar. Provavelmente chego lá dentro de um dia, dois no máximo.

— É verdade. É provável que você esteja certa. Esqueci que você pode ir a cavalo, e também com Lobo.

Ayla notou o desapontamento de Marthona e percebeu o quanto ela gostaria de ir. Ainda estava preocupada com a saúde da mulher.

— Como você está se sentindo? Não quero partir se você não estiver bem.

— Não. Você não precisa ficar por minha causa. Estou muito melhor. Se me sentisse tão bem no início da estação, eu teria considerado ir.

— Por que você não vem comigo? Você pode se sentar na garupa de Huiin. Pode levar um pouco mais de tempo, somente mais um dia.

— Não. Gosto de seu cavalo, mas não quero me sentar na garupa. Para ser franca, ele me assusta um pouco. Mas você tem razão: você tem de ir. Precisa avisar à Zelandoni que foi "chamada". Imagine a surpresa.

Ayla tentou facilitar a separação.

— De qualquer forma, o verão já deve estar acabando. Logo todos estarão de volta.

— Quanto a isso, tenho dois sentimentos. Estou ansiosa pelo fim da Reunião de Verão e pela volta da Nona Caverna, mas não estou ansiosa pelo retorno do inverno. Acho que é sempre assim quando a pessoa fica velha.

O próximo passo de Ayla na preparação da partida foi procurar Lorigan e Forason. Sabia exatamente onde encontrar Jonclotan e Jeralda. Quase todos estavam sentados em volta do fogo comunitário, terminando uma refeição.

— Ayla, venha se juntar a nós — chamou Jeralda. — Venha comer alguma coisa. Ainda tem muito e está quente.

— Acho que vou aceitar. Passei tanta fome nos últimos dias.

— Eu sei bem — disse Jeviva. — Como você está se sentindo.

— Bem mais descansada. — Ayla sorriu. — Decidi que vou à Reunião de Verão. Já terminei minhas observações, não há razão para eu ficar, mas acho que devia sair para caçar antes da partida, tanto pelos que vão ficar quanto para poder levar algo para a Reunião. Os animais nas vizinhanças do acampamento já devem ter fugido, e os que já não foram mortos provavelmente estão longe da área.

— Você não vai partir antes da chegada do meu bebê, vai? — perguntou Jeralda.

— Se ele não chegar dentro dos próximos dias. Mas eu gostaria de ficar e ver o nascimento desse menino saudável. Você tem andado?

— Tenho, mas eu gostaria tanto de ter você aqui para ajudar.

— A sua mãe está aqui, além de várias outras mulheres que sabem tudo sobre bebês, sem falar em Jonclotan. Acho que você não vai ter nenhum problema, Jeralda. — Ayla olhou os três caçadores. — Vocês gostariam de sair comigo para caçar amanhã de manhã?

— Eu planejava sair daqui a alguns dias, mas por mim está bem — disse Lorigan. — Posso sair amanhã, especialmente se você vai partir logo. Tenho de admitir que me acostumei com seu grupo de caça, inclusive o lobo. Acho que trabalhamos bem juntos.

— Para onde você está pensando em ir? — perguntou Jonclotan.

— Já há algum tempo não vamos ao norte — respondeu Forason.

— Eu preferia evitar essa direção, porque os caçadores da Reunião de Verão devem estar caçando longe. Tenho certeza de que os animais estão ficando raros perto do acampamento. É por isso que quero levar alguma coisa comigo. Tenho o *travois* da Zelandoni, que posso usar para levar uma carcaça de bom tamanho.

— Isso é seguro? — disse Jeviva. — Não há perigo de você atrair algum animal caçador? Talvez fosse melhor não ir sozinha.

Marthona chegou, mas não disse nada. Achava que aquilo não ia preocupar Ayla, se ela já estava decidida a partir.

— Lobo me avisa. E creio que nós dois vamos ser capazes de espantar qualquer caçador de quatro patas.

— Até mesmo um leão-das-cavernas? — perguntou Jeralda. — Talvez fosse melhor você esperar até os caçadores poderem viajar com você.

Ayla sabia que Jeralda queria encontrar um motivo para que ela ficasse e a ajudasse a ter o bebê.

— Vocês não se lembram de quando nós caçamos um bando de leões-das-cavernas que tentou se fixar muito perto da Terceira Caverna? Era perigoso demais permitir que ele ficasse. Toda criança ou idoso teria sido considerado presa, tínhamos de fazê-los ir embora. Quando matamos o leão e algumas leoas, os outros fugiram.

— Claro, mas ali foi um grupo inteiro de caçadores, e você é só uma pessoa.

— Não. Lobo vai estar comigo, além de Huiin. Leões gostam de perseguir alguma coisa que sabem ser fraca. Acho que o cheiro de todos nós vai confundi-los, e eu vou ter o meu arremessador de lanças à mão. Além do mais, se eu partir bem cedo de manhã, talvez chegue lá antes do anoitecer. — Ayla então disse aos caçadores: — Vamos planejar sair para o sudeste amanhã.

Marthona ficou ouvindo em silêncio. Ela seria uma grande líder, disse para si mesma a antiga líder da Nona Caverna. Assume o comando sem hesitação, isso lhe vem naturalmente. Acho que ela vai ser uma Zelandoni de muita força.

*

Os caçadores voltaram no dia seguinte arrastando duas grandes renas. Ayla pensou em buscar Huiin para ajudar a arrastar a caça, mas os outros caçadores nem pensaram nesse auxílio. Esfolaram os animais, esvaziaram os estômagos, limparam os intestinos e jogaram fora as vísceras, mas guardaram o restante dos órgãos internos, depois agarraram as galhadas e começaram a arrancá-las. Já estavam acostumados a trazer suas caças sozinhos para casa.

Dois dias depois, Ayla estava pronta para partir. Colocou tudo no *travois* grande da Zelandoni, inclusive o alce embrulhado num tapete de capim tecido que Marthona a ajudou a fazer, e pretendia partir na manhã seguinte, para chegar ao acampamento da Reunião de Verão ao anoitecer, sem ter de impor um esforço excessivo a Huiin. Mas houve um atraso, não exatamente inesperado: Jeralda entrou em trabalho de parto durante a noite. Ayla ficou muito feliz. Estava acompanhando a gravidez durante todo o verão e não queria deixá-la quando estava tão perto. Mas não sabia exatamente quando a mulher daria à luz, se dentro de alguns dias ou depois de uma lua.

Daquela vez, a sorte esteve com Jeralda, que deu à luz uma menina antes do meio-dia. Seu companheiro e sua mãe ficaram tão felizes e alegres quanto ela. Após uma refeição, quando a mulher descansava confortavelmente, Ayla começou a ficar inquieta. Tudo estava pronto para a partida, ao passo que deixar a carne secar um pouco mais poderia acrescentar mais ao seu sabor, mas, se muito tempo se passasse, ela poderia ficar com o gosto forte demais, pelo menos para o paladar dela. Se não demorasse muito para empacotar tudo e partir, poderia sair naquele momento. Porém, caso partisse, provavelmente teria de dormir uma noite pelo caminho. Decidiu que partiria assim mesmo.

Depois das despedidas e das instruções de última hora para Jeviva, Jeralda e Marthona, Ayla partiu. Gostava de cavalgar Huiin sozinha, com Lobo ao seu lado, e parecia igualmente agradar os dois animais. O tempo estava bem quente, mas o cobertor de montaria no lombo de Huiin lhe dava algum conforto e absorvia o suor da mulher e da égua. Ela vestia uma túnica curta e uma saia semelhante à que havia usado quando viajara com Jondalar ao longo do calor do verão, e então se lembrou da Jornada, o que a deixou ainda mais saudosa dele.

Seu corpo, que havia engordado um pouco pela falta de exercício nos últimos anos, ficara mais magro devido à provação na gruta. Seus seios, que cresceram enquanto ela estava cheia de leite durante a amamentação de Jonayla e depois durante a gravidez, voltaram ao tamanho normal, e seu tônus muscular ainda estava bom. Sempre fora firme e bem-formada. Embora conte 26 anos, pensou, tenho a mesma aparência de quando ainda contava 17.

Cavalgou até o ocaso e fez acampamento ao lado do Rio. Dormir à noite na tenda pequena a fez pensar novamente em Jondalar. Deitou-se entre as peles e fechou os olhos, tendo visões do homem alto de expressivos olhos azuis, desejando que ele estivesse ali para abraçá-la, desejando sentir sua boca sobre a dele. Rolou, fechou os olhos e tentou novamente cair no sono. Continuou agitada, sem conseguir dormir. Lobo estava ao seu lado e começou a ganir.

— Eu não estou deixando você dormir, Lobo?

Ele se levantou e enfiou o nariz pela abertura sob a tenda, um rosnado na garganta. Contorceu-se e saiu por baixo da aba frouxamente amarrada através da abertura triangular da frente da pequena tenda, o rosnado tornando-se mais ameaçador.

— Lobo! Aonde você vai? Lobo?

Rapidamente ela soltou a aba e saiu, depois voltou e buscou o arremessador e algumas lanças. A lua minguante ainda dava luz suficiente para ver as formas refletidas. Viu o *travois* e notou que Huiin se afastava dele. Mesmo à parca luz da lua, ela soube, pelo movimento da égua, que ela estava nervosa. Lobo se agachava e se movia na direção do *travois*, um pouco atrás dele. Então, por um instante, ela vislumbrou uma forma, uma cabeça redonda com duas orelhas espetadas com as pontas peludas.

Um lince!

Lembrava-se bem do grande gato de pelo amarelo sarapintado, cauda curta e orelhas peludas. E longas pernas capazes de correr depressa. Foi o primeiro encontro com um lince o que a havia incentivado a aprender a atirar duas pedras em rápida sucessão com a sua funda, para não se ver desarmada depois do primeiro tiro. Certificou-se de que tinha mais de uma lança e armou a primeira, pronta a atirar.

Então ela viu a silhueta arrastando-se na direção do *travois*.

— Aaaiii! — gritou ela e correu na direção do gato. — Vá embora! Isso não é seu! Vá embora! Vá embora daqui!

Assustado, o lince deu um salto e fugiu em disparada. Lobo partiu atrás dele, mas depois de alguns momentos Ayla assoviou. Ele diminuiu a velocidade e depois parou, e quando ela assoviou novamente ele virou e retornou.

Ayla tinha trazido alguns gravetos. Ela os usou para avivar os carvões da fogueira que tinha feito para aquecer água para um chá que acompanharia o bolo de viagem que comeu antes de ir para a cama. Os carvões estavam apagados, então utilizou o kit de fazer fogo e acendeu uma nova fogueira. Quando conseguiu, usou um pouco como tocha para buscar mais lenha. Estava numa planície aberta atravessada pelo Rio. Perto do Rio havia algumas árvores, mas todas com a madeira verde, e algumas fezes ressecadas de animais, provavelmente de bisão ou auroque, o suficiente para manter uma fogueira pequena por algum tempo. Estendeu o rolo de dormir ao lado do fogo e se deitou com o Lobo ao lado. Huiin ficou perto de Ayla e do fogo.

Ela cochilou um pouco durante a noite, mas o menor ruído era suficiente para acordá-la. Não se preocupou em avivar novamente o fogo e se pôs a caminho pouco depois dos primeiros raios de sol, parando apenas o suficiente para o cavalo, o lobo e ela própria tomarem um gole de água do Rio. Comeu mais um bolo de viagem pelo caminho e viu a fumaça das fogueiras das cozinhas do acampamento antes do meio-dia. Ayla acenou para alguns amigos ao cavalgar ao longo do Rio, arrastando o *travois* e se dirigindo primeiro ao lugar rio acima onde a Nona Caverna tinha acampado antes.

Foi diretamente para o vale cercado de árvores. Sorriu ao ver o curral simples feito de madeira. Os cavalos relincharam trocando saudações ao primeiro cheiro. Lobo correu na frente para roçar o focinho com Racer, seu amigo desde os dias em que era apenas um filhote, e com Cinza, de quem ele havia cuidado desde que tinha nascido. Sentia-se quase tão protetor em relação a ela quanto em relação a Jonayla. Com exceção dos cavalos, o acampamento parecia deserto. Lobo começou a farejar uma tenda conhecida, e, quando ela levou para dentro a esteira, viu Lobo ao lado das peles de dormir de Jonayla. Olhou para ela, ganindo com uma necessidade ansiosa.

— Quer ir procurá-la, Lobo? Pode ir, encontre Jonayla — disse ela, dando a ele o sinal de que estava livre.

Lobo saiu correndo da tenda, farejou o chão para separar o cheiro dela dentre todos os outros, e disparou, cheirando o chão de vez em quando. Algumas pessoas tinham visto Ayla chegar, e antes que ela pudesse desempacotar a carne, amigos e parentes vieram cumprimentá-la. Joharran foi o primeiro, Proleva logo atrás.

— Ayla! Finalmente você chegou — disse Joharran, correndo até ela e lhe dando um abraço apertado. — Como está mamãe? Você não faz ideia da falta que ela faz. Na verdade, vocês duas.

Proleva a abraçou em seguida.

— Sim, como está Marthona? — perguntou, dando a Ayla tempo para responder.

— Está melhor, quero crer. Quando eu estava de saída, ela me disse que se estivesse tão bem quando todos partiram ela até poderia ter vindo.

— Como está Jeralda? — quis saber Proleva em seguida.

Ayla sorriu.

— Ela teve uma filha, ontem. O bebê parece perfeitamente saudável. Acho que não foi prematura. As duas parecem estar muito bem. Jeviva e Jonclotan estão muito felizes.

— Parece que você trouxe alguma coisa — disse Joharran, aproximando-se do *travois*.

— Lorigan, Forason, Jonclotan e eu caçamos um pouco. Encontramos um rebanho de renas no Vale do Capim, e caçamos dois machos. Deixei um lá, vai sustentá-los durante algum tempo. Trouxe o outro comigo. Pensei que um pouco de carne fresca seria um bom presente. Sei que os animais escasseiam aqui nesta época. Comemos um pouco antes da minha saída. Estão bons, já estão acumulando um pouco de gordura para o inverno.

Chegaram muitas outras pessoas da Nona Caverna e de outras Cavernas. Joharran e alguns deles começaram a descarregar o *travois*.

Matagan, o primeiro aprendiz de Jondalar, veio mancando, mas rápido, e a cumprimentou entusiasmado.

— Muita gente perguntou quando você ia chegar. Zelandoni sempre explicava que podia ser a qualquer momento. Mas ninguém a esperava no meio do dia — disse Garthadal. — Jondalar tinha certeza de que você só chegaria ao anoitecer ou mais tarde. Disse que quando decidisse viajar você provavelmente viria a cavalo e faria a viagem em um dia.

— Ele tinha razão. Pelo menos foi isso que eu planejei, mas durante a noite Jeralda entrou em trabalho de parto e o bebê nasceu de manhã. Estava inquieta demais para esperar, por isso parti à tarde e acampei à noite — explicou Ayla, olhando em volta. — Onde está Jondalar? E Jonayla?

Joharran e Proleva se entreolharam e em seguida desviaram o olhar.

— Jonayla está com outras meninas da idade dela — respondeu Proleva. — A Zelandonia tinha algumas coisas para elas fazerem. Elas vão participar de uma comemoração especial que Aqueles Que Servem planejaram.

— Não sei exatamente onde Jondalar está — disse Joharran, o cenho franzido como o do irmão. Ergueu os olhos atrás de Ayla e sorriu. — Mas aqui está alguém que quer muito vê-la.

Ayla se virou e olhou na direção em que Joharran tinha olhado. Viu um homem gigantesco de cabelos ruivos e uma grossa barba vermelha. Arregalou os olhos.

— Talut? Talut, é você? — gritou, correndo na direção do homem troncudo.

— Não, Ayla. Não sou Talut. Sou Danug, mas Talut me disse para lhe dar um grande abraço.

Ela não se sentiu esmagada — Danug tinha aprendido a tomar cuidado com sua enorme força —, mas envolvida, quase sufocada pelo tamanho do homem. Ele era mais alto que Jondalar, com seu 1,95m. Seus ombros eram quase tão largos quanto o de dois homens comuns, e seus braços eram do tamanho das coxas de muitos homens. Ela não conseguiu envolver os braços em torno do peito poderoso, e, apesar de sua cintura ser fina em comparação, as coxas e as pernas eram enormes.

Ayla só conhecia um homem comparável ao tamanho de Danug: Talut, o companheiro da mãe de Danug, o chefe do Acampamento do Leão dos Mamutói. E, na verdade, o jovem era maior.

— Eu disse que um dia viria visitá-la — disse ele depois de colocá-la novamente no chão. — Como você está, Ayla?

— Oh, Danug — disse ela, os olhos se enchendo de lágrimas. — Estou tão feliz em ver você. Há quanto tempo está aqui? Como você chegou? Como ficou tão grande? Acho que você está maior que Talut!

Ela caiu facilmente na língua Mamutói, mas, embora suas palavras fossem entendidas, suas perguntas não seguiam nenhuma ordem lógica.

— Eu também acho, mas nunca teria coragem de dizer isso a Talut.

Ao som daquela voz, Ayla se virou e viu outro rapaz. Parecia estranho, mas ao olhar com mais atenção começou a ver semelhanças com outros que conhecera. Ele se parecia com Barzec, apesar de ser maior que o homem baixo e troncudo que se unira a Tulie, a mulher corpulenta que chefiava o Acampamento do Leão. Era irmã de Talut e tinha quase o mesmo tamanho. O jovem tinha certa semelhança com os dois.

— Druwez? É você, Druwez?

— É difícil deixar de reconhecer um cara tão grande — disse o jovem, sorrindo para Danug. — Mas eu não sabia se você ia me reconhecer.

— Você mudou — comentou Ayla, abraçando-o —, mas vejo sua mãe e Barzec em você. Como eles estão? E como está Nezzie, e Deegie, e todo mundo? — perguntou, incluindo os dois no mesmo olhar. — Não tenho como lhes dizer a saudade que sinto de todos.

— Todos também têm saudade de você — afirmou Danug. — Mas trouxemos conosco uma pessoa que está ansiosa para conhecê-la.

Um homem alto com um sorriso tímido e cabelo castanho encaracolado estava parado um pouco atrás e avançou a um sinal dos dois jovens Mamutói. Ayla sabia que nunca o tinha visto, ainda assim havia nele algo estranhamente familiar, mas ela não conseguia identificar.

Danug fez a apresentação.

— Ayla dos Mamutói... agora Zelandonii, imagino, quero apresentar Aldanor, dos S'Armunai!

— S'Armunai — disse Ayla.

De repente, entendeu o que lhe era tão familiar nele. Suas roupas, especialmente a camisa. Era cortada e decorada no estilo único dos povos que ela e Jondalar tinham visitado inadvertidamente durante a Jornada. As lembranças voltaram a galope. Eles eram o povo que tinha capturado Jondalar, ou melhor, o Acampamento de Attaroa dos S'Armunai. Ayla com Lobo e os cavalos seguiu a trilha e o encontrou. Mas aquela não foi a primeira vez em que via uma camisa como aquela. Ranec, o homem Mamutói com quem ela quase se unira, tinha uma, trocada por entalhes.

Ayla percebeu de repente que os dois se encaravam. Ela se recompôs, deu um passo na direção do jovem com as duas mãos estendidas numa saudação.

— Em nome de Doni, a Grande Mãe Terra, também conhecida por Muna, você é bem-vindo, Aldanor dos S'Armunai.

— Em nome de Muna, eu agradeço, Ayla. — Deu um sorriso tímido. — Você pode ser Mamutói ou Zelandonii, mas por acaso você sabe que entre os S'Armunai você é conhecida como S'Ayla, Mãe da Estrela Lobo, enviada para destruir Attaroa, o Mau? Existem muitas histórias sobre você, eu nem acreditava que fosse uma pessoa em carne e osso. Pensava que você fosse uma Lenda. Quando Danug e Druwez pararam no nosso acampamento e disseram que estavam fazendo uma Jornada para visitá-la, pedi para vir junto. Agora nem acredito que estou sendo apresentado a você!

Ayla sorriu e balançou a cabeça.

— Não sei nada sobre histórias ou Lendas. As pessoas geralmente acreditam no que querem acreditar.

Ele parece ser um rapaz simpático, pensou.

— Trouxe uma coisa para você, Ayla — disse Danug. — Se você entrar, eu a entrego. — Ela o seguiu e entrou numa estrutura pequena coberta de couro, aparentemente a tenda de viagem dos dois, e o viu remexer num pacote. Puxou um objeto pequeno cuidadosamente embrulhado e amarrado. — Ranec me disse para lhe entregar isso em pessoa.

Ayla desembrulhou o pequeno pacote. Seus olhos arregalaram e ela engasgou de surpresa com o objeto na mão. Era um cavalo entalhado em marfim de mamute, pequeno o bastante para caber na mão, mas tão artisticamente esculpido que parecia vivo. A cabeça avançava à frente, como se corresse contra o vento. A crina levantada e a pelagem emaranhada foram esculpidas segundo um padrão de linhas que sugeriam a textura grosseira do couro de cavalo sem esconder a conformação reforçada do pequeno cavalo da estepe. Uma sombra de ocre amarelo, a cor do feno seco, havia sido aplicada no animal, repetindo a cor de um cavalo que ela conhecia, e um quase preto sombreava a parte inferior das pernas e o comprimento da espinha.

— Oh, Danug. Ela é linda. É Huiin, não é? — Ayla sorria, mas os olhos estavam marejados de lágrimas.

— É claro. Ele começou a entalhar este cavalo logo depois que você partiu.

— Acho que a coisa mais difícil que já fiz foi dizer a Ranec que ia partir com Jondalar. Como ele está, Danug?

— Está ótimo, Ayla. Acasalou com Tricie mais tarde naquele verão mesmo. Você sabe, a mulher que teve o filho que provavelmente veio do espírito dele? Ela agora tem três filhos. Ela é petulante, mas boa para ele. Começa a reclamar de alguma coisa e ele só sorri. Diz que adora o espírito dela. E ela não consegue resistir ao sorriso dele e o ama de verdade. Acho que Ranec nunca vai esquecer você completamente. De início, sua lembrança causou problemas entre os dois.

Ayla franziu o cenho.

— Que espécie de problema?

— Bem, ele a deixa fazer o que quer em praticamente tudo, e acho que no começo ela pensou que era fraco por ceder com tanta facilidade. E ela começou a forçar, para ver até onde podia chegar. Então começou a exigir coisas, que ele fizesse isso ou aquilo. Ele pareceu fazer daquilo um jogo. Por mais exorbitante, de alguma forma sempre conseguia o que ela queria, e entregava com um daqueles sorrisos. Você conhece.

— Conheço, sim. — Ayla sorriu através das lágrimas ao se lembrar.

— Ele ficava cheio de si, como se tivesse acabado de vencer uma competição, ficava convencido da própria inteligência. Então ela começou a mudar tudo de lugar. O local de trabalho dele, os instrumentos, todas as coisas especiais que ele havia colecionado e adquirido. Ranec deixou. Acho que queria ver até onde ela ia chegar. Mas eu estava na casa no dia em que Tricie resolveu mexer no cavalo. Nunca o vi com tanta raiva. Não levantou a voz nem fez nada, simplesmente lhe disse para colocar o cavalo onde estava. Ela ficou surpresa. Acho que não acreditou. Ele sempre tinha cedido. Ranec lhe disse outra vez para colocar o cavalo onde estava. Quando ela não obedeceu, ele agarrou-lhe o pulso com força e o tomou dela. E lhe disse para nunca mais tocar naquele cavalo. Disse que, se ela tocasse, ele quebraria o voto de casamento e pagaria o preço. Disse que a amava, mas um pedaço dele ela nunca teria. Se não pudesse aceitar essa condição, ela podia ir embora.

"Tricie saiu correndo da casa, chorando, mas Ranec só pôs o cavalo no seu lugar, sentou e começou a entalhar. Quando ela finalmente voltou, já era noite. Não pude deixar de ouvir, a casa deles é colada na nossa, e, bem, acho que queria ouvir. Ela lhe disse que queria ficar com ele. Disse que o amava, sempre o amara, e queria ficar com ele mesmo que ele ainda amasse você. Prometeu nunca mais tocar o cavalo. E não tocou. Acho que ela aprendeu a respeitá-lo, e perceber o que realmente sentia por ele. Ele está feliz, Ayla. Acho que nunca vai esquecer você, mas é feliz."

— Eu também nunca vou esquecê-lo. Ainda penso nele às vezes. Se não fosse por Jondalar, eu teria sido feliz com Ranec. Eu o amava, mas amava Jondalar mais. Fale-me dos filhos de Tricie.

— Aquela composição de espíritos produziu uma mistura interessante — contou Danug. — O filho mais velho, você o viu, não? Tricie o levou àquela Reunião de Verão.

— Sim, eu o vi. Tinha a pele muito clara. Ainda é clara?

— Sua pele é a mais clara que já vi, a não ser onde é coberta de sardas. Tricie tem cabelo vermelho e é clara, mas não tanto quanto ele. Seus olhos são azul-claros e ele tem cabelos anelados vermelho-alaranjados. Não suporta a luz do sol, que lhe queima a pele. E, se for realmente forte, prejudica seus olhos, mas, a não ser pela cor, é uma cópia perfeita de Ranec. É estranho ver os dois juntos, a pele escura de Ranec ao lado da pele clara de Ra, mas o rosto idêntico. Ele tem ainda mais senso de humor que Ranec. É capaz de fazer qualquer um rir e adora viajar. Se não se tornar um Contador de Histórias Viajante, para mim será uma surpresa. Não aguenta esperar até ter idade para viajar sozinho. Queria vir conosco na nossa Jornada. Se fosse um pouco mais velho, eu o teria trazido. Teria sido uma ótima companhia.

"A filhinha de Tricie é linda. Tem a pele escura, mas não tanto quanto a de Ranec. Tem os cabelos pretos como a noite, mas os cachos são mais macios. Tem olhos negros, sérios. É calma, delicada, mas juro que não existe homem que, vendo-a, não fique encantado. Ela não vai ter a menor dificuldade em encontrar um parceiro. O bebê é moreno como Ranec. E apesar de ser difícil dizer acho que vai se parecer mais com Tricie."

— Parece que Tricie é um bom acréscimo ao Acampamento do Leão, Danug. Gostaria de ver seus filhos. Eu também tenho uma filha — disse Ayla, e então se lembrou de que acabara de perder outro que teria nascido pouco depois, por ter sido "chamada" à gruta profunda. Gostaria de lhe dizer que é mais que uma combinação de espíritos que faz os filhos.

— Eu sei. Já conheci Jonayla. Ela é idêntica a você, a não ser pelos olhos de Jondalar. Gostaria de poder levá-la comigo e mostrá-la a todos lá. Nezzie ia amá-la. Eu já estou apaixonado por ela, como me apaixonei por você quando era menino — confessou Danug, com uma risada alegre.

Ayla pareceu tão surpresa que ele riu ainda mais forte, e ela ouviu a risada ribombante de Talut saindo de Danug.

— Apaixonado por mim?

— Não estou surpreso por você não ter notado. Entre Ranec e Jondalar, você já tinha preocupações demais, mas eu não conseguia parar de pensar em você. Sonhava com você. E ainda estou apaixonado por você, Ayla. O que acha de voltar comigo para o Acampamento do Leão?

Seu rosto exibia um sorriso largo e seus olhos brilharam, mas havia algo mais. A sugestão de um desejo que ele sabia que nunca seria concretizado. Ela desviou o olhar e mudou de assunto.

— Fale-me dos outros. Como estão Nezzie e Talut, Latie e Rugie?

— Mamãe está ótima. Está envelhecendo, só isso. Talut está perdendo os cabelos e detesta isso. Latie acasalou e tem uma filha, e ainda fala de cavalos. Rugie está procurando um companheiro. Ou melhor, os rapazes olham para ela. Já teve os Primeiros Ritos, tal como Tusie, na mesma época. Oh, e Deegie tem dois filhos. Ela me pediu para lhe dar um abraço. Você não chegou a conhecer o irmão dela, Tarneg, conheceu? Sua companheira tem três filhos pequenos. Você sabia que construíram um abrigo de terra ali perto; Deegie e Tarneg são os chefes. Tulie está feliz por poder ver os netos praticamente todos os dias. E ela tomou outro companheiro. Barzec diz que ela é muita mulher para um homem só.

— Eu o conheço? — perguntou Ayla.

Danug sorriu.

— Na verdade, você conhece. É Wymez.

— Wymez! Você quer dizer o homem da casa de Ranec, o lascador de pedra que Jondalar admira tanto?

— Isso mesmo, aquele Wymez. Ele surpreendeu a todos; até Tulie, acredito. E a velha Mamut foi para um outro mundo. Temos um novo, mas é difícil se acostumar a outra pessoa na Terceira Casa.

— Que pena! Eu amava aquele velho. Estou treinando para ser Uma Que Serve À Mãe, mas foi ele quem começou tudo. Meu treinamento está quase completo — disse Ayla. Não queria contar muito antes de conversar com Zelandoni.

— Foi o que Jondalar me disse. Eu sempre tive a impressão de que você Serviria À Mãe. Mamut nunca a teria adotado se não pensasse a mesma coisa. Houve um tempo em que o Acampamento do Leão pensou que você talvez pudesse ser Mamut, depois que o velho deixou este mundo. Ayla, você pode ser Zelandonii, mas ainda é Mamutói, ainda é aceita no Acampamento do Leão.

— Fico feliz em saber. Não importam os nomes e as ligações que eu possa adquirir, no meu coração eu serei sempre Ayla dos Mamutói.

— Você adquiriu alguns nomes e deixou um rastro de histórias na sua Jornada. Não somente dos S'Armunai. Cheguei mesmo a ouvir histórias sobre você de pessoas que nunca a conheceram. Você foi tudo: desde uma curadora consumada e controladora de forças espirituais surpreendentes até a encarnação da Grande Mãe Terra, uma muta viva, que aqui acho que vocês chamam de donii, que veio para ajudar Seu povo. E Jondalar era seu companheiro louro e belo, ou como dizem aqui: "Seu amante pálido e luminoso." Até Lobo é uma encarnação, da Estrela Lobo. As histórias dele vão desde fera vingadora até uma criatura amável que cuida de bebês. Os cavalos também. Eram animais maravilhosos que o Grande Espírito Cavalo permitiu que você controlasse. Há uma história do povo de Aldanor que afirmava que os cavalos voavam e levavam você e Jondalar de volta aos nossos lares no outro mundo. Eu até comecei a me perguntar se todas as histórias se referiam à mesma pessoa, mas depois de conversar com Jondalar, acredito que vocês tiveram aventuras interessantes.

— Acho que as pessoas gostam de aumentar as histórias para torná-las mais interessantes. E quem pode provar que estão erradas após as pessoas sobre quem são as histórias partirem? Nós simplesmente voltamos para a casa de Jondalar. Você mesmo deve ter tido a sua cota de aventuras.

— Mas nós não viajamos com um par de cavalos mágicos e um lobo.

— Danug, você sabe que aqueles animais não têm nada de mágico. Você mesmo viu Jondalar domar Racer, e viu quando eu trouxe Lobo para o acampamento quando ele ainda era um filhotinho. Ele é só um lobo que se acostumou com pessoas por ter sido criado entre elas.

— Por falar nisso, onde está aquele animal? Gostaria de saber se ele ainda se lembra de mim.

— Logo que chegamos aqui, ele saiu correndo procurar Jonayla.

— Parece que ela está com amigos da sua idade fazendo alguma coisa para a zelandonia. Mas ainda não vi Jondalar. Ele disse alguma coisa sobre ir caçar?

— Não para mim — disse Danug —, mas nós três não andamos tanto por aí, somos estrangeiros, vindos de muito longe, no entanto, apresentados por Jondalar como parentes seus, fomos recebidos como da família. Todos querem ouvir nossas histórias e perguntar sobre nosso povo. Fomos convidados a participar dos Primeiros Ritos. Até eu, grande como sou, apesar de ter sido interrogado sobre minha experiência com moças tão jovens, e acho que fui testado por uma ou duas "donii-mulheres". — O enorme jovem sorriu deliciado. — De início, Jondalar traduziu para nós, mas estamos aprendendo Zelandonii e já nos viramos tranquilamente sozinhos. Todos foram maravilhosos, mas querem nos dar coisas, e você sabe como é difícil carregar muita coisa em Jornada. Na verdade, trouxe uma coisa que você esqueceu quando saiu de lá. Entreguei para Jondalar. Você se lembra da peça de marfim que Talut deu a você quando partiu? A que mostrava os marcos na estrada para orientá-la na Jornada.

— Lembro. Tivemos de deixar para trás por falta de espaço.

— Laduni me entregou para eu devolver a você.

— Ele deve ter ficado muito feliz. Era uma coisa que ele queria ter guardado como lembrança do período passado no Acampamento do Leão.

— Entendo bem. Os S'Armunai me deram uma coisa que certamente vou guardar. Deixe-me mostrar. — Tirou uma figura de um mamute feito de um tipo de material muito duro e estranho. — Não sei que pedra é esta. Aldanoi diz que eles a fazem, mas não sei se acredito.

— Na verdade, eles fazem mesmo essa pedra. Começam com a argila mole, dão forma e queimam num fogo muito quente num espaço fechado, como um forno construído na terra, até ela se transformar em pedra. Eu vi a S'Armunai das Três Irmãs fazendo. Foi ela quem descobriu como fazer aquela pedra. — Ayla parou brevemente com um olhar distante, como se observasse uma lembrança. — Ela não era má, mas Attaroa envenenou seu espírito durante algum tempo. Os S'Armunai são um povo interessante.

— Jondalar me disse o que aconteceu com vocês lá. Mas Aldanor vem de outro acampamento. Pernoitamos em Três Irmãs. Achei estranho haver tantas mulheres, mas todos foram muito hospitaleiros. Depois de conversar com Jondalar, entendi que talvez não teríamos chegado até aqui se vocês não tivessem passado por lá antes. Tremo só de pensar — disse Danug.

A cobertura de couro da entrada se moveu. Danug e Ayla viram Danalar olhando para dentro.

— Se eu soubesse que você queria ficar a sós com ela, eu teria pensado melhor antes de trazer vocês conosco a esta Reunião de Verão, meu jovem. — falou Dalanar sério, porém depois sorriu. — Mas não posso condenar você. Sei que não a via já há muito tempo, mas há muito mais gente que quer falar com esta jovem.

— Dalanar! — Ayla se levantou e saiu da tenda para abraçá-lo. Tinha envelhecido, mas ainda se parecia tanto com Jondalar que ela sentiu no coração um calor ao vê-lo. — Danug e os outros vieram com você? Como eles o encontraram?

— Por acaso, ou foi o destino, dependendo da pessoa a quem você perguntar. Alguns de nós saímos para caçar. Há um vale perto que atrai muitos rebanhos. Eles nos viram e indicaram que gostariam de participar da caçada. Para nós seria ótimo ter a ajuda de três jovens saudáveis. Eu já havia calculado que, se tivéssemos muita sorte nas caçadas, o suficiente para guardar um pouco de carne para o inverno e trazer um pouco conosco, poderíamos ir à Reunião Zelandonii deste ano. A ajuda deles fez diferença. Contamos seis bisões mortos. Só mais tarde este jovem começou a fazer perguntas sobre você e Jondalar, e como encontrar os Zelandonii.

Dalanar indicou o enorme homem ruivo que saía da tenda.

— A língua foi um problema. A única coisa que Danug dizia era "Jondalar da Nona Caverna dos Zelandonii". Tentei lhe dizer que Jondalar era filho de minha casa, mas não tive sorte. Então Echozar voltou da mina de pedras, e Danug começou a falar com ele por sinais. Ele ficou surpreso ao ver que Echozar falava por sinais, mas não tanto quanto Echozar ao ver Danug e Druwez falarem com ele por sinais. Quando Echozar lhe perguntou onde havia aprendido, ele nos contou do irmão, um menino que sua mãe tinha adotado, que morreu. Disse que foi você, Ayla, quem ensinou os sinais de mão a todos para que ele pudesse falar e ser entendido.

"De início, foi assim que nós conseguimos nos comunicar. Danug e Druwez conversavam com Echozar por sinais e ele traduzia. Decidi então, e disse a Danug que estávamos indo à Reunião de Verão dos Zelandonii e o levaríamos conosco. No dia seguinte, por acaso, chegaram Willamar e seu grupo. É impressionante a facilidade com que ele se comunica com pessoas, mesmo que não conheça a língua."

— Willamar também está aqui? — Ayla estava surpresa.

— Estou aqui, sim.

Ayla girou e sorriu com prazer ao ver o velho Mestre Comerciante. Abraçaram com afeto caloroso.

— Você também veio com os Lanzadonii?

— Não, não viemos com eles. Ainda tínhamos que fazer algumas paradas para terminar a ronda. Chegamos aqui há poucos dias. Estava me preparando para voltar para a Nona Caverna.

— Na verdade, viemos mais cedo este ano — disse Dalanar. — Eu sabia onde a Nona provavelmente ia instalar seu acampamento, e nós estamos aqui perto.

— Eu fui uma das pessoas que viram a chegada da Nona Caverna — falou Danug. — Quando vi os cavalos à distância, soube que tinha de ser seu povo, Ayla. Fiquei muito desapontado ao ver que você não estava com eles, apesar de ficar feliz ao encontrar Jondalar. Pelo menos com ele eu podia falar Mamutói. Reconheci imediatamente Jonayla como sua filha, especialmente quando a vi sentada no lombo daquele cavalo cinza. Se você não tivesse vindo, eu ia voltar à Nona Caverna e lhe fazer uma surpresa, mas foi você quem nos surpreendeu.

— Você é uma surpresa, Danug, uma boa surpresa. E ainda pode nos visitar na Nona Caverna. — Ayla dirigiu-se para Dalanar: — Estou feliz por você ter decidido vir com os Lanzadonii. Jerika está com vocês? Marthona vai ficar muito desapontada por não vê-los.

— Fiquei triste ao saber que ela não vinha. Jerika também estava ansiosa por vê-la. É impressionante como elas ficaram amigas. Como está Marthona?

— Não muito bem. — Ayla balançou a cabeça. — Ela se queixa de dor nas juntas, mas é mais que isso. Ela tem dores no peito e dificuldade para respirar quando se exercita demais. Eu já havia planejado vir à Reunião o mais rápido que pudesse, mas detestei deixá-la. Porém ela parecia bem melhor quando eu saí.

— Você acha mesmo que ela está melhor? — perguntou Willamar, com expressão séria.

— Ela disse que, caso se sentisse tão bem quando a Nona Caverna saiu, talvez tivesse vindo, mas acho que ela não teria forças para andar todo o caminho.

— Alguém poderia tê-la carregado — disse Dalanar. — Eu carreguei Hochaman nos meus ombros até as Grandes Águas do Oeste, duas vezes, antes de ele morrer. — Dalanar voltou-se para Danug. — Hochaman era o companheiro da mãe de Jerika. Eles viajaram desde as Grandes Águas do Leste, duas vezes. Suas lágrimas se misturaram ao sal das Grandes Águas do Oeste, mas eram lágrimas de felicidade. Foi seu maior desejo chegar até onde a terra acaba, mais longe do que qualquer outro viajante.

— Nós nos lembramos dessa história, Dalanar, e pensamos em carregá-la, mas ela não quis vir nos ombros de Jondalar. Acredito que pensou que seria pouco digno. Também não quis vir montada em Huiin. Eu ofereci, mas ela não quis. Gosta dos cavalos, só que a ideia de montar num a assustava. — Ayla notou o *travois*, a construção simples agora descarregada no chão. — Você acha que ela se importaria de viajar no *travois*, Willamar?

— Além disso, poucas pessoas poderiam se revezar carregando-a numa liteira — ofereceu Dalanar. — Com quatro pessoas, uma em cada canto, seria fácil. Ela não é pesada.

— E ela poderia se sentar e não teria de viajar olhando para trás. Estou tentado a mandar Jondalar ir buscá-la, mas ainda não o vi. Você já o encontrou, Dalanar? — perguntou Ayla.

— Não. Não o vi o dia inteiro. Ele pode estar em muitos lugares. Você sabe como são as coisas num encontro como este. Não vi nem mesmo Bokovan o dia inteiro.

— Bokovan? Joplaya e Echozar estão aqui? Pensei que Echozar tivesse prometido nunca mais voltar depois da confusão por causa de sua união com Joplaya — disse Ayla.

— Foi necessária muita persuasão. Jerika e eu pensamos que ele devia vir por causa de Bokovan. Ele vai precisar encontrar uma companheira, e os Lanzadonii ainda são muito poucos. Todos os jovens são criados como irmãos, e você sabe como é quando as crianças são criadas juntas. Elas não se consideram companheiras potenciais. Eu disse a Echozar que poucas pessoas não concordaram, mas ele não se convenceu. Só decidiu vir quando este enorme Mamutói e seu primo, Druwez, se juntaram a nós. Eles ajudaram muito.

— O que eles fizeram?

— Aí é que está: não fizeram nada. Você sabe como as pessoas se sentem pouco à vontade perto de Echozar nos primeiros dias. Você não, mas é uma exceção. Acho que é por isso que ele sempre teve um apreço especial por você. Danug também ficou tranquilo e começou a falar com ele por sinais. O jovem S'Armunai também não pareceu se perturbar com Echozar. Aparentemente o povo dele não vê as pessoas de espíritos mistos com tanto antagonismo como alguns Zelandonii.

— Acho que é isso mesmo — disse Ayla. — As misturas são mais comuns e mais aceitas entre eles, ainda que não inteiramente, especialmente quando a aparência do Clã é tão forte quanto em Echozar. Mesmo lá ele poderia enfrentar problemas.

— Aldanor não. Os três jovens o aceitaram tão naturalmente como a qualquer outro. Não o trataram como uma exceção, nem fizeram nenhum esforço para ser simpáticos. Só o trataram como qualquer outro rapaz. Quero crer que Echozar percebeu que não é todo mundo que o odeia, ou tem restrições a ele. Se ele era capaz de fazer amigos, Bokovan também podia. Na verdade, aquele casal que se acasalou quando você também o fez, Jondecam e Levela? Eles praticamente adotaram Bokovan. Fica o tempo todo com eles, brincando com as crianças, e com todas as crianças que parecem sempre correr pelo acampamento. Não sei como eles aguentam ter tantas crianças lá todo o tempo.

— Levela tem uma paciência enorme. Acho que ela adora crianças. — Ayla voltou-se para Danug. — Você volta conosco para a Nona Caverna, não? Nem sabemos ainda o que todo mundo anda fazendo no Acampamento do Leão.

— Nós gostaríamos mesmo de passar o inverno com você. Eu gostaria de ir até as Grandes Águas do Oeste antes de voltar. Além do mais, não vejo como tirar Aldanor daqui antes da primavera, talvez só depois — disse Danug sorrindo para o amigo.

— Por que não? — quis saber Ayla.

— Quando você o vir perto da irmã de Jondalar, vai entender.

— Folara?

— É, Folara. Ele está caidinho por ela. Completamente, totalmente, está louco por ela, e acho que o sentimento é mútuo. Pelo menos ela parece gostar de estar com ele. Passa muito tempo com ele.

Apesar de ter falado Mamutói, Danug sorria. A língua de Aldanor era semelhante, e ele tinha aprendido um pouco de Mamutói durante a Jornada, e o nome dela era o mesmo em qualquer língua. Ayla viu o rosto de Aldanor enrubescer. Ela ergueu as sobrancelhas e sorriu.

A moça alta e graciosa que Folara havia se tornado atraía facilmente a atenção aonde quer que fosse. Tinha a elegância natural da mãe e o charme tranquilo de Willamar e, tal como Jondalar sempre havia dito, Folara era linda. Sua beleza não era a manifestação consumada que Jondalar tinha sido na juventude, e ainda era. Sua boca era um tanto generosa demais, seus olhos um tanto separados demais, o cabelo castanho-claro um tanto fino demais, mas as pequenas imperfeições só a tornavam mais acessível e atraente.

Não faltavam pretendentes, mas nenhum havia atraído Folara, ou atendido às suas esperanças ocultas. A falta de interesse na escolha de um parceiro deixava sua mãe louca: ela queria ter um neto da própria filha. Depois de passar tanto tempo com a mulher, ela passou a entendê-la melhor e se convenceu de que o interesse de Folara pelo jovem S'Armunai teria grandes consequências para Marthona. A grande pergunta era se Aldanor decidiria ficar com os Zelandonii, ou Folara iria com ele de volta aos S'Armunai. Marthona tinha de estar ali, pensou Ayla.

— Willamar, você já notou o interesse de Folara neste jovem S'Armunai? — perguntou Ayla, sorrindo do rosto rubro do visitante.

— Agora que você menciona, acho que os dois passaram muito tempo juntos desde que cheguei.

— Você conhece Marthona, Willamar. Sabe que ela gostaria de estar aqui se Folara se interessar seriamente por um jovem, especialmente um rapaz que talvez queira que ela o acompanhe para sua terra. Tenho certeza de que ela viria se pudesse.

— Você tem razão, Ayla, mas ela está suficientemente forte?

— Você falou em trazê-la numa liteira, Dalanar. Quanto tempo calcula que alguns homens fortes levariam para ir à Nona Caverna e trazê-la para cá?

— Poucos dias para bons corredores, talvez o dobro para trazê-la de volta, mais o tempo necessário para ela se preparar. Você acha mesmo que ela está bem?

— Jerika estaria bem se fosse Joplaya? — perguntou Ayla, e Dalanar concordou, entendendo. — Marthona me pareceu muito melhor quando saí, e ela não vai ter de fazer nenhum esforço. Acho que vai ficar tão bem aqui, onde tantas pessoas podem ajudá-la, quanto está na Nona Caverna. Ela gosta dos cavalos, para vê-los e tocá-los, e acho que, nas circunstâncias, ela seria capaz até de embarcar num *travois*, mas acredito que ela se sentiria melhor sentada numa liteira e em condições de conversar com as pessoas pelo caminho. Eu pediria a Jondalar, mas ninguém sabe onde ele está. Você e Dalanar, e, quem sabe, Joharran, poderiam tomar providências, Willamar?

— Acho que podemos, Ayla. Você tem toda razão. A mãe de Folara precisa estar aqui se ela está seriamente interessada em se casar, especialmente com um estrangeiro.

— Mamãe! Mamãe! Você veio! Finalmente você veio! — chamou uma voz do lado de fora, uma interrupção que Ayla ficou encantada ao ouvir.

Virou-se, sorriu e seus olhos brilharam quando ela estendeu os braços para a menina que corria até ela, com o lobo trotando ao lado. Sua filha praticamente voou até seus braços.

— Senti tanta saudade — disse Ayla, abraçando-a apertado, então se afastou para olhá-la e a abraçou outra vez. — Como você cresceu, Jonayla! — disse ela ao pô-la novamente no chão.

Zelandoni tinha seguido a menina, com passo mais lento, e sorriu calorosamente para Ayla quando se aproximou. Depois de se abraçarem, ela perguntou:

— Você terminou suas observações?

— Terminei, ainda bem, mas foi empolgante ver o sol parar e voltar e marcar eu mesmo o fenômeno. O único problema foi não ter ninguém que entendesse para poder dividir isso. Pensei em você o tempo todo.

Zelandoni observou atentamente a jovem. Havia alguma coisa diferente nela, Ayla tinha mudado. A mulher tentou descobrir. Ayla perdeu peso, esteve doente? Já devia estar mostrando a barriga, mas a cintura estava mais fina e seus seios, menores. Oh, Doni, pensou. Ela não está mais grávida. Deve ter abortado.

Mas não era só isso, havia uma nova segurança nas suas atitudes, uma aceitação da tragédia, um ar de autoconfiança. Sabia quem era: uma Zelandoni! Ela foi "chamada"! Foi quando ela deve ter perdido o bebê.

— Vamos ter de conversar, não vamos, Ayla? — perguntou a Primeira enfatizando o nome. Podia ser chamada de Ayla, mas já não era Ayla.

— Sim — respondeu a jovem.

Não precisou dizer mais nada. Sabia que A Que Era A Primeira Entre Aqueles Que Serviam À Mãe Terra ia entender.

— Deve ser logo.

— Sim, deve.

— E, Ayla, sinto muito. Eu sabia como você queria o bebê — disse baixinho.

Antes que Ayla pudesse responder, mais gente se juntou.

Quase todos os seus amigos íntimos e parentes vieram ao acampamento para saudá-la. Todos pareciam estar lá, com exceção de Jondalar, e ninguém parecia saber onde ele estava. Geralmente, quando uma pessoa saía do acampamento da Reunião para ficar sozinha ou só com mais uma ou duas outras, dizia a alguém aonde estavam indo. Ayla começava a se preocupar, mas ninguém mais parecia estar aflito. Muitos ficaram para ter uma refeição ou um lanche. Contavam casos que aconteceram, falavam de outras pessoas, de quem estava se casando, quem tinha tido ou esperava outro filho, quem havia resolvido cortar o nó ou tomar um segundo companheiro, fofocas amistosas.

À tarde, as pessoas começaram a ir embora para outras atividades. Ayla estendeu a esteira e o restante dos pertences que tinha trazido. Estava feliz por ter levado os cavalos para a campina na floresta, para o curral que tinha sido feito. Não tanto para manter os cavalos dentro, mas para manter as pessoas fora. Em circunstâncias normais, cavalos soltos no pasto eram caça. Embora todos soubessem dos cavalos da Nona Caverna, para não deixar dúvidas de que aqueles eram realmente cavalos especiais, uma área era conspicuamente cercada. Jondalar e Ayla sempre levavam os cavalos às estepes, para cavalgar ou deixá-los pastar, mas sempre que estavam fora do curral ela sabia que alguém estava com eles.

Jonayla saiu com Zelandoni e Lobo para a área da zelandonia para terminar de definir os detalhes da noite especial que planejavam. Ayla decidiu escovar Huiin depois da longa e poeirenta viagem, depois foi para o pasto com pedaços macios de couro e escovas. Também escovou Racer e Cinza, só para lhes dar uma coceira e um pouco de atenção.

Olhou para o regato que corria ao longo do vale antes de cair no Rio e se lembrou da última vez em que a Reunião aconteceu naquele mesmo lugar. Lembrou-se de que um pouco acima havia um lugar propício para nadar. Poucas pessoas o conheciam, pois ficava longe do acampamento da Reunião, o que o tornava inconveniente para uso. Naquela época, Ayla ainda não conhecia o povo adotado, e ela e Jondalar costumavam ir lá quando queriam se afastar das multidões e passar algum tempo sozinhos.

Seria bom nadar, pensou, e o rio estava meio lamacento de tanto uso. Começou a andar rio acima na direção da curva que cortava um buraco mais profundo na margem externa e deixava uma praia de pedrinhas no lado interno. Ela sorriu, pensando em Jondalar e no que faziam ao lado do regato. Pensava tanto nele, em tudo que ele a fazia sentir. Sentiu-se aquecer ao seu toque imaginado e até notou que o interior das pernas estava molhado. Não seria interessante tentar fazer outro bebê?, pensou.

Ao se aproximar da lagoa de nadar, ouviu o som de água estourando, e então vozes, e quase voltou. Parece que alguém mais encontrou este lugar, pensou. Detesto perturbar um casal que busca um lugar para ficar sozinho. Mas talvez não fosse um casal, podia ser apenas algumas pessoas saindo para nadar. Ao se aproximar, ouviu a voz de uma mulher, depois a de um homem. Não entendeu as palavras, mas alguma coisa naquela voz a perturbou.

Moveu-se tão silenciosamente como quando perseguia um animal com sua funda. Ouviu mais conversa, então um riso profundo de puro abandono. Ela conhecia aquele riso, apesar de não o ter ouvido muito durante os últimos tempos, e de qualquer forma ele era mesmo raro. Então ela ouviu a voz da mulher e a reconheceu. Sentiu uma pontada na boca do estômago ao olhar através dos arbustos que cercavam a pequena praia.

32

Jondalar e Marona acabavam de sair da água quando Ayla espiava através dos arbustos. Com uma pontada de angústia, viu Marona se voltar de frente para Jondalar, pôr os braços em volta dele e apertar o corpo nu contra o dele, se esticando para beijá-lo. Jondalar abaixou a cabeça para alcançar os lábios dela. Com horror fascinado, viu as mãos dele acariciarem o corpo dela. Quantas vezes ela havia sentido aquelas mãos experientes?

Ayla quis correr, mas não conseguiu se mover. Os dois andaram alguns passos, até o tapete de couro macio estendido na grama adiante. Ela viu que ele não estava excitado. Mas ninguém o tinha visto desde a chegada de Ayla, ele esteve ausente durante todo o dia, e ela sabia que eles já tinham usado o tapete de couro, pelo menos uma vez. Marona se apertou novamente contra o corpo dele, beijou-o apaixonada, como se estivesse faminta, e se deixou cair lentamente diante dele. Com um riso lânguido, Marona fechou a boca em torno do seu órgão flácido enquanto Jondalar observava.

Ayla percebeu o aumento da excitação na sua expressão de intenso prazer. Ela nunca tinha visto seu rosto quando fazia aquilo, seria aquela sua expressão? À medida que Marona se movia ritmicamente indo e vindo, o órgão crescia e se alongava-se, afastando-a. Para Ayla, era uma agonia vê-lo com ela. Mal conseguia respirar, sentia um nó dolorido nas entranhas, a cabeça latejava. Nunca tinha sentido aquilo antes. Aquela angústia era ciúme? Fora isso que Jondalar sentira quando ela foi para a cama de Ranec, pensou? Por que ele não me disse? Eu não sabia, nunca tinha sentido ciúme, e ele nunca me disse. Só dizia que eu tinha o direito de escolher quem eu quisesse.

Isso quer dizer que ele tem o direito de estar ali com Marona!

Sentiu que os olhos se enchiam de lágrimas, era insuportável, ela tinha de ir embora. Virou-se e começou a correr cegamente através da vegetação, mas tropeçou numa raiz exposta e despencou no chão.

— Quem está aí? O que está acontecendo?

Ayla ouviu a voz de Jondalar. Levantou-se tropeçando e começou a correr novamente, enquanto Jondalar abria caminho através da vegetação.

— Ayla? Ayla! — disse ele numa surpresa chocada. — O que você está fazendo aqui?

Ela se virou para encarar o homem que vinha atrás dela.

— Eu não queria interferir — disse ela, tentando se recompor. — Você tem o direito de copular com quem quiser, Jondalar. Até com Marona.

Marona se aproximou atravessando a vegetação e abraçou Jondalar, apertando o corpo contra o dele.

— Isso mesmo, Ayla — disse ela com uma risada exultante. — Ele pode copular com quem quiser. O que você espera que um homem faça quando sua mulher está ocupada demais para ele? Nós copulamos muito, e não só neste verão. Por que você imagina que eu voltei para a Nona Caverna? Ele não quis que eu lhe contasse, mas agora que você já sabe, é melhor ficar sabendo da história toda. — Ela riu novamente e falou com uma expressão de escárnio: — Você o roubou de mim, Ayla, mas não conseguiu guardá-lo só para você.

— Eu não o roubei de você, Marona. Eu nem conhecia você antes de chegar aqui. Jondalar me escolheu por sua livre e espontânea vontade. Ele pode escolher você, se quiser, mas, me diga, você o ama realmente? Ou está apenas tentando criar problema? — questionou Ayla e então se virou e foi embora correndo com toda dignidade que conseguiu reunir.

Jondalar se desvencilhou da mulher presa ao seu corpo e alcançou Ayla em alguns passos.

— Ayla, por favor, espere! Deixe-me explicar!

— O que há para explicar? Marona tem razão. Como eu poderia esperar outra coisa? Você estava no meio do ato, Jondalar. Por que não volta e termina? Tenho certeza de que Marona vai ser capaz de excitá-lo de novo. Você já estava bem adiantado.

— Eu não quero Marona. Não se eu puder ter você, Ayla.

De repente, Jondalar teve medo de perdê-la. Marona olhou-o surpresa. Percebeu que não significava nada para ele. Nunca significou nada. Colocou-se à disposição dele e se tornou um meio fácil de atender às suas necessidades. Marona os olhou com raiva, mas Jondalar nem notou. Estava concentrado em Ayla. Desejava não ter cedido aos convites de Marona, não a ter usado tão descuidadamente. Estava tão concentrado em Ayla, em descobrir o que dizer que pudesse de alguma forma explicar como se sentia, que nem notou quando a mulher com quem estivera passou correndo ao seu lado com as roupas enroladas nos braços. Mas Ayla notou.

Como homem, depois que voltara do período passado com Dalanar, Jondalar sempre podia escolher a mulher que quisesse, mas nunca amou nenhuma delas. Nada se comparava à loucura de seu primeiro amor, e a lembrança daquelas emoções poderosas se tornou mais forte com o escândalo e a vergonha em que caíram Zolena e ele. Ela tinha sido sua donii-mulher, sua instrutora e orientadora nas atitudes do homem com uma mulher, mas ele não devia amá-la. Nem ela devia tê-lo permitido.

Ele passou a acreditar que nunca mais amaria outra mulher. Convenceu-se finalmente de que a punição imposta pela Mãe por causa da indiscrição juvenil seria a impossibilidade de amar outra vez alguma mulher. Até Ayla. E ele tivera de viajar durante mais de um ano, até um lugar muito distante e completamente desconhecido para encontrá-la. Amava Ayla mais que a própria vida. Era um amor que o dominava. Por ela, faria qualquer coisa, iria a qualquer lugar, daria sua vida. A única pessoa por quem ele sentia um amor tão forte, mas de natureza diferente, era Jonayla.

— Você devia ser grato por ela se dispor a satisfazer suas necessidades, Jondalar — disse Ayla, ainda sofrendo e tentando esconder a dor. — De agora em diante, vou estar muito mais ocupada. Fui chamada. Agora tenho de fazer o que Ela desejar. Vou ser uma filha da Grande Mãe Terra. Sou Zelandoni.

— Você foi chamada, Ayla? Quando? — Sua voz estava carregada de uma preocupação frenética. Já tinha visto alguns dos membros da zelandonia voltarem de seu primeiro chamado, e tinha visto outros, descobertos mais tarde, que não tinham sido chamados. — Eu devia estar lá, poderia ter ajudado.

— Não, Jondalar. Você não podia me ajudar. Ninguém pode ajudar. É uma coisa que a pessoa tem de sofrer sozinha. Eu sobrevivi, e a Mãe me deu um grande Dom, mas tive de fazer um grande sacrifício para recebê-lo. Ela quis o nosso bebê, Jondalar. Eu o perdi na gruta — contou Ayla com toda dignidade que conseguiu reunir.

— Nosso bebê? Que bebê? Jonayla estava comigo!

— O bebê que nós começamos na noite em que desci mais cedo do desfiladeiro. Acho que devo me considerar feliz por você não ter estado com Marona naquela noite, pois então eu não teria um bebê para sacrificar — disse Ayla com amargura vazia.

— Você estava grávida quando foi chamada? Oh, Grande Mãe! — Ele começava a sentir pânico, não queria que ela partisse assim. O que ele poderia dizer para fazê-la ficar ali, para ela continuar falando. — Ayla, sei que você pensa que é assim que começa uma nova vida, mas não tem certeza.

— Posso, Jondalar. A Grande Mãe me contou. Foi esse o Dom que recebi em troca da vida de meu bebê. — Ela o disse com uma certeza tão assustadoramente dolorosa que não poderia haver dúvida. — Pensei que poderíamos começar outro, mas estou vendo que você está ocupado demais para mim.

Ele ficou lá, aturdido, enquanto ela se afastava.

— Oh, Doni, Grande Mãe, o que eu fiz? — gritou Jondalar angustiado. — Eu a fiz deixar de me amar. Oh, por que ela nos viu?

Ele foi tropeçando na direção dela, esquecendo-se das roupas. Então, enquanto ela ia embora rapidamente, ele caiu de joelhos e a seguiu com os olhos. Veja, pensou, como ela está magra! Deve ter sido um sofrimento tão grande! Alguns acólitos morrem. E se Ayla tivesse morrido? E eu nem estava lá para ajudar. Por que não fiquei com ela? Eu devia saber que ela estava quase pronta, o seu treinamento estava quase terminando, mas eu quis vir à Reunião de Verão. Não pensei no que poderia acontecer a ela, só pensei em mim.

Enquanto Ayla desaparecia, ele se curvou, fechou os olhos e enterrou o rosto nas mãos, como se não quisesse ver o que tinha feito.

— Por que copulei com Marona? — gemeu alto.

Ayla nunca copulou com ninguém, só comigo, pensou, desde Ranec, desde que deixamos os Mamutói. Mesmo nos festivais e nas cerimônias em honra à Mãe, quando quase todo mundo escolhe outra pessoa, ela nunca escolheu ninguém, só eu. As pessoas comentam. Quantos homens me olhavam com inveja, pensando no grande Prazer que eu devia lhe proporcionar, pois ela nunca escolhia ninguém.

— Por que Ayla teve de nos ver?

Nunca pensei que ela pudesse chegar durante o dia. Pensei que ela ia cavalgar o dia inteiro e chegar à noite. Pensei ser seguro vir para cá durante o dia. Nunca pensei em fazer Ayla sofrer. Ela já sofreu demais. E agora perdeu um bebê. Eu nem sabia que ela ia ter outro filho, e ela o perdeu.

Será que nós o fizemos naquela noite? Foi uma noite tão incrível. Eu mal pude acreditar quando ela chegou e me acordou. Será que vai ser assim de novo? Ela disse que a Mãe quis nosso bebê. Seria mesmo nosso bebê? Em troca, Doni lhe deu um Dom. Ayla ganhou um Dom da Mãe? A Mãe disse a ela que aquele era nosso bebê, meu e dela.

— Ayla perdeu o meu bebê? — indagou Jondalar, a testa vincada com as rugas de sempre.

Por que ela veio para cá? Ela disse que queria fazer outro bebê. Então ela estava me procurando? Nós sempre vínhamos para esta piscina na última vez em que a Reunião foi aqui. Eu devia ter me lembrado. Não devia ter trazido Marona para cá. Especialmente Marona. Eu sabia o que Ayla ia sentir se ficasse sabendo dela e por isso eu fiz Marona me prometer nunca contar nada.

— Por que ela teve de nos ver? — implorou às árvores. — Será que eu me acostumei tanto a ela não escolher ninguém que esqueci como seria para mim?

Lembrou-se do sofrimento amargo naquela vez em que ela escolheu Ranec.

Sei o que ela deve ter sentido quando me viu com Marona, pensou. O mesmo que senti quando Ranec lhe disse para ir para sua cama e ela foi. Mas ela pensava que era obrigada a ficar com ele. O que eu ia sentir se ela escolhesse outra pessoa hoje? Tentei naquela época afastá-la por estar tão infeliz, mas ela ainda me amava. Fez para mim uma túnica Matrimonial quando estava prometida a Ranec.

Ao pensar em perdê-la, agora Jondalar sentiu o mesmo tormento de quando pensou que a havia perdido para Ranec. Só que agora era pior. Desta vez fora ele quem a tinha feito sofrer.

Ayla correu cegamente, as lágrimas lhe toldavam a visão, mas não lavavam toda sua infelicidade. Pensara em Jondalar na Nona Caverna, sonhara com ele à noite, desejara-o durante a viagem e se forçara a chegar ali para estar com ele. Não podia voltar ao acampamento, encarar todos. Precisava ficar sozinha. Parou no cercado dos cavalos e trouxe Huiin para fora, pôs a manta de viagem no lombo, montou e correu até a campina aberta.

Huiin ainda estava cansada da viagem, mas respondeu ao estímulo da mulher e galopou pela planície. Ayla não conseguia tirar da cabeça a imagem de Marona e Jondalar, não conseguia pensar em outra coisa e assim se esqueceu de conduzir a égua, deixou-se levar. A égua reduziu o galope quando notou que a mulher não a guiava e tomou a direção do acampamento a passo, parando para pastar vez por outra. Quando chegaram ao local da Reunião, já escurecia e esfriava rapidamente, mas Ayla não sentia nada além do frio entorpecente por dentro. A égua só sentiu a passageira reassumir o controle quando chegaram ao bosque dos cavalos e viram várias pessoas.

— Ayla, todos estão perguntando onde você estava — disse Proleva. — Jonayla passou por aqui procurando você, mas como você não voltou depois que ela comeu, ela foi para a casa de Levela brincar com Bokovan.

— Saí para cavalgar.

— Jondalar finalmente apareceu — disse Joharran. — Chegou há pouco cambaleando ao acampamento. Disse a ele que você o procurava, mas ele só murmurou alguma coisa incoerente.

Ela tinha os olhos vítreos ao entrar no acampamento. Passou por Zelandoni sem saudá-la, sem mesmo vê-la. A mulher a olhou intrigada. Sabia que algo estava errado.

— Ayla, nós nos vimos pouco desde que você chegou — disse a donier, surpresa por ter tido de falar primeiro.

— É — respondeu Ayla.

Para Zelandoni, estava claro que os pensamentos de Ayla estavam longe. O "murmúrio incoerente" de Jondalar não fora para ela tão sem sentido, ainda que não tivesse entendido as palavras. As ações dele foram claras. Vira também Marona sair da área do bosque, os cabelos em desalinho, sem tomar o caminho dos membros da Nona Caverna. Chegou ao acampamento vindo de outra direção, foi diretamente para a tenda que ocupava e começou a embalar suas coisas. Disse a Proleva que alguns amigos da Quinta Caverna a tinham convidado a ficar com eles.

Desde o início, Zelandoni sabia do flerte de Jondalar com Marona. A princípio, pensou não haver mal. Sabia dos verdadeiros sentimentos do homem por Ayla e pensou que Marona seria um capricho passageiro, um meio de se aliviar enquanto Ayla tratava de outras questões, sem poder evitar uma ausência vez ou outra. Mas não contou com a obsessão de Marona por tê-lo de volta e se vingar de Ayla, nem com sua capacidade de se insinuar. A atração física entre os dois sempre fora muito forte. Mesmo no passado, foi o foco principal da relação. Às vezes, Zelandoni suspeitava, era a única coisa que tinham em comum.

A donier adivinhou que Ayla não havia se recuperado completamente de sua provação na gruta. A perda de peso e o rosto chupado já seriam suficientes, mesmo que não tivesse notado os olhos de Ayla. Zelandoni já tinha visto acólitos o suficiente voltarem do chamado, ao sair da gruta ou de uma viagem pelas estepes, para desconhecer os perigos da prova. Ela mesma quase não sobreviveu. Como Ayla tinha perdido o bebê na mesma época, provavelmente estaria sofrendo a melancolia que muitas mulheres sentiam após dar à luz, muito mais grave depois de um aborto.

Mas A Que Era A Primeira viu nos olhos de Ayla muita coisa além de sofrimento que tinha padecido na gruta. Viu dor, a dor aguda e gélida do ciúme, com todos os sentimentos associados de traição, raiva, dúvida e medo. Ela o ama demais; não é incomum, lembrou a mulher antes conhecida como Zolena. Nos últimos anos, a Primeira tinha se perguntado com frequência como uma mulher que amasse tanto um homem podia também ser Zelandoni, mas o talento de Ayla era formidável e não podia ser ignorado, apesar de seu amor por ele. E o sentimento dele por ela era ainda mais forte.

Porém, por mais que a amasse, Jondalar era um homem de impulsos fortes. Para ele, era difícil ignorá-los. Especialmente quando não havia restrições sociais e quando uma pessoa que o conhecia tão intimamente como Marona usava todas as suas faculdades para incentivá-lo. Era fácil demais se habituar a procurá-la em vez de incomodar Ayla quando esta estava ocupada.

Zelandoni sabia que Jondalar não tinha mencionado nada a Ayla sobre aquela ligação, e instintivamente outros que gostavam dos dois tinham tentado protegê-la. Esperavam que Ayla não descobrisse, mas a donier sabia que, se ele continuasse, seria uma esperança vã. Ele também devia saber.

Apesar de ter aprendido muito bem os costumes dos Zelandonii e parecer se ajustar, Ayla não tinha nascido entre eles. Seus costumes não eram naturais para ela. Zelandoni quase chegou a desejar que a Reunião de Verão já tivesse terminado. Gostaria de poder cuidar da jovem, certificar-se de que estava bem, mas a parte final da Reunião era uma época de grande atividade para A Que Era A Primeira. Observou a jovem, tentando discernir a extensão de seus sentimentos pela descoberta dos encontros de Jondalar com Marona, e os efeitos resultantes.

Por insistência de Proleva, Ayla aceitou um prato de comida, mas pouco fez além de empurrá-lo de um lado para o outro. Jogou fora a comida, limpou o prato e o devolveu.

— Seria bom se Jonayla voltasse. Você sabe se ela ainda demora? — perguntou Ayla. — Foi uma pena eu não estar aqui quando ela veio.

— Você poderia ir buscá-la na casa de Levela — sugeriu Proleva. — Levela ia adorar uma visita sua. Não sei aonde Jondalar foi. Talvez ele esteja lá também.

— Estou muito cansada. Acho que não vou ser uma boa companhia. Vou deitar cedo, mas você poderia pedir a Jonayla para entrar quando chegar?

— Você está bem, Ayla? — perguntou Proleva, sem acreditar que ela iria mesmo para a cama. Tinha tentado encontrar Jondalar o dia inteiro e agora não queria andar nem um pouquinho para encontrá-lo.

— Estou bem. Só estou cansada.

Ayla se dirigiu a uma das moradias circulares que contornavam a lareira central. Uma parede de painéis pesados de folhas tecidas de tabua, para proteger da chuva, estava presa do lado de fora do círculo de postes fincados no chão. Uma segunda parede de painéis tecidos de hastes de junco amassadas era presa no lado interno dos postes, deixando no meio um espaço de ar para agir como isolante, refrescando nos dias quentes e, com uma fogueira no interior, mais quente nas noites frias. O forro era feito de uma camada grossa de talos de junco descendo de um poste central, suportado por uma estrutura circular de postes finos de amieiro amarrados. A fumaça escapava por um buraco próximo ao centro.

A construção propiciava um espaço razoavelmente amplo que podia ser deixado aberto ou dividido em áreas menores com painéis interiores. Esteiras estavam espalhadas sobre colchões feitos de tabua, junco ou capim em torno da lareira central. Ayla parcialmente despida, arrastou-se para dentro de um cobertor, mas ainda não estava pronta para dormir. Quando fechava os olhos, só via a cena de Jondalar com Marona, sua mente girava com as consequências.

Ela sabia que entre os Zelandonii o ciúme não era bem-aceito, mas não sabia que o comportamento que o provocava era ainda menos aceito. Todos reconheciam que o ciúme existia e entendiam plenamente suas causas e, mais importante, seus efeitos, em geral danosos. Mas numa terra rude muitas vezes dominada por longos invernos glaciais, a sobrevivência dependia da cooperação e da assistência mútuas. As regras não escritas contra qualquer comportamento que pudesse solapar a boa vontade necessária para manter aquela unanimidade e compreensão eram energicamente impostas pelos costumes sociais.

Nessas condições adversas, as crianças em especial viviam em risco. Muitas morriam novas, e, embora a comunidade em geral fosse importante para seu bem-estar, uma família carinhosa era considerada essencial. Apesar de começarem com uma mulher e um homem, as famílias geralmente se estendiam de muitas formas. Não somente com avós, tias, tios e primos, mas, desde que não fosse desagradável para todos os envolvidos, uma mulher poderia escolher mais de um homem, um homem podia escolher duas ou mais mulheres, ou mesmo vários casais poderiam se juntar. A única exceção era a proibição do casamento de parentes próximos. Irmãos não podiam se unir, nem aqueles reconhecidos como primos "próximos". Outros relacionamentos eram fortemente condenados, ainda que não expressamente proibidos, como o de um rapaz e sua donii-mulher.

Quando uma família era formada, costumes e práticas estabelecidos incentivavam sua continuidade. O ciúme não era considerado propício a ligações duradouras, e se criaram várias medidas para aliviar seus efeitos deletérios. Paixões passageiras podiam ser acalmadas pelos festivais de homenagem à Mãe. Não se tomava conhecimento de relacionamentos incidentais fora da família, desde que decorressem com prudência e discrição.

Se a atração do parceiro estivesse se enfraquecendo, ou outra atração mais forte se desenvolvesse, a incorporação à família era preferível ao seu rompimento. E, se nada mais funcionasse além do rompimento, sempre havia penalidades de algum tipo aplicadas a uma ou várias pessoas envolvidas para desencorajar a ruptura, especialmente quando havia filhos.

As penalidades poderiam consistir em assistência e apoio à família por um período, às vezes associada a restrições à formação de uma nova ligação por igual período. Ou a punição poderia ser paga de uma só vez, particularmente se uma pessoa ou mais quisesse ir embora. Não havia regras rígidas. Cada situação era julgada individualmente no âmbito dos costumes conhecidos por várias pessoas, geralmente aquelas que não tivessem interesse direto, com qualidades reconhecidas de sabedoria, equidade e liderança.

Se, por exemplo, um homem quisesse romper com a companheira e deixar a família para se ligar a outra mulher, seria necessário um período de espera, cuja duração seria determinada por vários fatores, um dos quais poderia ser a outra mulher estar grávida. Durante a espera, haveria a insistência para que os dois se juntassem à família, em vez de romper o vínculo. Se a antipatia pela outra mulher fosse forte demais para ela se dispor a aceitar a entrada, ou para ser aceita na família, o homem poderia romper o vínculo existente, mas também era possível que ele fosse obrigado a dar assistência à família original durante um tempo determinado. Ou o total de alimentos estocados, instrumentos e implementos, e tudo mais que pudesse ser comerciado, poderia ser pago de uma só vez.

Uma mulher também podia se separar e, especialmente se tivesse filhos e vivesse na Caverna do marido, poderia voltar à Caverna onde havia nascido ou se mudar para a Caverna de outro homem. Se um ou mais dos filhos continuasse com o marido ou se uma mulher abandonasse um marido doente ou inválido, a mulher teria de pagar uma penalidade. Caso os dois vivessem na Caverna da mulher, ela poderia pedir à Caverna para forçar a saída de um marido indesejado, e a Caverna de sua mãe seria obrigada a aceitá-lo de volta. Geralmente havia uma razão, um marido cruel com a mulher ou com os filhos, ou preguiçoso, que não era um provedor adequado, embora talvez não fosse a verdadeira razão. Talvez ele não desse atenção a ela, ou ela estivesse interessada em buscar outro homem, ou simplesmente já não quisesse viver com ele ou com qualquer outro homem.

Algumas vezes, o homem ou a mulher, ou ambos, simplesmente dizia que já não desejava viver junto. A preocupação primária da Caverna eram os filhos, e, se seu sustento fosse garantido ou se eles já fossem adultos, qualquer acordo feito pelas partes era aceitável. Se não houvesse filhos ou não existissem circunstâncias agravantes, como uma doença na família, o nó poderia ser rompido e a relação, desfeita com relativa facilidade pela mulher ou pelo homem, geralmente com pouco mais que o corte simbólico de um nó numa corda e a partida.

Em qualquer uma dessas situações, o ciúme era considerado extremamente desagregador e, de qualquer forma, não era tolerado. Se necessário, a Caverna interferia. Desde que houvesse acordo e não causasse problemas entre as

Cavernas ou rompimento nas relações de outros, as pessoas poderiam fazer praticamente qualquer acordo que quisessem.

Evidentemente, qualquer um podia tentar evitar uma punição empacotando suas coisas e se mudando, no entanto, mais cedo ou mais tarde, as outras Cavernas acabavam por ser informadas da separação e não hesitavam em exercer pressões sociais. Ele ou ela não seria expulso, mas também não seria bem-vindo. Teria de viver sozinho, ou se mudar para bem longe para evitar as penalidades, e a maioria das pessoas não queria viver sozinha nem entre estranhos.

No caso de Dalanar, ele estava mais que disposto a pagar a penalidade. Não tinha outra mulher. Na verdade, ainda amava Marthona, porém não suportava mais viver com ela quando todo seu tempo e atenção eram dedicados às necessidades da Nona Caverna. Vendeu seus pertences para pagar a penalidade total no menor prazo possível para poder partir, mas não havia planejado viver longe para sempre. Queria sair simplesmente porque a situação era muito angustiante. Depois de sair, continuou viajando até se ver no sopé de uma montanha a leste, onde encontrou uma mina de pedra e decidiu ficar.

Ayla ainda estava acordada quando Jonayla e Lobo entraram na tenda. Levantou-se e ajudou a filha a se preparar para dormir. Depois de um pouco de atenção dela, Lobo foi para seu lugar designado com cobertores próprios. Ela cumprimentou vários outros que tinham acabado de entrar na grande estrutura semipermanente destinada a abrigar o sono de várias pessoas ou mantê-las secas durante a chuva.

— Onde você estava, mamãe? — perguntou Jonayla. — Você não estava aqui quando eu voltei com Zelandoni.

— Saí para cavalgar Huiin.

Para a menina, que acima de qualquer outra coisa adorava cavalgar seu cavalo, a explicação foi suficiente.

— Posso ir com você amanhã? Há muito tempo eu não monto Cinza.

— Há quanto tempo?

— Esse tanto de dias.

Jonayla estendeu dois dedos de uma das mãos e três da outra. Ela ainda não dominava o conceito da contagem, especialmente a relação entre o número de dias e os dedos. Ayla sorriu.

— Você sabe as palavras de contar para saber quantos são?

— Um, dois, quatro...

— Não. Três, depois vem o quatro.

— Três, quatro, cinco!

— Muito bem! É, acho que podemos sair juntas amanhã.

As crianças não eram separadas dos adultos nem recebiam ensino de forma regular. Aprendiam geralmente por tentativa e observação das atividades dos mais velhos. Crianças pequenas passavam a maior parte do tempo com um adulto responsável até demonstrar o desejo de explorar por conta própria e, quando expressavam a vontade de tentar alguma coisa, recebiam um instrumento e alguém lhes mostrava como usá-lo. Às vezes, descobriam seu próprio instrumento e tentavam copiar alguém. Se demonstravam aptidão ou desejo, poderiam receber modelos para crianças, feitos especialmente para elas, mas não eram brinquedos, e, sim, instrumentos funcionais menores. A exceção eram as bonecas, pois não era fácil criar um bebê pequeno, mas plenamente funcional. Se quisessem, meninas e meninos recebiam réplicas de humanos de vários tamanhos e formas quando ainda eram jovens. Além disso, crianças ainda pequenas cuidavam de bebês de verdade pouco menores que elas, geralmente sob a vigilância cuidadosa de um adulto.

Atividades comunitárias sempre incluíam as crianças. Todas eram incentivadas a participar das danças e dos cantos que compunham vários festivais, e alguns se tornavam muito bons e eram encorajados. Conceitos mentais, como palavras de contar, eram geralmente ensinados aleatoriamente, contando histórias, jogos e conversas, embora sempre houvesse um membro da zelandonia dispostos a levar um grupo de crianças para explicar ou mostrar um conceito ou uma atividade particular.

— Eu geralmente saio para cavalgar com Jonde. Ele também pode ir?

Ayla hesitou um pouco.

— Pode, se ele quiser.

De repente, Jonayla se deu conta de que ele não estava ali.

— Onde está Jonde?

— Eu não sei.

— Antes ele sempre estava aqui quando eu ia dormir. Gosto quando você está aqui, mamãe, mas gosto mais quando vocês dois estão aqui.

O pensamento ecoou pela mente de Ayla. Sim, eu também, mas ele preferiu ficar com Marona.

Quando acordou na manhã seguinte, Ayla levou alguns momentos para reconhecer onde estava. O interior da estrutura era familiar, já havia dormido em outras iguais. Então se lembrou. Ela estava na Reunião de Verão. Olhou o lugar onde sua filha costumava dormir. Jonayla tinha saído. A menina geralmente acordava de repente e saía da cama imediatamente. Ayla sorriu e olhou o lugar de Jondalar ao seu lado. Ele não estava lá, e era evidente que estivera fora a noite inteira. De repente, tudo desabou novamente sobre ela. Pensar em onde ele poderia ter passado a noite fez uma ferroada quente de lágrimas encher seus olhos e quase correr pela sua face.

Ayla tinha aprendido os costumes de seu povo adotado, ouvido histórias e Lendas que ajudavam a explicá-las, mas não nascera naquela cultura e o comportamento correto não estava entranhado nos seus ossos. Conhecia a atitude geral em relação ao ciúme, mas primariamente com referência à falta de controle do jovem Jondalar. Sentiu que precisava demonstrar sua capacidade de controlar as emoções.

Sua experiência na gruta tinha sido uma provação física e emocionalmente desgastante, ela não pensava com clareza. Tinha medo de pedir ajuda, medo de que isso demonstrasse que, tal como Jondalar, era incapaz de se controlar. Mas estava tão arrasada que, inconscientemente, queria atacá-lo, fazê-lo sentir sua dor. Ela sofria e queria devolver o sofrimento, fazê-lo se arrepender. Chegou mesmo a considerar a volta à gruta e implorar à Mãe para levá-la, só para fazer Jondalar sofrer. Lutou contra as lágrimas. Não vou chorar, pensou. Muito tempo antes, quando vivia no Clã, ela havia aprendido a controlar as lágrimas. Ninguém vai saber o que estou sentindo. Vou agir como se nada tivesse acontecido. Vou visitar os amigos, vou participar das atividades, vou me encontrar com outros acólitos, vou fazer tudo que devo fazer.

Continuou deitada, reunindo coragem para levantar e enfrentar o dia. Vou ter de conversar com Zelandoni e lhe dizer o que aconteceu na gruta. Não vai ser fácil esconder tudo dela. Ela sempre sabe. Mas não posso lhe contar. Não posso lhe dizer que sei como dói o ciúme.

Todos que compartilhavam a tenda com eles sabiam que alguma coisa havia acontecido entre Ayla e Jondalar, e muitos tinham ideia do que era. Apesar de ele ter pensado que estava sendo discreto, todos sabiam de seu caso com Marona. A mulher gostava demais de se exibir. Todos gostaram de ver o retorno de Ayla, esperando que as coisas voltassem ao normal. Porém, quando Ayla passou toda a tarde fora, uma Marona descabelada voltou por um caminho diferente, pegou todas as suas coisas e partiu, e Jondalar apareceu claramente perturbado e não veio dormir naquela noite, não foi difícil tirar conclusões.

Quando Ayla finalmente se levantou, várias pessoas estavam sentadas fora em volta de uma fogueira, tomando a refeição matinal. Ainda era cedo, mais cedo que ela imaginara. Ayla se juntou a eles.

— Proleva, você sabe onde está Jonayla? Prometi cavalgar com ela, mas antes tenho de conversar com Zelandoni.

Proleva a observou com atenção. Ela estava reagindo melhor de manhã. Alguém que não a conhecesse poderia pensar que não havia nada de errado, mas Proleva a conhecia melhor que a maioria.

— Jonayla foi de novo à casa de Levela. Ela passa muito tempo lá, e Levela adora. Aquela minha irmã caçula sempre adorou ter um acampamento cheio de crianças à sua volta, desde que nasceu. Zelandoni me pediu para lhe dizer que quer falar com você o mais rápido que puder. Disse que estará à sua disposição toda a manhã.

— Vou vê-la depois de comer, mas acho que vou parar para cumprimentar Marsheval e Levela.

— Eles vão gostar muito.

Ao se aproximar do acampamento, ela ouviu vozes infantis estridentes numa discussão.

— Então você venceu. Eu não me importo — gritava Jonayla com um menino um pouco maior que ela. — Você pode ganhar o quanto quiser, pode levar tudo, mas você não pode ter filhos, Bokovan. Quando eu crescer vou ter muitos filhos, mas você não vai ter nenhum. Então fica quietinho!

Jonayla encarou o menino, dominando-o apesar de ele ser maior. O lobo rastejava no chão, as orelhas encolhidas, confuso. Não sabia a quem proteger. Apesar de o menino ser maior, ele era mais novo. Parecia pouco mais que um bebê, mas um bebê muito grande. As pernas rechonchudas e curtas eram curvas, seu corpo era proporcionalmente longo, e o peito largo era acentuado pela barriga estufada. Lobo correu para Ayla quando a viu, e ela passou os braços em torno dele para acalmá-lo.

Ayla notou que os ombros de Bokovan já eram muito mais largos que os de sua filha. Seu rosto tinha traços bem marcados, o que destacava o nariz grande e o queixo recuado. Embora sua testa fosse vertical, e não inclinada, ele tinha uma elevação ossuda sobre os olhos, que não era grande, mas mesmo assim estava lá.

Para Ayla, não havia dúvida de que ele tinha os traços do Clã, inclusive os olhos escuros e suaves, cuja forma não era caracteristicamente do povo dele. Tal como sua mãe, ele possuía uma pequena dobra epicântica que deixava seus olhos amendoados, e naquele momento eles estavam cheios de lágrimas. Ayla pensou que o menino tinha uma beleza exótica, embora nem todos concordassem.

O menino correu até Dalanar.

— Dalana, Jonaya diz que eu não posso tê bebê. Diz que não é verdade.

Dalanar pegou o menino e o colocou no colo.

— Mas é verdade, Bokovan. Meninos não podem ter filhos. Mas um dia você pode se unir a uma mulher e ajudá-la a cuidar dos filhos dela.

— Mas eu tamém qué tê bebê — disse Bokovan entre soluços.

— Jonayla! É uma crueldade dizer isso — repreendeu-a Ayla. — Venha e peça desculpas a Bokovan. Não é simpático fazê-lo chorar assim.

Ela estava arrependida, não tivera a intenção de fazê-lo chorar.

— Desculpe, Bokovan — disse Jonayla.

Ayla quase disse que ele também ia ajudar a fazer bebês quando crescesse, mas recuou a tempo. Nem tinha contado a Zelandoni, e, de qualquer forma, Bokovan não ia entender, mas seu coração estava com o menino. Ajoelhou diante dele.

— Olá, Bokovan. Meu nome é Ayla e eu queria conhecer você. Sua mãe e Echozar são meus amigos.

— Diga olá para Ayla, Bokovan.

— Olá, Ayla — cumprimentou o menino e enterrou a cabeça no ombro de Dalanar.

— Posso segurá-lo, Dalanar?

— Não sei se ele vai deixar. É muito tímido e não está acostumado com pessoas.

Ayla estendeu os braços para o menino. Ele a olhou em contemplação séria. Havia uma profundidade suave nos seus olhos escuros e amendoados e algo mais. Ele estendeu os braços. Ela tomou o menino dos braços do homem. Era pesado! Seu peso surpreendeu Ayla.

— Você vai crescer e se tornar um homem muito grande, Bokovan. Sabia? — Ayla abraçou o menino ao peito.

— Estou surpreso por ele ter ido para o seu colo — disse Dalanar. — Ele nunca aceita estranhos com tanta facilidade.

— Quantos anos ele tem?

— Acabamos de contar 3 anos, mas ele é grande para a idade, o que às vezes é problemático, especialmente para um menino. As pessoas pensam que ele é mais velho. Eu sempre fui alto para a minha idade quando era menino. Jondalar também.

Por que é tão doloroso ouvir o nome de Jondalar?, pensou Ayla. Ela devia superar aquilo. Afinal, se ia ser Zelandoni, tinha de demonstrar compostura. Havia treinado de muitas formas como controlar a mente. Por que não conseguia se controlar naquele momento?

Ayla segurava o menino quando cumprimentou Levela e Marsheval.

— Disseram-me que Jonayla tem passado muito tempo aqui. Parece que ela gosta mais de ficar aqui que em qualquer outro lugar. Obrigada por cuidar dela.

— Nós adoramos ficar com ela — disse Levela. — Ela e minhas filhas são boas amigas, mas estou contente por finalmente você ter chegado este ano. O verão ia avançando e nós não sabíamos se você viria.

— Eu tinha planejado sair antes, mas surgiram problemas e não consegui sair quando esperava.

— Como está Marthona? Todos sentem falta dela — disse Levela.

— Ela parece estar melhor... Por falar nisso...

Olhou para Dalanar. Ele falou antes de ela perguntar.

— Joharran mandou ontem à tarde algumas pessoas para buscá-la. Se ela quiser, pode estar aqui dentro de alguns dias. — Dalanar notou a expressão interrogativa no rosto de Levela. — Eles vão trazê-la até aqui numa liteira, se ela quiser. Foi ideia de Ayla. Folara e o jovem Aldanor parecem estar passando muito tempo juntos, e ela pensou que Marthona devia estar aqui se eles quiserem levar a coisa a sério. Eu sei como Jerika se sentiria se fosse Joplaya. — O jovem casal sorriu e concordou. — Você já se encontrou com Jerika ou com Joplaya, Ayla?

— Ainda não, mas estou indo visitar Zelandoni, e depois prometi a Jonayla que ia cavalgar com ela.

— Por que você não vem até o acampamento dos Lanzadonii esta noite e fica para jantar? — convidou Dalanar.

Ayla sorriu.

— Eu bem que gostaria.

— Quem sabe Jondalar também não vem. Você sabe onde ele está?

— Não, sinto muito, mas não sei.

— Bem, sempre há tanta coisa acontecendo nas Reuniões de Verão — disse Dalanar tomando Bokovan do colo dela.

É verdade, com toda certeza, pensou Ayla, enquanto seguia para o encontro com a zelandonia.

33

— Nunca pensei que alguém pudesse ser tão idiota a ponto de achar que poderia enganar assim a zelandonia — disse a enorme mulher. Ela e Ayla estavam sentadas na grande estrutura usada pelos membros da zelandonia para vários propósitos. — Obrigada por ter me trazido estas coisas. — Fez uma pausa. — Você sabia que foi Madroman quem criou todas as dificuldades para Jondalar e eu? Quando ele era jovem e eu sua donii-mulher?

— Jondalar me contou. Não foi por isso que ele perdeu os dentes da frente? Por ter sido agredido por Jondalar?

— Ele fez mais que simplesmente agredi-lo. Foi terrível. Ele se tornou muito violento, foram necessários vários homens para contê-lo, e ele mal tinha saído da infância. Foi essa a principal razão para expulsá-lo. Agora ele já aprendeu a se controlar, mas naquela época seus sentimentos, sua raiva e sua fúria foram destruidores. Não acredito que ele soubesse o que estava fazendo com Madroman. Foi como se alguma coisa o tivesse possuído e exposto seu *élan*. Ele estava absolutamente fora de controle.

A mulher que antes fora conhecida como Zolena fechou os olhos, aspirou profundamente e balançou a cabeça, lembrando-se. Ayla não sabia o que dizer, mas a história a perturbou. Já havia visto Jondalar com ciúme e irritado, mas nunca com tanta raiva.

— Provavelmente, foi melhor alguém ter chamado a atenção da zelandonia. Eu deixei a coisa ir longe demais, mas Madroman não agiu dessa forma por ser certo. Ele tinha nos observado secretamente, porque estava com ciúmes de Jondalar. Mas você deve entender que eu começava a me perguntar se não estava deixando os sentimentos pessoais interferirem com meu julgamento.

— Não creio que você pudesse agir assim.

— Espero que não. Durante algum tempo, tive minhas dúvidas com relação a Madroman. Acho que lhe falta... alguma coisa... uma qualidade necessária a Quem Serve À Mãe, mas ele foi aceito no treinamento antes de eu me tornar Primeira. Quando o interroguei sobre o chamado, senti que sua história era muito elaborada. Muitos outros pensaram a mesma coisa, mas alguns integrantes da zelandonia queriam dar a ele todos os benefícios. Foi acólito durante muito tempo e desejava ser Zelandoni desde o início. Foi por isso que achei melhor começar por um interrogatório informal. Ele ainda não se submeteu ao teste final. As coisas que você trouxe talvez ajudem a esclarecer a verdade. É tudo que eu quero. Talvez ele tenha uma boa explicação para elas. Se tiver, então certamente será reconhecido, mas, se estiver fingindo o "chamado", temos de saber.

— O que você vai fazer com ele se as palavras que disser não forem verdadeiras?

— Não há muito que possamos fazer. Só podemos proibir que ele use os conhecimentos que adquiriu como acólito e informar à sua Caverna. Vai sofrer degradação social, o que é uma punição muito grave, mas não há penalidades. Não prejudicou ninguém, nem cometeu nenhum crime, a não ser mentir. Talvez a mentira mereça punição, mas então todos teriam de ser punidos.

— Os membros do Clã não mentem. Não conseguem. Com sua forma de falar, sempre se sabe, por isso nunca aprendem.

— Foi o que você disse há tempos. Às vezes, eu gostaria que isso valesse também para nós — disse a donier. — Essa é uma razão para a zelandonia não permitir a presença de um acólito quando iniciam um novo Zelandoni. Não acontece com frequência, mas vez ou outra alguém tenta tomar um atalho. Nunca funciona. Temos meios de saber.

Vários membros da zelandonia entraram no abrigo enquanto conversavam, inclusive a zelandonia do sul, que ainda estava lá. As duas estavam curiosas e fascinadas com as semelhanças e as diferenças criadas pela distância entre eles. Conversaram despreocupados até todos terem chegado. Então a mulher imponente se levantou, foi até a entrada e conversou com alguns integrantes da zelandonia recém-iniciados que vigiavam a entrada da casa de verão para que ninguém tentasse se aproximar para ouvir. Ayla passou os olhos pela enorme casa.

A construção circular de paredes duplas que fechava o espaço interior era muito semelhante, ainda que maior, aos dormitórios. Os painéis interiores móveis tinham sido empilhados perto das paredes externas, entre os quartos de dormir elevados que contornavam o amplo espaço, formando um único salão. Muitos dos tapetes que cobriam o chão eram tecidos com lindos padrões complexos, e várias almofadas, travesseiros e mochos estavam espalhados ao lado de diversas mesas de tamanhos variados. Muitas delas estavam enfeitadas com lamparinas simples a óleo, geralmente de arenito ou calcário, sempre acesas no interior da casa sem janelas.

Zelandoni fechou e amarrou a porta de entrada, voltou e sentou num banco alto no meio do grupo.

— Como o verão já está muito adiantado e seu chamado foi tão inesperado, acho que a escolha deve ser sua, Ayla. Você gostaria de se submeter primeiro a um interrogatório informal? É mais fácil começar por ele, para se acostumar ao processo. Ou prefere um teste formal completo?

Ayla fechou os olhos e baixou a cabeça.

— Se conversarmos informalmente, vamos ter de repassar tudo outra vez, não vamos?

— Sim, claro.

Ela pensou no filho perdido e sentiu uma pontada de dor. Não queria falar dele.

— Foi muito duro — disse ela. — Não quero repassar tudo mais de uma vez. Acho que fui chamada. Se não fui, quero descobrir tanto quanto qualquer outro aqui. Podemos continuar?

Uma fogueira queimava na lareira um pouco deslocada do centro, perto do fundo de um grande espaço circular, mas a fumaça saía por um buraco central. Um odre havia sido estendido sobre o fogo e deixava escapar vapor. O couro não tão impermeável, parcialmente curado, de algum animal grande, deixava passar água suficiente para o odre não pegar fogo. O couro de cozinhar já tinha sido usado antes, seu exterior estava negro, a extremidade inferior deformada por ter sido cozida pela água quente no interior e pelo fogo no lado de fora, mas era uma vasilha eficaz para manter o líquido em fervura lenta sobre os carvões quentes da lareira.

A Que Era A Primeira tirou de uma tigela tecida uma pitada grande de uma folha verde seca e jogou na água fervente, depois acrescentou mais três pitadas. O cheiro acre liberado pela fervura já era conhecido de Ayla. Aquela erva era estramônio e fora usada não somente por Iza, a curandeira do Clã que a havia criado e treinado, mas também pelos mog-urs em cerimônias especiais com os homens do Clã. Ayla conhecia bem seus efeitos. Também sabia que não era muito comum na região, o que significava que devia ter vindo de longe, o que a tornava rara e valiosa.

— Qual o nome dessa erva em Zelandonii? — perguntou Ayla, indicando o material seco.

— Não tem nome em Zelandonii, e o nome estrangeiro é muito difícil de pronunciar. Nós a chamamos de chá do sudeste.

— Onde você a adquire?

— Dos doniers visitantes da Caverna do Sul, a Vigésima Quarta, a mesma pessoa que deu a você as ervas que devíamos experimentar juntas. Vivem perto da fronteira do território de outro povo e têm mais contato com seus vizinhos que conosco. Chegam mesmo a se casar entre eles. Estou surpresa por não terem decidido se afiliar, mas são ferozmente independentes e se orgulham do seu legado Zelandonii. Nem sei como é a planta, ou se há mais de uma.

Ayla sorriu.

— Eu conheço. Foi uma das primeiras plantas que Iza me mostrou. Já ouvi vários nomes: estramônio, palha-fede... Os Mamutói têm um nome que eu poderia traduzir como maçã-de-espinho. É alta, muito áspera, com folhas grandes e fedorentas. Tem grandes flores brancas, às vezes roxas, com a forma de funil que se abrem e produz frutos redondos e espinhentos. Todas as partes são úteis, inclusive as raízes. Se não forem usadas corretamente, podem levar as pessoas a terem um comportamento estranho e, é claro, podem ser fatalmente venenosas.

De repente, todos os membros da zelandonia reunidos se interessaram, especialmente os visitantes. Ficaram surpresos com o grande conhecimento daquela moça.

— Você já a viu por aqui? — perguntou o Zelandoni da Décima Primeira.

— Não. Nunca vi — respondeu Ayla. — E tenho procurado. Tinha um pouco comigo quando cheguei, mas acabou e eu gostaria de repor. É muito útil.

— Como você a usa? — insistiu o donier visitante.

— É um soporífero. Preparado de uma maneira, pode ser usada como anestésico, ou, de outra, para ajudar a pessoa a relaxar, mas é muito perigosa. Foi usada pelos mog-urs do Clã em cerimônias secretas.

Aquilo era o que Ayla mais gostava: participar daquelas discussões da zelandonia.

— As diferentes partes da planta têm usos diferentes, ou efeitos diferentes? — perguntou o Zelandoni da Terceira.

— Acho que devíamos deixar essas perguntas para depois — interrompeu a Primeira. — Estamos aqui com outro objetivo.

Todos se acomodaram, e os que tinham feito tantas perguntas ficaram levemente embaraçados. A Primeira serviu um copo do líquido fervente e o deixou esfriar. O restante foi passado aos outros, que receberam uma quantidade menor cada um. Quando estava frio para ser bebido, a donier deu o copo a Ayla.

— Este teste poderia ser feito sem o chá, usando meditação, mas seria mais longo. O chá parece ajudar a relaxar e entrar no estado de espírito desejável.

Ayla bebeu todo o conteúdo do copo de chá tépido e de gosto ruim. Então, tal como todos os outros, assumiu a pose mais propícia à meditação e esperou. De início, estava mais interessada em observar conscientemente como o chá a afetava, pensando em como sentia o estômago, como a respiração era afetada, se era capaz de notar o relaxamento dos braços e das pernas. Mas os efeitos eram sutis. Não notou quando sua mente se desgarrou e ela se viu pensando em alguma coisa completamente diferente. Estava quase surpresa, se é que podia sentir surpresa, quando notou que a Primeira falava com ela, numa voz baixa e mansa.

— Você está com sono, Ayla? Bom. Relaxe, deixe vir o sono. Muito sono. Esvazie sua mente e relaxe. Não pense em nada, só na minha voz. Ouça apenas minha voz. Fique à vontade, relaxe, e só ouça a minha voz. Agora, me diga, Ayla, onde você estava quando decidiu descer à gruta?

— Estava no alto do desfiladeiro — começou Ayla, depois parou.

— Continue, Ayla. Você estava no alto do desfiladeiro. O que você fazia? Não tenha pressa. Conte toda a história à sua maneira. Ninguém está com pressa.

— Já havia marcado o solstício. O sol já havia começado a voltar a caminho do inverno, mas achei que devia marcar mais alguns dias. Já era muito tarde e eu estava cansada. Decidi avivar o fogo e fazer um pouco de chá. Procurei na minha sacola de remédios um saquinho de menta. Estava escuro, mas eu sentia os nós procurando o saquinho certo. Finalmente identifiquei o saquinho certo pelo cheiro forte. Enquanto o chá infundia, decidi recitar a Canção da Mãe. Ayla começou a recitar

> — *O caos do tempo, em meio à escuridão,*
> *O redemoinho deu a Mãe sublime à imensidão.*
> *Sabendo que a vida é valiosa, para Si Mesma Ela acordou*
> *E o vazio vácuo escuro a Grande Mãe Terra atormentou.*
> — *Sozinha a Mãe estava. Somente Ela se encontrava.*

— É a minha favorita entre todas as Lendas e Histórias, e eu a repeti enquanto bebia o chá.

Ayla continuou a recitar os versos seguintes:

> — *No pó do Seu nascimento, Ela viu uma solução,*
> *E criou um amigo claro e brilhante, um colega, um irmão.*
> *Eles cresceram juntos, aprenderam a amar e a cuidar,*
> *E quando Ela estava pronta, eles decidiram se casar.*
> — *E diante dela ele se curvou. O Seu claro e brilhante amor.*

— *No início, Ela ficou contente com Sua complementação.*
Mas a Mãe tornou-se intranquila, insegura de Seu coração.
Ela gostava do Seu louro amigo, o Seu caro amado,
Mas algo estava faltando, Seu amor era desperdiçado.
— *Ela era a Mãe e amava. De outro ela precisava.*

— *O grande vazio, o caos, o escuro Ela enfrentou*
À procura da fria morada que a centelha de vida propiciou
O redemoinho era temível, a escuridão se alastrava.
O caos era congelante e o Seu calor alcançava.
— *A Mãe era valente. O perigo era inclemente.*

— *Ela extraiu do frio caos a força criativa total,*
E após conceber dentro dele, Ela fugiu com a força vital.
Com a vida que dentro de Si carregava Ela cresceu.
E amor e orgulho para Si mesma Ela deu.
— *A Mãe carregava. Sua vida Ela partilhava.*

Tudo parecia tão claro na sua mente, quase como se estivesse novamente lá.

— Eu também trazia outra vida, repartindo a minha com força vital interna. Eu me senti muito perto da Mãe. — Sorriu sonhadora.

Muitos membros da zelandonia se entreolharam surpresos e depois olharam a Primeira. A grande mulher anuiu, indicando que sabia da gravidez de Ayla.

— Então o que aconteceu, Ayla? O que aconteceu no alto daquele desfiladeiro?

— A lua estava tão grande, tão brilhante. Enchia todo o céu. Eu senti que ela me atraía, me puxava para si.

Ayla continuou, e contou como se elevou acima da terra, e como a coluna de pedra brilhava, depois como ficou com medo e desceu em disparada para a Nona Caverna, depois correu para o Rio Baixo, e depois para O Rio. Contou como tinha andado ao longo de um rio, igual ao Rio, mas sem ser exatamente o mesmo, durante muito, muito tempo. Parecia que muitos dias tinham se passado. Dias e dias, mas o sol nunca brilhava. Era sempre noite, iluminada apenas pela lua enorme e brilhante.

— Penso que Seu amante pálido e brilhante me ajudava a descobrir o caminho. Finalmente cheguei ao Lugar da Fonte Sagrada. Via o caminho até a gruta brilhar à luz de Lumi, Seu amigo brilhante. Eu sabia que ele me dizia para seguir por lá. Comecei a subir, mas o percurso era muito longo, eu não sabia se estava no caminho certo, e então, de repente, eu estava lá. Vi a entrada escura da gruta, mas tive medo de entrar. Então ouvi: "O grande vazio, o caos, o escuro Ela enfrentou" e eu soube que tinha de ser corajosa como a Mãe, e enfrentar também a escuridão.

Ayla continuou a contar a sua história, e a zelandonia reunida estava completamente enfeitiçada. Quando parava, ou hesitava durante muito tempo, na sua voz grave, calma e tranquilizante, Zelandoni a incentivava a continuar:
— Ayla! Vamos, beba isto! — Era a voz da Zelandoni, mas parecia vir de muito longe. — Ayla! Sente-se e beba isto. — A voz comandava. — Ayla!
Ela sentiu que era erguida e seus olhos foram abertos. A grande mulher familiar levava um copo aos seus lábios. Ayla sorveu. Percebeu que estava sedenta e bebeu um pouco mais. A névoa se dissipava. Ajudaram-na a sentar, e ela tomou conhecimento das vozes à sua volta falando baixinho, mas com um tom de agitação.
— Como você está se sentindo, Ayla? — perguntou a Primeira.
— Estou com um pouco de dor de cabeça e ainda estou com sede.
— Este chá vai fazer você se sentir melhor — disse a donier da Nona Caverna. — Tome um pouco mais.
Ayla bebeu.
— Agora acho que vou ter de urinar.
— Há uma cesta noturna atrás daquele biombo — disse um Zelandoni indicando o caminho.
Ayla se levantou e se sentiu tonta, mas melhorou.
— Acho que devemos deixá-la descansar. — Ayla ouviu A Que Era A Primeira dizer. — Ela passou por muitas dificuldades, mas acho que não há dúvida de que vai ser a próxima Primeira.
— Creio que você está certa. — Ouviu outra voz.
Escutava os membros da zelandonia falando entre si, mas não ouvia mais. O que eles queriam dizer? Não sabia se gostava de ouvi-los falando da "próxima Primeira".
Quando voltou, a Zelandoni da Nona Caverna perguntou:
— Você se lembra do que nos contou?
Ayla fechou os olhos, e a testa se vincou de concentração.
— Acho que sim — disse finalmente.
— Gostaríamos de lhe fazer algumas perguntas. Você se sente forte para responder, ou gostaria de descansar um pouco mais?
— Acho que estou acordada e não me sinto cansada. Mas quero um pouco mais de chá. Ainda sinto a boca seca.
Alguém encheu novamente o copo de Ayla.
— Nossas perguntas devem ajudá-la a interpretar sua experiência — disse a donier. — Na verdade, só você será capaz. — Ayla assentiu com a cabeça. — Você se lembra de quanto tempo esteve na gruta?

— Marthona disse que foram quase quatro dias, mas, na verdade, não me lembro de muita coisa depois que saí. Algumas pessoas me esperavam. Carregaram-me de volta numa liteira, e os dias seguintes não estão bem claros.

— Você acha que poderá nos explicar algumas coisas?

— Vou tentar.

— As paredes de gelo de que você falou... Se me lembro corretamente, você falou de cair numa fenda ao atravessar a geleira. Por algum milagre você caiu numa lâmina de pedra e Jondalar tirou você de lá, está correto?

— Está. Ele atirou uma corda para mim e disse para amarrá-la na cintura. Prendeu a outra ponta no seu cavalo. Racer me puxou.

— Poucas pessoas que caem em fendas têm a sorte de sair. Você esteve muito próxima da morte. Não é incomum um acólito, quando é chamado, experimentar novamente as situações em que esteve perto do mundo dos espíritos. Você diria que essa pode ser uma interpretação possível das paredes de gelo?

— Sim. — Ayla olhou a mulher enorme. — Não me ocorreu antes, mas essa também poderia ser uma explicação de outras coisas. Eu quase morri ao cruzar um rio inundado quando vinha para cá, e tenho certeza de que vi o rosto de Attaroa. Ela teria me matado se Lobo não tivesse me salvado.

— Isso explica algumas visões. Apesar de não ter ouvido toda a história de sua Jornada até aqui, é claro que muitas pessoas ouviram — disse um Zelandoni visitante. — Mas o que foi aquele vazio negro? Seria uma referência à Canção da Mãe ou teria outro significado? Você quase me aterrorizou.

Ouviram-se algumas risadas discretas e sorrisos pelo comentário, mas também alguns sinais de concordância.

— E o que dizer do mar quente, e das criaturas se escondendo na lama e nas árvores? Foi muito estranho, sem falar em todos os mamutes e renas, nos bisões e cavalos.

— Por favor, uma pergunta de cada vez — interveio a Primeira. — Há muitas coisas que todos gostaríamos de saber, mas não temos pressa. Você tem alguma interpretação para essas coisas, Ayla?

— Não tenho de interpretá-las, sei o que são. Mas não as compreendo.

— Bem, o que eram? — perguntou o Zelandoni da Terceira Caverna.

— Acho que quase todos sabem que, quando vivi com o Clã, a mulher que foi uma mãe para mim era uma curandeira que me ensinou quase tudo que sei sobre curas. Ela também tinha uma filha, e nós vivíamos na casa de seu irmão, chamado Creb. Quase todos no Clã conheciam Creb como O Mog-ur. Um mog-ur era um homem que conhecia o mundo dos espíritos, e O Mog-ur era como O Que Era Primeiro, o mais poderoso de todos os mog-urs.

— Então ele era um Zelandoni? — perguntou o Zelandoni visitante.

— De certa forma, sim. Ele não curava. As curandeiras curavam, eram elas que conheciam as plantas e as práticas medicinais, mas era o mog-ur quem invocava o mundo dos espíritos para ajudar na cura.

— As duas partes são separadas? Eu sempre as vi como inseparáveis — disse a mulher que Ayla não conhecia.

— Você também ficaria surpresa se soubesse que só os homens tinham permissão para contatar o mundo dos espíritos, para serem mog-urs, e somente as mulheres podiam curar, ser curandeiras.

— É realmente surpreendente.

— Não sei sobre os outros mog-urs, mas O Mog-ur tinha uma capacidade especial na forma como invocava o mundo dos espíritos. Recuava até as origens e mostrava aos outros o caminho. Ele chegou a me levar uma vez, apesar de eu não ter permissão, e acho que se arrependeu muito. Depois disso ele mudou, perdeu alguma coisa. Gostaria que nunca tivesse acontecido.

— Como foi? — perguntou a Primeira.

— Eles usavam uma raiz, somente para a cerimônia especial com todos os mog-urs na Reunião do Clã. Ela tinha de ser preparada de uma forma particular, e somente as curandeiras da linha de Iza sabiam como fazer.

— Você quer dizer que eles também fazem Reuniões de Verão? — perguntou o Zelandoni da Décima Primeira.

— Não todos os verões, apenas uma vez a cada sete anos. Quando chegou a época da Reunião do Clã, Iza estava doente e não podia viajar. Sua filha ainda não era mulher, e a raiz tinha de ser preparada por uma mulher, não por uma menina. Apesar de eu não ter as memórias, Iza já vinha me treinando para ser uma curandeira. Decidiram então que eu deveria preparar a raiz para os mog-urs. Iza explicou que eu devia mascar a raiz e cuspi-la numa vasilha especial. Avisou para eu não engolir nem uma gota do suco enquanto estivesse mascando. Quando chegamos ao lugar da Reunião do Clã, os mog-urs não queriam me dar permissão para preparar a raiz. Eu tinha nascido dos Outros, não era do Clã, mas finalmente Creb veio me buscar e me disse para me preparar.

"Executei todo o ritual, mas foi difícil, e acabei por engolir um pouco. Além disso, eu produzi em excesso. Iza tinha me dito que era um líquido muito precioso e não podia ser desperdiçado, e eu já não pensava com clareza. Bebi o que tinha sobrado na vasilha para que nada se perdesse e, sem intenção, entrei na gruta próxima, e bem no fundo encontrei os mog-urs. Nenhuma mulher podia participar das cerimônias dos homens, mas eu estava lá e, além disso, tinha tomado a bebida.

"Não sei bem o que aconteceu depois, mas de alguma forma Creb ficou sabendo que eu estava lá. Estava mergulhando num vazio negro e profundo, pensei que me perderia nele para sempre, mas Creb veio me buscar e me puxou. Tenho certeza de que ele salvou minha vida. As pessoas do Clã têm uma qualidade especial nas suas mentes que nós não temos, assim como temos qualidades que eles não têm. Eles têm lembranças, lembram-se do que os ancestrais sabiam. Não precisam aprender o que precisam saber, como nós. Basta precisarem saber, ou alguém lhes trazer a lembrança. Podem aprender coisas novas, mas para eles é mais difícil.

"Suas lembranças recuam um longo período no tempo. Em algumas circunstâncias, eles voltam às origens, até um tempo tão remoto que não havia pessoas, e a terra era diferente. Talvez para o tempo em que a Grande Mãe Terra deu à luz Seu filho e tornou verde a terra com as águas do nascimento. Creb tinha a capacidade de dirigir os outros mog-urs e orientá-los de volta àquele tempo. Depois de ter me salvado, ele me levou, com os outros mog-urs, às origens das lembranças. Quando recuamos por um período suficientemente longo, todos temos as mesmas lembranças, e eu consegui encontrar a minha. Dividi a experiência com eles.

"Nas lembranças, quando a terra era diferente, há tanto tempo que é até difícil imaginar, os que vieram antes das pessoas viviam no fundo do oceano. Quando a água secou, eles ficaram presos no barro e aprenderam a viver na terra. Mudaram muitas vezes e, com Creb, eu tive permissão para entrar junto. Para mim, não era exatamente igual ao que era para eles, mas, ainda assim, cheguei lá. Vi a Nona Caverna antes de os Zelandonii a habitarem, reconheci a Pedra Cadente no mesmo momento em que cheguei. Então entrei num lugar onde ele não conseguiu entrar. Ele bloqueou os outros mog-urs para que não soubessem que eu estava lá e me disse para sair da gruta antes que me descobrissem. Nunca contou a eles que eu estive lá. Eu teria sido morta no ato se soubessem. Mas depois disso ele nunca mais foi o mesmo."

Houve um silêncio quando Ayla terminou. Zelandoni Que Era Primeira rompeu o silêncio:

— Nas nossas Histórias e Lendas, a Grande Mãe Terra deu à luz toda a vida, e depois aqueles entre nós que se lembrariam dela. Quem pode dizer como Doni nos formou? Qual criança se lembra da vida no ventre? Antes de nascer, um bebê respira água e, quando nasce, luta para respirar. Vocês todos já viram e examinaram a vida humana antes de estar completamente formada, quando foi expulsa antes do tempo. Nos primeiros estágios, o bebê parece um peixe, e depois, animal. Pode ser que ela esteja se lembrando de sua própria vida no ventre, antes de nascer. A interpretação de Ayla de sua experiência com aqueles que ela chama de Clã não contradiz as Lendas da Canção da Mãe. Acrescenta a elas e as explica. Mas estou pasma por esses que sempre chamamos de animais terem um conhecimento tão grande da Mãe e, tendo esse conhecimento na sua "lembrança", não terem sido capazes de reconhecê-La.

Os membros da zelandonia ficaram aliviados. A Primeira tinha conseguido tirar o que de início parecera um conflito básico entre crenças, contado por Ayla com tanta convicção que poderia ter criado um cisma, e as combinou. Sua interpretação dava mais força às suas crenças, não as destruía. Talvez pudessem, quem sabe, aceitar que aqueles a quem chamavam de Cabeças Chatas fossem inteligentes à sua maneira, mas a zelandonia tinha de insistir que as crenças daquelas pessoas eram inferiores à sua. Os Cabeças Chatas não reconheceram a Grande Mãe Terra.

— Então foi aquela raiz que causou o vazio negro e as criaturas estranhas — disse o Zelandoni da Quinta.

— É uma raiz poderosa. Quando parti do Clã, levei um pouco comigo. Não era minha intenção, mas ela ficou esquecida na minha bolsa de remédios. Depois que me tornei Mamutói, falei a Mamut da raiz e da minha experiência com Creb na gruta. Quando ainda era rapaz, ele se feriu durante uma viagem, e uma curandeira do Clã o curou. Mamut ficou com eles durante algum tempo, aprendeu alguns de seus costumes e participou de pelo menos uma cerimônia com os homens do Clã. Queria experimentar a raiz comigo. Acho que ele pensava que, se Creb era capaz de controlá-la, ele também seria, mas houve algumas diferenças entre o Clã e os Outros. Com Mamut, nós não recuamos até as lembranças passadas, fomos parar em outro lugar. Não sei onde, era muito estranho e assustador, mas... alguém... queria tanto nos levar de volta, a sua vontade superou tudo mais.

Ayla olhou para as mãos.

— Seu amor era tão forte... naquela época — falou Ayla baixinho. Só Zelandoni notou a dor nos seus olhos quando ela levantou a cabeça. — Mamut disse que nunca mais ia usar aquela raiz. Disse que tinha medo de se perder naquele vazio e nunca mais voltar, nunca mais encontrar o outro mundo. Disse que se eu usasse a raiz outra vez tinha de me cercar de uma forte proteção, ou talvez nunca mais voltasse.

— Você ainda tem dessa raiz? — logo perguntou a Primeira.

— Tenho. Encontrei um pouco nas montanhas perto dos Sharamudói, mas desde então nunca mais a vi. Acho que ela não cresce nesta região.

— A raiz que você ainda tem, ela ainda está em boas condições? Muito tempo se passou desde sua Jornada — insistiu a volumosa mulher.

— Se for bem seca e guardada ao abrigo da luz, Iza me disse que a raiz concentra, fica mais forte com a passagem do tempo — disse Ayla.

A Que Era A Primeira assentiu, mais para si que para os outros.

— Tenho uma forte impressão de que você sentiu as dores do parto — disse a Zelandoni visitante. — Você já chegou a quase morrer dando à luz?

Ayla tinha contado à Primeira de sua experiência angustiante ao dar à luz a primeira filha, o filho de espíritos mistos, e a mulher pensou que aquilo talvez explicasse a provação do parto de Ayla na gruta, mas não considerou necessário dizer aos outros.

— Acho que a pergunta mais importante é a que estamos todos evitando. A Canção da Mãe é talvez a mais antiga das Lendas dos Antigos. Cavernas diferentes, tradições diferentes têm geralmente variações de pouca importância, mas o significado é sempre o mesmo. Você poderia recitar para nós, Ayla? Não todo o canto, somente a parte final.

> — *Com um estrondoso bramido, Suas pedras em pedaços se partiram,*
> *E das grandes cavernas que bem abaixo se abriram,*
> *Ela novamente em seu espaço cavernoso fez parir,*
> *Para do Seu ventre mais Filhos da Terra sair.*
> — *Da Mãe em desespero, mais crianças nasceram.*
>
> — *Cada filho era diferente, havia grandes e pequenos também,*
> *Uns caminhavam, outros voavam, uns rastejavam e outros nadavam bem.*
> *Mas cada forma era perfeita, cada espírito acabado,*
> *Cada qual era um exemplar cujo modelo podia ser imitado.*
> — *A Mãe produzia. A terra verde se enchia.*
>
> — *Todas as aves, peixes e animais gerados,*
> *Não deixariam, desta vez, os olhos da Mãe inundados.*
> *Cada espécie viveria perto do lugar de coração.*
> *E da Grande Mãe Terra partilharia a imensidão.*
> — *Perto Dela ficariam. Fugir não poderiam.*

Ayla tinha começado hesitante, mas, ao entrar no espírito, sua voz ganhou mais força; a recitação ficou mais segura.

> — *Todos eram Seus Filhos, e lhe davam prazer,*
> *Mas esgotaram a força vital do Seu fazer.*
> *Mas Ela ainda tinha um resto, para uma última inovação,*
> *Uma criança que lembraria Quem fez a criação.*
> — *Uma criança que respeitaria. E a proteger aprenderia.*
>
> — *A primeira Mulher nasceu adulta e querendo viver,*
> *E recebeu os Dons de que precisava para sobreviver.*
> *A Vida foi o Primeiro Dom, e, como a Grande Mãe Terra dadivosa,*
> *Ela acordou para si mesma sabendo que vida era valiosa.*
> — *A Primeira Mulher a haver. A primeira a nascer.*

— *A seguir, foi o Dom da Percepção, do aprender,*
O desejo do discernimento, o Dom do Saber.
À Primeira Mulher foram dados conhecimentos contundentes
Que a ajudariam a viver, e passá-los aos descendentes.
— *A Primeira Mulher ia saber. Como aprender, como crescer.*

— *Com a força vital quase esgotada, a Mãe estava consumida,*
E passou para a Vida Espiritual, que fora a sua lida.
Ela fez com que todos os Seus filhos mais uma vez fizessem a criação,
E a Mulher também foi abençoada com a procriação.
— *Mas sozinha a Mulher estava. Somente Ela se encontrava.*

— *A Mãe lembrou a própria solidão que sentiu,*
O amor do Seu amigo e as demoradas carícias que produziu.
Com a última centelha que restava, a Sua tarefa iniciou,
Para compartilhar a vida com a Mulher, o Primeiro Homem Ela criou.
— *Mais uma vez Ela dava. Mais uma vez criava.*

Ayla falava a língua tão fluentemente, poucos notavam seu sotaque. Tinham se acostumado à sua maneira de dizer certas palavras e sons. Parecia normal. Mas ao repetir os versos conhecidos, a particularidade de sua fala parecia acrescentar uma qualidade exótica, um toque de mistério, que de alguma forma dava a impressão de que os versos vinham de outro lugar, talvez de um lugar no outro mundo.

— *À Mulher e ao Homem a Mãe concebeu,*
E depois, para seu lar, Ela o mundo lhes deu,
A água, a terra, e toda a Sua criação.
Usá-los com cuidado era deles a obrigação.
— *Era a casa deles para usar. Mas não para abusar.*

— *Para os Filhos da Terra a Mãe proveu*
O Dom para sobreviver, e então Ela resolveu
Dar a eles o Dom do Prazer e do partilhar
Que honram a Mãe com a alegria da união e do se entregar.
— *Os Dons são bem-merecidos. Quando os sentimentos são retribuídos.*

— *A Mãe ficou contente com o casal criado,*
E o ensinou a amar e a zelar no acasalado.
Ela incutiu neles o desejo de se manter,

> *E foi ofertado pela Mãe o Dom do Prazer.*
> — *E assim foi encerrando. Os seus filhos também estavam amando.*

Nesse ponto geralmente terminava o canto, e Ayla hesitou um momento antes de continuar. Então, encheu o peito e recitou o verso que lhe enchia a cabeça com sua retumbante ressonância metrificada na profundidade da gruta.

> — *O último presente, o Conhecimento de que o homem tem sua função.*
> *Seu desejo tem de ser satisfeito antes de uma nova concepção.*
> *Ao se unir o casal, a Mãe é honrada*
> *Pois, quando se compartilham os Prazeres, a mulher é agraciada.*
> — *Depois de os Filhos da Terra abençoar, a Mãe pôde descansar.*

Houve um silêncio desconfortável quando ela terminou. Nenhum dos poderosos homens e mulheres sabia o que dizer. Finalmente a Zelandoni da Décima Quarta falou:

— Nunca tinha ouvido esse verso nem nada parecido com ele.

— Nem eu — disse a Primeira. — A questão é: o que ele quer dizer?

— O que você acha que ele significa? — perguntou a Décima Quarta.

— Acho que ele quer dizer que a mulher sozinha não é capaz de criar uma vida nova — respondeu a Primeira.

— Não, claro que não. Sempre se soube que o espírito do homem se combina com o espírito da mulher para criar uma nova vida — protestou o Zelandoni da Décima Primeira.

Ayla interveio:

— O verso não fala de "espírito". Ele diz que a mulher concebe quando os Prazeres são compartilhados. Não é apenas o espírito do homem, uma vida nova não começa se a necessidade do homem não for consumida. Um filho é tanto do homem quanto da mulher, um filho do corpo dele tanto quanto do dela. É a união do homem e da mulher que inicia a vida.

— Você quer dizer que a união não é para os Prazeres? — perguntou o Zelandoni da Terceira com uma expressão de descrença.

— Ninguém duvida que a união seja um Prazer — disse a Primeira com um olhar sarcástico. — Acho que significa que o Dom de Doni é mais que o Dom do Prazer. É outro Dom da Vida. Acho que é isso que o verso quer dizer. A Grande Mãe Terra não criou os homens apenas para compartilhar Prazeres com as mulheres e para prover para ela e seus filhos. A mulher é abençoada por Doni porque traz a vida nova, mas o homem também é abençoado. Sem ele, nenhuma vida nova pode começar. Sem os homens, e sem os Prazeres, toda a vida terminaria.

Houve uma explosão de vozes agitadas.

— Certamente haverá outras interpretações — disse a Zelandoni visitante. — Isso parece excessivo, muito difícil de aceitar.

— Dê-me outra interpretação — retrucou a Primeira. — Você ouviu as palavras, qual é sua explicação?

A Zelandoni hesitou, fez uma pausa.

— Vou ter de pensar. É preciso tempo para pensar, para estudar.

— Você pode pensar por um dia ou por um ano, ou por tantos anos quantos queira, que não vai mudar a interpretação. Ayla recebeu o Dom com seu chamado. Ela foi escolhida para nos trazer o novo Dom do Conhecimento da Vida passado pela Mãe — afirmou A Que Era A Primeira.

Houve outro burburinho de comoção.

— Mas os presentes sempre são trocados. Ninguém recebe um presente sem a obrigação de dar outro em troca, de igual valor — disse o Zelandoni da Segunda Caverna. — Foi sua primeira intervenção. Que presente Ayla poderia dar à Mãe em troca, um presente de mesmo valor?

Fez-se silêncio e todos olharam para Ayla.

— Dei a ela o meu filho — respondeu, sabendo no fundo do coração que o filho que tinha perdido fora começado com Jondalar, o filho dela e de Jondalar. Será que vou ter outro filho que será também de Jondalar? — A Mãe foi profundamente honrada quando aquele filho foi começado. Era um filho que eu queria, mais do que posso dizer em palavras. Ainda agora meus braços doem com o vazio daquela perda. Posso ter outro filho, mas nunca terei aquele filho.

Ayla lutou para conter as lágrimas.

— Não sei qual o valor que a Mãe dá aos Presentes que dá aos Seus filhos, mas não sei de nada que eu prezasse mais que meus filhos. Não sei por que Ela desejou meu bebê, mas a Grande Mãe encheu minha cabeça com as palavras de seu Dom depois que eu o perdi. — Lágrimas brilharam nos olhos de Ayla, por mais que ela tentasse controlá-las. Ela baixou a cabeça e disse num sussurro: — Quisera poder devolver Seu Dom e ter meu filho de volta.

Ouviu-se um "oh" contrito de várias pessoas reunidas. Não se podia tratar com leviandade os Dons da Mãe, nem desejar abertamente devolvê-los. Ela poderia se ofender gravemente, e ninguém seria capaz de saber o que Ela poderia fazer.

— Você tem certeza de que estava grávida? — perguntou o Zelandoni da Décima Primeira.

— Três luas falharam, e eu tive todos os outros sinais. Sim, tenho certeza.

— E eu também tenho certeza — acrescentou a Primeira. — Soube que ela carregava um bebê antes de vir para a Reunião de Verão.

— Então ela deve ter abortado. Isso explicaria a dor do parto que senti no seu relato — disse a Zelandoni visitante.

— Acho que é óbvio que ela abortou. Acredito que o aborto a levou bem próximo da morte enquanto estava na gruta — disse a Primeira. — Deve ter sido esta a razão de a Mãe querer seu filho. O sacrifício era necessário. Trouxe-a muito próximo do outro mundo para a Mãe poder lhe falar, dar a estrofe do Dom do Conhecimento.

— Sinto muito — disse a Zelandoni da Segunda Caverna. — Perder um filho é um sofrimento terrível. — Disse com um sentimento tão genuíno que Ayla se impressionou.

— Se não houver mais objeções, acho que podemos dar início à cerimônia — propôs A Que Era A Primeira. Houve vários acenos de concordância. — Está pronta, Ayla?

A jovem olhou em torno e franziu o cenho consternada. Pronta para quê? Tudo parecia tão repentino. A donier notou seu embaraço.

— Você disse que queria um teste formal completo. Entende-se que, se você satisfez a zelandonia, é promovida ao próximo nível. Você deixa de ser acólita. Já sai daqui Zelandoni.

— Você quer dizer, neste instante?

— Sim, a primeira marca de aceitação — disse a Primeira, pegando uma faca de pedra afiada.

34

— H averá uma cerimônia mais pública quando você será apresentada ao povo como uma Zelandoni, mas as marcas são feitas com a aceitação, privadamente, apenas com a presença da zelandonia. À medida que você subir de nível e novas marcas forem acrescentadas, serão feitas na presença da zelandonia e de acólitos, mas nunca em público — explicou a Zelandoni Que Era Primeira. A volumosa mulher, que se portava com a dignidade e o poder que sua posição lhe conferia, perguntou: — Está pronta?

Ayla engoliu em seco e franziu a testa.

— Estou — respondeu com a esperança de que estivesse.

A Primeira olhou em volta, certificando-se de que tinha a atenção de todos e então começou:

— Esta mulher terminou o treinamento completo para cumprir os deveres da zelandonia, é A Primeira Entre Aqueles Que Servem À Mãe quem atesta seu conhecimento.

Houve acenos e sons de reconhecimento.

— Ela foi chamada e testada. Alguém entre nós questiona seu chamado? Ninguém discordou. Nunca houvera dúvidas.

— Todos concordam em aceitar esta mulher como Zelandoni nas fileiras da zelandonia?

— Concordamos! — A resposta foi unânime.

Ayla observou quando o homem que era Zelandoni da Segunda Caverna avançou e estendeu uma tigela de alguma coisa escura. Ela sabia o que era, uma parte de sua mente observava sem participar. A casca do freixo da montanha, uma árvore chamada sorveira, havia sido queimada num fogo cerimonial e depois peneirada ao vento até se reduzir a um pó cinza muito fino. As cinzas da sorveira eram adstringentes e antissépticas. Então a mulher que era Zelandoni de uma Caverna distante, a que Ayla não conhecia, trouxe um líquido avermelhado fervendo: as frutas secas da sorveira do último outono fervidas até se tornarem um líquido concentrado e peneirado. Ayla sabia que o suco das sorveiras era ácido e curativo.

A Zelandoni Que Era Primeira pegou uma tigela de sebo endurecido, macio e branco, extraído da gordura de auroque com água quente e acrescentou um pouco às cinzas em pó, e em seguida um pouco do suco vermelho fervente da sorveira. Misturou com uma espátula de madeira entalhada, acrescentando mais gordura ou líquido até ficar satisfeita. Encarou a jovem e pegou a faca afiada.

— A marca que você vai receber nunca poderá ser removida. Ela vai declarar a todos que você reconhece e aceita a posição de Zelandoni. Está pronta para aceitar essa responsabilidade?

Ayla aspirou profundamente e observou a mulher se aproximar com a faca, sabendo o que viria em seguida. Sentiu uma pontada de medo, engoliu em seco e fechou os olhos. Sabia que ia doer, mas não era isso que temia. Quando estivesse terminado, não haveria volta. Esta era a última chance de mudar de ideia.

De repente, lembrou-se de estar escondida numa gruta rasa, tentando se apertar contra a parede de pedra às suas costas. Via a aproximação das garras afiadas e curvas da pata do leão-das-cavernas e gritou de dor quando quatro traços paralelos foram riscados na sua coxa esquerda. Encolhendo-se, descobriu um espaço pequeno ao lado e puxou a perna para longe das garras. Sua lembrança de quando fora escolhida e marcada pelo totem do leão-das-cavernas nunca tinha sido tão clara e intensa. Num reflexo, ela passou a mão pela coxa esquerda, sentindo a textura diferente da pele nas cicatrizes paralelas. Foram reconhecidas como marcas totêmicas do Clã quando ela foi aceita no Clã de Brun, apesar de tradicionalmente o totem do leão-das-cavernas escolher um homem, nunca uma mulher.

Quantas marcas tinham sido riscadas no seu corpo ao longo de sua vida? Além das quatro marcas do seu totem protetor, Mog-ur tinha feito um corte na base da sua garganta quando ela se tornou a Mulher Que Caça. Ganhou o talismã de caça do Clã, apesar de só ter autorização de usar uma funda.

Ela já não trazia consigo o talismã, nem o amuleto com os outros sinais, embora, naquele momento, desejasse tê-los consigo. Estavam escondidos atrás da figura esculpida de uma donii no nicho que havia sido cavado na parede calcária de sua casa na Nona Caverna. Mas ela tinha a cicatriz.

Ayla tocou a pequena marca, depois tocou a cicatriz no braço. Talut tinha cortado aquela marca, e com a faca ensanguentada tinha marcado uma placa de marfim que usava suspensa num colar fantástico de âmbar, garras e dentes caninos de leão-das-cavernas para mostrar que ela tinha sido aceita no Acampamento do Leão, adotada pelos Mamutói.

Ela nunca tinha pedido, sempre havia sido escolhida, e por cada aceitação ela trazia uma marca, uma cicatriz que teria sempre consigo. Era o sacrifício que tivera de fazer. Mais uma vez ela estava sendo escolhida. Ainda poderia desistir, mas, se não recusasse naquele instante, estaria comprometida por toda a vida. Ocorreu-lhe que as cicatrizes seriam sempre uma lembrança de que ser escolhida impunha consequências, responsabilidades que resultavam da aceitação.

Olhou nos olhos da mulher.

— Aceito, serei Zelandoni. — Ayla tentou soar firme e positiva.

Então fechou os olhos e sentiu que alguém se aproximava por trás do banco em que estava sentada. Mãos suaves, mas firmes, puxaram-na para trás para se apoiar no corpo macio de uma mulher, em seguida seguraram sua cabeça e a viraram de forma a apresentar o lado direito da testa. Sentiu a testa ser lavada por um líquido saído de algo macio e úmido, reconheceu o cheiro da raiz de íris, uma solução que ela tinha usado várias vezes para limpar feridas e sentiu uma tensão ansiosa.

— Ah! Ai! — gritou involuntariamente ao sentir o corte rápido de uma lâmina afiada, depois lutou para controlar igual manifestação num segundo corte, e ainda um terceiro. A solução foi aplicada novamente, depois secaram os cortes e outra substância foi esfregada. Sentiu um ardor, mas por pouco tempo; alguma coisa no unguento havia atenuado a dor.

— Você já pode abrir os olhos, Ayla. Terminou — avisou a mulher gorda.

Ayla abriu os olhos e viu uma imagem indefinida e desconhecida. Depois de algum tempo, reconheceu o que via. Alguém segurava um refletor e uma lamparina acesa para que ela pudesse se ver num pedaço de madeira lixada e esfregada de óleo. Ela raramente usava um refletor, nem tinha um em casa, e sempre se surpreendia ao ver o próprio rosto. Seus olhos foram então atraídos para as marcas na testa. Diante de sua têmpora direita, uma linha curta horizontal com duas linhas verticais que se estendiam para cima das duas extremidades com o mesmo comprimento, como um quadrado sem a linha de cima, ou uma caixa sem tampa. As três linhas eram pretas, e um pouco de sangue escorria das extremidades. Eram tão conspícuas que pareciam diminuir tudo mais. Ayla não tinha certeza se gostava de ter a testa marcada daquela forma. Levaria consigo aquelas marcas pelo resto da vida.

Começou a levar a mão para senti-las, mas a Primeira não permitiu.

— É melhor você não tocar. Já quase parou de sangrar, mas ainda está aberta.

Ayla olhou em volta os outros integrantes da zelandonia. Todos tinham várias marcas na testa, algumas mais complicadas que as outras, a maioria quadrada, mas também outras formas, muitas coloridas. Sabia que elas indicavam o nível, a posição e a afiliação dos Zelandoni. Mas também notou que as linhas pretas se desbotavam em tatuagens azuis depois de cicatrizarem.

Ficou feliz quando afastaram o refletor. Não gostava de se olhar. Ficava pouco à vontade ao pensar que a imagem estranha e indefinida daquele rosto pertencia a ela. Preferia se ver refletida nas expressões dos outros: a felicidade da filha ao ver a mãe, o prazer de se ver no aspecto e na atitude das pessoas de quem gostava, como Marthona, Proleva, Joharran e Dalanar. E o olhar amoroso de Jondalar quando a via... não mais... Na última vez em que o vira, ele estava horrorizado. Sua expressão demonstrava temor, não amor.

Ayla fechou os olhos para conter as lágrimas iminentes e tentou controlar os sentimentos de perda, desapontamento e dor. Quando os abriu de novo e olhou, todos os membros da zelandonia estavam parados diante dela, inclusive os dois novos, uma mulher e um homem, que estiveram fora guardando a entrada, e todos eles tinham sorrisos calorosos de antecipação e boas-vindas. A Que Era A Primeira falou:

— Você viajou grandes distâncias, pertenceu a muitos povos, mas seus pés sempre a levaram pelo caminho escolhido para você pela Grande Mãe Terra. O seu destino foi perder seu povo ainda nova e ser acolhida por uma curandeira e um homem que viajava pelo mundo dos espíritos do povo que você chama de Clã. Quando foi adotada por Mamut dos Mamutói da Casa do Mamute que honra a Mãe, você foi guiada pelo caminho escolhido por Aquela Que Deu Luz A Tudo. O seu destino foi sempre servi-La.

"Ayla da Nona Caverna dos Zelandonii, companheira de Jondalar da Nona Caverna, filho de Marthona, ex-líder da Nona Caverna dos Zelandonii; mãe de Jonayla, Abençoada por Doni, da Nona Caverna dos Zelandonii, nascida na casa de Jondalar; Ayla dos Mamutói, membro do Acampamento do Leão do povo caçador de mamutes do leste, Filha do Lar do Mamute, os Zelandoni dos Mamutói; Ayla, escolhida pelo espírito do Leão-das-Cavernas e Protegida pelo Urso-das-Cavernas do Clã, seus nomes e suas ligações são muitos. Agora já não são mais necessários. O seu novo nome significa todos eles e mais. O seu nome é único com todos de Sua criação. O seu nome é Zelandoni!"

Todo o grupo reunido repetiu em uníssono:
— O seu nome é único com toda Sua Criação. Seja bem-vinda, Zelandoni!
— Venha se juntar a nós na Canção da Mãe, Zelandoni da Nona Caverna — disse A Que Era A Primeira, e o grupo começou em uníssono.

— *O caos do tempo, em meio à escuridão,*
O redemoinho deu a Mãe sublime à imensidão.

Quando chegaram ao verso que antes era o último, somente A Que Era A Primeira continuou com sua voz linda e rica:

— *A Mãe ficou contente com o casal criado,*
E o ensinou a amar e a zelar no acasalado.
Ela incutiu neles o desejo de se manter,
E foi ofertado pela Mãe o Dom do Prazer.
— *E assim foi encerrando. Os seus filhos também estavam amando.*

Todo o grupo cantou o último verso, então olharam para Ayla na expectativa. Ela perdeu um momento até entender, então numa voz forte com um sotaque exótico, Ayla não cantou, mas falou sozinha:

— *O último presente, o Conhecimento de que o homem tem sua função.*
Seu desejo tem de ser satisfeito antes de uma nova concepção.
Ao se unir o casal, a Mãe é honrada
Pois, quando se compartilham os Prazeres, a mulher é agraciada.
— *Depois de os Filhos da Terra abençoar, a Mãe pôde descansar.*

O grupo terminou o último verso e ficou em silêncio por um momento, então relaxou. Um grande vaso de chá foi trazido, e cada um tirou seu copo individual da bolsa ou do bolso.

— A questão agora é como vamos dizer aos Zelandonii sobre o último Dom? — perguntou A Que Era A Primeira, ao se sentar no banco. A pergunta trouxe um burburinho.

— Dizer a eles?! Não podemos dizer a eles!
— Seria demais para eles.
— Pense na confusão geral.

A Primeira esperou até o burburinho acalmar, depois encarou a zelandonia reunida com um olhar feroz.

— Vocês acham que Doni revelou esse segredo para escondê-lo de seus filhos? Vocês pensam que Ayla sofreu aquelas agonias, ou que ela teve de sacrificar seu filho apenas para dar à zelandonia um tema de discussão? Os Zelandoni são Aqueles Que Servem À Mãe. Não cabe a nós dizer se Seus filhos podem ou não saber. É nossa obrigação decidir como contar a eles.

Houve um silêncio contrito, então a Zelandoni da Décima Quarta disse:

— Vai ser necessário algum tempo para planejar a cerimônia adequada. Talvez devamos esperar até o próximo ano. Esta estação já está chegando ao fim. Logo todos vão voltar para suas Cavernas.

— Sim — concordou o Zelandoni da Terceira. — Talvez seja melhor deixar cada membro da zelandonia contar na sua Caverna, à sua maneira, depois de pensar bem.

— A cerimônia terá lugar dentro de três dias, e Ayla vai contar a todos — anunciou a Primeira para não deixar dúvidas. — Ayla recebeu o Dom. Cabe a ela, é seu dever, contar a todos. Foi chamada nesta estação e por isso foi enviada à Reunião de Verão. — A Primeira enfrentou com o olhar os companheiros doniers, e então sua expressão se acalmou e sua voz assumiu um tom persuasivo: — Não seria melhor resolver tudo rapidamente? Com a estação tão próxima do fim, não haverá tempo para muitas dificuldades, e teremos todo o inverno para acostumarmos nossas Cavernas com a ideia. No próximo verão, não haverá razão para problemas.

A Primeira desejava mesmo acreditar nisso. Diferentemente do restante da zelandonia, durante muitos anos já vinha considerando a contribuição do homem para a criação de uma nova vida, antes mesmo da primeira conversa com Ayla. O fato de Ayla ter chegado às suas próprias conclusões semelhantes tinha sido uma das razões por que a mulher desejou que ela fosse Zelandoni. Suas observações eram muito perceptivas, e ela não era limitada por crenças Zelandonii inculcadas com o leite da mãe.

Por isso, Zelandoni decidiu, tão logo ouviu a história da experiência de Ayla na gruta, que a ideia tinha de ser conhecida imediatamente, quando todos ainda estavam juntos. E enquanto os outros integrantes da zelandonia ainda estavam perplexos. Teria fixado a cerimônia para o dia seguinte se acreditasse ser possível organizá-la.

Como sempre fazia ao parecer pensar ou meditar, ignorando o ambiente, a mulher esperou e observou por alguns momentos, enquanto a zelandonia começou a fazer planos. Os primeiros foram hesitantes.

Ouviu o Zelandoni da Décima Primeira dizer:

— Talvez uma boa abordagem seja tentar repetir a experiência de Ayla.

— Não temos de mostrar toda a experiência dela, apenas sua essência — disse a da Vigésima Terceira.

— Seria bom se tivéssemos uma gruta suficientemente grande para abrigar todo mundo — disse a Zelandoni da Segunda Caverna.

— Vamos ter de deixar a escuridão da noite representar as paredes da gruta — retrucou a Quinta. — Se tivermos apenas uma fogueira no centro, poderíamos concentrar a atenção de todos.

Ótimo, pensou a Primeira ouvindo os doniers conversando. Estão pensando em como preparar a cerimônia, em vez de pensar em objeções.

— Devíamos ter tambores para a Canção da Mãe.

— E devemos cantar.

— A Nona não canta.

— Sua voz é tão diferente que não tem importância.

— Podemos cantar o acompanhamento, sem palavras, só o som.

— Se diminuirmos o ritmo dos tambores, a Canção da Mãe terá um impacto maior, especialmente no fim, quando ela recitar a última estrofe.

Ayla parecia perdida com toda atenção, à medida que os outros faziam mais sugestões para sua participação. Contudo, depois de algum tempo, ela mesma pareceu se envolver nas sugestões.

— Os visitantes dos Mamutói, os dois rapazes, Danug e Druwez, sabem tocar tambores de forma a fazê-los soar como vozes falando. É estranho, mas muito misterioso. Se trouxeram os seus tambores, ou se descobrirem alguma coisa semelhante, acho que farão os tambores recitarem a estrofe final.

— Eu gostaria de ouvir primeiro — disse a Décima Quarta.

— Claro! — concordou Ayla.

Mais do que percebia, Ayla entendia muito bem as atitudes das pessoas, e era muito mais sofisticada e bem-informada do que gostaria de admitir. As táticas da Zelandoni Que Era Primeira para forçar a zelandonia a criar a cerimônia não se perderam em Ayla. Num nível às vezes subliminar, às vezes perfeitamente consciente, ela observava a Primeira moldar os outros à sua vontade. A mulher sabia quando aproveitar uma vantagem, sabia quando ameaçar, quando adular, lisonjear, criticar, elogiar. A zelandonia não se deixava levar facilmente. Formava um grupo mais inteligente, em geral cínico, e mais astuto que a maioria. Ayla se lembrou de Jondalar perguntando à Zelandoni o que tornava alguém um Primeiro Zelandoni. Ela sabia exatamente o que dizer, o que esconder.

Zelandoni se acalmou. Geralmente, seu grande problema era não deixar que eles se perdessem. Daquela vez, pretendia deixá-los completamente livres. Quanto mais espetacular, melhor. Se eu os deixar livres para planejá-la grande demais, elaborada demais, eles não vão ter tempo para mais nada enquanto a cerimônia não estiver terminada.

Quando uma proposta geral para a cerimônia começou a tomar forma, e a maioria dos Zelandoni já desenvolvia interesse no evento, Zelandoni Que Era Primeira lhes lançou mais uma surpresa. Levantou-se para se servir de mais chá e fez um comentário casual:

— Calculo que vamos ter de fazer planos para uma reunião do acampamento um ou dois dias depois da cerimônia, para responder às perguntas que certamente vão surgir. Podemos discuti-las agora. Será então que anunciaremos o nome da relação entre o homem e seus filhos e dizer a eles que o homem deverá dar o nome dos meninos a partir de agora.

A consternação da zelandonia foi imediata. A maioria não tivera tempo para pensar nas mudanças geradas pelo novo conhecimento.

— Mas a mãe sempre deu os nomes aos seus próprios filhos! — contrapôs um deles.

Zelandoni percebeu alguns olhares inteligentes. Era o que ela temia; alguns já começavam a pensar. Como grupo, não era aconselhável subestimar os integrantes da zelandonia.

— Como os homens vão entender que são essenciais se não lhes dermos uma chance de participar? — questionou a Primeira. — Na verdade, isso não muda nada. O ato continuará sendo um Prazer. Os homens não vão começar a parir e continuarão com a obrigação de prover para a mulher que levou para sua casa e seus filhos, especialmente enquanto ela estiver confinada à casa e aos filhos pequenos. Dar nome a um filho homem não tem tanta importância, as mulheres vão continuar a dar nomes às filhas.

— No Clã, os mog-urs davam nome a todos os filhos — contou Ayla. Todos pararam e olharam para ela. — Para mim foi um prazer dar nome à minha filha. Estava nervosa, mas foi muito emocionante, e eu me senti bastante importante.

— Acho que os homens vão sentir a mesma coisa — disse a Primeira, grata pelo apoio espontâneo de Ayla.

Houve um movimento geral de aprovação. Ninguém propôs mais objeções, pelo menos naquele momento.

— E o nome da relação? Você já pensou num nome? — perguntou o Zelandoni da Vigésima Nona com um traço de suspeita.

— Vou meditar e ver se consigo pensar em alguma coisa adequada para os filhos dizerem para os homens que participaram na criação de sua vida, para distingui-los dos outros homens. Talvez fosse bom pensar nisso — disse A Que Era A Primeira.

A Primeira sentiu que tinha de incentivá-los, enquanto a zelandonia ainda estava sob seu domínio, em desvantagem em relação a ela própria, antes que começasse a pensar nas possíveis consequências e propor objeções reais que ela não pudesse confundir com palavras vãs. Não tinha dúvida de que aquele novo Dom do Conhecimento da Vida teria repercussões mais profundas do que conseguia imaginar. Tudo iria mudar, e ela não tinha certeza de que gostava de algumas das possibilidades que poderiam se desenvolver.

A Zelandoni era uma mulher observadora e inteligente. Nunca tivera filhos, mas, no seu caso, era uma vantagem; nunca teve as distrações causadas invariavelmente pelos filhos. Mas já havia sido parteira em mais nascimentos do que era capaz de lembrar, e tinha assistido as mulheres nos casos de aborto. Por isso, a Primeira tinha mais conhecimento dos estágios de desenvolvimento dos fetos que qualquer mãe.

Os doniers também ajudavam algumas mulheres a interromper a gravidez antes do nascimento. A época mais precária na vida das crianças eram os dois primeiros anos. Era quando muitas delas morriam. Mesmo com a ajuda dos companheiros, dos pais ou de outros membros da família, as mulheres não eram capazes de cuidar e garantir a sobrevivência de muitos filhos ao mesmo tempo.

Embora o aleitamento pudesse parecer um impedimento para a criação de um novo filho, às vezes era necessário interromper uma gravidez inesperada para garantir a sobrevida além da primeira infância dos filhos já nascidos. Ou quando uma mulher estava muito doente, ou tivesse filhos grandes ou já estivesse muito velha, ou no passado tivesse tido partos muito difíceis a ponto de levá-las quase à morte, e outra gravidez pudesse privar os filhos vivos de sua mãe. A taxa de mortalidade infantil teria sido muito mais alta se não se praticassem os meios de controle à sua disposição. Talvez houvesse ainda outras razões para uma mulher interromper a gravidez.

E, ainda que a causa da gravidez não fosse aparente, as mulheres logo sabiam que estavam grávidas. No passado, uma mulher, ou as mulheres, descobriram como saber que uma vida se desenvolvia dentro delas, antes que fosse evidente. Talvez ela notasse o tempo decorrido desde o último sangramento, o que poderia ser um sinal, ou, se já tivesse estado grávida anteriormente, era capaz de reconhecer alguns sintomas. O conhecimento fora passado ao longo de gerações até que todas as mulheres o aprendessem como parte da iniciação à vida adulta.

No início, quando uma mulher descobria que carregava um filho, ela talvez tentasse se lembrar do que o tinha causado. Teria sido algum alimento que ela tivesse comido? Uma água em que tivesse se banhado? Um homem específico com quem tivera relações? Um rio que tivesse atravessado? Uma determinada árvore sob cuja sombra tinha dormido?

Se uma mulher quisesse ter um filho, ela poderia repetir uma ou mais dessas atividades, transformando-as talvez num ritual. Mas sabia que poderia fazer essas coisas várias vezes e não engravidar. E, se ela então se perguntasse se seria uma combinação de atos, ou a ordem em que eram executados, ou a hora do dia, ou o ciclo, ou a estação ou o ano. Talvez fosse apenas o desejo intenso de ter um filho, ou os desejos combinados de várias pessoas. Ou talvez fossem agentes desconhecidos, emanações das pedras, ou espíritos do outro mundo, ou a Grande Mãe, a primeira Mãe.

Se vivesse numa sociedade que já tivesse desenvolvido um conjunto de explicações aparentemente razoáveis, ou mesmo inaceitáveis, mas que parecessem responder a todas as perguntas que não fossem acessíveis às suas próprias observações, seria fácil aceitá-las caso todos também as aceitassem.

Mas alguém talvez fosse suficientemente observador para começar a fazer associações ou inferências próximas à verdade. Por um conjunto único de circunstâncias, Ayla tinha chegado a essas conclusões, apesar de ter tido de superar a necessidade de acreditar no que os outros acreditavam em lugar de suas próprias observações e raciocínio.

Mesmo antes de conversar com Ayla, A Que Era A Primeira já havia começado a suspeitar da verdadeira causa da concepção. A crença e a explicação de Ayla foram a última peça de que precisava para se convencer e durante algum tempo ela sentiu que as pessoas, as mulheres em particular, deviam saber como se iniciava uma nova vida.

Conhecimento era poder. Se soubesse a causa do início da vida dentro de si, uma mulher teria controle sobre sua própria vida. Em vez de apenas se descobrir grávida, quisesse ou não aquele filho, se a época era boa para ela ser mãe, se estava bem ou, se já tivesse filhos suficientes, ela tinha escolha. Se fossem as relações com um homem o que de alguma forma causasse a gravidez, não alguma coisa externa, fora de seu controle, ela poderia decidir não ter um filho simplesmente deixando de compartilhar Prazeres. Claro, não seria necessariamente fácil para uma mulher fazer tal escolha, e Zelandoni não sabia bem como um homem reagiria.

Apesar da possibilidade de haver repercussões desconhecidas, havia mais uma razão por que ela queria que seu povo soubesse que filhos eram o resultado da união entre homens e mulheres. A razão mais forte de todas: porque era verdade. E os homens precisavam saber. Por muito tempo, os homens sempre foram considerados incidentais ao processo de procriação, mas o correto seria os homens saberem que eram essenciais à criação da vida.

E Zelandoni acreditava que as pessoas estavam prontas, mais que prontas. Ayla já tinha contado a Jondalar o que ela acreditava ser verdade, e ele estava quase convencido. Mais que isso, ele queria acreditar. Era o momento certo. Se a própria Zelandoni já tinha adivinhado e se Ayla já havia descoberto, os outros também podiam. A Primeira esperava que as consequências de contar a todos não fossem devastadoras demais, mas se a zelandonia não contasse imediatamente, logo a informação chegaria de outro lugar.

Ao ouvir Ayla recitar a estrofe final da Canção da Mãe, Zelandoni soube que a verdade tinha de ser revelada imediatamente. Mas, para ser aceita, não podia ser revelada aos poucos ou despreocupadamente. Exigia impacto dramático. A Que Era A Primeira era inteligente o bastante para entender que muito do que ocorria aos acólitos que eram "chamados" para servir à Mãe era produto de suas próprias mentes. Alguns dos membros da zelandonia mais velhos se tornaram completamente cínicos em relação a todo o processo, mas sempre havia acontecimentos inexplicáveis provocados por forças desconhecidas ou invisíveis. Eram esses acontecimentos que revelavam um chamado verdadeiro, e, quando Ayla falou de sua experiência na gruta, a Primeira nunca tinha ouvido um chamado mais verdadeiro. Aquela estrofe final da Canção da Mãe em particular. Apesar de o instinto de Ayla para línguas e de sua capacidade de memorizar serem fenomenais, e de ela ter se tornado uma consumada contadora de histórias e Lendas, nunca tinha demonstrado habilidade para criar versos, e tinha dito que aqueles lhe encheram a cabeça, que os ouvira completos. Se pudesse explicar às pessoas com a mesma convicção, ela seria muito persuasiva.

Quando sentiu que tudo já estava em andamento e não seria mais interrompido, a Primeira finalmente anunciou:

— Já está tarde. Foi uma longa reunião. Acho que podemos encerrar e nos encontrarmos novamente amanhã de manhã.

— Prometi a Jonayla que ia cavalgar com ela hoje, mas a reunião demorou demais.

Não é de admirar, pensou Proleva, olhando as marcas pretas na testa de Ayla, mas não fez nenhum comentário.

— Jondalar a ouviu dizer que ia sair a cavalo com você, perguntando onde estava e por que demorava tanto. Dalanar tentou explicar que você estava numa reunião muito importante e que ninguém sabia quanto tempo ia demorar, então Jondalar se ofereceu para sair com ela.

— Que bom que ele saiu com ela. Detesto desapontá-la. Já saíram há muito tempo?

— No início da tarde. Acho que logo vão estar de volta — respondeu Proleva.
— Dalanar me pediu para lhe lembrar de que os Lanzadonii estão esperando você hoje à noite.

— É verdade! Ele me convidou quando eu estava de saída para a reunião. Acho que vou trocar de roupa e descansar um pouco. É difícil acreditar que ficar sentada durante uma reunião pudesse ser tão cansativo. Você manda Jonayla me procurar quando chegar?

— Claro que mando — disse Proleva. Era muito mais que uma reunião comum, pensou. — Você quer comer alguma coisa? Um pouco de chá?

— Acho que vou querer, sim, Proleva, mas primeiro quero me limpar um pouco. Acho que vou nadar... mas vou esperar até mais tarde. Antes vou ver Huiin.

— Eles a levaram. Jondalar disse que ela ia gostar de ir com os outros cavalos, e que uma boa corrida não lhe faria nenhum mal.

— Ele tem razão. Huiin ia sentir falta dos filhos.

Proleva observou Ayla ir até o quarto de dormir. Parece mesmo cansada, pensou a mulher. Não chega a ser uma surpresa. Basta pensar pelo que ela passou. Primeiro, um aborto, e agora se torna nossa Zelandoni mais nova... e o chamado, o que quer que isso signifique.

A mulher já havia visto os efeitos de se aproximar demais do mundo dos espíritos. Todos já tinham visto. Sempre que alguém sofria um ferimento grave ou, ainda mais assustador, uma doença crítica inexplicável, sabia que estava próximo do outro mundo. A ideia de que uma pessoa pudesse se colocar deliberadamente em contato com aquele mundo para poder Servir À Mãe estava além de sua compreensão. Proleva sentiu um leve calafrio. Estava feliz por nunca ter de passar por experiência tão aterradora. Apesar de saber algum dia que todos teriam de ir para aquele lugar assustador, ela não tinha nenhum desejo de se juntar à zelandonia.

Ela e Jondalar estão com problemas, pensou. Ele a está evitando. Já o vi sair pelo outro lado quando a vê. Tenho certeza de que sei qual é o problema dele. Está com vergonha. Ela o pegou com Marona, e agora ele não quer enfrentar. Não é uma época boa para ele evitar Ayla. Ela agora precisa da ajuda de todos, especialmente da dele.

Se ele não queria que ela soubesse de Marona, não devia tê-la procurado, apesar de todos os encorajamentos dela. Sabia o que Ayla sentia por aquela mulher. Se precisava mesmo de uma companhia, poderia ter procurado outra,. Ele ainda pode escolher qualquer uma no acampamento. E seria uma boa lição para Marona. Ela é tão óbvia, até ele devia ter notado.

Por mais que gostasse dele, Proleva às vezes se impacientava com o irmão mais novo de seu companheiro.

— Mamãe! Mamãe! Finalmente você voltou! Proleva disse que você estava aqui. Você disse que ia sair para cavalgar, e eu fiquei esperando, esperando.

Lobo, que entrou atrás de Jonayla, estava agitado, tentando atrair a atenção de Ayla. Ela deu um abraço apertado na menina, e então agarrou a cabeça do grande carnívoro e começou a esfregar seu focinho com o rosto, mas as marcas estavam doloridas, então ela só o abraçou. Quando ele começou a farejar o ferimento, Ayla o afastou. Ele examinou a tigela de comida, encontrou um osso deixado por Proleva e o levou para o lugar onde descansava.

— Sinto muito, Jonayla. Não imaginei que a reunião com a zelandonia fosse demorar tanto. Prometo que vamos sair outro dia, mas não vai poder ser amanhã.

— Está bem, mamãe. A zelandonia é muito demorada. Passou um dia inteiro ensinando cantos e danças, mostrando onde devíamos ficar e como andar. Mas eu saí para cavalgar. Jonde me levou.

— Proleva me disse. Que bom que ele cavalgou com você. Eu sabia o quanto você queria sair a cavalo.

— Isso dói, mamãe? — Jonayla apontou para a testa de Ayla, que se espantou por sua filha ter notado.

— Não, agora não. Doeu um pouco no começo, mas nem tanto. Essa marca tem um significado especial...

— Eu sei o que ela significa. Significa que agora você é Zelandoni.

— Isso mesmo, Jonayla.

— Jonde me disse que você não vai viajar tanto depois de ter recebido sua marca Zelandoni. É verdade, mamãe?

Ayla não imaginava a saudade que sua filha tinha da mãe e sentiu um surto de gratidão por Jondalar ter ficado para cuidar dela e lhe explicar as coisas. Estendeu os braços para abraçar a filha.

— É verdade. Ainda vou ter de viajar um pouco, mas não tanto.

Talvez Jondalar também tenha sentido falta de mim, mas por que ele teve de procurar aquela Marona? Disse que me amava, mesmo depois de tê-los encontrado daquela forma, mas, se amava, por que está me evitando agora?

— Por que você está chorando, mamãe? Você tem certeza de que a marca não está doendo? Parece dolorido.

— É que estou muito feliz em rever você, Jonayla. — Soltou a filha e sorriu através dos olhos molhados. — Quase me esqueci de lhe dizer. Hoje vamos visitar o acampamento dos Lanzadonii e jantar com eles.

— Com Dalanar e Bokovan?

— Isso mesmo, e Echozar e Joplaya, e Jerika e todo mundo.

— Jonde também vai?

— Não sei, mas acho que não. Ele tem de ir a outro lugar.

De repente, Ayla se virou, viu a cesta de roupas de Jonayla e começou a revirá-la. Não queria que a filha visse suas lágrimas outra vez.

— Vai esfriar depois que escurecer, você não quer vestir alguma coisa mais quente?

— Posso vestir a túnica que Folara fez para mim?

— Seria ótimo, Jonayla.

35

À primeira vista, à distância, Ayla pensou que era Jondalar carregando alguma coisa, vindo na sua direção pelo caminho batido entre os acampamentos de várias Cavernas amigas. Sentiu um nó na barriga. A altura, a forma do corpo e o passo eram familiares, mas à medida que o homem se aproximava ela percebeu que era Dalanar carregando Bokovan.

Quando se aproximaram, Dalanar viu as marcas pretas na testa dela. Ayla notou a expressão de surpresa e depois o esforço para não encarar, e só então se lembrou das marcas. Como não as via, tendia a se esquecer delas.

Dalanar se perguntou se seria por isso que Jondalar se comportava de modo tão estranho? Quando o convidou para jantar com os Lanzadonii, junto com Ayla e Jonayla, Dalanar se surpreendeu pela hesitação e pela recusa dele sob a alegação de que já havia prometido estar em outro lugar, mas parecendo contrariado e embaraçado. Era como se procurasse desculpas para não se juntar a eles naquela noite. Lembrou-se de suas próprias razões para deixar a mulher que amava. Mas não pensei que ele se perturbasse por ela ter se tornado Zelandoni, pensou o homem mais velho. Ele sempre se orgulhou da habilidade curadora dela e foi feliz com seu próprio trabalho com pedras e seus aprendizes.

— Não quer deixar que eu carregue você, Bokovan? Para dar um descanso a Dalanar?

Ayla estendeu sorrindo os braços para o menino, que hesitou, mas imitou o gesto dela. Ao pegá-lo, lembrou-se de quanto ele pesava. Carregando Bokovan, Ayla seguia ao lado de Dalanar, que segurava a mão de Jonayla a caminho de seu acampamento. Lobo seguia logo atrás.

O animal parecia perfeitamente à vontade percorrendo o grande acampamento cheio de gente, e nenhuma daquelas pessoas parecia muito preocupada com ele. Mas Ayla já tinha notado que os Zelandonii tinham um prazer especial em observar as reações de visitantes e estrangeiros ainda não acostumados a ver um lobo andando livremente entre as pessoas.

Quando chegaram, Joplaya e Jerika vieram cumprimentá-la, e Ayla notou a expressão de surpresa e a tentativa malsucedida de ignorar as novas marcas na sua testa. Embora ainda notasse um ar de tristeza na linda jovem de cabelos escuros que Jondalar chamava de prima, Ayla viu o sorriso de amor caloroso nos seus olhos verdes quando ela pegou o filho nos braços. Joplaya parecia mais calma, aceitando melhor a própria vida, e genuinamente feliz por ver Ayla.

Jerika também a cumprimentou calorosamente.

— Deixe-me carregar Bokovan — disse ela ao tomar o menino dos braços da mãe. — Já preparei um pouco de comida para ele. Você e Ayla podem conversar.

Ayla falou ao menino:

— Gostei de encontrar você, Bokovan. Venha me visitar um dia. Sou da Nona Caverna, você sabe onde é?

Ele a olhou com expressão séria e depois disse:

— Xei.

Ayla não pôde deixar de notar as semelhanças e as diferenças entre Jerika, Joplaya e Bokovan antes de a avó levá-lo embora. A mulher mais velha era baixa e troncuda, seus movimentos rápidos e enérgicos. Os cabelos, antes negros como a noite, mostravam faixas do cinza do ocaso. Seu rosto, redondo e chato com ossos salientes nas faces, era mais enrugado, porém os olhos amendoados ainda brilhavam de encanto e humor.

Ayla se lembrou de Hochaman, o companheiro da mãe de Jerika. Tinha sido viajante e sua companheira havia decidido seguir com ele. Jerika tinha nascido durante a viagem. Dalanar contava com orgulho ao visitante S'Armunai sobre a longa Jornada de Hochaman desde os Mares Sem Fim do Leste até as Grandes Águas do Oeste. Ocorreu a ela que, mesmo a verdade sendo excepcional em si, era o tipo de história que seria contada e recontada, provavelmente com novos acréscimos a cada vez, até se tornar uma lenda ou um mito, com pouca semelhança com a história original.

Dalanar tinha conhecido Jerika algum tempo depois de ter encontrado a mina de pedra. De início ficara intrigado, depois cativado por aquela mulher exótica. Várias pessoas já tinham se reunido em torno de Dalanar e de sua mina, o início do núcleo da Caverna que depois seria chamada de Lanzadonii, quando Hochaman e Jerika chegaram ao seu acampamento. Os dois pareciam tão diferentes, era óbvio que tinham vindo de muito longe. Dalanar nunca havia visto ninguém igual a Jerika. Era pequenina em comparação com outras mulheres, mas inteligente e decidida, e ele foi cativado por aquela jovem exótica. Foi necessário alguém bastante incomum para vencer o amor que ele ainda sentia por Marthona.

Joplaya nasceu na casa de Dalanar. Ayla agora sabia o que há muito acreditava ser verdade: Joplaya era tanto filha de Dalanar quanto de Jerika. Mas Jondalar só foi morar com os Lanzadonii quando ele e Joplaya já eram adolescentes, e esta se apaixonou perdidamente por Jondalar, embora, como primos próximos, ele fosse um companheiro impossível.

Joplaya é tanto sua irmã quanto Folara, pensou Ayla, tentando imaginar como seriam as novas relações. Jondalar e Folara são ambos filhos de Marthona, e Jondalar e Joplaya são ambos filhos de Dalanar, que pode ser visto nos dois.

Jondalar era uma réplica mais nova de Dalanar, enquanto Joplaya mostrava mais a influência da mãe, no entanto era alta como Dalanar e uma contribuição mais sutil era evidente em outros aspectos. Os cabelos dela eram escuros, mas tinham mechas mais claras. Não possuíam o mesmo negro brilhante que antes os cabelos da mãe tiveram. Seu rosto tinha o contorno do povo de Dalanar, com os malares salientes da mãe. Porém sua característica mais notável eram os olhos. Nem negros como os da mãe, nem azuis como os de Dalanar e de Jondalar, os olhos de Joplaya eram de um verde vívido com traços de avelã, com a forma amendoada dos olhos da mãe, mas menos pronunciada. Jerika obviamente era estrangeira, só que de muitas maneiras Joplaya parecia mais exótica que sua mãe pelas semelhanças entre elas.

Joplaya decidiu se unir a Echozar por saber que nunca poderia se unir ao homem que amava. Escolheu aquele, dissera uma vez a Ayla, por saber que nunca encontraria um homem que a amasse tanto e tinha razão. Echozar era um daqueles "espíritos mistos"; sua mãe era do Clã, e muitos pensavam que ele era tão feio quanto Joplaya era linda. Mas não Ayla, que estava certa de que Echozar era o que o filho dela seria quando crescesse.

Bokovan exibia todos os componentes de sua origem incomum. De Echozar, a força física do Clã, e de sua mãe e de Dalanar, a altura. Seus olhos amendoados e escuros, quase tanto quanto os de Jerika, mas não exatamente negros. Traços de nuance mais clara ou uma faísca de brilho lhes davam uma qualidade vívida que ela nunca havia visto em olhos tão escuros. Não eram apenas incomuns mas também atraentes. Ela sentia alguma coisa especial em Bokovan e desejou que os Lanzadonii vivessem mais perto; adoraria acompanhar o crescimento do menino.

Ele era um pouco mais novo que seu filho quando o viu pela última vez e a fazia se lembrar tanto de Durc que quase doía. Ayla se perguntava que tipo de mentalidade ele teria. Teria algum aspecto das lembranças do Clã paralelamente à sua capacidade de fazer arte e falar com palavras? Como o povo de Dalanar e Jerika? Ela sempre tinha pensado assim no seu filho.

— Bokovan é uma criança muito especial, Joplaya — comentou Ayla. — Quando for mais velho, gostaria que você considerasse a possibilidade de enviá-lo à Nona Caverna para eu cuidar dele por algum tempo.

— Por quê?

— Em parte, porque ele talvez já tenha então algumas qualidades únicas que poderiam levá-lo à zelandonia, e você talvez queira saber sobre isso, mas principalmente porque eu gostaria muito de conhecê-lo melhor.

Joplaya sorriu e fez uma pausa.

— Você estaria disposta a enviar Jonayla aos Lanzadonii para ficar comigo por algum tempo?

— Nunca considerei essa possibilidade, mas talvez fosse uma boa ideia... dentro de alguns anos... se ela quiser. Por que você a quer?

— Nunca vou ter uma menina. Nunca vou ter outro filho. Sofri muito no nascimento de Bokovan.

Ayla se lembrou do sofrimento quando seu filho Durc nasceu, o que nasceu no Clã, e já tivera notícia dos problemas de Joplaya.

— Você tem certeza, Joplaya? Um parto difícil não significa que todos serão difíceis.

— Nossa donier já falou que é melhor eu não tentar. Tem receio de que eu morra. Já cheguei muito perto da morte com Bokovan. Estou tomando o remédio que você deu aos membros da zelandonia, e mamãe cuida para eu não deixar de tomar. Tomo para agradá-la, mas mesmo se não tomar acho que não vai fazer diferença. Acho que não posso mais engravidar. Apesar de mamãe, deixei de tomar o remédio por algum tempo. Queria outro filho, mas Doni preferiu não me abençoar.

Ayla não queria insistir, mas, como uma Zelandoni, sentiu que tinha de perguntar:

— Você faz homenagens frequentes à Mãe? Se deseja que Ela a abençoe, é importante que você faça as homenagens adequadas.

Joplaya sorriu.

— Echozar é um homem doce e amoroso. Pode não ser o que eu queria, Ayla... — Fez uma pausa, e por um momento uma expressão de desolamento toldou o seu olhar, comparável à de Ayla por uma razão inteiramente diferente. — Mas eu tinha razão quando disse que ninguém mais seria capaz de me amar mais, e passei a gostar realmente dele. No início, ele mal me tocava, de medo que pudesse de alguma forma me ferir, e porque, penso eu, ele não acreditasse ter o direito. Já passamos essa fase, embora ele ainda aja com tanto respeito que eu tenha de estimulá-lo. Ele até está aprendendo a rir de si mesmo. Acho que Doni está sendo adequadamente homenageada.

Ayla pensou um pouco. Talvez o problema não estivesse em Joplaya, mas em Echozar. Ele era meio Clã, e poderia haver alguma razão pela qual um homem que fosse do Clã, ou mesmo em parte, experimentasse algum problema em ter um filho com uma mulher dos outros. Um filho poderia ser sorte, embora muitos talvez o considerassem uma abominação. Ela não sabia ao certo com que frequência alguém do Clã se unia a alguém dos Outros, ou quantos filhos viviam, ou tinham permissão para viver.

Todos sabiam desses espíritos mistos, mas ela nunca vira muitos. Parou para considerá-los. No Aglomerado do Clã, havia seu filho, Durc, e Ura. Rydag do Acampamento do Leão dos Mamutói. Possivelmente Attaroa e outros entre os S'Armunai tinham uma parte do Clã. Echozar era meio Clã e, é claro, Bokovan. Era possível que a mãe de Brukeval também fosse mestiça, o que explicaria a aparência característica.

Já ia perguntar se a Mãe era adequadamente homenageada nas cerimônias e nos festivais entre os Lanzadonii, que ainda eram um grupo pequeno, embora ela tivesse ouvido conversas sobre a localização futura de uma segunda Caverna. Ocorreu-lhe que talvez fosse melhor discutir a questão com o Zelandoni do grupo. Afinal, ela própria era uma dos integrantes da zelandonia e talvez devesse discutir a questão com outro Zelandoni, talvez fosse melhor discutir antes com a Primeira. Ela já deve ter refletido sobre o assunto, pensou Ayla.

Echozar chegou ao acampamento e o assunto mudou. Ela ficou feliz pela chance de não tentar ser Zelandoni, de ser apenas uma amiga. Ele lhe deu um sorriso amplo, um espanto num rosto tão característico do Clã. Uma expressão que expunha os dentes tinha um significado diferente no clã em que ela havia crescido.

— Ayla! Que bom revê-la! — Eles se abraçaram. Também notou a nova marca na testa dela e, apesar de entender o que significava, tinha sido adotado pelo povo de Dalanar, então ela não o afetava da mesma forma. Ele sabia que ela era acólita e esperava que algum dia se tornasse Zelandoni. Poderia ter feito algum comentário, mas já tinha sofrido mais que sua cota de comentários relativos à sua aparência e sempre relutou em mencionar qualquer aspecto da aparência de outra pessoa. — E aqui está o lobo — continuou ele, sentindo não mais que um traço de apreensão quando Lobo o farejou. Os Lanzadonii não tinham muita familiaridade com o animal, e, ainda que Echozar se lembrasse dele, demorou a se acostumar à ideia de um lobo passeando livremente entre as pessoas. — Ouvi dizer que ele estava aqui. Foi assim que soube que você tinha chegado. Até pensei na possibilidade de não a ver depois da longa viagem até aqui. Alguns de nós chegaram mesmo a pensar em visitar a Nona Caverna para encontrá-la antes de partirmos. Seus parentes Mamutói e o amigo S'Armunai planejam ir, e alguns Lanzadonii também.

Ayla pensou que ele parecia muito mais confiante e tranquilo. Dalanar tinha razão sobre como havia sido bom para Echozar ter sido aceito com tanta facilidade por Danug, Druwez e — como era mesmo o nome — Aldanor. Ela tinha certeza de que Jondalar também o recebeu bem, e aos seus amigos e parentes. Jondalar sabia como deixar Echozar à vontade... mas não tinha dito nem uma única palavra a ela. A única vez em que o vira desde que chegara tinha sido naquele bosque com Marona. Ayla teve de desviar o olhar para lutar contra o nó na garganta e conter as lágrimas, sentimentos que ultimamente pareciam tomá-la nos momentos mais inesperados. Disse que tinha alguma coisa no olho.

— Eu ter vindo à Reunião de Verão não significa que vocês não possam visitar a Nona Caverna — disse Ayla depois de um momento. — Não é muito longe daqui, e, como vocês estão tão perto, é uma boa oportunidade. Acho que Dalanar e Joplaya podem se interessar pela forma como Jondalar instalou seus aprendizes de clivagem de pedras. São seis atualmente. — Ayla tentou parecer normal. Afinal, ela não poderia deixar de falar de Jondalar a Dalanar e Joplaya. — E eu adoraria ver Bokovan um pouco mais e, é claro, todos vocês.

— Acho que o pequeno conquistou Ayla completamente — comentou Dalanar, e todos sorriram gentilmente.

— Ele vai ser um homem grande — disse Echozar. — E quero lhe ensinar a ser um bom caçador.

Ayla sorriu para ele. Por um momento, imaginou que Echozar era um homem do Clã, orgulhoso do filho de sua casa.

— Ele vai ser mais que um homem grande, Echozar. Acho que ele é um menino muito especial.

— Onde está Jondalar? — perguntou Echozar. — Ele não devia vir compartilhar uma refeição conosco?

— Eu o vi quando saía com Jonayla para cavalgar depois do meio-dia. Disse que não poderia vir — explicou Dalanar, parecendo desapontado.

— Eu deveria ter saído para cavalgar com Jonayla, mas a reunião com a zelandonia demorou mais do que eu esperava. — Todos olharam sua testa.

— Ele disse por que não poderia vir? — perguntou Echozar.

— Não sei bem. Algo a ver com outros planos e promessas que tinha feito antes da chegada de Ayla.

Ayla sentiu um nó no estômago. Eu até imagino as promessas que ele fez, pensou.

Já estava quase anoitecendo quando Ayla insistiu que tinha de ir embora. Echozar a acompanhou, com Jonayla e Lobo, levando uma tocha.

— Você parece feliz, Echozar.

— Estou feliz, apesar de ainda custar a acreditar que Joplaya seja minha companheira. Às vezes, acordo no meio da noite e olho para ela à luz da lareira. Ela é tão linda! Tão maravilhosa! Bondosa e compreensiva. Tenho muita sorte. Às vezes eu me pergunto como pude merecê-la.

— Ela também teve sorte. Gostaria de morarmos mais próximos.

— Para ver Bokovan com mais frequência?

Ela viu os dentes dele brilhando num sorriso.

— É verdade, gostaria de ver Bokovan com mais frequência, além de você e Joplaya, e todos os outros.

— Você não gostaria de voltar conosco e passar o inverno? Dalanar sempre diz que você e Jondalar serão sempre bem-vindos.

Ayla franziu o cenho olhando a escuridão. Claro, Jondalar, pensou.

— Não creio que Jondalar se disponha a deixar seus aprendizes. Ele prometeu, e o inverno é a melhor época para aperfeiçoar as técnicas.

Echozar deu alguns passos em silêncio.

— Você não gostaria de deixar Jondalar durante uma estação e nos visitar sozinha com Jonayla e seus animais? Por mais que adore Bokovan, sei que Joplaya adoraria ter a menina em casa. Ela e Bokovan passaram muito tempo juntos no acampamento de Levela e a conheceram bem.

— Não sei. Acho que nunca considerei a possibilidade. Estive muito ocupada me preparando para a zelandonia... — Olhou em volta à procura da filha, que ficou para trás. Provavelmente, ela se distraiu com alguma coisa interessante, pensou Ayla.

— Nunca faríamos objeções a uma segunda donier — disse Echozar.

Ayla sorriu para ele e parou.

— Jonayla, por que você está tão longe?

— Estou cansada mamãe. Você podia me carregar.

Ayla pegou a filha, usando o quadril como apoio. Era bom sentir os braços da menina em torno de seu pescoço. Sentia falta de Jonayla e abraçou apertado seu corpinho.

Continuaram em silêncio durante algum tempo, então começaram a ouvir vozes roucas. À frente, viram a luz de uma fogueira atrás de um maciço denso de vegetação. Não era o acampamento de nenhuma caverna, concluiu Ayla quando se aproximaram. Através da vegetação, notou vários homens sentados em volta do fogo. Estavam jogando e bebendo alguma coisa em odres quase impermeáveis feitos de estômagos de animais pequenos . Ela conhecia muitos dos homens, alguns eram da Nona Caverna.

Laramar estava lá, o homem famoso por fazer bebidas alcoólicas fortes de quase tudo que fermentasse. Apesar de não terem o refinamento do vinho que Marthona fazia, as bebidas que ele produzia não eram de todo más. Ele não fazia mais nada e tinha aperfeiçoado o que agora era sua "profissão", mas produzia em quantidade e muitas pessoas costumavam beber demais e criavam problemas. Além da bebida, ele ficara conhecido pelos filhos malcuidados e por uma companheira desleixada que consumia seu produto em grande quantidade. Ayla e outros habitantes da Caverna cuidavam mais das crianças que Laramar ou Tremeda.

A filha mais velha, Lanoga, era companheira de Lanidar e tinha uma filha, mas o jovem casal havia adotado todos os irmãos. Seu irmão mais velho, Bologan, também vivia com eles e ajudava a prover o sustento das crianças. Tinha construído a casa com a ajuda de Jondalar e vários outros. Tremeda e Laramar às vezes também viviam com eles, quando resolviam ir para um lugar chamado lar, e os dois se comportavam como se fosse sua casa.

Além de Laramar, Ayla viu as marcas de Zelandoni na testa de um homem, mas, quando ele sorriu, ela viu a falha nos dentes da frente e franziu a testa, percebendo que era Madroman. Ele já havia sido aceito e tatuado pela zelandonia? Ela não acreditava. Olhou novamente e notou que uma linha da "tatuagem" estava borrada. Ele devia tê-la pintado, usando as cores que certas pessoas utilizavam para decorar o rosto em ocasiões especiais, mas nunca tinha visto ninguém se enfeitar com as marcas da zelandonia.

Ao vê-lo, ela se lembrou da mochila que tinha encontrado na gruta e trazido para a Primeira. Apesar de ele sempre sorrir e tentar conversar com ela, todas as vezes Madroman a deixava pouco à vontade. Ele a perturbava de uma forma que lembrava o pelo do cavalo alisado na direção contrária à do crescimento; ele sempre a tocava contra o pelo.

Viu muitos jovens falando e rindo escandalosamente, mas havia homens de todas as idades. Pelo que sabia dos que reconheceu, nenhum deles valia muito. Alguns eram pouco inteligentes, ou obedeciam a qualquer um. Um passava quase o tempo todo bebendo a poção de Laramar, capaz de voltar para casa no final da noite com bastante dificuldade, geralmente encontrado completamente inconsciente cheirando a vômito e bebida. Outro era conhecido pela brutalidade, especialmente no trato da companheira e dos filhos, e os membros da zelandonia já havia, discutido meios de interferir, esperando apenas um pedido de ajuda da companheira.

Então, quase oculto nas sombras, viu Brukeval sentado sozinho com as costas apoiadas num toco alto, bebendo de um dos odres. Seu temperamento ainda a perturbava, mas ele era primo de Jondalar e sempre fora gentil com ela, que detestou vê-lo em tão má companhia.

Já ia se virar para ir embora quando ouviu Lobo rosnar baixo. Uma voz falou às suas costas:

— Ora, vejam o que temos aqui? A amante dos animais, e dois animais.

Ela se virou surpresa. Dois animais, pensou, mas eu só estou com Lobo... Demorou um momento até ela perceber que ele tinha chamado Echozar de animal. Sentiu a raiva crescer dentro de si.

— O único animal que estou vendo é um lobo... ou estava se referindo a si próprio? — retrucou Ayla.

Ouviram-se algumas risadas, e ela viu o homem franzir a testa.

— Eu não disse que era um animal.

— É bom mesmo. Eu não colocaria você na mesma categoria que Lobo. Você não está à altura dele.

Alguns homens afastaram os arbustos para ver o que acontecia. Viram Ayla segurando a filha no quadril, a perna diante do lobo para contê-lo, e Echozar segurando uma tocha.

— Ela se esgueirou e estava nos espiando — disse o homem em tom defensivo.

— Eu estava passando pelo caminho e parei para ver quem fazia tanto barulho — respondeu Ayla.

— Quem é ela? E por que ela fala tão esquisito? — perguntou um rapaz que Ayla não conhecia. Ele então acrescentou surpreso: — Aquilo é um lobo!

Ayla tinha se esquecido completamente do sotaque, tal como muitas pessoas que a conheciam, mas vez ou outra um estrangeiro chamava sua atenção. Pelo padrão da camisa do estranho, e pelo desenho do colar que usava, adivinhou que ele vinha de uma Caverna em outro rio mais ao norte, um grupo que não costumava frequentar aquela Reunião de Verão. Devia ter chegado havia pouco.

— Ela é Ayla da Nona Caverna, que Jondalar trouxe com ele — explicou Madroman.

— E ela é uma Zelandoni que controla animais — disse outro homem. Ayla calculou que ele vinha da Décima Quarta Caverna.

— Ela não é Zelandoni — disse Madroman com um tom de condescendência. — É uma acólita em treinamento.

Obviamente ele não viu a nova tatuagem, pensou Ayla.

— Mas quando chegou ela já controlava aquele lobo e alguns cavalos — retrucou o homem da Décima Quarta Caverna.

— Eu falei que ela era uma amante de animais — disse o primeiro com um sorriso sarcástico, os olhos fixos em Echozar, que o olhou com raiva e se aproximou, protetor de Ayla. Era um grupo grande de homens que estava bebendo a poção de Laramar que, todos sabiam, agitava o que havia de pior nas pessoas.

— Você quer dizer os cavalos daquela Caverna acampada rio acima? — perguntou o estranho. — Foi o primeiro lugar aonde me levaram quando cheguei aqui. É ela quem os controla? Pensei que fossem o homem e a menina.

— Cinza é o meu cavalo — gritou Jonayla.

— Eles são todos da mesma casa — disse Brukeval, aproximando-se da luz do fogo.

Ayla olhou Brukeval, depois Echozar e viu imediatamente a semelhança dos dois. Brukeval era claramente uma versão modificada de Echozar, apesar de nenhum dos dois ser inteiramente do Clã.

— Acho que vocês deviam deixar Ayla seguir seu caminho — continuou Brukeval. — E acho que no futuro devíamos fazer nossas festas mais longe do caminho principal.

— Sim, acho que é uma boa ideia — disse outra voz que apareceu de repente.

Joharran acompanhado de outros homens entrou na esfera de luz da tocha de Echozar. Vários deles traziam tochas apagadas, que imediatamente acenderam na tocha de Echozar, mostrando quantos eram.

— Ouvimos vocês e viemos ver o que estava acontecendo. Há muitos lugares apropriados para bebedeiras, Laramar. Acho que vocês não precisam incomodar as pessoas que passam pelas trilhas principais entre os acampamentos. É melhor levarem sua festa para outro lugar. Não queremos ver nossas crianças tropeçando sobre vocês de manhã.

— Ele não pode nos dizer onde podemos ficar — gritou uma voz pastosa.

— Isso mesmo, ele não tem direito de dizer para onde temos de ir — disse o primeiro homem a ver Ayla.

— Está bem — disse Laramar, recolhendo vários odres pequenos que ainda não tinham sido abertos e os colocando na mochila às suas costas. — Prefiro encontrar outro lugar onde não vamos ser incomodados.

Brukeval começou a ajudá-lo. Olhou para Ayla e viu que ela olhava para ele. Ela sorriu, grata por tê-la defendido e sugerido que se mudassem para outro lugar. Ele também sorriu com uma expressão que a intrigou, depois franziu a testa e desviou o olhar. Ela pôs Jonayla no chão e se ajoelhou para conter Lobo enquanto os homens se afastavam.

— Eu estava mesmo a caminho do acampamento Lanzadonii para falar com Dalanar, Echozar — disse Joharran. — Por que você não volta comigo? Ayla pode continuar com Solaban e os outros.

Ayla tentou adivinhar o que seria tão importante para Joharran discutir com Dalanar que não podia esperar a manhã seguinte. Nenhum dos dois ia sair no escuro. Então ela viu alguns dos homens que antes estavam sentados em volta do fogo saírem de trás de um arbusto e tomar a direção que os outros haviam tomado, acompanhando a saída de Echozar, Joharran e dois outros. Ela franziu a testa preocupada. Algo parecia errado.

— Nunca vi tamanha agitação da zelandonia — comentou Joharran. — Você ouviu alguma coisa sobre a cerimônia especial que todos dizem que eles estão planejando? Ayla recebeu sua marca, mas ninguém ainda a anunciou. Eles geralmente anunciam imediatamente. Ela já disse alguma coisa a você?

— Ela tem estado muito ocupada com os Zelandonia, não a tenho visto muito — respondeu Jondalar, o que não era inteiramente verdade. Ele não a tinha visto, mas não porque ela estivesse muito ocupada. Era ele quem tinha se afastado, e seu irmão sabia.

— Bem, parece que eles estão planejando alguma coisa muito grande. Zelandoni passou muito tempo conversando com Proleva, e ela me disse que os membros da zelandonia querem um banquete enorme e muito elaborado. Estão até falando em encomendar a poção de Laramar para o festival. Estamos reunindo um grupo para uma caçada de um ou dois dias. Você quer participar? — perguntou Joharran.

— Quero — respondeu Jondalar, quase rápido demais, o que fez seu irmão lhe lançar um olhar interrogativo. — Será um prazer.

Se estivesse pensando direito, Jondalar teria se lembrado de que Ayla havia dito alguma coisa a ele quando a viu, mas desde o incidente não conseguia pensar em nada além de Ayla o flagrando com Marona. Naquelas circunstâncias, não conseguia nem pensar em deitar sob as peles de dormir ao lado dela. Nem sabia se ela permitiria. Tinha certeza de que a havia perdido, mas não tinha coragem de confirmar.

Pensou ter descoberto uma desculpa plausível para não ter voltado ao acampamento na outra noite, quando Proleva perguntou. Na verdade, dormira no cercado dos cavalos, usando para se manter aquecido as mantas dos animais e o tapete que ele e Marona tinham usado no local onde nadavam, mas não considerava possível se manter afastado sem despertar a curiosidade de todo o acampamento. Sair numa caçada resolveria o problema pelos dois dias seguintes. Não queria nem pensar no que faria depois.

Apesar de Ayla tentar se comportar com se tudo estivesse normal, e de Jondalar pensar que ninguém notava que ele a evitava, na verdade, todo o acampamento já sabia que algo não estava bem entre os dois, e muitos já adivinhavam o que poderia ser. Os encontros clandestinos com Marona não haviam sido nem de longe tão secretos quanto ele imaginava. Para a maioria, ele estava apenas sendo discreto e não deram atenção ao caso. Mas a notícia de que o casal apaixonado não dormia junto desde que Ayla chegara, mesmo após Marona ter se mudado para outro acampamento, tinha se espalhado rapidamente.

Era o tipo de fofoca que as pessoas gostavam de comentar. O fato de Ayla ter recebido as marcas de Zelandoni sem ser anunciada imediatamente, e de haver planos para uma grande cerimônia somente aumentaram as insinuações. Muitos pensavam que o evento estava associado à mais nova Zelandoni, mas ninguém parecia saber de coisa alguma com certeza. Geralmente um ou outro dos integrantes da zelandonia deixava escapar alguma coisa para alguém que perguntasse, mas daquela vez nenhum deles comentava nada. Algumas pessoas sugeriam que nem mesmo os acólitos sabiam a razão do grande festival, apesar de todos se comportarem como se soubessem.

Jondalar mal sabia que se planejava uma comemoração, e até Joharran convidá-lo a participar da caçada, ele não se importava. E a caçada foi apenas um pretexto para desaparecer por algum tempo. Já havia visto Marona algumas vezes. Quando ficou sabendo das notícias do esfriamento entre Ayla e ele, Marona fez questão de procurá-lo, mas ele tinha perdido todo interesse. Fora friamente polido quando ela falou com ele, mas Marona não era a única interessada em descobrir a seriedade da separação dos dois. Brukeval também tinha vindo para o acampamento da Nona Caverna.

Apesar de ter viajado com a Nona Caverna para a Reunião de Verão, Brukeval tinha se mudado para os alojamentos masculinos de verão, as "casas distantes", as "dis'casas", construídas na periferia do acampamento da Reunião de Verão. Algumas eram usadas por rapazes recentemente elevados à condição de adulto, outras por homens mais velhos que não tinham companheira, ou homens que gostariam de ter uma. Brukeval nunca havia se casado. Tinha um medo secreto de uma recusa e nunca pediu a ninguém para ser sua companheira. Ademais, nenhuma das mulheres disponíveis parecia interessá-lo. Como não tinha família imediata nem filhos, ele se sentia sem lugar no acampamento principal e nas áreas mais frequentadas da Nona Caverna. Com a passagem dos anos, muitos homens na sua idade tomavam companheiras e ele cada vez mais evitava as atividades comuns e os homens de família, e geralmente terminava na companhia dos vagabundos que se ligavam a Laramar para consumir a poção, tomando grandes quantidades em busca do esquecimento induzido por ela.

Brukeval tinha tentado diferentes tendas de homens na Reunião de Verão, mas finalmente se acomodou na que abrigava muitos conhecidos da Nona Caverna que apreciavam o acesso fácil à bebida de Laramar. O próprio Laramar dormia lá, preferindo não voltar à tenda da companheira e dos filhos. As crianças não o recebiam bem, principalmente depois que Lanoga se unira ao rapaz do braço fraco. Ela era agora uma mulher bonita, pensou Laramar, poderia ter conseguido um homem melhor, embora aquele já fosse considerado um bom caçador. Madroman também escolhia aquela tenda de homens, em vez do grande abrigo da zelandonia, onde ele não passava de mais um acólito, apesar de dizer a todos que tinha sido chamado.

Brukeval não gostava muito dos homens com quem vivia, um bando de incapazes que pouco tinham a oferecer e ainda menos a respeitar. Sabia que era mais inteligente e mais capaz que a maioria. Tinha relações com as famílias dos que se tornavam líderes e havia sido criado com pessoas responsáveis, inteligentes e em geral talentosas. Os homens com quem ele dividia a dis'casa eram preguiçosos, sem vontade, sem generosidade de espírito e com poucas qualidades dignificantes.

Assim, num esforço para aumentar a própria autoestima e como alívio para suas frustrações, eles alimentavam a própria vaidade e presunção manifestando desprezo por tudo a que conseguiam se sentir superiores: aqueles animais estúpidos e sujos que eram os Cabeças Chatas. Diziam entre si que, apesar de não serem humanos, eram cheios de truques. Como os Cabeças Chatas tinham uma vaga semelhança com pessoas de verdade, eles eram suficientemente espertos para confundir os espíritos que engravidavam uma mulher para que ela parisse uma abominação, e aquilo era intolerável. Por razões que só ele sabia, a única coisa que Brukeval tinha em comum com os homens com quem dividia acomodações era um ódio profundo pelos Cabeças Chatas.

Alguns daqueles homens eram valentões brutais e, no início, um ou dois tentaram irritá-lo por ter mãe Cabeça Chata, mas depois de ele demonstrar sua raiva irracional e incrível algumas vezes, mais nenhum deles teve coragem de incomodá-lo. A maioria chegou até a tratá-lo com mais respeito que qualquer outro que vivia naquela dis'casa. Além do mais, ele tinha mesmo alguma influência junto a alguns líderes de Caverna, pois conhecia muitos deles e havia intercedido a favor de um ou outro que tinha se envolvido mais profundamente em confusões. Muitos daqueles homens passaram a encará-lo como uma espécie de líder. Algumas das Cavernas sentiam que ele poderia ter uma influência restritiva, e, na metade do verão, se algum dos homens que vivia ali se tornava especialmente agressivo, Brukeval era o homem a ser procurado.

Quando ele apareceu no acampamento principal da Nona Caverna, ostensivamente para partilhar a refeição do meio-dia e visitar pessoas de sua Caverna, alguns começaram a refletir. Ayla tinha saído cedo. Estava profundamente envolvida nas atividades da zelandonia e no caminho tinha deixado Jonayla aos cuidados de Levela. Com seu tino organizador, Proleva reuniu todos que encontrou, distribuindo tarefas aqui, delegando ali, para dar início às preparações para o grande banquete que deveria alimentar todos os presentes à Reunião de Verão. As únicas mulheres no acampamento eram as que participariam da caçada.

Proleva tinha separado comida para a refeição do meio-dia dos caçadores que se reuniam no acampamento da Nona Caverna. O grupo de caçadores teria de se alimentar pelo caminho. A maioria havia embalado alimentos secos junto a seus equipamentos, tendas e rolos de dormir, apesar de terem a esperança de comer a comida fresca que caçassem ou colhessem.

Como estava lá e era um bom caçador, Joharran o convidou a participar da caçada. Brukeval hesitou por apenas um momento. Perguntou-se qual era a situação entre Ayla e Jondalar, e pensou que talvez, durante a camaradagem de uma caçada, pudesse descobrir.

Brukeval nunca tinha esquecido como Ayla havia vencido todos quando Marona a enganara para que vestisse roupas inadequadas na sua própria festa de boas-vindas. Agora todas as mulheres usavam roupas semelhantes. Lembrou-se de como ela tinha sido calorosa com ele quando se conheceram, como ela tinha sorrido, quase como se o conhecesse, sem nada da hesitação e reserva que as outras mulheres demonstravam. E ele sonhou com ela nas suas lindas roupas matrimoniais, sempre se imaginando a despindo. Depois de todos aqueles anos ainda sonhava com ela, imaginando-se no lugar de Jondalar, ao lado dela entre peles macias.

Ayla sempre o tratara com simpatia, mas depois daquela primeira noite ele teve uma sensação de distanciamento que era diferente do primeiro encontro. Brukeval tinha se fechado em si ao longo dos anos, mas, sem que os dois notassem, ele ficou sabendo muita coisa sobre a vida conjunta de Jondalar e Ayla, até os detalhes mais íntimos. Entre outras coisas, ele sabia que durante algum tempo Jondalar tinha copulado com Marona. Logo ela! Também teve conhecimento de que Ayla nunca se ligou a mais ninguém, nem mesmo durante os Festivais da Mãe, e que não sabia nada sobre Jondalar e Marona.

Brukeval voltou à dis'casa para buscar seu equipamento de caça e, já de volta ao acampamento da Nona Caverna, estava ansioso pela caçada. Nunca tinha sido convidado desde que se juntara aos homens com quem dividia o espaço onde dormia. Em geral, os líderes não convidavam os homens daquela tenda, e eles raramente organizavam suas próprias caçadas, com exceção de Brukeval, que ao longo dos anos tinha aprendido a caçar e colher o suficiente para si próprio quando queria. Os outros homens geralmente mendigavam alguma coisa para comer em uma Caverna ou outra, voltando depois para suas próprias Cavernas. Madroman não se preocupava com as refeições. Geralmente comia com a zelandonia, que era bem atendida pelas Cavernas, em troca de serviços gerais mas também de pedidos específicos. Laramar também tinha seus próprios recursos. Fornecia sua bebida e não faltavam bons consumidores.

Não era incomum os homens mais novos ficarem nos seus próprios abrigos e buscar comida ou uma refeição em um acampamento ou outro, embora geralmente tentassem dar alguma contribuição em troca, como caçar ou participar de algum trabalho comunitário. E, ainda que não fosse raro os homens recém-chegados à idade adulta criarem problemas, aquilo era atribuído à "alegria" e tolerado especialmente pelos homens mais velhos que se recordavam da própria juventude. Mas, quando criavam problemas demais, vinham os líderes das Cavernas, que tinham autoridade para impor penalidades, inclusive, nos casos mais graves, o banimento do acampamento da Reunião de Verão.

Todos sabiam que os homens da dis'casa de Brukeval, como o lugar passou a ser conhecido, não eram novos, e que raramente eram encontrados quando havia trabalho a ser executado. Mas nunca faltava comida nas Reuniões de Verão, e a ninguém se recusava comida, por mais antipático que fosse. Os homens daquele lugar eram suficientemente espertos para não aparecer com muita frequência no mesmo acampamento. E geralmente se espalhavam para não comparecerem todos juntos no mesmo acampamento, a não ser quando sabiam de um banquete realmente grandioso, como sucedia quando um ou mais acampamentos organizavam um banquete comunitário. Mas, com suas festas ruidosas, brigas violentas e hábitos desleixados, os homens daquele grupo particular ultrapassavam todos os limites da tolerância.

Porém aquela tenda era o único lugar onde Brukeval podia afogar sua culpa e dor secretas na poção de Laramar. Num estupor embriagado, sem o controle da mente consciente, era livre para pensar em Ayla como queria. Podia se lembrar de quando ela havia enfrentado orgulhosa o riso da Nona Caverna, lembrar-se dela sorrindo para ele com aquele sorriso lindo, flertando com ele rindo e levemente tonta, conversando como se ele fosse um homem comum, ou mesmo encantador e elegante, não aquele homem feio e baixo. As pessoas o chamavam de Cabeça Chata, mas não era verdade. Não sou um Cabeça Chata, pensou. É porque eu sou baixo e... feio.

Escondido no escuro, a cabeça cheia daquela bebida poderosa, ele sonhava com Ayla vestida na sua túnica espetacular e exótica com os cabelos louros caindo em volta do rosto e a joia de âmbar aninhada entre seus seios firmes. Sonhava em acariciar aqueles seios, tocar os mamilos, colocá-los na boca. Bastava a lembrança para ele ter uma ereção e, carente, nem precisava se tocar para fazer sua essência jorrar.

Ele então se deitava na cama vazia e sonhava ser o homem que se apresentava com Ayla diante da Zelandoni, no lugar de seu primo, o homem alto, de cabelos louros e vivos olhos azuis, aquele homem perfeito desejado por todas as mulheres. Mas Brukeval sabia que ele não era tão perfeito. Jondalar estava dormindo com Marona e não contava a Ayla, tentando ocultar de todos. Ele também tinha seus segredos cheios de culpa, e agora Ayla dormia só. Jondalar estava dormindo no cercado dos cavalos, usando os cobertores de montaria para se aquecer. Ayla deixara de amar Jondalar? Descobrira o caso com Marona e deixara da amar aquele homem que era tudo que Brukeval desejava ser? O homem casado com a mulher que ele amava mais que à própria vida? Ela precisava de alguém que a amasse?

Mesmo que deixasse de amar Jondalar, ele sabia que não era provável que ela o escolhesse. Embora Ayla tivesse sorrido para ele outra vez, não parecendo tão distante. E com a chegada de Dalanar e os Lanzadonii, ele se lembrou de que algumas mulheres lindas escolhiam homens feios. Ele não era um Cabeça Chata e detestava pensar em si mesmo como tendo qualquer semelhança com eles, mas sabia que Echozar, aquela abominação horrorosa nascida de espíritos mistos, cuja mãe era Cabeça Chata, tinha se casado com a filha da segunda mulher de Dalanar, que todos consideravam de uma beleza exótica. Então era possível. Tentou não aumentar as próprias esperanças, mas, caso Ayla precisasse de alguém, alguém que nunca se ligaria a ninguém mais, nunca, nunca enquanto vivesse, que nunca ia amar nenhuma outra enquanto vivesse, ele poderia ser aquele homem.

36

— Mamãe! Mamãe! Thona está aqui! Finalmente a vovó chegou! — gritou Jonayla correndo para casa anunciando as novas, depois saiu correndo novamente. Lobo a seguiu na entrada e na saída.

Ayla parou para recordar quantos dias haviam se passado desde que ela pediu para alguém buscar Marthona. Tocou um dedo na perna ao pensar em cada dia e só contou até quatro. Marthona devia estar ansiosa por vir, como Ayla sabia que sim, se houvesse um meio de trazê-la para cá. Saiu de casa no momento em que quatro rapazes com aproximadamente a mesma altura baixaram dos ombros até o chão a liteira em que ela se sentava. Dois deles eram aprendizes de Jondalar, os outros eram amigos que estavam próximos quando foi feito o pedido de quatro carregadores de liteira.

Ayla olhou o dispositivo que trouxera Marthona à Reunião de Verão. Era composto de dois postes paralelos feitos de troncos retos de amieiro com uma corda forte tecida na diagonal entre eles, criando um padrão de losango. Pedaços curtos de madeira eram presos através das cordas entre os dois postes para aumentar a estabilidade. Ayla tinha certeza de que Marthona, uma tecelã experiente, havia ajudado a construí-lo. A mulher estava sentada em algumas almofadas perto da extremidade posterior, e Ayla estendeu a mão para ajudá-la a se levantar. Marthona agradeceu aos rapazes e a vários outros que também tinham participado do serviço de transporte da antiga líder.

Passaram a noite anterior no pequeno vale da Quinta Caverna com as poucas pessoas que não tinham comparecido ao encontro, acompanhados de um dos acólitos de seu Zelandoni. Todos se interessaram pelo meio de transporte de Marthona. Alguns se perguntaram se poderiam encontrar alguns rapazes para levá-los à Reunião de Verão. A maioria teria gostado de comparecer, sentiam que estavam perdendo a festa porque ficaram para trás por não poderem caminhar com seus próprios pés.

Quando os aprendizes de Jondalar trouxeram a liteira para dentro da casa, ocorreu a Ayla que os serviços deles ainda seriam necessários.

— Hartaman, você e Zachadal, além dos outros, não estariam dispostos a carregar Marthona pelo acampamento, se ela quiser? A caminhada daqui até a casa da zelandonia e os outros acampamentos talvez seja demais para ela.

— Basta avisar quando precisar de nós — respondeu Hartaman. — Seria melhor se você pudesse nos avisar com antecedência, mas é provável que sempre haja um de nós por aqui. Vou falar com os outros e vamos encontrar um meio de ter sempre alguém aqui para chamar mais gente para ajudar.

— É muita bondade sua. — Marthona ouviu o pedido de Ayla quando entrava na casa. — Mas não quero afastar vocês de suas atividades.

— Já não temos muita coisa a fazer — disse Hartaman. — Algumas pessoas estão planejando sair para caçar, ou visitar parentes, ou voltar logo para casa. Muitas cerimônias já terminaram, exceto o Matrimonial final e um evento importante que a zelandonia está preparando, e ninguém sabe onde está Jondalar, mas de qualquer forma ele sempre prefere dar treinamento no inverno. Foi divertido carregar você, Marthona. — Hartaman sorriu. — Você não acreditaria na atenção que atraímos quando entramos no acampamento com você.

— Bem, parece que eu me tornei a mais nova diversão. — Marthona também sorriu. — Se vocês realmente não se importam, talvez eu lhes peça alguma ajuda, de vez em quando. Para falar a verdade, ando muito bem em distâncias curtas, mas não consigo ir muito longe nem com uma bengala e detesto atrasar os outros.

De repente, Folara irrompeu na casa de verão.

— Mamãe! Você está aqui! Alguém me disse que você tinha acabado de chegar à Reunião de Verão. Eu nem sabia que você vinha.

As duas se abraçaram e tocaram-se as faces.

— Você pode agradecer por isso a Ayla. Quando soube que você talvez tivesse encontrado uma pessoa de quem gosta, ela sugeriu que alguém fosse me buscar. Uma moça precisa da mãe quando faz planos importantes.

— E ela tem razão — anuiu Folara, e o sorriso radiante fez Marthona saber que a possibilidade era real. — Mas como chegou aqui?

— Acho que também foi ideia de Ayla. Ela disse a Dalanar e Joharran que não havia nenhuma razão para eu não ser carregada numa liteira por rapazes fortes, e assim vários deles vieram e me buscaram. Ayla me convidou a vir com ela, montada em Huiin, e eu talvez devesse ter vindo. Mas, por mais que goste de cavalos, a ideia de montar um me dá medo. Não sei controlá-los. Rapazes são mais fáceis. Basta dizer o que você quer e quando quer parar.

Folara abraçou a companheira do irmão.

— Obrigada, Ayla. É preciso uma mulher para entender. Eu queria muito minha mãe aqui, mas não sabia se ela estava bem, sabia que ela não tinha condições de chegar até aqui. — Voltou-se para a mãe. — Como você está se sentindo?

— Ayla cuidou muito bem de mim enquanto esteve na Nona Caverna, e estou muito melhor agora do que na primavera passada. Ela é uma curadora maravilhosa, e se você olhar atentamente ela agora é Zelandoni.

Ayla percebeu que Marthona tinha notado a marca na sua testa. Estava cicatrizando e já não provocava mais dor, ainda que coçasse às vezes, então já havia quase se esquecido da cicatriz. Só lembrava quando alguém mencionava ou olhava fixamente.

— Já sei que ela é, mamãe. Todo mundo sabe, mesmo que eles não tenham anunciado, mas, tal como todos os outros membros da zelandonia, ela está muito ocupada, e eu a tenho visto pouco. Estão planejando uma cerimônia, mas não sei se vai ser antes ou depois do segundo Matrimonial.

— Antes. Você vai ter muito tempo para conversar e fazer planos com sua mãe.

— Então você está pensando seriamente em alguém. — Marthona fez uma pausa e ficou um momento em silêncio, pensando. — Muito bem, onde está o rapaz? Gostaria de conhecê-lo.

— Está esperando lá fora. Vou chamá-lo.

— Acho que seria melhor eu sair para encontrá-lo — sugeriu Marthona.

Estava escuro dentro da casa. Não havia janelas, somente a entrada com a cortina puxada e amarrada, e o buraco no teto para saída da fumaça, que geralmente ficava completamente aberto durante o dia quando o tempo estava bom. Sua vista já não era o que tinha sido, e ela queria ver muito bem aquele rapaz.

Quando as três mulheres saíram, Marthona viu três rapazes que não conhecia, vestidos em roupas diferentes, um deles um gigante de cabelo vermelho. Quando Folara se aproximou dele, Marthona respirou fundo. Esperava que o escolhido da filha não fosse aquele. Não que houvesse nada de errado com ele. Era o senso estético de Marthona, que não seria um fator decisivo, mas ela esperava que o homem escolhido por Folara se ajustasse bem a ela, que os dois se completassem, e um homem tão grande faria sua filha alta e elegante parecer pequena. Folara começou as apresentações.

— Danug e Druwez, dos Mamutói, são parentes de Ayla. Fizeram essa longa viagem para vê-la. No caminho, encontraram outro homem e o convidaram para viajar com eles. Mamãe, queira cumprimentar Aldanor dos S'Armunai.

Ayla observou o jovem moreno com a boa aparência dos S'Armunai avançar.

— Aldanor, esta é minha mãe, Marthona, ex-líder da Nona Caverna dos Zelandonii, casada com Willamar, Mestre Comerciante...

Marthona deu um suspiro de alívio quando Folara começou a apresentá-la formalmente a Aldanor, não ao gigante ruivo, e começou a recitar os estranhos nomes e ligações do jovem para a mulher mais velha.

— Em nome da Grande Mãe Terra, você é bem-vindo, Aldanor dos S'Armunai — disse Marthona.

— Em nome de Muna, Grande Mãe Terra, Seu filho Luma, portador do calor e da luz, e de Seu companheiro Bala, o vigilante do céu, eu a saúdo — disse ele a Marthona, com os braços dobrados nos cotovelos e as palmas voltadas para ela. e então ele se lembrou e mudou rapidamente a posição de forma que seus braços ficaram estendidos e as palmas voltadas para cima, a forma de cumprimento dos Zelandonii.

Marthona e Ayla sabiam que ele devia ter praticado a saudação S'Armunai para dizê-la em Zelandonii e ficaram impressionadas. Para Marthona, era um ponto positivo o fato de o jovem se dispor a fazer o esforço e ela teve de admitir que ele era, de fato, um belo rapaz. Entendeu a atração da filha e, até aquele momento, estava feliz com a escolha.

Ayla nunca tinha ouvido a saudação formal desse povo; nem ela nem Jondalar tinham sido recebidos formalmente num Acampamento dos S'Armunai. Jondalar fora feito prisioneiro pelas Mulheres-Lobo de Attaroa e confinado a uma área cercada junto a seus homens e rapazes. Ayla e os cavalos, com a ajuda de Lobo, seguiram seus rastros até o acampamento.

Depois das saudações formais, Marthona e Aldanor começaram a conversar, mas Ayla percebeu que, apesar de a mulher falar com simpatia, fazia perguntas diretas para saber o máximo a respeito do estrangeiro com quem sua filha planejava se unir. Aldanor explicava que tinha encontrado Danug e Druwez quando pararam para passar algum tempo com seu povo. Ele não pertencia ao Acampamento de Attaroa, mas a outro mais ao norte, razão pela qual ele era grato ao ficar sabendo o que havia acontecido lá.

Ayla e Jondalar se tornaram figuras lendárias para os S'Armunai. Contavam a história da linda S'Ayla, a Mãe Encarnada, uma munai viva, tão linda como um dia de verão, e seu companheiro, S'Elandon, alto e louro, que tinha vindo à terra para salvar os homens do acampamento do sul. Diziam que seus olhos eram da cor da água numa geleira, mais azuis que o céu, e com seus cabelos louros ele era tão belo como somente a lua podia ser se ela descesse a terra e assumisse a forma humana. Depois de o feroz lobo da Mãe, uma encarnação da Estrela do Lobo, ter matado a cruel Attaroa, S'Ayla e S'Elandon voltaram para o céu montados nos seus cavalos mágicos.

Aldanor adorou as histórias quando as ouviu pela primeira vez, especialmente a ideia de que os visitantes do céu sabiam controlar cavalos e lobos. Pensava que a lenda fora contada por um Contador de Histórias Viajante, que deve ter tido uma inspiração de puro gênio para criar uma história tão inovadora. Quando os dois primos afirmaram que as duas figuras lendárias eram suas parentas e que estavam viajando para visitá-las, ele não acreditou que pudessem ser reais. Os jovens se deram bem e, quando os dois o convidaram, ele decidiu viajar com eles para visitar os parentes Zelandonii e ver com seus próprios olhos. Enquanto viajavam para oeste, os três rapazes ouviram mais histórias. O casal não somente montava cavalos, mas seu lobo era tão "poderoso" que permitia que as crianças subissem nele.

Quando chegaram à Reunião de Verão dos Zelandonii, e ele ouviu de Jondalar a verdadeira história de Attaroa e das pessoas de seu acampamento, Aldanor ficou pasmo por serem os incidentes das lendas descritos com tanta precisão. Planejava voltar com Danug e Druwez para dizer a todos o quanto eram verdadeiras. Uma mulher chamada Ayla realmente existia e vivia com os Zelandonii, e seu companheiro Jondalar era alto e louro com surpreendentes olhos azuis e, mesmo mais velho, ainda era um belo homem. Todos diziam que Ayla também era linda.

Mas decidiu não voltar. Ninguém ia acreditar, assim como não tinha acreditado que as histórias que ouvira eram verdadeiras. Eram fábulas sobrenaturais, com uma espécie mística de verdade que ajudava a explicar coisas que eram desconhecidas, mitos. E, ademais, a irmã de Jondalar era linda e conquistou seu coração.

Pessoas começaram a se reunir enquanto o estrangeiro e Marthona conversavam, ouvindo a história que Aldanor contava.

— Por que o casal na história é chamado de S'Ayla e S'Elandon, e não de Ayla e Jondalar? — perguntou Folara.

— Acho que isso eu posso explicar — interveio Ayla. — O som "S" é honorífico; expressa honra, respeito. O nome S'Armunai significa "povo honrado" ou "povo especial". Quando é usado na frente do nome de uma pessoa, significa que ela é merecedora de grande estima.

— Por que nós não somos chamados de pessoas especiais? — perguntou Jonayla.

— Acho que somos. Acho que o honorífico é outra forma de dizer "Filhos da Mãe", que é como nos chamamos — explicou Marthona. — Talvez nós sejamos ligados, ou tenhamos sido há muito tempo. É interessante que tenham tomado "Zelandonii" e facilmente o transformaram para indicar que alguém é honrado ou "pessoa especial".

— Quando estavam confinados na área cercada — continuou Ayla —, Jondalar começou a mostrar aos homens e aos rapazes como fazer coisas. Instrumentos, por exemplo. Foi ele quem descobriu um meio de libertar todos. Nas nossas viagens, quando conhecíamos pessoas novas, ele sempre se referia a si mesmo como "Jondalar dos Zelandonii". Um rapaz em particular tomou a parte Zelandonii do nome de Jondalar e começou a dizer S'Elandon, dando a ele o tratamento honorífico, por respeitá-lo tanto. Acho que imaginou que o nome significava "Jondalar, o honrado". Na lenda, aparentemente eles também me deram a mesma honra.

Marthona estava satisfeita, por enquanto. Voltou-se para Ayla:

— Estou sendo mal-educada. Por favor, me apresente aos seus parentes.

— Este é Danug dos Mamutói, filho de Nezzie, companheira de Talut, líder do Acampamento do Leão, e este é seu primo Druwez, filho da irmã de Talut, Tulie, colíder do Acampamento do Leão dos Mamutói. A mãe de Danug, Nezzie, foi quem me deu minha roupa de casamento. Vocês devem lembrar que eu disse que ela pretendia me adotar, mas então Mamut surpreendeu todos e me adotou.

Ayla sabia que Marthona ficara muito impressionada com sua roupa de casamento e também sabia que, como mãe da jovem que logo se casaria, ela gostaria de saber da posição dos rapazes, pois era muito provável que eles participassem da Cerimônia Matrimonial.

— Sei que outros já o receberam hospitaleiramente aqui — disse Marthona —, mas quero acrescentar minhas saudações às deles. Entendo que seu povo sinta falta de Ayla, ela seria um valioso acréscimo a qualquer comunidade, mas, se for considerada uma compensação, posso dizer a eles que nós realmente a apreciamos. Ela foi um dos membros mais bem-recebidos da nossa comunidade. Ainda que uma parte de seu coração esteja sempre com os Mamutói, ela é uma Zelandonii muito amada.

— Obrigado — disse Danug. Como filho da companheira do líder, ele entendeu que aquela era uma parte da troca de informações que transmitia status e reconhecimento de nível. — Nós todos sentimos saudades dela. Minha mãe sentiu muito quando Ayla partiu. Era como uma filha para ela, mas entendeu que o coração de Ayla era de Jondalar. Nezzie vai ficar muito feliz quando souber que Ayla teve tão bom acolhimento entre os Zelandonii, quando souber que suas qualidades excepcionais foram tão bem-recebidas. — Apesar de seu Zelandonii não ser prefeito, o rapaz era articulado e sabia como transmitir a posição de sua família em seu povo.

Ninguém entendia melhor que Marthona o valor e a importância do lugar e da posição. Ayla entendia o conceito de status, que fora importante mesmo para o Clã, e estava aprendendo como os Zelandonii classificavam e davam significância às pessoas, mas nunca teria o conhecimento intuitivo que Marthona tinha, uma pessoa nascida na posição mais alta entre seu povo.

Numa sociedade sem dinheiro, o status representava mais que prestígio; era uma forma de riqueza. As pessoas sempre faziam questão de prestar favores a uma pessoa de posição porque aquelas obrigações teriam de ser pagas em espécie. Uma pessoa fazia uma dívida quando pedia a alguém para produzir alguma coisa, ou fazer alguma coisa, ou ir a algum lugar, por causa da promessa implícita de prestar um favor de igual valor. Ninguém, na verdade, desejava ficar em dívida, mas todos ficavam, e ter alguém de alto status em dívida com você lhe dava mais status.

Muitas coisas eram levadas em conta na avaliação do status, razão pela qual as pessoas recitavam seus "nomes e ligações". Atribuir valor era uma delas, bem como o esforço. Mesmo que o produto final não fosse da mesma qualidade, se a pessoa dava o melhor de si, a dívida era considerada quitada, apesar de não aumentar seu prestígio. A idade era um fator: crianças até certa idade não faziam dívidas. Cuidar das crianças, mesmo as próprias, representava o pagamento de uma dívida com a comunidade, porque as crianças eram a promessa de continuidade.

Chegar a certa idade, tornar-se um ancião, também fazia diferença. Era possível pedir certos favores sem incorrer em dívida e sem perder status, mas, conforme perdia a capacidade de contribuir, uma pessoa não perdia status, mas mudava de posição. Um idoso com conhecimento e experiência a oferecer retinha seu status, mas caso começasse a perder a capacidade cognitiva ele mantinha sua posição só em nome. Ainda seria respeitado pelas contribuições passadas, mas não se buscava mais seu conselho.

O sistema era complicado, mas todos aprendiam suas nuances como aprendiam a língua, e, quando chegavam à idade da responsabilidade, a maioria já sabia as distinções mais sutis. Em qualquer tempo, uma pessoa sabia exatamente o que devia e o que lhe era devido, a natureza das dívidas e qual sua posição na sua comunidade.

Marthona também falou a Druwez, cuja posição era igual à de seu primo, pois era filho de Tulie, a irmã de Talut e colíder do Acampamento do Leão, mas ele tendia a ser mais reticente. O tamanho de Danug já era suficiente para torná-lo mais visível e, apesar de tímido no início, precisava aprender a ser mais disponível. Um sorriso caloroso e uma conversa animada tendiam a aliviar os medos que seu tamanho provocava.

Finalmente, Marthona perguntou para Ayla:

— Onde está aquele filho meu, tão homenageado pelo povo de Aldanor? Ayla desviou o rosto.

— Não sei — respondeu ela, tentando esconder o surto repentino de emoção. Depois acrescentou: — Tenho estado muito ocupada com a zelandonia.

Marthona soube imediatamente que alguma coisa estava muito errada. Ayla se animara tanto com a perspectiva de ver Jondalar e agora nem sabia onde ele estava?

— Vi Jonde andando na beira do Rio hoje de manhã — disse Jonayla —, mas não sei onde ele está dormindo. Não sei por que ele não dorme mais conosco. Eu gosto mais quando ele fica conosco.

Apesar de sua face ter enrubescido, Ayla não disse nada, e Marthona teve certeza de que alguma coisa muito grave estava acontecendo. Teria de descobrir o que era.

— Folara — disse Ayla —, você e Marthona poderiam cuidar de Jonayla, ou deixá-la com Levela se forem ao acampamento principal? E poderiam levar Lobo com vocês? Preciso falar com Danug e Druwez, talvez levá-los ao alojamento da zelandonia.

— Sim, claro — respondeu Folara.

Ayla abraçou a filha.

— Vejo você hoje à noite — disse ela, depois se dirigiu aos dois rapazes e começou a falar com eles em Mamutói.

— Pensei nos "tambores falantes" e os mencionei à Primeira. Vocês seriam capazes de fazer tambores falarem?

— Somos, mas não trouxemos nenhum conosco. Tambores não fazem parte do equipamento de viagem.

— De quanto tempo vocês precisariam para fazer dois? Posso conseguir gente para ajudar, se for necessário. E vocês tocariam uma ou duas estrofes? Seria parte da cerimônia que estamos planejando.

Os dois rapazes se entreolharam e deram de ombros.

— Se encontrarmos os materiais, poderíamos construí-los rapidamente, um ou dois dias. É apenas um couro cru esticado em cima de uma estrutura redonda, mas tem de ser bem esticado para que o couro ressoe com notas diferentes. A estrutura tem de ser forte para não quebrar quando o couro encolher, especialmente se usarmos calor para encolhê-lo mais rapidamente — disse Druwez. — São tambores pequenos tocados com os dedos, muito rápido.

— Já vi alguns tocados com um bastão bem equilibrado, mas nós aprendemos a tocar com os dedos — explicou Danug.

— Vocês poderiam tocá-los durante a cerimônia?

— Claro! — responderam em uníssono.

— Então venham comigo — disse ela, dirigindo-se ao acampamento principal.

A caminho da grande casa da zelandonia, Ayla observou quantas pessoas paravam para olhá-los. Apesar de já ter sido observada muitas vezes, daquela vez não era ela o objeto dos olhares de curiosidade. Era Danug. Era falta de educação, mas de certa forma não poderia culpá-los, ele era uma impressionante figura de homem. De modo geral, os homens Zelandonii tendiam a ser altos e bem-constituídos, o próprio Jondalar tinha 1,95m, mas Danug pairava com a cabeça e os ombros acima de todos, e era proporcional para seu tamanho. Se fosse visto à certa distância, sozinho, teria parecido um homem normal musculoso. Só quando ficava em meio a outros homens que seu tamanho era notado. Lembrou-se da primeira vez em que viu Talut, o chefe da casa, o único homem que ela já vira com tamanho comparável. Teria encarado provavelmente, embora, com exceção de Jondalar, Talut fosse a primeira pessoa de sua espécie que ela havia visto desde a infância. Talvez fosse por isso que ela o tinha encarado.

Quando chegou à grande casa no centro do acampamento, duas acólitas a abordaram. Uma delas falou:

— Quero confirmar se já temos todos os ingredientes para a bebida cerimonial de que você falou. Você disse seiva fermentada de bétula, suco de frutas perfumado com aspérula e ervas, certo?

— Sim, artemísia, em particular. Também é conhecida como absinto ou losna.

— Acho que não conheço essa bebida — comentou Druwez.

— Vocês pararam para visitar os Losadunai no caminho até aqui? Especificamente, participaram de algum Festival da Mãe desse povo?

— Paramos, mas não ficamos muito tempo — respondeu Druwez —, e infelizmente eles não realizaram nenhum Festival enquanto estivemos lá.

— Solandia, a companheira do Losaduna, me ensinou como fazer. Tem o gosto agradável de uma bebida suave, mas é na verdade uma mistura potente feita especialmente para encorajar a espontaneidade e a interação calorosa necessárias durante um festival em Homenagem à Mãe — disse Ayla. Depois falou às acólitas: — Vou provar quando vocês terminarem e lhes digo se falta alguma coisa.

Quando já iam embora, as duas moças trocaram alguns gestos de mão e olharam Danug. Ao longo dos últimos anos, especialmente durante as Reuniões de Verão, Ayla vinha ensinando a toda a zelandonia alguns sinais básicos do Clã, pois acreditava que ajudaria os doniers a se comunicar, pelo menos num nível básico, se por acaso encontrassem pessoas do Clã durante alguma viagem. Alguns aprenderam melhor que outros, mas a maioria parecia gostar de ter um método silencioso e secreto de manter uma conversa que muitos não entenderiam. O que as duas acólitas não sabiam é que Ayla havia ensinado os sinais do Clã a Danug e Druwez muito tempo antes, quando vivia com os Mamutói.

De repente, Danug encarou uma das moças e sorriu.

— Talvez você queira descobrir durante o Festival da Mãe — disse ele, depois se voltou para Druwez e os dois riram.

As duas coraram, então a que tinha feito os primeiros sinais sorriu para Danug com um olhar sugestivo.

— Talvez eu queira. Não sabia que vocês entendiam os sinais gestuais.

— Você consegue se imaginar vivendo com Ayla durante muitos anos sem aprendê-los? — perguntou Danug. — Especialmente porque meu irmão, o menino que minha mãe adotou, era metade do Clã e não falou até o dia em que Ayla chegou e nos ensinou a fazer os sinais. Lembro-me da primeira vez em que Rydag fez o sinal de "mamãe" para ela. Ela chorou.

Desde cedo as pessoas começaram a se movimentar na área cerimonial. A empolgação no ar era tangível. A cerimônia estivera em estágios de preparação durante vários dias, havia uma sensação incrível de expectativa. Aquela seria especial, totalmente única. Todos sabiam, só não sabiam o porquê. O suspense aumentava à medida que o sol mergulhava no horizonte. Nunca os Zelandonii numa Reunião de Verão desejaram tanto que o sol se pusesse. Desejaram-no fora do céu.

Finalmente, quando o sol se escondeu abaixo do horizonte e ficou suficientemente escuro para exigir fogo, as pessoas começaram a se acalmar, esperando que se acendessem os fogos cerimoniais. Havia um anfiteatro natural no centro daquela área, suficientemente amplo para receber todo o acampamento de cerca de 2 mil pessoas. Atrás e à direita do acampamento da Reunião de Verão, as colinas de calcário davam a forma geral de uma tigela rasa que se curvava dos lados, mas aberta na frente. A base das encostas curvas convergia para um campo pequeno, relativamente plano, que tinha sido aplainado com pedras e terra compactada ao longo dos muitos anos em que o local tinha sido usado para reuniões como aquela.

Num bosque próximo ao topo da colina, uma fonte enchia um pequeno tanque e descia pela encosta côncava, passando pelo meio da área até o fundo e finalmente até o regato maior do acampamento. O regato alimentado pela fonte era tão pequeno, especialmente perto do fim do verão, que as pessoas saltavam sem dificuldade sobre ele, mas a poça de água límpida e fria era uma fonte conveniente de água potável. A encosta coberta de capim no interior da depressão se erguia num aclive gradual e irregular. Ao longo dos anos, haviam cavado aqui, aterrado um pouco ali, até a encosta apresentar muitas seções planas que ofereciam conforto para grupos familiares, às vezes Cavernas inteiras, se sentarem com boa visão do espaço aberto abaixo.

Os espectadores se sentavam na grama ou estendiam tapetes, almofadas ou peles no piso. Várias fontes de fogo foram acesas, principalmente tochas fincadas no chão, mas algumas fogueiras em buracos cavados contornavam todo o espaço de reunião em torno da área do palco, além de uma grande fogueira próxima à frente e ao centro dele, e várias fogueiras acesas por toda a área ocupada pela plateia. Pouco depois se ouviu claramente um coro de vozes jovens contra o som das conversas. As pessoas começaram a pedir silêncio para melhor ouvir o canto. Então um desfile de crianças do acampamento foi até a área central cantando uma canção ritmada usando as palavras de contar. Quando lá chegou, todos tinham parado de conversar, apenas sorriam e piscavam.

O começo com as crianças tinha dois objetivos. O primeiro era mostrar aos mais velhos o que elas estavam aprendendo com a zelandonia. O segundo era o entendimento tácito de que um Festival da Mãe teria lugar paralelamente às festividades e orgias. Quando terminassem sua parte, as crianças seriam levadas para um dos acampamentos próximos ao limite da área de reunião. Lá haveria jogos e seu próprio banquete separado dos adultos, vigiados por vários membros da zelandonia e outros, geralmente homens e mulheres mais velhos, mães recentes que ainda não estavam prontas para participar, ou mulheres no início de sua lua, ou aqueles que não se sentiam dispostos a tomar parte nas atividades em homenagem à Mãe naquele momento.

Apesar de muita gente esperar ansiosamente os Festivais da Mãe, eram sempre voluntários, e era mais fácil que a maioria participasse se soubesse que não teria de se preocupar com os filhos naquela noite. Ninguém proibia o comparecimento das crianças, e algumas das mais velhas compareciam apenas para satisfazer a curiosidade, mas ver adultos conversando, rindo, comendo e bebendo, dançando e copulando não era tão interessante se elas já não estivessem prontas para aquelas atividades, que não eram proibidas. Nos cômodos apertados em que viviam, as crianças observavam todas as atividades dos adultos, desde o nascimento até a morte. Ninguém fazia questão de afastá-las; era tudo parte da vida.

Quando terminaram, as crianças foram levadas de volta à plateia. Em seguida, dois homens vestidos como bisões com seus pesados chifres saíram dos cantos opostos e correram na direção um do outro, cruzaram-se quase se tocando, o que atraiu a atenção da plateia. Então várias pessoas, inclusive crianças, vestidas com peles e chifres de auroques começaram a se mover como um rebanho. As peles de alguns animais eram disfarces de caça, outras foram feitas expressamente para a ocasião. Surgiu um leão, rosnando e grunhindo, com pele e cauda, e atacou as vacas com um rugido tão autêntico que algumas pessoas se sobressaltaram.

— Aquela foi Ayla — sussurrou Folara para Aldanor. — Ninguém consegue imitar um leão como ela.

O rebanho se espalhou saltando sobre as coisas e quase atropelando as pessoas, perseguido pelo leão. Então entraram cinco pessoas vestidas com peles de veado e segurando as galhadas sobre a cabeça, fingindo saltar num rio, como se fugissem de alguma coisa, e nadaram para a outra margem. Em seguida, vieram os cavalos, um deles relinchando de modo tão realista que recebeu um relincho de resposta à distância.

— Essa também foi Ayla — informou Folara ao homem ao seu lado.

— Ela é muito boa.

— Ela diz que aprendeu a imitar animais antes mesmo de aprender a falar Zelandonii.

Houve outras demonstrações mostrando animais, todas narrando um acontecimento ou uma história. A trupe de Contadores de Histórias também participava da apresentação, representando vários animas, e suas habilidades aumentaram o vívido realismo. Finalmente os animais começaram a se juntar. Quando estavam todos reunidos, surgiu um animal estranho. Andava sobre quatro pernas e tinha cascos, mas era coberto por uma pele pintada que lhe caía pelos lados até o chão e lhe cobria parcialmente a cabeça, a que foram acrescentadas duas varas retas que deveriam representar algum tipo de chifre ou galhada.

— O que é aquilo? — perguntou Aldanor.

— Um animal mágico, é claro. Mas na verdade é Huiin, o cavalo de Ayla, que representa um Zelandoni. A Primeira diz que todos os cavalos de Ayla e Lobo são da zelandonia. Por isso, escolheram ficar com ela.

O estranho animal Zelandoni levou embora todos os outros animais, então vários membros da zelandonia voltaram sem fantasias e começaram a tocar tambores e flautas. Alguns começaram a cantar algumas das Lendas mais antigas, e então outros narraram as histórias e as coisas que todos conheciam e amavam tanto.

A zelandonia tinha se preparado bem. Usou todos os truques que conheciam para capturar e manter a atenção da grande multidão. Quando Ayla, com o rosto pintado com desenhos Zelandonii, o rosto todo menos a área em torno da nova tatuagem, que foi deixada livre para expor a marca permanente de aceitação, entrou na frente do grupo, todas as 2 mil pessoas contiveram a respiração, prontos a ouvir todas as suas palavras, observar todos os seus movimentos.

Soaram tambores, o som agudo das flautas interagiu com o lento e inexorável som grave, alguns tons abaixo da faixa audível, mas sentido nos ossos: *trum, trum, trum.* A cadência mudou de ritmo e se ajustou à métrica de um canto muito familiar. A plateia se uniu a cantar ou recitar o início da Canção da Mãe.

> — *O caos do tempo, em meio à escuridão,*
> *O redemoinho deu a Mãe sublime à imensidão.*
> *Sabendo que a vida é valiosa, para Si Mesma Ela acordou*
> *E o vazio vácuo escuro a Grande Mãe Terra atormentou.*
> — *Sozinha a Mãe estava. Somente Ela se encontrava*

A Primeira, com sua voz potente e vibrante, juntou-se ao coro. Tambores e flautas tocavam entre os cantores e recitadores enquanto a Canção da Mãe prosseguia. Perto do meio, as pessoas começaram a notar que a voz da Primeira era tão rica e rara que todos pararam de cantar para ouvir. Quando chegou à última estrofe, ela parou e só continuaram os tambores tocados pelos primos visitantes de Ayla.

Mas as pessoas quase sentiram que podiam ouvir as palavras. Tinham certeza de que ouviam, mas eram pronunciadas com um estranho e misterioso vibrato. De início, a plateia não entendia direito. Os dois jovens Mamutói pararam em frente à multidão com seus pequenos tambores e tocaram a última estrofe da Canção da Mãe numa estranha batida staccato. Batidas que soavam como palavras pronunciadas numa voz vibrante como se alguém cantasse com uma variação rápida da respiração, mas não era a respiração de ninguém, eram os tambores! Os tambores diziam as palavras!

A-A-A Mã-ãe fi-i-i-i-cou co-o-on-ten-te co-o-om...

Os ouvintes fizeram silêncio absoluto, pois todos se esforçavam para ouvir os tambores falando. Ayla, lembrando-se de como tinha aprendido a lançar a voz de forma que até mesmo quem estava longe no fundo pudesse ouvi-la claramente, lançou sua voz normalmente grave num tom um pouco mais baixo e falou mais alto e com mais força para a escuridão imóvel iluminada apenas por uma fonte de fogo. O único som que a plateia ouvia, parecendo vir do ar à sua volta com a batida do tambor, era a voz de Ayla recitando sozinha a última estrofe da Canção da Mãe, repetindo as palavras pronunciadas pelo tambor.

> *— A Mãe ficou contente com o casal criado,*
> *E o ensinou a amar e a zelar no acasalado.*
> *Ela incutiu neles o desejo de se manter,*
> *E foi ofertado pela Mãe o Dom do Prazer.*
> *— E assim foi encerrando. Os seus filhos também estavam amando.*

A batida dos tambores ficou imperceptivelmente mais lenta. Todos sabiam que era o final, havia apenas mais um verso, mas ainda assim eles esperavam sem saber bem por que, o que os tornava nervosos, aumentava a tensão. Quando chegaram ao final da estrofe, os tambores não pararam; pelo contrário, continuaram com palavras desconhecidas.

O-O-O últ-i-i-i-mo pr-e-e-se-en-te, o-o-o...

O povo ouvia atentamente, mas ainda não entendia o que tinha ouvido. Então Ayla recitou sozinha, repetindo lentamente a estrofe, com ênfase.

> — *O último presente, o Conhecimento de que o homem tem sua função.*
> *Seu desejo tem de ser satisfeito antes de uma nova concepção.*
> *Ao se unir o casal, a Mãe é honrada*
> *Pois, quando se compartilham os Prazeres, a mulher é agraciada.*
> — *Depois de os Filhos da Terra abençoar, a Mãe pôde descansar.*

Aquela estrofe não existia. Era nova! Nunca tinham ouvido aquela parte antes. O que significava? Todos se sentiram mal. Desde quando todos sabiam ou se lembravam, desde muito antes das lembranças de todos, a Canção da Mãe sempre fora a mesma, a não ser por variações insignificantes. Por que estava diferente? O significado das palavras ainda não tinha penetrado. O acréscimo de palavras novas, a mudança na Canção da Mãe, era alarmante.

De repente, a última fogueira foi apagada. Ficou muito escuro, ninguém ousou se mover.

— O que significa? — gritou uma voz.

— É, o que significa? — repetiu outra.

Mas Jondalar não perguntava. Ele sabia. Então é verdade, pensou. Tudo que Ayla sempre dissera é verdade. Apesar de ter tido tempo para pensar, sua mente lutava contra as implicações. Ayla sempre tinha lhe dito que Jonayla era sua filha, sua filha verdadeira, de sua carne, não só de seu espírito. Tinha sido concebida por um ato seu. Não um espírito amorfo que ele não via, misturado de alguma forma vaga pela Mãe com o espírito dela. Ele e Ayla, os dois. Com sua masculinidade, ele tinha dado a Ayla sua essência, seu órgão, que foi combinado com alguma coisa dentro de Ayla para fazer começar a vida.

Nem todas as vezes. Ele tinha posto muito de sua essência dentro dela. Talvez fosse preciso muita essência. Ayla sempre tinha dito que não sabia exatamente como funcionava, apenas que eram o homem e a mulher juntos quem fazia começar a vida. A Mãe tinha dado aos seus filhos o Dom dos Prazeres para fazer começar a vida. O começo de uma nova vida não devia realmente ser um Prazer? Seria por isso a necessidade tão forte de lançar sua essência dentro de uma mulher? Por que a Mãe queria que Seus filhos fizessem seus próprios filhos?

Sentiu que seu corpo tinha um novo sentido, como se de alguma forma houvesse renascido. Os homens eram necessários. Ele era necessário! Sem ele, Jonayla nunca teria existido. Se fosse outro homem, ela não seria Jonayla. Ela era quem era por causa dos dois: Ayla e ele. Sem os homens, não havia uma nova vida.

Tochas se acendiam na periferia. As pessoas começavam a se levantar, a se movimentar. A comida era descoberta e servida em várias áreas diferentes. Cada Caverna, ou grupo de Cavernas relacionadas, tinha o lugar de seu banquete para que ninguém tivesse de esperar muito para comer. A não ser pelas crianças, ninguém havia comido muito durante o dia inteiro. Alguns estavam muito ocupados, outros preferiram deixar mais espaço para o banquete e, ainda que não fosse uma exigência, era considerado mais educado comer parcimoniosamente antes da refeição principal nos dias de festa.

Todos conversavam na fila para se servirem, fazendo perguntas uns aos outros, ainda inquietos.

— Vamos, Jondalar — disse Joharran. Jondalar não ouviu. Estava tão perdido nos próprios pensamentos que a multidão à sua volta não existia. — Jondalar! — repetiu Joharran, sacudindo-lhe o ombro.

— O quê?

— Vamos, já estão servindo a comida.

— Oh! — O irmão mais novo se levantou, a mente ainda agitada.

— O que você acha que isso significa? — perguntou Joharran quando começaram a andar.

— Você viu para onde Ayla foi? — indagou Jondalar, ainda ausente de tudo que não fosse seu pensamento.

— Não a vi, mas imagino que ela se junte a nós daqui a pouco. Foi uma grande cerimônia. Exigiu muito trabalho e planejamento. Até a zelandonia precisa relaxar e comer uma vez ou outra. — Os dois andaram alguns passos. — O que você pensa ser o significado daquilo, Jondalar? Daquela última estrofe da Canção da Mãe.

Finalmente Jondalar se voltou para olhar o irmão.

— Significa o que foi dito, "o homem tem sua função". Não só as mulheres são abençoadas. Nenhuma vida nova começa sem um homem.

Joharran franziu a testa, mostrando as mesmas rugas da testa do irmão.

— Você acredita nisso?

Jondalar sorriu.

— Tenho certeza.

Quando se aproximaram da área onde a Nona Caverna tinha se reunido para o banquete, várias bebidas fortes estavam sendo distribuídas. Alguém colocou copos impermeáveis na mão de Joharran e na mão de Jondalar. Experimentaram, mas não era o que nenhum deles esperava.

— O que é isto? — perguntou Joharran. — Pensei que fosse bebida de Laramar. É bom, mas muito leve.

Jondalar já conhecia e provou novamente. Onde tinha provado aquilo?

— Ah! Os Losadunai!

— O quê? — Joharran não entendeu.

— É a bebida que os Losadunai servem nos seus Festivais da Mãe. Parece leve, mas não a subestime. É muito forte. Devagarzinho, ela toma conta de você. Deve ter sido feita por Ayla. Você viu aonde ela foi depois da cerimônia?

— Acho que a vi há pouco saindo da tenda cerimonial. Vestia roupas comuns.

— Você viu para onde ela foi?

— Ali está ela. Ali, onde estão servindo essa nova bebida.

Jondalar se dirigiu até um grupo grande de pessoas que se moviam em torno de uma caixa cortada, servindo copos do líquido. Quando viu Ayla, ela estava parada ao lado de Laramar. Serviu-lhe um copo que tinha acabado de encher. Ele disse alguma coisa e ela riu, depois sorriu para ele. Laramar fez um ar de surpresa, depois lhe lançou um olhar malicioso. Talvez ela não estivesse tão mal, pensou. Sempre mantivera distância de Laramar, mal lhe dirigia a palavra. Mas agora ela é Zelandoni, que deve honrar a Mãe nos festivais. Esse festival pode ficar interessante. De repente, Jondalar surgiu, e Laramar pareceu desapontado.

— Ayla, preciso falar com você. Vamos sair daqui. — Tomou o braço dela e tentou ir para um lugar mais vazio.

— Há alguma razão para não falar aqui? Tenho certeza de que posso ouvi-lo. Não fiquei surda de repente — disse Ayla, puxando o braço.

— Mas preciso falar com você a sós.

— Você teve muitas oportunidades de falar a sós comigo, mas não se incomodou. Por que agora é tão importante? É o Festival da Mãe. Vou ficar aqui e me divertir. — Virou-se e sorriu sugestivamente para Laramar.

Ele tinha esquecido. Na sua empolgação pela descoberta de um novo entendimento, Jondalar tinha esquecido. De repente, tudo lhe voltou à memória. Ela o havia visto com Marona! E era verdade, ele não tinha falado com ela desde então. Agora ela não queria falar com ele. Ayla viu seu rosto ficar branco. Cambaleou, como se alguém o tivesse agredido, e saiu tropeçando. Parecia tão derrotado e confuso; ela quase o chamou, mas mordeu a língua.

Jondalar andou tonto, perdido nos seus próprios pensamentos. Alguém pôs um copo de alguma coisa na sua mão. Bebeu sem pensar. Alguém o encheu novamente. Ela tem razão, pensou. Ele teve muito tempo para falar com ela, para tentar explicar tudo. Por que não havia falado? Ela o tinha procurado e o encontrara com Marona. Por que ele não a procurou? Porque tinha vergonha e medo de tê-la perdido. O que ele estava pensando? Tinha tentado esconder Marona de Ayla. Devia ter lhe contado. Na verdade, não devia ter procurado Marona. Por que ela tinha sido tão atraente? Por que ele a desejou tanto? Só porque estava disponível? Agora ela nem o interessava. Ayla disse que havia perdido um filho. O seu filho!

— Aquele filho era meu — disse em voz alta. — Era meu!

Pessoas que passavam o olharam, cambaleando, falando sozinho, e balançaram a cabeça.

O filho que ela tinha perdido era dele. Ela havia sido chamada. Ele tinha ouvido falar da terrível provação pela qual ela passou. Ele quis ir ter com ela, confortá-la. Por que não fora? Por que tinha feito tamanho esforço para se afastar de Ayla? Agora ela não queria falar com ele. Ele poderia condená-la? Não poderia culpá-la se ela nunca mais quisesse vê-lo outra vez.

E se ela não quisesse? E se ela nunca mais quisesse vê-lo outra vez? E se ela nunca mais quisesse compartilhar Prazeres com ele? Então o pensamento o atingiu. Se Ayla recusasse dividir Prazeres, ele nunca mais poderia começar um filho com ela. Nunca mais teria um filho com Ayla.

De repente, Jondalar não quis mais saber que era ele. Se fosse um espírito que causava o começo da vida, aconteceria, não importa o que alguém fizesse. Mas, se fosse ele, a essência de sua masculinidade, e ela não o quisesse, ele não teria mais filhos. Não lhe ocorreu que poderia ter um filho com outra mulher. Era Ayla que amava. Ela era sua companheira. Era dos filhos dela que ele tinha jurado cuidar. Seriam os filhos de sua casa. Ele não queria outra mulher.

Cambaleando com um copo na mão, Jondalar não atraía mais atenção que qualquer outro dos celebrantes que iam tropeçando até os locais onde se serviam comidas e bebidas. Homens rindo colidiam com ele. Tinham acabado de encher um odre com uma bebida forte.

— Oh, desculpe. Deixe-me encher seu copo. Nenhum copo vazio num Festival da Mãe — disse um deles.

Nunca houvera um festival como aquele. Serviram mais comida do que qualquer um poderia comer, mais barma, vinho e outras bebidas do que qualquer um poderia beber. Havia folhas para fumar, alguns cogumelos e outras coisas especiais para comer. Nada era proibido. Algumas pessoas tinham sido sorteadas para não participar das atividades do festival para terem certeza de que o acampamento continuaria seguro, para ajudar os que inevitavelmente seriam feridos e para controlar os que se descontrolassem. Também não havia crianças para serem atropeladas pelos beberrões. Todas tinham sido reunidas num acampamento na margem do acampamento da Reunião de Verão sob os cuidados de doniers e outros.

Jondalar tomou um gole de seu copo cheio, sem notar que perdia quase todo o conteúdo ao andar agitando o líquido. Não tinha comido, e a distribuição liberal das bebidas já produzia seus efeitos. Sua cabeça rodava e sua vista estava turva, mas sua mente, ainda presa aos seus pensamentos privados, se dissociava de tudo. Ouvia música de dança, e seus pés o levaram até o som. Só enxergava vagamente os dançarinos num círculo de luz trêmula.

Então uma mulher passou dançando por ele e sua visão clareou quando Jondalar focalizou o olhar. Era Ayla. Ele a viu dançar com vários homens. Ria bêbada. Cambaleando, ela saiu do círculo. Três homens a seguiram, suas mãos sobre todo seu corpo, arrancando-lhe as roupas. Desequilibrada, caiu junto com os três. Um deles subiu sobre ela, afastou violentamente suas pernas e enfiou o órgão inchado no seu interior. Jondalar o reconheceu. Era Laramar!

Imobilizado por aquela visão, Jondalar o via subindo e descendo, entrando e saindo. Laramar! Preguiçoso, imundo, bêbado, incapaz! Ayla nem conseguia falar com ele, mas, ainda assim lá estava com Laramar. Ela nunca teria trocado Prazeres com ele. Jamais teria permitido que ele começasse um filho com ela.

E se Laramar estiver começando um filho com ela!

O sangue lhe subiu à cabeça. Naquela névoa vermelha só via Laramar em cima de Ayla, em cima de sua companheira, subindo e descendo. De repente, numa fúria inflamada, Jondalar urrou:

— ELE ESTÁ FAZENDO MEU FILHO COM ELA!

O homem alto cobriu a distância em três passos. Arrancou Laramar de cima de Ayla, girou-o e golpeou o rosto do homem com o punho. Ele desabou inconsciente no chão, sem saber o que tinha acontecido.

Jondalar saltou sobre ele. Num frenesi selvagem de ciúme e ultraje, ele batia em Laramar, socava-o, martelando-o, incapaz de parar. Sua voz cheia de frustração soou aguda como um guincho, quando ele gritou:

— Ele está fazendo meu filho! Ele está fazendo meu filho! — repetindo e repetindo. — Ele está fazendo meu filho!

Alguns homens tentaram afastá-lo, mas ele se livrou de todos. Em fúria enlouquecida, sua força estava quase sobre-humana. Vários outros tentaram agarrá-lo, mas ele estava louco, ninguém conseguia contê-lo.

Então, quando Jondalar recuou para bater o punho mais uma vez na massa sangrenta de carne que não se reconhecia mais como um rosto, uma mão enorme agarrou-lhe o pulso. Jondalar lutou ao se sentir afastado do homem inconsciente esparramado no chão, quase morto. Lutou para se libertar dos dois braços poderosos que o continham, mas não conseguiu se soltar.

Enquanto Danug o continha, Zelandoni gritava:

— Jondalar! Jondalar! Pare! Você vai matá-lo!

Ele reconheceu vagamente a voz da mulher que uma vez fora Zolena para ele e se lembrou de ter agredido um rapaz por causa dela, e então sua mente apagou. Enquanto vários membros da zelandonia corriam para socorrer Laramar, o gigante ruivo carregava Jondalar nos braços como um bebê e o levava embora.

37

Zelandoni deu a Ayla um dos copos de junco tecido, feitos especialmente para o festival, quase cheio de chá quente de ervas relaxantes. Pôs outro copo numa mesa baixa e sentou-se no banco grande ao lado de Ayla. Estavam sozinhas na grande casa da zelandonia, a não ser pelo homem inconsciente deitado numa cama ao lado, o rosto envolto em peles macias que seguravam as compressas curativas. Várias lamparinas lançavam uma luz suave em torno do homem ferido, além de outras duas na mesa baixa onde estavam os copos de chá.

— Eu nunca o vi daquele jeito — disse Ayla. — Por que ele fez aquilo, Zelandoni?

— Porque você estava com Laramar.

— Mas era o Festival da Mãe. Eu agora sou Zelandoni. Devo compartilhar o Dom da Mãe nos Festivais que homenageiam a Mãe, não é verdade?

— Todos devem homenagear a Mãe nos seus Festivais, e você sempre a homenageou, mas nunca com outro homem que não Jondalar — disse a volumosa mulher.

— O fato de eu não tê-lo feito com ninguém mais não devia fazer diferença. Afinal, ele estava copulando com Marona.

Zelandoni notou um tom defensivo na voz de Ayla.

— É verdade, mas você não estava disponível quando ele copulava. Você sabe que os homens sempre compartilham o Dom do Prazer com outras mulheres quando suas companheiras não estão ao seu alcance, não sabe?

— Sim, claro — disse Ayla com os olhos baixos, depois sorveu um gole rápido do chá.

— A ideia de Jondalar escolher outra mulher a incomoda, Ayla?

— Ele nunca escolheu ninguém. Não desde que eu o conheço — respondeu ela, olhando a mulher preocupada. — Como eu o conhecia mal! Não acredito que ele tenha feito aquilo. Nunca teria acreditado, se não estivesse lá. Primeiro, sai escondido com Marona... e eu descubro que ele já saía com ela há tempos. Então ele... Por que Marona?

— Como você se sentiria se fosse outra pessoa?

Ayla baixou os olhos outra vez.

— Não sei. — Então olhou Zelandoni. — Por que ele não me procurou se precisava satisfazer suas necessidades? Eu nunca recusei. Nunca.

— Talvez seja essa a razão. Talvez ele soubesse que você estava cansada, ou muito envolvida em alguma coisa que estava aprendendo, e não tivesse querido se impor, quando sabia que você não ia recusar — disse a Zelandoni. — E houve alguns dias em que você teve de se abster de certas coisas durante um período: Prazeres, comida e até água.

— Mas por que Marona? Se fosse outra mulher, qualquer outra, acho que teria entendido. Talvez não gostasse, mas teria compreendido. Por que aquela mulher?

— Talvez porque ela ofereceu. — Ayla pareceu tão intrigada que Zelandoni continuou explicando. — Todos sabiam que nem você nem Jondalar jamais escolheram outro parceiro, Ayla, nem mesmo nos Festivais da Mãe. Antes da Jornada, Jondalar estava sempre disponível, especialmente naquela época. Tinha um impulso tão forte que apenas uma mulher não era suficiente. Era como se ele nunca ficasse satisfeito, até o dia em que chegou com você. Pouco depois de ter chegado, as mulheres pararam de tentar. Se você não se coloca à disposição, ninguém oferece. Muitas mulheres não gostam de serem rejeitadas. Mas Marona não ligava. Era fácil demais para ela ter o homem que quisesse, a rejeição se tornava apenas mais um desafio. Acho que Jondalar se tornou um desafio especial.

— Não acredito que o conhecia tão mal. — Ayla balançou a cabeça e sorveu mais um pouco de chá. — Zelandoni, ele quase matou Laramar! O rosto dele nunca mais vai ser o mesmo. Se Danug não estivesse lá, não sei se Laramar ainda estaria vivo. Ninguém conseguia fazê-lo parar.

— É uma das coisas que eu temia que pudesse acontecer depois de termos contado sobre o papel do homem no começo de uma nova vida, apesar de não esperar que acontecesse assim, nem tão rápido. Sabia que haveria problemas após contarmos, mas achei que teríamos mais tempo para resolvê-los.

Ayla franziu a testa.

— Não entendo. Pensei que os homens iam ficar felizes ao saber que eram tão necessários para começar outra vida quanto as mulheres, que essa foi a razão de a Mãe criá-los.

— Talvez fiquem felizes, mas depois de entenderem as implicações, os homens vão querer ter a certeza de que filhos de sua casa são mais que apenas filhos de suas companheiras. Vão querer ter certeza de que os filhos que sustentam vieram realmente deles.

— E por que isso seria importante? Nunca foi. Os homens sempre sustentaram os filhos das companheiras. A maioria ficava feliz quando suas companheiras traziam filhos para suas casas. Por que de repente eles iam querer sustentar somente os seus?

— Talvez seja uma questão de orgulho. Eles se tornam possessivos com as companheiras e com os filhos.

Ayla tomou um gole de chá e pensou durante um momento, intrigada.

— Como eles vão ter certeza? É a mulher quem dá à luz. A única coisa que um homem pode saber sem nenhuma dúvida é que aquele bebê é filho de sua companheira.

— A única maneira de ele saber é a mulher só trocar Prazeres com seu companheiro. Como você, Ayla.

As rugas na testa de Ayla se aprofundaram.

— Mas e os Festivais da Mãe? Muitas mulheres os esperam ansiosas. Querem homenagear a Mãe, compartilhar o Dom dos Prazeres com mais de um homem.

— É verdade. Muitas mulheres esperam, e os homens também. Aumenta a excitação e o interesse às suas vidas. As mulheres também querem um companheiro para ajudá-las a cuidar dos filhos.

— Algumas mulheres não têm companheiros. As mães, as tias e os irmãos ajudam a criar os filhos, especialmente um recém-nascido. A Caverna também ajuda as mulheres a cuidarem dos filhos. Filhos nunca são abandonados — disse Ayla.

— É verdade, mas as coisas mudam. Houve alguns anos difíceis no passado, quando os animais ficaram mais escassos e os alimentos vegetais menos abundantes. Quando as coisas são poucas, algumas pessoas se recusam a dividir. Se você tivesse apenas a comida suficiente para uma criança, a que criança você daria?

— Eu daria minha própria comida para qualquer criança.

— Durante algum tempo, sim. A maioria também. Mas por quanto tempo? Se não comer, você enfraquece e adoece. Então, quem tomaria conta de sua criança?

— Jonda... — começou Ayla, então parou e pôs a mão sobre a boca.

— Sim.

— Mas Marthona também ajudaria, e Willamar, até Folara. Toda a Nona Caverna ajudaria.

— É verdade, Marthona e Willamar ajudariam, enquanto pudessem, mas você sabe que Marthona não está bem, e Willamar não está ficando mais moço. Folara vai se acasalar com Aldanor no último Matrimonial desta estação. Quando tiver seu próprio filho, quem ela vai alimentar primeiro?

— Nunca é tão mal assim, Zelandoni. Às vezes, as coisas escasseiam na primavera, mas sempre se consegue encontrar alguma coisa para comer — disse Ayla.

— E eu espero que continue sempre a ser verdade, mas uma mulher geralmente se sente mais segura com um companheiro para ajudá-la.

— Às vezes, duas mulheres dividem a casa e se ajudam com os filhos.

Ayla estava pensando no povo de Aldanor, os S'Armunai, e em Attaroa, que tentou se livrar de todos os homens.

— E passam a ser companheiras uma da outra. É sempre melhor ter alguém próximo para ajudar, alguém que se interesse, mas a maioria das mulheres escolhe homens. Foi assim que a Mãe nos criou, e você nos disse por que, Ayla.

Ayla olhou o homem na cama.

— Mas se você sabia que tudo ia mudar, Zelandoni, por que deixou acontecer? Você é a Primeira. Poderia ter interrompido.

— Talvez, durante algum tempo — respondeu a Zelandoni. — Mas a Mãe não teria lhe contado se não quisesse que seus filhos soubessem. E depois que Ela decidiu, era inevitável. Não podia mais ser mantido em segredo. Quando está pronta para ser conhecida, uma verdade pode ser atrasada, mas não parada.

Ayla fechou os olhos, pensando. Por fim, abriu-os e falou:

— Jondalar estava com tanta... raiva. Tão violento. — Lágrimas se acumulavam.

— A violência sempre existiu, Ayla. Sempre existe para a maioria dos homens. Você sabe o que Jondalar fez a Madroman, e ele era pouco mais que um menino. Mas ele aprendeu a manter a raiva sob controle, na maior parte do tempo.

— Mas ele não conseguia parar de bater. Quase matou Laramar. Por quê?

— Por que você escolheu Laramar, Ayla. Todo mundo ouviu os gritos de Jondalar: "Ele está fazendo o meu filho." Você pode ter certeza de que homem algum esqueceu aquelas palavras. Por que você escolheu Laramar?

Ayla baixou a cabeça, as lágrimas escorreram pelo seu rosto, e ela começou a soluçar baixinho. Finalmente conseguiu dizer:

— Porque Jondalar escolheu Marona. — As lágrimas que ela tentava conter rolaram abundantes, não havia como fazê-las parar. — Oh, Zelandoni, eu nunca soube o que é o ciúme até o momento que os vi juntos. Tinha acabado de perder meu filho, pensava o tempo todo em Jondalar, ansiosa por reencontrá-lo, quem sabe começar outro filho com ele. Doeu tanto vê-lo com Marona, me deu tanta raiva. Eu queria que ele também sentisse a mesma dor. — Zelandoni pegou um pedaço de material macio de bandagem e lhe deu para enxugar os olhos e o nariz. — E ele não quis falar comigo depois. Não disse que sentia muito por eu ter perdido o filho. Nem me abraçou e consolou. Ele nem me tocou, nem uma vez. Não me disse uma única palavra. E doeu mais quando ele não quis falar comigo. Não me deu nem a chance de ficar com raiva. De lhe dizer como eu me sentia. Eu nem sabia se ele ainda me amava. — Ela fungou e enxugou as lágrimas, depois continuou: — Quando Jondalar me viu na festa e finalmente veio para dizer que queria falar comigo, Laramar estava perto. Sei que Jondalar não tem o menor respeito por ele. Não existe homem que deteste mais. Diz que Laramar não só trata mal sua companheira e seus filhos, mas também incentiva outros a fazer o mesmo. Eu sabia que, se escolhesse Laramar em vez dele, Jondalar ia ficar com raiva. Sabia que ele ia sofrer. Mas não sabia que ele ia se tornar tão brutal. Não sabia que ele ia tentar matá-lo. Eu não sabia.

Zelandoni puxou Ayla para si e abraçou-a enquanto ela chorava.

— Pensei que fosse alguma coisa assim — disse ela, dando-lhe tapinhas nas costas, deixando-a soltar as lágrimas, mas sua mente completava os detalhes.

Eu devia ter prestado mais atenção, pensou ela. Eu sabia que ela tinha acabado de abortar, e isso sempre traz sentimentos de melancolia, e sabia que Jondalar não estava resolvendo bem o problema. Ele nunca sabe o que fazer nesse tipo de situação, mas Ayla parecia estar bem. Eu sabia que ela estava perturbada por causa de Jondalar, só não compreendi o quanto. Devia ter compreendido, mas é difícil ela se abrir. O seu chamado me surpreendeu. Pensei que ela ainda não estava pronta, mas soube que tinha acontecido no momento em que a vi.

Pensei que seria difícil para ela, especialmente por causa do aborto, mas ela sempre foi muito forte. Só entendi o quanto era grave depois de conversar com Marthona. Depois, quando ela contou sobre o chamado a todos os membros da zelandonia, o que também me pegou de surpresa, eu soube que alguma coisa teria de ser feita imediatamente. Devia ter conversado com ela, então saberia o que esperar. Teria tido mais algum tempo para pensar nas implicações. Mas sempre há muita coisa acontecendo nessas Reuniões de Verão. Não é desculpa. Eu devia estar presente para ajudá-la, ajudar os dois, e não estive. Tenho de aceitar a responsabilidade por grande parte desse caso infeliz.

Enquanto se apoiava no ombro macio da mulher enorme, soluçando e finalmente soltando as lágrimas que tinha contido por tanto tempo, Ayla pensava na pergunta que Zelandoni tinha feito. Por que eu escolhi Laramar? Por que eu escolhi o pior homem de toda a Caverna, provavelmente o pior de toda a Reunião de Verão?

Que Reunião de Verão horrorosa foi esta? Em vez de ter vindo correndo, teria sido melhor se não tivesse vindo, disse para si mesma. Então eu não os teria visto juntos. Se não tivesse visto Marona e Jondalar, se alguém tivesse me falado, teria sido melhor. Não teria gostado, mas pelo menos toda vez em que fecho os olhos eu não os veria.

Talvez tenha sido essa a razão de eu escolher Laramar, que me fez querer magoar tanto Jondalar. Queria que ele sentisse a dor que eu sentia. Em que isso me transforma? O desejo de revidar, de feri-lo? Isso é digno de uma Zelandoni? Se o amasse tanto, por que ia querer magoá-lo? Porque eu estava com ciúme. Agora sei por que os Zelandonii tentam evitá-lo. O ciúme é terrível, disse Ayla para si mesma. Eu não tinha o direito de me sentir tão ferida. Jondalar não fez nada de errado. Era direito dele escolher Marona, se quisesse. Ele não estava rompendo seu compromisso, contribuía para manter a casa, ainda ajudava a sustentar Jonayla e eu. Sempre fez mais do que lhe era exigido. Talvez tenha cuidado mais de Jonayla do que eu. Sei como ele se sentia mal pela agressão a Madroman quando era mais jovem. Jondalar se detestava por tê-lo agredido;

hoje ele deve estar se sentindo muito mal. E o que vai acontecer a ele? O que a Nona Caverna vai fazer com ele? Ou a zelandonia, ou os Zelandonii, por quase ter matado Laramar?

Ayla finalmente se acalmou, enxugou os olhos e o nariz, e pegou o chá. Zelandoni teve a esperança de que o choro lhe tivesse feito bem, mas a mente de Ayla ainda estava girando.

É culpa minha, pensou. As lágrimas recomeçaram a correr enquanto ela sorvia o chá frio, quase sem notar. Laramar está tão ferido, nunca voltará a ser o mesmo, e é culpa minha. Não teria sido agredido se eu não o tivesse incentivado, não o tivesse feito pensar que eu o queria.

E ela tinha se forçado a fazer aquilo. Detestava a lembrança das mãos sujas e suadas a tocá-la. Sentia calafrios, a pele coçava, sentia-se suja, e não conseguia se lavar. Tinha tomado banho, tinha se esfregado até quase arrancar a pele. Apesar de saber que era perigoso, bebeu chá de visco e de outras ervas que a fizeram vomitar e lhe provocaram cãibras dolorosas, para expulsar tudo que pudesse ter sido começado. Mas não havia nada que a livrasse da sensação de Laramar.

Por que ela havia feito aquilo? Para magoar Jondalar? Era ela que não encontrava tempo para ele. Era ela que passava as noites em claro e grande parte das horas de vigília decorando cantos, histórias, símbolos e palavras de contar. Se o amava tanto, por que não tinha tempo também para ele?

Seria porque ela gostava do seu treinamento? Ela realmente gostava, adorava aprender todas aquelas coisas que tinha de saber para ser Zelandoni. Todo o conhecimento que seria revelado e tudo que era oculto. Os símbolos que tinham significados secretos, símbolos que ela riscava na pedra, pintava no tecido, ou tecia num tapete. Sabia o que significavam. Todos os membros da zelandonia sabiam o que significavam. Podia enviar uma pedra coberta de símbolos para outro Zelandoni, e a pessoa que a levasse não teria a menor ideia de que ela significava alguma coisa, mas todos os Zelandoni saberiam.

E ela amava as cerimônias. Ayla se lembrava de como ficara emocionada e impressionada na primeira cerimônia só com a zelandonia no fundo daquela gruta. Agora ela também sabia como torná-las impressionantes. Tinha aprendido todos os truques, apesar de não serem apenas truques. Alguns eram reais, assustadoramente reais. Sabia que alguns dos membros da zelandonia, particularmente os mais velhos, não acreditavam mais. Tinham feito aquilo tantas vezes, tinham se acostumado à própria mágica. Qualquer um seria capaz de fazer aquilo, diziam. Talvez qualquer um pudesse, mas não sem treinamento. Não sem ajuda, sem os remédios mágicos. O que significava voar sem vento, deixando o corpo com a zelandonia ou na Caverna, até alguém que tinha esquecido que nem todos eram capazes, ou que só o faziam por hábito ou por obrigação?

Ayla se lembrou de repente de, na sua iniciação, ter ouvido A Que Era A Primeira dizer que um dia ela seria Primeira. No dia, Ayla ignorou; não podia se imaginar como Primeira e, além do mais, ela tinha um companheiro e uma filha. Como alguém podia ser Primeira e ao mesmo tempo ter companheiro e família? Alguns membros da zelandonia tinham famílias, mas não eram muitos.

Tudo que ela sempre quis, desde pequena, era ter um companheiro e filhos, sua própria família. Iza tinha lhe dito que nunca teria filhos, pois seu totem Leão-das-Cavernas era muito forte, mas ela os surpreendeu. Teve um filho. Broud teria odiado se soubesse que, ao violentá-la, tinha lhe dado a única coisa que ela queria. Mas não fora um Dom dos Prazeres. Broud não a escolheu porque gostasse dela. Ele a detestava. Violentou-a apenas para provar que podia fazer o que quisesse com ela e porque sabia que ela detestaria.

Então ela havia feito o mesmo a si própria. Forçou-se a escolher um homem que detestava para magoar um homem que amava. Veja o que ela tinha feito a Jondalar por causa de seu ciúme. Por culpa dela, ele quase matou um homem. Ela não merecia uma família. Não era capaz de cuidar de sua família nem quando era uma acólita. Seria muito mais difícil como Zelandoni. Ele ficaria melhor sem ela. Talvez fosse melhor deixá-lo ir, encontrar outra companheira.

Mas como poderia não ser companheira de Jondalar? Como poderia viver sem Jondalar? O pensamento trouxe um novo rio de lágrimas, que Zelandoni não entendeu. Tivera a impressão de que ela tinha esgotado as lágrimas. Ayla pensou: como poderia viver sem Jondalar? Mas como Jondalar poderia viver *com* ela? Ela não era digna dele. Quase o levara ao assassinato, só por ele ter precisado satisfazer suas necessidades. Necessidades que ela obviamente não estava satisfazendo. Até as mulheres do Clã o faziam sempre que seu companheiro quisesse. Jondalar merece uma mulher melhor.

Mas e Jonayla? Ela é filha dele também, e ele a ama demais. Ele cuidou dela mais que eu. Jonayla merece outra mãe melhor que eu. Se eu romper nossa ligação, ele pode encontrar outra companheira. Ele ainda é o mais lindo... Não, o homem mais belo de todas as Cavernas. É o que todos pensam. Não teria nenhum problema em achar outra mulher, até mesmo mais jovem. Já sou velha, uma mulher mais nova poderia ter mais filhos com ele. Ele poderia até escolher... Marona... se quiser. Doía só de pensar, mas ela sentia necessidade de se punir e não conseguia pensar em dor pior para infligir a si mesma.

É o que eu vou fazer. Vou romper nossa ligação, dar Jonayla para Jondalar e deixá-lo encontrar outra mulher para formar uma nova família. Quando voltar à Nona Caverna, não vou voltar para minha casa, vou para a casa da Zelandoni, ou mando construir outra, ou vou ser Zelandoni de outra Caverna... se alguma outra Caverna me aceitar. Talvez eu deva simplesmente ir embora, descobrir um vale e viver sozinha.

Zelandoni observava o jogo de emoções no rosto de Ayla, mas não conseguia decifrá-las. Há alguma coisa inescrutável nessa mulher, pensou. Mas não há dúvida: um dia vai ser Primeira. Zelandoni não tinha esquecido o dia na casa de Marthona em que Ayla, jovem e sem treinamento, havia vencido a mente poderosa da Primeira. Aquilo a tinha abalado mais do que ela poderia admitir.

— Se você já está melhor, nós devíamos ir, Ayla... Zelandoni da Nona Caverna. Não devemos nos atrasar para a reunião. As pessoas vão ter muitas perguntas, especialmente depois do que aconteceu entre Jondalar e Laramar — disse A Que Era A Primeira Entre Aqueles Que Serviam À Grande Mãe Terra.

— Vamos, Jondalar. Precisamos ir à reunião. Tenho algumas perguntas a fazer — disse Joharran.

— Vá à frente. Eu vou depois.

Jondalar mal conseguia erguer os olhos da esteira em que estava sentado.

— Não, Jondalar. Recebi instruções específicas para levar você comigo.

— Instruções de quem?

— Zelandoni e Marthona. Quem você pensou?

— E se eu não quiser ir a essa reunião? — Jondalar estava testando suas prerrogativas. Estava infeliz demais. Não queria se mover.

— Então acho que vou ter de pedir a esse seu poderoso amigo Mamutói que o leve daqui, da mesma forma que o trouxe para cá — disse o irmão de Jondalar, dando um sorriso triste para Danug. Estavam na casa que Danug, Druwez, Aldanor e outros homens estavam usando. Como só homens a usavam, era chamada de dis'casa, apesar de não estar junto com as outras dis'casas nos limites do acampamento, nem muito longe das casas das famílias da Nona Caverna. — Você mal se mexeu desde então. Querendo ou não, Jondalar, você vai ter de enfrentar as pessoas. É uma reunião aberta. Ninguém vai discutir sua situação. Isso virá depois, depois de sabermos se Laramar está se recuperando bem.

— Ele devia se limpar — disse Solaban. — Ainda tem manchas de sangue na roupa.

— Você tem razão — concordou Joharran, e depois olhou Jondalar. — Você mesmo se limpa ou alguém vai ter de lavar você?

— Não me importo. Se você quiser me lavar, vá em frente.

— Jondalar, pegue uma túnica limpa e venha comigo até o rio — falou Danug em Mamutói. Era uma forma de dizer a Jondalar que alguém se dispunha a conversar com ele em particular se ele não quisesse que ninguém mais ouvisse. Ademais, ele gostava de poder falar sua própria língua e deixar de lutar com o Zelandonii.

— Ótimo. — Jondalar deu um suspiro profundo e se levantou. — De qualquer maneira, eu não ligo.

Ele realmente não ligava para o que poderia acontecer. Estava convencido de que já tinha perdido tudo que era importante: sua família, inclusive Jonayla, o respeito dos amigos e de seu povo, mas acima de tudo, o amor de Ayla. E tinha merecido perdê-lo.

Danug observava Jondalar se arrastando ao seu lado na direção do rio, esquecido de tudo à sua volta. O jovem Mamutói já havia visto o mesmo tipo de problema entre as duas pessoas que tinham vindo de tão longe para ver, pessoas por ele amadas e, sabia, que se amavam mais que quaisquer duas outras pessoas que conhecesse. Desejava que houvesse um meio de fazê-las ver o que ele e todos que os conheciam já sabiam, mas também que não adiantaria simplesmente dizer. Teriam que chegar sozinhos à conclusão. Mas, naquele momento, não se tratava só deles. Jondalar tinha ferido gravemente uma pessoa, e, embora não conhecesse bem os detalhes dos costumes Zelandonii, Danug sabia que haveria consequências.

Zelandoni afastou a cortina, empurrou o anteparo e olhou para fora do acesso privado no fundo da grande casa da zelandonia, diretamente em frente à entrada normal. Examinou a área de reunião que descia da encosta e se abria no acampamento. As pessoas chegaram durante toda a manhã, e o local estava quase cheio.

Ela tinha razão sobre as perguntas. O significado da cerimônia e a nova estrofe da Canção da Mãe começavam a ser compreendidos, mas as pessoas ainda não tinham certeza. Era preocupante pensar sobre as mudanças que poderiam acontecer, especialmente depois do comportamento de Jondalar. Zelandoni olhou novamente para ter certeza de que certas pessoas tinham chegado e esperou um pouco mais para dar aos retardatários tempo de se acomodar. Finalmente, deu o sinal para um jovem Zelandoni que transmitiu aos outros o sinal de "ela está pronta", e, quando tudo estava preparado, apareceu.

A Zelandoni Que Era Primeira era uma mulher com grande presença, e seu tamanho impressionante, tanto em altura quanto em massa, contribuía para o porte. Ela também dominava um grande repertório de técnicas e táticas para manter as assembleias focadas nos pontos que queria enfatizar, e usaria todas as suas habilidades, intuitivas e aprendidas, para projetar confiança e certeza na multidão que a observava com tanta intensidade.

Sabedora de que as pessoas gostavam de falar, anunciou que, como havia tantos presentes, as coisas correriam com mais ordem se as perguntas fossem feitas pelos líderes das Cavernas, ou por um único membro de cada família. Mas, se alguém sentisse uma forte necessidade de dizer alguma coisa, devia dizê-la.

Joharran fez a primeira pergunta, mas era uma questão que todos queriam ver esclarecida:

— A nova estrofe, quero ter certeza de que entendo, significa que Jaradal e Sethona são também meus filhos, não somente de Proleva?

— Sim, você está certo. Jaradal é seu filho, Sethona é sua filha, Joharran, tanto quanto são filho e filha de Proleva.

— E é o Dom do Prazer da Grande Mãe Terra que provoca o início da vida dentro da mulher? — perguntou Brameval, líder da Décima Quarta Caverna.

— O dom que nos foi dado por Doni não é só para o Prazer, é também o Dom da Vida.

— Mas os Prazeres são compartilhados muitas vezes. As mulheres não ficam grávidas todas as vezes — disse outra voz que não pôde esperar.

— A Grande Mãe Terra ainda faz a escolha final. Doni não nos abriu todo Seu Conhecimento, nem todas as Suas prerrogativas. Ela ainda decide quando uma mulher será abençoada com uma nova vida.

— Então qual é a diferença entre usar o espírito de um homem ou a essência de seu órgão para começar um bebê? — perguntou Brameval.

— É evidente: se nunca compartilha Prazer com um homem, uma mulher nunca vai ter um filho. Não pode esperar que um dia a Mãe escolha o espírito de um homem e lhe dê aquele filho. Uma mulher tem de honrar a Mãe compartilhando Seu Dom dos Prazeres. O homem tem de liberar sua essência dentro dela, para se misturar com a essência da mulher que espera por ela.

— Algumas mulheres nunca ficam grávidas — disse Tormaden, líder da Décima Nona Caverna.

— Sim, é verdade. Nunca tive um filho. Apesar de muitas vezes ter honrado a Mãe, nunca fiquei grávida. Não sei a razão — disse a Primeira. — Talvez por que a Mãe me escolheu para um propósito diferente. Sei que para mim teria sido muito difícil servir à Mãe como servi se tivesse um companheiro e filhos. Isso não quer dizer que a zelandonia deva deixar de ter filhos. Alguns têm e mesmo assim A servem bem, embora talvez seja mais fácil para um Zelandoni homem se unir e ter filhos na sua casa, do que para uma mulher. Um homem não gesta um filho, nem o dá à luz, nem o amamenta. Algumas mulheres conseguem desempenhar os dois papéis, especialmente se seu chamado for forte, mas devem ter companheiros e famílias muito carinhosos e dispostos a ajudar.

Zelandoni notou que várias pessoas olhavam Jondalar, sentado com os visitantes Mamutói um pouco acima da Nona Caverna, longe da mulher a quem se unira. Ayla segurava Jonayla no colo, sentada ao lado de Marthona, tendo o lobo entre as duas perto da primeira fila da plateia. Estava sentada perto das fileiras da Nona Caverna, mas também perto das fileiras da zelandonia. Muitos acreditavam que, com o controle dos animais e suas habilidades de curadora, antes mesmo de ser acólita, o chamado de Ayla tinha de ser muito forte, e até aquele verão, quando começaram todas as tribulações, sabiam do carinho de Jondalar. Muitos acreditavam que Marona, que estava sentada com a prima Wylopa e os amigos da Quinta Caverna, estivesse na raiz dos problemas entre os dois, mas as complicações tinham aumentado muito. Embora já circulasse a informação de que Laramar tinha recuperado a consciência, ele ainda convalescia na casa dos membros da zelandonia, e só eles sabiam o quanto ele fora de fato ferido.

— Minha companheira compartilha o Dom dos Prazeres com outros homens, não só comigo, nos Festivais da Mãe e nas cerimônias — disse um homem na plateia.

Agora as perguntas estão ficando delicadas, pensou Zelandoni.

— Festivais e Cerimônias acontecem com objetivos sagrados. Compartilhar Prazeres é um ato sagrado. Eles honram a Grande Mãe Terra. Se um filho for concebido numa dessas ocasiões, foi por desejo d'Ela e será considerado uma criança favorecida. Lembrem-se, Doni ainda decide quando uma mulher fica grávida.

Um murmúrio baixo se espalhou pela plateia. Kareja, a líder da Décima Primeira Caverna, levantou-se.

— Willadan me pediu para fazer uma pergunta em seu nome, mas acho que ele mesmo devia fazê-la.

— Se é o que você pensa, então ele tem de perguntar.

— Minha companheira foi donii-mulher no verão depois de nossa união. Ela não tinha sorte para começar um filho e quis fazer uma oferenda à Mãe e encorajá-la a começar um. Parece que funcionou. Ela teve um filho pouco depois e mais três desde então. Mas agora eu me pergunto se algum desses filhos é meu.

Isso tem de ser tratado com muita delicadeza, pensou Zelandoni.

— Todos os filhos de sua companheira são seus.

— Mas como vou saber se foram começados por mim ou por outro homem?

— Diga-me, Willadan, qual a idade de seu primeiro filho?

— Ele conta 12 anos. Quase um homem. — Sua voz soou cheia de orgulho.

— Você ficou feliz quando sua companheira ficou grávida dele, e quando ele nasceu?

— Fiquei, pois nós queríamos filhos na nossa casa.

— Então você o ama.

— Claro que o amo.

— Você o amaria mais se soubesse sem sombra de dúvidas que ele foi começado por sua essência?

Ele olhou o menino, franzindo a testa.

— Não, claro que não.

— Se soubesse que os outros filhos foram feitos com sua essência, você os amaria mais?

Ele fez uma pausa, pensando no que estaria por trás da pergunta dela.

— Não, não poderia amá-los mais.

— Então faz alguma diferença o fato de a essência que deu início a eles ter vindo de você ou de outro homem? — Zelandoni notou que as rugas na testa dele se aprofundaram. Decidiu continuar: — Nunca engravidei, nunca concebi um filho, apesar de haver uma época em que quis ter um, mais do que você pode imaginar. Hoje estou feliz, sei que a Mãe escolheu o que era melhor para mim. Mas seria possível, Willadan, que você tenha nascido como eu? Talvez, por alguma razão só conhecida por Doni, sua essência não foi capaz de começar um filho com sua companheira. Mas a Grande Mãe Terra, na sua sabedoria, deu a você e à sua companheira os filhos que queriam. Se não foi você quem os iniciou, você estaria disposto a devolvê-los se descobrisse o nome do homem que os iniciou?

— Não! Eu os sustentei durante todas as suas vidas.

— Exatamente. Você cuidou deles, você os ama, eles são os filhos de seu lar, o que significa que são seus filhos, Willadan.

— Sim, são filhos da minha casa, mas você disse *se* eu não for aquele que os iniciou. Você acha que eles foram iniciados pela minha essência? — perguntou Willadan ansioso.

— É possível que a honra prestada por sua companheira à Mãe tenha sido aceita como oferta suficiente, e que ela tenha permitido à sua essência dar início a todos eles. Não sabemos, mas, se você não é capaz de amá-los mais, Willadan, isso vai fazer alguma diferença?

— Não, acho que não.

— Talvez eles tenham sido começados com sua essência, talvez não, mas eles serão sempre mais que os filhos de sua casa: são seus filhos.

— Algum dia eu vou ter certeza?

— Não sei se algum dia vamos poder ter certeza. No caso de uma mulher, é óbvio. Ou ela está grávida ou não está. Com o homem, seus filhos serão sempre filhos de sua companheira. Sempre foi assim. Nada mudou. Homem algum pode ter certeza de ter começado os filhos de sua casa.

Ouviu-se uma voz no meio da plateia.

— Jondalar sabe. — Todos se calaram e olharam o homem que tinha falado. Era Jalodan, um rapaz da Terceira Caverna. Estava sentado com Galeya, amiga de Folara, a quem tinha se unido dois anos antes. De repente, ficou rubro por causa de toda a atenção concentrada sobre ele, inclusive o olhar duro da Zelandoni. — Bem, ele sabe — disse em tom defensivo. — Todo mundo sabe que Ayla nunca escolheu ninguém além dele, até ontem à noite. Se os filhos são formados a partir da essência do órgão do homem, e Ayla nunca compartilhou Prazeres com ninguém além de Jondalar, então a filha de sua casa tem de ser dele, teve de vir de sua essência. Foi por isso que ele brigou ontem à noite, não foi? Ele gritava "ele está fazendo o meu filho!" a cada soco que dava em Laramar.

Toda a atenção se voltou para Jondalar, e ele se encolheu sob o intenso escrutínio. Algumas pessoas olharam Ayla, mas ela continuou sentada, rigidamente imóvel, cabeça baixa.

De repente, Joharran se levantou.

— Jondalar não tinha controle sobre si mesmo. Permitiu-se beber demais e a bebida lhe embotou o cérebro — falou com sarcasmo exasperado.

Alguns sorriram e deram risinhos maliciosos.

— Aposto que a cabeça dele estava cheia de "dia seguinte" quando o sol nasceu — gritou outro rapaz. Havia um tom de admiração na sua voz, como se considerasse louvável o comportamento violento de Jondalar.

— Como Jondalar e Laramar são ambos da Nona Caverna, essa questão vai ter de ser resolvida pela Nona Caverna. Aqui não é o lugar para discutir os atos de Jondalar — disse Joharran, tentando dar fim à discussão. Já havia notado um tom de elogio nas vozes de alguns rapazes, e a última coisa que ele queria era que alguém copiasse aquele tipo de comportamento.

— Mas é preciso dizer, Jemoral — acrescentou a Zelandoni —, que Jondalar vai sofrer mais que uma dor de cabeça do dia seguinte. Terá de suportar graves consequências. Disso você pode ter certeza.

Era difícil reconhecer todas as pessoas presentes na assembleia, apesar de ela tentar. A roupa era sempre um indício, bem como as contas, os cintos e outros acessórios que vestiam. Aquele rapaz era da Quinta Caverna, ligado ao Zelandoni. Eles todos tendiam a ser mais exibidos que a maioria, e usavam mais contas, pois eram conhecidos por fabricá-las e comerciá-las. E ele estava sentado mais perto da frente, ela o enxergava com mais clareza e o reconheceu.

— Mas acho que entendo o que ele sentiu — insistiu Jemoral. — E se eu quiser que o filho da minha companheira venha de mim?

— Isso mesmo! — gritou outro homem. — E nesse caso?

Um terceiro acrescentou:

— E se eu quiser que os filhos de minha casa sejam meus?

Zelandoni esperou a comoção se acalmar e, examinando a plateia, viu que os comentários mais exaltados vinham da Quinta Caverna. Ela então lançou sobre eles um olhar severo.

— Você quer que os filhos de sua casa sejam seus, Jemoral — disse ela, olhando diretamente o rapaz que tinha feito a pergunta. — Você quer dizer como suas roupas, ou seus instrumentos, ou suas contas. Você quer ser o dono deles?

— N-Não, n-não fo-foi o que eu quis dizer — gaguejou o rapaz.

— Ainda bem, pois os filhos não podem ser possuídos. Não podem ser seus, nem de sua companheira. Ninguém é dono deles. Os filhos só são *nossos* para os amarmos, para os sustentarmos, para lhes ensinarmos, como a Mãe faz conosco, e isso você pode fazer se eles vierem de sua essência ou da essência de outra pessoa. Somos todos filhos da Grande Mãe Terra, e aprendemos com ela. Lembre-se da Canção da Mãe:

— *À Mulher e ao Homem a Mãe concebeu,*
E depois, para seu lar, Ela o mundo lhes deu,
A água, a terra, e toda a Sua criação.
Usá-los com cuidado era deles a obrigação.
— *Era a casa deles para usar. Mas não para abusar.*

Vários membros da zelandonia se juntaram na resposta:

— *Para os Filhos da Terra a Mãe proveu*
O Dom para sobreviver, e então Ela resolveu
Dar a eles o Dom do Prazer e do partilhar
Que honram a Mãe com a alegria da união e do se entregar.
— *Os Dons são bem-merecidos. Quando os sentimentos são retribuídos.*

— Ela nos sustenta, cuida de nós, ensina, e em agradecimento pelos Seus Dons, nós A homenageamos — continuou A Que Era A Primeira. — O Dom do Conhecimento da Vida não foi dado por Doni para que vocês sejam os donos de seus filhos nascidos em sua casa, para reivindicá-los como propriedade. — Olhou diretamente para vários rapazes que tinham gritado. — Foi dado para que saibamos que as mulheres não são as únicas abençoadas por Doni. Os homens têm um propósito igual ao das mulheres. Não estão aqui apenas para sustentar e ajudar, os homens são necessários. Sem os homens não haveria filhos. Isso não basta? Os seus filhos têm de ser seus? Vocês têm de ser seus proprietários?

Os rapazes se entreolharam timidamente, mas Zelandoni ainda não tinha certeza de que eles haviam entendido. Então uma moça falou:

— E antes? Conhecemos nossas mães e nossas avós. Sou filha de minha mãe, mas e os homens?

Zelandoni não a reconheceu imediatamente, mas, refletindo, a mente astuta da Primeira tentou localizá-la. Estava sentada com o grupo da Vigésima Terceira Caverna, e os desenhos e padrões de sua túnica e do colar indicavam que era membro daquela Caverna, e não alguém de outra Caverna acompanhando amigos. Embora a roupa que usava indicasse uma mulher, e não uma garota, era obviamente muito nova. Provavelmente tinha acabado de cumprir seus Primeiros Ritos, pensou a donier. Para alguém tão nova falar no meio de uma plateia tão grande indicava confiança e impetuosidade, ou se acostumara a viver com gente que falava com franqueza, um indício de liderança. A Vigésima Terceira Caverna tinha uma líder, Dinara. Zelandoni se lembrou então de que a filha mais velha de Dinara estava entre os que cumpriam os Primeiros Ritos naquele ano, e notou que Dinara sorria para a moça. Ela então se lembrou do nome da jovem.

— Nada mudou, Diresa. Os filhos sempre foram o resultado da união de um homem e uma mulher. Só porque não sabíamos antes, não significa que já não fosse assim. Doni só decidiu contar a nós agora. Deve ter sentido que já estávamos prontos para esse conhecimento. Você sabe quem era o companheiro de sua mãe quando você nasceu?

— Sei, todo mundo sabe quem é o companheiro dela. É Joncoran — respondeu Diresa.

— Então Joncoran é o seu *Pa-i*. — Zelandoni estava esperando pela oportunidade certa para dizer a palavra que tinha sido escolhida. — Pa-i é o nome dado a um homem que tem filhos. Para começar a vida, é necessário um homem, mas ele não traz o filho dentro de si, nem o dá à luz, nem o amamenta; porém é capaz de amá-lo tanto quanto a mãe, é uma mãe distante, um pa-i. O nome foi escolhido para indicar que as mulheres são as Abençoadas de Doni, e os homens agora podem se ver como os Favoritos de Doni. Parece com "mãe", mas o som *pa** foi escolhido para deixar claro que se trata de um homem, da mesma forma que dis'casa** é um alojamento masculino.

Houve uma explosão imediata de conversas na plateia. Ayla ouviu a nova palavra repetida várias vezes, como se as pessoas a provassem na língua, se acostumassem com ela. Zelandoni esperou até a agitação se acalmar.

— Você, Diresa, é a filha de sua mãe, Dinara, e é filha de seu pai, Joncoran. Sua mãe tem filhos e filhas, e seu pai também tem filhos e filhas. Esses filhos vão chamá-lo de "pai", assim como chamam de "mãe" a mulher que os deu à luz.

— E se o homem que copulou com minha mãe e me gerou não foi o homem que se uniu a ela? — perguntou Jemoral, o rapaz da Segunda Caverna.

— O homem que é casado com sua mãe, o homem de sua casa, é o seu pai — respondeu Zelandoni sem hesitação.

— Mas, se ele não me gerou, como pode ser meu pai? — insistiu Jemoral.

Esse rapaz vai dar trabalho, pensou A Que Era A Primeira.

---

* A autora realiza um trocadilho entre *mother* (mãe) e *father* (pai). O pa-i é a mãe distante; no inglês, *far*(longe)-*mother*. Por isso os "Favoritos", ou *Favored*. (*N. do E.*)

** As dis'casas — "casas distantes" — são, no inglês, *fa'lodges* — "*far lodges*". (*N. do E.*)

— Você não conhece o homem que talvez tenha gerado você, mas conhece o homem que vive com você e sua mãe. É provavelmente ele quem gerou você. Se você não sabe com certeza de nenhum outro, esse outro talvez não exista, e não tem sentido dar nome a uma relação que não existe. O companheiro de sua mãe é aquele que prometeu sustentar você. É quem cuidou de você, amou você, ajudou a criar você. Não é a cópula, é o carinho que faz de um homem seu pai. Se o homem a quem sua mãe se uniu morrer, e se ela se unir a outro que o ame e cuide de você, você o amaria menos?

— Mas qual deles é o verdadeiro "pai"?

— Você sempre vai poder chamar o homem que o sustenta de "pai". Quando você relaciona as suas ligações numa apresentação formal, seu pai é o homem que era o companheiro de sua mãe quando você nasceu, o homem a quem você chama de "homem da casa". Se quem o sustenta hoje não é o mesmo companheiro da época em que você nasceu, você se refere a ele como seu "segundo pai" para distinguir entre os dois quando for necessário — explicou Zelandoni. Estava feliz por ter gasto uma noite em que não conseguiu dormir pensando em todas as ramificações de parentesco causadas por esse novo conhecimento.

A Que Era A Primeira tinha outro anúncio a fazer:

— Agora é uma boa hora para tocar num assunto que deve ser mencionado. Os membros da zelandonia sentiram que os homens tinham de ser incluídos em alguns dos rituais e costumes associados à chegada de um novo bebê, para lhes dar um sentimento e uma compreensão mais profundos de seu papel na criação de uma nova vida. Portanto, de hoje em diante, os homens escolhem o nome dos filhos homens nascidos na sua casa; as mulheres, é claro, continuam a escolher os nomes das filhas.

A declaração foi recebida com reservas. Os homens pareciam surpresos, mas vários sorriam. Pelas expressões, viu que algumas mulheres não queriam abrir mão da prerrogativa de dar nome aos filhos. Ninguém queria levantar um problema em torno da questão, então ninguém fez perguntas, mas ela sabia que a ideia não estava aceita. Haveria problemas.

— E os filhos de mulheres que não têm companheiros? — perguntou uma mulher muito nova que embalava uma criança nos braços.

Segunda Caverna, pensou Zelandoni, examinando suas roupas e joias. Seria um filho dos Primeiros Ritos do verão anterior?

— As mulheres que dão à luz antes de se acasalarem são Abençoadas, como as mulheres que já têm uma nova vida dentro delas no momento em que se acasalam. Uma mulher que foi abençoada com um filho já demonstrou poder gestar e parir um filho saudável, e é geralmente escolhida para ser Abençoada novamente. Enquanto ela não se acasala, seus filhos serão sustentados pela família ou pela Caverna, e o "pai" será Lumi, o companheiro de Doni, a Grande Mãe da Terra. — Sorriu para a moça. — Na verdade, nada mudou, Shaleda. — O nome de repente lhe veio à mente. — A Caverna sempre sustenta uma mulher com filhos que não possui um companheiro, por tê-lo perdido para o outro mundo ou por ainda não o ter escolhido. Porém muitos homens consideram bastante desejável uma mulher com filho. Ela geralmente se acasala com facilidade por ser capaz de trazer imediatamente um filho para a casa de um homem, um filho que será um favorito de Doni. O homem com quem ela se acasala se torna o pai do filho, é claro — explicou a enorme mulher e observou a jovem, que era pouco mais que uma menina, olhar timidamente um jovem da Terceira Caverna que retribuía o olhar com arrebatada adoração.

— Mas e o homem que é o pai verdadeiro? — perguntou a voz familiar do rapaz da Quinta Caverna. — O pai não é o homem cuja essência gerou o bebê?

Zelandoni notou que ele olhava a mesma moça que embalava o bebê. E ela olhava o outro homem. Ah, agora entendo, pensou a donier. Talvez não seja um filho dos Primeiros Ritos, mas do primeiro namoro. Ficou surpresa ao perceber como tinha caído com tanta facilidade no padrão de pensar o nascimento de uma criança como sendo causado pela união de um homem e uma mulher. Tudo parecia se ajustar logicamente.

Ayla também havia tomado conhecimento do jovem da Quinta Caverna e notou o jogo entre a moça e os dois rapazes. Será que ele pensa que gerou o bebê? Está com ciúmes?, perguntou a si mesma. Ayla percebeu que estava mais consciente não somente do conceito mas também dos sentimentos intensos associados ao ciúme. Não sabia que esse Dom do Conhecimento dado pela Grande Mãe Terra podia ser tão complicado. Não estou bem certa de que seja um Dom tão maravilhoso, disse para si mesma.

— Se uma mulher com filho nunca se casou, então o homem com quem ela se acasala, aquele que promete sustentar e cuidar do filho, torna-se o pai da criança. É claro, se uma mulher quiser se unir a mais de um homem, todos eles compartilham igualmente o nome "pai" — declarou a Zelandoni, tentando mostrar uma alternativa possível.

— Mas uma mulher não é obrigada a se acasalar com quem não queira, não é verdade? — perguntou a jovem.

A Primeira notou que o Zelandoni da Quinta Caverna subia a encosta até a área em que sua Caverna se reuniu.

— Sim, isso sempre foi verdade e não mudou.

Notou que o donier sentou-se ao lado do rapaz que tinha feito tantas perguntas e se voltou para receber perguntas de outra área da plateia.

— Como vai ser chamado o pai do meu pai? — perguntou um homem da Décima Primeira Caverna.

Zelandoni deu um suspiro silencioso de alívio. Uma pergunta fácil.

— A mãe da mãe é a avó, também chamada geralmente de vó. O pai da mãe é o avô, ou vô. A mãe do pai é uma avó também, mas para distinguir entre as duas ela deverá ser chamada de avó paterna. O pai do pai é o avô, ou avô paterno. Ao relacionar suas ligações, a mãe de sua mãe é chamada de "avó materna" ou "avó próxima", e o pai de sua mãe é chamado de "avô materno" ou "avô próximo", porque você sempre sabe quem é sua mãe, embora não haja a mesma certeza quanto ao pai.

— E se você não souber de quem era a essência que gerou sua mãe? — perguntou o líder da Quinta Caverna. — Ou se eles já estiverem no outro mundo, como você pode dar nome a essa ligação?

Zelandoni explicou cuidadosamente:

— Se você souber o nome do companheiro da mãe de sua mãe, ele será seu avô. O mesmo vale para seu pai. Mesmo que ele esteja no outro mundo, seu pai foi gerado por um homem que copulou com a mãe dele, assim como sua mãe foi gerada por um homem que deixou sua essência dentro da mãe dela.

— NÃO! Nããão! — Ouviu-se um grito na plateia. — Não é verdade! Ela fez de novo. Me traiu no momento em que eu começava a confiar nela.

Todos se voltaram para olhar. No extremo do grupo de pessoas da Nona Caverna, um homem estava de pé.

— É mentira! É tudo mentira! Aquela mulher está tentando enganar vocês. A Mãe nunca lhe disse isso — gritava apontando Ayla. — É uma mulher má e mentirosa.

Protegendo os olhos com a mão, Ayla olhou para cima e viu Brukeval. Brukeval? Por que ele está gritando assim contra mim? Não entendo, pensou ela. O que fiz para ele?

— Venho do espírito de um homem escolhido pela Grande Mãe para se unir ao espírito da minha mãe — berrou Brukeval. — Minha mãe veio do espírito de um *homem* escolhido por Doni para se unir ao espírito da mãe dela. Ela não veio do órgão de um animal! Não da essência de órgão nenhum. Sou um homem! Não sou Cabeça Chata! *Não* sou Cabeça Chata!

Sua voz não sustentou o grito angustiado, falhou nas últimas palavras e terminou num longo gemido soluçante.

38

De repente, Brukeval começou a correr encosta abaixo, passou pela pequena campina e continuou correndo, deixando o acampamento sem olhar para trás. Vários homens, principalmente da Nona Caverna, perseguiram-no, Joharran e Jondalar entre eles, esperando que, quando perdesse o fôlego, pudessem conversar, acalmá-lo e levá-lo de volta. Mas Brukeval corria como se os espíritos dos mortos o perseguissem. Apesar de nunca ter admitido, havia herdado a força e a resistência do homem do Clã que foi seu avô. Apesar de, no início, correrem mais rápido e chegarem a se aproximar, os homens que perseguiam Brukeval não tinham sua resistência e não conseguiram manter o mesmo ritmo.

Finalmente pararam, ofegantes, curvados, alguns rolando no chão, outros tentando recuperar o fôlego numa agonia coletiva de dor no lado do corpo e gargantas irritadas.

— Eu devia ter montado Racer. — A voz de Jondalar estava rascante, ele mal conseguia falar. — Ele não conseguiria correr mais que um cavalo.

Quando finalmente voltaram, a reunião estava um caos. Muitas pessoas de pé, andando, conversando. Zelandoni não queria que ela terminasse daquele jeito e pediu um intervalo para esperar o retorno dos homens, se possível com Brukeval. Ao voltarem, ela decidiu encerrar rapidamente.

— É uma pena Brukeval da Nona Caverna dos Zelandonii não gostar. Sua sensibilidade aos seus antepassados já é bem conhecida, mas ninguém sabe o que aconteceu à sua avó. Só sabemos que ela ficou perdida durante algum tempo e finalmente conseguiu voltar. Mais tarde deu à luz a mãe de Brukeval. Qualquer um que tenha se perdido durante tanto tempo sofre os efeitos da provação, e a avó de Brukeval não estava no seu juízo perfeito ao retornar. Chorava tanto, ninguém conseguia acreditar nem mesmo entender muito do que dizia.

"A filha que gerou não era fisicamente forte, provavelmente por causa do sofrimento da mãe, e a gravidez e o nascimento de seu próprio filho foram tão difíceis que ela morreu durante o parto. É provável que Brukeval possua sequelas da gravidez difícil da mãe na sua pouca altura e aparência, embora ele tenha, felizmente, crescido forte e saudável. Acho que Brukeval estava certo ao dizer que é um homem. Ele é um homem Zelandonii da Nona Caverna, um homem bom que tem muito a dar. Tenho certeza de que vai voltar depois de algum tempo para reconsiderar, e sei que a Nona Caverna vai recebê-lo bem. Acho que podemos declarar esta assembleia encerrada. Todos temos muito em que pensar, e vocês podem continuar a discussão que iniciamos aqui, cada um com seu Zelandoni."

Enquanto as pessoas se preparavam para sair, a Primeira fez um sinal para o líder da Quinta Caverna.

— A Quinta Caverna poderia ficar um pouco mais aqui comigo, ao lado do alojamento? Tenho um assunto importante que interessa a vocês. — Melhor seria resolver logo aquela tarefa desagradável, pensou. A assembleia não havia saído como planejado. A luta de Jondalar na noite anterior tinha definido o tom errado de início, e a saída abrupta de Brukeval deixou as pessoas inquietas no fim. — Sinto muito ter de fazer isto — disse a Primeira ao grupo de pessoas de todas as idades que compunham a Quinta Caverna. Madroman estava entre eles, bem como o Zelandoni. Pegou uma mochila sobre a mesa perto do fundo da casa e se virou para encarar o acólito. — Isto lhe parece familiar, Madroman?

Ele viu e ficou branco. Olhou em volta, preocupado.

— É seu, não é? Tem suas marcas — continuou ela.

Várias pessoas assentiram com a cabeça. Todos sabiam que era dele. Era muito característica e já a haviam visto com ele.

— Onde você achou isso? — perguntou ele.

— Ayla a encontrou escondida no fundo da Pedra da Fonte depois que você foi chamado lá — disse a Primeira com pesado sarcasmo na voz.

— Eu sabia que só podia ser ela — murmurou Madroman.

— Ela não estava procurando nada. Estava sentada no chão perto de um grande nicho redondo no fundo e a sentiu num espaço oculto embaixo da parede. Pensou que alguém devia tê-la esquecido e quis devolver ao dono.

— Por que ela pensou que foi esquecida, se estava escondida? — perguntou Madroman. Não adiantava mais fingir.

— Porque ela não pensava direito. Tinha acabado de perder um bebê, e de quase perder a vida naquela gruta.

— De que se trata isso? — perguntou o líder.

— Madroman já é acólito há muito tempo. Queria se juntar às fileiras da zelandonia e estava cansado de esperar o chamado. — A Primeira esvaziou o conteúdo da mochila na mesa. Caíram restos de comida, o odre, a lamparina, o equipamento de fazer fogo e a túnica. — Ele escondeu isto na gruta e depois fingiu ter sido chamado. Ficou lá dentro por uns dois dias, com muita comida, água, luz e até a túnica para enfrentar o frio. Escondeu isto e saiu fingindo estar tonto e desorientado, depois afirmou estar pronto.

— Você está dizendo que ele mentiu a respeito do seu chamado? — perguntou o líder.

— Em uma palavra, sim.

— Se não fosse por ela, vocês nunca teriam sabido — cuspiu Madroman.

— Você está enganado, Madroman. Nós sabíamos. E isto só confirmou o que já sabíamos. Você acha que pode enganar a zelandonia? Todos nós passamos por isso. Você acha que não saberíamos a diferença?

— Por que não disseram antes?

— Alguns de nós tentávamos dar todas as oportunidades a você. Alguns pensavam, ou esperavam, que não fosse intencional. Queriam ter a certeza de que você não se tinha enganado no desejo de se tornar Um Dos Que Servem... até Ayla nos trazer isto. De qualquer forma, você não teria sido feito Zelandoni, mas poderia ter continuado acólito, Madroman. Agora isso não é mais possível. A Grande Mãe Terra não quer ser atendida por um mentiroso e impostor — declarou a poderosa mulher num tom que não deixava dúvida sobre seus sentimentos.

— Kemordan, líder da Quinta Caverna, você e sua caverna serão testemunhas?

— Seremos — respondeu ele.

— Seremos — repetiu a Caverna em uníssono.

— Madroman da Quinta Caverna dos Zelandonii, ex-acólito, você nunca mais poderá se apresentar como um dos membros da zelandonia, nem como acólito nem de nenhuma outra forma. Você nunca mais poderá tentar tratar doenças, nem oferecer conselhos sobre os propósitos da Mãe, nem assumir os deveres da zelandonia. Você compreende?

— Mas o que vou fazer agora? Só fui treinado para isso. Não sei fazer mais nada além de ser acólito — suplicou Madroman.

— Se devolver tudo que recebeu da zelandonia, poderá voltar para sua Caverna e pensar em aprender alguma outra profissão, Madroman. E agradecer por eu não lhe impor uma multa e anunciá-la para todo o acampamento.

— De qualquer forma, eles vão descobrir. — Madroman levantou a voz. — Vocês nunca iam me deixar ser um Zelandoni. Você sempre me odiou. Você e Jondalar, e sua pequena favorita, Ayla, a amante de Cabeças Chatas. Você me perseguiu desde o início... Zolena.

A Quinta Caverna engasgou. Nenhum deles teria ousado tamanho desrespeito Àquela Que Era A Primeira: chamá-la pelo seu antigo nome! Teriam medo. Até Madroman fez uma pausa ao ver a expressão no rosto da Primeira, que era, afinal, uma mulher de enorme poder.

Ele girou sobre os calcanhares e saiu pisando duro, sem saber bem o que devia fazer enquanto se dirigia à dis'casa que dividia com Laramar, Brukeval e os outros. Estava vazia quando chegou lá. Muitos acampamentos estavam servindo refeições depois da longa assembleia, e o restante dos homens saiu para encontrar alguma coisa para comer. De repente, lhe ocorreu que nem Laramar nem Brukeval iam voltar. A recuperação de Laramar seria muito demorada, e ninguém sabia o que

Brukeval ia fazer. Madroman pegou um pequeno odre na mochila de viagem de Laramar. Sentou-se na esteira e bebeu quase tudo em alguns goles, depois pegou um segundo odre. Laramar nunca ia saber, pensou.

Era tudo culpa daquele idiota grande que arrancou meus dentes. Madroman sentiu com a língua a falha nos dentes da frente. Já tinha aprendido a compensar a perda e não pensava mais nos dentes, embora se sentisse magoado quando era mais jovem e as mulheres o ignoravam por causa da falta deles. Desde então, tinha descoberto que algumas mulheres se interessavam por ele quando ficavam sabendo que pertencia à zelandonia, mesmo sendo apenas um acólito em treinamento. Nenhuma jamais ia se interessar por ele novamente. Ficou rubro ao se lembrar da sua desgraça e abriu o segundo odre de barma.

Por que Jondalar voltou?, perguntou-se. Se Jondalar não tivesse voltado e não tivesse trazido a mulher estrangeira, ela não teria encontrado sua mochila. E a zelandonia nunca teria descoberto, não me interessa o que diz a velha gorda. Não quero mais ir para a Quinta Caverna e não quero aprender outra profissão. Por que eu ia aprender? Sou um Zelandoni tão bom quanto qualquer um deles e também duvido que todos tenham sido chamados. Aposto que muitos fingiram. Afinal, o que é um chamado? Provavelmente todos fingem. Até aquela amante de Cabeça Chata. Então ela perdeu um filho, e daí? Mulheres perdem filhos todo dia. O que há de tão especial nisso? Bebeu mais um gole, olhou o lugar de Brukeval, levantou-se e foi até lá. Tudo estava na mais perfeita ordem em que ele sempre mantinha suas coisas. Ele nem sequer voltou para pegar suas coisas, pensou Madroman. Vai dormir no frio sem o cobertor. Será que eu o encontro? Talvez ele fique grato se eu lhe levar suas coisas. Madroman voltou para seu lugar e examinou a parafernália que tinha adquirido como acólito. A velha gorda quer que eu devolva tudo.

Não vou devolver nada! Vou embalar todas as minhas coisas e vou embora. Fez uma pausa e tornou a olhar o lugar de Brukeval. Se eu o encontrar, talvez pudéssemos viajar juntos, encontrar outros povos. Eu poderia dizer que sou um Zelandoni e ninguém ia descobrir a verdade.

É o que vou fazer. Vou embalar as coisas de Brukeval e procurá-lo. Sei de alguns lugares onde pode estar. Seria bom ficar com ele, caça melhor que eu. Há muito tempo eu não caço. Acho que também vou levar as coisas de Laramar. Ele nunca vai dar falta. Nem vai saber quem levou. Pode ser qualquer um hospedado aqui. Todos sabem que ele não vai voltar.

E é tudo culpa de Jondalar. Primeiro, ele quase me mata, depois quase mata Laramar. E vai se safar dessa também, como se safou antes. Odeio Jondalar, sempre odiei. Alguém devia segurá-lo e espancá-lo. Arruinar aquela cara bonita. Ver se ele gosta. Gostaria de dar algumas pancadas em Ayla também. Conheço gente que gostaria de segurá-la para mim. E eu lhe daria mais outra coisa, uma carga da minha essência, pensou ele com um sorriso mau. Ela então não andaria tão altaneira. Nunca mais ia compartilhar Prazeres com mais ninguém, nem nos Festivais da Mãe. Ela se acha tão perfeita por encontrar minha mochila e trazê-la para os membros da zelandonia. Se não fosse por ela, eu não teria sido expulso. Seria Zelandoni. Odeio aquela mulher!

Madroman terminou de beber o segundo odre de barma, pegou vários outros, então olhou em volta para ver o que mais gostaria de levar. Descobriu uma roupa usada, mas ainda em bom estado. Provou-a, era quase do tamanho exato. Guardou-a. Sua roupa zelandonia era decorativa e característica, mas não era prática para longas caminhadas. Sua esteira não era muito boa, já era velha, o cobertor bom de Laramar estava na tenda de sua parceira, mas havia vários outros itens muito interessantes, inclusive uma boa capa de pele. Então encontrou um verdadeiro tesouro: um traje completo de inverno que Laramar havia adquirido recentemente. Seu barma estava constantemente em demanda, e ele sempre o trocava por tudo que queria.

Em seguida, foi até o lugar de Brukeval e começou a carregar tudo que via para seu próprio canto. Vestiu a roupa mais prática que tinha encontrado no lugar de Laramar. Não importava ter as insígnias da Nona Caverna, em vez de marcas da Quinta; ele não ia morar em nenhuma das duas mesmo. Tirou comida dos dois cantos e depois revirou as posses dos outros homens, levando comida e alguns outros itens. Encontrou uma boa faca, um pequeno machado de pedra, um par de luvas quentes que alguém havia acabado de adquirir. Não tinha nenhuma, e o inverno se aproximava. Quem sabe onde eu vou estar, pensou. Teve de empacotar tudo algumas vezes, eliminar algumas coisas, mas, quando tudo ficou pronto, estava ansioso para ir embora.

Pôs a cabeça para fora da casa e olhou em volta. O acampamento estava cheio de gente, como sempre, mas não havia ninguém por perto. Jogou nas costas a mochila de carga e saiu depressa. Planejava tomar a direção norte, a que vira Brukeval seguir. Já estava quase no limite do acampamento da Reunião de Verão, perto do acampamento da Nona Caverna, quando Ayla saiu de uma casa. Parecia perturbada, preocupada, mas olhou e o viu. Ele lhe lançou um olhar de puro ódio e continuou a andar.

O acampamento da Nona Caverna parecia deserto. Todos tinham ido ao acampamento Lanzadonii para o almoço comum, um banquete que já planejavam há algum tempo, mas Ayla tinha dito que não estava com fome e prometeu que iria mais tarde. Estava sentada na esteira de dormir na casa, sentindo-se triste, pensando em Brukeval e na sua explosão na assembleia, imaginando se havia alguma coisa que pudesse ter feito. Calculava que Zelandoni não havia antecipado aquela reação, nem ocorreu a ela considerá-la, apesar de agora estar certa de que devia ter imaginado. Sabia da sensibilidade dele a inferências de que fosse de alguma forma ligado aos Cabeças Chatas. Chamava-os de animais, pensou ela, mas eles não são! Por que algumas pessoas dizem isso? Perguntou-se se Brukeval sentiria o mesmo se os conhecesse melhor. Provavelmente não faria diferença. Muitos Zelandonii partilhavam dessa opinião.

A Primeira tinha lembrado a todos que a avó de Brukeval não raciocinava bem quando voltou para casa e que estava grávida. Todos dizem que ela estava com o Clã, pensou Ayla, e têm razão. É evidente que Brukeval tem um pouco do Clã, então ela deve ter engravidado enquanto esteve com eles. O que significava que algum homem do Clã tinha deixado sua essência dentro dela.

De repente, lhe ocorreu um pensamento que ainda não tinha considerado. Ela teria sido violentada repetidamente por um homem do Clã, como Ayla havia sido por Broud? Eu não pensava direito quando Broud me violentava e não pensei que fossem animais. Fui criada por eles, eu os amava. Não Broud. Eu o odiava, mesmo antes de ele ter me violentado, mas amava a maioria deles. Ayla não tinha considerado daquela forma quando ouviu a história pela primeira vez, mas era uma possibilidade. O homem podia tê-la violentado por pura maldade, como Broud, ou talvez tivesse pensado que estava lhe fazendo um favor, tomando-a como sua segunda mulher, aceitando-a no Clã, mas isso não teria feito a menor diferença. Ela não poderia ter visto assim aquela situação, pensou Ayla. Não sabia falar com eles, não os entendia. Para a avó de Brukeval, eles eram animais. Deve tê-los odiado ainda mais que eu odiei Broud.

E, por mais que eu quisesse ter o bebê quando Iza me falou da minha gravidez, para mim foi muito difícil. Fiquei doente quase o tempo inteiro em que esperei Durc e quase morri ao dá-lo à luz. As mulheres do Clã não tinham tanta dificuldade, mas a cabeça de Durc era muito maior e mais dura que a de Jonayla. Ayla já havia visto muitas mulheres dando à luz nos últimos anos para entender que sua gravidez e o parto de Jonayla fora muito mais normal para as mulheres dos Outros que o parto de Durc. Não sei como consegui expulsá-lo, pensou, balançando a cabeça. As cabeças dos Outros são menores, e o osso é mais fino e mais flexível. Nossas pernas e nossos braços são mais compridos, porém os ossos também são mais finos, disse Ayla para si mesma, olhando os próprios membros Todos os ossos dos Outros são mais finos.

A avó de Brukeval teria passado mal durante a gravidez? Teve um parto difícil como o meu? Foi o que ocorreu com ela? Foi por isso que morreu? Por ter sido tão difícil? Até mesmo Joplaya quase morreu ao dar à luz a Bokovan, e Echozar é só metade Clã. Um filho de "espíritos mistos", um bebê de uma mistura do Clã com os Outros, seria sempre tão difícil para as mulheres dos Outros? Um novo pensamento fez Ayla parar. Seria essa a razão por que aqueles bebês foram chamados de abominações? Porque às vezes eles provocavam a morte de suas mães?

Há diferenças entre o Clã e os Outros. Talvez não o suficiente para evitar o começo de um novo filho, mas suficiente para fazer a mãe sofrer, quando ela é uma dos Outros, acostumada a dar à luz filhos de cabeça pequena. As mulheres do Clã não sofreriam tanto. São acostumadas com filhos de cabeça grande e dura e supercílios salientes. Para elas seria provavelmente mais fácil dar à luz filhos mistos.

Mas não sei se é sempre bom para os filhos, se a mãe é do Clã ou dos Outros. Durc era forte e saudável, apesar de meu sofrimento, tal como Echozar, e a mãe dele era do Clã. Bokovan é saudável, mas o caso dele é diferente. Echozar, seu pai, foi a primeira mistura, e então ele é igual a Brukeval, mas ainda assim Joplaya quase morreu. Percebeu que estava usando a palavra "pai" com facilidade. Era tão lógica, e ela compreendera aquela relação há muito tempo.

Mas Rydag era fraco, e sua mãe era do Clã. Ela morreu logo depois de dá-lo à luz, mas Nezzie nunca disse que ela sofreu no parto. Acho que não foi essa a causa da morte. Acredito que ela tenha sido expulsa de seu clã e não queria mais viver, especialmente por pensar que seu filho era deformado. A mãe de Brukeval foi uma primeira mistura, e a mãe dela era uma dos Outros. Era fraca, tão fraca que morreu ao dá-lo à luz. Querendo ou não admiti-lo, Brukeval sabe o que aconteceu com sua avó, e foi essa a razão por que compreendeu imediatamente as implicações do Dom da Vida na assembleia. Eu me pergunto se ele pensou que a fraqueza de sua mãe teria sido causada de alguma forma pela mistura.

Acho que não posso culpar Brukeval por odiar o Clã. Ele não teve uma mãe que o amasse e confortasse quando os outros o insultavam por ser um pouco diferente. Também foi difícil para Durc. Ele era tão diferente do Clã a ponto de ser considerado deformado, e alguns deles nem queriam deixá-lo viver, mas ao menos houve pessoas que o amaram. Eu devia ter tido mais consideração pelos sentimentos de Brukeval. Sou sempre tão segura de estar certa. Sempre a culpar os outros porque chamam o Clã de Cabeças Chatas e animais. Sei que não são, mas pouca gente os conhece como eu. A fuga de Brukeval foi minha culpa. Não posso culpá-lo por me odiar.

Ayla se levantou, não queria continuar sentada dentro da casa sem janelas, escura e triste, e a lamparina quase se apagando, aumentando a escuridão. Queria sair, fazer outra coisa que não pensar nos próprios defeitos. Ao sair de casa e olhar em volta, surpreendeu-se ao ver Madroman se aproximar muito apressado. Quando a viu, ele lhe lançou um olhar malévolo; ela sentiu a picada de agulhas geladas na espinha, levantando os cabelos atrás do pescoço, e um calafrio de apreensão agourenta.

Ayla o observou se afastar correndo. Havia nele algo diferente, disse para si mesma. Notou que não vestia a roupa de acólito, mas os trajes que vestia lhe pareceram estranhamente familiares. Franziu a testa em concentração, então se lembrou. Eram os padrões das roupas da Nona Caverna! Mas ele é da Quinta. Por que está vestindo roupas da Nona? E aonde vai com tanta pressa?

O olhar que ele me lançou! Ayla sentiu outro calafrio ao lembrar. Tão cheio de ódio! Por que ele me odeia tanto? E por que ele não vestia suas roupas de acól... Oh... De repente, lhe ocorreu. Zelandoni devia ter lhe dito que não poderia mais ser acólito. Será que ele me culpa? Mas foi ele quem mentiu. Por que colocar a culpa em mim? Não pode ser por causa de Jondalar, que no passado o agrediu e arrancou alguns de seus dentes. O motivo tinha sido a Zelandoni, não eu. Ele poderia me odiar por eu ter encontrado a mochila na gruta. Talvez ele me odeie por nunca mais poder ser Zelandoni, o que acabei de me tornar.

Então são dois que me odeiam, Madroman e Brukeval, pensou Ayla. Três, se eu contar Laramar, que também deve me odiar. Quando ele finalmente acordou, disse que não queria voltar para a Nona Caverna, que decidiu aceitá-lo, quando se sentisse em condições de sair da casa da zelandonia. Fico feliz pela Quinta Caverna ter decidido aceitá-lo. Não posso culpá-lo por nunca mais querer me ver. Mereço seu ódio. Foi por minha culpa que Jondalar o espancou com tanta violência. Jondalar provavelmente também me odeia. Ayla sentia-se aflita a ponto de começar a pensar que todos a odiavam.

Começou a andar mais depressa, sem saber aonde ia. Levantou os olhos quando ouviu um relincho baixinho e se viu no curral dos cavalos. Estivera tão ocupada nos últimos dias que mal os tinha visto. Quando ouviu o relincho de boas-vindas de sua égua baia, as lágrimas trouxeram uma dor familiar atrás de seus olhos. Subiu na cerca do curral e abraçou o pescoço forte da velha amiga.

— Oh, Huiin! É tão bom rever você — disse ela na estranha língua que usava com a égua, a língua que tinha inventado há tantos anos no vale, antes de Jondalar chegar e lhe ensinar a sua linguagem. — Pelo menos você ainda gosta de mim — disse ela com as lágrimas correndo copiosas. — Você também devia me odiar. Tenho ignorado você. Mas ainda bem que não me odeia. Você sempre foi minha amiga, Huiin. — Falou o nome tal como o havia aprendido com a égua, uma imitação incrivelmente próxima de um relincho. — Quando não tinha mais ninguém, você estava comigo. Talvez fosse melhor eu ir embora com você. Poderíamos encontrar um vale e viver juntas, como antes.

Enquanto ela soluçava no pelo grosso da égua baia, a potrinha e o garanhão marrom se aproximaram das duas. Cinza tentou enfiar o nariz sob a mão de Ayla, enquanto Racer batia a cabeça nas costas dela para que soubesse que ele também estava ali. Ele então se inclinou sobre ela, como fazia antes, colocando-se entre ela e sua mãe. Ayla abraçou todos. Encontrou um cardo seco que usou como escova para limpar o pelo de Huiin.

Para ela, limpar e cuidar dos cavalos sempre fora uma atividade relaxante. Quando terminou com Huiin e começou com o impaciente Racer, que a cutucava exigindo sua cota de atenção, as lágrimas já haviam secado, e ela se sentia melhor. Já estava escovando Cinza quando Joharran e Echozar chegaram procurando-a.

— Todos estão perguntando por você, Ayla — disse Echozar sorrindo ao vê-la parada no meio dos três cavalos. Ainda se espantava ao vê-la com os animais.

— Passei pouco tempo com os cavalos nos últimos dias, e a pelagem deles exigia uma boa limpeza. Já está ficando mais espessa para o inverno.

— Proleva está tentando manter a comida quente para você, mas disse que está ficando seca — disse Joharran. — Acho que você devia vir e comer alguma coisa.

— Já estou quase acabando. Já escovei Huiin e Racer, só falta terminar Cinza. Então vou ter de lavar as mãos — disse ela, mostrando as palmas pretas com o suor oleoso e a sujeira dos cavalos.

— Nós esperamos.

Joharran tinha ordens expressas de não voltar sem ela.

Quando Ayla chegou, todos terminavam a refeição e começavam a sair do acampamento Lanzadonii para diversas atividades vespertinas. Ayla ficou desapontada pela ausência de Jondalar, mas ninguém conseguiu tirá-lo da dis'casa sem ter de carregá-lo. Depois de chegar, Ayla ficou feliz por ter ido. Após pegar o prato com uma montanha de comida que tinha sido reservado para ela, ficou feliz por poder conversar um pouco mais com Danug e Druwez, e conhecer um pouco melhor Aldanor, apesar de que, pelo visto, ela teria muito tempo para isso no futuro.

Folara e Aldanor se acasalariam no Último Matrimonial, pouco antes do fim da Reunião de Verão, e ele então se tornaria Zelandonii e membro da Nona Caverna, para felicidade de Marthona.

Danug e Druwez prometeram parar no acampamento dele no caminho de volta e contar ao seu povo, mas isso só no próximo verão. Iam passar o inverno como os Zelandonii, e Willamar tinha prometido levá-los, mais outras pessoas, até as Grandes Águas do Oeste, logo que voltassem à Nona Caverna.

— Ayla, você poderia me acompanhar até a casa da zelandonia? — pediu a Primeira. — Há algumas coisas que gostaria de discutir com você.

— Claro, Zelandoni. Mas antes quero falar com Jonayla.

Encontrou a filha com Marthona e, como sempre, com Lobo. Quando Ayla chegou, Jonayla lhe perguntou:

— Você sabia que Thona é a minha avó próxima? E não somente a minha avó?

— Sei — respondeu Ayla. — Você gostou de saber?

Estendeu o braço para afagar o animal, agitado por revê-la. Lobo não tinha deixado Jonayla sozinha nem um momento desde que tinham chegado ao acampamento, como se tentasse compensar a longa separação de antes, mas parecia feliz ao rever Ayla sempre que ela estava perto, buscando ansioso seu afeto e aprovação. Parecia mais relaxado quando as duas estavam juntas com ele, o que geralmente acontecia somente à noite.

— Apesar de sempre ter sentido que era, é bom ser reconhecida como a avó próxima dos filhos dos meus filhos — disse Marthona. — E, apesar de sempre ter considerado você como minha filha, Ayla, fico feliz em saber que Folara finalmente encontrou um homem aceitável com quem se casar e ainda poderá me dar um neto antes de eu ir para o outro mundo. — Tomou a mão de Ayla e a encarou. — Quero agradecer outra vez por você ter pedido àqueles homens para me buscarem. — Sorriu para Hartaman e alguns dos outros que a tinham carregado na liteira até a Reunião de Verão, e pelo acampamento depois de ela ter chegado. — Sei que estavam preocupados com minha saúde, mas é preciso uma mulher para entender que uma mãe precisa estar com sua filha quando ela espera o Matrimonial.

— Todos ficaram felizes ao pensar que você estivesse bem e pudesse vir. Sentíamos muito a sua falta, Marthona.

Marthona evitou o assunto da ausência conspícua de Jondalar, e de sua provável causa, apesar de se afligir muito ao pensar que seu filho havia perdido o controle mais uma vez e causado grande sofrimento a outras pessoas. Também estava muito preocupada com Ayla. Já conhecia bem a jovem, e sabia o quanto ela estava perturbada, apesar de se portar muito bem a despeito da angústia.

— Zelandoni me pediu para acompanhá-la à casa da zelandonia — disse Ayla. — Quer discutir algumas coisas comigo. Você pode levar Jonayla com você, Marthona?

— Com todo prazer. Senti muita falta dessa pequena, embora Lobo talvez seja um guardião melhor do que eu.

— Você vai voltar e dormir comigo hoje à noite, mamãe? — perguntou Jonayla com uma expressão de preocupação.

— Claro. Só vou conversar um pouco com Zelandoni — respondeu Ayla.

— Jonde vai dormir conosco hoje?

— Não sei, Jonayla. Ele deve estar muito ocupado.

— Por que ele está sempre ocupado com os homens da dis'casa e não pode dormir conosco? — quis saber a criança.

— Às vezes, os homens estão mesmo ocupados — disse Marthona, ao notar que a mãe da menina lutava para se controlar. — Vá conversar com Zelandoni, Ayla. Nós a veremos mais tarde. Venha, Jonayla. Vamos agradecer a todos pela festa maravilhosa, e então, se quiser, você pode vir comigo na liteira quando me levarem de volta.

— Posso mesmo? — Jonayla achava maravilhoso sempre haver dois homens por perto para levar Marthona aonde ela quisesse ir, principalmente se fosse um pouco mais longe.

Enquanto iam juntas para a casa da zelandonia, Ayla e Zelandoni discutiam a assembleia e as coisas que poderiam ser feitas para criar uma atitude mais positiva com relação às mudanças geradas pelo Dom do Conhecimento. Zelandoni teve a impressão de que Ayla parecia aflita, embora, como sempre, disfarçasse bem.

Quando chegaram, Zelandoni começou a esquentar água para o chá. Viu que Laramar já havia deixado a casa e que devia ter sido levado para o acampamento da Quinta Caverna. Quando o chá ficou pronto, foi com Ayla até um lugar calmo onde havia alguns bancos e uma mesa baixa. Pensou em tentar induzir Ayla a falar sobre o que a preocupava, mas mudou de ideia. A Primeira considerou que tinha uma boa ideia do que a perturbava, apesar de não ter ouvido Jonayla perguntar à mãe sobre a ausência de Jondalar, e não sabia o quanto essa ausência aumentava o desespero da outra. A donier decidiu que seria melhor falar de outra coisa para afastar as preocupações e as angústias da mente de Ayla.

— Não sei se ouvi corretamente, Ayla... devia dizer Zelandoni da Nona Caverna, mas acho que você ainda guarda algumas das raízes que o Zelandoni do Clã... como você o chama? Mogor? As que ele usava nas cerimônias especiais. É verdade? — A ideia das raízes a intrigava desde que Ayla as havia mencionado. — Você acha que ainda estão em boas condições depois de todos esses anos?

— O Clã nesta região o chama de Mogor, mas nós sempre dizemos Mog-ur. E, sim, eu ainda tenho algumas raízes e tenho certeza de que estão boas. Ficam mais fortes com a passagem do tempo, se forem guardadas adequadamente. Sei que Iza sempre guardava as dela durante os sete anos entre as Reuniões do Clã, às vezes mais.

— O que você disse me interessou. Apesar de achar que podem ser perigosas, talvez seja interessante tentar uma pequena experiência.

— Não sei — alertou Ayla. — Elas são perigosas, e não sei se saberia como conduzir uma experiência. Só sei uma maneira de prepará-las. — Ela se sentia nervosa com a ideia.

— Se você acha que não é bom, ótimo. — Zelandoni não queria afligi-la ainda mais. Sorveu um gole de seu chá para ter um tempo de pensar. — Você ainda tem a bolsa de ervas que íamos experimentar juntas? As que você recebeu daquela Zelandoni visitante da Caverna distante?

— Tenho, vou buscá-la.

Ayla se levantou para buscar a bolsa de ervas medicinais que guardava num lugar especial na casa da Zelandonia. Pensava nela como sua bolsa de remédios da zelandonia, mas não se parecia com a bolsa de remédios do Clã.

Alguns anos antes, ela havia feito uma nova bolsa no estilo do Clã, usando uma pele de lontra, mas esta estava na casa do acampamento da Nona Caverna. Sua aparência lhe dava uma qualidade peculiar. A que Ayla guardava na casa da zelandonia era igual às usadas por todos os doniers: uma bolsa simples de couro, uma versão menor da que ela usava para carregar carne. Mas a decoração estava longe de ser simples. Cada uma das bolsas de remédios era única, desenhada e feita por cada curador, com os elementos exigidos e outros escolhidos pelo próprio dono da peça.

Ayla trouxe a sua até a área onde Zelandoni esperava tomando chá. A jovem abriu o pacote de couro e tateou seu interior. Uma ruga marcou sua testa. Por fim, esvaziou a bolsa na mesa entre as duas e encontrou a bolsinha que procurava, mas ela não estava cheia.

— Parece que você já experimentou — comentou Zelandoni.

— Não estou entendendo. Não me lembro de ter aberto a bolsa. Como ela foi usada? — Abriu a bolsinha e deitou um pouco na palma da mão e cheirou. — Tem cheiro de menta.

— Se lembro bem, a Zelandoni que a deu a você disse que a menta foi colocada como um meio de identificar esta mistura. Ela não guarda a menta nessas bolsinhas, mas em bolsas tecidas maiores, e se tem cheiro de menta e está numa dessas bolsinhas ela sabe que é essa mistura.

Ayla se recostou e olhou para o teto com uma ruga profunda na testa, fazendo um esforço para lembrar. De repente, sentou-se ereta.

— Acho que bebi isto na noite em que estava observando os levantes e os ocasos. A noite em que fui chamada. Pensei que fosse um chá de menta. — De repente, ela bateu a mão sobre a boca. — Oh, Grande Mãe! Zelandoni, talvez eu não tenha sido chamada. Tudo pode ter sido causado por esta mistura. — Ayla estava alarmada.

Zelandoni se curvou para a frente, deu tapinhas na mão de Ayla e sorriu.

— Calma, Ayla. Não se preocupe. Você foi chamada, e é a Zelandoni da Nona Caverna. Muitos membros da zelandonia usaram ervas e misturas semelhantes para ajudá-los a encontrar o Mundo dos Espíritos. Uma pessoa pode ir parar num lugar diferente por causa das ervas, mas somente se estiver pronta ela será chamada. Não há dúvida de que sua experiência foi um chamado verdadeiro, embora eu tenha de admitir que não esperava que acontecesse tão cedo. Esta mistura pode ter incentivado seu chamado antes do que eu esperava, mas não torna a experiência menos significativa.

— Você sabe o que havia na mistura?

— Ela me disse os ingredientes, mas eu não sei as proporções. Apesar de gostarmos de compartilhar conhecimentos, a maioria dos Zelandoni gosta de manter alguns mistérios para si. — A Que Era A Primeira sorriu. — Por que você pergunta?

— Sei que foi muito forte — explicou Ayla e olhou o copo de chá em suas mãos. — Estava me perguntando se não haveria alguma coisa na mistura que pudesse provocar o aborto.

— Ayla, não se culpe — disse Zelandoni inclinando-se ainda mais e tomando a mão da discípula. — Sei que é doloroso perder um bebê, mas você não tinha controle sobre isso. Foi o sacrifício que a Mãe exigiu de você, talvez por ter tido de trazer você bem próximo do outro mundo para lhe passar Sua mensagem. Talvez haja na mistura alguma coisa capaz de provocar um aborto, mas talvez não houvesse outro meio. Talvez tenha sido Ela quem induziu você a tomar isto para que tudo mais acontecesse como Ela queria.

— Nunca cometi um erro desses com as ervas na minha bolsa. Fui desleixada. Tão desleixada que perdi meu bebê — disse Ayla como se não tivesse ouvido a Primeira.

— O fato de você não cometer erros assim é mais uma razão para acreditar que fosse a vontade d'Ela. Quando Ela chama alguém para servi-la, é sempre uma experiência inesperada, e a primeira vez que alguém entra sozinho no Mundo dos Espíritos é sempre perigosa. Muitos não encontram o caminho de volta. Alguns, como você, deixam algo para trás. É sempre perigoso, Ayla. Mesmo que se tenha ido muitas vezes, nunca se sabe se aquela será a vez em que não se encontra o caminho de volta.

Ayla soluçava em silêncio, as lágrimas brilhando nas faces.

— É bom você se aliviar. Você segurou durante muito tempo e tem de chorar aquele bebê — disse a donier, que se levantou e foi até o fundo, onde eram guardadas as bandagens de pele. Quando voltou, serviu mais chá. — Tome — disse, oferecendo a pele macia e pondo o chá sobre a mesa.

Ayla enxugou o nariz e os olhos, aspirou profundamente para se acalmar, depois tomou um gole do chá morno, lutando para recuperar o controle. Não era apenas a perda do filho a causa de suas lágrimas, embora ela tivesse sido o catalisador. Nada do que fazia era certo. Jondalar já não a amava, as pessoas a odiavam, e ela havia sido descuidada a ponto de perder seu filho. Tinha ouvido as palavras da Zelandoni, mas não as compreendeu, e elas não mudaram o que sentia.

— Talvez agora você compreenda por que estou tão interessada nessas raízes de que você falou — disse a Primeira quando sentiu que Ayla estava melhor. — Se a experiência puder ser cuidadosamente observada e controlada, talvez tenhamos um novo meio de chegar ao outro mundo quando for necessário, usando as ervas desta bolsa ou algumas outras ervas que às vezes usamos.

De início, Ayla não a ouviu. Quando finalmente as palavras da Zelandoni a atingiram, ela se lembrou de que nunca quis fazer experiências com aquelas raízes. Embora o Mog-ur fosse capaz de controlar os efeitos da poderosa substância, ela tinha certeza de que nunca seria capaz. Acreditava que somente uma mente do Clã, com suas diferenças e memórias únicas, seria capaz de controlá-los. Não acreditava que ninguém nascido dos Outros pudesse controlar o vazio negro, por mais que fosse observado.

Sabia que a Primeira estava fascinada. Mamut também estivera intrigado com aquelas plantas especiais que só eram usadas pelos mog-urs do Clã, mas, depois da experiência perigosa, ele disse que nunca mais ia usá-las. Disse a ela que tinha medo de perder o espírito naquele vazio negro paralisante e lhe avisou para não as usar. Reviver a terrível viagem àquele lugar desconhecido quando estava no fundo da gruta e relembrá-la vividamente durante sua iniciação renovou perturbadoramente a lembrança. E ela sabia que a memória assustadora não era mais que uma pálida sombra da verdadeira experiência.

Ainda assim, no negro desespero de seu estado de espírito, ela não pensava com clareza. Devia ter tido tempo para recuperar o equilíbrio, mas muita coisa havia acontecido muito rapidamente. Sua provação na gruta, quando fora chamada, inclusive o aborto, tinham-na enfraquecido física e emocionalmente. A dor e o ciúme, o desapontamento de encontrar Jondalar com outra mulher foram intensificados pela experiência na caverna e pela perda. Tinha ansiado pelo toque das mãos dele e pela proximidade de seu corpo, a ideia de substituir o filho que tinha perdido e o alívio reconfortante de seu amor.

Mas ela o encontrou com outra mulher, e não uma qualquer, mas a mulher que cruel e deliberadamente tentou magoá-la antes. Em circunstâncias normais, ela poderia ter aceitado aquela indiscrição dele, especialmente se fosse com outra pessoa. Talvez ela até se sentisse feliz. Os dois eram muito ligados. Mas ela entendia os costumes. Não eram muito diferentes dos costumes dos homens do Clã, que podiam escolher a mulher que quisessem.

Ela sabia do ciúme violento que Jondalar tinha dela e de Ranec quando viveram com os Mamutói, apesar de não saber o que causava a violência descontrolada de sua reação. Ranec a convidou a ir com ele, e ela fora criada pelo Clã. Não sabia que entre os Outros ela tinha o direito de dizer "não".

Quando finalmente resolveram o problema e ela partiu com Jondalar para sua casa, decidiu que nunca daria a ele motivo para ter ciúme. Nunca escolheu outro, apesar de saber que seria aceitável e, até onde ela sabia, nem ele. Mas por certo nunca escolheu abertamente, como faziam os outros homens. Quando teve de enfrentar o fato de ele não só ter escolhido outra, mas de ter escolhido aquela mulher em particular, em segredo e durante muito tempo, sentiu-se absolutamente traída.

Mas Jondalar nunca teve a intenção de traí-la. Não queria que ela descobrisse para não sofrer. Sabia que ela nunca escolheu outro, e em certo nível ele até entendia a razão. Apesar de saber que teria lutado para se controlar, ele também conhecia o ciúme violento que sentiria se ela escolhesse outro. Ele não queria que ela sentisse a intensidade da dor que ele teria sentido. Quando ela os encontrou juntos, ficou enlouquecido. Simplesmente não sabia o que fazer, nunca tinha aprendido.

Jondalar cresceu e se tornou um homem incrivelmente belo, 1,80m, bem-formado, com um carisma inconsciente acentuado por olhos azuis vividamente intensos. Descobriu desde cedo sua inteligência natural, a destreza manual inata e habilidade mecânica intrínseca, e foi incentivado a aplicá-las em muitas áreas até descobrir o amor pela arte de lascar pedras e fazer instrumentos. Mas seus sentimentos poderosos também eram mais fortes que os da maioria, intensos demais, e sua mãe e os que gostavam dele lutaram para lhe ensinar a mantê-los sob controle. Ainda criança, queria demais, preocupava-se demais, sentia demais; era dominado pela pena, desejava com ânsia, detestava com ódio, queimava de amor. Recebeu muito, muitos Dons, Dons demais, e poucos entendiam a carga que isso representava.

Quando rapaz, aprendeu como dar prazer a uma mulher, mas essa era uma prática normal de sua cultura. Era algo que todos os rapazes aprendiam. O fato de ter aprendido tão bem se devia em parte por isso ter sido muito bem-ensinado a ele, e em parte resultado de sua inclinação natural. Descobriu ainda moço que adorava dar prazer às mulheres, mas nunca teve de aprender como interessar a uma mulher.

Ao contrário de muitos homens, ele nunca teve de descobrir meios de atrair a atenção de uma mulher; não conseguia evitar ser notado, às vezes tentava passar despercebido. Nunca teve de pensar nos meios para conhecer uma mulher; elas o procuravam para passar algum tempo com ele; jamais se cansavam dele. E assim nunca teve de aprender como enfrentar uma perda, ou a raiva de uma mulher, ou seus próprios erros imbecis. Ninguém imaginava que um homem com dons tão óbvios não soubesse enfrentá-los.

A reação de Jondalar quando alguma coisa não saía a contento era se afastar, tentar manter seus sentimentos sob controle e esperar que de alguma forma tudo se resolvesse sozinho. Esperava perdão, que seus erros fossem esquecidos, e geralmente era o que acontecia. Não soube o que fazer quando Ayla o viu com Marona, e Ayla também não se mostrou mais capaz de entender uma situação como aquela.

Desde que fora encontrada pelo Clã aos 5 anos, ela havia lutado para se encaixar, para ser aceita e não ser expulsa. O Clã não chorava lágrimas emocionais, e as dela os perturbavam, então aprendeu a contê-las. O Clã não manifestava raiva nem dor nem nenhuma emoção forte, isso não era considerado educado, e então ela aprendeu a não demonstrar as suas. Para ser uma boa mulher do Clã, ela aprendeu o que era esperado e tentou se comportar da forma como esperavam que ela se comportasse. E tentou fazer o mesmo com os Zelandonii.

Mas estava perdida. Parecia-lhe óbvio que ela não tinha aprendido a ser uma boa mulher Zelandonii. Muitas pessoas se perturbavam com ela, outras a odiavam, e Jondalar não a amava. Ignorou-a nos últimos dias, e ela tentou provocá-lo a reagir, mas a agressão brutal a Laramar foi completamente inesperada, e Ayla sentiu, além de qualquer dúvida, que tudo era culpa dela. Ela havia visto sua pena, seu amor e o tinha visto controlar os sentimentos fortes enquanto viviam com os Mamutói. Pensou que o conhecia. Agora estava absolutamente convencida de que não. Havia tentado manter uma aparência de normalidade pela pura força de vontade, mas estava cansada de ficar deitada sem dormir todas aquelas noites e precisava desesperadamente de repouso e um ambiente calmo.

Talvez a Zelandoni estivesse excessivamente interessada em aprender sobre a raiz do Clã, ou talvez fosse mais perceptiva, porém Ayla sempre tinha sido um caso à parte. As duas não tinham pontos de referência suficientes. Suas histórias de vida eram diferentes demais. No momento em que achava que entendia a moça, descobria que o que pensava ser verdade sobre Ayla não era.

— Não quero fazer um cavalo de batalha se você realmente acha que não devemos, Ayla, mas, se você me disser alguma coisa sobre como preparar a raiz, talvez possamos criar um pequeno experimento. Só para ver se ela pode ser útil. Seria só para a zelandonia, é claro. O que você acha?

No estado perturbado em que estava, até o aterrorizante vazio negro lhe pareceu um lugar calmo, um lugar onde poderia se refugiar de toda agitação à sua volta. E, se não voltasse, que diferença faria? Jondalar não a amava. Ia sentir saudades da filha. Ayla sentiu um nó no estômago, mas pensou que Jonayla talvez vivesse melhor sem ela. A menina sentia falta de Jondalar. Se ela não estivesse presente, ele voltaria e cuidaria dela outra vez. E tantas pessoas gostavam dela, todos cuidariam bem da garota.

— Não é complicado, Zelandoni. Essencialmente as raízes são mascadas até se transformarem numa massa e são cuspidas numa tigela de água. Mas elas são duras de mascar e é demorado, e quem a estiver preparando não pode engolir nem um pouco do caldo. Pode ser que seja um ingrediente necessário, o caldo que se acumula na boca.

— É só isso? Parece-me que, se usarmos uma quantidade pequena, como fazemos quando testamos uma coisa, não vai ser muito perigoso.

— Há também alguns rituais do Clã. A curandeira que prepara a raiz para os mog-urs deve se purificar primeiro, tomar um banho no rio usando raiz do saboeiro e não deve usar roupas. Iza me disse que era para a mulher estar pura e aberta, sem nada a esconder, para não contaminar os santos homens, os mog-urs. O Mog-ur, Creb, pintou meu corpo de vermelho e preto, principalmente círculos em torno das partes femininas para isolá-las, acho. É uma cerimônia muito sagrada para o Clã.

— Podemos usar a nova gruta que você descobriu. É um lugar muito sagrado e isolado. Seria um bom uso para ela — sugeriu a Primeira. — Mais alguma coisa?

— Não. Mas quando experimentei a raiz com Mamut ele pediu que o povo do Acampamento do Leão ficasse cantando sem parar para que tivéssemos algo neste mundo ao qual nos prendermos e nos ajudar a encontrar o caminho de volta. — Hesitou, olhou o copo vazio ainda em suas mãos e completou baixinho: — Não sei bem como, mas Mamut disse que Jondalar ajudou a nos trazer de volta.

— Todos os membros da zelandonia vão estar lá. São muito bons para cantar durante muito tempo. O que é cantado importa? — perguntou a Primeira.

— Acho que não. Basta ser conhecido.

— Quando devemos fazer o experimento? — perguntou a Zelandoni, mais empolgada do que pensou que estaria.

— Acho que não tem importância.

— Amanhã de manhã? Tão logo você tenha preparado tudo?

Ayla deu de ombros, como se não se importasse. E, naquele momento, não se importava mesmo.

— Tanto faz.

39

Jondalar estava tão cheio de ansiedade e desespero quanto Ayla. Tanto quanto possível, havia tentado evitar a todos desde a grande cerimônia onde ficaram sabendo dos homens e da razão por que foram criados. Lembrava-se não mais que vagamente de partes daquela noite. Recordava de ter esmurrado várias vezes o rosto de Laramar e não conseguia apagar da memória a imagem daquele homem subindo e descendo sobre Ayla. Quando acordou no dia seguinte, sua cabeça latejava, ainda se sentia tonto e nauseado. Não se lembrava de ter se sentido tão mal num dia seguinte, e se perguntou o que havia nas bebidas que tinha consumido.

Danug estava lá e ele pensou que lhe devia gratidão, apesar de não saber bem por quê. Fez algumas perguntas a Danug, tentando preencher as lacunas. Quando soube o que tinha feito, Jondalar começou a lembrar e ficou abismado, cheio de remorso e vergonha. Nunca gostara de Laramar, mas nada que ele já fizera podia se comparar ao que Jondalar havia feito. Odiava-se, não conseguia pensar em mais nada. Tinha certeza de que todos pensavam o mesmo e estava convencido de que Ayla certamente não o amava mais. Como alguém poderia amar alguém tão desprezível?

Uma parte dele queria deixar tudo para trás e partir para tão longe quanto lhe fosse possível, mas alguma coisa o deteve. Disse a si mesmo que tinha de enfrentar seu castigo, pelo menos saber qual seria, e de alguma forma fazer compensações, porém era mais o fato de as coisas parecerem inacabadas que o impedia de sumir, deixando tudo sem solução. E, no fundo, ele sentia que não podia simplesmente se afastar de Ayla e Jonayla. Não suportava a ideia de nunca mais vê-las, ainda que somente à distância.

Sua mente era uma confusão de dor, culpa e desespero. Não era capaz de pensar em nada que pudesse fazer para acertar novamente sua vida e, toda vez que via alguém, sentia que olhavam para ele com o ódio e a aversão que sentia por si mesmo. Parte da recriminação vinha do fato de que, por mais desprezível que fosse seu comportamento, e por mais envergonhado que estivesse, quando fechava os olhos para tentar dormir à noite, via Laramar em cima de Ayla e sentia a mesma raiva e frustração que sentira no incidente. Sabia no fundo do coração que, nas mesmas circunstâncias, faria tudo de novo.

A mente de Jondalar se detinha constantemente nos seus problemas. Mal conseguia pensar em outra coisa. Era uma comichão incessante, como o reflexo de coçar continuamente uma pequena ferida, sem lhe dar chance de cura, tornando-a mais grave até se transformar numa infecção cheia de pus. Tentou evitar as pessoas e começou a dar longas caminhadas, geralmente na margem do Rio, sempre seguindo a direção contrária ao curso das águas, chegando a um ponto onde não podia continuar e era obrigado a voltar. Às vezes, montava Racer e em vez de caminhar ao longo do rio, cavalgava pelas campinas. Resistia a cavalgar para muito longe, pois a tentação de continuar era forte demais, no entanto, naquele dia, quis cavalgar e se distanciou bastante do acampamento.

Quando se sentiu completamente desperta, Ayla se levantou e foi para o Rio. Não tinha dormido bem. Primeiro, estava agitada e irritada demais para dormir e depois foi acordada pelos sonhos de que não se lembrava bem, mas deixaram-na inquieta. Pensou no que teria de fazer para realizar a cerimônia do Clã o mais fiel possível. Enquanto procurava raiz do saboeiro para se purificar, também procurava um nódulo de pedra ou uma lasca descartada. Queria fazer um instrumento de corte igual aos do Clã com que pudesse cortar um pedaço de couro para fazer um amuleto do Clã.

Ao chegar à foz do riacho afluente do Rio, decidiu segui-lo rio acima até encontrar plantas da raiz do saboeiro na mata atrás do acampamento da Nona Caverna. A estação ia adiantada e quase todas já tinham sido colhidas, e a variedade que encontrou não era a mesma que o Clã usava, mas ela queria que o ritual fosse perfeito. Embora, como mulher, nunca faria uma autêntica cerimônia do Clã. Somente os homens consumiam as raízes. A tarefa da mulher era apenas prepará-las. Quando parou para arrancar algumas raízes do saboeiro, pensou ter visto um relance de Jondalar na mata, andando pela margem do riacho, mas quando se levantou não o viu e se perguntou se teria sido sua imaginação.

O garanhão ficou feliz ao ver Jondalar. As outras éguas também, mas ele não ia levá-las. Queria cavalgar sozinho para longe. Quando chegaram à planície aberta, Jondalar lançou o cavalo num galope enlouquecido. Racer parecia ansioso para se mostrar digno da fama de corredor. Jondalar não prestava atenção aonde iam, ou onde estavam. De repente, foi arrancado da meditação ao ouvir um relincho belicoso, o som de cascos, e sentiu que sua montaria recuava. Estavam no meio de um rebanho de cavalos. Só não caiu por causa de seus anos de montaria e dos reflexos rápidos. Dobrou-se para a frente e agarrou um punhado da crina do cavalo da estepe e segurou, lutando para acalmar o garanhão e retomar o controle. Racer era um garanhão na sua plenitude. Apesar de nunca ter tido a experiência de viver no rebanho auxiliar de machos que vivia próximo dos limites de um rebanho de fêmeas e filhotes, sempre pronto para se defender, ou das lutas com outros machos novos quando crescia, ainda assim ele estava instintivamente pronto a desafiar o macho do bando.

A primeira ideia de Jondalar foi levar o cavalo para longe do rebanho, o mais rápido possível, mas só conseguiu fazer o garanhão virar e tomar o caminho de volta ao acampamento. Quando Racer se acalmou, e eles finalmente tomaram o caminho de volta, Jondalar começou a se perguntar se era justo manter aquele garanhão viril longe dos outros cavalos e pela primeira vez pensou seriamente em soltá-lo. Ainda não estava pronto para deixá-lo livre, mas começou a reconsiderar as longas cavalgadas sozinho no garanhão marrom.

No caminho de volta, tornou-se novamente introspectivo. Lembrou-se do dia da grande assembleia, de ver Ayla sentada rigidamente ereta enquanto era insultada por Brukeval. Sofreu no desejo de confortá-la, de fazer Brukeval parar, de lhe dizer que estava errado. Havia entendido tudo que a Zelandoni tinha dito, já vinha ouvindo aquilo de Ayla durante muitos anos e, mais que a maioria, estava pronto a aceitar. Novo para ele foi o nome dado à relação, pai, e ele se lembrou das palavras finais da Zelandoni, que os homens dariam o nome do filho homem; o pai daria o nome de seu filho. Repetiu a palavra para si mesmo. Pai. Ele era pai. Era o pai de Jonayla.

Não era digno de ser o pai de Jonayla! Ela teria vergonha de chamá-lo de pai. Quase tinha matado um homem com os punhos. Se não fosse por Danug, teria matado. Ayla havia perdido um filho quando estava só, nas passagens profundas da Caverna de Pedras da Fonte, e ele não estava lá para ajudá-la. E se o filho que ela tinha perdido fosse um menino? Se ela não o tivesse perdido e ele fosse um menino, ele teria de lhe dar o nome? Como seria decidir o nome de um filho?

E de que importava? Ele nunca daria o nome a um filho. Nunca mais teria outro filho. Tinha perdido a companheira, teria de abandonar seu lar. Depois de Zelandoni ter encerrado a assembleia, ele havia evitado as conversas de todos e correra para a dis'casa para não ver Ayla nem Jonayla.

Ainda sentia o mesmo no dia seguinte, quando o restante da dis'casa começou a sair para a grande festa no acampamento Lanzadonii, mas depois de todos terem saído, Jondalar não conseguiu parar de pensar em todos os seus erros. Finalmente, ficou impossível continuar dentro de casa, com a mente repassando as mesmas coisas, culpando-se, censurando-se, punindo-se. Saiu e foi para o Rio para mais uma longa caminhada. Desde o quase encontro com o rebanho de éguas, Racer parecia mais excitável, e Jondalar decidiu não o montar. Enquanto caminhava rio acima, surpreendeu-se ao ver que Lobo o seguia. Jondalar ficou feliz ao ver o carnívoro e parou para saudá-lo, pegando a cabeça enorme pela pele do pescoço, cuja pelagem ficava mais grossa e mais luxuriante.

— Lobo! O que você faz aqui? Você também se cansou do barulho e da comoção? Pois se junte a mim — disse com entusiasmo. O animal respondeu com um rosnado baixo de prazer.

Lobo estivera tão ocupado com Jonayla, depois de estar longe dela durante tanto tempo, e com Ayla, que fora sua preocupação principal desde o dia em que retirara o filhote de 4 semanas da toca fria e solitária, que não tivera tempo para estar com o terceiro ser humano que ele considerava um membro essencial da sua alcateia. Quando retornara para o acampamento da Nona Caverna após comer o que tinham lhe dado, ele havia visto Jondalar indo na direção do Rio e correu atrás do homem, deixando Jonayla para trás. Voltou-se para olhá-la e ganiu.

— Continue, Lobo — disse a menina, fazendo um sinal. — Vá com Jondalar.

Ela havia notado a enorme infelicidade do homem e sabia muito bem que sua mãe também estava igualmente infeliz, apesar de se esforçar para não demonstrar. Não entendia exatamente, mas compreendia que alguma coisa estava terrivelmente errada e sentiu um nó no estômago. Mais que tudo, ela queria sua família reunida, inclusive Thona e Weemar, Lobo e os cavalos. Talvez Jonde precise ficar com você, Lobo, como eu precisei, pensou Jonayla.

Ayla estivera pensando em Jondalar, ou, mais precisamente, em usar a piscina do regato para seu banho cerimonial, e isso a levou a pensar nele. Queria o silêncio e a privacidade do lugar isolado para o banho purificador, mas não tivera forças para voltar desde que lá encontrara Jondalar e Marona. Sabia que devia haver pedras na área, Jondalar havia encontrado algumas, mas não viu nenhuma, e calculou que não teria tempo de procurar mais longe. Sabia que Jondalar sempre tinha algumas consigo, mas nem pensou em lhe pedir. Naqueles dias, ele não estava falando com ela. Teria de se valer de uma faca e uma sovela Zelandonii para cortar o couro e fazer os furos na barra para passar a corda da bolsa, ainda que isso representasse mais um desvio em relação ao costume do Clã.

Achou uma pedra chata, levou-a para perto da piscina no regato e então, com uma pedra arredondada, amassou os ingredientes espumosos das raízes de saboeiro e misturou com um pouco de água. Ela então entrou na água plácida de uma curva no limite da piscina e começou a passar no corpo a espuma escorregadia. O leito ficou mais fundo quando ela se afastou da margem para se enxaguar. Mergulhou a cabeça, deu algumas braçadas, e voltou para lavar o cabelo. Enquanto se banhava na piscina, Ayla pensou no Clã.

Lembrou-se da infância no clã de Brun, pacífica e segura, com Iza e Creb para amá-la e dela cuidar. Todos sabiam, desde o dia em que nasciam, o que se esperava deles, e não se permitiam desvios. Os papéis eram claramente definidos. Todos sabiam seu lugar, seu nível, seu trabalho. A vida era estável e segura. Ninguém se preocupava com ideias novas para mudar as coisas. Por que tinha de ser ela a única a trazer mudanças que afetavam todos? A razão por que alguns a odiavam. Relembrando, a vida no Clã lhe parecia tão tranquila, e ela se perguntou por que teve de lutar tanto contra as restrições. Desejava novamente a vida ordenada do Clã. Havia uma segurança reconfortante numa vida rigidamente regulada.

Ainda assim, gostou de ter aprendido a caçar sozinha, apesar de ser contra as tradições do Clã. Era mulher, e as mulheres do Clã não caçavam, mas, caso não soubesse caçar, não estaria viva hoje, apesar de quase ter morrido quando descobriram. Na primeira vez, foi amaldiçoada quando Brun a expulsou do clã, pelo tempo limitado de uma lua. Era o começo do inverno e todos esperavam que ela morresse, mas a capacidade de caçar a salvou da maldição. Talvez eu devesse ter morrido naqueles dias, pensou.

Desafiou novamente os costumes do Clã quando fugiu com Durc, mas não podia deixá-los expor o filho recém-nascido aos caprichos dos elementos e dos carnívoros só porque eles o consideravam deformado. Brun os tinha poupado, mas Broud se opôs. Ele nunca facilitou a vida dela. Quando se tornou líder e a amaldiçoou, foi para sempre e sem justificativa, e naquela vez finalmente foi forçada a abandonar o clã. A capacidade de caçar a tinha salvado novamente. Nunca teria sobrevivido no vale se não fosse caçadora e se não soubesse que era capaz de viver sozinha caso fosse necessário.

Ayla ainda pensava no Clã e na execução dos rituais de preparação das raízes quando voltou ao acampamento. Viu Jonayla sentada com Proleva e Marthona, que acenaram.

— Venha comer alguma coisa — convidou Proleva.

Lobo se cansara de seguir o homem melancólico, que não fazia nada além de arrastar os pés sem destino, e voltou para Jonayla. Estava do outro lado da fogueira roendo um osso e levantou os olhos. Ayla foi até elas. Deu um abraço na filha, afastou-a e olhou-a com uma tristeza estranha. Então tornou a abraçá-la com força, quase com força demais.

— O seu cabelo está molhado, mamãe — disse Jonayla, afastando-se.

— Acabei de lavá-lo — explicou Ayla, acariciando o grande lobo que veio cumprimentá-la.

Tomou a bela cabeça entre as mãos, olhou bem nos seus olhos e o abraçou com fervor. Quando se levantou, ele a olhou, esperando. Ayla tocou os ombros. Ele saltou e se apoiou com as patas nos seus ombros e lambeu-lhe o pescoço e a face, depois tomou o queixo entre os dentes e segurou. Ao soltar, ela respondeu com o sinal dos membros da alcateia, tomando-lhe delicadamente o focinho entre os dentes. Havia já algum tempo que ela não executava o ritual e teve a impressão de que ele gostou.

Quando o animal desceu, Proleva finalmente soltou a respiração. Aquela manifestação particular do comportamento dos lobos era perturbadora, não importava quantas vezes presenciasse. Sempre ficava nervosa ao ver a mulher expor o pescoço aos dentes do enorme lobo, ao perceber que o animal amistoso e bem-comportado era um lobo poderoso capaz de matar facilmente qualquer um dos seres humanos entre os quais andava livremente.

Depois de recuperar o fôlego e acalmar suas apreensões, Proleva comentou:

— Sirva-se, Ayla. Tem comida demais. Foi fácil fazer a refeição de hoje de manhã. Sobrou muito do banquete de ontem. Ainda bem que decidi fazer a refeição com os Lanzadonii. Foi bom trabalhar com Jerika, Joplaya e as outras mulheres. Sinto que agora eu as conheço melhor.

Ayla sentiu uma pontada de arrependimento. Quisera não estar tão ocupada com a zelandonia; seria bom ajudar na preparação da festa. Trabalhar em grupo era uma boa maneira de conhecer melhor as pessoas. Envolver-se nos próprios problemas não ajudava nada. Poderia ter chegado mais cedo, pensou enquanto pegava um dos copos à disposição de quem não tivesse o próprio e serviu-se de chá de camomila de uma caixa de madeira de cozinhar. O chá era sempre a primeira coisa preparada pela manhã.

— Os auroques estão particularmente gostosos e suculentos, Ayla. Começaram a acumular gordura para o inverno, e Proleva só os aqueceu. Você devia experimentar um pouco — sugeriu Marthona, ao notar que ela não estava comendo nada. — Os pratos estão ali.

Ela indicou uma pilha de placas de madeira, osso e marfim de vários tamanhos que eram usados como pratos. Árvores derrubadas e rachadas para lenha produziam pedaços grandes que eram rapidamente acertados e polidos como pratos e travessas, ossos do ombro e pélvis de veados, bisões e auroques eram preparados mais ou menos no mesmo tamanho para um fim igual. As presas de mamutes eram lascadas, como as pedras, e produziam lascas bem maiores que também eram usadas como pratos.

O marfim de mamute podia ser pré-formado mediante o corte de um sulco circular com um cinzel. Depois, usando a ponta de uma galhada ou de um chifre no ângulo certo no sulco do círculo, e com prática e um pouco de sorte, uma pancada de um martelo na outra extremidade permitia destacar uma lasca de marfim com a forma pré-cortada. Mas todo esse trabalho só era feito para objetos destinados a serem dados como presentes ou para outros usos especiais. Essas lascas pré-formadas de marfim, com as superfícies externas levemente arredondadas, eram usadas para outras coisas além de pratos. Sobre elas se podiam desenhar formas decorativas.

— Obrigada, Marthona, mas tenho de ver algumas coisas com Zelandoni — disse Ayla. De repente, parou e agachou diante da mulher mais velha sentada num banco feito de junco, folhas de tabua e galhos flexíveis. — Queria agradecer a você por ter sido tão boa para mim desde o primeiro dia de minha chegada. Não me lembro de minha mãe, só de Iza, a mulher do Clã que me criou, mas gosto de pensar que minha mãe de verdade foi igual a você.

— Considero você uma filha, Ayla — declarou Marthona, mais comovida do que esperava. — Meu filho teve sorte ao encontrá-la... — Balançou levemente a cabeça. — Às vezes, eu gostaria que ele fosse um pouco mais parecido com você.

Ayla abraçou-a e se voltou para Proleva.

— Obrigada a você também, Proleva. Você tem sido uma amiga tão boa para mim, e não tenho palavras para agradecer por você ter cuidado de Jonayla quando eu tive de ficar na Nona Caverna e enquanto estive ocupada aqui. — Abraçou Proleva. — Gostaria que Folara também estivesse aqui, mas sei que ela está ocupada com os preparativos do Matrimonial. Acho que Aldanor é um homem bom, estou muito feliz. Agora tenho de ir — disse de repente.

Abraçou outra vez a filha e correu para a casa com os olhos orvalhados com as lágrimas que tentava conter.

— O que foi isso? — perguntou Proleva.

— Se não a conhecesse, eu diria que estava se despedindo — disse Marthona.

— A mamãe está indo para algum lugar, Thona? — perguntou Jonayla.

— Acho que não. Pelo menos ninguém me disse nada.

Ayla ficou na casa de verão se preparando. Primeiro, cortou um pedaço quase circular da pele da barriga de alce que tinha trazido consigo para a Reunião de Verão. Tinha encontrado a pele macia no dia anterior dobrada sobre a esteira. Quando perguntou a Jonayla quem tinha curtido a pele, ela respondeu que todos curtiram.

Cordas, cordas de fibra, barbantes, linhas, tendões e faixas de couro de vários tamanhos eram sempre abundantes e fáceis de fazer, sem pensar, depois que se aprendiam as técnicas. Enquanto conversavam ou ouviam histórias, muitas pessoas se ocupavam fazendo coisas de materiais recolhidos no momento em que eram encontrados. Por isso, sempre havia cordas para quem quisesse usar. Ayla pegou algumas faixas de couro e um pedaço comprido de uma corda fina penduradas em pinos presos aos postes e as colocou por cima. Mediu um pedaço da faixa em volta do pescoço, aumentou o comprimento e passou-a pelos buracos que tinha cortado na margem do círculo de couro. Raramente usava seu amuleto, nem o mais moderno. Muitos Zelandonii usavam colares, e era difícil usar uma bolsa irregular de couro e um colar juntos. Ela preferia levar o amuleto na bolsa de remédios, que geralmente trazia presa ao cinto. Não era uma bolsa de remédios do Clã. Várias vezes havia pensado em fazer outra, mas nunca encontrava tempo. Soltou a corda que mantinha a bolsa fechada, procurou em seu interior e trouxe uma pequena bolsa decorada, seu amuleto, cheio de objetos de formas estranhas. Desfez os nós e derramou na mão a estranha coleção. Eram os sinais de seu totem que significavam os momentos importantes na sua vida. A maioria, não todos, tinha lhe sido dada pelo espírito do grande Leão-das-Cavernas, depois de ela ter tomado uma decisão crítica, como sinal de que havia tomado a decisão correta.

O pedaço de ocre vermelho que foi o primeiro objeto a entrar na bolsa já estava liso de tão gasto. Recebera-o de Iza quando tinha sido aceita no Clã. Ayla o colocou no novo amuleto. O pedaço preto de dióxido de manganês que recebeu quando se tornou curandeira também estava gasto depois de tanto tempo na bolsa com outros objetos. Os materiais preto e vermelho, geralmente usados para colorir, tinham deixado resíduos nos outros objetos na bolsa. Os objetos minerais podiam ser escovados, bem como a concha fossilizada, o sinal do totem de que sua decisão de ser caçadora era adequada, apesar de ser mulher.

Ele deve ter sabido então que para sobreviver eu teria de caçar. Meu Leão-das-Cavernas disse a Brun para me deixar caçar, mas só com a funda. O disco de marfim de mamute que lhe tinha sido dado quando foi declarada a Mulher Que Caça havia absorvido cores que não podiam ser escovadas, principalmente o vermelho do ocre.

Pegou um pedaço de pirita de ferro e a esfregou na túnica. Era seu sinal favorito; ele lhe disse que ela estava certa quando fugiu com Durc. Se não tivesse fugido, ele teria sido exposto sem que ninguém desse a menor importância, pois havia sido considerado deformado. Quando ela o levou e escondeu, sabendo que também poderia morrer, Brun e Creb pararam para pensar.

O pó colorido se agarrava ao cristal de quartzo transparente, mas não o descoloriu; aquele sinal lhe dizia do acerto de sua decisão de parar de procurar seu povo e continuar por algum tempo no vale dos cavalos. Sempre se sentia incomodada ao ver a pedra preta de manganês. Pegou-a e segurou no punho fechado. Ela continha os espíritos de todas as pessoas do Clã. Tinha dado em troca dela um pedaço de seu espírito, para que, se salvasse a vida de alguém, ele não teria nenhuma obrigação para com ela, pois ela já possuía um pedaço do espírito de todos.

Quando Iza morreu, Creb, o Mog-ur, tomou dela sua pedra de curandeira antes do enterro para que ela não levasse todo o Clã para o mundo dos espíritos, mas ninguém aceitou a pedra depois que Broud a amaldiçoou com a morte. Goov não era Mog-ur há muito tempo, e a maldição de Broud foi um choque para todos, ninguém se lembrou de tirar de Ayla a pedra e ela se esqueceu de devolver. O que aconteceria ao Clã se ela ainda tivesse a pedra quando passasse ao outro mundo?

Colocou todos os sinais de seu totem na bolsa nova e soube que a partir daquele dia eles ficariam lá. Parecia certo guardar seus sinais do totem do Clã numa bolsa de amuletos do Clã. Quando puxou as cordas fechando a bolsa, ela se perguntou, como sempre fazia, por que não recebera um sinal de seu totem quando decidiu deixar os Mamutói e partir com Jondalar? Ela já seria então filha da Mãe? A Mãe teria lhe dito que não precisava mais de um sinal? Teria recebido um sinal mais sutil que não reconheceu? Ou — um pensamento novo e assustador lhe ocorreu — aquela teria sido uma decisão errada? Sentiu um calafrio. Pela primeira vez em muito tempo, Ayla tocou seu amuleto e pediu em silêncio proteção ao espírito do Grande Leão-das-Cavernas.

Quando saiu da casa temporária, Ayla levava couro de alce, uma mochila deformada pelas coisas que continha e sua bolsa de remédios do Clã. Muitas pessoas se reuniam em volta do fogo do acampamento, e ela acenou para elas ao sair. Não foi o aceno comum, de "até a volta", com a palma voltada para si, que comumente significava uma separação temporária, dizendo que voltaria a vê-los em breve. Ela levantou a mão, com a palma para fora, e a moveu ligeiramente de um lado para outro. Marthona não gostou do sinal.

Quando começou a andar rio acima, um caminho mais rápido até a caverna que tinha descoberto alguns anos antes, Ayla começou a se perguntar se devia executar a cerimônia. Na verdade, Zelandoni ficaria desapontada, tal como o restante da zelandonia que se preparava para assisti-la, mas era um ritual mais perigoso do que imaginavam. No dia anterior, ao concordar com a cerimônia, estava tão deprimida que não se importou de se perder no vazio escuro, mas naquele momento se sentia melhor, especialmente depois do banho no Rio, e de ver Jonayla e Lobo, sem falar de Marthona e Proleva. Não estava pronta para enfrentar aquele terrível vazio negro. Talvez fosse melhor dizer à Zelandoni que havia mudado de ideia.

Não tinha pensado nos perigos que devia enfrentar enquanto fazia as preparações preliminares, mas sentiu-se mal com relação à sua incapacidade de executar adequadamente todos os ritos. Era um aspecto muito importante da cerimônia do Clã, diferente dos Zelandonii, mais tolerantes com os desvios. Até mesmo as palavras da Canção da Mãe variavam de Caverna para Caverna, um tópico de discussão entre a zelandonia, e aquela era a Lenda Ancestral mais importante de todas. Se aquela lenda fosse parte das cerimônias do Clã, teria sido decorada e recitada precisamente da mesma maneira todas as vezes, pelo menos entre os clãs que tinham contato direto uns com os outros. Mesmo os clãs de regiões distantes teriam uma versão muito próxima. Por isso, conseguia se comunicar na língua sagrada dos sinais do Clã com os clãs daquela região, apesar de estar a um ano de viagem de onde ela tinha crescido. Havia diferenças menores, mas eram incrivelmente semelhantes.

Como deveria executar uma cerimônia do Clã, era necessário que as raízes poderosas fossem ser usadas de acordo com os procedimentos. Tudo deveria ser feito tão próximo quanto possível da tradição. Acreditava que era a única maneira que poderia lhe dar esperança de manter o controle e começava a ter dúvidas de que mesmo isso fosse de alguma valia.

Passava pela área de mata com a mente mergulhada em pensamentos, quando quase se chocou com outra pessoa que saía de trás de uma árvore. Assustou-se ao se ver praticamente nos braços de Jondalar. Ele ficou ainda mais surpreso e completamente desorientado. Seu primeiro impulso foi terminar o que tinha começado por acidente e passar os braços em volta dela. Há tanto tempo desejava isso, mas viu a expressão chocada dela e saltou para trás, certo de que a surpresa significava rejeição, que ela não queria que ele a tocasse. A reação dela ao seu recuo instantâneo foi entender que ele não a queria, não suportava estar junto dela. Olharam-se por um longo momento. Nunca estiveram tão próximos desde que ela o encontrara com Marona, e cada um desejava do fundo do coração prolongar aquele momento, vencer a distância emocional que os separava. Mas uma criança que corria pelo caminho em que estavam os distraiu. Desviaram os olhos e não conseguiram se olhar novamente.

— Oh, desculpe — disse Jondalar, louco para abraçá-la, mas receoso da rejeição. Estava completamente perdido, olhava em torno como um animal preso numa armadilha.

— Não foi nada — respondeu Ayla, baixando os olhos para esconder as lágrimas sempre prontas a correr naqueles dias.

Não queria que ele visse como se sentia mal ao imaginar que Jondalar não suportava estar junto dela, que queria sair correndo. Sem levantar os olhos, continuou a andar, correndo antes que os olhos mareados a denunciassem. Jondalar teve de lutar contra suas próprias lágrimas ao vê-la quase correndo pelo caminho na pressa de se afastar dele.

Ayla continuou ao longo do caminho que passou a ser uma trilha fugidia em direção à nova gruta. Embora fosse provável que todos da família dos Zelandonii já tivessem entrado pelo menos uma vez, ela era pouco usada, considerada muito espiritual, um lugar muito sagrado, e ainda muito inviolável. A zelandonia e os líderes de Cavernas ainda estudavam as horas adequadas e as formas de usá-la. As tradições não tinham sido desenvolvidas, tudo era novo demais.

Quando se aproximou da pequena colina onde ficava a gruta, notou que os arbustos e a árvore caída, cujas raízes arrancadas tinham exposto a entrada para as câmaras inferiores, tinham sido afastados. A terra e as pedras em volta da abertura também tinham sido removidas, e a abertura, ampliada.

Apesar de não desejar a cerimônia que vinha preparando, estava animada ante a perspectiva de rever a gruta, mas a disposição quase feliz que a havia feito decidir abandonar a cerimônia perigosa desaparecera. Sua infelicidade se ajustava ao vazio negro que devia enfrentar. Que importância teria ela se perder lá dentro? Não poderia ser pior que seu sofrimento naquele momento. Lutava para recuperar o autocontrole, que parecia tão esquivo naquele dia. Parecia estar sempre quase às lágrimas desde que se levantara.

Tirou uma tigela rasa de pedra e um pacote de pele do saco de couro. Dentro do pacote havia uma pequena bolsa impermeável cheia de gordura com uma ponta fechada, envolta e amarrada num pedaço de pele para evitar que um vazamento estragasse o que estivesse por perto. Encontrou o pacote de pavios de líquen, derramou um pouco de óleo na tigela, molhou o pavio durante um tempo, depois o afastou e o apoiou na beirada da lamparina. Preparava-se para usar sua pederneira para acender o pavio quando viu dois membros da zelandonia subindo pelo caminho.

A visão da zelandonia trouxe a Ayla uma medida adicional de compostura. Ainda era nova nas fileiras e queria ter o respeito dela. Saudaram-se e falaram de assuntos sem importância, e um deles segurou a lamparina e observou Ayla acender o fogo no chão com sua pederneira. Com a lamparina acesa, Ayla apagou o fogo no chão com terra, e os três entraram na gruta.

Depois de passarem pelo calor da área de entrada e penetrarem na escuridão total do interior, a temperatura baixou até o nível ambiente na maioria das grutas, cerca de 13 graus. Conversaram pouco enquanto procuravam o caminho entre pedras expostas e a argila escorregadia com apenas uma lamparina para mostrar o caminho. Quando chegaram a uma grande câmara, seus olhos já estavam tão acostumados à escuridão que a luz de muitas lamparinas de pedra era quase brilhante. A maioria dos membros da zelandonia já havia chegado e esperavam por Ayla.

— Aí está você, Zelandoni da Nona Caverna — disse a Primeira. — Você já fez todos os preparativos que julgava necessários?

— Não todos. Ainda tenho de trocar de roupa. Durante a cerimônia do Clã, para preparar a bebida, eu devia ficar nua, a menos de meu amuleto e das cores pintadas em meu corpo pelo Mog-ur. Mas está muito frio na gruta para ficar tanto tempo nua, e, além do mais, os mog-urs que bebiam o líquido estavam vestidos, então eu também vou estar vestida. Acho importante me manter tão próxima quanto possível da cerimônia do Clã, por isso decidi vestir uma manta no estilo das de suas mulheres. Fiz um amuleto do Clã para guardar os símbolos de meu totem, e para mostrar que sou uma curandeira, vou usar minha bolsa do Clã de remédios, embora sejam realmente importantes apenas os objetos em meu amuleto. Ele vai permitir aos espíritos do Clã me reconhecerem não só como uma mulher do Clã, mas como curandeira.

Sob os olhares cheios de curiosidade de todos os Zelandoni, Ayla se despiu e começou a se enrolar no couro macio de veado, amarrando-o com uma longa corda de forma a deixar bolsas e dobras para guardar coisas. Pensou em tudo que estava fazendo que não era do Clã, a começar pela preparação da bebida para si própria, e não para os mog-urs. Ela não era mog-ur, nenhuma mulher do Clã podia ser, e ela não conhecia os rituais que executavam para se prepararem para a cerimônia, mas era Zelandoni e esperava que isso pudesse fazer diferença quando chegasse ao mundo dos espíritos.

Tirou uma bolsinha de sua bolsa de remédios. Havia luz suficiente das muitas lamparinas para mostrar a sua cor vermelho-escuro, a cor mais sagrada para o Clã, e depois tirou uma tigela de madeira do pacote de couro. Havia feito a tigela algum tempo antes, no estilo das tigelas do Clã para mostrar a Marthona, que, com seu sentido estético, apreciou a simplicidade e a qualidade do artesanato.

Pensou em dar de presente à mulher e agora estava feliz por não ter dado. Se não era a tigela especial que tinha sido usada apenas para aquela raiz por muitas gerações de ancestrais de Iza, era pelo menos uma tigela de madeira produzida da maneira trabalhosa do Clã.

— Vou precisar de um pouco d'água — disse Ayla enquanto desfazia os nós da bolsa vermelha. Depositou nas mãos as raízes.

— Posso vê-las? — perguntou Zelandoni.

Ayla estendeu a mão para mostrar, mas não havia nada característico nelas. Eram apenas raízes secas.

— Não sei bem quanto devo usar. — Tomou dois pedaços pequenos, esperando que estivesse certa. — Só fiz isso duas vezes e não tenho as memórias de Iza.

Alguns dos membros da zelandonia presentes já a tinham ouvido falar das memórias do Clã, mas a maioria não fazia ideia do que ela estava falando. Tentara explicar à Zelandoni Que Era A Primeira, mas, como ela própria não sabia bem o que eram, tornava difícil a explicação a outra pessoa.

Alguém pôs água na tigela de madeira, e Ayla bebeu um pouco para molhar a boca. Lembrava-se de como as raízes eram secas e de como era difícil mascá-las.

— Estou pronta — avisou ela e, antes que mudasse de ideia, colocou as raízes na boca e começou a mascar.

Levou um longo tempo para amaciá-las o suficiente para poder mordê-las, mas era difícil, apesar de tentar evitar engolir a saliva, e ela pensou que, como ela própria ia beber, talvez não fizesse tanta diferença. Mascou e mascou e mascou. Parecia que nunca ia acabar, mas enfim sua boca estava cheia de uma polpa encharcada que cuspiu na tigela. Misturou com o dedo e observou o líquido se tornar branco leitoso.

Zelandoni olhava por sobre o ombro.

— É assim mesmo que deve ser? — Parecia tentar sentir o cheiro.

— É. — Ayla sentia na boca o gosto primevo. — Quer cheirar?

— Parece um cheiro antigo, como uma floresta fria e úmida cheia de musgo e cogumelos. Posso provar?

Pensou em recusar. Era tão sagrado para o Clã, Iza nem quis fazer um pouco para ela ver. Por um momento, Ayla ficou assustada pelo pedido. Mas então percebeu que todo aquele experimento era muito distante de tudo que o Clã teria feito. Não fazia diferença se Zelandoni tomasse um gole. Ayla levou a tigela aos lábios da mulher e a viu tomar mais que um sorvo e a retirou antes que ela tomasse demais.

Depois a levou aos seus próprios lábios e bebeu depressa, sem deixar nada para os outros provarem. Foi assim que ela se complicou da primeira vez. Iza tinha lhe dito que não devia sobrar nada, mas ela fez muito, e, depois de ter provado, o Mog-ur soube que estava forte demais. Ele controlou o quanto cada um dos homens tomava e deixou um pouco no fundo da tigela. Ayla descobriu mais tarde, após ter ingerido muito por ter mascado a raiz, além de ter tomado muito da bebida das mulheres. Estava em tal estado de confusão mental que bebeu o resto para que não sobrasse nada. Agora ela queria se certificar de que ninguém ia se sentir tentado a provar.

— Quando devemos começar a cantar para você? — perguntou a Primeira. Ayla tinha quase se esquecido do canto.

— Provavelmente já deviam ter começado — respondeu ela com a voz já um pouco pastosa.

A Primeira também já sentia os efeitos do gole grande que havia tomado e lutava para manter o controle enquanto fazia um sinal para a zelandonia começar a cantar. É uma raiz poderosa, pensou, e eu só tomei um gole. O que Ayla deve estar sentindo depois de tudo que tomou?

O gosto antigo era familiar e trouxe sentimentos que Ayla nunca esqueceria, lembranças e associações de outros tempos em que tinha provado a bebida, e de tempos distantes no passado. Sentiu o frio e a umidade de uma floresta, como se estivesse envolta nela, com árvores tão enormes que era difícil encontrar o caminho em torno e entre elas, enquanto subia a encosta íngreme de uma montanha seguida pelo cavalo. Líquen macio e úmido, de um verde acinzentado e prateado, vestia as árvores, e o musgo cobria o chão, as pedras e os troncos de árvores mortas num tapete contínuo que variava nas sombras entre um verde brilhante e o verde dos pinheiros, até o verde marrom de terra e todos os tons intermediários.

Ayla sentia o cheiro dos fungos, cogumelos de todos os tamanhos e formas: frágeis asas brancas que brotavam de árvores caídas, como prateleiras grossas presas a velhos tocos, alguns marrons, grandes e densos, outros finos e delicados. Via cachos de outros fungos cor de mel, esferas compactas redondas, outros com chapéus vermelhos e pontos brancos, chapéus altos que se desfaziam num lodo negro, chapéus brancos, perfeitos e mortais, e muitos outros. Ela conhecia todos, provava todos, sentia todos.

Estava no grande delta de um rio enorme, levada por uma correnteza de águas marrons lamacentas, atravessando moitas espessas de tabuas e juncos altos, e ilhas flutuantes com árvores e lobos que as escalavam, girando e girando num barco revestido de couro, elevando-se e flutuando num colchão de ar.

Ayla não sabia que seus joelhos se dobraram e ela caiu no chão. Vários membros da zelandonia a levantaram e a levaram para um lugar de repouso que Zelandoni mandou trazer para a gruta. A Primeira quase desejou ter também um lugar de repouso ao estender o braço em busca do banco de junco. Lutou para manter a consciência, para observar Ayla, e sentiu uma mancha negra de preocupação se formar no fundo de sua mente.

Ayla sentia-se em paz, em silêncio, mergulhando numa névoa macia que a atraía cada vez mais para o fundo, até se ver completamente envolta. A nuvem se tornou espessa à sua volta numa neblina que lhe obscurecia completamente a visão, e então se tornou pesada e úmida. Sentiu-se engolida por ela. Estava sufocando, lutava para respirar, e então notou que começava a se mover.

Movia-se cada vez mais depressa, presa no meio de uma nuvem sufocante que corria tão rápido que lhe tirava o fôlego, deixava-a sem ar. A nuvem se fechou em torno dela, apertou-a, fazendo força de todos os lados, contraindo, expandindo e contraindo, como algo vivo. Forçou-a a se mover com velocidade acelerada até cair num espaço vazio negro e profundo, um lugar tão negro quanto o interior de uma gruta, irracional, aterrador.

Teria sido menos aterrador se ela tivesse simplesmente dormido, perdido a consciência, como parecia aos que a vigiavam, mas não. Não conseguia se mover, não tinha o desejo de se mover, mas, ao tentar focalizar a vontade em mover alguma coisa, mesmo um dedo, não conseguiu. Não conseguia nem sentir o dedo, nem qualquer outra parte de seu corpo. Não conseguia abrir os olhos, nem virar a cabeça, não tinha volição nem vontade, mas conseguia ouvir. Em algum nível, estava consciente. Como se estivesse à distância, porém com grande clareza, ouvia o canto da zelandonia, ouvia o murmúrio fraco de vozes que vinha de um recanto. Apesar de não entender o que diziam, conseguia até ouvir seu próprio coração batendo.

Cada um dos doniers escolhia um som, a nota e o timbre, que dava a cada um deles o maior conforto em nível contínuo. Quando queriam manter um canto contínuo, vários doniers começavam a emitir sua nota. A combinação podia ou não ser harmônica, não importava. Antes que o primeiro perdesse o fôlego, outra voz começava, depois outra, e outra em intervalos aleatórios. O resultado era uma fuga entrelaçada de notas que continuava indefinidamente, se houvesse um número suficiente de pessoas para oferecer descanso necessário para quem parava durante um momento.

Para Ayla, era um som reconfortante, mas que tendia a desaparecer no fundo enquanto sua mente observava cenas que só ela via atrás das pálpebras fechadas, visões com a incoerência lúcida de sonhos vívidos. Sentia que sonhava acordada. De início, continuou ganhando velocidade no espaço escuro. Disso ela tinha certeza, apesar de o vazio continuar imutável. Estava aterrorizada e só. Dolorosamente só. Não havia sensações, nenhum gosto, nem cheiro, nem som, nada via, não tinha tato, como se nenhum sentido jamais tivesse existido, apenas os gritos de sua mente consciente.

Passou-se uma eternidade. Então, a grande distância, pouco mais que discernível, um brilho fraco de luz. Lutou para alcançá-lo. Qualquer coisa era melhor que nada. Seu esforço a fez se mover mais rápido, a luz expandiu num borrão amorfo e pouco perceptível, e por um momento ela se perguntou se sua mente teria outros efeitos no estado em que se encontrava. A luz indistinta se tornou uma névoa espessa que escureceu com cores, cores estranhas de nomes desconhecidos.

Ela afundava na nuvem, caindo através dela, cada vez mais rápido, e então atravessou o fundo. Uma paisagem estranhamente familiar se abriu abaixo dela, cheia de formas geométricas repetitivas, quadrados e ângulos agudos, brilhantes, cheios de luz, repetidos, movendo-se para cima. Nada com aquelas formas retas e agudas existia no seu mundo natural conhecido. Fitas brancas pareciam fluir pelo chão daquele lugar estranho, estendendo-se na distância, com animais estranhos correndo ao longo dela.

Quando se aproximou, viu as pessoas, massas de pessoas se contorcendo e coleando, todas apontando o dedo para ela.

— Vooocê, vooocê, vooocê — diziam, quase como um canto.

Ela viu uma figura parada sozinha. Era um homem, um homem de espíritos mistos. Ao se aproximar, teve a impressão de que ele era familiar, mas nem tanto. De início, pensou ser Echozar, mas depois ele a fez se lembrar de Brukeval, e as pessoas diziam:

— Vooocê, vooocê é culpada, vooocê trouxe o Conhecimento. Foi você.

— Não! — gritou sua mente. — Foi a Mãe. Ela me deu o Conhecimento. Onde está a Mãe?

— A Mãe se foi. Só ficou o Filho — responderam as pessoas. — Foi você.

Ela olhou o homem e de repente viu quem era, embora seu rosto estivesse na sombra e ela não enxergasse com clareza.

— Não foi culpa minha. Fui amaldiçoada. Tive de abandonar meu filho. Broud me obrigou a partir — gritou sua voz sem som.

— A Mãe se foi. Só ficou o Filho.

Nos seus pensamentos, Ayla não entendeu. O que significava tudo aquilo? De repente, o mundo abaixo dela assumiu uma dimensão diferente, ainda ominosa e do outro mundo. As pessoas e as formas geométricas desapareceram. Era uma planície vazia, desolada e batida pelo vento. Dois homens apareceram, irmãos que ninguém diria serem irmãos. Um era alto e louro como Jondalar, o outro, mais velho, sabia que era Durc, apesar de seu rosto ainda estar na sombra. Os dois irmãos se aproximaram vindo de direções opostas, e ela sentiu uma grande ansiedade, como se algo terrível estivesse para acontecer, algo que ela devia evitar. Com um choque de terror, soube que um dos seus filhos ia matar o outro. Com os braços erguidos, como se prontos a atacar, eles se aproximaram. Ela lutou para alcançá-los.

De repente, Mamut estava lá, contendo-a.

— Não é o que você está pensando. É um símbolo, uma mensagem. Veja e espere.

Um terceiro homem surgiu na planície batida pelo vento. Era Broud, olhando-a com uma expressão de puro ódio. Os dois homens se encontraram e se voltaram para encará-lo.

— Amaldiçoe-o, amaldiçoe-o, com a maldição da morte — fez Durc.

— Mas ele é seu pai, Durc — disseram os pensamentos de Ayla com apreensão silenciosa. — Você não pode ser quem vai amaldiçoá-lo.

— Ele já foi amaldiçoado — retrucou o outro filho. — Foi você, você guardou a pedra negra. São todos amaldiçoados.

Ayla gritou:

— Não! Não! Eu a devolvo. Eu ainda posso devolvê-la.

— Não há nada que você possa fazer, Ayla. É seu destino — disse Mamut. Quando ela se voltou para olhá-lo, Creb estava ao lado dele. — Você nos deu Durc — disse por sinais o velho Mog-ur. — Foi seu destino. Durc é parte dos Outros, mas também é do Clã. O Clã está condenado, não vai mais existir, só os seus vão continuar, e os iguais a Durc, os filhos de espíritos mistos. Talvez não sejam muitos, mas bastantes. Não vai ser a mesma coisa, ele vai se tornar um dos Outros, mas já vai ser alguma coisa. Durc é o filho do Clã, Ayla. É o único filho do Clã.

Ayla ouviu uma mulher chorar e ao olhar a cena havia mudado outra vez. Estava escuro, encontravam-se no fundo da gruta. Então lamparinas se acenderam, e ela viu uma mulher com um homem nos braços. O homem era seu filho alto e louro, e quando a mulher ergueu os olhos, para sua surpresa, Ayla se viu, mas estava embaçada. Era como se ela se visse num refletor. Um homem chegou próximo e os olhou do alto. Ela ergueu os olhos e viu Jondalar.

— Onde está meu filho? Onde está meu filho?

— Eu o dei à Mãe — gritou a Ayla refletida. — A Grande Mãe Terra o queria. Ela é poderosa. Tomou-o de mim.

De repente, Ayla ouviu a multidão e viu as estranhas formas geométricas.

— A Mãe Terra se enfraquece — cantavam as vozes. — Seus filhos A ignoram. Quando deixarem de honrá-La, Ela vai ser destruída.

— Não — gemeu a Ayla refletida. — Quem vai nos alimentar? Quem vai cuidar de nós? Quem vai prover para nós, se não A Honrarmos?

— A Mãe morreu. Só ficou o Filho. Os filhos da Mãe já não são crianças. Abandonaram a Mãe. Já têm o Conhecimento, são adultos, como ela já sabia que seria o destino deles.

A mulher ainda chorava, mas já não era Ayla. Era a Mãe, chorando porque seus filhos a haviam abandonado.

Ayla sentiu que era puxada para fora da gruta e também chorava. As vozes diminuíram como se cantassem de muito longe. Ela se movia novamente, muito acima da vasta planície verdejante, cheia de grandes manadas. Auroques em disparada, e cavalos corriam com eles. Bisões e veados também corriam, e íbex. Ela se aproximou e começou a ver os animais individuais, os que havia visto quando foi chamada para a zelandonia, e as fantasias que haviam usado durante a cerimônia em que deram o Novo Dom da Mãe aos Seus filhos, quando ela recitou a última estrofe da Canção da Mãe.

Dois bisões machos passaram correndo um pelo outro, grandes auroques marchavam se aproximando, uma vaca grande quase flutuava no ar, e outra dava á luz, um cavalo no final da passagem descia um desfiladeiro, muitos cavalos, a maioria coloridos, marrons, vermelhos e pretos, e Huiin com o couro estampado sobre o lombo e a cabeça, e dois chifres retos.

40

Zelandoni não estava com Ayla na sua misteriosa viagem íntima, mas a sentiu e foi atraída para ela. Talvez, se tivesse consumido mais bebida, tivesse sido sugada com Ayla e se perdesse na paisagem enigmática induzida pela raiz. Na condição em que estava, por algum tempo ela perdeu o controle de suas faculdades e enfrentou suas próprias dificuldades.

Os membros da zelandonia não sabiam bem o que acontecia. Ayla parecia estar inconsciente, e a Primeira, quase inconsciente. Não estava exatamente apagada, mas permanecia imóvel, e seus olhos vidrados davam a sensação de dirigir um olhar à distância, além do alcance da vista. Ela então se agitava e dizia coisas que não faziam sentido. Não parecia estar no controle da experiência, o que por si só era incomum, e ela definitivamente não se controlava, o que deixava todos nervosos. Os que a conheciam melhor eram os mais alarmados, mas não queriam espalhar sua preocupação entre os outros.

A Primeira se agitou e acordou, como se por um ato de vontade.

— Frio... frio... — disse ela e depois desabou novamente com os olhos embaciados.

Quando tornou a se agitar e acordar, ela gritou:

— Cubram... pele... cubram Ayla... frio... tão frio. Esquentem. — E desmaiou novamente.

Haviam trazido algumas cobertas quentes, pois sempre era muito frio na gruta. Já tinham posto uma sobre Ayla, mas o Zelandoni da Décima Primeira decidiu pôr mais uma. Quando tocou a jovem, ficou surpreso.

— Ela está fria, quase tão fria quanto a morte.

— Está respirando? — perguntou o da Terceira.

O da Décima Primeira se curvou sobre ela e examinou atentamente, notou um leve movimento do peito e sentiu um sopro fraco da boca entreaberta.

— Sim, está respirando, mas quase sem forças.

— Você acha que devíamos fazer um chá quente para ela? — perguntou o Zelandoni da Quinta.

— Acho que devíamos, para as duas — respondeu o da Terceira.

— Um chá estimulante ou calmante? — perguntou novamente o da Quinta.

— Não sei. Qualquer um dos dois poderia reagir com a raiz de uma forma inesperada — disse o da Terceira.

— Vamos tentar perguntar à Primeira. É ela quem deve decidir — propôs o da Décima Primeira.

Os companheiros concordaram. Os três se reuniram em torno da volumosa mulher sentada no banco, derreada. O da Terceira pôs a mão no ombro da Primeira e sacudiu levemente, depois um pouco mais forte. A Zelandoni acordou.

— Você quer chá? — perguntou o da Terceira.

— Sim! Sim! — respondeu a Primeira, e depois mais alto, como se gritar a ajudasse a continuar acordada.

— Ayla também?

— Sim. Quente!

— Chá estimulante ou calmante? — perguntou o da Décima Primeira, também gritando.

A Zelandoni da Décima Quarta Caverna se aproximou, o cenho franzido de preocupação.

— Estimul... Não! — A Primeira parou, lutando para se concentrar. — Água! Só água quente! — Agitou-se no esforço de continuar acordada. — Ajudem-me a levantar!

— Você tem certeza de que consegue ficar de pé? — perguntou o da Terceira.

— Cuidado para não cair.

— Ajudem-me a levantar! Preciso ficar acordada. Ayla precisa... de ajuda. — Começou a cair novamente e se agitou violentamente. — Ajudem-me a ficar de pé. Tragam só água quente, não chá.

Os Zelandoni da Terceira, da Décima Primeira e da Décima Quarta se juntaram em volta da mulher corpulenta que era A Primeira Entre Aqueles Que Serviam à Mãe e com algum esforço conseguiram colocá-la de pé. Balançou o corpo, ébria, apoiou-se pesadamente em dois dos Zelandoni e tornou a balançar a cabeça. Fechou os olhos e assumiu uma expressão de intensa concentração. Quando os abriu novamente, rilhava os dentes com determinação, mas parou de balançar.

— Ayla está mal. Culpa minha. Eu devia saber. — Ainda tinha dificuldade em se concentrar, em pensar direito, mas estar de pé e andando ajudava. A água quente também, ainda que só por aquecê-la. Sentia frio, um frio cortante que chegava aos ossos, e sabia que não era apenas por estar na gruta. — Frio demais. Movam-na. Precisamos de fogo. Calor.

— Você quer que tiremos Ayla da gruta? — perguntou a Décima Quarta.

— Isso. Frio demais.

— Devemos acordá-la? — perguntou o da Décima Primeira.

— Acho que não vai ser possível. Mas tentem.

Primeiro, tentaram sacudi-la suavemente, e depois com força. Ayla não reagiu. Tentaram falar com ela, e gritaram, mas não houve reação. O Zelandoni da Terceira perguntou à Primeira:

— Devemos continuar cantando?

A Zelandoni Que Era Primeira respondeu aos gritos:

— Sim! Cantem! Não parem! É tudo que ela tem!

Os Zelandoni de nível mais alto deram algumas instruções. De repente, houve um surto de agitação quando várias pessoas correram para fora em direção à casa da zelandonia, algumas para acender o fogo que esquentaria a água, outras para buscar uma liteira para tirar a jovem da gruta. O restante continuou a cantar com fervor.

Várias pessoas estavam reunidas nas proximidades da casa da zelandonia. Uma reunião dos casais que planejavam atar o nó no último Matrimonial fora planejada para aquela tarde, e alguns já começavam a chegar. Folara e Aldanor estavam entre eles. Quando vários membros da zelandonia chegaram correndo à casa, Folara e Aldanor se olharam preocupados.

— O que há de errado? Por que estão todos correndo? — perguntou Folara.

— É a nova Zelandoni — respondeu um rapaz, um dos acólitos mais novos.

— Você quer dizer Ayla? A Zelandoni da Nona? — perguntou Folara.

— Ela mesma. Fez uma bebida especial usando uma raiz, e a Primeira disse que temos que retirá-la da gruta porque lá é muito frio. Ninguém consegue acordá-la — respondeu o acólito.

Ouviram uma comoção e se voltaram para olhar. Dois doniers jovens e fortes ajudavam a Primeira na volta da gruta. Ela tinha dificuldade em manter o equilíbrio e andar sem tropeçar. Folara, que nunca havia visto a Zelandoni tão desequilibrada, teve um acesso de apreensão. A Que Era A Primeira era sempre tão segura de si, tão positiva. Mesmo com seu porte avantajado, ela se movia confiante e com facilidade. Para a jovem já tinha sido uma provação acompanhar a debilitação de sua mãe. Era absolutamente assustador ver alguém que sempre tinha visto como uma força inquebrantável, um baluarte de segurança e vigor, de repente mostrar tamanha debilidade.

Quando a Primeira chegou à casa, outro grupo de Zelandoni surgiu no caminho que vinha da nova gruta carregando uma liteira, sob uma pilha alta de peles. Conforme a procissão de aproximava, Folara e Aldanor ouviram os sons entrelaçados dos cantos da zelandonia. Quando a liteira passou, Folara olhou a jovem que conhece e ama, a mulher de seu irmão. O rosto de Ayla estava pálido e emaciado, e a respiração muito fraca. Ela parecia não se mover.

Folara ficou horrorizada, e Aldanor percebeu seu alarme.

— Temos de buscar mamãe, Proleva e Joharran — disse ela. — E Jondalar.

Apesar de toda dificuldade, e de algum constrangimento, a caminhada da gruta até a casa ajudou a clarear a cabeça da Zelandoni. Deixou-se cair na cadeira grande e confortável e agradeceu o copo de água quente que lhe deram. Não ousou sugerir nenhuma erva nem remédio para combater os efeitos da raiz, nem quando não conseguiu pensar com clareza, por medo de que a interação pudesse agravar os efeitos. Com a mente mais clara, apesar de seu corpo ainda sentir os efeitos da poderosa raiz, ela decidiu fazer algumas experiências consigo mesma. Acrescentou algumas ervas estimulantes a um segundo copo de água quente e sorveu lentamente, tentando avaliar se sentia alguma coisa. Não teve certeza de que provocaram alguma melhora, mas pelo menos não pioraram as coisas.

Levantou-se com alguma ajuda, voltou à cama onde antes estivera Laramar, agora ocupada por Ayla.

— Vocês tentaram lhe dar água quente?

— Não conseguimos abrir sua boca — disse um jovem acólito parado ao lado.

A Primeira tentou abrir a boca de Ayla, mas a mandíbula estava travada, como se lutasse contra alguma coisa com todas as suas forças. A donier afastou as cobertas e notou que todo o seu corpo estava rígido. Estava gelada e úmida ao toque apesar de todas as peles sobre ela.

— Encha aquela bacia de água quente — disse ao rapaz. Vários outros correram para ajudá-lo.

Ela não conseguira abrir a boca da jovem. Se não era possível colocar algum calor em seu interior, teria de tentar aplicar mais do lado de fora. A Primeira tomou vários pedaços de bandagem, peles macias e tecidos que estavam por ali e os mergulhou na água fervente. Cuidadosamente espremeu o líquido e aplicou uma compressa quente no braço da moça. Ao aplicar uma compressa no outro braço, o primeiro já estava frio.a

— Tragam mais água quente — pediu.

Desatou o nó da corda enrolada em volta da roupa de Ayla e, com a ajuda de outros Zelandoni para levantá-la, soltou-a do corpo da moça, notando como a camurça fora fixada ao corpo. Ayla não estava nua, notou a Primeira. Usava um sistema de faixas que prendia uma almofada absorvente cheia de pó de tabua entre suas pernas. Ou ela está menstruando ou ainda está sangrando por causa do aborto, pensou a Zelandoni. Pelo menos isso quer dizer que Laramar não começou uma vida nova nela. A donier ainda verificou se o absorvente precisava ser trocado, mas seu fluxo já estava no fim e ela o deixou intacto.

Então, com a ajuda de vários doniers, ela começou a aplicar várias peles e tecidos quentes e úmidos sobre Ayla, tentando afastar o frio que enregelava a jovem. Ela própria tinha apenas uma sensação distante do frio interno, o suficiente para lhe dar uma noção do que a outra mulher sentia. Finalmente, depois de muitas aplicações de calor, o corpo rígido de Ayla começou a relaxar e seu queixo destravou. Zelandoni esperava que aquilo fosse um sinal auspicioso, mas não tinha meios de saber com certeza. Cobriu pessoalmente Ayla com peles quentes. Era tudo que podia fazer no momento.

Sua cadeira grande e pesada foi trazida, e A Que Era A Primeira sentou-se ao lado da mais nova Zelandoni, começando uma vigília ansiosa. Pela primeira vez, percebeu o canto contínuo do coro que vinha desde o início, em que alguns entravam e outros saíam quando se cansavam.

Talvez tenhamos de trazer mais pessoas para mantê-lo, se isso demorar muito. Zelandoni nem queria pensar no que viria depois da espera. Quando o fez, fixou na mente a ideia de que Ayla ia acordar e estaria muito bem. Qualquer outra situação seria muito dolorosa. Se eu não estivesse tão curiosa sobre essas raízes estranhas, teria sido mais perceptiva?, pensou. Ayla parecia muito aflita e nervosa quando chegou, mas todos os zelandoni estavam lá, ansiosos por aquela cerimônia única na nova gruta. Tinha observado Ayla mastigar as raízes durante um longo tempo e depois cuspi-las numa tigela com água, e então ela própria tinha decidido provar um pouco.

Aquele foi o primeiro aviso. Os efeitos que sentiu daquele único gole foram muito maiores do que esperava. Apesar de ter alguns momentos difíceis, estava feliz por ter experimentado, pois lhe dava uma ideia do que Ayla estava passando. Quem poderia imaginar que aquelas raízes aparentemente inócuas pudessem ser tão poderosas? O que eram elas? A planta crescia na região? Evidentemente ela possuía propriedades únicas, algumas das quais poderiam ser benéficas para usos específicos, mas, se houvesse novas experiências, teriam de ser conduzidas em circunstâncias muito mais cautelosas e controladas. Era uma raiz muito perigosa.

Mal tinha assumido o estado meditativo que lhe era comum em longas vigílias quando um dos Zelandoni se aproximou da Primeira. Marthona e Proleva, além de Folara, tinham chegado e pediam permissão para entrar.

— Claro que podem — respondeu. — Elas podem ser úteis e talvez sejam necessárias antes que isso termine.

Quando entraram, as três mulheres viram vários membros da zelandonia cantando em torno de uma cama próximo ao fundo. Zelandoni estava sentada ao lado.

— O que aconteceu com Ayla? — perguntou Marthona ao vê-la deitada pálida e imóvel na cama.

— Quem dera eu soubesse — respondeu Zelandoni. — E acho que é minha culpa. Em anos recentes, Ayla às vezes falava de uma raiz usada pelos mog-urs, acho que ela os chama assim, os homens do Clã que conhecem os espíritos. Eles a usavam para entrar no mundo dos espíritos, mas, pelo que entendi, só em cerimônias especiais. Da forma como ela falava da raiz, eu tinha certeza de que já a havia usado, mas sempre guardava mistério sobre ela. Dizia que os efeitos eram muito poderosos. Eu fiquei curiosa, é claro. Qualquer coisa que possa auxiliar a zelandonia na comunicação com o outro mundo é importante.

Trouxeram bancos para as três, e copos de chá de camomila. Quando estavam bem-acomodadas, a Primeira continuou:

— Até recentemente, eu não sabia que Ayla tinha algumas daquelas raízes, nem que acreditava que ainda fossem eficazes. Francamente, eu duvidava. A maioria das ervas perde o efeito com o passar do tempo. Ela afirmava que se fossem guardadas com cuidado as raízes se tornavam mais concentradas, ganhavam força ao longo do tempo. Pensei que uma pequena experiência talvez a ajudasse a esquecer suas preocupações. Sabia que ela estava sofrendo por causa de Jondalar, e que todo o infeliz incidente da noite do festival, especialmente depois de ter abortado quando foi chamada...

— Você nem faz ideia de como foi difícil para ela, Zelandoni — explicou Marthona. — Sei que nunca é fácil ser chamada. É parte do processo, suponho, mas com o aborto e tudo mais, eu lhe digo, houve momentos em que pensei que ia perdê-la. Ela sangrava demais, tive medo de que a hemorragia a matasse. Estava quase mandando chamar você. Se aquilo tivesse continuado por mais tempo, eu teria mandado chamá-la, apesar de não acreditar que você fosse chegar a tempo.

— Talvez você não devesse tê-la mandado tão cedo. — Zelandoni balançou a cabeça.

— Não houve meio de segurá-la. Você sabe como ela fica quando decide fazer alguma coisa — disse Marthona. Zelandoni concordou. — Não suportava mais esperar para ver Jondalar e Jonayla, especialmente depois de ter perdido um filho. Ela queria ver a filha, e acho que queria começar outro. E ela tinha certeza de que sabia como. Acho que foi essa a razão para ela querer tanto encontrar Jondalar.

— E ela o encontrou — disse Proleva. — Com Marona.

— Às vezes, não entendo Jonde — disse Folara. — Por que *ele* não a deixou em paz?

— Provavelmente porque *ela* não o deixava em paz — retrucou Proleva. — Ele sempre teve necessidades fortes. Ela tornou tudo fácil.

— E o que ele fez quando Ayla também quis aproveitar o festival? — disse Folara. — Como se ela também não tivesse direito.

— Certo ou não, ela não fez aquilo porque quisesse celebrar a Mãe no festival — interveio Zelandoni. — Foi por mágoa e raiva que escolheu aquele homem. Ela não queria Laramar, queria se vingar de Jondalar. Não foi uma homenagem à Mãe, e ela sabe. Nenhum dos dois tem razão, mas acho que os dois estão tentando assumir toda a culpa, e isso não é bom.

— Não importa de quem seja a culpa, Jondalar ainda vai ter uma punição severa — disse Marthona.

— Não se pode condenar Laramar por não querer voltar para a Nona Caverna. Ainda bem que a Quinta o aceitou, mas sua companheira não quer se mudar — disse Proleva. — Diz que a Nona Caverna é sua casa. Ela realmente tem uma boa situação, mas, se não tiver um companheiro, quem vai cuidar de sua ninhada?

— Ou fornecer o barma que ela toma todo dia — comentou Folara.

— Talvez isso seja um incentivo para ela se mudar para a Quinta — disse a Zelandoni.

— A menos que o filho mais velho assuma as responsabilidades — disse Proleva. — Há vários anos ele vem aprendendo a fazer barma. Há quem diga que o dele é melhor que o de Laramar. E há muita gente na nossa margem do Rio que gostaria de ter uma fonte próxima.

— Bem, não dê essa sugestão a ele — disse Marthona.

— Não vai fazer diferença — retrucou Proleva. — Se nós já pensamos, alguém mais vai chegar à mesma conclusão.

Zelandoni notou que duas pessoas se juntavam ao canto e que uma saía. Fez para elas um sinal de aprovação e olhou Ayla. Sua pele parecia realmente mais cinzenta? Ela não havia se movido, mas de alguma forma parecia ter se afundado um pouco mais na cama. A donier não gostou de sua aparência. Ela então voltou à sua explicação:

— Eu estava dizendo que queria ajudar Ayla a tirar da cabeça os problemas que a afligiam, a fazê-la falar de outras coisas pelas quais em geral demonstra grande interesse. Por isso perguntei a respeito dessa raiz do Clã, mas não sou completamente inocente. Estava muito ansiosa para saber um pouco mais. Devia ter prestado mais atenção a ela, devia ter notado o quanto Ayla estava perturbada. E eu devia ter acreditado nela quando falou da potência da raiz do Clã. Tomei apenas um gole e tive de lutar para manter o controle. É muito mais poderosa do que eu imaginava. Acho que Ayla está perdida em algum lugar no mundo dos espíritos. A única coisa que me lembro de ter ouvido é que o canto era o elo que a manteria presa a este mundo e realmente senti sua força quando estava meio perdida pelo efeito de só um gole. Com toda honestidade, não sei o que mais posso fazer por ela além de mantê-la aquecida, cantar e esperar que o efeito passe logo.

— Ela me falou a respeito da raiz do Clã — disse Marthona. — O homem que ela chama de Mamut disse que nunca mais provaria a raiz, que tinha medo de se perder para sempre. Ele disse a Ayla que a raiz era poderosa demais e lhe aconselhou a nunca mais usá-la.

A Primeira franziu o cenho.

— Por que ela não me disse que Mamut lhe avisou para nunca mais usar? Ele era Um Dos Que Servem, tinha de saber. De início, Ayla relutou um pouco, mas não me disse por quê. E depois ela me pareceu perfeitamente disposta, chegou mesmo a cumprir os rituais do Clã. Ela não me disse que Mamut a havia avisado do perigo — disse a Zelandoni, completamente perturbada.

A Primeira se levantou e examinou Ayla novamente. Ainda estava fria e pegajosa; a respiração era quase imperceptível. Se tivesse acabado de vê-la e tocá-la, a donier teria pensado que estava morta. Levantou uma pálpebra. Houve uma resposta mínima. Zelandoni tinha pensado, esperado, que Ayla precisava apenas de tempo para os efeitos se dissiparem. Agora se questionava se havia alguma coisa capaz de arrancá-la daquele estado.

Ela ergueu os olhos e fez um sinal para um acólito.

— Faça uma massagem suave. Tente dar um pouco de cor à pele, e vamos tentar fazê-la beber um pouco de chá quente, algo estimulante. — Depois, mais alto para que todos a ouvissem: — Alguém sabe por onde anda Jondalar?

— Ultimamente ele tem andado muito pela margem do Rio — respondeu Marthona.

— Hoje mais cedo eu o vi praticamente correndo naquela direção — confirmou um acólito.

Zelandoni se levantou e bateu palmas para chamar a atenção de todos.

— O espírito de Ayla está perdido no vazio, e ela não consegue encontrar o caminho de volta. E talvez nem consiga encontrar o caminho até a Mãe. Temos de encontrar Jondalar. Se não trouxermos Jondalar até aqui, ela nunca vai encontrar o caminho de volta, não vai ter nem mesmo a disposição para tentar. Procurem em todo o acampamento, em todas as tendas, façam todos procurá-lo. Procurem nas florestas, nas margens acima e abaixo do Rio. Procurem dentro do Rio, se for necessário. Mas tragam-no aqui. Depressa.

As pessoas presentes nunca tinham visto a Zelandoni tão agitada. Com exceção dos que cantavam, todos saíram correndo e se espalharam em todas as direções. Após saírem, A Que Era A Primeira Entre Aqueles Que Serviam Á Mãe tornou a examinar Ayla. Ainda estava fria, e sua pele estava ficando mais cinzenta. Está começando a desistir, pensou a donier. Acho que ela não quer mais viver. Talvez já seja tarde demais até para Jondalar.

Um dos acólitos irrompeu na dis'casa usada por Jondalar e os dois visitantes Mamutói. Só tinha visto o homem alto e ruivo à distância e não imaginava que fosse tão grande de perto.

— Você sabe onde está Jondalar?

— Não. Não o vejo desde hoje de manhã — respondeu Danug. — Por quê?

— É a nova Zelandoni. Ela bebeu um líquido feito de uma raiz e agora seu espírito está em algum vazio escuro e a Primeira disse que temos de encontrar Jondalar e trazê-lo imediatamente ou ela vai morrer e seu espírito se perderá para sempre — contou ele de um fôlego, sem interrupção. Quando recuperou a respiração, continuou: — Temos de procurar em toda parte e pedir a todos para ajudar a procurá-lo.

— Seria aquela raiz que ela tomou com Mamut? — perguntou Danug, olhando preocupado para Druwez.

— Que raiz é essa? — perguntou Dalanar, que tinha notado a preocupação dos dois.

— Ayla possuía uma raiz que tinha trazido do Clã — explicou Danug. — Aparentemente, era usada pelos que conversam com os espíritos. Mamut quis experimentar, e Ayla preparou da forma como lhe tinham ensinado. Não sei exatamente o que aconteceu, mas ninguém conseguia acordá-los. Ficamos todos preocupados e cantamos. Finalmente Jondalar chegou e implorou a Ayla para voltar, dizendo o quanto ele a amava. Eles estavam tendo alguns problemas, mais ou menos como agora. Não entendo como duas pessoas que se amam tanto possam ser tão cegas para os sentimentos uma da outra.

— Ele sempre teve problemas assim com as mulheres. Não sei se é orgulho ou estupidez. — Willamar balançou a cabeça. — Quando trouxe Ayla para casa, pensei que ele já tivesse superado essa fase. É ótimo quando não liga muito para uma mulher, mas, quando ama, parece perder todo o bom senso e não sabe o que fazer. Você devia ouvir suas histórias. Mas isso não importa agora. O que aconteceu?

— Jondalar ficou falando que a amava e chamando-a de volta. Finalmente ela acordou, tal como Mamut. Mais tarde, Mamut nos disse que os dois estariam perdidos para sempre num vazio escuro se o amor de Jondalar não fosse tão forte a ponto de encontrar o caminho até ela; ele trouxe ambos de volta. Mamut disse que as raízes eram fortes demais, ele nunca teria sido capaz de controlá-las e nunca mais experimentaria outra vez. Disse que teve medo de perder para sempre o espírito naquele lugar horrível e avisou a Ayla para tomar cuidado com elas. — Danug sentiu o sangue lhe fugir do rosto. — Ela o fez novamente — disse ele ao sair correndo da tenda. Depois não soube para onde ir. Finalmente teve uma ideia e correu na direção do acampamento da Nona Caverna.

Várias pessoas se agitavam em volta da lareira de cozinhar, e ele ficou aliviado ao ver Jonayla. Era evidente que ela havia chorado, e Lobo gania e tentava lamber as lágrimas de seu rosto. Marthona e Folara também tentavam confortá-la. Responderam à saudação do enorme Mamutói quando ele se ajoelhou diante da menina. Afagou a cabeça do Lobo quando o animal se aproximou do homem familiar.

— Como você está, Jonayla?

— Eu quero minha mãe, Danug — respondeu ela, já começando a chorar. — Minha mãe está doente. Não quer acordar.

— Eu sei. Mas acho que tenho um meio de ajudá-la.

— Como? — Ela o encarou com os olhos arregalados.

— Ela já ficou doente assim antes, quando vivia conosco no Acampamento do Leão. Acho que Jondalar é capaz de acordá-la. Foi ele quem a acordou na outra vez. Você sabe onde ele está, Jonayla?

Ela balançou a cabeça.

— Eu quase nunca vejo Jonde atualmente. Ele vai embora, às vezes durante um dia inteiro.

— Você sabe aonde ele vai?

— Geralmente sobe o Rio.

— Ele costuma levar Lobo?

— Sim, mas hoje não.

— Você acha que Lobo seria capaz de encontrá-lo, se você mandasse?

Jonayla olhou Lobo e depois Danug.

— Talvez consiga — respondeu. Depois, com um sorriso trêmulo, falou: — Acho que consegue, sim.

— Se você o mandar procurar Jondalar, eu o sigo e digo a Jondalar para voltar e acordar sua mãe — disse Danug.

— Mamãe e Jonde não conversam muito ultimamente. Talvez ele não queira — disse ela com uma expressão preocupada.

Danug pensou que ela ficava idêntica a Jondalar quando franzia a testa daquela maneira.

— Não se preocupe, Jonayla. Jondalar ama demais sua mãe, e ela o ama também. Se souber que ela está em dificuldades, ele voltará correndo a toda pressa. Tenho certeza.

— Se ele a ama, por que não conversa com ela, Danug?

— Porque, às vezes, mesmo quando você ama uma pessoa, nem sempre é capaz de entendê-la. Às vezes, você nem é capaz de se entender. Você vai mandar Lobo procurar Jondalar?

— Lobo, venha cá — chamou a menina. Ela se levantou e tomou a cabeça enorme entre suas mãozinhas, como sua mãe teria feito. Parecia tanto com Ayla que Danug teve de disfarçar um sorriso. E não só ele. — Mamãe está doente, e Jondalar tem de vir para ajudá-la, Lobo. Você tem de encontrá-lo. — Soltou a cabeça do animal e apontou na direção do Rio. — Encontre Jondalar, Lobo. Vá buscar Jondalar.

Não era a primeira vez que Lobo ouvia aquela ordem. Lobo e Ayla tiveram de encontrar a trilha de Jondalar durante a viagem de volta, quando ele foi capturado pelas caçadoras de Attaroa. O animal ansioso lambeu o rosto de Jonayla e saiu correndo na direção do Rio.

Ele se virou e começou a retornar, mas ela ordenou mais uma vez:

— Vá, Lobo! Encontre Jondalar!

O animal olhou para trás quando Danug partiu no seu encalço e então continuou num trote rápido farejando o chão.

Jondalar mal podia esperar para se afastar do acampamento depois do encontro com Ayla. Então, quando chegou ao Rio e começou a caminhada rio acima, não conseguiu mais deixar de pensar nela. Ele quase o tinha feito, quase a havia tomado nos braços. Era o que ele queria, por que não o fizera? Como ela teria reagido se a tivesse tomado nos braços? Teria ficado com raiva? Talvez o tivesse rechaçado. Ou não? Parecera tão surpresa, tão chocada, mas ele não estava da mesma forma?

Por que hesitara? O que poderia ter acontecido? Se ela ficasse com raiva e o repelisse, as coisas estariam piores do que estavam agora? Pelo menos ele ficaria sabendo que ela não o queria. Mas você não quer saber, não é? No entanto as coisas não podem continuar no pé em que estão. Ela chorava quando saiu correndo? Ou seria impressão? Por que estaria em lágrimas? Porque estava perturbada, é claro. Mas o que a teria perturbado tanto? O simples fato de ver você? Por que isso ia perturbá-la tanto? Ela me disse o que sentia na noite do Festival. Ela me mostrou, não mostrou? Ela não gosta mais de você, mas então por que ela estava chorando?

Geralmente, quando andava ao longo da margem do rio, ele pensava em voltar na hora em que o sol estivesse no zênite, ao meio-dia. Mas naquele dia sua mente estava tão perdida em pensamentos, repassando todas as nuances que lembrava, ou detalhes que acreditava lembrar, que nem notou a passagem do tempo ou a altura do sol.

Danug, andando a passos largos para acompanhar Lobo, começou a se perguntar se o animal estava na trilha certa. Jondalar já teria caminhado tanto? Já passava muito do meio-dia quando Danug parou para um rápido gole de água antes de continuar. Levantou-se na margem do rio e, bem distante ao longo de um trecho reto do rio sinuoso, viu um homem andando. Protegeu os olhos com a mão, mas não conseguiu ver além do que parecia ser uma curva do rio. O lobo tinha corrido à frente quando ele parou e não podia ser visto. Danug esperou ser capaz de alcançá-lo aumentando o ritmo das passadas.

Finalmente Jondalar se distraiu de sua intensa preocupação por um movimento na vegetação ao lado do rio. Percebeu novamente o movimento. Era um lobo! Estaria me perseguindo? Perguntou a si mesmo, procurando o arremessador de lanças. Mas ele não tinha trazido o arremessador nem lanças. Seus olhos procuraram uma arma pelo chão, um galho grosso ou uma galhada, ou um pedra de bom tamanho, alguma coisa com que se defender, mas, quando o enorme animal finalmente apareceu, tudo que ele pôde fazer foi levantar o braço diante do rosto ao ser derrubado pelo ataque. Mas o animal não mordia, apenas lambia. Então ele viu a orelha quebrada num ângulo atrevido. Não era um lobo selvagem, percebeu.

— Lobo! É você? O que está fazendo aqui? — Sentou-se e teve de rechaçar os avanços do animal empolgado. Continuou sentado, coçando atrás das orelhas do lobo, tentando acalmá-lo.

— Por que você não está com Jonayla, ou com Ayla? Por que me seguiu até aqui? — Jondalar começou a sentir-se alarmado.

Assim que se levantou e retomou a caminhada, Lobo correu nervoso à sua frente, depois correu na direção de onde tinha vindo.

— Você quer voltar, Lobo? Pode ir. — Mas quando Jondalar tornou a caminhar, Lobo pulou à sua frente. — O que foi, Lobo? — Jondalar olhou para o céu, e pela primeira vez notou que o sol já tinha passado o zênite. — Quer que eu volte com você?

— É isso mesmo que ele quer, Jondalar — disse Danug.

— Danug! O que você está fazendo aqui?

— Procurando você.

— Me procurando? Por quê?

— É Ayla, Jondalar. Você tem de voltar imediatamente.

— Ayla? O que aconteceu, Danug?

— Você se lembra daquela raiz? A que Ayla transformou num caldo para ela e Mamut? Ela fez o caldo novamente, para mostrar à Zelandoni, mas desta vez ela própria bebeu. Ninguém consegue acordá-la. Nem Jonayla. A donier diz que você tem de retornar logo, ou Ayla vai morrer e seu espírito se perderá para sempre.

Jondalar ficou branco.

— Não! Aquela raiz, não! Oh, Grande Mãe, não permita que ela morra. Por favor, não permita que ela morra. — E ele começou a correr pelo caminho por onde tinha vindo.

Se estava preocupado durante a subida, não era nada comparado à intensidade de sua determinação ao correr de volta. Disparava pela margem do Rio, rompendo a vegetação que lhe rasgava braços, pernas e rosto nus, mas ele não sentia. Correu até perder o fôlego e sentir a garganta arder, até sentir no lado do corpo uma dor que parecia uma faca quente, até suas pernas se dobrarem doloridas. Ele não sentia nada, apenas a dor na sua mente. Danug ficou para trás; somente o lobo conseguia acompanhá-lo.

Não conseguia acreditar na distância que havia percorrido e, pior, no tempo que lhe custava a volta. Diminuiu uma ou duas vezes para recuperar o fôlego, mas não parou em nenhum momento, e se impôs mais velocidade quando a vegetação raleou ao se aproximar do acampamento.

— Onde ela está? — perguntou à primeira pessoa que viu.

— Na casa da zelandonia — veio a resposta.

Todos na Reunião de Verão o procuravam, esperavam por ele, e quando ele correu até a casa, várias pessoas gritaram vivas. Ele não ouviu. E não parou enquanto não atravessou a cortina e a viu deitada na cama cercada de lamparinas. E então, só conseguiu murmurar ofegante o seu nome:

— Ayla!

41

Jondalar mal conseguia respirar, e toda vez que aspirava, sua garganta ardia. O suor escorria pelo seu corpo. Ele se dobrava por causa da dor no lado. As pernas tremiam, e ele mal se mantinha de pé ao se aproximar da cama no fundo da casa. Lobo tinha entrado com ele, a língua balançando e respirando pesadamente.

— Aqui, Jondalar, sente-se — disse a Zelandoni, levantando-se para lhe oferecer sua própria cadeira. Via que ele estava tomado por extrema tensão e sabia que havia corrido uma grande distância. — Vá buscar um pouco de água para ele — ordenou a um acólito próximo. — E um pouco para o lobo também.

Ao se aproximar, ele viu que a pele de Ayla tinha uma palidez cinzenta mortal.

— Ayla, oh, Ayla, por que você fez isso de novo? — Sua voz rouca era quase inaudível. — Você quase morreu da última vez! — Bebeu sem pensar a água que lhe foi oferecida, sem notar que alguém a tinha trazido, e então quase subiu na cama. Afastou as cobertas e abraçou Ayla, chocado pelo frio de seu corpo.

— Ela está tão fria — comentou, com um soluço. Não percebia que as lágrimas lhe desciam pelo rosto. E se percebesse não se importaria.

O lobo olhou as duas pessoas na cama, ergueu o focinho no ar e uivou demoradamente, o que provocou um frio na espinha da zelandonia na casa e das pessoas que estavam fora. Assustou os que cantavam e os levou a perder o ritmo. Só então Jondalar notou o canto da zelandonia. Em seguida Lobo colocou as patas na cama e ganiu pedindo a atenção dela.

— Ayla, Ayla, por favor, volte para mim — implorava Jondalar. — Você não pode morrer. Quem vai me dar um filho? Oh, Ayla, que bobagem. Não me importo se você não me der um filho. É você que eu quero. Eu te amo. Nem me importo se você nunca mais falar comigo, para que eu possa ver você mais um pouco. Por favor, volte para mim. Oh, Grande Mãe, mande-a de volta para mim. Por favor, mande-a de volta. Faço tudo que Você quiser, mas não a tome de mim.

Zelandoni observava o homem alto e belo, com rosto, peito, braços e pernas arranhados e sangrando em alguns pontos, sentado na cama abraçando a mulher quase sem vida, como um bebê, embalando-a, as lágrimas correndo pelo seu rosto, implorando por sua volta. Ela não o tinha visto chorar desde que ele era criança. Jondalar não chorava. Lutava para controlar suas emoções, para guardá-las para si. Poucas pessoas se tornaram íntimas dele, somente sua família e ela própria, e, mesmo assim, depois de ele ficar adulto sempre houve certa distância, certa reserva.

Depois que ele voltou da casa de Dalanar, ela havia se perguntado se ele chegaria a amar uma mulher outra vez e se culpou. Sabia que ele então ainda a amava, e ela tinha sido tentada, mais de uma vez, a desistir da zelandonia e se juntar a ele, mas o tempo passou, e ela nunca engravidou e soube que havia feito a escolha certa. Tinha certeza de que ele se casaria e, apesar de duvidar de que se entregaria completamente a qualquer mulher, Jondalar precisava de filhos. Os filhos eram amados gratuitamente, completamente, sem reservas e ele sentia necessidade de um amor assim.

Ficou feliz quando Jondalar voltou da Jornada com uma mulher que amava sem sombra de dúvida, uma mulher digna de seu amor. Mas nunca tinha percebido, até aquele dia, o quanto ele a amava. A Primeira sentiu uma pontada de culpa. Não devia ter forçado tanto Ayla a se tornar Zelandoni. Talvez tivesse sido melhor se os deixasse em paz. Mas, afinal, aquela fora a escolha da Mãe.

— Ela está tão fria! Por que ela está tão fria? — perguntou Jondalar.

Ele a estendeu na cama, deitou-se ao lado dela, e cobriu seu corpo nu com o seu próprio e puxou as peles sobre os dois. O lobo saltou na cama com eles, aproximando-se do outro lado. O calor de Jondalar encheu rapidamente o espaço, e o lobo ajudou a retê-lo. O homem a abraçou durante um longo tempo, olhando-a, beijando seu rosto pálido e imóvel, falando com ela, insistindo, rezando à Mãe por ela, até que finalmente sua voz, suas lágrimas e o calor do seu corpo e o do lobo começaram a penetrar os recessos mais frios do corpo dela.

Ayla chorava em silêncio.

— Foi você! Foi você! — cantava o coro, acusando-a. Então só Jondalar ficou com ela. Ela ouviu um lobo ganir por perto.

— Sinto muito, Jondalar. — Ela chorou. — Sinto muito por ter magoado você.

Ele estendeu os braços para ela.

— Ayla — murmurou ofegante —, dê-me um filho. Eu te amo.

Ela se moveu para a figura de Jondalar parada ao lado de Lobo e caminhou entre os dois, então sentiu que era puxada. De repente, ela se movia mais rápido, muito mais rápido que antes, apesar de se sentir enraizada no lugar. As misteriosas nuvens estranhas surgiram e desapareceram num instante que pareceu uma eternidade. O vazio negro e profundo passou por ela, engolfando-a num infinito vácuo misterioso. Ela caiu através da névoa, e por um momento se viu e viu Jondalar na cama cercada de lamparinas. Então se viu dentro de uma casca frígida e viscosa. Lutou para se mover, mas sentia-se dura e fria. Finalmente, suas pálpebras se mexeram. Abriu os olhos e viu o rosto manchado de lágrimas que amava, e no instante seguinte sentiu o toque da língua quente do lobo.

— Ayla! Ayla! Você voltou! Zelandoni! Ela acordou! Oh, Doni, Grande Mãe, obrigado. Obrigado por devolvê-la a mim — exclamou Jondalar com um profundo soluço.

Ele a segurava nos braços, chorando de alívio e amor, com medo de apertá-la demais e feri-la, mas sem querer deixá-la. Nem ela queria que ele a soltasse. Finalmente Jondalar a soltou para permitir que a donier a examinasse. Empurrou o animal para a beira da cama.

— Agora desça, Lobo. Você já ajudou. Agora deixe a Zelandoni examiná-la.

O lobo saltou da cama e sentou-se no chão olhando-os. A Primeira Entre Aqueles Que Serviam se curvou sobre Ayla, e viu os olhos azuis abertos e um sorriso abatido. Balançou a cabeça perplexa.

— Não acreditava que fosse possível. Tinha certeza de que ela tinha se perdido para sempre em algum lugar escuro e inacessível, onde nem mesmo eu seria capaz de encontrá-la para levá-la à Mãe. Tinha medo de que o canto fosse inútil, que nada pudesse salvá-la. Duvidava de que houvesse algo que a trouxesse de volta, nem minhas ardentes esperanças, nem o desejo transcendente de todos os Zelandonii, nem seu amor, Jondalar. Nem toda a zelandonia junta seria capaz de fazer o que você fez. Eu quase acredito que você seria capaz de arrancá-la do submundo mais profundo de Doni. Sempre disse que a Grande Mãe Terra nunca recusaria nada que você Lhe pedisse. Acho que hoje é uma prova disso.

A notícia se espalhou como fogo pelo acampamento. Jondalar a havia trazido de volta. Tinha feito o que os Zelandoni não foram capazes. Não houve mulher naquela Reunião de Verão que não desejasse ser tão amada; nem homem que não desejasse uma mulher que pudesse amar com tanta intensidade. Histórias já começavam a correr, histórias que seriam contadas durante anos em volta de fogueiras e lareiras, falando do amor de Jondalar, tão grande que trouxe Ayla de volta dentre os mortos.

Jondalar pensou no comentário da Zelandoni. Já o havia ouvido antes, apesar de não ter bem certeza do que significava, mas sentiu-se mal ao pensar que era tão favorecido pela Mãe, que nenhuma mulher seria capaz de recusá-lo, nem mesmo a própria Doni; tão favorecido que, se pedisse qualquer coisa à Mãe, Ela atenderia. Já o tinham avisado para ter cuidado com o que desejasse, porque poderia ser atendido, embora não soubesse o que aquilo realmente significava.

Nos primeiros dias, Ayla estava completamente exausta, muito fraca, quase incapaz de se mover. Houve momentos em que a donier duvidou que ela se recuperasse completamente. Ela dormia muito, às vezes tão imóvel que era difícil notar se ainda respirava, mas seu sono nem sempre era repousante.

Às vezes, ela caía em ondas de delírio, agitando-se e falando alto, mas sempre que abria os olhos, Ayla via Jondalar ao seu lado. Ele não se afastou desde que ela acordou, a não ser para atender às necessidades básicas. Dormia nas peles que tinha estendido no chão ao lado da cama.

Quando Ayla parecia esmorecer, Zelandoni se perguntava se não seria ele a única coisa que a mantinha no mundo dos vivos. Na verdade, ele o era, ao lado da vontade inerente de viver de Ayla, e os anos de caçadas e exercícios que lhe deram um corpo forte, capaz de se recuperar das experiências mais devastadoras, até mesmo as que a levavam à beira da morte.

Lobo também passou a maior parte do tempo com Ayla e parecia pressentir o momento em que ela estava prestes a acordar. Depois de Jondalar lhe ter proibido saltar na cama com as patas sujas, Lobo descobriu que a cama tinha a altura certa para ele ficar de pé e apoiar a cabeça para olhá-la quando abria os olhos. Jondalar e Zelandoni aprenderam a antecipar o momento em que ela acordava pelos atos do animal.

Jonayla ficou tão feliz quando sua mãe acordou, além de Jonde estar de volta com sua mãe, que vinha frequentemente à casa da zelandonia para estar com os dois. Apesar de não dormir ali, se os dois estivessem acordados, ela às vezes ficava até um pouco mais tarde, sentada no colo de Jondalar, ou deitada ao lado da mãe, ou cochilando com ela. Outras vezes, entrava apenas por um momento, como se quisesse se certificar de que tudo ainda estava bem. Quando já estava melhor, Ayla mandava Lobo sair com Jonayla, embora nas primeiras vezes ele se sentisse dividido entre ficar com ela e sair com a menina.

A donier também ficava por ali, sempre se culpando por não ter dado toda a atenção à condição da jovem desde o dia em que ela havia chegado. Mas as Reuniões de Verão exigiam demais de seu tempo e atenção, e Ayla sempre fora difícil de entender. Raramente falava sobre si mesma ou sobre seus problemas e escondia muito bem seus sentimentos. Era fácil deixar passar os sintomas de sofrimento despercebidos.

Deitada na cama, Ayla ergueu os olhos e sorriu para o gigante ruivo de barba espessa que a olhava. Apesar de ainda não estar completamente recuperada, tinha voltado para o acampamento da Nona Caverna. Já estava acordada quando Jondalar lhe disse que Danug queria fazer uma visita, mas cochilou um momento até ouvir seu nome pronunciado de mansinho. Jondalar estava sentado ao lado, segurando sua mão, e Jonayla estava sentada no colo dele. Lobo batia a cauda no chão ao lado da cama, saudando o jovem Mamutói.

— Pediram-me para lhe dizer, Jonayla — disse Danug —, que Bokovan e outros meninos vão para a casa de Levela para brincar e comer alguma coisa. E ela também tem alguns ossos para Lobo.

— Por que você não vai e leva Lobo com você, Jonayla? — disse Ayla, sentando-se. — Eles gostariam de ver você, e logo esta Reunião de Verão vai terminar. Depois que formos para casa você provavelmente só vai vê-los no próximo.

— Está bem, mamãe. Estou ficando com fome, e acho que Lobo também.

A menina abraçou o pai e a mãe, e saiu seguida por Lobo. Ele ganiu para Ayla antes de sair da casa e seguiu Jonayla.

— Sente-se, Danug — disse Ayla, indicando um banco. Então olhou em volta. — Onde está Druwez?

Danug sentou-se ao lado de Ayla.

— Aldanor precisou de um amigo homem que não fosse parente para alguma coisa a ver com o próximo Matrimonial. Druwez concordou em ser esse amigo, pois tenho meu papel como parente adotado.

Jondalar fez um sinal com a cabeça indicando que entendia.

— É difícil aprender todo um novo conjunto de costumes. Lembro-me de como foi quando Thonolan decidiu se juntar a Jetamio. Como era seu irmão, eu me tornei também um Sharamudói, e, como era o único parente, tive de participar das cerimônias.

Apesar de falar mais facilmente do irmão perdido, Ayla notou a expressão de pesar. Ela sabia que para ele seria sempre uma grande tristeza.

Jondalar se aproximou de Ayla e passou o braço pelos seus ombros. Danug sorriu para os dois.

— Primeiro, tenho uma coisa que preciso dizer aos dois — começou com uma severidade fingida. — Quando vocês vão saber quem amam? Vocês têm de parar de criar problemas um para o outro. Ouçam com atenção: Ayla ama Jondalar e ninguém mais; Jondalar ama Ayla e ninguém mais. Vocês conseguem decorar? Nunca houve, nem vai haver ninguém mais para vocês. Vou criar uma regra que terão de seguir para o resto de suas vidas. Não me importa se os outros copulam com quem quiserem, vocês só podem copular com vocês mesmos. Se souber de alguma coisa diferente, vou voltar e amarrar ambos juntos. Fui claro?

— Foi, Danug — disseram Jondalar e Ayla em uníssono. Ela se virou e sorriu para Jondalar, que também sorriu para ela, e então os dois sorriram para Danug.

— E vou lhe contar um segredo. Tão logo seja possível, vamos começar um novo filho — disse Ayla.

— Mas não agora — interveio Jondalar. — Só depois que a Zelandoni disser que você está bem. Mas, mulher, basta esperar até você estar bem.

— Não sei bem qual Dom é melhor — disse Danug com um grande sorriso. — O Dom do Prazer, ou o Dom do Conhecimento. Acho que a Mãe nos ama muito para fazer do início de uma nova vida um prazer tão grande!

— Acho que você tem razão — disse Jondalar.

— Tentei traduzir para o Mamutói o Canto Zelandonii da Mãe para poder dizer a todos e, quando voltar para casa, vou procurar uma mulher para começar um filho — disse Danug.

— O que há de errado com uma filha? — perguntou Ayla.

— Não há nada de errado com uma filha, mas eu não poderia escolher o nome dela. Quero um filho para poder escolher o nome dele. Nunca dei nome a um filho.

— Você nunca teve um filho a quem dar nome. — Ayla riu.

— É verdade — concordou Danug, um tanto sentido. — Pelo menos nenhum que eu soubesse, mas você entende o que quero dizer. Nunca tive uma chance.

— Eu sei o que ele quer dizer. Não importa se vamos ter um filho ou uma filha, mas gostaria de saber a sensação de dar nome a um filho — disse Jondalar.

— Mas, Danug, e se os Mamutói não aceitarem a ideia de que os homens devem escolher o nome dos meninos?

— Só preciso ter certeza de que a mulher que eu escolher concorde — respondeu Danug.

— É verdade — disse Ayla. — Mas por que você tem de voltar para encontrar uma companheira, Danug? Por que não fica aqui, como Aldanor? Tenho certeza de que pode encontrar uma mulher Zelandonii que goste de ser sua parceira.

— E as mulheres Zelandonii são lindas, porém de muitas formas eu sou como Jondalar. Viajar é muito bom, mas preciso voltar para meu povo e me estabelecer. Além do mais, só existe uma mulher com quem eu poderia me unir e por quem eu ficaria aqui — disse Danug com uma piscadela para Jondalar —, e ela já está comprometida.

Jondalar deu uma risadinha, mas havia uma expressão nos olhos de Danug, no tom de sua voz, que fez Ayla se perguntar se sua declaração jocosa era realmente de brincadeira.

— Fiquei feliz quando ela concordou em voltar comigo — disse Jondalar. O modo como ele olhou para Ayla com seus vívidos olhos azuis provocou cócegas por todo seu corpo até o recanto mais íntimo. — Danug tem razão. Doni deve nos amar muito para ter feito do ato de criar uma vida um Prazer tão grande.

— Para uma mulher não é só Prazer, Jondalar. Dar à luz é às vezes muito doloroso — redarguiu Ayla.

— Mas eu tive a impressão de que você disse que dar Jonayla à luz foi muito fácil, Ayla — disse Jondalar, a testa marcada pelas rugas costumeiras.

— Mesmo um parto fácil tem suas dores, Jondalar. Aquele não foi tão difícil quanto eu esperava.

— Não quero provocar dores em você — disse ele, voltando-se para olhá-la. — Você tem certeza de que devemos ter outro filho? — Jondalar de repente se lembrou de que a companheira de Thonolan morreu durante o parto.

— Não seja bobo, Jondalar. É claro que vamos ter outro filho. Eu também quero. Não é só você. E não é ruim. Se você não quer começar um, talvez eu encontre outro homem disposto — disse ela com um sorriso provocador.

— Ah, não vai, não — disse Jondalar, apertando-lhe o ombro. — Danug acabou de dizer que você não pode copular com ninguém mais além de mim, lembra?

— Eu nunca quis copular com mais ninguém além de você, Jondalar — disse Ayla. — Foi você quem me ensinou o Dom do Prazer da Mãe. Ninguém poderia me dar mais, talvez porque eu te ame tanto.

Jondalar virou o rosto para esconder as lágrimas, mas Danug desviou o olhar e fingiu não ter notado. Quando voltou novamente o rosto, Jondalar olhou Ayla muito sério.

— Eu nunca lhe disse o quanto me arrependi por causa de Marona. Na verdade, eu não a queria tanto assim. Mas ela tornou tudo muito fácil. Não quis lhe contar por achar que ia magoar você. Quando você nos encontrou, eu só conseguia pensar que devia me odiar. Quero que saiba que só amo você.

— Eu sei que você me ama, Jondalar — disse Ayla. — Todo mundo nesta Reunião de Verão sabe que você me ama. Eu não estaria aqui se você não me amasse. Apesar do que Danug disse, se você sentir necessidade, mesmo que seja apenas uma vontade passageira, pode copular com quem quiser, Jondalar. Eu já nem odeio Marona, nem a culpo por querer você. Quem não ia querer? Compartilhar o Dom do Prazer não é o que faz o amor. Faz apenas filhos, mas não o amor. O amor pode tornar os Prazeres melhor, mas, quando você ama alguém, que diferença faz copular com outra pessoa de vez em quando? A cópula só toma alguns momentos e não pode ser mais importante que uma vida inteira de amor. No Clã, a cópula servia apenas para aliviar as necessidades do homem. Você não espera que eu rompa nosso compromisso só por ter copulado com outra pessoa, espera?

Danug riu.

— Se isso fosse motivo, todos teriam de romper os compromissos. As pessoas esperam ansiosas pelos Festivais em Honra da Mãe para poderem compartilhar Prazeres com pessoas diferentes vez ou outra. Já ouvi histórias de que Talut é capaz de copular com até seis mulheres de uma vez nos festivais. Mamãe sempre disse que eles só lhe ofereciam uma chance de verificar se outro homem era capaz de superá-lo. Até hoje ninguém pôde.

— Talut é mais forte que eu — disse Jondalar. — Tempos atrás, talvez, mas já não tenho a mesma energia. E, para ser honesto, não tenho o desejo.

— Podem ser apenas histórias — comentou Danug. — Não posso dizer que já o tenha visto com outra mulher além da mamãe. Ele passa muito tempo com outros líderes, e ela passa a maior parte do tempo em visitas a parentes e amigos. Acho que as pessoas simplesmente gostam de contar histórias.

Houve uma pausa na conversa e cada um deles olhou para os outros. Então Danug falou:

— Eu não romperia um compromisso por isso, mas, para ser honesto, eu preferiria que a mulher que se unir a mim não troque Prazeres com ninguém mais.

— E durante os Festivais em Honra da Grande Mãe Terra? — perguntou Jondalar.

— Sei que todos devemos homenagear a Mãe durante os festivais, mas como vou saber se os filhos que a minha companheira traz para minha casa são realmente meus, se ela dividir Prazeres com outro homem?

Ayla olhou os dois e se lembrou das palavras da Primeira.

— Se hoje um homem ama os filhos que uma mulher traz para sua casa, por que seria tão importante saber quem os gerou?

— Talvez não seja, mas ainda assim eu gostaria que fossem meus — disse Danug.
— Se você começa um filho, isso o faz seu? Seria seu como uma posse pessoal? — perguntou Ayla. — Você não amaria um filho que não fosse seu, Danug?
— Não falo no sentido de possuir, mas no sentido de o filho ter vindo de mim — tentou explicar Danug. — Eu provavelmente acabaria por amar qualquer filho de minha casa, mesmo que não tivesse vindo de mim, ou até que não tivesse vindo de minha companheira. Eu amava Rydag como um irmão, mais que a um irmão, e ele não era de Talut nem de Nezzie. Eu só gostaria de saber que um filho de minha casa foi começado por mim. Uma mulher não precisa se preocupar. Ela sempre sabe.
— Eu entendo o que Danug sente, Ayla. Fico feliz por saber que Jonayla saiu de mim. E todos sabem que ela veio de mim porque você nunca escolheu ninguém que não eu. Nós sempre Honramos a Mãe nos Festivais, mas sempre nos escolhemos.
— Eu me pergunto se você teria tanta vontade de ter filhos seus se tivesse de sofrer a dor que a sua companheira sente — disse Ayla. — Algumas mulheres gostariam de nunca serem obrigadas a ter filhos. Não são muitas, mas algumas.
Os homens se entreolharam, mas nenhum dos dois olhou Ayla, sentindo-se embaraçados por emitir pensamentos que pareciam contradizer os costumes e as crenças de seus povos.
— Por falar nisso, vocês sabiam que Marona vai se acasalar outra vez? — comentou Danug, mudando de assunto.
— É mesmo? — disse Jondalar. — Não, eu não sabia. Quando?
— Dentro de alguns dias, no último Matrimonial, quando Folara e Aldanor vão se unir — respondeu Proleva, que acabava de entrar seguida por Joharran.
— Foi o que Aldanor me contou — disse Danug.
Saudações foram trocadas, as mulheres se abraçaram, e o líder da Nona Caverna se curvou e tocou a face dela com a sua. Bancos baixos foram arrastados para perto da cama de Ayla.
— Com quem ela vai se acasalar? — perguntou Ayla, depois de todos terem se sentado, retomando o fio da última conversa.
— Um amigo de Laramar que mora com ele e aquele grupo na dis'casa, a que não está mais sendo usada — contou Proleva. — Pelo que sei, ele é estrangeiro, mas Zelandonii.
— Ele vem de um grupo de Cavernas que se distribui ao longo do Rio Grande a oeste daqui. Ouvi dizer que ele veio à nossa Reunião de Verão com uma mensagem para alguém e decidiu ficar. Não sei se já os conhecia, mas se deu bem com Laramar e com o restante do bando — disse Joharran.

— Acho que sei quem é — disse Jondalar.

— Ele está morando no acampamento da Quinta Caverna desde que saíram da dis'casa, e Marona também mora lá. Foi onde ele a conheceu — explicou Proleva.

— Não pensei que Marona quisesse se acasalar outra vez, e ele parece bem novo. Gostaria de saber por que ela o escolheu — perguntou Jondalar.

— Talvez ela não tivesse muita escolha — sugeriu Proleva.

— Mas todos dizem que ela é tão linda, que poderia se acasalar com quem quisesse — disse Ayla.

— Por uma noite, não para casar — disse Danug. — Eu ouço o que o povo diz. Os homens com quem ela acasalou não falam bem dela.

— E ela nunca teve filhos — acrescentou Proleva. — Há quem diga que ela não pode ter filhos. Isso poderia torná-la menos desejável para alguns homens, mas imagino que não seja importante para seu pretendente. Ela vai com ele para sua Caverna.

— Acho que o conheci uma noite quando voltava do acampamento Lanzadonii com Echozar — disse Ayla. — Não posso dizer que gostei dele. Por que ele saiu daquela dis'casa?

— Todos saíram, depois que suas coisas foram roubadas — disse Joharran.

— Ouvi alguma coisa nesse sentido, mas não prestei muita atenção — disse Jondalar.

— Alguém roubou as coisas? — quis saber Ayla.

— Alguém roubou os objetos pessoais de todos que moravam naquela dis'casa — contou Joharran.

— Por que alguém faria uma coisa dessas? — perguntou Ayla outra vez.

— Não sei, mas Laramar ficou muito irritado ao descobrir que uma roupa nova de inverno que ele tinha acabado de adquirir havia desaparecido, além de uma mochila e grande parte de seu barma. Alguém deu falta de luvas novas, outro perdeu uma boa faca, e quase toda a comida se foi — explicou Joharran.

— Alguém sabe quem é o ladrão? — perguntou Jondalar.

— Duas pessoas desapareceram: Brukeval e Madroman — respondeu Joharran. — Brukeval partiu sem nada, pelo dizem. Os outros homens que moravam na dis'casa afirmam que suas coisas estavam lá após sua partida, mas depois muitas coisas desapareceram, assim como as de Madroman.

— Ouvi a Zelandoni dizer a alguém que Madroman não devolveu os objetos sagrados que recebeu como acólito — disse Proleva.

— Eu vi Madroman ir embora! — exclamou Ayla, lembrando de repente.

— Quando? — quis saber Joharran.

— No dia em que a Nona Caverna fez um banquete com os Lanzadonii. Eu era a única que ainda estava no acampamento e tinha acabado de sair da casa. Ele me lançou um olhar de tanto ódio que até me assustou, mas parecia estar com bastante pressa. Lembro-me de ter pensado que havia algo estranho nele. Então lembrei que eu raramente o via sem a túnica de acólito, e daquela vez ele usava roupas comuns, mas achei estranho sua roupa ser decorada com símbolos da Nona Caverna, e não da Quinta.

— Isso explica o desaparecimento da roupa nova de Laramar — concluiu Joharran. — Eu acreditava que fosse ele mesmo.

— Você acha que Madroman roubou?

— Acho, e tudo mais que foi roubado.

— Acredito que você tenha razão, Joharran — concordou Jondalar.

— Eu diria que ele não quis enfrentar as pessoas depois da desgraça de ser rejeitado pela zelandonia, pelo menos não as pessoas que o conheciam — disse Danug.

— Gostaria de saber para onde ele foi — falou Proleva.

— Provavelmente, ele vai tentar encontrar um povo com quem possa viver — disse Joharran. — Por isso, teve de levar as coisas. Sabe que o inverno está próximo e não sabia onde poderia ficar.

— O que ele poderá fazer para ser aceito por um grupo estranho? Não sabe fazer nada e nunca foi um grande caçador. Ouvi dizer que ele nunca saiu numa caçada depois que se juntou à zelandonia, nem para ajudar a espantar os animais — disse Jondalar.

— Qualquer um é capaz de fazer isso, e quase todo mundo faz. As crianças adoram sair para bater na vegetação e fazer muito barulho para espantar os coelhos e outros animais, e depois guiá-los até os caçadores ou até uma rede — disse Proleva.

— Madroman tem uma profissão. Por isso ele não devolveu os objetos sagrados que recebeu da zelandonia — disse Joharran. — É o que ele vai fazer. Vai ser um Zelandoni.

— Mas ele não é um Zelandoni — disse Ayla. — Ele mentiu a respeito de seu chamado.

— Mas um grupo estrangeiro não vai saber disso — declarou Danug.

— Ele passou tantos anos entre a zelandonia que vai saber como representar um membro. Vai mentir novamente — disse Proleva.

— Você acha que ele vai realmente fazer isso? — perguntou Ayla, horrorizada com a ideia.

— Você devia dizer à Zelandoni que o viu partir, Ayla — sugeriu Proleva.

— E os outros líderes também deviam saber — disse Joharran. — Talvez possamos informá-los durante a assembleia amanhã. Pelo menos as pessoas poderão falar de outra coisa além de você.

Os olhos de Ayla se arregalaram.

— Já? Proleva, vou ter de estar lá.

Estavam todos num terreno plano diante das encostas inclinadas de um grande anfiteatro natural. Laramar estava sentado e, apesar de seu rosto ainda estar um pouco inchado, ele parecia recuperado do espancamento que tinha recebido do homem que o encarava, a não ser pelas cicatrizes e pelo nariz amassado que nunca seria recuperado. Jondalar tentava não hesitar, sentado sob a luz forte do sol da tarde, olhando o rosto do homem cuja face estava tão ferida que não teria sido facilmente reconhecido pelas pessoas que o conheciam tão bem, se não soubessem previamente quem era. Originalmente tinha havido conversas de que Laramar talvez perdesse um olho, e Jondalar estava feliz por isso não ter acontecido.

Ostensivamente, era uma assembleia da Nona e da Quinta Cavernas, tendo os Zelandoni como mediadores, mas como qualquer interessado podia comparecer, quase todos os presentes à Reunião de Verão estavam curiosos e haviam manifestado "interesse". Embora a Nona Caverna tivesse preferido esperar até mais tarde por aquela confrontação, depois do término do encontro de verão da zelandonia, a Quinta havia insistido. Como havia o pedido para que o aceitassem, eles e Laramar queriam saber o que poderiam esperar a título de compensação de Jondalar e da Nona Caverna.

Jondalar e Laramar tinham se encontrado pela primeira vez desde o incidente, pouco antes da assembleia pública, na casa da zelandonia, com a presença de Joharran, Kemordan, líder da Quinta Caverna, dos Zelandoni das duas Cavernas e vários outros líderes e membros da zelandonia. Todos sabiam que Marthona não estava bem, e lhe foi dito que sua presença não seria necessária, especialmente porque a mãe de Laramar já não era viva, mas ela não aceitou. As companheiras dos dois também não participavam da primeira assembleia, pois representariam grandes complicadores. Ayla, por ter desempenhado um papel tão importante no incidente, e a companheira de Laramar, por não querer se mudar com ele para a Quinta Caverna, mais um problema a ser resolvido.

Jondalar falou imediatamente sobre seu arrependimento e como lamentava seus atos, mas Laramar não tinha nada além de desprezo pelo alto e belo irmão do líder da Nona Caverna. Pelo que seria uma das poucas vezes na sua vida, Laramar estava numa posição de vantagem; estava no seu direito, não tinha feito nada de errado e não pretendia abrir mão.

Ouviu-se um leve zumbido de conversas no meio da plateia no momento em que os participantes saíram da casa, quando circularam as notícias de que Ayla tinha visto Madroman deixar o acampamento vestindo roupas que teria roubado de Laramar. Foram seguidas de comentários sobre as várias ramificações: a história passada de Jondalar e da Primeira com Madroman, a rejeição deste pela zelandonia e do papel desempenhado por Ayla no episódio, além da razão por que somente ela o tinha visto partir. Cheias de interesse, as pessoas se acomodaram para assistir aos acontecimentos. Não era todo dia que tinham a oportunidade de observar tamanho drama. Todo aquele verão estava se mostrando cheio de animação, um verão capaz de encher os longos dias de inverno com muita carne de discussão e muitas histórias para marinar.

— Temos algumas questões graves a resolver hoje — começou a Primeira.

— Não são questões do mundo dos espíritos, são problemas entre Seus filhos, e pedimos que Doni acompanhe nossas deliberações e nos ajude a falar a verdade, pensar com clareza e chegar a decisões justas.

Ela tomou uma escultura pequena e a ergueu bem alto. Representava uma mulher de corpo inteiro com as pernas se afinando até os pés pouco distintos. Embora ninguém visse claramente o objeto que ela tinha em mãos, todos sabiam que era uma donii, o lugar de residência do espírito abrangente da Grande Mãe Terra, ou pelo menos de alguma parte essencial de Sua natureza. Um alto monumento de pedras, quase um pilar, com uma ampla base de grandes pedras que se afinava até o topo chato de cascalho arenoso, tinha sido construído no centro da área plana.

Com um movimento decidido, A Primeira Entre Aqueles Que Serviam À Mãe plantou os pés da donii no topo de cascalho e a escorou de pé para que todos a vissem. O propósito primário da donii era evitar a mentira deliberada, e Ela era um forte meio de intimidação. Quando o espírito da Mãe era invocado expressamente para observar, todos sabiam que qualquer mentira seria vista por Ela e trazida para a luz. Alguém poderia mentir e se safar pelo momento, mas um dia a verdade surgiria, geralmente com repercussões muito mais graves. Não que não houvesse o perigo de alguém mentir naquele dia, mas ainda assim haveria a influência limitadora a toda tendência ao exagero.

— Vamos começar — conclamou a Primeira. — Como muitas testemunhas estavam presentes, acredito que não seja necessário entrar em detalhe sobre as circunstâncias. Durante o último Festival de Honra à Mãe, Jondalar encontrou sua companheira dividindo o Dom dos Prazeres da Mãe com Laramar. Ayla e Laramar se uniram por sua própria vontade. Não houve força, não houve compulsão. Está correto, Ayla?

Ela não esperava ser interrogada naquele momento, ter toda a atenção das pessoas focalizada tão cedo sobre si. Foi pega de surpresa, mas não sabia mentir, nem se quisesse.

— Sim, Zelandoni. É verdade.

— É verdade, Laramar?

— É. Ela estava mais que disposta. Ela me procurou — respondeu ele.

A Primeira lutou para conter o ímpeto de avisá-lo contra o exagero, mas continuou:

— E depois, o que aconteceu?

Tentava decidir se perguntava a Ayla ou a Jondalar, mas Laramar se antecipou:

— Vocês podem ver o que aconteceu. Logo depois Jondalar estava esmurrando meu rosto.

— Jondalar?

O homem alto baixou a cabeça e engoliu em seco.

— Foi o que aconteceu. Eu o vi com Ayla, separei-o dela e comecei a bater nele. Sei que estava errado. Não tenho desculpas — confessou Jondalar, sabendo no fundo do coração, no momento imediato em que falava, que faria tudo de novo.

— Você sabe por que o agrediu?

— Eu estava com ciúme — murmurou ele.

— Você estava com ciúme, foi o que você disse?

— Foi, Zelandoni.

— Se tinha de expressar seu ciúme, Jondalar, você não poderia apenas separá-los? Tinha de agredi-lo?

— Não consegui me conter. E depois de começar... — Jondalar balançou a cabeça.

— Depois de começar, ninguém foi capaz de contê-lo. Ele chegou até a me agredir! — disse o líder da Quinta. — Ele estava fora de si, numa espécie de frenesi. Não sei o que poderíamos ter feito se aquele Mamutói enorme não o tivesse contido.

— Por isso ele ficou tão ansioso por aceitar Laramar — sussurrou Folara para Proleva, mas foi ouvida pelas pessoas em volta. — Ficou louco por não conseguir segurar Jonde e ainda ter apanhado ao tentar.

— E ele gosta do barma de Laramar, mas vai descobrir que ele não é flor que se cheire. Não seria o primeiro que eu convidaria para morar na minha Caverna. — Proleva voltou a atenção para o centro.

— É essa a razão por que tentamos ensinar a loucura que é o ciúme. Ele geralmente sai de nosso controle. Você é capaz de entender isso, Jondalar?

— Entendo, sim. Foi estupidez de minha parte, e sinto muito. Faço o que você mandar para me redimir. Quero oferecer compensação.

— Ele não será capaz de oferecer nenhuma compensação — retrucou Laramar. — Não vai poder consertar meu rosto, assim como não devolveu os dentes de Madroman.

A Primeira lançou um olhar irritado para Laramar. Totalmente fora de propósito, pensou. Não era necessário levantar aquele assunto. Ele não faz a menor ideia do quanto Jondalar foi provocado naquela situação. Mas guardou seus pensamentos para si.

— Mas foram pagas reparações — disse Marthona em voz alta e clara.

— E espero que desta vez também sejam pagas! — exclamou Laramar.

— O que você *espera*, Laramar? — perguntou a Primeira. — Que retificação? O que você quer?

— O que quero é afundar com socos *aquela* cara bonita — respondeu Laramar.

A plateia engasgou.

— É verdade, sem dúvida, mas não é um remédio permitido pela Mãe. Você tem alguma outra ideia de como ele poderia lhe oferecer compensação? — perguntou a donier.

A companheira de Laramar se levantou.

— Ele está sempre construindo para si mesmo casas novas cada vez maiores. Por que você não pede a ele para construir uma casa nova para sua família, Laramar?

— Poderia ser uma possibilidade, Tremeda — concordou a Primeira. — Mas onde você gostaria que ela fosse construída, Laramar? Na Nona ou na Quinta Caverna?

— Para mim, isso não é compensação. Não me interessa em que tipo de casa ela mora. Ela só vai transformar tudo numa imundície sem fim.

— Você não se importa com o lugar onde vão morar os seus filhos, Laramar? — perguntou a Primeira.

— Meus filhos? Eles não são meus filhos, não se for verdade o que você diz. Se eles são feitos pela cópula, eu não comecei nenhum deles... talvez só o primeiro. Durante anos eu não copulei com ela, muito menos dividi *Prazeres* com ela. Acredite, ela não é nenhum Prazer. Não sei de onde vieram aquelas crianças, talvez dos Festivais da Mãe. Dê bebida suficiente a um homem e até ela vai parecer atraente. Mas se alguém começou aqueles meninos não fui eu. Aquela mulher só serve para uma coisa: beber meu barma — zombou Laramar.

Então Proleva disse do meio a plateia:

— Isso é verdade. Lanoga sempre cuidou mais dos irmãos que a mãe, e agora Lanidar está ajudando. Mas eles são jovens demais para assumir uma responsabilidade tão grande.

— Laramar, ainda assim eles são os filhos de sua casa. É responsabilidade sua provê-los — disse A Que Era A Primeira. — Você não pode simplesmente decidir que agora não os quer mais.

— Por que não? Eu não os quero. Eles nunca significaram nada para mim. Ela nem cuida deles, por que eu deveria cuidar?

O líder da Quinta Caverna parecia tão horrorizado quanto todos os presentes diante da denúncia cruel dos filhos da casa de Laramar. Na plateia, Proleva sussurrou:

— Eu disse que ele não era flor que se cheirasse.

— Então quem você sugere que assuma a responsabilidade pelos filhos de sua casa, Laramar? — perguntou a Zelandoni.

O homem parou e franziu a testa.

— Por mim, que Jondalar cuide deles. Não há nada que ele possa me dar que eu queira. Ele não pode devolver meu rosto, e eu não posso ter o prazer de devolver a ele o que ele me deu. Ele gosta tanto de cuidar das coisas, de oferecer compensações. Deixe que cuide daquela megera manipuladora de boca suja e de sua ninhada.

— Ele talvez deva muito a você, mas é demais exigir de um homem que tem sua própria família que assuma a responsabilidade por uma família do tamanho da sua — contestou Joharran.

— Pode deixar, Joharran. Eu assumo — disse Jondalar. — Se é o que ele quer, eu assumo a responsabilidade. Se ele não quer se responsabilizar por sua própria casa, alguém vai ter de cuidar dela.

— Você não acha que deveria primeiro conversar com Ayla? — sugeriu Proleva na plateia. — Tamanha responsabilidade vai exigir sacrifícios da família dela.

Apesar de ela já assumir mais responsabilidades por aquela família que Laramar ou Tremeda, pensou Proleva.

— Não, Proleva. Ele tem razão — disse Ayla. — Eu também sou responsável pelo que Jondalar fez a Laramar. Não imaginei que chegasse a tanto, mas tenho tanta culpa quanto ele. Se assumir a responsabilidade pela sua família for satisfatório para Laramar, então é o que devemos fazer.

— Bem, Laramar, é isso que você quer? — perguntou a Primeira.

— É. Se isso fizer vocês pararem de me encher o saco, por que não? — Laramar riu. — Ela é toda sua, Jondalar.

— E você, Tremeda? Isso é satisfatório para você? — perguntou a Zelandoni.

— Ele vai fazer para mim uma casa nova igual à que ele está construindo para ela? — perguntou, apontando Ayla.

— Sim, eu construo uma casa nova para você — respondeu Jondalar. — Você quer a casa na Nona ou na Quinta Caverna?

— Bem, se vou ser sua segunda mulher, Jondalar — disse ela, tentando imprimir um pouco de recato na voz —, é melhor eu ficar na Nona. Afinal, aqui é meu lar.

— Ouça bem, Tremeda — Jondalar olhou diretamente para ela. — Não pretendo tomar você como minha segunda mulher. Eu disse que ia assumir a responsabilidade de prover para você e seus filhos. Disse que ia construir uma casa nova. Minha obrigação para com você se limita apenas a isso. Estou oferecendo uma reparação pelo mal que fiz ao seu companheiro. Você não é nem de longe minha segunda mulher, Tremeda. Está bem claro?

Laramar riu.

— Não diga que não avisei, Jondalar. Eu lhe disse que ela é uma megera manipuladora. Ela vai usar você de todas as maneiras que puder. — Riu novamente. — Sabe, talvez isso não seja tão ruim. Talvez eu fique satisfeito de ver você enfrentando-a.

— Você tem certeza de que quer nadar, Ayla? — perguntou Jondalar.

— Lá era o nosso lugar antes de você levar Marona, e ainda é o melhor lugar para se nadar, especialmente agora que a água está tão suja e lamacenta rio abaixo. Não tive uma única chance de nadar desde que cheguei, e logo vamos embora.

— Mas você tem certeza de que está suficientemente forte para nadar?

— Sim, tenho certeza. Não se preocupe. Pretendo passar a maior parte do tempo na margem tomando sol. Tudo o que quero é sair desta casa e passar algum tempo com você longe de todo mundo, agora que finalmente consegui convencer Zelandoni de que estou bem. Já estava me preparando para montar Huiin e ir a qualquer lugar. Sei que ela está preocupada, mas estou muito bem. Só preciso sair e andar por aí.

Zelandoni tinha se culpado por não ter dado atenção a Ayla e estava sendo, o que não era uma característica sua, superprotetora. Sentia-se responsável pelo fato de terem quase perdido a jovem e não permitiria que acontecesse novamente. Jondalar estava em completo acordo com ela, e durante algum tempo Ayla foi objeto da atenção constante dos dois, mas, à medida que recuperava as forças, começou a se sentir aborrecida por toda aquela atenção amorosa. Ayla já vinha tentando convencer a Donier de que estava completamente recuperada e suficientemente forte para cavalgar e nadar, mas só depois de desejar afastar Lobo durante algum tempo a Primeira concordou. Jonayla e os jovens de sua idade colaboravam com a zelandonia na preparação de sua pequena participação nas cerimônias de despedida planejadas para o encerramento da Reunião de Verão. Lobo não era apenas uma distração quando as crianças estavam juntas, dificultando a concentração, mas também era difícil para Jonayla ao mesmo tempo controlá-lo e aprender o que lhe ensinavam. Quando Zelandoni disse a Ayla que, ainda que o lobo fosse bem-vindo, talvez ela devesse manter o animal consigo, aquilo foi o sinal de que esta precisava para convencer a donier de que devia levar Lobo e os cavalos para longe do acampamento para se exercitarem.

Ayla estava ansiosa para partir na manhã seguinte, antes que Zelandoni mudasse de ideia. Jondalar havia lavado e escovado os cavalos antes do desjejum e quando prendeu as mantas de montaria em Huiin e Racer e pôs o cabresto em Racer e Cinza os animais souberam que iam sair e empinaram de agitação. Apesar de não planejarem montá-la, Ayla não quis deixar a égua nova sozinha. Tinha certeza de que Cinza se sentiria só se fosse deixada para trás, pois cavalos gostam de companhia, especialmente de sua própria espécie, e Cinza também precisava se exercitar.

O lobo ergueu os olhos plenos de expectativa quando Jondalar pegou um alforje, cheio de vários implementos e pacotes misteriosos embrulhados em pedaços de material marrom-claro tecido de fibras de linho que Ayla tinha feito como amostras para passar o tempo enquanto se recuperava. Marthona havia trazido um tear pequeno e lhe ensinava a tecer. Um dos cestos era coberto por uma peça de couro para estender no chão, e o outro, por peles amareladas e macias, presentes dos Sharamudói.

Lobo avançou à frente quando o homem lhe fez um sinal de que podia acompanhá-los ao sair da casa. Perto do curral dos cavalos, Ayla parou para pegar alguns mirtilos maduros presos nos arbustos. Esfregou a fruta coberta de pó na sua túnica, notou a casca azul, jogou-a na boca e saboreou com satisfação o gosto doce e suculento. Quando subiu num toco para montar Huiin, sentiu-se bem simplesmente por estar ao ar livre, sabendo que não teria de voltar imediatamente à casa. Conhecia bem todas as rachaduras que cortavam os desenhos e os entalhes sobre os postes de madeira que suportavam o teto de folhas secas de palmeira, todas as manchas de fuligem que escureciam o buraco de saída de fumaça. Queria olhar o céu e as árvores, uma paisagem livre de casas. Quando partiram, Racer estava anormalmente impetuoso e agitado e transmitiu um pouco de sua agitação às duas éguas, tornando mais difícil comandá-las. Depois de saírem da área do bosque, Ayla soltou o cabresto de Cinza para que ela seguisse no seu próprio ritmo e, por acordo tácito, ela e Jondalar deixaram seus cavalos galoparem a toda velocidade. Quando finalmente pararam por sua própria vontade, os animais já tinham gasto o excesso de energia e relaxaram, mas não Ayla. Ela exultava. Sempre gostava de cavalgar em velocidade, e, depois de ficar presa em casa no acampamento, aquilo era especialmente empolgante.

Seguiram num passo mais calmo por uma paisagem contornada por um relevo de altas colinas, desfiladeiros de calcário e vales de rios. Apesar de o sol do meio-dia ainda ser em geral quente, a estação estava mudando. As manhãs eram geralmente frias e claras, e as noites, sombrias e chuvosas. As folhas transformavam o verde rico do verão em amarelo e vermelho ocasionais do outono. O capim das planícies passava do dourado profundo e do marrom rico para um amarelo pálido e acinzentado do feno natural que ficaria nos campos durante a maior parte do inverno. Certas plantas tinham assumido um tom vermelho. Plantas isoladas e moitas de ervas surgiam de repente no caminho e se destacavam como pontos coloridos brilhantes que deliciavam Ayla, mas era a ocasional encosta arborizada voltada para o sul que quase a fazia perder o fôlego com seu espetáculo exuberante. À distância, a vegetação e as árvores coloridas davam a impressão de grandes buquês de flores brilhantes.

Cinza se contentava em segui-los sem cavaleiro, parando aqui e ali para pastar, e Lobo enfiava o focinho em protuberâncias, moitas e maços de capim alto enquanto marcava sua trilha com cheiros invisíveis e sons secretos. A trilha que percorriam traçava um amplo círculo que afinal os levou novamente ao acampamento da Reunião descendo o Rio. Mas não voltaram para lá. Continuaram pela margem do regato que serpenteava entre as árvores ao norte do acampamento da Nona Caverna e, quando o sol chegava ao zênite, tomaram o caminho que os levava ao local de nadar, numa curva apertada do regato. As árvores ofereciam manchas de sombra que protegiam a discreta praia de cascalho e areia.

O sol estava agradavelmente quente quando Ayla ergueu a perna e escorregou de Huiin para o chão. Soltou o alforje e a manta de montaria e, enquanto Jondalar estendia a peça de couro, ela puxou uma sacola e ofereceu uma mistura de grãos, principalmente aveia, à égua baia, que comeu diretamente da mão da mulher. Depois a acariciou e lhe coçou o pelo. Após mais alguns punhados, ela fez o mesmo para Cinza, que a cutucava com o focinho, pedindo sua atenção.

Jondalar alimentou e acariciou Racer. O garanhão ainda estava mais intratável que o normal, mas se acalmou com a comida e as carícias, mas o homem não queria correr atrás caso o cavalo decidisse se afastar. Com uma longa corda presa ao cabresto, prendeu-o a um arbusto. De repente, lembrou-se da antiga ideia de deixar o cavalo sair e encontrar um lugar para si junto a outros cavalos na planície e se perguntou se devia, mas ele ainda não estava pronto para abrir mão da companhia do magnífico animal.

Lobo, que atendia aos seus próprios interesses, surgiu de repente de trás de uma moita. Ayla havia trazido para ele um pedaço de osso com bastante carne, mas antes de tirá-lo do alforje, decidiu lhe dar também um pouco de atenção. Deu alguns tapinhas nos próprios ombros e se preparou para receber o peso do enorme lobo quando este se apoiou nas pernas traseiras, colocando as patas dianteiras nos seus ombros. Lambeu seu pescoço e em seguida tomou suavemente o seu queixo entre os dentes. Ela fez a ele a mesma carícia e depois deu um sinal para que se soltasse. Então se ajoelhou diante dele e tomou sua cabeça entre as mãos. Esfregou e coçou atrás das orelhas do animal e o pelo espesso em torno de seu pescoço. Em seguida sentou-se no chão e o abraçou. Sabia que o lobo estivera todo aquele tempo cuidando dela, tanto quanto Jondalar, enquanto se recuperava da Jornada perigosa ao mundo dos espíritos.

Por mais que já o tivesse visto, o homem alto ainda se maravilhava com o comportamento dela com o lobo, e com sua tranquilidade junto ao animal. Ainda era obrigado a se lembrar de que Lobo era um animal caçador, um matador. Outros de sua espécie perseguiam, matavam e comiam animais maiores que eles próprios. Lobo seria facilmente capaz de rasgar a garganta de Ayla ou de acariciá-la com seus dentes, mas mesmo assim confiava cegamente sua mulher e sua filha àquele animal. Já havia visto o amor que Lobo sentia pelas duas e, apesar de não conseguir imaginar como aquilo era possível, num nível básico, ele entendia. Acreditava com convicção que o sentimento de Lobo por ele era basicamente o mesmo que ele tinha pelo lobo. O animal confiava a ele a mulher e a menina que amava, mas Jondalar não tinha dúvida de que se Lobo desconfiasse que ele fosse fazer mal a qualquer uma delas, não hesitaria em impedi-lo de todas as maneiras ao seu alcance, mesmo que isso significasse matá-lo. E ele faria o mesmo.

Jondalar gostava de observar Ayla com o lobo. Na verdade, gostava de observá-la em qualquer situação, especialmente agora que voltava a ser como antes, e os dois estavam novamente juntos. Detestou deixá-la para trás quando saiu com a Nona Caverna para a Reunião de Verão e sentiu uma falta terrível dela, apesar da companhia de Marona. Após se convencer de que a havia perdido, primeiro por suas próprias ações, e depois, mais desesperadamente, por causa do caldo da raiz que ela tinha bebido, ele mal conseguia acreditar que estavam juntos outra vez. Convencera-se tão completamente de que a tinha perdido para sempre, que precisava constantemente se forçar a olhar para ela, sorrir para ela, vê-la sorrir de volta para acreditar que Ayla ainda era sua companheira, sua mulher; que eles ainda cavalgavam juntos, saíam para nadar, viviam juntos como se nada tivesse acontecido.

Lembrava-se da longa Jornada que fizeram juntos, das aventuras e das pessoas que conheceram pelo caminho: os Mamutói, caçadores de mamutes que adotaram Ayla, os Sharamudói, entre os quais seu irmão Thonolan encontrou sua companheira, cuja morte matou seu espírito. Tholie e Markeno, e todos mais quiseram que Ayla e ele ficassem, especialmente depois que ela usou seus conhecimentos médicos para curar o braço quebrado de Rosharío, que estava se consolidando mal. Tinham conhecido Jeran, um caçador dos Hadumai, o povo que ele e Thonolan tinham visitado. Sem esquecer, é claro, os S'Armunai, cujas caçadoras, as Mulheres-Lobo, tinham-no capturado, e Attaroa, a chefe, que tentou matar Ayla, salva pelo Lobo da única maneira ao seu alcance, matando a sequestradora. E os Losadunai...

De repente, lembrou-se de quando pararam para visitar os Losadunai durante a longa Jornada de volta da terra dos Caçadores de Mamutes. Viviam do outro lado das terras altas cobertas de geleiras a leste, onde nascia o Rio da Grande Mãe, cuja língua era suficientemente semelhante à dos Zelandonii, e ele entendia a maior parte do que diziam, embora Ayla, com seu dom para línguas, entendia ainda mais. Os Losadunai estavam entre os vizinhos mais conhecidos dos Zelandonii, e viajantes dos dois povos sempre se visitavam, apesar da dificuldade de cruzar a geleira.

Durante a visita, houve um Festival da Mãe, e, pouco antes do início, Jondalar e Losaduna haviam conduzido uma cerimônia privada. Jondalar pediu à Grande Mãe um filho, nascido de Ayla, que deveria nascer para sua casa, nascido de seu espírito, ou de sua essência, como Ayla sempre dizia. Fez também um pedido especial. Pediu que, caso Ayla engravidasse, ele pudesse saber se era dele. Sempre disseram a Jondalar que havia sido favorecido pela Mãe, tão favorecido que nenhuma mulher o recusaria, nem mesmo a própria Doni.

Estava completamente convencido de que, quando Ayla se perdera no vazio usando novamente as raízes perigosas, a Grande Mãe tinha atendido seu pedido apaixonado; deu-lhe o que ele queria, o que desejava com todas as suas forças, o que ele Lhe tinha pedido, e em segredo agradeceu mais uma vez a Ela. Porém, de repente, entendeu que a Mãe também havia atendido ao pedido feito durante a cerimônia especial com Losaduna. Sabia que Jonayla era sua filha, a filha de sua essência, e isso o fez feliz.

Sabia que todos os filhos nascidos de Ayla seriam filhos de seu espírito, de sua essência, por ela ser quem era, porque ela só o amava, e ele gostava de saber que era assim. E sabia que só seria capaz de amá-la. No entanto, ele também sabia, o novo Dom do Conhecimento mudaria as coisas, e não conseguiu deixar de se perguntar o quanto.

Não só ele. Todos pensavam nisso, mas uma pessoa em particular se debruçava sobre a questão. A mulher que era a Primeira Entre Aqueles Que Serviam À Grande Mãe Terra estava sentada em silêncio na casa da zelandonia, pensando no novo Dom do Conhecimento, e sabia que ele ia mudar o mundo.

A Canção da Mãe

O caos do tempo, em meio à escuridão,
O redemoinho deu a Mãe sublime à imensidão.
Sabendo que a vida é valiosa, para Si Mesma Ela acordou
E o vazio vácuo escuro a Grande Mãe Terra atormentou.

Sozinha a Mãe estava. Somente Ela se encontrava.

No pó do Seu nascimento, Ela viu uma solução,
E criou um amigo claro e brilhante, um colega, um irmão.
Eles cresceram juntos, aprenderam a amar e a cuidar,
E quando Ela estava pronta, eles decidiram se casar.

E diante dela ele se curvou. O Seu claro e brilhante amor.

No início, Ela ficou contente com Sua complementação.
Mas a Mãe tornou-se intranquila, insegura de Seu coração.
Ela gostava do Seu louro amigo, o Seu caro amado,
Mas algo estava faltando, Seu amor era desperdiçado.

Ela era a Mãe e amava. De outro ela precisava

O grande vazio, o caos, o escuro Ela enfrentou
À procura da fria morada que a centelha de vida propiciou
O redemoinho era temível, a escuridão se alastrava.
O caos era congelante e o Seu calor alcançava.

A Mãe era valente. O perigo era inclemente.

Ela extraiu do frio caos a força criativa total,
E após conceber dentro dele, Ela fugiu com a força vital.
Com a vida que dentro de Si carregava Ela cresceu.
E amor e orgulho para Si mesma Ela deu.

A Mãe carregava. Sua vida Ela partilhava.

A vasta Terra estéril e o vazio vácuo escuro,
Com expectativa, aguardavam o futuro.
A vida bebeu do sangue d'Ela e dos Seus ossos respirou.
Fendeu e abriu a Sua pele e as Suas Pedras rachou

A Mãe estava concebendo. Outro estava vivendo.

Suas jorrantes águas parturientes encheram rios e mares,
E inundaram a terra, elevando altas árvores nos ares.
De cada gota preciosa, mais grama e folhas brotaram,
E viçosas plantas verdejantes toda a Terra renovaram.

Sua água fluía. O novo verde crescia.

Num violento trabalho de parto, vomitando fogo e desprazer,
Ela pelejou na dor para uma nova vida ver nascer.
Seu sangue coagulado e seco tornou ocre vermelho o solo,
Mas a criança radiante que nasceu foi o seu consolo.

A Mãe estava contente. Era o Seu menino reluzente.

Montanhas jorraram chamas de seus cumes ondulosos,
E Ela amamentou o filho com os Seus seios montanhosos.
Ele sugou com tanta força, que faíscas voaram adiante,
O quente leite da Mãe estendeu uma trilha no céu distante.

A vida d'Ele começou. O Seu Filho Ela amamentou.

Ele sorria e brincava, e se tornou grande e luminoso.
Acendia a escuridão, era da Mãe o amoroso.
Ela era generosa com o Seu amor, e ele crescia com abastança,
Mas logo amadureceu, não era mais uma criança.

Seu filho logo cresceu. Sua mente só a ele pertenceu.

Da fonte retirou a vida que gerado Ela havia.
Agora o vácuo frio e vazio o Seu filho seduzia.

A Mãe dava amor, porém o jovem por mais passou a ansiar,
Queria conhecimento, emoção, viajar, explorar.

O caos era inimigo Seu. E ao desejo do filho não cedeu.

Ele o furtou do lado Dela, quando a Grande Mãe dormia,
Enquanto, no escuro, o vácuo rodopiante agia.
Com tentadoras induções, a escuridão enganou.
Iludido pelo redemoinho, o caos Seu filho capturou.

O escuro o Seu filho levou. O jovem brilhante se apagou.

O filho reluzente da Mãe, a princípio se alegrou,
Mas logo o árido vácuo frio se revelou.
A Sua cria imprudente, pelo remorso mortificado,
A força misteriosa não conseguia pôr de lado.

O caos não o libertava. O temerário descendente d'Ela confinava.

Mas quando a escuridão para o frio o puxou,
A Mãe acordou, estendeu a mão e buscou.
Para ajudá-La a recuperar o seu filho radiante,
A Mãe apelou para o claro brilhante.

A Mãe com força o segurou. E à vista o deixou.

Ela o acolheu de volta, aquele que fora o Seu amor,
E triste e magoada, Sua história Ela contou.
O Seu caro amigo concordou em ajudar,
E o filho d'Ela de seu perigoso apuro salvar

Ela falou de Sua solidão. E do escuro redemoinho ladrão.

A Mãe estava cansada e precisava se recuperar,
E o aperto em seu luminoso amante decidiu afrouxar.
Enquanto Ela dormia, a fria força ele combateu,
E, por um tempo, para a sua fonte a devolveu.

O espírito dele era irado. O encontro foi demorado.

O louro e brilhante amigo d'Ela pelejou, e fez o possível,
Mas o conflito era duro, e a batalha, incrível.
Sua cautela falou, quando do grande olho se aproximou.
E sua luz do céu foi roubada, depois que a escuridão se insinuou.

Seu claro amigo estava tentando. Sua luz estava expirando.

Quando a escuridão ficou total, Ela gritando acordou.
O tenebroso vazio a luz do céu ocultou.
Ela se juntou ao conflito, foi rápida na abertura,
E afastou para longe de Seu amigo a sombra escura.

Mas a pálida face da noite rondava. E o Seu filho ocultava.

Preso no redemoinho, o Seu filho reluzente sucumbido
Não mais fornecia calor à Terra; o frio caos havia vencido.
A fértil vida verde agora em gelo e neve se tornava,
E um afiado frio cortante continuamente soprava.

A Terra despojada estava. Nenhuma planta verde restava.

A Mãe estava exausta, triste e abatida,
Mas saiu novamente atrás de a quem deu a vida.
Não podia desistir, precisava lutar,
Para fazer a luz gloriosa do Seu filho retornar.

Ela continuou a lutar. Para a luz recuperar

E o Seu amigo luminoso estava preparado para combater
O ladrão que o filho do seio d'Ela mantinha em seu poder.
Juntos lutaram pelo filho que era o Seu bem-querer.
O esforço foi bem-sucedido, e sua luz se fez renascer.

Sua energia inflamou. O seu brilho voltou.

Mas a árida e fria escuridão desejava o seu calor incandescente.
A Mãe manteve-se na defesa, sem querer recuar absolutamente.
O redemoinho puxava forte. Em se recusar a largar Ela era terminante.
A Mãe lutava por um empate com o Seu escuro inimigo rodopiante.

Ela acuava a escuridão o bastante. Mas o Seu filho estava distante.

Depois que Ela combateu o redemoinho e fez o caos fugir,
A luz do Seu filho com vitalidade voltou a reluzir.
Quando a Mãe se cansou, o árido vácuo oscilante ficou,
E a escuridão ao final do dia retornou.

O calor do filho Ela sentiu. Mas para nenhum a vitória sorriu.

A Grande Mãe passou com uma dor em Seu coração a conviver,
De que Ela e o Seu filho separados para sempre iam viver.
Pela criança que Lhe fora negada padecia
Então, mais uma vez, a força vital interna a reanimaria.

Ela não se conformava. Com a perda de quem amava.

Quando Ela estava pronta, com as Suas águas, que faziam nascer,
De volta para a Terra fria e nua, a vida verde Ela fez crescer.
E as lágrimas de Sua perda, vertidas e abundantes
Produziram o orvalho cintilante e os arco-íris emocionantes.

As águas o verde criaram. Mas Suas lágrimas derramaram.

Com um estrondoso bramido, Suas pedras em pedaços se partiram,
E das grandes cavernas que bem abaixo se abriram,
Ela novamente em seu espaço cavernoso fez parir,
Para do Seu ventre mais Filhos da Terra sair.

Da Mãe em desespero, mais crianças nasceram.

Cada filho era diferente, havia grandes e pequenos também,
Uns caminhavam, outros voavam, uns rastejavam e outros nadavam bem.
Mas cada forma era perfeita, cada espírito acabado,
Cada qual era um exemplar cujo modelo podia ser imitado.

A Mãe produzia. A terra verde se enchia.

Todas as aves, peixes e animais gerados,
Não deixariam, desta vez, os olhos da Mãe inundados.

Cada espécie viveria perto do lugar de coração.
E da Grande Mãe Terra partilharia a imensidão.

Perto Dela ficariam. Fugir não poderiam.

Todos eram Seus Filhos, e lhe davam prazer,
Mas esgotaram a força vital do Seu fazer.
Mas Ela ainda tinha um resto, para uma última inovação,
Uma criança que lembraria Quem fez a criação.

Uma criança que respeitaria. E a proteger aprenderia.

A primeira Mulher nasceu adulta e querendo viver,
E recebeu os Dons de que precisava para sobreviver.
A Vida foi o Primeiro Dom, e, como a Grande Mãe Terra dadivosa,
Ela acordou para si mesma sabendo que vida era valiosa.

A Primeira Mulher a haver. A primeira a nascer.

A seguir, foi o Dom da Percepção, do aprender,
O desejo do discernimento, o Dom do Saber.
À Primeira Mulher foram dados conhecimentos contundentes
Que a ajudariam a viver, e passá-los aos descendentes.

A Primeira Mulher ia saber. Como aprender, como crescer.

Com a força vital quase esgotada, a Mãe estava consumida,
E passou para a Vida Espiritual, que fora a sua lida.
Ela fez com que todos os Seus filhos mais uma vez fizessem a criação,
E a Mulher também foi abençoada com a procriação.

Mas sozinha a Mulher estava. Somente Ela se encontrava.

A Mãe lembrou a própria solidão que sentiu,
O amor do Seu amigo e as demoradas carícias que produziu.
Com a última centelha que restava, a Sua tarefa iniciou,
Para compartilhar a vida com a Mulher, o Primeiro Homem Ela criou.

Mais uma vez Ela dava. Mais uma vez criava.

À Mulher e ao Homem a Mãe concebeu,
E depois, para seu lar, Ela o mundo lhes deu,
A água, a terra, e toda a Sua criação.
Usá-los com cuidado era deles a obrigação.

Era a casa deles para usar. Mas não para abusar.

Para os Filhos da Terra a Mãe proveu
O Dom para sobreviver, e então Ela resolveu
Dar a eles o Dom do Prazer e do partilhar
Que honram a Mãe com a alegria da união e do se entregar.

Os Dons são bem-merecidos. Quando os sentimentos são retribuídos.

A Mãe ficou contente com o casal criado,
E o ensinou a amar e a zelar no acasalado.
Ela incutiu neles o desejo de se manter,
E foi ofertado pela Mãe o Dom do Prazer.

E assim foi encerrando. Os seus filhos também estavam amando.

O último presente, o Conhecimento de que o homem tem sua função.
Seu desejo tem de ser satisfeito antes de uma nova concepção.
Ao se unir o casal, a Mãe é honrada
Pois, quando se compartilham os Prazeres, a mulher é agraciada.

Depois de os Filhos da Terra abençoar, a Mãe pôde descansar.

Agradecimentos

Sou grata pela colaboração das muitas pessoas que me ajudaram a escrever a série *Os Filhos da Terra*. Mais uma vez, gostaria de agradecer a dois arqueólogos franceses cuja colaboração ao longo dos anos foi particularmente importante: o Dr. Jean-Philippe Rigaud e o Dr. Jean Clottes. Os dois me capacitaram a entender o ambiente e visualizar o cenário pré-histórico dos livros.

A ajuda do Dr. Rigaud foi valiosa, começando com minha primeira visita de pesquisa à França, e sua assistência continuou ao longo dos anos. Apreciei particularmente uma visita, organizada por ele, a um abrigo de pedra em George d'Enfer, que ainda hoje permanece como estava na Era Glacial: um espaço profundo e protegido, aberto na frente, com o piso plano, o teto de rocha e uma fonte natural ao fundo. Era fácil ver como ele poderia ser transformado num lugar confortável para se morar. E sou grata por sua boa vontade em explicar aos repórteres e a outras pessoas da mídia de muitos países as informações interessantes e importantes sobre os sítios pré-históricos na região de Les Eyzles de Tayac, quando o quinto livro, *O abrigo de pedra*, foi lançado internacionalmente daquele local na França.

Sou profundamente grata a Jean Clottes, que organizou visitas para mim e para Ray a muitas grutas pintadas do sul da França. A visita às grutas na propriedade do conde Robert Begouen no vale do Volp foi particularmente memorável — l'Enlene, Trois-Frères e Tuc-d'Audoubert —, cuja arte geralmente é apresentada em textos e livros de arte. Ver um pouco daquele trabalho notável em seu ambiente, acompanhada pelo Dr. Clottes e pelo conde Begouen, foi uma experiência preciosa. Por ela minha gratidão também é devida em grande medida a Robert Begouen. Seu avô e dois irmãos foram os primeiros exploradores das cavernas e começaram a prática de lhes preservar, o que persiste até os nossos dias. Ninguém visita as grutas sem a permissão do conde Begouen, e geralmente só em sua companhia.

Visitamos muito mais grutas com o Dr. Clottes, inclusive a de Gargas, que é uma das minhas favoritas. Possui muitas impressões de mão, inclusive as de uma criança, e um nicho suficientemente grande para permitir a entrada de um homem, cujas paredes de rocha são cobertas de tinta vermelha usando os ocres da região. Estou convencida de que Gargas é uma gruta feminina. Senti-me no útero da terra. Acima de tudo, sou grata a Jean Clottes pela visita à gruta Chauvet. Mesmo tendo ficado muito gripado para nos acompanhar, o Dr. Clottes pediu a Jean-Marie Chauvet, o homem que a descobriu e que lhe deu o nome, e a Dominique Baffier, curador da gruta Chauvet, para nos mostrar aquele local notável. Um rapaz que estava trabalhando na gruta também nos acompanhou e me ajudou nos trechos mais difíceis. Foi uma experiência profundamente tocante que nunca esquecerei e sou grata ao Sr. Chauvet e ao Sr. Baffier por suas explicações claras e perspicazes. Entramos pelo teto, muito aumentado após o Sr. Chauvet e seus colegas descobrirem a entrada, e descemos por uma escada presa à parede rochosa — a entrada original fora fechada há milhares de anos por uma avalanche. Explicaram algumas das mudanças ocorridas durante os últimos 35 mil anos, quando os primeiros artistas fizeram suas pinturas magníficas.

Além deles, gostaria de agradecer a Nicholas Conard, um americano que vive na Alemanha e é responsável pelo Departamento de Arqueologia da Universidade de Tübingen, pela oportunidade de visitar várias cavernas naquela região. Ele também nos mostrou vários artefatos antigos entalhados em marfim há mais de 30 mil anos. Entre eles mamutes, um gracioso pássaro que descobriu em duas partes separadas por vários anos, e uma impressionante figura de um homem-leão. Sua descoberta mais recente é uma figura de mulher feita no mesmo estilo de outras da mesma época, na França, na Espanha, na Áustria, na Alemanha e na República Tcheca, mas única na sua execução.

Quero também agradecer ao Dr. Lawrence Guy Strauss, sempre tão disponível e prestativo para organizar visitas a sítios e grutas, que sempre nos acompanhou em várias viagens à Europa. Muitos momentos se destacaram durante essas viagens, mas um dos mais interessantes foi a visita ao Abrigo do Lagar Velho, em Portugal, no sítio do "menino do vale do Lapedo", cujo esqueleto mostrava evidências de que o contato entre Neandertais e humanos anatomicamente modernos resultara na geração de híbridos. As discussões com o Dr. Strauss sobre aqueles humanos da Era Glacial foram não só informativas mas também fascinantes.

Tive discussões e fiz perguntas a muitos outros arqueólogos, paleontólogos e especialistas que conheci sobre aquele período particular da nossa pré-história, quando durante muitos milhares de anos os dois tipos de humanos ocuparam a Europa ao mesmo tempo. Sou grata pela sua disposição a responder perguntas e a discutir as várias possibilidades de como eles teriam vivido.

Quero fazer um agradecimento especial ao Ministério da Cultura da França pela publicação de um livro que considero inestimável: *L'Art des cavernes: atlas des grottes ornées paleolithiques françaises*, Paris, 1984, Ministère de la Culture. Ele contém descrições bastante completas, inclusive os planos dos pisos, fotografias e desenhos, além de uma narrativa explicativa da maioria das cavernas pintadas e entalhadas conhecidas em 1984 na França. Não inclui Cosquer, cuja entrada fica abaixo da superfície do Mediterrâneo, nem Chauvet, pois as duas foram descobertas depois de 1990.

Visitei muitas grutas, algumas delas diversas vezes, e me lembro da ambiência, da disposição, da sensação de ver a excepcional arte pintada nas paredes internas das cavernas, mas não conseguia me lembrar precisamente de qual era a primeira figura, ou da parede em que estava, em que ponto da gruta ela se encontrava, nem para qual direção estava voltada. Esse livro me deu as respostas. O único problema é ele ter sido publicado evidentemente em francês e, apesar de ter aprendido um pouco de francês com o passar dos anos, meu domínio da língua está longe de ser adequado.

Por isso tenho uma profunda dívida de gratidão com Claudine Fisher, cônsul honorária da França no Oregon, professora de francês e diretora de estudos canadenses da Universidade Estadual de Portland. O francês é sua língua nativa, pois nasceu na França, e traduziu todas as informações de que precisava, sobre todas as cavernas que eu queria. Foi um trabalho insano, mas sem sua ajuda eu não teria escrito este livro, e minha gratidão é maior do que eu jamais seria capaz de expressar. Ela me ajudou de muitas outras maneiras, além de ser uma boa amiga.

Existem vários outros amigos a quem tenho de agradecer pela disposição de ler um manuscrito longo e mal-acabado, e de fazer comentários como leitores: Karen Auel-Feuer, Kendall Auel, Cathy Humble, Deanna Sterett, Gin DeCamp, Claudine Fisher e Ray Auel.

Quero oferecer minha gratidão *in memoriam* ao Dr. Jan Jellnek, arqueólogo da Tchecoslováquia, conhecida hoje como República Tcheca, que me ajudou de muitas maneiras desde o início, quando começamos nossa correspondência, e depois nas visitas que Ray e eu fizemos para conhecer os sítios paleolíticos próximos a Brno, e então nas visitas dele e de sua mulher (Kveta) ao Oregon. Sua ajuda foi inestimável. Sempre foi gentil e generoso com seu tempo e conhecimento e tenho saudades dele.

Tenho sorte por ter Betty Prashker como minha editora. Seus comentários são sempre perspicazes e aproveita meus melhores trabalhos e os aprimora. Obrigada.

Agradeço eternamente àquela que me acompanha desde o começo: minha maravilhosa agente literária, Jean Naggar. A cada livro eu a aprecio ainda mais. Também gostaria de agradecer a Jennifer Weltz, parceira de Jean na Agência Literária Jean V. Naggar. Elas continuam realizando milagres nesta série, que é traduzida para diversos idiomas e se encontra disponível no mundo inteiro.

Pelos últimos 19 anos, Delores Rooney Pander foi minha secretária e assistente pessoal. Infelizmente, ela adoeceu e se aposentou, mas gostaria de agradecê-la pelos muitos anos de serviço. Você não sabe o quanto se apoia em uma pessoa assim até ela partir. Sinto falta de mais que o trabalho por ela realizado. Tenho saudades de nossas conversas e discussões. Com o passar dos anos, Delores se tornou uma ótima amiga. (Delores morreu de câncer em 2010.)

E, acima de tudo, agradeço a Ray, meu marido, que sempre me apoiou. Amor e gratidão imensuráveis.

Este livro foi composto na tipologia Adobe
Garamond Pro, em corpo 11/14, e impresso em
papel off-white 70g/m², no Sistema Cameron da
Divisão Gráfica da Distribuidora Record.